汉译世界学术名著丛书

新爱洛漪丝

〔法〕卢梭 著

伊信 译

2017年·北京

J. J. Rousseau

JULIE

OU

LA NOUVELLE HÉLOÏSE

Paris

Ernest Flammarion, Éditeur

根据巴黎埃尔奈斯特·佛拉马里翁出版社版本译出

汉译世界学术名著丛书
（120 年纪念版 · 珍藏本）
出 版 说 明

2017 年 2 月 11 日，商务印书馆迎来 120 岁的生日。120 年前，商务印书馆前贤怀揣文化救国的理想，抱持“昌明教育，开启民智”的使命，立足本土，放眼寰宇，以出版为津梁，沟通中西，为中国、为世界提供最富智慧的思想文化成果。无论世事白云苍狗，潮流左右激荡，甚至战火硝烟弥漫，始终践行学术报国之志，无改初心。

迻译世界各国学术名著，即其一端。早在 20 世纪初年便出版《原富》《天演论》等影响至今的代表性著作，1950 年代后更致力于外国哲学和社会科学经典的译介，及至 1980 年代，辑为“汉译世界学术名著丛书”，汇涓为流，蔚为大观。丛书自 1981 年开始出版，历时三十余年，迄今已推出七百种，是我国现代出版史上规模最大、最为重要的学术翻译工程。

丛书所选之书，立场观点不囿于一派，学科领域不限于一门，皆为文明开启以来，各时代、各国家、各民族的思想与文化精粹，代表着人类已经到达过的精神境界。丛书系统译介世界学术经典，引领时代思想，为本土原创学术的发展提供丰富的文化滋养，为推动中国现代学术和现代化进程做出了突出的贡献。

为纪念商务印书馆成立120周年，我们整体推出“汉译世界学术名著丛书”120年纪念版的珍藏本，寄望既利于文化积累，又便于研读查考，同时向长期支持丛书出版的译者、编者和读者致以敬意。

两甲子后的今天，商务印书馆又站在了一个新的历史时间节点上。我们不仅要铭记先辈的身影和足迹，更须让我们的步伐充满新的时代精神。这是商务人代代相传的事业，更是与国家和民族的命运始终紧密相连的事业。我们责无旁贷，必须做好我们这代人的传承与创造，让我们的努力和成果不仅凝聚成民族文化的记忆，还能成为后来人可以接续的事业。唯此，才能不负前贤，无愧来者。

商务印书馆编辑部

2017年10月

Non la conobbe il mondo, mentre l'ebbe:
Conobill'io ch'a pianger qui rimasi.
Petrarque

她活着的时候，世界不知道她，
但我知道，而且始终哀悼她。
——彼特拉克

译 者 的 话

让-雅克·卢梭(1712—1778)是法国18世纪最杰出的资产阶级启蒙思想家。他比同时代的其他卓越的启蒙运动者如伏尔泰、孟德斯鸠、狄德罗等较为接近人民,思想也更激进。他的政治学说对后来的法国资产阶级革命发生了重大的深刻的影响,对美国独立运动和世界人民谋求自由解放的斗争给予了有力的推动。他生于日内瓦一个钟表匠家庭,生下来后母亲就去世,他只得寄人篱下。他十六岁时又被迫离乡背井,长期在瑞士和法国流浪,没有一定的职业,当过仆役、乐师、家庭秘书、乐谱抄写员等,同时却通过刻苦自学,从广泛阅读中获得了渊博的知识。他的重要著作我国基本上都已有译本,其主要的如《论人类不平等的起源和基础》(1755年)、《社会契约论》(1762年)、《爱弥儿》(1762年)、《忏悔录》(1782—1789年),并已收入商务印书馆的《汉译世界学术名著丛书》。唯有他的最有名的作品《新爱洛漪丝》(1761年)虽有过片断的介绍,但似尚未见译本出版。故不揣谫陋,予以移译,列入本丛书,以免遗珠之憾。

《新爱洛漪丝》初次发表时的书名为《阿尔卑斯山麓一小城中两个情人的书简》,其后出版时用《于丽,或新爱洛漪丝》的书名,下面加:"让-雅克·卢梭编集和出版"等字样。一般提到此书都略去了“于丽”而简称为《新爱洛漪丝》，本译本也就采用了这个书名。

“爱洛漪丝”(1101—1164)实有其人，她是12世纪巴黎议事司铎斐尔贝的侄女，她和她的导师阿贝拉尔(1079—1142)彼此相爱，却不能公开结婚并遭受到残酷的迫害。卢梭借用了这一真实的爱情悲剧，以书信体小说的形式表现了他一贯强烈反封建主义的精神。

《新爱洛漪丝》描写18世纪贵族姑娘于丽·岱当惹和她的年轻的家庭教师、平民知识分子圣·普栾的恋爱故事。于丽的父亲是个封建等级观念极深的贵族，坚决反对这一对情人的结合。于丽起初听从自己的心声，已委身于圣·普栾，后又屈服于父亲的意志，嫁给了门当户对的贵族阶级的中年男子德·伏尔玛尔。圣·普栾不得不离开于丽。于丽婚后向丈夫吐露了自己过去与圣·普栾的恋爱经过，德·伏尔玛尔为表示对他们的信任，把圣·普栾接到家中。这对旧情人朝夕相处，极力抑制内心的感情，但为此深感痛苦。后来于丽的儿子不慎落水，她投身湖中去救他。母子被救起，但于丽不久即病殁，死前遗书圣·普栾，说自己以生命为代价获得了永久爱他的权利。

故事以诸多人物彼此之间的通信展开，作者以优美的文笔，通过一百六十五封书信和若干短简，揭露和抨击了封建制度压制人性的罪恶，主张感情自由、人性解放，反映了法国资产阶级革命前夕人民对封建专制统治和天主教教会精神统治的反抗意识和争取自由解放的强烈愿望。书信也表达了卢梭对社会、政治、戏剧、音乐等方面的卓越意见，这跟他在其他作品中所宣扬的启蒙思想是一致的。

译者根据巴黎埃尔奈斯特·佛拉马里翁出版社版本译出，并参考了苏联文学出版社 1961 年出版三卷本的《卢梭选集》第二卷《于丽，或新爱洛漪丝》，俄译者为纳·伊·涅姆奇诺娃和安·安·胡达多娃。

1988 年 11 月 9 日于莲花池

目　录*

* 本书最初几版没有这个目录，1764年版才初次出现，并非卢梭所撰，但他同意这份目录，所以后来的版本一般都加上了。——译者

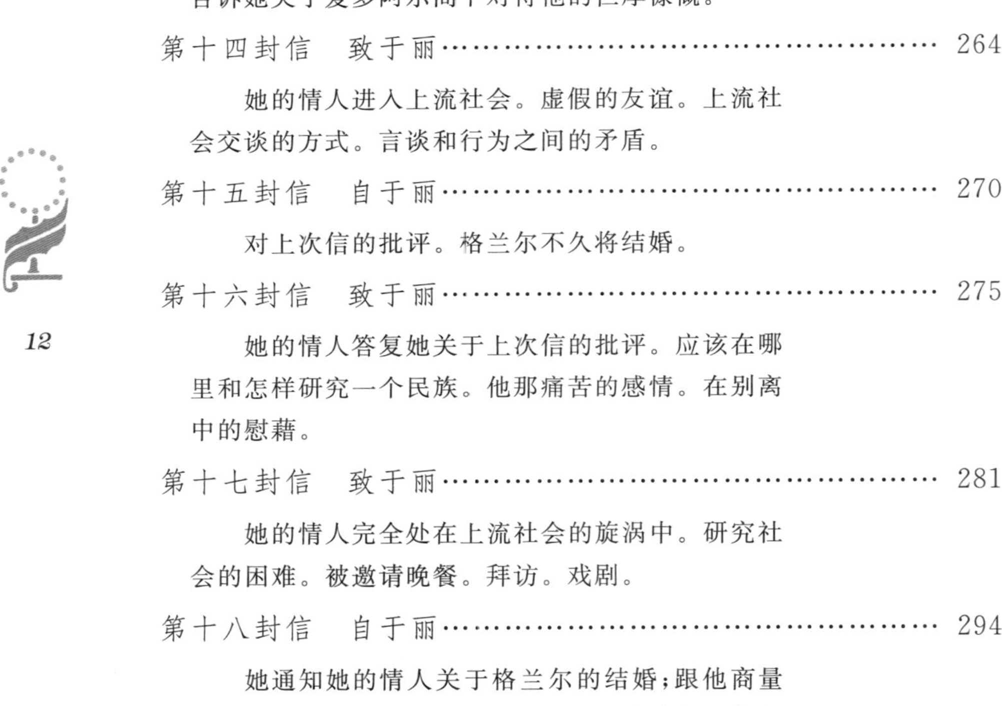

第六卷

关于让-雅克·卢梭的简介

让-雅克·卢梭1712年6月28日生于日内瓦，是个受过一定教育的钟表匠的儿子；他的母亲生了他以后就去世了。他先由他父亲养育，后来由舅父和舅母养育，他们将他和他们的儿子送到牧师家寄宿，在那里过了两年，受到不完全的教育。他曾先后做过法院书记官的录事和镂刻师的学徒。其后在安纳西被德·华伦夫人所接纳，她设法使他改宗为天主教徒，并使他参加都灵的志愿领洗者教养院，在那里他宣誓放弃了新教。以后为生计所迫当了维尔塞里伯爵夫人家的仆役，然后又转到了辜农伯爵家，他同一个叫巴克尔的一块儿出走漫游，后来在洛桑做了音乐教师。

他一直受着德·华伦夫人的关照，重新回到她身边寻求庇护。这样，他不是在尚贝里，便是在夏尔曼特过了好几年宁静的生活。1740年他在里昂的大修道院院长马布里家当家庭教师，他在那里只待了一年就去巴黎，他在巴黎过着那时的文人的生活，受上流社会的沙龙接纳；后来作为法国大使德·蒙丹居先生的秘书去威尼斯。1748年卢梭又回到巴黎，当了包税人狄般的办事员。就在那时他被介绍给德·埃比奈夫人和财政官拉·包波里尼埃尔，后来他同格里姆和狄德罗结识。也在这时期他跟戴兰慈相好，后来娶了她为妻，他们生了五个孩子，由于一次奇特的精神错乱，《爱弥儿》的作者把他们送进了育婴堂。

他在文学上真正的发轫是在1749年，那时他正去探望当时囚禁在宛山纳堡监狱里的朋友狄德罗，他萌生了应征第戎学院题目为《科学和艺术的进步究竟会败坏还是净化社会风尚?》的征文的念头。他反对进步和文明，主张纯自然状态，他获得了奖。为求行为跟他正在提倡的原则相一致，他决定独立生活，抛弃了代理人的位置，靠抄写乐谱为生。1753年，他的歌剧《乡村巫师》在枫丹白露在国王面前演出获得很大成功，其后发表《论法国音乐的信》，称道意大利音乐，又写了喜剧《纳尔西斯》，但没有获得成功。1753年，第戎学院开展新的征文竞赛，卢梭的《论人类不平等的起源和基础》由于对专制主义的猛烈抨击而没有得奖。该文发表后，他去日内瓦，又加入了新教，以日内瓦公民的名义回到巴黎。

回来后，他接受了女友德·埃比奈夫人提供的在蒙莫朗西山谷中的退隐庐，在那里幽居(1756年)。《新爱洛漪丝》就在那儿，在对德·埃比奈夫人的小姑子德·乌德托夫人(已跟诗人圣-朗培尔有关系)热恋的启示下写的。这不幸的爱情在卢梭的心里起了极烦恼的影响；他的性格变得阴郁和多疑起来：他突然跟格里姆和德·埃比奈夫人闹翻，并离开了退隐庐，迁到离蒙莫朗西不远的蒙路易，那儿是罗森堡元帅提供他的住所。这个时期以他那初期的社会理论和改革思想为标志，这些思想体现在《给达朗贝论戏剧的信》(此文引起了他跟伏尔泰的反目)、《社会契约论》和《爱弥儿》(1762年)中。在这后一种著作里，他攻击宗教默示的教条，宣扬纯自然神论，他被日内瓦和巴黎两地宣判为罪人而遭到议会的通缉。他逃避到讷沙泰尔邦的特拉维尔山谷中的莫蒂埃村，在那里穿着亚美尼亚人的服装，过着奇特的生活。在那里，在1764年，他写了《对巴黎总主教（德·博蒙先生）训谕的答复》（为《爱弥儿》辩护）和《山中来信》（反击日内瓦议会）。在被迫离开瑞士后，他到英国，在德尔比邦的沃东，在哲学家休谟那儿居住。他开始写他的《忏悔录》的第一部，但不久便离开了这位英国哲学家，指责他跟卢梭的敌人合谋反对自己。

在多菲奈（法国旧省名。——译者）的不同城市里辗转流浪之后，他回到了巴黎。后来他接受德·齐拉尔丹伯爵让他在埃尔默农维尔休养的建议。他在那里退隐了六星期后突然逝世（1778年）。那时他身体已衰颓不堪，自然的忧郁症和生活上的苦难使他的晚年无法忍受。有人错误地猜想他是服毒或用手枪自戕的。他葬在埃尔默农维尔的杨树岛上，其遗体于法兰西共和历3年葡月20日（1794年10月11日）根据国民议会法令移葬于先贤祠。

序　　言

大城市需要戏剧，腐化了的民族需要小说。我观察了当代道德风尚，出版了这些书信。我怎么不生活在应当把这些书信付之一炬的时代呢！

这里我虽然只挂了编者的名义，但我自己也参加了本书的写作，这我不想隐瞒。整个工作是否都是我做的，全部书信是否都是杜撰的？世间的人们，这与你们有什么相干？这对于你们肯定是小说。

每个正直的人都应该对自己出版的书负责：因此我在本书卷首署上自己的名字，并非想把它掠为己有，而是为了对它负责。如果其中有坏的地方，大家可以责备我；如果有优点，我不想把荣誉归于我。如果它是本坏书，我更应该承认：我不愿被看得优于实在的我。

至于内容的真实性，我要声明，我曾多次到过那两个情人的故乡，我从未听说过岱当惹男爵、他的女儿、陶尔勃先生，也没有听说过爱多阿尔·蓬斯冬阁下、德·伏尔玛尔先生；我还要提醒大家，那地形图在许多地方被大大地歪曲了，这不是为了更好地蒙蔽读者，便是作者实际上知道的不多。我能说明的仅止于此；大家可以各自随心所欲去想象。

本书不是为了在世上广泛流传，而是为了极少数读者而写作的。它的文体使讲究趣味的人却步；它的素材使严肃的人不安；它的一切情感对于不相信德行的人是出于常情之外的；它会使笃信宗教者、不信教者、哲学家不乐意；又会使风流女子感到冒犯，使正派的妇女感到愤怒。那么谁对它感兴趣？也许只有我自己；然而肯定地说，没有人会对它相当喜欢的。

谁决心想读这些信的，他必须对于语言的错误、夸张和平淡的笔调，对于用浮夸的措辞表达的普通思想要忍耐得住，他必须预先对自己说，写这些信的人们不是法国人、有才华的人、学士院院士、哲学家，而是些外省人、外国人、孤独者、年轻人、几乎是孩子，他们凭自己传奇式的想象，把自己头脑中认真的妄想当做哲学。

我为什么害怕说出我心中所想的呢？这本带有前几世纪笔调的书信集，比一些哲学书更适合于妇女，它甚至对于生活放荡而对诚实还保留着若干爱好的女人也有用处。至于少女，那又当别论。纯洁的少女是从不看小说的，我给本书放了个相当明确的标题，使人们一打开书便知道是怎么回事。有的女性不管标题仍然敢于读它哪怕只一页的，她已是不可救药的姑娘；但她不要把她的失足归咎于本书：因为邪恶在这以前早就发生。既然她已经开了头，就让她读完它；她不会再冒风险了。

一个严厉的人在浏览这本集子时，对第一卷感到丧气，愤怒地抛掉书并对编者很气愤，我对他的不公平并不抱怨；如果我处在他的位置上，我大概也会这样做。如果有人读完了全书，敢于责备我把它出版，如果他愿意，让他对全世界这样说好了；但他可不要对我说，我觉得我毕生不能尊敬这么一个人。

去吧，我如此喜欢与之一起生活的，而且在我受到坏人们的侮辱时曾如此频繁地安慰过我的善良的人们，请到远处去寻求你们的同类；你们要逃避城市，那种地方你们是不会找到他们的。请到那简陋、隐蔽的地方去使一些忠诚的配偶得到快乐，他们的联合能使你们的结合更为紧密和亲切；总有几个单纯和敏感的人知道喜欢你们的情况；总有对社会感到厌倦的隐遁者，在叱责你们的错误和过失的同时，却会感动地想道："啊！这就是我的灵魂所需要的那些灵魂呀！"

关于下面的序言[①]的说明

这篇对话或假设的交谈，由于它的形式和冗长，使我只能以摘要的形式放在本书最初几版的前面，这一版我把它全部发表，为了希望大家对于这种作品的目的能发现些有用的观点。此外，我曾认为在讨论缺点和优点之前应该等待书已起到它的作用，因为我既不愿使书商受到指摘，也不愿请求读者宽容。

第二篇序言

恩：您的原稿就在这里；我已完全看过了。

卢：完全？我懂得：您认为很少有仿效者。

恩：Vel duo，vel nemo.[②]

卢：Tulpe et miserabile.[③]但我需要一种正面的评说。

① 这篇序言在1761年的第一版没有登载。——原书编者

② 或者两人，或者没有人。（拉丁语）——译者

③ 愚蠢和毫无意义。（拉丁语）——译者

恩:我不敢。

卢:只这一个词就表明您是敢的。请您说明。

恩:我的评说要看您对我如何回答而定。这种书信是真的,还是杜撰的?

卢:我看不出这有什么关系。说一本书是好还是坏,这跟要知道它怎样成书有什么关系?

恩:这对于这本书却关系很大。一幅画像,只要画得像,不管原本怎样奇特,总有它的价值。但是在一帧想象画里,一切人像应该有人的共同特征,否则它便一钱不值。假定二者都是好的,那还有这点不同:只有很少的人对画像感到兴趣,唯有绘画能使观众喜欢。

卢:我懂您的意思了。如果这些信是画像,没有人感兴趣;如果是绘画,它们模仿得不好。是不是这意思?

恩:确是这样。

卢:这么说,我在您回答我一切问题之前已把它们都说出来了。此外,我既不能满足您的提问,您先得把它们搁下来解决我的问题。假定最坏的情况:我那个于丽……

恩:噢!真能有她这个人!

卢:那怎么样?

恩:但她肯定是杜撰的。

卢:可能。

恩:如果是这样,我从未见过如此乏味的人物了。这些信完全不像信;这小说完全不像小说:那些人物都是另外一个世界的人物。

卢:我对这个世界的确很恼火。

恩:您要自我安慰;那里疯子也不少;可是您的那些疯子不是自然的。

卢:我倒可以……不,我看到您的好奇心把您引上了弯路。您为什么这样决定?您可知道人们彼此多么不同?他们的性格是多么对立,习惯、偏见又是按时间、地点、年龄有多少改变?有谁敢对自然规定确切的界线并说:“人可以走到这儿,不能再往前去?”

恩:根据这美妙的论断,那些闻所未闻的魔鬼、巨人、侏儒、各种各样的怪物肯定都可以容纳到自然中去,都可以改变面貌;我们将不会有共同的典型。我重复说一遍,在描写人类的图画里,每一个都要认识人。

卢:这我同意,但只要人们也能知道从基本的、主要的种类中区分变种来。对于那些只能从穿法国服装的人中认识我们人类的,您将怎么说呢?

恩:对于既不描绘面貌又不描绘身材而想用帷幕作为衣服来画人像的人,您该怎么说?人们难道没有权问他:人在哪儿?

卢:既没有面貌,又没有身材!您这么说公正吗?在本书里没有完人,就是这么回事。一个少女违背了自己爱好的道德,又因为害怕犯更大的罪行而迷途知返;一个太随和的女友,由于自己心地过分仁厚而后来受到了惩罚;一个诚实和敏感的年轻人,充满了弱点和善于辞令;一个贵族老头儿,固执着门第观念,为迎合舆论而宁愿牺牲一切;一个慷慨和勇敢的英国人,由于聪明而总是很热情,总是冒失地进行思考。

恩:一个善良和好客的丈夫,把自己妻子的旧情人殷勤地接纳到自己家里来……

卢:我请您去看版画的题词。

恩:“善良的灵魂!……”真是好词!

卢:啊哲学,你多么卖力使人们心胸狭窄,使人变得渺小!

恩:浪漫的精神使它们变得开阔并欺骗它们。但言归正传。那两位女友呢?……您怎么看?……还有在教堂里那突然的转变?……无疑是恩惠喽?……

卢:先生……

恩:一个基督教女人,一个虔信者,她不教自己的孩子们以教理课本,死时不想祈祷上帝,可是她的死却感化了一个牧师和皈依了一个无神论者……啊!……

卢:先生……

恩:说到趣味性,它是为大家的,它完全没有。没有一桩恶劣行为,没有一个看了能使好人害怕的坏人;事情都很普通、很简单,简直太多了;没有出人意外的,没有戏剧效果:一切都是早已预料到的,一切都不出所料地发生。每人每天在自己家里或者在邻居家看得到的事值得费劲去描写吗?

卢:如此说来,您要的是普通的人和不平常的事件:但我宁可是相反的。不过您是当做小说而作出的判断。这完全不是一部小说;您自己也说过:“这是本书信集。”

恩:它完全不是书信;我想也曾这样说过。什么样的书信体裁!那么夸张!那么多惊叹号!那样的矫揉造作!普通的事情却说得那么夸张!小道理说得那么郑重其事!难得有通情达理和正确见解;既没有精致,也没有遒劲,也没有深度。话说得很高雅,思想却总是很低下。如果您笔下的人物是来自自然的,您得承认他们的风格却不太自然。

卢:我认为您抱这种观点,您必然会显得这样。

恩:那您认为读者会有另一种看法吗?那您为什么要征求我的意见?

卢:那是要您谈得更详细些,我好反驳您。我看您更喜欢那写出来为了印书用的书信。

恩:这种愿望对于写出来印书用的人似乎颇有道理。

卢:可见人们在书中只能看到愿意在其中出现的人了?

恩:对于作者,希望能像他在书中出现的那样;对于他所描写的人物,则要像他们实在的那样。可是这种优点这里还没有。没有一个肖像画得生动,没有一个性格表现得相当好,没有扎实的观察,没有对社会的知识。老是只顾到自己的两三个情人或朋友的那样的小天地里,我们能学到什么?

卢:我们可以学到爱人类。在上流社会里人们只能学到憎恨人。

您的评判是严厉的;公众的评判应该更严厉。我不指责它不公平,我想也来对您说说我是用什么眼光看这些信的,我不是为了原谅那些为您斥责的错误,而是为了从中找出错误的根源。

人在离群索居时,与在群居时的观看和感知的方式是不相同的;激情有着不同的改变,因而也有不同的表现:想象力经常受到一些相同事物的刺激,因此它的反应就更迅速些。这数量不大的形象常常重复出现,会影响到整个思想,给它以那种奇怪的和很少

变化的反复，这是人们在离群索居者的说话里能注意到的。能不能据此而说他们的说话是十分有力呢？完全不能：它不过是特别而已。这只有在社会里人们才学习带着强力说话。这首先因为那儿人们总是需要说得不同并且要比别人说得好，其次，每时每刻还得被迫肯定人家不相信的东西，表明人家没有的情感，人们寻求对人家说的话以使人信服的说法来弥补内在的说服力。您相信真正热情的人们真有那种生动、遒劲、色彩丰富，像您在您的戏剧和您的小说中赞扬的样子吗？不，心中充满着的激情不是靠使劲而是靠自然流露表达的；它甚至并不想到去说服；它不会怀疑人家能怀疑它。当它说出它的感受时，与其说是为了向别人表述，不如说是为了自己的舒畅。在大城市里人们把爱情描绘得更为生动；那儿的人对爱情的体会是否比小村子里的人更好些？

恩：这就是说，言语的贫弱证明感情的力量？

卢：至少有时候它证明感情的真诚。请您读一封情书，那是由一个有才华的、想炫耀的作者在他书房里写的：他的头脑只消有一点儿火苗，他的笔像人家所说会烧着纸；但温度不曾继续上升：您将很高兴，可能甚至会激动，但这种激动是暂时的和表面的，它只给您留下一些字眼作为整个的回忆。与之相反，有一封真正凭爱情写出来的信，一个的确充满激情的恋人的信却会是苍白无力、啰里啰唆、冗长拖沓、乱七八糟、反反复复。他心中的感情满到会溢出来，总是颠来倒去说着同一件事，而且永远讲不完，宛如活跃的泉水不断流动，永不枯涸。没有什么突出，没有什么显著的东西；人们既记不住词儿，也记不住词组，也记不住句子；人们没有东西可赞赏，也没有可惊奇的。然而人们的灵魂受了感动；人们不知道为什么被打动了心。如果感情的力量没有击中我们,它的真实性却触动了我们;心灵就是这样懂得跟心灵对话的。可是那些一无所感的,那些只有俚词点缀激情的人,绝不会懂得这种美,而且还蔑视这种美。

恩:我明白。

卢:很好。在这后一种书信里,表达的思想虽是普通的,但文体却并不是通俗的,而且不应该通俗。爱情只是幻想:它可以说给自己创造了另一个世界;把一些不存在的事物,或者只有它给以存在的事物包围着自己;又因为它使所有它的感情成为形象,所以它的言语总是形象化的。可是这些形象都是没有确切性和没有连贯性的;它的说服力就在它的思想的紊乱里;它越议论得少,就证明得越多。狂喜是热情的最后阶段。当它达到了顶点。它便看到自己所爱的对象是完美的,她就成了他的偶像,捧到了天上;又因为虔信的狂热借用爱情的言语,爱情的狂热也借用虔信宗教的言语。它就只看见天堂、天使、圣徒的德行和天国的乐趣。在这类激情奔放中看到周围如此崇高的图像,它能用卑劣的词语来说话吗?能用鄙俗的成语来降低、贬抑它的思想吗?它能不提高它的风格吗?它能不给它以贵族头衔和爵位吗?您对书信和书信文体说些什么?在写信给所爱的人时,这确是个问题!这已经不是在写信,这是在写赞歌。

恩:公民,让我们摸摸您的脉搏!……

卢:不,请看我已经老年,不必摸了。有一种年龄为了获得经验,另一种年龄为了回忆:感情到末了会趋于熄灭;但敏感的灵魂却永远存在。

我回头再来谈我们的书信。假如您把它们当做一个作者的作品，这个作者想取乐或以写信自炫，那么这些信是讨厌的；但要把它们作为本来的样子去对待，并按它们这一类来评论。两个或三个年轻人，单纯而敏感，他们之间进行着关乎他们心灵的交谈；他们绝不想彼此之间互相炫耀：他们彼此很好地相知又相爱，以致自尊心在他们之间不再起作用。他们还是儿童，他们能像成人那样思考？他们都是外国人，他们能正确写作？他们是孤独者，他们能认识世界和社会？他们充满着他们悉心以求的唯一感情，他们陷于狂热，以为能够作哲学思维。您希望他们懂得观察、判断、反思？这一切他们完全不会：他们知道爱；他们把一切都跟他们的热情联系起来。他们对于他们的疯狂思想看得那么重要，难道会觉得不及他们所能摆出来的一切思想好玩吗？他们什么都谈，他们什么都会搞错；他们只使大家认识他们，可是在相互认识时就彼此相爱；他们的错误比智者的知识更好；他们正直的心把始终信任和始终受骗的成见带到各方面去，一直带到他们的错误中去。谁也不理解他们，谁也不回答他们，大家都指出他们的错误。他们拒绝相信那令人沮丧的真理，他们到处找不到自己感情的反应，便把自己关闭起来，他们与其余的世界隔绝，建立起一个与我们不同的小世界，他们在那里形成一个真正新的局面。

恩：我同意一个二十岁的男子和一些十八岁的姑娘，虽然都是受过教育的，不应该像哲学家似的思考，甚至不应该想这样做；我还承认（这种差别没有逃过我的眼睛），这些姑娘成了优秀的妇女，而这个青年男子成了极好的观察家。我在作品的开始和结束之间不作比较。家庭生活的种种细节抹去了早年的错误；家庭里忠贞的妻子，明智的少妇，可敬的母亲使人忘记了曾是有罪的情妇。然而即使这样，也是一个批判的目标：书信集的结尾使开始更应受指责；可以说这是两本不同的书，同样的人物是不该读它们的。既然要表现些有理性的人物，那么为什么把这以前的他们表现出来？在智慧的课程之前进行儿童游戏，会阻碍后面的课程；在善能够建立以前，罪已经先引起了反感；最后，愤怒的读者正要从书中获得教益时，先会厌恶和抛掉这本书。

卢：我认为正好相反，这本集子的结尾对于那些对开始有反感的读者是多余的，而这同样的开始对于那些对结尾感到有益的读者应该感到满意。如此看来，那些不看完本书的，他们并没有什么损失，因为它对他们并不合适，而那些如果开始看得比较认真的，后来没有看的，也能从中获益。为了使要说的话能有用处，首先需要使听这些话的人能听进去。

我改变了方法，但不改变目的。当我想对成年人说话时，他们根本不听我；也许我对儿童说话时，我将得到更好的听众；而儿童对于不加修饰的教训并不比伪装得不好的药物更爱好：

Cosi all'egro fanciul porgiamo aspersi
Di soave licor gl'orli del vaso;
Succhi amari ingannato in tanto ei beve,
E dall'inganno suo vita riceve.[①]

恩：我恐怕您又搞错了：他们不过在杯子边嘬一下，不会喝到

① 同样，为了使害病的婴儿吃药，大人往往在杯子口上抹了些果汁糖浆。于是婴儿吞下了苦药，靠了吸引婴儿的欺骗手法，使他的病好了。（意大利语）——俄译注

药水。

卢:那么这不是我的过错:我是尽我所能使他们喝到药的。

我的年轻人都是很可爱的;可是为了爱三十岁的他们,必须认识二十岁时的他们:必须长期跟他们生活在一起,以便使他们喜欢;也只有在惋惜他们的过失以后,才会欣赏他们的美德。他们的信不能一下子使人感到兴趣,但它们慢慢地吸引人:您便会放不下手去读它们。在信里没有优雅和灵活,既没有说理,也没有机智,也没有雄辩:有的是情感;它逐步传播到心灵中,它只有到后来弥补了一切。这是部长篇的抒情歌曲,它的每段歌词如果单独看来没有什么感人之处,但它的组曲终究会发生它的作用。这是我读它时的感受,请告诉我,您是否也有同样的感受。

恩:不。可是我认为这效果要看您的情况而定。如果是您编的,效果十分简单;如果不是您编的,那我还要考虑。一个人生活在社会上,他不能习惯于荒谬不经的思想,装腔作势和经常胡说八道,就像您的那些可爱的人物那样;一个孤独者可以欣赏那些信:您自己已说明了其中的原因。可是在发表这些手稿之前,您要想到读者并非都是隐士组成的。在最好的情况下,人们也只能把您那小好好先生看成一个赛拉冬①,把您那个爱多阿尔阁下看成一个堂·吉诃德,把您那两只鹌鹑看成两个阿斯特雷②,而且人们会像作弄真的疯子般作弄他们。但长久的疯狂并不好玩;应当像塞

---

① 赛拉冬:法国作家玉尔辉(1567—1625)描写田园生活的小说《阿斯特雷》中的人物。——译者

② 阿斯特雷:法国作家玉尔辉的小说名,也是书中女主角的名字,该书描写她与赛拉冬的恋爱故事。——译者

万提斯那样写作六卷的幻象让人家看。

卢：您想抹杀这个作品的理由却鼓励我把它发表。

恩：什么！确信没有人会读它而发表？

卢：请忍耐一下，您听我说。

从道德方面说，我认为对于上流社会的人们，没有什么读物是有用的。首先。因为他们浏览的无数新书，这些书有的说赞成，有的说反对，它们彼此相互破坏各自的效果，使它们等于完全没有。人们反复阅读那些选择的书，对他们还没有起作用；如果它们支持上流社会的行为准则，它们便是多余的；如果它们反对准则，那么它们便是无用的；因为阅读它们的那些人是跟社会的罪恶被无法挣脱的锁链联结着的。上流社会的人想稍稍动弹一下他们的灵魂来调整社会准则，他们便会从各方面遇到不可克服的障碍，于是只得保持或回到原来的状态。我确信只有很少出身好的人曾作过这种尝试，至少毕生作过一次；但很快发现是白费力气，便不再尝试，于是他习惯于把书本上的道德准则看做有闲者的扯淡。人们越远离事务圈子、大城市、人数众多的社会，障碍也就越减少。到了这些障碍不再是不可克服的界线时，书本才有些用处了。人们离群索居时，因为他们不汲汲于读书作为装点门面，他们对书本看得少，却对它们思考得更多些；由于外部找不到一种那么大的平衡力量，它们便在内部起到更为巨大的作用。苦恼这种孤独的祸害是跟上流社会同样的祸害，它迫使人们乞灵于有趣的书籍，因为它是孤独生活而自身又找不到消遣的人的唯一能解闷的源泉。人们在外省比在巴黎阅读更多的小说，在乡间比在城市里读得更多，他们从中得到更多的印象：您看这便是所以如此的道理。

然而这些书对不幸的乡下人——他们之所以不幸，只是因为自己认为这样——同时可以用作消遣、教育、安慰的，似乎相反地被写出来专为使他们对自己的地位感到嫌恶，因为这些书发展和加强了使他们觉得可鄙的那种偏见：那些装模作样的人物，上流社会的妇女、大老爷、军人，这些便是你们所有小说里的角色。都市里精致的趣味，宫廷里的生活准则，奢华的排场，享乐主义的风气，这些就是它们的说教和开的处方。它们那虚伪的道德的色彩使真正的道德黯然无光；阴谋诡计取代了光明正大的手法；花言巧语盖过了正直的行为，简单朴素的好风尚被看做是粗鲁鄙俗。

对于居住在乡村的贵族，假如他看到书中对他接待宾客的那种真诚的喜悦加以嘲笑，又对他使州里充满快乐的气氛称之为粗鲁的狂欢，试问这类情景对于这个贵族将产生怎样的影响；还有他的妻子如果从书中知道一个家庭的母亲的母爱还不如像她那个等级的夫人那样尊贵；还有他的女儿，书中那种装腔作势的模样和首都的俚语使她鄙视本要嫁给他的那个诚实和乡村气的邻居，试问这些又将产生怎样的影响？大家全都一致不再愿意做乡下人，对乡村表示厌恶，抛弃他们古老的城堡，使它们很快变成了破屋，大家都来到首都，那里做父亲的虽然胸前佩戴他的圣-路易十字勋章，本来是贵人，现在成了仆人或者骗子手；做母亲的开起了赌场，做女儿的招引着赌徒；而且常常是所有这三者，在度过了可耻的一生之后，落一个穷困和丢脸而死的下场。

作家、文人、哲学家不断地叫嚷说，为了履行公民的职责，为了服务于人类，应该居住在大城市里。照他们的说法，逃避巴黎就是憎恨人类；在他们眼里，乡村人民根本不算一回事；如果照他们的说法，那么只有有寄宿学校、学士院和宴会的地方才算有人了。

一切阶层都慢慢地被拖上同一个斜坡：短篇小说、长篇小说、戏剧剧本，所有箭头都瞄准着外省人；把乡村淳朴的风尚都当作笑柄；大家都在鼓吹上流社会的生活方式和快乐：不懂得它们便是一种耻辱，没有品尝它们乃是一种不幸。谁能知道巴黎人民日复一日有多少骗子手和妓女被这些想象的快乐吸引进去呀？这样，偏见和舆论加强着政治制度的作用，把每个地方的居民集中和堆积在领土的若干点上，同时让所有其余地方变成荒芜和沙漠；这样，为了使主要城市光辉灿烂，各民族正在解体；而这种只能刺激傻瓜眼睛的浅薄的光辉，使欧洲大踏步地走向灭亡。为了人们的幸福，大家应该努力阻止这些有害的思想的洪流。以传教士为职业的只知道对我们叫嚷："你们要善良和聪明！"却不大关心他们说教的成功与否。但对此关心的公民绝不应该傻乎乎地只知道叫喊："你们要善良！"而要使我们努力可以达到它的措施。

恩：请等一等；让您喘一口气。我喜欢那些有用的看法；我很能追随您的那些看法，所以自信能够代替您继续您的宏论。

按照您的看法，可以清楚地看出，为了使作者的想象工作起到它应有的唯一用处，就应该把它引导到跟它的作者设想相反的目的上去：使一切东西远离人为教育，把一切拉回到自然；使人们热爱平静和简单的生活；治愈他们的古怪的妄想；恢复他们真正快乐的趣味；使他们喜爱孤独与和平；让他们彼此之间保持着一定的距离，并且不是促使他们挤在城市里，而是让他们平均散布在地面上，好让各处地面都生意盎然。我当然还知道问题不在造就一些达芙尼斯、西尔望德尔[①]、阿尔喀提[②]的牧羊人、利尼翁[③]的牧民、著名的农民们，他们亲手耕种他们的田地，谈着关于自然的哲学，也不去造就其他类似的浪漫人物，——这种人只能存在在书本里，——而在于向富裕的人们指出，乡村生活和农业有着他们不知道珍视的快乐；这些快乐并不像他们所想的那样乏味和粗劣；其中自有乐趣、精华、美妙，一个愿意带着他的家属退居乡间并成为它真正的农民的有价值的人，他可以跟在城市的娱乐中间度日的人一样过着甜美的生活；一个从事耕作的主妇可以是一个可爱的妇女，她可以像所有城市娇媚的小妇人一样优雅和动人；最后还有那心灵最优美的感情在那儿可以使一个社会虎虎有生气，这比那些上流社会的沙龙里的矫揉造作的谈吐更为愉快，在那些沙龙里，我们那尖刻和讽刺的笑声都是人们在那里不再认识的可怜的补充。我说得对不对呢？

卢：确是这样，对此我只想补充一点。人们抱怨小说使人的头脑糊涂；这话我很相信：这些书不断地向读者描绘并非他们阶层自己的所谓美妙的东西，它们诱惑他们，使他们蔑视自己的阶层，设想自己处在为他们喜爱的阶层里。人们一心想那并非自己的东西，因而相信不是原来的自己而是另一种东西，于是人们就变成了疯子。假如那些小说只向它们的读者提供他们周围事物的真实图

① 达芙尼斯、西尔望德尔：一般田园诗作品中牧人角色常用的名字。——译者

② 阿尔喀提：古希腊一地区，在伯罗奔尼撒的中部，其山区居民多牧人，希腊神话中的牧羊人多取材于此。——译者

③ 利尼翁：法国中央高原的一河流名。法国作家玉尔辉（Urfé，1567—1625）年轻时在该河的河边生活，其描写牧人生活的长篇小说《阿斯特雷》即以此地为背景。——译者

景，只提供他们能够实现的任务和合乎他们条件的赏心乐事，那么小说绝不会使他们成为疯子而能成为明智的人。为孤独者写的作品应该说孤独者的话：为了教育他们，作品必须能叫他们喜欢，能使他们感到兴趣；必须跟他们的状况相联系，让他们看了愉快。它们应当打击和破坏上流社会的生活准则；应当指出它们的虚伪和可鄙，也就是指出它们的本来面目。在这些方面，一本小说假如写得好，或者至少写得有用，它必然会受上流社会的人们斥责、憎恨、贬抑，看做是一本平淡、夸张、可笑的书；先生，请看上流社会的胡说八道自有它聪明的地方。

恩：您的结论是顺理成章的。对它的失败确是一针见血，也没有更傲慢地为它准备着垮台了。但我还剩下唯一的一个难点。您知道，外省人只凭我们的议论来读书的；他们得到的只有我们发行给他们的书。以离群独处者为对象的书，先得由上流社会的人们来审读；如果这些人通不过，别的人就看不到。这问题看您怎么说。

卢：答案是容易的。您说的外省的智者，我说的是真正的乡下人。你们这些人在首都炫耀才智，你们的偏见必须治好：你们认为能为整个法国定调子，但是四分之三的法国却不知道你们的存在。在巴黎滞销的书成为外省书店的财富。

恩：您为什么要靠牺牲我们书店的利益来充裕它们？

卢：您嘲笑吧。我坚持我的意见。当作家希望荣誉，就要在巴黎有人读他的书；当他们希望有用处，就得在外省读他的书。有多少正直的人在遥远的乡间生活，他们在致力于他们祖先遗产的研究，在那里由于狭窄的财富而自认为流放者！在冬季漫漫长夜里由于缺少与人们交往,他们利用夜晚在他们炉火边阅读随手找到的有趣的书籍。以他们那样粗野的单纯,他们不自诩为文学的智慧的学者,他们阅读是为了解闷,而不是为了增长学识:道德和哲学的书籍对于他们仿佛是不存在的,人们徒然出版为他们用的书,但这些书从来到不了他们手中。然而你们的小说既远不能向他们提供一丁点儿适合于他们情况的东西,却反而使他们变得更苦楚。它们把他们的离群索居变成一片可怕的沙漠;它们为了给他们几小时的娱乐,却为他们准备了几个月的苦恼和徒然的悔恨。我为什么不敢设想由于某种幸运的机缘,这本书也像其他许多比它更坏的书一样,会落到农村居民的手里,而且一种跟他们完全相似的情况的快乐图景使他们的情况因而变得更能忍受呢?我乐于想象夫妇两口子一起阅读这本书信集能够为他们共同负担他们劳动重担时从中汲取新的勇气,也可能汲取一些新的观点,使他们派上用场。从这本书里看到一个幸福家庭的图像后,他们怎么会不想仿效这如此可爱的模型?看到夫妇结合的那种幸福——即使没有温馨的爱情——而受感动时,他们的夫妇关系难道不会变得更紧密和更巩固吗?他们在放下书本时,对自己的处境既不会感到忧虑,对自己的操劳也不会有抵触。正好相反,他们周围的一切会变得更可爱;他们日常工作在他们心目中也变得高尚起来;他们对于自然的快乐重新产生了兴趣;自然界的真实感情又在他们心头复苏;而且看到幸福在望,他们将学会去享受它。他们将完成的还是原来的任务,但是以另一种心情去完成:过去是作为农民,今后将以家长的资格来完成了。

恩:直到现在这一切您讲得头头是道。做丈夫的、做妻子的、做母亲的……可是做女儿的，关于她们，您有什么可说的吗？

卢：有的。正经的姑娘绝不看谈情说爱的书。不管这本书的书名，如有读它的姑娘，希望她不要责怪它使她变坏：她是在说谎。坏事早先就干下了：她不会再冒什么危险。

恩：妙极了！色情作品的作者们，请过来学习。这里全都给你们开脱了。

卢：不错，如果他们本心和他们写作的目的可以为你们开脱的话。

恩：您也是这种情况喽？

卢：我很自负，所以不值得答复这个问题；但于丽有她评价书的规则；假如您认为她的规则好，您可以用它来评价这一本。

人们想用看小说使青年获益；我看再没有比这种打算更荒谬的了；这好比为了要看消防龙头的操作，先开始在家里放把火。按照这种荒唐的思想，人们把这类训导式著作的教导不是针对着它的目标，而是把这种教训针对着青年姑娘[①]，不考虑青年姑娘跟人们抱怨的放荡行为毫无关系。一般地说，她们的品行是端正的，虽然她们的心也可能是腐朽的。她们在没有能模仿她们母亲之前，是服从她们母亲的。如果妻子履行她们的义务，用不着担心女儿会违反她们的义务。

恩：在这一点上观察结果正好与您相反。似乎女性总会有个时候放纵，不是在一种情况，便是在另一种情况下。这是块坏的面肥，它迟早总要发酵。有些民族有道德规范的，姑娘却是轻佻的，妻子

① 这里只指现代英国小说。——卢梭原注

却是严肃的;在没有这些规范的则正好相反。有的只考虑到过失,另一类则只考虑到丢脸。问题只要抓不到证据:罪行是无所谓的。

卢:若从后果来考虑,便不应这样来判断。可是我们对于妇女应当公正:她们放荡的原因主要不在她们,而在我们不好的规章。

自从自然赋予人的一切感情被极端的不平等所窒息后,孩子们的罪过和不幸都来自父亲极不公平的专横;这是在强制的和不相配的婚姻里,年轻的妻子——双亲贪婪或虚荣的牺牲品——被她们甚至认为光荣的放荡行为抹掉了他们夫妇关系的丑闻。那么您想补救坏事吗?请您追本溯源。如果在社会风气方面试图进行什么改革,那就得从家庭风俗习惯方面开始;而这绝对要依赖那些父母亲。然而人们不是这样指导教育的;你们那些胆小的作者始终只劝告那些受压迫者;而那些书本里的道德总是没有用,因为它只是种向最强者调情的艺术。

恩:不用说,您的道德当然不是奴性的;但是由于要自由,它不会太过分?那是否足以走向恶的源流?您一点不怕那样干吗?

卢:恶吗?对于谁?在流行病和传染病时期,当大家都从童年起传染上了病,难道应该禁止向病人卖有效的药品,借口说它们对健康的人有害?先生,在这问题上我们的想法是如此的不同,以致如果人们对于这些信希望有什么成功的话,我非常肯定地说,它们要比任何最好的书能带来更多的好处。

恩:您的确有一位优秀的女宣教者。我高兴地看到您跟妇女们言归于好了;您曾禁止她们向我辈说教①,我那时很不满意。

① 见《给达朗贝论戏剧的信》。——卢梭原注

卢:您很机灵,我只好沉默;我既不很傻,也不很聪明,所以不会常有理:暂且把这根骨头留给批评去啃吧。

恩:悉听尊便,就怕它搞不好。可是对于其他一切难道没有人有什么反对吗?这本集子里充满着的热烈的情景和火热的感情,是怎样通过戏剧严厉的检查员的?请您指出在戏剧里有没有一幕类似克拉朗的小树林和盥洗室那样场面的。请重新看看论戏剧的信;再看看这本集子……您得前后一致,要不然就抛弃您的原则……您希望人家怎样看待?

卢:先生,我希望一个批评家自己也在前后一致,也希望他经过考察以后再作判断。再好好地看看您刚才举出来的作品;也看看《纳尔西斯》[1]的序言,您可以从中看到对于您谴责我不能前后一致的答复。一些糊涂人自以为在《乡村卜师》[2]中找到过前后不一致,在这里无疑能找到更多。这是他们的本行;可是您……

恩:我给您举出两个段落[3]……您不大尊敬您的那些同时代人。

卢:先生,我也是他们的同时代人。啊!我怎么不生长在我必须把这本集子付之一炬的时代呀!

恩:您又像平常一样夸大了;不过在一定程度上您的准则都相当正确。比如说,如果您的爱洛漪丝始终规矩的话,她的教育意义会小得多,因为她会给谁做榜样?在最腐败的时代,人们才喜欢最

① 《纳尔西斯》:全书名为《纳尔西斯,或自恋者》,卢梭1733年著的喜剧名。——译者

② 《乡村卜师》:卢梭于1752年作的歌剧。——译者

③ 《纳尔西斯》的序言,《给达朗贝的信》。——卢梭原注

完善的道德教育：这可以免除把它们实行；而且只需花一点儿代价，用闲时的阅读就可满足他们向善的意愿了。

卢：崇高的作者，如果你们想叫人家模仿你们的典型，请把它们稍微降低些。你们向谁夸耀一尘不染的清白？喂！不如给我们讲讲能够恢复清白；这至少也许有人会听你们。

恩：您那个年轻人已经表达了这意思；但没有关系，您说了人家做了的，为了后来指出人家应该做的，人家不会减少您的罪状。您还要注意，引起姑娘们的爱情，却教有夫之妇克制自己，这是推翻已建立的秩序，回复到为哲学所摈弃的那市侩的道德。虽然您能说这种话，姑娘们的爱情是不妥的和不光彩的，也只有一个丈夫才能同意一个情人。对于完全不该读您书的姑娘们表示宽大，而对于要评判您的妇女却很严厉，这是多么奇怪的愚蠢的事！请相信我，如果您怕成功，您尽可放心：您已经采取一切手段使您不必担心受这种羞辱。虽然如此，我将为您保守秘密；您不要过分冒失。假如您以为写了本有用的书，那就谢天谢地；可是您切不要承认它。

卢：不承认它，先生？一个诚实的人向公众说话时要隐瞒自己？他敢出版他不敢承认的东西吗？我是这书的出版者，我要在书上表明是出版者。

恩：您要在书上署名！您？

卢：我本人。

恩：什么！您在上面印上您的名字？

卢：是的，先生。

恩：您的真名，让-雅克·卢梭，全部姓名？

卢：让-雅克·卢梭，全部姓名。

恩：您想得倒好！人们将怎样说您？

卢：人家爱怎么说就怎么说。我在这集子的开头写上名字，不是为了把它占为己有，而是为了对它负责。如果有什么坏处，让人们责备我；如果有好处，我绝不想因此引以为荣。如果人家发现这本书本身坏，那就更多一层理由摆上我的名字。我不愿把我看做比我本身更好。

恩：您这句回答自己满意吗？

卢：是的，在我们这没有人能是好的时代是这样。

恩：那么那些优美的心灵，您把它们忘了吗？

卢：自然造成了它们，我们的制度把它们搞坏了。

恩：在一本谈爱情的书的封面上可以看到这样写着：日内瓦公民　让-雅·卢梭著！

卢：日内瓦公民！不是这样的。我决不亵渎我国家的名字：我只把它放在我认为能使它荣耀的作品上。

恩：您自己带着一个并非没有光荣的名字，而您也有什么东西丧失。您出了本差劲的和平淡的书，它对您不利。我想劝阻您；可是假如您决定干这傻事，我赞成您干得光明磊落：这至少符合您的性格。顺便问一问，这本书您也放上您的箴言吗？

卢：我的书店老板已经给我开了这个玩笑，我觉得它非常好，所以我答应给他这个光荣。不，先生，我决不把我的箴言放在这本书上；但我并不因此抛弃它，而且我现在比任何时候更不怕采用它。您可记得当我写文章针对戏剧时曾想发表这些信，而想为两文之一作辩护也没有使我歪曲另一篇里的真实。我率先谴责自己

也许比任人谴责我更厉害。谁爱真理甚于爱荣誉，他便能够希望爱真理甚于爱生命。您希望人家永远前后一致：我怀疑人们能否做到这样；可是人能办到的是永远要真实：这便是我想努力做到的。

恩：当我问您是否是这些信件的作者时，那您为什么回避我的问题？

卢：就是因为我不愿说谎。

恩：然而您也拒绝说真话？

卢：须知宣称对真理愿意表示沉默，这也是尊重真理：您对于想撒谎的人是很看不起的。此外，有鉴赏力的人会被作者的笔头欺骗吗？您怎么能得出应由您自己解答的问题来？

恩：对于有些信我解决得了：它们肯定是您的手笔；但其他一些信我就认不出您了，因此我怀疑人家能假造到这种地步。不怕人们认不出自己的自然界，常常改变自己的面貌，艺术常常显示出想比自然界更为自然的样子：要使动物的声音比动物自身更好的叽叽呱呱的寓言作者就是这样。这本集子里充满了笨拙的东西，连最蹩脚的作者都会避免的：夸张的笔调、一再重复、前后矛盾、啰唆重叠。能够写得更好却有意写得这样糟的作者在哪儿？把傻瓜爱多阿尔向于丽提出那令人反感的建议留着的作者在哪儿？把老是想死的念头通告大家，结果身体总很健康的那个小宝贝，他的笑料没有得到改正的作者在哪儿？那个开始时不就想着："必须仔细突出性格；必须确切地变换风格"的作者在哪儿？带着这种计划，他必然会比自然做得更好。

我观察到在关系非常亲密的团体里，风格也跟性格同样彼此接近的，而朋友之间心灵彼此融洽的，他们的思想、感觉和表达的方式也融洽一致。这个于丽，如果真像她所表现的那样，应该说是个十分动人的姑娘；所有接近她的人都应该像她一样；她的周围都应该变为于丽；所有她的朋友只能有一个音调。然而这种事情只能感觉到而不能想象。如果即便想象到，想象者也不能把这些印象实际表现出来：他只需打动多数人的一些特征；由于纤巧而达到的单纯则与多数人不再相干：但真理的标志正是在这里，细心的眼睛所寻求和找到的自然就在这里。

卢：好得很！那么您的结论呢？

恩：我没有结论。我怀疑，我甚至无法向您说明在读这些信时疑心在我心头作怪之苦。肯定地说，假如这一切都是杜撰的，那么您写了一本坏书；如说这两个女子是存在的，我便要每年反复读这集子，读到我生命终了。

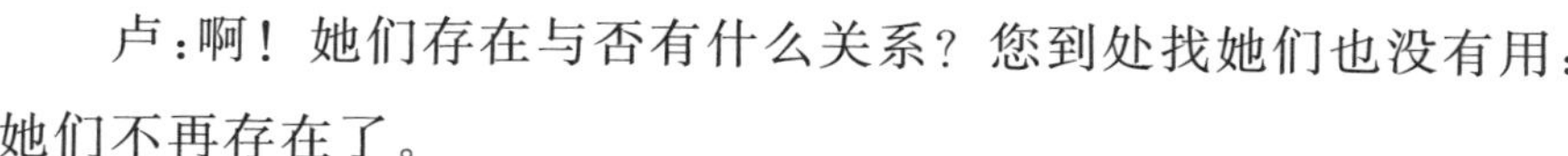

卢：啊！她们存在与否有什么关系？您到处找她们也没有用：她们不再存在了。

恩：她们不再存在了？可见是存在过的喽？

卢：这个结论是条件式句子：假如她们存在过，她们已不再存在。

恩：我们之间说一句真话，要承认这些微妙的问题，明确性多于困惑性。

卢：让它们成为如您所愿的那样就是了，只要让我过得去和不撒谎就行。

恩：说真的，您白费心，人家由不得您也会猜测。难道您没看见单凭您的题词就能说明一切。

卢:我认为它丝毫没有揭示现在所谈的事实:因为谁能知道到底是我在手稿里发现这个题词,还是我把它放上去的?谁能说我是否也像您一样抱着怀疑,所有这些神秘的神色也许是个幌子,用来隐藏我对于您想知道的问题方面我自己的无知?

恩:最后还有,您认得那些地方吗?您到过魏韦,在伏州的地方吗?

卢:到过好几次,我向您声明,我在那里从没有听见有人提到岱当惹男爵和他的女儿;德·伏尔玛尔先生的名字在那里也没有人知道。我到过克拉朗;我在那里没有看见过跟这些信里描写的相似的房屋;我从意大利回来时经过该地,正是那悲惨事件发生的那年,那里既没有人哭悼过于丽·德·伏尔玛尔,也没有人哭悼过所知道的像她的人。最后,就我能够回忆那地方的情况,我注意到一些信里说的地方被挪动了位置,还有一些地形上的错误,这或者由于作者对此知道得不够多,或者是他想迷惑他的读者。这些就是您能从我这里得到的关于这问题的全部情况;您可以放心,我对您拒绝提供的资料,别的人绝不会从我这里得到。

恩:大家都会有我那样的好奇心。假如您想发表这本作品,您要把您告诉我的这些话告诉读者;可以更进一步把这篇对话写出来作为整个序言;必需的解释这里都有了。

卢:您说得对,它比我一个人说的更有价值。不过这种辩护是不会成功的。

恩:是的,当大家看到作者把自己牵涉进去时是不会成功的。但我要设法让这个缺点不出现在本书里;不过我建议您调换一下角色。您假装是我敦促您发表这集子,而您对此坚决反对;您摆出不同意的意见，我作了答复：这样将显得更谦虚，并会有很好的效果。

卢：这是否也在您上面对我赞赏的性格里？

恩：没有，我给您设了一个圈套：让一切照原来的样子好了。

新爱洛漪丝[①]

第一卷

第一封信

致于丽

小姐，我充分意识到我应该逃避您；我本不该有所希冀，或者根本不该看见您。可是如今怎么办？我如何是好？您曾经答应我以友谊；您瞧我这样狼狈，愿您有以教我。

您知道，我是应您母亲的邀请才到您家来的。她了解到我具有某些可喜的才能，相信在一个缺乏教师的地方，这些才能对于教育她所钟爱的女儿未必没有用处。我也以能够用一些花朵来装饰一个天生丽质而感到自豪，便贸然接受了这项危险的委托，却不曾预见到它的危险性，或者至少没有感到畏惧。我并不想向您诉说，我已经开始为我的鲁莽付出了代价；我希望我绝不会对您冒昧说

① 重印本书所采用的版本，我们毫不犹豫地认为：1761 年的第一版当然是最好的版本；卢梭本人在许多场合也这样认为。最近夏拉卫先生还出售过他致印刷厂经理的一封信，他在这封信中说："我认为《新爱洛漪丝》唯一可以接受的版本是第一版。"

本书的注释除注明的以外，都是作者所加的。——原书编者注

为避免混淆，本译本的卢梭原注也加以注明。——译者

些您不宜听取的话，也绝不会失掉我对于您的品德的尊敬更甚于对您的门第和美貌的尊敬。假如我受苦，那我至少可以独自一人受苦来自慰，我不愿以您的幸福为代价来求得自己的幸福。

然而我每天见到您，而且注意到您并不曾想到，您会无意中加剧了您不可能予以同情和不该理解的我的苦恼。不错，我知道在没有希望的情况下，理智会指导我怎样行动；而且我如果这时能够使审慎跟诚实一致的话，我定当尽力去遵从；可是我怎么才能得体地从一家人家引退呢？是那家人家的主妇亲自把我请去的，而且她对我优礼有加，也相信我对于她在世上的最亲爱的人能有些用处。她有朝一日由于您在课业上的进步（这一目的是她向丈夫秘而不宣的），而使她的丈夫大吃一惊的那种慈母的得意心情，我怎能加以破坏呢？对她毫无礼貌地不辞而别，是否应该呢？我离去的原因是否应该吐露出来呢？一个门第和财产都不允许对您高攀的人，如果把心事和盘托出，她不会感到冒犯吗？

小姐，我看只有一个办法可以使我脱离困境：那便是由使我陷入困境的那只手，把我从中拉出来；我的痛苦，如同我的过失一样，是来源于您；出于对我的怜悯，至少需劳驾您亲自来拒绝我，请把我的信交给您的双亲，享我以闭门羹，用随便什么理由把我逐出门外；我为了您什么都能忍受，但我不能自己逃避您。

您，驱逐我！我，逃避您！那为什么？对值得赞美的东西具有敏感，对值得尊敬的东西表示爱慕，这为什么是一种罪过呢？不，至美的于丽，您的美貌使我目迷神眩；但如果没有使您的美貌生动起来的那种更为强烈的魅力，就绝不能使我心醉。您那如此生动的敏感和持久的温柔的感人的结合；您那对他人的一切不幸如此亲切的怜悯;您那纯洁的灵魂中产生的正确思想和高雅情趣;——总之,比起您个人的可爱之处来,您这些感情的魅力才是我所更为爱慕的。我相信可能有人把您设想得更为美丽;但要把您设想得对一个正直的人的心灵更为可爱和更为相称,于丽呀,那却是不可能的。

有的时候我竟认为,上苍早已神秘地使我们感情一致,趣味相投,而且年龄相当而自鸣得意。我们还如此年轻,我们天然的习性并没有变质,我们的一切爱好看来都很接近。我们还没有受世俗偏见的影响,我们在感受和观点上是一致的;那么我为什么不敢设想,在我们心灵里也具有我感觉到的那种在见解上的一致呢?有的时候,我们的目光会相接;我们也会同时发出几声叹息;同时悄悄抛洒几滴眼泪……啊,于丽!这种一致仿佛来自更遥远的地方……仿佛是上苍定下的……一切的人间力量……啊,请原谅!我迷糊了,我竟把我的心愿当做了希望;我的热切的愿望竟把实现不了的可能性当做目标了。

我恐怖地意识到,我的心在为自己酝酿着怎样的苦恼;我绝不想抚慰自己的苦恼;如果办得到的话,我宁愿憎恨这苦恼。按我方才向您提出请求的那种方式,请您判断一下我的感情是否纯正。可能的话,请让供养我并毒害我的毒液的泉源枯竭吧,因为我只求一点,不是摆脱苦恼,便是死亡;因此我像一个情人祈求您的慈悲一样祈求您的严厉。

是的,我答应,我发誓,我自己要竭尽全力恢复理智,或者把我心头滋长的烦恼深深埋到心底去;但也请您把会置我于死地的含情脉脉的眼睛从我身上移开;请不要让我看到您的玉貌、您的丰姿、您的胳臂、您的纤手、您的金发、您的神态；请您躲避我那冒失的目光；请抑制您那感人的、让人听了不能不动心的声音；唉！为了使我的心能恢复平静，请您成为您以外的另一个人吧。

要我直截了当告诉您吗？在晚间闲暇时玩的那些游戏里，您对大家的态度都极度亲切；您一视同仁地对待我和别的人。就拿昨天说，我在游戏中受罚，您差一点儿没让我吻了您；您作了轻微的抗拒。幸亏我勉强忍住了。我当时的激动越来越强烈，几乎快要控制不住自己，然而我还是悬崖勒马了。啊！如果我能称心享受的话，即使这一吻是我最后的一息，我也将成为人类中最幸福的人而死去了！

请您开恩，让我们不再进行那些可能导致痛苦结果的游戏了吧。别进行了，任何一种游戏，甚至其中最无谓的，都有它的危险性。在游戏里，我一碰到您的手就会颤抖，而我不知道那时何以总是会碰到您的手的。您的手刚落到我的手上，一阵战栗就会向我袭来；游戏使我发烧甚或昏迷；我什么也看不见，什么也感觉不到；在那精神错乱的时刻，我能说什么，能做什么，能往哪里躲，怎样能为自己负责呢？

当我们阅读的时候，却是另一种麻烦。我看到只要您母亲或您表姐片刻不在场，您就马上改变态度；您采取了那么严肃、那么凛然的态度，以致尊敬您和害怕您不高兴的那种心理，使我丧失了清醒的头脑和判断的能力，我只有颤抖着结结巴巴地勉强说几句课文，您虽然非常聪慧，听了也不得要领。这样，您变化无常的态度使我们双方都受到了损害；您使我忐忑不安，您自己也得不到教益。我真不明白是什么原因使一个如此明白事理的姑娘会这样改变脾气的。我冒昧问您，您在大庭广众之中怎能如此活泼淘气，而在两人独处时却如此庄重严肃？我本认为这应当完全相反，应抱的态度必须跟在场的人数合乎比例。您却不是这样，我总是同样惶惑地看到，您在单独相处时举止彬彬有礼，而大家在一起时却很亲近。希望您更相同些，那样我也许会少些苦恼。

假如高贵的灵魂所具有的天生的同情心能使您让一个不幸的人（您对他曾表示过些许的尊敬）的痛苦有所减轻的话，那么您在行动上的轻微改变将使这个人的处境较少困顿，也使他可以更平静地忍受自己的沉默和不幸。如果您对于他的克制和他的境况无动于衷，而且您要运用权力来让他完蛋的话，您完全可以照此办理，他绝不会有怨言；与其由于一种在您眼里成为有罪的、欠检点的激情而完蛋，他更愿意由于您的命令而完蛋。最后，虽然您掌握着我的命运，我至少不会因敢于抱有一个冒昧的希望而自责；假如您读了这封信，您便是做了我斗胆要求您的一切，至少我是不会害怕遭到拒绝的。

第 二 封 信

致 于 丽

小姐，在我的第一封信里，我多么荒唐！我不但没有减轻自己的痛苦，反而因为惹您生气而使自己的痛苦更为加深了，而且我觉得最坏的是使您郁郁不乐。您的沉默，您的冷冰冰的和矜持的神气，只是让我明白这个人太不幸了。如果您部分地满足了我的请求，那只是更厉害地惩罚我。

E poi ch'amor di me vi fece accorta,
Fur i biondi capelli allor velati,
*E l'amoroso sguardo in se raccolto.*①

在大庭广众间您减少了我曾傻乎乎地抱怨过的那无邪的亲热；而在单独相处的场合，您又变得更严厉了，您那机灵的严厉从您的好感和拒绝两方面同样流露出来。

您怎能不觉察到这种冷淡于我是何等的残酷！您也许会明白，对我的惩罚是过头了。我多么热烈地希望能返回到过去那个时候，也希望您压根儿不曾看到那封致命的信！不，因为担心再次冒犯您，要不是已经写了第一封信，我是决不会写这一封的；我不愿重犯错误，而是想加以补救。为了使您息怒，是否应该说是我自己搞错了呢？是否应该否认我对您怀有爱恋之情呢？……我，我怎能说出这种丑恶的违心之言！对于一颗受您主宰的心，这样卑劣的谎言能相称吗？啊！如果必须是这样的话，那就让我不幸吧；我错在轻率冒失，但我绝不说谎，也绝不卑怯；我的心既已犯了罪，我的笔就不能加以否认。

我事先就感觉到您愤怒的分量，而且像等待您给我唯一的恩典似的等待着它的结果：因为煎熬着我的那团火焰理应受到惩罚，但不应受到鄙视。望您慈悲为怀，不要使我陷于无人理睬的境地；至少需请您来决定我的命运；请表明您的意愿所在。不论您怎样处置我，我都唯命是从。您要我永远沉默吗？我一定强使自己遵

① 而当我的爱情使您警觉时，
您把您的金发遮盖起来，
您美丽的目光集中到自身。（梅塔斯塔塞）（意大利语）

命。叫我不在您面前露面吗？我起誓您将不再见到我。命令我死掉吗？啊！那并非最难做到的事。没有任何命令是我所不能服从的，除了要我不再爱您以外；即使这一条我也将服从，只要我能办到。

我一天至少有一百次打算扑倒在您的脚下，把我的泪水洒向您的双脚，以此获得死亡或者对我的宽恕；但每次总有一阵致命的恐惧使我丧失勇气；我的双膝直颤抖，因而不敢下跪；话到嘴边不敢吐露，我的心灵因担心引起您的愤怒而完全失去了信心。

世上还有比我的心态更为可怕的吗？我心头感到罪孽深重，却又不知道怎样悔罪；罪过与悔恨交并，由于不知道我的命运如何，我常在难堪的疑虑中，在求得宽恕的希望和受到惩罚的恐惧二者之间浮沉。

然而不，我什么也不希望，我没有权利抱任何希望。我期待您的唯一恩典就是赶快对我进行惩罚。请您执行公平的惩处吧。由我亲自恳求给予处罚，这不是太不幸了吗？请惩罚我，您应该这样做；但如果您不是铁石心肠，那就请收起您那使我十分沮丧的冰冷和不满的神色吧，因为人们打发一个死囚上路，是不会向他摆出一脸怒容的。

第三封信

致于丽

小姐，请您别不耐烦；这将是您收到的我最后一封纠缠的信。

当我爱上您时，我远没有料到我给自己造成了那一切不幸！

起初我只感到那是一种没有希望的爱情，以为理智凭借时间之力能够战胜；后来认识到更大的不幸在于惹您讨厌；如今我又体会到所有苦恼中最厉害的是您自己痛苦的那种感情。于丽呀！我痛苦地看到，我的倾诉扰乱了您的宁静；您保持着顽强的沉默，但什么都逃不过我关注的心，它发现了您隐秘的激动。您的眼睛变得忧郁、迷惘，总是呆呆地凝视着地面；茫然若失的目光有时投向我；您娇艳的容颜憔悴了；异样的苍白蒙上了您的面颊；快乐离开了您；死气沉沉的愁容笼罩着您；只有您内心不变的温馨才保持住您一点儿幽默情绪。

敏感也罢，藐视也罢，对我的痛苦表示怜悯也罢，您在为这些而烦恼，我都看得出来；我担心我是否成了您烦恼的原因，而这种担心使我感到难过，其程度超过我因怀有希望而产生的高兴；因为不是我自己弄错，便是您的幸福对于我要比我自己的幸福更宝贵。

然而，在反躬作自我反省时，我开始认识到我对自己的心作了何等错误的判断，我太晚才看到，起初当做过眼即逝的一种狂热竟是我终身的命运。您的愁闷日见加深，使我感到我的痛苦也日甚一日。您眼中的火花、您脸上的神采、您精神的魅力，您从前的快乐的一切动人之处，确实从来不曾像您现在这样委靡不振的模样给人以更深刻的印象。您不用怀疑，神圣的于丽，如果您能看到这愁闷的八天里我心里发生了多么大的骚动，您自己也将为我那因您而起的不幸叹息了。这种不幸今后是无药可治的，我非常伤心地感到，煎熬着我的孽火只有到坟墓里才会熄灭。

没有关系；不能使自己幸福的人，至少有资格成为幸福的人，我一定能使您尊重一个您本不屑于给予一点儿答复的人。我年纪还轻，总有一天我能当得起现在还不配受到的尊重。现在，必须把我永远丧失了的以及我在这里并非有意地夺走的您的安宁交还给您。由我独自承受我一人犯下的罪过的惩罚，是公正的。永别了，至美的于丽；愿您宁静地生活下去，愿您过去的快乐得到恢复；明天起您不会再见到我了。但您可以确信，我心中为您燃烧着的炽烈而纯洁的爱情，一辈子也不会熄灭；而我那颗装满一位如此值得敬爱的姑娘的心，是再也不会变质的；愿它今后把专一的敬意分给您和美德，也愿大家永远看不到有其他欲火亵渎那供奉于丽的圣坛。

于丽的第一张短简

要放弃必须离开的思想。一颗有道德的心能自我克制或者缄默，也可能变得令人畏惧。但是您……您是可以留下来的。

回　　简

我已沉默了很久，您的冷淡终于使我说话了。一个人可以为了道德而自我克制，但他绝受不了他所爱者的蔑视。我必须离去。

于丽的第二张短简

不，先生，在您似乎有所感受之后，在您敢于对我有所诉说之后，您这样一个曾经掩饰自己的人是不会离开的，您会前进一步。

回　　简

我掩饰的不过是一颗失望的心里的适度的激情而已。明天您将会感到高兴;虽然您能够这样说,我只有离去一举而没有更进一步。

于丽的第三张短简

你这个不明事理的人！如果你认为我的生活可贵,那么慎防损害了你的。我现在被缠住无法脱身,所以一直到明天既不能对您说话,也不能给您写信。请您等待。

第　四　封　信

自　于　丽

我终于只得承认这掩饰得不很高明的致命的秘密了！有多少次我曾发誓,只能让它跟我的生命一起离开我的心！你的生命处于危险中,这使我不得不倾吐心中的秘密;它从我的心房泄露出来,于是体面丢失了。唉！我太守信用了;死亡是否比保持体面更惨呢？

说什么呢？怎样打破这如此艰难的沉默呢？或者难道我还没有把一切都说出来,你也还不曾听够？啊！你于此已经看见得太多,其余的你该能猜到了！我被一个可恶的引诱者一步步地拖进陷阱中去，我看到了我正在奔向可怕的悬崖，却不能止步。狡猾的人！是我的爱情多于你的爱情才使你这样大胆。你看见我的心误入了迷途，便利用这一点来让我吃亏；当你使我被人鄙薄时，我最深的不幸是被强迫蔑视你。啊！不幸的人，我尊重你，你却让我丢脸出丑！相信我，如果你的心想安安稳稳地享受这种胜利的快乐，那是绝不能得逞的。

你很明白，你将因此而增加你良心的谴责；我心灵里丝毫没有邪恶的倾向。谦逊和诚实是我所珍视的；我喜欢在我简朴和勤劳的生活里培养这些美德。但如果上苍排斥它们，那我的努力还有什么用？从我第一次不幸见到你那时开始，我就感到了那毒化我的感觉和理智的毒素；我从最初的一瞬就感到了，你的眼睛，你的感情，你的言谈，你的罪恶的笔，都逐日使毒性更为致命了。

我完全没有放松努力去阻止这有害的激情的发展。因为没有力量进行抵抗，我便想以自卫避开被攻击；你的追求蒙蔽了我的徒劳的审慎。我有百来次想跪到我双亲的膝下；我有百来次想向他们表白我那有罪的心；但他们不可能理解我心中产生的问题，对于一种绝望的病痛他们总想用普通药物来治疗；我的母亲意志薄弱，而且没有权威；我深知我父亲那不可动摇的严厉，因此将只能使我、我的家庭还有你本人身败名裂，我的女友在外地，我的哥哥已去世；我在世上找不到一个保护人来对付那追赶我的敌人；我徒然向苍天呼救，苍天听不见弱者的请求。一切都在煽起吞噬我的热情；一切都把我推给自己，或者不如说推给你；整个自然仿佛成了你的同谋者；我的一切努力都是白费劲，我不由自主地喜爱你。我的心在力量充沛时尚且不能坚持，难道现在倒能作一半的坚持吗？

这颗完全不懂得掩饰的心，当它衰竭时难道还能向你隐藏吗？啊，那难以迈出的第一步，本来是不该迈的；现在我怎能不迈其余的步子？是呀，从那迈出的第一步起，我就感到自己被拖进了深渊，现在你尽可随意使我怎样不幸都行了。

这就是我现在的可怕处境，我如今只有向造成我这种处境的人求援，为了使我免遭不幸，你应当成为我反对你的唯一的护卫者。我知道我本可以延迟我这番关于伤心事的吐露；我本可以把我的羞人答答的事掩饰若干时日，由我自己来逐步解决。但这是徒劳的花招，它虽然可以满足我的自尊心，却挽救不了我的德行！得啦，我十分清楚地看到和意识到，第一步的过错会有什么后果，我并不想走上绝路，而是要避免它。

然而如果你不是一个卑劣的小人，如果你的心灵里还有几星德行的火花在闪烁，如果像我所相信的那样，你还具有一些荣誉感的痕迹的话，我能相信你会恶劣到想滥用我在狂热中吐露的那致命的心里话吗？不会的，我很理解你。我软弱，你会给我以支持，你将成为我的保护者，你将保护我对抗我自己的心灵。你的道德是我的纯洁无辜的最后庇护所；我敢于将我的荣誉托付给你的荣誉，没有这一个，你便无法保全另一个。高贵的灵魂呀！把二者都保管好吧；至少为了你自己的爱情，劳你驾垂怜我吧。

上帝呀！我是否过于卑躬屈膝了呢？我现在跪着给你写信；我的眼泪浸湿了我的信笺；我向你奉上我羞怯的恳求。可是别以为我不知道接受恳求的应该是我，而且为了让人服从我，我只需用可鄙的手段作些让步就行。朋友，接受这无谓的支配权吧，但把名誉留给我：我宁愿做你的奴隶，宁愿清白地生活，却不愿以败坏自己的名誉为代价来取得你的依附。假如你肯听取我的话，那么从你使之起死回生的人儿那里你还有什么爱情、什么尊敬会得不到手啊！两个纯洁的灵魂的甜蜜的结合是何等的优美！你那些被克制的欲望将是你幸福的源泉，你将享受到的乐趣就是神仙也不过如此。

我相信，我也希望，一颗值得我全心全意眷恋的心，不会辜负我期望于它的高贵风度的；我还希望，如果它竟卑劣得滥用我的迷误和从我心中掏出来的招认，那么鄙夷和愤怒将恢复我已丧失的理智，我自己也不会懦弱到害怕一个我将为之感到羞愧的情人的。你将是有德行的，不然便是个遭人蔑视的；我将是受尊重的，或者是心病已痊愈的人。这便是我在死的希望以前所存的唯一希望。

第五封信

致于丽

万能的上帝！我有了一颗经受痛苦的心，现在请赐予我一颗追求幸福的心。爱情——心的生命，是你来支持我快要垮掉的心。所爱者那美德的无法表达的魅力，那声音的无敌的力量、幸福、快乐、激情，您的这些特征多么扎人的心！被扎着的人，有谁能经受得住？啊！欢乐的洪流是否足以淹没我的心？我又怎样来补偿一位忧心忡忡的情人的焦虑呢？于丽……不，我的于丽跪下了！我的于丽在落泪！……理当受世人崇敬的人，却在恳求一个崇拜她的人不要羞辱她、不要使自己丢脸！如果我可以对你生气的话，我大概要对你那使我们屈辱的种种担忧生气。纯洁的、绝世的美，请好好地认清你的权威的性质。啊！我热爱着你本身的美，难道不是主要地因为你的内心活跃着纯洁的心灵，而且你的整个形象都带有神圣的印记吗？你害怕屈从于我的追求吗？可是，你所引起的感情全都充满了虔敬和善良，对于这样的追求有什么可害怕的呢？世上难道会有人卑鄙到竟敢粗暴地对待你吗？

请允许、请务必允许我享受被爱……被……所爱的那种突如其来的幸福……世界王位的宝座，我把它看得一文不值！你用火辣辣的文字写下你的爱情和情感的这封珍贵的信，我反复读了千百次；在这封信里，一颗热烈的心虽然非常激动，我高兴地看到在那真诚的灵魂里，最汹涌的激情依然保持着美德的神圣的品质！读了你这封感人肺腑的信后，什么样的怪物才会滥用你的处境并以最明显的行为来表明对他本人的最深的轻蔑？不，亲爱的情人，请信任一个绝不会欺骗你的忠诚的朋友好了。即使我的理智将永远不清，即使我的理性的困扰会与时俱增，你本人今后不仅对于我是最可爱的，也是一个最值得尊敬的最神圣的被庇护者。我的爱情和它的对象将共同保持着始终不变的纯洁。用手接触你贞洁的肉体，将比最丑恶的乱伦更使我胆战心惊；你跟你的情人相处，跟你与令尊相处有同样的绝对安全。啊！如果这个幸福的情人在你跟前有片刻的失态，那么于丽的情人将是灵魂肮脏的人！不，当我不再热爱美德时，我也不再热爱你了；只要我一有卑劣的行为，我就不再要你爱我了。

因此你尽可放心，我以使我们结合的那温柔纯洁的爱情的名义恳求你；这便是我对你克制和尊崇的保证；这也是你对本身的保证。你的恐惧为什么远超过我的愿望？我的心能领略到现在的幸福已经足够，我怎么还能渴望别的什么幸福？我们俩都年轻，的确如此；我们有生以来第一次也是唯一一次相爱，我们丝毫没有激情的经验；但引导我们的荣誉难道是个骗人的向导？莫非必须靠邪恶才能获得可疑的经验吗？我不知道我是否对自己有些误会，但我觉得我内心深处存在着率真的感情。我绝不是你在痛心时所说的那种卑劣的引诱者，而是个单纯的和敏感的人，我不转弯抹角表露自己的感受，而且认为丝毫不必为之感到脸红。总而言之，我厌恶罪行，比我爱于丽更强烈。我不知道，我的确不知道你使我产生的爱情是否能跟对美德的遗忘二者并行不悖，也不知道一个不正派的人是否也能充分感到你的可爱。至于我，我爱你越深，我的感情也越崇高。以前我为善行本身而行善，现在如果我行善，不是为了使我配得上你吗？啊！请你信任你为我启示的爱情并使它升华；请相信，只要我热爱你，我就能够永远尊崇你交付给我的那份珍宝。啊！我将享有的是怎样的心灵！我所爱的是真正的幸福和光荣，是自尊的爱情的胜利，而你比一切爱情的快乐更珍贵得多！

第六封信

于丽致格兰尔

我的表姐，你是否打算为那可怜的夏依奥哭一辈子，是否让死者使你把生者都忘怀了？你的悲哀是应该的，我也深表同情；但总不该永远这样吧？自从你母亲去世后，她以最大的关心照顾你，她与其说是你的家庭女教师，毋宁说是你的好朋友；她温柔地爱你，因为你爱我，所以她也爱我；她从来只启示我们智慧和荣誉的原则。这一切我都知道，我亲爱的表姐，我也乐于同意。但你也得承认，我们这位太太对我们有点儿不够谨慎；她往往没有必要地对我们谈了些极轻率的知心话；她不断地对我们讲些风流的格言、她年轻时的艳事和情人们要弄的手腕；而且为了保证我们不致上男人们的当，她虽没有教我们如何作弄他们，却至少把年轻姑娘不需要知道的许多事情教给我们。因此对于她的死，你要看做不是没有什么补偿的损失而感到自慰：像我们这样的年纪，她的教导开始变得危险了，老天爷现在把她叫走，可能是因为不让她更久地留在我们身边比较好些的缘故。你要记住，当我失去我的最好的一个哥哥时你对我说过的那些话。难道夏依奥对你更宝贵些？你是否有更多的理由悼念她？

亲爱的，你回来吧，她已经不再需要你了。唉！正当你浪费时间作多余的抱憾时，你（你是了解我的心理的）怎么不担心为你引起别的抱憾，怎么不担心你的朋友会陷于如果有你在身边便能防止的那种危险的境地中去呢？啊！自从你离开之后，发生了多少事情！假如你知道了由于我的不谨慎，我曾冒过多少危险时，你一定会吓得战栗的。我现在希望从中摆脱出来；但我看这大概得靠别人来安排：所以要由你来使我恢复自主。那么你赶快回来吧。在你必须照顾你可怜的女家庭教师时，我绝不说一句话；而且我会率先要求你照顾她。她现在去世了，你得照顾她的家；这由我们共同来做要比你单独在乡下做更好，而且你在对死者尽感恩的义务时，不致妨害应对友谊尽的义务了。

自从我父亲离家之后，我们又恢复了原来的生活方式，我母亲不大离开我了；但这多半由于习惯而不是由于不放心。她的交际依然要占去她很多时间，她又不愿放松我的那些功课，于是巴琵相当粗心大意地代替了她的位置。虽然我发现我这位好母亲对我过于放心，我可下不了决心让她知道这种事；我但愿自己能平安无事而不使她看不起我，这唯有你才能把一切处理妥善。回来吧，我的格兰尔，别迟延着你的归期。我听的课没有你参加我感到可惜，我怕我变得太博学了：我们的老师为人不仅值得赞扬，而且品德也好，这就更可怕了。他对我很满意，我也对他满意；他是那样的年龄，我们又是这样的年龄，要跟一个品德极好、人又可爱的男子在一起，那么两个女孩子在一起要比只有一个更好些。

第七封信

复信

来信已悉，你使我很担心。我倒并不相信危险有你所想象的那样急迫。你的恐惧减轻了我对于目前的恐惧，但未来使我害怕；你如果不能自制，我就只能看到不幸了。唉！可怜的夏依奥曾多次对我预言，说一个人的心里的第一声叹息将是其一生的命运！啊！表妹，你还这样年轻，怎么能认为你的命运已成定局了！这位明智的妇女的去世，你认为对我们有利，其实对我们是个损失！也许我们从一开始就应该落到更可靠的人手里；但我们从她手里培育出来时已经太明白事理，以致再难接受别人的照料，但还不足以由自己管理自己：只有她能保护我们避免她为我们引起的危险。她教我们懂得很多事；我似乎觉得我们这样的年龄已经考虑得够多的了。我们几乎从摇篮时就开始结下的生动温柔的友爱，可以说早已为我们的心启示了一切的激情;我们相当懂得它们的征兆和结果,我们缺乏的只有抑制它的手段。愿上帝让你的青年哲学家能比我们更懂得这种手段!

当我说"我们"时,你一定心里明白这主要指的是你;因为对我来说,那位好心的太太老是说我的轻率能代替理智,说我的心永远不知道去爱,又说我疯狂的程度不会有朝一日干出疯狂的事来。我的于丽,你要提防你自己;她越说你理智,她越担心你的心灵。可是你要有勇气;智慧和荣誉能做的一切,我知道你的心灵也一定能做到;你不必怀疑,我的心也一定会做到友爱所能做的一切。如果按年龄说我们懂得太多,这种知识至少于我们的品德并没有什么妨害。要知道,亲爱的于丽,世上有很多更为纯洁的姑娘,她们却比我们不诚实:我们是诚实的,我们愿意做诚实的人;不论人们怎么说,这是做诚实人的最可靠的手段。

然而根据你对我说的一切,我不在你身边弄得我片刻都感不到安宁:因为你既害怕危险,可见危险不完全是虚语。说实在的,防范危险发生很容易;几句话对你母亲一说,一切便可解决。不过我理解你,你不愿意采取使一切结束的断然措施;你想要的是使你避免失足的能力而不是斗争的荣誉。啊,可怜的表妹!……再说,如果那渺茫的希望……岱当惹男爵会同意把他的女儿——他的唯一的孩子——许给一个没有财产的小市民吗!你能这样希望吗?……那么你盼望什么呢?你要什么呢?……可怜的、可怜的表妹啊!……但我这方面你丝毫不用害怕;你的朋友会为你保守秘密。许多人可能认为把这种事暴露出来更为诚实,他们也许是对的。至于我,我可不是什么大理论家,我决不要背弃友谊、信义、信任的那种诚实；我认为每种关系、每种年龄各有它的格言、义务、德行；别人认为高尚的，我却认为是不义的，如果把一切混合在一起，我们不仅不能变聪明，反而变得凶恶。假如你的爱情并不强烈，我们来克服它；如果它很剧烈，用激烈的方法去攻击便会酿成悲剧；而友谊只应以适合于它的方法进行试探。然而在我的照管下你只管问心无愧地行动；你会知道、你将看到一个十八岁的女监护人是什么样的。

你知道，我远离你并非为了自己快乐，乡村的春天也并不像你想的那样愉快：在这里同时要受寒冷和炎热两种罪；散步时没有阴凉，屋子里要生火。我的父亲虽然忙于建筑事务，也不免要注意到这儿的报纸比城里到得晚些。因此大家都要求最好回城里去；我希望四五天后你就可以拥抱我了。可是我感到忧虑的是，这四五天算起来不知有多少钟点，而其中有许多钟点是留给哲学家的。留给哲学家的，你听见没有，表妹？你要想到，所有这些钟点就只能为他而打鸣。

你不要感到脸红和低垂着眼睛。采取俨然的神色，你是办不到的；这于你的容貌不相称。你清楚地知道我即使哭起来也会笑，但我并不因此缺乏感情；我远离着你，但并不因此愁闷得少些；也并不减少对好心肠的夏依奥的哀悼。我无限感激你与我分担对她家属的照顾，我终生都不会抛弃他们的，而你如果失掉行善的一些机会时，你便将不再成为你自己。我同意这可怜的好太太是个爱唠叨的妇人，她那些唠家常的话相当随便，跟年轻姑娘们说话时不大顾忌，她也爱谈她的往事。因此我哀悼的主要不是她精神的品质，虽然在她不好的品质中也有非常好的东西。我哭她的去世，是哭她的好心肠，哭她的完美的依恋之情，这使她同时给我以一个母亲的慈爱和一个姐姐的信赖。她代替了我的整个家庭。我只依稀认得我的母亲，父亲倒也尽可能地爱我；我们失去了你亲爱的哥哥，我几乎不曾见过自己的弟兄：我现在就像被抛弃的孤儿。我亲爱的孩子，我剩下的只有你：因为你的好母亲，那就是我；你到底有道理，我还剩有你。我哭泣！所以我真是疯了；我有什么可哭的？

附言：为防意外，我把这封信寄给我们的老师，使之更保险地送到你手中。

第八封信[①]

致于丽

美丽的于丽，爱情的怪脾气真是难以捉摸呀！我的心所得到的早已超过了期望，它却不快活！您爱我，您对我这样说了，而我还在叹息！我这颗不公正的心在没有什么可希冀时，居然还敢有所希冀；它以一些怪念头惩罚我，使我在幸福的包围中还感到忧心忡忡。您别以为我忘却了所承担的约束，或者失掉了遵守约束的意愿；绝对没有，可是看到这些约束仅仅压制我一人，而自以为那么软弱的您现在却坚强了，而且我发现您已在注意预防那些事，而我只需对自己作一点儿斗争时，一种秘密的不满扰乱了我的心。

① 这里显然有脱节，这种情况在全部通信里常可发现。好些信是遗失了，有些信被剔除了，还有些则被删节；但重要情节没有缺少，这靠余下的信不难得到补充。——卢梭原注

两个月以来您发生了多大的变化，除了您，什么也不曾改变！您的颓丧神态不见了；再没有什么厌倦和意志消沉了；一切的优雅风度都恢复了；您的全部妩媚又重现了；含苞待放的玫瑰花也不比您更鲜艳；您又焕发出您的机智；您对大家有说有笑；您甚至对我也像从前一样开玩笑；而比其他一切更使我生气的是，您采取一种仿佛在讲说世上最有趣的事情那样嘻嘻哈哈的态度向我发誓，说您要永远地爱我。

您说，您快说，用情不专的人呀，这是否表示一种强烈的激情必须进行自我斗争？而如果您有一丁点儿欲望要克服，那是否至少会窒息活泼精神？啊！您过去没有现在美丽，却可爱得多！我多么惋惜您那时感人的苍白，那是一个情人的幸福的珍贵保证！同时我还憎恨您那恢复了的不合适的健康，它使我不能安心！是的，比起您这使我屈辱的快乐的神气、明亮的眼睛、红润的脸色来，我更喜欢看到你那病恹恹的神态。你难道能那么快就忘记了您恳求我的仁慈时的那副模样？于丽呀，于丽！这如此生动活泼的爱情怎能在短时间内平静下来！

但最叫我气恼的是您既把自己交我来安排之后，您似乎对此又不放心，总是躲避着种种危险，仿佛您还在害怕。您说是这样看待我的克制态度吗？我的不可侵犯的尊严能受得了您这种侮辱吗？打从您父亲离开以后，我们不但不能更自由，我反而几乎不能单独见到您。您那形影不离的表姐不再离开您了。我们又在恢复到初时的那种生活方式和原来的礼防，唯一的区别是那时您觉得是种负担，而现在您却觉得高兴了。

如此纯洁的敬意的奖励如果不是为了取得您的敬爱，又能是什么呢？如果要求我永远和自愿地克制世上最甜蜜的东西的您，对此不表示赏识，那我为什么要那样做呢？的确，我已经倦于无效地受苦和得不到奖励而使自己陷于最艰难的困境。怎么？您在不受惩罚地越来越美丽，同时您却在蔑视我，这是应该的吗？我的眼睛不断地凝望着您的美貌而我的嘴却不敢接近它，这是应该的吗？最后，我自己放弃了一切希望，我作出这样痛苦的牺牲，却连起码的自以为荣都办不到，这也是应该的吗？不，既然您不相信我的诚意，我也就不愿再受约束：您想从我的诺言和您的审慎两者同时得到保证，这是种不公平的保证；不是您太负心，便是我太顾虑，我不再愿意放弃您未必能夺走的好运气。最后，我的命运虽然如此，我觉得我负起了超乎我能力的担子。于丽，请您自己保护好，我把对于一个忠诚的保管者太危险的保管物交还给您，您保护它花的心血要比您假装害怕它的那样要容易得多。

我一本正经地对您说，今后要依靠您自己，或是把我赶走，就是说剥夺我的生命。我负担了一项欠考虑的约束。我奇怪，我怎么居然能支持了这么久；我知道我应该负担下去；可是我感到力不从心。一个人勉强负担如此危险的任务，失败是应该的。请信任我，亲爱的、温柔的于丽，请信任这颗多愁善感的心，它只为您而活着；我永远崇拜您；但我可能偶尔丧失理性，当感觉错乱时可能犯下清醒时会感到恐怖的罪过。所幸没有辜负您的期望，我克制了两个月，您要因我受了两个世纪的痛苦而奖励我。

第九封信

自于丽

我明白了;罪恶的快乐和德行的光荣二者将使您生活愉快。您的道德就是这样的吗?……唉!我的好朋友,您做一个宽宏大度的人,未免厌倦得太迅速了!那么您这样做仅仅是玩花样吗?您抱怨我的健康真是您关切的奇特表示!难道您是在希望看到我的疯狂的爱情终于毁坏我的健康,并等待我求您救命的时机吗?或者您打算在我凛然可畏时就尊重我,而当我态度变得温和时您就不再尊重我吗?这样的牺牲我看不出有什么值得重视的好处。

您同样不公正地责备我想把您从自我苦斗中拯救出来,仿佛您不该因此感谢我似的。其次,您取消了自己承担的约束,认为是太沉重的负担;这样,在同一封信里您还抱怨您的负担太重,又抱怨它还不够重。请您好好想想这些事,不要使自己前后矛盾,使您那些所谓的抱怨较少地带有轻浮的色彩;或者抛掉所有这些与您的性格不符的伪装。不论您怎么说,您心里对于我的心比您装出来的样子是更为满意的:忘恩负义的人,您完全明白,我的心对您从未犯过错误!您信上那种诙谐的格调正好露出了您的马脚,因为如果您确是心神不安的话,信就不会写得那样富于机智。不过对您作无谓的责备已经够了,现在转过来谈谈有关我本人的事,这方面粗看起来您似乎说得较有理。

我明显感到我们两个月来平等和安静的相处,同我前面的声明并不协调,我也承认,您对这种对比感到惊讶是不无道理的。您初时看到我的失望神态，如今您又看到我太宁静；因此您指责我不专一的情感和任性的心。啊，我的朋友，您这种判断不是太严厉了吗？要认识我的心，需要不止一天的工夫。您等着吧，也许您会发现爱您的这颗心并不是跟您的心不相称的。

如果您能理解，那最初把我跟您联系起来的感情向我袭来时，我感到怎样的恐惧，您便能断定我心头的忐忑不安了。我是在一些严厉的格言之下教养出来的，最纯洁的爱情在我看来也是最大的伤风败俗。大家教导我或使我相信，一个多愁善感的姑娘只要嘴里吐露出一个温情的字眼，她就堕落了；在我繁杂的想象里把罪恶和承认爱情二者混淆在一起；于是我有一种很可怕的想法：从第一步到最后一步之间很难看到有什么间隔。对自己的极端的不信任加剧了我的惊惶；提倡谦虚我当做提倡贞洁；难以言传的苦恼我看成是欲念的发作。我以为自己一开口说话便会失足，然而又必须说出来，否则便会失掉您。这样，我既已不能再隐瞒我的感情，便力图激发您感情的宽宏大度；我依靠您更胜于依靠自己，想引起您的荣誉感来保护我，指望于我自认为欠缺的您的力量。

我承认我搞错了；我一说出来，就感到宽慰；您一回答，我就平静了；两个月的经验教导我：我太柔弱的心需要爱情，然而我的感官却毫不需要情人。您是爱德行的，请您来判断，这一幸福的发现使我觉得很高兴。从这耻辱的深坑里——这是我的恐怖把我抛进去的——出来，我尝到了纯洁相爱的美妙的快乐。这一状况成了我生活的幸福；它影响了我的性情和健康；我未必能想象出另一种更甜蜜的生活，爱情和天真无邪二者的协调，我认为那是尘世的天堂。

从此以后我不再害怕您了；而当我注意避免单独跟您在一起时，这既是为了您，也是为了我：因为您的眼睛和叹息表明，您的激情更多于您的理智；假如您忘记了您所作的承诺，我却不曾忘记。

啊！我的朋友，我怎么不能把充满在我心底的幸福与和平的感情输送到您的心灵中去呀！我怎么不能教您平静地享受生活的最美妙的情景呀！心灵一致的魅力为我们跟天真无邪的魅力结合在一起：没有畏惧、没有耻辱来扰乱我们的鸿福；在爱情的真正快乐的怀抱里我们可以毫不脸红地谈论德行。

*E v'e il piacer con I'onestade occanto.*①

我不知道什么忧愁的预感在我胸中升起并对我叫喊说，我们只能享受苍天为我们规定的那仅有的幸福时刻。我对于未来只隐约看见分离、风暴、纷扰、矛盾；我看我们现在的景况，只有一个坏字不会有什么变化。是的，当一个更为甜蜜的纽带把我们永远联结时，我担心过分的幸福将迅速变为毁灭。占有的时刻是爱情的一种危机，而一切变化对我们的爱情是危险的；我们只能遭到损失。

我为此恳求你，我亲切的和唯一的朋友，你要努力平息那虚妄的情欲的狂热，因为随之而来的永远是惋惜、悔恨、悲哀。让我们在和平中品尝我们目前的境况吧。你喜欢教育我，你也十分知道我喜欢听你教的功课。我们要使功课更频繁些；只要合乎规定，我们尽可能不分手；在我们不能见面时彼此写信，还要利用宝贵的时

① 那快乐便与诚实结合在一起了。——意大利诗人梅塔斯塔塞（1698—1782）的诗句。意大利语。

间，因为错过这段时间我们有朝一日也许会叹息。啊！愿我们的命运始终像现在这样并持续终生！精神进行装饰，理性发光辉，灵魂变坚强，心灵去享受：我们的幸福还缺少什么呢？

第十封信

致于丽

我的于丽！您说我还没有了解您，这话说得有道理。我总以为了解您美好灵魂的所有宝藏，但我又总是发现有新的。世上有哪一个女子像您那样能把柔情和德行结合起来，用后者节制前者，使二者显得更富有魅力？在这使我懊恼的智慧里，我发现某种可爱和诱人的东西；而您又如此亲切地弥补了您给我造成的缺憾，我差一点儿把这些缺憾当做宝贵的东西。

我一天比一天更深切地感到，被您所爱是最大的幸福；没有也不可能有什么东西比得上它；如果必须在赢得您的心和把您据为己有二者之间进行选择的话，那么，可爱的于丽，我绝不会有片刻的犹豫。可是这种令人苦恼的取舍因何而起呢？自然界本来要二者结合的，为什么却变成不能相容呢？您说时间是宝贵的，我们要尽情享受眼前的时光，要慎防由于我们的急躁而扰乱了它平静的运行。唉！愿时光流逝，也愿它幸运！但为了接受一种可喜的状态，是否应该忽略另一种更佳的状态，而且必须喜爱宁静胜过喜爱最高鸿福呢？会不会失掉可以更好地使用的时间？啊！假如一个人能够把一千年的寿命花在一刻钟，那么忧愁地计算他可活的日子有什么意思呢？

您说我们现在的情况很幸福，这些话全都是无可争辩的；我觉得我们本应该很幸福，然而我却不是这样。您嘴里说出来的聪明话没有用，大自然的声音更有力量。当它跟心声协调一致时，有抵抗它的方法吗？在这个尘世上，除了您再没有能牵惹我的灵魂和感官的东西了：是的，没有您，大自然与我何有；但大自然的权威是在您的眼睛里，它在那里是无敌的。

神圣的于丽，您的看法却不是这样；您只顾使人家的感官愉快，而不对您自己的进行斗争，人类的情欲仿佛是处在一个如此崇高的灵魂之下；因为您有天使的美质，所以您有天使的纯洁。我嘴里喃喃表示尊敬的纯洁啊，我怎样才能够不是使您降低，便是使我升高到您的地位呀！然而不行，我将永远在地上爬行，而且永远仰望着您在空中闪耀。啊！愿您在我得不到安宁的情况下感到幸福；愿您享有您的一切德行，愿那企图玷污您的德行的卑鄙小人不得生存！愿您幸福；我将尽力忘掉我是多么可怜，我将从您的幸福中取得对我内心痛苦的慰藉。是的，亲爱的情人，我认为我的爱情与它所热爱的对象同样完美；被您的魅力煽起的一切欲望都在您灵魂的完善中熄灭；我看到您的灵魂是那样地静穆，因而不敢扰乱它的安宁。每当我企图从您那里取得些许抚爱时，我不仅因为担心会冒犯您而缩手，更因为心里害怕损害您如此纯洁的最高幸福而终于止步不前。在我所渴望的种种利益里，我只看到对您最有价值的那些；我既不能使我的幸福跟您的协调一致，我便放弃了我自己的，您看，我是何等爱您。

您在我的感情里引起多少难以理解的矛盾呀！我既顺从而同时又鲁莽，既急躁却又谨慎；我一抬头看您，内心便产生矛盾的斗

争。您的眼神，您的声音，把爱情和天真无邪的动人的魅力带到我心里；要抹掉这神圣的魅力只能令人遗憾。我只有当您不在跟前时，才敢于作些大胆的遐想；我既不敢当面吐露心曲，便只好向您的画像倾吐；我在您面前不得不表示的拘谨，对着画像才得到报偿。

然而我在受苦，并日见憔悴；火在我的血管里流动；既不能予以扑灭又不能使之缓和，我想加以抑制，却反而激怒了它。我应该是幸福的，我同意是这样；我毫不抱怨我的命运；我目前的景况，即便是地上的国王我也不愿与之交换。可是，一种真正的苦恼在折磨我，我想逃避它而不可得；我绝不愿意死，然而我在死去；我想为您而活着，您却在要我的命。

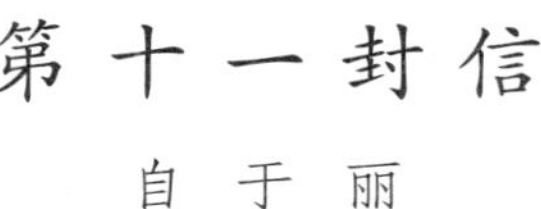

第十一封信

自于丽

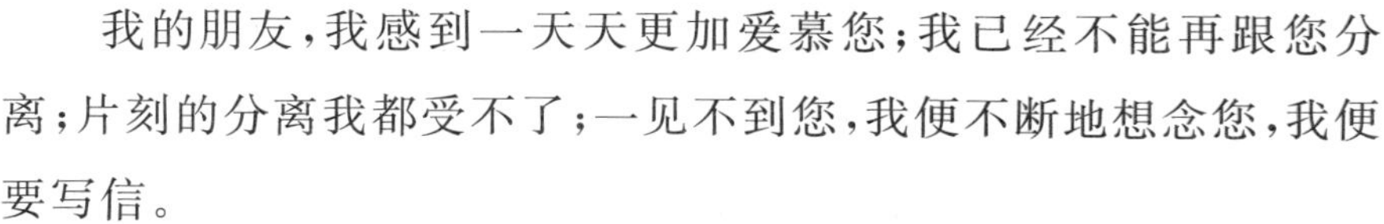

我的朋友，我感到一天天更加爱慕您；我已经不能再跟您分离；片刻的分离我都受不了；一见不到您，我便不断地想念您，我便要写信。

这样，我的爱情跟您一样在加深：因为我现在知道您在真正爱我，在担心自己不能称我的心；而从前您只是装模作样以便更好地达到自己的目的。我非常清楚地看到，您的心灵里是怎样控制一个激烈的想象的狂念的；我认为，您在现在的克制状态中比在当初的激情里有多过百倍的爱情。我也清楚地知道，您虽然处于十分受拘束的境况中，但绝非毫无快乐。对于一个真诚的情人来说，做些牺牲是很甜蜜的事，因为他所做的牺牲都会受到重视，而且在他所爱的人的心里没有一项会是白搭的。可有谁知道，假如您知道我多愁善感，您不会利用最巧妙的手法来引诱我吗？然而不，我是不公正的，您绝不可能对我耍手段。然而如果我聪明，我更需提防的是怜悯而不是爱情。您的敬意比您的激情更是千百倍地使我感动；我很害怕您在表达最诚实的态度时会终于成为最危险的态度。

我在倾吐心曲之际，必须向您说明一项我强烈感觉到而您应该确信的实情：不管财产、家长和我们自己怎样，我们的命运已永远结合，我们只能共同幸福或不幸。我们的灵魂可以说在各方面都有了接触，我们也到处感觉到了紧密的联结。（我的朋友，如果我应用您的物理课用得不妥当，请您指正。）命运固然可以分开我们，却不能把我们拆散。我们将只有同样的快乐和同样的痛苦；而且像您对我谈起过的情人们一样，据说他们在不同的地方有同一的动作，我们在世界的两端也将感到同样的事情。

如果您曾想以我的幸福来换取您专有的幸福，那就请您抛弃这种想法吧。如果我的名誉有亏，您也不要指望能幸福，也不可能以满意的目光观看我的受辱和眼泪。我的朋友，请相信我，我了解您的心比您了解的远为清楚。如此真实和温柔的爱情应当懂得控制欲望；坚持己见会使您自己吃亏，而要是使我遭受太多的不幸，到头来您也会倒霉。

我希望您能懂得，把我们共同的命运让我来安排，对我们俩是何等重要。我把您看得跟自己同样珍贵，您对此有何怀疑吗？您以为我会有您不能分享的洪福吗？不会的，我的朋友；我和您有同样的利益，但更多一点儿理性以引导它们。我承认我比您更年轻；

但您可曾注意，一般理性在女性身上虽然比较弱些，也熄灭得较早些，却形成得更早些，好比柔弱的向日葵，生长和死亡都比橡树更早些？从幼年时开始我们就背负着一种很危险的负担，要注意保存它，这就很快唤醒了我们的判断力；而这是洞察事物结果的极好的方法，它可以敏锐地感到我们会遭遇到的危险。我越考虑我们的处境，我越觉得理性要求您的，正是我以爱情的名义向您提的要求。因此，唉！您要顺从它的温和的声音，让另一个盲人（但她手里至少拄着拐杖）来引导您。

我的朋友，我不知道我们的心有没有互相了解的幸运，也不知道您是否在阅读时赞成由温柔的感情口授的这封信；我不知道我们在观点和感受方面能否协调一致；可是有一点我知道得很清楚，即：两人中谁的幸福与另一个的幸福离得较近，那么这一个的意见应当更可取。

第十二封信

致于丽

我的于丽，您的来信的爽直是多么感人！我从来信中多么清楚地看到一个纯洁的灵魂的公正和爱情的温柔关切！您的思想毫不矫饰和自然地流露着；这种思想给心灵以美妙的印象，那是一般矫揉造作的作风所办不到的。您用如此单纯的态度表达出颠扑不破的道理，必须加以深思才能感觉到它的力量；你不那么费劲便达到的崇高感情，人们都渴望把它们当做共同的思想方式。啊！是的，毫无疑问，决定我们命运的应该是您；我交给您的不是一种权利，我要求您的是一种责任，我请求您的是一种正义，我需要您的理性来补偿您曾使我的理性受到的损害。从今以后我要把我的意志的控制权一辈子交付给您；您可以像支使一个完全没有个性的人一样支使我，我整个的存在将唯您是赖。您不用怀疑，无论您对我吩咐什么，我保证一定遵办。我相信我这样唯命是从的结果，我这个人一定会变得更有价值，你也会更加幸福。因此，我把我们共同幸福操心的事毫无保留地交给您，请按您的意思办，一切便解决了。至于我，我一时一刻都忘不了您，而想到您时又不能不抑制激动的心，所以我唯一操心的是做好您吩咐的事。

我们一起学习一年以来，我们的功课很少按部就班，也几乎遇到什么就学什么，这多半为了考查您的兴趣而不是为了引导；此外，我们经常心烦意乱，以致思想不够清醒。视线不怎么集中在书上；嘴里虽在念书，却一直不怎么用心。您的表姐心无旁骛，责备我们理解不深，她有幸可以轻易地超过我们。她不知不觉地成了老师的老师；我们有时虽然取笑她的自命不凡，但实际上在我们学过的功课方面，她是三人中唯一懂得其中的一些道理的。

为了补偿已失去的时间(哟！于丽，这时间可曾更好地利用过?)，我设想了一种计划，凭它的方法大概可以弥补由于分心造成的知识上的损失。我现在把计划寄给您；我们将立刻共同研究它，在这里我仅仅作几点小小的说明。

我可爱的朋友，如果我们只图炫耀博学，而且为旁人求知识多于为我们自己，那么我的方法是一文不值的：因为这种方法总是从许多东西里吸取很少一点儿，总是从庞大的书库里编成一本小小的集子。在大多数钻研科学的人看来，它是人们重视的钱币，但只有当人们拿它来交流时才能增加福利，它也只有在流通中才有价值。如果剥夺我们的学者让人家听讲的快乐，那么知识对于他们便一无意义。他们在书斋里积聚知识，是为了对大家传播；他们只想在人们心目中成为学者，假如没有欣赏的人，他们就不会再关心做学问了。[①] 想利用自己知识获益的我们，聚积知识不是为了转卖，而是使之转而为我们所用；不是让我们自己增加负担，而是为了汲取营养。对课文少读多想，或者我们之间多进行切磋（这与上述的方法是一回事），这是便于消化的好方法。一个人靠思考的习惯总有一天会茅塞顿开，我认为这种由本人自己发现的事理总是比从书本获得的更好些；这是把那些事理很好地熔铸到脑子里去并化为己有的真正秘密；我们没有这样做，去接受人家塞给我们的现成东西，那往往不是我们自己的东西。我们要比我们所想象的更为富有；但蒙田[②]说，人们借债并捐款给我们；人们教我们使用别人的财富而不使用自己的；或者甚至不停地积聚财富，却一点都不敢碰；我们就像那些只知充实自己的粮仓的吝啬鬼，坐拥丰富的财宝，却让自己饿死。

我也承认，这种方法对很多人是十分有害的，他们需要多读少思，因为他们的头脑长得不好，竟糟到连自己思考的一点也集中不起来。我向您介绍的方法正好相反，您在课文里放进您从中发现的更好的东西，您的活跃的思想在书本外构成另一本书，它有时比

---

① 舍奈克本人就是这样想的。他说："假如人家以不把科学显示出来为条件才把科学给我，那我绝不要它。"崇高的哲学，原来你的用处就在这里呀！——卢梭原注

② 蒙田（Montaigne，Michel Eyquem de，1533—1592）：法国思想家和作家。——译者

原来的那一本还要好。于是我们来互相交流思想,我可以对您谈些别人会想到的,您可以就同一题目对我谈谈您自己想的,上课以后我往往会比您得到更多的教益。

您要做的功课越少,就越应该好好挑选;这就是我挑选书的理由。正如我方才告诉过您的,学子们的最大错误是太相信他们的书本,又不太运用自己的智力,没有想到我们自己的理性几乎总要比所有的诡辩家更少欺骗我们。只消自己用心想一想,每人就会觉得什么是好的,也会区分什么是美的;我们不需要有人教我们认识这二者,在这方面除非自己愿意,人家不会硬来。然而极端的好和极端的美的例子是较少和较不易知道的;必须到离我们很远的地方去寻找。在测定自然力量对我们的弱点的影响时,虚荣心让我们把自己身上感觉不到的品质看成是不可能的事;懒惰和邪恶就倚靠在这所谓的不可能上;对于人们不是天天见得到的东西,有弱点的人认为人们永远看不到它。这种谬论必须予以摧毁;应该习惯于感到和看到那些伟大的东西,以便排除不仿效它们的借口。注视那些神圣的典范时,灵魂就会提高,心灵就会昂扬;由于对这种典范进行思考,人们便力求成为与之相同的人,而且对于一切平庸的东西便会感到极端厌恶而不会继续容忍。

在我们内心更有把握找到的原则和规律,我们就不要到书本里去找。让我们把哲学家们对于幸福和德行那些徒劳的争论抛在一边;我们要把他们为寻找人应该怎样成为善良和幸福而丧失的时间,用来使我们成为善良和幸福,我们要为自己规定该仿效的一些伟大典范而不去追求那些虚妄的制度。

我永远相信善只不过是付诸行动的美,它们二者紧密地结合在一起，在完善的人性里这二者有着共同的根源。从这个观点出发，趣味是靠德行所用的同样方法完善起来的。一个受德行的魅力深深感动的灵魂，对一切其他种类的美应有同样程度的敏感。人们锻炼目力有如锻炼感觉一样，或者不如说，极好的目力无非是精细和灵敏的感觉：这好比一个画家，看见一片优美的风景，或是站在一幅优美的画面前，对这些对象所感到的喜悦是一般观众所感觉不到的。有多少东西只能凭感觉才能看见，而且是说不出道理来的！有多少莫名其妙的东西那么频繁地复现，只有趣味能加以鉴别！趣味可以说是鉴别的显微镜；它使微小的东西得以认识，它的作用是在鉴别不起作用时开始发挥的。那么怎样培养它呢？应当像锻炼目力一样锻炼感觉，像用感觉来审查美一样用审查来判断善。是呀，我认为人们在初次看见于丽时，并非所有的心灵都会一样受到激动。

我的可爱的女弟子，这就是为什么我始终只让您学习有关趣味和德行的书；又为什么我采用整个示范教学法时，没有给您别的道德的定义而只给您一张有德之人的图表，不给您写好文章的别的规则而只给您一些写得很好的书。

因此我对过去我们的课文作了一些删节，您不要感到惊讶；我确信要使这些书有用，就必须加以压缩，我越来越清楚地看到，对灵魂不发生作用的书都不值得您去读。我们要取消您懂的和喜爱的意大利语以外的语言书；我们要停止学代数和几何；我们甚至可以结束物理学，如果我敢于不让您使用其中的术语的话。我们可以永远放弃学现代历史，除了我们国家的以外；那也不过因为它是个自由和单纯的国家，在那儿可以找到现代的古代人。有人说，各人的本国历史才是最有趣的历史，您不要为这种人所蒙蔽。这种话是不对的。有些国家的历史简直没法读，除非是笨蛋或者调解人才去读它。最有兴趣的历史是可以从中找到道德方面和各种性格的最高典范的，总之是最有教育作用的历史。他们会对您说，所有这些东西在我们中间和在古代人中间都同样多。这不是真的。您可以打开他们的历史，让他们闭嘴。现在有些民族面貌不清楚，他们完全不需要画家，有些政府没有性格，他们完全不需要历史家，只要知道人在那里所处的地位，就可以预先知道他将干些什么事。他们会说我们缺少的是好的历史家；但不妨问他们是什么原因。这不是真实的。给好的历史以资料，那么好的历史家就会有了。最后他们会说，一切时代的人都相似，说他们有同样的德行和同样的恶行；说人们赞扬古代人是因为他们是古代人。这也是不真实的：因为古代用小的手段做大事，今天人们做事完全相反。对他们那时的历史家来说，古代人乃是现代人，可是教我们赞扬他们；肯定地说，假如后代到那时赞扬我们的历史家，那不是我们教的。

我为您那形影不离的表姐留了些饶有兴趣的书，那不是为您留的。除了彼特拉克、塔索、梅塔斯塔塞以及法国戏剧的大师们的作品之外，我既没有加进一些诗人的作品，也没有加进一些爱情的书，这是违背为女性置备的读物的惯例的。这些书能教我们什么爱情呢？啊，于丽，我们心里说的爱情比书里说的更多，而书本中模仿的语言，对于热恋中的人显得过于冰冷了。此外，这类阅读对心灵影响很坏，能使它怠惰并销蚀它的意志。反之，真正的爱情是一股吞没一切的火焰，它能把自己的活力带到其他感情中去，鼓舞它们，激发新的精力。因此人们说，爱情创造英雄：命运注定成为英雄和有于丽作为情人的人是幸福的！

第十三封信

自　于　丽

我早就对您明白说过我们是幸福的；最足以证明这一点的是我对于现状的稍微变化所感到的惆怅：如果我们有更强烈的苦恼的话，那么两天的分别能使我们这样难过吗？我说“我们”，因为我知道我的朋友在分担我的焦急；他在分担，是因为我感觉到了，他还为他自己感觉到焦急：这些事情我已不再需要他说明。

我们是昨天夜间才到的乡下；我到城里看见您的时刻还没有到；然而我这次出门已经使我发现没有您更觉不可忍受。如果您不曾禁止我学几何，我会对您说，我的焦虑是同时间和地点的间隔成正比例的，我深感距离增加了分离的苦恼。

我带来了您的信和您的学习计划，以便把二者仔细思考，我已经把第一件反复念了两遍：那结尾使我十分感动。我的朋友，我看到您体会到了真正的爱情，因为它还没有夺去您对正义事业的兴趣，您最敏感的心依然知道为德行作出牺牲。的确，利用教学的手段来败坏妇女是所有引诱手段中最该受谴责的。乞灵于小说来使自己的情人动心，说明自己的黔驴技穷。如果您在上课时使哲学屈从您的观点，如果为了您的利益力图作出对您最有利的安排来存心欺骗我，那您会很快被戳穿；但您的最可怕的引诱却是没有使用这种手段。当我一心渴望爱情，而且心里萌生一种永恒的爱慕的需要时，我并不要求上苍使我与一个可爱的男子而是与一个心灵美好的男子结合：因为我清楚地感到，后一种男子虽然可能具有一切值得爱慕之处，却较不惹人反感，而且正直和荣誉使这种男子具有的一切情感增添了光彩。为了安排好我的爱好，像所罗门王一样，我有我曾要求过的东西，还有我所没有要求过的东西[①]。从中我看到实现自己其他心愿的好兆头，我的朋友，我也没有丧失总有一天能使您像理应有的那样幸福的信心。实现它的方法是迟缓的、困难的、可疑的，障碍是可怕的；我什么也不敢预先承诺；但请您相信，毅力和爱情所能做的我都不会放过。不过您要继续竭力获取我母亲的欢心，而且等我父亲回来的时候（他在供职三十年之后，终于要彻底退休了），您要准备承受一个性格暴躁，但十分尊严的老贵族的傲慢态度，他会爱您而不表亲热，敬重您而不说出口。

这封信我不再写下去了，因为我要到我家附近的小树林中去散步。啊，我可爱的朋友！我要领你到那儿去，或者不如说把你藏在心中带到那儿去；我要选择我们可以一同徜徉的地方；我要留意可供我们逗留的僻静处所；我们的心在那些美妙幽静的地方会及早倾吐衷曲；这些地方更增进了我们相会时的喜悦；它们给予两个真正的情人以庇护而具有新的价值，我独自一人竟不曾注意到同你在一起时它们的优美，这使我感到惊讶。

在那构成这一带美景的天然小树林里，有一处比别的地方更为可爱，我置身其间最为愉快，因此我要使我的朋友感到小小的意

① 《圣经·旧约》里的所罗门王要求耶和华赐给他智慧，耶和华对他说，我应允你所求的，赐你聪明智慧，……你所没有求的我也赐给你，就是富足、尊荣。见上书《列王纪上》第三章第9—13节。——译者

外。他便不致说他总是彬彬有礼,也不致说我从来不是慷慨大方了:在那儿我将使他感到,不管那些庸俗的偏见,一颗心所给予的要比强行夺取的要宝贵得多。不过我生怕您那活跃的想象力难免过于奔放,因此我必须预先告诉您:没有那形影不离的表姐相伴,我们绝不一同到小树林去。

说到她,我们决定,如果您不太生气的话,您星期一来看我们。我母亲将派马车接我表姐,请您在十点钟到她那儿去;她会带您来;您将跟我们消磨一天,第二天吃过中饭后我们一块儿回来。

我的信写到这里时,我反复想到我寄这封信给您可没有在城里那样方便。我起初想让园丁的儿子瞿斯丹送还您的一本书,把书包上书皮,书皮底下夹着我的信;然而除了不能肯定您会想到找信之外,把我们生命攸关的事去冒这种险也是不可原谅的轻举妄动。所以我仅附去一张关于星期一会面的短简,把信留下当面交给您。况且我还有点担心小树林的秘密会引起过多的议论。

第十四封信

致于丽

你是怎么搞的呀!我的于丽,你是怎么搞的?你想奖励我,却害苦了我。我醉了,或者简直是疯了。由于这致命的亲吻,我的感觉糊涂了,我的全部能力都给扰乱了。你本来想减轻我的不幸吧!冤家呀!你却使不幸加剧了。我从你的樱唇上吸取的是毒药;它在发酵,它使我的血沸腾;它在杀害我,你的怜悯在要我的命。

这瞬间的幻觉、疯狂和陶醉的不朽的回忆呀,你永远、永远不能从我的心灵里抹去了；只要有于丽的魅力在我心灵里铭刻着，只要这颗激动的心能给我以情爱和叹息，你便是我生命的痛苦和幸福！

唉！我享受着一种表面的安宁；服从于你的最高意志，我不再唠叨那蒙你进行支配的命运。我抑制了那激烈冲动的冒失的想象；我给自己的目光蒙起一层薄纱，给自己的心加上桎梏；我的心愿只敢透露一半；我只是尽我可能地显得高兴。我收到了你的短简便飞奔到你的表姐那里，我们来到克拉朗[①]，我看见了你，我的心突突地跳着；你柔和的声音又给我的心带来新的激动；我身不由主地走近你，幸亏有你表姐在旁打岔才把我的张皇失措瞒过了你的母亲。大家游览过花园，又平静地用了中饭，你偷偷地把信递给了我，我在那位可怕的证人面前不敢看信；太阳开始西沉，我们三人在落日的余晖中都躲进了树林里，我那平静、单纯的心简直无法想象比我那时更甜蜜的状态了。

在走近那片小树林时，我心中不能不暗暗激动地注意到你们做的暗号和互相的微笑，还有你双颊的色泽浮起了一阵新的光辉。走进小树林时，我奇怪地看见你的表姐向我走过来，她快活地要求我吻一下，我不了解这个秘密，便抱吻了这位可爱的朋友；她虽那么可爱而辛辣，我却一时没有料到只有那颗心在控制着这感情。但一会儿过后，我不知怎么搞的，当我感到……我的手在颤抖……一阵甜蜜的战栗……你那玫瑰般的嘴巴……于丽的嘴巴……落

① 克拉朗(Clarens)：瑞士伏州的小镇，滨日内瓦湖。自《新爱洛漪丝》出版后，该镇已成为瞻仰卢梭的胜地。——译者

在……贴在我的嘴巴上，我的身子给紧搂在你的臂弯里了？不，天上的火也没有比抱吻我那会儿的火更热烈和更迅猛了。在这神妙的接触之下我身体的所有各部分都集合在一起了。火随着我们灼热的嘴里的叹息一同喷发，我的心在幸福的重压下濒于死灭……这时我突然看见你脸色煞白，你美丽的眼睛闭合起来，你倚在你表姐身上一下子昏倒了。恐惧就这样扑灭了快乐，我的幸福转瞬即逝。

这致命的时刻以后发生了什么，我几乎全然不知，我所得的深刻印象再也不能磨灭。这是一种恩泽！……这是一种可怕的痛苦……不，保持着你的接吻，我没有力量消受它们……它们太过激烈，太过沁人心脾；它们锐不可当；它们能一直燃烧到骨髓……它们令我疯狂。只消一吻、唯一的一吻已使我神魂颠倒，不能恢复本性。我已不是原来的我，我看到的你也不再是同样的。我不再看到你像从前那样矜持和严厉；可是我感觉到和接触到的你依然像你那会儿一般，不断地贴在我胸口。啊于丽！不管我那再也不能控制的激情向我宣告怎样一种命运，不管你那严厉态度为我规定怎样的处置办法，反正我再也不能像我现在这样生活，而且还感到我终于必须不是在你脚下……便是在你臂弯里断气了。

第十五封信

自　于　丽

我的朋友，我们必须分手一段时间，这一点是您答应服从我的第一个考验。既然我在这个时候这样要求，您要相信，我对此是有十分充分的理由的;您一定很明白,我一定得这样决定;至于您,只要有我的意志,就不需别的了。

您早就要去瓦莱[①]旅行一次了。我希望您现在趁天还没有冷就去。秋天这里虽然还舒适,您已经看到唐-德-雅芒[②]的山尖已变白,再过六个星期我不会让您到如此严酷的地方去旅行。那么您争取明天就出发;您按我寄给您的地址给我写信,您到达锡翁[③]后也把您的地址寄给我。

您一直不愿对我谈起您事业的情况;但您不是在您的本土:我知道您在本土的产业很小,您在这里只能使您的产业受损失,而没有我,您是不会留在这里的。因此我可以假定您的一部分钱财是在我的钱包里,现在我给您寄一小笔钱装在这只盒子里,但不要当着送件人的面打开它。我绝不会不顾这种困难;我非常尊敬您,相信您会这样做。

我不但禁止您没有我的通知就自行回来,也禁止您来向我们告别。您可以写信给我母亲或给我,简单告诉我们说,您因为一件意外的事而不得不马上动身,如果您愿意,也可以就您回来前我的功课给我提些意见。这一切都要做得很自然,不带丝毫神秘的痕迹。别了,我的朋友;您别忘了您是带了于丽的心和她的安宁走的。

① 瓦莱,瑞士一州名,西南与意大利和法国接壤。——译者
② 唐-德-雅芒,伏州的高山——卢梭原注
③ 锡翁,瑞士瓦莱州的大城。——译者

第十六封信

复　信

我读了您可怕的信,每一行都使我战栗。然而我会服从,我已承诺过,我应当这样;我一定服从。但您不知道,不,硬心肠的人,您绝不会知道我的心作这样的牺牲要付出多大的代价。啊! 为了使我敏感,您本来不需要小树林的考验的:对于您无情的灵魂这是精细的徒劳的残忍;它不能再加深我的不幸了。

您将原封未动地收到您寄来的那只盒子。残忍而外再加以羞辱,这太过分了;虽然我已把自己的命运交您主宰,我却并没有把自己的荣誉交付您。这是个神圣的宝物(是我唯一剩下的,可叹呀!),到死都只能由我独自负责保管它。

第十七封信

反　驳

您的信使我感到惋惜;这是您从来所写的唯一欠考虑的一封信。

我竟冒犯了您的荣誉,为此我就该付出一千次我的生命吗? 我竟冒犯了你的荣誉,忘恩负义的人! 你不是早已看见我准备把自己的荣誉交付给你了吗? 那么我冒犯的那个荣誉在哪儿呢? 卑劣的心,不知好歹的灵魂,你告诉我吧。啊! 你多么可鄙,你只有于丽所不知道的那种荣誉! 怎么! 想彼此分享命运的人们却不敢分享彼此的财富，而那个以为属于我的人竟因我的赠与而认为受辱！他是什么时候起把接受所爱的人的东西看做耻辱的？是什么时候起一个心所给予的东西会辱没接受它的那个心的？然而有人鄙视接受别人赠与的人；有人鄙视入不敷出的人。是谁在鄙视？是把荣誉放在财富里的灵魂卑下的人，是用黄金来衡量德行的灵魂卑下的人。一个有德的人能把自己的荣誉用这类卑下的准则来衡量吗？甚至带偏见的有理性的人对赤贫者不是也青眼有加吗？

毫无疑问，有的不义之财是正直的人不应该接受的；但须知它们使赠与者蒙羞的程度也并不轻些；馈赠的堂堂正正的施予总应当得到堂堂正正的接受；所以我的心没有谴责我这样做，反而以此为荣①。我认为，一个男子如果只要有女人肯付钱就可出卖自己的心和情意，那是最卑鄙不过的了；但是在两颗结合的心之间，共有财富却是正义的，也是一种义务，如果我手头所存还比您的多的话，我可以心安理得地把它保存着，我没有把它给您当做是我欠您的。啊！假如爱情的赠与是种负担，那么什么样的心才算是感恩的呢？

您以为我预备接济您的那些钱是放弃了自己的需要吗？我现在就来给您一个无可辩驳的反证。在我第二次寄给您的钱包里有比第一次多一倍的钱，而且我还可以把钱数再加一倍。我父亲给我的生活费，数额的确很有限，但这笔钱我从来不需动用，因为我母亲很关心我，供给我一切，还不算那足够维持我生活的我做刺绣

① 她是对的。对于这次旅行的秘密原因，大家可以看出费用的支出是最正当不过的。十分可惜的是这项支出没有获得较好的利益。——卢梭原注

和花边的两项收入。我确实并不总像现在这样富有；那要命的激情的烦恼长期弄得我忽略了梳妆打扮，那也要花费掉我多余的积蓄；这又是一层理由按我所做的那样来支配我的钱：由于您造成的不幸而必须羞辱您一番，唯有爱情才能抵偿您的过失。

现在言归正传。您说荣誉不准您接受我的赠与。如果是这样，我无话可说，我也同意您不把荣誉作让与的意见。假如您能对此作出证明，那么就明白地、无可争辩地、不带徒然的花言巧语地提出来：因为您知道我痛恨诡辩。到那时您可以把钱包还给我，我收回它毫无怨言，而且以后不再提起这件事。

但是我不喜欢那些吹毛求疵和伪装自尊的人，如果您没有充分理由而再度退还那盒子，或者您的理由站不住脚的话，那么我们就不应再见面了。别了；请好好想想。

第十八封信

致于丽

我接受了您的赠与，我不去看您就出发了，我现在远离着您；您现在该为您的专制感到高兴，我也是相当听话了吧？

我无法向您谈我这次的旅行；我不大知道它是怎么造成的。我三天走了八十公里；我离开您的每一步也进一步把我的身躯跟我的灵魂分离开来，还给我以提早死亡的感觉。我准备向您描写我将看到的东西。真是徒劳的计划！我所看到的只有您，我能向您描绘的也只有于丽。我近来一次次经受的精神上的强烈震动，使我不断地陷于恍恍惚惚的状态；我虽离开了，但总觉得还是停留在原来的地方：在赶路和问路时脑筋才有些清醒，这样，我不曾离开魏韦[1]时就到达了锡翁。

就这样我找到了诀窍，既能躲避您的严格规定，又能够不违抗您的意愿而见到您。是的，狠心的人，您虽然乖觉，也不能把我完全跟您分离。我对自己实行流放的只是身子的极小的部分：我身体所有活的部分依然不断地在您身旁。它不受惩罚地在您的嘴唇、胸口和您全部具有的魅力上徘徊；它像一缕细微的雾气般无往而不浸润；我如今拂逆您时要比过去顺从您时更为幸福。

我在这里需会见一些人，需处理一些事情；这使我感到烦恼。我并不抱怨孤独，在孤独中我可以一心思念您并神游到您的左右。实际的生活把我拖回到现实，这最使我受不了。我草草地把事情办完，以便赶快脱身，并能够在我认为此地最美的荒野地方尽情地徜徉。当不能跟您一起生活时，就必须逃避一切并在世上孤独地生活。

第十九封信

致于丽

除非您的吩咐，什么都不能把我留在这里；我在这儿度过的五天，已足够处理我的事务，假如与我的心无关的也可以称作事务的话。现在您再没有什么借口，也不能让我滞留在远离您的地方让我痛苦了。

---

① 魏韦（Vevey），瑞士伏州的城市名，在日内瓦湖边。——译者

我开始为我那第一封信十分担心；这封信是我初到时写好和投邮的；地址是正确无误地按您寄给我的照抄的；我的地址也是同样细心地寄您的；如果您准时复信，它应当到我手里了。然而始终不见复信，我那不安的头脑简直想不出它迟误的任何可能的和不幸的原因。我的于丽啊！有什么意想不到的灾难能在八天里突然打破世上最甜蜜的联系。我这个人只有一个方法可以成为幸福的人，却有成百万个方法使我成为不幸的人，这样一想我便浑身发抖[①]。于丽，您会忘记我吗？啊！这是我所担心的最可怕的一件事。我可以坚决对待其他的不幸，但我只要对这事发生疑虑，我灵魂的全部力量就会垮掉。

我知道我的担忧没有多少根据，但心里却不能平静。我对我的不幸由于远离着您而不断加深；仿佛我的痛苦还不够似的，我又平添这种犹疑去刺激其他的不幸。我的忧虑初时还不太强，突然动身的麻烦、旅行的紧张，这些都给我的烦恼开玩笑；它们在平静的孤独里都重新活跃起来。唉！我在挣扎；一把致命的剑刺穿了我胸膛，痛楚只有在受伤后好久才感到。

我读小说时对于情人们别离那冷冰冰的怨诉曾嘲笑过何止百次。啊！我那时怎么知道有一天跟您别离时我竟会如此难受！今天我体会到一个平静的心很少具有对激情的判断力，而任意取笑自己不曾经历的情感又是何等的荒唐。可是要告诉您吗？在想到

① 人们会对我说，改正语言的错误是编辑的职责。不错，如果编辑能重视这种改正，或者对于能修改文体而不进行改写和损害原作，那是好的；当编辑对自己的笔头能相当有把握地不以他的错误来代替作品的错误时，那是好的。总而言之，让一个瑞士人像学院院士那样说话对书有什么好处？——卢梭原注

离开您的决定是您作出的时候，我不知道是什么令人快慰和亲切的思想使我缓解了远离您的痛苦。我觉得来自您处的不幸不如命运加给我的残酷；如果这种不幸能使您满足，我绝不会不愿意领受；它们是将来得到奖励的保证，我十分理解您的心灵，不相信您会对我残酷到令人蒙受纯粹的损失。

假如您想考验我，我不会再有怨言；的确应当让您知道我是坚定的、能忍的、听话的，总而言之，决不负您保留给我的财富的。上帝呀！假如这是您的意志，那么我只能抱怨所受的苦太不够。啊！是的，为了在我心头培养一项如此美好的期望，如果有可能，请想出更能与它的价值成比例的痛苦来吧。

第二十封信

自于丽

我同时收到了您两封信；我从您第二封信所表明对第一封信的遭遇的焦虑中看到，当想象力走在前面而理性不能同样赶上去，便常常让前者单独前进了。您以为在到达锡翁时有信差作好准备，只等您的信就上路，一到达这里就把这封信交给我，而我的复信也会同样顺利吗？实际并非这样，我的好朋友。您那两封信是同时送给我的，因为一星期只经过一次①的信差只带了第二封信才出发。分送信件需要一定的时间；我的转信人把我的信悄悄地交给我也需要时间，而那个信差到后的第二天并不就从这儿回去。

① 现在是经过两次。——卢梭原注

这样一切经过精确计算，只要信差的日子选得合适，我们彼此收到对方的复信需八天；我对您这样解释，是为了能一劳永逸地安定您焦急的情绪。您在抱怨命运和我不上心的时候，您且看看我却在巧妙地打听一切可以保证我们通信和防止给我们造成麻烦的办法。我让您来判断，更体贴的关心到底是在哪一边。

我的好友，我们别再提那些忧虑啦。啊！您不如尊重和分享我所体会到的快乐：在离家八个月之后，我又见到了最好的一位父亲！他是星期四那天晚上来到的，从这幸福的时刻起我只想着他[①]。你啊，除了生育我的父母，你就是我世上最爱的人了，你为什么用你的信和争吵使我伤心，又扰乱一个团结家庭原来的欢乐？你希望我的心不停地只关心你；可是请你告诉我：对于一个没有人性的姑娘——她那爱情之火使她忘记血缘的义务，情人的抱怨使她对一个父亲的抚爱无动于衷——，你的心能爱她吗？不，我尊敬的朋友，不要用非正义的责备来毒害那如此祥和的感情启示我的纯洁的快乐。你的心灵是如此体贴和善感，当一个高兴得心直跳的父亲把女儿拉到怀里时，他那圣洁的拥抱对于女儿是何等神圣，你能不理解吗？啊！你认为那时能有片刻的分心，而且也能有悖常理吗？

Sol che son figlia io mi rammento adesso。[②]

然而您不要以为我把您给忘了。一朝被爱，人家还能忘得了他？不，一些较为生动的印象会持续若干时期，但不会因此抹去其

---

① 从前文所述可以证明她这是在说谎。——卢梭原注

② 那时我想起的一切，即我是他的女儿。（意大利语）

他印象。看到您出发，我并非不感到惆怅，将来看到您归来，我也并非不感到高兴。可是……要有耐性，就像我一样，因为必须这样，不要再多问。要确信只要有可能，我一定尽量早叫您回来；也要想到有的人哀叹别离之苦，声调很高，那常常不是最感痛苦的人。

第二十一封信

致于丽

这封如此热烈盼望的信，我收到时感到何等痛苦呀！我在邮局里等候那个信差。邮包一打开，我就报了自己的姓名；我惹人厌烦；当人家告诉我有封信时我直颤抖；我心情激动，急不可耐地要信，信终于领到了。于丽，我看到了你可爱的手所写的笔迹！上前接受这珍贵的信件时，我的手颤抖着。我想把信上神圣的字迹亲吻一千遍：胆怯的爱情何等小心谨慎呀！我不敢把信放到嘴上去，也不敢对着那么多人拆开。我赶忙溜走；我两个膝盖在打战；我的激动在加剧，我几乎认不得路了。在第一个拐角我把信拆开了；狼吞虎咽地读着；刚刚读到你很好地描述你拥抱这位可敬的父亲的快乐时，我的眼泪夺眶而出；有人瞧着我，我溜进小巷去躲避路人；在那儿我分享着你的感情；我在想象里热烈地拥抱这位我不大认识的幸福的父亲；大自然的声音使我回忆我自己的父亲，于是在对他崇敬的回忆里我又淌下了泪水。

无与伦比的姑娘呀，您想从我空虚和伤心的知识里学些什么呢？啊！应该是向您学习，学习那人心应有的善行、诚实，尤其要学习您身上特有的德行、情爱和大自然的神圣的和谐！是的，没有什么圣洁的情爱在您心灵里没有它的地位，您的心由于特有的敏感性而能予以区分；我自己为了调节自己的心灵，认识到应该像过去使我的行动服从于您的意志那样，还要把我的一切感情服从于您的感情。

然而您的情况跟我有多么大的不同！这一点得请您注意。我说的绝不是门第和财产，因为荣誉和爱情在这方面应该弥补一切；然而围绕着您的，是钟爱您和赞美您的人们：一个慈爱的母亲和一个视您为掌上明珠的父亲的关怀；一个仿佛跟您同呼吸的表姐的友爱；以您为荣耀的整个家庭；以看到您诞生为骄傲的整个城市，大家都关心和分享您的好心肠；爱情不过是血亲和友情所剩下的微小部分。可是我呢，于丽，唉！我四处漂泊，没有家，也几乎没有国，世上我只有您，唯有爱情代表了一切。因此您不要觉得奇怪，虽然您的心最为敏感，我的心却更知道爱情；如果我在许多方面不及您，至少在爱情方面我能超过您。

可是您别害怕我还会以我冒失的抱怨来向您纠缠。不会的，我尊重您的快乐，因为它们是如此纯洁，也因为它们是您所感受的。在我脑海里，我为此形成了一幅动人的景象，我在远处与您分享它；既然不能以我自己的幸福为幸福，我便以您的为幸福。不管使我远离您的是什么理由，我都表示尊重；因为即便我不赞成，我也得服从您的意志，那么我又何必一定要知道这些理由？保持沉默难道比远离您对于我更难受吗？啊，于丽！须知您的心灵支配着两个形体，而您的心灵钟情于选中的那一个将永远是最忠诚的：

Nodo più forte,

Fabricato da noi, non dalla sorte.[①]

因此我沉默了；一直等到您愿意结束对我的放逐为止，我将趁没有冰封时漫游瓦莱群山，以便努力减轻我的愁苦。我发现这鲜为人知的地区很值得人们观光，对于懂得欣赏的游客，它不乏可以赞美的风景。我将竭力从那里汲取若干值得您高兴的观感。为了使一位漂亮女人高兴，需要描写一个可爱和文雅民族的情况；但是对于你，我的于丽，啊！我知道得很清楚，一个幸福淳朴的民族的图画是你的心所需要的。

第二十二封信

自　于　丽

第一步终于跨过去了，问题是关于您的。虽然您瞧不起我的学问，我的父亲却对之感到惊讶：他没有少称赞我在音乐和绘画[②]方面的进步；我的母亲事先得知您曾说过坏话[③]因而大为惊讶；我父亲除了纹章学一门认为被忽视而外，对于我的一切才能都很为满意。可是这些才能不可能无师自通；所以要说出我老师的名字；于是我煞有介事地列举出所有他打算教我的学科——有一门除

① 最坚实的纽结，是我们而不是命运所创。（意大利语）

② 在我看来，这真是个学者，二十岁就这样博学！真的，到三十时于丽要庆贺他不那么博学了。——卢梭原注

③ 这事在一封写给她母亲的信里提到，该信措辞不明确，也没有被收进本集子里。——卢梭原注

外。他回想起上一次旅行时曾好几次见过您，看样子他对您没有留下什么不良的印象。

接着他打听您的财产：人家告诉他说财产是中等的；又问起您的出身：人家告诉他说出身是正派的。“正派的”一词在一个贵族听来意义十分含糊，这就引起了怀疑，经过追问，得到了肯定。当他知道您不是贵族出身，便问起每月付您的薪水。我母亲这时说话了，她说薪水的话提都没法提；又说反而您还经常拒绝所有微不足道的馈赠，这种一般不致被推却的礼品，是她想方设法要送给您的；然而这自尊的态度只能刺激起了他的自尊心。而且反倒受惠于一个平民的这种思想他受得了吗？因此决定提供给您一笔酬劳，如果遭到拒绝，那么不管您那众所周知的优点，您便要被辞退。我的朋友，我便是为了我那位非常可敬的老师而进行的一场谈话的梗概，在这场谈话过程中他的谦恭的女学生的心并不是很宁静的。我认为不能不赶快通知您，以便您留下时间把这事加以考虑。您一经作出决定，别忘了通知我：因为这事属于您的权力范围，我的权力达不到那里。

我不安地知道您在山间驰骋，这倒不是因为据我看来您在那里得不到很大的消遣，也不是您未来见闻的详情细节对于我自己不会十分有趣；而是担心您受不了那样的劳累。此外，季节也已经很晚，一切随时都会盖上白雪；我预料您对于寒冷比对于疲劳更难于忍受。如果您病倒在您现在所在的这个地方，我为此将永远不能自慰。那么我的好友，回到我附近的地方来吧。回到魏韦来还没有到时候；但我希望您住在一个气候比较不严酷的地方，我们彼此互通信息也更方便些。我让您自己选择您逗留的地方。只是注意别教这儿有人知道您的所在，而且要谨慎而不要显得神秘。这个话题我不准备再多说；我确信您会注意审慎，既为了您的利益，尤其为了我的利益。

再见，我的朋友；我不能更久地跟您交谈了。您知道我需要多大的谨慎来给您写信。不仅如此，我父亲带来了一位可敬的外国人，他的老朋友，从前在战争中曾救过他的命。您可想而知，我们不得不很好地接待他。他明天就要走，因此为了向这样一位恩人表示我们虔诚的热情起见，我们得趁余下的时间赶紧为他准备一切的娱乐。有人在叫我，必须搁笔了。再说一遍再见。

第二十三封信

致 于 丽

本来需要长年考察研究的一个地区，我只花了不到八天就周游到了；但除了风雪在驱逐我之外，我还想在信差到来之前赶回来，我希望他给我捎来一封您的信。还没有等到您来信，我就开始写这封信，等接到您的信以后，如有必要，我再写第二封来作答复。

这里我不向您作关于我旅行见闻的详细报告，我已经写了一篇纪行，我打算亲自带给您。我们的通信应当用来写彼此最密切相关的事情。我只想对您讲讲我内心的情况；向您报告用您的财产所做的事是应该的。

我是怀着对自己的痛苦感到悲哀以及对您的快乐感到安慰的心情出发的；因此我处于某种颓丧郁闷的境地，这对于一个多愁善感的心不是没有魅力的。我步行徐徐攀登相当崎岖的山径，我请了一个人当向导，在整个行程中，我发现他与其说是个雇工，倒不如说是个朋友。我本想耽于沉思，但总是被一些出乎意料的风景转移了我的思想。一会儿是倒塌的硕大无朋的岩石耸立在我的头顶之上。一会儿是高悬、喧腾的瀑布以浓雾笼罩了我。一会儿是一股永恒的激流在我的身旁展现出一个深不可测的深渊。有好几次我惘然走进一个茂密的森林的幽暗里。有几次我从一个山洞中出来，一片喜人的草地突然使我的目光感到十分舒畅。未经开辟的大自然和已开发的大自然那惊人的混合到处显示出人们的巧手，那儿人们本来以为是人迹未曾到过的地方：在洞穴近旁可以发现房屋；在本来以为只有荆棘丛生的地方可以看到葡萄棚，葡萄树生长在粗耕的土地上，优良的水果长在岩石上，悬崖下还有耕地。

使这片古怪的土地如此奇妙地对比分明，那不仅是人力的结果，大自然仿佛也乐于插一手，促成它与自己相对抗，人们在同一地方可以看到有不同的面貌：东边布满着春天的花，南边是秋季的果实，北边是冬季的白雪：大自然在同一时刻联合着一年四季，在同一地方有一切气候，在同一片土地上有相反的土壤，把其他各地的平原和阿尔卑斯山的物产联合为一种陌生的和谐。这一切如果再加上视力的错觉、不同光照的山峰、阳光与阴影的乍明乍暗，以及朝夕不同光线的晦明变化，您便能得出那使我不断为之赞叹并感到置身于一个真正舞台的连续场面的若干概念：因为垂直的山峰的景色能一下子和强有力地映入眼帘，这就强于平原的景色，平原只能倾斜地映入眼帘，只能看到个斜面向远处伸展，不能一览

无余。

在第一天，我觉得恢复了心的平静，我认为那是气象万千的美景的结果。我赞美那最无感觉的物体对我们最活跃的激情所具有的控制力，我还蔑视不能像一系列无生命的东西那样影响人们灵魂的那种哲学。然而这种平静状态持续了一夜，第二天又增强了，我便很快断定这里还有我不认识的一些其他原因。这一天我来到了最低的山上，然后我跑遍了高低不等的山头，又登上了我力所能及的最高山巅。在云雾中漫步了一阵，随后到达了一处晴朗的地方，从那儿夏季可以看到雷电和暴风雨在下方形成；哲人心中太虚构的图像从来没有那样的实例，要么只存在于人们拿来作为象征的那些地方。

就在这里，在我所处的清新空气里，我恍然意识到我情绪起了变化，以及长期丧失了的内心宁静得以恢复的真实原因。的确，这是所有的人都能感到的普遍印象，不过并非大家都能注意到，即在空气纯净的高山上，人的呼吸感到更容易，身体觉得更轻松，脑筋也更灵活；肉体方面的快乐较不热烈，激情更能节制。那儿沉思采取我说不出的某种与我们目击的物象相应的崇高伟大的性质，带有我说不出的某种没有刺激和肉感的平静的快乐。人们在上升到人寰以上的天空时，仿佛把一切低劣的和尘世的感情都抛弃了，而且随着接近于苍天，人们的灵魂也沾染到了天上永恒的纯净。人们到那儿会变得严肃而不忧郁，平静而不慵懒，既乐生又多思：一切太强烈的欲念淡化了；使人感到痛苦的那种尖锐性消失了；在心头只剩下轻松愉快的感觉；这便是舒适宜人的气候使在别处感到苦恼的激情能够造福于人。我认为，常住在这种地方，任何强烈的激动、任何忧郁症都能烟消云散；我奇怪，有益健康和良好的山间空气的沐浴何以不能成为医疗上和精神上的灵验的药方：

Qui non palazzi, non teatro o Ioggia;
Ma'n lor vece un'abete, un faggio, un pino,
Trà l'erba verde e'lbel monte vicino
*Levan di terra al ciel nostr'intelletto.*①

请设想一下我方才给您描写的印象并加以综合，您便可获得我现在愉快的心境的若干概念。您可想象，千百种惊人的景色的复杂、伟大、美丽；想象在自己周围所看到的都是些崭新的东西、奇异的禽鸟、稀有的和不认识的植物以及观察那可以说是另一个世界并置身在一个新的世界中的快乐。所有这些对眼睛形成一种无法形容的混合，它的魅力还由于空气的清新而增大，空气使色彩更鲜明，线条更清晰，使所有的观点接近起来；距离比在平原上显得更小，平原上空气浓厚，给土地蒙上了面纱，地平线使眼睛看到更多的事物，好像容纳不下似的；总之，这里的景色有种说不出的神奇、超自然，它能悦人心目，使人们忘掉一切、忘掉自己，也不知身在何处。

如果我在与当地居民的交往中没有体会到一种更甜蜜的乐趣的话，我便会将旅行的全部时间都花在览胜这唯一的快乐上。您将在我用淡淡的笔触所作的描绘中看到他们风俗的淳朴、心灵的稳健以及那种安详的宁静，他们感到幸福是因为排除了痛苦而不

① 不是宫殿、亭榭、剧场，而是橡树、黑松树、山毛榉从绿草上高耸在山巅，它们仿佛连同树尖把人的眼睛和思想带着直上云霄。（彼特拉克）（意大利语）

是因为要品尝快乐。但我所不能给您描写以及人们难以想象的是:他们那无私的仁爱,还有他们对待一切出于偶然或者好奇心而来到他们那儿的他乡人的那种好客的热情。我便是个突出的证明。没有一个人认识我,我来这里仅仅靠向导的帮助。当我夜里到达一个村子时,每人都殷切地给我提供他们的房屋,以致我感到选择为难;而被选中的那一家显得那么高兴,我最初把这种热诚看成是由于贪欲。可是当我把房东家吃住几乎当做住旅店后的第二天,房东拒绝收我膳宿费,甚至对于我付钱还感到是冒犯了他,我便感到很惊讶;以后到别处去也是一样。这样看来,那是纯粹好客的热诚(通常是温和胜过活泼的),我却把它的热诚当做是企图获利。他们的无私是如此完满,以致我在整个旅程中竟找不到地方投放一个巴搭贡[①]。的确,在这样的地方,房主不收他们招待花费的钱,仆役不收他们服务的钱,到处找不到一个乞丐,那么钱能用在哪儿呢?然而金钱在上瓦莱是非常稀罕的,但正因此那儿的居民生活很宽裕:因为货物很充足,又不向州外销售,州内消费不奢侈,山地的耕者把劳动视为乐事,因而不减勤劳。假如他们有更多的金钱,他们将必然变得更穷苦;他们很聪明,有这样的认识,所以这地区虽有金矿,但他们禁止开采。

这些习俗与下瓦莱的相反,在对比之下,我起初感到非常惊讶,下瓦莱处在通意大利的路上,人们相当厉害地敲诈来往过客;在同一民族里那如此不同的情况,我很难理解。一个瓦莱人向我解释这种道理。他说:“在山谷地带来往的都是些商人和其他专门

① 当地的古钱币名。——译者

从事交易牟利的；他们留下他们获利的一部分给我们是公道的，我们对待他们像他们对待别人一样。但在这里，没有什么生意可吸引外地人，我们确信他们旅行不是为了牟利；我们接待他们也是这样。来访问我们的都是客人，因为他们喜欢我们，所以我们也以友谊接待他们。”

他又笑着补充说：“此外，这种接待花钱不多，很少有人想靠它得利。”我答复他说：“啊！我同意，在为了生活而不是为了获利或炫耀而生的民族里我们该怎么办？幸福的和真正的人，我确信，要在你们中间优游，我们至少总得跟你们有些相似才行。”

在他们的接待里，我觉得最愉快的是他们和我双方都没有丝毫拘束：他们在他们屋子里生活仿佛没有我在场似的，我在那里也我行我素，好像只有我单独一人似的。他们毫不理解要向陌生人表示敬意的那种讨厌的虚荣心，好像为了向他表示自己是主人，至少这一点得服从他。假如我不表示意见，他们便认为我愿意照他们的方式生活；如果我只消说一句想照我的方式生活的话，我绝不感到他们会有丝毫反感或惊奇。在知道我是瑞士人以后，他们对我讲的唯一的恭维话是：我们是弟兄，我在他们中间应当像在自己家里一般；这以后他们对我的行为不再进行什么阻挠，甚至不再认为我对他们照顾的真诚抱有丝毫怀疑并对享受他们的供应感到丝毫不安了。他们彼此之间的关系也同样单纯：儿童达到了懂事的年龄，就可同他们的父亲平起平坐；仆役跟他们的主人同桌吃饭；同样的自由统治着家庭，也统治着共和邦，家庭便是国家的缩影。

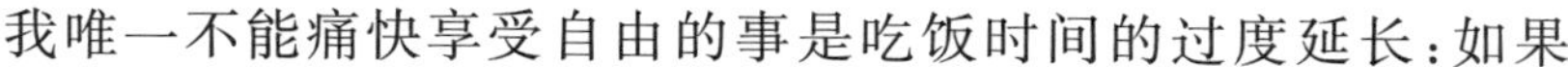

我唯一不能痛快享受自由的事是吃饭时间的过度延长：如果

称我的心，我完全可以不参加一同吃饭；但既然参加了，那就得留在那里大半天，还要喝很多酒。能想象一个男子，而且是个瑞士的男子而不爱喝酒的吗？说实在的，我承认好酒是美好的东西，我也不讨厌贪杯，只要没有人强迫我。我始终注意到虚伪的人是不喝酒的，而对宴饮有很大保留的多半表征一种虚伪的习俗和双重人格。一个心地坦白的人较少害怕大醉前的热情唠叨和亲切的交心；然而应当适可而止、避免过分。这在我却很难办到，因为有那么坚决饮酒的瓦莱人，又有当地那么烈性的美酒，而且桌上从来见不到水来掺酒。我怎么敢于如此傻乎乎地戏弄清醒者和使如此好心肠的人生气？因此我出于感激而酒醉；而且既不能用我的钱包来交付我的份子钱，我便用我的理性来偿付。

另一种习俗使我同样感到尴尬，那便是在席上有太太和女儿们像仆役般站在我椅子背后服侍，甚至在做官人家也一样。法国人对女性的殷勤也许会为补救这种失礼而伤脑筋，尤其像瓦莱妇女，即便是女仆的容貌，她们这样服务令人心神不安。您尽可相信我，在我眼里她们都很美丽，而我是看惯了您的，所以我审美的眼光是不含糊的。

像我这样对于自己居留地方的习俗的尊敬更甚于对妇女献殷勤的习俗的人，我平静地接受她们的服侍，我那一本正经的态度就好像堂·吉诃德在公爵夫人家里一般。我有几次拿座上客的大胡子和粗鲁的神气同那些年轻胆怯的姑娘的耀眼的容颜作对比而逗人发笑，只消一句话就会使她们脸红，因而越发显得可爱。然而她们魁梧的胸脯我不免有些反感，它们白皙得耀眼，它们的一个优点我敢用唯一的、兜着纱的模特儿——它的线条我曾悄悄地观察过，为我勾画出了那以世界最美丽的胸脯作模型的著名的杯子的轮廓[①]——作比拟。

当您发现我对于您掩藏得很好的秘密知之很详时，可不要感到惊讶：我这样做有违您的本意；一种感觉有时可以启发另一种感觉；不论怎样小心翼翼的提防，最审慎的组合总会露出些微小的隙缝，视线透过它们可以起到直接接触的效用。贪婪而大胆的眼睛不受惩罚地暗暗窥视花丛下的花束；它在花束和罗纱下徘徊，让手掌感到它所不敢碰的那弹性的抵抗。

Parte appar delle mamme acerbe e crude;
Parte altrui ne ricopre invida vesta,
Invida, ma s'agli acchi il varco chiude,
L'amoroso pensier già non arresta.[②]

我也注意到瓦莱州女人服装方面的一大缺点：连衣裙的背后太短，看起来像是驼背；这样打扮连同她们小而黑的头饰以及服装的其他部分形成一种奇特的模样，不过实在说来，它既不缺乏简朴，也不缺乏优雅。我带给您一套瓦莱妇女的服装，希望您穿得合身；它是照本地体态最匀称的姑娘的身材缝制的。

正当我兴高采烈地遍游这鲜为人知和值得欣赏的这些地方时，我的于丽，您到底在做什么？难道您的朋友会把您忘怀吗？于丽能被忘怀！这还不如说忘怀我自己？我是只依附于您而存在

① 斯巴达的传说中的公主、著名美女海伦(Hélène)曾把一只以自己的胸脯为模型雕成的琥珀杯奉献于希腊罗德岛上的雅典娜神庙。——译者

② 她那弹性而结实的乳房隐约可见：一件遮羞的衣服有名无实地掩蔽着那大部分；爱慕的欲望比眼睛更为尖锐，穿过一切障碍侵透到里面。(塔索)(意大利语)

的,那么我能须臾离开您而独存吗? 我从来不曾更清楚地注意到,我凭自己的本性在不同地方按我的心情来安排我们共同的生活。当我悲哀时,生命往您那边躲避,到您所在的地方寻找安慰;这就是我同您离别时体会的情况。当我快乐时,我也不能独自享受,为了同您分享,我招呼您到我这儿来。这便是整个这次旅游所发生的情况,这时各式各样的景象纷纷呈现在我心头,我引导您到处跟着我。不是我们一起走,我便一步也走不动。一处风景在我不曾急忙向您指点时,我绝不去欣赏它。我遇到的所有的树木都荫蔽过您,所有的草地都充当过您的坐席。有时候,我坐在您身旁,我帮助您浏览各种景物;有时候,我站在您脚边,我欣赏着一处更宜于善感的人静观的美景。遇到路上有障碍时,我看您轻盈地跳了过去,像小鹿跟在它母亲后面跳越一样地轻快。需要穿过一处激湍时,我大胆把一个如此可爱的身体紧抱在我的双臂里,我极愉快地慢慢越过激湍,同时看到快要踏上的道路而深感惋惜。在这平静的地方,大自然动人的景物,未经污染的清新的空气,居民淳朴的习俗和他们平和而可靠的智慧,姑娘们可爱、腼腆和天真的优雅,这一切都使我想到您,愉快地映入我眼帘和心灵,描绘出了我到处追求的那人的倩影。

我满心激动地对自己说:"我的于丽啊! 我怎么不能在这人所不知的地方同你一起度过我们的岁月,欢庆我们的幸福而不管人们的看法! 我怎么不能在这里把我的心集中于你一人身上,并使自己成为你的天地! 我崇拜的爱,那时您将享受到应享受的敬爱! 至乐的爱情,到那时我们的心灵将永远享受到您了! 长久和甜蜜的陶醉将使我们忘却岁月的流逝,当年龄终于稳定了我们初期的热情，共同的思想和感受将在它的激情之后继之以同样温馨的友爱。年轻时代培养的一切真诚的感情连同爱情一起，有一天将充满广漠的空间；在这幸福的民族中间，我们将以它为榜样，实践人间的一切义务，我们将永远结合着好好工作，不充分生活够绝不与世长辞。”

邮车到了；必须结束我这封信并跑去领取您的信。到这会儿我的心跳得多厉害！唉！我在幻想中是幸福的；我的幸福与幻想同在；现实将对我怎样呢？

第二十四封信

致　于　丽

我马上答复您信里关于支付的问题，而且感谢上帝，我在这方面用不着考虑。我的于丽，下面就是我对于这个问题的意见。

所谓荣誉，我区分为出于舆论的和出于对自己尊重的两种。第一种由比汹涌的波涛更变化不居的空泛的偏见组成；第二种则以道德的永恒原则为基础。世俗的荣誉可能对财产地位有利；但它不能渗透进灵魂，对真正的幸福丝毫不能影响。反之，真正的荣誉组成幸福的本质，因为人只有从它那里获得内心满足的永恒感情，而唯有它能使思考的人幸福。我的于丽，让我们把这些原理应用于您的问题上，它马上就可解决。

假定我自认为哲学教师，并像寓言中的那个疯子一样收费教人家以智慧，这职业在上流社会的眼里显得是低下的，我也承认其中有些可笑的东西，然而因为人不能绝对靠自己维持生活，而且只能就近靠他自己的劳动来生活，所以我们把蔑视劳动看做是最可怕的偏见；我们不会愚昧到为了这种荒谬的意见而牺牲幸福；您不会因此减少对我的尊敬，而当我靠着我培养的技能谋生时，也不致成为最可怜的人。

但说到这里，我的于丽，我们还要作别方面的考虑。把别人的看法撇在一边，我们来看看我们自己。从您父亲那里收受我教您功课的那份工资，向他出卖我一部分时间也就是我自己，那么我对于他事实上是什么人呢？是个雇工、一个他雇佣的人、一个听差一类的人；为了对他的信任和对属于他的一切的保证，他将取得我也像仆人那样的默认的诺言。

然而一个父亲还有什么能比他独生女儿于丽——即使是于丽以外的别人——更宝贵的财宝？那么向他出卖他的劳务的人将怎么办？他将自己对于她的感情保持沉默吗？啊！你知道这是否可能！或者毫无顾忌地把心事吐露出来，因而去冒犯那个他应该对之忠心耿耿的人的最敏感的心灵吗？那么我认为这样的老师只不过是个无信义的人，他践踏最神圣的法律[①]，是个阴险小人，是个诱骗人的仆役，法律判他死刑是十分公正的。我希望听我说话的你能理解我；我怕的不是死，而是该受到的耻辱和对我自己的鄙视。

① 不幸的年轻人，他看不到他让人家表示感谢而拒绝付给他以金钱，他却更加违犯了神圣的法律！他不是进行教育而是破坏，不是培养而是下毒；他使一个受骗的母亲感谢他教坏了她的孩子。然而人们看得出他是诚心爱德行的，但他的激情使他陷于迷误；如果他激烈的青春不为他辩护的话，即使他言辞华美，他也不过是个恶棍。这两个情人是值得同情的；唯有母亲是不可原谅的。——卢梭原注

当您看到爱洛漪丝和阿贝拉尔[①]的书信时，您就知道我对您讲过的关于这本读物和那个神学家的品德的话。我始终同情爱洛漪丝；她的心天生是为了爱的；但是我总认为阿培拉尔是个命该如此的坏蛋，他对于爱情和德行都一窍不通。我既这样评价，我还要模仿他吗？宣扬那种自己不准备实行的道德的人活该倒霉！被激情蒙蔽了眼睛到如此地步的人，很快会受到它的惩罚，并丧失掉对感情的情趣，他就是为了这些感情而牺牲自己的荣誉的。一旦荣誉抛弃了爱情，爱情就会失去它最大的魅力：要体会它的整个价值，心灵必须对它尊崇奉承并让它在抬高所爱恋的对象时也抬高我们。丢掉它的完善的思想，也就丢掉了它振奋的能力；丢掉尊敬，爱情便没有什么了。一个女人怎么能尊敬一个自己不要脸的男子？这男子又怎么能够崇拜一个不怕委身给一个使人堕落的邪恶者的女人？这样，他们就很快互相鄙弃；爱情对于他们将只是可耻的交易；他们必然名誉扫地，也不会获得幸福。

我的于丽，两个同等年龄的情人之间的情况就不是这样了：他们俩燃烧着同样的激情，被相互的情爱联结着，没有任何特殊关系的妨碍，他们双方都享受着充分的自由，没有法律禁止他们相互的结合。最严厉的法律也只能因为他们相爱而处罚他们；彼此相爱的唯一惩罚是必须永远相爱的义务；如果世上有什么不幸的地方有蛮不讲理的人打破这些纯洁的爱的结合，那么必然会被这种强

① 阿贝拉尔（Pierre Abélard，1079—1142）和爱洛漪丝（Héloïse，1101—1164）是法国历史上实有人物，前者是有名的神学家、哲学家，后者是他的学生，二人彼此相爱并秘密结婚，后被迫分离后互通书信。他们之间的书信是拉丁文学中的名著。——译者

制引起的罪行所惩罚。

睿智和有德的于丽，这便是我的理由；这不过是对您的一封信里以如此的气势和机智向我陈述的理由的冷静的评论；但已足够向您指出我对这些意见已钻研到多深的程度。您总该记得我没有坚持拒绝您的馈赠，虽然我残留的偏见对此抱有反感，我还是默然接受了，因为在真正荣誉里的确找不出拒绝它的充分理由。可是这里是义务、理性和爱情本身都以我无法否认的声音说话了，因此我不能不听。假如必须在荣誉和您之间进行选择，那么我的心是准备失掉您的；我的心太爱您了，于丽啊！所以我以这个代价来保持您。

第二十五封信

自　于　丽

我亲爱的朋友，您这次旅行的叙述是很动人的，它使我喜欢它的作者，即使我不认识他也一样。可是其中有一段我要责备您，——您总能猜到是哪一段——虽然我忍不住要笑您的狡猾，您靠这种手段拿塔索作掩护，像躲在护墙背后一般。什么？您怎么会不觉得写给一般人和写给自己心爱的人二者之间的差别？爱情是如此胆怯、如此审慎，在礼貌方面能不需要更多考虑吗？您会不知道这种风格不合我的趣味，而且设法要使我不愉快吗？但这里我对于不该重提的题目也许说多了。不过我太关心您的第二封信，所以我不详细答复您第一封信了。那么让我们把瓦莱放到下次再谈，现在先处理我们的事；这已经够我们麻烦了。

我知道您要采取的方法。我们彼此十分了解，所以不必再在这些道理上纠缠。如果什么时候道德离开了我们，请相信我，那并不是我们缺少勇敢和牺牲所引起的。[①] 突如其来的攻击立刻会发生抵抗行为；一旦敌人迫使我们拿起武器时，我希望我们能战而胜之。在睡梦里，在和平休息时，最应当提防突然袭击；但灾难的持续不断特别使压迫难于忍受；心灵抵抗激烈的痛苦比抵抗连续的悲哀显得更轻松。我的朋友，我们今天要承担的便是这种艰苦的战斗：责任要求于我们的并不是英雄的行为，而是对于不断的苦难的更为英雄的抵抗。

这些我很清楚地预见到了：幸福的时刻像闪电般过去了；不幸的时刻已开始，没有人能帮我判断它何时结束。一切使我惊慌和丧气；一股致命的郁闷之气袭击着我的心灵；想哭泣而没有明确的原因，眼泪却不由自主地夺眶而出。我看不出未来有什么不可避免的灾祸；我心里抱着希望，但希望却越来越渺茫。唉！树从根上被砍断了，树叶上浇水还有什么用呢？

亲爱的朋友，我感到别离的沉重负担压迫着我。我觉得没有你，我不能生活；这最使我害怕。我每天在我们一块儿住过的地方徘徊了上百次，但始终找不到你。我在往常的时刻等待你；时间过去了，你却没有来。我看到的一切事物给我以有你在场的印象，却又告诉我已经失掉你了。你是不会受这种可怕的折磨的：只有你的心能告诉你说我在思念你。啊！你可知道，痛感别离之苦的是留者，你的处境比我好得多呢！

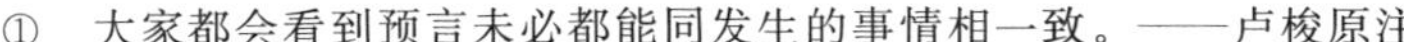

① 大家都会看到预言未必都能同发生的事情相一致。——卢梭原注

假如我敢于出声长叹，假如我敢于道出我的苦楚来，那么在我悲叹不幸时，我的不幸将感到缓解；然而除了有几声伏在我表姐胸口偷偷地吐出的哀叹而外，我必须抑止住其余一切叹息，必须忍住我的眼泪，必须在临死之前微笑。

Sentirsi，o Dei ！morir，

E non poter mai dir：

《*Morir mi sento！*》①

最糟糕的是所有这些不幸，不断地加深了我最大的不幸，而对你的回忆越使我烦恼，我却越喜欢思念它。我的朋友，我温顺的朋友！你来告诉我，你可感觉到，一颗受折磨的心是多么温和，愁思怎样使爱情发酵的？

我本想告诉您许许多多事情；但考虑最好还是等到确实知道您的地址后再说，而且我现在写信时的心绪也不允许我继续把这封信写下去。再见了，我的朋友；我现在搁笔，但请相信，我的心不会离开您。

短　　简

我通过一个素不相识的船夫送去我写的这张短简，送达地址照旧，我通知你，我在梅耶利，在它的对岸选好了我的住所，以便至少可以用目光欣赏我不敢靠近的地方。

---

① 上帝啊，自知要死了，却不敢说："我觉得要死了！"（梅塔斯塔塞）（意大利语）

第二十六封信

致　于　丽

我的状况在不几天里竟起了变化！我那么多的苦恼同我靠近了您的那种愉快心情掺和在一起！有多少悲愁的回忆在向我围攻！我的恐惧使我预见到多少障碍！一个敏感的心，这是上苍命定的施舍，于丽啊！接受这种施舍的人，他在地上所能期待的只有悲哀和痛苦。他是气候和季节的卑微的玩具；太阳或云雾，阴天或晴天，都能操纵他的命运，他将随风的意向而变化其喜乐和哀愁。他作为偏见的牺牲品，他心灵的正当的意愿将碰到那荒谬的行为准则所设置的不可逾越的障碍。人们惩罚他，因为他对每件事抱有正直的感情并用真实的而不用习俗的眼光来作判断。他轻率地耽于真与美的神圣的爱好，而贫困那沉重的锁链却把他困住在耻辱中，这就足以使他陷于不幸。他忘记自己是人而去寻求最高的洪福；他的心灵和他的理智将永远不停地斗争，他无限的欲望将为他准备着永远的匮乏。

这便是我的残酷的处境，使我陷入其中的既有压迫着我的那命运，又有抬高我的那感情、又有蔑视我的你父亲，还有成为我生命的快乐和烦恼的你本人。没有你这个命定的美人，我绝不会感觉到我心灵深处的崇高同我财产的低下的那种难堪的强烈对比：我将平静地生活和快乐地死去，也不会去想到我在大地上占着什么地位。可是如今既看见了你，却又不能占有你，虽爱慕你而自己只是个一般人，虽被爱而又不能幸福，住在同一地方而又不能生活在一起！……我那不能忘却的于丽啊！我那无法战胜的命运啊！你们在我心头激起多么可怕的斗争，我既不能克服我的欲望，又不能克服我的无能为力！

多么奇特和不可想象的现象！自从我住到您附近后，我脑筋里只盘旋着悲惨的思想。也许我住的地方促成了这种愁思；我的住地是凄凉可怕的；它最符合于我的心境，比这儿惬意些的地方，我也许不会住得这么耐心。一连串光秃秃的岩石临着河岸，并围在我住处的四周，冬天使它更显得可怕。啊！我感到这一点，我的于丽，如果必须跟您断绝交往的话，我不会再有其他的地方和其他的季节了。

在猛烈的激情的冲动之下，我无法安定；我拼命奔跑、登山，我投身于岩石间，我大踏步走遍附近各地，并发现到处的景物都带有压迫我内心的同样的惨状。再也看不到绿色，野草是黄黄的而且枯萎了，树木已经凋谢，东北风和凛冽的朔风卷起了雪堆和冰层；整个自然界在我眼里显得死气沉沉，正像我心底的希望一样。

在岸这边的岩石中间，在一处偏僻的隐蔽所里有一块小小的空地，从那儿我瞭望到了您居住的那幸福的小城的全貌。您设想一下，我的眼睛多么贪婪地望着这可爱的住所。第一天我作了千百次的努力想辨认出您的住宅；可是相隔十分遥远，使我的努力归于失败，于是我觉察到我的想象力欺骗了我疲乏的眼睛。我便跑到本堂神甫那里借了个望远镜，靠着望远镜，我看见，或自以为看见了您的房子；从这时起我整天整天都在隐蔽所里度过，我静观着那包含了我生命源泉的幸运的四壁。不顾当前的季节，我早晨就到那儿去，到了晚上才从那儿回去。我点燃的树叶和一些枯树枝，再加上我的跑路，都用来为我防御极度的寒冷。我对于这荒僻的地点发生了那么大的兴趣，我甚至带了墨水和纸来；现在我就在从附近岩层中被冰冻分裂出来的一块石头上写这封信。

我的于丽呀，正是在这里，你这不幸的情人将结束他今世也许是最后的快乐的享受了。正是在这里，穿过空气和墙壁，他敢于偷偷地深入到你的闺房里来。你那可爱的容貌依然使他倾倒；你那温柔的目光使他垂死的心活跃；他听见你那悦耳的嗓音；他还敢于从你的臂弯里寻觅他在小树林里体会过的那种喜悦。一个在欲望中迷途的激动的心灵，它的徒劳的梦呓！这时我迫使自己清醒过来，我至少也得观察一下你那天真无邪的生活的细节，于是我想象着我曾有时在有些地方是幸运的目击者的情况。我总看见你忙着照料人家，这使你更受人尊敬；对于你那无限的善良，我心中欣喜地感动不已。早晨我对自己说："现在她已从宁静的沉睡中醒来，她脸上带着鲜艳的玫瑰色，她的心灵享受着安宁的和平；她在向创世主奉献那不会丧失善行的一天。现在她来到了她母亲房里，她那柔顺的孝心在向她的双亲倾诉；她在家务琐事上给他们减轻负担；她也许在调解一个冒失的仆人，也许在对他进行秘密的劝告，也许还在为另一个仆人求情。在另一个时候她不厌麻烦地从事女红；她以有用的知识来充实自己的头脑；她用各种美术活动来增加自己优雅的趣味，用舞蹈来发展自然的轻盈体态。"有的时候我看见一样雅致而朴素的首饰点缀那本来不需要修饰的妩媚。这里我看见她在向一个尊敬的牧师请教一桩关于某个贫苦家庭的不为人知的苦难的事；那里她又在援助或安慰一个悲伤的寡妇和被弃的孤儿。一会儿她在跟女伴们说说笑笑中把活泼爱闹的女青年带上智慧和优良风气的正道。有的时候，啊！请原谅，我甚至敢于看到

你在关心我:我看见你那变温柔的眼睛在浏览我的一封信;我从那温柔忧郁的目光中看到你在勾画你幸运的情人的线条;我又看到你以如此亲切的感情在向你的表姐讲到他。于丽呀！于丽呀！我们莫非不能结合？我们的日子莫非不能一块儿过？我们莫非要永远分离？不,愿这可怕的思想永远不会在我脑海里出现！顷刻之间,这思想把我全部柔情变成了狂怒:疯狂驱使我从一个岩穴跑到另一个岩穴;我不由自主地发出呻吟和叫喊;我像一头被激怒的母狮般咆哮;除了放弃你而外,我什么都干得出来;是的,为了占有你,要么就是死,我没有不能做的。

我的信就写到这里,我只等可靠的机会把它寄给您,却从锡翁收到了您在那里写的信。信中透露出的悲哀气氛倒抚慰了我的悲哀！您所说的我们分离两地而能心心相印,我看这真是明显的例子！我承认您的愁思是更有耐心的;我的愁思则更为急躁;可是同样的感情必须按性格的不同而有不同的色彩,丧失更大者引起更大的痛苦,这是十分自然的。我说什么啦,丧失？嗨！谁能忍受这样的丧失？不,这您毕竟要知道,我的于丽;我们彼此相依为命,这是苍天永远不变的判决;这是必须听从的第一条法律;这是我们生活上必须跟能使之变得惬意的人相结合所首先关心的。我看到,我慨叹你在你虚妄的计划里迷了路,你想越过那些不可逾越的障碍,你忽略了唯一可能的方法;诚实的热情夺去了你的理智,那么你的德行只能是种妄想了。

啊！如果你能像现在这样永远年轻、光辉的话,我便只祈求苍天让我知道你永远幸福,让我一生中每年看见你一次、仅仅一次,而其余的日子只要从远处瞭望你的住所,在这些岩石中间崇拜你。

然而可叹呀！望望那永不停止的星辰的迅速飞驰；它飞走，时间很快逃逸，机会不再来：你的美貌，甚至它也有尽期；它一旦也要衰谢和消失，正像一朵未经采摘也要凋落的鲜花一般；然而我呢，我哀叹，我痛苦，我的青春在泪水中衰老并在痛苦中枯萎。请想想，请想想，于丽，我们为了快乐已经有多年平白地过去了。请想想这些岁月永远不再回来；我们往后的岁月，如果我们再让它们逃逸，也将像过去的一样。盲目的情人哟！你在为我们将不再存在的那个时候寻求一种空想的幸福；你凝望着遥远的未来；你没看见我们在不断地日趋衰竭，而我们那被爱情和苦难所耗尽的心灵将销蚀和像水一般流失。回头吧，现在时间还不晚。我的于丽，从这可悲的谬误中回头吧。丢掉你的计划，做个幸福的人。来，我的灵魂呀！把我们存在的两半爿结合在你情人的臂弯里；来面对苍天——我们私奔的指引者和誓言的证人——，我们宣誓我们俩生死同心。我知道你是用不着我来说服，你不畏惧贫困的。愿我们幸福又贫穷，啊，我们将获得怎样的宝藏！但我们决不要给人类丢脸，认为整个大地没有一个给两个不幸的恋人的庇护所。我有一双手，我很强壮；靠我劳动挣得的面包，你吃起来会比筵席上的菜肴更味美。一顿由爱情烹调的饭食能是乏味的吗？啊！温柔的、亲爱的情人，我们即便仅仅只有一天是幸福的，没有享受到幸福，你就愿意抛弃这短促的生命吗？

我只有一点要对您说，于丽呀！您总知道古时习俗的栾加特峭壁[①]，那是许许多多不幸的情人的最后庇护所。这里有好些方

① 栾加特(Leucade)是希腊伊奥尼群岛中一岛屿。面积292平方公里，首府亦名栾加特。按习俗，不幸的情人都从其峭壁上跃下自杀。——译者

面很像它：岩石是陡峭的，水是深深的，我又是处在绝望中。

第二十七封信

自格兰尔

我的痛苦几乎使我无力给您写信。您的不幸和我的一样，都到了极点。可爱的于丽生命垂危，也许没有两天可活了。她为了使您远离所作的努力损害了她的健康；她就您的问题而跟她父亲的第一次谈话给了她新的打击：最近另一些忧虑增加了她的激动，而您最后一封信更是火上浇油，她为此那么激动，经过一夜可怕的心理交战，以致昨天发了高烧，而且热度还在不断升高，终于说起昏话来了。在这状态下她不断地叫您的名字，而且激烈地说到您，这说明她一心想着您。大家尽可能不让她父亲近前；这足够证明我的姑母抱有怀疑：她甚至忧心忡忡地向我问起您是否回来了；我看出她女儿的危急暂时抹掉了一切其他的考虑，如果在这里看见您，她不会生气。

那么来吧，别再耽搁了。我故意雇了这条船给您送这封信；它由您吩咐，您就搭它回来好了，尤其不要丧失片刻时间，如果您要重见从所未有的最温柔可爱的情人的话。

第二十八封信

于丽致格兰尔

你的离开我使我的生命变得很苦，这生命是您使它复生的！

什么样的康复呀！比寒热病和说昏话更可怕的激情使我濒于死亡。狠心的！我最需要你的时候，你竟离开了我；你要离开我八天，也许我再也见不到你了。啊！如果你知道这疯子居然敢向我提出那种建议！……而且是那样的口气！我私奔！跟他！拐走我！……这倒霉蛋！……我抱怨谁？我的心，我那可耻的心对我说这样的话要多过他百把次……伟大的上帝！如果他全都知道了，那会怎么样？……他会因此发疯，我会被拐走，就得离开家……我发抖了。

于是我的父亲终于把我卖掉了！他把自己的女儿当做商品，当做奴隶！他牺牲我来还债！他拿我的命来抵他的！……因为我很明白，我从此难免一死。野蛮和不近人情的父亲！他能当得起……什么！当得起的！这是父亲中最好的；他想把自己的女儿同他的朋友结合，这便是他的罪过。可是我母亲，我那慈爱的母亲！她给我造成了怎样的不幸？……啊！多得很：她太爱我了，她葬送了我。

格兰尔，我该怎么办？我会变做什么人？汉莰老不来。我不知怎样把这信寄给你。在你收到它以前……在你回来以前……谁能知道？……女逃亡者，女流浪者，为人所不齿的……完了，无可挽回了，祸到临头了。过了一天，一小时，一会儿，也许……谁能知道避免他的命运？啊！不管我在哪里活着或者死掉，不管在什么阴暗的庇护所里我在蒙耻偷生，格兰尔呀，你要记得你的朋友……唉！不幸和耻辱改变着人心……啊！假如有一天我忘记了你，那它一定大大地改变了。

第二十九封信

于丽致格兰尔

留着，啊！留着，绝不要回来：你就是回来，也太晚了。我不应该再见你；我怎么受得了你的目光呀？

你到哪儿去了，我温顺的朋友，我的保护者，我的守护天使？你抛弃了我，所以我完蛋了！怎么！这要命的旅行是如此必要和如此紧迫吗？在我一生最危险的时刻你能撇下我，让我单独照顾自己？你由于这有害的疏忽造成了多么悔恨！它们将同我的眼泪一样永久。你的损失同我一样无法补救，想另外找一个对得起你的朋友，并不比想恢复我的纯洁更容易些。

我这该死的说的是什么呀？我既不能说话，又不能沉默。当悔恨在叫嚷时，沉默又有什么用？整个宇宙不再责备我的错误？我的耻辱不是写在所有一切东西上了？如果我不把我的心倾注到你的心里，我就得闷死。而你这随和而太信赖的朋友，你没有什么要自责的？啊！你那时怎么不泄露我的秘密？这是你的忠诚、你那盲目的友爱，这是你那倒霉的宽容断送了我。

什么魔鬼唆使你把他这个造成我的耻辱的狠心的人叫回来的？他那背信弃义的护理使我起死回生可不是为了使我成为可耻的人？这个野人，让他永远滚蛋！让他剩下一点儿怜悯能感动他；让他别再来到我面前，以免成倍地加重我的痛苦；让他放弃观看我的眼泪的那种野蛮的快乐。我在说些什么，唉！他是完全没有罪过的；有罪的只是我一人；我的一切不幸都是我自作孽，我只能责备我自己。可是罪恶已经败坏了我的灵魂；它的第一个结果便是教我们诿过于他人。

不，不，他绝不会违背自己的誓言。他的有德的心灵并不懂侮辱他心爱者的那种卑鄙的技巧。哟，毫无疑问，他比我更懂得爱情，因为他更善于自我克制。我曾有百来次目击他这种斗争并取得胜利；他眼睛冒出欲望的火花，在盲目的激情的冲动下他向我奔过来，他又突然停步；仿佛有个不可克服的障碍包围着我，他那猛烈但是纯正的爱情从来不曾逾越过它。我过于大胆地观看着这危险的场面。对于他的激情我感到心神不定，他的叹息压迫着我的心；我分担着他的苦恼，只知道同情它们。我看到他在痉挛的激动中几乎要晕倒在我脚下。也许唯有爱情才能宽恕我；啊，我的表姐，是怜悯之心断送了我！

致命的激情仿佛用一切德行作伪装来引诱我。就在这一天，他以更大的激情敦促我跟他走：这足以使最好的父亲们悲伤，这是用匕首捅进母亲的胸怀；我抵抗，我恐怖地拒绝这项计划。看到我们的心愿永不可能实现；对这种不可能性还必须对他保守秘密；对如此服帖和温顺的情人既鼓励了他的希望在前，如今又要愚弄他，使我为此感到歉疚，——这些都抑制了我的勇气，增添了我的软弱，扰乱了我的理智；这里必须不是气死我那两位生命的创造者，便是让我的情人或者我自己活不成。我不知道自己该怎么办，我便选择了我自己的不幸；我忘记了一切，只记住了爱情：就这样，一瞬间理智的丧失使我永远毁了。我掉进了女儿家绝不能再出头的那耻辱的深渊；如果我活着，那只能更不幸。

我哀叹着想在地上寻找一点儿慰藉；我只能找到你，我可爱的朋友;不要剥夺我如此美好的支持,我恳求你;不要收回你温馨的友谊。我已丧失了这样要求的权利,但我从来没有像现在这样需要它。愿怜悯代替尊重。来吧,我亲爱的,打开你的心扉倾听我的哀诉;来收受你的朋友的眼泪;如果可能的话,保护我免受我自己的蔑视,使我可以相信,我还没有完全丧失掉,因为我还保留着你那颗心。

第三十封信

复　信

不幸的姑娘!唉!你怎么搞的?我的上帝!你本来是那么聪明!在你这么可怕的处境和它使你陷入的忧伤中,我能对你说什么呢?我是否说些加重你那可怜的心的负担的话?或者送给你些我的心也不会接受的安慰的话?向你指出本来面貌的事物呢,还是符合于想象的事物?神圣和纯洁的友谊,把你那甜蜜的幻觉带给我的思想,并在你启发我的温柔的怜悯中把你再不能挽救的不幸首先来对付我。

你知道,我早就担心你现在哀叹的不幸了。我对你说了多少回,可你就是听不进去!……这是盲目自信的结果……啊!现在这些话说也是白搭了。毫无疑问,我当时无疑会把你的秘密泄露出来,假如这样做能挽救你的话;但我对于你那太敏感的心知道得比你更清楚:我看出它在受那吞噬一切而无法扑灭的火的煎熬。我感到在这颗激动着爱情的心里不是得到幸福便只有死亡,而当死亡的恐怖迫使你淌着那么多眼泪打发你那情人出走时,我断定不用多久不是你不再存在，便是他很快会被叫回来。可是当我看到你对于生活失去了兴趣并如此逼近死亡时，我简直慌了手脚！不要去责怪你的情人，也不要责怪你自己，这罪过的主要负责者是我，因为我预见到了而没有预防。

我的确是违背自己意愿而出发的；你知道我不得不服从；假如我当时认为你已濒临失足的危险时，即便是我粉身碎骨也不能使我们分离。我料不到失足得这么快。你还很衰弱和没精打采，一次非常短促的分手我觉得可以放心：我没有预见到你将面临的危险的选择；我忘记了你本身的衰弱已使那颗受苦的心不能抵制它自己。我因此要求自己的心灵原谅；对于当时救了你生命的错误我深为后悔；我没有那种铁石心肠让你抛弃我；我如果失掉你，我会忧伤得死去，所以我宁愿你哭泣着活下去。

可是为什么要流那么多的眼泪，亲爱的温顺的朋友？为什么要比过失更大的悔恨，以及这非你应得的自鄙自贱呢？心的弱点可以抹却所受那么多的牺牲？还有你遭受的危险，不是你的德行的一种证明？你只想到你的错失，却忘了它之前的所有艰难的胜利。如果你比那些作抵抗的女子更多进行战斗，你岂不是比她们有更多的荣誉？如果没有什么能为你辩护，你至少可以想想那能原谅你的。我多少知道一些人家所谓的爱情；我总能够抵抗它引发的激情；但对于类似你的那种爱情我大概会少抵抗些；所以虽然不曾战败过，我在贞洁方面还是比你差些。

这种话你听来也许觉得不入耳；但你最大的不幸却是使这些话成为必要的；只要能不说这些话，我可以豁出命去，因为我讨厌坏的格言更甚于坏的行为。[①] 如果错误还没有犯，而我坏到对你这样讲，你也坏到肯听我，那么我们俩都是坏透了的人。现在呢，我亲爱的，我应该对你这样讲，你也应该听我，不然你就得完蛋：因为你身上还保留着千百种优良品质，只有自尊才能保全，过分的自愧和随之而来的自贱必然会破坏这些品质；只有你确信自己还有价值，你才真的有价值。

因此你要慎防陷入一种危险的灰心丧气中去，它比你的脆弱更使你屈辱。真正的爱情是否为了使心灵变坏吗？爱情犯了一次错误，这绝不会剥夺你那真与美的高贵的热诚，后者总是使你升高到你自身以上。

太阳上不是有黑子显现吗？一种德行虽然变了质，你还有许多的德行在着呢！难道你会因此变得较不和善、较少真诚、较不谦逊、较不乐善好施？总而言之，难道你会因此较不值得我们大家的尊敬？荣誉、仁爱、友情、纯洁的爱情在你心里难道都会因此较不珍贵？即使如果你将不再有的那些德行，你会因此而减少对它们的热爱？不会的，亲爱的、善良的于丽：你的格兰尔在怜惜你的同时崇拜你；她知道、她感觉到你心灵里依然具有一切珍贵的品质。啊！你要相信我，你即便再有多少品德会丧失，任何比你规矩的姑娘还是不及你的。

说到底，你要为我留下；我可以在一切方面安慰你，只要不失掉你。你第一封信使我战栗。它几乎使我迫切盼望第二封，若不

① 这种感情是正确的，也是健康的。放荡的激情引起坏的行为；然而坏的格言腐蚀理性本身，使去恶从善不再可能。——卢梭原注

是我在同时收到它。你竟想抛弃自己的朋友！打算没有我就逃走！你绝口不谈你的最大错误：就是这一点，你应当为此感到百倍的脸红。可是负心人只想到自己的爱情……听着，到天涯海角我也会宰了你。

我以极端焦急的心情计算着我被迫远离你的时间；这时间残酷地延长着。我们在洛桑还得待六天，过后我便要飞向我唯一的朋友；我要安慰她，或者同她一起悲伤，擦拭或者分担她的眼泪。我要少用坚定的理性而多用温馨的友爱来消除你的痛苦。亲爱的表妹，我们应当共同叹息、相爱、沉默，如果可能的话，就以道德的力量来抹掉那不能用眼泪弥补的一桩错误。啊！我那可怜的夏依奥！

第三十一封信

致　于　丽

神妙的于丽，你到底是老天爷的什么奇迹？你用什么只有你知道的艺术把那么多各不相容的感情集合到一颗心里去的？为爱情和欢乐所陶醉，我的心在愁海中游泳，我在最高的幸福中间忍受苦痛的煎熬，我把我的过分的幸福当做罪恶来谴责。上帝呀！不敢完全沉浸于一种感情，不断地用这一种感情去攻击那一种感情，把痛苦和快乐联合在一起，这样搞是怎样可怕的痛苦呀！还不如做一个可怜虫倒要好一百倍。

呜呼！幸福于我有什么用处？现在我经受的已不再是我的不幸而是你的不幸，因而它们对我更为敏感。你徒劳地想对我掩盖你的痛苦；我从你眼睛所无法控制的忧苦和沮丧中看得出来：这双动人的眼睛能够隐藏对爱情的一些秘密吗？我看见，从你外表的宁静下我看见拶逼你的那隐蔽的苦恼，而你用安详的微笑掩饰的愁苦对于我的心更显得辛酸难受……

现在已经不要再对我有什么隐瞒了。我昨天到过你母亲的房间里，她走出去了一会儿；我听到了直穿我心的呻吟声：这现象我能不知道其来源吗？我走近仿佛从那里发声的那地方；我走进你的房间，我一直穿到你的书房。我稍微推开房门，瞥见了本应坐在宇宙的宝座上的那位竟席地而坐，脑袋靠在淌满了她的泪水的安乐椅上，我顿时变成什么啦？啊！如果椅子上淌的是我的血，我会少痛苦些！顷刻之间什么样的悔恨撕裂了我！我的幸福成了我的苦难：我只有感到你的痛苦，我将用我的生命来赎买你的眼泪和所有我的欢乐。我想扑到你的脚下，我愿用我的嘴唇擦掉这些宝贵的眼泪，把它们收藏到我的心底，使它们永远消除或干涸。我听见你母亲回房来，我必须立刻回到自己的地方：我把你的痛苦随身带走，还有那些悔恨，它们只能跟前者一起了结。

你的悔恨使我感到多么丢脸、多么屈辱！假如我们的结合使你蔑视你自己，假如我的日子是快乐的而对于你则是苦难的，那么我便是十分可鄙的人了！我的于丽，你对待自己要公正些；对于你的心所形成的神圣的关系不要用偏颇的眼光来看待。你没有遵从大自然的最纯洁的法则吗？你没有自由地缔结最神圣的约定吗？你干了什么为天上和人间的法律所不能和不应批准的事？除了公开宣布以外，我们缔结的纽结到底欠缺了什么？你只要成为我的，你就不再有罪了。啊，我的妻子！啊，我的当之无愧的和贞洁的妻子！啊，我生命的欢乐和幸福！不，绝不是你的爱情的所作所为可以构成罪恶，而是你想除掉它，那才是罪恶：只有想接受另外一个丈夫你才有损令誉。为了无罪，要永远做你心灵的朋友。联结我们的链子是合法的，只有不忠实才敢于破坏它，那是要受诅咒的；从今以后，只有我们的爱情才是德行的保证。

如果你的痛苦确有道理，如果你的悔恨确有根据，那你为什么对我隐瞒着我应该知道的？我的眼睛为什么不能流你的一半的眼泪？你的苦恼没有一样是我不应该知道的，没有一种感情是我不应该分担的；我的心有嫉妒的理由，它谴责你所有没有流在我胸怀里的眼泪。冷漠和神秘的情人，你说说看，你的心灵不跟我的相沟通的一切，是不是你对于爱情的一种盗窃行为？我们中间的一切是否应该是共同的？你说过的话现在记不得了？啊！如果你知道像我一样地爱，我的幸福就会使你安慰，像你的苦痛使我悲伤一般，而你将感到我的快乐像我感到你的悲哀一般。

可是我看得出你把我当做疯子似的蔑视我，因为我的理性在极乐之境里迷了路；我的激情叫你害怕，我的谵语引起你的怜悯，你感觉不到无限的幸福是超出一切人类力量的。你怎么能叫一颗敏感的心要有节制地品尝无限的幸福？你怎么能叫它一下子经受起那么多醉人的喜悦而不致出格？你难道不知道理性超过一定界限便会失控，世上也没有一个人的良知能经得起一切考验？因此你要同情，因为是你使我陷入的迷途，也不要蔑视因为是你造成的错误。我已经不由自主了，这我承认；我那神经错乱的心完全在你那里。我越清楚地感到你的痛苦，我越有资格分担它们。于丽啊！你不要自欺欺人。

第三十二封信

复　　信

我可爱的朋友，曾经有个时期我们的信是轻松和漂亮的；信上的感情优雅而淳朴地倾泻着：它不需要矫揉造作，朴质无华是它的整个装饰。可叹这幸福时刻已不再存在，它不会再回来；一个如此惨痛的变动的最初结果便是我们的心已经中止互相理解了。

你目击了我的痛苦：你以为掌握了原因；你想用徒劳的言辞安慰我，然而你想欺骗我时，我的朋友，这正好是在欺骗你自己。要相信我，要相信你的于丽的温顺的心：我的懊悔与其是由于给予爱情以太多的东西，毋宁是由于让爱情丧失了它最大的魅力。德行的那种温和的喜悦有如幻梦般消失了；我们如火的热情失掉了使它在净化中炽烈起来的那种神圣的活力；我们寻求快乐，而幸福却远远地飞离了我们。你回想一下那个美妙的时刻：那时我们彼此越尊敬，我们的心也联结得越好；那时激情能从它过度的热烈中达到自我克制；那时天真纯洁的感情鼓励着我们自我约束；那时我们赞美荣誉，我们的爱情也从而变得更为高尚。如果拿原来如此可爱的状况跟我们现在的情况作一番比较的话，现在是多么惶恐不安！多么心惊胆战！多少痛苦的泪水！多少过度的感情失去了初时的温馨！智慧和诚实的那种热诚——爱情靠这种热诚来鼓舞我们生命的一切活动，它又使爱情变得更甜蜜，——现在到哪里去了？我们从前的乐趣是恬静的、持久的；现在我们却只有狂暴的激情：这种丧失理智的幸福更像是一阵疯狂的发作而不像是温柔的

抚爱。一股纯洁和神圣的烈火曾燃烧着我们的心；现在我们的心耽于感官的错觉，我们完全成了粗鄙的情人：如果苛求的爱情还想参与坏蛋们没有爱情也能欣赏的那种快乐，那就太幸福了！

我的朋友，这便是我们共同的损失，所以我为你哭泣的程度并不亚于为我自己哭泣，关于我的损失，我不想再多说；你的心肯定能感觉到。你看看我的耻辱，你若知道爱情，你就该哀叹。我的错误是无可挽回的，我的眼泪不会枯竭。啊！惹我流泪的你，切不要插手这如此正当的苦痛；我的一切希望在于使这些苦痛能永久化：我最大的不幸乃是获得安慰；同丧失贞操一起丧失爱它的那种感情，这是最大的耻辱。

我知道我的命运，我知道它很可怕，然而在失望之中我还存着一种安慰：它是唯一的，但却是温暖的安慰。我期待着它，它是从你那里来的，我可爱的朋友。自从我不敢注视自己起，我以更大的快乐注视我心爱的人。我把你从我这儿夺去的对我的一切尊敬都还给你，我本来应该痛恨的，你现在却变得更可亲了。爱情、我丧失了的这灾难性的爱情，它给了你以新的价值：我在贬值，你却在升值；你的心仿佛占了我心的贬值的便宜。因此今后你要作为我唯一的希望；如果可能的话，为我的过错辩护的应该是你；用你那光明正大的感情来掩护它；让你的优点来消除我的耻辱；希望凭你的德行，使我因你而受的损失能获得大家的原谅。当我变成一个不足道的人时，你要作为我整个的存在。我所剩的仅有的荣誉全在你身上；只要你值得人们的尊敬，我就不至于成为完全可鄙视的。

我的健康正在恢复，这不免有些遗憾，我不能再继续装病；我的气色会戳穿我的假话，我装出来的养病期已骗不了人。因此在我不得不重新从事我平时的工作之前，你得赶快按照我们商定的办法进行些活动：我清楚地看到我母亲已经起了疑心，她正在观察我们。我相信我父亲不会觉察：这位骄傲的绅士不会想到一个平民竟会爱上自己的女儿。但你毕竟知道他的决心；如果你不早为之计，他会先来对付你；那么你本想继续出入我家，却会被完全拒于门外。听我的话，趁时间还来得及，你就去对我母亲说；假装有些事情使你不能继续教我书，并放弃常常来看我们的机会，以便我们至少还能有几次见面：因为假如人家拒绝你上门，你就不再能来此相见；可是如果门是你给自己关上的，那么你的拜访在某种程度上可以随你便宜行事，而且只要稍微机灵和会讨人喜欢些，你以后还可以来得更频繁些，人家也不会看出和认为有什么不好。我今晚将把我设想我们会面机会的其他方法告诉你，你会同意那位形影不离的表姐——从前她曾引起过那么多的怨言，——现在对于她不会离开的两个情人不是没有用处的。

第三十三封信

自 于 丽

啊！我的朋友，晚会对于两个情人不是个良好的庇护所！相会而又受拘束该多么痛苦！还是不相见倒要好一百倍。心里如此激动，脸上怎么能平静？怎么能做得跟自己两样？当心头只有一件事，却怎么能应付那么多的事？当着心在飞翔时，怎么能克制行动和眼睛？我生平从来没有感到像昨天我在戴尔伐尔夫人家仆人通报你来到时那样心慌意乱过。我把通报你的名字当做人们在对我谴责，我想象大家在一致观察着我；我不再知道我在干什么；当你出现时，我的脸红得出奇，以致在身边照顾我的那位表姐不得不凑过脸和她的扇子来遮掩，仿佛在同我耳语。我怕这样也会造成不好的影响，人家会探索这悄悄话的秘密。总之我到处发现新的恐慌的因素；所以现在更十分清楚地知道，一个有罪的良心会授人以想不到的证据来对付我们。

格兰尔认为她注意到你的模样也并不更好些；她看到你好像有些举止失措，踌躇着不知该怎么办，进退失据，既不敢走近我，又不敢离开，你的目光在向四面扫视，据她说是在找机会转到我们身上来。我的激动稍稍镇定下来后，我相信自己也看到了你的目光，直到那位年轻的勃隆夫人跟你说话时，你跟她谈着话坐了下来，这时你在她旁边才变得平静了些。

我的朋友，我感觉到这种给予那么多的束缚和那么少的快乐的生活方式对我们并不好；我们太相爱了，因此不应该这么拘束。这种当众的会面只适合于不懂得爱情而待在一块儿确是好的人，或者可以用不着秘密的人：我的忧虑太厉害，而你的轻率又太危险；我不能总是留一个勃隆夫人在我身边，以便有需要时用来作牵制。

让我们回头，让我们转回到那个孤寂和宁静的生活——是我不妥当地把你从那儿拉回来的——中去。是它产生和培养了我们的激情；这激情在更散漫的生活方式下也许会减弱。一切巨大的激情都在孤独中形成；世上没有跟它类似的处所，那儿的事物有时候能形成一个深刻的印象，那儿许许多多的兴趣能激发出感情的力量。这种状况也更适合于我忧郁的感情；它跟我的爱情靠同样的养料来维持：你的可爱的形象支持着这二者，我更喜欢在我心坎里看到你那种亲切和多感的模样，而不喜欢晚会上看到你那种拘束和心神不定的模样。

此外，我也许以后不得不到一个更孤寂的处所去；但愿这渴望的时刻早些来临！通情达理和我的癖好同样要求我及早采取符合于需要的习性。啊！如果能从我的过错里产生补救的方法，那该多好！美妙的希望，有朝一日能……我心头酝酿的计划本不想说的，可是无意之中却几乎说出来了。原谅我这个秘密，我唯一的朋友，我的心绝不会有你听了会不痛快的秘密。然而这个秘密你还是不要知道为好；现在我只能告诉你的是，造成我们不幸的爱情将由此得到补救。你可以在你脑子里随你心意去理解和评说；但对于这个问题我禁止你问我。

第三十四封信

复　　信

Nò, non vedrete mai
Cambiar gl' affetti miei,
Bei lumi onde imparai
*A sospirar d'amor.*①

① 不，不，教我叹息的那美丽的眼睛，你们绝看不到我爱情的改变。（梅塔斯塔塞）（意大利语）

这位美丽的勃隆夫人，为了她提供我的快乐，我应当爱她！神圣的于丽，请原谅我这一点，我居然有一会儿能以你温柔的焦虑为乐，而这一会儿是我一生中最甜蜜的时刻之一。这些偷偷地朝着我们看，又为了避开我的目光而迅速低垂、焦虑和好奇的目光，是多么可爱！那时你那幸福的情人在做什么？他在跟勃隆夫人谈话？啊！我的于丽！这你能相信吗？不，不；无与伦比的姑娘；他忙得更有意义。他的心那么甜滋滋地跟踪着你的一举一动！他的眼睛以怎样贪婪的急躁情绪望着你的倩影！你的爱情，你的美貌充满着、陶醉着他的心；那么些美妙的感情使他的心乐不可支。我唯一的遗憾是我的情人竟不能分享我体会的那些快乐。在晚会整个那段时间里，勃隆夫人对我说的话我听进去了没有？我知道我答复她的那些话吗？我们谈话那时我自己知道吗？她自己也知道吗？她能理解一个没有思索便信口胡言、没有听清楚便信口乱答的人的言辞的点滴内容吗？

*Com' uom che par ch' ascolti，e nulla intende.*①

因此她对我的态度极端傲慢。她对大家，可能也对你说我没有常识，更糟的是没有一点儿智慧，说我像我的那些书同样愚蠢。她怎么说和怎么想，与我有什么关系？不是只有我的于丽一个人才能决定我的存在和我想具有的地位吗？让地上其他的一切要怎样看我都随他们便，我的全部价值都由你评定。

啊！你要相信，不管勃隆夫人也好，不管一切比她更美的美人也好，她们都不能得到像你所说的消遣解闷，也不能使我的心和眼

① 他仿佛在听，他却什么也没有听见。（意大利语）

睛离开你一会儿。如果对我的真诚抱有怀疑,如果你对我的爱情和你的魅力作这样致命的辱骂,那么请你说,有谁对你周围发生的一切能记得一清二楚?难道我没有看见你在那些年轻的美人中间像太阳在它周围显得黯然无光的星辰中间发着灿烂的光辉?难道我没有注意到骑士[①]们集合在你的椅子周围吗?难道我没有看到他们不顾你的女友们的反感,都在赞扬你吗?难道我没有看见他们殷勤的敬意、他们的崇敬、他们的奉承?难道我没有看见你以那种谦逊和淡漠——这比骄矜更得体——的神态接受这一切吗?难道我没有看见当你脱下手套用点心时,你那裸露的手臂对观众所产生的作用吗?难道我没有看见那个年轻的外国男子捡起你的手套送还给你时想亲你那可爱的手吗?难道我没有看见一个更鲁莽的小子——他那热烈的眼睛吮吸着我的血和我的生命——,当你注意到他的目光时,你不得不在你的头巾上加了一枚别针?我并不像你所想象的那样马大哈;我看到了这一切,于丽,但我并不嫉妒,因为我知道你的心;我非常明白它不是那种能爱上两次的姑娘们的心。你会指责我是这样的心吗?

那么让我再回到那我本来不愿离开的孤独生活去。不,世间的喧嚣不能给心灵以养料;虚假的快乐使心灵更痛苦地感到剥夺了真正的快乐,所以它宁愿受苦而不愿虚假的满足。不过,我的于丽,在我们强制的生活里既有着,而且可以有更扎实可靠的东西,这一点你似乎忘记了!什么!我们彼此相隔很近地生活了整整十

① “骑士”(cavaliers)是个现在不再使用的旧词儿;现在大家说“男士”(hommes)。我认为应该对外省人作这重要诠释,这至少对读者有点儿用处。——卢梭原注

五天，却没有见面，也没有说一句话！啊！你叫一颗燃烧着爱情的心在整个世纪那样漫长的时间里怎么办？即便是长别离，也没有这么惨痛。过分的审慎不能预防不幸，却更使我们不幸，这种审慎又有什么用？延长生命同时延长了痛苦，这有什么好处？仅仅在一刹那间能见面一百次，然后立刻死去，岂不是更好些吗？

我毫不隐瞒，我温柔的朋友，我渴望洞悉你对我保守的那可爱的秘密：它对于我们一定是最息息相关的；但我白费心思去猜测它。不过我会遵照你的吩咐保持沉默，并满足于不识相的好奇心；可是在尊重这如此可爱的计划的同时，我能否至少保证它能得到说明！谁知道，也许你的计划还不是建立在幻想上面的？啊！我生命的宝贵的灵魂，至少让我们好好地着手实现这计划。

附言：我忘了告诉你，洛庚先生提出要我在他为萨丁国王招募的一个团里带一个连。我对于这位好军官对我的重视非常感动；我向他表示感谢，同时对他说我是近视眼，不宜于服役，而且我钻研学问的兴趣跟如此活动的生活也配合不起来，在这一点上我决不牺牲爱情；我认为每个人都应该为祖国抛头颅、洒热血，但不该为不相干的王公效命，更不应该出卖自己，并把世上最高尚的职业变成卑贱的雇佣职业。这些是我父亲的原则，我将十分荣幸能在他对于义务和祖国的热爱方面仿效他。他决不愿为任何外国王公效劳；可是在 1712 年的战争①中他为祖国光荣地拿起了武器；他

① 瑞士在 1712 年发生了新教的苏黎世、伯尔尼诸州和天主教诸州间的战争。当年 7 月在维尔美根近郊战役中，伯尔尼军取得了决定性胜利，天主教徒把巴塞尔、拉贝斯维尔等城市割让给了胜利者。——俄译注

参加过许多战役，其中有一次他受了伤；在维尔美根的战役中，他当德·萨高耐将军[①]的面荣幸地夺得了敌人的一面战旗。

第三十五封信

自 于 丽

我的朋友，关于勃隆夫人，我只说了两个字开开玩笑，竟值得你如此认真地进行解释。费了那么大的劲为自己辩护，往往会产生适得其反的成见；对于鸡毛蒜皮的事的注意，正好使事情变得很重要。这种情况在我们之间肯定不会发生：因为在热恋着的心灵里是不大会斤斤计较的，而情人之间对芝麻大的事发生争吵，总是有比表面更真实得多的根据。

然而这种小事提供机会交谈一下关于嫉妒问题，这我不会生气；这个题目不幸对我是太重要了。

我的朋友，我认为由于我们心灵的素质和我们兴趣相同的倾向，爱情将是我们生活的大事。当爱情一旦深深印入了我们的灵魂，它必然要使其他感情趋于熄灭或者被它吸收；它如果有一点儿冷却，那对于我们将立刻引起致命的忧郁；一种顽强的厌恶、一种永远的烦恼将继熄灭了的爱情之后袭来，于是我们在不再相爱后无法长久活着了。我尤其特殊，你一定清楚地知道，我只有发疯似的激情才能掩盖我现在处境的恐怖，我必须激烈地爱，否则只有痛

① 德·萨高耐(Général de Sacconex，1646—1729)：伯尔尼州军队的统帅，在维尔美根近郊两次受伤。——俄译注

苦地死掉。你看,我之所以要严肃地讨论有关我今后生活是幸福还是不幸这样的问题,是有根据的。

就我对自己作判断说,我虽然有时似乎过于敏感,可是我不大陷于冲动。我的痛苦要在我心头酝酿很久,我才敢对造成痛苦的人指出来;又因为我确信人们不是有心这样做是不能触犯人的,所以我宁愿承受一百个抱怨而不愿作一个解释。类似这样的性格会产生严重后果,尤其如果带有嫉妒的倾向,因此我在自己觉得有这危险倾向的时候会十分担心。这并非因为我不知道你的心里只有我而没有别人。但一个人可以被自己所欺骗,把暂时的兴趣当做一种爱情,因出于荒唐念头做出可能为了爱情而做的同样的事情。因此,假如你能自认为没有恒心,虽然实际不是这样,那么我更可以错误地责备你不忠实。然而这可怕的怀疑可以毒害我的生命;我内心痛苦而不会抱怨;你虽仍然爱我,我也会得不到慰藉而死去。

我恳求你让我们防止一件我想到了就要战栗的灾难。我温顺的朋友,现在请你对我发誓,不是以爱情的名义,因为誓言只有当它是多余时人家才遵守;而是以你如此尊敬的荣誉的神圣的名义,说我永远是你心中的密友,而且无论发生什么变动,我始终是最先的知情者,你不要对我强调你不会有什么可告诉我的事;这我相信,也希望这样;但你要防止我的极度的惊慌,并在使我不会惊慌的诺言中让我现在能够永远安宁。我从你那里得知我真实的不幸,要比不断受到想象的不幸的折磨较少抱怨;我至少可以享受你那良心的谴责;假如你不再分享我的激情,你还将分担我的痛苦,我流在你的胸口的眼泪也将减少它的苦味了。

我的朋友，因此我在这里要双倍庆幸我的选择：既庆幸使我们结合的那甜蜜的纽结，又庆幸给纽结作保证的你的诚实。这就是智慧这种法则在纯感情的事件中的运用；这就是那严峻的道德怎么能排除温馨的爱情的那些苦难的道理。如果我的情人是没有原则的，即使他能永远爱我，我能从哪儿找到这种坚定不变的保证？我有什么办法摆脱我不断的怀疑？我又怎样能确信没有受他的伪装或者我自己的轻信所欺骗？然而你，我真正的和可敬的朋友，你既不会装假，又不会掩饰，我知道你将永远对我保持你准备答应我的那真诚。承认不忠实的羞恶之心，绝不会在你正直的灵魂里战胜你那守信的义务；如果你不能够再爱你的于丽，你会对她说……是的，你可以对她说："于丽呀！我不……"我的朋友，我永远不会写出这个词来的。

你对我的办法有什么意见？我确信这是能够连根拔掉我心中一切嫉妒的感情的唯一办法。有一种非言可喻的微妙的感觉鼓舞着我把你的爱情交给你的良知负责，并使我不再去琢磨你自己不会告诉我的不忠实。我的亲爱的，你瞧，这便是我加于你的义务的可靠的作用：因为我可以认为你是个用情不专的情人，但不会是个骗人的朋友；我可以对你的心抱有怀疑，但绝不能怀疑你的真诚。采取这里这些无用的措施来防范我明知不可能有变化的迹象，我感到多么愉快！跟一个如此忠诚的情人谈论嫉妒问题，那是多么惬意！啊？如果你不再是忠诚的情人，你可别相信我会对你说这些话。我可怜的心对困苦不会如此明智，很小的不信任感就会立刻消除我那防护的意志。

我极为尊敬的老师，这便是今晚讨论的资料：因为我知道您那两位谦恭的弟子将在形影不离的表姐的父亲家里有幸跟您一起用晚餐。你在报章上的那些博学的评论很博得他的赏识，所以不用费许多手段来邀请您。他的女儿已叫人调好了她的羽管键琴，父亲浏览了朗倍蒂[①]的著作；我呢，我也许要复习克拉朗的小树林的功课。通晓各科的博士啊，您到处有吃得开的学问！陶尔勃先生也没有被忘掉，正如您想得到的，他为了对那不勒斯王的未来的臣服宣誓而开始一篇聪明的论文，也有话要说，在这期间，我们三个人可以到表姐房里去。我忠诚的朋友，在那儿，您可以跪在您的心上人和情人面前，握着她双手，当着她的首相的面，向她宣誓不怕任何考验要永远效忠于她；不要说什么永恒的爱情——坚持它或者割断它，不是人所能作主的诺言；——而要说不可违背的真实、诚意、坦率。您不必宣誓永远臣服，而是绝不犯背叛的行为，并在动摇这约束之前至少要对它宣战。这样做了，您便实行了骑士授予仪式，被承认为唯一的臣仆和忠诚的骑士了。

再见了，我的好朋友；想到今晚的晚餐，我感到很高兴。哟！我能与你分享这种高兴，在我是多么甜蜜呀！

第三十六封信

自　于　丽

你要亲吻这封信，并为我现在要告诉你的消息而高兴得跳跃吧；不过你要知道，我并不跳跃，也没有什么可亲吻的，但我并没有

---

① 朗倍蒂(Lamberti，1600—1742)：瑞士的外交家和史学家。——俄译注

减少我的高兴。我父亲为了他的诉讼案件不得不去伯尔尼，从那儿又为了他的养老金而去梭吕尔，他建议我母亲作一次旅行；她接受了，希望换一下空气，这样对于她的身体有一些促进健康的作用。他想讨好我，也要带我去，我认为不便把我的想法说出来；可是安排车辆的困难终于使这个计划被放弃了，于是他们因为我不能参加而设法安慰我。我必须装作很懊恼的样子，但我违心扮演的假角色却被内疚所引起的我的真懊恼，几乎解脱了我假装的懊恼。

我双亲不在家时，我没有留在家里当一家之主；人家把我送到表姐的父亲的家去，以便在这段期间我真的能跟“形影不离的”形影不离了。此外，我母亲更喜欢身边不带侍女，她把巴琵留给我当女管家；这种百眼巨人并不危险，既不能腐蚀其忠诚，也不能把他们变成心腹，但只消给他们一点儿快乐或好处，有必要时是容易打发开的。

你会理解我们在这十五天里会面将多么方便；但正是在这里必须以审慎来补充约束，而且在过去我们被迫不得不克制，现在则要自觉地给自己作同样的克制。当我在表姐处时，你切不要比过去更频繁地前来，以免连累她；我甚至希望用不着叮嘱你要考虑到对她那样女性所需要的尊重，也要照顾到殷勤款待的神圣法则。一个诚实正派的人也用不着人家教导他尊重那出于爱而给予庇护的友情。我知道你的火暴性子，但我也知道你那不可侵犯的界限。你以前从没有违背过礼仪，今天你也绝不会违背它。

哪儿来的这不高兴的脸色和这忧郁的眼神？为什么对责任所规定的准则嘀咕？让你的于丽来设法使它们平和些。你可曾因为顺从地听了她的话而后悔过？在那魏韦河流过的繁花似锦的山坡附近有个幽僻的小村子，它有时成为猎人的庇护所，大概也充当情人们幽会之所。在属于陶尔勃先生主要住宅周围，散布着几个夏栏，[1]它们相隔相当远，它们的茅草屋顶可以掩护爱情和欢乐，它们是乡村简朴的朋友。富有朝气和审慎的送奶姑娘们懂得为别人保守她们自身也需要的秘密。穿过草地的条条小溪都镶着可爱的灌木和小树林。更远处的茂密的树林提供了更荒芜和更阴暗的庇护处。

Al bel seggio riposto, ombroso e fosco,

Ne mai pastori appressam, ne bifolci.[2]

没有一处会碰得到人工的或人们的手制造的烦人的照料；人们到处只见到共同的母亲的温柔的关心。我的朋友，人们在那儿只处于她的庇护之下，而且只听到她的法律。由于陶尔勃先生的邀请，格兰尔已说服她爸爸，使他想到带他的朋友们到这州去进行两三天打猎，并把形影不离的人都带到那儿去。这些形影不离者中还有别的人，这一点你是很清楚的。一个代表房主，自然能为来客增光；另一个增光较差些，却能为他的于丽给简陋的夏栏增些光彩；为爱情所照耀的夏栏对他们将是尼德神殿。[3] 为了幸福地和肯定地实现这美妙的计划，只需在我们之间很容易地共同商定出一些安排，而这些安排本身也是它们应该产生的快乐的一部分。再见

① 山里的一种木房子，那里制作干酪和各种不同的乳制品。——卢梭原注

② 牧人和庄稼人从来不走近遮盖着这些可爱的庇护所的浓厚的树荫。（彼特拉克）（意大利语）

③ 尼德神殿：古希腊供奉爱神维纳斯的神庙。——译者

了，我的朋友；我必须立刻打住，以免发生意外。同时我感到你的于丽的心未免过早地飞到夏栏去定居了。

附言：一切经过很好地考虑之后，我认为我们几乎可以安全地每天相见，即：两天中在我表姐家见面一次，另一次在散步时。

第三十七封信

自 于 丽

这位慈爱的父亲和这位无与伦比的母亲在给他们钟爱的，但太辜负了他们一片好心的女儿以最温馨的抚爱之后，于今晨出发了。我呢，我以稍微抽搐的心抱吻了他们，而自己胸中的这颗忘恩负义和变质的心却闪烁着可耻的快乐。唉！当时我一刻不停地在他们眼皮底下度着天真和乖乖的生活，我只有紧贴在他们胸口才觉得舒服，只要离开他们一步就会感到苦恼的那种幸福的时光，如今到哪儿去啦？现在自己感到有罪并害怕，我想到他们时会战栗，想到自己时会脸红；我的一切好的感情变坏了，我陷入徒然和空洞的悔恨里日见消沉，以致鼓不起真正忏悔的情绪。这些苦楚的回想引起了一切愁思，这在我跟他们离别初时也未曾体会过。在亲爱的父母出发后，有一种隐秘的苦恼窒息了我的灵魂。当巴琵在收拾行李时，我机械地走进我母亲的房间；看见她有几件旧衣服还零乱地放着，我淌着眼泪一件接一件拿起来都吻遍了。处在这激发起来的感情里，我稍觉轻松了些，我感到大自然祥和的活动在我心里还没有完全熄灭，因而得到了某种慰藉。啊，你这暴君！你徒然想完全制服我这温柔和太软弱的心；它不管你，也不管你魅力的影响，它至少还留有一些合法的感情；它还能尊重和珍爱比你更为神圣的法则。

我的温顺的朋友，原谅我这些不由自主的倾诉，也不要怕我把这些思虑扩大到想入非非的程度。我们现在的时刻大概是我们爱情最自由的时刻，我很知道它不应当是抱怨的时刻：我不愿意隐藏我的痛苦，也不愿意把这痛苦加到你身上；应当让你知道这次痛苦，不是要你来负担，而是要你使它缓和。如果我不敢把我的眼泪倾泻在你的胸口，那么我又能向谁倾泻？你不是我的温柔的安慰者吗？支持我动摇的勇气的不是你吗？在我心灵里培养品德——即使在我丧失它以后——的志趣的不是您吗？没有你，没有那同情的手经常擦拭我泪水的可爱的女友，我不知有多少次早已在致命的忧闷中死去了！可是你们亲切的照料支持了我；只要你们还尊重我，我就不敢作践自己，我满心喜欢地对自己说，如果我只配受人鄙视的话，你们俩不会那么爱我。我要飞进这亲爱的表姐或者不如说这个温柔的亲姐姐的怀里，把那讨厌的愁苦放到她的心底。而你呢，今晚就来把我丧失的欢乐和安宁还给我的心。

第三十八封信

致　于　丽

不行，于丽，像我昨晚看到你那样，使我不能不每一天都要见到你了：像你这样妩媚，我的爱情就得继续不断地增长；你是我简直想象不到的新感情的取之不尽的源泉。怎样的一个难以想象的夜晚！你让我的心灵感受到了怎样一些从未体验过的快乐！迷人的忧思啊！一个多愁善感的心灵的愁闷啊！你远远胜过那喧嚷的乐趣，胜过那轻佻的快乐，胜过那狂暴的欢娱，胜过由无限热情引起情人们的无节制的欲念的一切激情！平静和纯洁的享乐跟感官的快意迥然不同，你那生动的回忆在我心坎里永远永远不会磨灭！天啊！看到两个如此动人的美女亲切地拥抱着，这一个的脸依偎在另一个的胸口，她们温和的眼泪流在一起，浸湿了那可爱的胸口，仿佛天上的露水滋润着一朵新展瓣的百合花，这是多么优美的景象，或者不如说多么令人心醉神迷！对这样亲密的友爱我很嫉妒；我有些抱怨自己不能给你以同样亲切的安慰，也无法以我的激情来加以干扰。不，地上没有什么东西能激起像你们互相体贴的那种快乐的感受；我认为两个情人的场面也不及它那样美妙。

啊！假如那时没有于丽，我大概会钟情于这位可爱的表姐了！可是不对，这是于丽本人把她那无敌的魅力扩散到了她周围的一切。你的连衣裙、你的打扮、你的手套、你的扇子、你的口红，总之所有你周围吸引我目光的一切，都使我的心醉，也唯有你，才能造成这一切的魔力。够了，我温顺的女友啊！由于你加重我的醉意，你便剥夺了我感知它的快乐。你使我感受到的已经接近于真正的狂热，所以我担心最终会丧失掉理性。至少让我体会一种可使我幸福的迷糊状态，让我品尝比我认为是爱情的所有概念更崇高、更强烈的新的狂欢。什么！你居然自认为卑贱！什么！激情也会剥夺你的理性？我呢，我认为你是凡人中最完善的；要不是那吞噬我的那爱情之火把我和你结合在一起，并使我感到我们是同样的人的话，我会想象你是个更高洁的生物。不，世上没有人了解你，你也不了解你自己；只有我的心能了解你、感知你并赏识你。我的于丽！啊！如果你单单受人爱慕，你将丧失多少尊崇！啊！如果你仅仅是个天使，你的优良品质将丧失多少！

告诉我，像我这样的激情怎样才能增长。我不知道，可是我经受到这件事。虽然你无时无刻不在我面前出现，但特别最近几天来，你那比平时更美丽的形象在追逼着并折磨着我，随时随地都不肯放松；我相信你把我跟你的形象留在这所夏栏里，而你在写完最后一封信后就离开了。自从开始谈起这乡间会面问题时，我已三次出城；每一次我的脚总走向同一个方向，而且每去一次，那甜蜜的幽会的希望使我觉得更为愉快了。

Non vide il mondo si leggiadri rami,
Ne mosse'l vento mai si verdi frondi.[①]

我发觉田野日见欢笑，绿茵日见鲜美和生动，空气日见清净，天空日见晴朗；鸟的歌声似乎更为柔和和欢愉；泉水的絮语引起一种更缱绻的忧郁；开着花的葡萄园从远处散发出最甜蜜的芬芳；隐隐的魅力美化了一切，也迷住了我的感觉；仿佛大地这样盛装起来，是为了给你那幸福的情人形成一张对得起他所崇拜的美人和使他憔悴的爱情之火的结婚新床。于丽啊！我那亲爱的和宝贝的半拉子灵魂啊！让我们这一对忠贞的情人赶紧登场以补齐这春天的装饰。让我们把快乐的爱情带到那只提供空洞的形象的地方去，我们要使整个大自然生动活泼起来，因为没有爱情之火，它只

① 世上从未见过如此优美的小树林，和风从未拂动过如此翠绿的树叶。（彼特拉尔克）（意大利语）

能死气沉沉。怎么！要等待三天！还要等待三天！为爱情所陶醉，被激情所煎熬，我以苦楚的焦急等候着这迟到的时刻。啊！如果老天爷能把隔开这时刻的一切讨厌的间隔从生活里去掉，我们该多么幸福呀！

第三十九封信

自于丽

我的好朋友，你没有一种感情是我的心所不分享的；但当比我们更有价值的人们在痛苦、在呻吟而对于他们的痛苦我要自责时，你不要再对我提到欢乐了。你读读附去的信，如果办得到，你可以无动于衷：但认识写这信的那个可爱和善良的姑娘的我，读它时不能不流泪和感到同情。我那有罪的疏忽所引起的懊悔直穿我的心，在苦恼的不安中，我发现忘记了自己主要的义务，我也就忘记了其他的一切。我曾答应照顾这可怜的女孩；我曾把她放在我母亲身边保护她；在某种程度上让她处在我照顾之下；但因为我还不知道照顾我自己，我把她丢掉，不再记得她，使她处于比我遭受到的更大的危险之下。我一想到两天以后我的被保护者可能会倒霉，贫困和诱惑会使一个规矩和聪明的、将来可以成为家中出色的母亲的姑娘堕落时，我感到浑身颤抖。啊，我的朋友，世界上怎么竟有那类坏蛋，他们居然能从苦人儿那里收买那只应当由心来付给的奖品，并从一张挨饿的嘴巴上接受爱情温馨的亲吻呀！

告诉我，对于我那个方勋的孝心，她那真挚的感情以及那无邪的天真，你能不感动吗？对于那个为了减轻他的情人的痛苦而自

已卖身的情人的那难得的爱情，你能不感动吗？如能促成如此协调的纽结，你不觉得很幸福吗？啊！假如我们对于有人想拆开的两颗结合的心不寄予同情，他们还能期待谁的同情？就我而论，我决心不管任何代价，对他们俩弥补我的过失，努力使这两个年轻人缔结良缘。我希望老天爷祝福这一善举，并希望这对于我们是个好兆头。我以我们友谊的名义建议和请求你，如果办得到时，今天或最晚明天早晨就出发到新城堡去。去跟德·麦尔凡依原先生商谈，准那个老实的小伙子休假；要不惜哀求和金钱；请把我那方勋的信随身带着，此信一定能感动富于同情的心。总之，无论我们为此费多少周折和金钱，你必须带着葛劳德·阿奈的休假证回来，否则爱情将不能给我片刻纯粹快乐的日子的。

我知道你的心一定有许多反对意见要对我说；不过你以为在你之前，我心里就没有过跟你一样的想法？可是我还是要这样坚持：因为道德这个词必须不只是个空洞的词儿，要么就得为它做些牺牲。我的朋友，我的真正的朋友，错过一次会面，可以补偿一千次；几小时愉快会像闪电般消失，便不再存在；可是如果有一对正直的情侣的幸福掌握在你手中，你要想想你准备要做的事。请相信我，使人幸福的机会要比所想象的为少；丧失这种机会的惩罚在于再也找不到这种机会；我们应用这种机会的结果所留下的永久感情不是满意，便是悔恨。请原谅我热衷于这种多余的言辞；我这种话对一个正直的人说已觉太多，而对于我的朋友就更是百倍地多余了。我知道你多么痛恨使我们对别人的不幸变得冷酷无情的那种残忍的享乐。你不是千百次地对自己反复说：“那个不愿为人类的天职牺牲一天快乐的人必将有祸了！”

第四十封信

方勋·尔格儿致于丽

小姐：

请您原谅一个陷于绝望的可怜的小姑娘，她已经不知怎么办，所以敢于再次乞援于您的仁慈：因为您对于苦人儿是从来不会倦于给他们安慰的，而我又是这样的不幸，我的悲诉只有您和慈悲的上帝才不致感到冒犯。我离开了您为我安插的学手艺的工作感到非常苦恼；但因为我不幸这个冬天丧失了我的母亲，我便不得不回到我可怜的父亲身边，他由于风瘫而一直躺在床上。

我并没有忘记您给我母亲的劝告，要她设法物色一个能照顾家庭的诚实的男子跟我结婚。您的父亲让他退役回来的葛劳德·阿奈是个诚实的小伙子，人很规矩，手艺娴熟，一心希望我好。您对我们已经周济了那么多，我不敢再使您为难，所以是他在这整个冬天养活我们。这个春天他就要娶我；他一心放在这场婚礼上；可是为了偿付到复活节满期的三年房租，使我十分苦恼，我不知道到哪儿去筹措这么多的钱，这可怜的小伙子什么话也不对我说，就重新应募参加了德·麦尔凡依原先生的部队，并把他入伍得到的钱给了我。德·麦尔凡依原先生在新城堡只待七八天，葛劳德·阿奈必须在三四天内跟上征兵队伍；这样我们就没有时间和金钱结婚，他也没有留给我生活费。如果靠了您或者男爵先生的面子，你们能为我们弄到至少五六星期的缓期，人家就可以设法在这段时间里为我们安排婚事，或者把钱还给那可怜的小伙子；但是我很了解他，他绝不会把给了我的钱重新收回去。

今天早晨来了一个很有钱的先生，他答应给我许多的好处；但多亏上帝照应，我拒绝了他。他说明天早晨再来听我最后的决定。我对他说，请他不用白费心，他已经知道我不同意。愿上帝指引他！明天他将收到今天一样的答复。我本来很可以依靠救济金；可是这很丢脸，还不如受苦；而且葛劳德·阿奈太骄傲，他不愿娶接受救济的姑娘。

请原谅我的不客气，我仁慈的小姐；我认为您是我能对之诉说我痛苦的唯一的人，我的心是如此难受，使我不得不结束这封信。您的最卑微和忠诚的女仆。

方勋·尔格儿

第四十一封信

复　信

我缺乏记忆力，你缺乏对我信任，我亲爱的孩子；我们俩都有大错误，但我的错误是不可原谅的。我至少要努力补救。给你送这封信的巴琵，我派她赶紧去援助。她明天早上回来为了帮你辞却那位先生，假如他再来的话；午饭以后我的表姐和我将去看你：因为我知道你不能离开你那可怜的父亲，我还要亲自了解你小小的家务的情况。

至于葛劳德·阿奈的事，你不必为难：我父亲不在家；但在他回来之前，我们将尽力把事情办好；你可以相信我既不会忘记你，也不会忘记这老实的小伙子。再见，我的孩子：愿仁慈的上帝安慰你！你不去求助于救济金，这样做很好；只要善人们的钱包里还有余钱，就不要那样做。

第四十二封信

致　于　丽

我收到了您的信，我就立即出发了：这便是我的全部答复。啊！狠心的，我的心完全没有像你所想象那样可恨的、同样也是我所深恶痛绝的那种德行！但是必须服从您的吩咐。我即使因此死去一百次，也要受到于丽的尊敬。

第四十三封信

致　于　丽

我昨天早晨到达新城堡；我得悉德·麦尔凡依原先生去了乡下，我赶到那里去找他：他正在打猎，我等他一直等到晚上。当我向他说明我此行的目的，并请他对于葛劳德·阿奈的离职提出价钱时，他给了我许多困难。我想自己提出一个相当大的金额来排除困难，因他不同意而不断加码，可是毫无结果，我不得不退了出来；想今天早晨再去找他，决心用金钱或锲而不舍的精神或者其他可以采用的方法以达到我来此求他的目的。我因此起身特别早，正准备上马，却收到了急件送来的德·麦尔凡依原先生的便条，连同给那个小伙子的符合格式的离职许可证：

先生，现在送上您前来请求的离职许可证；我曾因您要出钱买而拒绝发给您，现在因您慈善的动机而把它发给您，并请您相信我对于善行是不索价的。

试想一下：当我知道这幸运的结果时我的快乐，您听了这消息也一定高兴。这快乐为什么必须不像它应该的那样完美？我不免要去感谢和补偿德·麦尔凡依原先生；如果这次拜访使我推迟一天动身，这是我所担心的，那么我是否应该说他对我很慷慨？这不要紧，只要您感到高兴，我就这么办，什么牺牲我都可以忍受。一个人能很好地为所爱者服务并能同时兼顾爱情和德行，该是多么幸福的人！于丽啊！我向你承认，我出发时心里充满了焦急和忧虑。我那时责备您对别人的不幸如此同情，而对于我的不幸却不当一回事，仿佛世上唯有我是您不屑一顾的。在引起我那么甜蜜的希望之后，却又并无必要地剥夺了你自己答应我的好处，这我认为不近人情。所有这些怨怼之辞现在都消失了；我觉得在我心灵深处，在它原来的位置上新生出一种未知的喜悦：我已经体验到了您对我预期的补偿，您说做好事的习惯能锻炼人从其中得到很多乐趣。您的思想具有何等的威力，以致您让困苦能跟快乐同样甜蜜，对人家为您所做的，能跟他为满足他自己同样觉得愉快！啊！我已经说过一百次，你是上帝的天使，我的于丽！对于我的心灵具有如此威力的你的心灵，无疑是天上的而不是人间的。既然你的统治是天上的，那怎么能不永远忠于你？如果必须永远崇拜你，又怎么能不再爱你？

附言：据我计算，距妈妈回家，我们至少还有五六天：在这段时间里到夏栏去作一次朝圣是不可能的吗？

第四十四封信

自 于 丽

我的朋友,不要那么抱怨这次的提前回来了;这对我们比想象的更为有利;如果我们靠机智来做,比起我们现在靠善行做的效果不见得更好些。回头看看,如果我们只凭我们的幻想行事,将会有什么结果:我会正好在我母亲回城前一天晚上到乡下去;在还没有安排好我们的会面就会有急使来找我;于是我必须立刻动身,可能来不及通知你,让你处于莫名其妙的困境里,而我们的分离将正当最痛苦的时候发生。加之人家也许会知道我们俩都在乡下;虽然我们很留意,人家也会知道我们在一起;至少要猜疑,这就够了。眼前不审慎的贪心将使我们丧失将来一切的机会,而忽视一桩好事引起的懊悔会使我们痛苦一辈子。

现在来比较一下这种状况跟我们实际的处境。首先你的不在产生了很好的效果。我的阿尔居斯不会忘记告诉我母亲说,人家很少看见你到我表姐家去:她知道你的旅行和目的;这就另外多了一条尊敬你的理由。谁会想到相处很融洽的人们当有机会毫无阻碍地可以相会时,却自愿选择分离的?为了给自己避免受人正当的怀疑,我们采取了什么计谋呢?我认为对于诚实的人们的唯一可行的办法是要诚实到使人不相信的地步,以致人家把努力行善看做是漠不关心的行为。我的朋友,用这种方法掩盖的爱情对于品尝它的人们的心一定很甜蜜!再加上懊恼的情人们能结合起来,以及使两个本来应当幸福的年轻人真正变得幸福的那种快乐。

你已经看见了我那个方勋；你说，她不可爱吗？你为她所做的一切，她岂不是受之无愧吗？以她这样美丽又这样不幸而始终嫁不了人岂不冤枉？再说那个葛劳德·阿奈，经过三年服兵役而奇迹般仍保留住优良品质，如再过三年他是否还会不像所有其余的人那样变成一个无赖？但结果并不如此，他们互相爱恋并将结合；他们贫苦并将得到帮助；他们是诚实的人，并将始终如一：因为我父亲已答应照顾他们成家立业。你出于好意为他们也为我们做了多大的好事，更不消说我应当多么感激你了！我的朋友，这便是人们为善行作出的牺牲的肯定的效果：假如牺牲得付出高的代价，但这样做了后总会感到很甜蜜，也从来不曾看到有人因做了好事而后悔的。

我并不怀疑你援形影不离者的例，也把我称做*女布道者*，的确，我说的话并不比真正的布道者高明。如果我的说教比不上他们，至少我愉快地看到这些说教并不像他们的那样空口白说。我可爱的朋友，我绝不想为自己辩护；我是想在你的德行之上增添我那因自己疯狂的爱情而丧失了的同样多的德行；我既不能再尊敬我自己，我还要在你身上尊敬我自己。你只需完全地爱我，一切都会随之而来。看到爱情必须支付的义务日见增加时，你心头该多么快乐！

我的表姐已知道你跟她父亲谈了陶尔勃先生的问题；她为此很感动，仿佛我们对她给予我们的那种友爱的帮助，我们不应当报答似的。我的上帝！我的朋友，我是个多么幸运的姑娘！大家多么喜爱我，这样被人所爱，我觉得多么惬意！父亲、母亲、女友、情人，我周围的这些人，无论我怎样热爱他们，我总是觉得他们对我的爱赶上并超过我。世界上一切最温馨的感情仿佛都在不断地向我的心中挹注,可惜我只有一颗心来享受我的全部幸福。

我忘记通知你,明天早晨有个英国绅士蓬斯冬阁下要来会见,他从日内瓦来,他在那里待了七八个月。他说从意大利回来时曾在锡翁见过你,他那时觉得你很忧郁,还附带说了些关于你的话,都符合我的看法。昨天在我父亲面前很好地和很及时地称赞你,为此我也预备称赞他。事实上我在他的谈话里发现有很多聪明、风趣、热情。在讲到一些伟大事业时,他就好像能从事这种伟业的人似的,他的声音变洪亮了,眼睛也炯炯有光了。他也津津乐道优雅的艺术。尤其谈论到意大利的音乐,对之大为颂扬;我觉得耳朵里还回响着我可怜的哥哥的声音。此外,他的谈话热情胜于优美,我还发觉他的思想有点儿粗犷。再见了,我的朋友。

第四十五封信

致 于 丽

我刚刚把你的信读第二遍的时候,爱多阿尔·蓬斯冬阁下就来了。我有那么多的事情要对你讲,我的于丽,我现在哪能对你讲到他?当两个人的心中只有对方时,还能想到第三者!不过既然你好像有这样的希望,我就把我所知的告诉你。

越过了散不隆山口,他来到了锡翁,他赶到了原来预备把他从日内瓦载到勃利格城去的马车的前头;一个人闲着无事,就会变得好说话,他便来跟我结交。于是我们便像一个天性不大热情的英国人跟一个一心只想孤独生活的人所能达到的亲密程度那样相识了。但我们感到我们彼此是能合得来的；在开始那时就能看出心中有某种一致的东西；所以八天内我们成了朋友，但要达到一辈子，那就像两个法国人在八小时内要达到永不分手那样情况了。他开始对我谈他的旅行经历，我既知道他是英国人，我相信他会给我讲建筑和绘画。不久我高兴地看到绘画并没有使他忽略对风俗和对人的研究；然而他谈起美术来却很有鉴别力，而且很有分寸，也很谦虚。我觉得他的那些见解来自感情多于来自科学研究，来自印象多于来自规律，这使我相信他有一颗敏感的心。我觉得他像你一样非常喜欢意大利的音乐；他还叫我加以欣赏，因为他带着一名演奏的好手；他的听差的小提琴拉得非常好，他自己拉大提琴也还过得去。他为我挑选了好几支他认为很感人的曲子；然而不是因为那如此新颖的音调要求我具有更训练有素的耳朵，便是在一种深沉的悲哀里把那忧郁中如此柔和的音乐魅力给冲掉，以致我对于这些曲子感觉不到多少快感；我认为歌曲是悦耳的，但是有些奇怪，而且没有表现力。

也谈到了我的问题，他关切地问到我的境况。我对他讲了他必须知道的一切。他建议我到英国去旅行，提出了一些到一个没有于丽就不可能有幸福的国家去的计划。他对我说，冬天他要在日内瓦过，明年夏天在洛桑，在回到意大利以前要来魏韦：他对我是守约的，于是我们以新的快慰再次见面了。

讲到他的性格，我认为它是激烈的和暴躁的，但却是正直的和坚毅的；他醉心于哲学和我们从前谈起的那些原理。有的情况他以为是一种方法上的问题，我却认为其实是一种气质上的问题；他把自己的一些行为看做带有斯多葛学派的色彩，实际上却是以聪明的议论来掩饰自己内心的意欲而已。当我知道了他在意大利曾引起过一些麻烦，而且曾多次跟人殴斗时，我不免感到有些难过。

我不明白你在他的态度上怎么会发现粗犷的；他的态度的确并不和蔼可亲；但我不觉得有什么可讨厌的地方。虽然他的态度并不像他的心地一样开朗，而且往往不拘小节，但在我看来，他不失为一个令人愉快的朋友。他并没有仅仅表现在外表上的那种做作的和审慎的殷勤，那是我们的青年军官们从法国带给我们的，但他却具有合乎人性的殷勤，它不在于一眼就能区分官衔和等级，而在于能一般地尊敬每一个人。要我对你坦白地承认吗？不会献殷勤是妇女们所不能原谅的缺点，即使对有优点的也一样；我担心于丽一生中会有一次这样看人。

既然我已开始坦白真诚说话了，我美丽的女布道者，那么我还要对你说，想欺骗我的权利是没有用的，而饥饿的爱情靠说教是满足不了的。你要想想你答应的和欠下的报酬：因为你对我灌输的全部道德都非常好，但不论你怎么说，那夏栏却还要更好些。

第四十六封信

自　于　丽

行了，我的朋友，你总是提起那个夏栏！夏栏那个历史疯狂似的压在你心头；我很知道必须费很大的劲使你明白夏栏的问题。然而你从来不曾到过的地点，是不是对你亲切得叫人家不能换别处来补偿你呢？而且在沙漠深处建造了阿尔米德宫殿[①]的爱神不会为我们在城市里造一个夏栏呢？你听我说：我那位方勋就要出嫁了；我父亲本来就喜欢节日和排场，他愿意为她举行婚礼，要我们大家都参加；这次婚礼一定会很热闹。有的时候，秘密会在乱哄哄的快乐和宴会的嘈杂中间张下它的罗网。我的朋友，你会懂得我的意思：我们为婚礼费的力气，使我们从中找回快乐，这岂不是很甜蜜吗？

我觉得你因为对爱多阿尔阁下的辩护似乎过于热心而使自己激动了，我对他远没有坏印象。再说，对一个只有在下午见过一次面的人，我怎么能判断呢？而对于一个只结识几天的人，你自己又怎么能判断呢？我只有凭猜测才这样说，你也不见得能更深入：因为他为你提出的那些设想都是泛泛的建议，外国人对此常常是慷慨的，因为这种建议看起来很有分量，但到后来总是很容易被抛置不管。但我知道你平常很机灵，还有你那种对人几乎初一见面就表示赞成或者反对的倾向；不过他向你提的建议等到有空时我们再来考虑。假如爱情有利于我所关心的那计划，那么它对于我们也许是最好的计划。啊，我的好朋友！忍耐是苦痛的，但它的果实则是甜蜜的！

再回过来谈谈你的英国人，我对你说过，我觉得他具有崇高和坚强的心，在他头脑里聪明多于讨人喜欢。你说的差不多也是这个意思；其次，还有那种男性的优越感，但从来不抛弃我们温顺的

① 意大利诗人塔索(1544—1595)的长诗《解放了的耶路撒冷》叙述女魔法师阿尔米德用魔法在沙漠中建造一所华丽的花园宫殿。——译者

崇拜者，你责备我平生曾一度是属于我的性；仿佛一个女人应该终止为女人似的！你还记得在阅读你那本柏拉图的《共和国》时，我们曾对男人和女人的精神的区别有过争论吗？我坚持我那时的意见，不能够想象一种对于两种如此不同的生物的完善的共同典型。进攻与防御、男人的勇敢、女人的腼腆，都不是像你的哲学家们所想的那类的协定，而是自然的规范，它们的意义很容易确定，一切其他精神的区别都很容易从此推断出来。此外，自然界的规定不是一样的，他们的倾向、观点和感受应当由每一方按照其见解来指导。为了耕种土地和给孩子哺乳，根本不需要同样的趣味，也不需要同样的组织。身材的高矮、声音的高低、线条的粗细，对于性的区别似乎并没有必然的关系。但外表的变化表明创造者在精神变化方面的意图。一个完美的女人和一个完美的男人不应当在精神上比在容貌上有更多的相似。无端作性的方面的模仿是极端不合理的；它为智者所笑，爱情见了也会逃遁。最后，我觉得至少要有五尺半的身高，有低音部的嗓子，脸颊上长有胡子，人家才不致分不清他是个男人。

你瞧，情人们是多么拙于辱骂呀！你责备我犯了我并不曾犯的错误，或者说，你跟我一样也犯了的错误，你把我引以自豪的事当做是错误了。你愿不愿我以开诚布公来对待你的开诚布公，坦白地对你说出我对你的开诚布公的想法？你对于我所说的一切总是加以热情夸奖，你用这种表面的坦白来为自己辩解，但在我看来，那不过是一种很精致的吹捧罢了。我的那些所谓的完美，使你眩惑到盲目的程度，以致为了否定你暗中责备自己的偏心，你就没有勇气来扎实地责备我了。

你放心，你不必让自己对我说关于我的真话，这任务你一定完成得很坏；爱情的眼睛虽然非常敏锐，它们能看得出缺点吗？这得依靠正直无私的友谊来担当，你的学生格兰尔在这方面要比你高明一百倍。是的，我的朋友，你颂扬我，称赞我，说我美丽、可爱、完美；你的赞美使我高兴而不能迷惑我，因为我看得出，它们是错误而不是虚伪的，你在欺骗你自己，但并不想欺骗我。啊！爱情的幻觉是多么可爱呀！它那奉承话里确有真实的意义；理智默不作声，但心却在说话。情人赞美我们所没有的美，他的确看到了他心目中的我们；他在说谎话的时候并没有骗人；他阿谀奉承并没有使自己成为卑鄙小人，人们可以不相信他，但至少要尊重他。

我不无有些心跳地听到说，已经邀请两个哲学家明天来吃晚饭：一个是爱多阿尔阁下；另一个是个智者，他的重心有几次在一个年轻的女学生脚下有点儿错乱；您认识他吗？我请您劝告他，要他明天能比平常更好地保持哲学家的礼节。我将同样劝告那位小姑娘把眼睛低垂着，并尽可能变得少美丽些。

第四十七封信

致　于　丽

啊！坏蛋！这就是你答应我的谨慎？你照顾我的心灵的安宁和隐蔽你的美貌，就是这样干的吗？这跟你诺言差得多么远呀！第一，你的装饰，因为你一点儿也没有装饰，而你很知道，你不加装饰却是更为危险；第二，你的举止如此温和、谦逊、潇洒，充分显示了你的优雅；你的谈吐比平时更少、更审慎、更聪慧，使我们大家更留意地倾听，不让漏掉每个词儿；那支歌曲你是低声唱的，这使它显得更柔和，它虽然是法语，但爱多阿尔阁下也很喜欢听；你那羞怯的目光和低垂的眼睛，它突然的闪光引起了我不可避免的骚动；最后，还有我不知怎么来表达的、你那仿佛无意地泛滥于你全身、因而使大家不假思索地转过头来的迷人丰姿。我呢，我简直不知道你怎么是这样的；可是如果这便是你尽可能少美丽些的方法的话，那么我告诉你，这比要使一批智者围着自己打转更厉害得多呢。

我非常害怕那位可怜的英国哲学家也多少有点儿感到同样的影响。我们把你的表姐送回去之后，因为大家的兴致都还很高，他便邀请我们到他家去听音乐和喝潘趣酒。当有人去召集他的仆役时，他不停地向我们谈论你，他那种热烈劲儿使我感到不快，我从他嘴里听到对你的赞扬并没有像你听到我的赞扬一样地愉快。一般地说，我承认，你的表姐除外，我不喜欢任何人对我谈论你；我觉得每一个词夺去了我一部分秘密或快乐；而且不管人家能谈些什么，所谈的里面都带有可疑的利益，而且会远离我所感到的，所以在这方面我只爱听我自己的。

这并非因为我像你一样有着嫉妒的倾向。我较好地理解你的心；我得到的保证甚至不容许我设想你可能会发生变化。在你作的一些保证以后，我不再对你提及其他的一些追求者；可是这一个，于丽啊！……一些适合的条件……你父亲的成见……你十分知道这与我性命攸关；因此关于这件事你要对我说一个词：于丽的一个词儿，这样我就永远放心了。

我听了并参加了一夜的意大利的音乐，因为有了二重奏，因此我得硬了头皮参加一份。我还不敢向你讲关于它对我产生的印象;我害怕、我确实害怕昨天的晚饭的印象会超过我所听的,还把你的诱惑力的作用当做是音乐的魅力。在锡翁,那同样的原因能使我懊恼,为什么在这里,不能在相反的境况下使我愉快呢?你岂不是我心灵的一切感情的第一源泉吗?我岂不是处在你的魔力之下吗?如果音乐的确能够产生那种魔力的话,它便会使所有听到它的人都发生作用;可是当这些歌曲使我狂喜时,陶尔勃先生却在圈手椅里安安稳稳地睡大觉,而且正当我非常兴奋的时候,他的全部赞扬只限于问起你的表姐懂不懂意大利语。

这一切到明天会变得清楚些,因为今天晚上我们还要举行新的音乐会:爱多阿尔阁下想使音乐会更完善,他已经从洛桑邀请了一位第二小提琴手,他说这人相当有名。我负责搞一些脚本、法国的康塔塔,我们到那时看。

我回家时感到很累,因为我不大习惯于熬夜,但在给你写信时疲劳消失了;不过还得努力睡上几小时。随我来吧,我可爱的朋友,在我睡眠时不要离开我;然而是你的倩影扰乱了睡眠呢,还是促成了睡眠,在睡眠中梦见了方勋的婚礼呢,还是没有梦见,一个不能逃避我并为我准备的甜蜜的时刻,那便是我在觉醒时感到很幸福。

第四十八封信

致 于 丽

啊!我的于丽,我听见了什么?多么动人的声音!是怎样的音乐呀！是感情和快乐的怎样的源泉呀！来马上动手，把你那些歌剧、康塔塔、法国的音乐小心地集拢来；笼起一堆融融的火，把所有这些乱七八糟的东西扔进去，注意把火拨旺，使那么些冰块燃烧起来，使它至少有一次发出热来。把这赎罪的牺牲奉献给审美之神，来抵偿你和我亵渎了你的声音于这笨拙单调的歌曲，并抵偿长久把一种只能使耳朵感到厌烦的声音当做心灵的语言的罪过。啊！你那可敬的哥哥多么有理！直到如今我不理解这种美妙的艺术的创作，那是多么奇怪的谬误！我曾觉得它们很少起作用，而把这看做是它们的贫乏；我曾说："音乐只是一种空虚的声音，它只能悦耳，只能间接地和轻微地作用于心灵：和音的作用纯粹是机械的和物理的；它对感情能有什么作用呢？我又为什么要希望一个优美的和音必须比色彩优美的协调更强烈地感动人呢？"在应用于语言音调的旋律的曲调中，我看不出激情跟声音那种强烈和奥秘的汇合。我不理解人的充满感情的语言的模仿会给歌声以惊心动魄的力量，而歌唱时造成的精神活动的那种富于表情的情景乃是对于听众的真正的魅力。

爱多阿尔阁下的演唱者对我就这样指出过。他作为音乐家，对于他的艺术的确讲得相当好。他对我说："和声在拟声的音乐里只不过是次要的附属品；按本义说的和声里根本没有什么模拟的原则。它的确可以保证音准；它保证它们的准确；在使转调变得更为敏感时，它在表现上增添了活力，在歌唱上增添了优雅。但只有旋律才是产生激情曲调的那种无敌的力量；一切音乐作用于精神的力量就是从它那里出来的。你们组织最美妙的成串的和音，如果不把旋律掺和进去，不出一刻钟你们就会感到厌倦。没有一点儿和音的好歌曲,听久了也不觉厌倦。最简单的歌曲如果有感情的音调衬托,它们就会令人感到兴趣。反之,一个什么也不表达的旋律,它总是坏的,单靠一个和音是不能向心灵说话的。”

他继续说道:“法国人关于音乐的力量的见解就错在这里。他们的语言没有音调,他们的诗歌是装腔作势的,从来不知道自然的诗歌,因而没有也不能有一种他们自己的旋律,他们想象的效果只在于那些不是使声音更悦耳而是使之更喧闹的和谐;他们的要求很可怜,甚至他们自己寻找的那种和声都没有找到。他们为了要达到目的,便不再加以选择,也不再考虑其效果,他们只顾进行填充,他们使耳朵变坏,他们敏感的只是声音,以致在他们听来,最好的声音只有唱得最洪亮的声音。这样一来,因为没有自己独特的风格,他们便只能从远处很费劲地追随我们的模式;于是从他们著名的吕黎[①],或者不如说是我们的吕黎开始,他只是模仿他那个时候已经充斥于意大利的那些歌剧,人们经常看到它们,追踪了[②]三十或四十年,照抄、污损我们的老作家们,作出跟我们音乐差不多的东西,就像其他民族按他们的模样作出的那样。当他们夸耀他们的歌曲时,他们却是在宣布他们自己的判决;如果他们知道歌唱感情,他们不见得能歌唱精神;但因为他们的音乐什么也不说明,所以它更适合于歌曲而不适合于歌剧;又因为我们的音乐是充满

① 吕黎(1632—1687):原籍意大利的法国作曲家。——译者

② 现代的一些版本把肯定是卢梭的用语“à la piste de trente ou quarante ans”(追踪了三十或四十年)代之以“l'espace de trente ou quarante ans”(在三十或四十年间),是错误的。我们可以举出其他类似的“改善”,但我们只举出这一条做例子。——原书编者注

激情的，它就更适合于歌剧而较不适合于歌曲。”

接着，他对我背诵了几场没有歌曲的意大利的戏剧，他使我懂得在宣叙调里音乐与歌词的关系，在乐曲里音乐与感情的关系，而且感到准确的节拍段与和音的选择，到处都能给表情加强力量。最后，我把语言方面原有的认识跟尽我所能掌握的富于表情和悲壮动人的音调的本质相联系起来，即不用词儿说话就能作用于听觉和心灵的那种艺术，经过这样的联系之后，我再去听这十分动人的音乐时，我凭它对我引起的感动的程度，立刻感觉到这艺术具有比我想象的更高超的力量。一种我说不清楚的快乐的感觉在不知不觉地控制着我。这已不再是像在我们的一些宣叙调里的一组空虚的声音。每个句子就有几个形象进到我的脑海里，或者有几个情感进入我的心里；快乐绝不停留在耳朵里，它一直侵入到灵魂；以一种美妙的轻松感并毫不费力地进展着；所有参加演奏的人仿佛都被同样的精神所鼓舞，那歌手随心所欲地控制着自己的声音，毫无困难地发出歌曲和歌词所要求他的一切；因此我特别获得很大的欣慰，既感觉不到那些沉重的节奏，也感觉不到声音的那些困难的努力，也感觉不到我们那里给予音乐家的那种节拍与歌唱的永恒的斗争，因为这二者永远不能协调，因而使听众和演奏者同样感到厌倦。

可是在一组悦耳的曲调之后，接着响起了充满了表情的大块文章，它们能够刺激和描绘那些强烈激情的混乱情景，我每时每刻都丧失了音乐、歌曲、模仿的概念。我觉得好像听见了痛苦、激情、失望的声音；我仿佛看见了哀诉的母亲、受骗的情人、疯狂的暴君；而在我不得不经受的激动里，我很难安坐在座位上。于是我明白为什么这种过去感到厌倦的同样的音乐，现在却激动得全身发热的道理：这是因为我已在开始理解它了，而且只要它发生作用，它就会充分发挥作用。是的，于丽，这一类印象人们不能只部分地体会；它们不是过分，便是全无，绝不是少量的或是中庸的；要么完全无动于衷，要么就是过度地激动；要不是一种人们听不见的语言的空响，便是迅猛袭击你的一种感情，而且精神对之是无法抗拒的。

我只有一点遗憾，却又摆脱不了它，那便是使我如此感动的那些声音，不是出自你而出自另一个人，而表达爱情的最温柔的词语，竟从一个卑劣的 castrato[①] 之口说出来的。啊，我的于丽！有权利要求属于感情的一切的，难道不是我们吗？一个体贴的心应该说的和应该感觉的一切，又有谁能比我们更好地感觉和表述呢？谁能以更动人的声音发出"cor mio，l'idolo amato？"[②]这句话呢？假如我们共同歌唱那些可爱的、使人流淌如此甜蜜的眼泪的二重奏时，心灵会有多少激情投入音乐中来呀！首先，我要求你不是在你家，便是在你那形影不离者的家里聆听一次这种音乐演奏。如果你愿意的话，爱多阿尔阁下可以把他全班人马带来；以你那样多情善感的听觉和对于意大利的朗诵艺术比我更内行的知识，我确信在一次音乐会后，你一定会达到我现在的水平，并使你能分享我的喜悦。我还要向你建议和请求你趁演奏大师在这里的机会向他学习，就像我今天早上已经开始做的一般。他教导的方法很简单明了，实践重于空谈；他并不说应该怎样做，而是实际去做；这一

① castrato：阉人。（意大利语）

② cor mio，l'idolo amato：我的心，我恋爱的偶像。（意大利语）

点，以及其他许多方面，榜样胜过规则。我已经看到，问题只在于服从节奏，能很好地感知、琢磨和细心地分清每个音乐的音节，同样要衬托那些声音而不去增强它们，最后要能祛除声音里的噪音和一切法国的装饰音，使声音变得正确、富有表现力和柔和；你天赋有那么轻盈和柔和的嗓子，一定会容易掌握这新的方法；凭你的聪明，你很快就能掌握使意大利音乐取得生命力的那种力量和精神。

*E'l cantar che nell'anima si sente.*①

那么把那讨厌和可悲的法国歌曲永远扔到一边去吧，与其说它像激情的冲动，毋宁说它更像肠痛时的狂叫。学习养成感情启示于你的那种神圣的声音吧，它是最配你的嗓子的，最配你的心灵的，它也常常能表达感情丰富的性格的优美和热情的。

第四十九封信

自 于 丽

我的朋友，你一定知道我只能私下给你写信，而且常常有被发觉的危险。在没有可能给你写长信的情况下，我只得就你信中最主要的话作答复，或者对于我跟你当面讲的、跟写信一样不便直截了当说的话作些补充。今天我特别要就爱多阿尔阁下的问题说几句，这样，我就把你信上其余的话都忘记了。

我的朋友，你害怕失掉我，便跟我谈起歌曲来了！这倒是彼此不太了解的情人们之间闲扯淡的好题材。你的确不妒忌，这可以

① 灵魂里也感觉到了歌曲。（彼特拉克的诗句）（意大利语）

看得很清楚；但现在我自己也不会嫉妒了，因为我已深入了解到你的心，在别人感到你冷漠的地方，我只感到你的信任。啊，来自一个完美无缺的结合的感情的安全感，真是甜蜜和亲切的安全感！我知道，靠着它你从你自己的心里汲取我心忠实的良好证明；我的心也是靠着它来证实你的心；假如我看到你处于心神不宁的状态地，我将认为你不太热恋我了。

我不知道，也不愿知道爱多阿尔阁下对我除了像一般男子对于我这样年纪的姑娘的关心之外，有没有更大的关心：问题不在他的感情而在于我父亲和我的亲属的感情；他们对于他的态度也像对于其他的所谓求婚者的态度一样，而对于这些人你说过你是无话可说的。如果排除他跟排除他们一样能使你放心，那你尽可放心便了。这样高贵人物的垂青虽然对我们是种荣誉，但父亲和女儿都不会同意，于丽·岱当惹绝不会成为蓬斯冬贵夫人的。这一点你可以记在心头。

你不要以为我们曾谈过爱多阿尔阁下的问题，我确实相信在我们四个人中间，只有你认为他是喜欢我的。无论如何，在这方面我是知道我父亲的意思的，虽然他既不曾对我，也不曾对任何人说起过；如果他对我正面宣布这事，我也不会了解得更清楚。为了消除你的恐惧心理，这已经足够，就是说你应当知道的不必再多了。其余的部分对于你是纯粹的好奇心，你知道我决定不来满足这种好奇心。你没来由地责备我这种克制，并认为对于我们共同的利益是不相宜的：假如我一直有这种克制的话，今天它对于我便不见得那么重要了。假如没有把我父亲那番话不审慎地报告你知道，你在梅耶利也不致感到懊恼；你也不会给我写那封使我倒霉的信，我便会天真无邪地生活，也还可以希冀幸福。你判断一下，仅仅由于一次不审慎，我付出了很大的代价，所以我怕以后再犯其他不审慎的事；你往往过于激动，因此你不能审慎从事；你较能克制你的激情而不能把它掩饰。稍一惊惶，就能使你勃然大怒；一丝有利的光辉就会使你深信不疑；人家在你的灵魂里看得出我们的全部秘密。由于你的热诚，你会毁坏我努力的全部成果。因此请你把爱情的操心事留给我处理，把一些快乐留给你自己；这种分工你感到有困难吗？你不觉得对于我们的幸福你能效力的，就是不要为它设置障碍吗？

唉！这些来得太迟的审慎今后对于我能有什么用呢？是否有时间在深渊的底下再来加固自己的脚步并预防已经落到头上的灾祸呢？啊！可怜的姑娘，侈谈幸福的该是你！幸福能否就在那羞辱和悔恨所支配的所在呢？天哪！既不能忍受她的罪过，又不能忏悔；被成千种恐惧所围攻，又被上千种空洞的希望所欺骗，甚至更不能享受失望的可怕的安宁，那是多么残酷的处境呀！我今后只有一任命运的摆布了。现在问题已经不再是力量和德行，而是幸运和谨慎；问题不在熄灭我那本应持续终生的爱情，而在使它成为无罪或有罪而死。我的朋友，请考虑这种处境，并看看你能不能相信我的热忱。

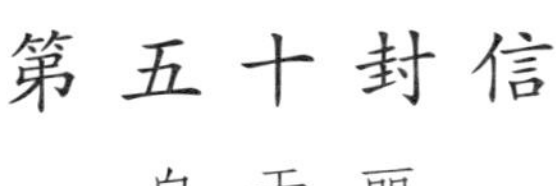

第五十封信

自于丽

昨天跟您分手时，我完全不想向您说明您责备我所以忧愁的原因，因为那时您不能听我的话。虽然我讨厌解释，但我应当向您解释，我已答应这样做，我要实践诺言。

我不知道您是否记得昨天晚上您对我说的那番奇怪的话，还有说话时的那种姿态？至于我呢，为了您的名誉，也为了我的安宁，我要把它们尽快忘却，但不幸我为此太气愤了，以致不能轻易忘掉。这类差不多的说法我在港口附近经过时有几次曾刮到我耳朵里来；可是我不相信这类话能从一个规矩人的嘴里说出来；我至少能肯定这类话绝不会进入情人们的词汇，我也万万想不到它们能够在您我之间使用。唉，上帝！您的爱情如果靠这样来增添乐趣的话，那么它是种什么样的爱情？不错，您那时是从宴席上出来，我也知道，人们在这地方有些出格的行为是应该原谅的；也正因为这样，我才同您谈这事。您要知道，假如您在清醒的状态下想跟我作这样的对话，那将是我们一生中的最后一次。

但在这件事上使我焦虑的，是因为一个喝醉酒的人的行为，往往只不过是他平时在内心深处隐秘思想的暴露而已。我真能相信一个人在失去自制力的情况下，您会显示您的本来面目吗？如果您在没喝酒时心里想着您昨晚说过的那些话，我会怎样？我与其忍受那样的蔑视，宁可熄灭那如此粗鲁的情焰，并丧失一个不能尊重他的对象的情人，因为他是很不配受我尊敬的。您是珍视高尚的情操的，请您告诉我，您是不是已掉进了那残酷的错误里去了，因此决定在幸福的爱情里不必再顾惜廉耻，也不必再对他本来敬畏的心上人保持尊敬了？啊！假如您老抱着这种想法，那么您就不会再令人害怕，我也不会如此不幸了！您可不要搞错了，我的朋友；对于真正的情人们来说，人们的偏见是最最危险的；那么多的人都在谈爱情，但知道爱情的人却如此稀少，多数人把下流关系的一些卑劣准则当做是爱情的纯洁和甜蜜的法规，而对这种关系很快感到厌烦后，便乞灵于想象和堕落的恶魔来维持。

我不知道自己是否误会了；但我觉得真正的爱情是一切关系中最纯洁的一种。是它，是它那圣洁的火才能净化我们自然的习性；把它们集中到爱这个唯一的目标上去；是它，使我们避免各种诱惑，它使得除了唯一的对象以外的异性对于这一性来说，不再成为异性。对于一个普通女人来说，一个男人永远是一个男人；但是在一个爱着的心看来，除了她的情人之外，再没有别的男人了。我说什么来着？一个情人不也是一个男人吗？啊！我说他是远为崇高的生物！在恋爱的女人心目中根本没有男人：她的意中人高于男人，一切其他人则低于男人，她和他是他们同类里的唯一的两员。他们没有邪念，他们相爱。心不跟随着感官，而是引导着它们；它用一张美妙的幕遮盖着他们的迷误。是的，只有放荡和它的粗野的语言才是猥亵的。真正的爱情总是庄重的，它不会用厚颜无耻的手段来攫取它的欢心，它是羞怯地争取到的。神秘、沉默、怯生生的羞惭刺激和掩盖着它的温柔的激情。它的火焰表彰和净化它的一切抚爱；即使在享受快感之中，端庄和诚恳也不会离开它，而且只有它懂得把这一切同欲望协调起来而丝毫不破坏羞耻心。啊！您是懂得真正的快乐的，您说，无耻的放肆怎么能跟爱情联系在一块儿？它怎么能不排除它们的喜悦和它们的一切魅力？它怎么能不玷污人们喜欢凝视他们心爱的对象的那完美的形象？我的朋友，您要相信我，放荡和爱情是不可能并存不悖的，甚至也不可能相互补偿的。当人们相爱时，心灵得到真正的幸福，而当他

们不再相爱时，什么也不能代替幸福了。

然而不幸，您居然喜欢起这不光彩的语言来，您怎么会想到如此不适当地使用它，并对您所珍爱的人采用这种作为一个规矩人本来不应该知道的声调和态度的呢？使所爱的人伤心而自己却反而以此为乐，这是从什么时候开始的？拿别人的痛苦作为自己快乐来享受，这又是什么野蛮的快乐呢？我并没有忘记我已经丧失了受人尊敬的资格；可是假如我一朝忘记了，给我提醒的难道应该是您吗？对此加重处罚的应该是造成我错误的人吗？正好相反，他应该为此而安慰我才对。所有的人都有资格鄙视我，但您不在其内。是您使我陷于屈辱的境地，您对我是负了债的：我对我的弱点流了那么多眼泪，因此您有义务使我的痛苦的感觉有所缓解。我既不是正经的，也不是珍贵的。唉！我远不是那样的人，我甚至不是聪明的！我这颗温柔的心对于爱情不知道予以拒绝，这一点您是太清楚了，忘恩负义的人。但这颗心如果要有所让步，它也只能对爱情让步，您很好地教会了我以它的语言，现在怎么可以拿如此不同的语言来代替它。咒骂、打击给我的凌辱要比类似的抚爱更好受些。要么抛弃于丽，要么就该懂得被她尊敬。我已经对您说过，我不知道没有廉耻的爱情；如果失掉您的爱情，我心头会感到很沉重，但用这样的代价来求得保持它，那对于我就更加沉重了。

对于这个问题我还有许多话要讲；但必须结束这封信了，所以我等下次再说。当前，您要考虑关于酗酒的错误观念的两个结果。您的心是无辜的，这我十分相信；但您却伤了我的心；您不知道您自己所做的事，您仿佛逗乐似地折磨了这颗太容易惊慌的心，而这颗心对于您做的一切都不能无动于衷。

第五十一封信

复　　信

您的信里没有一行文字不使我的血冻结；我读了二十遍以后，很难相信它是对我而发的。是谁？是我？我？我会冒犯于丽？我会亵渎她的形象？我一生的每时每刻都把赞美奉献的那个人，她会成为我侮辱的目标？不，在我萌生那如此野蛮的企图之前，我会把我的心刺穿一千次。我这颗心，它崇拜你，它飞着跪拜在你每一步的脚下，它愿为你创造出人们所不知道的新的赞辞，啊，你对我这颗心未免太不了解了，于丽啊，你对它太不了解了。你竟谴责它对于你甚至连一个庸俗的情人对于自己的情妇那种普通和一般的尊敬都没有！我不相信自己既冒失又粗暴，我憎恨那种不道德的言谈，生平也没有踏进过人们教讲这类话的地方；即使我是人们中间最邪恶的人，即使我小时候是在坏人队伍里度过的，即使可耻的快乐可以在你统治的心里占有地位，难道我能当你的面说那样的话，让我加强你理所当然的愤慨吗？啊，告诉我，于丽，天上的安琪儿，告诉我，人家不能在所爱的人面前放肆无礼，我怎么能在你面前这样做。啊！不，那是不可能的。只消你一个眼神，我的嘴舌就会平静；我的心就会净化。爱情能用你的端庄的魅力来控制住我强烈的欲望；爱情可以制胜它而不会侮辱它；在我们灵魂的甜蜜的结合中，它们唯一的妄念本来会产生感觉的错误。我号召你自己来作证明。请你说，在过度的激情的整个疯狂里，我可曾为此不再

尊敬我那迷人的对象吗？如果我获得了我的激情应得的奖励时，请问，我是否滥用过我的幸福来羞辱你温柔的羞怯？如果那热烈而怯生生的爱情以一只腼腆的手侵害了你的妩媚时，请问有没有一种粗暴的莽撞敢于亵渎那妩媚？当一个审慎的冲动偶尔揭起了它们的罗幕，可爱的腼腆有没有立刻起来代替了它自己的？你那圣洁的服装当再没有其他服装的时候，它可曾有片刻抛弃过你吗？像你那不可败坏的有德的灵魂，我的灵魂的全部烈焰可曾把你变坏过？这如此感人和如此温柔的结合对于我们的洪福还不足够吗？我们生活的一切幸福不是它单独造就的？世上除了爱情所给予的快乐以外，我们还能举出什么别的欢乐？我们还想知道其他的欢乐吗？你以为这魔力可以破坏吗？哪里会！我也可能有一会儿忘记诚实、我们的爱情、我的幸福和我一直对你的不可战胜的敬重，即使也许会不崇拜你时也如此！不，你别相信这一点；我绝不会冒犯你；我不曾有过这种记忆。即使我有一时的错误，我会永远受良心的谴责。不，于丽，一个人的命运太幸运时恶魔就会产生嫉妒，它便打了我的幌子来干扰它，给我留下了我的心，使我变得更为悲惨。

我厌弃、我憎恨我犯下的，为你所指责的一项错误，但我的意志没有参与这错误。我厌恶这种要命的酗酒，我本来以为它可以促进衷心的流露，它却无情地驳斥了我的希望！我向你发下坚定的誓言，今天起我终生弃绝饮酒，把它当做致命的毒药；这种致命的液体将永远不会干扰我的感官，它将永远不污染我的嘴唇，它那可怕的魔力将不再能趁我不备时使我犯错误。假如我违背了这庄严的誓言，爱神呀，你就处我以应得的惩罚：可以叫我的于丽的倩影立刻永远飞出我的心头，使它处于冷淡和绝望的境地便了。

你不要以为我用这样轻松的惩罚来抵偿我的罪过，这是一种预防措施而不是一种惩罚：我等待着你给我以应得的惩罚，我恳求你减轻我的悔恨。愿受到损害的爱情进行报复并平静下来；惩罚我而不要恨我，我将毫无怨言地忍受痛苦。你要公正而严厉：必须这样，我也同意；可是假如你愿意留下我的生命，那么可以剥夺我的一切，但不要剥夺你的心。

第五十二封信

自　于　丽

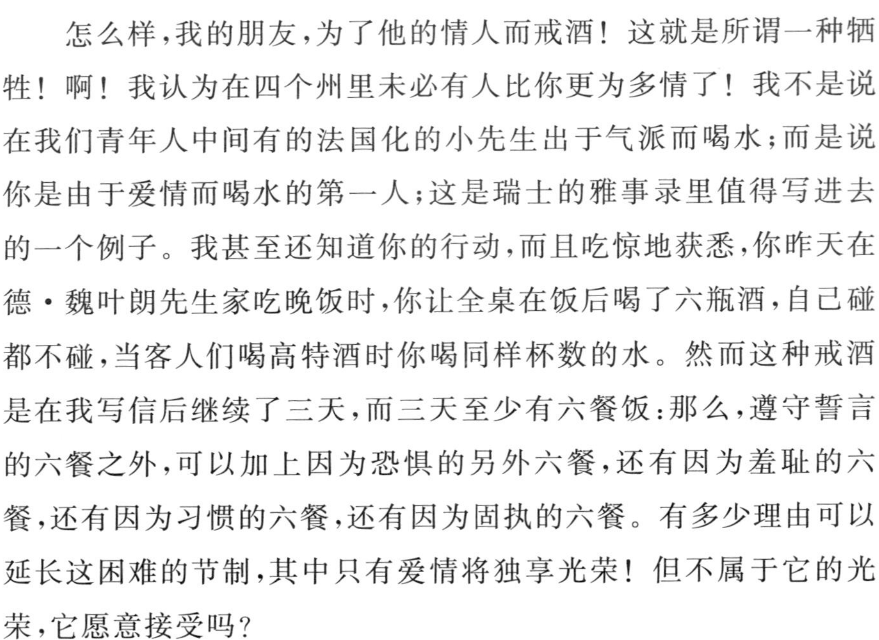

怎么样，我的朋友，为了他的情人而戒酒！这就是所谓一种牺牲！啊！我认为在四个州里未必有人比你更为多情了！我不是说在我们青年人中间有的法国化的小先生出于气派而喝水；而是说你是由于爱情而喝水的第一人；这是瑞士的雅事录里值得写进去的一个例子。我甚至还知道你的行动，而且吃惊地获悉，你昨天在德·魏叶朗先生家吃晚饭时，你让全桌在饭后喝了六瓶酒，自己碰都不碰，当客人们喝高特酒时你喝同样杯数的水。然而这种戒酒是在我写信后继续了三天，而三天至少有六餐饭：那么，遵守誓言的六餐之外，可以加上因为恐惧的另外六餐，还有因为羞耻的六餐，还有因为习惯的六餐，还有因为固执的六餐。有多少理由可以延长这困难的节制，其中只有爱情将独享光荣！但不属于它的光荣，它愿意接受吗？

请看我开的恶劣的玩笑比你对我说的坏话还更多些；现在该

是刹车的时候了。你天性是认真的；我注意到长时间的开玩笑会使你发热，正像长时间的散步使一个胖子发热一样；但我向你报仇有些儿像亨利四世[①]向德·马耶纳公爵[②]报仇一般，你的女王要仿效那位最好的国王的宽大为怀。而且我担心由于你作了忏悔和自责之后，终于使你得到了善于补过的奖励，所以我要赶快把它忘掉，生怕如果我等候太久了，那就会变得不是宽大而是忘恩负义了。

至于你永远戒酒的决心，这在我心目中并没有像你想的那样了不起；就热烈的激情来说，这小小的牺牲何足挂齿，而爱情用殷勤是满足不了的。此外，想从不确定的未来获得当前的利益，这方面有的时候机智多于勇敢，因此就透露出，永远戒酒，是希望预先得到奖励，而戒酒一事必要时可以放弃不戒。唉！我的好朋友，一切能取悦于感官的事，过度是否跟享乐的目的必不可分？嗜好酒是否一定必须达到酒醉？还有哲学这门学问是否虚妄或冷酷到不是教人以有节制地享受乐趣而只教人把乐趣完全摒弃的地步？

假如你坚持你的誓言，你便会剥夺一项无害的快乐，而且因为改变了生活方式而冒影响你健康的危险；假如违犯了誓言，那你便会加倍冒犯了爱情，你的荣誉甚至也会因此受损害。所以这里我要使用我的权利；我不但要让你免除一个无效的誓言（它并没有得

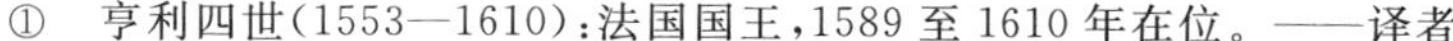

① 亨利四世(1553—1610)：法国国王，1589至1610年在位。——译者

② 马耶纳公爵(1554—1611)：法国国王亨利三世于1589年被刺后，他与亨利四世争夺王位，1596年归顺亨利四世。他是个胖子。亨利四世拉着他快速跑着散步，使他喘息不止。国王笑着对他说，他的报仇仅止于此，并赏了他很多封地和金钱。——译者

到我的同意),而且我还要禁止你遵守它超过我所规定的期限。星期二我们这里将举行爱多阿尔阁下的音乐会。在吃点心的时候,我将给你一杯半满的清冽的和滋补的美酒;我希望你能当我的面和照我的心意把它喝下去,在喝酒之前先洒几滴酒向美惠女神赎罪。然后我的忏悔者在用餐时将恢复有节制地饮酒的习惯,用晶莹的泉水稀释喝的酒;正像你那善良的普鲁塔克[①]说的:跟水中神女相亲来调和酒神巴克科斯的热情。

关于星期二的音乐会,那位冒失鬼雷齐阿尼诺不知怎么会认为我已经能唱一支意大利的歌曲,而且甚至能跟他唱二重唱。他希望我同你唱这二重唱,为了使他的两个学生摆在一起。可是在这二重唱里有着这类像 ben mio[②] 的字眼儿,这当着心里明白的母亲的面说出来是危险的;还是把这个尝试搁到将在"形影不离的"家里举行的第一次音乐会时较好。我之所以那么容易地对这种音乐感兴趣,我认为是由于我的哥哥引起了我对意大利诗的兴趣,而且我常常跟你谈论它,所以我很容易发现诗歌的节奏,据雷齐阿尼诺说,我对音调掌握得相当好。我在每课开始时先念塔索[③]的几首八行诗或梅塔斯塔塞的几场折子戏;然后他教我念并伴奏宣叙调;于是我仿佛觉得在继续说和朗诵,这我在法语的宣叙调里是肯定不会遇到的。在这以后,我必须保持均匀和正确的声音的节拍,这种练习在习惯于一连串爆发音的我,觉得相当困难。最后,我们转到了抒情调;于是我发现声音的正确和柔韧、悲怆的表情、加强

① 普鲁塔克(约46/49—约125):希腊传记作家和伦理学家。——译者

② 我的心肝。(意大利语)

③ 塔索(1544—1595):意大利的诗人。——译者

了的声音，以及一切的段落都是歌曲的优美和节拍的正确的自然结果；因此我本来认为最难学的，现在简直用不着再去钻研了。旋律的性质对语言的声音有那么大的关系和一种转调的如此大的纯正性，所以只需听低音并知道念，就可以容易地理解歌曲的意义。一切激情在歌曲里都有尖锐的和强烈的表现；同法国歌曲的单调缓慢和费劲的音调完全相反，它那总是柔和而轻松，但活泼而动人的音调，只要费一点儿劲就能表现很多东西；总之，我觉得这种音乐激动人的灵魂并能使肺部休息；这正是我的心和胸腔所需要的。那么星期二再见，我可爱的朋友，我的老师，我的忏悔者，我的使徒：唉！你怎么不是我的呀？为什么独缺所有一切权利都属于它的那头衔呢？

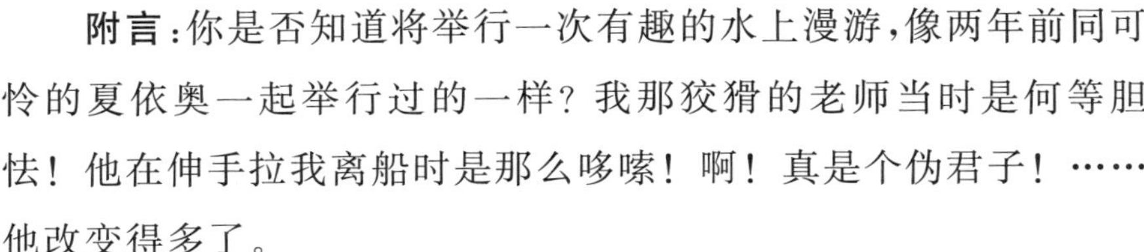

附言：你是否知道将举行一次有趣的水上漫游，像两年前同可怜的夏依奥一起举行过的一样？我那狡猾的老师当时是何等胆怯！他在伸手拉我离船时是那么哆嗦！啊！真是个伪君子！……他改变得多了。

第五十三封信

自　于　丽

现在看来，我们的计划都给打乱了，我们的期望都落空了，老天爷本该褒奖的情焰却给辜负了！我们成了盲目命运的恶作剧的玩具和受嘲弄的希望的可怜的牺牲品；我们将一直不能达到那逃离我们但又永远引诱我们的快乐吗？我们徒然梦想的那婚礼本应当在克拉朗举行的，但却给恶劣的天气扰乱了，它要改在城里举行。我们本来安排在那儿会面的；现在要小心行事了，因为警惕的眼睛在背后窥探着我们俩，我们在一块儿时瞒不了他们，即使如果我们中有一个有幸悄悄地躲过他们的目光，但另外一个却不会跟着给滑过去的。但假如成功的机会终于降临，我们也不可能利用这种时机，世上最厉害的母亲们之一能把时机剥夺去，于是两个不幸者不但得不到幸福，这时刻却反而会断送他们！然而一切障碍不会使我沮丧，倒反而更会激励我。新的不明的力量鼓舞着我。真的，我觉得自己有一股前所不知的勇气。如果你今晚也有这样的勇气，那么今夜，就在今夜多半可以履行我的一切诺言，并一下子偿还你爱情的宿债了。

这一切你要好好想想，并且要看到你的生活是何等的甜蜜，因为我向你建议的办法会使我们俩全都走向死亡。假如你害怕，那就不必看完这封信，但如果宝剑的尖端今天不会使你害怕，正像从前在梅耶利的深渊没有使你丧胆一样的话，那么我的心也能冒同样的危险而不致动摇。你且听着：

那个巴琵，她平时睡在我房里，三天前她病了；虽然我非常愿意看护她，人家却不管我反对而把她搬到别处去了。不过因为她病好些了，她也许明天就会回来。大家吃饭的地方远离着通向我母亲和我的房间的楼梯。当晚饭的时候，除了厨房和饭厅以外，整所房屋都没有人影。最后要说的是在这季节，夜里这个时候已经相当昏暗；夜幕可以很容易地掩蔽过路人，你对屋子里的人都是很熟悉的。

我说这些已经够明白了。今天下午你要到方勋家里来，我将把其余的话对你讲清楚，还要给你作些必要的说明。如果届时办不到，我就把要说的话写下来放在我曾预告你的藏我们信件的那个秘密地方，你就会找到这封信，因为这信里的事太重要了，所以我不敢交给人送去。

啊！我现在就已经看到你的心在怎样跳跃！我从中看出你的狂喜，我也非常愿意分担这种喜悦！是的，我亲爱的朋友，是的，不领略到一瞬间的幸福，我们决不放弃这短促的生命；但你也要想到这一瞬间是被一些死亡的恐怖包围着的；接近它的道路上有上千种意外事故，快乐的地方充满着危险，隐伏着非常的祸害；假如有人发现了我们，我们便会完蛋，为了免于危险，我们必须十分幸运，我们不能图侥幸。我深知我的父亲，我不怀疑他将亲手立刻刺穿你的胸脯，他甚至会先从我开刀，因为他肯定不会对我更宽大些；假如我不明确分担这种危险，你相信我会让你冒险吗？

你还要记住不得有勇敢的表现；千万不要这样想；我甚至特意禁止你不要带任何自卫的武器，连你的剑也不要带：反正它对你完全没有用；因为我们如果被撞见了，我的设想是，我赶快扑到你的怀抱里去，使劲将你搂抱在我怀里，就这样去接受那致命的一剑，以便从此跟你永不分离，我死后将比活着更幸福了。

我希望为我们保留的是一个较好的命运；我觉得它至少对我们是理所当然的，命运之神对我们不公正将感到厌倦了。那么来吧，我的心的灵魂，我生命的生命，来，使你跟你自己结合吧；来吧，在温柔的爱情的庇护之下，接受因你服从和牺牲而得的奖励吧；来，即使在快乐的怀抱里，承认只有心灵的结合才能获得他们最大的魅力。

第五十四封信

致 于 丽

我来时心头充满着激情，踏进这爱情的庇护所时这激情在增长。于丽！看，我来到了你的房间；看，我来到了我的心对一切都崇拜的圣地。爱情的火把引导着我的脚步，所以我经过时没有被人觉察。可爱的地方，幸福的地方，你过去曾看到那么多抑制着的温柔的目光、那么多压低着的灼热的叹息；你曾看到我最初的激情的萌生和滋长，你第二次将看到它们获得犒赏；我那永久的恒心的证人，你要当我幸福的证人，并永远掩盖人们最忠诚和最幸福的人的欢乐！

这神秘的居室何等的可爱！这儿的一切抚慰和促进那吞噬着我的热情。于丽啊！这屋里充满了你，我的欲望的火焰扩散到你留存的一切东西上面：是的，我全部感觉在这儿一下子都被陶醉了。这儿到处散发出我不知道是什么淡淡的幽香，它比玫瑰更芬芳，比虹彩更轻盈。这儿我仿佛听到你那优美的声音。你到处乱放的服饰的每一件在我的想象中描绘出你的倩影：这用以掩盖你那浓密的金发的轻便的帽子；这幸运的头巾，我至少有一次没有发出怨言；这雅致而简单的便服，它充分表示穿着它的人的情趣；这双如此娇小的高跟拖鞋，纤小的脚穿起来十分方便；这如此合身的胸衣，它接触和环抱……多么美妙的躯体！……前面两个隐隐的圆形轮廓……令人神往的陈列！……鲸须留下了束腰的痕迹……美妙的标记，我吻了它千百遍！……上帝！上帝！如果……那时将会怎样……啊！我仿佛已经感觉到这颗温柔的心在一只幸福的手底下跳动着！于丽！我亲爱的于丽！我到处看见你，到处感觉到你；我连同你呼吸过的空气一块儿呼吸着你；你渗透到了我整个的存在。你的闺房对于我是多么灼热和难忍！它对于我的耐心是可怕的考验。啊！快来，快飞来，不然我就要死了！

多大的幸运让我找到了墨水和纸张！我把我所感觉的表白出来以抑制心头过度的激动，我在写这些话的时候，借此欺骗了我的激情。

我仿佛听到了什么声音；莫非是你那凶暴的父亲？我自信不是胆小鬼……然而在这时刻死去，我认为是可怕的！我的绝望将同烧毁我的激情一般强。天哪，我要求你再给我一小时的生命，我可以把其余的时日交给你处理。啊！欲望！啊，恐惧！啊，难忍的战栗！……有人开门了！……有人进来了！……是她！是她！我朦胧中瞥见她，我看见她了；我听见门又关上了。我的心，我的脆弱的心，如此剧烈的颤动你支持不住：啊！鼓足力量来承担起向你压下来的鸿福吧！

第五十五封信

致　于　丽

啊！我们死吧，我可爱的朋友！我们死吧，我心灵的爱人！我们已汲尽了青春的一切欢乐，这平淡的青春今后还有什么意思呢？你如果办得到的话，请给我解释明白我在这不可思议的夜晚所感受的；对这样经历过的一种生活希望你能给我以启示，要不然就让我离开那种我刚刚跟你一起经历过而现在已不再留下什么的生活好了。我尝到了欢乐，并认为体会到了幸福。啊！我只感觉到一个虚幻的梦，也只想象到一个儿童的幸福。我的感官愚弄了我那粗鄙的灵魂；我只在它们那里寻求最高的幸福，而我发现它们衰竭的欢乐只是我的欢乐的开始。啊，自然的唯一的杰作！神圣的于丽！获得你的心是多么大的幸福，最热烈的爱情的欢乐也无从同它比拟！不，那最使我感到遗憾的，绝不是这些热情：呵！不是的，如有必要，你尽可以把这些我为之可付出千百次生命的、醉人的恩惠收回去；但是要把比这些恩惠超过一千倍的东西还给我。还我以你曾向我预示过，而且你曾给我如此美妙地体味过的那种灵魂的紧密结合；还我以我们心心相印的美妙的欢乐；还我以我在你怀里寻觅到的迷人的美梦；还我以这更为美妙的觉醒，还有这些断断续续的叹息，还有这些甜蜜的眼泪，还有那愉快的忧郁让我们慢慢地品尝的亲吻，还有当你把那生来为了与你结合的心贴到你心上去时如此柔和的呻吟。

告诉我，于丽，按照你的敏感，你一定能很好地判断别人的感情，你认为我从前感到的确是真的爱情吗？你不要怀疑，我的感情从昨天起，性质有了改变；它们不知怎么变得较不猛烈而是更甜蜜、更温柔和更动人了。你可记得，我们曾平心静气地谈论我们的爱情和关于我们模糊而可怕的未来，并因之而使我们对于现在更多感触的那整个时刻吗？你可记得这可叹地飞逝的时光，它那淡淡的忧愁的痕迹使我们的谈话变得如此令人感慨吗？我那时是平静的，但我就在你身旁；我崇拜你，却什么欲望也没有；我除了能够永远像现在这样感到你的脸儿就在我的旁边，你的呼吸拂及我的脸颊，你的手臂围着我的脖颈之外，我甚至没有想到过另一种幸福。我的全部感觉里多么平静！多么纯净、持续、彻天彻地的快乐！乐趣的魅力就在灵魂中；它不会再从那里逸出，它会永远持续下去。爱情的疯狂跟这种恬静的情景有多么大的区别！这是我有生以来在你身边第一次体会到的；然而你自己来评论我体会到的变化：这是我生平所有的时刻里我认为是最可宝贵的，也是我唯一希望能永远持续下去的。[①] 于丽，那么请你告诉我，我以前是否完全没有爱过你，或者现在我已不再爱你了。

仿佛我现在不再爱你了？怎样的疑心病呀！莫非我不再存在了？或者我的生命不再像存在在我的心房里一样存在在你的心房里了？我觉得、我感到你对于我比以往任何时候更为高贵一千倍。我在精神困乏时得到新的力量来更温柔地抚爱你。的确，我对你的感情变得更平静了，但它们却更为深刻，性质也更不同了；它们既没有减弱，却反而更增强了：友情的温馨缓和着爱情的激烈，我几乎想象不出有哪种恋情不把我跟你结合在一起的。我至美的爱人呀！我的妻子，我的姊妹，我的可爱的朋友！我用尽了人们心中所有最亲切的名词之后，我依然不能表达出我所感觉的！

虽然我自觉很害臊和屈辱，但我得向你承认，我有一个疑问：那就是你比我更好地懂得爱情。是的，我的于丽，我的生命和存在的主宰确确实实是你；我以我的灵魂的全部能力崇拜你，但你的灵魂更为多情，它更深入地为爱情所渗透；人家能看到它、感觉到它；

① 轻率的妇女，您想不想知道人家是否爱您？观察一下温存以后您的情郎。爱情吧，如果说我对于逝去的享乐的年华表示惋惜的话，那不是对于快乐的时刻而发，而是对于其后的时刻而发的。——卢梭原注

是它增进了你的优雅风度，它掌握着你的言谈，给予你的眼睛以敏慧的温馨，给予你的声音以如此感人的音调；是它，只要你一出场，人就不知不觉地将你心中柔和的情感传导给其他人的心。我距离这自我满足的美妙境地多么遥远！我要的是欢乐，而你要的是爱；我有奋激之情，你则有热情；我的一切激情抵不上你那动人的娇懒，而你的心赖以滋养的感情是唯一的最高幸福。只有昨天我才领略到这种如此纯净的欢乐。你给我稍稍留下了你灵魂中这不可思议的美妙的东西，我觉得，连同你甜蜜的呼吸一起，你启发了我一个崭新的灵魂。为此我要敦促你赶快完成你的业绩。请你把我灵魂中所有剩下的东西都拿走，而完全用你的来填补原来的位置。是的，我的美丽的天使，天界的灵魂，只有像你的那些感情才能使你的美丽显得彰明较著；唯有你才有资格启发人以完美的爱情，唯有你才适合于体会它。啊！我的于丽，为了像你所应得地爱你，把你的心给予我。

第五十六封信

格兰尔致于丽

我亲爱的表妹，我要把一件与你有关的事通知你。昨天晚上你的朋友同爱多阿尔阁下发生了一场将会变得严重起来的纠纷。他们发生争吵时，陶尔勃先生也在场，他为这事的后果担忧。今天早晨他来我处对我讲起。下面就是他所讲的经过。

他们两人都在爱多阿尔阁下家里吃晚饭；听了一两个小时的音乐以后，他们开始谈话和喝潘趣酒。你的朋友只不过喝了一杯兑了水的酒；其他两人并不太节制；虽然陶尔勃先生不同意自己喝醉了，但我保留在另一次机会就这事对他说明我的意见。他们的谈话自然落到了你身上，因为你一定知道爱多阿尔阁下只喜欢谈你的问题。你的朋友不喜欢这种不愉快的谈论，所以听到这些话时不大顾到礼貌；被潘趣酒和对方生硬态度所刺激的爱多阿尔阁下，终于不客气地指责你的冷峻，说这种态度并不像人家所认为的是一般的，又说不这样议论的人们里只有他受到这么坏的待遇。你是知道你的朋友的火暴性子的，他立刻带着侮辱性的激动发了一通言论，受到了反驳，于是他们拔出剑打起来了。半醉的蓬斯冬阁下在奔跑的时候扭伤了脚，便不得不坐下来。他的腿立刻肿了，这要比陶尔勃先生进行排解的一切努力更有效地使纠纷平静了下来，但因为陶尔勃先生一直留意着事情的发展，他看到你的朋友退出去时走近爱多阿尔阁下，听到在后者的耳朵边低声说道："一等到您能走动时，请就把您的消息告诉我，或者让我自己来打听。"爱多阿尔带着讥讽的微笑对他说："您不必费心，你会相当早地知道。"于是你的朋友冷冷地说了一句"我们等着瞧"，便离开了。陶尔勃先生在交给你这封信时，会把详情告诉你。怎样启发你以消弭这个不幸的事件的办法，以及怎样吩咐我从旁协助你该做些什么，那就得靠你的明智了。现在，送信的人将听你吩咐；你交代给他的一切，他都可以照办，你可以相信他能保密。

我亲爱的，你会遭殃的；我的友爱必须这样提醒你；你们现在那种关系在我们这样的小城里是不能长时间不被发觉的；这件事从开始到现在两年多以来，你还没有成为众矢之的，这是幸运的一个奇迹。如果你对此再不注意，你很快就会那样；若不是大家都爱

护你，大家早已经议论开了；但普遍厌恶说你坏话，所以这样做的人不受欢迎而肯定只会被人讨嫌。然而凡事都有个限度。我很害怕你爱情的秘密的限度是否也达到了，而爱多阿尔阁下的怀疑很有可能来自被他偶尔听到的一些坏话。这些你得好好想想，我亲爱的姑娘。前些时候有个巡逻说曾看见你的朋友在早晨五点钟从你家出来。幸亏他是最先知道这消息的，他赶快跑到那人家里，找到了使他沉默的秘密方法；可是这样的沉默能算什么沉默，还不是使谣言暗地里传播的一种办法吗？你母亲的怀疑也是与日俱增；你知道她已经对你暗示过不知多少次，她也对我讲过，态度相当严厉；如果不是害怕你父亲的狂怒，她肯定已经对他本人讲了；但她同样怕他责备她是主要的罪人，因为你们的结识是由她引起的。

我不能过多地向你反复唠叨，你要想到你自己，现在还不晚；在人们议论之前，把你的朋友打发走，慎防滋长的疑窦，只要他不在，怀疑就会消退，因为人们毕竟可以相信他在这儿干什么。也许过六星期、过一个月，可能已经太晚。假如有一点点风声吹进你父亲的耳朵里，那么一个因自家荣誉而固执起来的老军人的愤怒，同一个暴躁的、完全不懂得容忍的青年人的急性子之间所产生的结果，真会使人不寒而栗；但我们首先应该用某种方法解决爱多阿尔阁下方面的问题，因为假如在纠纷结束之前你对你的朋友谈他的离开，你只能激怒他而遭到他对你的正当的拒绝。

第五十七封信

自　于　丽

我的朋友，我已详细获悉您和爱多阿尔阁下之间发生的事件；您的女友根据对事实的正确的认识，按照您宣扬的感情，她对此认为您并非徒托空言，所以现在想跟您研究一下您在这事件里应该怎样行事。

我不知道您是否熟悉剑术，也不知道您觉得能够抵御这样一个人，他在欧洲有精于剑术的名声，历来跟人厮杀过五六次，而且总是杀死或者击伤对手，或者缴人家的武器。我能理解你现在的处境，人家是不考虑他的技巧而是考虑他的勇敢的，也能理解对一个侮辱您的勇士进行报复的好方法是使他杀死您。我们且不谈这种如此明智的格言。您将对我说，您的荣誉，还有我的荣誉，您都把它们看得比生命还重要，那么现在应当就这个原则谈谈。

让我们先从与您有关的事谈起。您能不能告诉我，在一次只涉及我一个人的谈话里，使您本人感到受到侮辱的是什么？假如您在这种情况下起来为我辩护，这一点等一会儿再来谈，现在您不能否认争吵于您个人的荣誉完全无关，除非您把人家怀疑我爱着您看做是一种侮辱。我承认您受了侮辱，但那只是在您自己首先严重地侮辱之后；而我呢，我们这一族有很多军人，我听到过这类可怕的问题的争论，我知道一个侮辱去回答另一个侮辱是绝不能消除它的，也知道人家首先侮辱的那个人是唯一的被侮辱者，对于一件意外的战斗，也是这种情况，那里的侵略者是唯一的罪人，为了自卫而杀人或伤人的人则不算犯有杀人罪。

现在我们再来看我的问题。姑且认为我被爱多阿尔阁下的话所侮辱,虽然这些话是正确的。您可知道,您那么热烈和鲁莽地为我辩护时,到底做了什么吗?您加剧了他的侮辱,您证明了他是有理的,您为了一种假的荣誉而牺牲了我的荣誉,您为了最多也只能得到一个勇于打斗者的名誉而破坏了你的情人的名誉。我倒要请您指出,在您为我洗刷所用的方法和我真实的清白之间到底有什么关系。您真以为如此热心地为我辩护可以充分表明我们之间毫无关系,还足以让人看到您勇于表明您不是我的情人吗?您应当明确知道爱多阿尔阁下说的一切话还不如您的行为足以证明我的不利;唯独您一人凭您这番壮举把事情公开了出来并加以证实。至于他么,他很可能在厮杀中逃过您的剑,可是我的名誉以及我的生命却不可能逃过您对它们那致命的一击。

上面说的都是很过硬的道理,您是无法可以反驳的;不过我预料您会用惯例为理由进行争辩;您会对我说,有种命定的趋势迫使我们不由自主地这样;您会说,无论在什么情况下,辟谣也是可以的;还会说,事情既然闹到这步田地,就不能不决斗,否则就要丢脸。我们现在来看看对不对。

您记不记得从前有一次在一个重要的问题上您告诉我要划分真正的和表面的荣誉的区别吗?那么我们把今天说的归到二类中的哪一类呢?在我说来,我看不出这怎么甚至会成为问题的。在杀死一个人这种光荣和一个正直人的荣誉之间有什么共同之点呢?别人空洞的意见对于植根在你内心深处的真正的荣誉又有什么价值?什么!一个人真正具有的品德会在一个毁谤者的谎言底下垮台吗？一个醉汉的咒骂值得人们的注意吗？一个明智的人的荣誉会操在他偶尔遇到的什么人的手里吗？您也许会对我说，一场决斗可以证明这个人是英勇的；这一举就可以消除所有其他罪恶的耻辱或谴责？我要问您，提出这样决定的到底算是什么荣誉，如果为这样的决定辩护，那又是种什么理由？这么说来，骗子手只消跟人决斗，他就不再是骗子手；说谎者的谎话只要有剑来支持就可以变成真理了；如果有人指摘您杀了人，为了证明这不是事实，您便去杀第二个人。这样一来，德行、罪行、荣誉、耻辱、真理、谎言，一切都可以在战斗里解决问题。一所演武厅便是一切正义的审判厅；除了武力，没有别的权力；除了杀人，没有别的理性；对于被侮辱者的一切补救办法便是杀死他们，而一切侵犯都可以在侵犯者或被侵犯者的血泊里同样会很好地被洗刷干净。您说说看，假如狼知道说理，它们能有其他的格言吗？根据您现在的情况，您自己来判断，关于荣誉的问题我是否过度夸张了？这些对于您有什么关系呢？正是在您事实上说谎的情况下得到了被揭穿的结果。那么您是否想把真理连同那因为说了真话而您想惩罚的人一同杀死？您想在听从决斗的命运时，召唤老天爷对谎话作证明，而且您敢于对决斗的裁判者说："来支持这不公正的事业，并使谎言获胜？"这种渎神的话一点儿没有使您害怕？这种荒唐话一点儿也没有引起您的愤怒？唉！上帝！不怕罪行而只怕谴责的荣誉，是何等可怜的荣誉，它不准您忍受别人的谴责，虽然您自己的心从前也曾谴责过。

您要人家从读书中使自己受到益处，那么您自己也应当从阅读中受益，您可以从书中去寻找：从前遍地英雄的时代可曾有过一

次决斗的号召？古代最英武的男子可曾想到过用特殊的争斗来报复他们个人遭受到的侮辱？恺撒对加东[①]，或者庞贝对恺撒可曾因为他们彼此之间受到过那么多的侮辱而发出过决斗书？还有希腊最伟大的统帅[②]因为被人用棍子相威胁而感到丢了面子？我知道，一个时候有一个时候的风俗；但现在的一切风俗是否都是好的？还要请问，每个时代的风俗是否都是不可动摇的荣誉所要求的那种风俗？不，这种荣誉是绝不会变的；它既不以时间，也不以地点，也不以成见而变化；它既不能消逝，也不能再生；它在正直的人的心里，也在它的义务的不变的法则里有它永久的源泉。假如世上最文明、最勇敢、最有道德的民族都不知道决斗，那么我说决斗并不是一种荣誉的制度，而是一种可怕的和野蛮的风尚[③]，是和它的残忍的起源适应的。还需知道，如果问题涉及他的生命或别人的生命时，正直的人应否按风俗行事，假如他不按风俗而敢于反对它，他是否算得上是真的勇敢？在一些相反的风俗统治的地方，那愿意服从这风俗行事的人，您认为该怎么办？在梅西纳或那不勒斯，人们在街的转角处窥伺敌人，从背后给他刺一刀，在那个地方这叫做勇敢；而荣誉不属于让敌人杀死自己的人，自己去杀死敌

① 加东(公元前93—46)：罗马政治家，共和国的保卫者。——译者

② 指古代雅典著名统帅菲米斯托克尔(公元前525—460)有一次在统率雅典舰队抵御波斯入侵时，在一次军事会议上他主张立即出击，而与希腊联军指挥官埃弗里巴特发生争执，后者向他挥起棍子，菲米斯托克尔对此答道："你可以打，但要听我的话。"——译者

③ 决斗滥觞于古代日耳曼人和法兰克人，即所谓"野蛮人"。卢梭对于决斗的道德方面的问题颇感兴趣。十八世纪法国和英国的其他许多思想家(施蒂尔、阿迪生、孟德斯鸠、伏尔泰、普雷渥等)亦然。——译者

人才算勇敢。

因此切不要把荣誉这神圣的名字跟那把一切德行放在刀尖上，并只对于造就凶悍的坏蛋有利的野蛮的偏见等量齐观。这种观点也许可以说能对荣誉提供一种补充，但荣誉居统治的地方这种补充能有什么用？对于使自己冒生命危险却因而证明自己行为不端的人，该怎么来看？您没有看见那些耻辱和荣誉都阻止不了犯罪，却被假耻辱和害怕指责所掩盖和增多了吗？害怕使人变得伪善和说谎；是它使一个朋友为了一个本应忘怀的、不审慎的字眼儿，为了一个应得的却接受不了的谴责而流血；是它使一个受骗和惊慌的姑娘变成可怕的疯子；是它，全能的上帝啊！它能够武装起母亲的手来对付嫩弱的胎儿……一想到这可怕的思想，我就感到我的灵魂发憷，我至少得感谢试探我们灵魂的人，他使我的心离开了这可怕的荣誉感，因为它只能使人做错事，使人性战栗。

请您回过头来想想，您是否可以故意地谋害一个人的性命，并且为了满足一种野蛮和危险的、没有任何合理根据的狂想而把您的性命置于不顾？像这样的情况下流了血的惨痛回忆是否能教流这血的人的内心停止复仇的叫喊？您知道其他跟预谋杀人罪相等的罪行吗？如果一切道德的基础是人性，那么我们对敢于谋害同类者的嗜血成性和道德败坏的人该怎么看？您可记得您反对为外国人服兵役而自己对我说过的话。您曾说，公民的义务是以身许国，不得法律许可不得自己自由行动，尤其不得违反它的禁令，这些话您有没有忘掉？啊，我的朋友！假如您真诚地爱好德行，那您就要学会服膺它的风尚而不是服膺人们的风尚。我愿意为此忍受些不方便之处；道德这个词儿对于您只不过是个空洞的词儿？难道您只有当它毫无价值可言时才有道德吗？

可是这些不方便之处到底是些什么呢？那些寻找拿人们的不幸来取乐，同时老是希望有些消息可以传播的游手好闲者和坏人的嘀嘀咕咕，这的确是可以相互掐死的重大理由！哲学家和智者在人生一些最大的事件中如果以无数人的荒唐的言辞为准绳，那么他实际上不过是个庸人，那么所有这种研究机构还有什么用。因此您为了责任、尊敬、友爱的感情而不敢牺牲复仇感情，是害怕人家会指摘您怕死吗？我的好朋友，您把事情衡量一下，就可发现在害怕指摘里要比怕死本身有更多可鄙的成分。吹牛家、懦夫竭力想充当勇士；

Ma verace ualor, ben che negletto,
Édi se stesso a se freggio assai chiaro.[①]

假装毫无惧色地面对死亡的人，他是在骗人。所有的人都害怕死，这是有感觉的生物的重大规律，没有它，所有生物类会很快绝灭。这种恐惧是自然界的简单的运动，它不但无害，而且实质上还是好的，也是符合于事理的，它之所以变成可耻和值得非难，是因为它妨碍我们的善行和履行责任。假如怯懦不成为善行的障碍，它就不成为恶事。任何人关心自己的生命比关心自己的义务更重时，我认为这个人不会是真正有道德的。您自认为有理智的，那么请您给我解释，冒生命的危险去犯罪，这有什么值得称道的？

当一个人因拒绝决斗而的确引起别人的蔑视时，是因行善而

① “但真正的价值并不需要别人的证明，它自身表现出光辉来。”（意大利语）

引起别人的蔑视可怕呢，还是因做坏事而引起自己的蔑视可怕？请相信我，真正尊重自己的人是不太感觉到别人不公正的蔑视的，他只怕公正的蔑视，因为善与正直并不以人们的判断为依据，而以事实的性质为依据；因为即使所有的人赞许您将做的事，您未必见得因此减轻惭愧。然而因为道德的考虑而不去做那事的人是不会引起人家的蔑视的。一个一生没有缺点并从来没有怯懦的表现的正直的人，他一定会拒绝杀人以玷污自己的手，他因此更会受人尊敬。随时准备为祖国服务、保护弱者、完成最危险的任务、为一切正当和正义的事不惜流血牺牲来保卫他最珍贵的东西，他以百折不挠的毅力从事，如果没有大智大勇那是办不到的。他的心地非常平静，他昂首前进，既不躲避也不寻求敌人；人们很容易看到他不畏惧死而畏惧做错事，他怕罪行而不怕危难。如果有什么卑劣的偏见忽然起来攻击他时，他那可敬的生活经历能充分予以驳斥，人们从他一贯的品行中凭一切其他行为来判断其中的一项。

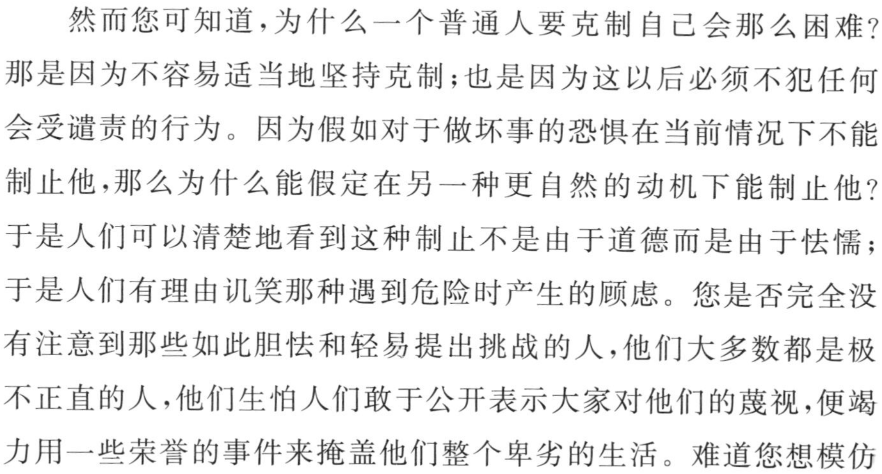

然而您可知道，为什么一个普通人要克制自己会那么困难？那是因为不容易适当地坚持克制；也是因为这以后必须不犯任何会受谴责的行为。因为假如对于做坏事的恐惧在当前情况下不能制止他，那么为什么能假定在另一种更自然的动机下能制止他？于是人们可以清楚地看到这种制止不是由于道德而是由于怯懦；于是人们有理由讥笑那种遇到危险时产生的顾虑。您是否完全没有注意到那些如此胆怯和轻易提出挑战的人，他们大多数都是极不正直的人，他们生怕人们敢于公开表示大家对他们的蔑视，便竭力用一些荣誉的事件来掩盖他们整个卑劣的生活。难道您想模仿这类人吗？我们且把职业军人放在一边，他们为金钱而出卖他们的血；[①]他们想保住自己的地位，用他们的利益来计算该得的荣誉，他们计算他们的生活锱铢必较。我的朋友，让所有这些人去厮杀好了。他们如此大叫大嚷的那荣誉是最不荣誉的；那不过是一种荒谬的习俗、一种道德的虚假的模仿，是用最大的罪恶装饰起来的。像您这样的人的荣誉绝不是靠别人的；它是在它本身而不在旁人的意见；它不靠剑和盾而靠正直的和无可指摘的生活来保护的；而这决斗比别的决斗需要更大得多的勇气。

我经常赞赏真正的勇敢，我也一直蔑视虚假的勇敢，您应该用这些原则把这二者联系起来。我喜欢勇敢的人们，我不能容忍怯懦的人；我会跟一个见了危险就逃避的胆小的情人断绝关系，我也像所有的女人一样认为勇敢之火能激发起爱情之火。可是我认为价值要在合适的场合表现出来，而不要急于在不当的场合拿勇敢作为虚伪的装饰，仿佛生怕在需要时再找不到勇敢似的。有的人努力作一次勇敢的表现，为了以后可以毕生把自己隐蔽起来。真正的勇敢更为恒久而较少一时的冲动；他总是如他所应该的那样；既不需要刺激它，也不需要克制它；正派的人随时随地不离开它，在决斗中用它对付敌人，在团体中捍卫缺席者的荣誉和真理的利益，在卧病时对付疾病和死亡的攻击。鼓励勇敢的那精神力量是永远起作用的；它总是把德行置于事件之上；问题不在决斗，而在于无所畏惧。我的朋友，这就是我常常赞许的，也希望在您身上看到的那种勇敢。其余的只不过是鲁莽、胡闹、残暴；屈服于这些，那

① 当时的瑞士人大批外出充当外国军队的雇佣军。——译者

简直是卑鄙。我蔑视寻找没有意义的冒险的冒险家，我同样蔑视逃避本来应该面对危险的人。

如果我没有记错，我曾对您指出过，在您跟爱多阿尔阁下的纠纷中并没有牵涉到您的荣誉，但您在诉诸武力时却损害了我的荣誉；您这种举动既不公正，也没有理，也不能容许；它跟您所主张的观念不相一致；它只适合于那些把勇敢当做补充自己所没有的德行的不正派的人，或适合于那些绝不是为了荣誉而是为了利益而厮杀的军官；真正的勇敢在于蔑视决斗那样的方法而不是去采用它；一个人拒绝决斗时自己感到的不愉快，是完成真正的义务时不能避免的，而且这种不愉快是外表的而不是真实的；最后，最急于运用决斗的人们总是那些在正直方面最可怀疑的人。从这里我得出的结论是：您如果提出或接受挑衅，就意味着您放弃理性、道德、荣誉和我。我的意见您可以随心所欲地解释，您可以堆砌许多诡辩，但结果终究是勇敢的人绝不会是懦夫，好人不会是没有荣誉的人。这么说，我好像已经向您证明了：一个勇敢的人蔑视决斗，好人厌恶决斗。

我的朋友，我认为在这么重大的事情上，只能诉诸理性，并向您确确实实地把问题如实摆出来。如果我想把它们描写得像我所看见的那样，并使感情和人性来说话，那我将用另一种十分不同的语言了。您知道我父亲在青年时代曾不幸在决斗中杀死过一个人：这人是他的朋友；他们决斗并非出于本心，荒唐的荣誉感驱使着他们。剥夺了一个人的生命的那致命的一剑同时也永远剥夺了另一人的安宁。从此以后，悲惨的悔恨没有离开过他的心，大家常常听见他在独自一人时哭泣和呻吟；他仿佛仍然觉得自己残酷的手把剑刺进自己朋友的心中；在夜色朦胧中他看到他那苍白、流血的身体；他战栗着凝望那致命的创口；他想止住正在流着的鲜血；恐怖攫住了他，他叫喊；这可怕的尸体不停地纠缠着他。他丧失了自己姓氏的亲爱的继承者和自己家族的希望，这已经过了五年，而他至今对于他的死亡还在责备自己，认为这是上天降给他的正当的惩罚，因为他夺走了不幸的父亲身边的独生子。

这一切连同我天性对于残暴的厌恶，引起了我对决斗非常的恶心，以致我把它看做是人类能达到的野蛮的极致。满心喜欢地去决斗的人在我心目中不过是一只竭力要把另一只撕成碎片的粗暴的野兽；如果在他们心中还存留些微的感情的话，我认为战胜者要比受害者更可怜。请看这些对流血司空见惯的人们，他们窒息了自然的声音，他们一步步地变得残忍、麻木不仁，他们拿别人的生命当游戏；丧失人性的惩罚的最后结果便是完全丧失人性。在这情况下他们怎么样呢？你来回答，你愿不愿意变成这样？不，你绝不是生就的这样丑恶的蠢货；你要警惕可以引向那条路的第一步。你的灵魂还是纯洁和健康的；可不要以一种没有道德的努力、没有快乐的罪行、没有理性的荣誉的冒险去使它变坏。

我还不曾对你提到你的于丽；她无疑能使你的心来说服你。一句话，唯一的一句话，我就会让你向着它。你有时尊我以“妻”这个亲切的称呼；这时我也许可以当得起母亲的称呼了。你是否想在那神圣的纽结使我们联结前让我守寡呢？

附言：在这封信里，我使用了一个高尚的人从不反抗的权威性。如果您拒绝服从，我再没有话可对您说了，但请先考虑一下。

请用八天时间对这重要问题好好想想。我不是以理性的名义提出这个期限，这是以我的名义提出的。您当能记得我在这方面使用了您自己给予我的权力，这权力至少可以扩展到这里。

第五十八封信

于丽致爱多阿尔阁下

我给您写这封信，完全不是抱怨您，阁下：您侮辱了我，那我一定有什么我不知道的对您不起的地方。怎么能设想一个正直的人要没来由地羞辱一家可尊敬的人家？如您认为这是合理的，那么就请实行您的复仇好了；这封信给您一个轻易的方法去毁掉一个不幸的姑娘，她因冒犯了您而永远不能原谅自己，并愿意把您想剥夺她的那荣誉一任您来处置。是的，阁下，您的指责是正确的；我有一个心爱的情人，他是我心灵的也是我本身的老师；只有死才能割断如此甜蜜的纽结。这个情人也是以您的友谊引为光荣的；他对此当之无愧，因为他敬爱您；他为人也有道德。然而他将在您的手中丧生；我知道为了受辱的荣誉就得流血；我知道他那勇敢本身将使他毁掉；我知道在一场在您是毫不足惧的战斗里，他那无畏的心将毫不恐惧地寻找那致命的一击。我希望能阻止这鲁莽的行动，我诉诸他的理性，唉！我虽写了信，却感到毫无用处，我虽对他的道德表示倾敬，但我不能期望他能明智到解脱一个虚假的荣誉感。您尽可以预先享受您即将刺穿您朋友的胸腔的快乐；但野蛮人呀，须知您至少不会享受到我的眼泪，也不会欣赏到我的失望的。我以在我心灵深处呻吟着的爱情保证，您可以做并非徒托空

言的誓言的见证人;我不会比我为之而生的那人多活一天;而您将有一剑把两个不幸的情人送进坟墓的光荣,他们对您丝毫没有存心对不起的地方,而希望使您荣耀。

阁下,人家都说您有高尚的灵魂和善感的心灵,假如它们让您平静地品尝一件我不能理解的复仇并造成不幸者的甜味的话,当我已不在尘世时,但愿它们能启发您稍稍照顾一双无可慰藉的父亲和母亲,因为他们仅存的一个孩子的死亡将使他们永世感到悲哀!

第五十九封信

陶尔勃先生致于丽

小姐,我按照您的吩咐,赶快向您报告您交托给我的差使。我刚从爱多阿尔阁下家里回来,我看见他还因扭伤而痛苦,只能拄着拐棍在房间里行走。我把您的信交给了他,他急急忙忙地拆开;我觉得他读信时很受感动:他沉思了一阵子;后来他以更明显的激动把信读了第二遍。在读完后他对我这样说:"先生,您知道荣誉的事情有它们的规则,那是大家不能放弃的。您昨天看见了我们中间发生的事;这得照章办事。请您找两个朋友,明天早晨劳驾带着他们一同来这里;那时您会知道我的决定。"我告诉他说,事情发生于我们之间,还是用同样的办法了结的好。他断然地对我说:"我知道该怎么办,我会做我该做的事。把您的两个朋友带来,否则我没有什么可跟您谈的。"这时我便告退,脑筋里徒然想猜度他那古怪的想法究竟是什么。虽然如此,今天晚上我将有幸看见您,明天我将实行您交我办的事。假如您认为我带着随行人员去践约是适当的话，我便去组织我认为有把握应付一切的人手。

第六十封信

致于丽

停止你的眼泪，亲爱的于丽；在刚刚过去的那事件上，你要明白并分享我所体会到的感情。

当我收到你来信后，我心头充满了愤慨，竟无法如所应当地细心阅读它。对此我虽能声辩，但盲目的愤怒毕竟超过了一切。我对自己说道："你说的可能有道理，但绝不能教我让人蔑视你。我即使会失掉你或是负咎而死，我也忍受不了人家不对你表示应有的尊敬；我只要一息尚存，我就要一切接近你的人都必须像我在心底里一样尊崇你。"然而对于你向我提出的八天的限期我不会动摇；爱多阿尔阁下的扭伤以及我对你的服从都使这延期成为必要的。我决心按照你的命令利用这段时间来思考你来信提出的问题，我要不断地读这封信并反复思考，但不是为了改变我的感情，而是为了证明我的有理。

今天早晨我又拿起了这封我认为太明智和太合理的信，正在忧心忡忡地读它时，忽然有人叩我的房门。过了一会儿，我看见爱多阿尔阁下没有带剑，支着拐杖走进房来，有三个人跟在他后面，其中有我认识的陶尔勃先生。我对这不速之客的访问感到惊讶，便沉默着等待事情的发展，这时爱多阿尔要求我给他短暂的陈说，不要打断他的行动和说话。他说道："我为此请您答应我；这几位先生都是您的朋友,他们的在场可以保证您不会鲁莽从事。”我没有犹豫地答应了他。我刚刚说完话,忽然惊讶地——这是你可以想象到的,——看到爱多阿尔阁下在我面前跪了下来。如此奇特的行动使我很吃惊,我便想马上扶他起来;但他提起了我方才的诺言,接着对我说了这样的话:“先生,我现在来公开地收回我酒醉时当您的面说过的那番侮辱性的话:它们的不公道使之对于我比对于您更有侮辱性,所以我应该正式收回。我接受您愿意加给我的一切惩罚,我相信我的荣誉只有当我的错误得到补救之后才能恢复。无论什么代价,我要求您能原谅我,并把您的友谊还给我。”我立即对他说道:“阁下,现在我认识您的高贵和宽宏的心灵了;我也知道在您身上正确地把您那出自肺腑的话跟当您不由您自主时说的话加以区别;让我们把那些话永远忘掉吧。”我马上帮着他站起身来,我们互相拥抱着。这以后,爱多阿尔阁下转身向着那几个目击者,对他们说道:“先生们,我感谢你们的好意。”他又以高傲的神色和激动的声调补充道:“像你们这样正直的人都知道这样改正他错误的人对于任何人的错误都不能忍受。你们可以把所看到的公开讲给大家听”。然后他邀请我们四个人当天晚上吃晚饭,于是这些先生便离开了。

等到我们单独留下时,他又以更亲切和友好的态度过来拥抱我;后来他拿着我的手坐到我旁边来,大声说道:“幸运的人,享受您应得的幸福吧!于丽的心是属于您的;那么你们俩……”“阁下,您说什么?”我打断他说,“您丧失理智了吗?”他含笑答道:“不,不过差一点快丧失了,若不是使我失去理智的她把它归还了我的话,我就糟了。”于是他交给我一封信,我看出这信是由一只除了给我以外从来不曾给别的男子[①]写过信的手写的。我读信时我的心多么激动！我看到了一个无与伦比的情人为了救我而愿意自己丧生，于是我再度认出了于丽。可是当我读到她发誓不会比世间最幸福的那男子更多活一天时，我为我曾冒的危险而战栗起来，我为自己过于被爱而悄悄地嘀咕起来，我的恐怖让我想到你毕竟也是个会死亡的人。啊！请你把你剥夺去的我的勇敢还给我；我曾为了只威胁我一人生存而有藐视死亡的勇气，但如果要和你一起死亡时，我却没有勇气了。

当我心里正在进行那些痛苦的回忆时，爱多阿尔滔滔不绝地对我谈着，我起初不怎么留意听，但由于他讲到你，我才注意起来，因为他谈到了我心坎上，而且不再激起我的嫉妒了。我觉得他因为干扰了我们的爱情和你的宁静而感到很后悔。你是他世上最敬重的人；因为他对你不便像对我那样表示歉意，所以要求我以你的名义接受并向你转达。他对我说："我把您当做是她的代表，我恭敬地对她所爱的人说话，我生怕有损她令名，所以不便跟她直接面谈，甚至不敢叫她名字。"他承认对你怀有人们看到你时很难克服的那感情；但那是种温情的赞美而不是爱情。这种感情绝没有引发什么企求或奢望；一旦他知道了内情后，他便把它全部贡献给了我们的感情，而出于他嘴里的坏话乃是潘趣酒而不是嫉妒引起的结果。他以哲学家的态度对待爱情，他认为自己的心灵凌驾于激情之上：在我看来，(也许我错了，)他已经体会过一种爱情，所以不能使另一种在他心里深深地生根发芽。他认为不再动心，是由于

① 我认为她的父亲必须除外。——卢梭原注

理智的控制，然而我很知道，爱上了于丽而又放弃她，这不是一个人的美德。

他希望详细知道我们爱情的经过和反对你朋友的幸福的原因；我认为在你那封信以后，再对他半真半假是有害的，也是不合适的，所以我完全坦白告诉他，他全神贯注地听我讲，证明他态度的真诚。我不止一次注意到他的眼睛变润湿和他的心受到感动，我尤其注意到德行对他灵魂的一切胜利的强烈印象，于是我觉得为葛劳德·阿奈争取到了一个热心不亚于你父亲的新的保护人。他对我说："您对我讲述的里面既没有什么奇遇，也没有什么惊险故事，但它吸引我的程度远胜于一部小说，你们的感情远胜于小说的情景，你们正直的行为远胜于小说中辉煌的业绩！你们的灵魂是如此的不平凡，人们不能用常规来衡量。你们幸福的道路和性质都跟一般人的不同。一般人只寻求权力和别人的看法，你们却只寻求温情和宁静。你们的爱情里还有使你们变得崇高的德行的竞赛联系着，如果你们不是彼此相爱，你们的价值就会逊色。爱情是会过时的，"他居然补充说（我们要原谅这句亵渎神明的话，他因对他心灵的无知才这么说）；他又说道："爱情会过时，德行则长存！"啊！但愿德行也能像你的爱情一样长存，我的于丽，老天爷不会要求更多的了。

最后，我觉得哲学的和民族的严厉在这个可敬的英国人身上并未改变他那自然的人性，他也的确很关心我们的不幸。假如声望和财富能够对我们有用，我相信我们可以寄希望于他。但可叹呀！为使心灵幸福，权力和金钱能有什么用呢？

我们没有计算时间的这次谈话，一直继续到吃饭的时候。我点了一道子鸡，饭后我们仍继续交谈。他对我讲起了今天早晨的活动，我对于他那么认真和不太顾到分寸的举动不免表示有些惊讶；但他除了已经向我说过的理由以外，还进一步说，在荣誉问题上，不彻底的道歉不配做个勇敢的人，要么全部，要么没有，否则只能自贬声誉，无补实际，人家对你违心的不情愿的道歉看做怯懦。他补充道："此外，我的名声已经确立，我可以公正而不受胆小鬼的嫌疑；可是您还年轻，初次踏进社会，在第一次纠纷里必须有漂亮的结果，便不会再有人来挑动第二次。滑头的懦夫到处都是，他们正如大家所说的，在摸索他们的敌人，那就是说，想发现比他们更怯懦的人，他们拿这个人来抬高自己的身价。我希望一个像您这样可敬的人避免没有荣誉地惩罚一个那样的人的必要。如果他们需要教训的话，我宁愿由我而不是由您来教训他们。因为对于已经决斗过多次的人并没有什么丧失；然而决斗过一次的人总是一种污点，而于丽的情人不应该有这种污点。"

上面便是我同爱多阿尔阁下长时间谈话的简述。我认为应当让你知道，以便你可以吩咐我对待他该采取怎样的态度。

现在你总该可以安心了，为此我要求你把几天来萦绕在你心头的悲愁的思虑驱走。你现在的情况不稳定，所以我要求你考虑作些安排。啊！如果你马上能使我的存在增加三倍！如果马上有一种爱的保证……希望已经太使我失望了，你还要来欺骗我吗？……欲望呀！恐惧呀！困惑呀！我心中迷人的女友，愿我们为彼此相爱而生，其他一切听候上帝安排。

附言：我忘记告诉你，爱多阿尔阁下把你的信交给了我，我也爽爽快快地接受了，因为觉得这样的寄存品不应当留在第三者手里。我们下次见面时我就把它交还你，因为它对于我已经没有用了，它已经深深地印在我心底，所以我已没有必要再去反复读它。

第六十一封信

自于丽

明天你把爱多阿尔领来，我要像他跪在你脚下一样跪倒在他脚下。多么高尚！多么宽宏大量！啊！我们在他面前显得多么渺小！你要像你眼睛里的瞳孔一样保持这珍贵的朋友。假如他喝酒更有节制，那也许反而没有现在崇高；完全没有缺点的人会有这么大的德行吗？

上千种各式各样的忧虑使我灰心丧气；你的信重新鼓舞起了我已经熄灭的勇气；它消除了我的恐惧，从而使我的痛苦变得可以忍受些了；现在我觉得有足够的力量来受苦。你活着，你爱我；你的鲜血、你朋友的血都不曾流，而你的荣誉也没有受损害；因此我不是完全不幸的。

不要忘记明天的约会。我从来没有像现在这样需要见到你，而能长久见到你的希望也从来没有像现在这样渺茫。再见，我亲爱的和唯一的朋友。我认为你说的“愿我们为彼此相爱而生”并不太好。啊！应当这样说：“我们为了生活而彼此相爱。”

第六十二封信

格兰尔致于丽

可爱的表妹，我对你莫非永远必须只能尽友谊的最悲苦的义务？在我苦痛的心里，莫非永远必须拿残酷的消息来伤你的心？唉！我们的一切感情都是相同的，这你很明白；我只能把我已经感觉到的新的痛苦告诉你。我怎么能向你隐瞒你的不幸而不使不幸增加！亲密的友爱怎么没有像爱情那样温馨！啊！但愿我能迅速地消除我给你的一切愁思！

昨天在音乐会后，你的母亲由你的朋友搀着，你由陶尔勃先生搀着回家，我们的两个父亲同爱多阿尔阁下留着谈论政治，这个题目我很感厌烦，我便躲进了自己的房间。半小时以后我听见好几次提到你朋友的名字，声音相当激烈，我知道谈话转换了题目，于是我提起了耳朵听。从谈话的过程中，我猜测出爱多阿尔阁下自告奋勇地建议使你跟你朋友（他坚决地称他为自己的朋友）结亲，而且他以朋友的身份提供一种适当的安排。你的父亲轻蔑地拒绝了这个建议，于是在这问题上谈话开始激烈起来。爱多阿尔阁下对他说道："您要明白，不管您抱什么成见，他是众人之中最配得上她的，而且也许最能使她幸福的。他具有一切不依赖于人而得之自然的天禀，再加上他自身求得的一切才能。他年轻、高大、漂亮、强健、机灵；他饱学、善良、正直、勇敢；他才思敏捷、心地善良；这么看来，要得到您的同意，他还缺少什么呢？缺少财产吗？他会有的。我的三分之一的财产就足够使他成为伏州[①]最富有的人；如果需要，我甚至可以把财产分给他一半。贵族身份吗？这在一个它的害处多于益处的国家里是种无用的特权。不过您不必怀疑，那种身份他还是有的，它不是用墨水写在贵族证书上，而是用不可磨灭的字刻在他心底的。总而言之，假如您爱好理性胜于爱好偏见，而且假如您爱自己的女儿胜于爱您的爵位，您就应把她嫁给他。”

这时你的父亲勃然大怒。他把这种建议看做是荒谬的和滑稽的。他说：“什么！阁下，像您这样有荣誉的人居然认为一个名门望族的小姐可以辱没门庭下嫁给一个无家可归并靠人家周济的无名小卒？……”爱多阿尔阁下打断他说道：“请您住口，您在说我的朋友，请记住，当我面说的一切侮辱他的话，我认为都是对我说的，而对一个有荣誉的人发出的咒骂，对于说这话的人倒更合适些。这样的无名小卒要比全欧洲所有的贵族更可尊敬，我相信您未必找得到比获得人家尊敬和友谊更为光荣的方法去发财致富。如果我建议的女婿像您一样把一整串多少有些暧昧的祖先不算的话，他将是他家的基础和光荣，正像您的始祖成为基础和光荣一般。那么您家的家长的联姻您将认为有辱门庭，而这蔑视能不影响到您自身吗？如果人们只考虑那些由一个可敬的人开始的名字的话，那么有多少响亮的名字将被人家忘却！用现在来判断过去，每天总有上千个坏蛋为他们家夸耀门楣，而只有两三人用诚实的手段扬名；那么这种为其子孙引以为如此值得骄傲的贵族头衔，除了

① 伏州：瑞士西北一州名，南滨莱芒湖，西与法国接壤。——译者

他们祖宗的盗窃和卑鄙之外，又能证明什么呢[①]？我承认在平民里有许多不道德的；但我可以打赌，二十个贵族中间肯定有一个是骗子手的子孙。如果您愿意，我们可以不去谈出身，让我们衡量个人的优点和作用。您曾在一个外国亲王那里当兵；他的父亲则为祖国无报酬地当兵。如果您服务得好，您得到了很多酬劳；不管您在战争里获得了荣誉，一百个平民却比您获得的更多。”

爱多阿尔阁下继续说道：“那么您如此引为骄傲的贵族出身有什么光荣？它对于国家的荣誉或人类的幸福有什么用？法律和自由的不共戴天的敌人，在它大放光彩的那些国家的大多数，除了专制的势力和对人民的压迫之外，还能产生什么呢？在一个共和国里，您敢于以毁灭道德和人性的阶层、以每人夸耀奴隶制和羞于做人的阶层为光荣吗？请看看您国家的年鉴[②]：您的阶层对国家的贡献是什么？在它的解放者中间有哪些是贵族？费尔斯特、退尔、斯托法歇[③]等人都是贵族吗？那么你们大吹大擂的那荒谬的光荣到底是什么呢？它只服务于一个人，而对国家则是个负担。”

亲爱的，你看，这个诚实的人本意是想为朋友的利益服务，却由于不识大体的粗鲁而帮了倒忙，我看了真痛心。果不其然，被虽属一般却十分尖刻的抨击所激怒，你的父亲便开始用人身攻击作

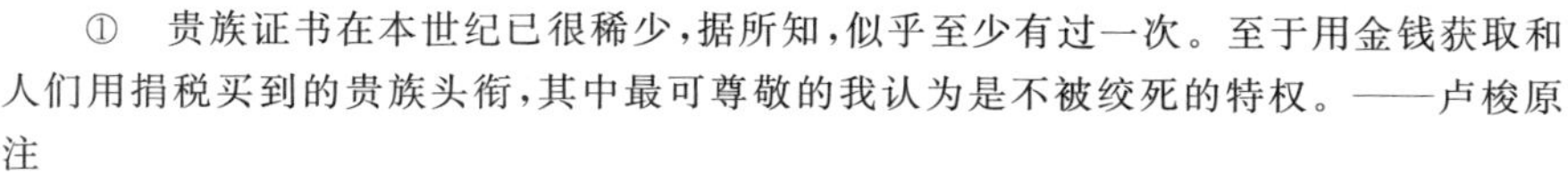

① 贵族证书在本世纪已很稀少，据所知，似乎至少有过一次。至于用金钱获取和人们用捐税买到的贵族头衔，其中最可尊敬的我认为是不被绞死的特权。——卢梭原注

② 这里有许多不正确之处。伏州从来不是瑞士的一部分；它是伯尔尼人的战利品，它的居民既不是公民，也不是自由人，而是臣民。——卢梭原注

③ 他们都是十四世纪初起义反抗奥地利统治、争取瑞士独立的战士，是民间传说中的英雄。——卢梭原注

反攻。他明白无误地对爱多阿尔阁下说，像他这样身份的人绝不会说出方才那样的话来的。他以粗暴的声调补充说道："请不必徒劳地为别人的事辩护，不管您是多大的大人物，我不相信您在这个问题上自己能成功。您替您那所谓的朋友为我的女儿做媒，却不知道您自己对她是否有好处；我相当熟悉英国的贵族身份，根据您的谈吐，我对您那种身份却不敢恭维。"

爱多阿尔阁下说道："得了！不管您把我看做什么人，我都无所谓，但使我非常遗憾的是，除了那五百年前已死了的人的价值而外，我没有其他可以证明我的东西。如果您知道英国的贵族身份，您就会知道它是欧洲最开明、最有教养、最聪明和最英勇的；此外，我不需要去探讨它是不是最古老的，因为在谈论它现在的情况时，那就与它过去无关。的确，我们绝不是国王的奴隶，而是他的友人；不是人民的暴君，而是他们的长官。我们是自由的保证、国家的栋梁和王位的支柱，我们成为人民和国王之间不可战胜的平衡力量。我们第一个责任是对于民族的，第二个责任是对于它的统治者的，但我们考虑的不是他的意志而是我们参议的他的法制。贵族院里的司法大臣们，有时甚至那些立法者本人，既对人民同时也对王国承认他们的合法权利，我们绝不承认人家所说：上帝是我的宝剑，但是我们仅仅承认：上帝是我的法律。"

他继续说道："先生，这便是我们的贵族身份的可贵之处，它是古老的，但更可贵之处是在它的功绩而不在它的祖先，您虽谈论它而并不了解。我在这著名的行列里绝不是最后的一名，不管您怎样瞧不起，我相信我在一切方面都不会不如您。我有个待字的妹妹，她出身贵族，她年轻、可爱、富有；她只有在您当做无所谓的精神品质上不如于丽。那个人钟情于于丽，假如能将他的目光和心灵转移到别人身上去，那我将万分荣幸地把这个一文不名和建议把他作为您的女婿并提供我一半财产给他的人作为我的妹丈！”

从你父亲的反驳里，我知道这场谈话只能使他激怒；我虽然对于爱多阿尔阁下的宽宏大度的襟怀充满了敬意，但我觉得像他这样态度生硬的人，只能使他经办的谈判彻底遭殃。因此在事情没有闹到不得开交前，我赶快回到那里。我一走进去，他们的谈话就中断了，过一会儿后大家相当冷淡地分别了。至于我的父亲，我认为他在这场争执里表现得很好。起初他热心地支持那建议；可是当他看到你父亲对此完全听不进去而争论开始激烈起来时，他理所当然地转到他内兄一边，并及时用调解的话来打断他们俩的话，使谈论限制在适当的范围，如果让他们俩单独相对，很可能会超过这范围。当客人们走后，我父亲把经过的情形对我讲了；因为我预见到事情将来发展的结果，便对他说，事情既已到了这地步，再不宜让当事人如此频繁地跟你在我们家会面，假如这对于作为他的朋友的陶尔勃先生不成为一种冒犯，那干脆不要再来；不过我可以请他少带他来，还有爱多阿尔阁下也一样。我的亲爱的，为了使他们俩不致在我家完全吃闭门羹，这是我所能做到的一切。

但这还不是事情的全部；我看到了对于你的危机，迫使我回到我以前的意见上来，爱多阿尔阁下和你的朋友的纠纷正如大家所料，在城里引起了热烈的议论。虽然陶尔勃先生保守着争执原因的秘密，但太多的迹象使秘密无法继续隐藏不暴露。人家在怀疑，在猜测，在提起你的名字；看守人居埃的泄露没有很好地堵住，所以人家还在提起，你也能明白，在群众眼睛里怀疑的事实总是近乎确凿的事实了。所有可以告诉你并叫你安慰的是，大家一般都赞成你的选择，并且乐于看到一对如此可喜的配偶的结合，这就为我证明，你的朋友在这儿人缘很好，大家几乎跟你一样喜欢他。然而舆论对于你那顽固的父亲有什么用？所有那些流言正在传到或快要传到他那里，因此我为它们可能产生的结果深感害怕，如果你不赶快防备他的发怒。你必须从他那里期待一场为你自己的可怕的解释，也还可能对于你朋友的更糟的解释；我倒不是认为他那样的高龄会愿意跟一个他不认为值得与他决斗的年轻人较量，但他在城里掌握着提供给他的权力，只要他高兴，他将有上千种方法对你的朋友不利，而且还要怕他的愤怒将使他存心要收拾他。

我亲爱的朋友，我跪着请求你多想想包围着你的危险，它的险情正在时时刻刻增长。在这一切中间至今有种出奇的幸运拯救了你。当时间还来得及时，小心隐藏起你的爱情，也不要过度信赖幸运，以免它把那造成幸运的反而拖你进不幸中去。相信我，我的天使，未来是不确定的；随着时间的推移，许许多多的事件可以提供出乎意料的办法；但是就现在说，我已对你说过而现在更要对你重复强调说，离开你的朋友，否则你会完蛋。

第六十三封信

于丽致格兰尔

我亲爱的，一切你所预料的全都实现了。昨天，我们回来一小时以后，我的父亲走进我母亲房里，他眼睛闪着光，满脸通红，总之那模样我从来没有见过。我一下子明白了他不是跟人家吵过架，便是想找人吵架，于是我激动的心马上使我全身颤抖起来。

他先激烈地指责一般家庭的母亲们随便招请一些没有地位、没有名声的年轻人到家里来，认为跟这些人来往只能使听他们话的人蒙受耻辱。后来看到这还不能使一个被吓怕了的妇女答腔，他便不加隐讳地举出自从有人引进一个所谓有好思想的、实际却是信口雌黄的、对教坏一个听话的姑娘比给她良好教育更擅长的人到我们家里来所发生的问题作为例子。这时我母亲看到沉默对她没有什么好处，所以当他说到“教坏”这个词时就打断了他的话，并问他所说的那个正直的人在行为或者在名声方面有什么问题和谁让他产生这种怀疑的。她还说道：“我不认为聪明和优点可以作为排斥出交际的理由。如果才干和德行不能进入您的家门，那么什么人才可以被接纳呢？”他气愤地答道：“体面的人，夫人，那些能挽回姑娘名誉被他们冒犯过的人们。”她道：“不对，应当是完全不会冒犯她的人们。”他又说道：“您要知道，没有资格可以获得而贸然要求联姻，那是有辱一家荣誉的。”我母亲答道：“我认为那远不是辱没，却反而是尊崇的一种证明。此外，我可并不知道您对他发怒的那人曾向您这样做过。”“他已经做了，夫人。如果我不采取措施，他还会做得更坏；不过请您不必怀疑，我将把您管得如此糟糕的事好好地管起来。”

于是开始了一场危险的口角，这使我明白我的双亲并不知道你所讲的城里的那些流言，但当时你这丢脸的表妹简直感到无地自容。你可以想象到一个最善良和最受蒙蔽的母亲对她有罪的女儿大加赞扬，而且赞扬（天知道！）她一切已丧失了的德行，使用最体面的语词——说得正确些，是最令人害臊的语词——赞扬她；再设想一个被激怒的父亲，他不惜用侮辱的语言破口大骂，但他虽然十分激怒，却没有露出对悔恨穿心而当他面感到羞惭的她，有怀疑的表示。啊！一颗对于怒气和愤懑都不曾表示怀疑的罪恶所引起的自责的卑鄙的心，有多么难以置信的痛苦！一种为内心偷偷地拒绝的不真实的赞扬和尊敬，又是多么沉重和难受的负担！我感到心头压得如此难受，为了摆脱这样凶猛的苦难，如果我的父亲给我以时间，我就准备全部招认；但他那抑制不住的强烈愤怒使他把同样的事反复说了百来遍，而且随时在变换话题。他注意到我低沉、惶恐、屈辱的态度，这是我悔恨的表示。如果他没有从中猜测到我的过错，却猜测到了我的爱情；于是为了使我因此感到羞耻，他以如此丑恶和轻蔑的用语来诋毁那目标，虽然我竭力克制，也不能容忍他不被打断地继续说下去。

我的亲爱的，我不知道自己哪儿来的那么大的勇气和怎样的神经错乱时刻，竟使我忘记了自己的义务和分寸；我突然敢于打破了毕恭毕敬的沉默，你立刻就会看到，我因此受到了相当严厉的惩罚。我对他说道："以老天爷的名义，请您息怒；一个值得您如此咒骂的人，对于我绝不会是危险的。"我父亲听到这些话，立刻认为受到了责难，他的疯狂劲儿只等着一个借口，这时便扑向你可怜的朋友来了。我平生第一次受到了一记耳光，而且还不止一记；于是他一任狂怒所左右，尽他可能的粗暴而毫无顾忌地折磨着我，虽然有我的母亲投身到我们两人中间，并用她的身体遮挡着我，她也挨到了几下本该我挨到的打击。我在躲闪开挨打时跨空了步子而摔倒了。我的脸撞上了台子的脚而流了血。

怒气的逞威到此结束，天性跟着开始得到了胜利。我的摔倒、我的血、我的泪水，还有我母亲的眼泪，都感动了他；他以忧虑和着急的神色搀我起来；又扶我坐到椅子上，他们俩仔细查看我有没有受伤。我只在前额有点轻微的挫伤和鼻子出血。然而我从我父亲的神态和声音的改变看出他对自己方才的行为感到不愉快。他没有到我跟前来抚慰我，父亲的尊严不允许他这样突然的改变；可是他对母亲表示了温柔的歉意；我还从他偷偷地投向我的目光里清楚地看到他整个歉意的一半是间接给予我的！是的，我的亲爱的，再没有比自觉自己错误的心爱的父亲所显示的惶惑更令人感动的了。做父亲的心所感到的是生来为宽恕人而不是从别人接受宽恕的。

已经到晚餐的时候；为了让我有时间恢复平静，延迟了开饭的时间；我父亲不愿让仆役们看到我的仪容的不整，他亲自为我拿来了一杯水，我母亲给我洗了脸。唉！我那可怜的妈妈，她本来就体弱多病，经过了这场难受的争吵，也像我一样需要别人的关怀呀。

在饭桌上他没有跟我说话；但这沉默是由于难为情而不是由于蔑视我；他有意认为每一道菜都好吃，因而对我母亲说要让我吃；最使我感动的是我注意到他总在寻找机会把我叫做他的女儿，而不是像平时那样叫我于丽。

晚饭过后天气很冷，母亲叫人在她房里生上了火。她坐在炉子的一头，我父亲坐在另一头；我正要去端把椅子坐到他们中间去，他拉住了我的裙子，一声不响地把我拉到他身边，把我坐在他膝头。这一切发生得很快，而且出于一种不由自主的行动，以致一会儿过后他仿佛有些后悔。然而我已经坐在了他膝上，他再也无法改变了；而更糟的是他必须在这拘拘束束的状态下把我抱着我才能坐稳。这一切都在无言中进行；但我不时感到他的手臂压着我的肋部，同时带着相当闷气的一声叹息。我不知道什么不正确的羞愧之心在阻挠这慈亲的胳臂作这种亲密的拥抱。某种大家不敢摆脱的庄严，某种大家不敢克服的羞惭，使父亲和女儿之间产生出这美妙的尴尬情况，正像一对情人之间所产生的腼腆和爱情一般，而那个慈爱的母亲则偷偷地注视着这幕如此甜蜜的情景而欣喜若狂。这一切我都看在眼里，感在心里，我的天使，我心中的激荡使我无法继续支持。我装作要滑倒；为了坐稳，我把一只手臂搂住我父亲的脖子；我把脸俯到他可敬的脸上，顷刻之间他脸上盖满了我的亲吻并流满了我的眼泪；我感觉到他流出的眼泪减轻了他心头沉重的痛苦；我的母亲也过来分担了我们的激情。温柔与和平的天真呀，我心里需要的正就是你，有了它，这自然流露的一幕就会成为我一生最甜蜜的时刻！

今天早晨，由于疲乏和摔跤的影响，我起床晚了些，我还没有起身，我的父亲就到我房里来；他坐在我床边亲切地问起我的身体怎样；他握住了我一只手，俯身亲了它好几遍，叫我好女儿，并对昨晚的发怒表示后悔。我呢，我对他说也这样想：如果我每天挨打而得到同样的代价，我将感到非常幸福，而且任何严厉的处置，只消他稍加抚慰，就会从我心底里消除。

这样过了一会儿，他比较庄严的声调又向我提起昨天的问题，并用和气而坚定的措辞对我说道："您要知道，我为您相定了一门亲事，我一回家就向您宣布了，在这一点上我的意图是决不会改变的。至于爱多阿尔阁下对我讲的那个人，虽然我对于大家所发现的他的优点不来争论，我也不知道是他自己异想天开要跟我结亲，或是有什么人可能给他以启示；然而即使我心目中没有中意的人，而且即使他拥有英国的全部钱财，您必须明确知道，我是决计不会接受这样一个女婿的。为了他的安全，也同样为了您的荣誉，我禁止您，您必须一辈子不要看见他和跟他说话。我对他本来一直没有什么好感，我憎恨他，尤其是现在，因为他使我走了极端，我的粗暴也因他而起，所以我决不原谅他。”

说到这儿，他不等我的答复，而且几乎像他方才责备自己时同样的严峻态度走了。啊！我的表姐，败坏最优美的心灵并使自然每时每刻都噤若寒蝉的这些偏见的，是地狱里怎样一些魔鬼呀！

我的格兰尔，你早就预料到的，以及直到收到你的信我才从中知道其原因的这番表白，就是这样发生的。我没法对你说清楚我内心所起的变化，可是从这时起我发觉自己是改变了；我仿佛感到我在以更惋惜的心情把目光转向我在自己家庭范围内度过的那平静和快乐的生活，还更深切地体会到我的错误和由此引起的损失。狠心的人，你说，如果你敢于说，那么告诉我，恋爱时期对于我是否过去了，是否不应当再见他了？啊！难道你不感到这痛苦的思想里的一切阴暗和可怕吗？然而我父亲的严命是坚定不移的，我情人的危险是明显的。你可知道有那么些非常矛盾、似乎彼此互相排斥的感情在我心里集中着吗？一种使我灵魂几乎变麻木的愚昧状态，它使我失去了对激情和理智的控制。已经到了紧要关头，你曾这样对我指出，我也这样感觉到了；然而我从来不曾这样失去自持。我曾二十次试图给我情人写信，我每写一行都几乎要晕过去，以致不能连续写上两行。我现在只剩下你一个，我亲爱的朋友。你要代我思考，代我说话，代我行动；我把我的命运交付给你；不管

你采取什么措施，我都预先同意；我把爱情以过高的代价售给我的那可怕的权力交给你，一劳永逸地将我自己给我分离开，如果必须叫我去死，就把死给予我，可是不要强迫我亲手来刺穿我的心。

我的天使哟！我的保护人！我交给你多么可怕的任务！你有没有执行它的勇气？你能不能减轻那野蛮性？唉！需要撕裂的不单单是我一颗心。格兰尔，这你知道，这你是知道的，他多么爱我！我甚至不能心安理得地认为自己是最该抱怨的。我求求你，用你的嘴巴来替我的心说话；让你的心贯透着对我情人的温馨的同情；来安慰一个不幸的人；对他反复说一百次……啊！对他说……亲爱的朋友，不管所有一切偏见、一切障碍、一切逆境，但上天创造我们俩彼此相依为命，这一点你不相信吗？是的，是的，对此我确信不疑，上天命定我们结合在一起；我不可能丧失这种思想，放弃由此而产生的希望，在我是不可能的。

告诉他，叫他不要丧失勇气，叫他不要失望。切不要随便以我的名义要求他的爱情和忠诚，尤其不要从我这方面向他承诺这些东西；这类保证不是在我们灵魂深处吗！我们不感觉到它们是不可分的，我们今后已经合二为一了吗！那么只需告诉他，让他抱住希望，如果命运拨弄我们，让他至少要相信爱情，因为，我的表姐呀，我知道它无论如何总会治愈我们那为它所引起的痛苦；而且不管老天爷对我们作怎样安排，我们将来不会长期分离着生活的。

附言：写好信之后我走进我母亲的卧室，我在那里感到很不舒服，我不得不回房躺到了自己的床上；我甚至觉察到……我担心……啊！我的亲爱的，我担心我昨天的跌倒会发生比我所想到的更为悲惨的后果。这样看来，我的一切都完了；我的一切希望同时都弃我而去了。

第六十四封信

格兰尔致陶尔勃先生

我父亲今晨对我讲了他昨天跟您谈话的内容。我高兴地看到一切都是向着您喜欢称之为您的幸福的方向发展的。我希望，正如您知道的，其中也有我的幸福；您获得了我的尊敬和友谊，还有我心中怀有的一切最美好的感情也是属于您的。可是您也不要误会：我这样的女子是属于怪物一类的，我不知道会怪到我心里的友谊会超过爱情。当我告诉您说，我的于丽在我心里比您更为亲爱；您一定会哈哈大笑；然而这确是事实。于丽很清楚地感到这一点，所以她为了您比您自己更妒忌，因此当您感到满意的时候，她总觉得我还不够爱您。而且还不仅如此，我对于她所珍贵的一切都非常眷恋，所以在我心中对于她的情人和对于您几乎放在同一地位上，虽然性质有所不同。我对他只抱有友谊，但是一种比较生动的友谊；对于您，我似乎有了点爱情，但是一种比较稳重的爱情。虽然这一切显得相当地等量齐观，因此使善妒的人不能平心静气，然而我不认为您平静的心会受到干扰。

那两个可怜的孩子跟我们大胆享受的那甜蜜的宁静有多大的差距！当朋友们处在失望的境地时，我们的满意是多么不合时宜！没有办法了，他们必须分手了；现在也许就是他们永别的时候了；音乐会那天我们怪他们那悲伤的神色，可能就是他们最后一次相会的预感。然而您的朋友还完全不知道他的不幸：在他泰然的心里，他还在享受着他已经失去了的幸福；在失望的时刻，他思想上还在品尝虚幻的洪福；他又像死亡突然落到身上的人，这不幸者还想活着，却看不见死神就要来抓他。唉！他将挨到的这可怕的一击竟出诸我的手。啊，神圣的友谊，我心灵的唯一的偶像呀，用你神圣的残酷来鼓舞我的心！给我以充当野蛮人的那勇气，并在如此痛苦的任务中出色地为你效力。

在这方面我指望您能帮助我，即使当您爱我爱得差些时我也指望您：因为我是深知您的心的，我知道每当问题关乎仁爱的时候，它是用不着爱情的热忱的。现在问题首先在于明天早上要邀您的朋友到我家来；不过要注意什么也不要提醒他。今天我有空，下午我上于丽家去；请您设法去找到爱多阿尔阁下，只带他一个人来，在下午八点钟等候我，以便共同商量决定必要时让这个不幸者出逃，还要防止他的失望。

我对他的勇气和我们的照应抱着很大的希望；我还更对他的爱情寄予希望：于丽的意愿、她的生命和荣誉受到威胁，都是他无法抗拒的理由。不过虽然如此，我现在告诉您，如果于丽得不到安宁，如果我的女友的眼泪会浸湿那将把我们结合起来的纽带的话，那就谈不到我们的婚礼了。就这么着，先生，如果您真正爱我，您的利益在这一点上是同您的宽宏的度量相一致的；所以这里不仅仅是别人的事，而且也是您自己的事。

第六十五封信

格兰尔致于丽

一切都妥了，虽然办得很不审慎，但我的于丽已经安全了。你心里的那些秘密已埋进神秘的黑暗里了；你依然处在你的家庭和本乡的怀抱里，被抚爱、被尊重，领略着没有污点的名声和普遍的尊敬。你要战战兢兢地回顾一下耻辱或爱情使你过多或过少地遭到的那些危险：要懂得不要再把一些各不相容的感情联系在一起，太盲目的情人或太畏缩的姑娘，你还要感谢上苍赐予你以只有你独享的那种幸福。

我为了不使你太伤心，本来想略而不谈那如此残酷而又如此必要的起程的细节。但你希望知道细节，我也这样答应过你；我要以我们共有的坦率和只凭真诚不凭利害的原则来实践我的诺言。那么读吧，亲爱的和不幸的朋友，既然必要，那就读下去；但要鼓起勇气并坚强起来。

我所采取的而且昨天已对你讲过的措施都已经丝毫不爽地实行了。我回到家里就遇见了陶尔勃先生和爱多阿尔阁下在那里；我开始对后者说，我们已知道了他的光明磊落的壮举，并向他表示我们俩都深为感动。接着我就向他们提出我们必须尽快让你的朋友离开的强有力的理由，以及我预见到实施它的一些困难。爱多阿尔阁下对此充分理解，并对他由于他过度热心而造成的结果感到十分痛苦；他们同意重要的是要催促你的朋友出走，并要抓住他同意的时机，以防止新的犹豫不决，也要防止他继续在当地逗留的危险。我想委托陶尔勃先生瞒着他做些适当的准备工作;但爱多阿尔阁下把这当做他自己的事,愿意自告奋勇。他答应我把他的马车在上午十一点时准备好,还补充说,他可以陪他到任何远的地方都没有问题,并建议先用别的借口带他走,认为这样更便于决定。这个办法我认为对于我们和对于我们的朋友都不够真诚,我也不愿把他放得离我们太远,那时如果他因失望而第一次发作时,爱多阿尔阁下的眼睛比我更不易觉察到。由于同样的理由,我也没有接受由他自己跟他谈并征得他同意的建议。我预料到这项谈判将是很微妙的,所以我只愿意由我独自承担:因为我有把握地掌握他心中敏感的地方,我也知道男人总有一种生硬态度,只有女人才能更好地使之软化。然而我同意爱多阿尔阁下的照料,对于我们的准备工作不是没有用的;我看得出一个相信他只不过是哲学家的敏感的人的议论对一个正直的心所能产生的全部作用,以及一个朋友的声音能给予一个聪明人的推理以怎样的热力。

因此我请爱多阿尔阁下陪伴他一个晚上,绝口不谈谁对他的处境有直接关系,不知不觉中使他的心坚定起来。我对他说:“您对于您的埃比克泰德[①]很有研究,现在您有机会应用他的学说了。请为我们的朋友指出真正的和虚假的幸福之间的区别,——存在在我们本身的幸福和存在在我们之外的幸福之间的区别。当对他的考验来自外部时,请向他证明不幸只是由自己本身造成,而智者的一切都随身带着,幸福也到处带在身上。”根据他的答话,我知道我这轻松和无害的讥讽不致使他生气,但已尽够激发他的热诚,他

① 埃比克泰德(50—125):罗马斯多葛派哲学家。——译者

决定担起责任来,第二天把有充分思想准备的你的朋友给我送来。这正是我所企求的一切:因为虽然我也跟你一样,根本不太重视哲学的夸夸其谈,但我确信一个诚实的人,对于早晨改变自己昨晚的信念,在心中今天否定理智昨天告诉的一切,多少总会感到羞愧的。

陶尔勃先生也愿意参加这件事并跟他们一同度过这个晚上,但我请他不要这样做;因为他这样会感到厌倦,或者会妨碍谈话。我对他的关心并没有使我看不见他同其他两人性格上的不同:这种灵魂坚毅的男子汉的思想所表达的语言是如此特殊,他于此道是格格不入的。在跟他们告别时我想到了潘趣酒的问题,我担心过早地泄露机密,便笑着对爱多阿尔阁下吐露了一两个字。他对我说道:"您放心好了,我对一件我认为没有什么危险的事,可以让习惯来支配我;但我从来不当它的奴隶;可是这里问题有关于丽的荣誉、有关一个人和我的朋友的命运,还可能是生命的问题。今晚我将照例喝潘趣酒,才能使谈话不显得是事先安排好的样子;可是这潘趣酒实际是汽水,因为他戒了酒,所以他不会觉察的。"我的亲爱的,沾上这类使人不得不小心谨慎的习惯,你不觉很屈辱吗?

我在极大的激动中度过了这一夜,这激动不完全是为了你的缘故:我们青春初期那天真的快乐,旧时亲密无间的那种温馨,由于他跟你会面困难而使我跟他之间一年来较紧密的来往,这实在使我的心对这次分别感到痛苦。我感到随着失掉半个你的同时,我自己存在的一部分也将失掉;我愁闷地计算着钟点;当看见曙光初露时,我不能不恐怖地看到决定你命运的日子的来临。早晨是在默想我的措辞和他可能产生的印象里度过的;约定的时刻终于来临,我看见你的朋友进来了。他带着忧虑的神色,着急地向我探问你的消息,因为在你同你父亲的那场争吵的第二天,他就知道你病了,爱多阿尔阁下昨天向他证实你没有起床。为了避免他在这方面过细追问,我立刻告诉他说,我昨晚离开你时你的情况已好得多,我还补充说,我刚才派汉茨去看望你,等一会儿他回来就可以知道详情。我的努力一点没有用;他对我又提了许许多多关于你病状的问题;因为那些问题远离我的目的,我只作了简短的答复,然后开始我来问他。

我开始探测他的思想情况:我发现它是沉重的、有条理的,而且准备用理智的尺度来衡量感情。我心里想道:“谢天谢地,我的聪明人挺有准备;现在只需让他受些考验好了。”宣布一个悲惨消息的通常办法是一步步地加码,但是我根据对他暴躁的想象力——只要听到一句话就会走极端——的认识,我决定走一条相反的途径,我更喜欢一开头就压倒他,然后再让他慢慢地缓和下来,这比给他千百次而不是一次打击和白白地增加他的痛苦更好些。因此我凝视着他的脸,用很严肃的声调对他说道:“我的朋友,您知道一个坚强灵魂的勇气和德行有极限吗?你相信放弃心头所爱的人是超乎人性的吗?”他马上像疯狂似的跳了起来;接着他两只手拍打着并拉在一起放到前额上,叫喊道:“我从您的声音里听得出于丽死了!于丽死了!”他重复说,声音使我战栗:“我从您骗人的关切、从您徒劳的小心里听得出来,但这只能使我的死亡更延长和更残酷罢了。”

虽然为这种突发的行为所震惊,但我很快猜到了原因。我首

先认为你生病的消息、爱多阿尔阁下的劝导、今晨的会见、他躲躲闪闪的问话以及我方才对他谈的问题，都可以使他产生虚假的警告。我也清楚地看到，我可以怎样利用他的误会来拖延时间；可是我不能采取这种野蛮的手法。心爱人儿死亡的念头是如此的可怕，以致能代替它的任何念头都显得是甜蜜的，所以我赶紧利用了这一有利机会。我便对他说道："可能您不会再见到她，但她还活着和爱着您。啊！如果于丽真是死了，格兰尔还能对您说什么吗？您要感谢老天爷，它挽救了能把您压垮的那不幸的灾难。"他是如此的惊讶、发愣、迷惘，我让他坐下后，有时间依次详细地对他讲述了他需要知道的一切；我竭力赞扬爱多阿尔阁下的行为，使他那善良的心多少可以被感激的力量消解一些苦痛。

我继续说道："亲爱的朋友，现在的情形是这样：于丽处在深渊的边缘，准备着面对舆论谴责的耻辱、自己家庭的愤怒、愤激的父亲的狂暴和她自己的绝望。危险在不断地增加：她父亲或她自己手里的那把剑离她的心只有两寸，每时每刻威胁着她的生命。只剩下唯一的办法可以预防所有这些灾祸，这个办法唯有您一人是赖；您的情人的命运现在操在您手中：您看您自己有没有勇气离开她来拯救她，她也已经被禁止再跟您见面了，您是否更愿意做她死亡和耻辱的罪魁和见证人。她已经为您做了一切，她就要看您的心能为她做什么了。她的苦难损害了她的健康，这是必然的。您为她的生命担忧，但须知您是她生命的主宰。"

他听着，没有打断我的话；但一旦他明白谈话的目的时，我看到他原来那激动的样子、疯狂似的目光、惊惶而又活泼和急躁的神色立刻消失。一层忧愁和懊丧的阴影笼罩着他的脸；他阴沉的眼睛和消失的沉着态度表明他心头的沉重：他几乎无力张嘴答话，以别人听来似乎平静的声调对我说道：“必须出走了。好吧！我走就是；我不是已经活得够了吗？”我马上回答道：“是的，毫无疑问，应该为爱您的人而生活，您忘记她的生命有赖于您的生命吗？”他立刻接着说：“那就不该让他们分离，她能办到而且现在还办得到。”他最后的话我假装没有听见，我便想办法用一些希望来鼓励他，但他的心听不进去，这时汉茨回来了，给我带来了好消息。他顿时感到一阵高兴并叫喊起来：“啊！但愿她活着，但愿她幸福……只要有可能！我只求向她作最后的诀别……我就动身。”我就说道：“您不知道已经不准她同您再见面了吗？唉！你们已经告别过了，你们已经分手了。您离开她远一些，您命运的残酷程度就会差一些；她能处于安全状态，对您至少是种安慰。今天，现在马上就出走；要担心这样大的牺牲不要太晚；您全心为她作了牺牲以后，还要提防再引起她的不幸。”他发狂似地对我说道：“什么！我不再见她一面就走！什么！我将不再见到她！不，不，如果必要，我们俩都去死；我很知道，有我在一起，死亡于她并不可怕；不论发生什么事，我得再见她；我自杀前要把我的心和生命留在她的脚边。”要我向他指出这计划的疯狂和残酷倒并不困难，但这不停地以更痛苦的声调反复说的“什么！我将不再见到她！”的话，却仿佛至少是在为将来寻求安慰。所以我对他说：“您为什么把您的不幸想象得比实际的还要坏？为什么要放弃于丽自己都没有丧失的希望？假如她认为跟您分离将是永久的话，您想她能这样跟您分离吗？不，我的朋友，您应该理解她的心，您应该理解，她重视她的爱情更甚于她的生命。我怕、我太害怕（我向你承认，这几个词是我添加的）她重

视它很快会更甚于一切了。因此您要相信她的希望，因为她同意活着；您要相信她行动的审慎，实际比表面上更是为您考虑，她关心自己，主要也是为了您，而不是为了她自己。”于是我拿出了你最后的一封信，给他指出本来认为自己对爱情已无望的那个糊涂姑娘所抱的温和的希望，我以这甜蜜的温情重新点燃起了他的希望。信里不多几行话仿佛像搽在受感染的伤口上的解毒的香膏：我看到他的眼神变柔和、他的眼睛润湿了；我看到同情一步步接替了绝望；你的心最后说的“我们不会长期分离着生活”那样感人的话，使他热泪盈眶。他提高了声音并吻着信说：“不，于丽，不，我的于丽，我们不会长期分离着生活；老天爷将在尘世联结我们的命运，在天上联结我们的心。”

我希望看到的正就是这种情景。他那暗淡的目光和阴郁的愁脸使我看了担忧。我不能让他在这精神状态下出发；但我一看到他流下眼泪和听到他嘴里温柔地发出你那可爱的名字时，我便不再为他的生命担心：因为失望是最不能跟温柔协调的。这时候他心头激动得提出了一个我没有预料到的不同意见。他对我讲了你怀疑到的情况，发誓说他宁愿死去一千次而绝不会把你抛弃在一切威胁着你的危险境地。我不会对他谈起你的事故；我只对他说你的期望又落了空。叫他不必再抱什么希望。他叹息着对我说：“这么说，世上不再有我幸福的纪念碑了。它像永不实现的梦一般消失了。”

现在我剩下执行你委托的最后部分，我不认为在你们过去亲密生活之后，对此还需要准备和保密。我甚至不回避在这微妙问题上稍加责备，借此在我们交谈的问题上躲过可能重新引起的争执。我责备他没有认真照顾他的事务，我对他说，你很担心他不再注意身体，叫他现在应该注意，说你叫他为你而保养身体，并更好地保证他自己的需要，当他保证不了时，接受我以你的名义给他的小额补充。他对这建议没有觉得有什么屈辱，也不认为不合适。他只对我说，你很知道，来自你的东西他没有不感奋地接受的；但是你的小心是多余的，说他刚刚在格朗松[①]卖掉的微薄的遗产的一所小屋，他获得了有生以来最大的收益。他还补充道："此外，我有点薄技使我到处可以维持生活。我如能在这种工作中对我心头的不幸能找到一些解脱，那真是太幸运了；而且自从我亲眼看见于丽怎样动用她多余的金钱后，我把它看做是周济孤寡的神圣金库，人类道德不容许我使它有丝毫损失。"我便提醒他关于他那次瓦莱的旅行、你的信和你那明确的命令。同样的理由依然存在……他以愤怒的语气打断我的话："同样的！那时对我拒绝的处罚是不再见到她；那么现在叫她让我留下，我就接受。如果我服从，为什么要处罚我？如果我拒绝，她有什么更厉害的办法对待我？……"他不耐烦地重复道："同样的！那时我们的结合正开始；现在她准备结束了；也许我将永远跟她分离了；她跟我之间不再有共同的东西；我们彼此将是陌路人。"最后的话他说得非常伤心，我看到以后，怕他又要回到我费了大劲才使他恢复过来的状态而哆嗦了。我装作笑脸对他说道："您还是个孩子，您还需要一个监护人，这个任务我愿意充当。我来保管那些东西；为了适当处理那些钱，我们

① 我难于理解这个匿名的情人，据他后来所说还不满二十四岁，居然未成年就能出售一所房屋。这些信充满了许多类似的不合理之处，我不拟多说，只提一笔就足够了。——卢梭原注

共同商量，我愿意了解您的一切事务。”我想借此用我们之间不断信札往来的话使他苦恼的思想转移过来；而这单纯的人可以说一心只想抓住与你有关的事，果然很容易上了我的当。后来我们谈定了通信的地址，因为这些措施很使他高兴，我便继续谈论此事的细节，一直到陶尔勃先生的到来，他向我示意一切都已准备就绪。

你的朋友很容易明白是什么事；他坚决要求给你写信，但我不肯答应。我预料到过度的好心肠会使他太宽心，以致信写了一半便没法再叫他动身。我对他说：“一切拖延都是危险的；您得赶快到达第一站，到了那里可以随您高兴写了。”这样说时，我向陶尔勃先生示意，我向他走近去，心中十分悲苦，把我的脸贴到他的脸上，我已不知道该怎么办；眼泪模糊了我的视线，我的意识开始糊涂起来，我的角色到了结束的时候了。

过了一会儿，我听见他们匆匆下楼。我走到楼梯平台上目送他们。我心烦意乱，以致没有注意到最后的情形。我只见昏头昏脑的他，在楼梯半当中跪倒，并无数次地吻着梯级，同时发出长长的呻吟，陶尔勃很困难地把他趴着的身体、脑袋和胳臂从冰冷的石级上拉起来。我觉得自己也不由自主地快要大哭起来，为了不让全家看到，我赶紧回到房里。

过了一些时候，陶尔勃先生用手绢掩着眼睛回来。他对我说道：“任务完成；他们上路了。回到他那里时，你们的朋友发现门前停着马车。爱多阿尔阁下也在那儿等候他；他跪到他跟前，紧紧地把他贴胸搂抱住，用激动的声音说道：‘来吧，不幸的人儿，来把你的痛苦倾注到这颗爱你的心里吧。来吧，当你在世上还找得到像我这样的朋友时，你在世上也许能感到还没有完全丧失掉哩。’于是他立即用强壮的手臂把他带进了马车，他们便紧紧地拥抱着出发了。”

第 二 卷

第 一 封 信

致 于 丽[①]

我已有百把次拿起了笔又放下，写了第一个字我就踌躇，我不知道我应该使用什么口气，也不知从何说起；这是我要给于丽写信呀！啊！不幸的人！我变成什么了？千种美妙的感情像无尽的激流从笔下流出来的那个时候，看来已不再有了！信赖和倾吐衷情的那种甜蜜的时刻已经过去；我们不再相亲相依，我们不再同过去一样，我也不知道在给谁写信。您肯赏光收我的信吗？您的眼睛肯惠鉴吗？这些信您认为够克制、够审慎吗？我还敢保持从前的亲切吗？在信里我还敢于谈起已熄灭或被蔑视的爱情，我是否比第一天给您写信那时更疏远吗？天哪！从那如此美妙和甜蜜的日子到我今天可怕的不幸之间有多么大的差别！唉！我的生活刚刚开始，却就跌落进毁灭；生活的希望激励过我的心，现在我面前只有死亡的形象；才经过三年，我幸福生活的圈子就关闭了。啊！当我在活够以前为什么不结束我的生命！在我看到一生中再没有什么值得继续苟生的那欢乐时光后，我怎么不听从我的预感！毫无疑问，应当把生命限制在这三年之内，或者不使它持续下去；与其

---

① 我认为我无须说明在这第二卷和其后，两个分离的情人只能说些瞎话和胡话，他们可怜的头脑已经不管用了。——卢梭原注

品尝到幸福而又丧失掉，那还不如永不品尝它的好。如果我能越过这致命的时间间隔，如果我能避免这使我变做另一个灵魂的那第一瞥目光，我便会耽于我的理性生活，我就会恪尽做人的责任，也可能把我平庸的生涯播种一些德行了。片刻间的错误改变了一切。我的眼睛敢于观看本来不应观看的。这一观看终于产生了它不可避免的结果：我逐渐走上迷途，成了神经错乱的疯子，成了没有力量和没有勇气的奴隶，他只能在耻辱里拖着自己的锁链绝望地走动着。

误入迷途的思想的那种徒劳的幻梦！心头刚刚产生就立即被自己否定的那空虚和欺骗的欲望！想象实在的痛苦仿佛能用虚幻的疗法医治好，这种想象有什么用，因为这种疗法如有人向我们建议，我们也会予以拒绝。啊！一个懂得爱情的人如果见到了你，他会相信我能用我初恋的代价去换取其他什么幸福吗？不，不：老天爷尽可把它的恩泽保留，让我保留我的不幸和我过去幸福的回忆好了。与其失掉我的于丽而变得幸福，我宁愿抱着我记忆中的那些欢乐和那撕裂我灵魂的悔恨。来吧，我心爱的人儿，来充满这颗由你而活的心；在我的流放中跟随着我，在我的痛苦中安慰我，鼓励和支持我已丧失的希望。这颗不幸的心永远是你的不可破坏的圣殿，命运和人们都永远不能把你从那儿抢走。我可以死于幸福，但我不会死于爱情，爱情使我无愧于幸福。这爱情是像产生它的魅力一样是不可战胜的；它建立在功绩和德行的不可动摇的基础之上；它在一个不朽的灵魂里是不会完蛋的；它不再需要靠希望来支持，过去给了它为永恒的未来以力量。

然而你，于丽，你是知道过一次爱情的，你那温柔的心怎么忘

记了生活？这神圣的爱情之火怎么会在你纯洁的灵魂里熄灭？你怎么会丧失那只有你才能感受和给予的天上欢乐的兴趣的？你毫不怜悯地驱逐我，你让我带着耻辱被流放，你一任我陷于失望；你没有看到你在迷误中使我陷于不幸，同时也给你自己剥夺了生活的幸福！啊！于丽，请你相信我，我想另外找寻一颗亲近你的心是徒劳的；无疑有许许多多人崇拜你，但只有我这颗心才懂得爱你。

受骗的或是骗人的情人，现在请答复我，那些如此神秘地订定的计划怎样了？你如此频繁地欺骗我易上当的天真的那些虚妄的希望在哪儿？那神圣和期望的联合，那如此热烈的叹息的甜蜜的对象，你的笔和嘴曾奉承过我的愿望的对象在哪儿？唉！凭着你的许诺，我敢于期望“丈夫”这神圣的名称，而且相信自己已经是最幸福的人了。狠心的人！你说，你欺骗我，莫非为了使我的痛苦更为难忍，我的屈辱更为可耻吗？是由于我的错误而招来我的不幸？还是我缺少服从、温顺、审慎吗？你是否看见我追求你不够热烈，或者我不愿使自己热烈的愿望服从于你的最高意志，因而拒绝了我？我全力以赴地取悦于你，而你却抛弃我！你答应过使我幸福，但葬送了我！忘恩负义的人，把我交给你的东西交还给我；你曾使我的心在你所指引并带我去的那最高幸福中迷了路，现在把我这颗心交还给我。天上的安琪儿们，我曾蔑视过你们的命运；我曾是最幸福的人……唉！我如今什么也不是，一瞬间一切都被剥夺了。我曾经充满了欢乐，一下子却过渡到了永远的悔恨。幸福仿佛还在我眼前，却突然消失了……我好像还摸得到它，却永远失落了！啊！如果我能够相信它呀！如果徒劳的希望的残余不支持……梅耶利悬崖呀！我那迷惘的目光已估量过那么多次，您怎么不来为

我的绝望效劳呀！当我还不曾知道生命的价值时，跟它分手我还不致感到那么遗憾。

第二封信

爱多阿尔阁下致格兰尔

我们抵达了贝藏松，我第一件关心的事是向您报告我们旅途的情况。旅途中如果算不上平稳，至少没有出过事，你们的朋友的身体好到不能再好，但心灵却同等程度地患着病；他甚至表面装得很平静。他对自己的状况感到难为情，因此在我面前不免有很多做作；但一切都透露出他内心的激动；我假装没有觉察，是为了想让他作自我斗争，这样好使他的心灵分出一部分力量来抑制另一种结果。

第一天行程他显得十分颓丧；我便把它缩短些，因为看到我们赶路的速度激起了他的苦恼。他不同我说话，我也不同他说话：不适当的安慰只能使强烈的悲哀更加剧。漠不关心和冷淡很容易找到语言，但悲哀和沉默则是友谊的真正的语言。昨天我开始注意到这种麻木状态必然要变为狂怒的最初征兆。午饭时，离我们到达刚刚一刻钟，他就急匆匆地来找我谈。他苦笑着对我说："我们为什么还不出发？为什么我们要在离她那么近的地方停留？"晚上他装得很健谈，却一句都不提于丽：他反复提一些我已经答复过十次的问题。他想知道我们是否已经到了法国境内，他后来又问我们是否很快到达魏韦。每到一站他第一件事是开始写一些信，但过一会儿又把它们撕掉或揉皱了。我从火里抢出了两三张这样的草稿，您可以从中隐约看出他的心理状态。但我相信他总会写成一封完整的信。

从这些前兆很容易看出会发生一场激烈的发作，但结果如何我很难说：因为这得因人的性格的结构、他的激情的性质、可能产生的情况以及千百种因素而转移，人类任何的明智都无法确定。至于我，我可以应付他的狂怒，可是无法应付他的失望；但无论如何，所有的人终究是自己生活的主宰。

然而我自信他会重视自己的品格和我的关心，因此我不怎么指望于热诚的友谊，（我于此是不会吝啬的，）而更指望于他的激情的品格和他的情人的性格。人心长久和深刻地专注于自己激情的对象时，它必然会吸收那对象的某些特点。于丽那极端温柔的性格应当使（那为她所引起的）凶猛的激情之火受到节制，我也不怀疑一个充满活力的人的爱情多少也会给她自己以没有他时她自然不会有的那种活力。

我也指望于他的心，那是颗生来为了战斗和胜利的心。类似他那样的爱情，与其说它是什么弱点，不如说是种用得不当的力量。热烈而不幸的情焰能短期（也可能永久地）吸收他一部分精神力量；但它本身是精神力量的优越性和它能从中利用来培养智慧的证明：因为崇高的理性就是由那精神力量支持，它产生巨大的激情，而人们只能用对待情人那样的热情来适当地服务于哲学。

可爱的格兰尔，请您放心，我对于这对不幸的情人的命运的关心并不亚于您，倒不是由于怜悯的感情——这可能不过是一种脆弱的表现，——而是出于正义和事理的考虑，要使每个人对于自己和社会都能处在最有利的位置上。这两个优秀的灵魂是自然创造出来彼此相依为命的;他们只要在温柔的结合中、在幸福的怀抱中,自由发挥他们的力量和锻炼他们的德行,他们便能以他们的榜样照亮大地。为什么必须让一个有偏见的疯子来改变永久的方向并搞乱有思想的生物的和谐?为什么一个野蛮的父亲的虚荣心把光明就这样隐藏起来,并使生来为擦拭别人眼泪的两颗温柔和善良的心在泪水中呻吟?夫妇关系不是最自由和最神圣的关系?是的,妨碍它的一切法律都是非正义的,所有敢于强迫制造或破坏的父亲都是暴君。这自然本身创造的纯洁的纽结既不受制于帝王的权力,也不受制于父亲的权威,而只受制于我们唯一的共同的父亲的权威,它知道指挥心灵,它命令他们结合,它能使他们彼此相爱。①

牺牲自然的规定来迁就舆论的规定有什么意义?财产和地位的差别在婚姻里可以消失和混同起来:差别对于幸福毫无意义;但脾气和性格的差别依然存在,人的幸福和不幸要依此为转移。孩子只凭爱情作尺度是选择不好的;但父亲只凭舆论作尺度来选择则只会更坏。姑娘缺乏理智和经验来判断对象的聪明和脾气,一个好的父亲无疑应当对此予以帮助。他的义务,甚至他的责任应该告诉她说:“我的女儿,他是个正直的人”,或者说:“他是个骗子

① 在有些国家中,地位和财产的相称要比品性和心灵的相称远为重要,以致如果没有前者,就足以阻止缔结或打消最幸福的婚姻,不管不幸的姑娘的名誉会怎样受损害——卑鄙的偏见的经常的牺牲品。我曾看见过巴黎最高法院一次有名的诉讼案,其中贵族的出身竟蛮横和公开地践踏秩序、义务和夫妇的忠贞,当诉讼得胜了的卑鄙的父亲敢于因儿子不愿成为无耻之徒而剥夺了他的遗产。无法细述在这如此文雅的国家里,妇女受法律压迫达到怎样的地步。他们因自己的行为而如此残暴地报复,那有什么奇怪。——卢梭原注

手”。——“他是有智慧的”，或者说：“他是个疯子。”这就是他应该知道的规定；其他一切的判断都是属于女儿的。这些暴君在叫嚷有人如此这般扰乱社会秩序时，他们自己却在扰乱。地位应该由功绩而心的结合由自愿来衡量，这才是真正的社会秩序；用出身或财产来衡量的人，乃是秩序的真正的扰乱者，应该加以申斥和惩罚的正是这些人。

因此纠正这些弊端是种普遍性的正义事业；人们的责任是反对强迫和促进社会秩序；假如我能不顾毫无道理的老头儿而使这对情人结合的话，您不必怀疑我会不管人们是否赞成就去实现上天的这项工作的。

可爱的格兰尔，您是比较幸福的：您有一位并不自认为更懂得什么是您的幸福的父亲。这大概并不是由于高瞻远瞩，也不是由于过分的慈爱，您就成为自己命运的主宰了；但假如结果是同样的话，什么原因还用得着管吗？而且如果他让您自由，是慵懒代替他理智的结果吗？您远没有滥用这个自由，您在二十岁作的选择，最理智的父亲也会加以赞许的。您那完全倾注于友爱的心，那是任谁也不能比拟的，它因而很少给爱情留下空当；您用它们来代替婚姻中可以用来替代的一切；您身上朋友的成分多于情人的成分。如果您算不上是最温柔的妻子，您一定是最贤淑的一位，而智慧形成的这种结合应当逐年增强并将持续到底。心的冲动是最盲目的冲动，但又是最无敌的冲动：想要反抗它，那就意味着自己遭殃。爱情能与理智配合一致，没有什么障碍要克服和没有什么偏见要与之斗争的人是幸福的！我们那两个情人若没有一个顽固的父亲的不正义的反对，也将是这种幸福的人。虽然有他的反对，假如他

俩中的一个能有好的主意,他们也依然能成为幸福的人。

于丽的例子和您的例子同样表明,彼此是否意气相投,那只能由夫妇自己来判断。假如爱情不占统治地位,那就由理智单独来选择:这是你们的情况;假如爱情占统治地位,自然就已经作出了选择,那是于丽的情况。这便是自然的神圣规律,人是不能违反的;违背了,人从来都要受到惩罚;出身和地位的考虑都不能废除它,否则就会产生不幸和罪恶。

虽然冬天已经来临,而且我还必须去罗马,但我决不离开在我看护下的这位朋友,除非等我看到他精神状态可以让我放心时为止。须知他对我是个十分珍贵的被保护者,也因为是你们把他委托给我的。如果我不能使他幸福,至少也要努力使他变得明智并能担负起人间苦难的人。我决定在这里跟他一起待上半个月,在这期间,我希望我们能收到于丽和您的消息,也希望你们俩帮助我在这病态的心(它还只能通过感情的器官倾听理智的话,)的伤口上装个仪器。

这里附上给您的女友一信:请您亲自而不要托任何人转交。

附在上信中的

残　　简

I

为什么在我出发前不能见到您?您害怕我离开您时我会死去!仁慈的心肠,您放心好了:我身体很好……我并没有痛苦……我还活着……我思念您……我思念您热爱过我的那时光……我的心有点儿痛苦……马车使我头昏脑涨……我感到垂头丧气……今天我不能给您多写了。明天我也许有更多力气……或者我也许不再需要……

Ⅱ

这些马这么快地把我载到哪儿去？这个自称是我的朋友的人那么热诚地把我引到哪儿去？是否远离你，于丽？是你发的命令？是到那没有你的地方去？……啊！疯狂的姑娘！……我用眼睛估量着我如此迅速地奔驰的道路。我从哪儿来？我往哪儿去？为什么那么急急忙忙？冷酷无情的人们，你们怕我不够快地奔向灭亡吗？友谊啊！爱情呀！你们是这样串通的？这些就是你们的善行吗？……

Ⅲ

你那么粗暴地赶我走时有没有同你的心商量过？你怎么能，于丽，你说，你怎么能永远拒绝？……不，不，这温柔的心是爱我的，我清楚地知道这一点。不管命运，不管它本身，这颗心将爱我直到坟墓……我看得出，你是听人家暗示的[①]……你为自己准备下怎样永久的后悔！……唉！那将会太晚了……什么！你竟会忘记……什么！我会认不清你！……啊！想想你，想想我，想想……听着，还有时间……你野蛮地驱逐了我。我比风更迅速

① 下文表明他的怀疑落在爱多阿尔阁下身上，也表明格兰尔为了她而被怀疑。——卢梭原注

地逃走……你说一个字，只要一个字，我就会比闪电更快地回来。你说一个字，我们就会永久结合。我们应该这样……我们将会这样……啊！风把我的怨诉带去！……然而我在逃走！我将离她远远地活着和死去……离她远远地生活！……

第三封信

爱多阿尔阁下致于丽

您的表姐会把您朋友的消息告诉您。此外，我还相信他通过这次邮班也会给您写信。请先从那封信中满足您热切的期望，然后定下心来慢慢读这封信，因为我预告您这信的内容值得您注意。

我能识人；我年纪不大，经历却很多；从我切身体验中获得许多经验，苦难的经历引导我洞明人生哲理。但从我迄今观察过的一切来说，我还没有看见像您和您的情人那样的特殊人物。这不是因为你们俩各有一种显著的性格，使人一眼就能看出你们与众不同，但因对于你们的精神难以确切认识，致使一个表面的观察者会把你们当成是普通的人。但不能区别出你们的特点的，正好就是你们的特点，而人的一切优点（其中有一些常常是人们所缺少的），在你们的性格里都有。就像版画的每一样作品各有形成其性格的特有的缺点一样，如果遇到一张完善的样品，虽然第一眼就被看做是美的，但要说明它的美必须长时间观察它。我初次看到您的情人时就为一种新的感情所触动，以后随着理性对它的肯定，这种感情就与日俱增。说到您时，那又是另一种情况，而这感觉是如此生动，以致我误会了它的性质。我心中感觉到您那种更完满性格的印象主要不是由于性别的不同所产生的，甚至也与爱情无关。我清楚地看得出没有您的朋友时，您将是什么模样；但我不能同样看出没有您时，他将是什么模样；许多的男人可以同他相类似，可是世界上却只有一个于丽。在那次我永远不能原谅自己的错误之后，您的信给我照亮了我真正的感觉；我认识到我没有妒忌，因此也没有钟情；我知道您对我来说是太可爱了；您需要一个初恋的灵魂，而我的灵魂是配不上您的。

从那时起我把你们共同的幸福常记心头，亲切的同情也不会熄灭。我想排除一切困难，向您父亲那里作了冒失的活动，结果很坏，但却更成了刺激我热诚的一个理由。请听我说，我依然可以弥补全部我闯的祸。

于丽哟！请好好试探一下您的心，看它是否能为您熄灭那吞噬它的火焰。曾经有过一个时候，您也许能够停止那火焰的蔓延；然而如果天真纯洁的于丽毕竟失败了，那么在失败以后的她怎么还能站起来？她怎么能抵抗胜利的和以过去一切欢乐形象为武装的爱神？年轻的情人，您别再作茧自缚了，放弃欠考虑的决心；如果还想继续跟自己斗争，您必败无疑；您将受到屈辱和战败，您那羞辱的感觉将逐步掩盖住您的一切德行。爱情已经太深邃地渗透到您灵魂本身之中，您绝不可能把它驱除掉，它无孔不入，像一股强烈的和腐蚀性的泉水；不同时抹掉您从自然接受的一切美妙的感觉，您就永远不能抹掉它那深刻的印象；而当您不再存留爱情的时候，您就不再留下任何可尊敬的东西了。既然您再不能改变您的心态，那么现在您该怎么办？只有一个办法，于丽，那便是使它合法化。为此，我向您建议您剩下的唯一的办法；趁现在还有时间，望您采纳它：把上天赋予您掌握的这崇高的理智给予贞洁和德行，否则便难免有永远侮辱它那最珍贵的礼物的危险。

我在约克郡的领地上有一片相当大的土地，我的祖先长期在那里居住。城堡是古老的，但很漂亮和舒适；四围很僻静，却很幽雅和景色多变。在花园尽头流过的乌斯河，一面提供优美的风景，一面又疏通货物的交流。土地上的产品足够供全家的生活，勤俭持家的更是绰绰有余。可恶的偏见达不到这幸福的角落；那里平静的居民还保存着初民时期淳朴的风俗，那里可以看到像您的朋友笔下十分动人地描绘的瓦莱的形象。于丽，如果您愿意同他在那里居住，这片土地便属于您了；在那儿你们可以共同完成我信上说的一切亲切的祝愿。

来吧，真诚地相爱的唯一的模范，来吧，可爱的和忠诚的一对情侣，来领有这为爱情和纯洁服务的庇护所；来这儿当着上天和人们的面，紧缩起那联结你们的纽结；来用你们的德行为本地方争光，你们的德行将在那儿受到尊敬，本地的平民将会以你们为楷模。但愿你们在这幽静的地方，在使你们结合的感情中，永远领略那纯洁的灵魂的幸福！但愿上天降福给予你们相同的爱情纯洁的后代！但愿你们在可敬的老年能延年益寿，并在你们儿孙的手臂里平安地归天！但愿我们的子侄辈满怀温情浏览你们伉俪的幸福历史文物时，有一天会以激动的心情说："这里曾是纯真的庇护所，这里曾是一对情侣的居处！"

于丽，您的命运掌握在您自己手里。请仔细衡量我向您提出的建议，要考究它的实质：此外，我要事先和肯定地负责说服您的朋友同意我采取的措施。我也要负责您出发的安全并同他一起照料您直到你们到达目的地。到了那儿，你们便可以毫无麻烦地立刻公开结婚，因为在我们那儿，一个已达婚龄的姑娘可以自己做主而完全不需要他人同意她的婚事。我们英明的法律并不废除自然的法律；如果这种幸福的协定发生什么不便之处，那要比它防止的东西少得多。我把我的随身仆役留在魏韦，这是个可信赖的人，诚实、聪明，一切都可以托得起。您可以很容易跟他商量定，口头也好，书面也好，靠雷齐阿尼诺的帮助，但不要叫他知道是怎么回事。到了时候，我们会来接您，您便只有在您的丈夫带领下离开您的娘家。

我让您自己考虑决定；可是我得重复说，您要当心偏见的危害和谨小慎微的诱惑，它们往往由冠冕堂皇的道路引导到罪恶去。假如您拒绝我的建议，我能预料到您的后果：一个执拗的父亲的专制会把您拖进那掉了进去您才明白的深渊里。您那极端的柔弱有时会退化为怯懦：您将成为社会地位这怪物的牺牲品。[①] 您不得不接受违背本心的义务。社会的赞许将不断地被良心的呼声所揭穿；您将被称誉和受鄙视；还不如被遗忘和成为有道德的。

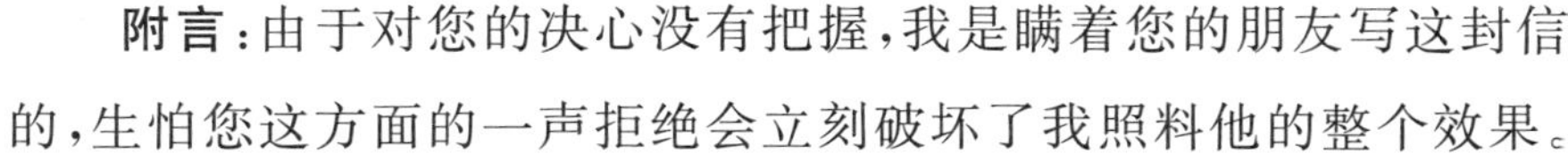

附言：由于对您的决心没有把握，我是瞒着您的朋友写这封信的，生怕您这方面的一声拒绝会立刻破坏了我照料他的整个效果。

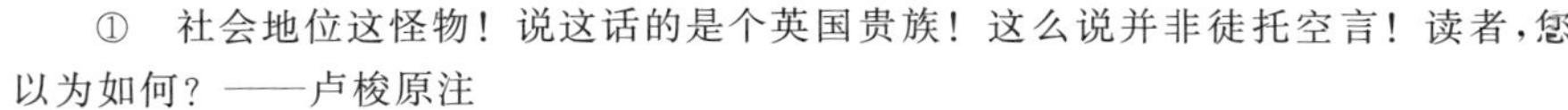

① 社会地位这怪物！说这话的是个英国贵族！这么说并非徒托空言！读者，您以为如何？——卢梭原注

第四封信

于丽致格兰尔

哦！我亲爱的，昨天晚上你使我陷入了怎样的困扰！我在思虑着这致命的信而度过的又是怎样的夜晚呀！不！从来没有更危险的诱惑袭击过我的心；我从来没有经受过这样的激动，为减轻激动，我也从来不曾这样束手无策过。从前，某些智慧和理性的光辉指导过我的意志；在一切困难的情况下，我首先分辨出最正直的道路并马上选择了它。现在我感到屈辱和沮丧，我只能在对立的激情里沉浮；我衰弱的心已只能在错误里进行选择；可恨的是我的盲目性使我即便偶然采取了最好的一步，那也不是从德行考虑的结果，我的良心仍旧同样要折磨我。我知道我父亲为我物色的是怎样的丈夫；你也知道爱情给予我怎样的联姻。你想做个有德之人吗？服从与守信却派给我刚好相反的义务。你想遵从我心之所向吗？你偏向谁，是情人呢，还是父亲？唉！如果听从爱情或者自然的话，我不能不使这个或那个感到失望；我要为义务作出牺牲时，我不可避免地要犯过失，不论我选择哪一边，我必然地要死得既不幸又罪过。

啊！亲爱和温柔的朋友！你始终是我唯一的慰藉，你有那么多次把我从死亡和失望中拯救出来，今天请你看看，我的精神处在何等可怕的状态，而你那救人于倒悬的帮助对我是多么的必要。你知道你的意见我都听取；你知道你的劝告我都遵从；你刚才就看到我以自己生活的幸福为代价，我怎样听从你友爱的劝导的：那么请你可怜我那困难的处境，这是你给我造成的；既然是你开的头，请你来收场；你要鼓励起我丧失了的勇气；请为只靠你来思考的那人动动脑筋。最后请你看看这颗爱你的心，你比我更清楚地理解它：因此请你教导我以我所愿意的东西，并且当我已不再有力量希望，也没有理智去选择时，请代替我进行选择。

请念念这位慷慨的英国人的信，我的天使，请念上它千把次。啊！愿你的心能为那种爱情、和平、德行等还能许诺给我以动人的幸福的图画所感动！灵魂的甜蜜和醉人的结合，即使受良心谴责的妙不可言的喜悦，上帝呀！在伉俪情深的天国里，我心里看来会是怎么样的！什么！幸福和纯洁依然可由我掌握！什么！我还能够在我崇拜的丈夫和他温存保证里享尽爱情和欢乐！……我居然还会有片刻的犹豫！我还不飞着到那使我犯错误的人儿的臂弯里去弥补我的错误！我岂不已经是有德行的妻子和家庭贞洁的母亲了！……啊！但愿生我的父母能见到我从屈辱中站立起来！但愿他们能目击我将以同样的方式履行他们曾对我履行的神圣义务！……而你，忘恩负义和不近人情的女儿，你把你的双亲抛在脑后，那么你对他们的义务由谁来履行？你是否要把匕首刺进母亲的胸膛，作为你准备为女儿的义务的？给自己家庭出乖丢丑的，她能教育自己的孩子光耀门楣吗？被心肠软的父母盲目溺爱的女儿，要让他们懊悔生下了你；使他们老年时为耻辱而抬不起头来……你自己如有可能时享用以这样的代价获得的幸福吧！

我的上帝，多么大的恐怖包围着我！悄悄地离开她的国家，使她的家蒙受耻辱，一举抛弃了父亲、母亲、朋友、亲戚，还有你！还有你，我亲爱的朋友！还有你，我心中至爱的！你，从我童年起我几乎难得有一天离开过的你，现在要逃避你、离开你、失掉你、再也见不到你……啊！不！但愿永远不……多少苦恼撕裂着你不幸的朋友！她感到同时有一切苦难可供他选择，却没有一项好事能留给她以安慰的。唉！我迷糊了。那么多的战斗超过了我的力量，也模糊了我的理智；我同时丧失了勇敢和感觉。我唯一的希望在于你。你或者为我选择，或者让我去死。

第五封信

复信

你的烦恼十分有根据，我亲爱的于丽；这类烦恼我早就预见到，但我没有办法加以防止；我感到它们，但不能使它们减轻；我觉得你的情况中最糟的是，除了你自己，没有人能使你从其中摆脱出来。至于说到审慎，友谊可以帮助一个激动的灵魂；如果需要在善与恶之间进行选择，那么对于善恶不理解的激情，它在公正的劝告方面可以一声不吭。但是在这里，无论你作怎样的选择，自然既加以赞许，又加以谴责，理智既指责又同意，责任感则默不作声或自相矛盾；总之，后果的两个方面都一样可怕。你既不能一直犹疑不决，也不能选择得当；你只能把这些困难加以比较，也只有你的心才能作出判断。我所怕的是必须作出决定，而它的结果使我发愁。无论你选择什么命运，我认为它对于你总是不大相称的；我既不能指出适合于你的道路，也不能指引你走向真正的幸福，我没有勇气决定你的命运。这便是你的女友给你的第一次拒绝，照我现在的困难情况看来，我的确认为这也将是最后的一次拒绝；但既然理智也安于沉默，而你唯一的办法只是听从你自己的心声的时候，如果我还要想操纵你，那我就是背叛你了。

我亲爱的朋友，你对我可不要不公平，也不要预先贸然批评我。我知道有这样的一种朋友，为人审慎，因为怕自己受到牵连，便在危难的情况下拒绝出主意，这种保留态度增加了朋友们处境的危险性。啊！你会知道爱你的这颗心是理解这种胆怯的审慎的！现在容许我先不谈你的事，让我谈一会儿我的事情。

我的天使，你可曾注意到所有接近你的人都爱慕你到了什么程度；父母都钟爱自己独生的女儿，我知道这没有什么可以大惊小怪的；一个热情的青年男子对一个可爱的对象会一往情深，这也并不是更出奇的事；但一个像德·伏尔玛尔先生那样冷冰冰的中年男子生平第一次看到你竟会大为感动；整个一家都一致地热爱你；我的父亲是个极不易感动的人，却也对你十分亲爱，跟对待自己亲生的孩子一样，也许还更钟爱；朋友、熟人、仆役、邻居，以及整个城市都一致赞美你、热爱你，我的亲爱的，这绝不是偶然的巧合，要不是你本身有什么特殊的原因，是不会这样的。你可知道是什么原因吗？这既不是你的美貌，也不是你的才智，也不是你的优雅，也不是人们所谓的魅力；而是那颗温柔的心和那无与伦比的爱的温馨；是爱的天禀，我的孩子，它使大家热爱你。人们可以抵抗一切，但抵挡不了善良的意愿；争取别人的感情的最可靠的方法只有把自己的感情给予别人。上千的妇女要比你更美丽，许多的妇女都同样优雅；但在优雅之外，唯独你才有那种我说不清楚的、不仅使人喜爱，而且更能感人的东西，它使一切的心都围着你的心飞舞。大家感觉到这温柔的心只知道给予，而它追求的甜蜜的感情反过

来也在追求它。

比如说，你不胜惊讶地看到爱多阿尔阁下对你朋友的那难以置信的友情；你看到他对于你的幸福的那热诚；你赞赏地接受他那慷慨的帮助；你把这些仅仅看做是他的德行，因此我的于丽大为感动！亲爱的表妹，你错了，误会了！望老天爷不让我减低爱多阿尔阁下的善举并贬低他的伟大心灵！可是请你相信我，他的热诚不管它多么纯洁，在同样情况下，假如施之于另一个人时，将不会那样热烈。这是你那看不见的魅力，也是你朋友的影响，以如此大的力量使他不自觉地认为只是由于正直而作出了这热情行为。

这是一切具有一定素质的心都会发生的情况；可以说它们在按自己的方式改变着其他人的心；它们有一个任何东西都不能同它们抵抗的活动范围：认识它们的都愿意仿效它们，它们高尚的品格吸引着周围的人。我的亲爱的，正因为如此，你和你们的朋友也许都永远不能认识人们，因为你们看人多半是在你们影响之下的人而不是他们本身的人。你们向所有同你们一起生活的人作表率；他们不是逃避你们，便是变为同你们相似的人，而你们看到的人也许在其余的世界里是没有相似的。

表妹，现在让我们来看看我——这个从童年起就跟你相联结在一起、带有同样的血液、同样的年龄，尤其有着十分一致的趣味和脾性，但气质相反的我。

Congiunti eran gl'alberghi,
Ma piú congiunti i cori:
Conforme era l'etate,

Ma'l pensier più conforme.[①]

你那富于魅力的影响对所有接近你的人都能感觉到，那么生来一直跟你在一起的我会产生什么影响，对此你是怎么想的？你认为我们之间仅仅是普通的关系吗？当我同你相见时，我的目光难道不同样反映出我经常从你眼睛里看到的那种温柔的喜悦吗？在我充满同情的心里你没有看出想分担你苦恼的那种快乐并跟你一块儿哭泣的心理吗？我难道能忘记在你刚刚萌生爱情的初期冲动中，我的友情并不曾使你觉得讨厌，你情人的嘀咕也不曾使你排斥我，你也没有向我隐瞒你失足的情景？这一时刻是很关键性的，我的于丽；我知道这种单方面的羞人答答的坦白，在你那端庄的心里是多么不容易做到的。假如我只是你的半截子朋友，我绝不会成为你的贴心知己，我们的灵魂是如此心心相印，从今以后任何东西都无法使之分开了。

是什么使女性（我指的是知道爱情的女性）之间的友谊成为如此冷淡和不能经久的？那是为了对爱情的利害关系，为了对美的控制，为了对胜利的嫉妒；那么如果所有这一切能使我们分离的话，这种分离早就成为事实了。但是当我的心对爱情不太无动于衷，当我不知道你爱情的性质只能与生命俱灭时，你的情人始终是我的朋友，就是说是我的弟兄；又有谁看见过一个真正的友谊会以爱情收场的？对于陶尔勃先生，那么他的确早就会拿你的感情作自我吹嘘了，不过我抱怨他这样做，但我并不想用强力去拉住他．

① 我们的心也同我们的居处一样相连，我们的趣味也和我们的年龄相同。——（引自塔索《阿明台》。）（意大利语）

就像你不想把他从我这里拉走一样。喂！我的孩子，愿老天爷以他的爱慕为代价使我能医治好你的爱情！我高兴地保持着它，也愉快地把它让出去。

至于说到对外貌的要求，我可以随心所欲地这样做；你不是那种想跟我进行竞争的姑娘；而且我确信你生来在脑筋里从不想知道我们俩到底谁更美。我过去不是那么完全无所谓的；对此我现在心里很明白，心里也并没有丝毫烦恼。这方面我甚至仿佛感到骄傲多于妒忌：因为归根结底你脸上的娇媚并不是我脸部必需的那种娇媚，所以一点儿也无损于我的本色，而且我发现我因你的美丽而显得更美，因你的娴雅而显得更可爱，因你的才能而更觉光彩；我以你的全部优点装饰我自己，我也把我最精致的自尊心放在你身上。然而我完全不为我自己将来担心，我如今已经够美丽了。其余的一切对我都没有用处，为了让你占先，我也不必表示谦逊。

你一定急于想知道我这些话的用意何在。用意在这里：我不能满足你的要求而给你出主意；我已经对你说明理由；但你为自己将采取的决定，同时也是为你女友采取的决定；不管你的命运如何，我决定同你分担。如果你出走，我跟你一同走；如果你留下来，我也留着：我为此已形成了不可动摇的决心；我应该这样做，没有力量能使我转变。我那致命的宽容已经造成了你的失足，你的命运应该就是我的命运；而且既然我们从童年起就分不开，我的于丽，那就应该直到坟墓也是这样。

我预料到你一定认为我的计划里有许多欠考虑的地方；可是实际上它比表面更有道理，而我也不像你那样有犹豫不决的原因。首先，说到我的家庭，如果我要离开一个通情达理的父亲的话，我离开的是相当无所谓的父亲，他放任自己的子女们做自己想做的事，主要由于懒得管束而不是由于体贴温柔；因为你知道，欧洲的事务比他自己的事更使他关心，他把国事诏书看得比自己的女儿更重要。其次，我不像你那样是独生女儿；他还有不少子女，少了一个，他未必会注意到。

我会抛弃一个准备缔结[①]的婚约吗？Manco male[②]，我亲爱的；陶尔勃先生假如他爱我的话，他应该有以自慰。对我来说，虽然我敬重他的性格，虽然我于他的人品不是没有好感，虽然我对于失去这样很正直的人感到可惜，但要跟于丽比，他对于我完全算不了什么。我的孩子，你说说看，灵魂有没有性别？老实说，我的灵魂里我感觉不到有它。我可以有幻想，可是很少有爱情。丈夫可以对我有用处，但他对于我充其量也不过是个丈夫；像我现在还是自由之身，而且相貌还过得去，这类丈夫我到处能找得到。

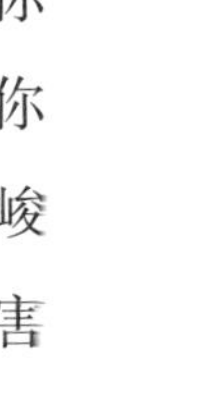

表妹，你要好好注意，虽然我一点儿也不犹豫，这并不是说你决不应该犹豫，也并不是说我想暗示你采取如果你出走我也跟你出走那样的决定。我们之间的差别很大，你的义务比我的要严峻得多。你还知道，唯一的友爱之情几乎充满着我的心，又如此厉害地吸掉了所有其他的感情，仿佛都把它们消灭了。从我童年起，一种不可克制的和甜滋滋的习惯使我依附于你；我真正喜爱的只有你一人，如果我跟随你时有什么关系需要割断的话，我是以你的榜

① 用 prêt à conclure（准备缔结）而不用“à se conclure”（要缔结）或“à être conclu”（被缔结）是完全符合原文的。——原书编者注

② Manco male 是意大利语的惯用语，意义相当于“qu'à cela ne tienne”（关系不大，没什么可怕）：能遭到的不过是小麻烦。——原书编者注

样来鼓励我自己的。我将对我自己说:“我是仿效于丽的”,我于是觉得心安理得了。

于丽给格兰尔的短简

我理解你,无可比拟的朋友,我感谢你。我至少要尽一次我的义务,也不至于一切都对不住你。

第六封信

于丽致爱多阿尔阁下

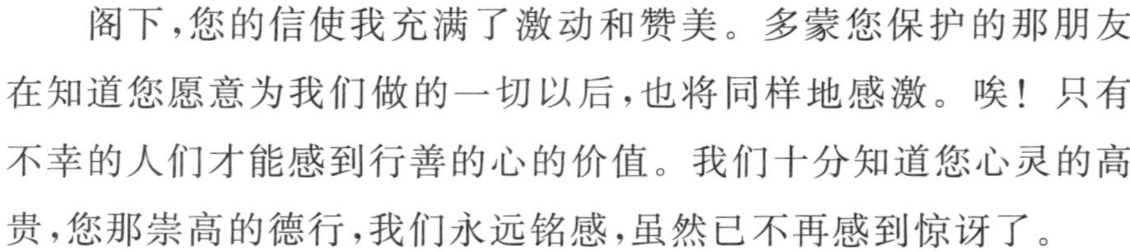

阁下,您的信使我充满了激动和赞美。多蒙您保护的那朋友在知道您愿意为我们做的一切以后,也将同样地感激。唉!只有不幸的人们才能感到行善的心的价值。我们十分知道您心灵的高贵,您那崇高的德行,我们永远铭感,虽然已不再感到惊讶了。

幸运地处在一位如此慷慨的朋友的庇荫下,并从他的善行中汲取命运已拒绝了的快乐,使我感到非常欣慰!但是阁下,我悲观地看到,您的善良的愿望是无法实现的;我的残酷的命运胜过您的热诚,您要提供给我的财产的那种美好的设想,只能使我更尖锐地感到我自己的困苦。您要给两个受难的情人以惬意而稳妥的隐蔽所,使他们的爱情合法化,使他们的结合成为庄严的,我知道在您的保护之下,我很容易躲避过被激怒的家庭的追踪。这对于爱情真是够多了;对于幸福来说这足够吗?不够。如果您希望我能平静和高兴,请给我以能逃避羞耻和悔恨的更可靠的庇护所。您为了适应我们的需要，而且出于绝无仅有的慷慨，您放弃了本来用于您自己的部分财产来支援我们。由于您的恩赐，我变得比靠家产更为富有和光彩了，我在您身边可以重新得到一切，您又可以惠允代替做我的父亲。啊！阁下，我在抛弃了生身之父以后，还有资格另找一个父亲吗？

这便是一个受惊的良心的谴责和隐隐的怨言的源泉，它们隐隐的谴责使我心碎。问题不在于探讨我是否有权让自己违抗生身的父母的意志，而在于能否让自己伤透他们的心，逃离他们而不使他们陷于绝望。唉！换句话说，要问问我是否有权夺去他们的生命。从什么时候起，道德是这样衡量血亲和自然的权利的？从什么时候起，善感的心灵如此精细地划分出感恩的界限的？那想一直走到要变成有罪的起点时就止步的人，是否已经算是有罪的吗？本来并不想越过义务的界限，却会吹毛求疵地寻找那种界限吗？是谁？是我？我将冷酷地抛弃那我赖以呼吸、那为我保存他们已给予的生命并使我对之感到亲切的父母；我将抛弃那除了我没有别的希望和欢乐的父母；我将抛弃那年近六十的父亲和长期衰弱的母亲！我是他们唯一的孩子，到了应该报答他们以他们当时充分给予我的亲切的照顾时，我却让他们处在晚年孤独无助和凄凉寂寞的境地！我把他们的暮年交付给了耻辱、悔恨、伤心落泪！我那恐怖、那激动的良心的叫喊声，将不断地为我描绘出我父母那时的惨况，他们因得不到慰藉而濒临死亡，因而会咒骂那抛弃他们并使他们丢脸的忘恩负义的女儿！不，阁下，我抛弃的道德会反过来抛弃我，也不会再对我的心说什么话了；可是这可怕的念头却代替它对我说话；它将随时随刻追逐我并折磨我一辈子，使我在幸福的

环境里成为不幸者。这样看来，如果我的余生注定要在悔恨中度过，那么只有这种命运实在太难受；我宁愿忍受其他的一切惩罚。

我承认我无法答复您的道理；我十分倾向于认为它们是有道理的。可是，阁下，您是未婚的人，您不认为必须当父亲的才有权力教训人家的孩子吗？至于我嘛，我已下了决心：我的双亲会使我不幸，这我很明白；但我在不幸中呻吟比起造成他们不幸来，我感到较不残酷，所以我决不抛弃我出生的家。那么去吧，易感的心灵的甜蜜的幻想，如此可爱和如此想望的鸿福，快去消隐在梦的夜里吧：你对于我已不再有现实意义了。而您，非常慷慨的朋友，忘掉您那可爱的计划，愿它在我非常感激的心的深处留下它的痕迹，它将永远被纪念。假如我们过度的不幸并没有使您伟大的心泄气，假如您那慷慨的善心没有消失的话，您还有辉煌地发挥它的余地；而蒙您称之为您的朋友的那一位，由于您的照顾，是当得起朋友之称的。请您不要按您现在看见的那个模样去判断他：他的迷误并不由于怯懦，而是由一种热烈和傲岸的抵抗命运的天性造成的。在外表坚定的性格里往往隐藏着迟钝而不是勇敢；平庸的人不懂得强烈的痛苦，在软弱的人们身上萌生不了巨大的激情。唉！他在他的激情里放进了高尚的心所特有的感情力量，这到今天成了我的耻辱和我的失望。阁下，请相信这一点，如果他只是个平庸的人，于丽就不致完结了。

不，不，您那先于有意识的尊敬的隐蔽的友情并不曾欺骗您。他是当得起您还不曾认清他的为人以前就为他做的一切的；在已经认清他以后，如有可能，您还会为他做得更多。是的，请您做他的安慰者、保护者、朋友、父执；我这样恳求您，既为了您，同时也为了他；他将对得起您的信任，他将不辜负您的恩德，他将实践您的教导，他将仿效您的德行，他将从您那里学习智慧。啊！阁下，如果经过您的手，他一旦能成为他所应该成为的一切时，您将有一天会为您的成绩感到骄傲！

第七封信

自于丽

连你也这样，我和善的朋友！你也是，我心灵的唯一的希望，当我的心愁苦得要死时，你还要来刺穿它？我是准备着受命运打击的，长时间的预感早就向我预告，我会耐心地忍受；可是，我为你而忍受，而你！……啊！只有来自你的打击我是无法忍受的，看到那应该使我感到安慰的人却加重了我的痛苦，这对我是可怕的。我期望着多少甜蜜的慰藉，却连同你的勇敢一同烟消云散了！我有多少次指望你的力量将鼓舞我不致颓丧下去，你的优点将抹掉我的过失，你的德行将重振我疲惫的心灵！我有多少次在擦拭我苦涩的眼泪时说道："我为他而受苦，但他是值得这样的；我是有罪的，但他是有德行的；上千的烦恼纠缠着我，但他的坚定支持着我，而且我在他心的深处能找到我失落的一切补偿！"第一次考验就把这徒劳的希望给破坏了！那使一切感情升华和德行辉耀的崇高的爱情现在在哪儿？那些高傲的准则在哪儿？对伟大人物的那种模仿现在怎样了？这位灾难不能使他动摇，但一遇到把他同他的情人分离的第一次事变就垮台的哲学家在哪儿？当我看到那曾诱惑我的人只不过是一个被欢乐所软化的没有勇气的人，是一颗被开

头几次挫折就压倒的怯懦的心，是一个正需要理智时却立即抛弃理智的疯人时，那么我从今以后能用什么借口来为自己开脱蒙受的耻辱呢？上帝啊！在这屈辱之至的情况下，我难道必须不仅为我选择的对象，同时还要为我的软弱感到羞惭吗？

瞧瞧你自己糊涂到了什么地步：你那失常和卑下的灵魂堕落到了极点！你竟敢责备我！你竟敢抱怨我……抱怨你的于丽！……狠心的人！……你的悔恨怎么没有阻止你的手？那空前温柔的爱情的最甜蜜的事实怎么能让你有勇气来侮辱我的？啊！如果你会怀疑我的心，那么你的心一定是十分卑劣的！……然而不，你对此不必怀疑，你不能怀疑，我能够驳斥你的愤怒；即使在我怨恨你的不公正的此刻，你也很清楚地看得出我生平经受这第一回生气的原因。

如果我由于盲目信任而失足，如果我的计划不能实现，你能责怪我吗？如果你知道引诱我的是什么希望，我为了你和我的幸福而大胆订下的计划，以及这些计划连同我的一切希望是怎样烟消云散的话，那么对于你的无情，你自己也会感到脸红的！我至今还怀着希望，总有一天你会详细明白究竟，那时候你的责备便将被悔恨取代而为我消气了。你知道我父亲的禁令；你并非不了解大家的议论；我预料到了后果，我把这些情形告诉了你，你跟我们一样都感到了；于是为了保全我们彼此的关系，不得不服从于分手的命运。

那么是我赶你走的？你怎么敢说这种话！但我这样做是为了谁，不知体贴的情人？薄情的人！这是为了那比自认为正直的更为正直和宁愿死去一千次而不愿看到我受辱的一颗心呀。告诉我：如果我蒙受耻辱，你该怎么样？你希望能够忍受我出乖露丑的场面吗？那么来吧，狠心的人，如果你这样想，那么来接受吧，来接受我以我的令名奉献给你的牺牲，向你表现出勇敢的榜样。来吧，不要害怕被那个你所亲爱的人所抛弃。我已准备向苍天和大众宣布我们俩彼此所感受的一切；我已准备高声称呼你为我的情人，也准备在你的爱情和耻辱的手臂里死去：我宁愿全世界都知道我的柔情而不愿看到你对这一点有片刻的怀疑，你的责备对于我比耻辱更为痛心。

我请求你让我们永远结束互相抱怨：我受不了这样。上帝哟！当人们相爱时，怎么能够彼此吵架，并在相互制造的烦恼里浪费掉那迫切需要进行安慰的宝贵时间？不，我的朋友，虚构一种不存在的不愉快有什么用呢？我们要抱怨命运而不要抱怨爱情。从来不曾形成过如此美满的结合；从来不曾形成过更恒久的结合。我们的灵魂已经混合得如此好，再也不能分离，我们彼此再也不能离得远远地生活，像同一个整体的两个部分那样。那么你怎么能只感到你的痛苦？你怎么完全不感到你女友的痛苦？在你的胸口你怎么听不见她那柔和的呻吟？它们比起你那暴躁的喊叫来更不知道要痛苦多少倍！我的不幸，假如你想与我分担，它们将比你自己的不幸更不知道要严酷多少倍！

你觉得你的命运可悲！你不妨估量一下你的于丽的命运，你就只能为她而哭泣了。在我们共同的不幸里，我是女子，你是男子，估量一下这种情况，再来判断我们俩谁更值得怜悯。处在激情的控制下却装作无动于衷；心里有上千种痛苦，外表却显得高兴和快活；表面平静而内心激动；说一套而想的是另一套；把感觉到的一切都隐藏起来；为了显得正经而装假，为了谦虚而说谎：这些便是我这般年龄的姑娘们的通常情况。人的美好的岁月就这样在礼节的束缚下度过，到头来还因为父母在选择不当的婚配方面的专横而加剧。然而人们徒劳地想窒息我们的感情；心灵只接受它自己的法则；它逃避奴役地位，它耽于自由自在。在非天意强迫的桎梏下受奴役的只能是没有灵魂的躯体：那姑娘的身体和她忠诚的心由不同的义务联系着，而不幸的牺牲品被迫去犯罪，她被迫这样那样地破坏忠诚的神圣义务。但也有较聪明的姑娘！啊！这我知道。她们没有爱过吗？她们多么幸福！她们抵抗吗？我也想抵抗过。他们比我更有德行吗？她们比我更爱德行吗？如果没有你、没有唯一的你，我会永远爱德行了。那么我果真不再爱它了吗？……你毁了我，而我却来安慰你！……可是我，我将变成什么呢？……友谊的安慰假如没有爱情的安慰是多么无力！那么我在痛苦中有谁来安慰我？我预见到的是怎样一种命运，这个我已经生活在罪恶里，我在那些讨厌的也许也是不可避免的纽结里只能看到一种新的罪恶！如果我退让的话，我哪儿有足够的眼泪为我的过失和我的情人哭泣？在我如此沮丧的情况下，我哪儿有足够的力量来抵抗？我觉得我已经看到了生气的父亲的狂怒；我觉得已经听到自然的喊声在感动我的内脏，也可能是哀叹的爱情在撕裂我的心。失掉了你，我就变得没有力量、没有支持、没有希望；过去羞辱我，现在叫我发愁，将来使我害怕。我曾认为做的一切都是为了我们的幸福。但实际我做的却使我们变得更不幸，给我们准备下更残酷的分离。空虚的欢乐不再有，只剩下悔恨；使我屈辱的羞愧无可补偿。

软弱和不幸是我的命，那就是我的命运。就让我哭泣和受苦好了；我的哭泣不会停止，正像我的过失不能弥补一样，甚至能医好一切的时光，也只给我流泪以新的主题。可是你，你没有什么暴力可以害怕，没有耻辱可以使你丢脸，没有东西可以让你卑鄙地掩饰你的感情；你只感到厄运的袭击，你至少可以享受原来的德行，你怎么竟能堕落到像女人一般呻吟和叹息、像疯子一般狂怒？你是否嫌我为你所受的蔑视不够，还要增加它，使你自己也受到蔑视，并以你我的耻辱同时把我压垮？那么回顾一下你的坚强吧，要顶住厄运并做个男子汉。还要做（如果我能这样说，）于丽选定的情人。啊！假如我已不再值得鼓励你的勇气，要记得我至少曾有过那样的日子；我再不能这样，那在你是咎有应得；你可别让我第二次丢脸。

不，我尊敬的朋友，这并不是我在这封灰心丧气的信里认识的你，那是我要永远忘掉的，我也认为已经由你自己否定了的。我虽然已十分屈辱和惶惑，但我敢于希望对我的回忆不会引起你那么低下的感情，而我的形象在那曾被我激发热情的心中会更光辉地占统治地位，也希望我不致责怪自己的脆弱和造成它的那人的怯懦。

你真幸运，在倒霉的处境里能找到多愁善感的心灵难得的最可贵的安慰。在你的苦难之际，老天爷给了你一个朋友，并让你思考：它还给你的是否比它从你那里拿走的更好。你要赞美和喜爱这个人，他十分慷慨，肯牺牲自己的休息来照顾你的生活和你的头脑。如果你能完全知道他准备为你要做的一切时，你一定会大为感动！但何必要煽起你的感激之情去刺激你的痛苦呢？你不需要知道他爱你到什么程度来认识他的全部价值;你如不能像你所应当的那样热爱他,你就不能像他所应得的那样评价他。

第八封信

自格兰尔

您是爱情多于敏感;您比较会作牺牲,却不大会珍视牺牲。当于丽处于困难的境况时,您怎能用责备的口气给她写信呢?又因为您自己在受苦,您便可以责备比您受苦更深的她吗?我已对您说过上千次:我生平没见过像您这样好责骂人的情人;您总是想对一切争论一番,爱情在您看来只是一种战争状态;假如您有几次比较温顺,那是为了到后来您会因此而抱怨自己。啊!这样的情人真令人害怕!我认为幸福的女人是只选择那些可以随意打发走而对谁也不会落泪的情人的!

请您相信我,如果您希望于丽活着,那么您对她要换一种言语;要她同时忍受她的痛苦和您的责备,那她是受不了的。您要彻底学会体贴这颗太敏感的心;您一定要以最温柔的安慰对待她:慎防由于您的抱怨而增添你们的痛苦,或者如有必要,您只可抱怨我一人,因为我是使你们分手的唯一的负责者。是的,我的朋友,您猜测得很对:是我向她示意叫她作出决定,因为她的幸福岌岌可危,或者不如说是我夸大了危险,因而迫使她这样做;我为你们自己作了决定,于是各人完成了自己的任务。我还更进一步,我叫她改变接受爱多阿尔阁下的建议;我阻止了你们成为幸福的,但于丽的幸福对于我比您的幸福更可贵。我知道她在使她的双亲陷于耻辱和绝望的境地后，她是不可能幸福的；就您自身来说，我很难理解，如果损害了她的幸福，您还能尝到什么幸福。

不管怎么说，这就是我的做法和我的不是之处；既然您喜欢跟爱您的人们争吵，您现在只应责备我一人；您可以照旧忘恩负义，但至少不要不公正。至于我，不管您怎样对待我，我对您始终不会改变；只要于丽继续爱您，那么您对于我始终是可亲的，如果可能，我还可以说得重些。我并不后悔我袒护和抵制了您的爱情。始终指导着我的那友谊的纯洁的热诚，在我帮助您和反对您这两个方面同样可以证明我做得对；如果我有时对于您的爱情显得超过适合于我应有的关怀的话，我内心的证明就足以使我安定了：我永远不会因我能为我的表妹效力而感到脸红，我只有因效劳失败而自责。

我没有忘记从前您给我讲的关于智者处于逆境时的坚定性的教导，我仿佛觉得现在正好可以提醒您一些格言；但是于丽的例子告诉我，像我这般年纪的姑娘，对于像您这般年纪的哲学家来说，既是个坏的教师，同样也是个危险的弟子，而我是不宜于给我的老师上课的。

第九封信

爱多阿尔阁下致于丽

我们取得了成功，可爱的于丽，我们的朋友的一个失足，使他恢复了理智。一时明白自己犯错误而感到的羞惭使他的全部怒气消失了，而且变得非常顺从，以致我们今后可以随心所欲地安排他了。我高兴地看到他对自己错误的自我谴责，使他感到的是懊悔多于不满；从他在我面前表现的谦逊和羞愧而不是困惑和尴尬来看，我知道他是爱我的。他十分明白自己的不公正，所以我也不用放在心上；这样认识错误并予以改正的人，要比原谅他的人更值得尊敬。

我利用了这个转变和它产生的结果跟他一起作了某些在我们分手前必要的安排，因为我不能更久地延迟我的出发了。我打算明年夏天回来，我们便约定他将在巴黎等我，然后我们一块儿去英国。伦敦是唯一值得有大才的人们驰骋的舞台，在那里他们有广阔的前程[①]；他的才能在许多方面是卓越的，我认为他靠了几个朋友的帮助，要不了多久就能闯出一条符合于他的才干的道路，我这种希望是不会落空的。当我行程经过您那里时，我将更详细地向您说明我的看法。目前，您知道由于成功，人们可以排除不少的困难，而且有获得受人尊敬的阶梯，即使在您父亲的思想里也可以弥补出身。我觉得这是为了您和他的幸福可以试试的仅存的办法，因为命运和偏见已经剥夺了你们一切其他的方法。

我已经写信给雷齐阿尼诺，叫他赶紧来这里找我，我要使用他八天至十天，这段时间我还要陪伴我们的朋友。他的愁思太深，所以不能进行很多交谈；音乐将充实那沉默的空隙，让他进行冥想，把他的痛苦逐步转变成郁郁寡欢。我在等待这个状态的到来，然

① 这真是对他国家抱的一种奇特的偏见：因为我听说世界上，一般地说，外国人被接待得最差和前进时遇到的障碍最多的，便是英国。由于民族精神，他们在那里什么都得不到照顾；由于政府的形式，他们在那里什么也达不到。然而我们也同意，英国人并不要求别人那种为他们在家里拒绝的殷勤好客。除了在伦敦以外，在谁的院里能看到那些高傲的岛国人卑劣地爬行的？除了他们本国，在哪个国家里他们都去想方设法致富的？他们的确很严厉；这种严厉只要同公正相结合，我并不讨厌。我认为他们只是英国人，那是好事，既然他们并不需要作为一般人。——卢梭原注

后让他一切自理，在这之前我不敢放任他。至于雷齐阿尼诺，我经过您那里时把他留给您，等到我从意大利回来那时再收回他，那时要看你们俩进步的情况，我再决定他对您是否还需要，至于现在，他肯定对您没有用处，我把他从您那儿调走若干天，对您不会有不方便之处。

第十封信

致格兰尔

为什么一定要我终于张开眼睛来看到我自己？我怎么不把眼睛永远闭着，却让我看到自己跌落到了卑鄙的地步，也让我看到自己从曾经是最幸福的人跌落成为一个最末流的人！可爱的和仁厚的朋友，你从前始终是我的庇护者，我现在依旧敢于把我的耻辱和痛苦向您那同情的心倾诉；我依旧敢于恳求您的安慰的话来抵制我自己可耻的感情；当我自己抛弃自己时，我依旧敢于向您求援。天啊！一个如此可鄙的人怎么曾为她所钟情，一片如此神圣的火怎么竟毫没有净化我的灵魂？我是再也不配提起她名字的人，如今她对于自己的选择应该感到脸红了！她看到自己的形象在一个如此卑鄙和低下的人物心中被亵渎时，一定要哀叹了！她对于那敢爱她而实际只是个懦夫的人，现在一定要蔑视和憎恨了！可爱的表姐[①]，请您明白我的错误；理解我的罪过和悔恨；请您当我的

① 他模仿于丽，称她为“我的表姐”；格兰尔模仿于丽，称他为“我的朋友”。——卢梭原注

法官，让我死掉；或者当我的辩护者，让作为我命运的对象的，再惠予当我的裁判者。

我不想对您谈这次料想不到的别离对我所产生的结果；我不想对您讲我的愚蠢的痛苦和疯狂的失望；您只要知道这二者曾使我陷于怎样不可思议的神经错乱，就能完全明白了。我对我的处境越感到可怕，我就越难想象我会自愿地放弃于丽；这种感情的苦痛，连同爱多阿尔阁下惊人的慷慨一起，使我产生了一想起就感到害怕的疑心，这我绝不能忘怀，否则我便是对于宽恕我的朋友的忘恩负义。

在昏头昏脑的状态下，我把我出发时的一切状况琢磨了一番，我认为发现了其中有个预谋的计划，我竟敢将它归于一个最有德行的人。这可怕的疑心一进入我的脑筋，我便觉得一切好像都证实了这疑心。爱多阿尔阁下跟岱当惹男爵的谈话，我指摘为假装出来的不太客气的声调。从此导致的争吵，禁止她见我，采取使我出发的决定，马车和偷偷摸摸的准备，出发前夜他同我的交谈，最后还有伴送（不如说劫持）我走的匆忙：这一切我总觉得证明是爱多阿尔阁下搞的计划，目的要我离开于丽；而且我知道他回来时要到她那儿去，我认为这就彻底暴露了他照顾我的目的。然而我决定还要了解得更清楚些再揭出来，因此抱着这种打算，我暂且限于更留心地观察各种事情。可是一切又加深了我那可笑的怀疑，他那仁爱的热诚没有引起我的善意，我那盲目的妒忌心只引起了一些背叛的迹象。我知道他在贝藏松曾给于丽写信，他没有给我看信，也没有向我提起过。我便认为已经有足够的把握，于是我等待回复（我希望这复信他不会高兴），这样我便可以跟他进行我所考

虑好的揭露。

昨天晚上我们回来相当迟，我知道有一包瑞士寄来的东西，我们分别时他没有提起它。我让他有打开它的时间；我从我的房间里听见他在读什么东西时的低语声。我小心地谛听。他用断断续续的句子说道："啊，于丽，我愿意使您幸福……我敬重您的道德……但惋惜您的错误。"这些和别的类似的话我听得很清楚，我再也遏制不了自己；我拿了我的剑，把它顺握在手臂下；我开开了或者不如说撞开了房间；我像疯子般闯了进去。不，我绝不能让我那在盛怒之下冲口而出，并为了迫使他立刻跟我决斗的那种辱骂的话，来玷污这张纸和您的目光。

啊，我的表姐！这时我才特别认识到真正的智慧的威力，甚至对于那些愿意倾听它声音的最敏感的人，也一样有威力。他起初一点儿都不明白我在说什么，他认为我真是在说胡话，但我申斥他的背叛，我责备他的那些秘密计划，那封他还拿在手里和我不断提到的于丽的信终于使他明白我狂怒的原因。他笑了，然后冷静地对我说道："您丧失了理智，我不跟丧失理智的人决斗。"他又用较温和的声调补充道："张开您的眼睛，您是多么的盲目；您申斥背叛您的真是我吗？"在他的这些话里，我感觉到他不是个背信弃义的人；他那说话的声音感动了我的心；我的眼睛一接触到他的目光，我的怀疑就消失了，于是我开始吃惊地看到我的狂妄。

他立刻觉察了我这种改变，他握住了我的手，说道："过来，如果您的醒悟不在我提出无罪的证明以前，我便一辈子不要再见到您。现在因为您通情达理了，您来读这封信并永远认清您的朋友们吧。"我本来想拒绝读它，可是他对我有那么大的优越，那巨大影响使他的要求带着权威的声音，我的疑团虽已消失，我的秘密的愿望却只有竭力支持他的分儿。

请想象我读信后的情形，这信把那个我敢于如此无耻地诽谤的人所做的许多闻所未闻的善行告诉了我。我投到他的脚下，心中充满着赞美、悔恨和羞惭，我用全力紧紧抱着他的双膝，一个字都说不出来。他像接受我的侮辱一样接受我的忏悔，而且作为他惠赐予我的宽恕的代价，他只要求我以后永远不反对他要为我做的好事。啊！从此以后他想怎么办就怎么办好了：他那崇高的灵魂是超乎凡人的，抵抗他的善行犹如抵抗上天的善行一样，是不容许的。

后来他把两封寄给我的信交给我，他要在我读过他的信并知道您表妹的决定以后才交出来。我在读它们时看到老天爷给了我怎样的情人和怎样的女友；我又看到老天爷集合了多少感情和德行包围着我，使我的悔恨变得更深切、我的卑鄙更可耻。请您告诉我，这个独一无二的女人，她的美丽是她的权威的最小部分，她像永恒的权威一样，既以她造成的善行又以她造成的不幸同样令人崇拜，她到底是什么人？唉，这狠心的，她剥夺了我的一切，我却因此更爱她：她越使我不幸，我更觉得她完美之至。她给我造成的一切苦恼都仿佛是她对于我的新的功绩。最近她出于孝道而作出的牺牲使我既伤心又喜悦；它在我心目中增加了她对爱情所作的牺牲的价值：不，当她的心有所拒绝时，那只有提高它所给予的东西的价值。

您，尊敬的和亲爱的表姐，您是友谊的独一无二的和完美的典型，在所有的女性里有谁能像您一样，让那些不同于您的心灵的人敢于把您看做是空想的好了；啊！别再对我讲哲学了：我蔑视这骗人的卖弄，它不过是些空虚的议论，它只是影子似的幽灵，它唆使我们从远处吓唬激情，但激情接近时，它却像假勇士那样逃离了我们。请不要抛弃我，使我走入迷途；请依旧给这个不幸者以您从前的善心，他虽然不再有得到它的资格，但他更热烈地指望它，而且比以往任何时候更需要它；请让我回返到我自己，让您那温柔的声音在我病态的心中代替那理智的声音。

不，我不敢这样希望，我并没有堕落到永远屈辱的境地；我感到我身上那过去点燃的纯净和圣洁的火在重新燃烧；那么多德行的例子对于接受它的目标，对于热爱它们、赞美它们和愿意不断地仿效它们的人，是绝不会落空的。亲爱的情人啊，我应当为你的选择感到骄傲！我的朋友们啊，我愿意回复你们的尊敬！我的灵魂在重新觉醒，并从你们的灵魂里汲取力量和生命。纯洁的爱情和崇高的友谊将归还那被怯懦的失望预备从我身上夺走的勇气；我心灵的纯粹的感情将取代智慧；我将依靠您成为一个真正的人，假如我能有机会站起来时，我定会使您忘掉我的堕落。我不知道也不想知道老天爷为我准备的是什么命运；但无论如何，我要对得起我领略过的命运。我心头珍藏的永恒的形象将成为我的保护神，并能使我的灵魂顶得住命运的打击。我为了自己幸福，难道已生活得够了？今后我要为她的光荣而生活了。啊！如果我能以自己的德行震惊世界，让人家有一天因此惊喜地欢呼道：“对，他还能做不到吗？他是于丽所爱的呀！”

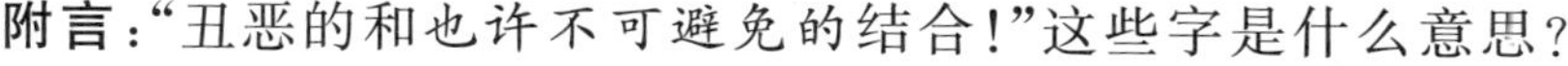

附言：“丑恶的和也许不可避免的结合！”这些字是什么意思？

这些字都写在她的信里。格兰尔，我对一切有思想准备；我服从，准备忍受命运的考验。可是这些字……不成，不论发生什么，我得不到这些字的说明，决不从这里动身。

第十一封信

自于丽

这么说，我的灵魂对欢乐真的没有关门，快乐的感情还可以穿透进来！唉！自从你走后，我以为只能感到痛苦；我以为今后只知道远离着你而感受的痛苦，我甚至不能想象没有你时可以得到慰藉。你给我表姐的亲切的信提醒了我；我边读边流着感动的眼泪吻它；它在我那因苦闷而憔悴和因悲伤而枯萎的心灵上，洒下了清凉的甘露，从它留给我的一片宁静中，我感到你不仅在我身边，而且同样在远处也控制着你的于丽的感情。

我的朋友，看到你重新恢复了一个英勇的男子汉应有的那种感情的坚毅，我心里多么高兴！真诚的爱情既不曾完全辱没，我们两颗心也没有同时败坏，我将更加敬爱你，也因而将更少鄙视自己。现在我们可以自由地谈论我们的事情，所以我有许多话要对你说：使我加重失望的，是看到你的失望打破了我们剩下的让你发挥才能的唯一希望。你现在认识了老天爷赐给你的可敬的朋友了：你整个一生未必足以报答他的恩德；你最近对他的冒犯也永远补救不了，你为了克制你那暴躁的胡思乱想，我希望你不再需要其他的教训了。你要在这位可敬的人的庇荫下踏进社会；你要依靠他的声望、依靠他的经验的指导，才能恢复为严酷的命运抛弃了的优点。你要为他做你不想为你做的事；至少要努力表彰他的善行，不使它们变为无用之物。要看到你将来还有多么光辉的前程；要看到你在事业上会一帆风顺，成功在向你招手。老天爷慷慨地赋予你以才能，你那幸运的天性结合你的兴趣，给了你一切本领！你还不到二十四岁，你这样的年龄得天独厚，你的老练成熟抵得上往后年纪的增长。

*Frutto senile in su'l giovenil fiore.*①

钻研学术既没有使你的才思削弱，也没有使你的人变迟钝；无聊的献媚并不曾减少你的智慧，也没有使你的理性变愚鲁；热烈的爱情在激起一切由它产生的崇高感情的同时，使你思想提高和见识正确②，见识跟爱情是分不开的。在爱情柔和的暖气下，我看见你的灵魂那光辉的才能在开展，就像花朵在太阳光里开放一般；你同时具有引向幸福和遭人鄙视的一切。为了获得世上的荣誉，你所缺的只是肯于进行追求，我希望一个对你的心灵更宝贵的目标将给你以追求它们的热诚，其实这种热诚对它们并不值得。

我亲爱的朋友啊，你就要远离我了！……我至爱的人啊，你就要逃离你的于丽了！……应该这样做；如果我们愿意有一天能幸福地再见的话，你努力争取达到的结果是我们最后的希望。在这痛苦和长期的别离中，但愿一个如此亲密的思想能鼓舞和安慰你！希望它能够给你以克服一切障碍和战胜命运的强大力量！唉！社交生活和工作对于你将是经常的解愁物，它对于离愁是很有用的

① 春华结秋实。（意大利语）

② 见识的正确是跟爱情分不开的！可爱的于丽，在你的爱情里它是不显露的。——卢梭原注

驱闷剂。而我却只能被遗弃地单独留下来，或者受到各种迫害，这一切都迫使我不断怀念你：如果虚假的惊慌不会来加剧我真实的苦恼，而且如果在我自身的不幸之外，我心头不会再感到你将遭受的不幸的话，那我至少还是幸福的！

一想到你的生活和德行将遇到千百种危险时，我就战栗不止。我对你抱着一个人所能抱的全部信任；但因为命运把我们分开着，啊！我的朋友，为什么你只是一个人？在你将与之打交道的这个陌生的社会里，你需要多少的劝告！这不是我这样年轻无知而且学识和思考都不如你的人能够在这些方面向你提供意见的：这个任务我请爱多阿尔阁下来担任。我只限于嘱咐你两件事，因为它们属于感情而不属于经验，也因为我虽不怎么懂得社会，却很懂得你的心。你决不要抛弃德行，也决不要忘记你的于丽。

我不打算向你重提所有那些你教我蔑视的玄之又玄的论据，它们充塞了那么多的书，也从来没有培养出过一个正直的人。啊！这些可悲的论证家，他们的心灵从来不曾感觉或提供过什么美妙的欢愉！我的朋友，丢开这些无聊的伦理学家而回到你自己内心深处来：正是在那儿，你总能找到曾多少次鼓舞我们爱情之火的源泉的那崇高的德行；在那儿你会看到那真正的美的永恒的幽灵，观照它，就可以激发我们神圣的喜悦，我们的激情虽不断要玷污它却不能使它消失[①]。你可记得当我们读着那谴责罪恶并使人类增光的英勇的故事时，我们眼中流的甜蜜的泪水，我们激动的心跳跃得

① 恋人们的真正的哲学是柏拉图的哲学；在魅力存在时，他们绝不能体会到别的。受感动的人不能拒绝这种哲学；冷静的读者不能忍受它。——卢梭原注

喘不过气来、激情使我们飘飘然的那种情景？你愿意知道什么是真正可羡慕的：是财富还是德行？如果心的选择是公正无私的，那么想一想，心更喜爱哪一个。也想一想，我们阅读历史时兴趣在哪里。你曾否欣羡过克雷需斯[①]的宝藏，或者恺撒的荣誉，或者尼禄[②]的权力，或者埃利奥格巴勒[③]的享乐？如果他们都是幸福的，那么你的愿望为什么不放在他们的地位上？那是因为他们并不幸福，这你也清楚地感到；这是因为他们卑劣和凶恶，而凶恶的幸运者是没有人会羡慕的。那么你以最愉快的心情欣赏的是些什么人呢？你赞美的是哪些榜样？你更喜欢同哪些人相像？是不朽的美得不可思议的魔力？是那喝毒芹汁的雅典人[④]，是为他国家而死的勃鲁多斯[⑤]，是处在苦难中的雷古鲁斯[⑥]，是撕裂自己肠子的加东[⑦]，是所有这些有道德的不幸者使你羡慕，所以你在心灵深处感知到他们那为表面掩盖的真正的幸福。你不要以为这种感情只是你一人所独有：它是每个人都有的，但常常甚至不是出于本心。我们每人心头都带着这个神圣的榜样，尽管我们都有它，它却使我们受其迷惑；我们的激情一朝能发现它，我们便想跟它看齐；而如果

① 克雷需斯（Créesus）：古代爱琴海上利地亚国的国王（公元前约561—546在位），以巨富著称。——译者

② 尼禄（Néron，37—68）：罗马皇帝，（54—68在位）。——译者

③ 埃利奥格巴勒（Héliogabale）：罗马皇帝（215—222在位），以残暴淫乐著称。——译者

④ 指古希腊哲学家苏格拉底（公元前约470—399），因宣扬无神论被处饮毒芹汁死刑。——译者

⑤ 勃鲁多斯（公元前约85—42）：古罗马政治家。——译者

⑥ 雷古鲁斯（公元前约250死）：古罗马政治家和将军。——译者

⑦ 加东（公元前约93—46）：古罗马政治家。——译者

最坏的人能脱胎换骨，他多半会想做个好的人。

我亲爱的朋友，原谅我这番激动；须知它是从你那儿得来的，我是出于爱而把它回敬给你的。我并不想在这里用你的格言来教导你，我只是暂时拿它来应用在你身上，看它对你是否合适：因为已到了把你自己的教导付诸实施的时候，也要看看人家是怎样实行你所说的话的。问题不一定要做加东或者雷古鲁斯，但每个人应当爱他的国家，应当廉正和勇敢，对国家忠诚，乃至不惜牺牲生命。个人的德行并不是为博取别人的赞扬而只求自己认可，当自己认为做得对而不求举世的公开夸奖时，它往往显得更崇高。因此你会明白，什么等级都能出伟大人物，一个人如果不尊重自己，他便不会是幸福的：因为假如灵魂的真正的快乐是在于美的直观之中，而坏人不是被迫憎恨他自己，他怎么能从别人那里爱美的东西？

我并不担心卑劣的情欲和欢乐能使你腐化，因为它们对于敏感的心灵不会是太危险的陷阱，需要更精妙的陷阱才会对它起作用；但我担心的是社会上的格言和榜样；我担心的是那股可怕的力量，它必然会用普遍和经常的罪恶的榜样来影响你；我担心的是用以粉刷罪恶的那种巧妙的诡辩；最后我担心的是你的心甚至会欺骗你，并使你在争取地位（如果我们的结合不成为它的结果，你会藐视这种地位，）的方法上要求不高。

我的朋友，我提醒你这些危险；以你的聪明可以体会其他的一切，因为能预见到这些，就可以防止很多事情。我只补充一个意见，我认为这意见胜过罪恶的假道理、胜过一些丧失理性者的狂妄的谬误，这意见应该足以指引聪明人的生活向善：因为幸福的源泉既不完全在想望的目标上，也不在属于他占有的那颗心上，而在这二者的关系上，也因为正如我们欲望的一切目标并不都适合于产生幸福一样，心的一切状态也不都适合于感到幸福。假如最纯洁的心不能仅仅以自己的幸福为满足，那么更确切的是，一切地上的欢乐不能给腐化的心以幸福。因为两方面都要有必需的准备，要有某种作为那珍贵的感情的前提条件参加，这种感情对于敏感的人是宝贵的，但对于不能体会持久幸福，因而只为短暂的欢娱所迷惑的伪君子，却是无法理解的。那么为了获得一种利益而丧失另一种利益，为了赢得外部而使内心损失更大，为了获得使自己幸福的方法而丧失运用它们的本领，那有什么意义？假如二者不可兼得，那么是否宁可牺牲命运也许还给我们的这一个，而保留一旦丧失就不能再得的那一个更好些？这一点有谁比我懂得更清楚，我本想使生活中更充满幸福，却使自己生活的乐趣受到了毒害？那么就让那些显示他们的财富和隐藏他们的心的坏人去说长道短；但要确信，如果世上仅有一个幸福的例子，幸福就体现在善人的身上。你天赋有一切美好和正直的幸福的倾向；你只需倾听你自己的愿望，只需遵从你的自然的倾向；尤其要想到我们初恋那时。只要这些纯洁和甜蜜的时刻复现在你的记忆里，那么，你想停止爱那使你对生活感到甜蜜的那人，想让美好的德行的魅力从你的灵魂中抹掉，以及想用不合你身份的手段得到你的于丽，那都是不可能的。怎么能享受一种对之会丧失兴趣的幸福呢？不，为了获得所爱的人，必须保持爱他的心的同样的心。

这里再来谈我的第二点，因为像你所看到的，我并没有忘记我的使命。我的朋友，人可以没有爱情，但依然具有一个坚强灵魂的

那种崇高的感情；可是一种像我们那样的爱情，只要它在燃烧，它就能鼓舞和支持着我们的灵魂；但只要它一熄灭，灵魂就立刻会委靡不振，于是一颗衰竭的心就什么用处也没有了。请告诉我，假如我们不再相爱，我们将怎么样？唉！与其没有感觉而存在，是否结束生命更好些？你在尝到了那使人的灵魂喜悦的一切激情之后，能同意在大地上拖着一个平庸人的乏味的生命混下去吗？你就要在大城市里居住，那里你的仪表和年龄，再加上你的优点，都将对你的忠诚设下无数的圈套。奉承的献媚会装出爱情的言语，使你快乐而不觉得受骗；你并不要爱情而要寻欢作乐；你将品尝的是与前者分离的，但你不能认识它们。我不知道你在别处能否找到于丽的心，但我敢于说，你在别人身边绝找不到在她身边所感到的。你灵魂的憔悴将告诉你以我向你预示的命运；悲哀和厌倦将在轻狂的欢娱中间压垮你；我们初恋时的回忆你会不由自主地在脑海中浮现；我的身影以我从所未有的百倍的美丽，会突如其来地抓住你。厌恶的帷幕会立即掩盖一切欢乐，于是千种苦楚的悔恨在你心头油然产生。我的至爱的，我亲爱的朋友，啊！如果你会忘掉我……唉！那我只有死路一条；但是你将卑鄙和不幸地活下去，我却得到充分的报复而死去。

因此你永远不要忘记她、忘记那曾经是你的，而且她的心绝不会属于他人的于丽。我没有更多的话可对你说，因为老天爷把我这样安排，唯它是赖。可是在谆谆嘱咐你要忠诚以后，应该也把我的忠诚——这是我唯一有权保证的——留给你，这样才公平。我不是向我的义务——我那已陷于迷途的理性已不能再认清它，——而是向我的心——最后的准绳，此外再没有可遵循的，——求教，下面便是它启示我的结果：没有我父亲的同意，我决不会嫁给你，但没有你的同意，我决不嫁给别的人，这是我给你的诺言，它对我是神圣的；无论发生什么事，任何人力都不能使我违背它。因此你不在这里也尽可放心，我不会怎么样。去吧，我亲爱的朋友，在温柔的爱情的庇护下，去寻求那值得圆满完成它的命运。我的命运，只要我能做主把它交付给你时，它始终掌握在你的手里，也只有得到你同意时，它才会改变。

第十二封信

致于丽

O qual fiamma di gloria, d'onore,
Scorrer sento per tutte le vene,
*Alma grande, parlando con te!*①

于丽，让我透口气；你使我的血沸腾，你使我颤栗，你使我的心悸动；你的信像你的心一样，燃烧着德行的神圣的爱情，也把它天界的热力带到了我的心底里。可是为什么要这么多的劝导，你只需吩咐我就行。你以为我糊涂到必须进行说理才能做好事，那么至少不用靠你的说理，单凭你的意志对我就足够。你难道还不知道我做事永远要称你的心，我即使干坏事也不敢违抗你？是的，如果你命令我焚烧卡比托勒山丘的神殿，我也会照办，因为我爱你胜

① 啊，伟大的灵魂，当我与你交谈时，我感到多么光荣和辉煌的火焰在我血脉中涌流！（梅塔斯塔塞）（意大利语）

于一切。但你可知道我为什么这样爱你？啊！无与伦比的姑娘，那是因为你所希求的只有正义，又因为你那有德的爱情使你比我爱你美的爱情更为无敌。

我得到了你刚才答应的保证，受到了鼓舞而出发了；你这保证可以不用转弯抹角地表示：因为答应没有我的同意就不属于任何人，岂不就是答应只属于我吗？至于我，我会说得更直爽，我今天以一个正直人的话向你交心，并决不违反：我为了使你满意而试图谋求职业时，不知命运安排的吉凶，然而爱情的纽带或婚姻大事，除了于丽·岱当惹以外，我决不与他人缔结；我只为她而生活和存在，我死去时不是单身汉，便是她的丈夫。再会了，时间仓促，我立刻就要出发了。

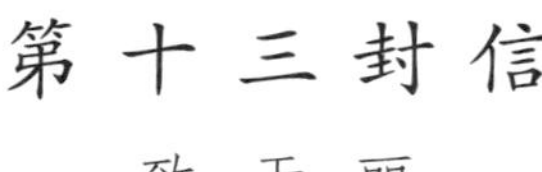

第十三封信

致于丽

我昨天晚上到达巴黎，过去离你只有两条街之遥就已经无法生活，现在却相隔几百里以上。于丽啊！可怜可怜我，可怜可怜你这不幸的朋友。当我的血以长长的小河顺着这无尽的道路流淌时，我觉得这道路还不够长，我也不会更悲伤地感到我的灵魂日见消沉。啊！假如至少让我知道我们重新会面的时刻能像分隔我们的空间那样时，我可以用时间的推移来补偿远隔的路程，我可以在我生命失去的每一天里计算使我接近你的每一步子；然而这痛苦的历程充满着未来的黑暗：它那尽头的界限是我衰弱的眼睛所见不到的。怀疑啊！苦恼啊！我焦急的心在寻找你，却什么也没有找到。太阳升起来了，却不再给我以看见你的希望；它落下去了，我却一点儿也看不见你；我的日子在欢愉和快乐方面空无所有，在漫漫长夜里流走。我徒然想在我身上重新燃起那已熄灭的希望，但它只给我以不明确的目标和可疑的慰藉。我心的亲切和温柔的朋友，唉！假如不幸必须相当于我过去的幸福的话，那么等待着我的该是什么样的不幸呢？

你不要为我这种愁思而不安；这是由于孤独和旅途中胡思乱想所引起的暂时现象。你不要害怕，初期的昏厥不会再犯了；我的心掌握在你手里，我的于丽，既然有你在支持它，它也就不会再垮了。你最近来信给我的安慰之一是，我现在身上有着两股精神力量，假如爱情消耗了我自己的力量时，我不再想使它恢复，因为你给我的勇气要比我靠自己的力量来支持要好得多。我确实相信一个人孤孤单单并不好。人的灵魂总希望能结合起来，才能充分发挥作用，朋友联合的力量像人造的磁铁片的力量一样，要比它们个别力量加在一起大得多。神圣的友谊！这就是你的胜利。然而比起同友谊的一切力量结成神圣百倍的纽带的那种完善的联合来，单独的友谊又能算得了什么？那些把爱的激情只看做是感官的狂热病、看做是卑劣的天性的欲念的人，他们在哪儿？让他们过来，让他们来观察，让他们来感知我心灵深处发生的过程；让他们看看这样一个远离他心爱者的可怜的情人，他对几时再能见到她毫无把握，对已失去的幸福没有再得的希望，可是受你眼睛里发出的不灭之火所激励，并为你那崇高的感情所滋养；他准备对抗命运，忍受它的厄运，甚至准备眼睁睁看着失掉你，他还准备竭力行善，这是你示意他作为灵魂中永不磨灭的可喜的装饰所需要的。于丽

呀！要没有你，我会怎么样？冷静的理性可能会启发我；一个温和的善行的崇拜者，我至少从别人那里喜爱它。我要做得更多：我会热诚地实践它，充满着你的明智的教导，有一天我要让知道我们的人说道："啊！如果世界上充满了许多的于丽和知道爱她们的心，我们将成为怎样的人！"

我一路上默念着你最近的来信，我决定把你所有写给我的信集成一个集子，因为我已经不能再亲聆你的意见了。虽然没有一封信我不能背诵，而且你可以相信我都能背诵得很好，但我还是喜欢不断地反复读它们，即使仅仅为了重睹这只亲爱的玉手的笔迹，它现在是唯一使我感到幸福的。但是信纸慢慢地被磨损了，在破碎以前我想把全部信都抄到一本我为此目的而预先挑选的白本子上。本子相当厚；然而我要想到将来，所以我希望不要死得太年轻而只限于这一本。我准备在夜间做这项可爱的工作，为了把这工作延长，我并不着急去完成。这本珍贵的集子我将永不离身；它将是我就要参加进去的社会的指南；它对于我也是应付那儿生活习尚的解毒剂；它将在我的不幸里安慰我；它将预防或改正我的错误；它将在我青年时代教育我；它将终身指引我；我认为它将是人们从中获得教益的初恋的情书。

至于现在在我眼前的最后一封信，它虽然非常好，但我发现有一点要去掉。那种说法已经很奇怪；而更奇怪的是，这问题正好与你有关，所以我要责怪你怎么会把它写出来。对于忠诚、坚定，你对我说了些什么？从前你更清楚地了解我的爱情和你的力量。啊！于丽，你要引起反复无常的感情吗？如果我不曾对你许诺过什么，我能不再是你的吗？不，不；自从我第一次遇见你眼睛的眼神、第一次听见你嘴里发出的声音，我心头就第一次感到狂喜，心中燃起了不灭的火焰，世上就再没有力量能扑灭它了。我只需这第一刹那见了你，那就没有二话可说，想忘掉你已没有可能了。而现在我会忘掉你！我既陶醉于已消逝的幸福，只要对它稍一回忆就够使我恢复了已失去的幸福！我虽被你的魅力压得喘息，现在我却只靠它才能呼吸！既然我原生的灵魂已经失落，现在我有赖于你给我的灵魂为生！现在，于丽啊！我自恨如此糟糕地向你表达我所感觉到的一切！啊！让全世界的所有美人儿都企图来诱惑我，我眼睛里除了你，还能有别的人吗？让大家都阴谋把她的形象从我心坎里夺走；让人们把它刺穿、把它撕破，打碎于丽这忠实的镜子，她那纯洁的形象甚至在最末一块碎片里将一直不断地闪耀：任何东西都不能把它毁坏。不，最高权力本身对此也无能为力；它可以消灭我的灵魂，可是它既然使我的灵魂存在，就不能再使它停止崇拜你了。

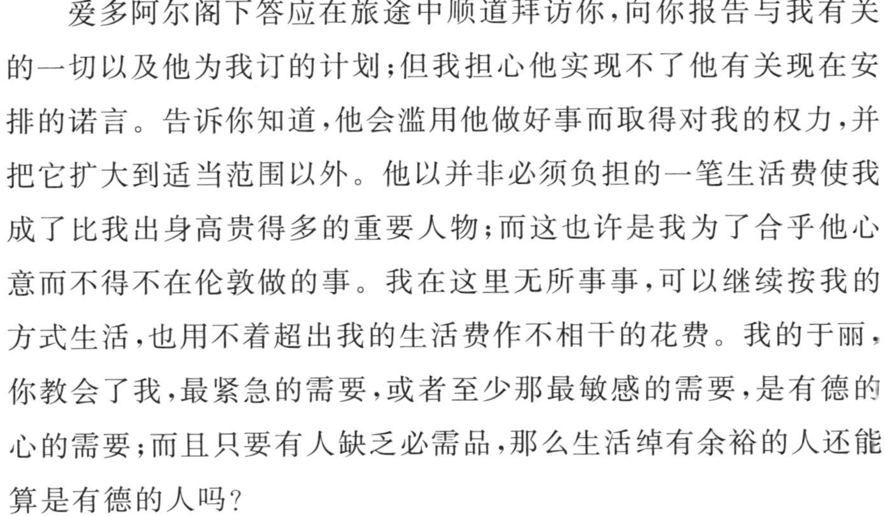

爱多阿尔阁下答应在旅途中顺道拜访你，向你报告与我有关的一切以及他为我订的计划；但我担心他实现不了他有关现在安排的诺言。告诉你知道，他会滥用他做好事而取得对我的权力，并把它扩大到适当范围以外。他以并非必须负担的一笔生活费使我成了比我出身高贵得多的重要人物；而这也许是我为了合乎他心意而不得不在伦敦做的事。我在这里无所事事，可以继续按我的方式生活，也用不着超出我的生活费作不相干的花费。我的于丽，你教会了我，最紧急的需要，或者至少那最敏感的需要，是有德的心的需要；而且只要有人缺乏必需品，那么生活绰有余裕的人还能算是有德的人吗？

第十四封信

致于丽

我①怀着秘密的恐惧走进世界这辽阔的沙漠中来。那混乱在我看来只是一种可怕的孤独,有如沉闷的静寂的王国。我受压迫的灵魂想在那里发泄,却到处都受到挤压。一位古人说过:“我独自一人时最不感到孤独”;我只有在人群中感到孤独,那儿我既不属于你,也不属于众人。我的心想说话,它觉得没有人听;它想答话,人家对它说的却没有一句达到它。我听不懂这地方的话,这里也没有人懂我的话。

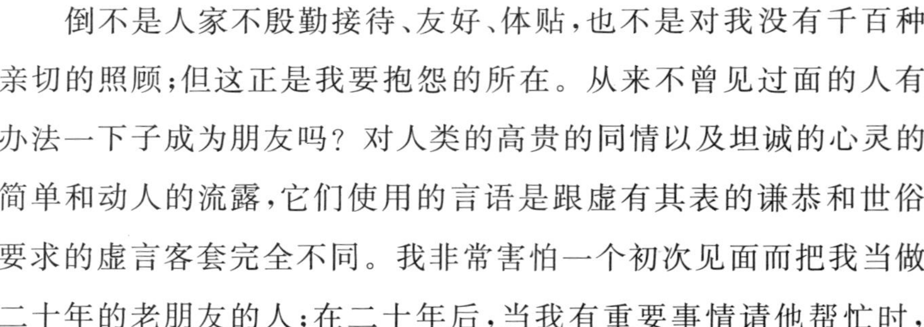
倒不是人家不殷勤接待、友好、体贴,也不是对我没有千百种亲切的照顾;但这正是我要抱怨的所在。从来不曾见过面的人有办法一下子成为朋友吗?对人类的高贵的同情以及坦诚的心灵的简单和动人的流露,它们使用的言语是跟虚有其表的谦恭和世俗要求的虚言客套完全不同。我非常害怕一个初次见面而把我当做二十年的老朋友的人;在二十年后,当我有重要事情请他帮忙时,

---

① 我不来迎合读者和于丽对于这些书信的观点,我认为可以说的是:如果由我来做的话,我虽不能写得更好,至少会写得很不一样。我曾多次准备把这些信去掉,并用我写的来代替;最后我还是把它们留了下来,而且为我这种勇气自鸣得意。我认为一个初踏进社会的二十四岁的年轻人,不应该像一个五十岁的人那样看社会,后者对社会的经验知道得太多了。我还认为自己虽然不曾在社会里当一个很重要的角色,但不再能说公道话。那么我们不妨让这些信原封不动,让那一般旧地名一仍其旧,让那些粗俗的意见也照旧保留。这一切都是小毛病;但对于朋友重要的是真实,即直到他生命结束,他的激情没有玷污他的书信。——卢梭原注

却把我当做陌生人；当我看到一些很轻浮的人，对那么多的人产生极大的兴趣时，我敢相信他们多半对谁都不会感兴趣的。

然而这一切也有真实的东西在：因为法国人生性善良、坦率、好客、乐善好施；可是也有些法国人有各种各样说话不算数的，也有上千种虚伪的、准备被人谢绝的赠与，也有上千种礼节上欺骗乡村老实人的圈套。我从来不曾听到像他们那样总是说："需要时可以指望我帮您，我的信誉、我的钱囊、我的房屋、我的车辆可以随您使用。"如果这些话都是诚恳的和算数的话，那么再没有一个对于财富更为慷慨的民族；财富共同体在这里差不多已建立起来；更富有的人不断地贡献出来，最贫苦的不断地接受，大家自然会站在一个水平上，因此即使斯巴达[①]的分配制度，也比不上巴黎那样均等了。但正好相反，它也许是世界上财富最不平均的城市，那里既存在着最豪华的富裕，同时又存在着最可悲的贫困。用不着更多说明，便可了解这种表面的同情——它仿佛总是会迎合别人的需要——和心灵的那种廉价的温情——它一时间会跟永久的友谊相结合——的意义了。

我所寻求的不是所有这些可疑的感情和那种骗人的信任，而是智慧和知识，正是在这里有我喜欢的它的源泉；初来这里，不仅跟学者和文人们，而且也跟一切等级甚至妇女的谈话里，人们能从中发现许多知识和道理而兴高采烈：谈话的语气是欢畅和自然的；既不沉重也不轻浮；它聪明而没有学究气，快活而不杂乱，文雅而

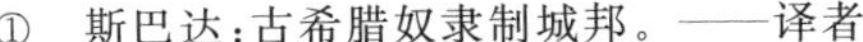

① 斯巴达：古希腊奴隶制城邦。——译者

不装腔作势，殷勤而不庸俗，有风趣而不暧昧。这些既不是论文也不是短诗：人们用它们说理而不进行辩论；作取笑而不作文字游戏；人们巧妙地把智慧和理论、箴言和俏皮话、尖锐的讽刺、机灵的奉承和严肃的伦理结合在一起。人们在这里什么都谈，好让每人都有话可说；人们对问题不作深入讨论，为了怕人厌烦；人们仿佛顺便把问题提出来，把它们迅速处理；确切可以导致简洁明了；每人表达自己的意见，简短地作些论证；没有人热烈地攻击他人的意见；没有人顽固地为自己的意见作辩护；人们讨论为了澄清问题，一到快发生争论时就刹车，每人在学习，每人以此自娱；大家高高兴兴地分手，即便是饱学之士也能从这些交谈中带回值得静下来时进行思索的问题。

可是在听着如此愉快的谈话时实质上能学到些什么，对此你是怎么想的？是合理地探讨世上的事物？好好地利用社会吗？至少为了认识人们与之生活的那些人吗？完全不是那回事，我的于丽：这儿人们学到的是怎样技巧地为谎言辩护，依靠哲学以动摇道德的一切原则，用最精细的诡辩来打扮自己的激情和偏见，给自己的谬误加上某种色彩以适合现今的时髦思想。你完全用不着认识人们的性格而只需认识他们的利益，以便基本上猜到他们对每件事要说的话。当一个人说话时，表达感情的可以说是他的衣裳而不是他自己；他可以随便改变他的感情，就像改变他的身份一般。你依次给他以一顶长的假发、一套制服和一个十字架胸饰；你便会依次听到他以同样的热诚宣传法律、专制政治和宗教裁判所。有一套共同的道理为制服说话，另有一套理由为财政说话，另有一套为宝剑说话。每一套都能很好地证明另外的两套是坏的，三套都很容易引出各自的结论。[1] 这样便没有人说出他所想的，而是示意别人来适合于他所想的；于是外表上对真理的热诚，在他们那里只不过是私利的假面具而已。

您以为独立自主地生活的离群索居的人们至少会有属于自己的思想吧；完全没有那回事；那是没有思想的另一种机器，人们用发条使它思想。只消打听一下他们的社会、他们的小集团、他们的朋友、他们来往的女人、他们认得的作者；人们就能从那里预先建立起他们对于预备出版而他们没有读过的书、一出预备上演而他们不曾看过的戏、他们不认识的这个或那个作家、他们没有丝毫概念的这个或那个体系等等的他们未来的感情；而且像钟表一般都是二十四小时上弦，所有这些人每个晚上都要到他们的协会去学习好明天将要思考的东西。

这样便有少数的男人和女人为所有其他的人去想，而所有其他的人都为那些人说话和行动；因为每人都想自己的利益而没有人想公共福利，又因为个人的利益总是互相矛盾的，这便形成阴谋和诡计的永久的冲突，偏见、相反意见的此起彼落，其中最激烈的被其他的所刺激，竟几乎永远不知道问题症结所在了。每个小集团有自己的规章、意见、原则，到别处是不通行的。一家认为是正

① 人们对于一个瑞士人，应该谅解这种议论。他认为他的国家被治理得很好，虽然三种职业没有一种在那儿建立起来。什么！国家没有防卫能存在吗？不，国家必须有保卫者；但所有公民都有当兵的义务而不作为职业。同样的人在罗马和希腊人那儿，在兵营里是军官，在城市里是行政官员，而这两种功能从来都是完成得最好的，因为那时并不知道后来把它们划分并败坏了它们名声的那奇怪的等级偏见。——卢梭原注

直的人到隔壁家里却成了骗子手。善、恶、美、丑、真、德之类都只有地区和有限的存在。谁喜欢交际并出入多个团体，他必须比阿尔西比亚特[①]更有伸缩性，像团体之间改变原则，可以说每走一步就要修正自己的思想，用尺子来衡量自己的格言；每次作访问，在进门时应该抛弃自己的灵魂（假如他有灵魂的话）；他要另外拿一个跟那家同样颜色的灵魂，就像仆役拿件号衣一般；他出门时要一样放好并重新拿回（如果他愿意的话，）他自己的灵魂，直到新的出访。

还有更甚的：那就是每个人不断地使自己跟自己发生矛盾，但没有人认为这是坏事。人们有进行交谈的原则，为了应用，也有别的原则：没有人对它们之间的矛盾感到气愤，他们都同意它们之间不会集合到一起：人们甚至不要求作家，尤其是伦理学家说的要像他的书一般，也不要求他的行为要像他说的一样；他的著作、言论、行为是三个不同的东西，并非必须一致。总而言之，一切都很荒谬，但丝毫不会引起反感，因为大家对此已习惯了；而且对于这种言行不一致甚至会表示好感，好多人还以此为荣。其实虽然大家都热心鼓吹他们职业的准则，他们却夸耀有另外一种调子：法律家摆着骑士的模样；税务官装做贵人；主教说些风雅的话；内侍臣大谈其哲学；政治家卖弄聪明；甚至除了自己本色以外不能装做任何其他模样的普通手艺匠，也在礼拜天穿起黑色服装，这样便有宫里人的派头。唯有军人瞧不起所有其他等级，他们肆无忌惮地保持

① 阿尔西比亚特（公元前450—404）：希腊将军、政治家、以政治上多变得名。——译者

着他们原来的派头，好人看了讨厌。这并不是德·缪拉[①]先生没有道理，他偏爱他们的团体；但在他那个时代是正确的，今天可就不正确了。在文学进步的影响之下，一般的派头向更好的方面发展；只有军人不愿意改变；从前他们的派头是最好的，最后却变得最坏了。[②]

这样，人们与之说话的并不是人们与之交谈的人；他们的感情并不从他们心坎里发出来，他们的智慧并不在他们的脑筋里，他们的议论并不代表他们的思想；人们只看到他们的外形，进入这样的社会，就像面前出现一张动画，里面只有平静的旁观者自己在活动。

这便是我在巴黎看到的大社会给我形成的观念，这种观念可能同我特殊的状况有关系而并不是事情的实际情况，而且在新的启发下无疑会改变的。此外，我涉足的社会只是爱多阿尔阁下的朋友们带我去的地方，我深信为了认识一个国家的真实的风俗，应该深入到其他阶层中去，因为富裕的阶层几乎到处都是一样的。往后我要努力了解得更清楚些。目前，你来判断一下：我把这群人称为一片沙漠，并害怕自己陷于孤独，在那里我看到感情和真实只是空洞的表面，它随时都在变化和自行消灭，在那里我看到些幽灵和幻影，它们在你眼前出现了一会儿，等到你想抓住它时却立刻消

① 德·缪拉(de Muralt)：瑞士伦理学家、作家。他的《论英国人和法国人书简》(1726)颇著名。——译者

② 这种判断(正确的或虚假的)只能适用于下级的和不住在巴黎的：因为在王国中的一切知名之士都服兵役，甚至一切宫内官员也都是军人。但就沾染的派头而论，在战争时期作战的和在卫戍部队生活的之间有很大的区别。——卢梭原注

失，我上面所说是否有道理？我至今看到了许多面具，什么时候我才能看到人们真正的面孔呢？

第十五封信

自于丽

是的，我的朋友，虽然我们远隔两地，我们将结合；不管命运如何，我们将会幸福。心的结合才是真正的幸福；距离的法则对它们的吸力不起作用，而我们的心将在地球的两端接触。我像你一样觉得情人们有千种方法来缓和分离的感情并迅速接近；有时候我们甚至比过去每天见面更频繁地相见；因为两人中有一个刚刚孤独时，我们就立刻在一起了。如果你每晚尝到这快乐时，我白天有一百次尝到它；我生活得比你更孤独，但我四周围绕着你留下的东西，我眼睛一见到它们，立刻就看见你在我的身旁。

Qui cantò dolcemente, e qui s'assise;
Qui si rivolse, e qui ritenne il passo;
Qui co'begli occhi mi trafise il core;
*Oui disse una parola, e qui sorrise.*①

可是你，你能满足于这类平静的景况吗？你能享受一种宁静和温馨的爱情——直冲着你的心而不会刺激你的感官的爱情吗？你如今的歉疚比你过去的欲望更为明智吗？你第一封信的调子使

① 这儿他曾用柔和的声音歌唱；那儿是他坐过的地方；这儿他曾漫步，那儿他伫立过；这儿他温柔的目光刺穿了我心；这儿他曾对我言语，那儿我见过他微笑。（彼特拉克）（意大利语）

我战栗。我害怕这种骗人的激动，由于为想象刺激起来的这类激动是无限的，所以尤其危险，我也害怕你因为爱你的于丽而会侮辱她。啊！你不懂得，是的，你那不太敏感的心不会懂得，空洞的崇敬会怎样触犯爱情；你既不想到你的生命是属于我的，又不想到以为顺应自然，却往往冒着生命危险。感性的人，你几时才能懂得爱情？你记住、你要记住，你有一次体会到而且你曾以如此动人和美妙的笔调描写的那种十分温馨和缠绵的感情。[①] 这是幸福的爱情历来所能体会到的最甜蜜的，也是对分离的情人唯一可以领略的爱情，一个人只要有片刻机会领略到它时，便不应再对其他抱憾了。我现在回忆起我们在读你的普鲁塔克[②]时对于败坏自然的那种低级趣味发生的感想。我们那时议论说："如果真是不能分享这类可悲的快乐的话，那么使它们变得乏味和可鄙也就够了。"我们把同样的意见应用于太炽烈的想象的谬误上，它也是一样合适的。不幸的人啊！当你独自一人时，你有什么欢乐可寻？那些孤独的欢乐是死气沉沉的欢乐。爱情啊！你的欢乐是生气勃勃的；是心灵的结合在鼓舞着它们，人们对所爱者给予的快乐，使它还给我们的快乐更有价值。

我亲爱的朋友，请你告诉我，你最近那封信是用什么语言，或者不如说用什么行话叙述的。是不是灵机一动想卖弄聪明？假如你打算对我经常使用这种语言，你就应该寄本词典给我。请问你，人的衣服的感情是什么意思？人们把灵魂看成一件号衣是什么意

① 见本书第一卷第四封信。——译者

② 普鲁塔克（Plutarque，约46—约125）：希腊传记作家和伦理学家。——译者

思？必须用尺子衡量的格言是什么意思？你怎么想叫一个可怜的瑞士姑娘理解这些高雅的形象语言？人们给灵魂涂上房屋的颜色，而你是否却想给你的思想涂上国家的色彩？我的好朋友，你要当心，我怕它跟那个底色不大相配；照你的意思，骑士马利诺[①]的traslati[②]（你曾常常讥笑它）同你这些隐喻相似吗？此外，假如人们能够在书信里使一个人的衣服发表意见的话，那么为什么人们在十四行诗里不叫火出汗[③]呢？[④]

在三星期里观察一个大城市的所有的阶层，调查人家在那儿说话的性质，正确区分其中的真和假、实质和外表、人们说的和想的，这些是人们指摘法国人有时在其他民族那里做的，但一个外国人绝不应该在他们那里做的，因为他们是值得花力气认真地研究的。我同样不赞成对自己在那里生活而且在那里受到人家很好接待的国家说坏话；我更喜欢人们宁可外表上受欺骗而不做道德家来谴责东道主们。最后，我对一切自以为聪明的观察家表示怀疑：我始终害怕他为了显示自己思想高明而不假思索地牺牲事物的真相，而且为了卖弄辞藻而损害了正义。

我的朋友，你不会不知道我们的缪拉说，说俏皮话是法国人的怪癖；我发现你自己也有同样怪癖的倾向，所不同的是，在他们那里有它可爱之处，而在世界所有民族中，它对我们这里最不合适。

① 骑士马利诺（1569—1625）：意大利诗人。著有神话长诗《阿多尼斯》等。——译者

② traslati：隐喻，暗喻。（意大利语）

③ Sudate，o fochi，a preparar metalli.[④]（骑士马利诺一首十四行诗的诗句）——卢梭原注

④ 火呀，为了锻炼金属，您出汗吧。（意大利语）——原书编者注

在你的好多封信里有些矫饰和生硬的调侃。我不是指感情力量所引起的那种生动的措辞和热烈的表现力；我指的是那种俏皮的文体，它并不自然，也并不独特，还表现出使用者的自负。嗨！上帝！对所爱的人表示自命不凡！是否宁可对照着自己爱情的目标作自命不凡的表现更好些？是否对于他比我们有更多的一切优点作自我夸耀？不，如果人们把空虚的谈话用几句认为是风趣的俏皮话来活跃气氛，这在两个情人之间可并非合乎时令的语言，而献媚的花哨的行话比之人们能使用的最简朴的语言来，距离真实的感情更遥远得多。我让你自己考虑：当我们单独相处时，用得着使用俏皮话吗？如果热烈的情话的魅力把这种话排除掉不使它出现，那么其中总是带点儿苦涩味的别离情、其中心灵更哀怨地诉说着的那种书信，怎么忍受得了这些话？虽然一切强烈的激情总是严肃的，过度的欢乐引发的多半是眼泪而不是笑声，我不愿意爱情因此总是悲悲戚戚的，但我希望它的快乐是简单的，没有装饰，不带做作，像它本身一样是裸露的；总而言之，我希望它闪耀着它自身的优美，而不是机智的盛装。

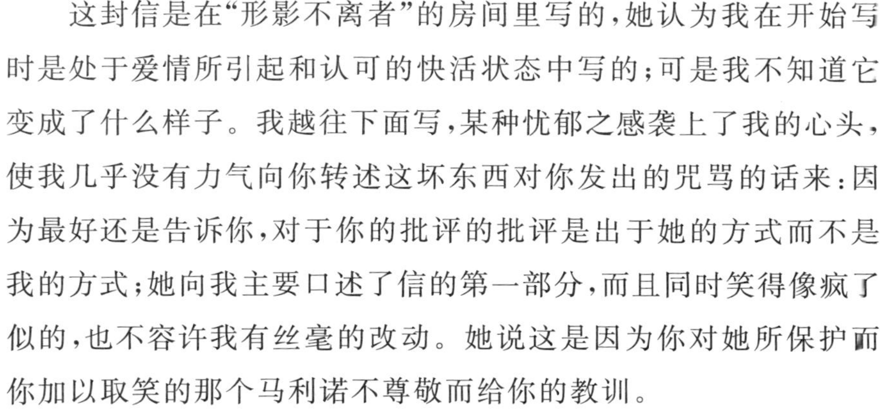

这封信是在“形影不离者”的房间里写的，她认为我在开始写时是处于爱情所引起和认可的快活状态中写的；可是我不知道它变成了什么样子。我越往下面写，某种忧郁之感袭上了我的心头，使我几乎没有力气向你转述这坏东西对你发出的咒骂的话来：因为最好还是告诉你，对于你的批评的批评是出于她的方式而不是我的方式；她向我主要口述了信的第一部分，而且同时笑得像疯了似的，也不容许我有丝毫的改动。她说这是因为你对她所保护而你加以取笑的那个马利诺不尊敬而给你的教训。

但是你可知道什么原因使我们俩有如此好的心情？那是她就要举办的婚事：婚约昨天晚间缔结了，婚礼定在星期一八时。如果说爱情快乐，那么肯定是她的；我从来没有看见过一个姑娘如此滑稽地恋爱的。这个好心肠的陶尔勃先生被如此顽皮地对待而美滋滋的，人也不觉得为她而神魂颠倒了。他不像你从前那样落落寡合，他高高兴兴地任凭人家取笑，认为博得他的爱人的高兴的本领是爱情的杰作。至于她呢，人家徒然教导她、向她表现合适的礼仪，告诉她说佳期在即，她应该采取较严肃的态度，更庄重些，至少对行将离开的老家表示点儿依恋之情；她却对这一切都看做愚蠢的装腔作势；她当着陶尔勃先生的面坚持说，婚礼那一天她将是世界上情绪最好的人，说没有人像她一样愉快地去结婚的。可是这个小伪装者的心事没有全部吐露：我今天早晨看到她红着眼睛，我敢有把握地打赌，夜间的哭泣抵偿了白昼的笑声。她就要造成一些新的链条，它们将减弱友谊那甜蜜的联系；她就要开始一种不同于她所宝贵的生活方式；她原来是快活和平静的，她现在将冒那即便是最好的婚姻也可能碰到的风险；所以不论她怎么说，正像一泓清澈、平静的水在暴风雨来临时会开始激荡一样，她那胆怯和贞洁的心，当着她命运行将变动时，会发生一些惊慌。

我的朋友啊，他们多么幸福！他们彼此相爱，他们就要成婚；他们将没有障碍、没有恐惧、没有悔恨地享受他们的爱情。再见，再见；我再不能说更多的话了。

附言：我们只匆匆见了爱多阿尔阁下一面，他是那么急于继续赶路；我们心中充满了对他的感激，我本来想向他表示我和你的谢忧，但我只有某种惭愧。说实在的，对他这样的人空言感谢，那是对他的侮辱。

第十六封信

致于丽

猛烈的激情会把大人变成小孩子！狂热的爱情多么容易地孕育着幻想！而最微不足道的事物又多么容易使疯狂的欲望受到欺骗！我接到了你的信，其激动的程度就像当面见到了你一样；在我欣喜欲狂时，一张简单的纸给我代替了你。分离的最大害处之一，也是理性唯一无计可施的害处，乃是对于心爱的人的目前情况的忧虑：她的健康、生活、休息、爱情，这一切对于担心完全丧失她的人都变得茫然不知：人家对于现在同将来一样没有把握，而一切可能的意外事故在一个害怕它们发生的情人的思想里却在不断地实现。现在我终于透过气来了，活了；你身体健康，你爱我；或者不如说这一切在十天前是真实的，但今天谁能向我保证？离别啊！痛苦啊！奇异和悲惨的状况啊，在那里人只能享受过去那时的欢乐，在那里现在时还不存在哩！

你即使没有对我说起“形影不离者”，我也知道她对我的批评开的玩笑，以及她对辩护马利诺而发的怨恨，可是如果容许我辩护的话，那我是不会不反驳的。

首先，我的表姐（因为我必须答复的是她），谈到文体时，我是就事论事的；我竭力想使你对于流行的谈话的那种派头既能获得概念，又能看到样品；所以按照老规矩，我给您的信就大体上使用某些社会的人们说话的样子。此外，我对骑士马利诺的指摘不是在使用修辞格方面，而是在对它们的选择方面。既然思想里的热力不足，就需要隐喻和形象的表现来使人家理解。即使您那些来信，也同样充满着您自己想不到的那些修辞格；我的确相信只有几何学家和傻子说话不带修辞格。实际上同一种见解按它的表现力量看不是有上百种等级吗？要不是人们给予它的措辞，又凭什么来决定它的那些等级呢？承蒙您把我的一些句子从原文中孤立地摘出来，我承认我觉得它们也使我发笑，觉得它们是荒谬的；但请您让它们待在我放它们待的地方，您会发现它们是清楚的，而且甚至是有力的。假如您这双很知道善于表达的生动活泼的眼睛要从您的脸上彼此分离，表姐，您认为以它们的全部热情，它们将说什么？据我看，什么都说不出来，即使对陶尔勃先生也无话可说。

一个人初到一个地方，第一件事情需要进行观察的，可不是社会的一般特征吗？那么，我到这地方同样做了这第一次观察，我对您讲了人们在巴黎所说的，但不是人们在那儿所做的。我之所以指出那些正派人在言论、感情和行为之间的矛盾，那是因为这矛盾一眼就看清楚的缘故。当我看到同样一些人按不同小集团而改变自己的信念，在一个小集团里是莫利那派信徒，在另一个集团里是冉森教派教徒，在大臣家里是卑鄙的马屁精，在愤世嫉俗者家里是爱发不满牢骚者；当我看到一个大富翁在诋毁豪华，一个税务官在攻击捐税，一个高级神职人员攻击放荡；当我听见一个宫廷妇女宣扬稳重，一个大老爷宣扬道德，一个作家宣扬天真，一个修道院院长宣扬宗教，而这些荒谬竟没有人引起反感，这时我怎么能不立刻得出结论说：这儿的人们不再关心倾听真理而只是说说而已，人们也不希望在说的时候使人家信服，人们甚至并不设法使人家相信自己对他们所说的话？

然而这对表姐开的玩笑已足够了。我现在放弃对我们三人都无缘的笔调，我也希望你不会再看到我那种讽刺和机智的趣味了。现在是对你于丽作答复，因为我知道开玩笑的批评和严肃的责备的区别。

我想不到你们俩怎么都会误解我的信的。我本来打算观察的完全不是法国人：因为如果民族的性格只能以各民族的差异来确定的话，那么像我这样还没有认识任何其他民族的人，怎么能从事描绘这一个民族呢？我也不会笨拙到挑选首都来作为我观察的地点。我知道不同首都之间比民族之间较少差别，那儿的民族性格的差别大部分会消失和混合，这既由于全都相似的宫廷的共同的影响，也由于人数众多和稠密的社会的共同作用，它在所有人的身上差不多是一样的，并最后克服了原始的民族性格。

如果我想研究民族，便研究那些偏僻的省份，那里的居民还保有他们自然的倾向，我将去那里观察。我要慢慢地和细心地走遍许多彼此相隔最远的省份；我观察得到的它们之间的一切差别会给我以每个省的特征；一切它们有的共同的而为其他民族所没有的，形成民族的特征，而到处都存在的则一般地属于普遍人的特征。然而我既没有这广大的计划，也没有实现它的必要的经验。我的目光是认识人，我的方法是在不同的相互关系中研究人。我至今只在小的社会里看到人，是在地面上分散的和几乎是孤立的人。我现在要观察在同一地方堆成大堆的人，我将从这里开始判断社会的真正结果：因为如果明确的是社会使人们变得更好些的话，那么它越多和越接近，人们就应当越好些；那么比如说，巴黎的风俗将比瓦莱的更纯净；而如果发现相反时，那就必须引出相反的结论。

我同意这一点，即这种方法也能够引导我认识各民族，但那是一条如此漫长和如此迂回的道路，以致我可能一生完成不了其中的一个民族。我应当到处观察最先遇到的国家，然后随着我遍历其他各国而确定它们的不同，把法国和其中的每一个作比较，就像人家在柳树上描绘橄榄树，或者在冷杉上描绘棕榈树一样，我还得把第一个观察过的民族，放到我观察了所有其他民族之后再下判断。

我可爱的好说教者，那么劳驾在这里把哲学上的观察跟对整个民族的讽刺区别清楚。我研究的不是巴黎而是一个大城市的居民；我也不知道我所看到的是否适合于罗马和伦敦，同样也适合于巴黎。道德的准则并不以民族风尚为转移；这样看来，不管占优势的偏见，我很清楚地觉得这里本质上是坏的，但这种坏我不知道是否应归咎于法国人或一般的人，是否由习惯造成的或自然造成的。罪恶的景象到处都让公正的眼睛看了生气，但逗留在罪恶弥漫的国家里而指责罪恶的人并不比住在人群里而非难人的缺点的人更值得指摘。我自己现在岂不是巴黎一居民？也许我已经不自知地助长了我在这里指出的混乱；也许逗留太长了甚至会败坏我的意志；如果不是力求对得起你的那种意志支持着我那自由人的灵魂和公民的风尚，那么也许一年后，我只能是个市侩了。那么请你让我自由地描写那些我耻于模拟的事物，并鼓励我通过阿谀奉承和说谎欺骗的图像以表现真实的那种纯正的热忱。

如果我能自己决定自己的工作和命运的话，毫无疑问我会选择其他写信的题材，我以前在梅耶利和瓦莱写给你的那些信你并非不满意；可是亲爱的朋友，为了有力量忍受我被迫生活于其中的社会的喧嚣，我为了自我安慰，得把它们向你描绘出来，而给你准备这些关系的思想却刺激我去寻找题材。假如你什么也不愿同我一起观看，我每一步都会灰心丧气，便不得不放弃一切。请想一想，我为了能够在同我的兴趣极少合拍的情况下生活，我作了颇有理由的努力；为了确定哪些办法能使我接近你，请容忍我有时要对你讲些应当知道的格言和必须克服的一些障碍。

虽然我进行得很缓慢，虽然我难免有时分心，你的书信集我已经编好，这时你的信很幸运地来到，使集子有了继续；看到来信如此简短，我赞赏你心中有多少事你能在如此短的篇幅里说出来。是的，我肯定地说，再没有如此美妙的读物了，即便跟你不认识的人，只要有跟我们同样的心灵，也会有这种感觉。可是读你的信时怎么能不认识你呢？如此感人的笔调和如此温柔的感情，除了你还有谁写得出呢？在每个句子里能看不见你眼睛的温和的目光？在每个字眼里能听不到你的美妙的声音？除了于丽，还能有谁像她这样眷恋、思考、说话、行动、书写的？如果你的信把你表现得如此真切，以致有时对崇拜你的情人起到了像同你见面的效果，那么你也用不着感到惊讶。我在读这些信时丧失了理智，我的头脑在连续的幻觉中迷了路，猛烈的火焰焚烧着我，我的血发着火和闪耀着，一阵疯狂使我战栗。我以为看见了你，接触到了你，把你紧抱在我的怀里……崇拜的对象，迷人的姑娘，幸福和欢乐的源泉，看到你时怎么能不看到那些为真正幸福的人造就的仙女？……啊！

来吧……我感觉到了她……她逃脱了我，我只抱了个影子。的确，亲爱的朋友，对于我这脆弱的心，你是太美而且过去是太体贴了；他既不能忘记你的美丽，也不能忘记你的抚爱：你的魅力比别离更强，它到处追逐着我，它使我害怕孤寂；我不敢总是牵挂着你，这就使我的不幸达到了顶点。

这么说，他们将不顾障碍而结合，或者不如说当我写这信时他们已结合了！可爱又可敬的一对夫妇！愿上苍赐予他们幸福，这是他们明智和文静的爱情、纯洁的德行、正直的灵魂所应得的！愿它赐予他们这珍贵的幸福，这幸福对于生来为品尝它的心向来是吝啬的！唉！如果它赐予他们以从我们这里剥夺去的一切，他们将十分幸福！然而在我们的许多不幸里，你不感到某种安慰吗？你不感到我们过度的不幸同样不是没有补偿的，而且假如他们有我们被剥夺的那些欢乐，我们不也有他们所不能知道的欢乐吗？是的，我的温柔的朋友，我们虽然别离、被剥夺、惊慌，虽然有时还甚至绝望，但是两颗心彼此互相强有力的吸引，永远具有一种秘密的至乐，那是平静的心所不知道的。在受苦难之中求得欢乐，这便是爱情的奇迹之一，冷漠和忘却状态使我们祛除我们苦痛的一切感觉，我们把这看做是不幸中的最坏不过的事。于丽啊！那么抱怨我们的命运吧，可是不要羡慕任何人的命运。总的看来，也许没有比我们更好的命运了；正像神明从本身汲取自己的一切幸福，由神火烤热的心灵也从自己的感情中找到一种与财产和其他一切都不相干的、纯洁和甜蜜的欢乐。

第十七封信

致于丽

现在我终于完全处在激流中了。我的集子已编好，我开始出入剧场并且在外面用餐。整个白天我都在社会界度过，我耳朵听到和眼睛看见的都加以注意，因为看不到有像你的人，便在扰攘声中陷入沉思并暗地里跟你交谈。这倒并非由于这喧嚣和杂乱的生活同样没有某种诱惑力，奇异而纷繁的事物对于一个新来者并非没有一定的乐趣；可是为了感觉到这些，就得具有空洞的心和无聊的思想；爱情和理智仿佛联合起来使我对这种生活发生反感：因为一切都只显出空虚的外表，也因为一切随时都在改变，我简直没有时间被它所感动，也来不及加以观察。

这样我开始感到研究社会的困难，我甚至还不知道为了好好地认识它，应该占据个什么位置。哲学家离开它太远，普通人又离得太近；这一个看得太多，不容易反思；那一个看得太少，不便判断全景。哲学家目击每件事物，他孤立地观察它们，所以既不能区分它们的联系，也不能分清与其他事物——它们是他的观察力达不到的——的关系，他永远看不到在适当位置上的事物，也感觉不到它的意义和真正的价值。普通的人虽看到一切，却没有时间去思索：事物的多变性只容许他瞥见它们而不能观察它们；它们彼此互相迅速地挡住视线，所以总起来只给他留下像混沌一般模糊的印象。

人们也不能轮换着进行观看和思考，因为观看戏剧需要连续不断的注意,但它被反思所打断。如果一个人想把时间分为一会儿出入交际场所,一会儿离群索居,那么在后者的情况下会始终激动不安,而在前者的情况下会始终感到格格不入,因此在两处都不得安生。他除了把整个生活分为两大截之外别无他法:一截为了观看,一截为了反思;然而这同样几乎是不可能的:因为理智不是家具,可以随便放置和挪动,而一个人能活着十年不动脑筋,他就一辈子不会动脑筋了。

我还觉得一个人想以单纯的旁观者来研究社会,那是荒唐的。只想做旁观者的人,他什么也观察不到,因为对于事情他没有用处,而在娱乐里他是种干扰,所以他到处不受欢迎。人自己有多少行动,才能看到别人多少行动;在社会的学校里也像在爱情的学校里一样,要学到东西,必须从实践开始。

那么像我这样一个外国人,在这国家里没有任何事情有关,而且宗教信仰的不同阻碍我为此抱什么希望,我又能采取什么措施呢?我只能降格以求,进行学习,既然永远不能做一个有用的人,便努力使自己做个有趣的人。只要可能,我要做得彬彬有礼而不虚伪,殷勤而不卑屈,我要很好地吸收社会中的好的东西,使我在那儿待得住而不接受那儿的恶习。作为一个有闲的人而想观察这社会,这人至少在某种程度上采取他们的习尚:因为他凭什么权利要人家接纳一个一无用处,而且没有本领叫人家喜欢的人?但当这个人找到了这种本领,人家也不会对他要求更多,尤其如果他是外国人。他可以避免参与阴谋、诡计、纷争;假如他对于每个人都很诚实,对某些妇女既不冷落也不亲近,对被接纳的每个社会保守秘密,在一个家庭里不把另一个家庭的笑料张扬出来,避免说悄悄话，拒绝烦恼的事，到处保持一定的尊严，那他便可以平平静静地观察社会，保持他的习惯，他的正直，甚至他的独立，只要它来自一种自由的精神而不来自一种派别的思想。这便是我根据几个有识之士——他们是从爱多阿尔阁下介绍给我的熟人中间我挑选出来作为指导的——的意见而打算做的。于是我开始被一些人数较少和精选的社会团体所接纳。直到现在我只参加一些固定的聚餐，那里的妇女，见面的只有那家的主妇，那里接待巴黎一切有闲的人，不怎么认识的人也行，餐费量力而付，有的凭机智或者凭奉承，他们喧闹嘈杂的声音不亚于小饭馆的餐桌。

我现在参加到更隐秘的秘密消息的范围里去了；我出席一些邀请的晚餐，那里一切不速之客都被拒之门外，那里的参加者可以确信于大家都合得来的人，即使对个别人彼此合不来，但至少对接纳他们的人总是合得来的。那里的妇女处事不太谨慎，人家可以着手研究她们；那里可以较自由自然地大谈些更精细和更讽刺的话；在那里不谈那些大家从早晨就在谈论的一般新闻、戏剧、官场升迁、红白喜事，而是细心地逐项议论巴黎的趣闻，大家揭丑闻的一切秘密结局，把好事和坏事同样变得滑稽可笑，而每个交谈者在技巧地并按照特殊的兴趣描绘各个人物的性格的同时，自己不觉得更妙地也描绘了自己的性格；在那里为了小心点儿而在仆役面前发明了某种晦涩难懂的话，假装借助它使讽刺更显得模糊，但却使它变得更辛辣；在那儿，总而言之，人们用心地磨炼着匕首，在使它减轻些损害的借口下，实际上却让它捅进得更深些。

然而按照我们的概念来看这些话，那么说它们是讽刺将是错误的，因为它们戏谑更甚于辛辣，攻击目标落在滑稽的事而不落在

罪恶上。一般地说，讽刺在一些大城市里不大流行，那儿只有坏事如此普通，所以用不着去说它。在德行不再被尊重的地方，还有什么可斥责的？当人们不再找得到什么坏事时，还能说什么坏话？特别在巴黎，人们只从有趣的方面注意事物，一切会惹人生气和恼怒的总是不好被接受，除非编成歌曲或讽刺短诗。漂亮的女人不宜生气；因此她们对什么都不恼火：她们好发笑，又因为没有用来对罪恶取笑的字眼，因此坏蛋也像大家一样是好人。可是遭到嘲笑的人倒霉了！它那腐蚀性的烙印是磨灭不了的：它不仅诋毁品行、道德，它还一直指点出罪恶；它也使坏人进行诽谤。但回过头来谈我们的晚餐吧。

在这些精英的社会集团里最使我见了引起感触的是：比如说有预先选择的六个人一同愉快地进行谈论，而且这六个人常常总是有秘密关系的，这六个人在一起待不到一小时，他们的谈话一定会牵扯到半个巴黎；好像他们的心没有什么衰情可诉，而且其中没有一人会对之感兴趣。我的于丽，你可记得在你表姐或在你的家吃晚饭时，虽然受到拘束和要保守秘密，我们知道怎样使谈话落到与我们有关的题材，又怎样在每次令人激动的回忆和每次微妙的暗示时，一瞥比闪电更迅速的眼神、一声可意会而不可言传的叹息把甜蜜的感情从一颗心传给另一颗心的情况？

假如谈话偶尔转到宾客的身上时，那么一般使用社会上某种隐语，这就需要掌握它的秘诀才能懂得。人们凭了这种秘诀便可按当时的趣味互相进行千百种戏谑，其中最愚蠢的并非最不出风头的，至于理解不好的那三分之一的人，只得无聊和沉默地待着，或者不懂装懂地跟着笑。你瞧，这个国家的交际联系方面所有亲切热情的东西，除了面对面的交谈，我都是（而且将来也永远是）无法理解的。

但这时如果有个重要人物说了句重要的话，或提出个重要的问题，共同的注意便立刻集中到这里，男人、女人、老头儿、年轻人全都从问题的各方面进行研究，于是人们不禁奇怪怎么这些滑稽的头脑[①]里会争先恐后想出这些意义和道理来的。一个道德的问题在哲学家的集团里没有像在巴黎漂亮的妇女的集团里讨论得更好些；那里得出的结论也常常比较不那么严厉，因为哲学家想使行为符合言论，便要反复考虑；但在这里，一切道德都纯粹是空谈，他们可以不负责地做得很严厉，人们也不会为之而生气，为了稍稍杀杀哲学家的傲气，便把道德提到即使智者也达不到的高度。此外，不论男人和女人，他们全都受社会经验的熏陶，尤其受他们信仰的影响，都一致地把他们的同类看得尽可能地坏，总是悲观地看问题，总是由于虚荣心而贬低人的本性，总是从做好事中寻找坏的动机，总是以自己的心猜度他人而说人的心地坏。

虽然怀有这种可鄙的看法，但在平心静气的交谈里大家心爱的题目之一是感情，不过别以为那是指从爱情和友谊的心坎里的

① 然而只要某种意想不到的玩笑不致破坏这种正常状态就好。不然各人出奇斗胜，正常状态一下子都会消失，便再没有办法来恢复严肃性了。我记得有一袋小饼干曾有趣地扰乱了市集上的一场戏。受干扰的演员乃是些动物。但有多少东西对许多人来说都是小饼干呀！大家知道封德奈尔[②]在他的《狄伦特人[③]的历史》里要描绘的是谁。——卢梭原注

② 封德奈尔（1657—1757）：法国哲学家和诗人。——译者

③ 狄伦特人：古希腊城市狄伦特（希腊名：狄鲁斯）居民。——译者

热情流露，那会枯燥乏味得要死的；这乃是放之于一般高深的信念之上，并由全部玄之又玄的形而上学所精炼的感情。我可以说，我平生从来不曾听到人家谈过那么多的感情，而人家所谈的那一套我也根本不懂。那都是不可思议的微妙的东西。于丽啊！我们那种粗糙的心从来不知道所有这些优美的道理；所以我担心带着这种感情处在这社会的人群里会像荷马在书呆子中间一般，由于没有接触过真正的美，他们为他创造出千百种幻想的美来。他们就这样把他们的感情耗费在机智上，使谈论里充满了机智，以致感情在生活实践里不再留下什么了。幸亏有礼节来补充感情，于是人们凭礼貌做的，差不多同凭感觉要做的一样，至少只需做一点客套和暂时的某些不方便的牺牲，为的是要人家说自己好；因为当牺牲会引起太久的不方便或者代价太高昂时，感情就只好被抛置脑后；礼节的需要就到此为止。除此以外，人们简直不能理解他们所谓的一切礼节都在什么程度上经过仔细思考、衡量过；在感情已不能控制的那部分，他们规定了规则，于是大家都按照规则生活。这个爱模仿者的国家充满了独特的人，所以没有办法从那里打听到消息，因为没有人敢于独立自主。*应当像别人那样做*：这是这国家的智慧的第一条格言。*这应当做，这不应当做*：这是最高决定。

这种形式上的照章办事方式，使上流社会的共同礼节显得非常滑稽，即使在最严肃的事情上也一样：人们可以正确知道什么时候应该问候起居；什么时候应该用书面，就是说代替亲访而写信致意；什么时候应当亲自登门拜访；什么时候准许待在家里；什么时候不应该待在家里，虽然实际上在家；某甲应该送什么礼，某乙应该谢绝什么礼；对于这个或那个死者应该采取哪一级的哀伤[1]；在乡村应当哭多少时间；哪天可以回城来守丧；居丧中可以举行舞会或上戏院的时辰和分钟。那儿大家在同样的情况同时做着同一件事；大家都按时进行，像一团兵在战争中的行动一样：可以说这些都是像钉在同一块木板上，或用同样的线牵拉的木偶。

然而由于所有这些确切地做同样事情的人必须确切地有同样的感觉一事是不可能的，所以为了要理解他们，显然要用别的方法去深入渗透他们；显而易见，全部这种隐语只是种虚假的词汇汇编，它不能用来判断道德风尚而只用来判断巴黎盛行的气派。这样看来，人们可以知道这里说些什么，但完全不能用来判断他们的价值。对于大多数新的著作我也这么说；甚至对于戏剧我也这么说，戏剧自从莫里哀以来更多是发表漂亮的交谈而不是民间生活的舞台。这里有三种戏剧，人们在其中的两种里表演些虚幻的人物，诸如一种里有小丑、小花脸、黑袍长须的丑角；另一种里有天神、魔鬼、巫师。在第三种里演出那些读起来使我们感到那么愉快的不朽的剧本，以及其他随时在舞台上出现的更新的剧本。这些戏剧里好些都是悲剧，可是很少感动人，如果这些剧本中有时出现一些自然感情和与人心真有联系的，但它们对于欣赏它们的人，在特殊的道德方面却并不提供任何教育。

悲剧的创立，在它的创立者那里，有其宗教的基础，因而得到了它的准许：此外，悲剧在希腊的敌人波斯人的灾祸里，把一些国

① 对某人逝世的哀悼是种人性的感情和自然的善心的证明，而并不是道德的义务，即使这某人是其父亲。任何人在这情况下如心里没有哀痛，就不应表现在外表上：因为远为重要的是，逃避伪善而不是屈从于礼仪。——卢梭原注

王的罪恶和疯狂(这民族从中获得了解放,)给他们提供了富有教育和赏心悦目的看台。人们在伯尔尼、苏黎世、海牙演出奥地利王室从前的暴政、对国家和自由的热爱,使我们对这些戏剧感到兴趣;可是请问这里的高乃依[①]的悲剧起一种什么作用,而庞贝[②]或赛尔多利乌斯[③]与巴黎的人民有什么关系。希腊的悲剧是建立在真实的或者观众认为真实的事件之上,也建立在历史传统上面的;但英勇和纯洁的火焰在大人物的灵魂里起什么作用?人们不是在说,爱情和德行的斗争常常使他们彻夜不眠;而在国王们的婚姻上心灵起着很大作用?请判断所有建立在这虚幻的题材上的真实性和用处吧!

至于喜剧,它无疑应该真实地表现人民的道德,——它之所以被创作出来,正是为了这目的——以便人民照此改正他们的罪恶和缺点,正像人们对镜擦掉脸上的斑点一般。戴朗斯[④]和布劳德[⑤]

---

① 高乃依(Corneille Pierre,1606—1684):法国戏剧诗人。生于律师家庭,自己也当过律师,后从事戏剧创作,受红衣主教黎塞留赏识,一生创作三十余部剧本。主要的有《熙德》(1636),《奥拉斯》(1640),《西拿》(1641),《波里厄克特》(1642),《洛道居纳》(1644)等。论文有《论悲剧》、《论三一律》等。是法国古典主义戏剧的创始人。——译者

② 庞贝(Pompèe,拉丁名 Cneius Pompeius Magnus,公元前 106—前 48):罗马将军、政治家。早年助克拉苏镇压斯巴达克起义,公元前 70 年任执政官,后与恺撒、克拉苏结成前三头政治联盟。公元前 48 年法罗萨战役失败后逃亡埃及被杀。——译者

③ 赛尔多利乌斯(Sértorius,拉丁名 Quintus Serturius,公元前 123—前 72):罗马将军。——译者

④ 戴朗斯(Térence, Publius Terentius Afer,公元前 190—前 159):拉丁喜剧诗人。——译者

⑤ 布劳德(Plaute, Titus Maccius Plautus,公元前 254—前 184):拉丁喜剧诗人。——译者

在描写的对象上搞错了；但是比他们早的阿里斯多芬[1]和梅囊特尔[2]却向雅典人展现了雅典的道德风尚；后来唯有莫里哀还更真实地描绘了上个世纪法国人的道德风貌，让他们亲眼目睹。如今情况有了改变，但是不再看到新的描绘者出现：现在大家在戏院里模仿巴黎百来个客厅里的谈话，除此而外，再不能从那里学到法国人的习俗了。在这个大城市里有五六十万人，但简直谈不到舞台艺术。莫里哀敢于描写小市民和手工业者，写得同侯爵一样出色；苏格拉底能使马车夫、细木工、鞋匠、泥瓦匠说话。[3] 可是今天的作家都是另一种调子的人，他们认为如果知道商人柜台上或者工人铺子里发生的事是不光彩的；他们只需要有名望的交谈者，他们便在他们人物的行列里寻找凭自己的才干达不到的那种高度。而观众他们则变得如此小心谨慎，以致像害怕作客似的害怕到剧场去给自己丢脸，便不敢去看比他们地位低的人的演出。他们仿佛是大地上唯一的居民；在他们眼里其他的人简直不算什么。有一辆四轮马车、一个看门人、一个膳食总管，这就是像大家一样。为了像大家一样，就得像极少数的人一样。那些步行的人不算是大家；那是些小市民，是平民，是另一个社会的人；可以说四轮马车为

① 阿里斯多芬(Aristophane，希腊名 Aristophanês，公元前 450—前 386)：希腊喜剧作家。——译者

② 梅囊特尔(Ménandre，希腊名 Menandros，公元前 342—前 292)：希腊喜剧诗人。——译者

③ 蒙田(Montaigne)也曾同样指出过："他嘴里只有马车夫、细木匠、补鞋匠和泥瓦匠……在如此恶劣的形式下我们绝不选择他那些可赞美的观念的高贵和显赫，我们……看到的财富只是摆饰和排场。我们的社会只由炫耀形成。"(第三卷，第十二章开头)——原书编者注

了走动并非太必需,更需要是为了存在。这样便有一小撮狂妄的人,他们认为宇宙间只有他们算数,但如果不是为了他们作恶,大家也犯不着去计算他们。戏剧是专门为他们演的:他们在戏台上作为被表演者又同时作为两方面的代表出场;他们是戏里的角色,又是坐在长椅上的演员。这样,上流社会和作者的范围就在缩小;现代的戏剧就这样不能再离开它讨厌的庄重了:人们只能演穿金绣服装的人物。令人看了会说法国只有些伯爵和骑士;平民越是不幸和穷困,他们舞台上就越显得辉煌和优美。其结果是在刻画供其他阶层当例子的阶层的笑料时,不但不能杜绝它,却反而把它传播开来;而始终充当猴子和富翁们的模仿者的平民,他们上戏院去不是为了嘲笑他们的狂态而是为了向他们学习,而且在模仿中变得比他们更疯狂。这便是莫里哀本人造成的结果;他纠正宫廷而感染了城市平民;他的那些可笑的侯爵成了继承他们的小市民花花公子的优先榜样。

一般地说,法国的舞台上台词多而动作少:这也许因为实际上,法国人说的比做的还要多,或者至少他们对说话看得比做事价值更高。有人看了僭主德尼斯[①]一剧后出来说:"我什么也没有看到,但我听见了许多说话。"看,这便是人们走出法国戏院时所能说的话。拉辛和高乃依,凭他们那样的天才,也不过是有口才的人而已;他们的后继者第一个仿效英国人,他敢于有时在演出里加进些表演。一般地说,这都在很好地安排和大轰大嗡的漂亮的对话里

---

① 德尼斯(公元前430—前367):叙拉古的僭主,其剧本何人所作未详。——译者

进行的。其中大家首先看到的是：每个对话者最注意的总是想炫耀辞藻。几乎全都以一般的格言亮相。他们无论怎样激动，心里所想到的主要是观众，次要的是自己；表达一种感情比说一句警句更费劲：拉辛和莫里哀[①]的剧本除外，“我”这个字在法国戏剧里几乎跟包尔-罗亚尔[②]的文书一样完全细心地被排除掉，而人的激情同基督教的谦逊一样，都永远只用泛指人称“人们”来表示。而且演员在动作和说话里都还有某种夸张的装模作样，这就不能使感情正确地表露，也不容许作者体现他的角色并登上舞台，而总是把它困住在戏院里并处在观众注视之下。因此最生动的情景也使它总忘不了在遣词造句和优雅姿态上用工夫；而且假如由于绝望而拔剑自刎时，不满足于照常理倒地，像波吕克塞娜[③]那样，它绝不倒下；体面使它死后保持站立的姿势，而所有刚刚断气的人不一会儿都直立了。

这一切都由于法国人在舞台上不是寻求自然和幻想，而只要机智和思想；他们重视乐趣而不是模拟生活；他们不关心怎样被吸引而只要能开心就好。没有人到戏院去为了看戏感到快乐而是为了看人群，为了让人家看自己，为了在看完戏后听听大家的议论；人们对于看了的东西不假思索，只想知道人们会议论些什么。在他们看来，演员始终是演员，而不是他所体现的角色：那个以世界

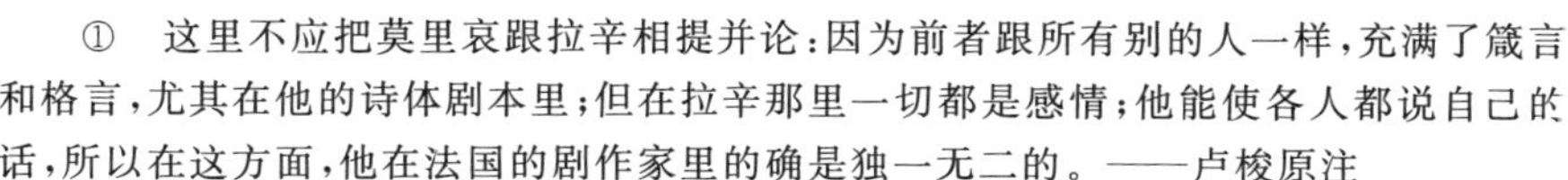

① 这里不应把莫里哀跟拉辛相提并论：因为前者跟所有别的人一样，充满了箴言和格言，尤其在他的诗体剧本里；但在拉辛那里一切都是感情；他能使各人都说自己的话，所以在这方面，他在法国的剧作家里的确是独一无二的。——卢梭原注

② 包尔一罗亚尔(Port-Royal)：女修道院名。——译者

③ 波吕克塞娜：特洛亚国王普里阿摩斯的女儿。希腊悲剧作家欧里庇德斯的悲剧《赫卡柏》中人物。——译者

的统治者口吻说话的不是奥古斯都[①]而是巴隆[②]；庞贝的遗孀是阿特丽耶娜[③]；阿尔齐尔[④]是戈笙小姐[⑤]，还有那骄傲的野人是格朗瓦尔[⑥]。至于喜剧演员们，那么他们完全忽视幻想世界，他们看到没有人关心这方面：他们把古代的英雄安排在六排巴黎青年人之间；他们按照罗马的服装仿制法国时装；人们看到带泪水的高尔奈丽[⑦]涂着厚厚的胭脂，卡东[⑧]搽着白粉，勃鲁多斯穿着鲸骨支撑的长袍。这一切并不引起任何人的反感，对戏的成功也没有什么影响：因为人们在角色里只看到演员，在剧本里只看到作者，所以假如服装被忽略，这很容易被原谅，因为人们清楚地知道高乃依并非裁缝，克雷皮雍[⑨]也不是假发师。

这样，无论你从哪方面看问题，这里总之都是些胡说八道、隐语、空话。在舞台上也像在社会上，听人家说话毫无用处，你没法明白他们所做的：而且你用得着去了解它吗？一个人只要一说话，人们就打听他的品行吗？他有没有都做了？有没有给他下判断？

① 奥古斯都(公元前 63—公元 14 年)：罗马帝国皇帝。——译者

② 巴隆(1653—1729)：法国戏剧作家、演员。莫里哀的学生，当时的著名演员。——译者

③ 阿特丽耶娜(1692—1730)：法国著名女演员。——译者

④ 阿尔齐尔：伏尔泰一部悲剧名(1736 年上演)，阿尔齐尔是剧中女主角。——译者

⑤ 戈笙小姐(1711—1767)：法兰西戏剧院著名女演员。——译者

⑥ 格朗瓦尔(生卒年不详)：1761 年前登台的法国演员。——译者

⑦ 高尔奈丽(公元前 189—前 110)：罗马政治家、将军西化翁(Scipion)之女，毕生教育子女著名。——译者

⑧ 卡东(公元前 234—前 149)：罗马政治家。——译者

⑨ 克雷皮雍(1674—1762)：法国戏剧作家。——译者

这里的正直的人完全不是做了好事的人，而是说了好事的人；只要一句冒失的、不经过思索就脱口而出的话，就可以使说这话的人犯了不可补救的错误，以致尔后四十年的正直也洗刷不掉。总而言之，虽然人们的行为并不与他们的言辞相似，我看到人们只凭他们的言辞来判断他们而不去考虑他们的行为；我也看到在大城市里，那种社会甚至比在不太矫饰的人们中间显得更和气、更随和、更可信赖；可是那儿的人果真更有人情味、更稳重、更公道吗？那我可一点也不知道。那还不过是表面现象；而在这些外表如此开朗和愉快的情况下，那内心深处可能比我们更隐秘和更深沉。我是个外国人，孤独无靠，于事无关，无亲无故，没有欢乐，只愿依靠自己，对此我能说什么呢？

然而我已开始感到，凡是过着这里激动和扰攘生活的人都感受到的那种精神错乱；我头晕目眩，眼前仿佛像走马灯似的有无数事物迅速地滑过去。我所目击的没有一件能吸引我的心，但一切都仿佛在打扰我，并使我的感情不得落实，有时甚至暂时忘记自己的存在和为谁而存在。每天当我离家外出时，我用锁把自己的感情锁起来，为了好携带别的感情以适应在等待我的无聊的事物。我听到大家对事物的评论和判断，自己就不知不觉像他们一样地评论和判断。如果我有几次试图摆脱偏见并实事求是地观察事物时，我马上就会被某种很像是论断的废话所粉碎。人们明白地向我证明：只有半吊子哲学家才重视事物的真实性；真正的智者只从外表来观察事物；他应当把偏见作为原则，把礼节作为规则，而最高的智慧在于像疯子般生活。

这样，由于我不得不改变精神状态的常规，不得不重视幻想并抑制自然和理性，结果我感到自己内心保持而且同时既是我希望的目标又是我行为准则的那神圣的形象竟发生了变化；于是我从一种怪念头转到另一种怪念头，因为我的趣味不断地服从于舆论，我也就不能在这一天肯定下一天究竟会喜欢什么。

吃惊于自己身上的人性在蜕化，又看到自己那内心的崇高——我们炽烈的心曾为之互相提升——被贬抑到如此低下而感到羞愧、屈辱，我晚上回来时，心中充满了隐隐的忧愁，被死气沉沉的厌恶所压倒，心头既空虚又像充气的气球似的膨胀。啊，爱情！啊，我从她得来的纯洁的感情！……我以何等的喜悦回返到了我自己！我以怎样的激情从中重新找到了我最初的感情和最初的尊严！当我从中重见德行的光辉灿烂的图像、从中凝视你的图像——于丽呀！你坐在光荣的宝座上并呼气吹散着所有那些幻觉——时，我怎样地欢呼呀！我感到我受压迫的灵魂在呼吸，我认为我的存在和我的生命又康复了，于是我连同我的爱情又获得了一切崇高的、使它无愧于它的对象的感情。

第十八封信

自于丽

我的好朋友，我刚刚愉快地体会到了我从未目击过的最快乐的场面。那位最聪慧、最可爱的姑娘终于成了一个最可敬和最优秀的新娘。为她悉心所爱的那位新郎，他对她满怀尊敬和挚爱，现在镇日价只知道对她体贴、温存、使她幸福；作为我女友的幸福的证人，我体会到了不可言喻的喜悦，也就是说，我分享了她的幸福。

我深切相信你对此也不会更少感受，因为她总是如此亲切地爱着你，差不多从她童年起对你就很亲近，而且有那么多的恩德使你更应该对她感到可珍爱了。是的，所有她体会到的感情，在我们心灵里都会像她一样体会到。这些感情如果对于她是种快乐，那么对于我们是种慰藉；这便是联结我们的友情的价值所在。而三者之一的幸福就足以缓解其他二者的不幸了。

然而我们不必讳言，这位无与伦比的女友将部分地脱离我们了。这里出现了新的情况；现在发生了新的关系、新的义务；她的心本来只属于我们的，如今却应属于另一种感情，友爱只能把第一位让给了它。更有甚者，我的朋友：就我们这方面说，我们对于她的热诚的种种表示，应该更谨慎小心地处理；我们不应该只从她对我们的依恋以及我们对她的需要来考虑，而要从是否适合于她的新的状态和她能使她丈夫满意或者不满来考虑。我们并不需要寻找什么情况下道德需要什么；只要有友情的规则就足够了。为了自己特殊利益而损害朋友的人有资格享有友爱吗？当她还是姑娘时她是自由的，她的行为只由她自己负责，她一切意图的正当性用她自己的眼睛就足够作出判断。她把我们俩看做一对天造地设的夫妻；而她那敏感和清白的心灵把为她自己的最贞洁的羞耻心跟为她有罪的表妹的最温馨的同情结合在一起，她掩盖着我的过错而不分担它。可是现在一切都改变了；她必须对另一个人考虑她的品德了；她不仅要保证她的忠诚，而且还得牺牲她的自由。同时作为两个人的荣誉的保管者，她光是正直还不够，还得受人尊崇；她不能仅仅做好事，还必须绝不做不受赞许的事。一个有德行的妻子不但应该受到她丈夫的尊重，而且更应该取得他的尊重；如果

他咒骂她，她是该受咒骂的；即便她是无辜的，但只要她被怀疑，她就不对，因为甚至外貌也是她的义务里的一项。

我并不清楚地知道，所有这些道理是否都好，可以由你作判断；可是某种内心的感情告诉我：我的表姐不宜继续作我的心腹，也不宜由她首先告诉我这一点。我发觉我的论断常常错误，但是内心的秘密活动启示我的却从来没有错过，这就使我对于我的本能比我的理性更抱有信心。

根据这个原则，我用了一个借口来取回你的那些信，因为我担心把它们留在她那里会发生意外：她把信还给我时心抽搐着，我的心告诉我这一点，也使我相信我做了我应该做的事。我们完全没有进行解释，但我们的目光却代替了解释；她哭着拥抱了我；我们一言不发就感到友谊的温柔的言语多么不需要用口说来帮忙。

至于选择哪里来代替表姐的地址，我首先想到的是方勋·阿奈那儿，这的确是我们能够选择的最可靠的地址；如果这个少妇比我的表姐的等级较低下的话，难道她在善良方面就该有被轻视的理由吗？较低下的感情是否会使她把我的榜样变得更危险：对于这一个只是一种崇高的友谊的努力，但对于另一个会不会是一种腐化的开始；而且滥用她的感恩，能否不使我把美德作为罪行的工具：这些问题岂不是反而更应该担心的吗？啊！对我来说，不给我以同谋者，不用拿人家的错误再来增加我的错误的分量，我的罪过还不够吗？我们别再想这件事了，我的朋友：我想出了另外一个办法，虽然的确不很可靠，但也不大会受指摘，因为没有人会受连累，也不需要给我们亲信；那就是我写信用一个虚假的名字，比如说，迪·鲍斯敢[①]先生,然后装进寄给雷齐阿尼诺的信封里,我会事前通知他。这样,雷齐阿尼诺本人毫不知情;他最多只不过有些疑心,但他不敢去核实,因为掌握着他前途命运的爱多阿尔阁下,是向我担保他的。眼下我们通信就通过这个渠道继续进行,我以后再考虑我们能否采取你在瓦莱旅游时用过的办法,或者其他永久和可靠的办法。

即使我不了解你现在的心态,但从你的那些信件里看得出,我知道你现在过的生活不合你的脾胃。在法国曾引起人家不满的德·缪拉先生的那些信,都没有你的严厉;像儿童恼恨自己的老师一样,你为了被迫研究社会而对最初教导你的人们进行报复。最使我惊讶的是:迎合一切外国人这件事已开始引起你的反感,就是说:法国人的待人接物和他们社会的一般派头,虽然根据你自己承认,你个人对之也表示赞赏。我没有忘记你说要区分单独一个巴黎和一般的大城市的特点;但我看见你还没有了解前者和后者的特点,在不明白那是偏见还是正确的观察时,你就大加批评。无论怎么说,我喜欢法兰西民族,我不赞成对它说坏话。我们共同深受教益的好书大多数是从它那儿来的,我为此要感谢它。我们的国家不再是不文明的,我们应该归功于谁?现代人中两个最伟大、最有道德的卡底纳[②]和费内隆[③]两人都是法国人;我喜欢的国王亨利四世是个好国王,他也是法国人。如果法国不是自由人的国家,它却是真正的人的国家:而这种自由在智者看来,比别的更有价值。

① 迪·鲍斯敢(du Boequet):原为普通名词,意为“小树林”。——译者

② 卡底纳(1637—1712):法国著名统帅和政治活动家。——译者

③ 费内隆(1651—1715):法国冈勃兰总主教,著名作家。——译者

法国人好客,能保护外国人,甚至能容忍刺伤他们的真理;假如有人在伦敦敢于对英国人说出那在巴黎对法国人说的一半的坏话,那儿的人大概会用石头对他痛击的。在法国生活过的我的父亲,总是十分激动地谈起这善良和可爱的民族的。他在那儿为国王效力而流过鲜血,他退休后国王也没有将他遗忘,并对他的功绩仍荣宠有加;这样,我的父亲与有荣誉的那个国家,我也视为与我息息相关。我的朋友,假如每个民族有它好的和坏的品格,那么最低限度应该尊重那称颂的真理,也同样要尊重那咒骂的真理。

我还有更多的话要对你说:你为什么把你在巴黎剩下的时间消耗在闲荡的串门上?巴黎可以供才华发挥的场所是否比伦敦差?还是外地人在那儿更不易为自己开辟道路?请相信我,所有英国人并非都是爱多阿尔阁下,而所有法国人也并非都像那些使你如此非常讨厌的夸夸其谈者。你不妨试试,瞧瞧,搞一点试验,即使为了加深了解风俗,看这些说得那么漂亮的人在行动上是怎样的。我表姐的父亲说你熟悉帝国的制度和君主的利益。爱多阿尔阁下也认为你对于政治的原理和政府的各种制度研究得不错。我脑筋里总认为世界上最尊重人的功绩的国家最适合于你,而且你的才能一经被人认识,就会立刻被任用。至于宗教问题,你的宗教信仰为什么比别人的更会妨害你?理性岂不是偏执和狂热信仰的预防剂吗?在法国,人们是否比德国更过分虔诚些?谁会阻止你在巴黎像德·圣-萨福冷先生①在维也纳走的同样的道路?当

① 德·圣-萨福冷先生(?—1737):瑞士伏州人。先在荷兰后在奥地利政府中服务,1716年转到英国,任英国驻维也纳使节。——俄译者注

你看着目的时，就应该迅速地尝试追求，这才能加速获得成功。如果你要把一些方法进行比较，那么靠自己的才能前进，岂不是比靠朋友前进更正派吗？如果你想到……啊！这大海！……一个更长的路程……如果巴黎比它更远的话，我就更喜欢英国了。

说起这个大城市，我能冒昧举出一个我在你的来信里发现的有点儿尴尬的问题吗？你曾如此愉快地对我谈起瓦莱的妇女，为什么现在绝口不谈巴黎妇女？这些风流和著名的女性难道比几个单纯和粗鲁的山中妇女更不值得你费心描绘吗？也许你害怕我看了世上最迷人的女性的画像而感到忧虑吗？你放心好啦，我的朋友；你做事最能扰乱我的安宁的，无过于绝口不谈到她们；不管你能说些什么话，你对于她们保持缄默，比你对她们赞美会更大地引起我的怀疑。[①]

假如你对于巴黎歌剧院能稍微写上几句话，我也将同样高兴；在这方面，这儿说得妙不可言：因为说到底，音乐可能不好，表演却有它美的地方；假如没有美，那就成了你说坏话的题材，至少你不会冒犯任何人。

我不知道值不值得告诉你，过去那几天里乘婚礼的机会，有两个求婚者到我这儿来，好像是来赴约似的：一个是依凡尔冬[②]人，在城堡之间转悠和打猎；另一个是德国人，是坐伯尔尼的驿马车来的。第一个的模样有点儿像花花公子，说话口气相当坚定，只听他

---

① 我对于那些知道于丽的性格和处境而不能立即猜到这种好奇心并不来自她的人，抱有很坏的看法。大索很快可以看到她的情人在这方面并没有上当；不然的话，他便会不再被她所爱了。——卢梭原注

② 依凡尔冬：瑞士伏州的城市名。——译者

声调的人，以为他能言善辩；另一个是胆怯的大傻瓜，却不是怕惹人讨厌的那种可爱的胆怯，而是浪荡子在一个规矩的姑娘面前手足无措而发窘的那种胆怯。我明确知道了我父亲对于这两位先生的意见以后，便高兴地一任我幻想之所至来对待他们，我不相信我这种幻想能使引他们前来的那幻想长久地持续下去。我恨他们竟敢进攻被你所统治的心，又没有武器来跟你争夺它，但假如他们有武器的话，我还要更深地恨他们；可是他们能从哪儿得到武器，他们，还有其他的人，还有整个世界？不，不，你放心，亲爱的朋友：当我一旦找到一个相当于你的有价值的人，当另一个你本人出现在我面前时，我唯一愿听取的还是首先到来的那人。因此你绝不要为这两个家伙感到不安，我真不想对你提到他们。我对他们以如此完全相等分量的厌恶对待他们，所以他们决定像来时那样一起离去，我能同时告诉你这两人出发的消息，心里感到非常高兴！

德·克鲁查[①]先生最近写出了批驳波浦[②]的《书信集》的书，我看了感到烦恼。我不知道这两个作者中谁有理；然而我明确懂得德·克鲁查先生的书绝不能使人做好事，而在放下波浦的书时，没有人不想做好事的。至于我读书，我只能作这样的判断：它对我的心灵起什么作用；我很难想象一本不把读者引向好处去的书是什么好书。[③]

---

① 德·克鲁查（Crouzas，Jean-Pierre de，1663—1748）：瑞士数学家和哲学家。——译者

② 波浦（Pope，Alexander，1688—1744）：英国诗人和散文作家。——译者

③ 如果读者赞成这个原则，而且用它来判断这本书，编者不会表示异议。——卢梭原注

再见，我极其亲爱的朋友；我本来不愿意如此早地结束这信；可是有人等着我，在叫我了。我只得勉强离开你，因为我很快活，我要同你分享我的快乐；激起快乐并使之倍增的原因是，我的母亲这几天来身体转好；她已感到有足够的体力参加婚礼，当了她甥女的母亲，或者不如说她第二个女儿的母亲。可怜的格兰尔为此高兴得哭了。你给我评评看，我很不应该霸着她，我总是害怕失掉她而心惊肉跳。事实上，她以完全健康那时同样优雅的姿态给节日增加了光辉；而且连病后残留着一点儿虚弱仿佛也使她那朴实的风度显得更为动人。是的，这个无可比拟的母亲从来不曾如此美丽、雅致，如此值得崇敬……你可知道她曾好多次向陶尔勃先生问起你的消息？虽然她并没有谈到过你，但我知道她是爱你的，而且假如父亲能听从她的话，那么你和我的幸福便是她首要的事。啊！如果你的心能像所应该的那样敏感呀！它有多少恩情要报答呀！

第十九封信

致于丽

嗨，我的于丽，骂我，跟我吵架，打我；什么我都受得了，可是我照旧要继续对你讲我所想的。谁能当我的感情的所有者，还不是照亮我那些感情的你？如果你拒绝倾听我的话，我的心又肯跟谁说话呢？当我向你说明我的观察和我的判断，那是为了得到你对它加以改正，而不是为了获得你的同意，我越是会犯错误，我就越应该赶紧把它们告诉你知道。假如我叱责我在这大城市里目击到的那些恶习，我绝不想为我悄悄地告诉你的那些事替自己辩解：因为我对第三者从来不会说我不想当面对他说的话，而我写给你的一切关于巴黎人的话，我仅仅重复我每天对他们说的。他们对我没有什么不满；许多事情他们都同意我。他们抱怨我们的缪拉，这完全可以理解：人们看得出，人们感到他憎恨他们，甚至他给他们的赞美里也看得出在恨他们；而即使当我责备他们时——也许我很错误——他们知道我出于完全不同的感情。他们对待我很好，我很尊敬和感激他们，我对他们因而变得更坦率：坦率可能对某些人不无用处，从所有的人都受得了我说的真实话来看，我敢相信我们双方都不错：他们听得进我的话，我也说得出来。在这一点上，我的于丽，责骂得真实比赞美得真实品格更高，因为赞美只能使那些爱听它的人腐化，而最不值得称道的人总是那些最贪婪的人；然而指责是有用的，而只有优点才能经得住指责。我对你说的是心坎里的话，我尊敬法国人，他们是热爱人和性格上是行善的唯一的民族；但正因为这一点，我才更不想给他们以他们所希望的一般的赞扬，即使为了他们也承认错误。如果法国人没有什么德行，对此我不会有什么话可说；如果他们没有什么罪恶，他们将不会是人；他们有多方面可赞扬的地方，所以不必老是去赞扬。

至于你告诉我的尝试，它们对于我都是行不通的，因为做起来需要采取于我不合适的方法，而且你自己也禁止我那样做。共和主义的严肃性在这个国家里不流行；应当具有更柔韧的德行并能更好地适应朋友和保护者的利益。功绩会受到重视，这一点我同意；但是这儿才学导致出名，却不是导致财富；因此如果我不幸而掌握了这后者时，于丽她是否愿意成为一个暴发户的妻子？在英国，情况便完全不同，虽然那儿的道德可能比法国还更不受重视，但这并不妨碍用更正直的方法达到目的，因为那儿的人们更多参与国家管理，因此社会的尊敬在那儿更能帮助达到成功。你不会不知道爱多阿尔阁下的计划是为我的利益采用这方法，我这方面则要不负他的热诚。地上我离您最远的地方，乃是我怎么也无法使我接近你的那地方。于丽呀，如果得到你的许婚是困难的，那么对这婚姻能够当之无愧却困难得多；这便是爱情加于我的光荣的任务。

你告诉我关于你母亲的最好的消息，这就解除了我一项大困难：在我出发前，我已经看到你如此忧愁，那时我不敢把我想的告诉你；但我发现她那么瘦弱和变形，我便怀疑她患了什么危险的疾病。你要为我好好护理她，因为她对于我是极宝贵的，因为我的心尊崇她，因为她的好心是我唯一的希望，尤其因为她是我的于丽的母亲。

我要对你谈谈那两个求婚者，这个名称虽然出于开玩笑，我可绝不爱听；不过你对我谈到他们时的语调使我不致害怕他们，我也不再憎恨这两个倒霉的家伙，因为你以为是恨他们的。但是我赞赏你认为懂得憎恨的那种淳朴：你没有看到你所认为憎恨的，那是恼怒的爱情吧？当白鸽追逐心爱者时，它便是这样咕咕叫的。行啦，于丽，行啦，无可比拟的姑娘，你不会懂得憎恨什么事物，正像我不会停止爱你一般。

附言：我真可怜你被这两个讨厌的家伙所纠缠不清！为了爱护你自己，赶快把他们打发掉吧。

第二十封信

自于丽

我的朋友，我交给陶尔勃先生一包东西，他答应按西尔韦斯特尔先生的地址寄给你，你可以到他那里去领取；但是你只能等到没有别人而且在你的房间里才可打开它：在那包东西里，你可以发现一件给你应用的小物件。

这是爱人们乐于佩带的一种护身符。使用它的方法是很奇特的：应当每天早晨凝视它一刻钟，直到有某种温馨的感情直透内心；于是把它按在眼睛上、嘴巴上和心坎上：据说它在当天一天内可以用作抵制风流地方恶浊气氛的防护品。人们还认为这类法宝还有一种神奇的，但只有在忠实的爱人之间起作用的、电气的功效：那便是把这一个人的亲吻的感觉传递给几百里路以外的另一个人。我不能担保这试验能否成功，我只知道要否这样做只在于你。

对于那两个献媚者或求婚者，或者随你的意想怎样称呼的人，你尽可以安心，因为今后名称不会再起任何作用：他们已经走掉；让他们和平地走吧！自从我不再看到他们，我也不再憎恨他们了。

第二十一封信

致于丽

于丽，是你要这样，所以我只好把这些可爱的巴黎妇女给你描绘一番。骄傲的姑娘！你的美丽就缺少这个贡品了。以你全部假装的嫉妒，以你的谦逊和爱情，我看到隐藏在这好奇心下的是虚荣多于恐惧。但不论怎样说，我将如实答复你：我是能够如实地答复你的：如果我能更多地赞美时，我将非常高兴地这样做。为什么她们不是更美丽一百倍！为什么她们没有足够多的魅力，使我能对于你的美以新的赞颂呢！

你抱怨我沉默！唉！我的上帝！但我能给你说她们些什么呢？你读我这封信，你就会明白为什么我乐于给你讲你的近邻的瓦莱妇女而绝口不谈这地方的妇女：这是因为前者不断地令我回想到你，而后者嘛……读下去，然后你再来判断我。不过对于法国妇女，很少人与我抱同样的看法，也许甚至只有我一人对她们这样看。为了公平起见，我不得不预先声明，使你知道我笔下的她们，可能不是她们的本来面目，而仅仅是我的印象。话虽如此，假如我对她们不公正，你少不了还要指责我；那么你比我更不公正，因为一切错误只在你一人身上。

我先从外貌开始，这是大多数观察者采取的方法。假如我这样仿效他们，这地方的妇女就要大为抱怨：她们外表的特征同脸部一样；这两者对她们都并不怎么有利，所以只从这方面来判断对她们是不对的。她们的外形最多只能说还过得去，一般毋宁说坏多于好，我且不谈那些出格的。他们瘦削多于匀称，身材并不纤巧；因此她们都乐于在掩饰缺点的时装上花工夫：关于这一点，别的国家的妇女都想模仿那为掩饰她们本来没有的缺点的时装，我认为其中的道理很简单。

她们的步态很随便，也很平常；她们的举止没有丝毫做作，因为她们不喜欢受拘束；然而她们自然地有一种 disinvoltura[1]，这并不缺乏优雅，但她们却常常把它发挥到了轻率的程度。她们的脸色不太白皙，而且一般都比较瘦，这不能使她们的肤色变得漂亮些。说到她们的胸脯，那正好是瓦莱妇女的另一极端：她们把身体束得紧紧的，力图使胸脯显得很丰满；在脸孔的色泽上使用其他一些方法使它显眼。我虽然只是从很远处瞥见这些修饰，但观察得很自由，只留下很少东西靠猜想。这些妇女仿佛不太理会她们这方面的利益所在：因为只要面孔稍微显得可爱些，旁观者的想象力可以比眼睛更好地为她们效力；而且按照加斯贡的哲学家[2]的说法，全然的饥饿要比已经满足的饥饿更为尖锐，至少从一个感官来看是如此。

她们的容貌不大端正；她们虽然不漂亮，但脸部富于表情，它可以代替美丽，有时还压倒了美。她们那活泼和晶莹的眼睛却既不锐利也不温和；虽然她们靠搽胭脂使它们能获得活力，但她们用这种方法得到的效果更多的是愤怒的火而不是热爱：自然它们只有欢乐，或者有时它们仿佛在召唤温馨的感情，但却始终实现不了。[3]

她们都穿得非常讲究，或者至少有这种名声，所以在这方面也像在其他方面一样，成了欧洲别的地方的榜样。事实上她们以无

① 洒脱，潇洒。（意大利语）

② 加斯贡（Coscogne）为法国旧省名。加斯贡的哲学家指法国哲学家蒙田（Montaigne，1533—1592），他的《随想录》第三卷、第五章有言：“完全不得餍足的饥饿比半餍足的饥饿的感觉更为尖锐，至少对眼睛是如此。”——俄译注

③ 我的亲爱的哲学家，为我们自己说话：别人为什么不会更幸福些？只有卖俏的女人才会把只为一人保留的东西许诺给所有的人。——卢梭原注

法表达的趣味穿着最奇异的服装。世界上的妇女只有她们最不为自己的时装所奴役。时髦的款式控制着外省的妇女，而巴黎妇女控制着时髦款式，并懂得使每种款式服从于自己的利益。外省妇女像愚蠢的和奴隶般的抄袭者，她们连拼写错误也一样照抄；而巴黎妇女则是原作者，她们像老师那样抄写，并知道改正错误的课业。

她们的打扮是讲究多于精美；风度则优雅胜于华贵。时髦款式随时迅速改变，一年之内式样就过时，爱整洁使她们喜欢常常改换打扮，这就使她们不致趋于荒谬的奢华；但她们并不因此少花费钱，她们的开销比较不大适当，她们的衣服不像意大利那里的华丽而破旧，人们在这里看到的是朴素但总是崭新的衣服。在这方面男人和妇女同样稳重、同样娇嫩，这种趣味使我感到非常高兴：我很不喜欢看到衣服上装着饰带或者有肮脏的斑点。除了我们的以外，没有一个民族，尤其是妇女，很少佩带镀金饰物的。人们看到所有各国的布料都一样，所以很难区分公爵夫人和小市民妇女，如果前者没有办法找出使后者不能仿效的办法的话。可是这样似乎也有它的困难，因为宫廷里无论采用什么款式，这种款式立刻就会在城市里有人模仿；巴黎的小市民妇女不像老是只采取过时款式的外省的和外国的妇女那样。她们也不像在别的国家里的妇女那样，那里最大的人物也就是最富有的人物，他们的妻子以其他妇女无法相比的豪华显得出类拔萃。假如宫廷里的妇女在这儿采取这个办法，她们很快就会被富翁们的妻子所超越。

那么她们怎样做呢？她们选择了更可靠、更巧妙的方法，而且表明经过更多考虑的方法。她们知道羞耻和谦虚的观念是深刻地

印在大众的思想里的。从这里她们获得了模仿不了的时式的启示；他们看到大众对于红色美容膏感到厌恶，他们粗俗地硬是叫它做口红；她们涂了一厚层不是口红而是红色美容膏，因为名字变了，也就不再是同一个东西了；她们看到大众认为胸脯袒露是丢脸的，便在胸衣上开个大的月牙形；她们看到……啊！我的于丽虽然是个大家闺秀，有许许多多的事物她肯定是看不到的。她们在仪态方面也采用她们指导打扮的那同样的精神：使你们女性显著、荣耀和美丽的那可爱的腼腆，她们认为是卑劣的和庸俗的；她们以一种贵族的厚颜无耻来活跃她们的动作和说话，没有一个正经的男子接触到她们坚定的目光时会不低下眼皮的。这样，因为害怕跟其他妇女混淆而不再愿意做女人，她们宁肯要她们的地位而不肯要自己的性，而且还模仿妓女，以免被人家所模仿。

我不知道她们这方面的这种模仿会发展到哪儿去，可是我知道她们不能完全避免她们想防止的。至于红色美容膏和开月牙形口的胸衣，它们已得到尽可能的发展。城市里的妇女们只要不再像小市民妇女，她们是喜欢放弃自然的本色和情人们给予她们的 amoroso pensier① 的；而如果低下阶层没有仿效这个榜样，那是因为像这样打扮的步行的妇女要防止下等人的侮辱是不大有把握的。这些侮辱是愤怒的羞耻心的叫嚷，而在这种情况下，也像其他许多情况一样，大众的粗暴比彬彬有礼的人们的礼貌更为诚实，也许在这里能使十万妇女保持在谦逊的范围内；这恰恰是这些时髦款式的机灵的女发明家所企求的。

① 爱情的梦想。（意大利语）

至于大兵态度和掷弹兵的腔调，因为那是更普遍的，而且只有新来的人才有点感觉到，所以关系不大。从圣-日耳曼郊区直到中心菜市场，在巴黎有少数妇女的态度和目光的大胆，能使在当地从未见过类似情况的任何人感到张皇失措；他惊讶得开始表现得很尴尬，大家因此而指责外国人。她们只要一张开嘴说话，那就更糟。这完全不是我们伏州妇女的那种柔和和娇媚的声音；那是一种生硬、尖锐、盘问式、命令式的讥讽的，而且比男子更洪亮的声调。假如她们的声音里还有一点儿她们女性的优美的话，那么她们那大无畏的和好奇的盯着人们的模样，终于把优美一扫而光。看来她们对于那些初次看到她们的人的踌躇不安感到很有趣；然而可以相信，如果她们好好地弄明白它的原因时，那么这种踌躇态度就不那么有趣了。

然而是因为我这方面对于美抱着有利的偏见呢，还是因为美的本能使它突出起来，总之我觉得巴黎漂亮的妇女一般地说都比较正派，她们的态度也较端庄。这种克制态度她们用不着费力；她们很知道她们的优越，她们知道为了勾引我们，并不需要做媚态。也可能因为轻浮跟丑陋相结合，就更显得敏感和令人反感；所以肯定的是，人们对一张丑陋的厚颜无耻的脸宁愿给以耳光而不愿给以亲吻，反之，如果面带谦逊，它会引起温和的同情，有时会导致爱情。但是一般地说，人们虽然在这里注意到漂亮的妇女的举止有更愉快的东西，但在她们的态度上还有很多矫揉造作的成分，而且她们常常明显地一心只想着她们自己，因此在这个国家里，人们永不会受到诱惑——像德·缪拉先生有几次遇到英国妇女们时，对女人说她很美，是为了能有告诉她知道的快乐的那种诱惑。

民族所固有的快乐性格，以及模仿上流社会气派的欲望，并非都是这里妇女说话和态度随便（像人们注意到的）的唯一原因。它更深的根源大概还在习俗里，由于男女两性不合适和连续的混合，这就使两性的这一方的态度、言语和举止跟另一方彼此结合起来。我们的瑞士妇女相当喜欢彼此集合在一起[①]，她们之间生活得亲密无间；虽然表面上她们不嫌弃跟男人们交往，但男人们的存在对于这种小型的女权政治产生一种约束，这是肯定的。在巴黎则正好相反：妇女只喜欢跟男子生活，只有跟他们在一起，她们才觉得自在。在每个团体里，一家的主妇几乎总是一圈男人中间唯一的女人。人们很难想象从哪儿来那么多的男人到处散布着；但巴黎充满着冒险家和单身汉，他们从这家溜到那家过生活，而男人们仿佛像硬币一般在流通中增多起来。于是一个女人就在那儿像他们一样学习说话、行动和思想，而他们也像她一样。在那儿，她是他们献媚奉承的独一无二的目标，她心安理得地享受着这些侮辱性的奉承话，而说奉承话的人甚至连真诚都不屑表态。那有什么关系？是严肃还是出于开玩笑，他们只关心她，而这就是她所要的一切。如果出现了另一个女人，那么礼貌的调子立刻接替了熟不拘礼，开始了庄重的气氛，男人们的注意力分散了，大家彼此处在秘密的尴尬状态，只有等到分手时才算解围。

巴黎的妇女喜欢看戏，就是说去那儿让人看；可是每次她们想到戏院去时，困难在于找一个女伴：因为惯例不允许任何女人单独

① 这一切已经大大地改变了。照情况看，这些信好像不过是二三十年以前写的；但按习俗和文体判断，令人认为是另一个世纪的事。——卢梭原注

到戏院的包厢里去，即使同自己的丈夫也不行，即使同别的男人也不行。真不知道在这个如此好交际的国家里，这些方面多么难于协调：十件事有九件做不好：想去看戏的愿望使人们联结，想一块儿去的烦恼使愿望打消。我相信妇女们很容易废除这荒谬的习俗，因为妇女不能单独在公共场所露面的理由在哪儿？但可能就是这种荒谬才使那习俗保存下来。最好要尽可能把礼仪转到不需要违背的事物上去。女人有权不带女伴上歌剧院有什么用？保留这权利为了特殊地接纳她的男朋友们不是更好吗？

妇女在那么多的男人中间分散地和孤独地生活，必然会产生无数秘密关系的结果。今天大家都同意这一点，而经验也攻破了这种荒谬的说法，即用增加诱惑来克服诱惑。因此人们不再说这种习俗是更诚实的，但它是更有趣的；可是我不认为它是更真实的：因为廉耻受嘲笑的地方，爱情还能管事吗？生活没有爱情和诚实，还能有什么魅力？因此，像所有这些如此放荡的人的大祸害是烦恼一样，妇女们所关心的是欢乐甚于爱情；对她们献殷勤和奉承比爱情更有价值；只要人家勤恳，热情与否对她们关系不大。甚至连爱情和情人等字眼在两性之间亲密的交往里都被排除，连同“姻缘”和“激情”等词汇都被打发进大家不再看的小说里去了。

在这里，自然感情的一切顺序仿佛都颠倒了。心灵在这方面形成不了任何亲密关系：姑娘们是不准有这种关系的；这种关系只给予有夫之妇所独享，而且还不排斥挑选除她们的丈夫以外的别的人。宁可让一个母亲有二十个情人，却不能让她的女儿有一个情人，通奸的事司空见惯，不认为有伤风化；那些大家为了受教育而阅读的最正经的小说都充满了这样的内容；乌七八糟的事一跟不忠诚联系起来就不再受谴责。于丽啊！那成百次玷污了夫妇关系的妇女，竟敢用肮脏的嘴巴责备我们纯洁的爱情，并攻击两颗永远忠诚的心。可以说，婚姻在巴黎是同所有其他地方不一样的。据他们说，这是种圣礼，但这种圣礼却没有一点儿民事契约的效力：这看起来只不过是两个自由的人的协议，他们同意住在一起，姓同样的姓，承认同样的子女，除此而外，他们彼此间没有任何一种权力；一个丈夫在这里敢于管制自己妻子行为不检时，所引起的流言飞语不会少于在我们这里他自己做坏事所引起的议论。在女子这方面，她们不能严厉地对待自己的丈夫，人们还没有见过她们因仿效自己不忠诚而使他们受到惩罚。不过话得说回来，在心灵完全没有参与的婚姻关系里，怎么能指望夫妻双方彼此有较真诚的结果？只靠财产或门第的婚姻没有人会负担义务。

就以爱情来说，爱情也失去了它的权力，它的性质并不比婚姻变差些。这里的夫妻都是为了有更大的自由而住在一起的少男少女，而情人们则是些漠不相关的人们，他们为了寻欢作乐、为了派头、为了习惯或者为了一会儿的需要而互相见面：心灵对于这种关系无所作为；人们只考虑到方便和某种表面的合意。如果大家要这么说，那便是互相认识，生活在一块儿，作出安排，彼此碰碰头，如果办得到，那还可以少一些。一个风流关系比一次会客的时间稍微久些；这是一些美丽的谈话集和充满着照相、格言、哲理、才智的优美的书信集。关于肉体，那可没有那么些神秘；他们非常明智地发现应当按欲望的时刻来安排满足它的机会：第一个女人碰到了第一个男人，管他是情人还是别的什么人，男人总是男人，他们几乎都同样好；这方面至少有一定的结果，因为人们为什么对情人要比对丈夫更忠实？其次，达到一定年龄时，所有男人都差不多是一样的男人，所有女人也都是一样的女人；所有这些玩偶都是从同一家时装商店里出来的，只要能更方便地落到你的手里，几乎没有什么可挑选的。

这类事情我自己一点儿也不知道，人家以如此奇怪的声调对我讲到这些事，使我不可能理解他们讲的话。整个谈话中我能了解的是：在大多数的妇女的家里，情人如同仆役一般；如果他不能尽职，人家就辞掉他，另外再雇一个；如果他在别处找到更好的差使，或者讨厌这项工作，他就离职他去，人家便另雇别人。据说有些妇女相当任性，她甚至拿家里的主人来试验，因为这毕竟还是一种男人。这种怪念头不会持久；当它过了时候，便把他赶走并另外找一个；或者如果他坚持，就把他留下来，另外再找一个。

我曾向为我说明这些奇特习俗的人问道："可是一个女人以后怎样看待所有那些她接待过或者接受辞职的人们？"他答道："问得好！她不会看见。他们不会再相见，他们不再相识。如果什么时候怪想再度发作，他们就会重新相识，如果记起曾经相识，那就更好。"我又对他说道："我明白您的意思。可是我徒然撇开这些夸张，我还是不能理解经过如此温柔的一番结合以后，他们怎么能冷静地相见；仅仅听到那曾一度相爱的人的名字之后，心怎么能不突突跳；在遇见时又怎么能不战栗？"他打断我的话说："您这种战栗真叫我发笑；那么您想叫我们的妇女别事不干而只知道晕过去吗？"

取消这幅无疑是太夸大的图画的一部分，把于丽放在其余部分的旁边，并记住我的心；我再没有别的话要对你说了。

然而必须承认，由于习惯使然，这类不愉快的印象有好些是会看不见的。如果坏事先于好事出现，那么好事也会轮着出现；思想和性情的魅力使本人的魅力更加显著。最初的反感一经克服，立刻会变成相反的感情。这是对图画的另一个观点，为了公正起见，我不能只从不利的方面表现整个图画。

在大城市里第一个毛病是，那里的人们变得跟原来的样子不同，而社会给予他们的可以说是跟他们本身不同的本质，这在巴黎尤其是如此，对于妇女更是如此，她们生活所关心的是吸引人们的注意。在一个集会上你接近一个贵妇人时，以为看到的是个巴黎妇女，但所看见的只是时髦式样的幌子。她的高度、宽度、步态、身材、胸脯、颜色、风度、眼神、说话、举止，所有这一切都不是她的；如果你在她自然的情况下看到她时，你不会认识她。然而这种改换对于这样做的妇女很少有利，而且所有用以代替自然的事，往往得不到什么好处。但人们绝不能完全抹杀自然；它总要在什么地方透露出来，而观察它的本领就在于以某种机巧抓住它。这种本领对于这里的妇女并不困难：因为她们具有她们自己想不到的自然；因此大家只要勤于接近她们，只要使她们忘记她们如此欣赏的伪装，大家马上就看到她们的本来面目：那时大家起初对她们的一切反感就会改成尊敬和友谊的感情了。

请看上星期一次郊游里我有机会观察到的情况，那时有几个妇女冒失地邀请我和几个新来者参加，她们对于我们去参加是否合适，却不太有把握，他们也许为了在那儿可以尽情取笑我们。这种情况第一天就发生了。她们起初对我们发出一些有趣的和机智的俏皮话，但总是得不到反应，她们很快便技穷了。于是她们做出亲善的态度，她们既不能使我们按她们的调子，就只好采取我们的调子。我不知道她们这种改变是否满意：在我看来这样非常好；我惊奇地感到我跟她们谈论，要比跟许多男人谈能获得更多有益的东西。她们的思想有那么多智慧，所以我对她们歪曲它感到很可惜；在我更好地理解这里的妇女时，我对这些可爱的妇女之所以缺乏理智，只是因为她们不想要它，这使我感到惋惜。我也看到随便的和自然的雅致会不知不觉地消除城市里的那种装腔作势的气氛：因为人们对于所说的事会自然地采取与之协调的姿势，而对于有意义的言谈是无法用怪脸和卖弄风情来衬托的。当她们不那么想显得自己美丽的时候，我便发现她们更显得美丽，因此我觉得她们要使人们喜欢，只有自己不做作。根据这个道理，我敢于怀疑巴黎这个所谓趣味的中心，也许是世界上最少趣味的地方，因为那里人们为取悦于人的一切措施，歪曲了真正的美。

我们一块儿这样待了四五天，彼此都很高兴，自己也很开心。我们没有回顾巴黎和那里乱七八糟的事，我们干脆把它忘掉了。我们全部关心的只限于我们之间那愉快和温和的集体。我们为了性情舒畅，既不需要讽刺，也不需要戏谑；我们的笑并不是讥笑而是欢笑，像你的表姐那样。

另外有件事终于使我改变了对于她们的看法。正当我们交谈得最热烈的时候，常常有人向女主人耳旁悄悄地说一两个字。她便离开我们，关在自己房里写东西，长久不回来。这种退席很容易被认为在写什么情书或者人们称为类似的东西。有一个妇女轻轻吐出了一句话，别人听了不大同意；这使我断定这女主人即使没有情人，她至少也有男朋友。然而好奇心勾起了我一些注意，而当我打听到这些所谓巴黎的灰头发的人都是乡村里的农民时，我多么惊讶，他们从他们受灾区来是向他们的贵妇人求援的！有的人过度负担了人头税，那是比他有钱的人把它转到他头上来的；有的是未经考虑年龄和有子女的条件而被征去当民兵[①]的；有的在一场不公平的诉讼里被有势的邻居所压垮；有的被一场雹子给毁了，还要受严酷的田租剥削！总之这些人都来恳求她的帮助，她都耐心地听取，对谁都不加拒绝，被看做写情书的时间都花在为这些不幸者谋利益的书信上。我真无法向你表述，当我得悉这个如此年轻而又爱淘气的妇女怎样乐于从事这些慈善事业并不曾为此而骄矜时，我是多么惊讶。我非常感动地想道："真是呀！假如这是于丽的话，她一定也是这样做的。"从这时起我看待她只有尊敬的分儿，她的一切缺点在我眼里也都消失了。

当我的观察一转到这方面时，我看到了许许多多的事情，这使我对起初认为如此无法容忍的这类妇女改变为对她们很有利的看法了。所有的外国人都一致同意，除了关于时髦式样的说话之外，世界上没有一个国家的妇女能如此有教养，说话一般也都如此合乎情理和明智，而且知道必要时提供最好的建议。除了献媚奉承的隐语和机智而外，我们从西班牙、意大利、德国的妇女的谈话里能获得什么好处呢？一点儿也没有；于丽，你也知道，一般地说，我们的瑞士妇女也是一样。但有人敢粗鲁地把法国妇女从她们的堡垒里拖出来（实际上她们不爱从那儿出来），他还找得到在平原上

① 据我所知，这在上次战争中是如此，这次战争并不如此。已婚男子得免役，许多人因此而结婚。——卢梭原注

对话的人，还以为是在跟男子汉战斗，因为她们非常懂得用理智武装自己并乐于随时效劳。至于说到好的性格，我不想举出她们为她们的男朋友们效劳的热心为例，因为在这点上，可能主要由于一切国家都同样有的某种自尊心的热情。但虽然她们平常只爱她们自己，不过一种长久的习惯——如果她们有足够的恒心去获得它——可以代替她们相当热烈的感情：那些能把自己的恋情保持十年之久的，一般就能保持一辈子，她们对于她们的老朋友的爱，比对于年轻的情人的爱更为体贴，至少是更可靠。

根据相当流传的、仿佛来自妇女自己的意见说，她们对于这个国家的一切事情都做，因此做坏事多于做好事；但辩护者说，她们做坏事是由于男子的怂恿，而做好事则出自她们本心。这同我上面说的完全不矛盾，即两性之间的交往不涉及心灵：因为法国人的私情给女人以普遍的权力，它不需要任何温柔的感情来支持。一切都依赖于她们；一切都是她们做的或者为她们而做的；奥林匹斯山[①]和巴尔那斯山[②]，光荣和幸福都同样得服从她们。书籍要获得价值，作家要出名，这得看取悦于妇女、得到她们的承认的程度而定；她们至高无上地决定最高的、同样也是最愉快的知识。诗歌、散文、历史、哲学，甚至政治的书，一眼就看得出所有这些书的风格都是为美丽的女人的消遣而写的；不久前有人把圣经改编为爱情历史的集子。[③] 在办事方面，她们为了达到她们的要求，她们施展

① 奥林匹斯山：古代希腊人敬奉的圣山。——译者

② 巴尔那斯山：希腊神话中是阿波罗和缪斯的居住地。——译者

③ 这里指倍吕耶(P. Berruyer)的《上帝的子民的历史》一书，该书第一卷出版于1728年，第二版出版于1753年。——原书编者注

她们自然的影响力，一直到她们的丈夫，这不是因为是丈夫，而因为他们是男人，而且还规定男人对女人绝不能有所拒绝，即使这个女人是他自己的。

此外，这种权力不是建立在喜爱和尊敬，而只是建立在礼仪和习惯上：因为法国人的礼仪的另一同样重要的特点是，对妇女不仅殷勤而且也蔑视她们，这种蔑视是崇高尊严的标志；这证明人家同她们生活得相当久而对她们有了认识。任何尊敬她们的人，在她们心目中是个新手、骑士，是个只从小说里知道女人的人。妇女们对自己有着公正的评价，认为尊敬她们的是不值得她们喜欢的；情场上走运的男人的首要的品格是极端的厚脸皮。

但是无论怎么说，她们徒然自以为品行坏，她们却是不由自主地善良的，请看她们心地的善良在哪方面特别有用处。在所有的国家里，经理人员总是令人讨厌和缺乏同情心的；而在巴黎这个欧洲最大民族的事务中心，办那些事务的人也是最冷酷的人。于是为了得到恩惠，人们便转向妇女方面；她们是不幸者的救星；对于他们的申诉她们绝不闭耳塞听；她们倾听他们，安慰他们并为他们服务。在她们过的醉生梦死的生活中间，她们知道拨出一些她们寻欢作乐的时间来分给她们善良的天性；假如有几个妇女把她们的服务工作变为无耻的交易时，那么千百个其他妇女每天无偿地用她们的钱包从事于拯救穷人，并用她们的声望来帮助受欺侮的人。她们的照顾的确常常是欠考虑的，而且她们为了服务于她们所认识的不幸者而无所顾忌地危害及她们不认识的不幸者；然而在一个如此大的国家里，怎么能认识所有的人？而且灵魂的善同真正的德行——它的最高的努力不在于行善而在于绝不做恶事——分开时它还能更做什么？除此之外，肯定无疑的是：她们有向善的倾向，她们的善事做得很多，她们由衷地在做，在巴黎只有靠了她们才得以保持那人们还在那儿占优势的一点儿人性，而且如果没有她们，人们将看到贪婪而不知餍足的人们在那儿像恶狼一般彼此吞噬。

请看这一切也许我都不会知道，如果我只局限于那些作者的小说和剧本里的风俗图景，这些作者只看到妇女的可笑的方面，因为那是作者自己也有的，但作者没有看到好的品质，因为那是作者自己所没有的；他们或者描写德行的杰作，那是妇女们认为是徒托空言而不想仿行的，但他们不鼓励她们做善事，或者不赞扬她们实实在在做的善事。小说也许是对一个相当腐化到一切其他教育都失去作用的民族所剩下的最后一种教育。因此我希望只能让那些正直而敏感的人们写这类书，他们的心能显示在他们的作品里；这些作者不是超乎人类弱点之上，他们不是突然显示那高不可攀的德行，而是把德行描绘得较不严厉，使人喜爱它，然后从罪恶的深处知道去慢慢地引导他们。

我已经告诉你，对于这里的妇女我并不同意一般的看法，大家一致认为她们待人的态度是最迷人的，风度是最优美的，娇媚是最精致的，文雅到了极点，招人喜欢的本领达到登峰造极的地步。而我呢，我觉得她们的态度令人反感，她们的媚态是讨厌的，她们的忸怩有欠大方。我认为对于她们的一切好感的表示应该把心扉关闭着；没有人能使我相信她们在谈到爱情时，能不同样表示不能引起爱情和感到爱情的。

此外，据说对她们的性格要多加注意；都说她们轻佻、狡猾、奸诈、轻率、水性杨花、说得好听却不往心里去，更谈不到感动，把她们的才能都浪费在空谈上。这一切我认为是她们的外表，就像她们的打扮是一致的。这是炫耀的毛病，是巴黎的通病，它掩盖着感情、理智、人性、自然的美质。她们说话比较审慎，比我们这里也可能比随便哪里都较不令人厌烦。她们都受到更为扎实的教育，这就更有利于她们的判断。总而言之，如果她们由于那为她们歪曲的女性特有的一切使我不喜欢的话，我在那些使我们光彩的方面有关之点上尊敬她们；我发现她们与其说是可爱的女人，还不如更百倍确切地说，她们是可敬的男人。

我的结论是：假如根本不存在于丽，假如我的心能接受那除了它为之而生的以外的某种其他爱情的话，我也决不在巴黎娶妻，尤其不会找情人；可是我将乐于在那儿获得一个女友，而这财宝也许能安慰我不在那里寻求那其他二者。[1]

第二十二封信

致于丽

自从我收到你的信后，我每天都到西尔韦斯特尔先生家去问那小包东西。它总是没有到。被一种致命的焦急所煎熬，我徒劳地奔波了七次。最后到了第八次我才收到小包。小包刚到了我手中，我既没有付邮资，也没有问一声，也没有对任何人说一句话，就

① 我要竭力避免对这信发表意见；可是我怀疑：对她们慷慨地看作优点的正是她们所蔑视的，而对她们排斥的正是她们唯一重视的品质的判断，未必为她们所接受。——卢梭原注

像冒失鬼似的走了出来;一心只想赶快回到住处,我急急忙忙在不认识的街上乱窜,半小时后在寻找我居住的多尔农街时,却来到了巴黎另一端的沼泽区。为了赶时间,我不得不叫了辆出租马车。这是我早上出来办事第一次雇马车:我只有下午为了做客才勉强雇它,因为我有两条十分得力的腿,如果因为手头稍微宽裕些就忽略使用这两条腿,我将很懊恼。

我带着我的小包东西在马车里感到非常困惑;我只愿回到住处才打开它:这是你的命令。此外,如果某种享乐在日常生活里使我忘记舒适的话,那么为了真正的快乐,它使我去努力寻找舒适。在这里我容忍不了任何分心,我希望有时间和自然地享受你寄来的一切东西。因此我以不安的好奇心拿着这包东西而不能自持;我努力透过包装触摸里面装的东西,人家看见我双手一刻不停的动作,一定以为它灼伤着我的手。这不仅是它的体积、它的重量和你信的调子使我怀疑真相;而且你怎么想办法找到画家和利用机会的?这也是我捉摸不透的;这是爱情的一个奇迹;它越是超过我的理解,就越教我的心喜出望外,而它给我的快乐之一是我对之完全莫名其妙。

我终于到了住所,我飞进房去,把自己关闭在房里,我上气不接下气地坐下来,我把一只手搁在封印上。那护身符的第一次效应啊!我每去一层包纸都感到我的心突突地跳着,到最后一层包纸时我感到如此憋气,以致不得不歇一会气……于丽!……哦,我的于丽!……包封撕掉了……我看见你了……我看见了你神圣的花容!我的嘴和心向它表达了最初的敬意,我的双膝战栗着……奇妙的魔力哟,您又一次来幻惑我的眼睛了!这些多么可爱的线

条的神奇的效应是何等迅速、何等强烈！不，为了感觉到它，完全不用像你想象那样需要一刻钟；一分钟、一瞬间就足以从我的胸腔里引出一千声热烈的叹息，你的倩影唤起了我消逝了的幸福的回忆。享有如此珍贵的宝藏的喜悦，为什么必须掺和着如此残酷的痛苦？它多么残忍地令我回想起那不再存在的昔时！见到了它，我认为又看见了你；我以为又找到了那甜蜜的时光，但这种回忆如今成了我生活的苦难，苍天既给了我这幸福，但在愤怒中又把它夺去了。唉！一瞬间我的幻梦给打消了，分离的全部痛苦又复燃起来，而且在揭开了那临时蒙蔽的谬误后，变得更尖锐了，于是我就像那些暂时止痛仅仅为了让痛苦更剧烈的不幸者。天啊！我那渴望的眼神从这意外的赠品里汲取到怎样无穷的激情！啊！它一如你当我面时在我心坎里重新燃起了一切热情的行动！于丽呀！它假如真的能把我的幻觉和梦想传达到你的感觉呀！……可是它为什么不会传达？灵魂如此活跃地体验到的那些感觉为什么不会一起带着飞到遥远之处去呢？啊！亲爱的情人！不管你在哪儿，在我写这封信时不管你在做什么，当你的肖像接受你虔诚的情人向你诉说的一切时，你能不感觉到在你那可爱的脸上流满了爱情和愁苦的眼泪吗？你不感觉到你的眼睛、脸颊、嘴巴、胸口被我热烈的亲吻的接触、紧贴、挤压吗？你不感觉到你全身为我灼热的嘴唇所燃烧吗？啊！天哪！我听见什么啦？有人来了……啊！让我们把我的宝贝收起来，藏好……一个讨嫌的人！……前来干扰人家那么甜滋滋的激情的闯入者真该诅咒！……但愿他一辈子不得恋爱……或者远离他的爱人！

第二十三封信

于丽的情人致陶尔勃夫人

亲爱的表姐，现在我要向您谈谈歌剧院，因为虽然在您信里不曾提到过它，而于丽也为您保守秘密，但我知道她从哪儿来的这种好奇心。我为了满足我的好奇心，曾到那里去过一次；为了您我又到那儿去了两次。您接到这信后我请求您答应我了却了这笔账。为您服务，我还可以再到那儿去打哈欠、受罪、苦闷；然而要在那儿打起精神细心察看，这我可办不到了。

在向您说明我对这著名剧院的看法之前，我先向您转述这里人们对它的意见；如果我看错的话，行家的判断可以纠正我的看法。

巴黎歌剧院据认为是巴黎在人类艺术创造上最豪华、最迷人、最美妙的剧院。人们说它是路易十四最富丽堂皇的建筑物。对于这重大的话题每个人不能那么随便发表自己的意见；在这里除了音乐和歌剧院，大家对一切都可以争论；对于这唯一的一点出言不慎会有危险。法国的音乐保持着一种极严厉的镇压制度，对于所有来到这国家的外国人，人家第一桩事是以教导的形式暗示：全体外国人都同意世界上没有像巴黎歌剧院那么美丽的东西。事实是，最审慎的人都默不作声，而只在自己人之间才敢发笑。

然而应该承认在巴黎歌剧院，人们不惜耗费巨资，不仅演出一切自然的奇迹，而且还演出许多其他更大的、任何人都不曾见过的奇迹；而且波普[1]所说人们在那里看到的乱哄哄的天神、小妖精、魔鬼、国王、牧羊人、仙女、狂怒、快乐、火焰、吉加舞、战争、舞会的那番话肯定是想用来表示这种奇怪的戏剧的。

这种如此优美和很整齐的集合体，被看成是实际包含着它表演的一切。看到出现一所寺院，人们便肃然起敬；而只要出现漂亮的女神，正厅里的观众就有一半的异教徒。这里的观众比法兰西喜剧院的观众较为随便。这些同样的观众，他们不能把喜剧演员看做他所演的角色，在巴黎歌剧院里则不能把演员跟他的角色分开。仿佛人们的理智在抵抗合理的幻觉，而只有当它是荒谬和粗糙的时候才会接受它，或者也许天神比英雄对于他们比较容易想象。丘比特的形象比我们这里的并不一样，它的模样人们可以随心所欲地加给它；然而卡东却是一个人，因此能有多少人有权利说他曾存在过？

因此这里的歌剧院的剧团不像他处那样是为了给观众演出而受雇的团体；不错，那是接受观众的钱和登台演戏的人们；但这一切改变了性质，因为这是个皇家音乐学院，是一种在本身业务上的终审判决，并且不受其他法规和正确性约束的最高法院。[2] 表姐，请看，在某些国家里，事情主要靠文字，头头是道的话可使最不公道的事成为公道的。

这尊贵的学院的成员不能降低身份：他们相反地是被开除出

---

① 波普(Alexander Pope 1688—1744)：英国诗人、散文作家。——译者

② 如果把话说得更显豁些，那么这种观察就更正确；但在这个问题上我是有偏见的，所以我应该沉默。在人治比法治占优势的地方，我们应该忍受不公正的决定。——卢梭原注

教的，这正好同其他国家的习惯相反；但可能因为有所选择，他们更喜欢的是贵族和被逐出教会的人而不喜欢平民和教徒。我在舞台上看到过一个现代的骑士[①]，他对自己的职业的骄傲跟从前那个不幸的拉贝利于斯对自己职业的屈辱不相上下[②]，虽然他这样做是由于受到压力，而且只不过朗诵他自己的作品。因此古时的拉贝利于斯在竞技场上不能再坐到罗马骑士中间的位置上去，而现在的新人则每天能坐到法兰西喜剧院的长椅的国内第一等显贵中间的座位上；而且人们在罗马永远听不到如此恭敬地讲说罗马人民的威严，有像人们在巴黎讲说巴黎歌剧院的威严的那种情况。

这些便是我收集到的关于这辉煌的戏剧方面人家的谈话；现在我对您谈谈我自己所看到的。

①　这个现代的骑士是德·夏塞(de Chassé)，他是著名的歌唱性男低音，卢梭对他的看法不是始终一致的，因为他在他的《音乐词典》的《演员》条目里对他有最高的赞誉。——原书编者注

②　被专横的人胁迫而登上舞台，他用十分感人并很能煽起所有正直的人对那个如此夸耀的恺撒表示愤怒的诗句，以悲叹自己的命运道："我在光荣地生活了六十年之后，我今晨离开了罗马骑士之家，我今晚作为丑角演员回到这里来。呜呼！我真不如从前就死掉的好。命运呀！假如我有一天命该出丑，你为什么不迫使我正当我青春精力旺盛时期至少能留给我一个可爱的形态！然而现在我来展现给罗马人民的废物堆上的，是多么悲惨的东西！一个就要消失的声音，一个羸弱的身躯，一具尸体，一个活动的坟墓，它没有我而只有我的名字。"他在这种情况下朗诵的整个序曲，被高贵的自由——他以此来报复他的凋谢的荣誉——所激怒的恺撒对他的不公平，他在竞技场上受到的侮辱，西塞罗对他的耻辱的讥刺的卑劣，拉贝利于斯给予他以机智和辛辣的答复，这一切都由奥吕-盖勒[③]给我们保存下来了；我认为这是他那乏味的集子中最奇妙和最有趣的片断。——卢梭原注

③　卢梭在这里说的事实是在马克劳勃(Macrobe)而不在奥吕-盖勒的书里。此外，根据马克劳勃所述，引起拉贝利于斯反驳的西塞罗的话似乎并没有卢梭指摘的卑劣的侮辱的性质。——原书编者注

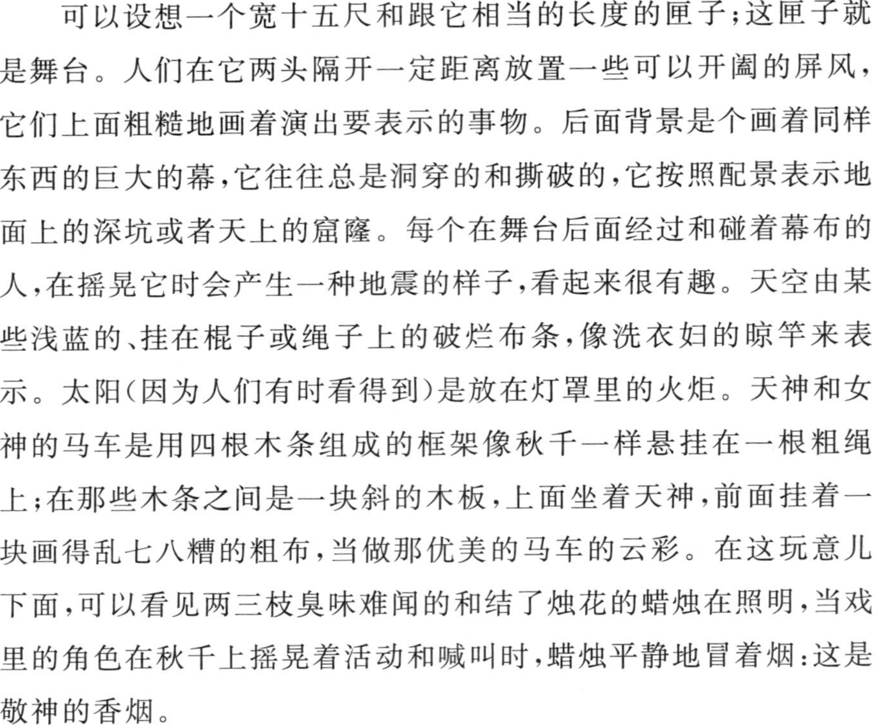

可以设想一个宽十五尺和跟它相当的长度的匣子;这匣子就是舞台。人们在它两头隔开一定距离放置一些可以开阖的屏风,它们上面粗糙地画着演出要表示的事物。后面背景是个画着同样东西的巨大的幕,它往往总是洞穿的和撕破的,它按照配景表示地面上的深坑或者天上的窟窿。每个在舞台后面经过和碰着幕布的人,在摇晃它时会产生一种地震的样子,看起来很有趣。天空由某些浅蓝的、挂在棍子或绳子上的破烂布条,像洗衣妇的晾竿来表示。太阳(因为人们有时看得到)是放在灯罩里的火炬。天神和女神的马车是用四根木条组成的框架像秋千一样悬挂在一根粗绳上;在那些木条之间是一块斜的木板,上面坐着天神,前面挂着一块画得乱七八糟的粗布,当做那优美的马车的云彩。在这玩意儿下面,可以看见两三枝臭味难闻的和结了烛花的蜡烛在照明,当戏里的角色在秋千上摇晃着活动和喊叫时,蜡烛平静地冒着烟:这是敬神的香烟。

由于马车是歌剧院的道具中最重要的部分;从这上面,您可以判断其他的东西。那汹涌的大海是由蓝色粗布或纸板的长幻灯组成的,人们把它们用平行的铁钎穿起来,并由儿童们来转动。雷声是由人们在舞台的地板上推动沉重的大车形成,它也并不是那种有趣的音乐的最不动人的道具。闪电是用几撮树脂,人们把它们淋到火炬上形成;霹雳是烟火顶上的鞭炮。

舞台地板上装着一些小方形的翻板活门,需要时可以打开,显示魔鬼将从地窖中出来。当它们应当飞到空中去时,人们用褐色粗布填塞稻草而制成的小魔鬼巧妙地替代它们,有时也用通烟囱工人来代替,他们用绳索吊着在空中晃动,直到庄严地消失在我上面说的破布条中间。可是造成真正的悲剧的却是当绳索牵引得不好，或要断裂时，地狱里的魔鬼和永生的天神都会掉下来变成残废，有时还会送命。这一切以外，还可添加一些妖魔鬼怪，使某些场面变得十分悲壮动人，诸如：龙、蜥蜴、乌龟、鳄鱼、大蛤蟆，它们以骇人的神气在舞台上漫步，让大家以为在歌剧院上演圣·安东尼的诱惑。每个这样的丑八怪都是由并不想做兽类的笨蛋萨伏人驱动的。

我的表姐，这便是巴黎歌剧院那庄严设备的大致情况，这是我在正厅里用我的观剧镜所能观察到的：因为您不要以为这些玩意儿都隐藏得很好，并能产生了不起的效果；我对您讲的这些只是我亲眼目睹的东西，也是所有像我这样无忧无虑的观众能观察到的。可是人家肯定地说，那儿有多得不得了的机器被用来推动所有这一切东西动作起来。人家多次提出愿意指给我看；但我从来不会好奇到想看人家费那么大的劲干那么小的玩意儿。

在巴黎歌剧院里服务的人数是难以想象的。管弦乐队和合唱队一共近一百人；有无数的舞蹈演员；每个角色有两个和三个演员，[①]就是说那里总有一或两个附属演员预备代替主要演员，并且不干事而拿干薪，直到后者也心安理得地什么也不干，这种情形常有发生。那些演重要角色的第一演员在演了几场以后，不再赏光为观众表演：他们把位置让给了他们的代替者，代替者又让给了自己的代替者。人们永远收取同样价钱的门票，但不给同样的表演。

---

① 在意大利没有预备演员这种概念，观众接受不了他们；所以演出所花的费用要省得多：假如事情做坏了，那就得花大钱。——卢梭原注

每人买到的戏票像买到彩票，不知道能得什么彩；但无论如何，没有人敢发怨言，因为，为了使您知道这种情况，这学院的尊贵的成员对观众不应有任何尊敬态度，而是观众应该对他们表示尊敬。

我不对您谈那音乐，那是您知道的。但您没有那种观念的是，在演出时响起来的那吓人的尖叫，是那长长的吼叫声。人们看到那些女演员几乎都痉挛着，从肺部猛烈地迸出尖叫声，紧握双拳对着胸口，脑袋向后仰着，脸涨得通红，血管激张，肚子鼓着；人们不知道对于眼睛或是耳朵起的作用最不愉快的，究竟是哪一样；她们的努力对于观看她们的人跟听她们歌唱的人同样感到是种苦难；而最令人感到不可思议的是，那些吼叫声几乎总是观众喝彩的唯一的东西。从他们鼓掌的模样来看，有人会认为他们是聋子，由于抓住了这里或那里的几个刺耳的音，便想叫演员们再重复唱那几个音。在我看来，我确信人家对于歌剧院的女演员的叫喊声鼓掌，像在庙会上对卖艺者鼓掌一般：那种感觉是不愉快和难受的，当演员们继续在表演时人们忍受着，但看到他们没有出事而安然收场时，便感到十分高兴，因此很乐于表示自己的快乐。您可知道这种歌唱的方法是用以表达基诺[①]一切最优雅和最温和的作品的。请想象那些缪斯、美惠三女神、爱神，甚至维纳斯，都表达得如此精美，你再判断那造成的印象！至于那些魔鬼，似乎还过得去：那种音乐有点儿地狱的味道，对它们并非不合适。因此一切魔术、招魂和安息日的节日都是法国的歌剧院最受欣赏的。

这些优美的声音既正确又温和，它们跟管弦乐队的声音非常

---

① 基诺（1635—1688）：法国戏剧诗人。——译者

贴切地配合。请设想一种没有旋律的乐器的没完没了的不协调音乐，一种低音的单调缓慢和永恒的嗡嗡声，这是我生平听过的最凄凉、最令人厌倦的玩意儿，我听到半小时就会产生剧烈头痛而无法忍受。这一切形成一种唱圣诗的音调，其中往往既没有曲调也没有节拍。可是当偶尔出现几个有些跳跃的曲调时，便会发生普遍的跺脚；于是正厅里活跃起来，大家紧张和喧哗地跟着乐队的某个人①。大家由于刹那间感到他们原来很少感到的那种节拍而高兴起来，他们痛苦地紧张起自己的听觉、手臂、腿脚和全身，并追随着那总想准备逃避他们的节拍②；不像德国人和意大利人那样，后二者以整个存在接受着音乐，感觉到它，毫无困难地把握着它，用不着打拍子。至少雷齐阿尼诺常常对我说起，在意大利的一些歌剧院里，那儿节奏感是如此灵敏和生动，在乐队和观众中间人们永远听不到也看不见有表示打节拍的些微动作。但是在这国家里，一切都显示出音乐器官的粗陋；声音在那儿是生硬和不柔和的，声音的转变是不光滑和强烈的，音是强制和不柔润的；在民间歌曲里没有节拍，没有悦耳的音调：军乐乐器，步兵短笛，骑兵喇叭，所有的号角，所有的双簧管，街头的歌者，小咖啡馆的小提琴，这一切都是些连最不灵敏的耳朵也觉得刺耳的假玩意儿。所有的才能并不是都赋予同一些人的，所以一般地说，法国人在欧洲一切民族里，好

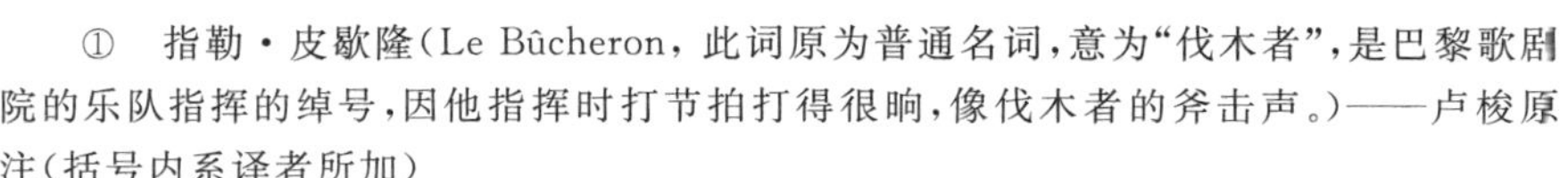

① 指勒·皮歇隆（Le Bûcheron，此词原为普通名词，意为“伐木者”，是巴黎歌剧院的乐队指挥的绰号，因他指挥时打节拍打得很响，像伐木者的斧击声。）——卢梭原注（括号内系译者所加）

② 我发现人们把法国的轻音乐跟奔跑的母牛的跑步和肥鹅的想飞翔作比较，这种比拟很确切。——卢梭原注

像是最没有音乐天赋的民族。爱多阿尔阁下认为英国人在这方面的禀赋也不多;可是他们的差别在于英国人自己明白而不为此忧虑,但法国人则仿佛有充分理由拒绝承认,他们对一切其他东西都可以接受批判,却不能同意自己不是世界上第一流的音乐家。甚至还有人很想把巴黎的音乐当做国家的事业,这也许因为在斯巴达发生过把提摩泰[①]的竖琴切去两根弦当做国家大事的缘故:您从这件事可以知道大家无话可说了。但无论如何,巴黎歌剧院即便是一个非常好的政治组织,但它并不因此使具有趣味的人们更喜欢它。现在我回过头来作我的叙述。

芭蕾是我剩下要对您讲的题目,它是这个歌剧院最辉煌的部分,如果分别地观察它,那是可爱的、美妙的和的确适于舞台上演的场面;可是它作为戏剧的组成部分,那就该从这个性质来考察它。您知道基诺的歌剧:您知道那里面怎样应用幕间歌舞节目的:在他的后继者那里差不多同样情况,或者还要糟些。在每一幕戏里正当剧情最有趣的地方,往往被安排给坐下来的演员们的取乐所打断,而让剧场正厅里的观众站着观看。这么一来,剧中人物完全被遗忘掉,或者观众直瞪着演员,而演员则瞧着其他东西。搞这类取乐的方法是简单的:如果国王在台上快乐,大家便分享他的快乐,于是便跳舞;如果他忧愁,大家要使他快活,于是大家也跳舞。

我不了解在宫廷里遇到国王心情不好时要为他们举行舞会,是否是种习俗:但我了解在这里舞台上令人不胜惊讶的是,正当有

① 提摩泰(公元前446—前357):古希腊诗人、音乐家。他曾将古竖琴的七弦增加两根弦。当他去斯巴达参加比赛时,元老们迫使他截去两根弦。——译者

时在幕后决定有关他们王冠或他们命运时，他们以怎样坚定沉着的态度欣赏着加沃特舞①，或者听着歌曲。然而为了舞蹈有着很多其他的理由；生活中最重大的行为都在舞蹈中进行。教士跳舞，兵士跳舞，天神跳舞，魔鬼跳舞；直到送葬也跳舞，总之任何人为任何事都跳舞。

因此舞蹈是用于歌剧结构中的第四种美术；但那另外三种在促使模仿；这一种模仿什么？什么也没有。因此当它只单纯用作跳舞时，它处于戏剧之外：因为在悲剧中，小步舞、利戈登舞、西班牙慢三步舞有什么意义？我还要更进一步说：如果它们模仿什么东西，它们就不怎么合适，因为从所有的统一说，最不可少的是言语的统一；而歌剧的进行一半在歌唱，一半在舞蹈，要比歌剧一半讲法语，一半讲意大利语更可笑了。

他们不满足于引进舞蹈作为音乐表演的主要部分，甚至有时还把它作为基本的主题，于是他们有一种名叫芭蕾的歌剧，在题材里塞进些支离破碎的东西，所以比其他歌剧的舞蹈更不合适。大部分的这类芭蕾，有多少幕就有多少主题，而主题之间彼此只有玄乎的联系，如果作者不在序幕里注意把这些关系交代清楚，观众便无法理会。季节、时期、感觉、自然力量；试问这些主题跟舞蹈有什么关系，它们又能给想象力提供些什么？它们有些甚至是纯粹譬喻的，像狂欢节、疯狂等；而这些是最难忍受的，因为它们虽然设想得很好和很精巧，但是它们既没有感情，也没有表现力，也没有情景，也没有热力，也没有吸引力，也没有能引起音乐的灵感、给心灵

① 加沃特舞：法国古代的一种民间舞蹈或舞曲。——译者

以慰藉和给幻想以滋养的任何东西。在这些所谓的芭蕾里，动作总是通过歌唱表现，舞蹈总是打断动作，或者偶尔从中出现，而且什么也不模拟。其所以如此，是因为这些芭蕾比悲剧更少吸引力，那里这种间断较不易觉察；如果它们较少冷静，人们为此将更反感；然而一种缺点掩盖另一个缺点，为了不使观众对舞蹈感到厌倦，作者的技巧就使剧本变得枯燥乏味。

这就会不由自主地引向对于歌剧的真正结构的研究，这题目太广泛，无法在这封信里谈，而且会使我离题太远：为此我写了一篇小论文[①]附上，您可以就此跟雷齐阿尼诺谈谈。关于法国歌剧，我剩下要对您讲的，据我自认为观察到的它最大的缺点是，对华美的虚假趣味，人们根据这一点便想表现出华美来，但这玩意儿只存在想象里，把它放进史诗是妥善的，但在舞台上表演却是可笑的。若不是我亲眼目睹，我很难相信竟会有艺术家愚蠢到想模拟太阳神的马车，还竟有相当幼稚的观众想去看这种模拟的。拉·勃留耶尔[②]料不到像巴黎歌剧院那样卓越的演出怎么会使他如此厌烦。我虽然不是什么拉·勃留耶尔，却能料想到；我同意凡是具有美术兴趣的人都认为：法国的音乐、舞蹈以及最美妙的东西混合在一起，总是使巴黎歌剧院成为所有表演中最令人厌烦的。总之，法国人可能并不需要最完善的，至少在演出方面如此；这倒不是因为他们不能认识优美的东西，而是因为在这方面坏的比好的使他们更开心，他们喜欢嘲笑更甚于喜欢鼓掌；批评的快乐补偿了戏剧的

① 这篇小论文见于《音乐百科词典》“歌剧”条。——原书编者注

② 拉·勃留耶尔(Jean de La Bruyère 1645—1696)：法国伦理学家。——译者

烦闷,当他们离开剧院后对之进行讥笑,那要比他们留在那里作乐更觉得愉快。

第二十四封信

自　于　丽

是的,是的,我看得很清楚,幸福的于丽在你心头始终是所珍爱的。从前在你眼睛里闪耀的爱火,现在在你最近的信里同样可以感觉到:我从中发现能激励我的一切热情,我的热情也因此而更强烈了。是的,我的朋友,命运硬把我们拆开也没有用,我们的心却彼此贴得更紧,我们保持自然的热力以抵抗分离和失望而生的寒冷,让一切本应削弱我们眷恋之情的,反而只能使它不断地得到加强。

但请看我头脑多么简单:自从我收到你这封信后,我体验到信里说的某种魔力;那护身符的玩笑虽然是我自己发明的,我也不免受到诱惑并显得是真实的东西。当我独自一人时,一天有百来次感到哆嗦,觉得仿佛你就在我身旁。我好像看见你拿着我的画像,我竟痴到似乎感觉到你对它的爱抚的印象和你给它的亲吻;我的嘴巴仿佛接受着它们,我那温柔的心仿佛尝到了它们。啊,甜蜜的空想!啊,离奇的幻觉!不幸者的最后的庇护所!啊!如果可能的话,请为我们充当现实吧!对于幸福已不复存在的人们,您毕竟还是有些意义的。

说到我把画像搞到手的方法,那是靠爱情起的作用;但你要相信,如果爱情的确能产生奇迹,那它所选择的不一定是这样。请看这个谜底。好些时间以前，这儿从意大利来了个微型肖像画家；他有爱多阿尔阁下的信件，他在给他出这些信时也许估计到后来的结果。陶尔勃先生想趁这个机会得到一帧我表姐的画像；我也想要一帧。她跟我的母亲想有我的画像，经过我的请求，画家还秘密地做了第二帧副本。后来我不管是正本还是副本，仔细挑选了三帧中最像的一帧寄给了你。这是种我并不认为太不正当的欺骗手段：因为画的逼真程度的多些或少些，对我母亲和表姐的关系都不大；然而你对一个不是我的形象表示的敬意却是一种不忠实的表示，假如我的肖像比我自己更好的话，那就更为危险；不论怎么说，我绝不愿意你对于我所没有的美会感到爱好。此外，他不考虑我的意见，要打扮得更细心些；但人家不听我，而我的父亲也愿意那肖像就照这个样子。我请你至少要相信除了头饰之外，现在这种打扮完全不是我自己的模样，而纯粹是画家的讨好，他按照他的想象把我加以装饰。

第二十五封信

致　于　丽

亲爱的于丽，我还得对你谈你的画像；但不再谈那最初的喜悦（你曾对之如此敏感），正好相反，我是以一个被假的希望所欺骗，而且什么都不能补偿他的损失的人的懊恼心理来谈的。你的画像有它的秀丽和漂亮，甚至也有你的特点；它相当像，是由技艺高的人画的；但要人看了高兴，那人必须不认识你。

第一件我要责备他的事是画得像你，但又不是你，有你的容貌，但却是没有感觉的。那画家徒然认为已正确地表现了你的眼睛和脸部轮廓；他却没有表现出使之灵活生动的那温柔的感情，而没有它，无论怎样优美也是没有用的。我的于丽，你脸孔的美是在你的心里，而这一点却是无法模拟的。我承认这是由于艺术的不足；然而这至少是艺术家没有达到他自己应有的一切的那准确性。比如说，那头发根，他把它画得离太阳穴太远了些，这就使前额的外形显得欠可爱些，使眼神欠敏锐些。他忽略了那地方画上几根紫红色线条，那是皮肤下面两三根小血管，它同我们有一天在克拉朗的花园里观赏过的蓝蝴蝶花上差不多一样的东西。脸颊上的红晕过于靠近了眼睛，也没有动人地向脸孔下部着成玫瑰色，像本人一样，看起来好像是贴上去的非自然的红颜色，就像这国家的妇女抹的胭脂红。这个缺点并非无足轻重，因为它使你的眼睛欠柔和而表情显得更大胆。

可是请你告诉我，他对于躲在你嘴角边以及我在幸福时刻我的嘴巴敢于取暖的那爱情之窝，是怎么处理的？他没有给这两只嘴角以它们的优美，他没有给这张嘴以愉快和严肃的转换，你微微一笑，它立即转变，并给心灵带来我不知道是什么样的喜悦，我不知是什么突然的、无法形容的陶醉。的确，你的画像不会从严肃转变为微笑。啊！这正是我要抱怨的地方：为了能表达你的一切娇媚，就应该描绘你生平的每时每刻。

我们可以原谅画家忽略了某些美丽之处；可是他在你的容貌方面所犯的并不算小的错误，就是他忽略了你的缺点。他没有画出你右眼下面几乎看不见的那颗痣，也没有画你脖子左边的那一颗。他没有画……啊上帝！这个人可是青铜铸的？……他忘记了

你的嘴唇下边留下的一个小伤疤。他把你的头发和眉毛画成一个颜色,实际不是这样:眉毛的褐色更深些,头发则更浅些,带点灰色:

Bionda testa, occhi azurri, e bruno ciglio.[①]

他把你的面孔的下半部画成准确的椭圆形;他没有注意到轻微的曲折,这曲折把下颏和脸颊分开,使它们的轮廓较不匀称和更优美。这些便是最容易感觉到的缺点,他还忽略了许多其他的点,所以我对他很不满意:因为我钟情的不仅是你的美貌,而且是你所以是你的整个模样。如果你不愿意画笔给你增添什么东西,我却不愿意它忽略掉任何东西;我的心并不关心你所没有的美质,同时却抱着嫉妒的心关切着你所固有的一切。

说到打扮,我对之特别不敢恭维,因为无论你着意修饰还是很随便,我总是看到你比在画像上有更多的风韵。头饰堆得太重;人们会说上面只是一些花,算了吧!这些花真是太多了。你还记不记得那次舞会,那时你穿了瓦莱妇女的服装,你的表姐那时还说我跳舞像哲学家?你当时的全部头饰只不过是一根长辫子盘在头上,用一只金簪子穿牢,样子像伯尔尼的乡村姑娘。不,光芒万丈的太阳也没有你照耀人们眼睛和心灵那样灿烂辉煌,而且任何人那一天见了你,肯定一辈子不会忘记你。我的于丽,你的头饰就应该是这样的,装饰你的面孔的是你头发的金色,而并不是把它隐藏起来并使你的脸色黯然无光的那玫瑰。请告诉你的表姐(因为我知道她的关心和她的选择),她用以遮盖和亵渎你头发的那些花,

① 金黄色头发,蓝眼睛和褐色眉毛。(玛利尼)(意大利语)

那趣味不比她采集在诗篇《阿多纳》[①]里的优美，这种花可以用来补充美而不是用来掩盖美。

至于画像的胸部，在这方面奇怪的是一个情人的眼光竟比一个父亲更为严格；可是实际上我发现你的服饰不怎么讲究。于丽的肖像应当像她一样朴实。爱神呀，这些秘密只能属于你。你说那画家所画的一切都得之于想象。我相信，我相信这话！啊！假如他瞧见了那遮掩着的美的一丁点儿的话，他的眼睛定会把它盯着，可是他的手并没有想把它画出来；那么为什么他那大胆的画笔必须企图把它进行想象呢？这不仅仅是礼貌上的缺点，我同意这还是一种趣味的缺点。是的，你的脸太端庄了，所以无法承受你袒露的酥胸；可见这二者之一应阻止另一个的显露：只有爱情的狂热才能使二者协调；而当她那灼热的手敢于把为羞怯所掩盖的薄纱予以揭开时，你的眼睛的醉意和惊惶便会说你是为了把它忘掉而不是为了把它呈现出来的。

这便是我对于你的肖像在持续的观察后得出的批评意见。在这方面我按照自己的思想拟订了把它改作的计划。我把我的想法告诉了一位有才能的画家；根据他已经做的来看，我希望很快就能见到更像你本人的你。我怕搞坏那肖像，我们试着在我请他做的复制品上作改动，当我们对我那效果确有把握时，他才把结果移到原画上去。虽然我画得相当差劲，这位画家却不断地赞赏我的观察的精细；他不理解那指导我的那位大师比他要高明得多。有几

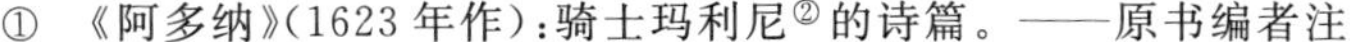

① 《阿多纳》(1623 年作)：骑士玛利尼[②]的诗篇。——原书编者注

② 玛利尼(1569—1625)：意大利诗人。——译者

次他还觉得我非常古怪:他说我是企图隐匿起为别人喜见乐闻的东西的第一个情人;而当我答复他说,我如此小心地给你穿戴起来,是为了能更清楚地看到你的全貌时,他当我是个疯子。啊!如果我能发明一些方法可以同时显示出你的精神和容貌,而且同时能把你的谦逊连同你整个的美丽一起表现出来,那么你的画像更将怎样动人了!我的于丽,我向你起誓,你的画像经过这一改作,一定会获益不少。人们从中看到的只是画家想象的模样,而激动的观察者将想象到原来应有的模样。在你的人格里,我不知道有着怎样神奇的魅力,但所有接触到它的都会为它所感染;谁只消看到你的衣服的一个角,就会赞美穿着它的那人儿。人们看到你的服饰,便会到处感到,那是优美的面纱掩盖着美质,你那朴素的打扮的趣味,仿佛在向心灵宣示着它隐藏的魅力。

第二十六封信

致 于 丽

于丽,啊,于丽!你呀,有个时期我敢称为我的,今天我叫名字却是亵渎了!笔在我颤抖的手里逃逸;我的眼泪浸湿了纸张;我很困难地写这封本不应该写的信的开头几句话;我既不能沉默,也不能说话。来吧,可敬的和亲爱的画像,来净化和鼓励这颗被羞耻所屈辱和被悔恨所撕碎的心吧。请支持我那快熄灭的勇气;当你不在时,我因犯了不由自主的罪行而悔恨,请给我力量以承认罪行。

你快要对一个罪人表示蔑视了!然而比我对自己的蔑视要轻得多。不管我在你心目中将变得多么卑贱,我在自己心目中还更卑贱百倍；因为看到我现在这种模样，最使我感到屈辱的还在于我心底里看到你和感觉到你，今后处在与你很不相称的地位，又想到最真实的爱情的快乐竟不能防止我的感官陷入没有诱惑力的陷阱，而且犯了没有魅力的罪恶。

我如今处在极端的困扰中，一面吁请你的宽恕，一面又害怕这几行坦白我错误的词句亵渎了你的眼睛。纯净而洁白的灵魂，请你原谅我这项叙述，要不是借此可以抵赎我的迷误的话，我也许不会向你淳朴的心申述了。我是不配接受你的善心的，这我明白；我恶劣、卑鄙、可耻；可是我至少不虚伪、不欺骗，我更愿意从我身上取掉你的心和我的生命而不愿有片刻时间欺骗你。为了担心被看做想为自己开脱而作辩护，使我罪上加罪，我将只限于告诉你关于我遭遇的正确的细节。它将跟我的悔恨同样真诚；这是我允许自己说的于我有利的话。

我结识了守卫部队的几个军官和我们同乡的其他年轻人，我认为这些人都具有天然的优点，但他们由于模仿某些我说不清楚的、与他们不合适的那种做作的派头而学坏了，我看了感到可惜。他们看到我在巴黎保持着瑞士古代风俗的淳朴性，因而也在讥笑我。他们把我的生活准则和作风看做是种间接的谴责而深为反感，便决心不惜任何代价使我改变原来的派头。经过多次尝试都没有成功，他们又经过一次更好的商议而取得了很好的成功。昨天早晨他们来向我建议，邀我到一个上校（他们把他的姓名告诉了我）的太太家里吃晚饭，他们并且说，由于我才华出众，所以很想同我订交。我相当愚蠢，所以成了笑柄，我向他们表示最好首先去拜访一次；可是他们嘲笑我的拘泥态度，对我说瑞士的真诚并没有那么些虚言客套，而且这类虚礼俗套的方式只能使她对我产生坏印象。于是在九点钟我们便到那位太太家去。她到楼梯上迎接我们，这种办法我哪儿都没有看到过。进房间时我看到在炉台上刚刚点燃的几支旧蜡烛，到处都有一种做作出来的气氛，使我看了不高兴。这家的主妇虽然不太年轻，我认为还漂亮；其他几个妇女年龄相仿，外貌也同她差不多：她们的装饰相当华丽，但花哨多于趣味；然而我早就注意到这一点，在这国家里是不能用这来判断一个女人的地位的。

初步的寒暄进行得大致跟别处差不多；社会习惯教人在寒暄说得使人厌倦之前要把它缩减，或转到活泼轻松的谈话上去。当交谈变成一般的和严肃的时候，情况并非完全一样：我认为发现了这些太太，假如遇到这种语调对她们不习惯时，她们便会有勉强和尴尬的神气；我来到巴黎后第一次看见感到困惑的妇女会支持合理的交谈。为了找到轻松的话题，她们转向她们的家庭事务，但由于我对这些问题一无所知，她们便随心所欲各谈各的。我从未听到对上校先生谈得如此多的；这个国家的习惯是叫人家姓氏比叫人家头衔的更多，而有这种头衔的人往往有别的头衔，所以我听了感到惊讶。

这种装模作样的摆架子很快转变到比较自然的方式。大家开始把谈话的声音放得很低；自然而然采取一种不大合适的随便的腔调，大家脸上笑眯眯地瞧着我，嘴里喊喊喳喳起来，同时那家的主妇则以坚决的口气探问我的心境，这种口气不会得到我的好感。晚餐开始了；酒席上的自由仿佛把一切头衔都混淆了，但每人都不自觉地暴露了本来面目，于是我终于清楚了自己置身在什么地方。

想回头已经太晚了。想把我的厌恶作为安全的保障，我便把这一晚的任务规定为观察家，并决心用以了解这号女人作为我生平的唯一机会。我的观察很少收获；她们对于自己当前的状况模模糊糊，对于将来也极少预见，除了她们职业上的行话以外，对一切方面都非常愚蠢，以致我起初对她们的同情很快就被对她们的蔑视一扫而空。甚至在谈到爱情的快乐时，我看到她们对之也是不能感受的。我发现她们对于一切可以引发贪财的东西都有着强烈的欲念；除此而外，我没听到过她们嘴里吐过一个发自内心的词儿。我奇怪正直的人们怎么竟能同如此讨厌的人群打交道。在我看来，这号人自己选择了这样的生活，这等于对他们宣判了一种残酷的刑罚。

然而晚餐拉得很长，并变得喧闹起来：因为缺乏情爱，就拿酒来活跃宾客。谈话不是亲切而是不顾廉耻的，妇女们的打扮乱七八糟，想借些刺激起预计会引发的欲念。起初这一切对于我只起到相反的作用，而她们想诱惑我的一切努力只能使我嫌恶。我心里想道："温馨的腼腆，爱情最高的喜悦，她们一旦抛弃了你时，会丧失多么大的魅力！一旦她们知道了你的魔力，即便不为了德行，也要为了媚人而千方百计想保有你！然而腼腆不可能伪装：想伪装它的人是最为可笑的人。"我又想道："这些生物的粗鄙的无耻和她们那下流的暧昧话跟那些羞怯和热情的目光，跟那些充满着端庄、优雅和感情的谈吐之间，真有天渊之别，而后者的……"我不敢想下去；我为这不伦的比拟感到害臊……我谴责自己那不由自主地追逐着的温情的回忆有如罪责……我在什么地方竟敢想到那！……唉！我既不能回避心头那太可爱的倩影，我便竭力把它蒙住。

我听到的声音和言语,映入我眼睛的事物不知不觉地刺激着我:我两个邻座的女人不停地向我做媚眼,她们发展到后来使我失去了镇静。我感到我的神志受了迷惑:我老是喝我兑很多水的酒;我在酒里还加更多的水,后来我想喝清水。只有到了那时,我才发觉那所谓的水实际是白酒,我从进餐开始就一直受骗。我没有说一句抱怨的话,因为那样只能引起嘲笑:我停止喝酒。然而已经太晚了:坏事已造成。醉意不久就把我剩下的一点儿意识给剥夺去了。等到我清醒过来时,我发现自己在一间幽僻的小房间里躺在那些生物之一的臂弯里,感到大吃一惊,同时由于自己空前的罪恶而陷入绝望之中。

我结束了这可怖的叙述;希望别再玷污你的目光和我的回忆。你啊,从你那里我期待着我的判决书,我祈求你的严厉,这是我应得的。无论我的惩罚怎样严厉,它一定不及我对我的罪行的回忆的残酷。

第二十七封信

自 于 丽

您放心,不要以为惹我生气了:您的信给我的痛苦多于给我的气愤。您以不是出于您本心的荒唐行为,所冒犯的不是我而是您。我为此感到更伤心:我更愿意看到您侮辱我而不愿您作践自己,您对自己做了坏事,这是我唯一不能原谅您的。

您只看到您为之害臊的那错误,您觉得自己的罪恶比实际的更重，但在这方面我只看到要责备您的只有轻率；可是它的原因来自更远之处，来自您自己没有觉察的更深刻的根源，要由友谊来为您指明。

您的第一个错误是在进入社会时选择了一条不好的道路：您越向前进，就越迷路，我战栗地望着您，如果您不再回头，您就要失足了。您不知不觉地让人引导进我所害怕的陷阱去。赤裸裸的罪恶的诱饵起初不能引诱您，可是坏的伙伴已开始欺骗您的理智，以便败坏您的道德，而且已经对您的习惯作了他们的准则的初步尝试。

虽然您对我没有特别说起过您在巴黎形成的生活方式，但从您的信里很容易判断您交往的社会，又根据您的议论可以判断您以他们的眼光来观察的那些人。我丝毫没有向您隐瞒过我对您的那些关系不大满意，但您仍继续用同样的腔调，所以我的不高兴只有增长。人们实际上把这些信看做是一个花花公子[①]的讽刺而不看做一个哲学家的论述，而且人家也难以相信这些信跟您从前写给我的信出于同一人的手。什么？您想在几个附庸风雅的女人的小集团或游手好闲的人们的渺小的矫揉造作里研究人；而那难得映入你眼帘的表面和多变的清漆却成了您一切意见的基础！您是否值得花那么大的力气去仔细研究只存在近十年的习俗和礼节，而对于人心自古以来的动力和激情的那种隐秘和永恒的游戏您却视而不见？就拿您谈论妇女的信来说，我能从中知道些什么呢？

① 和善的于丽，您总是陷于进退维谷的境地！那有什么可说的！您落后于我们的时代了！您不知道有 petites-maîtresses（爱打扮的女子），但已没有 petits-maîtres（花花公子）了！老天爷！那么您知道什么呢？——卢梭原注

不过是一些大家都知道的关于她们打扮的描写,一些关于她们穿戴和表现的方法的恶意评论,一些不公平的概括得出的极少人的放荡的意见:好像一切美好的感情在巴黎都已熄灭,而一切妇女都坐在华丽的四轮马车里和二楼包厢里搔首弄姿!从您的信里您不是没讲过使我切实了解她们的趣味、行为准则和真正的性格的事?在谈到一个国家的妇女时,一个聪明的男子会忘记谈到家务的处理和孩子们的教育,这不是很奇怪吗?① 在整个这封信里只有一件事好像是您的,那便是您以愉快的心情夸奖了她们善良的天性,这也使您很光彩;所以您这一下也对一般妇女作了赞扬:世界上哪个国家里,温良和同情会不是妇女们可爱的天禀呢?

您给我画的画像如果是按您所见而不是按人家对您说的那样,或者至少只同思想健全的人商量后画的,那会有怎样的不同!像您这样平时注意保持自己清新头脑的人,在跟轻浮的年轻人(他们同正派人物交往不是为了向这些人学好,而是为了想勾引这些人)交际中,怎么会像有意地丧失掉理智的!您只看到跟您绝不相称的那种年龄上的契合,却忘记了对于您是主要的那种光明和理智上的契合。虽然您性格很暴躁,但却是个最随和的人,而且您虽然智力上的成熟,却很容易给周围的人牵了鼻子走:碰到了自己一般岁数的人,您必然一筹莫展,变成了一个小孩子。这样,您一心想跟他们沆瀣一气,您就会堕落下去,您如果不选择比您更明智的人做朋友,您就会降低自己的水平。

---

① 那么他为什么不应当忘记这一点?难道这些事的处理与之有关?社会和国家将怎么办?著名的作者,光辉的院士,如果妇女要不再掌握文学和公务而去从事家务时,你们全体将会怎么样?——卢梭原注

我绝不责备您在您不知道的情况下被引进到不名誉的人家去，但我要责备您在那家里被您不该结识的青年军官们所引导，或者至少不应该让他们引导您娱乐。至少您本想把他们引上您那原则去的计划，我认为这方面您热心有余而审慎不足；您作为他们的朋友显得太严肃，作为他们导师又显得太年轻，当您自己还需要提高修养时，您不应该参与对人家的改造。

第二个，也是更严重和更不能原谅的错误是，自愿地在对于您很不合适的地方过夜；而且在您已经知道是哪样的人家后不立即逃走。您对这方面的遁辞是站不住脚的。想回头已经太晚了！似乎在这类地方能有什么礼节可言，或者礼节可以胜过德行，而且对抗罪恶会有太晚的时候！至于您把您的厌恶作为安全的保障一节，我不想说什么：因为后来的事情已经向您指出，它有多少根据。您要对那个能读到您心坎里去的人说得更坦白些；是羞耻阻止了您。您怕如果您离去时人家会笑话您；一瞬间的嘘声使您害怕，您宁愿受良心的谴责而不愿被讥笑。您可知道在这个场合，您所遵循的是什么行为准则？是那种准则，它首先把罪恶引进一个高贵的灵魂，用众人的叫嚷来窒息良知的声音，并靠对于咒骂的害怕来压制做好事的勇气。能战胜各种诱惑的人，在坏的榜样下屈服了；为谦虚谨慎而脸红的人，为自己的羞耻而放肆起来了；这种很坏的羞耻，比一些很坏的倾向更厉害地败坏了正直的心。因此您的心尤其要慎防这一点：因为无论您怎样蔑视它，您对闹笑话的恐惧总是不由自主地控制着您。您宁可冒一百次危险而不能冒一次嘲笑，人们从来不曾见过一个那么大无畏的灵魂竟同那么的怯懦结合在一起。

我不来向您摆出防止这缺点的道德方面的格言，这您比我知道得更多，我只向您提出使您提防的一个方法，它也许比一切哲学的说理更方便和更可靠：那便是在您思想上作一点时间的轻微的移位和对未来作几分钟的超前。如果在这倒霉的晚餐席上，您思想上武装着去顶住宾客方面片刻的讥笑；设想到您只要一走到街上，精神就会振作；设想到逃出那罪恶设下的圈套后内心的高兴；设想到取胜的经验中，有多少优势使胜利容易取得；也设想到取得了胜利并写信告诉我，使我得到安慰时的快乐；这一切就能战胜那片刻的厌恶（对这厌恶如果您考虑到它的后果时，您是始终不会退缩的），对之能会怀疑吗？还有一点，对于那些毫不值得尊敬的人的讥笑所产生的厌恶，究竟算得了什么？这样的反思，为了片刻的虚假的羞耻，毫无疑问会挽救您免于另一种真实的、更持久的羞耻、悔恨、危险；而且直言无隐地对您说，您的女友将少流几滴眼泪。

您说您想把这一晚利用来执行一个观察家的任务。多么认真！怎样的任务！您的遁辞真叫我为您脸红！您是否也好奇到有一天想到强盗窟去观察强盗们怎样抢劫旅客们的行李的？您难道不知道有些东西丑恶到甚至不允许一个正直的人去观看的，道德的义愤也不能容忍罪恶的场面的表演？聪明的人观察他们无法阻止的社会坏风气；他们观察，在他们忧愁的脸上显现出为它所引起的痛苦；然而对于特殊的放荡，他对之加以反对，或者背过脸去，生怕有自己在场被引为借口。再说，为了判断这样一类集团的行为和那里人们的谈论，是否必须混迹其中？在我看来，单单凭他们的目的就比您对我吞吞吐吐讲的话，更容易猜测到其余的一切；知道了他们那里找到快乐的思想，使我充分了解了追求它们的那些人。

我不知道您那圆通的哲学是否已采取了据说在大城市建立起来的、对这种地方要抱宽容态度的准则；可是我至少希望您不属于那样一种人，这种人相当蔑视自己，以某种臆想的只有行为不端的人知道的需要为借口让自己迁就习俗，因为两种性格在这方面具有不同的本性，而且在分离或独身时正经的男人需要钱财，而这在正经的女人方面就不需要！如果这个错误不把您引向娼妓之家，我很担心这错误会继续使您自己陷入迷途。啊！如果您愿意让人蔑视您，至少您不要找借口，也不要给秽行加添谎言。所有这些所谓的需要，不是从自然产生，而是由感官自觉的堕落产生的。即便是爱情的妄念，在一颗纯洁的心中也能得到净化，它也只能败坏已经腐化了的心：反之，贞洁能由自身来保护；经常受抑制的欲念自然而然地不会重生，而习惯于向诱惑屈服的，诱惑就要越来越多。友谊使我两次克服谈论这个题目的厌恶心理；而这次乃是最后的一次：因为我能希望用什么道理从您那里得到您会拒绝的诚实、爱情和理智呢？

我现在回过来谈这封信开始时那个重要问题。在二十一岁那时，您从瓦莱给我写些严肃和理智的信；到二十五岁，您从巴黎寄给我些花里胡哨的信，信里思想和理智到处都被某种取乐的笔调所代替，这跟您的性格距离很远。我不知道您是怎么搞的；可是自从您跟有才能的人生活在一起，你的才能显得减退了；您在农民那里曾有所增益，而您现在在有才华的人们中间却有所丧失了。这不是您生活的那个地方的过错，而是您所交朋友的问题：因为再没有比从优秀的和低劣的混合中需要如此多的选择。假如您想研究社会,您可以跟明智的人经常接触,他们凭长期的经验和冷静的观察而理解社会;但不要跟年轻的冒失鬼来往,他们只看到它的浮面和他们自己造成的滑稽可笑的东西。巴黎充满了习惯于思索的学者,这所大的舞台每天给他们提供题材。您不能使我相信这些严肃和勤劳的人都像您一样,从这家到那家、从这小集团到那小集团跑来跑去,为了取悦于妇女和年轻人,并把一切哲学变成无聊的空谈。他们太崇高,所以不会辱没他们的地位和糟蹋他们的才能,并用他们的榜样去支持他们应当改正的风尚。当大多数要这样做时,肯定有些人绝不会这样做,而您应该研究的就是后面的那些人。

您自己也陷入了您对现代喜剧作家进行指摘的那种错误里;在您看来,巴黎满是有地位的人;唯有那些像您的地位的人,您对他们连一句话都不提,这不也是很奇怪的吗?您仿佛并不怨恨贵族自负的偏见,您对之还相当看重,您认为跟诚实的小市民来往有失您的身份,但他们也许正是您的所在国里最可敬重的阶层!您徒然以爱多阿尔阁下的熟人为自己辩解;您依靠他们很快可以认识下层的社会。那么多的人们想向上升,但总是容易下降;照您自己承认,认识民族真正风尚的唯一方法,是在最不同的阶层中研究他们的私生活:因为只停留在总是作表现的人们,那就只能看见喜剧演员。

我愿意您的好奇心走得更远些。在一个如此富庶的城市里,为什么下层人民竟如此贫苦,而在没有百万富翁的我们这里,却很少遇见赤贫者?我觉得这个问题很值得您去研究;可是这绝不是您生活于其中并如您所期望的那些人所能解决的。学生是在金碧辉煌的邸宅里学会社会风俗的;但智者是在穷人的茅屋里学习其中的秘密的。在那里人们清楚地看到罪恶的黑暗勾当,那社会里是用华丽的辞藻掩盖着的;在那里人们看到权贵和财主用怎样的隐秘的不义行为向他们当众假装同情的被压迫者手里攫夺剩下的黑面包的。啊!假如我相信我们那些老军人的话,您将在六层楼的顶楼里了解到多少事情,那些事情是作为深深的秘密被人们埋藏在圣-日耳曼郊区一些旅馆里的!还假如他们造成的所有不幸者都出来揭穿他们的谎言的话,那么如此多的花言巧语者虽然假装人道主义,也会狼狈不堪!

我知道,人们是不喜欢那种不能救济的贫困景象的,富翁甚至对于自己不想给予援助的穷人会背过脸去;然而不幸的人们所需要的不仅是金钱,只有懒于做好事的人,他们手里拿着钱袋才知道做好事。安慰、劝告、关心、友谊、庇护,有这么多同情人家的手段留给您,在没有金钱时,可以拿它们来安慰不幸的穷人。人之所以成为被压制的,常常是因为缺乏使人家听见他们申诉的手段。有时只需要他们不能说的一个词、他们不能表达的一个道理、他们不能进入的一个大人物的门。无私的德行的勇敢的支持,完全可以排除无数的障碍,行善的人的雄辩可以吓倒声势显赫的暴君。

因此您如果想真正做一个人,您要学会放下架子。仁爱之心有如一股纯净和保健的水流,它使低洼的土地肥沃;它总是寻求一般的水平;它让那些威胁田野并只给予田野以有害的阴影,或者用崩裂的碎石压垮邻居的光秃的山岩干旱着。

我的朋友,请看,应该怎样利用当前作为将来的教训,而善良又怎样预先指导着智慧的教训，以便万一所得到的启迪对我们无用时，就不必因此徒耗时间去获得它们。那些必须在有地位的人们中间生活的人，很难防御他们有害的习气，只有继续不断做好事，才能防止一颗优美的心不致沾染野心家的恶习。请您相信我，试试这种新的研究方法；这对于您比您曾尝试过的那些方法更值得；而且由于心灵日趋腐败，思想便会日趋窄狭，反之，您很快便会明白，崇高的德行多么能够提高和培养优美的精神，对他人不幸的体贴关心，又多么能更好地帮助找出不幸的根源，并从各方面排除产生它们的罪恶。

我觉得您似乎处在紧迫的关头，我应当以友情的坦率进言，以免向着斜路迈出第二步，使您最后在有时间认清之前，不致陷于不能自拔的地步。现在我不能向您隐瞒，我的朋友，您的迅速和真诚的忏悔使我很感动：因为我体味到，承认这种羞耻心，您要下多大的决心才能去克服它，因此它在您心上有多大的压力。一个无意的错误是可以原谅和容易被忘记的。至于今后，请您牢记这个我决不放弃的原则：假如在同样情况下，无心的错误犯第二次的话，那么连第一次也不是无心的了。

再见了，我的朋友：切盼您善自保重身体，并要想到一桩我已经原谅的罪行，不应再留下任何痕迹了。

附言：我刚刚从陶尔勃先生手里看到您写给爱多阿尔阁下的好些信的抄本，它们迫使我取消一部分对于您的观察的性质和风格的批评。我认为这些信谈论的是一些重要的题目，而且充满了重要和合理的思考。可是相反地，显而易见您很轻视我们，我的表姐和我，或者您很不重视我们的意见，所以寄给我们容易歪曲的信，而对于您的朋友，您做的却要好得多。我觉得您相当看轻您的功课，所以您认为您的女学生们不配称赞您的才能；您就最好装作——至少出于虚荣心——相信我们能够了解您。

我承认政治不是妇女活动的范围；我的叔叔谈政治使我们很厌烦，所以我理解为什么您也怕那样做。对您坦白说，我对这门课程也并不太喜欢；它的用处离我太远，所以不太触动我，而它的光芒太崇高，因而没有强烈地刺激我的眼睛。老天爷使我生长在这个政府下，我得爱这个政府，我不太关心有没有比它更好的政府。以我如此渺小的力量，既不能建立它们，那么我认识它们又有什么用？有如此重大的一些灾祸我无能为力，同时在我周围我看到那么多我能使之减轻的别的灾祸，那么我为什么要为前者心里发愁呢？但我爱您；对于那些问题我并不感兴趣，我对之感兴趣的是议论它们的作者。我以亲切的赞赏思量着您的天才的一切表现；而且我的心对这表现引以为骄傲，我祈求爱情赐予我以能理解您所必需的智慧。请不要拒绝我理解和热爱您所做的一切善行的那种快乐。您是否将使我屈辱到认为，如果老天爷能把我们的命运结合在一起时，您不认为您的妻子有资格跟您有同样的思想？

第二十八封信

自　于　丽

一切都完了！一切都被发现了！在我隐藏你信的地方，我再也找不到它们。这些信昨天夜里还在那里的。它们只能在今天给抄走。只有我母亲能突然发现它们。假如我父亲看到了这些信,我的命就完了!唉!如果需要拒绝,让他不看到也没有什么用?……啊!上帝!我母亲派人来叫我了。往哪儿逃?怎么顶得住她的眼睛?我怎么不能隐藏到地层下面去呢!……我浑身在哆嗦,我简直一步都挪不动了……羞人答答,屈辱、难受的申斥……我活该,我将忍受一切。然而一个忧伤的母亲的痛苦、眼泪……我的心,怎样的揪心的苦痛!……她在等我,我不能再拖延了……她想知道……应该招认一切……雷齐阿尼诺将被开除。在新的通知前别再来信……谁知道如果会……我也许能……什么!扯谎!……对我母亲扯谎!……啊!如果我们靠扯谎才能得救,再见,我们完了!

第　三　卷

第一封信

自陶尔勃夫人

您给爱您的人们造成了多么大的痛苦！您已经让一个不幸的家庭——只有您一人扰乱了这家的安宁——流了多少眼泪！您要慎防给我们的眼泪再增添悲哀；您要注意别让一个忧伤的母亲的死成为您向她女儿的心房倾注的最后一滴毒药，不要使那失控的爱情最后成为您自己永久悔恨的源泉。友谊使我容忍您的错误，只要这错误还有一丝改正的希望；然而有一种只配称为顽固，而且只能引起不幸和苦恼、称为被荣誉和理智所斥责的徒劳的坚定性，这怎么能叫人忍受得了呢？

您知道，您那爱情的秘密曾如此长久地瞒过了我舅母的疑心，是怎样被您的书信所揭露的。这样的一次打击对于这位温柔的和有德行的母亲虽然十分沉重，但她对您生气还不及对她自己生气更甚，她只责怪自己糊涂的疏忽；她叹惜自己致命的幻想；她最厉害的痛苦是过高地估计了自己的女儿，所以她的痛苦对于于丽是比她的责备更坏百倍的惩罚。

我这位可怜的表妹的消沉是难以想象的：只有当面见到她才会明白。她的心灵仿佛为悲伤所窒息，而压迫她的过度的伤感使她的神情十分痴呆，比尖声叫喊更吓人。她日夜木然跪在她母亲的枕头边，眼睛凝视地上，保持着深深的沉默，以前所未有的注意和敏捷服侍她，然后又立即陷入颓丧的境地，看来前后判若两人。显而易见，这是母亲的疾病在支持着女儿的力量；要不是侍奉母亲的热诚激发起她的虔诚的话，那么她的失神的眼神、她的苍白、她的极度的沮丧叫我担心她奉献给母亲的全部关心对于她本人是非常需要的。我的舅母也看到了这一点；而且从她特别托付我照顾她女儿身体的那份操心里，我看到她们彼此的心对抗着她们忍受的苦恼，同时因为您扰乱了一种如此亲密的关系而应该怎样憎恨您。

这种尴尬局面更因为要对一个暴躁的父亲小心隐瞒而加重了几分，战战兢兢的母亲为了女儿的生命总想把这危险的秘密对他隐藏起来。大家规定当他的面保持着原来的亲热气氛；母亲的慈爱当然很乐于有这样的借口，可是满心惶恐的女儿对于自己认为装出来的爱抚却不敢尽心享受，如果她真敢这样指望的话，她对这种甜蜜的爱抚也就越觉得伤心了。她在接受她父亲的爱抚时，用那么一种柔顺和害羞的神态瞧着她母亲，她的心仿佛通过眼神对她母亲说："啊！怎么我竟不配从您那里接受同样的抚爱呀！"

岱当惹夫人有好几次单独找我谈；根据她责备我的温和口气和她向我提到您的声调，我明白于丽为了缓和她对于我们的非常公正的愤懑做了很大的努力，而且为了替我们俩辩护，她什么委屈都能忍受。您的那些信本身虽然谈情说爱不免过了头，但有其可原谅的地方，她也没有忽视这一点；她较少谴责您滥用她的信任而多责怪她自己太轻易信任您。她相当器重您，因而相信任何别的男子处在您的地位不见得会比您更能抵抗得住；她把您的过错归咎于德行本身。她说她现在明白，一种太过吹嘘的所谓正直，并不能阻止一个恋爱着的正人君子遇有机会就会去败坏一个行为规矩的姑娘，并且为了满足片刻的狂热而毫无顾忌地辱没整个家庭。但过去的事谈它又有什么用？问题在于把这丑恶的秘密掩藏在永久的帷幕里，如果可能的话，连最细微的痕迹都把它抹掉，并促使上苍大发慈悲，不使留下可觉察到的见证。秘密掌握在六个可靠的人手里。您爱的一切人的安宁，一个陷于绝望的母亲的生命，一个可敬的家庭的荣誉，您自己的德行，一切还都有赖于您；一切都有求于您的责任：您可以补救您造成的不幸；您可以对得起于丽，您放弃她便可以开脱她的过错；假如您的心没有欺骗我的话，那么只有这样一种牺牲才能够符合于要求它的爱情。根据我始终对于您的感情的尊敬以及从所未有的最温馨的联系，我以您的名义承诺了您应当做的事：如果我对您期望过高，您不妨揭穿我的假话；不然的话，您今天就做一个应当做的人。您必须牺牲您的情人，否则就必须牺牲您的爱情，二者必居其一，您必须显示出要么是最卑鄙的人，要么是最有德行的人。

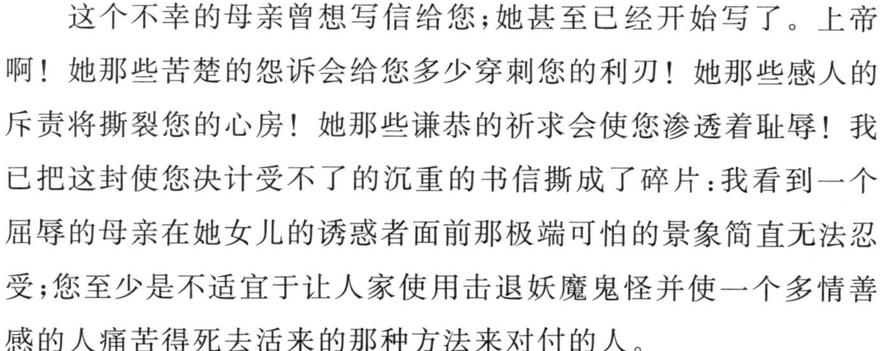

这个不幸的母亲曾想写信给您；她甚至已经开始写了。上帝啊！她那些苦楚的怨诉会给您多少穿刺您的利刃！她那些感人的斥责将撕裂您的心房！她那些谦恭的祈求会使您渗透着耻辱！我已把这封使您决计受不了的沉重的书信撕成了碎片：我看到一个屈辱的母亲在她女儿的诱惑者面前那极端可怕的景象简直无法忍受；您至少是不适宜于让人家使用击退妖魔鬼怪并使一个多情善感的人痛苦得死去活来的那种方法来对付的人。

如果现在爱情初次向您提出叫您作这番努力，那我也许会怀

疑能否成功，并对您应受的尊敬我还会动摇；可是您为了于丽的荣誉，毅然作出牺牲而离开了这个地方，这便使我确信您能为她的缘故而割断那无用的交往了。开头做好事总是最困难的；您作出那么大的努力，绝不会得不到报酬；您硬要维持劳而无功的通信时，您的情人便要冒可怕的风险，而对你们俩却并无所获，而且只能给双方延长无谓的苦恼。您别再犹豫了，您曾如此珍爱的于丽如今对于被她如此热爱的那人儿来说，应该成为陌路人了：您徒然掩饰您的不幸；您在跟她分离时就已经失掉了她，或者不如说，甚至当她委身于您以前老天爷就从您那里把她夺走了：因为她的父亲回来以后已把她许配了人家，而您也十分清楚，这个顽固不化的人说出来的话是无法改变的。无论您采取什么措施，不可战胜的命运总会一反您的愿望，所以您永远不会得到她。您所能办到的唯一的选择是，或者把她抛进灾难和耻辱的深渊，或者尊重您崇拜过她的东西，还给她以不是已失去的幸福，而是智慧、和平，至少是为您那致命的关系所剥夺了的安全。

假如您看得到这位可怜的女友现在的情况，以及悔恨和耻辱使她没脸见人的模样时，您该多么愁闷，您也会懊恼得要死！她鲜艳的光辉褪色了！她的优雅的丰度委靡不振了！她那整个如此动人与和善的情感都凄然融化在销蚀一切的悲哀里了！甚至连友谊也变得淡漠了；我见到她时所尝到的那份快乐她还是勉强地与我分享；她病态的心灵除了爱情和痛苦之外不再能感受其他的感情。唉！这多情善感的性格，这对于善良事物的如此纯净的趣味，这对于旁人的困难和欢乐如此温柔的关怀都变为什么了呢？我承认，她依然温柔、慷慨、同情；行善的好习惯不会从她身上消失；但这已经只是盲目的习惯，没有反思的趣味罢了。她总是做些同样的事情，但她已不再用同样的热忱来做这些事情；那些崇高的情感减弱了，那神圣的火焰黯淡了，这位天使只成了一个平庸的女人。啊！您从美德那儿夺走了怎样的一个灵魂！

第二封信

于丽的情人致岱当惹夫人

心头充满了永恒的痛苦，我匍匐在您脚下，夫人，但不是为了表达我并非我心所能控制得住的悔恨，而是为了放弃成为我生命整个幸福以弥补一个不由自主的罪过。由于人们的感情从来不曾接近于您钟爱的千金所启示我的那种感情，因而从来没有一种牺牲会相等于我现在向最可敬的一位母亲提供的牺牲；但是于丽实实在在地教导了我为了义务应当牺牲幸福；她非常勇敢地给我作出了榜样，所以我至少也得有一次来仿效她。假如我的鲜血完全可以解除您的痛苦，我可以毫无怨言地把它洒出来，但恨我只能给您以我诚心的证明太微弱了；然而要破坏两颗心从来联结得最甜蜜、最纯洁、最神圣的纽带，啊！那是整个宇宙无法叫我办到的，但只有您才能达到。

是的，我答应远离着她而生活，您需要多久就多久；我将避免见她也避免给她写信，我凭您珍贵的生命起誓，为保全她的生命，那是非常必需的。我不免怀着恐惧，但绝无怨言地服从您给她和给我的命令。我还要说许多话：她的幸福在我的苦难中可以安慰我，如果您能给她一个配得上她的丈夫，我将乐意死去。

啊！但愿能物色到这么个人，而且他敢于对我说："我将比你更深地爱她！"夫人，他虽徒然具有我所缺少的一切；假如他没有我这颗心，他对于于丽仍将毫无用处；然而我只有这颗诚实和体贴的心。唉！我也是什么都没有。爱情使一切接近，却提高不了人的地位：它只提高情感。啊！如果我胆敢只听任我的情感来对您的话，那么在对您说话时，我嘴里会有多少次发出母亲这个甜蜜的名词呀！

请您相信那绝不是虚妄的誓言，也请相信一个绝不是骗子的人。但假如我一朝辜负了您的器重，那我首先辜负了我自己。我那毫无经验的心灵，只有当危险来不及逃脱时才知道危险，我还不曾从您女儿那里学到用爱情本身去战胜爱情那种严酷的艺术，这以后她才很好地教了我。我恳求您排除您的恐惧。世界上有没有比我更珍视她的安宁、她的幸福、她的荣誉的人？没有，我的话和我的心就是我以我著名的朋友和我自己的名义作担保来向您作的保证。秘密不会泄露，对此请您放心，在我断气时，没有人会知道是什么痛苦结束我的生命的。那么请您平息那折磨您的痛苦，而我的痛苦则还在加剧；拭干那夺走我灵魂的眼泪；恢复您的健康；请把幸福归还给最温柔的女儿，她是为了您才放弃那幸福的；您自己要因她而觉得幸福；最后为了让她热爱生活而自己要好好活下去。啊！不管爱情的错误，作为于丽的母亲，这依然是为庆祝生活的相当辉煌的命运呢！

第 三 封 信

于丽的情人致陶尔勃夫人托她转交上面的信

狠心的，瞧吧，这是我的答复。您在读信的时候，如能知道我的心，而且您的心还能受感动的话，您会泪下沾襟；但千万别再用那使我大吃苦头并使我懊恼终生的残忍的尊敬来压垮我。

您的野蛮的手终于不惜把这甜蜜的纽带扯断了，这纽带几乎从童年起是您亲眼看着它形成的，而且您的友情似乎也以非常喜悦的心情参与的！这样，我便像您所希望和我所能够的那样不幸了！啊！您能想象到您造成的整个罪孽吗？您能充分感觉到：您夺去了我的灵魂，您所夺走的是无法补偿的，而且使我同她分离着生活要比让我死去更坏一百倍吗？关于于丽的幸福，您能对我谈些什么？心灵得不到满足，能够幸福吗？关于她母亲的危险你能对我谈些什么？啊！比起使我们联结的甜蜜的感情来，母亲的生命、我的生命、您的生命甚至她的生命又算什么？整个世界的存在又算得了什么？无聊的、狠心的道德家，我服从你的无价值的声音；我厌恶你，却要照你的话去做。你的徒劳的慰藉怎敌得过心灵的痛苦？去吧，不幸者的悲惨的偶像，您夺取了命运留给他们的精神力量，只能增加他们的惨痛。然而我会俯首听命；是的，狠心的人，我会俯首听命的；可能的话，我也会像您一样无情和凶狠。我会忘却世上于我可贵的一切。我既不愿再听见说到于丽的名字，

也不愿再听见说到您的名字[1]。我不愿再记起这忍受不了的回忆。强烈的恼恨和怒气激起我对抗如此的坎坷波折。一股顽强的固执取代了我的勇气。我受够了感情之累，还不如弃绝人情味的好。

第四封信

陶尔勃夫人致于丽的情人

您给我写了一封令人伤心的信；可是在您的行为里有着那么多的爱情和德行，使它消除了您抱怨的苦味：您是太宽厚了，使大家没有勇气来跟您争吵。一个人虽然显得怒气冲天，只要他知道为所爱的人作这样的牺牲，他应当受到赞扬多于受到斥责；不管您怎样咒骂，自从我明白知道您的一切价值后，我对您更感到空前可敬了。

您要感谢那个您认为可恨的德行，它为您所做的甚至比您的爱情更多。您作出的牺牲简直打动了我的舅母，她欣赏您整个牺牲的价值：她读了您的信后深受感动；她心肠好到甚至把信让她女儿也看了；可怜的于丽读信时为了克制她的叹息和哭泣，竟会晕了过去。

这位菩萨心肠的母亲既已为您那些信所深深感动，便开始从

[1] 原来版本是："我不愿既再听见说到于丽的名字，也不愿再听见说到您的名字。"（《Je ne veux plus entendre ni prononcer le nom de Julie ni le vôtre.》）我们认为在"既"这个字的移动中有个排印上的错误，所以我们把它移到了正确的位置上。另一些编者则不是加以移动而是把它取消，因而错误就更严重了。——原编者注

她所看到的一切中明白你们的两颗心是超乎常规的，而你们的爱情带有很大的自然感应的性质，绝不是时间和人的努力所能消除的。她自己非常需要安慰，却很乐意安慰她的女儿，要不是礼仪阻止她的话；我清楚地看出她要成为她的贴心人，她不原谅我过去没有这样做。昨天她当于丽的面可能不太审慎地[①]吐出了一句话："啊！如果只由我一人的意思……"虽然她停住了，没有把话说完，但我从于丽热烈地亲吻她的手看出，于丽是十分了解那句话的意思的。我甚至知道她有好几次曾想对她顽固的丈夫谈论，然而不是冒把自己的女儿置身于狂怒的父亲的打击下的危险，便是为自己感到恐惧，因此她的胆怯总是阻止她的行动；她的多病、她的衰弱显然在加剧，我担心不等到她思考成熟，她就已经没有决心实现她的希望了。

总而言之，虽然您在许多方面造成了错误，但在你们相互的爱情中表现出来的那种诚实的心，使她对您抱有这样的意见，相信你们俩都能信守中断通信的诺言，她也不采取任何措施来严密提防自己的女儿了。的确，假如于丽不能符合她的信任，她将不再对得起母亲的照顾，假如您还要想欺骗最最好的母亲并辜负她对您的尊敬的话，那你们俩都该死。

我绝不想在您心里重新点燃我自己都没有的希望；但我愿意向您指出，最诚实的决定也是最明智的决定，而如果您的爱情还留有什么希望的话，那就在荣誉和理性要求于您的那种牺牲里，这是真实不移的。母亲、亲戚、朋友，除了一个父亲以外，现在都向着

---

① 格兰尔，您这里不是更不审慎吗？您是最后一次这样吗？——卢梭原注

您，希望向这条道路去争取，否则什么也争取不到。一时的绝望迫使您发出了几声诅咒，但您已向我们证明一百次，除了德行的道路之外，没有更可靠的可以达到幸福的道路。如果人们要达到幸福，这条道路更为洁净、更为可靠和更为愉快；如果达不到的话，唯有它能补偿幸福。那么请再鼓起勇气来；要做个大丈夫，依然做原来的您。如果我曾知道过您的心，那么我认为您失掉于丽的最惨痛的方式将是不配获得她。

第五封信

于丽致她的情人

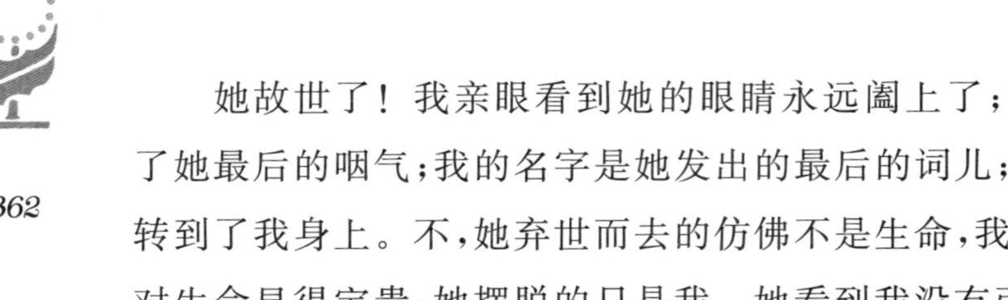

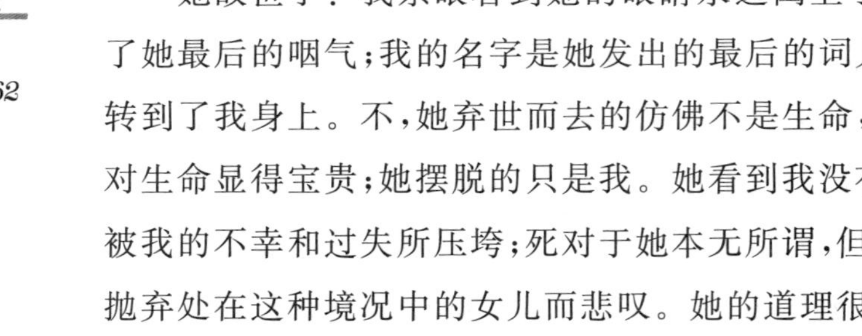

她故世了！我亲眼看到她的眼睛永远阖上了；我的嘴巴接受了她最后的咽气；我的名字是她发出的最后的词儿；她最后的目光转到了我身上。不，她弃世而去的仿佛不是生命，我太不知道使她对生命显得宝贵；她摆脱的只是我。她看到我没有引路人和希望，被我的不幸和过失所压垮；死对于她本无所谓，但她的心只是为了抛弃处在这种境况中的女儿而悲叹。她的道理很对。她在尘世有什么遗憾？在她眼里，尘世有什么奖励能比天上等待给她的对她的忍耐和德行的不朽奖励的？她在世上除了为我的耻辱哭泣而外，还有什么事可做？纯净和贞洁的灵魂，高贵的妻子和无可比拟的母亲，你如今生活在光荣和至福的天界；你活着！而我，陷于悔恨和绝望里，永远丧失了你的照顾、你的训诲、你的温馨的抚爱。我与幸福、和平、纯洁是无缘了；我只感觉到失去了你；我只看到我的耻辱；我的生活只不过是苦难和哀伤。我的母亲，我亲爱的母亲，唉！我远比你的死更惨。

我的上帝！是什么激情使一个不幸的女人迷了路，并使她忘记了自己的决心的？我向哪儿倾泻我的泪水和发出我的呻吟？是造成它们的那个狠心的人，我要把它们交给他收存！那个造成我毕生灾祸的人，我敢向他哀诉！是的，是的，野蛮人呀！来分担您使我忍受的痛苦。由于您，我把利刃刺进了母亲的胸膛，您要哀叹我来自您的灾祸，并同我一块儿感受您所创作的弑母的惨剧。像我这样可鄙的模样，我敢在谁的眼前露面？按我内疚之心，我该在谁跟前自我作践呢？除了我的罪行的同谋者，还有谁能相当了解这些罪行？只有我自己的心能控诉我，又看到剧烈的悔恨迫使我流淌肮脏的眼泪，却被人认为是好的天性，这是我最难忍受的酷刑。我看到、我战栗着看到苦痛毒害和促进了我悲惨的母亲的死期。她出于对我的怜悯，徒然阻止她承认这一点；她徒然把她的病的发展硬说是本来的病原；受了影响的我的表姐也徒然唱一个调子；一切都不能欺骗我那被悔恨撕裂的心；于是作为我永远的苦恼，我将把缩短我生身的母亲的那可怕的思想一直保持进坟墓。

老天爷在愤怒中派来使我不幸和犯罪的您呀，请您最后一次接受我在您胸口流的眼泪，您本来就是这眼泪的祸根。我不再像从前那样跟您分担我们共同的苦难：这是我不由自主地发出来的最后诀别的叹息声。一切都完了，在我只有绝望的灵魂里，爱情的王国销声匿迹了。我把我的余生奉献为哭泣母亲中最好的母亲之用；我要把我要了她生命的感情奉献给她。为了赎我使她受苦的罪愆，我终于克服了那些感情，我为此感到很大的幸福。啊！假如她那不朽的灵魂能穿透到我的心灵深处，它一定能知道我奉献给她的牺牲，对于她不是完全不相称的。您来跟我分担我由您而起的重负吧。如果您对于那如此亲切和可悲的纽结还有几分敬意的话，那么我凭它恳求您永远逃避我，不要再和我通信，不要再加深我的悔恨，让我忘却（如有可能）我们彼此间的一切。但愿我的眼睛不再见到您；但愿我不再听见您的名字，而您的回忆也不再扰乱我的心灵。我还敢于以不应再存在的爱情来说话；在那么多痛苦的回忆之后，不要再增添她那最后的愿望被人忽视这一项了。那么最后一次说再见，唯一的和亲爱的……啊！疯狂的姑娘！……永别了！

第六封信

于丽的情人致陶尔勃夫人

帷幕终于撕破了；这漫长的幻想破灭了；这如此甜蜜的希望消失了：我剩下的只有那既苦楚又甜蜜的回忆的永久的火焰，它支持着我的生命，并以不复存在的幸福的虚幻感情来滋养我的苦恼。

那么我果真品尝到最高的幸福了吗？我真的就是那曾经幸福过一天的生物吗？像我这样受苦的人难道能感到生来就是为了永远受苦的吗？能享受我已经丧失了的幸福的人，他能在丧失之后还能生活下去吗？如此相反的感情它们能在同一颗心房里滋长吗？快乐和光荣的时日，不，您并不是个凡人；您是太美了，所以您是绝不该消失的。一种沁人的喜悦浸润着您整个的存在，使它集聚成像永恒那样的一个光点。对于我这样的人既没有什么过去，也没有什么将来，所以我同时领略了上千个世纪。唉！您已经像闪电般消失了。这幸福的永恒只是我一生的一刹那。在我失望的时刻，时光重新恢复了它的缓慢的运行，于是愁闷以悠悠的岁月来衡量我不幸的余生了。

苦恼压迫我越重，我感到亲切的所有事物显得离开我越远，这就使我最终变得忍无可忍。夫人，可能您还厚爱着我；可是其他的操心事在召唤您，其他的任务要您操劳。您过去有兴趣听取我的怨言，现在显得不得体了。于丽，于丽她自己也丧失了勇气并抛弃了我。可悲的悔恨排斥了爱情。对于我，一切都起了变化；唯有我的心却始终没有变，因此我的命运就更为可怕了。

然而我现在怎样和将来怎样，这有什么关系？于丽在受苦，怎么有时间考虑到我呢？啊！是她的困苦使我变得更沉痛。是的，我宁愿她不再爱我并希望她幸福……不再爱我！……她这样希望吗？……绝不，绝不。她徒然禁止我见她和同她通信。她摆脱的不是痛苦，唉！那是摆脱安慰者。丧失一个慈爱的母亲，她就应当排除一个更温顺的朋友吗？她能相信增加不幸能缓解她的不幸吗？爱情呀！牺牲了你，就能为亲人报复吗？

不，不，她企图忘掉我，是徒劳的。她那温柔的心能跟我的心分开吗？我不是在违反她的意愿而把它的心给拴住吗？我们经历过的那种感情岂能忘掉！这种感情一经回想能不再度体会到呢？胜利的爱情造成终生的不幸；失败的爱情只能使她更值得同情。她同时被徒然的悔恨和徒然的愿望所困扰，爱情和德行二者都永远得不到满足，将在痛苦中消磨她的岁月。

您不要以为我在哀怜她的那些谬误时，会停止对它们的重视。在经过这么多的牺牲以后，想学得不再服从，那已经为时太晚。既然她吩咐我，这就足够：她将不再听见谈到我。您看我的命运是多么可怕。我最大的悲哀不是放弃她。啊！我最剧烈的痛苦是在她的心中，我对她的不幸比我自己的不幸更感到痛苦。格兰尔，可爱的格兰尔，她爱您甚于其他一切，除了我，您是唯一真正懂得爱她的人。您是她现在剩下的唯一的财宝；这财宝的珍贵，足以使她在失去了其余的一切以后，感到损失还能忍受。请您给她以安慰来弥补她丧失的和她所拒绝的那些慰藉；希望一种神圣的友爱能在她身边同时替代母亲和情人的热爱，也能替代使她感到幸福的一切感情的温馨。假如办得到，不管用什么代价，她是应该幸福的；但愿她能恢复被我剥夺了的她的和平和安宁，这样我便将减轻一些她留给我的苦恼。既然我在自己心目中不再算个什么，既然为她而死来消磨我的生活是我的命运，那么就让她把我看做已不在尘世，如果这种思想能使她安宁的话，我也同意这样。但愿她在您身旁重新获得以前的德行和从前的幸福！但愿她由于您的照顾，还能恢复到没有认识我以前的那个模样！

唉！她曾是母亲的女儿，而如今再没有母亲了！这真是无法弥补的损失，而且当感到有所自责时，也是难于自慰的。她那激动的良知在向她索还这个温柔、亲爱的母亲，而在如此严酷的痛苦里，可怕的内疚之心加剧着她的悲痛。于丽呀，这可怖的感情一定要你体会的吗？您呢，您曾是这个不幸的母亲患病和临终的目击者，我要求您，我恳求您，请告诉我对此我该怎么相信。假如我是有罪的话，请撕裂我的心。假如我们的过错使她进入坟墓的话，我们俩全都是不配苟生于世的怪物；一想到如此悲惨的纽带，那便是种罪过，让它存在真是罪过。不对，我敢于相信，一种如此纯洁的爱情绝不会产生如此阴暗的结果。爱情启示我们太高尚的感情，它不可能引发扭曲心灵的罪行。苍天呀，苍天难道会不公正吗？那个能够为自己的父母而牺牲自己幸福的她，应该是她死的原因吗？

第七封信

复信

在每天越来越尊敬您的同时，怎么能减少爱您呢？当您每天有值得赞赏的新的感情时，我怎么会失去对您的旧的感情呢？不，我亲爱和尊敬的朋友，从我们最初的少年时代起彼此之间的关系怎样，我们直到最后年代也将是怎样；而且我们如果相互的关系不再加深的话，那是因为它已经不能再加深的缘故。整个不同之处在于我过去好像我的哥哥一样地爱您，而现在我爱您好像是我的孩子一样：因为虽然我们两个人都比您年轻，而且又是您的学生，我却有点儿把您看做是我们的学生。您教我们进行思考，您则从我们学会易于感受；而且不管您的英国哲学家怎么说，这种教育抵得上那一种教育；如果理性造就人，那么是情感在指导人。

您可知道我为什么仿佛改变了对您的态度吗？请您相信我，这并不是我的心变了，而是因为您的情况变了。只要您的爱情存有一线希望时，我就照顾这种爱情：自从您顽强地追求于丽时，您就只能使她陷于不幸，那将是害您而不是讨好您。我宁可让您少伤心些而让您更不高兴些。当共同的幸福变得不可能时，那就在所爱者的幸福里寻求自己的幸福，这难道不是爱情无望者所能做的一切吗?

您比这种想法还更进一步,我的慷慨的朋友;您忍受了最痛苦的牺牲而把它付诸实施,这是一个忠诚的情人从来不曾做过的。您放弃了于丽,您牺牲了您自己的安宁而得到了她的安宁,您为她而作了自我牺牲。

在这方面我想到了一些奇怪的意见,可是我不怎么敢对您讲出来;但这些意见是可以令人安慰的,这就使我壮大了胆。首先,我认为真正的爱情有着同德行一样的那种利益,它能弥补人们为它作出牺牲的一切,而且人们可以说是对自认为是值得的并因而是自愿的那种剥夺感到快乐。您将证明于丽曾像她当之无愧地为您所爱,而且您将更深切地爱她,您因而也更会感到幸福。这种懂得奖励一切困难的德行的美妙的自尊心,能把它的魅力跟爱情的魔力相混合。您会对自己说:"我懂得爱",您这样说时要比您说:"我占有我所爱的"时品尝到了更持久和精美的快乐:因为后者由于享受它而日趋耗损;可是前者则总是不变的,而且即使当您以后不再爱时,依然能享受它。

此外,像于丽和您常常对我说的话如果是真实的,即爱情是能够进入人心的最甜美的感情,那么能使它延长和巩固的一切,即使以上千种苦难为代价,它依然是一种幸福。还有像您所说的,如果爱情是被种种障碍刺激而引起的欲念的话,那么它得到满足却并不是好事;与其叫它在快乐之中熄灭,倒不如让它继续和感到不幸的好。我承认您那热烈的爱情经受过占有、时间、分离以及一切艰难的考验;它克服了一切障碍,除了其中最厉害的,即再没有要克服并专赖自己生存的障碍之外。天下从来不曾见到激情能经受住这种考验；您有什么权利希望您的激情能经受得住？时间已经把年龄的增长以及美色的衰退跟长期占有的厌倦联结起来；由于你们彼此分离，这种现象仿佛固定不变，这对您有利；你们彼此看来将会是青春永驻；你们彼此不断看到的将是你们分手时的那个模样；而你们结合到坟墓的两颗心，将在优美的幻觉中延长着你们的青春和你们的爱情。

如果您以往不曾享受过幸福，一种无法克服的忧愁便会折磨您；您的心便会叹息着对本该得到的幸福感到遗憾；您那热烈的想象将不断地向您要求您尚未获得的幸福。可是爱情已经充分地给您享受到了它的快乐；用您的话来说，您在一年里已经享尽了整整一辈子的快乐。您可记得在一次冒失的幽会后第二天所写的那封如此热情的信，我以前所未知的激动读了它；信里看不出是一个温和的心灵的经常状态，看到的是一颗为爱情所炽烈燃烧和为极乐所陶醉的心的最后的狂热；您自己认为人们一辈子绝不可能两次领略到这类似的激情，而且经过这种感受之后简直可以死去。我的朋友，你真是美到家了；不管好运和爱情对您怎样，您的热情和幸福不会再消减了。这个瞬间也是您不幸的开端，您丧失您的情人是在您再不能在她身边享受到新的感情的时候：这仿佛命运特意要使您的心不致发生不可避免的衰竭，也在您过去的欢乐的回忆里，给您留下一种比您还能够享受的一切快乐更温馨的快乐。

那么您不要再为您迟早总会丧失的幸福以及您还存留的幸福的丧失而伤心。幸福和爱情将会一起消失；您至少还保有感情：须知一个人还在爱的时候并不是没有快乐的。对于一颗温柔的心来说，熄灭了的爱的形象比不幸的爱的形象更可怕；对现在占有的东西的厌倦比对丧失的东西的懊恼还要坏百倍。

假如我那悲痛的表妹对她母亲的去世的责备是有根据的，那么我承认这严酷的记忆一定要毒害你们的爱情，而如此凄惨的思想必然会使它永远熄灭；可是您别相信她的那些苦痛，它们是在欺骗她，或者毋宁说她喜欢把它们夸大的那虚幻的想法，不过是为了加强愁思的一种借口。这个温顺的心灵总是担心悲伤得不够，于是在她困苦的感情上增加尽量多夸张的一切，对她成了一种快乐。她在自讨苦吃，您对此可以确信不疑；她对自己并不真诚。啊！如果她当真相信自己促短了她母亲的寿命，她的良心能够受得了这可怕的责备吗？不，不，我的朋友，她便不是痛哭她而是追随她于地下了。岱当惹夫人的病大家都知道；那是种不治之症的肺水肿，大家对于她的生命即便在她发现您的信札以前已经不抱希望了。这事对她确是个强烈的打击；但有多少快意的事给了她以补偿！这位温柔的母亲看到她女儿在哀叹她的失足时以怎样的德行去赎罪，在为自己的懦弱哭泣时又不得不赞赏她的心灵，这是多么令人安慰的事！她看到女儿对她何等孝顺，她心头感到多么甜蜜！多么孜孜不倦的虔诚！多么不懈的照料！多么不间断的陪伴！因为看到她焦虑而感到何等内疚！何等的悔恨！多少的眼泪！多少动人的亲热表示！怎样的无尽的敏感性！大家从女儿的眼睛里看清楚母亲受苦的一切；是她白天服侍母亲，夜间看护母亲；是从她手里接受了一切的照料。您一定认为见到了完全变了样的于丽；她原来的文质彬彬消失了，她变得强壮有力了；最困难的照料在她算不了一回事，她的灵魂仿佛给了她以新的躯体。她什么都做，又好像什么都没有做；她到处都在，但又不离母亲一步；大家不断地看

到她跪在母亲床前，嘴唇贴在母亲的手上，为自己的错误或者为母亲的病痛哀叹，还把这两种感情混在一块儿以显得更加悲伤。我看到在我的舅母临终那几天所有走进她房间去的人，看见这最为动人的情景时没有一个不感动得热泪盈眶。大家目击这两颗心在这极惨痛的分离时刻为了更紧密地联合所作出的努力；大家看到母女俩满怀要诀别的唯一的遗恨，只要她们俩能够一块儿留下来或者离开尘世，那么生与死对于她们都是无所谓的。

切不要相信于丽的悲观思想，您要确信于丽竭尽一切力量来挽救她母亲的生命和安慰她的心灵，从而延迟了她母亲病势的发展，她的体贴和看护肯定使病人活得更久些，如果没有她，我们是办不到这一点的。我的舅母自己向我多次说过，她最后的日子是她一生最舒畅的日子，而她女儿的命运是她幸福中唯一的缺憾。

如果要把她的去世归因于忧愁的话，那么这忧愁要追溯到更远些，而她的丈夫应该是唯一该受指责的。他长期用情不专和见异思迁，把青春之火滥施给千把个不及他有德的夫人的对象以博取她们的欢心；当上了年纪使他收心时，他回过来对她又十分粗暴，这是一般不忠实的丈夫都习惯于用来加深他们的罪责的。我那可怜的表妹是感觉到了的；贵族那无聊的固执和性格的呆板怎么样也改不掉，这就造成了您和她的不幸。她的母亲始终对您抱有好感，也深知她的爱情，想把它熄灭已经太晚，长久怀着痛苦的秘密，既不能战胜女儿的私情，又不能战胜丈夫的固执，把这事看做是她再无法康复的病痛的第一个原因。当她发现您那些信件后，知道您滥用她的信任到了何等地步时，她怕一切都会丧失，想使一切都能挽救过来，为保全女儿的名誉而使她危及生命。她多次试探她丈夫的口风而没有成功；她多次想硬着头皮开诚布公给丈夫指出他的全部责任；但恐惧和胆怯总是阻碍她实行。她能说的时候犹豫；等到她想说时已经来不及，力气已经没有了；她带着致命的秘密与世长辞。我深知这个严厉的老人的脾性，他发起火来会不可收拾，现在看到于丽的生命至少还是安全的，我为此而安心。

这一切她都知道；但要不要告诉你，我是怎么看她的表面的悔恨的？爱情要比她更乖巧。她心头充满了对她母亲的哀思，她很想把您忘却；她虽然想这样，但爱情扰乱着她的意识，迫使她思念您。它要她的眼泪联系到她所爱的人。她再不敢直接为您而流泪；它迫使她还要这样做，至少好像是为了悔恨而流泪。它巧妙地捉弄她，使她情愿更苦恼些，把您作为她怨艾的一个题目。您的心可能不理解她心理的这种转折；可是这些转折并不是不自然的：因为你们俩的爱情虽然同样强烈，可是实际并不相同：您的爱情热烈而生动，她的则是温和而柔顺；您的感情热烈地向外流露，而她的则隐藏在内心，深入灵魂深处，不知不觉地改变着它。爱情鼓舞和支持着您的心，它却使她的心软化和衰弱；她的力量在枯竭，勇气在消失，她的德行会烟消云散。有那么多的雄心壮志虽然不致破灭，但被虚悬起来；遇到紧急关头，它可以使它精神全盘振作，或者使她完全委靡不振。如果她更进一步泄气的话，她会就此完了；但如果这个优秀的灵魂一下子振作起来，那她将比任何时候更伟大、更坚强、更有德行，也就不会重蹈覆辙了。请相信我，我可爱的朋友，在这危险的情况下，您要尊敬您所热爱的人。发自您的一切，不管您自觉还是不自觉，对她都是致命的打击。如果您固执地要

留在她身边，您可以很容易取得胜利；可是您徒劳地认为获得了同原来一样的那个于丽，那您是再也找不到的了。

第八封信

爱多阿尔阁下致于丽的情人

我曾获得支配你心的权利；你曾是我所必需的，我几乎要看你去了。但我的权利、我的关心、我的热情对你算得了什么？你把我忘记了；你不再愿意给我写信了。我知道你孤僻地和幽独地生活着；我摸透了你隐秘的意图。你厌倦生活了。

那么去死吧，年轻的糊涂蛋；死吧，既凶猛又胆怯的人；不过你死时要知道，你在一个对你曾是亲切的、正直的人的心灵里，留下了只为一个忘恩负义者效劳的遗憾。

第九封信

复　信

来吧，阁下；我曾相信不再能在世上享受快乐；可是我们会再见面。您能把我跟忘恩负义的人等量齐观是不正确的；您的心生来不会为了找到这样的人，我的心也不会当这样的人。

于丽的短简

该是抛弃青年时期的错误和丢却骗人的希望的时候了：我将

永远不会属于您。因此把我曾向您许诺的自由还我。这自由我父亲要为它作安排；假如您拒绝，我将极端不幸，我们俩都将完蛋，于您毫无好处。

于丽·岱当惹

第十封信

自岱当惹男爵

信中附有上面的短简

假如在一个诱惑者的灵魂里能留存些荣誉和人性的感情的话，请给一个不幸的姑娘的这张短简作出答复，这姑娘被你伤透了心，而且如果我敢于怀疑她会更深一层忘乎所以的话，她也许已不在世上了。我不怎么感到奇怪，教会她投向一个素昧平生的人的怀抱的那种哲学，还会教她不服从她的父亲。不过请对此想一想。在一切场合，我总是喜欢采取温和和客气的办法，当我希望这种办法已足够的话；但如果我很愿意这样对待您，您可不要以为我不知道被一个并非贵族的人冒犯了一个贵族时怎样报复。

第十一封信

复　　信

先生，请收起恐吓不了我的徒劳的恫吓和不能屈辱我的不公正的谴责。须知在两个同龄人之间，除了爱情以外没有别的诱惑者，您也永远不能羞辱您的女儿所尊敬的人。

您敢强迫我作怎样的牺牲，您又凭什么名义要求我？我牺牲我最后的希望莫非是为了给我一切不幸的造成者吗？我愿意尊敬于丽的父亲；但如果需要我学会服从他，就得他赏光做我的父亲。不，不，先生，不管您对您的方法有什么意见，那也绝不能迫使我为您放弃我心中如此宝贵和如此当之无愧的权利。您造成了我一生的灾难。我对您只怀有憎恨，您从我这里没有什么可以希冀的。于丽说了话；因此我同意。啊！愿她永远得到人家的服从！另有人会娶她；但我最配得上她。

如果您的女儿惠蒙征询我关于您的权力的界限的话，您不要怀疑我会叫她反抗您不公正的意图的。不管您滥用的权力怎么大，我的权力要比您的神圣；联结我们的亲密关系超过父女关系的权力，即便上法庭也一样；您敢乞灵于自然，但只有您在违反自然法则。

您谈到一种非常奇怪和微妙的荣誉，说要为此进行报复，请您也大可不必；因为除了您自己，再没有别人侵犯它。只要您尊重于丽的选择，您的荣誉就有了保证：因为我的心虽然受您侮辱，它还是尊敬您的，而且即便有那些陈腐的观念，但跟一个正直的人联姻绝不会使另一个人丢脸。假如我的骄傲自大冒犯了您，您尽可要我的命，我绝不会抵抗您。此外，我不太想知道一个贵族的荣誉究竟是什么；至于说到一个正直人的荣誉，那于我有关，我懂得防卫它，我只要一息尚存，决计使它保持不受玷污。

得了，野蛮的和对于一个如此亲切称呼不太够格的父亲，当一个温柔和孝顺的女儿在您的偏见下牺牲她的幸福时，请想想那可怕的血亲杀戮吧。有一天您的悔恨将为您给我造成的不幸进行报复，等到您感到您那盲目和反自然的憎恨对您不亚于对我那样悲惨时，那已经太晚了。毫无疑问，我总归是不幸的；可是如果有一天从您内心深处涌起的血的声音告诉您：您把自己唯一的女儿，世上在美丽、善行、道德方面都是独一无二的，而且老天爷除了一个较好的父亲以外什么都没有忘记赐予她的那个女儿牺牲于您的一些幻想时，您将比我更为不幸了！

附于上信中的短简

我把于丽·岱当惹能掌握她自己，并且不向她的心灵商量好就允诺缔姻的权利交还给她。

圣·普栾

第十二封信

自于丽

我本来想给您描写刚刚发生的一幕和您大概已收到的短简的经过，但我父亲的安排如此精确，所以刚办完事，信差就出发了。他的信无疑已及时送到了邮局；我这封信就不能同样赶趟了：在它送到您手里以前，您的决定大概已下，您的答复也已发出；这样的话，一切详细情况今后都没有用了。我履行了我的义务，您也会履行您的；但命运压迫我们，荣誉背叛我们；我们将永远分手，更为凄惨的是我将转到……唉！我本来可以在您那里生活！啊，义务！你有什么用呀？啊，天意！……只得长叹和沉默。

笔从手里脱落。几天来我病了；今天早上的交谈使我非常激动……我的脑袋和心腔都在作痛……我觉得要昏过去了……老天爷对我的苦恼会怜悯吗？……我支持不住了……我勉强自己躺倒，用从此不再起来的希望来安慰自己。别了，我唯一的爱人；最后一次告别了！于丽的亲爱的和体贴的朋友！啊！如果我再不能为你而生，那我不就已经死去了？

第十三封信

于丽致陶尔勃夫人

那么这是真的了，亲爱的和残忍的朋友，你挽回了我的生命和我的痛苦了？我已经看见自己快要跟上最最慈爱的母亲的幸福时刻；你那不近人情的护理拖住了我，使我延长时间来哭悼她；当我想追随她于地下的愿望把我拉出地面时，与你诀别的遗憾又把我拉住留在尘世。我之所以还愿意活着，就是希望不完全避免死亡。我脸上的那些可爱之处，那是我的心曾付出如此高昂的代价的，这场病使我解脱了。这种幸福的丧失，将使一个相当缺少风度而敢于不得到我的同意就想娶我的人，减缓他的粗鲁的热情。在我身上既然再找不到他喜欢的，他便很少关心其余的。我不失信于父亲，不得罪救过他命的朋友，便可以打发走这个厌物；我的嘴巴将保持沉默，但我的面容将为我说话。我使他厌恶，这就可以保证我不受他的欺凌，他见我太丑陋，便没有兴趣使我倒霉了。

啊！亲爱的表姐，你知道有一颗更坚贞和更温柔的心，它不会就此灰心丧气。他的爱好不限于容貌和身材：他爱的是我而不是我的面孔；我们俩彼此的结合是由于我们整个的人；只要于丽还是同一个人，美丽可以消失，爱情会永远存在。然而他居然能同意……负心汉！……他应该这样，因为我叫他这样。谁能用话来挽回那些想收回自己的心的人？那么我没有向他收回我的心？……我这样做了？上帝啊！为什么一切都不断提醒我已经过去的时间和不该再存在的爱情！我徒然想把这个亲切的形象从我心中抓出去，我感到它在那里拴得太牢：我把心撕破也没能把它分离，我努力想把如此甜蜜的回忆抹掉，结果它印得更深。

我敢不敢对你讲我在发高烧时的一次谵妄，它远没有随着寒热一同消失，却在我病后更加折磨着我？好吧，让你知道并且要同情你不幸的朋友的神志昏迷，同时还要感谢老天爷保护你的心灵不患令人发疯的可怕的激情。在我病得最厉害时，有一次在我的床边我仿佛看见这个不幸的人，不像从前当我生平那短暂的幸福时刻见到的可爱的模样，而是苍白、委顿、衣冠不整、眼睛里流露出绝望的神情。他跪着，握着我的一只手，对它既不感到厌恶，也不怕传染可怕的病毒，他在那手上盖满了亲吻和眼泪。一看到他，我立刻感到过去有几次他突然来临时给我的那种快活和甜美的感情。我想投身向他：人家拦住了我；你把他拉开了；最强烈地感动我的，是他的呻吟，那是我以为在他离去时听到的。

我无法向你表达这幻梦在我身上所产生的奇异的效果。我的高烧时间又长又凶猛；我有好多天神志昏迷；在兴奋的时候我常常梦见他，但在所有这些梦里，只有这最后的一个给我留下那样深刻的印象。它是那样牢固，以致我不可能从我的记忆和感觉中把它抹掉。每一分钟、每一刹那，我仿佛看到他那相同的模样；他的神情、他的衣着、他的举动、他那凄楚的目光至今还出现在我的眼睛里：我好像感到他的嘴唇紧贴在我手上，我觉得手上沾满了他的泪水；他那如怨如诉的声音叫我听了战栗；我看到他从我身边被拖走，我挣扎着还想拉住他：我幻梦中显现出的这一切景象，比我实际遇到的事情更生动有力。

我长久犹豫着要不要向你透露这个隐情；怕羞阻止我向你说出来；可是内心的激动非但没有平静下来，而且更一天天增强，我便不得不向你承认我的疯癫。啊！我巴不得让它整个控制了我！我为什么不就那样完全丧失掉理智，既然剩下的那一点儿只能更增添我的苦恼！

我再回头讲我的梦。我的表姐，如果你愿意，尽管嘲笑我头脑简单好了；可是在这幻梦里，有一种跟通常的谵妄不同的、我说不出的神秘的玩意儿。是不是那个最优秀的人的死亡的预感？是不是他已经不在了的通知？是否蒙老天爷至少这一次指引我并邀请我追随那教我爱的人而去呢？啊！死亡的命令对于我将是上天第一个恩典。

我徒然回想到哲学提供不会感受的人们消遣的所有那些空谈：它们对我再也不起作用了，我觉得我蔑视它们。精灵是谁也看不见的，我很愿意相信这一点；可是两个如此紧密地联合的心灵彼此之间，独立于肉体和感觉之外，能够没有一种直接的联系[①]？一个心灵从另一个心灵那里收到的直接印象，难道不能转达到脑子，并从它那里由于反馈而接收后者给它的感受吗？……可怜的于

①　对精灵和魔法的信仰，在十八世纪，即使在知识界也还很流行，但于丽说她相信的不是精灵而是某种“心灵交感术”（感觉的远距离转达）。卢梭显然在作家中最先说出了关于这种“心灵交感”的可能性的看法。——俄译注

丽，多么荒谬！激情把我们变得多么轻信！一颗陷于爱情的心又多么难以从迷误——即使自己知道了迷误——中解脱出来呀！

第十四封信

复信

啊！太不幸的和太多愁善感的姑娘，那么你生来莫非就是为了受苦的吗？我枉费心机想使你摆脱痛苦；你却好像不断地在寻求痛苦，而你寻求痛苦的趋势比我的全部照料更强。在那么多的痛苦的真实的题目之外，至少你不要增添虚幻的；因此既然我的谨慎对你是害多于利，那么请你从折磨你的一个错误中走出来：悲惨的真相对于你也许还较不残酷些。让我来告诉你，你的梦根本不是梦，你看见的完全不是你朋友的影子而是他本人，而那场不断地出现在你想象中的动人的情景，是你病得最厉害那天后的第二天实实在在在你房里发生的事。

那晚我离开你时相当晚，所以陶尔勃先生这一夜想代替我看护你，他正准备出门，我们却突然看见这个不幸的人进来，他急急忙忙扑倒我们脚下，模样看了叫人可怜。他在收到你最后的信以后乘了驿站马车赶来。他日夜奔驰，整整三天赶路，只到了最后的驿站才停下来，等候夜间进城。我向你承认我感到难为情，我没有陶尔勃先生那样机灵地奔过去搂住他的脖子，因为还不知道他这次旅行的原因，却预见到了结果。那么多苦楚的回忆，你的危险，他的危险，我看到他身上衣冠不整，这一切破坏了一次如此愉快的意外的会面，而且我太震惊了，所以没有给予他亲切的欢迎。但我仍然拥抱了他，心里跟他一样紧张，——在这无言的拥抱中，彼此都感到比叫嚷和哭泣更雄辩地显示出的紧张。他开头的话是："她怎么啦？啊！她怎么啦？请给我生命或者死亡。"于是我明白他已经知道你的病；而且我相信他也知道你生的什么病，因此我说话没有旁的顾虑，只注意减轻疾病的危险性。他一知道你患的是天花时，便叫喊了一声，跟着就晕倒了。疲惫和失眠，再加上精神的苦恼，使他如此衰弱，大家折腾了很久才救醒他。他几乎说不出话来，大家让他睡了。

自然的力量占了优势，他连续沉睡了十二小时，但睡着的时候还那么激动，以致这样的睡眠多半是消耗更甚于充实他的体力。第二天发生了新的困难：他绝对地要求见到你。我反对他说，这会引起你剧烈变化的危险；他便建议等待到不再有危险时，然而他的逗留同样也是一种危险。我试图让他明白这个道理：他断然打断了我说话，以愤怒的口吻说道："收起您那野蛮的雄辩，这已经太够使我倒霉了。不要指望再像您那次放逐我那样赶走我：我将从天涯海角回来一百次，只要有一瞬间能见到她。"他又激昂地补充道："但我凭先父的名义起誓，我不见到她绝不离开这里。这次让我们瞧瞧，不是我使你们变得可怜，便是你们使我背信弃义。"

他已下定决心。陶尔勃先生主张寻找满足他要求的办法，以便在他的回来被发觉之前打发他走掉：因为整个房屋里只有汉茨一人认识他，我认为汉茨是可靠的，而且我们在随从面前把他叫做他本名[①]外的别名。我答应他下一天夜间去看你，条件是他只能

① 在第四卷中我们将看到这被替代的名字是"圣-普栾"（Saint-Preux）。——卢梭原注。

停留一会儿，他绝不要对你说话，而且要在下一天天亮前出发回去：我得到了他的诺言。于是我放心了；我让我的丈夫跟他做伴，我回到了你身边。

我发现你有明显的好转，发疹已经结束：大夫给了我勇气和希望。我预先跟巴琵商量好；高烧虽然已减轻，但你的神志还不清，我趁这时打发走众人，并叫人告诉我丈夫带他的客人来，认为在病发作停止前你不会认出他来。我们极其困难地打发走你那悲苦的父亲，他每夜都坚持要留下来。最后我生气地对他说，他减轻不了任何人的困难，说我一样决心要守夜，说他很明白他虽然是父亲，他的体贴却并不比我的更周到。他悻悻然走了：我们便单独留下来。陶尔勃先生十一点钟来到，他告诉我说把你的朋友留在街上：我便去找他；我拉住了他的手：他像树叶一样哆嗦着。在走过前室时，他支持不住了：他呼吸艰难，不得不坐了下来。

于是在远处光亮的微弱的照明下他辨认着一些物件，并深深叹息着说道："不错，我认得是同样的地方。我生平有一次曾走过……在相同的时间……同样秘密地……我像今天一样哆嗦着……我的心同样突突地跳着……冒失的人啊！我那时的凡夫俗子，居然敢于领略……在这间依然散发着使我心灵陶醉的极乐的闺房里，在这让我得到和分享我的激情的对象上，我现在会看见什么呢？是死亡的形象，是苦痛的实体，是不幸的德行，是濒死的美人！"

亲爱的表妹，我不来对你那可怜的心灵仔细描述这动人的一幕的经过了。他看到了你便沉默了。这是他事先答应了的；然而是怎样的沉默呀！他投身过去跪倒；他抽抽噎噎地吻着你的床帏；

他抬起眼睛和双手；他发出了低沉的呻吟；他困难地遏制着他的苦恼和叫喊。你没有看他，无意识地伸出一只手来；他疯狂似地把它抓住，他贴在这有病的手上的火热的吻，要比你周围所有的声音更能使你觉醒。我看见你认出了他；于是我不顾他的抵抗和抱怨，马上把他拉出房间，希望把这很短促的出现的想法当做是谵妄而欺骗你。但后来看到你对我绝不谈起这件事，我以为你已把它忘记；我禁止巴琵向您提到它，我也相信她对我能守信用。挖空心思的办法已被爱情所破坏，真是徒劳，只留下一个回忆在心头骚动，它已经无法抹去了！

他说话算数，已经出发了，我叫他起誓不在附近耽搁。可是，我亲爱的，事情还没有完。还得把反正你迟早总要知道的事给你兜出来。两天后爱多阿尔阁下经过；他急着要追上他；他在第戎赶上了他，发现他病了。这不幸的人染上了天花；他向我隐瞒他过去不曾患过天花；所以我没有任何防备就领他到你那里。他不能医治你的病，便想分担它。我回想到他吻你手的情形，我不怀疑他是自愿要感染的。准备得再坏不过了；但这是爱情的接种，所以结果很幸运。创造主给最温顺的情人保全了性命：他痊愈了；根据爱多阿尔阁下最近一封信看来，他们俩现在一定又去巴黎了。

这样，至爱的表妹，现在有根据可以排除那无缘无故折磨你的凄惨的恐怖了。长期以来你已经放弃对你朋友的爱，他的生命是安全的。那么现在你就只需想到保护你自己的生命，并心甘情愿地履行你的心答应的承诺，对父亲的爱作牺牲吧。赶快停止成为渺茫希望的玩具，不要再耽于幻想了。你过于匆忙地要以你的丑陋作为骄傲:要更谦虚些,请相信我,你还差得很。你感染过一次残酷的疾病,可是你的脸孔不曾受影响。那些你认为是疤的,实际却是些很快就会消失的红斑。从前我受的照顾不如你,可是你瞧,我也并不太难看。我的天使,违反你的愿望,你依然很美丽;不动情的伏尔玛尔,三年不见而不能治愈八天内萌生的爱情,在随时可以见到你时反倒能治愈他的爱情?啊!如果你唯一的指望寄托在惹他讨厌的话,那么你的结果必然是失望!

第十五封信

自于丽

真有你的,真有你的。朋友,你得胜了。我经受不了这么强烈的爱情;我没有力量抗拒了。我竭尽全力挣扎,这一点我自问良心是无愧的。愿老天爷不要责备我超乎它给我的力量以上的事。我这颗多少次你所倾倒的凄苦的心,它对你的心又是如此珍贵,已无保留地属于你;当我的眼睛初次见到你那时,它就已经是你的了;只要我一息尚存,它将始终属于你。你是太配得上它了,所以你不会失掉它,我已经讨厌为了虚妄的德行而把公道丢在一边了。

是的,温顺和慷慨的情人,你的于丽将永远是你的,她始终爱着你:这是命定的,我愿意这样,我应该这样。我把爱情给予你的权力交还给你,它再也不会从你那儿给拿走了。一个骗人的声音徒劳地在我心灵深处嘀嘀咕咕,它再也欺骗不了我。这声音用一些空虚的义务来对抗老天爷使我永远爱的那种义务,这能算得了什么?最神圣的难道不是对于你的义务吗?我不是全部都只向你一个人承诺了吗？我的心的第一个祝愿难道不是永远不忘怀你吗？而你那不可破坏的忠诚难道不是对于我的忠诚的新的约束吗？啊！激烈的爱情把我送还给你时，我唯一的遗憾是跟那如此亲切和合理的感情进行过斗争。自然，亲切的自然啊，恢复你的全部权力；我要抛却那贬抑你的野蛮的德行。你启示我的倾向难道会比多次引我入歧途的理性更骗人吗？

我可爱的朋友，你要尊重这些亲切的倾向；你有赖于它的地方太多，所以你不要憎恨它。但要为此忍受这亲切和温和的命运；你好歹要明白血亲和友谊的义务不要让爱情的义务所熄灭。绝不要以为我为了跟随你而抛弃父亲的家；也绝不要指望我会拒绝神圣的权威加于我的那些纽带；生身母亲的惨痛的丧失十分明确地教导我慎防惹起另一位生我者的悲伤。不，他今后期待着全部慰藉的这个女儿，决不能使他那为忧愁困扰的心灵再引起伤心；我决不能把死亡给予那给我以生命的人。不，不，我知道我的罪恶，我不能怨恨他。义务、荣誉、德行、所有这些对我没有意义；然而我绝不是个怪物：我是软弱的，但并不丧失人性。我已下了决心，我不愿使任何一个我所爱的人悲痛。父亲是自己诺言的奴隶并死抱住一个无聊的称号，让他去安排他已答应的我的婚事；让爱情独自来处理我的心灵；让我的眼泪在我温柔的表姐的怀里不停地流淌吧。就让我恶劣和不幸，但如果可能的话，让所有我所宝贝的人都能幸福和快乐。你们三人要形成我唯一的存在，让你们的幸福使我忘却我的不幸和绝望。

第十六封信

复　信

我的于丽，我们再生了；我们心灵的所有真正的感觉重新复活了。大自然给我们保存了存在，而爱情还给了我们生命。你对此有怀疑吗？你敢于相信能从我这儿拿走你的心吗？得了吧，我比你知道得更清楚，这颗心是老天爷为我的心做的。我感觉到它们是由共同存在联结着，只有到死才能够丧失。即使我们愿意把它们分开，我们能办得到吗？它们彼此间联结的纽带可是由人们形成并能够扯断的？不，于丽，不；假如残酷的命运拒绝给我们以夫妇这甜蜜的称呼，忠诚的情人这名称却怎么样也不能给我们摘掉的；它将是我们悲惨日子的一种安慰，我们要把它一直带进坟墓。

这么说，我们就重新开始生活，以便再度开始受苦，而我们存在的感觉对于我们只是一种痛苦的感觉。不幸的两人！我们变成什么啦？我们怎么不再是原来的那样啦？至高的幸福的那种魅力到哪儿去啦？德行鼓舞起来的我们爱情的那些美妙的陶醉到哪儿去啦？我们所剩下的只有爱情；唯有爱情留下了，它的魅力黯然无光了。太俯首听命的女儿、没有勇气的情人，我们的一切苦难都是你的错误带给我们的。唉！一颗较不纯洁的心将使你少迷误一些！是的，你心地的高尚使我们倒了霉：它充满了正直的感情把智慧挤走了。你想把女儿的孝心跟不可制伏的爱情联系在一起；你同时投身于整个这些倾向，把它们混合而不是协调，便由于德行而成为有罪了。于丽呀，你的威力真不可思议！你用什么奇特的力量迷惑了我的理智！即使在对我们的激情感到脸红的时候，你仍旧让我敬重你的错误；在分担你的悔恨的同时，你仍使我不得不赞美你……悔恨……感到悔恨的是你吗？……是我所爱的你……是我不能停止崇拜的你……罪恶能够接近你的心？……狠心的姑娘！在向我交还那本来属于我的心的时候，要把它像给我那时一样地交还我。

你对我说了什么？……你敢于让我明白什么？……你，投到另一个人的怀抱里！……另一个人占有你！……不再是我的！……或者，不是我一个人所有，真是可怕到了极点！我，让我来经受这种可怕的折磨！……我将看着你自己活下去！……不，我宁可失掉你，不愿分享你……老天爷为什么不赋予我一种相当于激励我的爱情一样的勇气！……你的手在被爱情唾弃和被荣誉斥责的可鄙的纽结中受污染以前，我要用我的手把匕首刺进你的胸腔；我要汲尽你贞洁的心脏的鲜血，使之不受背信弃义的玷污。在你这清洁的鲜血里，我将混合以我血脉中燃烧着无法使它熄灭的火焰的鲜血；我将倒在你的臂弯里；我在你的嘴唇上吐出我最后的叹息……并接受你的叹息……垂死的于丽！……那被死亡的恐怖扑灭的如此和善的眼睛！……那酥胸，这爱情的宝座，被我的手所撕裂，大量流着血和生命的泡沫！……不，你要活着和受难，肩负着我的卑劣行为的重担。不，我愿意你不再活着；可是我爱你爱到不能拿匕首刺死你！

啊！如果你知道这颗被忧闷逼拶的心的情况就好了！它燃烧着的那股烈焰是前所未有的神圣；你的纯洁和德行在它看来也是前所未有的亲切。我是个情人，我懂得爱情，我能感受它；但我仅仅是人，放弃最高的幸福是人的力量所办不到的。一个晚上，仅仅一个晚上，就永远改变了我整个的灵魂。你把这危险的记忆拿去，我就是有德之人。可是这致命的一个晚上统治着我心灵的深处，它的阴影将笼罩我的余生。啊！于丽！我热爱的对象！既然不得不做永远的不幸者，那么再领略片刻的幸福，然后是永恒的忏悔便了。

请倾听爱你的那人的话。为什么我们要单独成为比其他任何人更理智，并以孩子般的天真恪守大家都只说而无人实行的那虚幻的道德？什么！难道我们要比那些聚居在巴黎和伦敦的大批智者更为优秀的道德家吗？所有这些人都嘲笑夫妇间的忠贞，并把通奸看做游戏。那类实例不被当做是丑闻，甚至还不准加以指责；这儿的一切正人君子都嘲笑为了尊重婚姻而抑制心头的爱情。他们说："实际上，一桩过失只存在在舆论中，如果它秘而不宣，岂非不是过失了？妻子的不忠，丈夫被蒙在鼓里时，那怎么算是坏事？妻子能弥补自己的过失又何乐而不为[①]？为预防或治好他的怀疑，她什么软功夫不会采用？她没有虚假的财富，倒的确生活得更幸福；而人们大声叫嚷的所谓罪行，只不过是社会上多出一种关系罢了。"

我心中亲爱的朋友，上帝可不要以为我想拿这些可耻的道理来稳定你的心！我十分厌恶这些话，却不知批驳它们，而我的良心

---

① 一个好心的瑞士人哪儿见过这种事情？风流女人很久以来就采取一种更高的姿态。她们开始是高傲地把她们的情人安置在屋子里；而且如果她们能容忍丈夫在场，那只能看他对她们表示应有的尊敬的程度而定。女人在隐瞒罪恶关系时，会叫人相信她对此是感到羞耻并有损令誉的：没有一个正经女人愿意看见她。——卢梭原注

比我的理智对之应付得好些。我不是在挫伤我讨厌的那种勇气，也不想要那如此高昂的德行；但是我认为自责我的错误要比竭力为它们辩白比较少一些罪过，我也认为想卸脱悔恨是最大的罪恶。

我不知道自己写的是什么：我觉得我的心灵处于可怕的状态，甚至比收到你的信以前更坏。你留给我的希望是悲哀的和阴暗的；它熄灭了那多少次曾指引我们的如此纯净的明光；你的美貌从而变得暗淡起来，但却显得更为动人了；我看见你温顺和不幸；我的心被从你眼中流出的泪水所充溢，于是我由于今后只能在损害你的幸福的情况下才能享受到幸福而痛苦地责备自己。

然而隐秘的爱情之火还在鼓舞我，并还我以被悔恨想夺走的勇气。啊！亲爱的朋友，你可知道，像我这样的爱情能给你补偿多少的损失？你可知道，一个只为了你而呼吸的情人，能使你热爱生活到什么程度？你可明白我之所以今后愿意生活、行动、思想、感受，那仅仅是为你一人？是的，我存在的美妙的源泉，除了你的灵魂，我不再有灵魂，我只有你自身的一部分；你将在我心坎深处找到一个如此温馨的存在，因而你绝不会感到你的存在会失去它的魅力。行了！我们将是有罪的，但我们绝不是可恶的；我们将是有罪的，但我们永远热爱德行；我们远不敢原谅我们的过错，我们将为此叹息，我们将一块儿为之哀泣，如有可能，凭我们那时的仁爱和善良，我们将补偿那些过错。于丽，于丽啊！你怎么样，你能够做什么？你不能逃出我的心；它不是已跟你的心结合在一起了吗？

那些曾如此明显地欺骗我的发财的无聊计划早都给忘记了。现在我唯一的义务是要报答爱多阿尔阁下给我的照顾；他要拉我

去英国；他认为我在那儿可以为他服务。那好！我就跟他到那儿去，但我每年都要溜出来；我将悄悄地回到你的附近。即使我不能跟你说话，至少我可以看见你；我至少能亲吻你的脚印；仅仅你的一瞥就能给我十个月的生命。我不得不再度出发，在一步步离开我心爱者而去时，为了安慰自己，我将计算我重新接近她的步数。这些频繁的旅行可以欺骗你那可怜的情人；出发时是为了去看你，他认为已经在享受见到你的快乐；他爱情的回忆在归途中将使他非常高兴；顶着残酷的命运，他那悲惨的岁月将不致完全蹉跎；没有一年没有快乐的标记，而他在你周围度过的短暂时光，在他整个生命中将会成倍地增长。

第十七封信

陶尔勃夫人致于丽的情人

您的情人不再存在；但我得到了我的女友，而您也获得了一个，她的心可以补偿比您失掉的多得多的东西。于丽结婚了，而且值得使那个刚刚把他的命运跟她结合起来的正直的男子成为幸福的人。在做了那么多的轻率事情之后，您要感谢上帝挽救了你们俩，挽救了她的耻辱，挽救了您的悔恨，因为您使她丢了脸。您要尊重她新的地位；不要给她写信，她这样请求您。您要等待她给您写信；她不久会这样做。现在正是我认识您是否值得我以前对您的尊敬，并了解您的心灵对纯洁和无私的友谊是否敏感的时候了。

第十八封信

于丽致她的朋友

很久以来您一直是我心中一切秘密的保管者，所以我的心再也不能忘记这如此亲切的习惯了。在我一生中最重要的时刻，我的心要向您倾吐一番：那么打开您的心扉吧，我可爱的朋友；把这友谊的长篇谈话接受到您的心里去：如果友谊有时使谈话的那位朋友说得啰唆时，它总是会叫听话的那一位耐心听的。

由一条解不脱的锁链把我跟丈夫，或不如说跟父亲的意志拴住，我进入一个新的、只应到死才结束的生涯。在新的生涯开始时，让我们回顾一下我刚离开的那个：我们大概已不可能召回如此亲切的时期了；我也许能从中找到好生利用我余年的一些教训；在您心目中对我的行为总有些模糊的地方，那么您也许能从中得到些启示。最低限度说，考虑到过去我们彼此间的情况，对于直到我们生命终了时该怎样的问题，我们的心只会因此而感到好受些。

我第一次见到您时，迄今差不多已经有六年；您那时年轻、漂亮、可爱；我见到其他小伙子有比您更好和更漂亮的，却没有一个能丝毫打动我的感情，而我的心对您则一见钟情[①]。在您的脸上，我认为看到的心灵的神态也是我应该具有的。我觉得我的感官只是作为更高贵的感情的器官，我所爱的您，主要不是我所看到的

① 李却特孙先生对这种一见钟情和建立在模糊的心心相印的基础上的恋爱大加嘲笑。他嘲笑得很对。然而这种恋爱实在有的是，所以与其否认它们作为消遣，不如教我们如何去克服岂不更好？——卢梭原注

您，而是我认为在我本身所感到的您。只过了两个月，我就认为我没有搞错。我心里想道："盲目的爱情，看来没有错；我们是天造地设的一对；如果人间的关系没有扰乱自然的关系，那么我将属于他；如果人们可以获得幸福，我们将一块儿去求得幸福。"

我的感情是我们共同的；假如只有我一个感受它们，那便是它们骗了我。我所理解的爱情只能在相互的契合和心灵的融洽下产生。假如一个人不被人所爱，他就不会爱人，至少爱得不会久长。没有回报的爱情，据说它造成那么多的不幸者，它只建立在感官上：如果有几个能深入到灵魂，那是由于虚假的关系的结果，它很快就会清醒。感官的爱情不能没有肉体的占有，也因它而趋于熄灭。真正的爱情不能没有心灵的参与，而且只要产生爱情的关系持续时，爱情也将持续下去①。我们的爱情在开始时便是这样的：我希望直到我们临终也将是这样，如果我们把它好好地安排的话。我看得出、我感觉到我是被爱的，而且是应当被爱的：我的嘴不吱声，我的目光是不自然的，但你能听见我的心声。我们很快在我们之间有种莫名其妙的什么，它使沉默成为雄辩，使低垂的眼睛像在说话，使胆怯化为冒失，使畏惧表达愿望，并说出它不敢表明的一切。

我体会到我的心灵，并在您第一次表白时断定自己要完了。我注意到您的矜持对您的苦恼；赞赏这种恭敬的感情，因而更爱您了：我设法想补偿您那艰难和必要的沉默，但不因此牺牲我的清

① 当这些关系是虚幻的话，那么只要引起我们想象的幻觉持续时，它们也将持续下去。——卢梭原注

白;我勉强违反我的本性;我仿效我的表姐;我变得像她一样爱开玩笑和淘气,为了防止太严重的解释,并且借助这假装的嬉笑来避免许许多多亲密的抚爱。我想使您现在的情况变得愉快,却使您因害怕改变而增加了您的克制。这一切我都做得不很成功:违反自然总会受到惩罚。我多么孟浪!我不但不能防止,却反而加速了自己的失败。我把毒品当做了良药;本来应该让您沉默的,却正好让您说话了。我徒然装出冷淡的面孔,面对面时跟您保持疏远些,即使这样做作也没有成功:您写起信来。我应该把您第一封信投到火里去,或者把它交给我的母亲,我却把它拆开:这就是我的罪过,其余的事就顺理成章了。我本来不想答复那些可怕的信,但我不能阻止自己去读它们:这种可怕的战斗损坏了我的健康。我看到了我行将跌进去的深渊;我厌恶我自己,又下不了决心让您走掉。我陷入了某种绝望的境地;我宁愿您不再存在,而不愿您不是我的:我甚至希望您死去,甚至想要求您去死。老天爷看到了我的心;这种苦难应当抵偿我一些过错。

看到您准备服从我时,我快要承认了。我曾受过夏依奥的教育,这使我更清楚地认识到这种承认的危险性。从我心灵里掏出来的爱情告诉我要避免后果。您是我最后的庇护者;我对您有足够的信赖,依靠您去克服我的软弱;我相信您能够拯救我,我没有错看您。看到您能尊敬一个如此亲爱的受保护者,我知道我的爱情并没有辜负我,您的确有我所发现的德行。因为我觉得我们俩完全能心心相印,我对您便越来越放心。我确信自己心底里只有正直的感情,因此我毫不在意地领略那甜蜜的互相亲近的快乐。唉!我没有注意到祸害正由于我的疏忽而滋长。而亲近的习惯比爱情更为危险。我被您的克制所感动，相信把我的拘谨态度放松些不致有危险；我抱着天真的愿望，想用友谊的温馨的爱抚本身来鼓励您。在克拉朗的小树林里，我明白对自己估计过高，当需要摈弃感觉的某种东西时，切不要依赖于感觉。一刹那，仅仅一刹那间我的感情就着了火，无法熄灭；我的意志虽还在抗拒，从这时候起我的心灵却发生质变了。

您同我一样失去了理智：您的信使我战栗。危险是双重的：为了防范您和防范我，您必须离开。这是行将沦丧的德行的最后的挣扎。您这一逃走倒获得了胜利，但我一不再见到您，我的苦恼立刻把我所剩那一丁点儿抵抗您的力量化为乌有。

我的父亲在辞职时，把德·伏尔玛尔先生带到了家里：有过救命之恩和二十年交谊，使他对这位如此可贵的朋友无法分离。德·伏尔玛尔先生年事已高，而且他虽然富有和出身名门，却找不到他合意的妻子。我的父亲向他提起过自己的女儿，并希望他的朋友成为他的女婿：问题在于能看到她，于是在这种意图下，他们一同作了一次旅行。我的命运要我让没有恋爱过的德·伏尔玛尔先生爱上我。他们之间秘密协议好了，德·伏尔玛尔先生在北国的一个朝廷里有许多事务要料理，他的家庭和地产也在那里，他要求时间，于是在彼此约定下走了。他出发以后，我父亲对我母亲和我宣布把他定为我的丈夫，并用一种不容我这胆怯者反对的声调，叫我准备接受他求婚。十分知道我的心所钟情的，而且对您怀有自然的偏爱的我的母亲，有好几次试图动摇他这种决心；她不敢提到您，但说话的意思是要让我的父亲看重您和希望认识您；可是您不是贵族出身，使他对于您具有的一切优良品质都无动于衷，而且即使他同意出身不能代替这些品质，他总认为只有门第才能使人显赫。

幸福的不可能却反而煽旺了本该熄灭的情焰。一个诱人的幻想在我苦难中支持我；丧失了它，我就丧失了承受苦难的力量。只要我还有几分属于您的希望，我便有可能战胜自己；毕生跟您抵抗要比永远拒绝您容易，而仅仅一个永恒的战斗的思想就夺去了战胜的勇气。

忧愁和爱情折磨着我的心：我陷入了怅惘，这在我的信里看得出来。您从梅耶利写给我的信更加重了它；在我自己的痛苦之外又加上了您那绝望的感情。唉！一般的情况总是两个心灵中最弱的一个承受着两者的痛苦。您大胆对我提出的计划使我极度困扰。我命运的不幸是注定了，我剩下要作的不可避免的选择不是靠着我双亲这一边，便是靠着您这一边。我实在受不了这种两难的抉择；自然的力量总有个限度：这么多的激动搞枯了我的力量。我希望从生命中解脱出来。老天爷仿佛哀怜我；然而残酷的死亡饶过了我是为了叫我垮掉。我见到了您，我的病好了，但我却给毁了。

我不在我的错误中寻找幸福，也不希望从中找到它。我觉得我的心灵是为了德行而被创造的，没有德行它就没有幸福；我失足是由于软弱而不是由于迷误，我甚至不能怪自己受激情的迷惑。我已没有丝毫希望，我只能是不幸者。纯洁和爱情对我同样需要；我不能把二者一块儿保持，又看到您的迷误，在我的选择里只能同您商量，我是为了搭救您而自己失足了。

可是抛弃德行并不像人们想的那样容易：它长久地折磨着抛

弃它的人，而它的魅力是纯洁心灵的快乐，却是罪人的最先的惩罚，这种人还在喜爱它，但却不再享受它了。我是有罪的，但并没有变坏，我不能逃避等待着我的悔恨；丧失了的贞洁对于我依然是珍贵的；我的耻辱虽然没有暴露，对于我并不因而减轻苦楚；而当全世界都知道后，我也不会感觉到更难受。我对痛苦作自我安慰就像受伤的人害怕坏疽，痊愈的希望支持着他病痛的感情。

然而这屈辱的处境我是感到厌恶的。由于想熄灭良心的谴责而不放弃罪过，我遇到了每个陷入迷途而自得其乐的正直的人遇到的同样的情况。一个新的幻想缓和了悔恨的痛苦：我希望从我的错误中引出补救它的方法，我想出一个大胆的、迫使我父亲同意我们婚姻的计划。我们爱情的最初的果实应当加强这甜蜜的关系：我这样祈求天老爷，使它作为我恢复德行和我们共同幸福的保证；我这种期望是别的处在我这种地位的人所害怕的。温柔的爱情凭它的威力，可以减轻良心的怨言，以我所期待的结果来安慰我的悲伤，并使如此可爱的等待成为我生命的快乐和希望。

我决定一旦我的情况出现了明显的征兆，便当着全家公开向彼莱先生[①]宣布。我的确很胆小怕事；我知道这一宣布对我的后果；但荣誉本身鼓励着我的勇气，于是我宁愿一次丢脸，以免我内心深处怀着应得的永远的耻辱。我知道我的父亲会叫我死，或者给我以我的情人：这种两难的选择对我毫不可怕；但无论如何，我把这措施看做是我一切不幸的结束。

我的好朋友，这就是我要向您隐瞒的，也是您以如此好奇的忧

① 当地的牧师。——卢梭原注

虑想深入探究的秘密。有千百个理由促使我对像您这样暴躁的人作这样的保留，更不消说不应该给您的冒失的纠缠以新的借口了。处在这如此危险的场面，最好是让您离开，我很明白，如果您知道，我处在这种危险关头，您是决计不会同意离开的。

唉！我还是被一个如此甜蜜的希望所欺骗。老天爷不批准在罪恶中定下的计划：我不配做母亲的荣誉；我的期望始终落空，我被拒绝用牺牲我的声誉来抵偿我的过错。我所抱的希望落了空，冒失的幽会使您的生命发生危险，这是由于我被疯狂的爱情所陶醉，因而受蒙蔽的一种鲁莽行为：我为我的心愿没有成功而责怪自己，我的心被它的愿望所欺骗，在希望满足它的热情鼓舞下，只看到这些心愿有一天总能成为合法的。

我有一阵子认为达到了目的：这一错误是我最痛心的悔恨的源泉；自然满足的爱情只能受到命运更残酷的拨弄。您已知道[①]事出意外，它不仅毁灭了我身上所怀的爱情之苗，而且也破坏了我希望的最后基础。我这桩祸事正好发生在我们分手那时，仿佛老天爷想把我应得的一切不幸来压垮我，并同时把可能联结我们的所有纽带全都切断。

您的出发是我的错误和欢乐的结束：我认识到欺骗了我的幻想，但已经太晚了。我一下子发现自己竟变得像现在这样可鄙，以及抱着失去清白而又不可能熄灭的爱情和毫无希望的幻想那样的不幸。我遭受到千种徒劳的悔恨的折磨，我放弃了既痛苦又无用的回想：我再也不值得费劲去思考我自己，我便把我的生活花在为

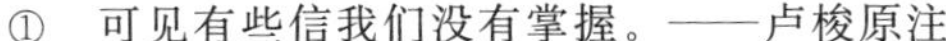

① 可见有些信我们没有掌握。——卢梭原注

您操心上。除了您的荣誉，我再没有其他荣誉；除了您的幸福，我再没有别的希望；来自您的感情，是我认为还可以使我激动的唯一的感情。

爱情并没有使我盲目到看不见您的缺点，但我对这些缺点感到亲切；它造成我一种错觉，仿佛您如果没有缺点，我可能没有现在这样爱您。我知道您的心、您的火暴性子；我知道您勇气比我大，耐性却比我差，压垮我心灵的不幸会使您绝望：正因为这个道理，我才一直小心地向您隐瞒着我父亲作出的约定；到了我们分手时，我利用爱多阿尔阁下对您的幸福关心的那种热诚并启发您对自己幸福也要有这种关心时，我对您也抱有自己所没有的希望。我还更前进一步：意识到威胁着我们的危险，我采取了可以防卫它的唯一的措施：我把我可能的自由连同我的诺言一起交托给您，用我不敢违背并使您安心的诺言，竭力要激起您的信心和我的决心。我同意这种约束是幼稚的，然而我将永远不会放弃这约束。德行对于我们的心是十分需要的，所以一旦抛弃了真的德行，便需要另一种流行的德行，而且大概会把它抓得更紧，因为它是我们自己挑选的。

我不来向您诉说自您离开后我心里感到多么不安：最感不安的是怕您忘了我。您现在所处的社会令我战栗；您在那儿的生活方式增加了我的恐惧；我仿佛已经看到您堕落成为一个浪荡子弟。这种丑行对于我是我灾难中最伤心的一种；我宁愿得悉您陷于不幸而不愿知道您为人所不齿；在那么多我已习惯了的苦难之后，您的丢脸是我唯一不能忍受的苦难。

我对于您一些来信中采用的口吻而开始证实的事，曾产生过恐惧,但现在平息了;我之所以平息,是由于使用了别的女人对之也许更加恐惧的办法;我指的是您让人家拉进放荡生活一事,您对此的迅速和坦白的承认完全证明您的真诚,这最使我感动。我太理解您,因而知道您这一承认该下何等大的决心,即使我在您心里已不再可亲的话;我看到爱情战胜了羞耻,唯有这样才能使您吐露真情。我可以断定一颗如此真诚的心,对于把不忠实隐瞒起来是办不到的;我认为您的错误在您进行高尚的忏悔后应该不用责备;在回想您从前的诺言时,我已经永远治愈了嫉妒心。

我的朋友,我不能再感到幸福了。减去了一项苦恼,又不断产生了千百项其他的苦恼,如今我才懂得在昏乱的心中想寻求那只能在智慧里找得到的休息是何等荒唐。长期以来,我一直在背地里为那世界上最好的一位母亲——致命的衰颓不知不觉地销蚀着她——哭泣。我堕落的倒霉结果使我不得不依靠的巴琵背叛了我,她向她揭发了我们的爱情和我的过错。我刚刚从我表姐那里收回您那些信,却立刻就被偷走。证据是抵赖不了的;忧愁最终夺去了我母亲由病魔残留给她的那一丁点儿体力。我由于悔恨而几乎断气在她的脚边。她不但不处我以应得的死刑,还掩饰我的耻辱,并为之哀叹;连那么残酷地欺骗了她的您,她也不表示厌恶。我可以证明您的信对她那温柔和富于同情的心所产生的效应。唉! 她希望您幸福,也希望我幸福。她试图不止一次……回忆一个永远熄灭了的希望有什么用? 老天爷对此另有安排。她在无法感动一个严厉的丈夫并撇下一个对不起她的女儿的痛苦中,结束了她凄凉的生命。

如此严重的丧失压垮了我,我的心灵除了痛感悲伤外再也无

能为力；自然的呻吟之声窒息了爱情的啁啾。我对如此多的不幸的原因感到一种厌恶；我终于要扑灭曾把我引向不幸的那可恨的激情，并要永远跟您断绝关系。毫无疑问应该这样：不去连续不断地寻找落泪的新题目，我一辈子不是已有足够哭泣的事了吗？一切都仿佛在支持我的决心。悲哀软化着灵魂，而深刻的苦恼则在使它变强硬。对我母亲的临终的怀念抹掉了您的形象；我们在一步步远离；希望抛弃了我。我那无可比拟的女友从来没有像现在这样崇高，也从来没有如此值得独自占据我的心；她的德行、理性、友谊、温馨的抚爱，仿佛把我的心净化了；我觉得已把您忘掉，我感到自己的病好了。可是已经太晚：我把那熄灭的爱情当做是冷却，却只不过是一种绝望的虚脱。

正好像一个陷于衰竭而不再感到疼痛的病人，在振奋时又重新觉得更强烈的痛苦一般，当我父亲通知我说，德·伏尔玛尔先生快要回来时，我立刻感到我的一切痛苦又回来了。于是那不可战胜的爱情又给了我本来认为已不再存在的力量。我生平第一次敢当面抵抗我的父亲；我干脆对他抗议说，德·伏尔玛尔先生与我毫不相干，我决心作为姑娘而死，他虽然是我生命的主人，但并不是我心灵的主人，什么也休想改变我的意志。我不准备把他的暴怒和怎样对付我的情况告诉您。我成为不可动摇的人：被克服了的我的胆怯，把我带到了另一极端，我说话的声调虽没有我父亲的蛮横，但完全跟他一样坚决。

他看到我已下定决心，他对我用威势将毫无所得。我一时认为可以从他迫害下解脱了；可是当我突然看到一个世上最严厉的父亲变温柔了，他泪流满面地扑到了我脚下，这时变成什么啦？他不容我站起身来，抱住我的膝头，泪汪汪的眼睛盯住了我，用至今还在我心头响着的动人的声音说道："我的女儿，你要尊敬你那白发苍苍的不幸的父亲，别让他像把你抱大的母亲一样含悲进入坟墓；啊！你是想叫全家都死吗？"

您可以想象我的惊讶。这种姿态、这种声调、这种动作、这种讲话、这种可怕的思想，使我震惊得半死半活地倒在了他的臂弯里；只有经过好一会儿憋气的抽噎之后，我才能用微弱而失音的声调回答说："我的父亲呀，我有武器对付您的威胁，但没有武器对付您的哭泣；是您在要您的女儿死呀。"

我们俩全都非常激动，很久不能镇定下来。然而我心中重新琢磨他最后的话时，觉得他知道的比我设想的还要多；于是我决定利用他自己知道的来对付他，我冒着生命的危险准备作我长期拖延着没有承认的表白，这时他仿佛预料到这一点，又害怕我将说出来的话，便急忙截住了我的话，这样说道：

"我知道您心头蕴藏着一个好出生的姑娘不应有的古怪念头：现在是到了该抛弃那使您丢脸并只有牺牲我的老命才能满足的可耻的激情，转而履行您的义务和荣誉的时候了。您要好好听取一次父亲的和您自己的光荣要求于您的话，然后由您自己去判断。

"德·伏尔玛尔先生出身名门，具有一切优良的品性，这些可以配得上他的门第，也可以享受大家的尊敬，也可以使他当之无愧。他对我有救命之恩；您知道我跟他有着诺言。还有要让您知道的是，他回到本地去料理自己的事务，却纠缠在最近一次革命里，他为此丧失了财产，只是碰到奇异的好运气才逃过了流放西伯利亚，他回来时只带了一点儿可怜的残余财产，是凭他一个向来不对人失信的朋友的话才来的。现在请您告诉我，他回来时我应该怎样接待他。要我对他说：‘先生，当您过去富有时，我答应过把我女儿嫁给您；但现在您已一无所有，我要取消诺言，我的女儿不愿嫁您了’吗？如果我的拒绝不用这样的话提出，人家也会这样解释：您提出的爱情将被看成是种借口，或者对于我只不过多一层耻辱；您成为堕落的姑娘，我成为不道德的男子，他为了可耻的利益而牺牲自己的义务和信义，不但忘恩负义，而且极不忠实。我的女儿，一个一生没有污点的生命要在耻辱里结束，这未免太晚了些；六十年的光荣不能在一刻之间放弃。”

他继续说道：“因此您自己看，您要对我说的一切话现在都是不合时宜的；再看看，为羞恶之心所斥责的一些爱好以及青春的一些短暂的热恋，岂能同姑娘的责任感和父亲受损害的荣誉等量齐观。假如问题只关乎二者之间这一个为另一个牺牲自己的幸福的话，那么我的慈爱对如此甜蜜的牺牲还可和您争论一番；可是我的孩子，荣誉已发言了，而在你出身的血统里，作决定的终究是荣誉呀。”

对他的这番话我并不缺少好的答复，可是我父亲的种种偏见给了他以完全不同于我的原则，以致在我看来无法反驳的道理也简直不能动摇他。此外，我既不了解他从哪儿仿佛得到了关于我行为方面的消息，又不知道这些消息能发展到什么程度；由于他喜欢打断我的话，我怕他对我要讲的话也许已拿定主意这样做；再加之我被无法克服的羞愧所控制，因此我宁愿采用一种我认为更可靠的遁辞，因为它符合他的思想方法：我便向他直截了当地声明，我已向您作过诺言；我已保证我决不对您食言，而且不管发生什么问题，我没有您的同意决不出嫁。

果不其然，我高兴地注意到我的顾虑没有使他不愉快：对我的诺言他严厉地责备我，但对之没有反对；作为一个充满荣誉感的贵族，对于诺言的信念自然具有高度的看法，并把许诺看做是件神圣的事。因此他与其耽搁时间去争论这项诺言的毫无价值，——这是我决不同意的，——他逼我写一张短简，把它夹在一封信里，并立刻叫人送出去。我多么焦急不安地希望您会不作答复呀！我发了多少心愿，希望您变得比本来不应该的那样少一些高尚姿态！可是我太了解您，所以不会怀疑您的俯首帖耳，我也知道要您作出的牺牲越艰难，您就越会迅速地迫使自己去承担。答复送来了：在我生病时它被藏着：在我身体恢复后，我的恐惧被证实了，我再没有推托的话。至少我父亲向我声明，他绝不再听取这样的话；他对我讲出这种可怕的字眼来使我的意志屈服，叫我发誓不要对德·伏尔玛尔先生说那样的话，以免他会改变娶我的主意。他补充说："因为他会认为我们之间是商量好的把戏，因此不管用什么代价，这桩婚事必须办成功，否则我会痛苦得死去。"

我的朋友，您知道我体格的强健，只能抵抗疲劳和恶劣气候，却不能抵抗恶劣的情绪，正是我这太多愁善感的心灵招来了我身体和精神上的一切病根。也许是长时间的郁闷损坏了我的血液，也许是大自然趁这个时候用致命的发酵剂来净化了我的血液的缘故，在这番谈话结束时，我觉得浑身十分不舒服。在走出我父亲的房间时，我挣扎着给您写了几个字，但我一躺到床上就感到如此难受，便希望从此不再起来。其余的一切您已经十分清楚。我的轻率也招来了您的轻率。您赶来了；我见了您，还以为是在做梦，就像我在谵妄中您常常出现在我面前那样。可是当我知道您果真来了,我确确实实见到了您,而且您为了分担那无法为我医治的疾病,故意传染上了它,我经受不了这最后的考验,目击到如此体贴的爱情在希望中挣扎,我那费劲抑制着的爱情再不管什么桎梏,以空前的热力很快熊熊地复燃起来。我懂得了必须奋不顾身地去爱;我感觉到我必须成为罪人,我明白我既不能抵抗我的父亲,也不能抵抗我的情人,我只能牺牲正直才能调和爱情和血亲的权利。这样,我所有的好的感情终于熄灭,所有我的才能变质了,罪恶在我眼里失去了它的恐怖,我觉得我内部变得完全不同了;到后来,激情的猛烈发作碰到阻力而变得疯狂起来,把我投进最可怕的绝望中,这绝望足以压垮灵魂;我竟敢不再指望美德。您那提醒多于安慰我内疚的信加深了我的迷误。我的心已经如此败坏,以致我的理性不能抵挡您那些哲学家的议论:丑恶事物——这种念头从来不曾污染过我的思想,——竟也敢在脑海里出现了。意志还在对之作斗争,但想象力已习惯于看见它们;如果在我内心深处没有预先怀有罪恶的念头,那么我心头也不再怀有那些高尚的决心,因为只有它们才能抵制罪恶。

我难于继续写下去了;我们先停一会儿。先请回想一下那个幸福和天真烂漫的时期,那时候被这把如此热烈和甜蜜的爱情之火所激荡,它净化了整个我们的感情;那时候它的神圣的热焰[①]使我们的羞恶之心变得更可贵,使正气变得更可亲;那时候即使连一

① 神圣的热焰!于丽,啊!于丽,一个医好了激情的女子能说出这样的话,您以为能这样吗?——卢梭原注

些欲念的产生也仿佛只是为了给我们以战胜它们并因而使我们彼此更能相称。请重新读读我们最初的那些信，想一下那个如此短促和品味得太少的时光，那时候爱情在我们心目中显示出德行的全部魅力，而我们太相爱了，以致我们之间无法形成它所不赞成的关系。

我们那时怎么样，又变得怎样啦？两个亲热的情人在最严峻的沉静中一块儿度过了整整一个年头：他们的叹息不敢吐露，但他们的心曲却彼此理解；他们以为在受苦，但他们是幸福的。由于彼此理解，他们开始交谈起来；但对于能战胜自己和彼此间能相互表示可敬的证明而感到高兴，他们在同样严峻的矜持里度过了另一个年头；他们互相诉苦，但他们是幸福的。这样长久的斗争坚持得不够；一会儿的软弱使他们迷了路，在欢乐中他们忘乎所以；但他们虽然不再纯洁，至少他们是忠实的，至少老天爷和大自然批准了他们结成的纽结，至少德行对他们始终是珍惜的；他们至今还热爱它并还知道使它荣耀；他们只能算失足而不能算堕落。他们不很配幸福，但也还是匹配的。

如此温顺的这两个情人，他们燃烧着如此纯洁的情火，他们如此明白地懂得道德的价值，他们现在怎么样啦？谁知道了能不为他们叹息？这就把他们判罪；即使玷污婚床的念头他们也不觉得反感……他们默想着通奸！什么！他们确实是原来的人吗？他们的灵魂没有改变吗？这个与罪恶不相干的迷人的形象，怎么能从她闪耀过的一般心头消失呢？美德的魅力怎么不能促使一朝知道它的人永远防止罪恶呢？要经过多少世纪才能产生这种奇异的变化？需要多长时间才能使一个一朝享受过真正幸福的人消除那如此迷人的回忆和对于幸福的感情？啊！如果初次的放荡是困难和缓慢的话，那么到后来便变得迅速和容易了！激情的魔力，你就是这样来引诱理智，你欺骗智慧并趁人家不注意时改变本性；我们一生中只要一次失足，只要偏离正道一步：一个不可避免的滑坡便立刻抓住我们并使我们完蛋；最后跌进深渊，等到惊醒时发现裹满了罪恶，并带着一颗为德行而生的心。我的好朋友，让我们降下这帷幕：我们是否需要瞧瞧为了不让我们走近而给我们遮盖起来的那可怕的深渊？我继续来讲自己的故事。

德·伏尔玛尔先生来到了，我面容的改变并没有使人讨厌。我父亲不让我喘口气。我母亲的孝服就要满期，我的痛苦要靠时间来消磨。为了躲避我的诺言，哪一方面都成不了理由；只得实践诺言。该把我永远从您那里和从我那里夺走的那一天好像是我生命的最末一天。准备我的葬礼的日子在我看来要比我婚礼的日子较不可怕。越接近那致命的时刻，我越不能从我心头挖掉我初恋的根；我越努力把它熄灭，它也越发炽烈。最后我被徒劳的战斗弄得疲惫不堪。就在我准备向另一个人宣誓永远忠实那会儿，我的心灵还向您宣誓永恒的爱情；于是我像一头不洁的牺牲一般被领到教堂去受宰割，她弄脏了祭坛。

到了教堂，我进门时感到一种从未经受过的激动。在这朴素和庄严的、到处充溢着人们供奉的主的神威的所在，有某种我不知道的恐怖攫住了我的灵魂。一阵突然的恐惧使我哆嗦起来；我颤抖着，觉得快要晕倒，勉勉强强地拖着腿一直走到讲台的脚边。我远没有镇定下来，在整个仪式进行过程中，我只觉得我的忐忑不安在增长；我回首回顾时更感到害怕。教堂里朦胧的阳光，观礼者的深沉的静默、他们谦恭和凝神的态度、所有我的亲属的行列、我尊敬的父亲庄严的样子，这一切对当前的过程赋予庄严的气氛，它促使我注意和敬畏，而且只要念头一转到背誓我就全身发抖。我仿佛看见了上帝的使者，在牧师严肃地做礼拜的祷告时听见了上帝的声音。经书里如此明确地表达的关于婚姻的纯洁、尊严、神圣，它的贞洁和崇高的义务——对于幸福、秩序、和平、人类的持续是如此重要，对于他们本人履行起来又是如此甜蜜的义务，——这一切给了我这样的印象，使我内心感到起了骤然的转变。一种不认识的力量仿佛突然纠正了我紊乱的感情，并按照义务和大自然的规律予以重建。我心里想道："洞烛一切的永恒的眼睛，现在在读我心灵的深处；他在把我的意志跟我嘴上的回答作比较：天和地是我承担的神圣的诺言的见证；它们还是我要遵守的忠贞的见证。怎样的人间权力能尊敬敢于破坏一切之首的那个人？"

我偶然向陶尔勃先生夫妇望了一眼，他们并排站在旁边，用亲切的目光注视着我，他们的目光比其他事物更使我强烈地感动。可爱的和有德的一对，你们较少懂得爱情，难道因此就结合得更差吗？义务和诚实使你们结合：亲爱的朋友，忠贞的夫妇，你们不曾点燃那销蚀灵魂的火焰，你们用纯洁和温馨的、富于滋养的感情相爱，有智慧可依靠，有理智作指引，因此你们只有更为坚实的幸福。啊！但愿我能在同样的结合中恢复同样的纯洁并享受同样的幸福！假如我不配有你们那种幸福，我要以你们的榜样做到与你们相颉颃。我这样的感情唤醒了我的希望和勇气。我把我就要缔结的神圣的纽结当做应该净化我的灵魂并使它恢复它的义务的新状态。当牧师问我是否答应对我要接受为丈夫的人完全服从和忠诚时，我的口和心这样答应了。我将坚持到死。

回到住所后，我希望有一小时的清静和沉思。我好不容易得到了同意；虽然我急切想利用这时间，但起初我只抱着厌恶的心情作反省，害怕因为条件的改变我才体会到临时的心头激动，并自认为不太配做妻子，也像原来不太是懂规矩的女儿一样。我经受了明确的考验，但又是危险的考验，我开始想到的是您。我确信没有一个温情的回忆亵渎了我刚才所作的庄严的诺言。我简直不能理解由于什么奇迹，您那顽强的形象会如此长久地让我安静，虽然有那么多的理由叫我想到它：我要怀疑这种冷漠和忘却是骗人的，因为它在我是不大自然的，因而不会持久。这种幻象不怎么可怕：我觉得我依然同样爱您，而且也许比过去更爱，可是这种感觉我并不为此脸红。为了思念您，我认为不需要忘记我已是另一个人的妻子。我对自己说您是我亲爱的时，我的心灵是激动的，但我的良心和意识是平静的；从这会儿开始，我觉得自己的确变了。于是怎样的一股纯洁的喜悦的洪流在我心中泛滥！很久以来消失了的、怎样的一种和平的感情又重新唤醒了曾被耻辱弄得枯萎的我这颗心，并使整个的我出现了新的宁静。我认为自己感到复活了；我认为重新开始了另一种生活。温馨和安慰人的德行，我靠了你而把它重新开始；是你使我感到它可亲，我愿把它奉献给你。啊！我太懂得丧失你意味着什么，所以我不能第二次放弃你了！

我沉浸在一次如此巨大、急骤和出乎意料的喜悦里，从而敢于审察我昨晚的情况了：我对于因一时糊涂和自从第一次迷误所遭到的所有危险而造成的可气的屈辱感到不寒而栗。多么幸运的灵机一转，给我指出了罪恶的可怖，它曾向我招手，并激起我对智慧

的趣味！使我对于爱情比之对于我曾认为那么可贵的荣誉更忠诚的，岂不是由于怎样一种难得的幸运吗？由于命运怎样的照顾，您的不坚定或我的不坚定才没有使我堕入新的迷恋？我怎么能用已被第一个情人战胜过的抵抗，以及习惯于向欲念让步的羞耻心来对抗另一个情人？我既没有尊敬还在充分发挥德行的权力，那么我是否对已熄灭的爱情的权力更尊敬些？我之所以肯定在世上只爱您一个人，难道不是内心的感情认为一般情人都宣誓永不变心，而每当老天爷高兴使他们变心时就无心地不断违背誓言的缘故？这样，每次的堕落就为下一次作了准备；习惯于罪恶，会在我心目中抹掉它的可怕。从丢脸发展到无耻，得不到停顿下来的依傍，我由受骗的情人变成不可救药的姑娘，成了女性的耻辱和家庭的败类。谁保卫了我免于从第一次错误滑向非常自然的后果？谁在我第一次失足后拉住了我？谁为我保全了我的名誉和我的亲人们的尊敬？谁把我置于一个有德、聪明、性格和本身都可爱的，而且对于不敢当的我充满尊敬和眷恋的丈夫的保护之下的？最后，谁允许我还能希望获得正经女人的头衔并给我以达到不负这头衔的勇气的？我看见它，我感知它：它那只引导我穿过黑暗的拯救的手，就是那只揭起我眼前挡着的迷误之幕，并不由我自主地还我本来面目的手。一个秘密的声音不断地在我心灵深处絮语，在我快要堕落时升起，并更有力地发出雷鸣。一切真理的创造者不能容忍我背离它而成为可恶的背誓的罪人，用我良心的谴责来防止我的罪行，它向我指出我快要堕入的深渊。“令甲虫爬行和天体运行的永恒的上帝，你照料你最微末的创造物；你促使我回头向善，你叫我热爱！请接受一颗被你的仁慈所感化的心中那只有你才能使它

有幸向你贡献的敬礼!”

当我心头充满着已从危难中得救并感到已恢复荣誉和安全的强烈感情的时候,我俯伏在地,把虔诚的手伸向苍天,我向天座上端坐着的上帝——它可以随心所欲用我们自身的力量来支持或毁坏它给予我们的自由,——祈祷。我对它说:“我要求合乎你心意的而且唯一以你为源泉的幸福。我愿意爱你给予我的丈夫。我愿意是忠诚的,因为这是联系家庭和整个社会的第一义务。我愿意是纯洁的,因为它是培养一切其他德行的第一德行。我愿意服从你建立的一切自然秩序和得自你的理性的规律。我把我的心灵放在你保护之下,把我的欲望放在你手里。请使我的一切行为符合于我恒久的意志——也就是你的意志,也不要再容许一时的错误压倒我整个一生的选择。”

在这简短的祈祷——我第一次以真正的虔诚作的祈祷——以后,我觉得我的决定如此坚定,仿佛做起来竟那么容易和轻松,以致我清楚地看到今后我应该从哪里寻求我所需要的、为抵抗我自己的心灵和我无法从自身找到的那个力量。我从这次发现里得到了新的信心,因而哀叹那使我那么长久丧失信心的可悲的糊涂。我向来并不是不信教的;可是完全不信教也许比徒有其表和装模作样的信教好一些,后者不触动心灵以使意识安心;只限于一些形式,而且的确只在一定时间里相信上帝,然后在其余的时间里不再想到它。我认认真真地做礼拜,不知道从中获得实际生活方面的益处。我认为自己天资好,便任兴之所至;我喜欢思考,相信自己的理性;不能协调福音书的精神和世俗的精神,也不能协调信仰和行为,我采取以自己空虚的智慧为满足的中庸之道;我拿一些箴言作信仰，拿另一些作行为用；我在一处忘记我在另一处所想的；我在教堂里是虔诚的教徒，在家里是哲学家。唉！我在哪儿都不成器；我的祈祷只不过是些空话，我的论证是诡辩，我当做明灯追随的，不过是磷火的游光，它只能使我失足。

我无法向您表述，我迄今缺乏的这种精神原则，现在对于那如此谬误地引导我的东西给予多少蔑视。我请问您，它们的第一原因是什么？它们建立在什么基础上？由于幸运的本能，使我趋向于善行；一种剧烈的激情产生了；它在同样的本能里有其根源：为了根除它，我该怎么办？按秩序考虑，我从德行中取美，从公共利益中取善。但对于我特殊的个人利益，这一切又算得了什么？到底哪个对我更重要，牺牲他人以取得我的幸福，还是牺牲我的以求他人的幸福？如果对羞耻或者对刑罚的恐惧阻止我为了我的利益去作恶，我就只能偷偷地作恶，那我便谈不到什么德行；又如果我在犯错误时给发现了，人家处罚我，像在斯巴达一样，不是处罚错误而是处罚拙笨。最后，假如美的性质和对美的爱好是由大自然刻印在我的心灵深处的，那么只要这形象没有被扭曲，我将始终拿它作为准绳。可是我怎么能确信这内心的形象——在有感觉的生物中它的模范是无可比拟的，——能永远保持它的纯洁呢？人们莫非不知道无节制的激情败坏理智和意志，而意识在每个世纪、每个民族、每个个人都按照偏见的不稳定和复杂性而扭曲和改变吗？

我的可敬的和聪明的朋友，要赞美永恒的上帝：吹一口气您就能破坏掉这些理性的幻影，它们只有空虚的外形，在永恒的真理面前就会像影子般消失。一切都按上帝的意志而存在；是它给予正义以目的，给德行以基础，给奉献给它的短暂的生命以价值；它不

停地对罪人们喝道，他们隐秘的罪行都会被觉察的，也会对被遗忘的行善者说："你的德行是有证人的"；这是它，这是它那不变的本质，它是尽善尽美的真正的典范，我们自身全都带着它的图像。我们的激情徒劳地使图像变形，它那由无限的本质联结的整个轮廓始终显现着理性，并为它恢复被欺骗和错误所改变了的东西。我认为区别这一切很容易，常识就能够办到。这个本质的概念，它的一切无法分离，它便是上帝；其余的一切都是人的制作。在直观这神圣的典范时，灵魂才得到净化和升华，它才学会蔑视它的卑下的癖性并克服它的恶劣的倾向。一颗充满这崇高的真理的心，拒绝人们卑琐的激情；这无限的崇高使它厌恶人们的傲慢；沉思的魅力使它摆脱掉尘世的欲念；而如果它一心顶礼膜拜的无限的上帝即使不存在时，仍应当不断地向它顶礼膜拜，以便更好地控制自己，使精神更坚强、更幸福和聪慧。

您要寻找一个出自理性的空洞的诡辩的，只以自己为依据的明显例子吗？让我们冷静地看看您的那些哲学家的议论，他们称得上是只能诱惑已堕落的心灵的罪行的辩护者。人们会不会说，这些危险的高谈阔论家在直接攻击最神圣和最庄严的契约时，他们决心一举消灭只建立在协议的信义的基础上的整个人类社会吗？可是我请您看，他们是怎样为秘密通奸辩护的。他们说这并不因此造成祸害，甚至对于蒙在鼓里的丈夫也如此：倒好像他们可以确定他将永远被蒙在鼓里似的！好像为了允许作为伪誓和不贞，只要他们不会损害其他人，也就够了！好像为了痛恨罪行，给犯罪者带来的罪恶还不够似的！那么怎么样！违背自己的诺言，凭他自己的力量消灭誓言和最不能破坏的契约，这不是罪恶？强迫自己变为骗子和说谎者，这不是罪恶吗？缔结这类关系，它可以叫您希望别人受害和死亡，甚至希望应该是最亲爱的和宣誓要与之共同生活的人死亡，这不是罪恶？千百种其他的罪恶始终是其产生的结果的那种状况，这不是罪恶？一种善行，它可以产生非常多的罪恶，单凭这一点说，它本身就是一种罪恶。

夫妇的一方因为他这方仿佛能自由，因而对谁也不失信，他能自认为清白吗？他是大大的错了。婚姻的纯洁性不受玷污，不仅是夫妇的利益，而且也是整个人类共同的利益。每次当两夫妇由庄严的纽带相结合时，这就发生了让大家敬重这神圣的纽带、尊敬他们的结合那样的全人类的无声的契约；而且据我看来，这是反对暗地里结婚——这种结合不显示任何标志，会使一些纯洁的心灵燃起通奸的欲火，——的强有力的理由。公众在某种意义上成为在他们面前举行的协议的保证；因此可以说那个腼腆的新娘的荣誉是在一切正人君子的特殊保护之下。这样，谁敢于诱惑她，谁就犯罪，首先因为是他使她犯罪，而唆使者总是要分担罪责的；而且他本人还直接犯罪，因为他破坏了公共的信义和婚姻的神圣，而破坏了它，人类事业的任何合法秩序都不能存在。

他们会说，罪行是秘密的，对谁都没有损害。假如这些哲学家相信上帝的存在和灵魂不灭的话，他们能把有第一受害者和唯一的真正的法官作证的罪行叫做秘密罪行吗？能瞒过所有的眼睛，却瞒不过最需要瞒过的眼睛的秘密，真是奇特的秘密！即便他们不承认上帝的存在，他们怎么敢肯定说，他们没有对任何人造成损害？他们怎么能证明一个父亲有不是他自己血统的子女、要负担可能比他所有的还要多的孩子，而且他不得不把自己的财富瓜分给对之没有父爱的和自己耻辱的证明者，这些事对他都毫不在乎呢？我们假定这些高谈阔论者是唯物论者；这就更有根据可以跟他们对抗，从一切心灵深处发出的自然的柔和的声音反对一种傲慢的哲学，并绝不以好的理由去进行攻击。实际上，假如唯有身体能产生思维，感觉只从属于我们的器官，那么具有同样血液的两个生物之间岂不应该有更大的相同，彼此之间有更强的依恋，心灵也像面貌一样相似，因而更有理由互相喜爱吗？

那么照您看来，消灭或者用另一种血液搞乱这种自然的联合，并从根本上变更那应该把家庭的全部成员联结在一起的相互之间的亲和力，完全不是做坏事吗？世界上会有一个正直的人对于把婴儿从奶妈那里给掉包的事不感到可恨吗？那么从母亲胎里给调换的罪行会轻些吗？

如果我特别从我们女性问题来者，我发现有多少乱七八糟事他们都认为完全不成为祸害的！就以一个有罪的女人的堕落说，她失掉了荣誉，一切其他的德行也会很快丧失。一个温柔的丈夫根据多少确凿的迹象猜测到一种不正当关系，他们却企图辩护说是秘密，说不过是他的妻子不爱他！她那做作出来的关心有什么用，岂非更好地证明她对爱情的冷漠？假装的温存能骗得过爱情的眼睛？在一个心爱的对象旁边，感到胳臂虽然在搂抱你而心灵却在抗拒你时，那是何等的痛苦！姑且假定命运能帮助掩饰秘密，但这是常常会受骗的；我们暂时忘记想用一切为上帝不断揭穿的企图以保持自己所谓的清白和别人的安宁，这是多么轻率！然而为了隐瞒可耻的关系，为了欺骗丈夫，为了买通仆人、为了欺瞒众人，这需要多少伪装、谎言、诡计！对于同谋者是多么可耻！对孩子是什么榜样！当你抱着只想满足自己罪恶而不受罚的欲念时，怎能对他们进行教育？家里的和平和夫妇的和睦会变得怎样？什么！这一切能使丈夫不受损害？谁来给他弥补那本该属于他的心灵的损失？谁能还他一个可敬的妻子？谁能给他以休息和安宁？谁为他治愈他正当的怀疑？谁使父亲在拥抱他自己的孩子时能吐露自然的感情？

至于通奸和不忠诚仿佛可以在家庭之间建立所谓的纽带，那么这的确不是严肃的理由，而是荒谬和粗野的开玩笑，对之只能答以蔑视和愤慨。任何时代充斥于世界的伤风败俗，像变节、争吵、殴斗、杀戮、放毒等，充分证明由罪恶形成的那种恩爱之情威胁着人们的安宁和团结。假如由这种罪恶和可鄙的交易形成这类社团的话，它就像盗匪集团一样，为确保合法的社会，对之必须加以破坏和消灭。

我要竭力忍住被这些信念引起的愤怒，以便跟您平心静气地讨论它们。我越觉得它们荒谬，就越应当加以驳斥，而且我自己在听到它们时也许不怎么感到厌恶而自己觉得难为情。您可以看出它们是多么经不起健全思想的考验。可是哪儿寻找健全思想，还不是从它的本源那里去找吗？对于那些致力于使人们失落给他们作为向导的神圣火炬的人们是怎么想的呢？我们要提防夸夸其谈的哲学；要提防假的德行，它破坏一切德行并为一切罪恶张目，以便借此整个占有它们。求得善的最好的方法是诚恳地去寻求它；人们如果这样寻求，不要很久就能上升到全善的创造者那里。我认为这就是我自从进行改正我的感觉和理智以来所做的；当您想追随同一条路时，您一定会比我做得更好。想到您常常以宗教的伟大思想来培养我的精神，我感到十分安慰；您的心对我没有隐藏过什么，假如您怀有别的感情，您就不会对我这样说话。我甚至觉得这些交谈对于我们是很有魅力的。上帝的在场从未使我们感到拘束：它给予我们希望多于恐惧；它永远只吓唬坏人的心灵；我们喜欢在谈话时有它当证人，使我们共同上升到它那里。假如有几次我们由于羞耻而感到羞辱的话，我们在哀叹弱点时彼此说道："至少它能看到我们心灵的深处"；于是我们因而感到更平静了。

假如这种安宁使我们陷于迷误，那么安宁以之为基础的原则能把我们引回正确的道路。如果一个人自身不能一致，他的行为是一套，感情却是另外一套；思想好像没有躯体，行为好像没有灵魂，还有他整个一生所作所为完全不同整个自己相适应，那么这样的人还值得称为人吗？我认为我们从前的准则，如果不只限于空洞的思辨，那样的人是很坚强的。人有弱点，创造人的仁慈的上帝无疑会宽恕人的弱点；但罪恶来自坏人，在一切正义的创造者面前不会不受到惩罚。一个不信神但生于幸福的人，会致力于他所喜欢的德行：他做善事是由于他的兴趣而不是由于选择。假如他的一切欲望都是正直的，他可以不受约束地循着正道而行；假如不是正直的，他一样会循着走，因为他为什么要受约束？然而那相信和为人们共同的上帝服务的人，他信仰一种更崇高的使命；实现这使命的热诚鼓舞着他的信念，于是遵循着比他的兴趣更正确的准则，他懂得应该做善行，并为义务的规律而牺牲他心中的欲望。我的朋友，这便是我们俩应当作出的英勇的牺牲。联结我们的爱情是我们生活的魔力。它比希望持续得更长久；它无视时间和别离；它能承受一切考验。如此完善的感情它本身绝不会消亡：它值得被

奉献于德行的神台。

我还要对您说：我们之间的一切都改变了；您的心也必须改变。于丽·德·伏尔玛尔不再是您从前的于丽；您对她的感情的转变是不可避免的，您只有使这转变成为合乎罪恶或者合乎德行二者之间的选择。我想起一个您不反对的作家的一段话，他说："当真诚抛弃了爱情时，爱情就会失去它最大的魅力。为了感受它的全部价值，心灵必须颂扬它，并使之在提高我们所爱的对象同时，也提高我们自己。丢掉了完善的思想，你就会掉了热情；丢掉了尊敬，爱情就不成为爱情了。一个女人怎么能尊敬她应该蔑视的男人？他自己又怎么能尊敬一个不怕委身于可恶的诱惑者的女人？这么一来，他们彼此相互鄙视。爱情这绝妙的感情，对他们便成了肮脏的交易。他们将丧失荣誉，绝不会得到至上的幸福。"①我的朋友，这是我们的教训，是您信上写的。我们两颗心相爱之深，德行对于它们显得的可贵，还有比在写这信的幸福时刻更甚的吗？那么请看看，能使灵魂陶醉的最温馨的激情培养的罪恶的情火今天会把我们引向哪里去！我们俩对罪行都如此自然地痛心疾首，这会很快波及我们错误的共犯；我们会彼此憎恨我们过于相亲相爱，于是爱情就会在悔恨中熄灭。为了使如此可贵的感情能够持久，让它净化岂不更好？让它至少保持跟贞洁结合在一起岂不更值得？这岂不是保持一切最美妙的东西？是的，我善良和可敬的朋友，为了我们永久相爱，必须互相舍弃。让我们把其他一切都忘掉，您就作为我灵魂的情人。这种想法非常甜蜜，它使一切苦恼

① 参见第一卷，第二十四封信。——卢梭原注

都能缓解。

这便是我的生活的真实的图景和我心头发生的一切的率直的历史。我始终爱您,对此您不要怀疑。我依恋于您的那种感情是如此温馨并依旧如此生动,另一个女人对此也许会感到惊讶;至于我,我很知道另一种不同感情,所以对此不以为然。我知道爱情已改变了性质;至少在这一点上我过去的错误变成了我现在安全的基础。我知道正确的规矩和表面的德行还有更多的要求,并对于我没有完全忘情于您会感到不愉快。我却相信有更可靠的规则,我就坚持它。我私下倾听我的良知:它完全没有责备我,它从来不欺骗真诚地向它求教的灵魂。如果这不足以证明我在世人心目中无罪,但这已足够让我自己心安了。这种幸福的转变是怎么发生的?我不知道。我所知道的是我这样深切地希望着。唯有上帝完成其他的事。我认为一个灵魂一次堕落后便一直这样,自己不能再变好,除非某种突然的转变、命运和环境的某种突然变化改换了它的关系,于是由于一种剧烈的震撼,帮助它重新恢复了良好的常态。当它的一切习惯被打破,它的一切激情在这一般的动荡中被改变后,人有时就获得他原来的性格,他变得像刚从大自然手中出来的新人。于是他从前卑鄙行为的反思可以成为抵抗重蹈覆辙的预防剂。昨天他是可鄙和软弱的,今天他则是坚强和高尚的。当他逼近观察这两个如此不同的情况时,那就会更清楚地感到自己现在上升到的高度,于是他会变得更审慎地力求保持不坠。我的婚姻使我体验到某种类似于我力图向您讲述的东西。这如此可怕的纽带把我从一种更为可怕得多的奴役里给解放了出来,我的丈夫把我归还给了我自己,因此我觉得他更可亲了。

您和我，我们结合得太紧了，所以即使改变了性质，我们的联系也破坏不了。如果您丧失了一个温柔的情人，那么您获得了一个忠诚的女友；因此在我们的幻想中不管我们能说些什么，我不相信这种改变会对您不利。我请求您对此跟我抱有同样的决心，要变得更好和更聪明，并用基督教的道理来肃清哲学的教条。只要您得不到幸福，我也绝不会幸福，我也比以往更懂得，没有德行便绝不会有幸福。假如您真正爱我，那么请给我以温馨的安慰：让我看到在回到正确道路时，我们俩的心心相印并不亚于当陷于迷误那时。

为了写这封长信，我不认为必须作辩解。要是您对我不是这样亲密，这信便会写得更短些。在结束前，我还要向您提出请求。一个痛苦的重负压在我心头。我过去的行为是德·伏尔玛尔先生所不知道的，然而没有保留的真诚是我对他的忠诚的组成部分。我本来有一百次准备全部承认；只是为了您，我才忍住了。虽然我知道德·伏尔玛尔先生的明智和克制，但是举出您的姓名却是有损于您，因此不得您的同意我绝不愿这样做。向您提这样的要求，是否会使您不愉快，而我自以为能获得同意一事，是否对您或对我太不自量？我现在恳求您，须知我的保留不坦白不可能是无辜的，它每天对我越来越痛苦，在没有接到您的答复时，我不会有片刻的安宁。

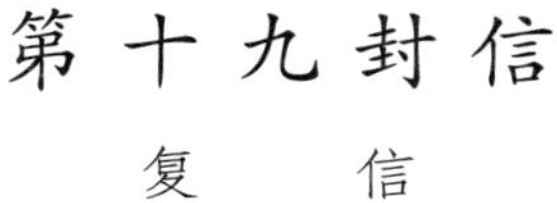

第十九封信

复　　信

那么您不再是我的于丽了吗？啊！不要这样说，高贵的和可敬的女人;您再没有像现在这样更是我的于丽了。您是值得整个宇宙尊敬的;您是我开始对真正的美有了感受那时起就热爱的人;您是我即便在我死后——那时假如我灵魂里还留下使我生前为之倾倒的真正的绝代容华的记忆的话,——也不会终止爱慕之情的女性。使您重获您一切美德的勇敢的努力只有把您变得更像您自己。是的,是的,自从您抛弃我那时起,您更像是我的于丽了,这一点即使我感到多么痛苦,我也得把它说出来。唉!正是在失掉您的时候,我才重新找到了您。可是我呀,我的心只要一想到打算仿效您时就战栗不止,我被那既不能忍受又不能克服的罪恶的激情所苦恼,这个我难道就是原来想成为的我吗?我值得您垂青吗?我有什么权利把我的怨诉和失望来向您喋喋不休?而我居然敢于爱慕您!我这种人配爱您吗?

狂妄的人!仿佛我的屈辱还不够似的,还要去找些新的!为什么计较那爱情已使之消灭的差别呢?它使我升高了,它使我跟您平等了;爱情的火焰支持我,我们的心混合了;我们两颗心的感情是共通的,我的感情分享着您感情的崇高。看现在又跌落到了我整个的低下地位!如此长久地滋养我的灵魂又欺骗我的甜蜜的希望,现在你到底永远熄灭了!她不会再是我的!我永远失掉她了!她成了另一个人的幸福!……气人啊!地狱的苦难啊!……不忠实的!啊!你可曾……请原谅,请原谅,夫人;请原谅我的狂怒。上帝啊!您说得太对了,她不再是……她不再是那个我可以向她表达我的心的全部活动的亲爱的于丽了!什么!我过去感到不幸,我就可以抱怨!……她可以倾听我!我过去不幸!……那么今天我怎样?……不,我将不再叫您既为您也为我脸红。一切都完了，应该彼此摆脱，应该彼此分手：德行本身作出了这决定；您的手这样写了。让我们彼此忘却……您至少要忘却我。我已这样决定，我向您保证；我绝不再向您谈自己。

我还敢向您谈论您，并保留我在世上所剩的唯一关心的事——您的幸福吗？您在向我叙述您的心灵的情况时，您对我绝口不谈您的命运。啊！凭我奉献给您的牺牲的名义，请您解除我这个难受的疑虑。于丽，您幸福吗？假如您是幸福的话，那么在我绝望之余，您给我以可接受的唯一的安慰；假如您不幸福，为怜悯起见，请直言相告，那么我的不幸将不致太长了。

我对于您想出来的表白越加思索，我越不能对它同意；那使我总是缺乏勇气对您表示拒绝的原因，同样使我对这件事表示不能动摇。这问题是极端重要的，因此我恳求您要仔细考虑我的理由。首先，我觉得您过分的精细，使您在这方面陷于谬误；而且我根本看不出最严格的德行有什么根据可以要求这样的坦白。世上没有契约能有追溯效力。人们不能为过去承担责任，也不能承诺再无力量履行的事。人们为什么要责难那个按先前的习俗而自由行事的人和他没有承诺过的忠诚呢？于丽，您不要自我欺骗：您不是对您的丈夫，而是对您的情人失信。在您的父亲的专横干涉之前，老天爷和大自然已将我们彼此结合了。您在缔结另一个婚姻时，犯下了爱情和荣誉也许不会原谅的罪行；而只有我才能要求索还德·伏尔玛尔先生从我手里夺走的宝贝。

假如在有的场合责任心需要这类承认的话，那只是当重犯的危险促使一个审慎的女人为此而保护自己时所采取的预防措施；可是您的信比您所想的更清楚地说明了您真实的感情。我读您信

的时候，我自己心里感到您的心即使在爱情中也已在厌恶有罪的关系，我们的分离才使我们摆脱了罪恶感。

迄今义务和诚实并不需要这种交心，智慧和理智禁止这样做，因为这没有必要拿婚姻中最可贵的东西：丈夫的恩爱、彼此的信任、家庭的和睦，去作冒险。您对于这样的做法有没有充分的考虑？您对自己的丈夫是否有足够的了解，能确切把握他对此举产生的反应？您是否知道世界上有多少男子，他们动不动就会引起强烈的妒忌心、不可克制的鄙视，而且还可能伤害女人的性命？为了这种微妙的研究，必须考虑到时间、地点和性格。在我现在所处的国家里，这类交心并没有什么危险，对于夫妻间忠贞不当一回事的人看来，结婚前的错误不算是了不起的问题。且不谈有时必不可少的交心和您那里不会发生的那些道理，我在这儿认识一些不太值得尊敬的女人，她们不怎么冒风险就作了这种坦率的交心而自觉了不起，这样做也许是想获得信任，以便需要时可以滥用它作幌子。可是在婚姻的神圣较被尊重的地方，在神圣的婚姻成为牢固的纽结和丈夫对他们的妻子怀有真挚的眷恋的地方，他们都向妻子提出比她们自己更严厉的要求；他们要求她们的心灵只对丈夫怀有温顺的感情；他们擅自窃取他们没有的权力，要求她们在属于他们以前就是他们的所有物，也不宽恕她们滥用自由和真实的不忠贞。

有德行的于丽，请相信我，要谨防没有成果和不必要的虔诚。要保持那谁也不强制您吐露，但交代出来可以使您完蛋，而且对您丈夫没有任何好处的危险的秘密。假如他是值得您向他交心的，他的心灵将因此而忧戚，您将毫无道理地让他伤心。假如他不值得您向他交心，那您为什么要给他以谴责您的借口？您怎么能知道曾经支持您反对您的心灵的攻击的您那德行，它仍将支持您对付那始终在生长的家庭的忧愁呢？您切不要自觉地加深自己的不幸，以免它们变得比您的勇气更强，并使您因种种顾虑而重新陷进那比您曾困难地跳出来的境况更坏得多的境况中去。智慧是一切德行的基础；我请求您，在您生活的最重要的时机要跟它商量；如果这要命的秘密压得您太痛苦，那么为了解脱您的重负，至少等待一段时间、等待几年，让时间给予您对您丈夫有了更清楚的认识，同时在他心里不仅有您的美丽，尤其还有您那精神的魅力和与您相处的可慰藉的习惯能起作用的时候。最后，当这些道理虽然都很过硬，仍然说服不了您时，那么请您对向您提出它们的那人的声音不要掩耳不闻。于丽啊！请聆听一个能作些善行的人，这人至少由于他今天为您作出牺牲而值得您作一些牺牲。

必须结束这封信了。我知道我无法阻止自己重弹一种您不应再听的音调。于丽，我应该离开您！我还如此年轻，就必须放弃幸福！一去不复返的时间呀！永远消逝的时间，永远悔恨的时间！快乐、激情、甜蜜的神往，美妙的瞬间，无上的陶醉！我的爱情，我那唯一的爱情，我生命的荣誉和喜悦！从此永诀了！

第二十封信

自　于　丽

您问我是否幸福。这问题令我感动，您提出这问题就该帮我回答：因为我远没有想寻求您说的那种忘却，我承认如果您终止爱我时，我便无法幸福；然而我在一切方面都是幸福的，而我幸福所缺少的只是您的那一份。如果我在上次信里避免谈到德·伏尔玛尔先生，那是为了顾惜您。我太了解您的敏感性，所以怕加深您的痛苦；可是您为我的命运感到忧虑，因此我不得不对您谈谈与我命运攸关的他，我只能以对得起他的方式并像他能适合于他的妻子和真正的朋友的那种方式来向您谈他。

德·伏尔玛尔先生年龄近五十岁；他那宁静和有规律的生活以及沉着的感情，使他保持着很健康的体格和很有生气的神态，所以看起来还不到四十岁；只有丰富的生活经验和智慧才显得他年纪已不轻。他的外表是高贵和和蔼可亲的，他的态度是直爽和开朗的；他的待人接物是诚实多于殷勤；他话不多而言之成理，但不带做作，也不精确和矜持。他待人一视同仁，他不巴结人也不逃避人，他除了理性以外再没有其他的癖好。

他天性虽然冷峻，他的心顺着我父亲的意愿，认为我对他很相配，于是生平第一次发生了爱慕之情。他那稳健而持久的爱好在礼仪上调节得非常好，也保持得很平衡，所以在生活情况改变时用不着改变他的态度，而且在不损害夫妇之间庄严的情况下，他在结婚后对我依然保持着他从前的状态。我从来没有看见他快乐过，也没有看见他悲愁过，但他始终是满意的；他对我从来没有谈到他自己，也很少谈到我；他不来找我谈话，但我找他谈话他却不会生气，也不大愿意离开我。他从来不笑；他很严肃，但并不想要我这样；相反地，他宁静的态度仿佛是在叫我快乐；因为我尝到的快乐似乎是他唯一感受到的快乐，所以我常常注意到他在想方设法使我高兴。总而言之，他希望我幸福：他没有对我这样说，但我看得出来；而希望妻子幸福，这岂不是已经得到了幸福？

就我所能地观察他，我只发现他除了对我的爱之外再没有其他的爱。但这爱是如此平淡和克制，可以说他只是按他所愿意的那样去爱，而且他只愿意按理性所容许的那样去爱。他确确实实是爱多阿尔阁下相信的那种人：我发现他在这方面比我们所有如此自我吹嘘的有情感的人都高超，因为心灵以千百种方式欺骗我们，并只靠总是可疑的原则行事的；可是理性除了善的东西而外没有其他的目的；它的规则总是可靠、清楚、容易指导生活；而且它只有当并非为它作出的无用的思辨中才会陷于迷误。

德·伏尔玛尔先生最大的兴趣是作观察。他喜欢判断人们的性格和他看见的他们的行为。他以深邃的智慧和最完全的公正态度对之作出评价。假如一个敌人对他使坏，他便就这人的动机和方法进行争论，态度像讨论与他不相干的事情一样平静。我不知道他是怎样听到谈论您的，但他有好几次以很大的尊敬向我说起你的事情，我知道他不会装假。有几次我自以为觉察到在这类谈话里他在观察我；然而这种所谓的注意，可能多半只是受惊的良心的秘密谴责。但无论如何，我对此尽我的责任：恐惧和羞耻没有引起我作不公正的保留，我在他面前对您作了公正的评价，正像我在您面前对他也作公正的评价一样。

我忘了告诉您关于我们的收入和它们的管理情况。德·伏尔玛尔先生财产的残余部分加上我父亲那只剩下养老金的财产一起，构成了一笔适中而有限的产业，他把这产业作了安排，在家里保持着并非不舒服也非空头奢侈的排场，却又是充裕的、真正舒适的生活[①]，并帮助他的贫困的街坊。他在他家里规定的秩序，是支配他心灵的秩序的影子，在小小的家庭里也仿佛反映出世上政府所建立的秩序。这里既看不见那种只能使人感到窒碍而得不到好处，并且只有制定者忍受得了的硬性的规章，也看不见那种由于过多要求而丧失一切实用价值的不适当的混乱。这里到处可以觉察到主人的手，可是始终看不到它；他一开始就把一切都安排得十分妥善，所以现在全都自然而然地运行，使人既感到井井有条，同时又很自由。

我亲爱的朋友，这便是我同德·伏尔玛尔共同生活以来就我认识到的他的性格的简略而真实的看法。我最初看见他时是这样，现在我看来他依然毫无改变；我希望我已经对他看得很清楚，再也不会有什么新发现，因为我认为他如果变成另一种样子时，一定会受到损失。

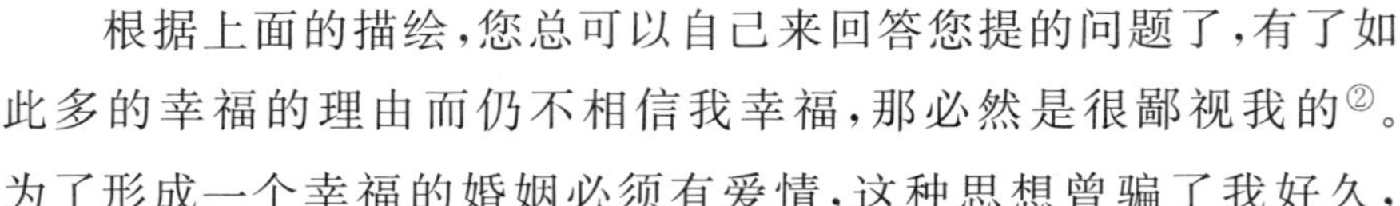

根据上面的描绘，您总可以自己来回答您提的问题了，有了如此多的幸福的理由而仍不相信我幸福，那必然是很鄙视我的[②]。为了形成一个幸福的婚姻必须有爱情，这种思想曾骗了我好久，

① 没有比奢华和吝啬的结合更为普遍的结合了。为了给人以好的印象，人们可以不顾本性，不顾真正的快乐，甚至可以不顾需要。有的人牺牲厨房来装饰他的宫殿；另有人喜欢精致的餐具甚于喜欢酒食；另有人用心做一顿有气派的晚餐，不怕以后整年饿得要死。当我看见精美餐具时，我准备人家会给我喝坏的酒。在乡村人家，我有多少次在呼吸清晨的新鲜空气时，美丽的花园景色在诱惑着我！于是赶快起身，在花园中漫步，胃口大开，便想进早餐：可是侍役出门了，或者没有食品，或者太太没有吩咐下来，或者叫你等得厌烦。有几次向你发出邀请，要很好地招待你，就是要叫你无法接受。那就得饿肚子直到下午三点钟，或者有郁金香充饥。我记得有一次在一处很美丽的花园里散步，据说女主人非常喜欢咖啡，但从来不喝它，因为一杯咖啡要花四个铜板；可是她却慷慨地给她园丁一千块钱。我想我宁愿有修剪得较差的林间小径而能够常常喝到咖啡。——卢梭原注

② 看来她还没有暴露后来如此强烈地折磨她的那要命的秘密，或者她那时不愿把这秘密透露给她的朋友。——卢梭原注

而且也许至今还在欺骗您。我的朋友，这是个错误：正直、德行、一定的仪表举止、性格和脾气，加上属于次要条件的社会地位和年龄，——这些在夫妇之间已经足够；这毫不妨碍形成一种体贴和亲切的结合，它虽不一定有爱情，但并不因此而显得欠甜蜜和欠持久。伴随爱情而来的是嫉妒或失落的无穷的忧虑，这对于作为快乐与和睦状态的婚姻是不适宜的。结婚不是单单为了两口子彼此的相思，也是为了共同履行社会生活的义务，认真地管理家务，好好地教育自己的孩子。情人们心目中始终只有他们自己，不断地只考虑他们自己，他们唯一想做的事是互相恋爱。对于有那么多事情要完成的夫妇说来，这是不够的。在一切情感中，再没有像爱情那样强烈地使我们迷惑的：它那激烈的力量被看成是它的恒久性的征兆；心灵受着如此甘美的情感的重担，可以说使它伸向未来，只要这种爱情继续下去，人们便认为它绝不会完结。但是相反地，这情焰也在销蚀着它；它跟青春在一起消逝，跟美貌在一起憔悴，在年华的阴森森的吹拂下消失；从世界存在那时起，人们从没有见过两个白发苍苍的情人相互哀思过。因此可以认为大家迟早将停止眷恋；于是原来供奉的偶像便遭到破坏，彼此看到了原形。大家惊奇地寻觅所爱的对象，却再也找不到，于是彼此对所留下的印象感到懊恼，想象因而常常使它变得比原来的那个更丑，显得过去太美化了它。拉·劳什孚谷[①]说："当人们不再相爱时，他们中很少有人会因曾经相爱过而不感到羞惭的。"[②]那么应该怎样提心

① 拉·劳什孚谷（La Rochefoucauld，François，duc de，1613—1680）：法国伦理学家、作家。此引文见他的《道德沉思录》（*Réflexions morales*）。——译者

② 如果于丽在其他情况下阅读和引证拉·劳什孚谷，我将十分惊奇：善良的人不会欣赏他的阴沉的书的。——卢梭原注

吊胆，不要让厌倦在太热烈的感情之后接踵而来；不要让暮年时感情不仅趋于冷淡，更进而感到憎恶；而且最后彼此之间因腻烦而让本来十分亲密的情人变成相互怨恨的夫妇。亲爱的朋友，我始终认为您非常可爱，太可爱了，我才丧失了我的纯洁和安宁，但我始终只把您看做情人：要是不再这样时，我不知道您会变成什么？熄灭了的爱情还会给您留下德行，我承认这一点；但这是否因此就足以使心灵在紧密的结合中感到幸福？而多少个有德行的男人都不失为令人厌憎的丈夫！这一切议论您也同样可以应用于我。

至于说到德·伏尔玛尔先生，那么我与他之间并未预期过任何幻想：我们像对待实在的那样彼此对待；所以联结我们的感情绝不是热情的心灵的盲目的冲动，而是两个正直和理性的人的坚定和恒常的关怀，他们志在共同度过他们今后的余生，都满足于他们的命运，并力图使彼此的命运变得美好。当人家着意于使我们结合时，看来没有比这更好的成功了。假如他具有跟我同样温柔的心灵的话，那么双方都如此多愁善感，便有时难免会发生龃龉，结果就要引起争吵。假如我像他那样沉着的话，那么我们之间将笼罩着过多的冷漠，我们的相处便显得不太愉快和欠温暖了。如果他毫不爱我，我们的共同生活一定不会好；如果他爱我太甚，我会觉得他讨厌。我们俩彼此间真是恰如其分：他启迪我，我鼓舞他；我们因此结合得更好些，我们俩之间仿佛命定只有一个灵魂，他是灵魂的知性，我是它的意志。至于他的年事稍高，这反而是我们的共同利益：因为对于为爱情所苦恼的我来说，假如他更年轻些，那么我嫁他一定还会有更多的困难，而这过分的厌恶也许会阻止我内心形成的幸福的转变。

我的朋友，老天爷启迪了父亲们的善良的愿望，也奖励了孩子们的顺从。我绝不愿无视您的不快！我要充分让您对我的命运放心的唯一愿望，使我向您再补充几句话。如果以我以前对您的爱情和我现有的认识，同时我还能自由和自主选择丈夫的话，我要请承蒙启迪我并深知我心的上帝来对我的真诚作证：我要选择的丈夫不是您而是德·伏尔玛尔先生。

为了彻底恢复您的健康，我也许应该说清楚我心里还剩余的话。德·伏尔玛尔先生年龄比我老。如果老天爷为了惩罚我的过错而剥夺我很不配得到的丈夫的话，我坚强的决心是绝不另嫁别一个人。他虽然没有福分找到一个贞洁的姑娘，他至少将留下一个贞洁的寡妇。在向您表达这个声明之后，您一定十分清楚，我是个绝不改口的女人。①

我为了解除您的一些疑虑而讲的话，还可以作为部分解决您对我认为应该向我丈夫承认往事而作的反对意见之用。他非常明

① 此处有如下的注，该注在原版本中未载：

“不管我们愿意与否，我们各种不同的景况决定着我们心灵的感情：只要我们心里只知道孜孜为利时，我们就会是不道德的和有罪的，但不幸的是围绕着我们的利益增加了我们身上的锁链。想改正我们混乱的欲望的努力，几乎总是徒劳的和难得是真实的。应该改变的与其说是我们的欲望，倒不如说是产生那些欲望的环境。我们如果希望变好，就要排除阻碍我们变好的环境。此外别无其他办法。我无论如何都不愿意享有别人的财产继承权，尤其是我亲爱的人的继承权；因为我怎么知道什么贫困的可怕的愿望能夺取我？在这原则上请好好考察于丽的决心和她向她朋友所作的声明；请在她的一切情况下估量她这种决心，您便能看出这颗正直的心对自己怀疑时能排除跟她义务相违背的一切利益。从今以后不管她剩下的爱情，她要全心奉献给德行；她可以说是要尽力爱她唯一的丈夫和她毕生要与之共同生活的伏尔玛尔；她要将私下希望他完蛋这个隐秘的利益改变为希望保全他这样一种利益。要么我对于人的心灵一窍不通，要么我要抱定这议论纷纷的唯一的决心，这跟于丽整个余生中的德行的胜利和她对她丈夫至死不渝的真诚的和恒久的眷恋之情攸关。”——卢梭原注智，所以不会因为我只有悔恨才使我吐露这羞人的举动而责罚我，我也不会像您告诉过我的那些贵妇人那样耍花样，他也不会怀疑我会那样做。至于您认为这种坦白并非必要的理由，这肯定是一种狡辩：因为虽然对于当时还没有的丈夫应当毫无约束可言，但这并不意味着在委身于他时，可以不是实际的那个人。这一点甚至在我出嫁之前我就已经感觉到；如果我父亲强加给我的誓言阻止我对这一点履行我的义务，那么我因此更显得有罪了，因为作非正当的誓言是第一件罪过，而遵守这誓言则是第二件罪过。可是我另有一个为我的心灵所不敢招认的理由存在着，它更使我罪孽深重。感谢上帝，它现在已不再存在了。

有个更正当和严重的考虑，那便是没有必要地去打扰一个正经人的安宁，他的全部幸福就在于对自己妻子的尊敬。要断绝我们之间的关系，肯定已不再能由他决定；要我改变过去而成为更忠诚，也肯定不能由我决定。这样，我由于自己不审慎的坦白，只能徒劳无益地引起他的烦恼，而我的真诚除了解脱我心头残酷地压迫着我的可怕的秘密而外，没有别的好处。在向他表白以后，我感觉到我将更平静；但他呢，他可能更不平静，但重视我自己的安宁甚于他的安宁，这将很难弥补我的过错。

那么在我现在的犹疑不决中我将怎么办？在老天爷对我的义务给我更明白的启示前，我遵从您友谊的劝告：我要保持沉默，我对我丈夫不提我的过错，我要用有一天可以值得宽恕的行为来消除那些过错。

为了开始这样一种必要的改过，我的朋友，您会认为我们从今以后停止我们之间的交往是件好事。假如德·伏尔玛尔先生接受了我的忏悔，他会决定我们怀有的那联结我们的友情可以达到什么程度，并给我们以友情的无邪的证明；可是因为我不敢向他商量这事，所以凭我的不幸经验：我太懂得表面上看来最合法的习惯也会使我们陷于多么大的迷误。现在是变得明智的时刻了。虽然我的心很泰然，但我不愿再对自己的情况作出判断，而作为有夫之妇，我也不愿再自以为是，重蹈做姑娘那时的覆辙。这是您接到的我的最后一封信：我也请求您不要再给我写信。然而由于我始终对您抱着最温馨的关切，而且我对您的感情有如照耀我的阳光一般纯净，因此我将很高兴有时能够知道您的消息，并获悉您能得到您应当的幸福。您如果有什么对我们能感到兴趣的事情要告诉我们时，您可以随时写信给陶尔勃夫人。我希望您灵魂的正直将始终表现在您的书信里。此外，我的表姐是个有德之人，而且很明智①，她只给我转达适合于我看的话，如果您滥用这种通信时，她也会把这通信取消。

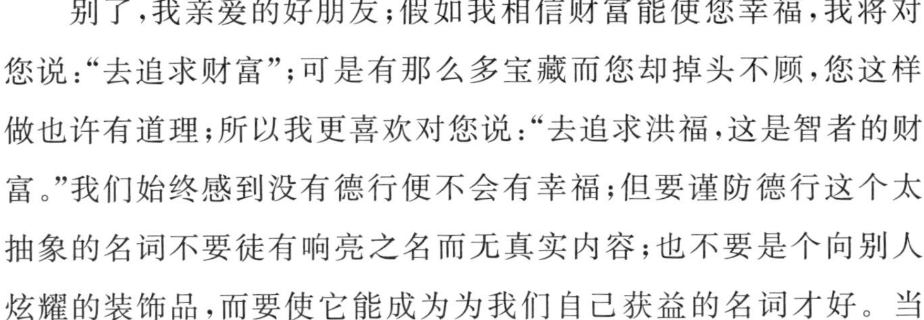

别了，我亲爱的好朋友；假如我相信财富能使您幸福，我将对您说：“去追求财富”；可是有那么多宝藏而您却掉头不顾，您这样做也许有道理；所以我更喜欢对您说：“去追求洪福，这是智者的财富。”我们始终感到没有德行便不会有幸福；但要谨防德行这个太抽象的名词不要徒有响亮之名而无真实内容；也不要是个向别人炫耀的装饰品，而要使它能成为为我们自己获益的名词才好。当

① 我们在这里按照原文版本的文字排印，它看起来很明白，用不着增添“相当”这个词，那是后来的编辑们所加的，它印刷成：“我的表姐是个有德之人，而且相当明智，她可以给我转达……”——原编者注

我想到有些人在心底里带着通奸的念头而大言不惭地谈论德行时，我就觉得战栗不止。您可知道这个如此光彩和如此被亵渎的词，当我们沉湎于有罪的关系那时，对我们意味着什么吗？就是这燃烧在我们彼此心头的热烈的爱情，它把它的激情掩盖在这神圣的欢乐里，以便使我们变得更加亲热和更长久地自我欺骗。我敢于相信我们生来是要遵循和景仰真正的德行的，但是在追求它时犯了错误，只追随了一个虚妄的幽灵。该是停止幻想、该是从太久的迷误中回返的时候了。我的朋友，这一回头对您并不困难：您本身有您的向导；您过去也许忽视了它，但您从来不曾拒绝过它。您的灵魂是健全的，它爱慕一切善的东西；如果它有时没有把这东西抓住，那是因为它没有使足全部力量去抓的缘故。请深究一下您的良知，再寻找一下，能不能重新发现什么被遗忘的原则以便更好地指导您的全部行为，使它们之间跟一个共同的目标联结起来。让德行作为您行为的基础，但假如您不把这基础建立在不可动摇的根基之上时，请相信我，这样还是很不够的。您还记得那些印度人，他们把世界安置在一头大象上，然后把大象放在一只乌龟上；当有人问他们乌龟待在什么上面时，他们便不知该怎么说了。

我恳求您多少要听取您的女友的话，并为走向幸福选择一条比那使我们如此长久地迷途的更可靠的道路。我将不断地要求老天爷给您也给我以这纯粹的洪福，只有你我二人都获得它以后我才会快乐。啊！如果我们的心能记取我们青年时期那不由自主所犯的错误，那我们至少应该对于过去错误的回顾能使我们引以为戒，并能引用古人的话："呜呼！若非过去失败过，我们今天就会失败!”①

女布道者的说教到此结束:她今后对自己说教已够她做的。别了,我可爱的朋友,从此永别了:无法改变的义务这样命令;然而请您相信,于丽的心不会忘却那对于她曾经是亲爱的……我的上帝!我怎么啦?……从这张纸上您会非常清楚地看得出来。啊!在对她的朋友说出永别时,难道不允许心碎吗?

第二十一封信

于丽的情人致爱多阿尔阁下

是的,阁下,我的灵魂的确被生活的重负所压迫;它长期来就是我的负担:我已失去了它能使我感到可贵的一切,它对我只剩下了烦恼。可是人家说,没有得到把它给予我的那人的准许,我是不能随便把它处置的。我同样也知道,它有种种理由是属于您的;您的关心救了我两次的命,您的恩德为我不断地保全它:在我不能确切知道我是否因此举而犯罪,而且在只要我还有丝毫希望能够为您而使用它的时候,我决计不去处置它。

您曾说过我是您所缺少不得的:您为什么要骗我?自从我们到伦敦时起,您不但没有想到要我照顾您,而且只有您在一个劲儿照顾我。您为我费了多少多余的心!阁下,您知道我痛恨罪行更甚于生活;我笃信上帝。我的一切全亏了您,我敬爱您,在世上我

① “呜呼!若非过去失败过……”此语出自戴米斯多克尔(Thémistocle,公元前约525—约460,古代雅典的政治家),由普鲁塔克转述。——原编者注

只牵挂您；友情、义务在那里能把一个不幸者羁縻住：但托词和诡辩却不能留住他。请您启迪我的理智，请直抒我的胸臆，我愿意倾听您；但请记住失望是绝不受人欺骗的。

您愿意人家进行说理：好吧！我们来说理。您希望人们的议论要与所谈的问题的重要性相适应，这我同意。让我们平心静气来探求真理；我们来议论一下一般的命题，仿佛对象是个不相干的人。罗别克[①]在他自杀以前赞扬自愿的死。我并不想学他的榜样写出书来，我也不很满意他的书；可是我希望仿效他在这讨论中的冷静态度。

我对这个重大问题思考了很久，这您应当知道，因为您知道我的遭遇，而我还活着。我对这问题越加思索，就越认为这问题可归结为这么一个基本命题：趋福避祸而不损及他人，这是自然赋予我们的权利。当我们的生活对我们是种祸害而对于任何人都不是种福祉时，那么可以允许把它解脱。如果世界上有什么明白的和确定不移的准则的话，我认为就是这一条；假如有人最终推翻它，那么没有什么人类的行为不能被认为是罪行了。

我们的诡辩家们对此说什么呢？首先，他们把生命看做不属于我们的东西，因为它是被给予我们的；但正是因为它是被给予我们的，所以它是属于我们的。上帝不是给人们两只手吗？然而他

① 约翰·罗别克（Jean Robeck）：1672 年生于卡尔玛尔，受的是新教的教育。1704 年改宗，陆续成为耶稣会会士和传教士。由于厌世，他在 1735 年有一天竟把自己所有的财物完全分发给人以后只身来到不来梅，在那里有人看见他登上一条船。第二天人家在威悉河河边找到了他的尸体。关于自杀问题，他用拉丁文写成标题为《自杀的哲学的实践》（*Exercitatio Philosophica de morte voluntaria*）的论著是在他死后第二年在林丹尔恩印刷成书的。——原编者注

们害怕坏疽时，他们就截去一只手，如有必要，便把两只都截掉。对于相信灵魂不灭的人说来，这个类比是正确的：因为假如我牺牲我的手来保全一件宝贵的东西，也就是我的身体，那么我牺牲我的身体来保全一件更宝贵的东西，那就是我的福祉。假如老天爷给予我们的一切赠与对于我们的确都是幸福，但它们的性质毕竟是很容易改变的，因此老天爷另外给我们增加了理性以便我们知道加以区别。如果这个准则不容许我们选择这些和抛弃另一些的权利，那么它对人们有什么用处？

诡辩家把这种理由很不充分的反对意见转来转去，变了许许多多花样。他们把地上的活人看做站岗的兵士。他们说："上帝把你放到这世上，你为什么不得允许就从那里出去？"可是你自己，它把你放在你的城里，你为什么不得它允许就从那儿出来？为了避祸它不允许吗？不管它把我放在哪里，或者放在一个身体里，或者放在地上，只要我有福我就留在那里，一到在那里有祸时我就从那里出来。这便是自然的法则和上帝的声音。应该等待命令，这我同意；可是当我自然地死去时，上帝没有命令我离开生命，它从我这里把它拿走：在使我对生命变得忍受不了时它命令我离开生命的。在第一种情况下，我尽全力抵抗；在第二种情况下，我就值得服从。

您可想到有些人认为自愿死亡是对上帝的反叛，仿佛人家想逃避它的法律，这是相当不公正的。人家中止生活，并不是为了逃避它，而是在执行它的法律。什么？上帝难道只对我的身体有权力吗？在宇宙中，难道有什么地方的什么存在物不处在它的手掌里的吗？当我那净化的实体不再是原来的而且更像它那样时，它不会更直接影响于我吗？不，它的公正和仁慈是我唯一的希望；假

如我相信死可以使我摆脱它的权力，我便不再愿意死了。

这是费东[①]的诡辩论之一，不过它充满了卓越的真理。苏格拉底对凯佩斯[②]说："假如你的奴隶自杀，因为他不公平地剥夺了你的财富，如果在你有可能的话，你不惩罚他吗？"有德行的苏格拉底，您对我们说了什么？人死了后他不再属于上帝了？这完全不是这么回事；但应该说："如果你给你的奴隶套上一件妨碍他应该为你服务的衣服，只因他为了更好地为你服务而甩掉这件衣服，你会惩罚他吗？"重大的错误是把生命看得太重要，仿佛我们的存在有赖于它，而在死后它不再是什么？我们的生命在上帝眼里根本算不了什么，它在理性的眼里也算不了什么，它在我们的眼里也不应该算什么；当我们抛下我们的躯体时，我们只是放下一件不方便的衣服。这用得着如此大声叫嚷吗？阁下，这些夸夸其谈的人居心不良；他们的论证是荒谬和残暴的，他们加重了所谓的罪行，好像自杀者一死就不再存在，但要处罚他，好像他又是永久存在似的。

至于费东，他向他们提供的唯一特别的论据，他们有时应用过，不过这个问题在那里只是轻描淡写地论到，而且似乎是顺便提及的。苏格拉底在一次不公正的审判中被判决几小时内必须处死，他不需要仔细考察能否容许安排自己的生命[③]。假定苏格拉

① 费东(Phédon，希腊名 Phaidōn，公元前 4 世纪)：他是苏格拉底最忠诚的弟子之一。柏拉图的对话录《费东》叙述了苏格拉底临终的经过。——译者

② 凯佩斯(Cébès，公元前 5 世纪)：古希腊哲学家。苏格拉底的弟子；见于柏拉图的一些对话录里。——俄译注

③ 实际上在《费东》的对话录里，苏格拉底很彻底地分析了这个问题，证明人们是属于诸神的，因此没有权利进行自杀。——俄译注

底的确讲了柏拉图从他那里引述的那些话，那么阁下，请相信我，他在使这些话付诸实施的场合将会更仔细地思考的；而人们之所以不能从这不朽的著作里得出任何反对可以安排自己生命的意见的证明，那是因为卡东[①]在他离世的当晚把这证明全文念过了两次。

这些同样的诡辩家问道，生命能否是个祸端。考虑到它充满了这么一大堆谬误、苦恼和罪恶，人们还不如试图发问：它可是个福祉。罪恶不断地围攻最有德行的人；他生活的每分钟随时都准备着成为恶人的猎物或者自己成为恶人。战斗和受苦，这便是他在世上的命运；作恶和受苦，这便是无道的人的命运。在其他一切方面，他们之间各不相同，只有生活的苦难是他们的共同之处。如果您需要权威和事实，我可以为您引述些神谕、智者的回答、为死亡褒奖的道德的行为。我们且把这一切放下不谈，阁下，我现在要跟您交谈，我要问您，世上的智者主要在忙些什么？还不是可以说在专心致志集中到他的灵魂的深处，并力图在自己生活中成为死人。理性为使我们避免人类的祸端所能找到的唯一方法，岂不是摆脱尘世的扰攘和我们自身一切无常的东西，从事内心的沉思冥想，使心灵超脱到高度入定的境界？如果我们的激情和错误造成我们的不幸，我们应当怎样热烈追求那使我们大家都能得到解脱二者的办法！那些由于淫欲而如此荒唐地增加自己苦痛的好色之徒在做什么？他们可以说由于生命在地上的发展而在消灭他们的存在；他们由于风流韵事的数量而增加了他们锁链的沉重；他们没

① 卡东：见本书第二卷，第十七封信，第 292 页，注⑧。——译者

有一种享乐不为他们准备下千百种苦楚的贫困：他们越感觉到，也就越痛苦；他们陷入生活中越深，也就越显得不幸。

然而总的说来，如果有人认为一个人在地上可怜巴巴地爬行是种福祉，我对此表示同意：我并不主张整个人类应当取得共同协议去牺牲自己并把世界变成一个大坟墓。有一些，对，是有一些太出格的不幸者，出格到不去走共同的道路，绝望和痛苦的受难对于这号人都是大自然的护照：他们也像希腊诡辩家包西道尼乌斯[①]一样荒谬地相信他们的生命是种福祉，而后者受痛风病的折磨，却否认痛风病是种祸殃。只要我们生活过得好时，我们便十分渴望生活，而只有极端的坏的感觉才能战胜我们的这一愿望：因为我们大家都从大自然接受对死的极大恐惧，而这种恐惧掩盖了在我们眼中的人生惨状。人们在决心离开这生活之前，已长期忍受这种艰难和痛苦的生活；可是当对生活的厌倦一朝战胜了对死的恐怖，那么生活肯定是个巨大的祸殃，而人们也就不能太早地从中获得解脱。这样，人们虽然不能确切规定生活在哪里不再是福祉的划分点，但至少能很有把握地知道，它早在给我们显示出是祸殃以前就已经是这样；而在一切有识之士那里，弃绝生活的那权利总是在许多尝试以前就存在了。

这还不全面：在否认生活能是祸殃以便剥夺我们解脱它的权利之后，他们接着又说它是祸殃，为了好责备我们不能忍受它。按照他们的意见，摆脱生活的痛苦和艰辛是种卑鄙行为，也只有懦夫才去自杀。啊，罗马！世界的征服者，帝国给了你怎样的懦夫的部

---

① 关于包西道尼乌斯的轶事见于西塞罗的《多斯古拉纳谈话录》。——译者

队！阿丽[①]、爱波尼娜[②]、吕克莱丝[③]虽然都在其中；但她们都是妇女；但是勃鲁多斯呢，但是加西乌斯呢，还有你这位同诸神分享那整个震惊的世界的尊敬、伟大和神圣的卡东，你那威严和神圣的形象以庄严的信念鼓舞着罗马人并使暴君们战栗，你那些骄傲的崇拜者想不到有一天在一所学院的满是灰尘的角落里，竟有可恶的雄辩家们会证明你仅仅是个懦夫，因为你拒绝承认幸运的罪恶比戴镣铐的美德优越！现在的作家们的气魄和伟大，你们是何等崇高，而他们手里拿着笔十分勇敢！可是请告诉我，勇猛而坚强的英雄，您如此勇敢地逃离战斗以便更长久地承受生活的苦难，当一块燃烧着的木柴正掉在这只雄辩的手上时，您为什么如此迅速地把手缩回去？什么！您胆怯，不敢忍受火的灼热！您说没有东西迫使我忍受燃烧着的柴火。那么我，谁迫使我忍受生活呢？在上帝看来，难道一代人要比一茬麦秸更有价值？这两者还不同样是它的创造物？

坚定地忍受无法避免的祸端无疑要有勇气，但只有疯子才会自愿忍受自己不做坏事就可避免的祸端，而且忍受没有必要的祸端常常是个极大的祸端。那个不知道运用一种迅速的死来解脱痛

① 阿丽：罗马贵妇，丈夫彼特参与反对皇帝克拉夫其亚(公元前 10—公元 54)的活动，失败后被判决自杀。阿丽为鼓励丈夫的勇气，用剑自刺其胸，然后拔剑交其夫并说："彼特，并不痛。"——俄译注

② 爱波尼娜：高卢首领萨皮纳的妻子，萨率众抗击罗马人失败后被处决。爱波尼娜自愿一同受戮。——俄译注

③ 吕克莱丝：罗马名媛。她被罗马皇帝傲慢者塔尔奎尼的儿子侮辱后自杀。激怒的人民推翻了皇帝，罗马恢复了共和国(公元前 510 年)。卢梭就此题材写了未完成的悲剧。——俄译注

苦的生活的人，就像那个宁愿让一个伤口恶化而不肯让外科医生动手术的人一般。尊敬的巴利骚[①]，请来把我这只要我命的腿截掉：我将看你动手术而不会皱眉头，我也将让因为不敢忍受同样手术而一任自己的腿腐烂的勇士把我当做懦夫对待。

我承认，有些对别人的义务，不是每人都能自己支配的；然而相反地，有多少义务在支配人？一个法官维系着国家的安全，一个家庭的父亲负担着自己子女的衣食，一个无力还债的债务人将使他的债主破产，他们不顾一切地拼命尽他们的义务；有成千上万种社会的和家庭的关系迫使一个不幸的正派人忍受着生活的不幸，以避免成为不正派这一更大的不幸，因此在一切其他完全不同的情况下，是否可以允许牺牲一大群不幸者而保全一个只对不敢死的人有利的生命呢？一个衰老的野人对背着自己而在重负下弯腰的儿子说："杀死我吧，我的孩子；那边都是敌人：跟你的弟兄们一起去战斗，去救你的孩子们，不要让你的父亲活着落到那些吃自己亲属的人的手里。"饥饿、不幸、灾难，这些比野人更坏的家中的敌人，可以让一个残废的不幸者躺在床上消耗一家勉强维持生存的面包，一个完全无用、老天爷只使他在地上孤独生活，他的可怜的存在不能产生任何福利，他的抱怨令人厌烦，他的苦难毫无用处，那么为什么不让他至少有离开这种生活的权利呢？

阁下，请估量一下这些议论，集中所有这些理由，您就可以发现，它们归结为一个最简单的自然的权利问题，有头脑的人对之绝

---

① 巴利骚：里昂的外科医生，一个重视荣誉的人，好公民，诚恳和慷慨的朋友，常被有幸受他恩德的人所忽略但不会被忘却的朋友。——卢梭原注

卢梭在他的《忏悔录》第七卷里很赞赏巴利骚。——原编者注

不会认为有疑问。的确，为什么会容许治好痛风病而不是治好生活？在我们身上这二者岂不都来自同一只手吗？如果死是艰难的，这有什么说的？药物吃起来会愉快吗？多少人宁愿死而不愿治病！证明大自然对这两者一样厌恶。那么谁给我证明，服药治愈小毛小病比自杀解脱不治之症更可容许，还有用奎宁治疗疟疾比用鸦片治疗结石症更少罪孽。如果我们看目的，这两者都是为我们解除苦痛；如果我们考虑方法，两者同样自然；如果我们从恶心方面考察，那么这二者都有；假如我们观测上帝的意志，那么人们要对抗的岂不都是它赐给我们的祸端？人们要摆脱的哪一样不出自它手所给我们的痛苦？上帝的权力所达到的界限在哪里，人们可以合法地抵抗的界限又在哪里？因为一切存在的都是它所希望的，那么我们是否不准改变任何一件东西了？那么在这世界上是否应该什么都不干，以免触犯它的法律？而且不论我们干什么，我们岂不都可能触犯这些法律吗？不是的，阁下，人的使命是更大和更高贵的：上帝并不鼓励人静止不动，处于永恒的清静无为的境地；而是给他以为善的自由、善意的觉悟和进行选择的理智；指定他是对自身行为的唯一的审判者；它在他心上写着："做你自认为有益的和于人无害的事。"假如我觉得死对我有好处，我就抵抗它的命令，一面坚持活着，因为它使我希望死时，规定我去寻找死的方法。

蓬斯冬，我为此向您的智慧和率真请教：理性关于自杀问题从宗教里能得出什么更为明确的准则？如果基督教徒定下了反对的准则，他们既不是从他们宗教的原理，也不是从它唯一的准则即《圣经》中得出，而只是从异教徒哲学家那里得来的。拉克当斯[①]和奥古斯丁[②]首先提出这新的教义(耶稣·基督和使徒们对这个问题从未说过一句话),仅仅以费东的论证为依据,这我已经批驳过;因此在这问题上,那些相信追随《福音书》权威的信徒们,其实只是追随柏拉图的权威。实际上人们在整个《圣经》里哪儿看得到有一条反对自杀的法律,甚至连简单的不赞成也没有。在许多自杀者的事例中,人们对其中任何一个自杀者都没有一句斥责的话,这岂不是很奇怪吗?不但如此,参孙[③]的自杀被认为是向敌人复仇的奇迹。这奇迹的实现不是为了证明自杀无罪吗?而这个男子被一个女子所诱惑,因而丧失了自己的力量,后来不是为了完成真正的罪行吗?上帝自己真好像要欺骗人们似的!

《十诫》说:"汝毋杀人。"从这里能得出什么呢?如果这诫条从字面讲,是既不可杀恶人,也不可杀仇人;而使那么多的人死亡的摩西却很不理解他自己的告诫。假如有若干例外的话,那么首先肯定是有利于自杀的,因为它没有暴力和不公正,这是使杀人成为罪行的两条唯一的理由,况且大自然本身也设置了相当的障碍。

可是他们还会说,你们要耐性地忍受上帝赐给你们的祸端;把你们的苦难变为功德。这样应用基督教的学说是没有很好地理解

---

① 拉克当斯(Lactance,公元约 260—325):拉丁雄辩家,后改宗基督教,有基督教的西塞罗之称。——译者

② 奥古斯丁(Augustin, Saint,拉丁名 Aurelius Augustinus, 354—430):非洲主教。先为迦太基、罗马等地的辩术教授,后加入摩尼教,其后又改宗基督教。——译者

③ 参孙(Samson,希伯来名 Shimshon):《圣经》故事传说中古代犹太人领袖之一,以身强力大著称。他因留发不剃而具有神力。他对抗腓力斯人。腓力斯女子达利拉诱惑了他并乘其熟睡时将其头发剃去,把他出卖给族人。参孙求神暂时恢复其神力后推倒了达贡庙,把在庙内宴饮的敌人连自己一块儿压死。——译者

它的精神！人是要遭受千种苦难的，他的生活是由苦难所织成的布匹，他似乎生来只为了受苦。苦难中他能够避免的，理性就要他避免；宗教从来不跟理性对立而是同意它的。可是它的数量比起那些不由自主而被迫忍受的苦难来是很小的！正是这些苦难乃是慈悲的上帝叫人们变为功德；上帝接受它向我们征收的强迫的纳贡作为自愿的敬礼，并对今生的顺从，计算在来生的利益上。人的真正的忏悔是大自然强加给他的：假如他耐心地忍受他被迫忍受的一切，那么在这一点上他实行了上帝的一切要求；如果有人表现得相当骄傲而想做得更多些，那么这人是应该监禁的疯子，或者是应该惩罚的骗子。因此我们应该毫无顾忌地逃避我们所能逃避的一切苦难，就是这样，我们还留下够多的苦难要忍受。在生活刚刚开始成为苦难时，我们便应当毫无内疚地解脱它，因为这样做完全只取决于我们，而且这样做我们既不冒犯上帝，也不冒犯人们。如果上帝需要有牺牲，难道死还不够吗？我们向上帝奉献它以理性的声音向我们提出的死，并把它向我们要还的灵魂平静地投入它的怀抱就是了。

这些便是常识向所有的人指出和宗教同意的一般的指示[①]。

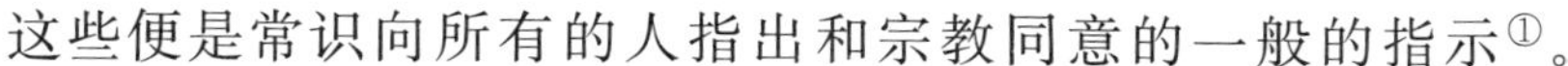

① 对于采取自杀的人说来，这真是一封奇怪的信！当一个人为自己考虑这样的问题时，能如此平静地摆道理吗？这封信是否捏造的，或者作者只为了叫人驳倒而写的？他所举的罗别克的例子，好像是为了证明自己的想法，这是可以怀疑的。罗别克如此沉着地进行议论，他可以耐心地写一本书，一本很大的、很长的、很有分量的、很冷酷的书；而且建立了据他所说自杀是可以容许的道理，便同样沉着地自杀了。让我们怀疑世纪和民族的偏见好了。当自杀不是一种风尚时，人们只把它想象为疯子的事；一切勇敢的行为对于灵魂脆弱的人来说都是种怪想；每人都只以自己来评判别人。然而我们难道还缺乏大量的事例证明明智的人完全不同，他们没有悔恨，没有疯狂，没有绝望，仅仅因为生活对他们是个负担而放弃它，而且死得比活着时还要平静！——卢梭原注

回过头来谈我们。承您不弃向我谈了心里话，我知道您的苦恼，您受苦不比我轻；您的不幸像我的一样是医治不了的，而且尤其因为荣誉的法律比运气的法律更无法改变。我承认您在坚强地忍受着。德行支持您，但多跨一步，它会摆脱您。您叫我忍受；阁下，我敢于劝您结束您的痛苦，我让您判断我们俩谁对谁更亲爱些。

我们为什么要拖延那总得要走的那一步？要等待衰老和岁月在生活失去了魅力后仍把我们卑劣地拴住在生活上，并使我们费劲地、屈辱地和痛苦地拖着多病和衰败的躯体苟延残喘吗？我们正处在灵魂坚强有力、能很容易使它摆脱它的桎梏，而且还能懂得死的道理的年龄；再往后去，想扭断生活就要呻吟了。我们要利用对生活的厌倦引发我们希望死去的机会，要担心不再想死并对死感到恐惧那时刻的来临。我记得我有过片刻曾要求老天爷只需给我一个小时[1]，我如得不到它就会绝望地死去。啊！要扯断把我们的心跟地上联系的纽带是困难的！纽带一断就立即离开是明智的！阁下，我觉得我们俩全都有资格待在更纯洁的所在：德行为我们指出它，命运要我们去寻求它。愿联结我们的友情在我们的最终时刻还把我们联合起来。啊！两个真正的朋友倒在彼此的手臂里自愿结束他们的生命，混合他们最后的一口气，同时吐出他们两个半拉子的灵魂，那该是怎样的喜悦！什么苦恼、什么悔恨能够毒害他们最终的时刻？他们跳出这世界时丢下了什么？他们一块儿离开时什么也没丢下。

① 见第一卷第五十四封信。——译者

第二十二封信

复　信

年轻人，一种盲目的狂热使你丧失了理智：你得更谨慎些，在向人家请教时，切不可教训人家。我知道你的不幸以外的其他不幸。我有坚定的灵魂；我是英国人。我知道死，因为我知道男子汉的生活和受苦。我曾贴近地见到过死亡，我毫无所谓地注视它，所以不打算找寻它。我们现在来谈谈你。

我的确需要你；我的灵魂需要你的灵魂；你的照顾可以对我有用；你的理智在我生活中最重要的事情上可以启发我[①]；如果我现在没有使用它，你能责怪谁？你的理智在哪儿？它变成什么了？你能做什么？你现在这种样子能有什么好处？我能希望你怎样为我服务？一种荒谬的痛苦使你变得愚蠢和冷酷：你不是人，而是个毫无价值的东西；假如我不看你会变好，像你现在的模样，我会认为你是世上最卑微的人。

作为证明的，我只想举出你的信。以前我认为你有智慧和诚实；你的感情是正直的，你思想是公正的；我喜欢你不仅由于趣味相投，也是由于选择，作为对我自己多一种培养智慧的方法。现在我从你如此得意的这封信的议论里发现了什么呢？一种可怜的和冗长的诡辩论，它由于你理智的迷误也表明你心灵的迷误，要不是我对你的胡言表示怜悯，我简直不屑把它指出来。

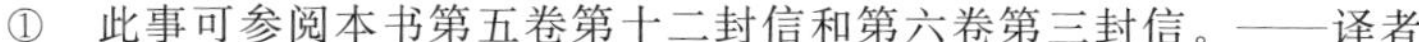

① 此事可参阅本书第五卷第十二封信和第六卷第三封信。——译者

为了一下子推倒这一切，我只想单单问你一件事：你相信上帝存在，灵魂不朽，人的自由，毫无疑问，你不认为一个有理性的生物接受一个躯体并偶然被放置在地上仅仅是为了生活、受苦和死吧？人类生活大概总会有一个目的、一个结束、一个道德的目标吧？对于这一点我请你明白回答我；然后我们一步步分析你的信，你将为写出这封信而感到脸红。

可是让我们把一般的准则放在一边，人们对这些准则常常议论很多，却没有一条被实行过：因为在实行时总有些特殊的条件，它如此地改变了情况，以致每人认为不必服从他为别人规定的规则；所以大家清楚地知道，一切提出一般准则的人，都懂得它们约束所有的人，但自己除外。让我们再来谈谈你。

那么照你的说法，你是可以结束生命了？对它的证明是很奇特的，那就是你有死的愿望。对于坏蛋，这肯定是十分方便的理由：他们应当感谢你给了他们以武器；这么一来，任何罪行他们都可以受了犯罪的诱惑来作辩护；而当疯狂的激情战胜了犯罪的恐惧时，作恶的欲望他们也可以认为是正当的。

那么你是可以结束生活了？我很想知道你是否已经开始生活。什么！你被安置在地上是为了什么都不干吗？老天爷难道没有连同生活一起派给你完成某种义务吗？如果你在夜晚降临前做了白天的工作，这天的余留的时间你进行休息，你可以这样；但让我们看看你的工作。如果最高审判者问你要你时间支出的账单时，你准备怎样答复呢？你说说看，你将对它说什么？“我诱惑了一个诚实的姑娘；我抛弃了一个在烦恼中的朋友。”倒霉的人呀！你给我找出这个正直的、自诩是生活够了的人来；我要向他学习应该怎样度过生活，以便有权利离开它。

你列举了人间的不幸；你引述了那些早就被驳得体无完肤的老生常谈而不感到害臊，你说："生活是个祸端。"可是你瞧瞧，寻找在事物顺序里，你是否能从中找到有些福祉没有跟祸端混合在一起的。那么这是否能说，在宇宙中没有任何福祉可言？你是否可以把本来性质上是祸端的，跟只因偶然的缘故变为祸端的混为一谈？你自己曾说过，人的消极的生活算不了什么，而且只与躯体有关，那躯体是很快就会解脱的；但他那活动的、精神的生活，它能影响整个他的存在，它构成他意志的活动。生活对于走运的坏人是祸端，对于不幸的正直人是福祉：因为这不是临时的变化，而是因为它跟它的目的的关系使它变得好或者坏。那么那些迫使你结束生命的苦恼到底是什么？你以为我看不出你想用假装列举生活的不幸来掩盖你羞于谈你自己的不幸？请相信我，你不要同时抛弃你所有的德行；你至少要保持以往的坦率并公开向你的朋友说："我丧失了腐化一个妇女的希望，现在我不得不做一个正直的人：我不如死掉的好。"

你对生活厌倦了，于是你说："生活是个祸端。"你迟早将得到安慰，那时你会说："生活是个福祉。"你用不着更好思考就能说得更真实，因为在改变的只有你。那么从今天起就改变吧；既然因为你心绪恶劣而一切变得坏，那么改正你的紊乱的情感，也不要因为怕麻烦去加以整理而烧掉你的房屋。

你对我说："我在受苦。我能否自己做主不使自己受苦？"首先，问题要换个方式提：因为不在于知道你是否受苦，而是生活在你是不是祸端。这先不谈。你在受苦，你应该设法不再受苦。我们来看，为此是否需要死。

你先考虑一下，精神的祸端的自然发展是跟肉体的祸端的发展直接对立的，因为精神和肉体按它们的性质是对立的。后者积习日深，趋于老化，最后毁坏了这会死的机器。前者则相反，一个不朽的和单纯的事物的外部的和临时的变化会不知不觉地消失，并留下它本来的形式，什么也不能改变。忧愁、烦闷、悔恨、失望都是不会持久的痛苦，它们绝不会在精神里生根；经验常常给我们揭穿说：这痛苦的感情使我们把苦难看做是永久的，其实那是骗人的。我还更进一步说：我不能相信那败坏我们的罪恶比我们的愁思更是我们本质的东西；我不但认为它们将跟躯体一同消失，而且也不怀疑漫长的生活还能够改正人，而许多世纪的青春会告诉我们，没有比德行更好的东西。

虽然如此，既然我们大部分肉体的痛苦只是在不断地增加，而肉体的猛烈的痛苦如果是无法医治的话，那就可以允许人处置他自己：因为他所有的能力已被痛苦所扭曲，而祸害又是不能挽救的，他的意志和理性便再也不能利用；他在临死之前已停止作为人，所以在剥夺生命时只完成了脱离那拖累它，而且它的灵魂已不再在那儿的躯壳。

但灵魂的痛苦却并不是这样，痛苦不论怎样强烈，它们自身总是带有它们的药物。事实上，什么使一切痛苦变得不能忍受的？那是它的持续性。外科手术一般总要比医治这病时所受的痛苦严酷得多；然而病痛的痛苦是长久的，手术的痛苦则是暂时的，因此人们宁愿后者。对于有些痛苦，它们靠挨时间来使痛苦消失，只有时间使它们不可忍受，那么是否需要手术？对于自身就能消失的疾病采用如此猛烈的药物是否明智？对于重视长期性和尊重一点儿岁月迅速流逝的人，在死亡或者靠时间来医治痛苦那两种方法中，他们应当选择哪一种？忍耐一下，你是会医治好的。你还想要求什么？

啊！想到我的痛苦将结束时，那就会使痛苦翻了一番！真是关于痛苦的虚妄的诡辩论；没有道理、没有公正而且也许没有真诚的俏皮话。希望了结他的不幸，这是对绝望的多么愚蠢的理由①！甚至设想这种奇怪的感情：有人最喜欢刺激现在的疼痛以保证它停止作痛，就好像有人划一道创口来使它结疤似的！当疼痛有一种诱惑力使我们喜欢忍受它时，剥夺生命以放弃痛苦，岂不是当场干了对未来感到害怕的一切吗？

年轻人，这你得好好想想；对于永生的存在来说，十年、二十年、三十年能算得了什么？痛苦和欢乐有如过眼云烟；生命有如白驹过隙；从它本身说毫不足道，它的价值在乎它的应用。唯有善使它常驻；靠了善，它才算得是个东西。

因此你不要再说生活对于你是祸端，因为它是不是福祉，完全只靠你个人，如果活着是个祸端，你就更有理由要活下去。你也不要说你是获准去死的，因为这同样等于说你是获准不做人的，你是获准反抗自己的创造者和反对自己的作用的。可是你补充说，你的死不会对任何人带来祸端，你可想到你对你的朋友敢这样说吗？

① 不，阁下，不是这样能结束自己的不幸的，扯断使我们跟幸福联系的最后的纽结，这只能使不幸更厉害，在悼念我们的亲人时，人家依然感到悲哀本身仍旧把你跟你的悲哀的对象联系在一起，而这情况并不比知道一切联系都断绝了那样可怕。——卢梭原注

你的死不会对任何人带来祸端！我明白：死亡损害到我们，在你是不相干的，我们的悼念在你根本不算一回事。我不再对你谈你所蔑视的友谊的权利：还有没有更可贵的权利[①]迫使你作自我保存的吗？如果世上有一个相当爱你的人，爱到要追随你，你没有幸福，她不会幸福，我认为对她就没什么对不起吗？实行你那凄厉的计划，对于一个为她最初的清白造成如此忧虑的灵魂的安宁能不扰乱吗？你不怕在那太温柔的心灵里重新打开那愈合得欠佳的伤口吗？你不怕你的死亡会跟着引起另一个更伤心的死亡，因为它对社会和德行剥夺了它们最有价值的装饰？假如她追随你而去，你不怕刺激她心中比生活更沉重的内疚吗？忘恩负义的朋友，不知体贴的情人，难道你始终只关心你自己？你永远只想到你的困苦？你对于你所珍贵的人的幸福完全无动于衷？难道你不想为那愿同你一块儿死的人而生吗？

你谈到法官和家庭中父亲的责任，他们没有叫你负责，你就认为什么都不受约束。而你受恩于养育你、赋予你才能和学问的社会，你所属的祖国，需要你的那些不幸的人，你对他们都没有什么对不起吗？你作的真是确切的列举呢！在你列举的那些义务里，你单单忘了人和公民的义务。那个有德的爱国者曾拒绝把鲜血出卖给外国君主，因为他只应该为他祖国流血[②]，而他现在在绝望中违反法律明文禁止而要流血，他到哪儿去了？法律，法律，年轻人！

① 比友谊的权利更可贵的权利！说这话的是个智者！但这所谓的智者却是个自我钟情者。——卢梭原注

② 关于圣·普栾拒绝作为雇佣兵参加撒丁王的部队一事见本书第一卷第三十四封信后的附言。——译者

智者蔑视法律吗？无罪的苏格拉底由于尊重法律而不愿出狱[1]：你毫不踌躇地违反它而没有理由地走出生活，你还问道："我做了什么坏事？"

你想拿例子作为挡箭牌；你敢向我提到罗马人！你，罗马人！你居然敢提到这些光荣的名字！你讲给我听，勃鲁多斯是作为失望的情人而死的吗？卡东是为他的情人而撕破他的肚子的吗？渺小和软弱的人，卡东和你之间有什么共同之处？给我指出这个崇高的灵魂和你之间的共同标准。啊！冒失鬼，给我闭嘴。我担心由于你的赞扬而亵渎了他的名字。一切有德的朋友听到这神圣和庄严的名字都应该跪倒在尘埃，并在心里肃静地向最伟大的人物顶礼。

你选择的例子多么不恰当！如果你以为罗马人只要觉得生命对于他们是个负担时就有权利抛弃它，那你把他们看得太卑劣了！你不妨看看共和国的好时候，你是否找得出只要有一个有德的公民，即便在经过最残酷的厄运以后，会这样摆脱他们的义务的。雷古鲁斯在回到迦太基时估计到等待他的酷刑而预先自杀吗？[2] 波斯多米乌斯如果在卡夫丁峡谷[3]可以采用自杀的办法时，他有什

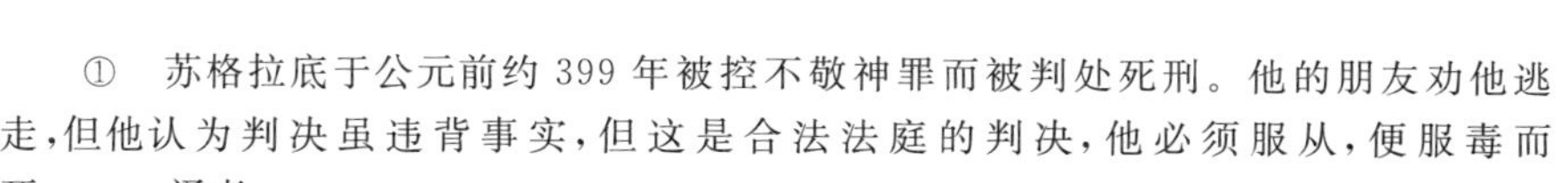

① 苏格拉底于公元前约 399 年被控不敬神罪而被判处死刑。他的朋友劝他逃走，但他认为判决虽违背事实，但这是合法法庭的判决，他必须服从，便服毒而死。——译者

② 雷古鲁斯：罗马政治家和将军。在第一次布匿战争时（公元前 256 年）他取得艾克农胜利并指挥了非洲战役，公元前 255 年被俘后被遣回罗马。公元前 250 年谈判交换俘虏时他劝罗马元老院拒绝迦太基的条件。后被迦太基人处死。——译者

③ 卡夫丁峡谷（Fourches Caudines）：公元前 321 年萨姆尼特人（Samnites）在卡夫丁城附近的峡谷击败由罗马执政官波斯多米乌斯率领的罗马军队。萨姆尼特人在该地设置"轭形门"迫使败军通过以示侮辱。——译者

么事不能做？执政官伐隆[1]为了能忍受战败的耻辱，表现出怎样勇武的力量，连罗马元老院不是也对之赞赏吗？这么多的将军由于什么道理都自愿把自己交给敌人，而对于他们耻辱是如此的残酷，他们又是如此视死如归？这是因为他们的鲜血、他们的生命和他们最后的一息都是属于祖国的，耻辱和逆境都不能扭转这神圣的义务。可是当法律被消灭和国家成为暴君的猎获物时，公民们给自己收回了天赋的自由和自己的权利。当罗马不再存在，罗马人得容许不存在：他们已经完成了地上的任务；他们已不再有国家；他们有权处置自己并把已不再能交给自己国家的自由交给他们自己。在把他们的生命用于为垂死的罗马和为法律作斗争而服务以后，他们像曾经生活过一样地死得既有道德又很伟大；而他们的死依然是对光荣和罗马人的名字的贡献，使人们见不到在他们中间会有人作为真正的公民而为一个篡夺者服务的不光彩的场面。

然而你，你是谁？你干了什么？你认为因你是无名小卒而原谅自己？你的脆弱可以免除你的义务？因为你在你的国家既无名气又无地位而可以较少服从它的法律？正当你应该利用你的生命为你的同类效力的时候，你居然敢谈到死！要知道你所设想的死是羞耻的和见不得人的：那是对人类犯的偷窃罪行。在离开人类之前，你先把它为你做的还给它。但是我什么作用也没有……我在世上没有用……可怜的哲学家！你不知道在地上找不到什么义

---

① 伐隆：罗马政治家，公元前216年与保尔同为执政官，在第二次布匿战争时为汉尼拔打败，伤亡五万人，保尔战死，伐隆收集残部回罗马，他不因战败绝望，并因坚守岗位而受罗马元老院和民众的尊敬和欢迎。——译者

务需要去完成，你就无法迈出一步去，而所有的人之所以对人类有用，只由于他存在？

糊涂的年轻人，听我的话：你是我所珍贵的，我怜悯你的错误。假如在你心底里还有一丁点儿德行的感情，那就来吧，让我教你热爱生命。每当你企图脱离生命时，你就对自己说："在我死之前让我再做一件好事。"然后去找某个需要救助的穷人、某个需要安慰的不幸者、某个需要保护的受压迫者。把害怕靠近我的不幸者拉到我身边来，既不要怕滥用我的钱包，也不要怕滥用我的信誉；拿取并耗尽我的财产，使我富有起来。如果这种想法今天能维系你，它也会在明天，后天，乃至一辈子维系你。如果它留不住你，那你去死好了：可见你只是个坏人。

第二十三封信

爱多阿尔阁下致于丽的情人

我的亲爱的，今天我不能像我希望的那样拥抱你，人家还要留我在肯辛敦待两天。宫廷里的事务是整天忙碌而做不出结果，事情一件接一件没完没了。把我留在这里八天要办的事只要两小时就能办完；可是大臣们的最重要的事是总要摆出一副忙碌的样子，他们花了更多的时间敷衍我而不想办法把我打发走。我的不耐烦表现得相当明白，却不能把延期缩短。您知道宫廷不合我的口味；自从我们一起生活以来它对我更难忍受，我百倍愿意分担您的忧郁而忍受不了充斥这地方的那些侍从的烦扰。

然而在跟这些忙忙碌碌的懒汉们聊天时，我忽然产生了一个与您有关的念头，这我要等候您的同意后再为您安排。我看到您在跟痛苦斗争时，同时遭受到不幸和抵抗两方面的苦恼。如果您愿意活下去和康复，那与其说是由于荣誉和理智的需要，还不如说是为了使您的朋友们高兴。我的亲爱的，这是不够的：必须对生活再发生兴趣，才能够很好地履行义务，而对万事抱着如此漠不关心的态度是什么事也做不成的。我们俩无论怎样努力，单靠理性是不能使您恢复理性的。应当有无数新鲜的和激动人心的事物吸引您部分的注意力，以摆脱您心头的苦恼。为了使您回复到原来的您，您必须从您深陷的泥坑里跳出来；而这只有在积极生活的动荡中您才能重新找到休息。

为了这种试验，现在正好有个不容忽视的机会：这是一个巨大和美好的事业，而且类似的事业人们多少年来还没有见过。要作为它的目击者和促成它，那就要靠您了。您将看到人们能看到的最壮丽的景象；您那观察的趣味将获得很大的满足。您的任务是非常光荣的；以您所具备的一些才能[①]，这任务只需要勇敢和健康。您从中将遇到的是危险多于身体的不适；因此它对您更是最适合不过了。最后一点，您的契约将不会太长。今天我不能告诉您更详细，因为这项计划虽然就要付诸实施，但目前还是保密的，我没有权利宣布。这只补充一点：假如您忽视这幸福和难得的机会，您大概将永远找不到它，而且也许将一辈子感到遗憾。

我吩咐送这封信的信差无论如何要找到您，而且不得到您的

① 这里我们现在按原来的版本作“一些才能”(des talents)，虽然后来的版本印作“那些才能”(les talents)。——原编者注

回信不要回来，因为事情很急，而我从这儿出发前也得答复人家。

第二十四封信

复　　信

阁下，您吩咐我就是了：您什么也不会遭到反对的。在等到我有幸为您效劳以前，我至少也得服从您。

第二十五封信

爱多阿尔阁下致于丽的情人

既然您赞成我的思想，我不愿耽误片刻，马上告诉您一切已经办妥，并在为您作担保后，按照我得到的允许，向您说明是怎么回事。

您知道最近在普利茅斯装备了五艘战舰的舰队，这舰队准备就要起航。舰队的司令是乔治·安森先生，是个能干和英勇的军官，他是我的老朋友。舰队预定在南海航行，它通过勒·曼尔海峡，经过东印度回来。您看，这不多不少是个周游世界的问题，这一航程人们估计大约要持续三年。我要求把您登记列入志愿军；但为了使您在船员中受到更多的尊敬，我使他们给您加了个头衔，把您列为登陆部队的工作师：这对您尤其适合，因为您最初的目标是搞工程事务，我知道您从小就学过工程。

我打算明天回伦敦①，两天后把您介绍给安森先生。眼下您要想到您的行李并准备仪器和书籍，因为装船已准备就绪，只等出发的命令了。我亲爱的朋友，我希望上帝把您从这长途的航海中能身心都健康地带回来，等到您回来时我们将重新团聚，永不再分离。

第二十六封信

于丽的情人致陶尔勃夫人

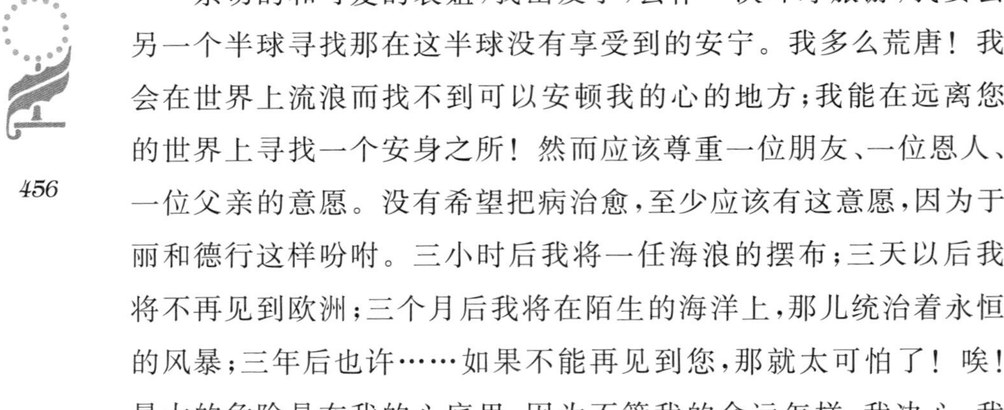

亲切的和可爱的表姐，我出发了，去作一次环球旅游；我要去另一个半球寻找那在这半球没有享受到的安宁。我多么荒唐！我会在世界上流浪而找不到可以安顿我的心的地方；我能在远离您的世界上寻找一个安身之所！然而应该尊重一位朋友、一位恩人、一位父亲的意愿。没有希望把病治愈，至少应该有这意愿，因为于丽和德行这样吩咐。三小时后我将一任海浪的摆布；三天以后我将不再见到欧洲；三个月后我将在陌生的海洋上，那儿统治着永恒的风暴；三年后也许……如果不能再见到您，那就太可怕了！唉！最大的危险是在我的心底里：因为不管我的命运怎样，我决心、我发誓，您再见到出现在您面前的，将是个值得再见的我，否则您将永远见不到我了。

要回罗马去的爱多阿尔阁下在路过时把这封信交给您并把与

① 这里我有些不大明白。肯辛敦离伦敦只有四分之一法国古里（约合一公里——译者）。大臣们到宫廷去，在那儿不用过夜。可是我不知道这位爱多阿尔阁下在那儿要过多少天。——卢梭原注

我有关的详细情节告诉您。您知道他的灵魂，他所没有讲的您也容易猜想得到。您也知道我的灵魂，请您也判断我自己所没有讲出来的。啊！阁下的眼睛将会再看到她们！

那么您的女友像您一样有幸福做母亲了？她的确应该这样！……无情的老天爷！……我的母亲呀！它为什么在愤怒中给了您一个儿子？

我知道，应该结束了。别了，可爱的表姊妹们；别了，姿色绝世的两美人；别了，纯洁和卓越的两个灵魂；别了，温柔和形影不离的两女友，尘世上出类拔萃的两妇女。你们俩中的每一位是另一位的心灵的唯一相当的目标。你们要相互间创造你们的幸福。请你们有时惠予思念到我这不幸的人，你的存在仅仅是为了把他心灵的一切感情奉献给你们，而当他离开你们时就要停止生存。假如有时……我听见信号声和水手们的叫喊声了；我看到风力在增强，船帆在招展；应该登舰，应该出发了。广阔的海，浩瀚的海呀，你也许将把我吞没到你的胸怀里，但愿我能在您的波涛上重新找到那从我激荡的心灵逃遁了的安宁！

第　四　卷

第一封信

德·伏尔玛尔夫人致陶尔勃夫人

你把归期拖延了这么久！所有的来来往往我都觉得不对劲。你本应该常住的地方却要消耗多少时间赶得去，而更糟糕的是你还要花多少时间从那儿离开！一想到见面时间如此短促，连相聚的快乐也全给破坏了。你可知道，这样的轮流去你处和来我处会面，那结果是哪一处都不安逸？你能不能想个什么办法使你既在这里，同时在那里？

亲爱的表姐，我们该怎么办？多少宝贵的时光我们让它丧失了，然而我们再没有剩下的时间可以浪费了！年龄在增长，青春在开始飞逸，生命在流走；它给予的短暂的幸福还掌握在我们手里，而我们却忽略了享受它！你还记得起我们早年还是做姑娘的那个时期，它是如此温馨和甜蜜，那是另一种年龄所无法再得，也是我们的心灵很难忘记的？有多少次当我们不得不分离几天，甚至几个钟头时，我们伤心地拥抱着说："啊！如果我们能自己做得了主，我们再也不会分离！"现在我们已经能自己做主了，而我们一年里却有一半的时间彼此分离着度过的。什么？我们彼此相爱的程度较差了？亲爱的和温柔的女友，我们俩都感到时间、习惯和你的好处使我们的依恋变得更强烈和更难解难分。就我而言，你的不在对我越来越显得不可忍受，没有你在一起，我一分钟都活不了。我们间友爱的这种加深是非常自然的:其道理在于我们的境况和我们的性格。随着年事的增长,一切的感情趋于集中;我们每天都在丧失一些对我们曾是可贵的而不再能替代的东西。我们的心灵就这样逐步死去,最后只有爱自己,终于在停止存在以前,我们已停止感受和生活。可是一颗善感的心是竭尽全力抵抗这种超前的死亡的;当死的寒气从各方开始侵袭时,它在其周围集中起它所有的自然的热力;它越丧失得多,它便越抓住它所剩的,于是它可以说用一切其他的纽带来维系那最后的目标了。

这便是我认为已经感受到的,虽然我依然还年轻。啊!我亲爱的,我那可怜的心灵曾那么地爱过!它那么早地枯竭,以致先期衰老起来;有那么多各式各样的情感吸引了它,以致它对于新的眷恋之情再没有容纳的地方。你依次看到我成为小姑娘、女友、情人、妻子和母亲。你知道所有这些称号对我是多么亲切!这些关系中有的受到了破坏,有的松弛了。我的母亲、我亲爱的母亲故世了;我只剩下为怀念她而流的眼泪,我也只能尝到自然的最美好的感情的一半。爱情熄灭了,它是永远熄灭了,而这又是无法补偿的位置。我们丧失了你那可敬的和善良的丈夫,我爱他就像爱你本身的一半那样,他非常值得你的温情和我的友爱。如果我的儿子比较大些,母亲的爱可以填补这些空虚,可是这种爱也像其他的爱一样需要交流;但是一个四岁或五岁的孩子的母亲能够期待什么回报呢?我们的孩子在他们切身感觉到以前早就对我们是亲切的,他们也都热爱我们;然而我们都如此迫切需要对一个理解我们的人说明我们是多么爱他们!我的丈夫能理解我,可是他不能相当地回报我的幻想;他没有像我那样热情;他对他们的温情太理

智；我希望他对孩子们的爱能更生动、更能像我的那样。我需要对我的孩子和他的孩子之间有一个女友、一个跟我一样疯狂的母亲；总而言之，母性使友谊对于我变得更为需要，由于有一种快乐可以不断地谈我的孩子而不致引起厌倦。我抚爱我的小子玛尔式兰时，我看到你也抚爱他，我便感到双倍的快乐。当我拥抱你的女儿时，我觉得贴在我怀里的是你。我们曾说过一百遍：在看到我们的几个小家伙一块儿玩耍时，我们联结的心把他们混在一起，简直分不清三个中哪个是哪个。

不仅如此：我有很重要的理由希望你经常在我身边，而你的不在对于我是多方面的苦恼。请想想我对一切掩饰的厌恶，也请想想我几乎近六年来与之共同生活的一个上流社会人物（他是我最亲密的人）始终采取的保留态度。我那丑恶的秘密越来越沉重地压迫我，而且这种保留态度变得越来越不可少。诚实越要我把秘密加以暴露，谨慎却越迫使我保守秘密。一个妻子要在丈夫的怀里始终怀着疑虑、欺骗和恐惧，不敢对占有她的那人开启自己的心扉，并为了保证另一个的安宁而向他隐藏起自己一半的生活，你能想象到这是怎样的可怕的情况吗？伟大的上帝！我必须对谁掩饰我最秘密的思想并隐瞒一个他本来应该非常高兴的灵魂的内涵呢？是对德·伏尔玛尔先生，对我的丈夫，对老天爷所能奖励给一个纯洁的姑娘的德行的最当之无愧的丈夫。因为已有一次欺骗了他，就得每天欺骗他，因此我不断地感到不配接受他对我的一切好意。我的心不敢接受他尊敬的任何表示，他的最温馨的抚爱都使我脸红，而他给予我的一切敬重和关切在我内心都转变为耻辱和蔑视的标记。我不断地想道："他尊敬的不是我而是另一个人。

啊！假如他知道我的过去，他一定不会这样对待我。”我这样想时真觉得受不了。是的，我不能忍受这可怕的状况；一旦我单独面对这可敬的人时，我就准备跪倒在他面前，向他忏悔我的过错，并在他脚下，由于痛苦和耻辱而死去。

然而从开始就阻止我的那理性却逐日以新的力量控制着我，而我想说的每个理由都成了叫我沉默的理由。考虑到我的家庭的安宁与和睦，我想到只消一个词就可以引起无法挽回的扰乱而忧心忡忡。在如此完满的结合过了六年之后，我要去扰乱一个如此明智和善良的丈夫——他除了他幸福的妻子的意愿而外没有其他的意愿，除了看到自己家里处在有条不紊和安宁的快乐而外没有其他的快乐，——的平静吗？我看到我父亲对自己的女儿和朋友的幸福一直感到如此高兴和满意，现在却要用家庭纠纷去使年迈的他伤心吗？我能使这些亲爱的孩子、这些可爱的和将来大有希望的孩子只能受到浮皮潦草的或可耻的教育，不得不成为他们父母——一个被嫉妒煽起而燃烧着正当的愤怒之火的父亲和一个终日以泪水洗脸的不幸和有罪的母亲——之间反目的可悲的牺牲品吗？我知道那尊敬他妻子的德·伏尔玛尔先生；他如果不再尊敬她时，我能知道他什么？在他性格里能控制他的那激情之所以如此温和，也许是因为它还没有发展的机会。现在他的怒火因为没有目标而显得很温顺而平静，但一旦愤怒有机会发作时，它说不定也许会同样激烈。

如果我对于周围的一切给予如此多的注意，那么我是否也应该考虑考虑我自己？六年循规蹈矩的生活一点也不能抹掉青年时代的错误吗？我是否仍然应当承受我已经为之哭泣了那么久的错误的惩罚吗？我的表姐，我向你承认，我回顾过去时不能不感到厌恶；它使我屈辱到丧失了勇气，我对于羞耻十分敏感，所以念头一转到它就会陷于绝望的境地。我结婚以来的一段时间应该可以使我安心了。我现在的情况启发了我的信心，只有那讨厌的回忆总想剥夺它。我喜欢在我心头培养那我认为已重新获得的荣誉感。妻子和母亲的地位抬高了我的灵魂并支持我抵抗另一种地位的内疚。当我看到我的孩子们和他们的父亲围在我的周围时，我仿佛觉得这儿的一切都显示出德行；它甚至把我从前的过失逐出了我的心灵。他们的纯洁是我的纯洁的保障；他们在使我变好的同时，对于我变得更亲切可爱了；我对于一切损害贞洁的东西怀有那么多的厌恶，以致我很难相信我过去怎么能把它忘记的。我觉得跟过去的我离得那么远，而对现在的我是那么有把握，所以差一点我几乎把准备坦白承认的事看成是与自己不相干的，而且我没有必要这样做了。

你瞧，这便是你不在我身边时我不断地浮沉于其间的犹豫和忧虑的状态。你能知道这一切不知哪一天会发生什么？我的父亲不久就要到伯尔尼去，他决心要等到那场进行了很久的诉讼案件获得结果后才回家，他不愿使讼案给我们留下麻烦，而且我认为他也不太相信我们有继续打这官司的热心。在他离家到回来这段时间里，我只同我的丈夫看家，我觉得我几乎不可能不吐露我那致命的秘密。当我们家里有客人在时，你知道德·伏尔玛尔先生常常要失陪并乐于单独到附近去散步：他喜欢跟农民聊天，了解他们的境况，考察他们土地的现状，用他的钱包和建议帮助他们；可是当我们单独相处时，他只跟我去散步；他很少离开他的妻子和孩子们，并以很亲切的率真态度参加大家的一些游戏，这时我对他会感到比平时更温情的表现。这种柔情脉脉的时刻使他自己原来提供我的那种沉默寡言的保留态度特别有遭到破坏的危险，他还百来次对我说着话，仿佛在激发我的信任。我迟早必须向他打开我的心扉，我有这样的预感；可是既然你希望这要在我们之间协调一致，而且审慎地要求我们小心从事；那么快点儿回来，尽量少耽搁，否则我再无法答应了。

我亲爱的女友，必须结束这封信了；但我还有相当重要的事要谈，不过说出来却有困难。不仅在我跟我的孩子们或我的丈夫在一起时我需要你，而且尤其当你可怜的于丽单独一个人时更需要你；而孤独对于我确实是危险的，因为在我看来它是平和的，我常常会不知不觉地寻求孤独。你知道这并不是因为我心头还感觉到它过去的创伤；不，它已经痊愈，这我能感觉到，而且对此很有把握；我敢于相信自己是有德行的。我所恐惧的不是现在，折磨我的是过去。有些回忆跟现实的感觉同样可怕；一经回忆，心肠会软下来，觉得想哭却感到羞耻，但因此却哭得更厉害。这些眼泪是由于哀怜、由于遗憾、由于悔恨而流的；爱情已没有它的份儿，它对我已毫无关系；可是我哭它所引起的痛苦，我为一个可敬的人的命运哭泣，他的不慎的激情剥夺了他的安宁，也可能他的生命。唉！他在这次因绝望而采取的遥远而危险的旅行里肯定已经丧生。如果他还活着的话，他从天涯海角也会给我们寄来消息；他出发至今差不多有四年。据说他所在的那舰队已遭到成千次灾难，舰队丧失了四分之三的船员，好几艘舰只已沉没，其余的也下落不明。他不在世上了，他不在世上了；隐隐的预感向我这样宣告。这不幸的人不

会比那么多别的人更能幸免。大海、疾病、更为严厉的悲哀都将缩短他的生命。在大地上闪耀过一会儿的那一切就这样熄灭了。对一个正直人的死亡在我良心上又多了一层苦恼的指责。啊！我的亲爱的，他的心灵是什么样的心灵！……他多么知道爱！……他真值得活着……他将在上帝面前献上一个脆弱的灵魂，然而是神圣的和热爱德行的……我徒然竭力驱走这些悲惨的念头；但它们随时随刻情不自禁地重新出现。为了排除它们，或者为了调节它们，你的女友需要你的照顾，而且既然我不能忘怀这个不幸者，我与其独自思念他，我更愿跟你共同谈论他。

你瞧，有多少的理由增加着我要跟你在一起的那不断的需要！你比我更明智和更幸福，如果你没有和我一样的理由，你的心灵难道不感到和我同样的需要？假如你当真不愿意再嫁人家，因为你对你的家感到很少快乐，那么你对哪一家能比我家更中你的意呢？我呢，我知道你在你家的情形而觉得痛苦，因为你虽然会掩饰，我知道你在那里的生活方式，你在克拉朗时向我们装出来的那种调皮的模样也骗不了我。你总责备我生活上的一些缺点；我反过来也要责备你一个很大的缺点：那便是把你的痛苦总是集中在自己心里并让它孤独地待着。你把自己隐藏着为了独自悲伤，你在自己的女友面前啼哭仿佛会感到脸红似的。格兰尔呀，我不喜欢这样。我并不像你那样不公正；我并不责备你的遗恨，我不愿意你在两年、十年或一辈子停止对一个如此亲切的丈夫的纪念和尊敬；可是我要责备你在经过你最美好的时光跟你的于丽一起哭泣她的痛苦以后，却剥夺她也来跟你一起哭泣的快乐，并用最值得的泪水来洗刷她曾流在你胸口的泪水的耻辱。假如你不高兴跟我一起悲伤，啊！你就不懂得真正的悲伤。假如你能从中得到一些快乐，那你为什么不愿意同我分享？你难道不知道心与心带着悲愁印记的交流，有着快乐所没有的、非言可喻的甘美和动人？友谊难道不是专门给予不幸的人们以缓解他们的痛苦并对他们的苦难予以安慰的吗？

我亲爱的，这便是提供给你应该做的一些意见，其中关于叫你来跟我住在一起这一点还得补充说明；这不仅是我，也是我丈夫的意见。我觉得他曾好多次感到惊讶而且甚至生气，认为像我们这样的两个朋友怎么不在一块儿住；他明确告诉我，他已经对你当面这样说过，而他绝不是随便说话的人。对于我这番陈述，我不知你采取什么措施；我希望能如我所期望的那样。但无论如何，我主意已定，决不改变。我从未忘记你愿追随我去英国那时。无与伦比的朋友，现在该轮到我了。你知道我厌恶城市的喧嚣，我喜欢乡村，喜欢田间工作，三年的乡村生活使我喜欢我在克拉朗的家。你也不会不知道举家搬迁有多少麻烦，而让我父亲如此频繁地迁居又是多么滥用了他的美意。算了吧！如果你不愿离开你的窝来掌管我的家，我就决定在洛桑搞一所房子，我全家都搬到那里跟你住在一块儿。这件事请你安排一下；大家都愿意这样：我的心，我的义务，我的幸福，我保留的幸福，我恢复了的理智，我的地位，我的丈夫，我的孩子们，还有我自己；我的一切都亏了你；我的一切好处都来自你，我看到的一切都使我怀念你，我没有你便什么也不是。那么来吧，我至爱的，我的守护天使，来保持你的业绩，来享受你的恩德。让我们只有一个家，正像我们只有一个可珍爱的灵魂一般；你来照顾我的儿子的教育，我来照顾你的女儿的教育：我们来分担

做母亲的义务并加倍做母亲的快乐。我们共同提高我们的心灵，达到在你帮助下净化我心的地步；又因为在这世界上再没有什么可希冀，我们将在纯洁和友谊的怀抱里平静地期待着另一种生活。

第二封信

陶尔勃夫人致伏尔玛尔夫人的复信

我的上帝！表妹，你的信给了我多么大的快乐！迷人的布道者？……真正迷人的，可是布道者却……哗众取宠。漂亮的话，但新东西很少。雅典的建筑师……这夸夸其谈的空言者……你很清楚……在你的老普鲁塔克那里……华丽的描写，美轮美奂的庙堂！……当他一切说过以后，另一个来了；一个平凡的人，榜样单纯、庄重和认真……像你表姐格兰尔会说的……用低沉、缓慢而且还有点儿鼻音……“他所说的，我都做得到。”[①]他沉默了，大家都鼓掌。别了，夸夸其谈的人。我的孩子，我们就是那两个建筑师；所说的庙堂便是友谊的庙堂。

让我们总结一下你对我讲的那些美好的事情。首先，我们彼此相爱；其次，我是你必需的；再其次，你也是我必需的；再其次，我们既可以自由地一块儿过日子，就应当这样过。而这一切都是你单独想到的！不说谎话，你是个女雄辩家！那么好吧！当你思考

① 这句由普鲁塔克引述的话蒙田也这样讲过(《论儿童教育》第1卷第26章)：“雅典人想选两个建筑师领导一所大工厂：第一个建筑师比较浮夸，他提出一套关于担任这项任务的深思熟虑的漂亮的演说，取得了大家对他有利的评论；但另一个建筑师只说了三句话：‘雅典的大人们，这位所说的，我都做得到’。”——原编者注

着这封卓越的信件时，我来告诉你，我这方面在忙些什么。然后你自己来判断：你说的和我做的那些话，哪一些更有价值。

我刚失去我的丈夫，你便来填充他在我心灵中留下的空虚。在他生时，他同你分享着我心头的感情；从他不再存在时起，我就只有你了；按照你关于母爱和友情的协调的见解，即使我的女儿对于我们也只是多了一个联系。从今以后我不但决定把我的余生跟你一起度过，而且我还作出了一个更广泛的计划。为了使我们两家成为一家，假定一切关系都合适，我建议有一天我的女儿跟你的大儿子结合；而那个起初显得是开玩笑性质的名义"丈夫"，我认为有一天给予他的将是再好没有的幸福的征兆。

根据这个计划，我首先设法排除一些错综复杂的遗产继承上的纠纷；由于我有足够的财产可牺牲一部分来清偿所余的东西，我只想使我女儿分配到的有确实的保证，并能免除一切的诉讼。你知道我对许多事情有奇特的想法；在这件事上的怪念头是想使你大吃一惊。我脑筋里想有一天早晨走进你房间，一只手牵着我的女儿，另一只手拿着皮包，嘴里说着好听的话，把两只手里的东西介绍给你，为了把母亲、女儿和她们的财产，也就是女儿的嫁妆交到你手里。我要对你说："你要像符合你儿子的利益那样管教她，因为今后是她的事也是你的事，我么，这事我就不再插手了。"

心中充满了这种动人的思想，我必须向一个能帮助我实现它的人吐露。那么你猜我选择谁来接受这秘密。一个叫德·伏尔玛尔先生的人：你不认识他吗？"表姐，是我的丈夫吗？"不错，是你的丈夫，表妹。就是他本人，你对他是如此困难地隐藏一个必须不让他知道的秘密，是他对一个自己那么喜欢知道的秘密却晓得对你保持沉默。这里正是这些神秘的谈话——你那么滑稽地拿它们跟我们作战——的真正的题目。你看这些丈夫是多么会用心机。他们反倒指责我们不坦率,这岂不是很可笑?我要求你那一位的还更多些。我清楚地看到你在考虑一个同我一样的计划,但你更深沉,而且是只有到必要时才肯倾吐自己感情的人。因此在设法给你安排一个更愉快的意外的礼物时,我愿意当你向他提出我们的联合的建议时,他显得不太赞成这样的热诚,并在表示同意时显得有点儿冷淡。他在这问题上对我作了回答,我记住了,你也应当好好记牢,因为我怀疑世上从有了丈夫那时起,他们中会有人作过同样的回答。他这样说:"小表姐,我知道于丽……我很了解她……也许比她所想的更清楚。她的心地太善良,所以她所希望的事我们不应该拒绝她,她又太多愁善感,所以我们没法不叫她烦恼。我们结婚至今已经五年,我不相信她曾从我这方面受到过一点儿气;我希望我至死绝不使她受气。"表妹,对此你要好好想想:你老想不审慎地去打扰他安宁的是怎样的一个丈夫呀。

至于我,我比较缺乏细心,或者在温柔方面有较多的信心;因此我很自然地不注意有些谈论的题目,这些题目是你的心常常关注的,而你既不能责备我的心对你冷淡,你脑筋里便认为我在等待第二次结婚,以为我虽爱你胜于爱其他人,但丈夫要除外。因为你看,我亲爱的孩子,你没有一个秘密的举动能逃得过我。我能猜度你,深刻了解你,能渗透到你灵魂的最深处;也因此始终热爱你。这使你如此幸运地受骗的疑虑,我认为很值得支持。我着手表演一个风流小寡妇的角色,演得相当好,使你上了当;表演这种角色我有技巧,但兴趣却不足些。我能巧妙地运用挑逗的神情,自己知道不会搞错，有时我兴之所至拿这种态度去讥笑不止一个年轻的花花公子。你为此完全被我欺骗，以为我准备寻求一个上流社会的后继者，那是极难物色的。然而我这个人太坦率，所以不能长时间伪装，你也就很快放心了。可是我还要叫你更放心些，因此现在向你说明我在这个问题上的真实感情。

我当姑娘那时曾对你说过一百遍，我是完全不适合做妻子的。如果我能自己做主，我绝不会结婚；然而我们女人要获得自由，只有当奴隶，要求将来当主妇，必须从当女仆开始。我父亲虽然不给我添麻烦，但我在娘家也有烦恼。我为了摆脱麻烦，便嫁给了陶尔勃先生。他是个非常正直的人，很热烈地爱我，我也真诚地爱他。关于婚姻，经验给了我一个比我本来所抱的更为切实的看法，也扫除了夏依奥留给我的印象。陶尔勃先生使我很幸福，他也没有什么遗憾。假如换了另一个人，我总能够完成我的义务，但我会使他发愁；所以我觉得要使我成为一个好妻子，就必须有个同样好的丈夫。你能设想，正是因为这样，我才会抱怨吗？我的孩子，我们彼此太相爱了，所以我们并不快活。一种友爱更轻快，便会变得更调皮捣蛋；我宁愿这样，我相信我更喜欢生活得少高兴一些，而能够更多一些欢笑为好。

这一点就联系上了你的处境所给予我的那特别忧虑的题目，我用不着向你重提你那处理不当的激情使你冒的危险：我看到了它就会发抖。假如你只是冒你的生命的危险的话，那么残存的一点儿快乐也许还不致完全抛弃我；可是忧愁和恐惧深入到我的灵魂，直到我看见你结婚时，我没有一刻纯粹快乐的时光。你知道我的痛苦，你感觉到它；它对你那善良的心起了很大作用，我要不断地感谢那些幸福的眼泪,那也许是你返回正道的原因。

请看这便是我和我丈夫一起生活所度过的全部时光。你来判断,自上帝把他从我这里夺去以后,我能希望重新找一个同样称我的心的人,以及我是否想去找这样一个人。不,表妹,婚姻是件非常严肃的事;它的庄严性完全不合我的脾性,它叫我发愁并对我很不合适,且不去计较一切拘束对于我都是忍受不了的。你是了解我的,你倒想想看,有一种关系,我在其中,在七年里我没有能够尽情笑过七次,它在我眼里是种什么关系。我不愿意在二十八岁时当一个像你一样的可敬的“家主婆”。我确是个相当辛辣的小寡妇,还可以再嫁,我假如是男人,我相信对自己还能相当凑合。可是要我再嫁,表妹呀!你听着:我很真诚地哀悼我可怜的丈夫,我可以献出一半的生命,以便把另一半跟他一块儿度日,然而假如他能复生,我相信我不能再度要他,仅仅因为我过去已经要过他了。

我对你陈述了我真正的意图。虽然有德·伏尔玛尔先生的照顾,我的意图如果还没有实现,那是因为困难仿佛随着我想克服它们的热诚而增加。然而我的热诚一定更为有力,所以在夏天过去之前,我希望我跟你会结合起来共度我们的余生。

我还要对你的指责作申辩,你说我对你隐瞒我的痛苦并喜欢远离着你暗自掉泪,这我并不否认,我在这里度过的最美好的时间就是用在这上面的。我一踏进我的房间,总会发现使我对房间感到亲切的那人的遗物。我每跨出一步,每凝视一件物品,我总会看到他心灵的温柔和善良的一些征象:你愿意我的心灵能不为此感动吗?我在这里,我只有感到我已造成的损失;等到我在你身边时,我就只看见我所剩下的东西。你对于我的脾性所产生的作用,你能看成是我的过错吗？如果我在你不在时要哭泣，而在你身边时我会笑，这种不同情况是从哪儿来的？你这不知好歹的小东西！这是因为你能安慰一切，而当我有着你时，我什么都不用忧愁了。

你对我们从前的友爱的许多事情说了许多好话，可是我不能原谅你忘记了一件使我最感荣幸的事：就是我依恋着你，虽然你使我黯然无光。我的于丽，你天生是为了控制人家的。你的王国是我所知道的最完美的：它一直扩展到意志，这一点我比谁都更有体验。表妹，这到底是怎么搞的？我们俩都爱好德行；诚实对于我们同样是可贵的；我们的才能是相同的；我与你差不多有同样的智慧，美丽也不比你差些。这一切我都清楚地知道；可是虽然如此，你使我心服，你征服了我，你使我甘拜下风，你的天才压倒了我，我在你面前无足轻重。即便当你生活在你自己也谴责的那种关系里而我没有仿效你的过失，那时我总该优越些了，但你依然比我强。你的懦弱是我指责过的，我却几乎把它看做是德行；我禁不住要赞美你身上那在别人身上我就要加以指责的东西。总之，即使在那个时候，当我接近你时，我总是带着某种不由自主的尊敬的动作的；那肯定是你待人接物的完全体贴和亲热的态度处处使我成为你的女友的必要条件：当然，我本来应该做你的女仆才对。你如能够，请解开这个谜；至于我么，我一点也不懂。

可是不对，我懂得一点，我甚至相信以前曾解释过：那是因为你的心灵使你周围的一切赋有活泼的生机，并且可以说给了他们以崭新的东西，他们便不能不对你怀有敬意，因为他们如果没有你便不可能这样。我曾为你帮了重要的忙，这话我同意：因为你向我多次提起它，以致我无法忘记，这我一点也不否认：没有我，你就会

完蛋。但我所做的不过是报答你所给予我的而已。我长时期跟你接触，我的灵魂岂能不感到为你的美德的温馨和友爱的甜蜜所渗透？你能不知道所有接近你的人都从你那里获得武器来保护你，而我比别的人有利是因为成了赛佐斯特里斯[①]的侍卫，是因为跟你同年龄和同性别，而且跟你一块儿受教育的缘故吗？虽然如此，格兰尔还是甘心情愿比不上于丽，认为没有于丽，格兰尔还将更没有价值而以此自慰；其次，对你老实说，我相信我们彼此间都极为需要，假如命运将我们分开的话，我们每一个都将会有很大的损失。

许多事务还要把我拖住在这儿，我最恼火的是你的秘密随时有从你嘴里吐露出来的危险。我要求你应该考虑一下，使你保守秘密的是个有力的和扎实的理由，使你透露的则是种盲目的感情。我们甚至怀疑这个秘密对于本来对它感到兴趣的人已不算秘密这一点，也是我们认为必须极端审慎才可对他宣布的又一个理由。你丈夫的持重态度也许对我们是个榜样和教训。因为对于同样的题目，在有人装作不知情和有人竭力想知道之间有很大的区别。那么你就等一等，我要求对这个问题我们再讨论一次。假如你的预感有根据，而你那可悲的朋友已不在世上，那么留下可采取的最好办法是让他的故事和你的不幸跟他一起埋葬掉。假如他像我所希望的那样还活着，那么情况就不一样；可是还必须把他生死的消

---

① 赛佐斯特里斯(Sésostris)：古代埃及第十二朝(中帝国)的几朝法老的希腊名字。他们约在公元前1970—前1928年(赛佐斯特里斯一世)，公元前1897—前1878年(赛佐斯特里斯二世)等，都曾为埃及开拓领土，达到红海、巴勒斯坦、克里特岛等处，成为埃及征服者的理想的典型。——译者

息打听清楚。不过无论如何，你是否认为不该倾听这不幸的青年——他的一切不幸都是你造成的，——最后的劝告吗？

至于孤独的危险，我同意和赞成你的警告，虽然我知道它们是没有根据的。你过去的错误使你胆小怕事；我猜想你现在好多了，假如你明白自己的弱点，你害怕的心情就将更少；可是我不能放过你对我们可怜的朋友的担心。现在你对他的感情的性质有了改变，你要知道我对他并不比你更少亲切之情。然而我有跟你完全相反的预感，而且更符合于理性。爱多阿尔阁下收到过两次他的消息，他根据第二次消息给我写信说，他经过了你说的那些危险后已经在南海了。这消息你和我知道得一样清楚，而你仿佛像什么都不知道似的感到悲伤。但你不知道而必须告诉你的是，他所在的那艘军舰两个月前有人看见在加那利群岛附近，正在向欧洲行驶。这是人家从荷兰写信告诉我父亲的，我父亲也没有忘记转告我，按他的习惯，他告诉我的公事要比他的私事更为准确。我的心告诉我，我们要不了很久就能得到我们这位哲学家的消息，而你将掉些眼泪，至少在哭过他死亡之后，你还要哭他依然活着。不过感谢上帝，你大概不会这样。

Deh! fosse or qui quel miser pur un poco,

*Chè già di piangere e di viver lasso!*①

这就是我要答复你的。我爱你，现在向你贡献和分享那永久结合的甜蜜的希望。你看，并不是你单独也不是首先想出这套计

① “啊！他怎么不在这儿待一会儿，这可怜的不幸者，他已倦于受苦和生活了！”（彼特拉克）（意大利语）

划，它的实现也比你预想的还要提早些。那么你再忍耐这个夏天，我亲爱的女友：重新聚会得晚一些总比再次分离要好些。

好啦！漂亮的夫人，我是不是守信用，我的胜利是不是完全？好，你要跪下来，你要恭恭敬敬地亲这封信，要谦虚地承认于丽·德·伏尔玛尔生平至少有一次在友谊上被战败了。①

第三封信

于丽的情人致陶尔勃夫人

我的表姐，我的恩人，我的女友，我从天涯海角来，我从那里带回一颗充满着你们的心。我四次经过赤道；我遍历了两个半球；我看过了世界四个大洲；我与你们相隔有地球的直径那么遥远；我把地球绕了一圈，却一分钟都逃不开你们。我徒然逃避对我是珍贵的东西，但它的形象却比大海和风浪更迅速地追随到宇宙的边缘；而且我到哪里，它带着我赖以生活的东西也赶到哪里。我受了许多苦，我看到受苦更多的。我看到多少的不幸者死去！唉！他们对生命那么重视！而我在他们之后活下来了！……我可抱怨的事也许更少一些；我伙伴的那些惨事比起我的来，对我更容易动情；我看到他们完全陷在他们的苦难里；他们一定比我受苦更深。我曾想道："我在这儿受罪，但我在陆上有个角落，我在那里是幸福和

① 这位瑞士妇女快活得何等幸福，当她快活时，她快活得并不机智、并不幼稚、并不狡猾！她不知道在我们之间为了获得心情舒畅，必须经过一番做作。她不知道人们要心情舒畅，不是为了自己而是为了别人，人们笑并非因为觉得好笑，而是为了博得喝彩。——卢梭原注

安宁的，"我在海洋上忍受的痛苦可以在日内瓦湖畔获得补偿。我到达时有幸能看到我的希望得到证实：爱多阿尔阁下告诉我，你们俩都很健康和安宁，还说您所不同的是失掉了妻子这温和的称号，但您还有女友和母亲的称号，这对于您的幸福应该足够了。

我急于给您寄这封信，所以现在来不及向您细述我这次航行的情况；我敢于希望不久能有更方便的机会来写它。这里我只满足于给您一个淡淡的概念，主要是为了激发而不是为了满足您的好奇心。我方才说的这次遥远的航程差不多花了近四年的时间，我回来时乘的也是我出发时所乘的同一艘军舰，它是舰队司令带回来的唯一的舰只。

我首先看见南美洲，这是广漠的大陆，因为缺乏铁而屈服于欧洲人，后者把它变成了荒凉之地以便保证他们的统治，我看到了巴西的海岸，里斯本和伦敦在那里掠取他们的财宝，而那里贫苦的居民踩在黄金和钻石上而不敢用手去拿。我平静地穿过南极圈里动荡的大海；我在太平洋上遇到最可怕的风暴：

E in mar dubbioso, sotto ignoto polo,
Provai l'onde fallaci, e'l vento infido.[①]

我从远处看见了那些所谓的巨人[②]的住所。巨人的巨，只在勇敢方面，而他们的独立不羁主要保证是生活单纯和俭朴而不在

① 在那不平静的大海上，在一个未知的天极下，我体会到了浪涛的背叛和狂风的不忠。（意大利语）

② 巴塔哥（Patagon）。——卢梭原注

巴塔哥是居住在巴塔哥尼亚（阿根廷和智利南部）的印第安人。该地区的本地人称为"巴塔哥"，意为"台地、梯田"，此词西班牙人按西班牙语"patagon"的意义为"身材细高的人"，因此认为巴塔哥的身材似乎特别高大。——俄译注

于身材的高大。我在一个荒凉和美妙的岛上居住了三个月，那是大自然的古代美的动人的和甘美的图像，它的被安插在世界的尽头仿佛是为了作为被迫害的无辜者和恋人的庇护所；但贪婪的欧洲人凭他们凶恶的习性阻止平和的印第安人在那儿居住，而且自以为公正而自己也不住在那儿。

我在墨西哥和秘鲁的岸边看到在巴西那里同样的景象：我看见了那里人口稀少而又不幸的居民，他们是两个强大民族的悲惨的后裔，他们有富饶的矿产，却困于锁链、耻辱和贫乏，他们流着泪责问老天爷慷慨赐予他们的财宝。我看见了整个城市的可怕的火灾，却得不到抵御，也没有保卫者。这便是欧洲一些聪明、人性和知礼的人民中间的战争法：他们不限于对自己的敌人进行一切能从中获利的罪恶，而且对于一切能使敌人单纯失败的一切罪恶也算作是有利可图。我曾沿着美洲整个西部海岸几乎都走到了，看到了一千五百法国古里的海岸和世界最大的海洋不能不赞叹，它们是在唯一强大帝国的控制之下，它可以说手里掌握着半个地球的钥匙。

穿过了广大的海洋之后，我在另一大陆里发现了一个新的景象：我看到了世界人口最多和最著名的民族被屈服在一小撮强盗的统治之下；我走近去观察了这个有名的民族，对于它的被奴役就不再感到惊讶。它有过多少次被攻击和被征服，它总是首先来到者的猎获物，而且这样连续了好几个世纪。它甚至没有悲叹的勇气，所以我认为它应该有这种命运。这民族有文化，但怯懦、伪善和欺骗；它夸夸其谈而不切实际，充满机智而没有才华，富于表现而贫于思想；殷勤、阿谀、灵活、狡猾又无赖；把一切义务作为标榜，把道德作为幌子，认为仁爱仅仅是敬礼和鞠躬。我偶然来到第二个荒凉的岛屿，比上面说的第一个岛屿更为陌生，更可爱，一件最残酷的事件几乎把我们终生幽禁在那里。我也许是唯一不觉得害怕的和气的流放者：从今以后我岂不是到处的流放者吗？在这快乐和可怕的地方我看到了人类工业为了把文明人从什么东西都不虞匮乏的孤寂之中拖出来，然后把他再度投入新的贫困中去所可能尝试的苗头。

在这辽阔的大洋里，我看到人们在那里本该如此亲密地遇到其他人的地方，有两艘巨大的战舰在互相寻找、互相发现、互相进攻、互相疯狂地厮杀，就好像广大无边的空间对他们每个人太小似的。我看到它们向对方喷吐出炮弹和火焰。在一场相当短促的鏖战中，我看到了地狱的图像；我听到了胜利者喜悦的呼叫湮没了伤员的悲号和垂死者的呻吟。我羞愧地接受了那巨大的战利品分给我的一份；我虽接受了，但作为暂时代管；如果它是从不幸者那里剥夺来的，那么它将还给那些不幸者。

我看见了欧洲，它被移到了非洲的尽头，这完全是这吝啬、忍耐和勤劳的民族的努力，它靠时间和坚忍战胜了其他民族的英雄精神从来不能克服的困难。我看到了那些广漠和不幸的地区，它们的土地仿佛注定只能布满成群的奴隶。看到他们卑劣的样子，我不免背过了我那蔑视、厌恶和怜悯的眼睛；看到我的同类的第四部分一变而为服役于他人的牲口时，我因作为人而叹息了。

最后，我在我旅行的伙伴们那里看到了一个英勇和高傲的民族，他们的榜样和自由在我心目中恢复了我们人类的荣耀，他们看来，痛苦和死亡算不了什么，他们在世界上只怕饥饿和烦恼。我看他们的长官是个舰长，是个军人，是个引路人，是个智者，是个伟大人物，或者也许多说了一句，是爱多阿尔·蓬斯冬的当之无愧的朋友；然而我在整个世界上完全没有看到的是某一个好像格兰尔·陶尔勃和于丽·岱当惹，以及能够安慰一颗失落她们和懂得爱她们的心的人。

关于我的痊愈能对您说什么呢？应当让我知道这事的是您。我这次回来是否比出发那时自由些或聪明些呢？我敢这样相信，但是我不敢肯定。同样的形象始终在我心中统治着；您知道它是否可能消失掉；但它的王国更符合于它的身份了，而且如果我抱有幻想的话，它在这不幸的心灵中的统治并不亚于在您的心中那样。是的，我的表姐，我觉得她的德行统治了我，我在她看来只是个从未曾有的最好和最温顺的朋友，我只能像您自己敬重她一样地崇拜她；或者不如说，我的感情并没有减弱，而是得到了修正；我也细心审视自己，觉得我的感情跟对象所启示的同样纯洁。在我要经过考验才有权力评判自己之前，我还能对您说些什么呢？我是诚恳的和真实的；我想成为我应该成为的那样；但怎样才能保证我这颗有那么多连自己都不信任自己的理由的心？我是不是过去的主宰？我能否遏止从前吞噬我的千种火焰？我怎能单凭想象来区分现在的和过去的她？我又怎样把那个过去只看做情人的人今后想象为女友？不管您可能怎样猜想我热情的秘密动机，但它是诚实和合理的；它值得您赞同的。至少我为我的意图预先作保证。请允许我去见您并由您自己来考察我，或者让我去见于丽，那时我便会知道我是怎样的人。

我必须陪同爱多阿尔阁下去意大利。我将在您的附近经过；

而我会见不到您！您认为这可能吗？唉！如果您忍心这样要求，您就值得人家不服从您。但您为什么这样要求？您难道不是那位原来的格兰尔，既同样善良和富于同情，又是有道德和聪明贤惠，您从最天真的青年时期起就承蒙喜爱我，而今天由于我一切都仰赖于您[①]而更应该热爱我？不，不，亲切的和可爱的女友，如此残酷的拒绝既不会出之于您，也不是我所能接受；它将使我的不幸达到极点。又一次、我一生中又一次我把我的心安放在您的脚下。我将去看您，您会对此同意。我将看见她，她将对此同意。你们俩非常知道我对她的尊敬。您知道我这个人如果感到自己不配在她面前出现时，是不会露面的。她曾如此长久地哀叹她的魅力的成绩！啊！但愿她有一次看到她的德行的成绩！

附言　爱多阿尔阁下因为有些事情还要在这儿耽搁一段时间；假如能准许我见您，我为什么不赶在他的前面，可以早些见到您呢？

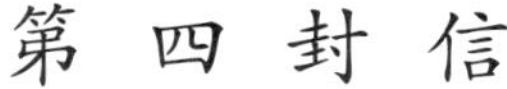

第四封信

德·伏尔玛尔先生致于丽的情人

虽然我们彼此还不相识，我现在受托给您写信。妇女中最明智和最亲爱的一位方才向她幸福的丈夫打开了她的心扉。他相信

① “那么他如此仰赖于这个对他生活造成了许多不幸的她的，这究竟是什么？”倒霉的提问者！他仰赖于她的是他所爱者的荣誉、德行、安宁，因此他仰赖于她的一切。——卢梭原注

您过去是值得被她爱的，他现在邀请您到他家来住。那里洋溢着纯真和安宁；您在那里将找到友谊、好客、尊重、信任。请同您的心商量一下，假如此事没有什么使您害怕的话，那就无所顾虑地来吧。您将来离开这里时一定会留下一个朋友。

伏尔玛尔

附言 来吧，我的朋友；我们热忱等待着您。如果您拒绝我们，我将感到痛苦。

于丽

第五封信

陶尔勃夫人致于丽的情人

这封信里附有上面的信

欢迎！一百个欢迎，亲爱的圣・普栾！因为我相信这个名字[①]是属于您的，至少在我们的团体里是这样。我想，这已经充分说明，我们这个圈子里没有人想排斥您出去，除非这种排斥来自您自己。从这里所附的信里，您可以看到我做了比您所要求的更多的事，您要懂得对您的朋友们采取一点儿信任，也不要责备他们当理性迫使他们给予您的苦恼时，他们心中也是分担这苦恼的。德・伏尔玛尔先生想见见您；他向您提供他的房屋、他的友谊、他

① 这是她当他上次旅行时在自己的仆役面前给他取的名字。见第三卷，第十四封信。——卢梭原注

的意见：这已经足够可以缓解我对于您的旅行的全部恐惧心理而有余，而我竟会有时不信任你而自感惭愧。他还要更进一步，他打算治好您的病，并说于丽也好，他也好，您也好，我也好，不这样我们都不可能完全幸福。虽然我对他的智慧、更对您的德行寄予很大的希望，我不知道这一措施能不能成功。我所知道的是，凭他有这样的妻子和他愿意进行的照料，那是对您的纯粹的恩惠。

那么来吧，我可爱的朋友，到一颗正直的心灵的安全中来满足我们大家都想拥抱您并看到您安宁和高兴的那种迫切心情；到您的国家并在您的朋友们中间消除您旅途的劳顿、忘却您经受到的一切苦难吧。您最后一次见到我那时，我是一个庄重的主妇，我的女友也病在垂危；但现在她身体健康，我又重新变成了姑娘，我现在同我结婚前一样疯疯癫癫和差不多一样漂亮。稍微有一点儿没有把握的是我对您毫无改变，而且无论您周游世界多少次，您也找不到像我这样爱您的人。

第 六 封 信

圣·普栾致爱多阿尔阁下

我半夜起来给您写信。否则我一分钟也不得安宁。我心脏在剧烈跳动，快要从我胸腔里跳出来：它需要有所倾诉。您经常是它绝望时的保护者，请您也充当它长久以来初次尝到的欢乐的亲爱的保管者。

阁下，我见到了她！我的眼睛见到了她！我听见了她的声音；她的双手接触到了我那双手，她认出了我；她见到我时表现出很高兴；她称我为她的朋友、她的亲爱的朋友；她在她的家里接待我；我跟她住在同一屋顶下，这是我平生最大的幸福；而现在我给您写信，我离她只有三十步远。

我的思想太活跃了，以致无法连续写下去；这些思想一下子都涌来，它们彼此冲突。我要停一停喘口气，使我的叙述有些条理。

在这么长时间的别离后，我刚刚在您身边纵情于拥抱我的朋友、我的解救者和父亲相见的最初的喜悦时，您就想做意大利之旅了。您使我想望这次旅行，企图减轻我对您无用的思想负担。因为您不能很快结束您滞留在伦敦的事务，便建议我先期出发，好让我有更多时间在这里等候您。我要求您准许来这里，我获得了许诺后就出发了；虽然在想到我就要接近于丽时，她的影像就呈现在我的目光里，但我离开您仍然感到很遗憾。阁下，我们清账了，这唯一的感伤之情便把一切都偿还给您了。

不必告诉您，在整个旅途中只想着我此行的目的；然而一件事必须说明，那便是我心头始终牵挂着的那同一目的，我现在已开始从另一角度来观看了。直到这时，我心目中的于丽总是像从前那样焕发着她那最初的青春的魅力；我总是看到她美丽的眼睛鼓舞着她启示我的爱情之火；她那可爱的容貌只给我的目光以我幸福的保证；她和我的爱情都跟她的形象混合在一起，以致我无法把它们分开。现在我就要看到的是结了婚的于丽、做母亲的于丽、冷漠的于丽。八年的间隔对她的美丽所起的变化使我发愁。她患过天花，应该有所改变：但这改变会达到什么程度？我的想象力固执地拒绝我想象这可爱的面孔上的瘢痕；只要我一看到那上面天花的一颗标记，那就一定不是于丽的脸。我还想到我们就要进行的会面,想到她行将给我的接待。这第一次的接近在我脑筋里显现出一千种不同的图像,而这应该很快经过的时刻每天在我脑海里会反复出现一千次。

当我望到阿尔卑斯山的山峰时,我的心剧烈地跳着告诉我:“她在那里。”在海上,在看到欧洲海岸时,我也发生过同样的事。从前在梅耶利,当发现岱当惹男爵的房子时,我也发生过同样的事。在我看来,世界只划分为两个地区,一个是有她的地方,另一个是没有她的地方。第一种地方在我离远时,它扩张着,随着我日渐走近而逐渐缩小,好像我永远不能到达似的:它现在只限制在她房间的四壁之内。唉!只有这地方是住人的;世界上所有其他地方都是空荡荡的。

我越接近瑞士,我就越激动。从汝拉山高处发现日内瓦湖那瞬间,是我狂喜和心醉的瞬间。我的故乡、如此亲切的故乡,那儿快乐的激流曾充满在我的心头;阿尔卑斯山的如此有益于健康和如此纯净的空气;比东方的香料更甘美的祖国的空气;这富饶和肥沃的土地,这唯一的、人类眼睛从未目击过的最美丽的风景;这可爱的、我在周游世界时没有看到过能与之比美的住所;一个幸福和自由的民族的面貌,季节的温和,气候的静朗,那唤醒我曾品尝过一切感情的千百种甜蜜的回忆:所有这一切把我投入到我无法形容的激情中去,同时仿佛一下子使我恢复了整个生活的快乐。

在向湖岸走下时,我感到了一种新的、我从未意识到的感觉:那是某种恐惧的感觉,它紧缩了我的心,使我不由自主地惊慌不安。这种恐惧我无法弄清楚它的原因,随着我临近城市而逐渐增长:这使我迫切到达的心情缓和下来,它终于使我担心车辆跑得太快，跟我原来嫌它太慢一样焦虑。在进入魏韦时，我体会到的感觉并不怎么愉快；我心头感到一阵强烈的跳动使我透不过气来；我说话时声音颤抖，连声音都变了。我用低得几乎听不见的话打听德·伏尔玛尔先生，因为我从来不敢提起他的夫人。人家答复我说他住在克拉朗。这个消息立刻搬掉了我胸口五百斤的重压；我把还要再赶八公里的路程作为喘息的机会，这在平时我会感到烦恼，这时却使我很高兴；可是我对于陶尔勃夫人住在洛桑的消息却感到真正的不快。我为了重新振作起已丧失的精神，走进一家小饭店，但我无法吃一点儿东西。一杯酒我只能分做好几次才喝完，喝时还转不过气来。当我看到驾马再出发时，我的恐惧加倍增长。我想我可以付给任何代价，以便看到车轮在途中折断。我眼睛里不再看见于丽；我糊涂的想象只出现些混乱的物体；我的灵魂已处在普遍的纷扰里。我饱尝过痛苦和失望；我宁愿要后者而不愿要这前者的可怕情况。最后，我可以说，我平生所经历的精神上的骚动，从来没有比这短短的行程中所经历的更为严峻，我也深信我绝没有力量在整个一天里能承受它。

到达目的地时，我吩咐把车停在栅栏边；因为感到无力举步，我叫马车夫通报说，有个外地人要见德·伏尔玛尔先生。他正陪同他的妻子散步。他们得知后便从另一边走过来，而我这时却瞪眼望着林荫道，惴惴不安地等待着有人从那儿出现。

于丽刚一见到我就认出了我。她一看到我，喊出了声，奔了过来，投身到我臂弯里——这在她只是一瞬间的事。听到这叫喊的声音我感到浑身哆嗦；我转过身来，我看见她，我感觉到她。哦，阁下！哦，我的朋友！……我不能用话来表达……别了，担心；别了，恐惧、畏缩、人间的闲言碎语。她的目光，她的喊声，她的一举一动，一瞬间还给了我以信心、勇气和力量。我在她的手臂里汲取着温暖和生命；我把她紧抱在我的手臂里时心头发射出欢乐的光芒。神圣的喜悦使我们保持在紧紧拥抱的悠长的沉默中，只有在一种如此的甜蜜的震动之后，我们的声音才开始混合，我们的眼泪也开始交流。德·伏尔玛尔先生就在那儿；我知道他，我看见他；可是我能看见什么呢？是的，即使整个世界联合起来反对我，即使拷打的刑具包围了我，我也绝不让我的心放弃这种抚爱的一丝一毫，绝不放弃这纯洁和神圣的友谊的温馨的端倪，我们将把它一直带到天上去！

这开头的激动静下来后，德·伏尔玛尔夫人拉着我一只手，转身向着她的丈夫，用一种天真和纯朴的、我为之感动的优雅风度对他说道："他虽然是我的老朋友，但我不把他介绍给您，而是从您这儿接纳他的；而且他今后只有得到您的友谊的光荣时，才能获得我的友谊。"他拥抱了我并说道："如果说新朋友没有老朋友热烈，但他们也会成为老朋友，也不会让老朋友专美于前。"我接受了他的拥抱；但我的心正趋于衰竭，我只能领情而已。

在这短短的场面以后，我从眼角里观察到人们已经卸下了我的行李，马车也拉进了车棚。于丽挽着我的手臂，我便随着他们进屋，心里高兴得有点儿紧张，看着这所房屋把我占领了。

只有在更平静地观察这可爱的——我原以为已变丑了的——脸孔之后，我才以苦楚而又甘美的惊讶，看见她确实变得比任何时候更美丽和更辉煌了。她那可爱的容貌显得更漂亮；她变得稍稍丰腴了些，这只有增添了她那耀眼的白皙。天花在她在双颊上只留下一点儿几乎觉察不到的痕迹。代替这从前常常使她低垂眼睛的痛苦的害羞的,如今大家可以看到那德行的安全感在她那贞洁的目光里跟温柔和敏感结合在一起;她那并不缺乏谦虚的举止是不怎么胆怯了;更自然的神态和更坦诚的优雅接替了原来混合着体贴和羞耻的拘拘束束的模样;如果说她那做了错事的感觉当时曾使她显得更楚楚动人的话,那么她的纯洁现在却使她的神采更飘逸了。

我们刚进客厅,她就离开了我们,过了一会儿她又进来。她不是一个人回来。您知道她带来了什么人?阁下,那是她的孩子们!是比太阳还要美丽的她的两个孩子,他们稚气的脸上已经有他们母亲美丽动人的容貌!我见了之后会怎么样?我既说不好也无法理解;这得亲自来体会。一千种互相矛盾的感觉同时袭来;一千种残酷而又甜蜜的回忆分占了我的心。啊,怎样的情景!啊,怎样的懊恼!我感觉到自己被痛苦所撕裂和被喜悦所激励。我可以说是见到了对于我曾经是那么珍爱的人儿繁衍了。唉!我就在这同时看见她对于我已不再是什么的太生动的证明,而我的失落感仿佛跟她一同在增殖。

她手牵着他们到我跟前。她以直刺我心的声音对我说:“瞧,这是您女友的孩子;有一天他们也将成为您的朋友;愿您从今天起就成为他们的朋友。”这两个小生物立刻钻到我身边,抓住了我的手,给我以他们天真无邪的亲热,把我整个的感情转化为怜悯。我把他们一边一个抱在我的臂弯里;把他们压向这激动的心。我悲叹地说道:“亲爱的好孩子们,你们前程远大。希望你们能够像你们的父母亲!希望你们仿效他们的德行,并且将来以你们的德行去安慰他们那些不幸的朋友！”兴高采烈的德·伏尔玛尔夫人跳起来第二次搂住我的脖子，仿佛想用她的亲热的表示来报答我给她两个儿子的好话。然而这次的拥抱跟第一次的有多么的不同呀！我这种体会很使我惊讶。我现在拥抱的是一家的母亲；我看到周围有她的丈夫和两个儿子；这几个随从人员使我感到凛然。我从她的脸上发现一种我起初不曾注意到的庄严的神色；我不由得对她起了一种新的尊敬；她的熟不拘礼对我几乎是一种负担；不管她在我眼里显得怎样美好，我却更愿意吻她的裙边而不怎么愿意吻她的脸颊：总而言之，从这时起，我明白她跟我已不再是原来的那样，因此我必须开始认真地预卜一下自己了。

德·伏尔玛尔先生拉着我的手，领我到预定给我的住房去，在进去时他对我说道：“这就是您的住房：它不是个陌生人的住房，它不会再是另一个人的，而且从今以后若不是让它空关着，便是由您占住。”请您想想，这样中听的话我听来多么愉快；可是我还不太够当得起听这些话而心中不感到惭愧。德·伏尔玛尔先生使我摆脱了作答辞的窘境。他请我到花园里去转了一圈。在花园里他对我态度很好，我因而感到比较自然些；从他的言谈里看得出他知道我从前的错误，但对我的正直充满信任，他对我说话像一个父亲对儿子说话一般，也能尊重我，使我不能不尊重他。是的，阁下，他没有弄错；我绝不能辜负他和您的信任。但为什么我的心对他的善行会感到紧张？为什么我对之应该尊敬的人必须是于丽的丈夫呢？

这一天似乎规定我要经受各式各样的考验。在我回到德·伏尔玛尔夫人身边时，她的丈夫被叫出去安排什么事情，于是我单独

同她留下。

这时我处在了一种最困难和最没有预料到的新的尴尬局面之下。我对她讲些什么呢？怎么开头呢？我敢于提到我们旧的关系和我记忆里依然历历在目的那时候吗？或是让她认为我已经把这些事遗忘，或者我已不再对它们关心？把一个保存在内心深处的人儿当做陌路人对待是怎样的一种苦刑！滥用人家的殷勤接待而对她谈一些她不再该倾听的话又是怎样的丑恶！在这些困惑中我完全失去了常态；我的脸涨得通红；我既不敢说话，又不敢抬头，又不敢稍稍动弹；我相信如果她不来解救我，我会始终处于这可怕的状态下直到她的丈夫回来。对于她呢，这种单独谈话她仿佛丝毫不感到拘束。她保持着与从前同样的举止和态度，她继续用同样的音调对我说话；只是我认为她在谈话里试图添加更多的快乐和自由，连同并非腼腆也非温顺，但是和善和亲切的目光，仿佛为了鼓励我安心并使我摆脱那种她不会不觉察到的拘谨态度。

她对我谈起我的长途旅行；她想知道其中的详情细节，尤其是我经历的危险和忍受的苦难：因为她说她知道，她的友谊应负补偿的义务。我忧愁地对她说道："啊！于丽，我跟您在一起才一会儿；您就已经想再打发我去印度吗？"她笑着答道："不对，可是我愿意也到那儿去。"

我告诉她说，我已给您写了关于我旅行的纪事，我给她带来了它的抄本。于是她急忙问我关于您的消息。我向她谈到了您，这就不能不向她重述我所受的苦难和我给您引起的麻烦。她为此深受感动：她以更严肃的音调开始她自己的辩解，并向我指出她所做的一切不得不做的事。德·伏尔玛尔在她说话的中间走了进来；

使我感到惊讶的是，她当着他的面继续说话，就好像没有他在场时完完全全一个样子。他在琢磨我的惊讶时无法控制他的笑容。当她讲完话以后，他对我说道："您看到了这儿统治着的真诚坦率的例子。如果您真心要做个有德之人，请学习仿效它：这是我要向您提出的唯一请求和唯一忠告。"迈向罪恶的第一步就是使纯洁的行为搞得神秘化；谁喜欢隐瞒，他迟早总有隐瞒的道理。只有一条道德的格言可以替代一切其他的格言，那便是："凡是不愿大家看到和听到的事，千万不要做和说"；对于我，我始终把这个罗马人①看做是最可尊敬的人，他要把自己的房子建造得里面所作所为让大家都能看得见。

他继续说道："我向您提出两点建议，您可以随便选择于您合适的，但要选择其中的一点。"于是他拿起了他妻子的和我的手，他紧握着手对我说："我们的友谊开始了，这里便是亲切的联系：愿它是不可分离的。拥抱您的姐妹和您的女友吧；您要永远这样对待她；您跟她越亲近，我对您的看法也越好。然而要生活得在进行密谈时就像当着我的面一样，或者在当着我的面时就像我不在场一样；这便是我要求于您的全部。如果您更喜欢后面这一点，您可以照办而用不着忧虑：因为我保留有把我不喜欢的一切告诉您的权利，所以只要我不对您提出什么意见，您就能肯定我没有什么事不高兴。"

如果两小时以前听到这番话，我一定感到非常为难；可是德·

① 这个罗马人是指古罗马的护民官李维乌斯·特鲁苏斯（Livius Drusus，tribun du peuple）。——原编者注

伏尔玛尔先生已经开始在我身上取得如此大的权威，因此我几乎已经习惯了。

我们三人便开始平静地闲谈起来；我每次跟于丽说话时，我不忘记称她为夫人。她的丈夫终于打断了我的话说道："请您坦率地告诉我：在不久前的谈话里您说过夫人吗？"我有点儿慌张地答道："没有；可是礼节上……"他接着说道："礼节，那不过是罪恶的面具；德行统治的地方，它是没有用的；我完全不需要它。当我的面称我的妻子为于丽，或者在单独时称她为夫人，这我倒无所谓。"这时我才开始认识到与我打交道[①]的是怎样一个人，于是我决定要使我的心能始终与他相照。

我的身体已筋疲力尽，它十分需要食物；我的精神则十分需要休息；这两样东西我在桌上都能找到。在那么多年的离别和痛苦之后，在那么长的奔波之后，我喜洋洋地对自己说："我现在跟于丽在一起，我在看她，我在同她说话；我跟她在一个桌上，她没有忧虑地看见我，她毫不害怕地接待我，没有东西会干扰我们在一起的快乐。甜蜜和珍贵的纯洁，我从来没有尝到过你的美妙，只有到今天我才开始没有痛苦地生活了！"

晚上我告退时，经过居停主人的房间前，我看见他们俩一同进去；我悲哀地回到自己房里，这一时刻在我并不是这一天最愉快的时光。

阁下，我如此焦急地期望的和如此残酷地害怕的这初次的会

---

① 虽然最初的版本和其后几次再版都印作 à faire（得做），我们却印作 affaire（事情），这是正确的拼写法。只有在意义作"有需要"讲的成语 avoir affaire de 中有些人才不无理由地认为可以写成 à faire。——原编者注

面就这样过去了。我独自一人时,沉思着竭力去探测自己的心;可是昨天一天的激动还在继续,所以我不可能立刻判断我真正的情况。我现在能够完全确切知道的是,如果我对她的感情的性质没有改变的话,那么它在形式上至少已大为改变,我总想看到我们之间有个第三者,还有我从前曾迫切渴望两人间的密谈,如今则是同等程度地害怕密谈了。

我打算两三天里到洛桑去。在我尚未见到于丽的表姐时,我只能算见到于丽的一半,这可亲又可爱的女友,我受了她那么多的恩德,今后我的友谊、我的关切、我的感激以及我的心剩下能为我主宰的一切,我都将不断地奉献给她和您分享。我回来后会马上告诉您更多的话。我需要您的忠告,我要仔细遵守。我知道我的义务并能完成它。住在这所房屋里无论怎样愉快,但我已决定,我发誓如果我一旦发现对这里太喜欢时,我将立即离去。

第七封信

德·伏尔玛尔夫人致陶尔勃夫人

如果你已同意我们向你提出的延期出发的话,你便会有在你动身之前拥抱你的被保护者的快乐。他是前天到达的,想今天去看你;可是因疲劳和旅游引起的腰酸背痛使他留在屋里,今天早晨给他放了血。[①] 此外,为了惩罚你,我决定不放他这么早就出发;叫你只有来这里见他,或者我答应你要长久见不到他。这的确设

① 为什么要放血?这难道也是瑞士的风尚?——卢梭原注

想得很好：他只能分别见到两个形影不离者！

我的表姐，说实在的，我不知道关于这次旅行的想法，是什么虚妄的恐怖迷惑了我，使我曾那么固执地加以反对，我真感到害臊。我过去越害怕再见他，我今天不曾见到他就越感到生气：因为他的到来打破了我还在为他担心的恐惧，而且由于我关心他而变得合理了。现在我对他的眷念不但不使我害怕，而且假如我减轻对他的亲切态度，我会看不起我自己；但是我虽然跟平常一样亲切地爱他，但爱他的方式却不一样。把我现在当他的面所体验的跟从前所体验到的作了比较，我对于我现在的处境感到了安心；我的感情变得完全不同，远不如从前那样激烈，这种差别明显地感觉得出。

至于他，我虽然第一瞥就认出来了，但我发现他改变得很多；这在我以前的想象里认为是不可能的，我觉得在许多方面他变得更好了。第一天他显然有些拘束，而我自己想对他隐藏我的困惑也相当困难；但他很快采取了跟他性格一致的坚定态度和开朗的神色。我从前总看到他胆怯和畏缩；他那怕我会不高兴的心理，以及可能认为充当一个对正直的人不大相称的角色怀有隐秘的羞耻感，这就促使他在我面前抱着一种我说不清楚的卑屈和奴才的态度，这是你多次有理由讥笑过他的。而现在，代替那种奴隶般的服从的，他有着一个朋友——这个朋友知道崇敬他所尊重的——的尊敬；他很有自信地谈着诚实的话；他不怕他的道德违反他的利益；在赞扬该赞扬的事物时，他既不怕损害自己，也不怕冒犯我；从他的一切谈话中可以感到一个正直和对自己有信心的人，他从前只从我的目光中寻求而现在则从自己内心获得正确的主意。我也发现社会的习俗和经验使他摆脱了人们在书斋里得来的教条和独断的口吻；自从他观察了许多人以后，他已不那么急于判断别人；自从他看到有那么多的例外以后，他也不再匆忙地建立普遍的主张；而且一般地说，对真理的热爱治愈了他那食古不化的死脑筋；所以他变得较不锋芒外露而更通情达理，而且自从他不再如此钻牛角尖后，人家从他那里能获得更多教益了。

他的外表也有改变，而且也并不少漂亮些；他的行动渐见坚定；他的态度比较自然了些，他的举止比较大胆：因为他从海军中带来了某种尚武精神，当他兴奋时那种活泼和迅速的动作尤其需要配合，这就使他的举止比从前更显得庄重和稳健。这是个态度冷漠和沉着的水手，但说话有时急躁和热烈。他年纪才过三十，他的相貌是这年龄人的最佳典型，是青春之火和壮年的威武的结合。他脸面的肤色已经认不出来；他黑得像摩尔人，更显出了天花的麻瘢。我的亲爱的，我应当把话都倒出来：这些麻瘢我看了感到有些难受，我无意中常常要不由自主地注视它们。

我相信他发现我在注视他的时候，他并非不在仔细地观察我。在分离了这么久以后，彼此以好奇的心情进行观察是很自然的事；然而如果这种好奇仿佛跟从前的热情有关，那么在形式和动机上有着怎样的差别呀！假如我们的目光相遇得比较稀少一些的话，我们相互的注视却带着更大的自由。为了彼此轮流注视，我们之间仿佛有一种默契。可以说，每人感到当轮到对方时，自己就转过了眼睛。一个从前曾如此热烈地爱恋过的人，虽然已经不再有激动，而今天又如此纯洁地爱恋着的，再见时他能不感到快乐！谁知道自尊心不在为过去的错误寻求辩护？谁知道两人中的每一个当激情不再蒙蔽他时,不会再高兴地想道:“我过去的选择不太坏吧?”无论怎么说,我可以毫不羞惭地反复对你说,我对他保持着十分甜美的感情,这感情将持续一辈子。我绝不会谴责这种感情,我反而要为之庆幸;我把没有这种感情看做是性格上的重大缺点,而且是坏心肠的一个标记,我因而会感到脸红。至于他么,我敢于相信,除了德行,我是他在世界上所最爱的。我感到他以尊敬她为荣;我也以他的尊敬为荣,并认为值得保持它。啊!如果你能目击他多么亲切地抚爱我的两个孩子该多好!如果你能知道他谈到表姐你时所表现的欢乐该多好!表姐,你这才会明白我依然是他所珍爱的。

我们俩关于他的看法,德·伏尔玛尔都有同感,这就使我的信心倍增。他自从见到他之后,自己就这样想,也看到了我们对他讲的一切优点。关于这件事,这两个晚上他对我讲了许多;对于他采取的决定他自己感到很高兴,并责备我曾表示反对。昨天他对我说:“是的,我们不能让这样一个正直的人怀疑他自己;我们要教他更好地寄希望于自己的德行;由于我们对他行将采取的细心照顾的结果,也许将来有一天我们会享受到比您预期的更大的利益。至于现在,我先告诉你,我喜欢他的性格,我还特别重视他自己不大注意的一面,即他对我的冷淡态度。他越少对我表示友谊,就越会引起我对他的友谊;我不能告诉您,我多么害怕受到他的亲热。这是我为他规定的第一个考验,他还得经过第二个考验[①],在这个

① 谈到这第二个考验的那封信已被删除,但有机会时我会设法谈到它。——卢梭原注

考验上我将观察他，这过了之后，我就不再观察他。”我对他说：“讲到考验，它只能证明他性格的直爽，因为他过去对于我的父亲从来不会采取服从和迎合的态度，虽然这方面对他有很大的好处，而且我对此还恳切地要求他。我痛心地看到他不顾这唯一的指望，却又不能怪他对任何事都不会虚伪。”我丈夫答道：“这完全是两码事；在您父亲和他之间有一种基于他们信念上对立的自然的反感。像我这样既无体系又无偏见的人，我肯定他绝不会自然而然地憎恨我。没有一个人恨我；一个没有激情的人不会引起任何人的憎恶；可是我夺走了他的宝贝，他不会很快地原谅我。但当他完全相信我给他造成的不幸不妨碍我友好地对待他时，他会更亲切地喜欢我。如果他现在就亲近我，他将是个骗子；如果他永远不亲近我，他便是个怪物。”

我的格兰尔，我们现在就是这么个情况，我开始相信老天爷将保佑我们心地的正直和我丈夫仁爱的意愿。可是说这些细节我未免太多嘴了：你是不配我那么快乐地跟你谈话的；我决定不再跟你多说；你如果想知道得更多些，你自己来看好了。

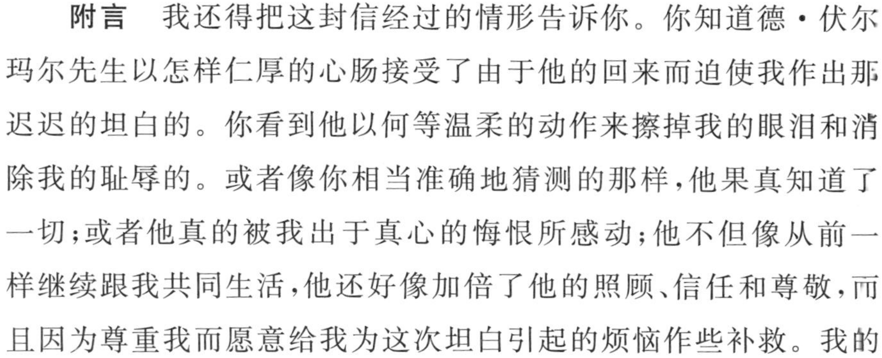

附言　我还得把这封信经过的情形告诉你。你知道德·伏尔玛尔先生以怎样仁厚的心肠接受了由于他的回来而迫使我作出那迟迟的坦白的。你看到他以何等温柔的动作来擦掉我的眼泪和消除我的耻辱的。或者像你相当准确地猜测的那样，他果真知道了一切；或者他真的被我出于真心的悔恨所感动；他不但像从前一样继续跟我共同生活，他还好像加倍了他的照顾、信任和尊敬，而且因为尊重我而愿意给我为这次坦白引起的烦恼作些补救。我的表姐，你是知道我的心的；请判断一下这样的行为对我产生的印象！

我一看到他决定让我们从前的老师回来后，我这里就决定对我自己采取我所能采取的最好的预防措施：这就是选择我的丈夫本人作为我的心腹人，没有一次单独的谈话不向他报告，写的每一封信都要向他出示。我甚至还给自己硬性规定，写的每一封好像用不着给他看的信，写好后也拿给他看。在这封信里你将找到有个问题我正是这样写的；假如我在写信时不禁要想到他会看到它，但我自己保证绝不为此改一个字；可是当我要把我的信拿给他看时，他却讥笑我，而且不肯赏脸去看它。

不瞒你说，我对于他的拒绝感到有些不快，仿佛他不相信我的好意似的。我这一举动不曾逃过他的眼睛：这位最坦率和大方的人立刻使我安心。他对我说："您承不承认在这封信里您谈我比平常谈得少了。"我承认是这样。为了要给他看我所写的而在信里说了他很多的话，这合适吗？他笑着说道："我更喜欢您谈我谈得更多些而不知道您谈我谈些什么。"接着他以更严肃的声调说下去："婚姻是件太庄严和太郑重的大事，它容不下那温馨的友谊所容许的心灵的细小的流露。友谊关系有时恰好能够缓和婚姻关系极端的严肃性。好处在于一个诚实和聪明的女人可以在忠诚的女友那里寻求安慰、智慧和劝告，这在某些问题上是她不敢向她的丈夫要求的。虽然您在你们之间从不说一句您不愿告诉我的话，但您切不可把它作为一条规则，以免它变成一种约束，并使你们的悄悄话在扩大范围时变得减少愉快。请相信我，友情的倾吐不管怎样，在第三者面前会受到克制。有一千个秘密应该有三个朋友知道，但只能两个两个地说。您通知同样的事情给您的女友和您的丈夫，但并不是用同样的方式；如果您想把一切混淆起来，结果您的那些信将成为主要写给我，其次才是写给她。您跟这一个和那一个会同样感到不方便。我跟您这样讲，是为了我的利益，同样也为了您的利益。您没有看到您当我的面夸奖我时，您已经在怕羞了吗？为什么您要剥夺您对您的女友说您的丈夫于您是多么可亲，同时又剥夺我在想到在您的最秘密的谈话里您喜欢谈他好处的那份快乐？”他紧握着我的手并和善地望着我补充说：“于丽！于丽！您在自贬身价，竟采取于您不配的表明清白的预防措施的地步，您为什么不去学会重视您自己的价值呢？”

我亲爱的女友，我很难说这个无与伦比的丈夫是怎样动脑筋的，可是我在他面前已不再觉得自己会脸红了。但不管我现在这种状况，他在把我提高到我自己以上，因此我感到凭我的信心，他教育我不要辜负这种期望。

第八封信

陶尔勃夫人致德·伏尔玛尔夫人的复信

什么！表妹，我们的旅行家已经到了，而我在我的脚边还没有见到满载着美洲的战利品的他！我告诉你，这种耽搁我不怪他，因为我知道他跟我一样焦急；可是我看得出他并没有像你所说的忘记了他原来的奴隶职业，所以我较少抱怨他的疏忽而要更多地怪你的专制。我也发现你心地十分善良，想要一个像我这样严肃和古板的规矩妇女先开头，并把一切事情撇下，奔来亲那个在烈日下四次经过赤道和看见过香料之国的黑色 crotu[①] 的脸孔！但尤其使我觉得可笑的是你急急忙忙地责怪我，生怕我先来责怪你。我很想知道，你为什么要管闲事。吵嘴是我的职业，我最爱吵嘴，我吵得最带劲，对我也很合适；可是你，你对这事最外行，而且完全不是你的事。反之，假如你知道你有什么错的话，你的模样可真可爱，你那惭愧的面孔和哀求的眼睛显得真是动人，真的，你不必责怪人家，你生来就是为了请求原谅，如果不是出于义务，至少是出于撒娇。

至于现在，你要用一切办法向我请求宽恕。拿自己的丈夫作为自己的心腹，还有采取以我们这样神圣的友谊作为狡猾的预防措施的计划，真是漂亮的计划！不公正的女友和懦弱的女人！如果你不相信自己的和我的感情，那么你能对世上哪一个人显露自己有德行的心灵？你是否能够在你生活的神圣纽结中害怕你的心灵和我的宽容而不致触犯我们俩？我很难理解，在两个女人的秘密谈话里容许有第三者出现这样的思想，你竟不觉得反感。至于我，我喜欢跟你尽情畅谈；可是假如我知道有个男人的眼睛在窥视我的信件，我就再也没有兴趣给你写信：冷淡将不知不觉地抱着戒心侵入我们之间，于是我们只能像两个另外的女人一般相爱。你瞧，要不是你的丈夫比你聪明的话，你那愚蠢的怀疑会使我们处于什么境地。

他不愿看你的信，他这样做很聪明。这事给他的愉快也许比你所希望的为少，也比我自己的愉快更少，因为我从看到过你的情

① 即有天花的麻瘢的。这是当地话。——卢梭原注

况使我更好地判断我现在看到你的情况。所有这些毕生从事研究人们心灵的睿智的观察家，他们从中知道的爱情的真正征象，要比那些智力极为有限的敏感的女人所知道的更少。德·伏尔玛尔先生首先会注意你整个信是用来谈我们的朋友的。他一点不会看出你完全一字不提到他的补充的话。如果这些补充的话是你十年前写的，那么我的孩子，我不知道你会怎么做，但这个朋友总会从哪个角落钻进来，尤其是在丈夫不应看到的地方。

德·伏尔玛尔先生还会观察你用以查究他的客人的注意和你描写他时的快乐；然而他在知道女人是只观看而不考察自己的情人的这事以前，要吞读亚里士多德和柏拉图的书。一切考察都需要冷静，这在女人看到自己心爱的人儿时是绝不会有的。

最后他会想象你观察到的所有这些变化是别的女人看不出的；而我则正好相反，我很怕你对他有观察不到之点。不管你的客人现在跟过去有多么大的不同，如果你的心一点也没有改变，他改变得再多，你看起他来始终是一个样子。但无论如何，当他注视你时你转过了眼睛：这毕竟是个很好的征兆。你把眼睛转过去了，表妹！那么你不再低下眼睛了？因为你肯定不曾用错字眼儿。你认为我们的智者也注意到这个吗？

另一件事很容易使一个丈夫忧虑，那就是在你涉及那对于你曾经是宝贝的问题时，你的语言里便存留着我莫名其妙的动人的和深情的意味。人家在读你的信或者听你说话时，为了不致搞错你的感情，就需要很好地认识你；需要知道你说的只是一个朋友，或是你这样说的是你的所有的朋友；不过说到这个，这是你性格的特点，你的丈夫非常了解而不致惊慌。有什么方法能使像你这样温柔的心灵里，那纯粹的友谊不致带点儿爱情的味儿呢？表妹，你听着，我这里对你所说的话应该可以给你以勇气，但不是叫你鲁莽冒失。你取得的进步是明显的，这就很可观。我过去只指望于你的德行，现在我也开始指望于你的理智：我现在认为你即使不是已经完全复原，至少也是快要复原，如果你不坚持到底，那你为此一定做得不能叫人原谅了。

在谈到你对信所作的补充前，我已经注意到一个小段落，因为你想应该让你丈夫看到而很坦白地没有取消或修改。我确信他在读到这段落时，如果可能的话，他对你一定会加倍的尊敬，但他不见得因此对它会更高兴。一般地说，你的信很能引起他对你行为的信任，但对你的倾向则会引起他很多忧虑。我向你承认，你瞧了又瞧的那些天花麻瘢使我害怕；爱情向来会抓住这种最危险的装饰。我知道这在别的女人看来算不了什么；可是，表妹，你要永远记住，一个不能受情人的青春和相貌所诱惑的女人，却会因想到他为她所遭受的苦难而失足。老天爷之所以要使他留着这疾病的瘢痕，无疑是为了考验你的德行，而它没有给你留下瘢痕，是为了考验他的德行。

现在我回过头来谈谈你信的主要题目：你知道过去我一收到我们朋友的信，便立刻飞到你那儿；因为事情很重要。然而现在，你要知道，我这短促的离开会使我陷于多大的麻烦，同时我有多少事情要做，你会觉得我不可能再次离开我的家而不造成家中新的困难，并使我必须留在这里再过这个冬天，这既不是我的打算，也不是你的打算。我们不如放弃两三天急急忙忙的见面，就可提早六个月的聚首，这岂不是更好吗？我还认为我跟我们的哲学家单独碰头，或者为了探测和坚定他的心，或者为了给他提些有用的意见，让他知道应当怎样对待你丈夫，以及甚至应该怎样对待你的方法，这也不是没有用的：因为我不能想象你在这方面能够很自由地跟他交谈，而且我从你的信里知道他需要有人出主意。我们过去太习惯于指挥他，因此平心而论，我们多少应对他负有责任；因此直到他的理智能完全自由以前，我们应该给他辅导。就我而言，这个任务我是始终愿意愉快地担任的：因为他过去对于我的意见特别重视，使我永远忘不了；自从我的那一位去世后，他是我世上跟他一样的最亲爱的人。我也愉快地为他在这里保留着一些要请他为我当差的事情。我有许多零乱的文件要他帮助我整理，还有一些棘手的事务也该轮到我请他给我指点办法和他的照顾。不过我打算最多留他五天或六天，也可能第二天就打发他回到你那里去：因为我太自负，所以不能等待他自己想到急于要回去，而且眼睛也太尖锐，所以我对此不会搞错。

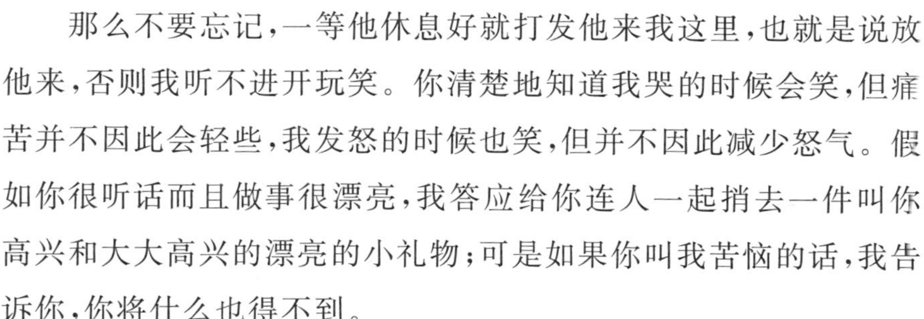

那么不要忘记，一等他休息好就打发他来我这里，也就是说放他来，否则我听不进开玩笑。你清楚地知道我哭的时候会笑，但痛苦并不因此会轻些，我发怒的时候也笑，但并不因此减少怒气。假如你很听话而且做事很漂亮，我答应给你连人一起捎去一件叫你高兴和大大高兴的漂亮的小礼物；可是如果你叫我苦恼的话，我告诉你，你将什么也得不到。

附言　顺便问你一件事：我们的水手抽烟吗？他骂人吗？他喝烈酒吗？他挂着长军刀吗？他的模样像个海盗吗？我的上帝！我多么好奇地想看到从地球对面回来的他的神气呢！

第九封信

陶尔勃夫人致德·伏尔玛尔夫人

表妹，喏，眼前就是我给你退还的你的奴隶。在这八天里他成了我的奴隶，他十分高兴地带上了他的锁链，看起来他是完全被奴役的。你要感谢我没有把他留下另外的八天：因为你不要见怪，如果我想等待他跟我在一起感到厌倦的话，我就会不这样早地遣返他。我把他问心无愧地留下了；可是我不敢让他住在我家里。我有时往往自己感觉到有种灵魂的骄傲，它蔑视奴性的礼仪，而且如此适合于德行。这一次我不知为什么却比较胆怯；但所能肯定的是，对于这种保留我是更倾向于责备自己而不是倾向于欣赏它。

可是你，你可知道我们的朋友为什么会如此平静地在这儿待着的？首先，因为他有我在一块儿，我认为这就已经可以使他有耐心了。其次，他为我避免了许多烦恼，并在我的事务里为我服务：一个朋友对这种事是不会感到厌烦的。最后，你一定已经猜到，虽然你仿佛不知道似的，那是他要向我谈你；如果我们除去他在这里作这种谈话所花的时间，你就知道他为我费的时间是十分少的。然而为了有兴趣谈你而离开了你，这是什么奇异的怪念头？不，并不像大家所说的那样奇怪。他在你面前很受拘束，他必须随时小心翼翼；一丁点儿不检点就会成为罪愆，在这种危险的时刻，高尚的心灵唯一听得进的是责任；但在远离心中珍爱的人时，就可以让自己去思念。一个人在心头抑制变成罪恶的爱情时，他为什么要自己谴责有过当时不是罪行的爱情？曾经是合法的幸福的甜蜜回忆能成为罪行吗？我想，这是个不合你口味的道理，但他毕竟会同意这种想法。可以说，他重新开始了他原来的爱情的历程；在我们的谈话里，他早先的青春第二次流动着；他对我再度谈起所有他的心里话；他回想到他获得允许爱你的那幸福时刻；他向我的心描绘那纯洁的爱情火焰的魅力。他无疑对之大加渲染了。

关于他跟你的关系的现在情况，他对我谈得很少；而他对我说的多半出之于尊敬和赞美而很少出之于爱情；因而我看他回去时他的心会比刚来时更为安定。只要谈话一涉及你，在他的话里就听得出从他敏感的心灵深处发出一种温情，而光是友谊（虽然一样感动人）却表现出另一种音调；但很久以来我就觉察到没有一个人见到你和想到你时能够无动于衷；假如在看见你时的那种普遍引起的感情以外，再加上由难忘的回忆所产生的更温馨的感情，那么我们可以理解他在最严峻的德行下很难，而且也许不可能有和现在不同的态度对待你。我曾认真地询问、认真地观察、认真地追究他；我曾尽我所能地考察他：我不能很好地洞察他的灵魂，他对自己的灵魂也不比我了解得更好些；然而我至少可以回答你说，他是贯透着他自己和对你的责任的，而认为于丽是可鄙和堕落的那思想是比他自己的死亡的思想更使他恐怖。表妹，我只给你一个劝告，我还要请你对之特别注意：你要避免对于过去细节的回忆，而我则向你为将来负责。

至于你对我提起的画像的归还问题，你再不要这样想了。我在说尽了能想得到的一切理由之后，请他、促他、求他、恼他、吻他；我握着他的双手，如果他任我做的话，我还会跪倒在他脚下，但他连听都不要听；他气愤和固执到甚至发誓说，他宁愿不再见到你而

不愿放弃你的画像。最后，在一次愤怒的发作之下，让我碰了碰系在他心口的画像：他用激动到透不过气的音调对我说道："画像就在这儿，这是我所剩的仅有的财富，人家还要想把它夺走！老实告诉你们，只有连同我的生命一起才能把它夺走。"表妹，相信我的话，我们要明智些，把画像留给他好啦。的确，留在他那里于你有什么关系？如果他固执要保持它，那他活该。

着实经过一番倾吐和宣泄了心头郁闷以后，我觉得他已相当平静，我便可以谈论他的事情了。我发现时间和理智都不曾改变他的打算，他的全部欲望就在于一辈子追随着爱多阿尔阁下。对于他这个如此高尚、如此符合于他的性格和如此适宜于报答后者对于他做的空前善举的计划，我只能赞成。他对我说，你也有这样的意见，但德·伏尔玛尔先生却保持着沉默。我心中忽然冒出了一个想法：从你丈夫相当奇怪的态度和旁的一些迹象看，我疑心他对于我们的朋友抱有某种他没有说出来的隐秘看法。我们可以让他去，并相信他的明智：他对他采取的态度，如果我猜想不错的话，他对于这个如此关怀的人，他所考虑的只有好处。

你对他的外表和举止描写得不坏，这是个相当有利的征兆，说明你比我想象的更正确地观察了他；但你不觉得他那长期的苦难和他对苦难的感受已使他的面貌变得比他从前的面貌更有趣吗？不管你给我作的一切描写，我怕在他身上也会看到那种虚言客套和沐猴而冠的模样，那是在巴黎在无事忙的游手好闲者中间生活时难免会沾染上的。不是这种虚饰对有的人不起作用，便是大海的空气已把它一扫而空，在他身上我没有看到它的丝毫痕迹，在他向我表现出来的全部热情中，我看到他只希望心灵的满足。他对我谈到我可怜的丈夫；但他更喜欢跟我一块哭泣而不是设法安慰我，也不向我唠叨一些假惺惺的套话。他抚爱我的女儿；可是他并不像我那样夸她，却像你那样对我责备她的缺点，还怪我溺爱她。他热诚地从事处理我的事务，几乎完全不听取我的意见。此外，窗外的光刺我眼睛，他不想过来拉上帘子；我从这屋走到那屋走累了，他也不肯捋起他的衣袖来帮我的忙。我的扇子昨天掉在地上很久，他也没有从屋子的一端跑过来拾，好像要把它从火里捡出来似的。每天早晨他来看我之前，从来没有一次先打发人来了解我的消息。在散步的时候，他并不想把他的帽子死死地套在他的脑袋上[①]以显示他懂得那种好派头[②]。在餐桌上，我常常向他要鼻烟匣——他不叫做“盒子”——，他总是用手递给我而从来不像侍役那样放在盘子里递。每一餐他都不忘至少两次要为我的健康干杯；我可以打赌，他如果今冬能留在我们这里，我们会看到他像一个老的有产者坐在我们身边烤火。表妹，你会发笑；可是在我们一些新从巴黎来的人中，你不妨给我指出有谁能保持这种淳朴模样的。不过我觉得你一定在仅有的一点上发现我们的哲学家变得有些差劲了：那便是他比较多一点儿留意于跟他谈话的人，这就只能使你吃亏，可是我认为还不至于达到使他跟勃隆夫人修好的

---

① 在十八世纪中叶以前，按当时规矩，在任何气候下把帽子夹在腋下被认为是好的派头。但到下半世纪风行的却是另一极端，即无论何处都不脱帽，进戏院也如此。——俄译注

② 在巴黎，大家特别以能使上流社会舒适和方便自诩，而这种方便在于有许多象上述那种煞有介事的规则。在上等社会里什么都是惯例和规则。一切惯例的产生和过时，都像闪电一般迅速。处世之道在于时时刻刻注视着，从流行中抓住它们、体现它们，显示自己知道当时时髦的式样：这一切都是为了简朴。——卢梭原注

程度[①]。至于我么，我觉得他在庄重和严肃方面比过去任何时候要更好些。我的小宝贝，你要很小心地为我看管他直到我到来：他恰恰就是我为了有能够成天打趣他的快乐所需要的那样的人。

你要赞赏我能沉得住气：我还没有对你说到我寄给你的礼物和答应你很快就要寄给你的另一件礼物；但在你打开我的信以前你已经接到了它；你是知道我对它是多么热爱，而且我有多么大的理由这样爱它，你是如此焦急地渴望着这个礼物，你将同意我做的比所许诺的更多。啊！可怜的小东西！在你读这封信时，她已经在你怀里了：她比她的母亲更幸福；可是两个月后我将比她更幸福，因为我能更好地感觉我的幸福。唉！亲爱的表妹，你是否已经全部地获得了我？你在哪儿，我的女儿也就在哪儿，那么还缺少我的什么呢？这可爱的孩子就在这里，你就接受她作为你的孩子；我把她让给你，我把她送给你；我把母亲的权力让与你手里；你要纠正我的错误；你来担负照料她的责任，这责任你认为我完成得很不好；从今天起你要做那应该成为你的儿媳的她的母亲，而且为了使她对我还要更亲切起见，可能的话，请你把她造成另一个于丽。她的脸已经很像你；我预言她的性格也将是严肃和爱布道的；当你在改正大家指责我养成她的那坏脾气以后，你将看到我的女儿会有我表妹相似的模样；可是更幸福的是她会哭泣得更少些，需要作战斗的机会也将更少。假如老天爷能给她保留一个最好的父亲的话，他远不会阻挠她的喜爱的倾向！我们自己也远不会加以阻挠！我多么愉快地已经看到这种倾向符合于我们的设想！你可知道她

① 这件公案可参见第一卷第三十四封信。——译者

已经不能离开她的小姑爷，正是部分由于这个道理，我才打发到你那里来的？昨天我跟她进行了对话，这使我们的朋友笑得要死。首先，我整天是她最谦逊的女仆，而且对于她想要的东西我从没有反对过，她离开我却丝毫不觉得难过；而你是她见了害怕的，你每天要对她说二十遍“不行”，你倒是她出色的小妈妈，她兴高采烈地要找你去，她爱你的“不行”更甚于我的一切糖果。当我向她提出说我要把她送到你那儿去时，她的高兴你简直想不到；但为了扫她的兴，我补充说，你要给我送来小姑爷作对换，这就不合她的心意了。她失望地问我为什么要这样：我回答说，我为我自己把他留下来；她做了个鬼脸。我说：“昂利爱特，你愿不愿意把你的小姑爷让给我？”她相当干脆地说：“不。”“不吗？但是如果我也不愿意把他让给你，谁来为我们调解？”“妈妈，这将由小妈妈来调解。”“这么着，我就占便宜了，因为你知道我要的一切她都要。”“喔！小妈妈从来只要聪明的。”“小姐，什么呀，这还不是一样？”小鬼狡猾地笑了。我继续说道：“我还要问你，她凭什么道理不把小姑爷给我呀？”“因为他对您不合适。”“为什么他对我不合适？”这一次的笑跟第一次同样狡猾。“你老实说，你是不是认为我对他太老了？”“不，妈妈，但他对你是太年轻了。”表妹，一个七岁的孩子！……真的，如果我不曾头晕过，这回她已经使我头晕了。

我还要逗她取乐。我一本正经地对她说道：“我亲爱的昂利爱特，我向你保证，他对你同样不合适。”她神情惊慌地叫喊起来：“那为什么？”“那是因为他对你太调皮。”“喔！妈妈，就是这个吗？我会叫他变得乖乖的。”“要是弄不好，他会叫你发疯呢？”“啊！我的好妈妈，我喜欢学您的样子！”“学我的样子，糊涂的孩子？”“是的，妈妈，您成天说您爱我爱得发疯；那么好吧！我么，我会发疯地爱他，就是这么回事。”

我知道你不赞成这种可爱的胡话，并且你很快就会加以节制；我也不愿意为它辩护，虽然它使我很高兴，但我只是为了向你指出，你的女儿已经很喜欢她的小姑爷，而且虽然他比她小两岁，她凭年长的权利，她对他并非不配享有权威。就我所见，以你的例子也和我的例子跟你那可怜的母亲的对比看来，一个家庭由女人来支配的话，不会变得太坏。再见，我的亲爱的；再见，我至爱的形影不离者：计算一下时间临近了，到葡萄收获季节我将到你那里了。

第十封信

圣·普栾致爱多阿尔阁下

三周来我尝到了多少太晚来临的欢乐！在幽静的友谊之怀里，躲避着激情猛烈的风暴，悠闲地度着自己的岁月，真是甜蜜的快事！阁下，一所朴素和布置得很好的房屋确是一幅愉快和动人的美景，那里统治着秩序、安宁、纯洁；那里看不到排场和华丽，却结合着符合于人的真正目的的一切！田野、隐蔽所、休憩处、季节、出现在我眼前的那辽阔的水面、山峦粗犷的面貌，这里的一切使我想起了美妙的提尼安岛①。我仿佛看到我曾在那儿多次形成的热烈的愿望得到了实现。我在那儿过着合乎我趣味的生活，我在那儿处在符合我心意的社会里。而在这个地方，为了使我的全部幸

① 提尼安岛（Île de Tinian）：西太平洋马里亚纳群岛中的一岛屿名。——译者

福能集合在一起，只缺少两个人，我希望很快就能在这儿见到他们。

您和陶尔勃夫人的到来将使我在这里经历的如此甜美和纯净的快乐达到极点。我在等待时想通过表示这家的主人们的幸福——住在这儿的人们也分享到它，——攸关的家庭经济的细节，以便使你们从中获得一个概念；我希望我这种考虑对于你们感兴趣的计划将来会有它的用处，这个希望更刺激我作这种叙述。

我不给您描写克拉朗的房屋：您已经认识它；您知道它是可爱的，它给我以美好的回忆，它的优美既是由于我现在看到它的样子，也是由于它使我回想到的往事。德·伏尔玛尔夫人很有理由喜欢住在这里而不喜欢住在岱当惹，后者是个优美的大邸宅，但是古老、凄凉、不方便，它的环境完全没有克拉朗周围优美的风景。

自从这所房屋的主人在这里定居之后，他们把从前只用作装饰的改成实用的东西：它已不再是为了外表好看而是为了居住的房屋。他们堵塞了穿廊式直通的房间；他们隔断了太大的房间，变做分隔得更好的居室；他们把古老和富丽的家具换成简单和方便的。那里的一切变得既悦目又清新，一切显示出富裕和干净，但又感觉不出阔绰和奢靡，没有一间房间不令人感到是在乡村，却又有城市里的一切方便。同样的改变也在户外看得出来：缩小了杂物间而扩大了家禽饲养场。在原来破烂的台球房的地方建起了葡萄压榨坊，把原来养着聒噪的孔雀的地方改成乳制品作坊。原来的菜园小得不够供应厨房之需，便把花圃改做第二个菜园，可是搞得很清洁和合适，以致经过这样改装打扮后比原来更为悦目了。挡墙的阴郁的紫杉用良种的果树行列来替代。新栽的黑桑树取代无用的印度栗树，现在已开始荫蔽着庭院；在沿着通道边缘的老白杨树的地方种了两行核桃树，它们一直连接到大路的一端。到处都是有用的代替了观赏的，而观赏的在那里几乎总是在起着作用。至少在我这方面，我发现家禽饲养场的噪音、公鸡的啼声、家畜的吼叫、大车的套口、田头的进餐、工人的回家，还有农村经济的一切器具，它们都给这所房屋以一种更有乡村情调、更活泼、更有生命、更快活、更有某种无法形容的喜悦和舒适，那是在阴郁的庄严中感受不到的。

他们的土地并不出租，而是由他们自己用心耕种；这耕种是他们工作的一大部分，也是他们财富和快乐的主要来源。岱当惹男爵的领地只有牧场、耕地和树林；而克拉朗的产品是葡萄，它是很重要的产品；由于它的种植，对于生产比麦子的差别更明显，所以他们喜欢在这儿居住也是一种经济上的原因。然而他们几乎每年都到他们的土地上从事收获，德·伏尔玛尔先生更常常一个人去。他们的原则是尽可能取得土地所能提供的产品，这不是为了更多的收益，而是为了养活更多的人。德·伏尔玛尔先生认为土地的产品是与耕种它的人手的数目成正比例的：耕种得越好，它的收获也越多；这种丰富的收获有可能会对它耕作得更好些；投入的人力和畜力越多，土地为维持它而提供越多的剩余。他说："没有人知道产品和耕种者的这种连续的和相互的增长有什么止境。反之，荒芜的土地会丧失它的肥力：一个国家生产的人口越少，它生产的食物也就越少；由于人口缺少，阻碍了它养育它仅有的很少的人民，而在人口减少的地区，人迟早都会因饥饿而死去。"

那么他们既有许多的土地，而且还要精耕细作，除了家禽饲养

场的仆役之外，还需要大量的临时工；这就使他们很愉快地养着大量的临时工而不觉得不方便。在选择那些临时工时，他们总是喜欢本地的和邻村的而不喜欢外地的和来历不明的人。因为不能总选到强壮的人而难免有些损失，但他们在别的方面却能得到补偿，因为被选用的本地临时工有感激之情，他们随时都在附近，四季都可以指望他们，虽然一年里只需付给一部分的工资。

对于所有那些雇工，他们始终分两种价钱：一种是严格规定的、应该得的，这是地方通行的，雇用了就必须付给他们；另一种稍微高一点，是种奖励的价钱，这只有当人家感到满意时才付给他们；而且往往有这样的情况：他们的所得比补充的工资还要多。因为德·伏尔玛尔先生既正直又严厉，他绝不容许他的奖励和优惠的规定随便变成一种惯例。这些工人有鼓励和监察他们的监督，这些监督是家禽饲养场里的工人，他们自己也工作，也关心别人的工作。因为他们除工资外另有一笔从他们监督而获得的利益中分到的奖金。此外，德·伏尔玛尔先生自己几乎每天——有时一天好几次——看望他们，他的夫人喜欢陪他散步。最后，在劳动大忙的季节，于丽每周都要给无论什么工人、临时工或仆役之中在本周内主人认为最勤快的人以二十巴茨[①]的赏金。所有这些看来似乎费钱的竞争办法，用得谨慎和公正，可以使大家不知不觉地变得勤恳、奋发，终于会带来比估计的更多的利益；可是人们一般只看到常规和时间的利益，很少人知道和愿意采用这类方法。

然而还有一个更有效的、仅仅从经济观点上不予考虑的方法，

① 巴茨(batz)：当地的辅币。——卢梭原注

却是德·伏尔玛尔夫人最擅长的方法，这就是在给予这些善良的人以自己的情谊来获得他们的情谊。她不认为用金钱可以偿还人家为她尽的力，而认为应该对为她效劳的任何人去效劳：工人、仆役、一切为她服务过的人，即便只服务过一天，都成为她的孩子；她分享他们的快乐、忧愁、命运；她关心他们的事务，他们的利益也是她的利益；她为他们担负起上千种操心事；她向他们提出劝告，为他们调解纠纷，她的性格不是表现在对他们的空洞的甜言蜜语而是在真正的服务和连续的善良行为上。而在他们这方面，则只消她有细微的表示就会抛下一切；她说一句话，他们就奔向她；她一个眼色就会激起他们的热忱；当她在时，他们很高兴；她不在时，他们谈论她，并千方百计想为她服务。她的魅力和说话起很大的作用；她的和善和德行的作用却更大。啊！阁下，乐善好施的美的威力是多么可爱和强大呀！

至于为主人个人的服役，他们在家里有八个仆人，三名女仆和五名男仆，不包括男爵的听差和家禽饲养场的人员。这么少的仆役却没有人手不够的现象；这由于这些人热心工作，每人除了自己的任务，还干其他七人的事，由于彼此配合得好，就好像一个人做的一般。人们从来看不见他们游手好闲，在前厅玩耍或在院子里淘气，而总是忙着什么有用的工作：他们在家禽饲养场、储藏室或厨房里帮着干；在花园里没有专设的园丁，只有他们；最有趣的是大家看到这一切工作他们都干得很快活、很高兴。

想获得所希望的良工，要及早物色：这儿没有我在巴黎或伦敦看到过的那种办法来选择熟练的仆役，也就是一些老油条，这种人从这家转到那家，同时沾染了仆人和主人的恶习，养成了到处可以当差的本领，却从不依恋于哪一家。这样的人中间既不会有诚实，也不会有忠心和热诚；这类坏蛋留在富裕的家庭里会使家业衰败并让子弟堕落。这里把挑选仆役看做是件重大的事情：他们不把仆役仅仅看做只要求正确地当差的雇工，而看做是家庭的成员，选择不当可以扰乱一家。要求于他们的第一件事是做个正直的人，第二件是爱他们的主人，第三件是自觉自愿地服务；但只要主人能够通情达理而仆人有点儿灵性，那第三点总是随着前两点顺理成章办到的。因此他们不从城里挑选仆人而自乡村里挑。这儿是他们第一次服务，而对于愿意做些事情的人，这里肯定也是最后的服务场所。他们在食指浩繁和子女众多以及由父母送上门的家庭中间选择。他们挑一些年轻、端整、健康和长相讨人喜欢的人。德·伏尔玛尔先生先口试和观察他们，然后引见给他的妻子。如果两人都同意，便把他们收留下来，先是试用，然后列入佣人之中，也就是家庭的童仆；于是人家经过几天非常耐心和仔细地教他们需要做的事。要做的事是如此简单、如此相同、如此均匀，主人们又如此缺乏奇思怪想和脾气，所以他们的仆役便很迅速地喜爱他们，而那些事情也就很快学会了。他们当仆人是轻松的：他们感到舒适，这是在自己家里所没有的；但人家不让他们游手好闲而委靡不振，因为那是万恶之源。人们不容他们变成老爷并以侍候人而自鸣得意；他们像在父母家一样继续劳动，他们可以说只是变换了父母，获得了更为富有的环境。因此他们对自己从前的乡村生活不会蔑视。如果他们有一天离开这里的话，不会有人不愿意重新获得农民的身份而去接受另一种身份的。总之，我从来没有见过别的家庭，那里的仆役那么出色地从事自己的工作和更少自认为是在为

人当差的。

这样，他们在培植和训练自己的仆役时，并没有抱那种极普通和不大明智的反对想法："我在为别的人家培养他们哩！"人家将会回答您说，要好好地培养他们，他们就不会为别的人家服务。假如您在培养他们时只想到自己，那么他们在离开您时有充分理由只想到他们自己；可是您稍稍多一点照顾到他们时，他们便会依恋您。感谢与否，要看您的居心怎样；人家得到的好处不过是我专为自己搞的话，他是不会对我感恩戴德的。

为了加倍预防这种麻烦起见，德·伏尔玛尔夫妇还采取了另一个我认为非常聪明的办法。在他们创业刚开始，考虑到像他们地位的家庭大概要安排多少仆人，他们认为在十五或十六人左右：为了得到更好的服务，他们把人数减少了一半；使更少的人员能得到更有效得多的服务。他们还更进一步，关心到使同样的人员为他们长久服务下去。一个仆役初进他们家时，领取的是普通一般的工资；但这工资每年增加二十分之一；满了二十年，他所得将比加倍还多，于是仆役的维持那时几乎得看主人们的处理方法了；但这不需要一个大数学家才能看出这项增加的费用只是表面的，而不是实在的，他们要付双倍工资的将是少数，而且即便这样支付给全体仆役，那么这二十年间的优质服务将抵偿费用的增加而有余。阁下，您一定会觉得这是为不断增加仆役的勤恳并由于有人关心他们而使他们依恋主人的好办法。这样的措施不仅明智，而且甚至也有公道之处。一个新来的人，没有感情，他也可能是个坏家伙，他在初进门就领取同一个热诚和忠心受过长期服务的考验，而且接近暮年并无法谋生的老仆役同样的工资，这难道是公正的吗？

不过后面这种理由在这里是行不通的，因此您可以确信，同样通情达理的主人不会忽视许多不仁慈的主人仅为了夸耀而履行自己的义务，那么他们更不会抛弃他们仆役中那些病号或年老而丧失了服务能力的人。

我马上可以举出一个关于这种照顾的相当动人的例子。岱当葸老男爵想用荣誉退职来奖励在他房里长期服务的听差，他以自己的声望为那听差搞到了总督那里一份收入高的闲差使。于丽刚刚接到从这老仆役写给她的关于这件事的令人落泪的信，信里要求使他免除接受这份职务。他信上说："我老了；我整个家都没有了；我除了我的主人之外再没有别的亲属；我的全部希望就是能在我度过生活的屋子里平静地结束我的生命。……夫人，您诞生时我抱您在手臂里，我那时请求上帝有一天能同样抱您的孩子们：上帝已赐予我恩惠；请您不要拒绝我那种恩惠，让看到孩子们能像您一样成长和昌盛……我像您一样习惯于生活在一个安宁的家庭，我又能到哪里找到同样的、让我在晚年休息的家庭呢？……请您慈悲为怀，写信给男爵先生为我求情。如果他对我有什么不满，请他赶我走，但不要给我什么职务；可是如果我在四十年间真是忠心耿耿地侍候了他，那么请他让我继续侍候他或者侍候您直到我生命结束：那将是对我最好的奖赏。"于丽是否写信，那就不必问了。我想她如果失掉这老人，将会像他要离开她时一样懊恼。阁下，我把如此亲切的主人比做父母而把他们的仆役比做子女，我这一比是比错了吗？您要知道他们之间就是这样看待的。

在这个家庭里没有一个仆役要求退职的例子：也难得有人威胁一个仆人要被解雇。这种威胁令人害怕，因为这里服务既轻松

又愉快。最好的仆人为此最感担心，但除了辞退并不足惜的人以外，人家从来不需要把威胁付诸实施。对这问题这里还有一条规矩。当德·伏尔玛尔先生说了："我要辞退您"时，那人可以恳求夫人说情，有时会有效果，于是他的恳求得到恩准而复职；可是她发出的辞退却是无法挽回的，再没有恩典可以希望。这种协议既可以使人家可能当做妻子的温和而产生的过度信任，又可以使丈夫的铁面无情所引起的极端害怕这两个方面得到调节，因而是很合适的。然而"我要辞退您"这句话从一个公正和不易发怒的主人口中说出来，毕竟显得十分可怕：因为除了使人吃不准自己能否获得宽恕，而且同一个人绝不会得到宽恕两次，还因为这句话而丧失了原来的资历，在重返工作时将作为新工人开始；这就能预防老仆人的嚣张，也由于他们会损失得多而增加了他们的小心谨慎。

三名女仆是：房中侍女、小孩的保姆和女厨师。后者是个农妇，很清洁也很能干，德·伏尔玛尔夫人向她学会了烹饪；因为在这还是淳朴的地方[①]，各阶层的年轻的姑娘们在她们家里自己都学习做一切将来会由服侍她们的人来干的家务，以便需要时可以进行指导而不致被人家拿一手。房中侍女已不再是巴琵：她已被打发回她出生地岱当惹去；她被指派看管那儿的邸宅，还检查财务收入，这就使她当了类似财务检查员的人物。德·伏尔玛尔先生老早就敦促他的夫人作这种安排，却没有使她遣走她母亲留下的女仆，虽然她有不止一项可以责备的原因。到后来，经过最后几番解释，她才表示同意，于是巴琵离开了。这女人很伶俐也很忠诚，

① 淳朴！这么说，它改变得多了？——卢梭原注

但不审慎和爱多嘴。我疑心她不止一次泄露女主人的秘密，那些事德·伏尔玛尔先生并非不知道，所以为了预防她在一些外人面前发生同样的不审慎，这个聪明的丈夫很知道使用她以发扬她的优点而不致暴露她的缺点。代替她的位置的就是那个您过去曾听我那么愉快地谈到过的方勋·尔格儿。虽然有于丽的庇护和恩德，还有她父亲和您阁下的照顾，这个如此诚实和聪慧的少妇的处境却并不幸福。曾经那么出色地忍受过不幸遭遇的葛洛德·阿奈却不能处理好比较顺利的境况。他看到生活宽裕了，便对自己的职业掉以轻心；于是一切都乱了套，竟逃离了家乡，抛下了妻子和一个孩子，从那以后孩子就死了。于丽把她接来以后，教给她以贴身女仆的一切针线活儿；我来到时，发现她在这儿工作，感到既高兴又惊讶。德·伏尔玛尔先生对她很器重，他们两夫妇托付她用心照顾他们的孩子和带领孩子的保姆。后者也是个淳朴和忠厚的乡民，她小心、忍耐和温顺；因此，一切都秩序井然，城里的恶习不会侵袭到这家来，而这家的主人既不沾染也不能容忍这些恶习。

全体仆役虽然都在同一张桌子上吃饭，可是他们两性之间却不大交往；在这里大家对这个问题看得很重要。他们那儿不赞成那些除了只顾自己的利益，只要求人家服侍得好而不另外关心仆役们在干些什么的主人的意见：他们相反地认为那些只关心服侍得好的主子是不能维持长久的。两性之间太亲密的关系始终只能产生坏事。贴身女仆之间进行的密谈是一个家庭发生混乱的最大原因。如果其中有一个为男管家所看中，他就会对她勾引而损害那家的主人。男仆与男仆之间或者女仆与女仆之间的协谈未必一定能发生严重的后果。可是男与女之间建立起那种垄断式的秘密，则久而久之总会败坏最富裕的家庭。因此，这儿很注意女仆们的规矩和朴实，这不仅由于热爱好风尚和正直诚实，而且还由于一种很明显的利益：因为不论怎么说，没有人能好好地执行他的义务，如果他不热爱它的话；只有重视荣誉的人能懂得热爱自己的义务。

为了防范两性之间危险的热乎关系，这儿完全不用正面的规则来阻止，这他们会企图偷偷地违犯的；人们倒是仿佛没有想到这类事，却建立一些比主人的权威还有力量的习惯。人们不禁止他们相见，但用一种使他们既没有相见的机会，也没有这种意愿。能达到这一点，人们给他们完全不同的工作、习惯、趣味、快乐。因为这儿统治着可赞赏的秩序，他们感到在一个妥善安排的家里，男人和女人之间一定很少需要互相交往。有人对这样做也许会指责是主人任性的意志，在这儿他们却没有反感地服从于没有为他们书面规定的这种生活方式，还自认为这是最好和最自然的方法。于丽认为这事实上是这样；她主张爱情和夫妻关系都不能导致两性之间必须经常的交往。在她看来，妻子和丈夫当然应该生活在一起，可是并非过同样的生活；他们应该协调一致，但不必做一样的事。她说："这个人喜爱的生活，另一人可能认为是难堪的；大自然赋予他们的癖性跟它责成他们的职能是同样不相同的；他们娱乐方面的分歧并不比他们义务的分歧差些；总而言之，夫妇俩循着不同的道路一致追求共同的幸福；而工作和关心的这种分工是他们结合的最强有力的纽带。"

就我来说，我承认我自身的观察对这个意见是相当有利的。事实上，所有世界各族人民，除了法国人和那些仿效他们的人以

外，男性过着男性的生活，女性过着女性的生活一事，岂不都早已成为固定的习俗？假如两性之间彼此见面，那最多像拉栖代孟[①]人夫妻之间那样匆匆见面，或者几乎是偷看一眼，而不是用又冒失又连续二者兼而有之的、足以混淆和歪曲他们间大自然最明智的区别。人们即便在野蛮人中间也看不到男人和女人不清不楚的混杂。晚上，一家人集合起来，每个男人在自己的妻子旁边过夜；随着白天的到来就彼此分离，于是两性最多也只有吃饭是共同的事。这是普遍的情况，表示它是最自然不过的；甚至在这种情况被歪曲的地方，也看得到一些遗迹。在法国。那儿的男人都甘愿按妇女一样的方式生活，而且不断地同她们一块儿关闭在闷气的屋子里，他们在那里保留着不由自主的激动，表明他们不是规定要这样。妇女们心平气和地在她们的长椅子里坐着或睡着，你们看到男人们时不时地从位置上站起来，在屋里来回走动，然后又坐下来，他们以一种连续的忧愁和机械的本能不停地同他们所处的强制状态作斗争，并不由分说地把他们推向大自然为他们指定的那积极和勤劳的生活。法国人是世界上唯一的民族，他们的男人们都站着看戏，仿佛他们因为整天坐在客厅里坐累了而到剧场来消除疲劳似的。到后来他们对那种女性化的和蛰居的生活感到如此的厌烦，为了到社会上至少可以活动活动，于是把家里的位置让给别的男人，自己却到人家的妻子身边去寻求缓解他那无聊的情绪。

德·伏尔玛尔夫人的主张可以从她家的例子中得到有力的支

① 拉栖代孟（Lacédémone）是古希腊的伯罗奔尼撒地区的城市名。又名斯巴达。——译者

持;每人可以说完全属于自己的性别,妇女们在那儿同男子的生活完全分离。为了防止他们彼此之间可疑的关系,重要的诀窍是使男人和女人都忙碌个不停,因为他们的工作是如此的不同,只有空闲才能使他们聚在一起。上午,每人都忙于各自的职务,谁也没有闲暇去打搅别人的工作。饭后男人们的作业范围是庭园、禽舍或田间劳作;妇女们则在儿童室工作,直到散步的时刻,她们跟儿童一同散步,也常常同她们的女主人在一起,这是她们唯一能呼吸新鲜空气的时刻,她们因而很愉快。男人们为工作劳碌了一天,毫无散步的兴趣,只顾守在家里休息。

每逢星期日,在晚祷以后,女仆们又重新聚集在儿童室里,还有几个女亲戚和女友参加,她们是女仆们在得到夫人同意后轮流邀请来的。那儿,在等候夫人设置的小型宴会时,大家聊天、歌唱、打羽毛球、玩象形小玩具游戏或其他专让儿童看了高兴的训练智巧的游戏,玩到儿童自己也能玩为止。小宴会开始,它由几种乳制品、蜂窝饼、松糕、de merveilles[①] 或其他适合于儿童和妇女口味的小菜。酒是从来不喝的;始终很少进入这小小的 gynécée[②] 的男人们,是从来不参加于丽难得缺席的这小宴会的。直到如今我是唯一的享受特权者。上星期天由于我顽强的要求,我得以陪着她去了那儿。她提醒我说,这是给我很大的面子。她大声对我说,她只能给我仅仅这一次,而且她连德·伏尔玛尔先生也予以拒绝。请您设想一下,女仆的虚荣心得到了满足和男仆怎样希望得到参加

① 一种当地产的蛋糕。——卢梭原注

② 女眷的内室。——卢梭原注

而把男主人除外的情况。

我尝到了非常可口的食物。世上有没有能跟这地方的乳制品比拟的食物？请想想于丽办的乳品厂的乳制品和在她身旁吃它该是种什么情形。那个方勋端给我酸奶、céracée[①]、蜂窝饼、蜜制小甜饼。一切在嘴里一下子都化为乌有。于丽笑我的好胃口。她在再给我一碟奶油时说："我看您的胃到处都肯赏光，而且您在女人队里喝酒并不比在瓦莱男人那儿差些。"我接着说道："受罚也并不少些；在两个地方有时都会喝醉；在一个夏栏里同在一间储藏室里一样能丧失理智。"她低下眼睛，红着脸没有回答，开始抚爱她的孩子。这个情景已足够唤醒我的后悔。阁下，这是我第一次鲁莽行动，我希望这也是最后一次。

在这小聚会上洋溢着某种使我的心感动的淳朴的古风；在所有的脸上我看到同样的快乐表情，而且也许比有男子们在座时有更多的坦率。以信赖和依恋为基础，在女仆和女主人之间流露出来的亲热只会加强尊敬和威仪；而提供和接受服务只显得是相互的友谊的一种证明。连菜肴的挑选都使大家对宴会感到趣味盎然。乳制品和糖都是女性天然的爱好食品，也作为纯洁和温顺的象征，它们成了女性喜爱的装饰品。男性则正好相反，他们一般寻求强烈的口味和酒精饮料，他们需要更适合于大自然要求他们的活跃和劳累的生活的食物；当这些不同口味变了质或混乱了，这是两性反常的混乱的几乎必然的标志。事实上，我注意到在法国，那

① 萨莱佛山里制作的一种精美的乳制品。我怀疑在汝拉是否知道这个名称，尤其在湖的那一端。——卢梭原注

里的妇女不断地生活在男人中间，她们都完全丧失了对乳制品的口味，许多男人丧失了对酒的口味；而在英国，两性比较少混杂，他们本身的口味就保留得较好些。大致说来，我认为人们常常可以从人对喜爱的食物的选择上发现他们若干性格上的迹象。意大利人吃很多蔬菜，他们显得女性化和柔和。你们英国人是肉类的大食客，在你们不屈不挠的德性里有着某种严峻的和来自蛮族的东西。瑞士人天性冷淡、和平与单纯，但发怒时激烈和暴躁，他们同时喜欢前一类和后一类食品。既喝乳制品也喝酒。柔韧和易变的法国人能吃一切菜肴和适应一切性格。于丽本人可以给我充当例子，因为她在饮食方面虽然耽于美味和嘴馋，但她既不喜欢肉类，也不喜欢荤腥，也不喜欢咸菜，而且从不喝纯粹的酒：精致的蔬菜、鸡蛋、奶油、水果，这些就是她平时的食物；如果撇开她也爱吃的鱼类，她便是一个真正的毕达哥拉斯[①]学说的女信徒。

阻止妇女而不同样阻止男人，这还不算什么；而家庭规则的这一部分并非比另一部分不重要，但却更难以实行，因为攻击一般总要比防御更厉害，这是天性保守者的意图。在共和国里，公民是由风尚、原则、道德来约束；可是仆役、雇工除了用强制和刑罚，还能用什么来约束？主人的全部本领在于把那种刑罚隐藏在快乐和利益的帷幕之下，使他们以为实际上人家迫使他们所做的，仿佛出自他们自己的意愿。仆役们星期日的空闲时间，当没有工作要他们留在家里干时，不能剥夺他们任意到哪儿去的权利，这常常可以在

① 毕达哥拉斯(Phthagoras)：公元前六世纪古希腊哲学家和数学家。他在意大利的克罗托内(Crotone)创立哲学和政治团体，其门徒须戒绝美食。——译者

一日之间破坏其余六天的榜样和教导。上酒馆的习惯，他们伙伴的耳濡目染，与淫荡女人的来往，这些都能很快地使他们的主人和自己遭受损害，他们由于沾染上了千百种恶习，已不能担任工作，也不配得到自由。

为补救这种弊病，人们用驱使他们往外跑的同样的动机把他们留在家里。他们在外边搞些什么呢？在小酒馆里喝酒和赌博：那么就在家里喝和赌好了。整个不同之处在于酒不用他们花钱，但不喝醉；赌博时有赢家，却没有人输。请看怎么做到这点的。

在房子后面有一条有顶篷的林荫道，那里设置了游艺场：夏天的星期日在讲道以后，仆役和禽舍的雇工们都聚集在那里，分成几摊玩赌博游戏，不赌钱（这不被允许），也不赌酒（酒由主人供给），而是由主人慷慨解囊提供的一项赌注。这项赌注总是什么小家具或他们用得着的一些衣服。赌的数目要看赌注的价值而定；因此当一宗赌注比较可观，比如银环、领扣、丝袜、呢帽或其他类似的东西，通常就分几摊来竞争。赌博绝不限于一种类型；人们随时加以变换，以便擅长于一种的人不能囊括所有的赌注，也为了使全体仆役通过多种花样的训练，变得更灵巧和更强壮。一会儿有一个人在赛跑中夺得了设置在林荫道另一端的目标；一会儿又一个人把同一块石头掷得最远；一会儿又一个人把同一件重物举得最久；一会儿在争一件奖品时有人射中了靶子。人们在大多数游戏上添加了一个小小的装置，它使游戏的时间延长并变得很有趣。男主人和女主人也经常出席，为游戏增添了光彩；他们有几次也带孩子来；甚至有些为好奇心所吸引的外人也来到这里，其中有好些人还要求最好能参加竞争；可是只有得到主人的允许和参加游戏者的

同意才会被接受，后者认为于自己没有好处而不愿随便同意。这种风尚不知不觉地变成一种演出，其中的角色被观众的目光所激励，他们喜欢鼓掌的荣誉更甚于有利益和奖品。他们既变得更壮健和灵敏，也就有更多的自尊心；慢慢习惯于重视自己的价值甚于自己的利益，他们虽然是仆役，但荣誉对于他们却比金钱更觉可贵。

要向您详细列举这里这样一些外表如此幼稚而且常常为庸俗的头脑鄙视的——但由小方法产生巨大结果，却是真正的创造能力的特征，——对游戏的关切行为所带来的一切福利，那将是冗长的。德·伏尔玛尔先生告诉我，为了这些小措施——是他的夫人首先想出来的，——他每年的花费还不到五十个埃居[①]。他说："但您可知道，这个数目，由于热心的仆役们的细心和审慎，——因为他们的快乐都从他们的主人那儿来的；——也由于他们把这里当做自己的家而利害与共；也由于他们从游艺中获得壮健的体力应用于工作上；——也由于游艺总是能保持健康，不致像他们一般的人那样会流于放纵，并因放纵而引起种种疾病；由于它防止了他们的放荡必然引起的诈骗行为，始终使他们成为正派的人；最后还由于我们为了游艺只付出很少的费用，却对于我们自己也获得快乐；所以我在家务和事业里能赚回来多少倍吗？假如我们仆役中间有人——不管是男仆还是女仆，——不适应我们的规章，他们愿意自由，以各种借口要到自己想去的任何地方的话，我们从来不拒绝同意；但我们对于这种辞职不干的欲望认为是种很可疑的征象，

① 埃居(écu)：法国古代的钱币名，有金币或银币，价值不一。——译者

所以我们毫不迟疑地摆脱有这种欲望的人。因此，这一类游艺既为我们保留了好品质的仆役，也为我们作选择他们的考验。”阁下，我坦白说，只有在这里才看到主人们把一些同样的人，既能造成为自己服务的好的仆役，又能造成会耕种他们土地的好的农民，为保卫国家的好的士兵以及一切情况下命运可能召唤的善良的人。

冬天，娱乐也像劳动一样变换了方式。每逢星期天，家里所有的人，甚至还有邻居，不论男女，在举行过宗教仪式后都聚集在低矮的大厅里，那儿有炉子、酒、水果、糕点，还有一只小提琴让人们跳舞。德·伏尔玛尔夫人从来不会缺席，至少总要待上一会儿，有她在场可以保持秩序和规矩；她自己在那里常常跳舞，她也跟仆役跳。当我知道这种风气后，起初觉得不太符合基督教严厉的习俗。我对于丽讲了，下面是她大致的答话：

纯粹的道德已经载满了那么多严峻的义务，如果再超额增加些无关宏旨的枝节，那几乎总要有损于主要的东西。据说多数修道士的情况就是如此，他们只知服从千百种无用的条规，却不知道什么是荣誉和德行。这种缺点在我们中间发生得不多，但我们也并非完全没有。我们的神职人员在智慧方面比所有各种教士高明，我们的宗教信仰也比所有其他宗教信仰更神圣，然而有些观点显得以偏见而不是以理性为根据。像指责舞蹈[①]和集会的观点就是个例子；好像跳舞比唱歌更有罪，好像每一种这类娱乐并非同样

① 还在18世纪初，跳舞在日内瓦是禁止的。让-约克的祖父大卫·卢梭由于在自己家里举行跳舞晚会而在1706年受到日内瓦宗教事务所的警告。到同世纪中叶，这类严格规定渐见松弛，但那时克拉朗所在的伯尔尼州仍禁止在星期日跳舞。——俄译注

是大自然的一种启示，又好像用一种纯洁和正经的文娱活动一块儿共同娱乐是种罪恶！要叫我说，我认为正相反，当男女集合在一块儿，一切公开的文娱活动都变得是无邪的，就因为它是公开的；而最可称赞的活动如果是单独进行，那就可疑了[①]。男人和女人是注定要互为彼此的；大自然的目的是让他们用婚姻来结合。一切虚假的宗教攻击大自然：唯有我们的宗教顺应自然并给它调整，宣布一种对人们是神圣和合宜的制度。因此这制度在婚姻上不应当对民事顺序的障碍增加福音书不曾规定而且和基督教精神相违背的难题。但谁能对我说，已达婚龄的年轻人在哪儿能有机会互相爱悦，而且比之在一个众目睽睽、迫使她们更小心注意自己举止的集会上更规矩和更审慎地互相会面。上帝是否会对那令人喜悦和有益身心的、适宜于青春的生气勃勃、在于表现这方和那方的优雅和规矩，而观众则对之责成他们严格遵守谁都不敢逾越的礼节的舞蹈表示震怒？人们能想象出不欺骗任何人的——至少在舞步型方面——对人们显示自己可爱之处和缺点，人们在需要爱我们之前先得好好地认识我们的更好方法吗？彼此互相爱恋的义务难道不包含彼此喜欢的义务？难道两个想结合在一起的有德行和信仰基督教的青年，不值得关心使自己的心为上帝指点的相互的爱情作好准备吗？

“可是在这些地区是怎么搞的？在这里笼罩着永久的强制，对最纯洁的快乐作为罪恶来惩罚，男女青年始终不敢公开聚会，牧师

---

① 在我的《致达朗贝论戏剧的信》里，我抄录了它下面的片断和另外几段；但因我那时只是在准备出版这书，故认为应等待它的出版，再引述我从中所摘录的。——卢梭原注

那冒冒失失的严峻态度，他不知道以上帝的名义布道，只知道作奴性的压制、又悲苦又恼人的说教。人们逃避那为自然和理性所谴责的无法忍受的专制。人们剥夺了活泼和淘气的青春所容许的快乐，却代之以最危险的；巧妙地商量的密谈替代了公开集会；由于仿佛觉得有罪而躲藏起来，后来不免真的犯了罪。天真的欢乐喜欢在光天化日之下蒸发；但罪恶则是黑暗的朋友，而天真和神秘不会长久地共处。”说到这里，她紧握着我的手，仿佛想把自己的懊悔的力量和自己心地的纯洁传导给我，并补充说：“我亲爱的朋友，谁能比我和您更多懂得这种道理的重要性？始终那样热爱德行的我们俩，如果能从最远处预见在秘密会面中会冒多大的危险时，那么延长了这么多年的多少的痛苦和惩罚、多少的悔恨和眼泪将可以避免了！”

德·伏尔玛尔夫人以比较平静的声调继续说道：“我还要再说一遍，道德的可能受到损害，并不是在大家都能看得见和听得见我们一举一动的人数众多的集会上，而是在笼罩着神秘气氛和自由的个别交谈的场合。根据这原则，当我的那些男女仆役聚集时，我很高兴他们都能来。我也赞成他们邀请邻村的年轻人来参加，只要他们的交游不致有害于他们；人们在赞扬一个我们邻村的年轻人说：他受到德·伏尔玛尔先生家的邀请时，我听了感到很大的愉快。关于这一点，我们还有另一种看法。服务于我们的都是些小伙子，而在妇女中间，孩子们的保姆还没有结婚。使生活在这儿的男仆和女仆双方被剥夺安排正当生活机会的那种克制态度是不公道的。在那些小集会里，我们力图在我们照料下给他们提供这种机会，帮他们更好地选择，从而创造出幸福的家庭，也增加了我们自己的幸福。

"现在剩下为我自己同那些善良的仆人一块儿跳舞作辩护的问题;可是我宁愿接受关于这种指责,而且我公开承认我对此事的主要动机是我从中找到的乐趣。您知道我对于跳舞始终像我表姐一样有强烈的爱好;但打从我母亲故世后,我终生放弃舞会和一切公共集会,甚至在我的婚礼上也信守我的诺言,不过有几次在家跟我的客人和仆役跳舞,我不认为违背它。这是对我身体很有裨益的运动,尤其在冬天不得不待在家里不活动时更是如此。它淳朴地给我欢娱,因为我痛快地跳过舞,我的心完全没有谴责过我。它也使德·伏尔玛尔先生快乐;我在这方面的全部心思只限于叫他高兴。他来观看大家跳舞,是因为有我在场;他的仆役们看到自己男主人的目光,感到光荣而更快乐;他们看到我参加其间也兴高采烈。最后,我觉得这种适度的亲近在我们之间形成一种温暖和亲切的关系,它在减轻奴役的卑贱和权力的严酷的同时,稍稍恢复了自然的人性。"

阁下,这些便是于丽对我讲的有关跳舞的话;我赞赏他们以如此的和善来驾驭好如此的下属关系,也欣赏她和她的丈夫能如此经常降低身份跟他们的仆役平等相待,同时后者不致企图抓住他们的话并真的平起平坐起来。我不相信有亚洲的君主在他们宫廷里能受到比我们这些和善的主人在家里受到的更大的尊敬。我没有见过比他们更不严厉的命令,却没有比它们更迅速地被执行的:主人们一动嘴要求,仆役就飞着去办;前者一表示原谅,后者便马上认错。我现在才完全明白,命令的力量并不在于说话的严厉。

这就使我想到另一个对主人们白费心机的庄严的想法,须知不是他们的随和而是他们的缺点才引起仆役的鄙视，仆役的放肆显示主人的可恶而不是他的软弱可欺；因为没有再比知道主人的罪恶更使仆役变得大胆放肆，而他们发现主人身上的每项罪恶，在他们眼里成了不服从一个他们不再尊敬的人的理由。

仆役模仿主人，而且在粗鲁地模仿时，他们把主人的缺点较显著地表现在他们的行为里，表现得比蒙上一层受过教育的油漆的主人更明显。在巴黎，我判断我的熟人的妻子的品德，是根据她们贴身女仆的举止和态度；这条规则从来没有使我弄错过。贴身女仆除了在当她的女主人的秘密保管者时使女主人为叫她守口如瓶而付出高昂代价外，她行动模仿主人，在拙劣地模仿她们时泄露了女主人的一切道德准则。主子们所有的榜样都要比他们的权力影响更大，如果仆役竭力想成为比自己的主人更正派，那是不自然的。凭你怎样叫喊、咒骂、虐待、驱逐、更换原班仆役；所有这些措施都得不到好的听差。当一个主人不担心他被自己的下人鄙视和憎恨而自以为被服侍得很好，这是他满足于自己所看到的和外表的遵守规矩，而没有考虑人家不断给他搞的千百种秘密的祸害，他也始终觉察不到其来源。可是哪儿有相当缺乏荣誉感的男人能忍受自己周围的人的一切蔑视？哪儿有相当堕落的女人能不再感觉到侮辱？在巴黎和伦敦有多少贵妇人自认为十分受尊敬，她们假如在自己的穿堂里听到人们议论的话时，一定会泪流满面的！幸而为了她们的安宁，她们把这些阿耳戈斯[①]当做都是傻瓜而自以

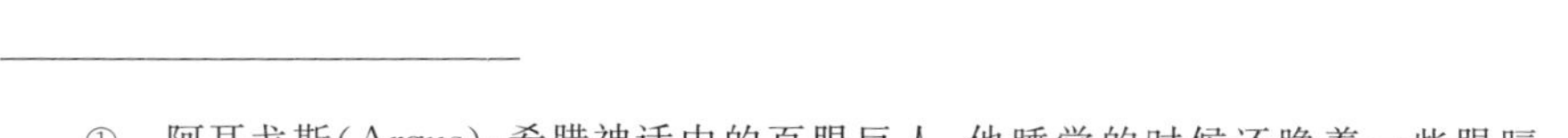

① 阿耳戈斯(Argus)：希腊神话中的百眼巨人，他睡觉的时候还睁着一些眼睛。阿耳戈斯转义为警觉的卫士，有时用于讽刺。——译者

为可以高枕无忧，并自信他们完全看不见她们不屑对他们隐匿的事。所以在他们不乐意的服从里，他们也不向她们隐瞒自己对她们的一切鄙视。主子和奴才彼此都感到他们没有互相表示尊敬的必要。

我认为仆役们对主人的评价是对他们的德行的最正确的和最苛刻的测验；阁下，我记得在瓦莱那时，我还不曾认识您，我对于您的道德就抱有很高的评价，仅仅因为听到您跟您的下人说话相当严厉而他们对您并不因此减少对您的依恋，同时他们在背后谈论您时，仿佛您能听到时一样尊敬您。据说在随身的男仆看来，主子绝对不是英雄：这话可能是对的；但正直的人会受到他仆人的尊敬；这足以表明，英雄主义只有空虚的外表，而德行才是真正过硬的东西。这尤其在伏尔玛尔家，在仆役们的共同意见中可以看到德行王国的力量，那种共同意见因为不是空洞的赞扬而是表现在他们感触的自然流露中，所以尤其显得靠得住。在这儿从来听不到要人们相信别家的主人跟他们家的主人不同，他们也并不赞扬他们认为所有的主人所共同的那些德行，但他们以淳朴的心颂扬上帝使地上的主人能为侍候他们的人们谋幸福并能为穷人们解忧。

奴役对于人是违反自然的，它的存在不能不引起一些不满。然而这里的主人受到尊敬，也没有人说他坏话。如果对女主人有什么唠叨的话，那么这种唠叨更胜过赞扬。没有人抱怨她对自己不宽厚，但抱怨她对自己跟对别人一视同仁；每人都不愿意她对自己的虔诚跟别的同伴相比，都想首先受到恩宠并相信自己对她的依恋也是占先：这是他们唯一的抱怨和他们心目中最大的不公正。

说到底下人的隶属关系时，连带的问题是他们同辈之间的融洽问题；仆役管理的这部分，其困难程度并不差些。在嫉妒和利害关系把一家的下人——即使像这儿这样人数不多的人家——分离开的竞争中，他们几乎也会联合起来使主人受到损害。假如他们协商一致，那是为了合伙偷盗；假如他们忠于主人，那么每人为抬高自己而贬低别人：他们不是仇敌便是同谋，人们很难有办法同时避免他们的诈骗和纷争。大多数家庭的家长不得不在这两重困难中进行选择。有些家长只顾自己的利益而不顾正义，培养仆役们这种倾向去从事告密活动，而且相信使他们作彼此的密探和监视者是做了一件很明智的杰作。另有一类人比较懒散，他们更愿让人家偷窃他们和让他们平安生活；他们总是以不好的态度对待有时热心人从一个忠仆吐露出来的热诚意见，自认为这是一种荣誉。这两类人都是不对的。第一类人在家里唆使跟规矩和优良秩序不相容的无休止的混乱，只能集合一大堆骗子和告密者，这些人在背叛自己同伴的同时，也在锻炼在某一天更可能出卖自己的主人。那第二类人拒绝知道自己家里发生的事情，放任同谋者反对他们自己，鼓励坏人，抛弃好人，花大钱豢养些狂妄和懒惰的骗子，他们商量好来损害主人，把他们的服侍看做是恩惠，把偷盗看做是权利。[①]

① 我相当接近地观察了一些大户人家的管理工作，我清楚地看到，有二十个仆役的主人是不可能明白知道在仆役中间即使有一个正直的人，而且不致把最坏的骗子当做正直的人。就凭这一点，我就不愿厕身于富人之列。这些不幸的人已丧失了生活中最甜蜜的快乐之一，即对于人的信任和尊敬。他们为自己的黄金付出了高昂的代价。——卢梭原注

在家庭事业中也像在社会事业中一样，想用一种罪恶来抵制另一种罪恶，或者想在二者之间形成一种平衡，就仿佛那破坏秩序基础的，有时可用以建立它一样，这是一个重大的错误。用这种恶劣的方法到后来只能把一切的坏事都联合在一起。罪恶在人家里被容忍，不会在那里孤零零地滋长：你如果让它有一个萌芽，跟着就会有一千个。它们一转眼便把家里所有的下人搞坏，使容忍它们的主人败落，使留心观察它们的孩子腐化和堕落。什么不称职的父亲敢于把自己的利益同这种罪恶等量齐观？什么正直的人愿意当一家之主，如果他不能在他家里建立起安宁和忠诚，而且为了获得自己的仆役的热心服务，必须不管他们之间的和睦相处？

谁如果只见过伏尔玛尔一个家庭，他简直想象不到类似的困难会存在，因为这里的家庭人员的团结都来自大家对一家之主的依恋。正是在这儿可以发现人们真诚地热爱主人，也必然会热爱属于他的一切，这是个很明显的例子；这是基督教信仰的基础。同父所生的孩子彼此都以弟兄相对待，这岂不是十分明白的事？这是教堂里大家每天对我们说的话，却不曾使我们触动，这是这一家的家人们所感到的，但没有人对他们说过。

使一家和睦的措施首先在于仆役的选择。德·伏尔玛尔先生在接受他们时，不仅考察他们对他的妻子和自己是否合适，还要看他们彼此是否合适；而两个都优秀的仆人之间表现很明显的不和，就足够使他立即辞退其中之一。于丽说："因为一个家的仆役不多，而他们又从来不外出，而且他们彼此又总是很靠近，就应该让大家都感到满意，假如它不是一个和睦的家，他们便会把它当做地狱。他们应当把它看做他们的祖居，那里全体都是同一个家庭。只要其中有一人为其他人不喜欢，便能使大家对这个家感到讨厌，于是这讨厌的人经常跟人家照面，这地方对于他们和我们都不是好地方了。”

经过把他们尽可能地作最好的挑选之后，又把他们可以说不征求其同意就以工种分组，以某种方式迫使他们服从分配，并使每人抱有能为他的全体同伴所爱的明显利益。不为自己而专为别人向主人说情的人受到人家的欢迎：这样，谁希望获得主人的恩惠，便试图促使另一个为他说话；而这在他并不难办，尤其因为不管请求恩惠能否获准或者拒绝，人家对说情者抱有好感；反之，人们厌恶那些只为自己的好处说话的人。人们对他们说：“您从来不为他人说情，那么我为什么要同意人家向我为您说情？您的同伴都比您更乐于助人，您却想比他们更幸福，这难道公正吗？”这里做得还更进一步，人家让仆役在背地里彼此效劳，既不夸耀，也不自我吹嘘；做到这一点并不特别困难，尤其因为给同伴们效劳时，主人是这种谦虚谨慎行为的见证人，因而对之更为尊重：这样，个人利益和自尊心获得了一致。仆役们对这一般的措施深信不疑，他们之间又充满了相互的信任，所以当有人要请求什么恩惠时，他以交谈的方式在饭桌上提出；他往往不用再花力气就发现他的要求已经获得结果；他不知该感谢谁，只知感谢大伙儿的帮助。

用这种措施和其他类似的措施，他们使仆役之间充满着仆役对于自己的主人的依恋而产生的关怀并从属于他。这么一来，仆役不仅不联合一起使主人受损害，他们的联合只是为了更好地为

主人服务。他们虽然注意彼此互爱的利益，但他们还有让主人喜欢的更大的利益；为后者服务的热诚超过他们彼此之间的亲善；他们全体都认为如果使主人蒙受损失，他将较少可能来奖赏优质的服务，他们自己也必然受到损害，因此他们同样不能默然忍受他们中间有人对主人做坏事。这家子建立起来的这方面的措施，我认为有它很高明的地方；我不能不相当惊讶，德·伏尔玛尔先生和夫人怎么能懂得把作为控诉人家的卑下的职业改变为一种热诚、廉正、勇敢的职务，像古代罗马人那时一样高贵，或者至少同样可赞美的职务的。

这里便开始以简单明了的道理，还证之以明显的事例，来摧毁或预防这样一种有罪的和奴性的风气，一种损害主人的相互包庇，因为那是一个狡猾的仆役会立刻抓住了它当做金玉良言向好心的同伴们进行宣传的。这儿的主人做得对，他让他们懂得，掩饰自己同伴的错误的教导只能涉及不损害任何人的那种错误；而当有人看到别人的不义行为会危及第三者而他却默不作声，那就是他自己在犯，又因为只有我们抱着犯错误的感情，这才促使我们会原谅他人的错误，如果自己不是骗子那类人，他绝不会容忍骗子手。这些原则在一般人与人的关系上是真实的，在仆人和主人的更狭小的关系上便更是确切，从这里可以得出不容争辩的原则是：谁看到有人对自己的主人犯下错误而不告发他，那么这人要比犯错误的人更有罪：因为后者为了自己想望的利益而在行动上受了骗；但前者镇静自若，也没有利益可图，他沉默的原因不过是对正义、对他服务的那家的福利抱着深刻地漠不关心的态度，还怀着想仿效他那隐瞒着的榜样的秘密愿望。这样看来，如果错误相当严重，那个

犯了错误的人有时还有希望得到对他的宽恕；可是那个对错误沉默的证人，作为存心作恶者，则必然要被解雇。

可是这儿不容许任何可以引起不公平和毁谤的控告，也就是说，不接受被告不在场的任何控告。假如有人单独来见主人以控告他的同伴，或诉说个人对他的抱怨，主人便问他是否了解得足够清楚，就是说他来控告的事是否同对方搞清楚。如果他说没有，便再问他怎么能对一件他不曾足够明了原因的事能作出判断。主人便对他说："这件事也许同您还不知道的另外的事有关；它也许有可以为之辩护或开脱而您并不知道的情况。您怎么敢于在知道他所持的理由以前就谴责这种行为？一句话的解释就可当着您的面证明他在理。为什么要冒不公正地处分他的危险，并让我来分担您的不公正？"如果他确信事先已跟被告弄清楚，人家也会反问他说："那么您为什么不同他一块儿来，仿佛您怕他来会驳斥您的说法似的？您有什么权利不让我采取您自己认为应该采取的预防措施？您竭力要我只凭您的告发作出对这件事的判决，而您自己却不愿仅凭您亲眼目睹的证明来作判断，这样做妥当吗？假如我满足于只有您一人的陈述而可能作出的不公正的判断，您对之能不负责任吗？"然后建议他把要控告的那人叫来：如果他同意这样做，那么这件事很快就可以办妥；如果他反对，那就狠狠地处罚他以后把他打发走了事；但对他的控告要保守秘密，仔细考察原告和被告双方，不用很久就会弄清楚到底哪一方是错误的。

这种规矩在这里是众所周知和牢固确立的，所以从来听不到这一家有仆人在背后说过同伴们的坏话，因为他们都知道这样做的人，大家会看做是坏蛋和说谎者。当他们中有人控告别人时，是

公开、坦率，不仅当他的面，也当所有他的同伴的面，以便他说的话有人证明他没有恶意。遇到什么个人之间的争论，那几乎总是由调解人来调停，用不着麻烦男主人或女主人；当问题涉及主人神圣的利益时，事情就不能保密；犯罪的人得认罪，或者得有人揭穿他。这种小小的审理是很难得的，而且只有在于丽每天巡视时，在仆役们吃中饭或晚饭时举行，德·伏尔玛尔先生把她的巡视戏称为她的上朝。于是她在平静地倾听了控诉和答辩后，如果事情关乎她的家务的话，她对控诉人的热心表示感谢。她对他说："我知道您爱您的同伴；您总向我说起他们的好处，我赞赏您的责任心和正义感能胜过您个人的喜爱；这正是一个忠诚的仆役和正直人的行为。"其次，如果被告并没有错，她对辩护常常添加几句赞扬的话；但如果她的确有罪，她便当众之面减轻他一部分的耻辱。她认为他有些辩护的话不愿在大庭广众之前申说；她便安排时间单独听他谈，那时她或她的丈夫对他作适当的谈话。这里奇特之处是两人中最严厉的倒不是最可怕的，人家对德·伏尔玛尔先生的严峻的处罚的畏惧还不如对于丽令人感动的责备厉害。前者用正义和真理说话，使罪人感到屈辱和狼狈；后者使罪人对自己的罪行感到沉痛的悔恨，并向他们指出她不得不对他们剥夺她的照顾而难受。她常常促使他们掉下痛苦和羞惭的眼泪，她看到他们的悔恨也难免为之感动，并希望自己的话不至于非执行不可。

谁如果根据自己或邻居家发生的情况来判断这些操心的事，他也许认为是多余的或难办的。然而您，阁下，您对于一家之主的责任和快乐有着那么重要的见解，并知道理性和德行对人类心灵的自然威力的，您定能理解这些细节的重要性和它们的成功要素在于什么。《玫瑰故事》[1]里说："有钱人并不是富有者。"人的财富不在他的保险箱里，而是在他从中取出来加以应用：因为人只有应用他所有的那些东西时，那些东西才真正为他所占有。而滥用总是比财富更无穷尽；这就使人的享受不是与他的消费，而是与他懂得怎样更好地安排消费的本领成比例。一个疯子可以把金条抛入大海并说他享受了它；但这种荒谬的享受怎样能跟一个懂得如何消费自己微小数量金子的明智的人的享受相比？唯有能使财富的应用增加和延续的条理和准则才能够把快乐变为幸福。如果真正的财产产生于我们对事物的关系，如果我们对事物的真正所有权产生于使用它们而不是产生于获得它们，那么对一家之主来说，有什么能比他的家庭经济和家里的好制度——那里最完善的关系直接依靠着他，那里家里所有的人员的幸福也同时扩大着他的幸福，——更为重要的呢？

最富有的人是否最幸福？那么富裕对幸福有什么用？然而所有安排得很好的人家是那家主人灵魂的标志。房屋的金碧辉煌、美轮美奂和精巧，只表明搞这一套的人的虚荣，但您到处看到没有悲惨的秩序、没有奴役的和平、没有浪费的富裕的地方时，您可以确信地说："管理这里的是个幸福的人。"

在我看来，我认为精神真正满足的最靠得住的标志是退隐生活和家庭的生活，那些不断地到别人家里去寻求他们幸福的人，在自己家里不会有幸福。乐于待在自己家里的一家的父亲，由于他

---

① 《玫瑰故事》(*Le Roman de la Rose*)：十三世纪法国诗人吉尧姆·德·洛利斯(Guillaume de Lorris)和让·德·墨恩(Jean de Meung)的八音节寓言训导诗。——译者

对家里不断地照顾,一定能得到自然的最甜蜜的情感那种连续不断的快乐作为奖励。在所有的人里他是唯一的,他是自己幸福的主人,因为他像上帝一样,除了他享受的以外,不再希望更多的。像这无限的上帝一样,他不想增大他的所有,但用最完善的关系和最合理的管理使其所有成为真正自己的:他不用获取新的,而是使已有的掌握得更好些来致富。他过去只享受他土地的收益;现在他仍然享受这些同样的土地,同时指导它们的耕种并不停地巡视。他的仆役过去在他是外人,现在他变他们为财富和自己的孩子并成为自己所有。他以往只有指挥他们行动的权;现在还有权影响他们的意志。以前他只靠金钱的力量做主人,现在他凭尊敬和善行的神圣帝国充当主人。命运可以剥夺他的财富,但它不能剥夺那充满着依恋着他的人们的心;它绝不能剥夺父亲身边的孩子:整个的区别在于昨天他养育他们,而明天他将由他们来养育。人们正是这样学会真正地享受他的财产、他的家庭和他自己;家庭生活的琐事就成了正直人的最愉快的事,他懂得了它们的价值;正是这样,他不但不把自己的家看做沉重的负担,他会把它看做自己的幸福,而且家长动人的和高尚的责任使他充满了做人的光荣和愉快。

如果这种珍贵的利益受到蔑视或是不大为人所知,如果即便有少数寻求这种利益的人极少得到它的话,那完全来自同样的原因。有一些简单但同时又是崇高的义务只为少数人所喜欢和实行:那便是一家之主的那些义务,对于这些义务,上流社会的气氛和声音只能引起厌恶,人们如果只凭吝啬和贪心来完成,便很难搞好。这样的人自认为是家庭的好父亲,实际不过是个警觉的管家;

他的财产可以得到发展，而那家却变得很坏。为了阐明和引导这重要的管理制度并给它以幸福的成功，需要有更高的观点。一个家庭的首要的制度应当是：谁想使家庭安宁，首先要使家中只收留正直的下人，不容许带有破坏这种秩序的秘密愿望的人混迹其间。但奴役和诚实是否可以如此兼容，以致能希望在仆役里找到诚实的人？不，阁下，为了有这种人，不应该去找寻他们，而应该造就他们，只有好的人才知道造就其他人的艺术。一个伪善者徒然想说有道德的话，他不能引起任何人的兴趣；而如果他知道使它可爱时，他自己就爱它了。被一个连续的事例戳穿的冰冷的教导有什么用处，如果只教人认为作这种教导的是在玩弄别人的轻信的话？那些劝我们实行他们所说而不是他们所做的，他们说的是弥天大谎！谁不实行自己所说的话，谁便是什么也没有说：因为他没有那种感动人和说服人的发自内心的语言。我有时听到那些十分不自然的讲话，那是对仆役们像对孩子们一般讲的话，为了给他们上间接的课。我完全不认为他们会因此受骗，我总是看到他们暗地里讥笑老师愚蠢，把他们当做了傻瓜，笨拙地向他们散布他们早知道不是他自己的那些格言。

所有这些徒劳的精巧措施，在这个家里都是不知道的，主人们为使仆役成为所希望的模样的巨大手段是，使自己向他们表现得像他们的样子一般。他们的行为始终是坦白和开朗的，因为他们不怕他们的行为戳穿他们的言论。由于他们对自己并没有不同于对别人的道德，他们便不需要说话时多加考虑；一个随便冒出来的词推翻不了他们努力建立起来的原则。他们不会不审慎地完全吐露他们的业务，但他们自由地谈论他们的准则。在饭桌上、在散步时、在密谈或在大众面前，他们总是讲一样的话；他们对每件事总天真地说出心里所想的；他们并不想针对谁，但每个人都能得到些教益。因为仆役从未见到过自己主人的行为违反正直、公平、无私，他们便不会把审判看做是穷人的沉重负担、套在不幸者脖子上的羁轭，看做是他们的一种不幸遭遇。主人为了不使工人徒然找工作和来求支付他们的工资的那种关心，这使他们习惯于感到时间的价值。看到主人安排别人工作的关心，每个工人从此认为自己的工作的可贵，把游手好闲看做是最大的罪恶。对于主人在公正方面的信心使家中规定的秩序获得了力量，也防止了一些弊端。人们不用担心每周的奖金里女主人认为最年轻或干得最好的，总是最勤恳的。一个老仆人不害怕人家会找他什么碴儿来扣除人家增加给他的工资。人们不希望利用他们的不和来表现自己并获得另一个所拒绝的东西。那些要结婚的人不用害怕人家为了能把他们长久地留下来而阻碍他们成家立业，这样，他们工作做得好也就不会妨害他们了。假如有个外来的仆人来对这家的仆役说，主人和他的仆役之间爆发了真正的战争；说这些仆役对主人干出了尽可能干的坏事，这样便实行了真正的报复；说主人们都是侵占者、说谎者和骗子手，对待他们像他们对待王公，或者人民，或者个别的人那样，并且巧妙地对他们用公开的暴力来对待，并没有什么坏处；这样说话的人不会有人听：这里甚至没有人会攻击或防止这样的说话，就让说这种话的人自己去批驳好了。

这儿的服从向来不是阴郁的和敌对的，因为在命令里从来没有高傲和任性，人们只要求合理和有用，同时尊重人的尊严，即便对从属的也如此，绝不使他去做自己感到卑下的事。此外，这里最卑下的只有罪恶，而一切有用的和正直的都是有益的和合理的。

既然这里的人们受不了外面的阴谋，那么也休想在这儿企图自己去搞它。他们清楚地知道，他们的命运最为保险的是跟主人的命运连系在一起，只要大家看见那家子繁荣昌盛，他们就什么也不用发愁。他们在为这家服务的同时，他们也就是在为他们的家产服务，在使他们的工作愉快的同时，也使他们的家业扩展；这就是他们最大的利益。然而这个词在这个场合并不放得恰当，因为我从来没有看到过利益会如此明智地被指导，但同时它比这里更少影响的那种管理方法的。一切都由于依恋而完成：人们可以说这些下人的灵魂在走进这聪慧和团结的人家时被净化了。可以说男主人的部分智慧和女主人的部分感情都进入了他们每一个下人，人们看到他们是如此的明智、乐善、正直和超过了他们原来的状况。尊重自己、受人尊敬、行善，这是他们最大的意愿：他们对于人们对他们说的赞扬的话，就像人们在别处对他们给的新年礼品一样高兴。

阁下，这些便是我对于这一家子对仆役和雇工态度有关的家庭制度方面观察的基本所得。至于主人们的生活方式和对孩子们的管理，这些题目的每一个都值得单独写一封信。您知道我在什么意图下开始产生这些意见的；可是实际上这一切形成一幅如此可爱的图画，为了喜欢鉴赏它，不需其他利益，只需其中的快乐就可以了。

第十一封信

圣·普栾致爱多阿尔阁下

不，阁下，我不放弃我说过的话，在这个家里，人们只看到快乐的和有用的结合在一起；可是这里有用的工作不限于利润的获得，而且还包括一切天真和简单的娱乐，它培养对孤独生活、劳动、节制的兴趣，并对投身于它的人保持一个健康的灵魂和没有激情干扰的自由的心。如果懒散的游手好闲只能滋长悲哀和无聊，那么甜蜜的空闲的可爱之处却是劳动生活的美果。人们劳动是为了享受：辛劳和快乐的这种交替是我们真正的意愿。作为过去劳动的消除疲劳和以后劳动的鼓励之用的休息，它对于人比之劳动本身一样重要。

在欣赏了最可敬的家庭的母亲在她的家庭秩序方面的警惕和操心的成果以后，我又看到她在隐蔽的角落——她称之为她的福地[①]，——里她喜爱散步的地方休息的结果。

好几天以前，我听到说起这福地，我对它感到有些神秘。终于在昨天午饭后，十分酷热的天气使家里室外和室内同样难受，于是德·伏尔玛尔先生向他妻子建议这天下午放假，而且与其像平常那样到儿童室待到傍晚，还不如同我一块儿到果园去换换空气。

① 福地（Élysée）：这一概念起源于古希腊时代以前，历经变化。在荷马史诗中，福地是大地圆面的极西部，大洋河上的一个美丽的山谷，没有暴风雪，没有严寒，没有冬天；常年和风吹拂，土地不用耕种，一年三熟。那里由神赐给永生的幸福的英雄居住。福地的传说为基督教所接受，成为天堂这一概念的基础。——译者

她同意了，于是我们一起都到那儿去。

这地方虽然离屋子很近，却被茂密的林荫道把它分隔开，以致哪一面都看不到它。围绕它的浓厚的叶簇不容许目光透过那里，它也小心地常常被锁锁着。我刚进到里面，用桤木和榛树伪装着的园门只留下两条窄狭的通道通向两边，我回过头来已经不知道打哪儿进园的；我看不见园门，就像从云中掉下来似地待着。

在走进这所谓的果园时，一阵愉快的新鲜的感觉向我袭来，那是模糊的阴影，一种生动和活跃的绿色，各方面纷乱的花朵，一股流水的淙淙声，还有千百种鸟儿的歌声，这些都给我的想象也给我的感觉以同样的影响；而同时我认为看到了自然界最荒野和最僻静的地方，我觉得是[①]进入这荒漠的第一人。我被如此难以预料的景色所震惊、控制、激荡，不觉呆住了好一会儿，而在一阵不自觉的兴奋中喊道："哦，蒂尼安！哦，胡安·费尔南台斯[②]！于丽，世界的尽头就在您的门口！"她含笑说道："许多人在这儿像您一样说过；但是再走二十步很快会把他们带回克拉朗：我们瞧您受的魔力是否会保持得更长些。这儿就是您过去散步过的果园，也是您跟我的表姐用桃子打仗的地方。您知道那时的青草相当少，树木也相当稀疏，树荫不多，而且完全没有水。而现在您看多么新鲜、碧绿、充满了苍翠、修得整整齐齐，到处开花、灌溉着水。您知道把它变成现在这样，我得花多少力气？因为您要知道我是这儿的总监，而我丈夫完全把它交给我自由处置。"我对她说道："我看，您并没

① 我觉得是(Il me semblait d'être)：完全符合卢梭的原文。——原编者注

② 南海中的一些荒岛，在海军上将安松(l'amiral Anson)的游记里很有名。——卢梭原注

有花什么力气。这地方的确很可爱,但是粗野和荒凉;我看不出什么人力劳动。您关上了门;我不知道水是怎么来的;只有自然做了其余的一切;您自己从来不知像它那样好好地干。”她说:“自然的确干了一切,可是在我指挥下干的,这儿没有一样不是我吩咐的。还有一点,您猜猜看。”我接着说道:“首先,我不懂,即使投入金钱和劳动,怎么能够加快时间。看那些树……”德·伏尔玛尔先生说道:“说到这个,您一定已注意到这儿的大树不多,而这些树那时早已经有了。此外,于丽在她结婚之前很久就已经开始,而且几乎就在她母亲死后不久,就同她父亲来这里寻求清静那时开始的。”我接着说道:“好吧!既然你们要我相信所有这些大块文章、这些巨大的绿廊、这些下垂的乔木、这些如此遮荫的树丛都是七八年间长出来的,而且还有人的技术混合在其中,我估计如果像在你们这般大的范围里搞成所有这些的话,你们花两千埃居还是很节省的。”“您只想索取两千埃居的高价,我却是一个钱都没有花。”“什么,什么也没有花?”“是的,没有花;除了您不曾计算的我的园丁每年约十二天工作,我那些仆役的二三天工作,还有德·伏尔玛尔先生本人几天,他不怕有几天充当我的园丁。”我一点儿也不懂这个哑谜;但一直拉着我在一块儿的于丽,这时放我单独走,并说道:“往前走,您就会懂得。蒂尼安再见了,胡安·费尔南台斯再见了,一切奇境再见了!过一会儿,您将从世界尽头回来。”

我便满心喜欢地开始周游这如此变形了的果园;假如我没有发现异国的植物和印度的产品的话,我却找到一些被安排和联合得事实上可以产生最动人和最愉快的地区植物。绿油油的细草,既厚实又短而紧密,它杂有欧百里香、芳香草、几米央草、牛至和其他香草。还看到上千种田间的野花，其中也看得见花园里的花，它们仿佛跟别的花草一样自然地生长着。我时不时地碰到一些浓密的树丛，它们像在最密的森林里一般不能为阳光穿透；这些树丛由最柔韧的树木形成，人们把它们的树枝弯下来插到地上让它生根，这种技术有如美洲人对红树枝那样让它自然生长。在比较开阔的地方，我随处看到没有程序和不对称地长着玫瑰、覆盆子、醋栗、丁香、榛子、接骨木、山梅花、染料木、三叶木等树丛，它们点缀着土地并表示刚刚在开垦。我循着迂回曲折和不规则的小径前行，它们镶有许多开花的小树林，并盖满了千种汝代葡萄、爬山虎、啤酒花、旋花、游蛇花、铁钱莲和类似的植物，而在这些花中间，忍冬和茉莉花也混在其间。这些花丛仿佛随便地从一棵树长到另一棵树，好像我有时在树林里看到的那样，并在我们头顶上，形成为我们挡住太阳光的帷幕，在我们脚下有一条平和、方便和干燥的走道，在很细的苔藓上，没有沙土，没有青草，也没有粗糙的根蘖。只有这时我才不无惊讶地发现，这些绿色和浓密的阴影，它们从远处如此地荫蔽我，只不过是些爬行和寄生的植物，它们顺着树木蔓延，用最浓厚的叶簇来遮盖它们的头，用阴影和清凉来遮盖它们的底脚罢了。我也注意到他们用一种相当简单的办法使好几种植物在一些树干上生根，这样可以缩短距离而获得更大的发展。你们当然想象得出，所有这些办法不能使果子变得更好些；但只有这个地方，为了愉快才牺牲了有用，而在其他地方，他们对浆果植物和果树采取了这样的努力，结果是这个果园的水果的收获虽然少了，但总的收获只会比从前更多。假如你们想到他们在树林深处有时发现野生果实而且甚至拿它来享受的话，你们一定会懂得，他们在这人工

荒地上找到优良和成熟的、虽然是稀疏和难看的水果时的快乐;而寻找和选择它们也有乐趣呀。

所有这些小路都被一股清澈明亮的流水所围绕和穿越,它在草丛或鲜花间流过,有时几乎看不出来,有时以更发光的水流从洁净和有斑点的石子上成为较大的溪水流淌。大家看到一些泉水流着从土下冒出水泡,有的时候在更深些的水渠里平静和安稳的水清楚地显现出周围的东西。我对于丽说道:“我现在明白其他的一切了;但我从各方面看到的水……”她向我指出她花园的平台方面说,“这水是从那儿来的。就是这小溪我们花了大钱在平台上搞了个喷水池,却没有人对此注意。德·伏尔玛尔先生不愿破坏它,为了对这样做的我父亲表示敬意;可是我们每天不进花园就能看到这个喷泉多么快乐!这喷泉是给外人看的,而这里的小溪是为我们的。我在这儿把公共的喷泉联系了起来,这确是如此,公共的喷泉通过大路流进湖里,它的降低水位有损行人,对大家也是纯粹的损失。它在两行柳树之间的果园脚下转了个弯;我把它们包在我的围墙里,我把这同一水流用别条路引导。”

于是我看到问题就在于使这些水怎样经过适当地划分和联合,尽可能免除坡度,以便延长路线并调节若干小的瀑布的呜咽声。一层一英寸厚的湖中的石子和满是贝壳的黏土形成了小溪的溪床。这些同样的小溪在有些段落在盖满泥土和细草的若干大瓦片下流过,在它们的出口形成了同样多的人工泉水。有几条水流在一些高低不平的地方由虹吸管吸引,并在下落时沸腾着。最后经过如此清新和潮润后的泥土便不断提供新的花卉,并使青草总显得碧绿和美丽。

我越经过这片可爱的庇护所，我进来时所感觉到的那种甜蜜的感受也越增加；然而好奇心在催促我。我更急于想看到事物本身，这比之想观察它们的印象更强烈，所以我喜欢这种可爱的观看而不去费心思考。可是德·伏尔玛尔夫人从我的梦想中把我拉了回来，她拉住我的手臂说道："您所看到的一切不过是植物的和无生命的自然，不管我们怎么对它们，它们总是留下孤独和悲惨的思想。请来看它的有生命的和有感情的一面；只有在那儿您会在每天的各个时刻发现有新的容貌。"我对她说道："您先提醒了我；我听到了喧闹和混乱的鸟鸣声；我看到相当少的鸟类；我知道您有一个鸟栏。"她说："不错，让我们走近去。"我不敢进一步再提关于鸟栏的事；但这思想对我有些使我不高兴，并觉得和其他完全配合不起来。

我们经过许许多多的转折来到了果园的下面，在那儿我发现所有的水联合成一片美丽的溪水，平稳地在两行常常修剪的老柳树中间流着。它们凹陷和半秃的树冠形成一些盆状，从那儿由于我说过的园丁的技巧，形成一些忍冬树丛，其中的一部分在树枝周围纠结着，而另一些则沿着泉水优雅地掉下来。几乎就在围篱的顶端是一个小水池，周围有水草、灯心草、芦苇，当做鸟栏的饮水池，并作为如此宝贵和很好安排的最后一站。

在水池的那边有个土台，它处在围墙的一角，由许多各种各样的小树包围着；小树林最小的都在上面，而且由于土低下来而总在长大，使树顶几乎是水平的，或者至少将来有一天会那样。在前面的是十几排还是年轻的，但准备会长得很大，例如山毛榉、榆树、楞树、洋槐。我从远处听到鸟鸣的正是这片无数鸟儿的疵护所；也是在这片树林的阴影里，有如在一顶大伞下，人们看到它们飞翔、奔夺、歌唱、发恼、打架，它们仿佛没有注意到我们似的。在我们走近时它们难得飞走，按照我预见的那样，我起初以为它们是由网保护的；但当我们走近水池旁边时，我看到它们中有几只会飞下来并走近我们，停在一条把土台一分为二和把水池跟鸟棚沟通的小道上。这时德·伏尔玛尔先生在水池边来回走着，把口袋里的混合饲料扔下二三把；当他走后，鸟群便飞过来像鸡似的啄食，样子非常熟悉，我容易看出它们是习惯于这种训练的。我喊道："这真可爱！你们说的鸟栏这个词曾使我惊讶；但我现在懂了：我看到您想要客人而不愿要囚徒。"于丽答道："什么叫客人？我们才是它们的客人[①]；它们是这儿的主人，我们因为有时受苦而在付贡品。"我又说道："那很好，但这些主人是怎样占领这儿的？是什么方法使它们集中到这儿的？我没听见过人们这样试过；我也没听到说人们曾成功过，要不是眼前有证明的话。"

德·伏尔玛尔先生说道："忍耐和时间作出这个奇迹。这是有钱人在他们的快乐中绝想不到的办法。他们都急于想享乐，力量和金钱是他们知道的唯一方法；他们有歌鸟在笼子里，每月有那么多的朋友。如果有仆人会来到这里的话，您马上会看到鸟儿都没有了；现在它们在这儿大量存在，那是因为这儿一直有着。它们完全没有的地方，人们难得使它们来，当它们有的地方，这就容易使它们多起来，只要配合它们的一切需要，绝不惊吓它们，让它们安

---

① 我们才是它们的客人。下面有关这句的注在原文版本里是没有的：

"这句答话并不正确，因为"客人"这个词是和其本身有关联的。我并不想举出语言的整个错误，但我要告知能引起错误的地方。"——卢梭原注

全地产卵并不破坏它们的小雏：那么在那儿的便会留下来，要来的也将待着。这个树林过去存在，虽然是和果园分开的；于丽只是用活的篱笆跟那儿连起来，去掉把它分隔的东西，加以扩大并种些新的植物。您瞧，引到那儿去的道路右边和左边有两个地方满是杂草、稻草和其他各种植物乱七八糟的混合。那儿每年种小麦、黍、向日葵、大麻籽、des pesettes[①]，一般鸟儿爱吃的种子，而不作为收成；除此而外，不论夏季或冬季，她或者我几乎每天都带东西来给它们吃；当我们忘记这样做时，由方勋来代替做。它们用水，像您所看到的，就近在咫尺。德·伏尔玛尔夫人的注意力还发展到整个春天对于成堆的马鬃、稻草、羊毛、苔藓和其他适合于筑巢用的物品的供给。还有邻居家那么多的物品，丰富的食物，以及从这儿驱逐有害于鸟类的仇敌[②]的人们的伟大关心，还有它们享受到的长久的和平，使它们在一个什么也不缺少而且没有任何干扰它们的地方生蛋。这便是父母亲的故土变成了儿女的故土，和这群生物能在这儿繁殖的原因。"

于丽喊道："啊！您不再看到什么了！每人只有想到自己了；但不可分离的夫妻，家庭关系的热诚，父母的恩爱，这一切您都忘记了。应该在两个月前到这儿来看最动人的情景，而他的心可看到自然的最甜蜜的感情。"我相当忧愁地说道："夫人，您是妻子和母亲；这些快乐是您应当知道的。"德·伏尔玛尔先生立即握住了我的手，紧紧地握着并说道："您有一些朋友，这些朋友都有孩子：

① 即 de la vesce(野豌豆)。——卢梭原注

② 指山鼠、老鼠、猫头鹰，尤其是儿童。——卢梭原注

父亲的爱怎么会对您不了解呢?”我看了看他,我看了看于丽,他们俩又相互看着并给我以如此感人的目光,以致我把他们俩分别拥抱时,激动地对他们说道:“它们对于我像对于你们同样可宝贵。”我不知由于什么奇怪的现象使一个词能够如此改变一个灵魂,但从这时候起,我看德·伏尔玛尔先生显得是另一个人,我看他较少像我曾如此热爱的那人的丈夫,而更多像我愿意付出生命的两个孩子的父亲了。

我想绕过水池去更近地观看那可爱的庇护所和它的小居民,但德·伏尔玛尔夫人阻止了我。她说:“没有人到过它们家里来干扰过它们,您还是我们引到这儿来的第一位客人。这个果园有四把钥匙,我父亲和我们各人一把;方勋作为检查员拿着第四把,有时也带我们的孩子们来玩;人家给予这种优待,就要求他们在这里要付出特别小心的代价。瞿斯丹本人只有我们四人中有一人陪着才能进去;而且除了他做有用的工作的那两个月以外,他也几乎不再进去,而其余的工作都由我们做了。”我对她说道:“这样看来,为了使你们的鸟儿不成为你们的奴隶,你们却变成它们的奴隶了。”她却说道:“这真是暴君的话,他只有看到干扰人家的自由时,才相信自己能够享受自由。”

当我们走上回家的路时,德·伏尔玛尔先生把一把大麦扔进水池里,于是我在看到它时,注意到了几条小鱼。我立刻说道:“啊!啊!这里可是有俘虏了!”他说道:“是的,那是一些战俘。为此人们才让它们活着。”他的妻子补充道:“没有疑问。不久前方勋在这厨房里偷了些小鲈鱼,在我不注意时带到这儿来。我就让它们待在这儿,生怕把它们放到湖里去会使她生气,因为与其得罪个正直的人，还不如让鱼儿住得狭小些的好。”我答复说：“您有道理，它们用这个代价逃掉灭顶之灾，也就没有太多的话可抱怨的。”

“好啦！您现在怎样？”在我们回来时她对我说：“您还在世界的尽头吗？”我答道：“不，我现在完全在外面了，而您事实上已把我带进了福地。”德·伏尔玛尔先生说：“她给这果园起的这夸张的名字很值得开这个玩笑。您要谦虚地赞赏孩子们的游戏，并且想到他们不曾受到母亲给他们有什么损害。”我接着说道：“我知道这个，我非常有把握；孩子们的游戏在这方面比大人的工作更叫我高兴。”

我继续说：“然而这里有件事我没法理解，那便是为了使一个地方变得完全跟过去不同，那就得细心耕种土地；可是我到处都看不见这种劳动的些微痕迹。这里的一切都碧绿、清新，一切都茁壮成长，而园丁的手却看不见；一切都证明是个荒无人烟的岛屿，像我初来时看到的，我看不到一个人的脚步。”德·伏尔玛尔先生说道：“啊！那是人家费了大劲儿把它们抹掉了。我常常是证明人，有几次也是这种花样的同谋。在一切耕种过的地段种上了草，草长起来便很快掩盖了耕种的痕迹；在瘦瘠和干燥的地方，冬天盖上几层肥料；肥料能吃掉苔藓，促使牧草和植物生长；而对于树木不会因此变坏，到了夏季它就根本看不见了。至于掩盖几条小路的苔藓，它们生长的秘密是爱多阿尔阁下从英国写信告诉我们的。这里的花园从两面用墙包围，这墙不是用果树的行列而是用密植的各种不同的树栽成，所以花园的边界可以看做树林的开始。花园的另外两面是活的强壮的篱笆，其中有槭树、英国山楂树、枸骨叶冬青和其他混杂的小树，使人们看了不像是篱笆而认为是矮林。你们看不到有什么行列、有什么水平线，任何行列这儿都没有：大

自然的种植绝不用拉线;可疑的不规则性的小径的逶迤曲折十分巧妙地延长着散步的地方,隐藏起小岛的边缘,扩大了它那外表的面积,从而避免了不方便的和太过频繁的转折[①]。”

在考虑这一切时,我发现相当奇怪的是,这儿花了那么多劳动来隐藏已投入的劳动。避免这类的麻烦岂不是更好吗?于丽答复我说:“不管人家对您说了些什么,您根据结果来判断工作,但的确您是错了。您在这里看到的一切,都是些野生的和强壮的植物,只要放到地上,它们后来会自己生长。况且自然仿佛想从人们眼睛里避开它真正的魅力,因为人们对它不但很少感受,而且在力所能及时还要丑化:自然逃避人迹所到的地方,而是在山的峰巅、在森林深处、在荒岛上才展开它最动人的美感。那些喜爱它和不能那么远地寻找它的,就只能对它施行暴力,并且可以说强迫它靠近我们生活;而这一切不能不带些幻想去做。”

说到这里时,我产生了一阵想象,使他们笑了。我便对他们说道:“我设想一个巴黎或者伦敦的有钱人,他成了这所房屋的主人,并随身带了一个建筑师,他给建筑师很高的工资来破坏大自然。他将以怎样的蔑视进入这简单和平庸的地方!他将以怎样的藐视拉掉所有这些破烂的东西!他将采取的美丽的直线!那些漂亮的小径他将使之穿过!那些好看的鹅掌,那些像阳伞、像扇子的美丽的树木!那些雕得很好的漂亮的栅栏!那些画得好、弄得很方正、扭得好的美丽的绿树棚!那英国细草的、圆形的、方形的、凹形的、

① 因此这完全不是像现在流行的那种小树丛那样可笑的曲折形,以致每走一步必须作出单足的足尖旋转。——卢梭原注

椭圆形的漂亮的草坪！那些切削成龙、塔、滑稽人像和各种妖魔的美丽的瓶架！那些紫铜的优美的盘子，那些石头的美丽的水果，他将用以装饰他的花园[①]！……”德·伏尔玛尔先生说道：“当这一切实现之后，他将做成一个非常美的地方，人们不会上那儿去，而且人们总是急急忙忙地从那儿出来去寻找田野；是个悲惨的地方，那儿人们不会去散步，可是人们为了去散步而要从那里经过；我与其去我田野散步，我常常急于回到这儿来散步。

“我在这些如此广大和丰富地装饰起来的土地上所看到的只是所有者和建筑师的虚荣，他们俩一个总是急于展示他的财富，另一个总是急于展示他的才能，他们费了大钱却为愿意享受他们成果的人准备了厌倦。一种完全不是为了人的虚假的巨大趣味会毒害他的快乐。巨大的气派总是引起愁闷的；它令人想到引起它产生的那人的不幸。在他的花坛和巨大的林荫道之间，他那微小的个人绝不会增大；一株二十尺的树遮盖他并不比一株六十尺的树更差一些[②]；他始终只有三尺那样的体积，只能像一只小虫那样消

① 我深信这种时候会到来的，那时人们将不愿再在花园里见到在田野里见到的东西；人们既不能再忍受植物，也不能再忍受灌木；人们将在那儿只愿看到瓷器的花、瓷人、花墙、各种颜色的花和空无所有的美丽的瓷器。——卢梭原注

② 应当稍微发挥一下关于可笑地修剪树木的坏习惯，使它们长得漫天高，方法是剪去它们美丽的树冠、它们的树荫，减弱它们的树液并阻止利用它们。这种办法的确可以给园丁以木材，但它却剥夺了国家本来并不太多的木材。人们可能相信自然使法国同世界其他国家不一样，所以这里努力去毁损它。在法国的公园里只长些长长的竿子：那都是桅杆和五月树[③]的树林，人们在那里的树林中散步时找不到阴凉处。——卢梭原注

③ 五月树：在法国有一种习俗，在五月一日在喜欢受人尊敬他的那人的家门前栽上被斫下来的树木，一般都很长。——俄译注

失在巨大的田野里。

“还有另一种跟这种直接相反的趣味,而且在关于甚至不让人有散步的快乐——开辟花园就是为了给人以这种快乐,——这就更可笑了。”我对他说道:“我知道,那是些小怪人、小的爱种花人,他们一见到毛茛就欣喜,在郁金香花面前跪拜。”说到这里,阁下,我就向他们讲述从前在伦敦时被介绍到那个那么高明的花园去参观,在那里我们看到在四层肥料上如此豪华地闪耀着荷兰的一切宝贝。我忘记不了那次尊敬我这个不值得尊敬的人,以及其他观众的阳伞和小棍子的仪礼。我向他们谦卑地承认自己为什么在看到一棵我认为颜色生动和样子漂亮的郁金香时也想竭力表示自己的狂喜,我却被所有的知名人士所讥笑、咒骂、吹口哨,而花园的教授从讥笑那花转到讥笑它的吹捧者,并在开会结束时不愿再看我一眼。我补充道:“我认为他一定为他的小棍子和阳伞被亵渎而很后悔。”

德·伏尔玛尔先生说道:“这种趣味当它退化成为魔法时,便有某种渺小和虚妄的东西,它使之变得稚气和可笑地昂贵。另一种至少具有高贵、伟大和某种真实的品性;可是块茎和球茎当人们正在进行交易而它们正可能被昆虫咬啮和毁坏时,或者在中午时美丽而不到傍晚就枯萎的花有什么价值?那种只有在好奇者的眼里才会感觉到和只有自认为美而才认为美的协议的美能算什么呢?会有这种时间到来,那时有人将以同样的理由在花中寻找与今天从中寻找的完全相反的东西;于是您也会是博学的人,而您的好奇者会成为无知者。所有这些小小的观察,它们变为研究,是完全不适合于想给他的身体以一种有节制的锻炼,或者在散步时跟他的朋友交谈以舒畅他的思想的有理性的人的。花儿是为了我们走过时娱乐眼睛而不是为了如此好奇地作解剖的[①]。请看它们的翠菊在这里园里到处都闪耀着：它使空气芬芳，使眼睛愉快，但几乎用不着什么照料和栽培。因此爱好种花者便对它轻视：大自然把它搞得那么美，使他们不能对它增添什么习俗的美了；他们既然不能为种植它而费心，从中也就找不到什么可以吹嘘了。所谓有趣味的人的错误是希望到处有艺术，而没有艺术出现的地方是绝不会满意的；然而真正的趣味却是在于隐藏艺术，尤其是问题述及自然的工作时更是如此。人们不断看到的那些如此直、如此多沙的林荫道是什么意思？还有那些星形的道路，在那儿远不是使人像所想象的那样看到公园的巨大，而只是笨拙地显示出它的有限？人们在树林里看到过河里的沙吗？或者脚踩在这沙上比踩在苔藓或草地上更舒服吗？自然常常使用角尺和直尺？虽然他们使劲去毁损它，他们担心人们会认不出自然的什么东西？最后，如果他们在开始时就已经感到散步疲倦，他们竭力走直线以便尽快走到头，这岂不是有意思？人们会不会说，他们选择了最短的路，他们散步不如做一次旅行，而一走出家门就马上想回来？

“那么真正为了生活而生、知道自己快乐、寻求真实和简单的快乐和在自己家门口散步的、知道趣味的人，他是怎么做的呢？他将使生活成为如此方便和如此愉快，所以他使生活能够每天每个钟头都感到愉快，但却是如此简单和自然，以致感到什么也没有

① 聪明的伏尔玛尔在这儿没有看清楚。他知道那么清楚地观察人，会如此模糊地观察自然吗？他是否不知道大自然的创造者在大事上如此明白，它在小事上岂不更要明白吗？——卢梭原注

做。他要集中水流、绿荫、阴影和清凉，因为自然也收集所有这些东西。它不给什么东西以对称：因为那是自然和变化的敌人；而花园通常的一切林荫道是如此地相似，以致人们认为总是在同一个地方；它平整土地为了在那儿散步方便，但它的林荫道的两边总不会是确切地平行的；它的方向也不会总是成直线的，它会有一种我说不好的不明确的东西，仿佛一个闲散的人在无事漫步的样子。他绝不关心要上远处好的地方去；对远景和瞭望的兴趣来自多数人对自己不到的地方感到不满足：他们总是贪婪于跟他们远离的东西；而不懂得使他们周围的东西能使他们相当快乐的艺术家，便乞求这个本领来使他们高兴；可是我所说的那人却没有这种忧虑，当他对现在所处的地方感到美好时，他不会想到另一处去。举例说，这儿没有这地方以外的风景，于是他很高兴没有这种风景。他满意地认为自然的所有可爱之处这里都包含了，我很担心只要外面一点儿风光就会对这个散步减掉许多快乐[①]。当然所有不喜欢在一个如此简单和如此愉快的地方度过快活日子的人，是

① 我不知道人们是否试图给那些长长的星形的林荫道以轻微的曲度，使眼睛在每条林荫道上不能完全看到尽头，并使相反的那一端为观者看不见。这样人们的确会失掉看到景物的愉快，但对于所有者却可以在想象上扩大所在地方那种可贵的利益；而在一个相当有限的星的中央，人们会相信迷失在一个无限的公园里。我确信这种散步也将较不忧闷，虽然比较孤单，因为一切给想象以机会的事都能刺激思想和培养智力。但花园的创造者并非能感到这些事的人。在乡村里他们的铅笔有多少次会从他们手中掉下来，像勒·诺脱尔[②]在圣詹姆斯公园发生的那样，如果他们也像他那样懂得生命给予自然和利益给予他的观众的话。——卢梭原注

② 勒·诺脱尔（Le Nôtre André，1613—1700）：法国著名的园艺装饰家，凡尔赛公园的创造者。圣詹姆斯公园在伦敦的同名王宫附近，那里长期是王宫所在地。当英王查理二世邀请勒·诺脱尔来英国整顿圣詹姆斯公园时，勒·诺脱尔震惊于该公园的自然美，说服国王不作任何改变。——俄译注

没有纯洁的趣味和健全的灵魂的。我承认不应该夸张地把外来人引进来；但反过来，人们却可以在这儿自己享受而不把它告诉人家。”

我对他说：“先生，那些人有那么多钱，他们盖了那么美丽的花园，很有理由不是为了单独散步，也不是为了跟自己几个人彼此单独留在那儿；因此当把自己的花园只为了别的人时，他们便做得很聪明。此外，我在中国看见过您要求的那种花园，而且以如此的艺术做成，以致艺术没有在那儿表现出来，但用如此花钱的方式，而且用那么大的费用来维持，所以这个思想使我想去看它的快乐都没有了。那儿有岩石、洞穴、人造瀑布，都是在平坦和多沙的地方，那里只有井水；那儿集中了中国和鞑靼[①]所有气候的稀有的花卉和植物，把它们都集合在同一块土地上。人们在那儿的确既看不到漂亮的林荫道，也看不到有规则划分的花坛，但人们在那儿看到丰富地堆满着在别处只是零碎和分散的奇迹，自然在那儿表现出千姿百态，而总的却似乎不是自然的。这里人们既不运送泥土也不运送石头，人们既不做水泵，也不做蓄水池，人们既不需要暖房，也不需要炉子，也不需要钟，也不需要草垫。这里几乎一致的地面所接受的是十分简单的装饰；普通的草、普通的灌术，一些自然的、不受限制的流水，这就足以使它美化了。这是不用费力的游戏，它的灵巧可以给旁观者以新的快乐。我知道这种住所还可以更愉快，而它给我的快乐却将变得小得多。举例说，这便是司图的科巴

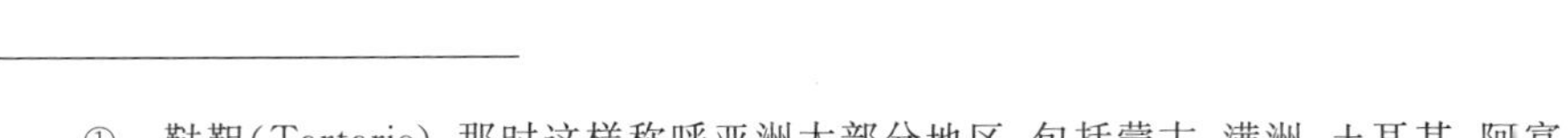

① 鞑靼(Tartarie)：那时这样称呼亚洲大部分地区，包括蒙古、满洲、土耳其、阿富汗和俾鲁支斯坦。——俄译注

姆阁下的著名的公园[1]。这是很美和很秀丽的地方的综合体，它的外貌仿佛选自各不相同的国家，而且一切都显得很自然，除了它的集合，像我方才对您讲过的中国的花园那样不是自然的。这卓越的幽居的主人和建造者在那里甚至叫建造些遗迹、庙宇和古代建筑；时间和地点就这样以超人的优美在这里混合了起来。这正是我所要抱怨的。我希望人们的娱乐总要有个容易的气氛，它绝不要想到他们的弱点，而在赞美这些杰作时，不要有它们所花费的金钱和劳动的疲劳的想象。不把它们计算进游乐里去，难道我们的命运给我们的苦恼还嫌不够吗？

“对于您的福地我只有一点责备”，我望着于丽补充说，“但它对于您显得是严重的：您的福地是个多余的娱乐。在房子的那一边已有了如此可爱和如此被疏忽的小树林，那您为什么要新的散步地方？”她有点儿为难地答道：“这不错，但我更喜欢这儿。”德·伏尔玛尔先生打断她的话说道：“如果您在提出来之前把问题好好她想一想，它是极不审慎的。我的妻子从她结婚以后从来没有到过您说的那小树林。虽然她对我始终不谈这事，但我知道其原因。您不是不知道的，那么您要尊重您现在这个地方：它们是有德之手栽培的。”

我刚听到这个正确的谴责，由方勋带着的那下一代进来，这时我们正好要出去。那三个可爱的孩子立刻扑到德·伏尔玛尔先生和夫人的脖子上。我也受到了他们小小的抚爱。我们又回进去，

① 司图的科巴姆阁下公园（Le parc de mylord Cobham à Staw）：英国18世纪下半叶的著名公园。——俄译注

于丽和我在福地里跟他们走了几步，然后我们走到同工人们谈论什么事的德·伏尔玛尔先生那儿。她一路走一路告诉我，她当了母亲后，对这条散步的小路产生了要把它变得更好的明确思想。她对我说："我想过，当孩子们长大起来，花园里的工作将对于他们是娱乐并对他们身体带来好处。这地方的维持需要关心多于需要劳动；应该更多地为植物的枝桠给以一定的外形，而较少去用铲翻动和耕耘土地；我愿有一天把他们变成我的小园丁！他们将有足够的劳动以锻炼他们的体格，但同时又不使他们太劳累，况且对于他们年龄来说，太强的劳动他们可以叫人来做，而自己只限于做能使自己感兴趣的。"她又补充说："我对您说不好，我怎样愉快地想象，我的孩子们忙于工作以偿还我现在以如此满意的心情为他们做的小小的努力，他们又以怎样温馨的心灵看到他们的母亲在他们自己种的树林的阴影下愉快地散步而非常快乐。"她又以激动的声音说道："我的朋友，在快活地度过的日子里，的确有着另一种生活的幸福；因此在做这样想时，我并非没有根据地把自己的花园叫做福地。"阁下，这个不可比拟的女人真是个母亲，她也是个妻子，她是个女友就像是个女儿；而且对于我心灵的永远的苦恼，她还曾经是个情人。

被这如此动人的地方所鼓舞，我在晚上要求在我居住在他们家时，让方勋把她的钥匙交给我并让我喂养鸟儿。于丽立刻把一袋谷粒交到我的房间里，并把她自己的钥匙给了我。我不知为什么会用困难的心情接受它；似乎我更喜欢德·伏尔玛尔先生的那把钥匙。

这天早晨我很早就起床，我以儿童的热情把自己关闭在荒凉的岛上。我期待着有多少愉快的思想会带到这僻静的地方来，那里唯有大自然那和平的现象应该把我所有那些社会的和人为的、使我变得如此不幸的一切都从我记忆中驱逐出去！将要使围绕我的一切都是我过去如此亲爱的那人的创造。我将在我整个周围观看她；我将只看见她的手接触过的；我将亲吻她的脚践踏过的花朵；我将连同露水一起呼吸她呼吸过的空气；她在娱乐中的趣味把她所有的魅力都显现在我面前，而我将到处找到她，仿佛她就在我的心底。

带着这样的心情进入福地时，我立刻想起了昨天德·伏尔玛尔先生差不多就在同一地方对我说的最后的话。这最后一个词的回忆立刻改变了我的灵魂的整个状态。我仿佛看见了德行的形象，那儿正是我寻求快乐的形象的地方；这个形象在我的思想里却与德·伏尔玛尔夫人的容貌混淆了起来；而且自从我回来后第一次我在她不在时看到了不是像她对于我和我还喜欢她那样的于丽，而是每天她在我眼前出现的那个于丽。阁下，我认为看到了这个如此可爱、如此贞洁和如此有德行的女人在昨天围绕着她的同样的随行人员中间。我看到了围绕她的三个可爱的孩子，夫妇结合和亲切友谊的可敬和优美的保证，在向她表示和从她接受一千个感人的抚爱。我看到了在她旁边那个严肃的伏尔玛尔，这如此亲爱、如此幸福、如此当之无愧的丈夫。我认为看见了他那能穿透的和明智的眼睛直射进我的心底，而且还在使我脸红；我相信听见了从他嘴里发出来的太值得的指责和太没有好好听取的教训。然后我看到了同一个方勋·尔格儿，这个善行和人性战胜最热烈的爱情的话的证明。啊！什么有罪的感情曾通过这不可动摇的护卫

队而到达她呀？我将以怎样的愤怒来堵塞一种有罪的和没有很好地熄灭的激情的卑鄙的冲动！如果我一口气玷污一个如此纯洁和正直的可爱的图景，我将受到蔑视了！我在我的记忆里重温了她在出门时对我说的话；后来在跟她重新登上思想上的未来时，她如此妩媚地观望着，我看到这位温柔的母亲拂试着她的孩子们额上的汗珠，吻着他们发烫的脸颊，并把这为了对自然那最和平的感情的爱的心交了出来。在“福地”这名词之前，并没有什么能校正我在想象上的偏差，也不能给我对激情的最有诱惑力的扰乱的灵魂以一种更可取的安宁。“福地”在某种程度上为我描绘出了想到这个词的女人的内心世界；我认为一个人如果内心激动，他是绝不会选取这个名词的。我对自己说道：“和平统治着她的内心深处，也像统治着她取名的那个隐蔽所一样。”

我给自己预兆了一个愉快的梦幻：但我却梦见了比我预示的更愉快的梦。我在福地度过了两小时，而这两小时比我一生的其他时刻更愉快。看到这时光以怎样的快乐和速度流过，我觉得只有在诚实的思想的思考中才有一种恶人从来不会知道的舒服感：那便是一种自我快乐的感觉。如果人不带偏见这样思考，我不知道还有什么快乐能跟它相比。我至少感到能像我这样爱孤独的人应该害怕为自己准备精神的苦恼。人们也许会从同样的原则里得出对于罪恶的利益和对于德行的利益的假判断的钥匙：因为德行的快乐是完全内在的，而且只有感到它的人看得到；但罪恶的利益为所有的眼睛都能看得到，而且只是有它的人，才知道它们对他的价值。

Sea ciasun l'interno affanno

Si leggesse in fronte scritto,

Quanti mai, che invidia fanno,

*Ci farebbero pietà!*①②

由于我没有料到已经晚了，德·伏尔玛尔先生便来找我，并通知我说于丽和茶已在等我。我抱歉地对他说道："是您在阻止我同您在一起：我对昨晚非常高兴，所以今天早晨又回来享受；幸亏没有坏事；既然您在等我，我的早晨没有白过。"

德·伏尔玛尔夫人回答说："这说得很好；还是等待到中午，这比一块儿吃早饭丧失快乐好一些。外人从来不准早上到我房里来，而是在他们房里吃早饭。早饭是朋友们的饭；仆役被打发开的，讨厌的人从不出场；在那儿人们讲他们所想的；说出自己一切的秘密，人们在那儿不压制任何感情；人们在那儿可以不必担心冒失而沉浸在信任和亲热的欢悦中。这几乎是一个人获得准许成为他原来那样的唯一时刻：这为什么不能持续整整一天！"我差不多准备说出口："呵！于丽，这真是个十分有趣的愿望！"但是我没有出声。我连同爱情一并勾销的第一件事便是赞扬。当面赞扬某人，除非赞扬他的情人，如果不谴责虚荣心还能做什么！阁下，您

---

① "啊！如果咬啮心灵的秘密的痛苦能在脸上看出来，那么有多少引起人们羡慕的人将引起怜悯！"（意大利语）

② 可以补充下面的诗句，它们是优美的，而且也同样切合主题：

Si vedria che i lor nemici

Hanno in seno, e si riduce

Nel parere a noi felici

*Ogni lor felicità*③

③ "人们可以看到咬啮他们的敌人是隐藏在他们自己的心里，他们整个预料的幸福只在于显得是幸福。"（意大利语）

知道，如果这是人们想对德·伏尔玛尔夫人作这种责备，不，不，我尊敬她太多，所以要在沉默中尊敬她。看到她、听见她、观察她的行动，岂不是足够赞扬她吗？

第十二封信

德·伏尔玛尔夫人致陶尔勃夫人

亲爱的女友，你随时都注定是我对我自己的保护者，在那么困难地把我从我的心灵的陷阱中解放出来以后，你还要从理智的陷阱中解放我。经过那么多的剧烈的考验后，我开始担心谬误不下于担心激情，因为它们常常是祸根。我为什么不总抱有同样的小心！假如过去较少依靠自己的智慧，我便会较少地为我的感情脸红了。

希望这段前言没有使你惊慌。如果我在重大问题上老要同你商议，我将不配你的友谊。罪恶始终与我的心灵无关，而现在敢说它比任何时候离我更远。我的表姐，那么请你平静地听我说，并相信只靠诚实就能解决的疑难问题，我是绝不需要人家的忠告的。

六年来我同德·伏尔玛尔先生共同生活在夫妇之间最完美的结合里，你知道他从未向我讲起过他的家庭和他个人，而且从一个对自己女儿的幸福和对自己的家庭的荣誉同样热切关心的父亲那儿接受了他以后，我从未表示过急于想知道比他认为适合于对我讲的以外的他的事情。我感谢他，连同那给我的生命、我的荣誉、我的安宁、我的理性、我的孩子们以及我眼睛里使我感到有若干价值的一切都得感谢他；我深信，他的事我所不知道的，不会跟我所知道的事有不一致的地方；为了尽可能地爱他、尊敬他、器重他，我不需要知道得更多。

今天早晨吃早餐时，他向我们建议天还不热时去散步一次；然后他借口说不能穿室内长袍到野外去，把我们引到小树林中去，我的亲爱的，这正是我一生整个不幸开始的那片小树林。在走近这致命的地方时，我感到心头一阵可怕的跳动；要不是一阵羞耻阻止了我，而且如果不久前在“福地”说过的那个词的回忆使我害怕作说明的话，我一定会拒绝进去。我不知道那位哲学家是否更平静些；可是一会儿之后，我偶然回头看他时，我看到他苍白和改变了模样；我很难向你说明这一切使我多么为难。

在走进那小树林时，我的丈夫向我看了一眼并微笑着。他坐在我们之间；沉默了一会儿后，他握住了我们俩的手说道：“我的孩子们，我开始看到我的那些计划都没有白费，我们三个人可以结成持久的亲密关系以适合于我们共同的幸福，而且在我临近老年的烦恼中给我以安慰；但我知道你们俩比你们知道我为多：使事情变得相等是正确的；虽然我丝毫没有很有趣的事可告诉你们，但既然你们对我再没有秘密，我对于你们也不愿再有什么秘密。”

于是他向我们暴露了他出身的秘密，这到现在只有我父亲才知道。当你知道了它，你会奇怪一个人竟能对自己的妻子把这样的秘密保持六年的那种冷静和节制程度；但这秘密对他本来不算什么，他对之想得很少，所以用不着费大气力才不说出来。

他对我们说：“我不想使你们停留在我生活的事情上：值得你们注意的，不在我的事情而在我的性格。它们都像他一样简单；知道了我是什么人，你们很容易明白我所能做的事。我自然有个平静的灵魂和冷淡的心。我是属于人家认为他们没有感情是骂得对的那类人，就是说，他们没有使自己转过来追随真正的领导的那种激情的人。我对快乐和痛苦很少感受，我甚至对于使我们适应别人情感的那种利益和人性的感觉也很差。如果我看到好人受苦感到难受，怜悯却并没有起作用，因为看到坏人受罪我并不难受。我的唯一积极的原则是对自然事理的兴趣；很好组织起来的命运的游戏和人们的运动的比赛，正像绘画中的很好的对称，或者像剧院中很好演出的戏剧一样使我高兴。如果我有什么主要的激情，那便是对于观察的激情。我喜欢阅读人们心中的思想：因为我的心没有给我什么幻想，因此我冷静地和不带兴趣地进行观察，而长时间的经验给了我以洞察力，我的判断不会欺骗我；因此在我连续的研究中，自尊心的全部报酬就在于此，因为我不爱充当角色，但只爱看人家演角色：社会对于我的可爱之处是可以观察而不在于参加进去。假如我能改变我的本性和变为一只活的眼睛，我很愿意这种交换。这样我对于人们的不关心并不使我独立于他们；我虽并不努力于被他们看到，我却需要看到他们，我虽不对他们成为可贵的，但他们却是我必需的。

“我有机会观察的最初的两个社会阶层是朝臣和侍从：这两种人在事实上要比在外表上较少差别，而且很少值得研究，很容易识别，所以我第一眼就讨厌他们。在离开我很快就看清一切的宫廷时，我逃避它而不知道威胁着我和我不能逃避的危险。我改换了名字；为了想了解军事，我到一个外国的君王那儿找工作：在那儿我有幸对您的父亲有用处，而杀了他朋友的义愤迫使他鲁莽地行动和违反了他的义务。这个勇敢的军官的易感的和感恩的心从此开始给我以对人类美好的意见。他给了我友谊，我对之也不可能拒绝我的友谊；于是从此我们不断开始一天天更紧密的联系。我从我新的条件下懂得利益并非像我原来相信的是人的行为的唯一动力，而在攻击德行的许多成见里也有于它有利的。我认为人的一般性格是与他无关的一种自尊心，是好是坏是由事件来改变，也是看习俗、法律、身份、财产和整个社会制度有关。因此我听凭我的爱好并蔑视社会地位的虚伪意见，我便不断投入不同的职业以便帮助我作一切比较并从一些人认识另一些人。我觉得（这时他对圣·普栾说）您在一封信里说过，人如果只满足于观察，是什么都看不见的，而是应该自己做才看得到人们做；为了做观众，我得做演员。下来总是容易的：我试过无数的职业，没有像我这样的人熟悉过这类工作。我还当过农民；当于丽叫我做园丁助手时，她发现我对这职业并不像她想象那样是新手。

“对人的真正认识——游手好闲的哲学只给予外表的认识，——我还获得了另一个我没有期待的优点：活动的生活加速了我对秩序的天生的爱，善在我眼里获得了新的吸引力，我愉快地追随着它。这感觉使我变得较少沉思，稍微接近了自己；由于我性格的这种发展，我发现自己是孤独的。总是使我烦恼的孤独变得很可怕，我已经不能希望长久地避免它。我没有丧失我的冷淡，但需要一种爱好；没有安慰的衰老的形象提早来恐吓我，于是我生平第一次认识了忧虑和悲哀。我把我的困难对岱当惹男爵讲了。他对我说道：‘不应该到老做单身汉。我自己在婚姻的结合里虽然差不多独立地过了一段时间，我感到我必须重新成为丈夫和父亲，于是我就回到了我家庭的怀抱。您的事只能由您自己办，而且可以把失掉了的儿子还我。我有个唯一的女儿待嫁，她不是没有可夸耀的；她有敏感的心，对她义务的爱使她爱所有与之有关的。她并不漂亮，也不见得智慧出众；但您来看看她，并相信我，假如您对她无动于衷，那您对世上任何女性都无动于衷了。’我来了，我看到了您，于丽，我发现您的父亲对我讲您讲得太谦虚。您的激情、您在拥抱他时那高兴的眼泪使我一生第一次感动，或者不如说唯一的感动。如果说这种印象是轻微的，它却是唯一的；而感情只有为了与它抵抗的力量作平衡时才需要力量。离开的三年并没有改变我心的状态。您的心的状态在我回来时并没有逃过我的眼睛；而在这里我应该向您报复那您曾花如此大的代价的承认。”我的亲爱的，你看，我这时才多么惊讶地知道，所有我的秘密在我结婚之前他都已经知道了，他并非不知道我是在属于另一个男子时要我的。

“这种行为是不可原谅的，”德·伏尔玛尔先生继续说道：“我触犯了体贴，我对谨慎犯了罪，我使您的和我的荣誉都受到危险；我应该害怕使我们俩都处在毫无办法的不幸之下；但我爱您，而且只有爱您：其他一切我都无所谓。如果它没有制衡力量的话，怎样抑制即使是最微弱的欲望？这便是冷淡和平静的性格的不便之处；只要它们的冷淡保护它们不受诱惑，一切就都好办；但如果有的诱惑达到了它们，它们就立刻被战胜；而被感情所控制的理智当它独自控制时，不能有力来作微弱的抵抗。我一生只经历过一次诱惑，我就失败了：假如某个其他的激情的醉意使我再摇晃的话，我也会同样的跌倒和失足。只有烈火般的灵魂知道作战和取胜；一切巨大的努力、一切伟大的行为都是它们的功绩；而冷静的理智从来不曾做过卓越的事；人们的战胜激情，只能使它们彼此进行对抗。当德行的那方面趋向于上升时，它能单独统治，并使一切平衡。请看真正的智者是怎样形成的，它并不能比他人更能超越于激情之外，但唯有它知道利用激情来取得胜利，正像领航员利用敌对的风力来引导船只前进。

“你们看我并不想减少[①]我的错误：如果我有一点错误，我就会承认它；可是，于丽，我很知道您，我娶您时并没有错误。我觉得我可以享受的一切幸福都依靠您，而能使您幸福的也只有我。我知道纯洁与和平是您的心所需要的，那占据着您的心的爱情是绝不能给它的，而只有对罪恶的恐惧能驱走爱情。我看到您的灵魂处在沮丧的境地，只有经过一场新的战斗才能解脱，而且只有感到您还有被尊敬的可能时，您才会学得被尊敬。

“您的心已经被爱情消耗了：因此年龄的悬殊并不能阻止我追求那感情的权利，这权利成为对象的已经不能享受，而对于其他的人则是不可能获得的。反之，看到我的生命已有一半以上过去了，而第一次的喜爱在我的心中萌发了，我认为它是能持续的，我便高兴为它保持到我的余年。在我长期追求中，我没有找到能比得上您的；我想假如您不能给予我的，世上其他女子是不能给我的；我敢于相信德行并娶了您。您对我隐藏了您的秘密，这并不使我惊讶：我知道它们的道理，我看到在您的聪明的行为里有它的期限。考虑到您，我仿效您的保留，不愿剥掉您有朝一日向我承认那随时从您的嘴边透露的话来。我一点儿也没有弄错；您证实了我对您

① 减少(exténuer)用作“减轻、减少”(atténuer)讲，那时使用于事物，而现在只使用于人们。——原编者注

的期望。当我决定给自己选择妻子时，我希望她是个可爱、聪明、幸福的伴侣。那第一、二两个条件都实现了：我的孩子，我希望那第三个条件对我们也不会不能实现。”

听了这些话，我虽然力求除用我的泪水之外不去打断他的话，却仍不免扑到他的脖子上并喊叫起来：“我亲爱的丈夫，最优美和最可爱的人呀，您要知道，如果不是为了您的，那便是为了我的幸福，只缺少一件：为了我更能报答……”他打断了我的话头说：“您是尽您可能地幸福的；您是应该幸福的；但现在应该平静地享受您至今费了大力得来的幸福了。如果我仅仅需要您的忠诚，那么您在答应我那时就已经达到；但我希望更多，我希望夫妇忠诚的义务在您是轻松和甜蜜的，我们便对此默不作声地共同向这方面努力。于丽，我们也许会取得比您想象的更大的成功。我认为您唯一的缺点是对您自己信心的不足，对您的价值估计过低。过度的谦虚跟骄傲一样有害。像鲁莽把我们超过我们能力以上而变得无力一样，恐惧阻止正确估计力量一样使我们无所作为。真正的审慎在于很好知道自己的力量和利用它。您改变了您的状态，您便会获得新的力量。您已经不是那个哀叹她的弱点并向它屈服的不幸的少女；您现在是最有德行的妇人，她只知道义务和荣誉的法律，而她太强烈地回忆她的过失，是剩下要斥责的唯一的过失。您不要再以屈辱的防护措施来反对自己，您应该正确估计自己，这就会使自己增加力量。要避免不公正的怀疑，它们有时会唤醒曾产生过它们的那些感情。您还是应该庆幸在那容易陷入谬误的年龄时能够选择一个诚实的男子，并在过去有过这样的情人，他在今天却能够甚至在您丈夫面前可以成为朋友。我一知道你们的关系，就对

你们彼此进行评价，我看到你们两人都陷入了迷惑人的热情里：它只对善良的灵魂起作用；它有时会使他们不知所措，但那只是由于只能引诱善良灵魂的魅力。我认为使你们结合的同一趣味当它成为罪恶时就会立刻松弛，罪恶可以进入像你们那样的心灵，但不能在那里生根。

“从那时起，我明白在你们之间存在着不能割断的联系；你们相互的情谊关系到许多可赞美的事物，这只能调整而不能消除，你们俩彼此要忘记，那就得丧失另一个的许多价值。我知道大的战斗只能刺激大的激情，而如果剧烈的力量支持心灵，它们会使它经受痛苦，日子久了可以致它死命。我应用于丽的温顺来调节她对自己的严厉。我培养她对您的友爱，——他向圣·普栾说，——我拿掉其中可能留下那多余的；我相信在她自己的心里为您保留的，可能比我让她自己处理时留下更多的地位。

“我的成功鼓励了我，于是我决定跟我医治于丽一样来企图医治您，因为我尊敬您；并且不管罪恶的种种偏见，我始终认为没有任何善行是人们不能用善良的心灵靠信心和真诚获得的。我见到了您，您没有欺骗我，您也绝不会欺骗我；您虽然还不是像您应该的那样，我看您比您所想的更好，我看您也比您自己所看到的更高兴。我很明白我的行为看来很奇怪并违反一切普通的准则，但一切准则由于人们越深入理解人们的灵魂而越容许例外；而于丽的丈夫不应该像任何人一样表现。我的孩子们，——他以比平时安定的人更为激动的声调对我们说，——要像你们现在这样做人，我们大家就都高兴。危险只在于对自己疑虑：对自己不害怕，你们就没有什么可害怕的；你们只要想现在，我来为将来负责。我今天不能对你们说得更多；不过假如我的计划成功，我的希望没有欺骗我，我们的命运便会更好地实现，你们俩彼此间也将比过去更幸福了。”

他在起立时抱吻了我们，也希望我们彼此抱吻，在这地方……在这从前曾经……格兰尔，好心的格兰尔呀，你总是这样地爱我！我这样做没有丝毫困难：唉！我过去为什么要害怕这样做！这一吻完全没有使我对这小树林变得可怕；我悲哀地为此庆幸，于是我知道我的心的变化，比我在此以前敢于相信的变得更多了。

当我们回头向住所走去时，我的丈夫用手叫我停下来，他指着我们从中出来的小树林含笑对我说：“于丽，您别再怕这地方，它已丧失了它的魔力。”表姐，你不会相信我，但我向你宣誓，他具有能理解人心的深处的超自然能力：愿老天爷保持他这种洞察力！不管他有多少理由蔑视我，无疑正是这一点我应当感谢他的宽大。

你现在还看不出该给我怎样的劝告：请忍耐一下，我的天使，我们就会找到的；但我方才向你讲的谈话是为了解其余的一切所必要的。

在回来的时候，人家已经在岱当惹等了他很久的我的丈夫对我说，他打算明天就到那儿去，他在经过时要去看你，并在那儿耽搁五六天。我并没有说出一切我认为这趟旅行不合时宜的话，只提出使德·伏尔玛尔先生离开他自己邀请到他家里来作客的客人，在我看来是相当不必要的。他回答说：“您是否想要我用虚伪客套告诉他说，他不在自己家里？我是赞成瓦莱人那样好客态度的。我希望他在这儿看到他们的真诚，他也让我们留下他们的自由。”看到他不愿听我的话，我便换另一个方法，并企图使我们的客人同他一块儿作这次旅行。我对他说：“您会发现很优美的城堡，还有您喜爱的风景；您可以参观我的祖先和我的家业：您对我的关怀使我不会相信您对这次旅行会无动于衷的。”我张开嘴想补充说，这城堡很像爱多阿尔阁下的城堡，它……可是幸亏我有时间停止没有说下去。他简单地回答我说，我说得对，他会做我喜欢的一切。可是德·伏尔玛尔先生仿佛想把我推到极端去，说他应该做他自己喜欢的事。“您更喜欢什么，去呢，还是留着？”他毫不动摇地说：“留着。”我的丈夫握住了他的手说道：“好的！您留着。诚实和真正的人，我非常高兴您这句话。”在这方面当着听我们交谈的第三者是不可能多争论的。我保持着沉默，我不能很好地隐藏我的抑郁情绪而不被我的丈夫发觉。当圣·普栾有一会儿离我们较远时，他以不高兴的神情又说道：“怎么回事！难道我为您的友谊白白地辩护了？难道德·伏尔玛尔夫人的善行只满足于需要符合于一定的条件吗？对于我来说，我是比较苛刻的：我愿意要求我夫人的善行是出之于她的心而不是出之于偶然，我不认为她保持自己的诺言就感到满足；她对自己怀疑，在我是种侮辱。”

接着他把我们带到他的书房里，那里我看到他从一只抽屉里，连同我当时给他的几份信件的抄件一起，拿出所有我认为从前在我母亲房间里被巴琵烧掉了的信的原件，我几乎晕了过去。他指着它们对我们说道：“这是我安全的保证；如果它们欺骗了我，那将是对人们尊敬的东西全都不能相信，这就是疯狂。我要把我的妻子和荣誉交给她——姑娘和被诱惑者——，她喜欢善行更甚于唯一和可靠的幽会；我要把妻子和母亲的于丽交托给能控制他欲望的人，他知道尊敬情人和姑娘的于丽。如你们俩的随便哪一位能自鄙到可以认为我这样说是错误的，我可以立即收回我的话。”表姐，你相信有人敢于轻易回答这话吗？

然而我还是在午后找时间跟我丈夫单独谈话，我并没有作大道理的谈论，那是我无法长久进行的，我只限于要求推迟两天；他马上同意。我利用这两天来给你写这急件并等候你的回信，好知道我该怎样办。

我很知道我只要请求我丈夫完全不要走，而从来没有拒绝过我的他，对于如此轻易的恩惠是不会拒绝的。可是，我亲爱的，我看到他对我表示的信任他是很高兴的；假如他认为我需要比他容许我的更多的保留时，我怕会丧失他一部分的尊敬。我也清楚地知道，只要对圣·普栾说一句话，他会毫不迟疑地陪他去；但我丈夫会那么容易上当吗？而且我这样的举动能对圣·普栾不留下权威的神色，也仿佛留给他某种权力吗？此外，我怕他不要对我认为必需的这种预防措施作推论；而这起初看来很容易的方法，也许实质上是最危险的。最后，我并非不知道没有一种考虑不能同一种真实的危险可以平衡的；可是这种危险实际上存在吗？这确切是你应该为我解决的疑问。

我越想探测我灵魂现在的情况，我就越能发现我在那里可以安心。我的心灵是纯洁的，我的良心是平静的，我既不感到纷乱，也不感到害怕；在我心头发生的一切，由于我对于我丈夫的真诚，使我不用费什么劲就都可以向他承认。并非某些不由自主的回忆有时不给我一种感动，这种感动最好能没有；可是这些回忆远不是由于看到了引起它的人而产生的，我觉得自从他回来以后这些回忆变少了，我虽然看到他时感到愉快，我不知由于什么奇特的原因，在想到他时感到更愉快；总之，我觉得甚至不需要德行的帮助，就能在他面前感到平静，当罪恶的恐怖不存在时，它破坏的感情将难以再生。

可是，我的天使，当理智发出警告时，心灵是否足以使我安宁？我已丧失了依靠自己的力量。谁能回答我说，我的信心还不是罪恶的幻想？我怎么能相信曾多次欺骗过我的感情？难道罪恶不总是由于对诱惑加以骄傲的藐视而开始的？对危险开玩笑会招致失败，是否想再度尝试这种失败呢？

我的表姐，你衡量一下这些考虑；你会看到它们自身虽然没有根据，但它们却是由重大原因引起，并值得对它们加以考虑。请把我从它们引入的迷惑中拯救出来。指引我怎样在如此困难的情况下行动：因为我过去的错误已破坏了我的判断力，并使我无法像过去那样决定一切事情。不管你对自己怎么想，你的心灵是平静和安宁的，我对此有把握，事物能从中得到正确的反映；可是我的心灵总是像波涛一样激动，使事物混淆和变形。我已不敢相信我所见到和感到的一切；虽然有如此长时间的悔恨，我痛苦地感到，过去错误的分量是终生要背负的重担。

第十三封信

陶尔勃夫人复德·伏尔玛尔夫人

可怜的表妹，你有那么多的理由平静地生活，你却在不断地苦恼自己！以色列呀，你的一切不幸都来自你！如果你听从你自己的规则，在感情范围里你只听内心的声音，你的心灵能使你的理性沉默的话，那么你便可毫不迟疑地倾听它启发你的安全，你也完全不必与它作对而害怕只能来自它的危险了。

我知道你，我很清楚地知道你，我的于丽：比你装出来的样子更确切地知道，你想用过去的错误来屈辱自己，借此来防止新的错误；你的良心的不安不在于对将来的预防，而在于过去使你失足的那种鲁莽。你在作时间上的比较！算了吧！你也得比较条件，并记住那时我责备你过于自信而造成的错误，而今天我要责备你的害怕了。

你在欺骗自己，我亲爱的孩子：是不应该这样欺骗自己的；如果一个人可以对自己的精神状况不去想它，他可以懵然无知，但只要他看看自己的心灵，他就无法隐瞒，他的德行以及他的罪行都会暴露。你的和善，你的虔诚给了你谦虚的倾向。你要慎防这种危险的品性，因为它在把它集中时只能激励虚荣心，你要相信一个正直的灵魂的高贵的坦率要比谦恭的人的骄傲更可取。如果在智慧里需要保持节制，那么在它引起的谨慎里也有此需要；应该担心对德行的屈辱的关心会降低心灵，而想象的危险不要因为我们都惊慌不安、都在想它而变成真正的危险。你没有看见在跌跤后站起来时应该坚定地站立着，而向他跌跤的反对方向倾斜，却是再次跌跤的方法吗？表妹，你在爱情上像爱洛漪丝一样；你变得像她一样虔诚；但愿你比她取得更多的成功！实在说，如果我不知道你天性如此胆小，你的恐惧也会使我害怕；如果我也一样顾虑多的话，那么由于为你担忧，你也会使我为自己哆嗦的。

这一点你要好好想想，我亲爱的女友；你的性格是温柔的、和

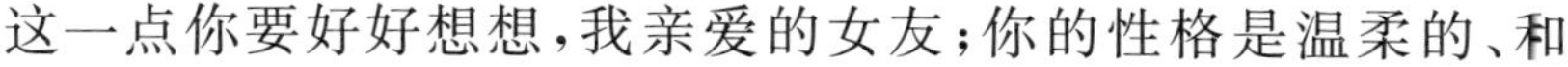

顺的，也是诚实和纯洁的；可是你是否在性的区别方面放进一种过于粗糙的、与你不相称的严厉观点呢？我同意你的意见，他们不该一块儿和一样的方式生活；但得看看，这条重要的规则是否在实施时需要许多区分；是否在成年妇女和姑娘、在一般交际和特殊交谈、在事务和游戏方面都无区别地和无例外地实施，还有引起它的礼仪和诚实有时是否该马虎些。你想在一个风气好的地方，人们在那里的婚姻里寻求自然的礼节，那里在有些集会上两性的年轻人可以会面、认识、协调，但你用你的理由禁止他们一切个别的会见。对于家庭的妇女和母亲们，她们不能有在公共场所露面的任何合法的理由，家庭事务把她们留在她们家里，而她们又不应该拒绝适合于家庭主妇的一切，这岂不是完全相反吗？我不喜欢看到你在地窖里品尝商人们的葡萄酒，也不喜欢你离开你的孩子们而去跟一个银行家计算账目；可是如果有个正直的人来找你的丈夫，或者想同他谈论事务，因为你害怕跟他单独相处，你便在你丈夫不在时拒绝接见他的客人并向他表示你家对他的尊敬吗？要提高到原则，那么一切规则都可得到解释。为什么我们认为妇女们应该同男人们分开和隔离？我们难道为了给我们的性加以诅咒，而这种要求是从女人的弱点出发，其目的是不让女人被诱惑吗？不，我的亲爱的，这些侮辱性的恐惧完全不符合一个善良的妇女、一个家庭的母亲，她不断地被包围在培养她荣誉的感情并从事于最可敬的自然责任的目标里的。使我们与男人分别的是大自然本身，它给我们规定不同的工作；就是这种温柔和胆怯的端庄，虽没有确切的提到贞洁，却是最可靠的守护神；就是这种注意的和辛辣的保留，它在男人心里同时培养欲望和尊敬，可以说用作对德行的献

媚。因此甚至夫妻关系也不能是例外。因此最正派的妇女一般也都保持驾驭自己丈夫的权力，因为依靠这聪明和谨慎的保留，既不任性也不拒绝，她们懂得在最亲切的结合里对他们维持着一定的距离，并阻止他们永远不厌倦她们。你与我会同意你的严厉的办法应当容许有例外，而且它的基础不建立在严格的义务上，所以你那整个体面的要求有时可以不必遵守。

你建立在你过去错误的基础上的谨慎态度，对于你现在的状况是不公正的；我永远不能原谅你的心的这一点，我也很难原谅你的理智的这一点。防卫你荣誉的围墙为什么不能保护这种可耻的恐惧？我的表妹、我的妹妹、我的女友、我的于丽，怎么能够把一个太敏感的姑娘的弱点跟一个有罪的妇女的不忠诚混淆起来？看看你周围的一切，你会看到应该提高你的灵魂和加强它的力量。你的丈夫他如此相信你，你要对得起他；你的孩子们你要教他们好，他们将来会以你为母亲而感到骄傲；你那尊敬的父亲对你是如此可亲，他以你的幸福而感到快乐，他以你比以他的祖先更感到骄傲；你的女友，她的命运有赖于你的命运，你对她的命运也有回报的义务；她的女儿，你对她有向她引起你愿做她榜样的责任；你的男友，他对你的德行要比对你的美丽更崇拜百倍，他心头充满了对你如此高的尊敬，它超过了你所害怕的那样；最后，你自己，你发现在你现在的智慧里有多少你努力所得的奖励，你一刻也不愿丧失所费的努力的成果；看，有多少理由能提高你的勇气并使你羞于否定你自己！可是为了答复我的于丽，我是否需要考虑她的情况？我只消知道，在她处在谬误时期的她的悲叹就够。啊！假如你的心灵曾有过会不忠诚的想法时，我会懂得你的恐惧并会对你说：你

要害怕这个危险；但你要记住，仅仅你可能会不忠诚这一思想就会引起你怎样的恐怖，而且这恐怖现在会比真的面对发生这恐怖时要强烈多少倍。

我惊讶地回想起，我们以前知道有些地方，年轻姑娘的失足被认为是不可原谅的罪行，虽然妇女婚后的通奸却以温和的名称叫风流，还有在那里人们结婚后对姑娘时的短暂的荒唐作公开的补偿。我知道在那里的上流社会流行着什么格言，那儿德行不算什么，那儿一切都是空洞的形式，那儿罪行因为证明的困难而被抹杀，那儿甚至证据因习惯上准许而认为是可笑的。可是你，于丽，你呀，燃烧着纯洁和忠诚的火焰，只在人们心目中有罪，但在老天爷和你中间却没有什么可责备的，你在你的过错中间只有使人尊敬，你处于无力的悔恨里，还使我们赞扬你已没有了的德行，你为承受自己的蔑视而感到愤慨，但一切显得你是可原谅的，在为你的懦弱付出了如此珍贵的代价之后，你还要畏惧罪恶吗？在你付出了那么多的眼泪后，你还会害怕今天不如过去吗？不，我的亲爱的；你远不应该为你过去的迷误不安，它们应该鼓励你的勇气；一个如此尖刻的悔恨不会导向内疚，对于羞耻如此敏感的人是不会对抗耻辱的。

如果脆弱的灵魂需要支持来对抗自己的脆弱，那么这样的支持你有；坚强的灵魂由自身获得支持，难道你的灵魂需要别的支持吗？请告诉我，恐惧的合理的原因是什么？你的一生只是一场连续的斗争，即使在你失败之后，荣誉、责任并不停止抵抗，而且终于胜利。啊！于丽，我能相信在那么多的痛苦和困难、十二年的哭泣和六年的光荣之后，会让你害怕八天的考验吗？总而言之，你要对自己诚实:假如危险存在,你就救你自己并为你的心灵害臊;假如它不存在,那么害怕一种达不到你的危险,那便是污辱你的理性,是使你的德行沮丧。难道你不知道,有的可耻的诱惑是不会接近正直的灵魂的,战胜它们也甚至是羞耻的,而提防它们与其说表示谦恭,不如说是自甘堕落吗?

我并不认为自己的论据是驳不倒的,我只想告诉你,其中有些是驳斥你的论据的,这就足以为我的意见辩护。这方面你不要依靠你自己,因为你不能正确地判断自己,也不要依靠我,因为即使对于你的缺点我只看到你的心,而且总是崇敬你;但要相信自己的丈夫,因为他能看出你本来的样子,能正确地按你的优点来判断你。我像所有易感的人一样,对于不以感情突出的人会立刻抱有坏的意见,因此担心这样的人来干涉温柔的心灵的秘密;但自从我们的旅行者回来时起,我看到德·伏尔玛尔先生的一些信,认为他很好地知道你心里的情况,而且你心里的活动没有一点能逃过他的观察。我甚至觉得他对一切都很细微地和正确地觉察到,所以我几乎投到了另一极端,并准备相信持重的人们,比自己的心灵更相信自己的眼睛,比如像我这样的、易冲动和活泼的或轻率的人们更易评判别人的激情,后者总是开始把自己放在别人的位置上,可是从来不会猜透这些别人在想什么。无论怎样说,德·伏尔玛尔先生很清楚地知道你,尊敬并热爱你,他的命运跟你的联结在一起。为什么你不让他完全领导你的行为,既然你自己无力量为自己负责?也许感到老年的临近,他想给你考验以使他自己放心,并防止有年轻妻子的老年丈夫通常有的嫉妒心;也许他故意想留你一个人在家,并希望你没有他也能对你的朋友保持从容自然的态

度；也许认为他只是想给你以符合于你的信任和对你的尊敬。你绝不应该躲避这类感情的考验，仿佛你认为它们对于你是无力承担的；总之，据我看，如果你完全相信他的温柔和理智，最好满足审慎和谦虚的要求好了。

你是否想用你从来没有的骄傲来惩罚自己和预防一种不再存在的危险来不得罪德·伏尔玛尔先生？在同哲学家单独相处时，你要采取现在是多余而过去那时是如此必要的预防措施；迫使自己遵守仿佛既怀疑自己的善行，又怀疑自己的心和他的心的那种矜持态度。避免过分温情的谈话、关于过去的温柔的回忆，停止或预防太久的促膝谈心；把自己的孩子经常留在自己身旁；尽量少地跟他单独留在房间里、"福地"里和虽然已丧失了魅力的小树林里。采取这些措施时尤其要注意非常自然，好像是偶然的，使他不致有一会儿怀疑你在害怕他。他喜欢游船；你因为丈夫怕水，也为了孩子们免担风险而放弃了这消遣；趁你丈夫不在的时候，你可以进行这种娱乐，把孩子们留给方勋照顾。这是你不冒危险地倾吐甜蜜的友情的方法，并在船夫保护之下和平享受长久密谈的机会，船夫能看得见而听不到，而且在想到大家要做之前不能离开他们。

我还有个主意，许多人可能对之发笑，但我确信会使你高兴：那就是在你丈夫不在时写忠实的日记，等他回来时交给他，还要想到收进日记里的一切交谈。实在说来，我不相信这种办法会对许多妇女有用。可是一个坦率和不会起坏主意的灵魂总有许多其他妇女所缺少的反对罪恶的好办法。能保持纯洁的办法没有一件是可以被忽视的，小的注意可以保全大的德行。

此外，既然你的丈夫决定在经过时要来看我，我希望他将对我说明他旅行的真正的理由；如果我发现他的理由不充分，我将或者劝他不要继续去完成它，或者不管怎样，我将做他不愿做的事；这你可以放心。当前，我想这些已足够使你安心度过八天考验所需要的了。的确，我的于丽，我太理解你，所以能够像为自己一样为你保证，而且甚至还比我自己更能保证。你将始终是你所想的和应该的那样。当你想唯一从事于自己灵魂的高洁时，那么你那时不会有危险威胁你，你也不相信有料不到的危险：人们徒然用软弱这虚假的名词来掩盖总是自愿的错误，妇女如果不愿自己失足，是绝不会失足的；而假如我认为类似的命运在等候你时，你要相信我、相信我的亲切的友爱、相信你可怜的格兰尔心中能产生的一切感情，我将以太敏感的利益来全力保护你，绝不让你单独受命运的摆布。

德·伏尔玛尔先生对你说过，他在你结婚以前一切都已知道，这并不使我惊讶：你知道我总在怀疑这事，而且我还要进一步说，我的怀疑不限于巴琵的不审慎。我从来不相信一个像你父亲那样正直和诚实的人，即使如果他只有疑心，会决心欺骗自己的女婿和朋友；如果他向你那么强调要保守秘密，那只是因为你向他揭露的完全跟他的不同，他想使事情变得比你的承认较少使德·伏尔玛尔难受。但应该打发你的信使回去了；我们一个月后有空时对这一切再详细交谈。

再见，小表妹；这向布道者的布道已经足够：你捡起你从前的职业，这是有原因的。我还不能同你在一起，心里十分苦恼。我在赶快把我的那些事情结束时把它们全都搞乱了，简直不知道我怎么弄的。啊！夏依奥，夏依奥！……如果我过去稍微聪明些！但希望始终糊涂。

附言　我想起来了，忘记向你祝贺你的阁下的称呼。我请你告诉我，你的丈夫阁下是 atteman[①] knès 或是 boyard？对于我，如果要叫你做 boyarde[②] 夫人，我相信会挨骂。可怜的孩子！你身为小姐而曾那么悲叹，而你现在成了王族的妻子就更幸运了！我们之间说说，对于一个如此伟大品格的夫人，我觉得你的恐惧不免有些平民化。你不知道小的不安只适合于小人物，难怪世人嘲笑一个好家庭的儿童认为是他父亲合法的儿子吗？

第十四封信

德·伏尔玛尔先生致陶尔勃夫人

我出发到岱当惹去了，小表姐；我本来决定那时去看您，但由于您的原因而耽误，我必须赶路，所以我宁可在回程时在洛桑过夜，以便在那里跟您共度几个钟头。我有许多事要同您商量，我现在先告诉您是些什么事，好让您有时间思考，然后再把您的意见告诉我。

---

①　Atteman，和 Hetman 一样，是 Cosaques（哥萨克）首领的称号。按照 Landais 和 Boiste 词典，是彼得大帝以前俄国的小君主。Le Complément du Dictionnaire de l'Académie（学院词典补编）给的定义如下：knès 或 kgniaz 是斯拉夫人的骑马的地主战士：knès 比 woiévodes 或 boyards 为低的等级。——原编者注

②　陶尔勃夫人显然不理解前面两个名词实际上是高贵的称号，而一个 boyard 不过是个简单的贵族。——卢梭原注

我不想向您说明我对于那位年轻人的计划，这要等到我对他本人的认识证实了我关于他的善良的意见之后才说。我相信我对他已经相当有把握，所以我们之间我可以向您吐露这计划是想叫他教育我的孩子。我并非不知道这种重要的工作是父亲的主要任务；可是当要把这任务担当起来时，我要完成它将是太老了；而且我气质平静和爱好沉思，一贯不够活泼，很难处理年轻人的事情。此外，由于您已知道的原因[①]，于丽将忧虑地看到我自己接受一个难以使她满意的任务。由于许许多多理由，你们女性是不适合教育男孩子的；因此于丽从事教育你那可爱的昂利爱特，你的工作我安排你管理家务，按照你认为已经建立并经您同意的方案办；我的工作将是看到三位诚实的人促进全家的幸福，同时品尝老年时出于他们工作而得到的休息。

我常常看到我的妻子对于把自己的孩子交托给雇用的人感到极端厌恶，她的这种忧虑我不能责备。家庭教师那可敬的职务需要那么多的才能，人们没法用金钱购买，需要那么多的德行，那不是可以讲价钱的，用金钱是一个都找不到的。只有在有才干的人中可以遇到有教育的家庭教师，只有最温柔的朋友的心灵可以用父亲的关怀来教育人家的孩子；须知才能，尤其是眷恋之心是不能用金钱买卖的。

我觉得在您朋友身上结合着一切合适的品质；如果我能正确认识他的灵魂，那么我认为除了使这些可爱的孩子成为他们的母亲的幸福之外，他不会有更大的幸福了。我能预料的唯一障

① 这原因读者还不知道，但是请暂时忍耐一下。——卢梭原注

碍是他对于爱多阿尔阁下的依恋，后者很难同意他摆脱一个如此珍贵并对之有如此大的恩惠的人，除非爱多阿尔阁下自己这样要求他。我们不久会等到这个非凡的人物；因为您对他的思想有很大影响，假如您给我的想法没有错的话，我要请您就这个问题对他商谈。

小表姐，您现在有我的一切行为的钥匙，没有这次的解释，它只能显得十分奇怪，我希望它今后会得到于丽和您的同意。有于丽这样的妻子，使我采用对其他的女人行不通的方法。如果我完全信任地让她在她德行的唯一防卫之下同她过去的情人待在一块儿，那么我在不曾确信他已经完全停止他作为情人的保证之前，把这情人安置在我的家里，那我便是个疯子：假如我有个不太可信任的妻子，我怎么能对此作出保证呢？

我曾看到您几次对于我在爱情上的意见发笑，可是现在我可以有羞辱你的办法了。我作了不论是您还是世上的妇女都不曾做过的发明，虽然人们认为你们妇女怎样精明，然而您初初一看也许会感到是必然的，而且当我能够向您说明我是根据什么得到时，您认为至少是已证明了的。向您说我的两个年轻人从来没有现在这样相爱过，这无疑不是告诉您一桩奇闻。相反地，向您肯定说，他们已经完全摆脱爱情，您知道理智和德行所能做到的事：这也并不是他们最大的奇迹。然而这两个相反的东西却同时是真实的；他们彼此之间从来没有这样热烈地相爱，而他们之间只有一种纯正的爱慕；他们始终是情人而且也只不过是朋友：我想，这正是您所最少期待的，这正是您所最难理解的，然而这是确切的真实。

这就是您大概觉察到他们或者在他们的言辞里，或者在他们的书信里发现经常矛盾的谜底。您曾写信给于丽提到的画像比其他一切更可为我弄清秘密；我看到他们总是真诚的，即便在不断的矛盾里。当我说“他们”时，这主要指的是圣·普栾！因为对于您的女友，人们只能用猜测来谈到她；一层智慧和真诚的面纱在她的心的周围形成那么多的褶皱，以致不可能用人们的眼睛穿透进去，连她自己也不能穿透。只有一点使我怀疑她还有些不信任要克服，她在不断地在她自己身上寻找她所要做的，是否她已痊愈？她做得如此严格，如果她真是痊愈了，她就不会如此热心地这样做了。

至于您的朋友，他虽然很有德行，却比较不怕他剩下的感情，我看到他还有他最初青春时期的一切；但我也看到我没有权怀疑自己受到污辱。他所爱的不是于丽·德·伏尔玛尔，而是于丽·岱当惹；他不恨我是他所爱的人的占有者，而是他曾爱的人的掠夺者。另一个人的妻子不是他的情人；两个孩子的母亲不再是他从前的女学生。她的确很像她，她也常常回想到过去。他在过去的时候爱她，这便是真正的谜；请您除掉他的回忆，他便不会再有爱情了。

小表姐，这不是一种虚妄的猜测，而是十分确实的观察，而且扩展到其他人的浪漫史，它似乎可以获得更普遍的性质。我甚至相信用您自己的思想也并非难于解释的。您把这两个情人分开那时，正是他们的激情达到最激烈的时候。如果让他们继续留在一起更长久些，他们将可能慢慢地冷下来；可是他们彼此不断想象的是他们分离那时的形象。完全没有看到情人随着时间推移而起的变化，这年轻人还是像他那时看到的那个样子爱着她，而不是她现在的样子去爱她[①]。为了使他幸福，问题不仅在于把她还给他，而且还在还给他以他还在他们初恋那时同样的年龄和同样情况的她；对这一切改变丝毫，就等于去掉了他那时所许诺的幸福。她现在变得更美了，可是她改变了；她所获得的，在这个意义上转换成他的损失，因为他所恋爱的是原来的，而不是另一个的她。

他心里继续着激烈的惊慌不安，是他把时间搞混，常常把过去太温和的回忆误认为现在的感情来责备；但我不知道该不该使他睁开眼睛，是否该使他治愈。而这样做，让他留在迷茫里也许比把一切告诉他更为有利。启发他以他心灵的实际情况，这就是把心里宝贵的东西宣布死刑，就是说使他悲伤失望，这是危险的情况，因为悲伤总是有利于爱情。

他从压迫人的良心自责中解放出来后，也许会更乐于那本来应该熄灭的回忆；他将更少保留地谈她；而他的于丽的容貌还没有在德·伏尔玛尔夫人的脸孔上消失掉，用力寻求时还能在上面找到。我认为不应当唤醒他关于仿佛在跟自己作斗争里获得了的成功，因为这会提高他的信心和帮助他完成。不，代替这样做，应该把他必须忘却的过去的记忆从他身上驱逐掉，并从对他如此宝贵的回想中引出来，用别的思想引导他。您过去帮助他产生那些思想，现在您要比其他任何人更能把它们抹去；可是这只有当您将完

① 你们这些女人，你们想把爱情这样轻松和短暂的感情当做是稳固的东西，那真是疯了。自然界一切都在变，都在继续不断地流；而你们想使之成为固定的火！而且你们凭什么权利要求今天被爱是因为你们昨天被爱？如果办得到，那么你们可以保持同样的容颜，同样的年龄，同样的脾性，你们可以始终是一样的，于是人家就能永远爱你们了。但不断地改变而要人家永远爱你们，那就是说要人家每一时刻停止爱你们；这不是要求固定的心，这是要求跟你们一样是改变的心。——卢梭原注

全同我们住在一块儿时，我才能悄悄地对您讲这一切，这个任务，如果我没有弄错，对于您并不太繁重。暂时我设法使他对现在害怕的东西习惯起来，把它们用他不再有危险的方式提出。他是易激动的，但是意志薄弱和容易控制。我利用这种有利条件来欺骗他的想象力。在他情人的位置上我常常迫使他看到一个正直人的妻子和我孩子们的母亲：我抹去一幅图画而用另一幅，用现在来代替过去。人们把一匹易受惊的骏马引到使它吃惊的事物前，这可使它不再受惊。这种方法就可以应用于这些年轻人，他们的想象力还在燃烧，但他们的心已经冷却，就向他们提供在远去的魔鬼们，在走近它们时却在消失。

我相信我很能理解于丽和圣·普栾的力量，因此我只使他们承受他们力所能及的考验：因为智慧不在于无区别地采取一切预防措施，而在于选择那些有用的和不考虑那些多余的。我把他们单独留下来的那八天，可能已足够使他们学习分清他们真实的感情和认识他们相互间哪些是真的。他们越是单独相会，他们便越将容易理解他们的错误，把他们将感受到的和从前在同样情况下感受了的作一番比较。我还要补充说，对于他们重要的是要习惯于必须没有危险地生活在亲亲热热的气氛里，如果我的看法能够实现的话。根据于丽的行为，我看到她接受了您的劝告，她一定会照它们办，以免使自己犯错误。我感到能把她完全值得的这种证明给予她，我将多么快乐，如果她在丈夫身边是个值得信任的妻子！但如果这样不给她的心带来快乐，她的德行仍然一样：她将多花些代价，但胜利不会减少。假如今天还存在一些内心的痛苦，那只是谈到回想过去的谈话时的激动，这她很有预感并总能避免的。

这样，像您所看到的，我的行为不应该按照通常的尺度，而是从我给自己提出的那些目的出发，并从我关心的人的独特的性格出发来作判断的。

小表姐，现在等待我回来时再见。我虽然没有向于丽作所有这些解释，但我不需要您向她保守秘密。我的原则是不在朋友之间设置秘密：所以我把这些提供给您斟酌；您可以根据审慎和友谊给您的启示来处理：我知道您所做的一切都是最好的和最高尚的。

第十五封信

圣·普栾致爱多阿尔阁下

德·伏尔玛尔先生昨天出发到岱当惹去了，我很难想象他这一次出发留给我的凄凉的境况。我想他的妻子的离开，对于我会比他的离开更好受些。我甚至感到比他在面前时更拘束；无声的沉静统治着我心的深处；隐秘的恐惧阻止了心的低语；我对欲望的烦恼还不如对畏惧的烦恼厉害，我没有罪恶的诱惑而经受着罪恶的恐惧。

阁下，您可知道，我的心灵在什么地方得到安定和没有那种可耻的恐惧吗？是在德·伏尔玛尔夫人身边。我一接近她，她的存在平息了我的不安，她的目光澄清了我的心灵。这便是她的心灵的影响，她显然总在她周围散布着纯洁和安宁的情绪。我的不幸在于她生活的规则不让她整天能跟她的朋友在一起，而在我被迫看不到她的时刻，我感到的痛苦仿佛比我远离她时会少些。

昨天在她丈夫出发后她对我说的一句话更增加了我心头感到的忧闷。虽然在这时刻之前她的态度相当平静，但这时她却以感动的神情长久地用眼睛盯着他，我起初以为这只是由于这幸福的丈夫的离别而引起；但从她的说话里我才明白她的感动还有一种我不知道的原因。她对我说："您看到我们怎样生活，也知道他对我多么宝贵。可是不要认为使我同他联结的感情是跟爱情同样温馨和更有力，它也有弱点。一起生活的温柔习惯的中断使我们感到难受，但很快重新恢复的可靠的希望可以安慰我们。在我们如此稳定的生活里很少担心变化的理由；只有几天的小别，我们不为短期分离发愁，而为很快重新见面高兴。您看到我眼睛里的愁闷来自更重大的原因，虽然它与德·伏尔玛尔先生有关，但完全不是他的离开所引起。"

她又用深入的声调补充说："我亲爱的朋友，地上没有真正的幸福。我有最诚实和最和善的人作为丈夫，一种相互的爱好和义务把我们联结在一起，他除了我的愿望之外没有其他的愿望；我有始终只给予他们母亲以快乐的孩子们；再也没有比我表姐更温柔、更有德、更可爱的女友，我心中把她看做偶像，我很快就要同她一块儿生活；靠了您，生活对于我变得更可爱，因为您证实了我对您的尊敬和依恋；一场长久和恼人的诉讼很快就要结束，它就会把一个最好的父亲交还到我们的手里；一切都给我们繁荣昌盛；秩序与和平统治着我们的家；我们的仆役都很勤勉和忠诚；我们的邻居都向我们表示他们的各种关心；我们享受着共同的敬爱。一切都对我好——老天爷、好运气和人们，我看到什么都在促进我的幸福。

一个秘密的忧虑、唯一的忧虑却在败坏它，所以我并不幸福。”她以一声叹息说出最后这句话，它刺穿了我的心，我太清楚地看出它与我是毫无关系的。“她并不幸福”，我也叹息着对自己说，“而这不再是我阻止她这样！”

这个悲惨的思想顷刻之间搞乱了我的整个思想并搅浑了我开始享受的安宁。这些话把我投入到了不能忍受的怀疑中，我实在受不了，便要求她向我揭示她的心，她终于把这致命的秘密向我倾倒出来，并允许我向您泄露。不过现在到了散步的时候，德·伏尔玛尔夫人现在从她房里出来带她的孩子们去散步；她叫人来找我去。阁下，我得跑去；现在再见，在下封信里再把这封信里中断了的问题向您报告。

第十六封信

德·伏尔玛尔夫人致她的丈夫

像您所规定的那样，我在星期二等您，您会发现一切都按您的意见安排好。您回来时去看看陶尔勃夫人；她会告诉您在您不在时发生的事情。我更喜欢您从她那里比从我这里更好了解它。

伏尔玛尔，我确实相信值得您的尊敬；但您的行为并不很合适，您严酷地对待了您妻子的德行。

第十七封信

圣·普栾致爱多阿尔阁下

阁下，我要向您报告一件我们过去几天经历的危险，我们幸运地摆脱了，只受了点惊和有点儿劳累罢了。这值得单独写一封信：您在读它时就会感到我给您写信的道理。

您知道德·伏尔玛尔夫人的房子离湖不远，而她是喜欢在湖上漫游的。三天前她丈夫不在而我们无所事事和夜晚的美丽使我们计划明天游一次湖。太阳初升时我们就到了湖边；我们坐了一条有渔网的船，三名划手，一名仆役，我们带了些中饭用的食物上了船。我带了枝枪好打 besolets[①]，但她使我对于平白无故地打鸟和纯粹为了快乐而做坏事感到羞惭。于是我不断回想起那些大的 sifflets，tiou-tiou，crenets，sifflassons[②] 鸟来作消遣，我还从很远处向一只鹈鹕放了唯一的一枪，但没有命中。

我们在离湖岸五百步的地方垂钓了一两小时。鱼钓得很多，但除了一条鳟鱼挨了一桨，于丽还是把所钓的鱼都扔到了水里。她说："它们是受苦的动物；放掉它们；让我们享受它们脱险的快乐。"这一手续进行得很慢，不大情愿，还有抗议的；我很容易看出我们的雇工宁愿吃鱼而不愿救鱼的命。

然后我们在湖上泛舟；后来我由于年轻人的活力（我应当治好

① besolets：一种在日内瓦湖上的候鸟。besolets 的肉并不好吃。——卢梭原注

② 这些都是日内瓦湖上的鸟名，其肉都很鲜美。——卢梭原注

这毛病了），使开始 nager[①]，我在湖中央领导划船，我们很快离湖岸有一古里以上[②]。那时我向于丽说明我们周围的优美的地平线的所有的部分。我向她指出远处的罗纳河的几处出口，它们凶猛的水流突然在四分之一古里处停了下来，仿佛担心泥泞的水污染了湖面晶莹的天蓝色。我叫她观察山脉的一些突出部分，它们相应的和平行的角把它们分开的空间形成充满着水的河床。在离开我们的山坡时，我喜欢让她欣赏伏州地区富饶和可爱的湖滨，那里有许多城镇、无数的人民、各方面的青翠和点缀各种植物的山坡，它们形成了一幅悦目的图画；那儿的土地到处都耕种，很丰饶，向农民、牧民和葡萄种植者提供他们劳动的可靠的收获，那是包税人无法吞没的。然后我又向她指出对面山坡上的夏勃莱，这地方受大自然的赐予不比别处差，但它只显出一片可怜的景象，我便让她清楚地区分两个政府关于人们的富庶、数量和幸福的不同的结果。

① nager：领划。日内瓦湖的船夫用语。用划来掌握其他人划的桨。——卢梭原注

② 这是怎么回事？面对克拉朗的湖至多不到（没有）[③]两 lieues（法国古里。一 lieue 约合 4 公里。——译者）宽。——卢梭原注

③ n'ait（没有）而不是 ait（有），这里应当这样写。但 ne 在这里是按作者意见表示在句子里包含有否定的意义，即湖没有两古里宽。这是类似的影响，它使许多人错误地说："avant qu'il n'arrive"（在他来之前），然而 avant que ne（在……前不）是布封（Buffon）用的。此外再没有理由说："je crains qu'il ne vienne"，（我担心他来），它仍然为语法所接受，虽然可以在一些优秀作家中找到，尤其在诗歌里有许多取消 ne 的例证。我们也不应该在 je crains qu'il ne vienne（我担心他来）和 je crains qu'il ne vienne pas（我担心他不来）建立不同的意思，因为规则是 pas 加在 ne 后是纯粹补充用的。拉丁语以它通常的逻辑和它的细致，对于使用 craindre（担心）一词有很幸运的区分。"Je crains qu'il vienne"是 timeo ne veniat，是他不来，而"je crains qu'il ne vienne pas"是 timeo ut veniat，即他来。——原编者注

我对她说:"就是这种情况:大地向自己耕种的幸福的人民张开它富饶和慷慨的胸怀;它仿佛向自由的和平景象微笑并表示兴奋:它喜欢养育人民。反之,那些破旧的房子、欧石南和荆棘,它们盖满了半荒漠的大地,从远处就表示一个无心的主人在那里统治,因此吝啬的土地只给奴隶们若干贫瘠的收获物,他们也得不到利益。"

正当我们快乐地用眼睛观看附近湖滨风景来作消遣时,一阵东北风把我们斜着向对面湖岸刮去,风一刮,天气也很快转凉了;当我们想划回来时,阻力变得那么强,我们那脆弱的船已不可能战胜风力。波浪迅速地变得很可怕:应当回到萨伏阿的湖岸并设法在梅耶利村上岸,它就在我们附近,并几乎是这湖滨唯一可以方便地上陆的地方。但风向转变而且加强了,使我们的船夫的努力变得徒劳无功,把我们刮到更下面,沿着一片陡峭的山崖,那儿找不到靠岸的地方。

我们全都划桨;几乎在这同时,我痛苦地看到于丽发作了一阵心绞痛,她软弱无力地靠在船边。幸亏她习惯于风浪,这一状况也没有继续多久。然而我们的努力却与危险同时增长;太阳、疲劳和汗水使我们都气喘吁吁并耗尽了力量:这时于丽又鼓起了勇气,她以她同情的抚慰来鼓舞我们;她无区别地用自己不知疲劳的亲切的手擦拭我们潮湿的脸;在杯子里用水掺了酒,为了我们不致沉醉,她给最疲惫的人轮流喝它。是的,您的最可敬爱的女友在这时闪耀着最动人的光辉,那时炎热和激动使她的脸色显出最大的热情;而最能增加她的妩媚的是人们很清楚地看到在她受感动的神色上,她的一切关心并非由于自己害怕,而是由于对我们的同情。在一次把我们全都浇湿的冲击里,有两块船板突然开裂,她以为船被撞碎了；于是在这个温柔的母亲的一声惊呼里，我清楚地听见这样的话："啊，我的孩子们！难道再不能看到你们了？"就我看来，我的想象力总是比灾祸走得更远，虽然我知道灾祸的实际情况，我仍然时不时地看见船已沉没，而这如此动人的美女在浪涛中奋斗，死亡的苍白使她脸上的玫瑰红改变了脸色。

后来靠了极大的努力，我们才转回到梅耶利，经过一个多小时的奋斗，克服了十步远的湖岸，我们终于登上了陆地。上岸时，一切疲劳都被忘记了。于丽对于每个人的努力都表示感谢；在危急关头她只想到我们；到了地上，她又觉得大家只为了救她一人。

我们的午饭吃得很香，这是在一次剧烈的劳动后的结果。河鳟烹调得很好。于丽十分爱吃，但吃得很少；于是我明白为了免除船夫们对他们的牺牲的遗憾，她不关心我自己是否多吃。阁下，您对此曾讲过一千次，在一些小事里也像在大事里一样，这可爱的灵魂总是有所表现的。

午饭以后水继续涨得很高，船也需要修补，我便建议去遛弯儿。于丽因为风、太阳，并想到我的疲劳而加以反对。我却有我的看法；因此我回答了她所有的问题。我对她说："我从小起习惯于艰难的锻炼；它们不但不对我的身体有害，而且更能增强它，而我最后一次旅行更使我强壮了。说到太阳和风，您有您的草帽；我们会到荫蔽处和树林里去；只需登上几处悬岩；您不喜欢平地，会同意甘心忍受疲劳的。"她同意了我所希望的，于是在我们的仆人吃饭时我们便出发了。

您知道在我被迫离开瓦莱后，十年前回到梅耶利以等待我回转去的准许。在那儿我度过了如此悲惨而又甜蜜的日子，专心惦念着她；也就在那儿我给她写了一封使她那么感动的信。我始终怀着重新看到那个孤独的隐蔽所的希望，它曾是我在冰凌中间居住的处所，我的心在那儿乐于对自己和世上最可爱的人儿交谈。在一个最愉快的季节有访问这如此亲切的处所的机会，并跟过去有其形象与我同住过的她在一起，是我遛弯儿的秘密动机。向她指点出过去那么恒久和不幸的激情的纪念处，在我真是件愉快的事。

在一小时迂回曲折和空气清新的小径上跋涉后，我们到达了那儿；这条路在树林和山崖之间不知不觉地上升，只有路的漫长是它唯一的缺点。在走近和认出旧时的情况后，我几乎晕了过去；但我克服了，我掩饰了我的慌乱，我们终于到了目的地。这孤独的地方是个幽寂和荒凉的处所，但充满了那种只为善感的心灵所喜悦而对其他人显得可怕的地方。一股由融雪形成的激流离我们二十步远的地方流着混浊的水，夹带着淤泥、沙土和石头的声音。在我们背后，无法攀登的岩石山岭把我们所在的那块平地同阿尔卑斯山的叫作冰川的那部分隔离开；因为冰层的巨大的山峰不断地增长，从开天辟地起就把它们掩盖着[①]。黑色冷杉的森林在右边苍郁地荫蔽着我们。一大片橡树林在我们左边，在激流的那边，在我们脚下，在阿尔卑斯山怀里，那湖形成的无边的水面把我们同伏州的富庶地区隔离开来，在那里，威严的汝拉山的山顶为这幅图画加上了一顶桂冠。

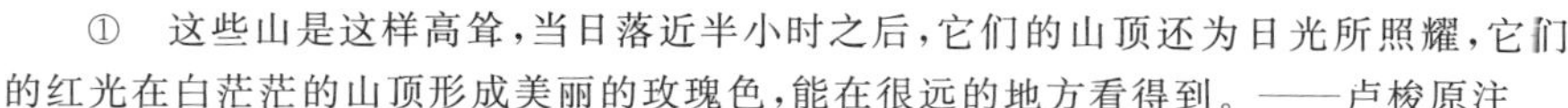

① 这些山是这样高耸，当日落近半小时之后，它们的山顶还为日光所照耀，它们的红光在白茫茫的山顶形成美丽的玫瑰色，能在很远的地方看得到。——卢梭原注

在所有这些崇高和神奇的风景里，我们所处的那块小地方以微笑和荒野的住所的魅力引逗人；几条小溪穿过岩石在青翠的草地上以晶莹的细流流动着；一些野生的果树在我们头顶上低着它们的头；潮润新鲜的土地盖满了花草。把一个如此平和的居处跟围绕它的事物作比较，会觉得仿佛这荒凉的地方应该是从自然界的混乱中单独逃出来的两个情人的庇护所。

当我们到达这地方，而且我把它观察了一阵之后，我用潮润的眼睛望着于丽，并对她说道："怎么？您的心在这里没有对您说什么，在看到一个如此充满了您的地方，您没有感到有些秘密的激动吗？"这时我不等她的回答，就引她走向峭壁，并向她指出在一千处刻着她的缩写名字和我那时刻着有关处境的彼特拉克和塔索的一些诗句。隔了这么久以后重新看到它们，我感到原来事物的出现在眼前，能多么有力地重新燃起我当时在它们面前时的激烈感情。我相当热烈地对她说："啊于丽！我心中永恒的魅力，这里是世上最忠诚的情人从前为了你而叹息的地方；这里是你亲爱的图像成了他幸福并终于从你自己得到幸福的所在。那时在这儿看不到这些水果，也看不到这些绿荫，花草没有点缀这些山坡，这些小溪的水流没有把土地划分开，这些鸟儿那时也听不见鸣啭；只有阿尔卑斯山的贪婪的秃鹫、不祥的乌鸦和可怕的苍鹰的叫声在岩穴里震响；那时从所有的悬崖上挂着巨大的冰柱，雪的花饰曾是这些树木的唯一的装饰：那时这里的一切都散发出冬天的严酷和雾凇的恐怖；只有我心中的火才能使我忍受这个地方，整个这些时日只是在怀念你中度过。这块石头是我曾坐着从远处观察你幸福的休息之处；就在它上面我曾写下了那封感动你心的信；这些锋利的石子曾

做过我刻上你名字的刻刀；这里我曾越过冰冻的激流以便抢回被旋风吹走的你的一封信；那儿我曾反复阅读并无数次亲吻你给我的最后的信；那就是那边缘，我曾用贪婪和阴郁的眼睛测量这些深渊的深度；最后，在这里，在我悲惨的出发前我来为濒危的你哭泣过，并发誓绝不比你多活一天。为我恒久热爱的姑娘，我是为了你才生的，我和你如今处在这同一地方，莫非为了使我遗憾地回忆我在这儿哀叹你的不在吗！……”我准备继续说下去；但于丽看到我走近悬崖边，害怕起来，抓住了我的手，不发一言地紧握着，温柔地望着我并勉强忍住了叹息；然后突然转过目光和拉着我的胳臂，她以感动的声音对我说：“我们走吧；我的朋友，这地方的空气对我不好受。”我哀叹着跟她走，可是没有回答她，我永远离开了这可悲的隐蔽所，正像我将离开于丽本人一样。

经过许多转弯，慢慢地回到港口后，我们便分手了。她希望单独待一会儿，我仍继续溜达，心里不知在往哪里走。我回来时，船还没有修好，湖水也没有平静。我们愁闷地吃过晚饭，低着头，神色沮丧，吃得少，谈话更少。晚饭后我们坐在沙地上，等待时间开船。月亮不知不觉地升起，湖水也较平静了，于丽便向我建议出发。我伸手给她以便上船，我坐在她身旁，不再想放开她的手。我们保持着深深的沉默。船桨均匀和有节奏的声音催我沉思。沙锥鸟[①]相当愉快的歌声向我描绘出另一年纪的快乐，它并没有使我高兴，反而叫我悲哀。我渐渐感到压迫着我的忧郁在增加。宁静

① 日内瓦湖的 bécassine（沙锥鸟）不是那种在法国叫同样名称的鸟儿。我们那种沙锥鸟唱的歌更热烈和更生气勃勃，在夏天夜里给湖上以生命和清新的曲调，它使湖滨地区变得更为迷人。——卢梭原注

的天空、清新的空气、月亮那柔和的光、我们四周银光闪闪的湖水、一些最愉快的感觉的集合，甚至连这可爱的人儿的接近，这一切都不能转移我心头千种痛苦的回忆。

我开始回想到从前在我们初恋的欢乐那时有一次相似的散步。那时充满我心灵里的一切甜美的感情，如今都变成了使我悲伤的东西；我们的青春时代、我们的学习、我们的谈话、我们的书信、我们的约会、我们的快乐的一切事情，

E tanta fede, e si dolci menorie,

*E si lungo costume!*①

这些能使我回想起我过去的幸福图像的小玩意儿全都回过来，为了增加我现在的不幸，在我的回忆中占取地位。我心里想道："全都完了，这些时刻，这些幸福的时光不再有了；它们永远消失了。唉！它们不能回来了；而我们活着，而且我们在一块儿，而且我们的心永远联结着！"我觉得我会更耐心地忍受她的死亡或与她不在一起，我也能对长期远离她少感到些痛苦。当我在远离她时，重新见到她的希望可以安慰我的心；我会抱着同她一会儿见面的想法来消除我的一切难受；我至少可以设想一种比我现在处境较不残酷的可能状态；然而现在就在她身边，可以看到她、碰她、同她谈话、爱她、崇敬她，而且几乎还能占有她，却感到她对于我是永远失去了，这便把我投掷到疯狂的地步，它会逐步使我激动到绝望的境地。很快我在我的思想里开始翻腾着一些悲惨的计划，在我

① 这如此纯洁的信念，这些甜蜜的回忆，这长久的亲热！（梅塔斯塔塞）（意大利语）

想到这些时我会发抖，在冲动下我强烈地企图把她跟我一起投入怒涛，并在她的臂弯里结束我的生命和长久的苦恼。这种可怕的企图最后变得如此强烈，以致我不得不突然摆脱她的手而跑到船头去。

在那儿我那剧烈的激动开始转了方向；一种较和缓的感情渐渐地进入我的灵魂，同情克服了绝望，我开始淌了大量的泪水；而这状况比起我刚才那时来并非没有某种快感。我很厉害地哭泣，哭了很久，后来感到轻松了。当我觉得已经恢复平静后，又回到于丽身旁；我重新握住了她的手。她手里拿着手帕；我发现它完全湿了。我低声对她说："啊！我看到我们的心从来不曾停止相互了解过！"她以改变了的声音说："的确如此；但这应当是最后一次用这种声音说话！"于是我们重新用平稳的声调交谈。船划了一小时以后，我们没有其他事故就到达了。当我们进屋后，我在当时的光线下看到她的眼睛发红并肿得很厉害。她未必能发现我的眼睛会更好些。在这天的劳累之后，她很需要休息；她便告退，我也就睡了。

我的朋友，这是我这一天生活的详情，这一天我无疑感到是我情绪最激动的一天。我希望这将是转机，以后它将完全恢复正常。此外，我告诉您，这次事件最使我确信人的意志自由和德行的力量。有多少人受到微小的引诱而失败！至于于丽，我的眼睛看见、我的心感到，她这一天支持住了人的灵魂所能忍受的最大战斗，然而她胜利了。可是我这么远地离开她做什么呢？爱多阿尔啊！当你被你的情人诱惑时，你知道同时战胜你和她的欲望，难道你只是一个人吗？没有你，我也许会失败。在这危险的日子，你的德行的回忆有一百次恢复了我的德行。

第　五　卷

第 一 封 信

爱多阿尔阁下致圣·普栾①

朋友，快从童年时代走出来，朋友，快清醒过来。别把你整个生活沉浸在理性的长期的沉睡里。岁月在流逝，你必须变得聪明些。三十岁过去了，该是想想自己的时候了；那就要清醒清醒，回头看看自己，在死之前至少表现一次男子汉的气度。

我的亲爱的，您的心早就压倒了您的理智。您在能够谈哲学之前就想谈哲学；您把感情的声音当做来自理智的声音，您喜欢凭所得的印象来评价事物，您总是不理解它们真正的价值。我承认，一颗正直的心对于认识真理最为重要；对什么也感觉不到的人是什么也学不到的；他只能从一个谬误转到另一个谬误；他只能获得空洞的知识和贫乏的学问；因为事物对于人的真正关系——那是它主要的学问，——对他总是隐蔽着的。可是假如不去进一步研究存在于事物之间的相互关系，以便更好地判断它们对我们的关系时，那就只局限于这一学问的第一个一半。如果人们不知重视那些事物之间的关系，那么只知道人们的激情是不够的；而这第二个一半的研究只能在平静的沉思中进行。

智者的青春是他获得生活经验的时期；他的激情是他的生活经

---

① 这封信好像是在收到上一封信前写的。——卢梭原注

验的工具；但在把他的灵魂应用于外部事物以感受它们之后，他又把它缩回到他自己内部以便观察、比较并认识它们。这是您比世上任何人更应该做的事。一颗敏感的心所能感受的快乐和苦痛都已充满了您的心；一个人能看到的一切，您的眼睛都看到了。在总共十二年中，您已经尝尽了别人长长的一生零零碎碎尝到的一切感情，您年纪虽还轻，却已获得了老年人的经验。您最初的一些观察是对着普通的人的，他们仿佛刚从自然的手里走出来，好像是供您进行比较使用的。在逃避到世界上最著名的民族的首都中来时，您可以说是跳到了另一个极端：才能填补了中间阶段。处在地上满布着不同群体中能称之为人群的唯一的民族里，如果您没有看到法律的统治，至少已经看到了法律还存在，您已能凭正确无误的特征认识民族意志的这个神圣的工具，并明白社会理性的权力是自由的真正基础。[①] 您现在已经知道一切气候，您已经看到太阳照耀着的一切地区。一个更少见的和值得智者注意的景象，一个崇高和纯洁的、征服它的激情并统治它自己灵魂的景象，是您今天享受的景象。曾映入您眼睛的最初的对象也仍然是今天映入您眼睛的那对象，在观看了那么多对象之后，您对它的赞美更是理所当然的。已经没有别的东西值得您感受和观看了。除了观看您自己，您已没有别的可观看；除了享受智慧的快乐，也没有别的快乐。您已度过了这短促的人生，还要想到为无限漫长的生活而继续生活下去。

您的激情，您曾长期成为它的俘虏，如今使您成为有德行的

① 爱多阿尔阁下指的是英国，圣·普栾在跟安逊出发旅行之前就到过英国。卢梭对于英国秩序的这种高度的评价说明他受了孟德斯鸠的影响。——俄译注

人。这的确是您的光荣:它不消说是伟大的;可是不要因此而太骄傲:您的力量本身也是您的弱点所产生的。您可知道什么使您始终热爱德行的?它在您心目中是以那位好德行为代表的可赞美的妇女出现的,因此以一个如此可爱的形象就很难让您对德行丧失趣味。但您是否曾仅仅为德行而爱过德行,由您自己的力量去做好事,像于丽由于自己的力量所做的那样?对她德行的夸夸其谈的崇拜者,您只限于不断的赞美而始终不去模仿吗?您热诚地谈论她履行她的妻子和母亲的义务的情况;而您自己到什么时候以她为榜样去完成个人和朋友的义务?一个妇女战胜了她自己,而一个哲学家却难以战胜自己!那么您是否永远像其他人一样永远当一个空谈家,只限于写一些好书而不是去做一些好事?[①] 我的

① 不,这哲学的世纪不可能不产生真正的哲学家。我认识一名哲学家,我同意这是唯一的一名。但这已经足够了;而且更幸运的是他居住在我国。我敢于在这儿说出他的名字吗?他的真正的荣誉知道的人竟还不够多。博学和谦逊的阿卜齐特[②],希望您的崇高的单纯能原谅我的心的赤诚,它不以您的名字为目标,不,我想使我们的世纪出名的不是您,它是不配赞美您的,我想赞美的是日内瓦,因为您居住其中;我想尊敬那对您高度尊崇的我的同胞。珍视人的功绩的国家是幸福的,人越隐藏自己的功绩,他就越是崇高!它的傲慢的青春时期在智者博学的无知面前使自己教条式的声调感到温柔,并为自己空虚的知识感到脸红的民族是幸福的!尊敬的和有德行的老人,世俗才子不颂扬您,他们喧嚣的学院不为您唱赞歌;您不像他们那样地把智慧放进书籍里,您把它放进自己的生活中,并成为您为自己挑选的、钟爱的和为大家所敬爱的祖国的模范。您像苏格拉底一样生活,但苏格拉底被自己的同胞的手所杀害,而您则为自己的同胞所敬爱。——卢梭原注

② 阿卜齐特(Abauzit,Firmin):法国博学的哲学家和神学家,1679 年生于法国的俞然施,1767 年死于日内瓦。他自南特敕令撤销后全家流亡到日内瓦。他周游了欧洲的各主要国家。他以一个善良的人和博学者而著称。主要著作有《论基督的认识和对他的荣誉》(伦敦,1773 年),卢梭的《萨伏亚助理司铎的宗教信仰声明》一书曾从其中获得启示。日内瓦给了他以公民权。——译者

亲爱的，对此您要注意，至今在您的信里还有一种使我不高兴的慵倦和委靡的味儿，这多半是受了您的激情的遗风而不是您性格的影响。我到处都痛恨软弱，也不愿我的朋友这样。没有德行是没有力量的，而通向罪恶的道路是卑怯的。如果您心胸中没有勇气，您怎么能够指望自己有所作为呢？不幸的人，假如于丽软弱的话，您明天就会倒霉，您将只不过是个卑鄙的通奸者而已。现在您跟她单独在一起，您要好好地认识她，并对自己感到羞愧。

我希望很快就能到您那里去。您知道我这次旅行的目的。十二年的错误和纠纷使我对自己丧失了信心：为了抵抗诱惑，我单独可以对付；为了选择，我需要朋友的眼睛；在我们之间，彼此的体会和爱好能一致，我认为是很快乐的事，然而请不要误会，在信赖您以前我得考察您是否值得如此，您是否能回报我对您的关心。我知道您的心，我因此很高兴；但这还不够；在只需要理智来作选择而我的理智可能欺骗我的情况下，我需要的是您的判断。我不怕激情，它们跟我们公开作战，叫我们进行防卫，不管它们做什么，都让我们意识到我们全部的错误，而且愿意对它们屈服的人才对它们屈服。我怕它们用欺骗而不用强制的那种幻想才使我们做出完全不是我们希望做的事。为了克制自己的爱好，人们只靠自己就可以做到，但有时只有依靠朋友的帮助才能区别可以走的道路；这就需要向有理智的人请教，请他从另一个观点来看清楚我们需要知道的东西。那么请您审察一下自己并告诉我，您是否一直会处在徒然的悔恨的袭击下，是否将始终对您和对其他人没有用处，或者如果您终于控制住了自己，有一天会愿意把您的灵魂照亮您的朋友的灵魂。

我的事务将使我在伦敦停留半个月：我还要到法兰德尔我的部队去，在那里还要住两星期；所以您只能在下个月月底或十月初才能等到我。您不要再写信到伦敦了，但可以写到部队去，地址附上。请继续进行您的描写：虽然您写信的腔调不佳，但使我感动并受益；在退休的打算和对于我的信念和年龄上作适当的休息方面使我受益。您关于德·伏尔玛尔夫人的消息使我忧虑，请特别在这方面让我放心；如果她的命运不幸福，谁还能希望有幸福？在她向您所作的详细叙述后，我想象不出她的幸福还缺少什么[①]。

第二封信

圣·普栾致爱多阿尔阁下

是的，阁下，我以极大的喜悦向您证实，梅耶利的一幕是我的疯狂和不幸的转折点。德·伏尔玛尔先生的解释使我心灵的真实状态得到了完全的安定。这颗太衰弱的心已经尽它所能地康复了；我宁愿为想象的懊恼感到悲哀而不愿老是不断地担心可能的犯罪。自从这位真够得上朋友的德·伏尔玛尔回来后，我就毫不犹豫地称他为自己的朋友，这对我是个尊贵的名称，您使我感到它的整个价值。对于一个帮助我回到德行的人，这是最起码的称呼。现在，在我心头，也像在我居住的房屋里一样，是和平。我在这里平静地观看一切，我仿佛就住在我自己家里一样；如果我不是像主

① 这封信的乱七八糟的文字使我看了感到兴趣，因为它完全符合好心的爱多阿尔的性格，当他干傻事时最像哲学家，而当他自己不知道自己在说什么时，他再没有像这样好的思考了。——卢梭原注

人似的发号施令，人家把我看做家里的孩子，我更感到高兴。我看到这儿统治着的单纯、平等使我很有好感，让我产生尊敬。我在生动的理性和敏感的德行之中过着宁静舒泰的生活。在经常接近这对幸福的夫妇和他们的亲属时，我不知不觉地受到益处和感动，我的心和他们的心逐渐协调一致，就像同人家说话时声音会不知不觉地与之合拍一般。

一个多么美妙的退隐处！一所多么可爱的住所！居住其中越久，心头就越觉得可亲！开始时它的外貌未必能引人注目，但一当认识它时就禁不住不立刻喜欢它！以德·伏尔玛尔夫人那样的爱心履行她那高尚的义务，使所有接近她的人——丈夫、孩子、每个客人和仆役，——都变得幸福和善良，对他们都起着良好的作用。在这安详的处所里听不见喧嚣、争吵的游戏、迸发出的大笑声，但到处可以碰到喜悦的心和快乐的脸。假如有时有人会流着眼泪，那是由于感动和欢乐的缘故。阴暗的焦虑、苦闷、忧愁都进不了这儿的门，而作为其后果的罪恶和悔恨也同样无缘。

至于她自己，那么除了烦扰她的那秘密的苦恼（我在上一封信[①]上已告诉过您，）之外，一切都肯定在促使她幸福。然而有这么多幸福的理由，千百个妇女处在她的地位会大为失望：她那单调和隐居的生活对她们是无法忍受的；她们受不了孩子们的麻烦；她们对家务感到厌倦；她们不能过乡间生活；一个很少温存的丈夫的智慧和尊敬对于她们既补偿不了他的冷淡，也补偿不了他的年龄；甚至他的存在和眷恋对她们也是一种负担。她们或者想方设法使

① 这上一封信没有找到。我们可以从后面看到它的理由。——卢梭原注

他避开自己的家庭以求得自由的生活，或者她们自己离开家，鄙视家庭的快乐；她们从远处寻求最危险的快乐，而在自己家里，只有当她们在那里是外来人时才感到高兴。为了感到隐居的美妙，必须有个健全的灵魂：几乎只有善良的人乐于待在他们的家庭里和自愿地把自己关闭其中；假如世上有幸福的生活，那无疑是他们过的那种生活。可是幸福的手段对于不知运用它们的人是不存在的，只有能够享受它们的人才懂得真正的幸福是什么。

如果需要正确地回答说，为了幸福，人们在这所房屋里在做些什么的话，我认为回答说："人们在这儿知道生活"，那是回答得对的；但这话并不像在法国那样，说是按照一些时髦的怪念头生活；而是按照人为之而生下来的真正的方式生活；按照您对我说的和您给我作出了榜样的那样生活，它继续到在本身之后，而且到死的那天还不认为已经消失的那样生活。

于丽有个关心他家庭福利的父亲；她有孩子，他们必须保证生活的必需品。这应该是生活在社会里的人的主要关心，也是她和她丈夫共同首先注意抓的事。在组成家庭时，他们考察了他们财产的情况：他们首先注意是否和需要合乎比例，其次才注意他们的财产是否与他们的身份相适应；而在看到没有一个正直的家庭不会对自己的家不满意，他们就不会对自己的孩子抱有害怕他们留给孩子的遗产不够用的坏念头。因此他们致力于改善财产而不致力于增加它们；他们把自己的钱财安放得可靠而不是去求有利可图；他们不是去购买新的土地，而是给已有的土地以新的价值，他们行为的榜样是他们希望自己遗产增值的唯一财宝。

一份不见增加的财产的确会由于千种意外事故而趋于减少；

可是这个理由只要有一次成了增加财产的动机，到什么时候才会停止成为永远增加它的借口？遗产需要分给几个孩子。但他们应该游手好闲地生活吗？他们每人的工作岂不是他们份额的补充，他们的行业不应该归入他们财产的计算中吗？永不满足的贪心就这样在审慎的面具下开辟道路，由于寻求安全而导向罪恶。德·伏尔玛尔先生说："人们给人间事务以不合于自然性质的牢靠性，这是徒劳的：理智本身吩咐我们给许多事情留下偶然的机缘；如果我们的生活和财产常常违反我们的打算，那么为了防止可疑的不幸和不可避免的危险而不断给自己制造真实的苦恼，那是何等荒唐可笑！"在这问题上他采取的唯一的预防措施是在一年内靠他的资本来生活，不去触动那时期的收入；于是以后的收入总是比支出超前一年。他认为宁可稍微减少他的资产，这比不可遏止地追逐他的收入好。这种减少资本的办法要比万一遇到任何意外事变时大吃其亏要优胜好几倍。因此，秩序和规章为他代替了节约，他由于支出的部分而获得了利益。

按照上流社会关于财富的看法，这家的主人享受着中等的财产；可是实际上我认为他们比任何人更为富有。没有所谓绝对的财富。这个词儿只意味着富人的欲望和充分满足超过富余的可能性之间的一种比例。这个人有二十亩土地算是富裕的；那个人在他大堆的金子里算是贫困的。紊乱和幻想没有界限，它们比真正的需要造成更多的穷人。这里的比例是建立在不能动摇的基础上，即夫妇之间完满的一致上。丈夫负责征收利息，妻子负责它的使用，他们财富的源泉便在于他们之间统治着的和谐里。

在这个家庭里起初最使我吃惊的是在那里的秩序和确实性中

间发现的富裕、自由、快乐。一般管理得很好的大户人家的重大缺点是有一种忧愁和强制的气氛。头儿们的极端孤独里总能嗅到一点儿吝啬；在他们周围什么都感到不舒服：命令的严格使人有屈辱的感觉，要接受命令不能不感到困难。仆役执行他们的义务，但他们以不满和害怕的神色去做。客人受到很好的接待，但他们只能不信任地接受给予他们的自由；因为他们总在害怕越出规矩，便会因担心失礼而步步留意，以致战战兢兢地不敢动一动。人们感到这些父亲是奴隶，他们不是为自己而是为孩子的遗产生活，不想到他们不仅是父亲，而且是人，他们对于孩子应该是人和智慧与幸福结合的生活的榜样。这里他们却遵照更为明智的规则：他们认为一家的好父亲的主要义务不仅使自己的住所愉快，以便让他们的孩子在那里感到有趣，而且自己也能过着快乐和甜美的生活，使他们感到像他那样生活的幸福，并永远不致企图采取与他相反的生活。德·伏尔玛尔先生最经常反复说的关于两个表姐妹的娱乐的格言是：父母悲惨和褊狭的生活始终是孩子放荡的最初的源泉。

在于丽看来，她的规则只是一颗心，她认为它最可靠，她为了做好事绝不怀疑地听从它，它怎样要求就怎样做。它不让她要求很多，谁也比不上她能珍视生活的快乐。这样敏感的心又怎能对快乐无动于衷呢？正好相反，她喜爱它们，寻求它们，也从不拒绝自己最喜欢的乐事；人们可以看到她能够享受它们；这不是简单的快乐，这是为于丽创造的娱乐。她既不忽视自己的舒适方便，也不忽视她所珍视的、即一切周围的人的舒适方便。一切能有助于明智的人的东西她都不认为是多余的，但她认为多余的是一切只为了向他人炫耀的东西；因此，在她房间里可以找到能给予感官愉快的奢侈品，但它们并不娇嫩和纤巧。至于说到表示虚荣的辉煌和奢华，那么这里只看到按照她父亲的趣味搞的，于丽对之无法违抗；而且其中还总能认出她的主意，使它们少带些奢华和光彩而多带些壮丽和优雅。当我对她说，巴黎和伦敦现在已发明出更轻巧吊装轿式马车的车体的方法时，她相当赞成这件事；可是当我对她讲他们把油漆的价格提高到怎样的程度时，她就不再理解并总是问我，那些漂亮的油漆是否使马车更方便些。她不怀疑我对于人家花大钱用可耻的绘画来代替从前马车上用的纹章来装饰那些马车一事说得言过其实。真好像向行人表明自己是个品质恶劣的人要比表明是个品质优良的人更为漂亮似的！尤其使她恼火的是她知道妇女们已经引进或支持了这一习俗，而她们的马车比男士们的区别只在于她们的马车上的绘画显得更有点儿不得体。在这件事上我不得不向她引述您那知名的朋友的一句话，她却很难相信。我有一天去您的朋友那里，人家把一辆这样的马车指给他看。他只用眼睛向车门瞟了一眼就边走边对主人说："把这马车指给宫廷妇女们看吧，正直的男人是不敢使用它的。"

做好事的第一步是不做恶事，同样，走向幸福的第一步是不要受苦。这两条合适的格言可以代替许多道德的格言，德·伏尔玛尔夫人是很重视的。困苦对于她和对于其他人一样，她是非常敏感的；她看到周围那些不幸的人，而她的幸福在她很不容易，正像一个纯洁的人生活在一群有罪的人中间能一直保持自己的德行不受玷污一样不容易。她没有那样的自私心肠，这种人看到自己能减轻人家的不幸而转过眼睛不去瞧他们；她却去寻找他们，以便给他们医治。使她苦恼的不是她看到不幸的人，而是世界上存在着不幸的人；她不知道世界上有不幸的人，这在她是不够的，要使她安心的是知道世界上没有不幸的人，至少在她周围没有，因为把自己的幸福跟所有的人的幸福联系在一起，那是超出理智范围的。她探询邻居的困难情况并深切关心他们，如同问题关系到自己切身的利益；她认识附近所有的居民；可以说扩大了自己家庭的范围，不惜任何力量为他们排忧解难，人类的生活就是经受这些考验的。

阁下，我很高兴利用您的教导；但我确信您会原谅我的热情，我既不再责备它，您也会同意。世上只会有一个于丽。上帝照顾着她，有关她的一切实际上都不是偶然的。老天爷把她生在地上，仿佛是为了给人们显示一个人的灵魂可能是多么美好，又为了显示她在个人生活的默默无闻中既可提高她自己，又能使他们不靠荣耀的、辉煌的德行帮助而享受到幸福。她的过错——即便如果承认她犯了过错，——只在于发扬了她的力量和勇敢。她的双亲、朋友、仆役们都生来幸福，他们都为了爱她和为她所爱。她的国家是唯一适合于她生长的；使她如此崇高的单纯应当统治着她的周围；为了幸福，她必须生活在幸福的人们之间。假如倒霉而生在不幸的人民——他们呻吟在压迫的重压下，而且无希望和无结果地反对同销蚀他们的不幸作斗争——中时，那么被压迫人民的每次的怨诉都会毒害她的生活；他们共同的悲痛会压倒她，她行善的心为痛苦和忧愁所消耗，使她不断地饱尝她那无法宽慰的悲痛。

这里恰好相反，一切都激励和支持她自然的好心。她没有可哭泣的公共的灾祸；她眼睛里没有不幸和苦痛的可怕景象。舒舒

服服的村民[①]对她的意见比对她的赠与更需要。如果有年幼而不能自谋生活的孤儿、隐隐受苦的被弃的寡妇、没有孩子而又年老和手脚不便生活不能自理的老人，她不怕她的善行使他们变得难于忍受，也不怕为免除受益的坏蛋的负担而使公共捐税转嫁到他们身上去。她愉快地做好事，意识到对大家有益。她体味到的幸福在她周围扩展。她进去的所有人家很快笼罩在像她自己的家里看到的一样的幸福中；富裕和舒适在那儿是她最小的影响之一；和谐和美德跟着她从这家扩展到那家。当她走出自己家门，她的眼睛只看到愉快的事物；当她回家时，她发现家里更为美好；她到处看到赏心悦目的事；而这个对自尊心很少感受的人，现在从自己的善行里学到热爱自己了。是的，阁下，我要重复说，跟于丽有关的一切，对于美德都不是无关的。她的魅力、才能、趣味、斗争、错误、悔恨、居处、朋友、家庭、痛苦、快乐和她整个命运，使她的生活成为唯一的榜样，虽然少数的妇女想仿效她，可是她们不由自主地都喜爱她。

这里的人们关心别人的幸福方面最使我高兴的是他们都以理智为指导，而且从来不会滥用。并非愿意做好事的人都能成功，常常是这个或那个人认为给人帮了大忙，而实则只有小的成果，却看不到带来的祸害。德·伏尔玛尔夫人具有甚至最好的妇女中也很少见到的品质，并使之发展得很辉煌，她清楚地知道怎样巧妙地安

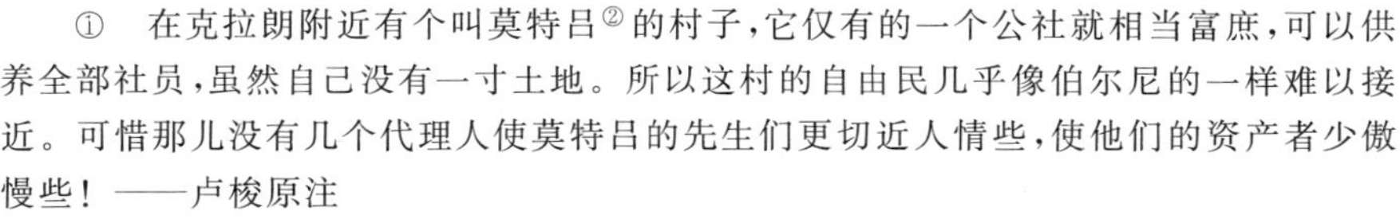

① 在克拉朗附近有个叫莫特吕[②]的村子，它仅有的一个公社就相当富庶，可以供养全部社员，虽然自己没有一寸土地。所以这村的自由民几乎像伯尔尼的一样难以接近。可惜那儿没有几个代理人使莫特吕的先生们更切近人情些，使他们的资产者少傲慢些！——卢梭原注

② 莫特吕：日内瓦湖湖边的城市蒙脱列的瑞士民间的名称。——俄译注

排她的善行，选择实施的方法，或者选择哪些该受益的人。她为此定下一些从不违反的规则。她既能满足又能拒绝人家的请求，使她的善心不致成为弱点，而她的拒绝又不致成为任性。一个一生中做了坏事的人，只能希望她的惩罚，如果冒犯她时，能得到她的原谅；但不要想获得她的恩典和庇护，因为这些是对于更好的人采用的。我曾看见她相当无情地拒绝过一个这样的人。他请求她一项只能依靠她一人的恩典。她对他说："我希望您幸福，但这件事我不能帮忙，生怕帮助您这件事会对别的人有害。世界上并不缺乏好人，使我必须只限于关心您。"这种严厉在她是很难受的，所以她很少采用它。她的准则是：在没有证明是坏人时，她都认为是好人，而很少有坏人会乖巧地隐藏起来而不被发现。她的积极的善良跟富人懒惰的慈悲完全不同；他们用金钱给不幸的人们去偿付抛弃他们恳求的权利，对于一个恳求者的善举始终只知道给予施舍。她的钱袋并不是取之不竭的，自从她成为家庭的母亲后，她比以前更好地能调节用途。按能够减轻不幸者的痛苦的救济里，实际上施舍是最少困难的一种，但它也是最暂时和最不牢固的一种；于丽不寻求摆脱它们，可是使它变得有用。

她对于各种服务，在不知道希望达到的效果是否合理和正确以前，也不是不加区别地加以介绍的。对于有真的需要并值得获得它的保护的人，她是从来不会拒绝的；但那些焦虑和企图使自己提高和脱离他本来很好的地位的人，那就很难把她拖进去参与他们的勾当。农民的自然条件是耕种土地并靠它的收获生活[①]。乡

① 卢梭创作《新爱洛漪丝》的一个目的是防止农村居民进入城市（这一点可参看《第二篇序言》）。——俄译注

间和平的居民生来幸福，但为了感到自己的幸福，他们必须意识到它。人的一切真正的快乐都是可以达到的；他们只有那些与人性不可分的不幸，谁认为仿佛解脱了不幸，实际只是用其他更剧烈的不幸作替代而已①。农民阶层是唯一必须的和最有用的：只有其他阶层用他们的暴力或者用他们的罪恶为例子来引诱它时，它才是不幸的。一个国家真正的繁荣就在它，民族的力量和伟大并不依赖于其他民族，用不着去攻击他们以提高自己，并为自卫找寻最可靠的方法。当想确定某个国家的力量时，才子们拜访国王的宫殿、他的港口、部队、兵工厂、城市；真正的政治家则走遍土地并到农民的茅屋里去。第一种人看人家所做的，第二种人看他们能做的。

根据这个原则，人们在这里，尤其在岱当惹，就竭力帮助农民，使他们的条件变得温和，并绝不帮助他们离开。他们中最富裕的和最贫困的同样都疯狂似的把他们的孩子送进城去，有的为了学习和将来变成先生，有的为了参加服务并摆脱父母的供给。青年人自己都常常喜欢向外跑；姑娘们追求资产者的首饰；小伙子们想在外国军队里服役：他们认为与其爱祖国和自由，还不如回到自己村子时那种骄傲和吹牛拍马的雇用兵的神态，以及对自己过去样子的可笑的蔑视更为值得。人们向他们指出这些错误偏见的荒谬，它们对孩子们的腐蚀作用，使他们抛弃父母和对生命的不断冒险，对命运和风俗的危害，它们使一百个孩子完蛋，只有一个孩子

① 人从他原始的单纯中走出来后变得如此愚蠢，简直不知怎样希望。达到了的愿望会把他引到富裕，但绝不会引到幸福。——卢梭原注

才能获得成功。假如他们固执己见，人们便不支持他们荒唐的幻想，人们让他们去追逐罪恶和不幸，而对于接受劝告的则给他们以优厚的奖励。人们教导他们在尊重自己的同时也尊重他们自然的地位；人家没有城市里对待农民的那种态度，但对他们采用诚恳和严肃的亲切态度，使每人保持自己的地位，也使他们学会保持他们的地位。只要向他指出人家对待他跟对待那些在他们村子里张牙舞爪并使自己的亲属在他们的夸耀下黯然无光的小暴发户不一样时，没有一个好的农民会不尊重自己的。德·伏尔玛尔先生和男爵，当他们在这里时，很少不参加村子里或附近的体育训练，有奖竞赛和检阅大会的。这些已经自然地热情奋发和好战的青年看到老一辈军官们高兴参加他们的集会，就更意气风发，并对自己信心更大了。当人家向他们指出曾在外国军队里服役的退伍士兵在各方面都比他们不如时，他们自尊的意识更增强；因为不论怎么说，五个小钱的军饷和对军官的棍棒的恐惧绝不能像一个自由人在树林里当着他父母、邻居、朋友、情人的面而且还为自己国家争光那样具有的好胜心。

因此，德·伏尔玛尔夫人的重要格言是不帮助他们改变地位，而是促进每个人在自己的地位上得到幸福，尤其是要阻止其中最幸福的阶层，即自由农民阶层的人口减少以利于其他阶层。

这里我对她提出反驳说，大自然似乎给人们以不同才能来适应他们的不同职务，不管他们生下来是什么地位。对于这一点她回答我说，有两件事要在才能之前先加考虑，即习俗和幸福。她说：“人是种太尊贵的动物，他不应该单纯地作为替他人服务的工具，对他的使用不应该只求适应于他们，却不同时适应于他自己：

因为人并不是为了位置而生，而位置是为了他们而设；为了适当地分配事情，不应该只寻求每个人对事情最合适，而应该使事情更适合于每个人，尽可能使之适当和幸福。绝不允许为了使其他人的利益而损坏一个人的灵魂，也不应为了替正直的人们服务而培植一个坏蛋。

“然而，从村子里出去的一千人里，在城市里不堕落或染上比他们向那些人学来的还更厉害的罪恶的人，还不到十个。那些成功和发财的几乎都是从那儿的不正当道路上学来的。那些倒霉的不幸者不能回到原来的地位，他们都成了乞丐或盗贼而不想再当农民。从这一千人中，如果有一个反抗别人的例子并保持正直的人，您认为他，一般地说，能躲避强烈的激情，像过去那样在当初地位的平静的默默无闻中过同样幸福的生活吗？

“为了理解一个人的才能，先必须知道这个人。要始终认清人们的才能，难道是件容易的事？如果要决定一个青年人的命运，即便对他进行最好的观察，那也有很多困难，那么一个小农民能自己认清他自己的才能吗？从童年起对孩子的倾向的标志是最靠不住的；模仿的意图常常比才能占更大比重；一个偶然的遭遇比决定性的倾向更起作用，甚至习性也不总是预示着才能的倾向。真正的才能、真正的天才具有某种单纯性，它比表面和虚假的才能较少焦虑、较少波动，较不急于想显示自己，人们却会把后者当做真正的才能，而其实是空虚的想炫耀的欲望，不会有成功的可能。这一个听见鼓声就想成为将军，那一个看见建筑物就自认为建筑师。我的园丁瞿斯丹看到我画画便发生了绘画的兴趣，我送他到洛桑去学习；他自认为已经是画家，其实只是个园丁。选择职业常常决定于机会或想出头。感到自己的才能还不够，除这一点之外还得对此专心致志。一个亲王因为善于驾驶马车会自己成为马车夫？一个公爵因为发明了好的炖牛肉方法就自己当大司务？人的才能只是为了向上升，没有人是为了因它而下降的：您认为这是自然规律？当每个人知道自己的才能并希望照它行事，有多少人能这样做？有多少不公正的障碍要克服？有多少不相称的竞争者要战胜？那个感到自己弱点的，乞灵于手腕和诡计来帮助自己，另一个对自己更有信心的，则加以蔑视。您自己不是对我说过一百次，那么多有利于艺术的机构，它们实际上只对艺术有害？冒失地增加对象只对它们造成紊乱；真正的优点在群体里会被窒息，而应当给予最精明者的荣誉却全给了最会耍诡计的人。如果有这样的社会存在，那里的一切职务和地位是以个人的才能和优点来确切衡量的，那么每人都可以像他最能胜任的条件来争取；但应该由最可靠的规则作引导，并放弃一切最坏的人是唯一引向幸运的人的那种人才的奖金。

“我还要进一步告诉您，——她继续说道，——我很难相信，这么许多种类的才能应该都加以发展，因为所有具有这些才能的人为此必须同社会确切的需要成比例；假如只把对于农业有卓越才干的人留着做农田工作，或者使所有更宜于干别种工作的人脱离农业工作，那对于耕种和使我们生活下去的人就会感到不够。我认为人们的才能犹如药物的效能，自然界拿来给我们治病用，虽然它的意图里有我们不需要的。有些植物会毒害我们，有些野兽会吃掉我们，有些才能对我们有害。如果每种事物都要按它主要的性质来使用，那么它对人们可能是害多于利。善良和简单的人民用不着那么多才能；他们更愿意依靠简单的生活而不像有些人依靠全部自己的机巧；可是由于他们逐渐变坏，他们的才能发展起来作为失去的德行的补充，还迫使坏人违反自己意愿而对社会有用。”

有一件我难于同意她的事是对乞丐的救济。由于这里是条大路，有许多乞丐在这儿经过，人家对每个乞丐都不拒绝布施。我向她表明说，这不仅是纯粹损失掉钱财，而且人家还会因此而剥夺真正的穷人，可是这种习俗促使无赖和流浪汉增加，他们乐于这下贱的营生，于是在增加社会的负担的同时，还剥夺了它本来能提供他们的工作。

她对我说道：“我清楚地看到您受到了大城市里一些格言的影响，那里的那些得意的爱争辩的人喜欢迎合有钱人的冷酷无情；连您也会说这种话？[①] 您认为在给他以无赖这个蔑视的名称时能贬低一个穷人的品格吗？像您这样富于同情心的人，您怎么能够使用这名称？您要丢掉它，我的朋友，这名称绝不要进到您的嘴里去：它对于使用它的硬心肠的人比对于戴有它的不幸者更不体面。我不能确定那些对施舍进行诽谤的人是否在理；我所知道的是我的丈夫，他比您的那些哲学家在情理方面丝毫不会差些，他常常把他们在这方面为了在人心中堵塞自然的怜悯并练成冷漠无情而说的话告诉我，使我觉得他蔑视这些言论，但并没有不赞成我的行为。他的论证是简单的。他说：‘人们容忍并花大钱支持无数无用

① 这儿卢梭在同伏尔泰论战。伏尔泰曾说：“乞丐是依附于富人身上的寄生虫。”——俄译注

的职业，其中有些只能败坏和搞糟风俗。假如只从乞丐是一种职业来看，人们远不应对之害怕，只能从那儿看到能使我们培养联合所有的人的有益和人道的感情。如果人们从才能方面来考察，为什么我不能奖励这个感动我的心灵的乞丐的雄辩和使我救济他，就像我付钱给一个使我掉下几滴无用的眼泪的戏剧演员一样？假如这一个使我喜欢别人的好行为，那么另一个使我为自己做的好事高兴：人们对一出悲剧感受的一切，一离开剧场就忘了；然而救济不幸的人得到的快乐会不断地再生。如果人数众多的乞丐是国家的沉重负担，那么人们鼓励和容忍的多少其他的职业难道也不能这样说？使到处没有乞丐，那是统治者的工作；但为了使他们厌恶他们的职业[①]，是否要使公民变得非人道和歪曲性格？'至于我，——于丽继续说，——穷人对于国家是什么，我不知道，但我知道他们全都是我的弟兄，我不能抱有一种不可原谅的无情态度来拒绝他们向我请求微小的援助。我同意他们大部分是流浪汉；但我对生活的困难知道得太多，因而能理解一个正直的人会被迫处于他们那种命运；我又怎么能确切知道刚才在我门口以上帝的名义要求我帮助并乞讨一片面包的人不就是快要陷入不幸，而我的

① 有人说喂养乞丐，这是培养盗贼的温床，然而恰好相反，是阻止他们成为盗贼。我同意不应鼓励穷人成为乞丐；可是当他们已经是乞丐，就应当养活他们，以免他们变成盗贼。一种职业不能养活自己，最能使人改换职业；然而他们一次尝到了这懒惰的职业，就会对工作如此厌倦，以致更喜欢偷窃和被绞死而不愿使用双手去劳动。一文钱可以很快要求和拒绝；但二十文钱被拒绝时会失去耐心，宁愿拿出来给穷人吃顿饭。假如人想到一次轻微的救济可以救活两个人（一个免于犯罪，另一个免于死亡）时，有谁会拒绝这样的救济呢？我在什么地方读到过，乞丐是依附于富人身上的寄生虫。孩子依恋父母是很自然的；但这些父母既富有又严厉，却不认识他们，于是去让穷人来照顾和抚养。——卢梭原注

拒绝将使他变得绝望的那个正直的人？我让人在门口给的布施是轻微的：半个克吕茨[1]和一块面包是没有人能拒绝给人的；对于确是残废的人，人家给予加倍的救济。如果他们一路上在富裕人家得到同样多的布施，他们就能一路维持生活；这是人们对于过路的乞丐应该做的一切。这虽然不是对他们唯一的救济，至少是人家对他们的困难表示关心的证明、对冷酷拒绝的一种减轻和对他们表示的某种敬礼。半个克吕茨和一片面包并不值多少钱，它比'上帝救助您！'是种更有礼貌的回答，仿佛上帝的赐予并不掌握在人们手里，又仿佛地上除了有钱人家的仓库以外还有别的粮仓似的！总之，不管你对那些不幸者抱什么态度，并且即使如果认为没有义务对乞讨者给予东西，你也应当对穷人表示尊敬人间的苦难，不要使自己的心肠在观看他们悲惨地行乞时变得冷酷无情。

"我是这样对付那些可以说没有借口和心甘情愿地进行乞讨的人的：对于那些自称是工人和抱怨没有工作的人，这儿始终有工具和工作在等待着他们。我们用这种方法进行帮助，也考验他们善良的愿望；而那些说谎者知道得很清楚，因此不再在我们家露面。"

阁下，这就是这个天使般的灵魂在自己的德行里总能找到对残酷的坏人进行斗争的力量，那些坏人企图用徒劳的狡猾手段来掩盖他们的罪恶。她把所有这些和其他类似的操心事都算作是快乐，并占了完成她最重要的责任后所留下的不少时间。在她完成了对人家应做的一切义务之后，其次才想到自己，她为了使生活愉

① 克吕茨(crutz)，当地的小钱。——卢梭原注

快而做的一切也可以算作她的德行，因为她的动机总是可赞美和善良的，在她配合愿望的一切里有那么多的克制和理性！她希望让丈夫高兴，丈夫也喜欢看到她满意和快乐；她启发自己的孩子天真快乐的趣味，重视它的节制、秩序和单纯，并使心灵从猛烈的激情转移开。她用自己消遣来使他们快活，像鸽子为了喂养鸽雏而在自己的胃里把谷粒软化一样。

于丽的灵魂和身体一样敏感。在她的感情和她的器官里充满着同样的灵敏。她是生来认识和品尝一切快乐的；她长期来如此热爱德行，把它看做是最甘美的快乐。今天当她心平气和地感受这最高的快乐时，不会拒绝能跟德行联系的任何快乐；但她享受快乐的方式多少像过分的严肃主义者那样，因为她享受快乐的艺术里也包含着拒绝它们的艺术；但这完全不是沉重的、痛苦的拒绝，那是违反人的天性和创造者只看到愚蠢的和它所不需要的牺牲，——不，她依靠的是短暂的和有节制的拒绝，它保持着理智的一切权力并作为快乐的调味品，防止对它们的过度滥用。她认为一切属于感官和不是生活所必需的东西，只要一转为习惯，就改变了性质，在变为需要时就不再是快乐，它同时是给予人的一条锁链，又是被剥夺的一种快乐；因此预防欲望并不是满足欲望的艺术，而是去熄灭它们。她用以给一切微小东西以价值，是自己拒绝二十次后享受它一次。这个单纯的灵魂就这样保持她最初的动力：她的趣味从不衰退；她从不需要过度的振奋，我经常看见她津津有味地品尝着那些其他人毫不觉得趣味的孩子们的快乐。

这方面她给自己定下另一个更高尚的目标：始终作为自己的

主人，使自己的激情习惯于服从，使自己的欲望受规律的控制。这是成为幸福者的新方法，因为人的享受不感到忧虑是由于丧失它时不觉得有困难；假如只有智者才有真正的幸福，那是由于在所有的人中，只有智者的幸福最不易被剥夺掉。

最使我感到她对节制的奇特之点是她依据的理由跟享乐者趋向过度抱着同样的理由。她说："生命是短促的，的确如此；这就需要利用它到头，并艺术地分配它的过程，使它尽可能地取得最好的用途。如果一天的餍足夺走了我们一年的快乐，那是只知道追随欲望引导我们行走的坏的哲学，却不考虑我们的力量是否会比我们要走的生活道路更快些，我们的心是否会比我们自己死得更早些。我看到那些庸俗的享乐主义者为了永不愿丧失一次快乐，却丧失了一切，在一切快乐中感到烦恼，不知道找到一个快乐。他们想节约时间，却在浪费它，他们像守财奴似的，因为不知道及时舍弃一点儿而遭到了破产。我赞成和它相反的格言，所以仿佛在这方面宁愿更多严格而不愿姑息。我有时会中断某种给我愉快的游戏，中断的唯一原因是它使我太快乐；当我重新开始它时，它给了我加倍的快乐。然而我锻炼着自己的意志，希望能控制自己，我宁可被认为任性而不愿让我的幻想控制我。"

请看这儿是在什么原则上建立愉快的生活和享受着最纯洁的快乐的。于丽有美食的习惯；在她给予全盘家务的悉心照料里，厨房尤其没有被忽略。膳食一般显得丰富；然而这种丰富并不是昂贵的：这儿主要是合乎健康的口味而不是精致的饕餮，所有的菜肴都是普通的，但是很好；它们烹调得简单，但很鲜美。一切豪华、一切徒有虚名，只凭稀罕和引人赞美和以名称取胜的精致讲究的名菜，都始终在排斥之列；即使是那些在这里容许的美食和可供挑选的菜肴里，有些绝不是每天出现在桌上的，它们只在特殊的情况下，为了使膳食具有节日气氛和特别愉快，而且不怎么花钱时才采用。他们如此审慎地安排的菜肴，您认为是什么？是稀有的野味？海产的鱼？外国的产品？比那些菜更好：一些当地产的极好的蔬菜，我们菜园里生长的几种鲜美的植物，用一定风味烹调的某些湖鱼，我们山中的几种乳制品，德国式的一些糕点，再加上家里人打猎所得的几种野味；这便是人们看到的全部特产，这便是餐桌上摆出来的，在快乐的日子里刺激和使我们满足食欲的东西。服侍是简朴和乡村式的，但干净和喜洋洋的；优雅和娱乐在那儿都有，兴致和食欲更促进了快乐。你在这儿餐桌上看不见代替冒着气的菜肴的空洞的镀金盘子，只能使周围的客人饥肠辘辘以及代替各种甜食的插着花束的豪华的水晶花瓶；这儿完全不知道用眼睛来喂饱肠胃的艺术，但却十分懂得用佳肴来增添乐趣，叫人们痛快地进食，开怀畅饮而不丧失理智，坐久了不觉得厌倦，离座时也不觉得过饱。

在二楼有个小餐厅，它跟人们平常吃饭和在底层的餐厅不同：这个特殊的餐厅是在房子的一角，从两方面采光；它一面向着花园，从这里可以透过树林看到湖；另一面可以看到那片葡萄的大山坡，它开始展现出两个月后就可收获的财富。房间虽小，但装饰着一切看起来悦目和可爱的东西。于丽在那儿给她父亲、丈夫、表姐、我、她自己，有时也给自己的孩子们举行小宴会。当她吩咐在那儿开饭时，人们就知道是怎么回事，德·伏尔玛尔先生笑着把这房间叫做“阿波隆厅”，但这厅在挑选宾客和菜肴方面都同吕居吕斯[1]餐厅不同。那里不邀请普通的宾客，有外人在时不在那里吃饭；那是信任、友谊、自由的不可侵犯的所在；那是知己的人在吃饭时相会的地方；它是一种友爱的团聚，只有不再想分手的人们在那儿集会。阁下，这节日在等待您，您到这里来的第一餐要在这厅里举行。

我起初没有这样的光荣；只有在我从陶尔勃夫人那里回来时才在“阿波隆厅”受到接待。我没设想到他们在接待我方面还会有什么花样可以增加，但是那顿晚餐却给了我另一种想法；我发现我有种从来没有品尝过的愉快心情混合着亲切、欢乐、团结、悠悠然的滋味。我不经人家指点就感到自己更自由自在；我觉得我们之间比过去更了解了。仆役的不在场使我放弃了心灵深处隐藏着的拘谨；就在当天由于于丽的要求，我恢复了那么多年前的习惯，在进餐结束时跟我的主人们喝不兑水的酒。

这顿晚餐使我非常高兴：我真希望我们每次吃饭都能够这样。我对德·伏尔玛尔夫人说：“我并不知道您有这美妙的餐厅，您为什么不总在这儿吃饭？”“您瞧它多么漂亮！弄脏它不是太可惜吗？”这样的回答显得完全不符合她的性格，我怀疑她有什么隐藏的思想。我便说道：“您至少为什么不把在这儿看到的一切舒适的东西也摆在您平时的餐厅里，使仆役离开，谈起话来也就更随便？”她答道：“这是因为那样太愉快，想永远方便舒服引起的厌倦到后来会比什么都坏。”用不到更多的话就可使我理解她的思想原则；

① 吕居吕斯(Lucius Licinius Lucullus，公元前106—前56)：罗马将军，能征善战，在历次战争中敛财成巨富，过着豪华生活。——译者

于是我得出结论：调配快乐的艺术实际上只在于对它要吝啬。

我注意到她对穿着比过去更关心。过去人们对她唯一的责备是她对打扮的不关心。这个骄傲的女人有她的理由，她不让我有借口怀疑她的迷人的力量在于打扮。可是她这样做是徒劳的，她的魅力是如此强烈，我不能认为它是自然的；所以我竭力想在她的忽视装饰里寻找她特殊的艺术；她如果穿戴得像只袋子，我会说她卖弄风情。她今天的本领不比过去差，但她不屑去使用；如果我没有发现这新的讲究的原因的话，我会说她追求一种更精致的装饰是为了显得自己是个漂亮的女人。最初几天我搞错了；没有想到她在我到来时（我的到来她并没有料到）会有别种打扮，所以我敢于把这种讲究的光荣归于自己。在德·伏尔玛尔先生不在那几天我才醒悟。到第二天，已不再是昨晚那种眼睛看不厌的优雅，也不是从前使我陶醉过的那种亲切和感人的单纯：那是一种由眼睛诉诸心灵的、只令人尊敬的谦虚的单纯，而美更使它显得庄严。妻子和母亲的庄严流露在她整个的美里；和善和温柔的目光变得更严肃，有种更高更庄严的神气仿佛笼罩了她温和的面容。并不是在她的态度和举止里有什么轻微改变；她的平等的性格、她的朴实从来不会装腔作势；她只是利用妇女天生的才能，依靠不同的打扮，用另一种发式、另一种颜色的衣服来改变人们的感情和思想，并用趣味的力量来影响人们的心灵，从虚无中产生可爱的东西。在她等待她丈夫回家那天，她重新找到了鼓励自己天然的使人喜欢的艺术，她没加掩饰；她从盥洗室出来时光彩照人；我发现她既能使最辉煌的装饰黯然失色，同样也能使简单的服装闪烁异彩。猜到她明显改变的原因后我气恼地想道：“她为了爱情是否也曾同样做

过呢？”

这爱打扮的兴趣从家里的女主人发展到组成它的整体。男主人、孩子、仆役、马、房屋、花园、家具，一切都很关心，这表示他们并不忽视华丽，但他们不屑这样做；说得更确切些，这儿的确有华丽，只要它不出于奢侈而是真正的，在整体上的优美结构，在安排的人所表示的部分和整体的协调的意图上是华丽的。[①] 至于我，我至少认为看到在一所住着少数幸福的人过着共同幸福的生活的简单和朴素的房子里，这比在一座发生纠纷和混乱的宫殿里（其中住着的每个人都在另一个人的灭亡和一般的扰攘里寻找幸福），有着远为崇高和伟大的思想。好好整理的一所房子是唯一的、完整的，它形成愉快的整体；在宫殿里只能看到各种物品混乱的集合，它们之间只有表面的联系。第一眼看来，以为看到了共同的目的；可是再细瞧时，很快就会被戳穿。

假如只考虑最自然的印象时，似乎为了轻视辉煌和豪华，可以较少着眼于节制而多着眼于趣味。对称和整齐对于所有的眼睛都是愉快的。舒适和幸福的形象对于渴望它们的人心最能触动；可是一个既跟匀称也跟幸福没有关系的空洞的陈设，目的只在于炫耀排场，那么陈设的人在观众心目中能引起什么有利的意见？是趣味的意见吗？趣味不是在简朴的东西里表现得比蒙着富裕光彩

① 这在我看来是不用争辩的。在一座大宫殿的对称里有豪华壮丽，在一群乱七八糟堆积的房子里没有豪华壮丽。在列队的一团兵士的制服里有豪华壮丽，在观看这团兵士的群众里却没有，虽然可能没有一个人的衣服特别不如兵士的服装。总而言之，真正的豪华壮丽只是在大规模的队列里面看到的整齐的秩序；因此能想象的最豪华壮丽的景象是大自然的景象。——卢梭原注

的东西更好一百倍吗？是舒适的思想吗？奢华不是最不舒适吗[①]？是伟大的想法吗？这正好是它的反面。当我看到人们想造一个巨大的宫殿时，我马上就问自己为什么这宫殿不造得更高大些。为什么有五十个仆役的不去搞一百个？这漂亮的银餐具为什么不是金的？这个给他马车镀金的人为什么不给他的护壁板镀金？如果这些护壁板都镀了金，为什么他的屋顶没有镀金？想建造高塔的人总希望建得直冲云霄；否则他就是白白建造，它的尖顶只给更远的看不到它的地方，证明建造的人的无能。人啊，渺小和徒劳！你给我显示你的权力，我便能指出你的可怜。

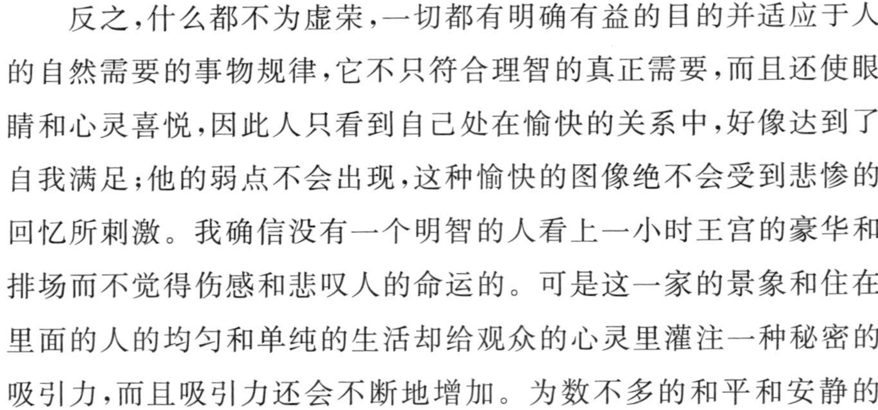

反之，什么都不为虚荣，一切都有明确有益的目的并适应于人的自然需要的事物规律，它不只符合理智的真正需要，而且还使眼睛和心灵喜悦，因此人只看到自己处在愉快的关系中，好像达到了自我满足；他的弱点不会出现，这种愉快的图像绝不会受到悲惨的回忆所刺激。我确信没有一个明智的人看上一小时王宫的豪华和排场而不觉得伤感和悲叹人的命运的。可是这一家的景象和住在里面的人的均匀和单纯的生活却给观众的心灵里灌注一种秘密的吸引力，而且吸引力还会不断地增加。为数不多的和平和安静的

---

① 家里奴仆们的声音不断地扰乱主人的休息；有那么多的阿尔居斯是什么也无法隐藏的。他的那群债主让他为那群赞美者偿付了高昂的代价。他的成套房间都是如此漂亮，使他不得不在一个角落里睡觉才感到舒服，他的猴子却有时比他住得好。如果他想吃饭，那得靠他的大厨师，而且从来不能吃饱；如果他想出门，那得靠他的马，有千百种麻烦阻止他上街；他急于想到达目的地，却不知道自己有两条腿。格劳埃在等他，道上的泥泞阻碍着他，他衣服上的金锈的重量妨碍他，他只能走二十步；如果他失去了跟情人约会的时间，那可以由行人来补偿；每人注意他的相貌，称赞他，高声说这是某某先生。——卢梭原注

人被相互的需要和彼此的善意，以及那里的各种的关心联合起来向着共同的目标前进：每个人觉得在他们的地位上找到了可以使自己高兴而丝毫不想离开，他们在其中仿佛可以待上一辈子；他们所抱的唯一的雄心是好好地完成自己的工作。那些下命令的是那么谦虚，那些接受命令的是那么热忱，以致他们之间的地位平等可以彼此交换位置而没有人对分配感到不平。这样便没有人羡慕别人；没有人不认为只有增加公共的财富才能增加自己的财富；主人自己也认为他们的幸福在于围绕他们的仆人的幸福。这里人们不能增加也不能减少什么，因为人们只看到有用的东西，而它们在这里都有；所以人们不希望这里有看不到的东西；而这里看到的没有一样东西会说："这里为什么不多搞些？"你增加些饰带、绘画、一只枝形吊灯、镀金饰物，你马上就会使全体贫穷。人们在必需品方面是那么充足，在非必需的方面没有一点痕迹，便会相信如果没有的话，那是不希望它有；而如果希望有，那么同样会充分地有；看到财富靠穷人的帮助继续不断地向外流，人们可以说："这家人家不能保持它全部的财富。"我觉得这便是真正的辉煌呀。

当我知道富裕怎样维持以后，这种富裕的模样使我自己很害怕。我对德·伏尔玛尔夫妇说："你们会破产的；一个如此微薄的收入要支持如此多的消费。"他们开始发笑，并让我看到用不着削减家用，靠他们就能节约很多，而且不是破产而是增加他们的收入。他们对我说道："我们致富的巨大秘密是以少量的金钱和在使用我们的财产时尽量避免生产和使用之间的中间交换。每一次这样的交换一定要有损失，许多次的小损失加起来就可以使相当大的财产化为乌有，正像一只漂亮的金玉匣通过无数次的转卖变成可怜的小饰物一样。收获的庄稼我们避免转运，就在当地消费；消费收获的实物时我们也避免交换；当我们必须把我们多余的储备品换成我们不足的东西时，不用通过损失一倍的现金买卖，我们使用实物交换，这使订约的双方都能获利。”

我对他们说：“我同意这方法的利益，但我觉得它并非没有不便之处。除了它需要大量的麻烦之外，这里的利益大部分显得表面多而实际少，你们在管理自己的地产方面在细节上会丧失那么多，所以大概你们以农场主为对手要有利得多，须知农民耕种土地所费要比你们小得多，他们收获的粮食比你们的更精细。”伏尔玛尔答复我说：“那是种错误。农民较少关心他们土地的收成而更多关心怎样较少花钱，因为预先支出经费有困难，而收到的利益并不很多；如果他的目的不怎么放在提高自己土地的价值，而较多在于少投入金钱，那么他不依靠土地力量的改善而在于榨取土地生产力，对他更有利的土地他不好好地耕种而使它贫瘠。这样，为了用少量的现金而没有麻烦地收获，一个懒惰的地主为自己或自己的孩子准备遭受巨大的损失，花上巨大的工作，有时还要准备自己的产业遭到毁坏。”

德·伏尔玛尔先生继续说道：“此外，我并不否认我耕种土地比农民花的资金要多；但农民的利润是我为他提供的，而这耕作既然好的多，所得就要大得多；因此我的耗费虽大，但我得到的利益也大；而且耗费的增加只是表面的，而它的实际结果是大为节约：因为如果我们的土地不是我们自己而是由农民来种，我们就得空闲；我们就会住在城里，城市里的生活要贵得多，我们需要消遣，它们所花的钱要比我们在这里的消遣要贵得多，而且对我们有更少

乐趣。我们的麻烦您说是大的，可是我们认为它们是我们的义务，此外，它们给我们巨大的乐趣；由于预见性和聪明的安排，它们从来不是沉重的负担；它们为我们代替了许许多多败家的怪念头，因为农村生活能挽救一切幻想的倾向，而所有能促进我们福利的东西对我们都成了娱乐。”

这位深明事理的一家之主补充说道：“请您放眼瞧瞧您的周围，您只有看到有用的东西，它们都几乎用不着花什么钱，我们便节省了上千白费的钱。只有本地产的食物摆满了我们的餐桌，只有本地产的布匹构成了我们几乎全部的家具和衣着：我们对大家都有的东西绝不轻视，对于稀罕的东西绝不重视。一切从远处来的东西会被视为冒牌和假造的，我们由于讲究，同样也由于稳妥起见，只限于挑选就近的最好的和质量用不着怀疑的。我们的菜肴都是简单的，但是经过挑选的。我们的餐桌上所缺少的只有从远处运来的东西，那是被认为是奢华的：因为那儿是美好的，那儿便是稀罕的；有某个饕餮者认为我们湖里的鳟鱼如果在巴黎吃起来，味道一定更鲜美得多哩。

“在衣饰的选择上也有着同样的规则，如您所看到的，这种选择并没有被忽视；但首先是优雅，富丽在这里从不考虑，时兴更不消说了。人们给予事物的价值和它本身实际具有的价值之间有着巨大的差别。于丽所关心的只有这后者；说到衣料，她所要求的主要不在于旧花色或是新花色，而是它的好坏和对她是否合适。新花色甚至常常是她排斥的唯一的原因，因为这新花色会给予它那货物以它所没有的价值，或者使质量不能长久保持。

“还要请您注意，这里每件事物的效果主要不在它自身而在于它的用途和它跟其余东西的配合上;所以它的部分的价值小的,于丽却给予它的整体以高的价值。趣味喜欢创造,它喜欢给事物以独特的价值。时兴的法则越易变和越不可靠,好的趣味的法则就越经济和越稳固。美好的趣味有一次通过了,就始终是美好的;虽然它难得合乎时兴,反之它却永远不会是可笑的;在它谦虚的单纯里,它从合适事物中得出持久或可靠的规则,当时兴不再存在时,它依然存在。

"最后请让我补充一点,只有必需的富裕不会导向它们的滥用,因为必须有它自然的界限,而真正的需要永远不会有过度。一个人可以一下子作二十件大礼服的花费和用一年的收入吃一顿晚餐;但他不能同时穿两身大礼服,也不能一天吃两顿晚餐。因此,虚荣心的企求是无穷的,然而自然从各方面加以阻止;一个中等收入的人只限于舒适,不会有破产的危险。"

聪明的伏尔玛尔继续说道:"我的亲爱的,这样,依靠节俭和不断的注意,人可以超过自己钱财以上生活。如果我们愿意,我们完全能够增加我们的财产而丝毫不改变我们的生活方式;因为我们金钱的每种投入都以某种产品的生产为目的,我们的一切支出给了我们更多消费的可能。"

瞧吧! 阁下,这一切都不过是第一眼看到的:到处是富裕的景象笼罩着井井有条的秩序。要有时间来观察那引向舒适和快乐的限制奢侈的规则,粗粗一看是很难理解怎么会从节约里得到享受的。仔细回想起来,满意之心增加了,因为大家看到财源是不会枯竭的,品尝生活幸福的艺术更用来使它延长。人们怎么会对如此符合于自然的景况会感到厌倦? 人们对于自己在不断增进的产业怎么会使之枯竭呢？人们只耗费收入部分的产业怎么能破产呢？当人们每年确切知道下一年的情况时，谁能扰乱这年的和平呢？这儿，过去的劳动果实支持着现在的富裕，现在的劳动果实预示着未来的富饶；他们同时享受他们所消费的和所收获的，而不同的时间集合到一块儿来巩固现在的安全。

我深入考察了他们家务的细节，我看到同样的精神统治着所有的地方。所有的刺绣和花边都是他家内室里生产的；所有的布匹都是家里纺织的，或由他们养活的贫穷妇女织出来的。羊毛送到纺织厂去交换呢绒供下人穿着之用；酒、油和面包在家里制作；木材随意锯成所需要的尺寸，尽量满足消费的使用；屠夫用牲畜支付工钱；杂货商供应的货物以换取麦子；雇工和仆役的工资取自他们耕种的土地；城里房屋的租金足够应付他们居住的房屋的装饰；公债的利息提供给主人生活的费用和允许给自己添置少量的餐具；出售剩下的酒类和麦子的收入存放起来作为特殊费用的基金，于丽的审慎使这基金永不枯竭，而她的慈善更不让它增多起来。对于一切娱乐事业的费用，她只从家庭里完成的工作、他们开垦的土地以及他们种植的树木等的收益中拨给。这样，生产和消费总是按事物的自然性质取得互补，平衡不可能被打破，也不可能被扰乱。

不仅如此，用那种强制自己节制欲望的、我曾讲到过的节俭方法，同时也是取得快乐和节约的新的源泉。比如说，她很喜欢咖啡；她曾在她母亲那儿每天喝它；但为了增加它的味道而放弃了她的习惯；她现在只限于当她有客人时，或者在阿波隆厅时才喝，以便给所有其他人增添一种节日的气氛。这是她最爱好的小享受，它花费不多，她用它来刺激并同时调节她的馋嘴。反之，她非常用心地竭力猜度和理解她父亲和丈夫的意愿，以如此自然的慷慨加以满足，使他们吃得那么满意，以致他们加倍感到愉快。他们俩都喜欢按瑞士的方式，在吃完饭后稍微延长一些时间：她在晚餐后从不忘添上一瓶比一般更精美、更醇的葡萄酒。我起初为这些酒上的浮夸的名字所欺骗，我事实上也认为这些酒很好，我看到它们上面的地名，就责问她为什么显然违反了她的原则；但她笑着告诉我关于普鲁塔克的一段话说[1]，弗拉米尼乌斯[2]把安蒂奥楚斯[3]的用一千个野蛮名字的称呼亚细亚军队，跟他朋友用各种不同名字来叫他伪称是用同一块肉做的各不相同的炖肉块来款待一样。她说："您责备我的这些外国酒也是这样。您喝得那样愉快的朗西奥酒、歇雷池酒、马拉加酒、夏珊涅酒、西拉居斯酒，实际上都是用不同方法配制的拉伏酒，您从这儿可以看到生产所有这些远方来的饮料的葡萄。如果它们在质量上不如它们借用那些名字的名酒，它们并没有什么不便，还因为人们对于它们的成分有把握，那至少可以喝起来没有危险。我有根据相信，——她继续说，——我父亲和丈夫像爱最名贵的酒一样爱喝它们。——于是德·伏尔玛尔先生对我说，——她的酒对于我们都有别的酒所没有的味道：那是她带着兴趣调制的缘故。——她又说道：啊！它们总是非常美妙

① 普鲁塔克的这段话载在《罗马人的著名格言》§5 里。同样的话底特-李佛(TiteLite)也讲过(XXXV 卷，XLIX 章)，蒙田也讲过(III 卷，V 章)。——原编者注

② 弗拉米尼乌斯：(公元前 175 年死)罗马将军。(公元前 197 年)罗马执政官。——译者

③ 安蒂奥楚斯：公元前三世纪至公元前一世纪那时叙利亚十三个国王的名字。——译者

的呀！”

请您自己判断，既然有那么多的各种关心事，那么空闲和休息时能感到无聊吗？这儿已经没有必要为自己寻找陪伴，也没有时间访亲问友和跟不相干的人交际了。他们有相当多的邻人进行访问来支持有益的交往，但并不屈从。客人永远受到热情招待，可是并不渴求。很难确切地说，为保持退隐的趣味，需要多少人来往；乡间的事务代替着娱乐；对于一个在家庭的怀抱里有甜美的共同生活的人，其他的生活就变得平淡乏味了。人们在这里度日的方式太简单和太少变化，因此吸引不了多少人①，但对于心情的考虑上选择这种生活的人们却是有兴趣的。这样一个健康的灵魂，为完成人类最崇高和优美的义务和使彼此达到幸福生活，能感到烦恼吗？对于当天感到满意的于丽希望第二天不要有什么不同，每天早晨她向老天爷要求给予她跟上一天同样的日子：她总是做同样的事情，因为这些事情都是好事，她不知道还有什么更好的事可做。毫无疑问，她就这样享受着一个人可能获得的一切幸福。满

① 我相信我们中的某个才子在这国家旅游时经过这家人家时被接待和抚爱过，他后来会给自己的朋友们写很有趣的信，讲述过那些粗野的人在那里的生活。此外，我从卡堆斯皮夫人阁下②的一些信里看到这种趣味在法国③并不算特别，而且把亲切的主人的殷勤接待用嘲笑作报答的习惯在英国显然也存在。——卢梭原注

② 卢梭在引述利考波尼夫人的长篇小说《卡堆斯皮夫人阁下的信札》(*Lettres de milady Catesby, roman de Mme Riccoboni*)时，它跟他讲的事毫无关系，他犯了错误。那大概是《蒙塔格夫人阁下的信札》(*Lettres de milady Montague*)，但它的法文译本在1763年，即《新爱洛漪丝》之后两年才出版。——原编者注

③ 卢梭指的是法国女作家利考波尼的小说《朱丽叶·卡堆斯皮致她的女友昂利埃脱·肯波利的信札》(1759年出版)。女主角卡堆斯皮夫人阁下访问了农村贵族的领地并以嘲笑的笔调描写了她作客的那些城堡。——俄译者注

足于自己一生的情况，这岂不是生活得幸福的可靠的标志吗？

假如在这儿难得见到那些人们称之为好同伴的游手好闲者，那么聚集在这儿的都是在性格上有某种吸引人的地方，也由于有许多德行而补偿了一些可笑行为的人。不懂人情世故和礼貌，但是善良、单纯、诚实和对自己命运满意的平和的乡下人，服役满期的退休的军官，倦于发财的商人，把自己的女儿送进质朴和风气好的学校上学的聪明的家庭主妇，——这些就是于丽喜欢集合在自己身边的人员。她的丈夫偶尔也加入那些由年龄和经历而改正过来的冒险家一起；他们根据自己的经验变聪明了，重新没有怨恨地耕种他们父辈本来不该抛弃的土地。如果有人在餐桌上讲述他生活的故事，那不会是像富人辛巴德[①]那样讲到在湿热的东方怎样获得他的宝藏的优美的冒险史，而是一些明智的人，由于命运的拨弄和人们的不幸，使他们徒然从事虚假福利的追求，后来抛弃了错误，得到了真正的乐趣。

你们能想象到吗：即使同农民的交谈，对于这些高尚的灵魂也有魅力，智者是喜欢向他们学习的？深明道理的伏尔玛尔发现在单纯的村民中可以遇到比城市居民更明朗的性格和独自发展起来的智慧，后者具有单调的面孔，因为他们每人都希望像别人一样而不要像自己实际的样子。温柔的于丽发现农民的心对微小的抚爱也很敏感，她关心他们的需要，他们为此都认为是种幸福。他们的感情和思想都不是由人工雕琢而成；他们没有学会模仿我们的模型，所以不用害怕在这里遇到的是由人创造的而不是自然创造

① 辛巴德：阿拉伯民间故事集《一千零一夜》中的人物。——译者

的人。

德·伏尔玛尔先生常常在他巡视期间遇到某个善良的老人，他的见识和理智使他吃惊，他便喜欢跟他交谈。他把他带到他夫人那里；她热情地接待他，这接待不表示对他身份的礼节和气派，而是对他性格的好感和尊重。他们留他吃饭：于丽让他坐在自己旁边，为他盛菜，亲近他，热烈地跟他说话，问起他的家庭、工作，不对他的张皇失措发笑，不对他的乡村举止作不适当的注意，但由于自己随便而使他也感到随便，却对他不脱离对一个衰弱老人过去无可指责的漫长生活表示亲切和感人的尊敬。受到鼓励的老人便开怀直抒胸臆，仿佛一时间恢复了青春时期的活跃。为年轻的夫人的健康而干杯的葡萄酒更好地暖和了他半凉的血液。他兴奋地谈到他过去的经历，他的爱情、他的乡间、他参加的几次战斗、他同胞的英勇、他的还乡、他的妻子和孩子、他的乡村劳动、他看到的流弊、他设想的补救方法。他长期生活的长篇谈话常常有精彩的道德教训或农业知识；当他所讲的话中只是为了说得有趣而谈论时，于丽有耐心听它们。

饭后于丽回到她房间去，带来对这个好老头儿的妻子或女孩子适用的衣服作为小礼物。她叫孩子们送给他，他反过来也给孩子们以简单而合乎他们口味的礼物，那是她偷偷地为他给他们预备的。这样便很早形成了使不同阶层间亲近与和睦的美好关系。孩子们习惯于尊敬老年，重视朴质单纯和认识所有阶层的优点。那些农民看到他们的老长辈们在可敬的家里被庆贺和邀请到主人家的席上去，都不因自己没有份而不高兴；他们绝不责怪他们的地位，而是责怪自己的年龄；他们不会说：“我们太穷，”而是说：“我们没有被这样对待是因为太年轻的缘故。”人家对他们老人的尊敬和有一天会分享它的希望给他们没有被邀请以安慰，也会刺激他们使自己能符合人家的期望。

然而还在被亲切接待所感动的好老头儿，回到自己的草屋后，急于向妻子和孩子们摆出带回家的礼物。这些小礼物在整个家里散发着人家肯照顾他们的快乐。他带着夸张向他们讲述他受到的接待，人家为他预备的菜肴，他尝到的酒，人家对他讲的殷勤的话，人家有那么多次问起他们，主人们的亲切，仆人的关心，以及一般地说，他所接受的一切尊敬和善意的表示的价值；在讲这些话时，他又重新享受了一次快乐，全家也觉得享受到了他们家长所受到的荣誉。大家都一致为这著名和慷慨的家庭祝福，它给大人以榜样，给小孩以庇护，它绝不藐视穷人，对白发苍苍的人表示荣誉。这对于行善的灵魂是喜爱的香。假如天老爷愿意给予人们以祝福的话，那么这不会是谄媚和卑鄙之徒在被人家称赞的人们面前所能博取到的祝福，而是一颗简单和感激的心在农家的角落里秘密授意的祝福。

愉快和甜美的感情便这样用它的魅力给被冷漠的心搞得乏味的生活以温暖；关心、工作、退隐便这样由于指导它们的艺术而可以变成娱乐。一个健康的灵魂对于普通的工作可以赋予趣味，正像身体的健康对于最简单的食物会觉得好吃一样。所有非常难于使他们开心的人，他们烦恼的原因在于他们的恶习，而他们快乐的感情是和责任感同时丧失的。至于于丽，那正好相反，她在精神烦恼的时候，对于有些要关心的事从前曾经忽略，现在因为它们引起的动机而变得兴趣盎然。始终没有活力的人必须是没有感情的人。她的活力从前曾受到抑制，也因同样的原因发展起来了。她的心灵曾寻求退隐和孤独，以便平静地处理那被侵袭的爱情。现在她恢复了新的活力，形成了新的关系。她不是那种懒散的母亲，当需要行动时却满足于学习，她们丧失了应当从事完成自己义务的时间，什么也没有做。她今天从事过去所学的。她不再学习，她不再阅读：她在工作。她比她的丈夫晚起一小时，所以也比他晚睡一小时。这一小时是她作为学习的唯一时间。日子在她看来从来不算太长，因为她有许多的事乐于去完成。

阁下，这些就是我要向您说的关于这家的经济情况和管理这家的主子们的个人生活情况。他们满足于他们的命运，平静地加以享受；他们满足于他们的财产，不为自己的孩子们增加而是连同他们接受下来的遗产一起留给他们；土地经营得很好，仆役很勤奋，还有对于工作的趣味，井然的秩序又有节制，以及一切能使明智的人感到喜悦和快乐的这样一份中等的、他们正直地获得和很聪明地保管的财产。

第　三　封　信

圣·普栾致爱多阿尔阁下[①]

我们最近这几天有客人来访，昨天他们走了，于是我们又开始

① 不同时间写的两封信谈论了同一个问题，很会发生不必要的重复。为了去掉重复，我把这两封信并成一封。此外，我不准备为这集子的一些信的过分冗长辩护，但我要指出，孤独者的信往往冗长而稀少，上流社会人们的信频繁而简短。只要看到这个区别，就能立刻明白它的道理。——卢梭原注

只剩下三个人，我们感到非常愉快，因为我们心底里彼此没有想隐藏的东西。我尝到了成为一个使自己值得您信任的新人是多么快乐的事！每当于丽和她的丈夫向我表示尊敬时，我心头以某种骄傲的神态对自己说："我终于敢站在他们面前了。"这是由于您的关照，这是在您的眼皮底下，我希望用今天的荣誉来洗掉过去的错误。如果熄灭了的爱情把灵魂投入疲惫状态，那么克制的爱情，连同它胜利的意识，对一切伟大和美好的东西给以新的提高和更活生生的魅力。谁会愿意丧失我们花如此高昂的代价作牺牲得来的果实？不，阁下；我感到要以您为榜样，我的心要利用它战胜一切炽烈的感情；我感到应该成为我曾经是的人，以便成为我愿意成为的人。

在跟不相干的人进行了六天无聊的交谈之后，我们今天过了个英国式的早晨，聚在一起，而且悄悄地，同时体会着在一起的快乐和沉思的美妙。那么少的人能知道这种状况的乐趣！我在法国只见到极少的人有一点儿这种概念。他们说："朋友间的交谈从来不会静息。"这是不错的，语言赋予平庸的爱慕以轻快的唠叨；可是友爱，阁下，友爱呀！热烈的和天上的感情，怎样的谈话才能配得上你？怎样的语言敢做你的表达者？人家对朋友说的话是否抵得上人家在他左右感到的？我的上帝，一次握手、一瞥热情的目光、一次紧紧的拥抱，跟着第一声叹息，能说明多少事！而以后的第一句话是多么冷冰冰呀！贝藏松的夜晚呀[①]！献给沉默和为友谊而

① 圣·普栾在这里回想到他跟爱多阿尔阁下在贝藏松度过的那个时刻，那时圣·普栾说要去魏韦以免于丽的名誉受损。见第二卷第二封和其后的信。——俄译注

沉思的时刻呀！蓬斯冬呀，伟大的灵魂，崇高的朋友！不，我没有贬损你为我做的一切，我的嘴从来没有对你说过什么。

这种沉思的状态对于富于感情的人无疑是巨大的魔力之一；但我常常觉得一些浑人总要阻止去品尝，而朋友们却需要没有旁人以便彼此随心所欲地畅谈。人们可以说彼此之间沉思冥想；稍微的分心都是烦人的，一点儿的强制都是受不了的。有时嘴边有一句发自衷心的话，能够自由自然地倾吐出来是何等愉快！看来人不能自由思想，那就不能自由倾吐；看来只要有一个外人，感情就会受抑制，而且还压迫没有他时能够彼此理解的灵魂。

在这山神的静止里我们彼此就这样度过了两小时，它比伊壁鸠鲁[①]的神仙的冷淡的休息要快乐一千倍。早餐以后，孩子们像平时一样到他们母亲的房里来；但母亲随后并没有按平时习惯带着他们到女眷内室去，好像为了有一会儿见不到我们而作的弥补，她让孩子们同她一起留下来，这样我们一直待到吃正餐时都没有离开。已经知道拿针线的昂利爱特坐在做花边的方勋前面，她的枕头放在她的小椅子的靠背上。两个男孩子翻阅桌上的一本画册，大的给小的讲画里的内容。当他讲错时，留心倾听并熟悉内容的昂利爱特细心为他纠正。她常常假装不知道他们说的是哪张画册的事，便借口从椅子里站起来，从椅子走到桌子，又从桌子走到椅子。这样来回走她感到高兴，也总会让小“姑爷”说几句开心的话；有时他甚至还要亲她一下，但小孩的嘴巴还不知道怎么亲法，

① 伊壁鸠鲁(Épicure，公元前 341—前 270)：希腊哲学家，感觉主义学派的创始人。——译者

更懂事的昂利爱特就叫他免了这礼节。在这些小小的不大严格但也完全不勉强的教学中，那个小弟弟偷偷地数着藏在书底下的黄杨木小珠子。

德·伏尔玛尔夫人面对着孩子们靠窗刺绣；她丈夫和我还坐在茶桌边看报，她对报纸是不大关心的。然而对于法国国王患病和他们人民对他十分关心的文章（只有罗马人民对日耳曼尼古斯[①]才那么关心，）她才发表了一点儿关于这温和与好心的民族的意见，说大家都恨，而她却一个也不恨，又补充说她只嫉妒上层人物让人家如此喜爱他们。“什么也不要嫉妒，——她的丈夫以我会上当的声音说道，——我们早就都成为您的臣民了。”听了这话，她的活儿从她手里掉了；她转过头来向她可敬的丈夫投了如此感人和温柔的一瞥，我也为之感动。她什么也没有说；什么话能抵得上这一瞥？我们的眼光也相遇了。我感到从她丈夫握住我手的样子看出，我们三人都受了同样的激动，而这个能膨胀的灵魂的温暖的影响在它周围扩展，连冷漠的人也会被征服。

我给您讲过的静寂就在这种情况下开始的：您可以断定它既不是冷漠，也不是气闷。只有孩子们的叽叽喳喳声才打破沉寂；而且我们一停止讲话，他们的小声说话就受到限制，仿佛怕干扰了普遍的静寂。那位小女总管她第一个先降低了声音，向别的孩子打招呼，叫他们用脚尖走路；这轻微的约束增加了新的兴趣，于是他们的游戏变得更好玩了。这场面在我们看来好像为了延长我们的同情，产生了它的自然的效果。

① 日耳曼尼古斯（Germanicus，公元前15—19）：罗马将军。——译者

Ammusticon le lingue,e parlan l'alme.[①]

有多少事情不曾张嘴就说了出来！有多少热烈的感情没有舌头的寒冷的干预就彼此传递了！于丽不知不觉地让控制所有其他人的感情吸收了。她的眼睛完全注视着她的三个孩子；她陶醉在如此甜美的狂喜里，使她可爱的脸上燃烧着最动人的母爱。

我们正耽于这双重的冥想，伏尔玛尔和我两人一任梦幻摆布，这时引起梦幻的孩子们却把它结束了。在看着图画的大孩子看到那些珠子妨碍弟弟用功，趁他正在集拢珠子的时候碰了一下他的手，使珠子散落在地板上。玛尔式兰开始哭起来，德·伏尔玛尔夫人并不急于叫孩子停止哭泣，而是叫方勋把珠子拿走。孩子立刻不哭了，但珠子还是都被拿走，孩子却没有像我预料那样重新哭泣。这个本来算不了什么的情况，使我回想起许多其他的情况，我当时对它们丝毫没有留意；这样想时，我记不起看到过别的孩子，人家那么少地说他们而他们也更少叫人惹厌。他们几乎从来不曾离开过母亲，但人们难得注意到他们是在那里。他们都符合于他们年龄那样活泼、冒失、快乐，从来不惹厌，也不吵闹；人们可以看到他们在懂得什么叫谨慎以前就很谨慎。在我对这问题引起的反思里，最使我惊奇的是，他们这一切仿佛都是自然而然的，于丽对自己的孩子们有如此深切的爱，在他们周围她很少感到烦恼。实际上人们从来不曾看到过她急着要他们说话或闭嘴，也不吩咐或禁止他们做这样或那样。她绝不跟他们争论，在他们的游戏里她

① “舌头不说话，但心在说。”（玛利尼[②]）（意大利语）——卢梭原注

② 这句诗卢梭说是玛利尼的，但玛利尼的诗集中没有这诗。——俄译注

不加阻挠；人们会说，她满足于看见他们和爱他们，他们能同她一块儿过这一天，她做母亲的全部责任就完成了。

我虽然觉得这种和平的安静比一般母亲的焦虑的关怀更为愉快，但总认为这种无忧无虑的状态跟我的思想合不拢来。我以为不管一切都安安稳稳，她毕竟不应该因此安心：一种多余的活动是符合于母爱的！孩子身上的一切优点我认为应当归之于她的关心；我总希望这些优点应当多归功于他们的母亲而少归功于自然；我几乎希望他们犯些错误，好看见她赶紧改正他们。

我在沉默地进行了这样思索很久之后，终于开口对她说了出来。我对她说："我知道老天爷由于孩子们的善良本性而奖励母亲们的德行；可是这种善良本性需要培养。从他们生下来起就应当开始对他们的教育。除了他们还没有任何可以破坏的形式那时之外，还有更适宜进行的时间吗？如果从童年开始您就放任他们不管，您要到什么年龄才等待他们的服从呢？当您没有什么东西可以教他们时，应该教育他们服从您。"她回答说："您发现他们不服从我吗？"我说道："当您没有什么命令他们时，那将是困难的。"她望着她的丈夫微笑着，握住了我的一只手，把我引到书房里，在那里我们三个可以交谈而不被孩子们听见。

她在空闲时对我说明她的信念，她使我看出在这貌似疏忽的样子下，有着母亲的温馨难得给予的最关切的注意。她对我说道："我长期以来像您那样想过关于过早教育的问题；在我第一次怀孕时，为我就要担负的一切义务和照料而担心，我常常忧心忡忡地对德·伏尔玛尔先生谈起。在这方面，我能从结合着一个父亲的关心和一个哲学家的冷静在一起的明智的观察者那里得到什么最好的指导呢？他履行并超过了我的期待；他消除了我的偏见，他教导我肯定用较少的努力来达到大得多的结果。他使我感到，最初的和最重要的教育，即正是大家所忘记的①，是使儿童适合于接受应受的教育。一切自以为知识广博的家长的一个共同错误是认为他们的孩子生下来就懂道理，即使在他们能说话以前，对他们说话也像对大人一样。人们想应用理性来作为教育他们的工具；其实还应当使用别的工具来培养理性，而从人所具有的一切发展方面，最晚和最困难达到的正是理性本身的发展。假如对他们从幼年开始就讲他们完全听不懂的话，那便是让他们习惯于说空话，也让人们说空话，批评人们对他们说的一切，认为同他们的先生一样聪明，成为好争论的和任性的人；想靠合理的动机从他们那儿获得的一切，人们实际上只能获得恐惧和促成他们浮夸。

"没有什么耐心不最终使这样培养的儿童不感到厌烦的；因此家长们感到了厌倦、懊恼，对自己教育出来的儿童的始终粗鲁的态度生气，觉得再没有力量忍受这种麻烦，便不得不远远地离开自己的孩子，把他们交给教师去教育，仿佛可以希望第三者的教师能比父亲更多的耐性和更为亲切似的！"

于丽继续说道："大自然愿意孩子们在成为大人以前先是孩

① 洛克，那个聪明的洛克②自己忘记了这个原则；他对于向儿童应该要求的谈得多，而如何获得这些要求的方法则谈得很少。——卢梭原注

② 约翰·洛克(Jean Locke，1632—1704)，英国著名哲学家和教育家。洛克认为教育儿童应该抱着能够诉诸儿童的理性这样的信念。卢梭完全符合于自己的"感情哲学"，在这个最重要的问题上不仅跟洛克，也跟法国一切先前的教育思想权威们不同。蒙田、拉勃留耶尔、菲纳隆、圣·比埃尔神甫都要求诉诸受教育者的理性，因为儿童在"哺乳年龄以后"(蒙田语)，已经懂得信仰了。——俄译注

子。如果我们想败坏这个程序，我们便会产生过早的果子，它们既不会成熟，也不会有滋味，而且很快就会腐败；我们将会有青年的博士和年老的孩子。童年时代有符合于它的观看、思想和感觉的方法。再没有比用我们的方法来作替代更不明智；我宁可要求一个儿童有五尺高的身材而有十岁的判断力。

“理性只有在生下来后若干年和身体有了一定的坚实性之后才开始形成。因此，大自然的意愿是身体要在思想起作用之前强固起来。儿童始终是在活动中的；静止和沉思是他们年龄所反感的；用心的和静坐的生活会阻止他们生长和获益；他们的思想和身体不能忍受束缚。如果不断地被关闭在房间里跟书本在一起，他们会丧失全部活力；他们会变得娇嫩、脆弱、多病，与其说是明理，不如说是迟钝；心灵将终身感到身体的衰弱。

“当所有这些过早的教育，按这些人看来有害的同时也有利的话，还有一个很大的缺点，即不考虑这些方法对这个或那个儿童的本性是否更适合，就无区别地一律给予他们。每个人生下来时，除了共同的人的结构之外，各有特殊的气质，它决定着他的体质和性格；问题不在改变或抑制它们而在于培养和完善它们。按德·伏尔玛尔先生的意见，一切的性格本身都是好的和健全的。他说：‘在大自然里没有什么错误的东西①；人们把一切毛病归之于大自然，其实都是坏的教育的结果。任何一个坏蛋，只要他的习性能得到很好的引导，都能产生很大的德行。任何难看的人物，只要对他

① 这个意见非常正确，我奇怪它是德·伏尔玛尔的；大家很快可以看到是什么道理。——卢梭原注

采取正确的态度，都可以变为有用的人才，正像一些变形和古怪的形体，只要放在正确的位置上，都会变得好看和合乎比例一样。在宇宙的体系里，一切都趋向于共同的福祉。所有的人都在为事物安排的最好次序中有自己的位置；问题在找到这个位置和不要搞坏这共同的次序。为什么要实行一种从摇篮时候起始终按同一个公式而不考虑性格完全不相同的教育呢？人们对他们的大多数给以有害的或不合适的教导，剥夺对他们合适的教育，从一切方面妨碍大自然，抹杀灵魂的重大品德而代之以没有任何现实意义的渺小的和表面的品德；而对于如此不同的人才毫无区别地实行同样的方法时，以此来抹掉别的，把一切都混淆在一起，经过许许多多徒劳的关心之后，搞坏了孩子们由大自然赋予的真正的才能，人们很快地看到自己对他们喜欢的短暂的和轻浮的光芒失去了光泽，而被窒息的本性却永远不能返回；人们同时既丧失了自己所破坏的，又丧失了自己所造就的；最后，作为花了那么多徒劳的心力的代价，所有这些小奇才变成了一些毫无能力的庸才和没有优点的人，唯一可称道的是他们的羸弱和无用。'”

我对于丽说道：“我明白这些意见，但它跟您自己的意见很难符合；您不是说，发展每个人的才能和自然能力，或者为了他自己的幸福，或者为了社会真正的幸福都很少有好处。那么先造成一个有理性的人和有道德的人的完满的模型，然后凭教育的力量使每人孩子接近这个模型，刺激这一个，阻止那一个，抑制激情，完善理性，改变本性，这样不是更优越千万倍吗？……”伏尔玛尔打断了我的话，说道：“改变本性！这个词很漂亮，但在应用它以前，得先回答于丽刚刚对我们说的话。”

我觉得,我否定了于丽提出的原则,作了断然的回答。“您总是认为,区分人们思想和才能的不相同是大自然的工作,这并不显然如此。因为说到底,如果思想不同,那么它们便不相等;而如果大自然使它们不相等,那便是赋予一些人的感觉、记忆的范围或注意的能力比另一些人更多一点精巧;然而关于感觉和记忆,经验证明,它们的范围和完美完全不是人们的思想所能衡量的;关于注意的能力,它唯一依赖于鼓舞我们激情的力量;而且还证明,所有的人按他们的本性是能够经受足够强大的、能鼓舞他们的注意力以达到思想的优越性相联系的那种程度的激情。

“如果思想的多样性不来自大自然而是教育的结果,即来自从童年起事物对我们引起的各式各样的思想、各种感觉和我们所处的环境接触而生的以及我们感受的印象产生的结果,那么为了教育孩子们,就用不着等待到我们知道他们是怎样的精神性质,而要反过来,应当赶快发展我们所希望的、通过适合于他们教育的精神性质。”

对这一点,他回答我说,否认他所看到而他不能解释的,那不是他的方法。他对我说道:“请您看看院子里的那两条狗:它们是同一胎生的,它们的喂养和对待都一样,它们从来不曾分离过;然而其中之一是活泼、快活、温柔,充满了机警;另一只粗笨、迟钝、脾气坏,从来什么都教不会。只有体质的不同产生了它们性格上的不同,正像内部结构的不同使我们产生思想的不同;其他的一切都是相似的……”——我打断他说:“相似?什么样的不同哩!有多少小的原因作用于这一个,却不作用于另一个!有多少的小的情况不同地打击着它们,而您都没有觉察到!”——他答复说:“好!

您这里像占星家一样进行争辩。当有人反对他们说，有两个人在同样的情况下诞生而有如此不同的命运时，他们把这个同一性抛得非常远。他们坚持说，由于宇宙的速度，由于这种人中之一的问题同另一个的有无限的距离，以及如果人们能够注意到他们诞生的两个确切的瞬间，那么反对便会转变为证明了。

“我请您，让我们放下所有这些精妙的议论，转到观察上去。它告诉我们，有的性格几乎在诞生时就表现出来了，有的孩子人们在吃奶时期就可以研究。这类孩子成为单独的一类，在他们生命一开始便可以培养；但其他的孩子，他们发展得比较慢，人们想在认识他们的思想之前来教育，那就要使大自然已造成的一切受到破坏，并用坏的东西来代替本来的东西。难道您的老师柏拉图不认为一切人类知识、一切哲学只能从大自然已经放进一个人的心灵中取得，就像一切化学操作只能从它已经含有的金子里取得同样多的金的混合物吗？这对于我们的感情和对于我们的思想都是不正确的；但这对于我们为获得它们而作的安排是正确的。为了改变一种思想，就应当改变内部的组织；为了改变一种性格，就应当改变它所依赖的气质。您可曾听到过一个暴躁的人会变成冷静的人，一个有条理和冷淡的人会获得想象力吗？在我看来，我认为使一个金色头发的人变为棕色头发的人，如同使一个傻子变为有思想的人一样不容易。因此人们徒然认为不同的思想在一个共同的模型里可以重新熔铸。人们可以强制它们，而不能把它们改变；可以阻止人表现为他们本来的样子，但不能使他们变为另一种人；如果在日常生活里他们伪装着，但是在一切重要的情况下您会看到他们原来的性格，那时他们会抛弃任何顾忌，丢掉任何假面具。

我再重复一遍，问题不是改变性格和扭曲大自然，而是相反地促使它尽可能地发展，培养它并阻止它退化；因为这样一个人才能够成为他所能够成为的人，而自然的工作由教育来完成。可是在培养性格之前先要研究它，静静地等待它的显现，提供它显现的机会，而且始终应该与其不合事宜地行动，还不如忍耐着什么都不做。对于某一种才能应当给它以翅膀，对于另一些则应当予以阻挡；一种希望加以督促，另一种则加以节制；一种要求人家鼓励它，另一种则要人家使它恐惧；一会儿要照耀，一会儿要昏暗。一种人生来为了承担人类知识直到最后阶段；对于另一种人则懂得阅读也将是有害的。我们要等待，等到小孩子闪耀出理性的最初的光芒，——是它提供性格的判定，真正地表现出它来，靠它的帮助我们来培养性格，而当理性没有发展的时候，真正的教育是不可能有的。

"至于说到您所反对的于丽的意见，我不知道您看到其中的矛盾在什么地方：对于我，我认为它们是完全一致的；每个人在出生时带着一种性格、一种才能和一些他所特有的本领。那些命定生活在简朴的乡村的，不需要为了幸福而发展他们的能力，他们埋藏着的才能像瓦莱的金矿，公共的福利不允许人家去开采。但在城市里，在需要头脑比需要体力更多的地方，在每个人应当计算自己和其他人们全部价值的地方，就需要学会从人们中取得大自然给予他们的一切，学会指导他们到他们最能发挥作用的场所，尤其会培养他们能成为有用的一切的倾向。在第一种情况下，人们只需注意于一般，每个人做所有其他人一样的事；榜样是唯一的规则，习惯是唯一的技能；任何人对自己的心灵起作用的只有全体人的共同的部分。在第二种情况下，人们着重的是个别的人，是概括的人；再加上这个人有超过另一个人的东西；人们追随他到自然引导的同样远的地方，如果他果然能够做到的话，就让他成为最伟大的人物。这些意见彼此极少矛盾，在幼年时实践上是一样的。不要教育乡村的儿童，因为他们不适宜于教育。不要教育城市的儿童，因为您还不知道他们适合于什么教育。无论如何，让身体发展到理性开始显露时；那时教育的时候便来到了。”

“这一切我觉得都很好，”我说，“假如我不曾看到一个非常有害于您从这个方法中获得期待的利益的坏处的话：那就是让儿童们受千百种被认为是好的而实际是坏的习惯所控制。您要看到，那些为人们放任的儿童：他们很快就被他们目击的坏的例子所感染，因为那些例子是易于学习的，但从不模仿好的榜样，因为实践起来很费力。他们习惯于有求必应，对一切都要实现荒唐的愿望，便变得任性、固执、桀骜不驯……”

“等一等，”德·伏尔玛尔先生反驳道：“我认为您已经注意到我的孩子的情况正好相反，这也正是我们谈话的理由。”

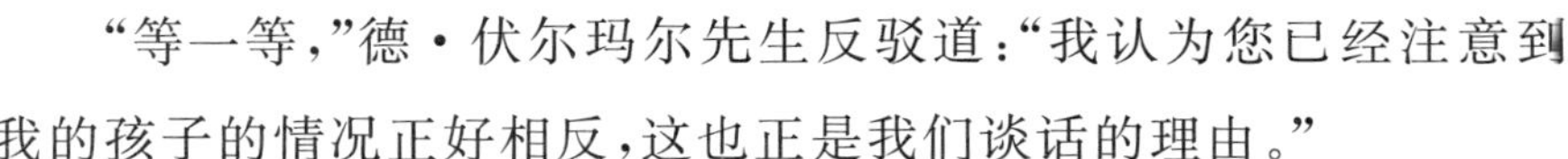

“我承认这一点，”我说，“而这正是使我吃惊的。为了使他们顺从，她做了什么？对此她采取了什么？对于纪律的枷锁她用什么代替？”

“一种更坚强的枷锁，必要的枷锁，”他立刻回答说。“不过为了向您详细说明她的想法，不如让她解释她的观点。”于是他要求她向我说明她的方法；在经过短促的停顿后，这是她对我说的大概的情况：

“出身好的孩子真幸福，我亲爱的朋友！我不像德·伏尔玛尔先生那样过高估计我们的操心。不管他的意见，我怀疑从坏的性格能引出好的东西和一切天性都能转变为好的；然而我不仅确信他的方法是良好的，我还努力把我管理家庭的一切行为都跟它符合。我第一个希望是坏孩子不会从我怀中生出来；第二个希望是很好地教养上帝给我的孩子，使他们在他们父亲的教导下将来有同他相像的那样幸福。为此，我竭力适应他为我规定的规则，给他们以一个较少哲学性和更同母爱符合的原则：那就是看见我的孩子们幸福。这是我心中抱着母亲这个甜蜜的名字的第一个愿望，而我一生的一切关心都注定要完成它。我第一次抱我的大儿子在怀里时，我想到童年时代几乎是最长生命的四分之一，其他的三个四分之一是难得达到的，为了保证其他三个四分之一的幸福（它也许永远不会达到）而使这第一个四分之一不幸，那是十分残酷的审慎行为。我认为在最初的年龄时身体羸弱，大自然对孩子们有如此多的奴役方法，如果在这奴役之外，再加上我们任性的支配权，剥夺他们如此有限的和他们很少滥用的自由，那是很野蛮的事。我决定尽可能免除我的孩子一切恐惧，把他微小力量的一切使用权都交给他，并且不妨碍他任何自然的活动。这方面我已经得到两种好处：其一是避免了他正在生长的心灵说谎话、虚荣、恼怒、嫉妒，总之从奴役状态产生的一切罪恶，而这是人们在儿童中被迫教唆而起，以便从他们那里获得人们所需要的东西；其二是让他用本能所要求的连续的锻炼来自由地增强他的身体。他完全像农民一样习惯于光着脑袋在太阳下，在寒冷中跑得上气不接下气，浑身是汗，像他们一样忍受住气候的侵袭，并使身体变得更加强壮，同时生活过得更快乐。这是想到了成人的年龄和人的意外事故的情

形。我已对您谈起过，我害怕那种致命的谨小慎微，它由于脆弱和关心，使孩子变得娇嫩和羸弱，被一种永久的束缚所苦恼，被千百种徒劳的操心所奴役，到后来使他整个一生遭受到她本来想使他有一刻能保全的那些不可避免的危险；为了在童年时要治疗感冒，却为他远远地准备下了胸部炎症、胸膜炎、日射病，到长大时为他准备了死亡。

“至于那些放任自流的孩子，您所说的他们的大部分错误，那是当他们不但自己愿意犯，而且也唆使别的孩子完成他们希望的情况下发展起来的，他们利用母亲们愚蠢的放纵，只求迎合她们小孩的一切任性的要求。我的朋友，您并没有看到在我的孩子里有专横霸道和权威的作风，即使对于最低的仆役也是如此；您也没有看到人们对他们表示虚假的奉承而偷偷地喝彩的情况。这儿，我相信追随了一条新的和可靠的道路，可以同时使一个孩子自由、和平、亲切、听话，而这是由一个非常简单的方法达到：那便是使他相信，他只不过是个孩子。

“如果从儿童时代本身来看，那么世界上还有什么一种生物能比一个孩子更脆弱，更可怜，更要受他周围的一切摆布，更需要巨大的怜悯、慈爱、保护的吗？难道我们不曾感觉到，正是因此大自然才暗示他的最初的声音是一些叫喊和呻吟；才给予他一个如此甜蜜的面孔和如此动人的神色，以致所有走近他的人都对他的脆弱感到关心并赶快去救助他吗？因此看到一个孩子蛮横和倔强，对所有周围的人发号施令，厚颜无耻地对那些只是要抛弃他并想使他垮掉的人采取主人的声调，而一些盲目的双亲竟同意这种大胆行为，促使他变为他的乳母的暴君，但要不了多久他也会变成他们的暴君，难道还有比这种事更使人反感和更违反事情的常理吗？

“我们家里没有这种事，我竭力使我的儿子眼前远离专横和奴役的危险的形象，也使他脑子里永远不会有认为给他服务不是由于怜悯而是由于义务那样的想法。这一点也许是一切教育的最困难和最重要的；而仆役的雇佣的服务和母亲的温馨的关心二者间的区别，我需要采取什么样的措施来防止孩子这迅速的本能，这是讲不完的细节。

“我采取的主要方法之一，像我已对您讲过的是，好好地说服孩子，像他那样的年龄，没有我们的帮助，生活是不可能的。这样之后，我便没有困难向他指出：人们被迫接受别人的一切援助都是依赖的行为；仆役对他有着真正的优越性，所以他不能没有他们，而他对于他们却毫无用处；因此他对他们的服务远不能因而自夸，他应以谦恭的态度接受这些援助，作为他的软弱的证明，他应该热烈地期望他将足够长大和有力量能为自己服务的时候的到来。”

“这些思想，”我说，“在父母都像小孩似的让人侍候的家庭是难以建立的；但是在那些家庭，那里从您开始的每个人都有他的职务要完成，那里仆役对主人们的关系只是服务和关心的永久的交换的地方，我不认为这种创立是不可能的。然而我剩下要知道的是，孩子们习惯于看到迎合他们的需要不会把这个权利扩大到他们的奇谈怪想，或者他们怎么能受得了有时有的坏仆役把真正的需要作为奇谈怪想来对待。”

“我的朋友，”德·伏尔玛尔夫人说道：“一个没有教育的母亲往往把一切看做怪物。孩子的真正的需要，也像大人的一样是很有限的，人们应该多看福利的长期性而少看它的一时一刻性。您是否认为一个不受拘束的孩子能在他母亲眼皮底下相当地忍受一个家庭教师的脾气使自己不舒服吗？您设想一些缺点，它们从罪恶中产生而为孩子们所沾染，却不想我的一切关心已经阻止这些罪恶的产生。女人自然都爱孩子。他们之间的误会只有当一个想使另一个服从于自己的任性时才产生。但这种误会不会在这里发生，既不会在人们对之没有什么要求的孩子身上发生，也不会在孩子对之没有什么可下命令的家庭教师身上发生。在这方面我朝着与其他的母亲相反的方向去做，她们装模作样好像要孩子服从仆役，而实际却要仆役服从孩子。这里没有人这样，他们既不下命令，也没有人要求服从自己。但孩子知道，他对周围有多少好意，他们就有相同多的好意对待他。由于这个道理，孩子感到他对于周围的一切除了好心的权威之外没有别的权威，他便变得亲切和听话；在寻求其他人的心依附于你时，你自己的心也依附于他们了，因为人在启发别人爱他时，他才开始爱人家：这是自尊心的必然的结果；于是从平等的基础上产生的这种相互的爱心便不会费力地生长出许多优良的品质；虽然人们不断地拿这种品质来向儿童劝说，却没有一个能获得效果。

“我认为教育儿童最重要的部分，连最仔细的教育都从来不曾涉及过的，这是要让他很好地知道他的可怜、他的弱点、他的从属关系，以及像我丈夫对您说过的大自然加于人的必要的沉重的枷锁，而这不仅为了使他容易感到人们这样做是为了减轻那种枷锁，而且尤其为了使他及早明白上帝把他安放在什么地位，叫他不要

把自己提高到他能力范围以上，以及认识到没有什么人类的东西对于他是毫不相干的。

“生下来就习惯于他们受到的纵容，大家对他们的宠爱，他们所希望的东西都很容易获得，便认为一切权力都对他们的狂妄想象让步，所以那些年轻人都带着这种放肆的偏见进入世界，他们常常只能由于丢脸、受羞辱和痛苦才会改正。然而我却愿意好好拯救我的儿子免于这第二次的和凌辱的教育，给予他以对事物更正确意见的第一次教育。我起初曾决定给予他所要求的一切，相信自然的初期的运动都是良好和健康的；可是我很快明白，孩子们在得到服从自己的权利时，几乎生下来就离开了自然状态并以我们为榜样感染了我们的罪恶，还由于我们的轻率而感染了他们的罪恶。我看到如果我想满足他的一切狂妄想法，那么它们会因我的好意而增长；但总应当有一点要停下来，而他对于拒绝越缺乏习惯，拒绝对于他就越显得敏感。因此，既不能等待理性来拯救一切忧愁，我宁愿选择最小的和最快过去的拒绝。为了使一个拒绝对他较不残酷，我就使他屈从于拒绝；而且为了使他避免长久的不愉快、哀叹、反抗，我使一切拒绝都是不可改变的。我的确尽我可能使拒绝减到最少，并在实行拒绝前反复思考过。一切可以答应他的都在第一次要求时不附带条件地答应他，而且在这方面十分宽容；但他从来不能用胡搅蛮缠来达到目的；哭泣和奉承也都同样没有用。他对此非常确信，所以停止使用这种办法：只要说一句话他就会作出决定，所以看到他想吃的糖果盒子被关好和一只他想捉到小鸟飞走一样不会感到苦恼，因为他知道要有这个和那个，同样是不可能的。人家把东西从他那儿拿走，他知道那东西他不该有；

人家拒绝他一样东西，他知道那东西他不能有；他不会去拍打会伤自己手的桌子，他也不会去殴打抵抗他的愿望的人。一切使他忧愁的东西，他感到必然的权力和自己软弱的结果而绝不是别人恶意希望的产物……等一会儿！”她看到我要回答时，有点儿着急地说：“我预感到您要反对，现在我马上谈到它。”

“助长儿童乱叫乱嚷的原因，那是人家对他们的要求不是表示让步便是表示不同意造成的。孩子们看到大人不愿意他们哭泣时，他们有时会接连哭上一整天。大人不论对他们抚爱或是威胁，使他们停止哭的方法都是有害的或几乎总是无效的。只要人们关心他们的哭泣，对于他们便是继续这样的理由：可是当他们看到人们对此不再注意时，他们便立刻停了。因为大人和小孩，没有人喜欢做没有结果的苦事的。这正是我的大儿子身上发生的。他起初是个爱叫嚷的小孩，他使大家都厌烦；您可以证明，现在在家里已经听不到他的叫喊，仿佛没有孩子似的。他疼痛时哭泣，这是自然的声音，绝不应当抑止；可是他一不疼痛便马上不作声。因此我非常注意他的哭泣，他肯定不会无缘无故掉泪的。从这儿我能及时知道什么时候他感到疼痛，什么时候没有疼痛，什么时候他身体好，什么时候他生病；但人们从那些因奇思异想和只是为了要人安慰而哭泣的孩子身上却得不到这种好处。不过我承认，这一点对保姆和家庭女教师是不容易获得的，因为没有比老是听到孩子号叫更恼人，也因为这些好心的女人始终只着眼于现在，她们想不到今天让孩子停止啼哭，明天他会哭得更厉害。更糟糕的是他沾染的执拗态度到年龄大起来后会有坏的后果。使孩子三岁时爱吵闹的同样的原因，到十二岁时变为固执，到二十岁时变为喜欢吵架，

三十岁时成为专横，而一辈子成为惹人厌的人。”

她又笑着说道：“现在我来谈您的问题。对孩子们答应的一切，他们很容易看出是为了讨好他们的愿望；人们要求或拒绝他们的一切，他们大概会假定一些用不着问他们的理由。这是第二个好处，人们主要靠威信而不是靠说服在必需的情况下对他们运用的：因为他们有时会看到人们的拒绝是有理由的，就自然会假定他们自己不了解。反之，人们如果把有的事情交他们来判断，他们就想判断一切，变得诡辩、钻牛角尖、不真诚、爱争吵，总想使那些要把问题向他们的小聪明请教的笨蛋张口结舌，无法回答。当人们不得不向他们讲一些他们无法听的事情时，他们把只要超过他们能力的最谨慎的行为都一律归之于任性。

“总之，使孩子听从理性的唯一办法不是跟他们进行说理，而是使他们确信理性是超出他们年龄以上的事：于是他们就像所应该的那样，只要大人不给孩子以不同的想法，他们总认为理性是大人掌握的。他们清楚地知道人们不愿意苦恼他们，他们确切知道人们爱护他们；在这一点上他们难得搞错。因此，当我拒绝给我的孩子什么东西时，我不对他们讲道理，我完全不对他们讲我为什么不愿意；而是我做得使他们尽可能看得出，而且有时是事后这样做。用这种方法，他们便习惯于懂得，我没有充分的理由是从来不会拒绝他们的，虽然他们不是常常看清楚这一点。

“基于同样的原则，我也不允许我的孩子们参与有理性的大人们的谈话，因为如果大人忍受他们惹人厌的胡言乱语，他们就会自认为跟人家平起平坐了。我希望我的孩子，当有人问他们什么事情时，他们能有礼貌地和简单地回答，且不要主动地讲，尤其不要不适当地去问比他们年纪大的人，那是他们应该对之表示尊敬的。”

我打断了她的话说道：“于丽，实在说来，这对于像您这样温柔的母亲真是够严厉的！比塔高尔[①]对他的弟子并不比您对您的孩子更严厉[②]。您对待他们不但不把他们当成人，而且人们还会说您怕他们过早地停止作为孩子。他们除了向比他们更明理的人请问他们不懂的事情以提高自己而外，还能有什么更愉快和更可靠的方法来提高自己？巴黎的夫人们对于您的准则会怎样想，她们看到她们的孩子在大人一起时从来不会那么过早地和那么长时间地喋喋不休，而谈论他们的将来时会像他们幼年时一样愚蠢？伏尔玛尔会对我说，以善于空谈为人的主要优点和好说话的人想摆脱必须思想时，在靠高谈阔论的国家里，这是件好事。然而您，您是想使您的孩子有一个如此甜蜜的幸运的，怎么能给予他如此多的幸福的同时又给予他如此多的强制呢？在全部这些拘束里，您想留给他们的自由将会成为什么呢？”

“怎么啦！”她立即答道：“阻止侵犯我们的自由，难道就是妨碍他们的自由吗？要他们幸福，难道就要让整个我们的人都静静地欣赏他们幼稚的谈论吗？我们阻止他们的虚荣心的产生，或者至少停止他们虚荣心的增加，这才是真正为他们的幸福而工作。因为人的虚荣心是他们最大苦难的源泉，任何完善和幸运的人，虚荣

① 比塔高尔(Pythagore)：公元前六世纪希腊哲学家和数学家。——译者

② 按普鲁塔克的《论好奇心》第十四章，比塔高尔的弟子们必须有五年要遵守沉默的规定。——俄译注

心带给他的忧愁都要比快乐多①。

“一个孩子看到在他周围有大群明智的人，他们在听他的话，刺激他，赞扬他，以卑鄙的焦急心情等待着从他嘴里吐出来的箴言，并且以欢乐的回响惊呼他说的每一句失礼的话时，他自己的心里会怎么想？一个人的脑袋对于所有这些虚伪的喝彩将难于承受：请您判断一下，他的脑袋将变得怎样！有这样的孩子们的胡言乱语像天文年历的预言一样；如果在如此多的空话里偶然碰到一句话和事实相符，那将是一个奇迹。听众阿谀奉承对于本来为自己盲目的溺爱搞糊涂的可怜的母亲，以及自己不知自己在说些什么而看到大家在为此而赞扬他的孩子，请您想象那会是怎样的情况！您不要以为我为了分辨错误时我自己能保证不上当。不，我看到错误，我也会陷进去；可是如果我赞扬我孩子的正确意见时，我至少是偷偷地赞扬的；在看到我赞扬时，他不会学了后变为喋喋不休和夸夸其谈的人；而那些吹捧的人使我重复这些话时，并没有嘲笑我的弱点的兴趣。

“有一天我们来了客人，我去吩咐了几件事后回来时，看到四五个大傻瓜正在跟他玩耍，他们准备夸张地对我讲起刚才听到的一些我听了会感到非常有趣的话，而他们听了也都很赞赏。我相当冷淡地对他们说：‘先生们，我不怀疑你们能叫木偶讲很有趣的事；但我希望有一天我的孩子们会成为大人，于是他们便会凭自己来行动和说话，那时我将满心高兴地听到他们说出和做出一切好

① 假如虚荣心能给世上的人以什么幸福的话，这种幸福的人肯定只不过是傻瓜。——卢梭原注

事。'人们自从看到这种讨好的方法没有用时，他们便把我们孩子真正当做孩子而不当做小丑一般玩耍，他们之间不再耍把戏，人们不再吹捧他们时，孩子们显然变得更好了。

"关于提问题，我并非不加区别地一律不准他们提。我是第一个对他们讲到要特别温和地对他们父亲或者我提出他们需要知道的一切问题；但我不能容忍他们打断严肃的谈话来使大家都从事于他们头脑中临时发生的古怪念头。提问的艺术并不像人们想象的那样容易：须知这与其说是弟子的艺术，还不如说是老师的艺术。应当已经学会了很多东西，才知道询问所不曾懂得的东西。印度人有句谚语：'智者知道并且询问，但愚者甚至不知道询问什么。'①没有这种科学的初步知识，自由的孩子们几乎都只提出些毫无意义的愚蠢的问题，或者深奥和麻烦的问题，它们的解答超过他们的能力，而且因为他们不应当什么都知道，因此他们没有什么都问的权利。所以一般地说，他们不如由人家向他们提问而不要由他们自己提问题进行学习，道理就在于此。

"即使这种方法可以达到一般所设想的用处，但对于他们首先和最重要的难道不是谨慎和谦虚吗？难道他们还要学会什么其他东西来掩盖这点吗？那么在孩子们心目中，在未到说话年龄时就开口说话并放肆地盘问大人们来屈服他们的那种权利时会产生什

① 这谚语引自夏尔丹②第Ⅴ卷，第170页。——卢梭原注

② 夏尔丹（Jean Chardin，1643—1713）：法国旅行家。他在印度和波斯漫游，常年居住在伊斯巴汉，回欧洲后出版了《波斯国王苏里曼三世的故事》（1670年）。第二次旅行后出版了《波斯和东印度游记》（1686年）。其后在英国定居，任英国东印度公司在荷兰的代理人。——译者

么影响呢？这种喋喋不休的小小提问者，他们问问题不是为了学习，而是为了惹人讨厌，使所有的人都注意他们，而且他们唠叨的兴趣与其说是为了自我教育，还不如说是为了看到有时他们不审慎的提问会使大人们陷于困境而感到高兴，以致每个人看到他们张嘴时就立刻感到忧愁。总而言之，这并不是教育他们的方法，而是使他们鲁莽和浮夸；我认为这些缺点超过了这种方法的好处，因为随着愚蠢的逐步减少，但是浮夸却在逐步增加。

“可是这种长时间的限制可能的害处是我的儿子到了理性的年龄时会在交谈方面较不轻快，说话时较不活泼和较不丰富；但在考虑到说无聊话过生活的习惯会使他的智慧狭窄，我把这种幸运的贫乏看做是优点而不是缺点。游手好闲的人对自己始终感到无聊，竭力对娱乐的艺术表示非常重视；人们便说外世之道在于只要说些无聊的话，就像仅仅送些无用的礼物一样；可是人类社会有着更高贵的目的，它的真正的快乐有着更坚实的目标。真理的器官，人的最值得的器官，它的使用是人与禽兽的唯一的区别，人被赋有它是为了大大地优于禽兽的叫声。当他说起话来等于什么也没有说时，他便退化到禽兽之下，而人即便在消遣中也应当是人。如果人家认为无聊的唠叨使大家震惊是合乎礼仪的话，我却认为重视其他人优先说话比自己大放厥词，同时表示自己由于太尊敬他们所以不能用些傻话来取悦他们，这更是真正的礼仪。我们最追求和最感到亲切的上流社会的良好习俗不是叫人在那里炫耀自己而是炫耀人家，并出于谦逊而不要触犯他们的自尊心。一个人只因克制和审慎而不说话的有才智的人会被人看做傻瓜，这点我们并不怕。在随便哪个国家，人们不可能因为一个人没有说话而审判

他，也不会因他沉默而鄙视他。相反地，人们一般敬重沉静的人，倾听他们所说的话，当他们说话时大家都很注意；让他们选择说话的机会，而且他们所说的，什么都不会被忽视，他们对一切都占有优势。即使是最聪明的人在长篇大论中，头脑也很难始终保持清醒，很难不在嘴里漏出几句空暇时觉得后悔的话来，因此他宁可不说些好话而不愿冒说坏话的危险。最后，他的沉默不是智慧上的缺点，如果他不说话，不管他是怎样谨慎，问题是在跟他在一起的那些人身上。

"然而从六岁到二十岁有很长的一段路；我的儿子不会总是个孩子；当他的理智开始觉醒时，他父亲的意图是尽量让它发展。至于我，我的使命到那时就将完成。我养育孩子，并不抱培养他成人的大志。"她望着她的丈夫说，"我希望更有资格的人来负担这崇高的任务。我是妇女和母亲，我知道我所处的地位。我再说一次，我负担的任务不是教育我的孩子，而是准备让他们受教育。

"就是在这个问题上我也是按照德·伏尔玛尔先生的方法逐项去做的，而且越深入，我就越感到它的优点和正确，也符合于我的方法。您可以想我的孩子，尤其是那个大的：您不是知道他是地上最幸福、最快乐、最不惹人讨厌的孩子吗？您看到他们整天跳跃、欢笑、奔跑，从来不妨碍别人。适合于他们年龄的那些娱乐或独立性，他们有哪样没有享受到或被滥用呢？他们当着我的面，或者在我不在时同样没有什么拘束。恰好相反，有他们的母亲在身旁，他们会感到更有信心，我虽然是他们受到的一切严厉的制造者，他们却总认为我是最不严厉的，因为我不能忍受他们不认为我是他们在世上所最钟爱的。

“要求他们对待我们的唯一规则是自由本身的规则，即：大人既不妨碍他们，他们也不要妨碍大人，大人说话时他们不要叫嚷，因为人们并不要他们关心我们，所以我也不愿意他们认为我们要关心他们。当他们不遵守如此公正的规则，他们全部的惩罚便是立即离开，而我的整个技巧，——如果可以算做技巧的话，——是让他们觉得这里比哪里都好。除此之外，不约束他们做任何事；从不强迫他们学习什么东西；不用徒然的申斥去困扰他们；也从来不责备他们；他们接受的唯一功课是从自然的单纯中取得的实际的功课。我的希望只要每个人都学习好，都以很好的智慧和关心来符合我的意图，如果害怕出什么错误，我经常在旁边防范，出了错误也很容易补救。

“比如说，昨天我的大儿子拿走了他弟弟的一只鼓，使弟弟哭了。方勋没有说话，但一小时以后，正当那鼓的抢夺者玩得起劲儿时，她把它从他那里拿走了。他跟着她讨还鼓而且也哭了。她对他说：‘您用强力从您弟弟那里拿了它，我同样从您那里拿回了它：您会怎么说？我不是更强吗？’然后她开始学他那样打鼓，仿佛她对此很有兴趣似的。到此为止，一切都很不错；可是过了一会儿，她想把鼓还给弟弟；于是我阻止她，因为这不再是从自然得来的功课，从这里可以产生两弟兄之间嫉妒的最初的萌芽。在失掉鼓的时候，弟弟忍受了必要性的严峻的规律；哥哥感到了他的不公平行为；这两人知道了他们的弱点，一会儿以后都感到了心安理得。”

一个如此新颖的和同一般接受的思想如此相反的计划，起初使我感到吃惊。他们努力向我解释，最后我成了他们计划的赞赏者，于是我感到，为了引导人，自然的道路始终是最好的道路。我对这个方法感到唯一不便之处，而且这个不便还是很大的，那便是忽视了儿童身上有充分力量而在年龄增长时逐渐减弱的唯一的能力。我觉得按照他们自己的观点，儿童的理解力的作用越薄弱和不足，便越应该训练和加强记忆力，它那时可以支持工作。我说："当儿童的理智还没有觉醒时，正是记忆力应该代替它，当它发展起来时，记忆力应当丰富它。理智什么也不要进行训练，它因无所作为而会变得不灵活和迟钝。种子在一片准备得不好的土地里生长不出东西，为了学习成为有理性的，要从成为愚笨开始，这真是奇怪的儿童教育方法。"德·伏尔玛尔夫人马上喊道："什么，愚笨！您是把记忆力和理解力[①]这两种如此不同和几乎如此相反的性质混淆起来，正像把大量消化不好的和没有联系的东西塞满一个还薄弱的头脑对于理智是坏处多于好处吗？我承认，在人的一切能力里，记忆力在儿童中是首先发展的和最便于培养的；但根据您的意见，哪个应该占先：是儿童们最容易学习的，还是他们最需要知道的？

"请看看人们怎样对他们应用这种能力的，怎样用强迫的手段迫使他们炫耀他们的记忆力，并请比较人们从中获得的好处和使他们如此而受到的害处。什么！强迫一个孩子学习他永远不会讲的语言，甚至在他连本国语言都没有学好之前去学；不断地叫他重复和作些他不懂的诗句，而诗的音调的和谐在他看来只是用手指计算音节；用他毫无概念的圆形和球形来混乱他的思想，用千百个

① 这我认为是不正确的。记忆力对于理解力是非常需要的：的确，不是指对词的记忆。——卢梭原注

他随时弄错的城市和河流的名词来困扰他，而且还要他反复学习，这难道是培养他的记忆力以有利于他的判断吗？这些没有意义的经验值得他大量流出的一滴眼泪吗？

“如果这一切只不过是无用而已，我还比较不怎么抱怨；可是教儿童只说空话并相信知道自己不能够理解的东西，这难道不算一回事吗？能够说这一大堆废物能不妨碍人家用以装备一个人头脑的最初思想吗？即使没有什么记忆力，不是也比充塞一切这些废料来损害应当占据一席地位的必要的知识更好一些吗？

“不是的，假如大自然给予儿童的头脑以适宜于接受一切种类的印象的那种灵活性，这不是为了让人家在上面镌刻一些国王的名词、日期、纹章的词语、天文、地理，以及对于儿童年龄毫无意义而对于任何年龄都毫无用处的一切那些词儿，这些词儿人家只为了困扰他们凄惨和贫乏的童年生活；儿童的头脑是用来使一切有关人的状况的思想，一切有关他的幸福和启发他的责任都及早用不可磨灭的字迹刻在上面的，并在他的一生中按他的本性和能力来作引导。

“不从书本中学习，儿童的记忆力不会因此是空闲的：他所看到的一切，他所听见的一切，都影响着他，他想得起它们；他记录下人们的行动和人们的说话，他周围的一切是一本书，书中的东西，等到他的判断力能利用它的时候，用不着想就能不断地丰富他的记忆。那些目标的选择，对他不断提供他应该知道的和他不应该知道的东西的考虑，是培养他第一个能力的真正的艺术；应当从这里为他形成一个知识的储藏库作为青年教育和整个一生行动的依据。这种方法的确不能造就小的奇才，也不会使家庭女教师和教员们出风头，但它可以培养身心健康的人，他们年轻时虽不会使人夸耀，到长大时却受人尊敬。

“然而不要以为，”于丽继续说道，“人们完全忽略了您那么重视的那些想法。一个稍微细心的母亲把孩子们的感情掌握在她的手里。有许多可以刺激和培养他们学习和做什么事的方法；只要这些方法能完全跟儿童的自由相结合，而且不致引起他的任何罪恶的种子时，我都相当愿意采用，当结果并不像所希望时，我也并不坚持；因为学习始终有时间，可是为了造成他一种好的自然本性却不能丧失一分钟；德·伏尔玛尔先生对于理性的最初发展有这样的意见，他主张他的儿子十二岁的时候不知道的，到十五岁时他不会知道得更差些，更不用说不一定需要成为博学之士，但更需要是老实和善良。

“您知道我们的大儿子读书已经读得不坏。请看他是怎样获得学习看书的兴趣的。我曾打算给他随时念几篇拉丰丹的寓言供他消遣，我已经开始这样做，他问我乌鸦是否会讲话。我立刻看到使他很清楚地区分寓言和谎话的区别是困难的：我尽可能地摆脱这种困难，确信寓言是写给成人看的，但对孩子们应当始终说真话，我便取消了拉丰丹。我用一本小的有趣的和有教育意义的历史的集子代替它，其中主要的采自《圣经》；后来，我看到孩子对我的故事感到兴趣，我便设想对他编一些更有用的，我自己试着组织尽可能有趣的，并使之始终适合于当前的需要。我陆续把它们写在一本有插图的美丽的书里，我把它好好锁着，时不时地向他念几个故事，时间并不长，在开始念新的之前常常连同注释反复念好几遍。孩子没有事做容易感到无聊：小的故事成了他的消遣品；但当我看到他最贪婪地注意听时，我有时想起要吩咐人们做事，于是在最精彩的地方离开他，把书不经意地留着。他马上请他的女仆或者方勋，或者随便什么人把它念完；可是因为他对人家没有什么可吩咐，人家也预先经过关照，所以并不总能服从他。有的人拒绝他，有的人有事，有的人慢吞吞地和念得不好，有的像我一样把故事留下了一半。当人们看到他有这么多的被动而烦恼时，便有人偷偷地暗示他学习自己念，这样可以解决问题和随他自己心意翻阅书本。他尝试了这个计划。需要有相当乐于帮助他的人愿意给他上课：这是新的困难，我们只想把问题弄到适可而止。虽然有这些小心措施，他还是有三四次放弃不干：我们就随他的便。我只是竭力使故事变得更有趣味，于是他重新热衷地进行工作，虽然还不到六个月，他已真的开始学习，很快就可以单独念这本集子了。

“这大致就是我想努力刺激他的热诚和好的愿望以获得连续的、用心的和适合于他的年龄的知识的方法；可是他虽然在学习诵读，他要获得的知识却并不从书本中来，因为它们在那里并没有，而且阅读怎么样也不适合于儿童们。我同样想使他在早些时候习惯于用头脑吸取思想而不是吸取词语：我正因此决不使他学习背诵。”

“决不！”我打断她说，“这说得过分了，因为他还需要知道教理课和祈祷课。”“这您就弄错了。”她又说道，“讲到祈祷课，我每天早晨和每天晚上在我的孩子们房里高声做我的祈祷，这就不用人家强迫他们就学会它；至于教理，他们不知道它是什么。”“什么！于丽，您的孩子们不学教理课？”“不，我的朋友，我的孩子们不学教理课。”“怎么回事？”我非常惊奇地说，“一位如此虔诚的母亲！……

我完全不明白。为什么您的孩子们不学教理课?”“为了将来相信它,”她说,“我希望他们将来成为基督教徒。”“啊！我明白了,”我喊道,“您不希望他们的信仰停留在嘴巴上,也不仅仅希望知道他们的宗教,而是要他们相信它;您认为一个人不可能相信他不理解的东西,这是有道理的。”“您是很苛求的,”德·伏尔玛尔先生微笑着对我说,“您可是基督教徒吗?”“我要努力成为基督教徒,”我坚决地答道。“我相信宗教中一切我能理解的,也尊敬其他的东西而不反对它。”于丽向我做了个同意的表示,我们又开始了进行同一题目的谈话。

在谈到我认为母亲对自己的孩子的关心是那么积极、不知疲倦和目光深远的其他细节时,于丽在回顾时的结论中指出,她的方法确切归结为她为自己规定的两个目标:让孩子们天性的发展和研究它。她说:“我的孩子没有什么拘束,也不会滥用他们的自由;他们的性格既不会败坏也不会受压制:我们让他们平静地增强他们的身体和让他们的判断力发芽;不让他们的精神受奴役;别人的观点不会引发他们的利己心;他们不认为自己是强人,也不认为是带锁链的兽类,而是幸福和自由的儿童。为了防卫他们所没有的恶习,我好像觉得他们有一种比他们不会听到的或听了很快就会厌烦的空谈更有力量的防护药:那便是围绕着他们的一切风气的榜样;那是些他们听到的、在这里对大家都很自然的、用不到预先为他们组织的谈话;那是他们目击的和平和团结;那是他们不断地看到的既在所有人彼此之间的行为也在每人的行为和谈话里统治着的和谐。

“他们还处在最初的单纯状态里,从哪儿能产生他们从来没有

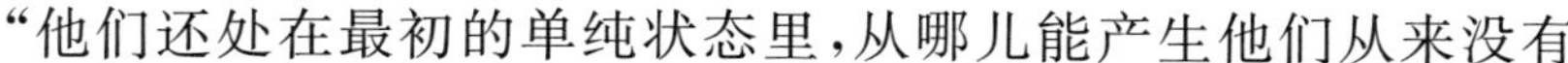

见过例子的恶行、他们从来没有机会感到的热情、没有地方给他们引起的成见呢？您看见没有任何错误会侵袭他们，没有任何坏的习性会表现在他们身上。他们的无知并不固执，他们的欲望并不顽强；倾向于恶习是被防止的，天性是被调整好的，一切都向我证明，我们责备的错误并不是他们而是我们造成的。

“就是这样，我们的孩子一任他们心的倾向，没有什么东西改变或歪曲它，不受外部的或人工的影响，确切保持他们原来的性格；就是这样，这性格在我们的眼睛里每天无保留地发展着，我们便可以研究自然本性的活动，直到他们一些最隐秘的原则。他们确信绝不会受到斥责和处罚，既不知道说谎也不知道隐匿，于是在他们或者在他们之间，或者对我们所讲的一切都毫不勉强地让人看到他们心灵深处的一切。他们自由地在他们之间整天叽叽呱呱说个不停，在我面前从来不会有一会儿感到拘束。我从来不责备他们，既不使他们不说话，不假装在听他们，如果他们说些最不得体的话，我就装做什么也没有听见；但实际上我却非常注意地听着，他们并不怀疑；我对他们所做的和所说的都作正确的记录；这些都是本性的自然表现，应当培养。他们嘴里一句有害的话是一棵外来的草，风传布它的种子：如果我用责罚去割掉它，它很快又会长出来；我与其这样做，不如秘密地找寻它的根，并小心拔掉它。我不过是，她微笑着对我说，‘园丁的女佣人；我锄花园，我拔除有害的草；要种植好花是他的事。’

“还必须承认，除了我要采取的一切措施，还要有很好的协助才能希望成功，我努力的成绩要依靠其他情况的配合，那大概只有在这里才找得到：应该有一个开明的父亲的智慧能透过偏见来建

立孩子从出生起的管理的真正的艺术；应该有很好的耐心把规定的付诸实施，不要使言语跟行动不符；应该使孩子有很高的天赋，自然对他们特别照顾，仅这一点人们看了就喜欢；应该在自己周围只有机灵和心地善良的仆役，他们能不知疲倦地按照主人的意图工作：只要有一个粗暴或阿谀奉承的仆人就足以把一切搞坏。实在说来，当我们想到有多少外来的原因可以危害一些最美好的计划并且可以推翻设想得很好的企图时，我们应当感谢幸运对我们一生中所做的好事的照顾，所以说，智慧在很大方面有赖于幸福。”

“您应该说，”我喊道，“幸福更有赖于智慧。你没有看到您那么赞扬的这种协助是您的成绩，而所有接近您的人都不得不学您的榜样吗？家庭的母亲们，当你们抱怨得不到支持时，你们太不相信你们的力量呀！要成为你们应该成为的那样，你们就会克服一切障碍；如果你们好好地履行你们的责任，你们便会使每人履行各自的责任。你们的责任不就是来自大自然吗？不管罪行的格言是什么，它们对于人的心灵始终是可贵的。啊！问题是要做值得尊敬的妻子和母亲，那么地上最甜蜜的乐土也必然是最受敬爱的乐土。”

在结束这次谈话时，于丽注意到昂利爱特来到后一切都带着新的轻快。她说：“这是确实的，如果我想在两弟兄之间引起竞赛，我可以少费许多心思和技巧；但这个方法我觉得太危险；我更喜欢多费些劲和不冒什么风险。昂利爱特可以弥补这一点：因为她是女孩子，是他们的姐姐，他们俩爱她爱得发疯，她的聪明超过她的年龄，我差不多让她当他们最初的家庭女教师，他们对她的学业很钦佩，因此更容易成功。

“至于她自己，她的教育由我担任；但它的原则却如此不同，值得单独讨论一次。我至少可以预先这样说，大自然赋予她的才能以外很难再增加什么，她将像她的母亲一样，如果世上有人能比得上她母亲的话。”

阁下，我们每天在等着您，这应该是我在这里的最后一封信了。可是我明白什么使您延长在部队里的日期，而且我为此感到害怕。于丽的担心并不更少些：她要求您给我们的消息更频繁些，并请求您在冒生命危险时要想到您多么扰乱了您的朋友们的安宁。至于我，我没有什么要对您说的。尽您的责任；一个胆怯的劝告既不能从我的心坎里发出，同样也不能接近到您的心灵。亲爱的蓬斯冬，这点我太明白了，对于你生命的唯一值得的死，是为了你的国家的荣誉而流出你的鲜血；然而你能毫不考虑你的生命对于那个为了你而保存生命的人吗？

第四封信

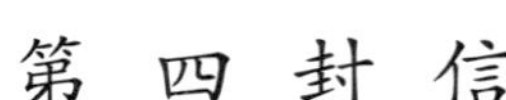

爱多阿尔阁下致圣·普栾

我从您最后两封信里知道我失落了这两封信前面的一封信，那显然是您寄到部队里去的第一封信，那信里您解释了关于伏尔玛尔夫人内心的忧虑事。我没有收到这封信，我猜测它可能放在一个邮差的箱子里，他被敌人抓走了。因此，我的朋友，请向我重述它的内容；我的理智丧失了，我的心为此而忧虑：我再说一次，因为如果于丽的心灵里没有幸福和和平，那么地上哪里是它们的庇护所呢？

她认为我会冒风险这事您要使她放心。我们要应付的是个太机灵的敌人，他只让我们奔跑；他只用一小撮人使我们全部力量化为乌有，并到处使我们没法攻击他。但因为我们有信心，我们可以妥善地排除连最好的将军们都不可克服的困难，并到最后强迫法国人来打我们。我推测我们最初的几次胜利将使我们付出高昂的代价，达丁格战役的胜利[①]会使我们在弗朗德勒[②]方面失败。我们的头顶上有个大的统帅[③]：不仅如此，他得到他部队的信任；法国的士兵认为他们的将军是无敌的；反之，当他被他所蔑视的朝臣们指挥时，人们对他却很不重视，而这种事却常常遇见，所以只要等待宫廷阴谋和机会，就可以战胜欧洲大陆最勇敢的民族。他们自己也很清楚。马尔鲍罗阁下[④]看见在勃莱海莫[⑤]抓到的一个兵士的活泼的脸色和战士的神气，便对他说道：“如果在法国的军队里有五万个像你这样的人，它就不会像这样被打败。”那掷弹兵答道：“见鬼！像我这样的人我们那里相当多；我们只缺一个像您的人。”然而像他这样的人现在指挥着法国军队，而我们没有；但我们不去想这种事。

无论如何，我要看这场战斗剩下的场面，所以我决定在部队里

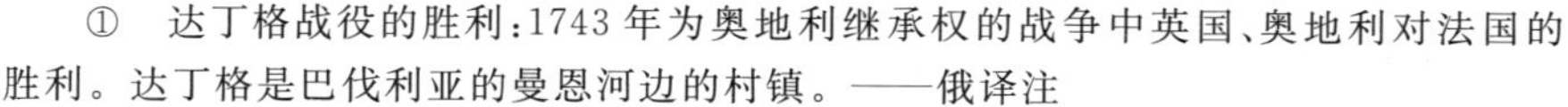

① 达丁格战役的胜利：1743年为奥地利继承权的战争中英国、奥地利对法国的胜利。达丁格是巴伐利亚的曼恩河边的村镇。——俄译注

② 弗朗德勒：北海附近法国和比利时的平原地带。——俄译注

③ 大的统帅：指摩里斯·萨克斯伯爵，称为萨克斯元帅（1696—1750），在弗朗德勒统率法国军队，并在奥地利继承权的战争中获得多次胜利。——俄译注

④ 马尔鲍罗阁下：约翰·丘吉尔·马尔鲍罗（1650—1722），英国统帅和政治家，西班牙继承权战争（1701—1713）的参加者。——俄译注

⑤ 勃莱海莫：英国人给奥赫斯坦特战争起的名字。——卢梭原注

逗留到他们进入冬季宿营时。这段时间里我们可以全部获胜。要翻过大山，季节已经太晚，我们将在你们那里过冬，到春天开始我们再去意大利。请告诉德・伏尔玛尔先生和夫人，我作这新的调整是为了安乐地享受您如此动人地描写的景象，也是为了看到陶尔勃夫人跟他们一块儿住下来的情形。我亲爱的朋友，请继续准时给我写信，您会使我非常高兴。我的装备被抢走了，我已经没有书，但我可以读您的信。

第五封信

圣・普栾致爱多阿尔阁下

我们将一块儿在克拉朗度过冬天，您这个打算给了我多大的快乐！但您要继续在部队里多待几时，这使我付出了高昂的代价！特别使我不愉快的是，很清楚地看到在我们分手前您就决定参加部队，您那时什么也没有说。阁下，我感到了这项秘密的理由，因此我不能对您表示好感。您是否相当看不起我，不相信我会追随您，或者您以为我的感情那么低下，以致不愿接受为我的朋友去死的荣誉？如果我不值得追随您，就应当把我留在伦敦；这比打发我来这里少侮辱我一些。

从您最后的来信明显地看出我的一封信的确已丢失，这失落就使我其后两信在好些方面变得很不清楚；但为清楚理解所必需的说明，要等我有空暇时再写。现在迫切要告诉您的是使您解除您对德・伏尔玛尔夫人隐蔽的忧虑的不安之心。

我不预备向您重述我同她在她丈夫出发后的谈话的后面部

分。这以后发生的许多事使我忘记了一部分；我们在他走后进行了那么多次谈话，我只作些摘要而避免重复。

因此她告诉我，就是这个为了使她幸福而做了一切的丈夫是她的一切困难的唯一的作者，他们相互的眷恋越真诚，他也越发使她痛苦。阁下，您能相信吗？这个如此聪明、如此理智、如此远离一切罪恶、如此很少受到人的激情的影响的人却完全不认为要重视道德，他过着无可指责的清白生活，内心却抱着不道德人的可怕的心安理得。由这种矛盾产生的反思增加了于丽的痛苦；如果他有根据害怕上帝的审判，或者克服骄傲去向它挑战，她也许还可以原谅他。一个罪人因理智的糊涂而安慰自己的良心，一个异教邪说的传播者认为自己同普通人想法不同而觉得是正直的，这都可以说得过去。她叹息着说："可是一个如此诚实的人，一个很少夸耀自己知识的人却是没有信仰的。这怎么可能是无信仰者呢！"

我们应当了解这两夫妇的性格，应当设想他们是专心一致于他们家庭内部事务，彼此的相互关系是代替世界一切的，应当懂得他们俩的团结支配着其他的一切，这样才能理解他们只需这一点分歧就足以扰乱他们的幸福。德·伏尔玛尔先生是在希腊仪式里培养出来的，所以他生来不能容忍如此可笑的宗教信仰的傻事。他的理性比人家想强加给他的愚蠢的约束要高明得多，他很快就蔑视地摆脱了约束；他同时抛弃掉从如此可疑的权威那里来的一切，使他作为反宗教的，所以就成了无神论者。

后来，他始终生活在天主教的国家里，在那里观察到这种宗教信仰，他对基督教的见解并没有改进。他对宗教只看到教士们自私的利益。他看到那里一切都不过是用毫无意义的词语较精细地粉饰的弄虚作假；他注意到那里一切真诚的人都异口同声地同意他的意见，而且毫不隐瞒；连教士也稍微审慎地偷偷嘲笑自己公开教导的东西，他还向我常常说，他经过好些时间的寻求，他一生只找到三个相信上帝的教士[①]。他真心诚意想弄明白这些问题，便深入地钻进形而上学的密林里去，但对它除了有关的体系之外再没有其他的指南，他到处只见到疑问和矛盾，最后来到基督教徒中间，但到达那里已经太晚；他的信心对真理已经关闭，他的理智已不能接受确信的东西；人们给他证明的东西破坏了不止一种感情而不能建立另一种感情，结果是他同样攻击一切种类的教条，他继续是无神论者只是为了要成为怀疑论者。

这便是老天爷为这个于丽准备下的丈夫，而您是知道于丽是具有那么单纯的信仰和那么温柔的孝心的。然而也要像她表姐和我那样亲热地同她一块儿生活的人才能知道这温顺的灵魂是多么自然地笃信上帝的。可以说，尘世的一切仿佛都无法满足她热爱的需要；极端的多情善感本身把她引向爱的泉源。这不是像有寻求爱而受欺骗的爱心的女圣徒戴莱慈[②]那样，这是一颗爱和友谊都汲不尽的真正不会干涸的心，它对于值得吸收它的唯一的存在

① 老实说，我不想赞成这种严峻和冒失的说法！我只想指出，有些人是这样做的，而所有国家和所有教派的教士的行为总是予人以这种攻击的口实。然而在这个注释里我的企图完全不是想卑鄙地躲避在人家背后，我自己的感情清楚地表现在这点上，即一个真正的信徒绝不是偏激的和迫害人的。如果我是法官，而法律又规定无神论者要处死刑，那么我就首先把前来告发人家是无神论者的人作为无神论者而处之以火刑。——卢梭原注

② 戴莱慈(Sainte Thérèse d'Avila(1515—1582))：加尔默罗会的宗教改革家，以神秘主义著称。她创立了17个女修道院和15个男修道院。——译者

提供自己极为丰富的感情。① 对上帝的爱并不使她脱离地上的创造物；它既不使她严厉，也不使她尖刻。她对于地上的一切依恋都是由同一的原因产生的，它们彼此鼓励，因而变得更可爱和更甜蜜；所以我认为，假如她对她的父亲、丈夫、孩子、表姐和我爱得较不深的话，她便较不笃信上帝了。

奇怪的是，她越敬爱上帝，越感到自己敬爱得越少，还抱怨自己觉得自己灵魂干涸得不知道敬爱上帝。"不论怎么讲，"她常常说，"心灵只能通过表现它们的感觉和想象的作用才能把握到所依恋的；那么能不能看到或想象到伟大存在的无限性呢②？当我想把自己提高到它那高度时，我不知道我到了哪儿：我看不到它和我之间有任何关系，便不知道从哪儿达到它，我既看不见也感觉不到什么，我觉得处在一种绝望的境地；如果我敢于用我自己来判断别人，我怕神秘的精神恍惚将多半来自空虚的脑筋而较少来自充满的心灵。"

"那么我该怎么办？"她继续说道，"怎样从被迷惑的理智的幻象中摆脱出来？我用一种粗糙的、但我力所能及的宗教信仰来替代超过我能力的那些崇高的沉思。我遗憾地抑低了上帝的威严，

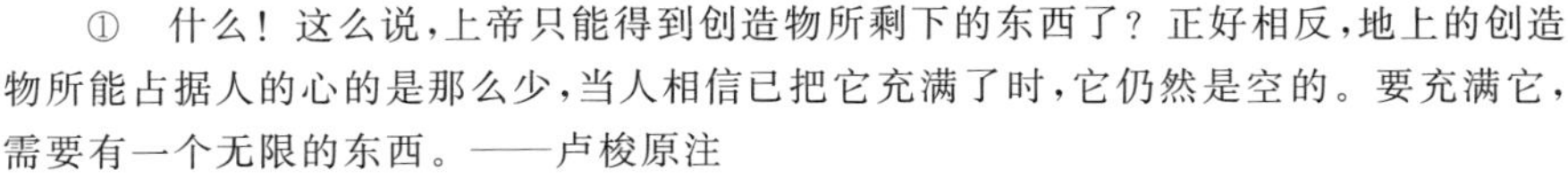

① 什么！这么说，上帝只能得到创造物所剩下的东西了？正好相反，地上的创造物所能占据人的心的是那么少，当人相信已把它充满了时，它仍然是空的。要充满它，需要有一个无限的东西。——卢梭原注

② 毫无疑问，为了把灵魂提高到上帝那崇高的思想，就应当使灵魂劳累。更敏感的宗教信仰可以使人们的思想休息。他们喜欢人家向他们提供虔诚的物品，使他们免除想到上帝。根据这些信念，天主教徒们用小天使、漂亮的儿童和美丽的圣徒来充满他们的圣徒传记、日历、教堂，那是错误的吗？把婴儿耶稣抱在可爱和端庄的圣母手臂里，同时是基督教虔诚所能贡献给信徒们的耳目欣赏的最动人和最愉快的一个景象。——卢梭原注

我在它和我之间插进一些敏感的东西;我既不能注视它的本质,至少也要在它的创造物里礼拜它,我在它的恩德中爱它;可是无论我采取什么方法,代替它所需要的纯粹的爱,我只能向它贡献自私的感激罢了。”

这样,在多情善感的心灵里一切都变为感情。于丽在整个大地上只感到同情和感激的对象;她到处看得到上帝行善的手:她的孩子是她从上帝那里接受过来的亲爱的寄存物,她在土地的生产品里接受它的赠与,她看到她的餐桌上因它的照顾而摆满了食品,她在它的庇护下安睡,她的平静的觉醒是由它送来的,她在不幸中感到它的教训,在快乐中感到它的恩惠;她所有亲切享受的福祉都是尊敬上帝的新的题材;如果宇宙的上帝不为她微弱的目光看到时,她随处都能见到人们共同的父亲。这样地来崇敬它的最高的恩典,不就是竭尽所能地为上帝服务吗?

阁下,您想想看,在退休中,同那个分享我们的生活而不能分享我们使生活变得可亲的希望;既不能同他一起赞美上帝的创造物,又不能谈论它的善心向我们许诺的幸福的未来;在做好事的时候,对使做起来感到愉快的一切,他会无动于衷,而且由于最奇怪的不合逻辑性,思想里蔑视宗教,生活上却是个基督教徒,这该是多么痛苦的事!请您设想于丽同她丈夫散步时的情形:这一个在大地展现的富饶和灿烂的装饰里赞美世界的创造主的创作物和恩典;那一个则对这一切只看做是种偶然的结合,那里什么都是盲目力量的联系。请您想想这对为真诚的爱结合的夫妇,因为彼此害怕打扰对方,对于围绕着他们的对象,这一个不敢耽于它们所引起的沉思,那一个不敢耽于它们所引发的感情,还甚至从彼此的眷爱

里不断发生互相抑制的义务。当我同于丽出去散步时，几乎总是有某种如画似的优美的景色令她想起这类痛苦的分歧。“唉！”她感动地说道：“自然的风景，对于我们是多么生动、多么活泼，对于不幸的伏尔玛尔的眼睛却是一片死寂；而在万物那种伟大的和谐里，一切都以如此甜蜜的声音在称颂上帝，他却只看到永恒的沉默！”

您是了解于丽的，您明白这个感情外露的心灵是多么喜欢与人交流，您当然想得到她对于本来应该一切都是共同的人，甚至为了唯一一点不愉快而彼此不能相通，那对她该多么痛苦！然而更不幸的思想不管怎样仍接连着来，她徒然想把这些不由自主的恐惧抛开，但它们随时随刻来干扰她。对于一个温柔的妻子，当想到有报复心的上帝会对否认它的神圣的人加以惩罚，想到成为她幸福的人的幸福将同她的生命同时结束，并在自己孩子们的父亲身上看到一个被上帝弃绝的人时，该是何等的恐怖！因她天性十分慈善，她才没有对这种可怕的印象陷于绝望，而她丈夫的不信教给她带来的痛苦也只有凭宗教才给她以忍受它的唯一力量。“如果老天爷，”她常常说，“拒绝我使这个善良的人皈依基督教，那我便只有请求它赐给我一个恩典，即让我死在我丈夫之前。”

阁下，这便是她隐秘的忧愁的太真实的原因；这便是她内心痛苦——它仿佛因她丈夫的冷酷而承受，——的原因，它由于她装作若无其事而变得更加厉害了。在天主教徒那里可以公开表露的无神论，在理性容许相信上帝的一切国家里却不得不躲藏着，那里无神论者便丧失了自己唯一的辩护。这种体系自然是使人忧虑的：如果有着有名望的和富裕的人中有人赞成的话，在被压迫和不幸的人民中到处都会引起恐怖，人民看到他们的暴君们被解脱了可以阻止他们的唯一的约束，还看到在另一种生活的希望里被除掉了留给他们对这一种生活的唯一的安慰。因此，德·伏尔玛尔夫人感到这里她丈夫的皮浪主义[①]将会起的坏的作用，于是主要希望保证她的孩子们不受如此危险例子的影响，她没有困难地说服丈夫保守秘密，他是真诚和正直的人，但审慎和淳朴，没有虚荣心，而且远不是想到别人夺取他自己不愿被人抢走的财宝的人。他从来没有学究气；他同我们一块儿去教堂，他适应已建立的习俗；他不宣传自己没有的信仰，他避免吵架，做由法律规定的、国家对于一个公民所要求的一切宗教仪式。

他们结合至今差不多已有八年了，但只有陶尔勃夫人知道他们的秘密，因为他们把秘密告诉了她。顺便告诉您，他们在外表上保持得很好，也很少装模作样，所以一个半月以来我同他们在最亲密的状况下一起生活，竟没有引起我丝毫的怀疑，若不是于丽自己对我讲起的话，我也许永远不会深入知道这一点。

有好多原因决定她作这种密谈。首先，什么保留能同我们之间存在的友情共存？想排除跟一个朋友共享秘密的乐趣不是纯粹加深她的烦恼吗？此外，她不愿我的在场会更久地成为他们常常一块儿对一个她一直如此强烈记挂在心头的问题的谈话的障碍。最后，她知道您很快就要到我们这里来，她希望在得到她丈夫的同意之下，您能够预先了解他的观点：因为她盼望您的智慧能成为我

① 皮浪主义：18世纪中叶前哲学上的怀疑主义的称谓（以公元前四世纪希腊哲学家皮浪而得名）。怀疑主义（scepticisme）这术语首先由狄德罗使用。——俄译注

们徒劳的努力的支持和您值得的帮助。

她为了向我吐露她的痛苦所选择的时间使我怀疑她不敢对我说出来的一个别的原因。她的丈夫离开了我们，剩下只有我们俩；我们的两颗心曾彼此相爱，它们还记得往事：如果它们对此忘记了一会儿，我们俩就会陷于耻辱。我清楚地看出她害怕这种单独会面，并竭力想摆脱它；梅耶利那一场使我很好地懂得，我们两人中谁较为自信的，谁便是更不可信。

在她的自然的懦弱所引起的不公正的恐惧里，她设想的最可靠的预防措施是不断地把自己交付给一个必须崇敬的证人，呼吁一个能看得见秘密行为并能阅读内心世界的正直和可畏的审判官作为仲裁者。她的支柱是伟大的上帝；我不断地看到上帝在她和我之间，什么有罪的欲望能越过这样的保护者？我的心在她的虔诚的火焰中得到净化，我分享着她的德行。

这些重大的谈话几乎充满了在她丈夫不在时整个我们的密谈；而从他回来后，我们当着他的面也常常进行这种谈话。他像谈论别人一样参加谈论他，也没有蔑视我们的主意，他经常对于我们应该怎样同他说理的方法提出好的劝告。也正是在这方面使我对成功感到失望：因为如果他较少一些真诚，我们便可以攻击他培养不信教的灵魂的毛病；但假如只是说服的问题，我们能从哪里寻找他完全没有的知识和他消失了的理性？当我想同他争论时，我发现我所能使用的论据都已被于丽徒劳无功地用尽，而我又拙于言辞，远不如他的心那样雄辩和从他心里流出来的美妙的信心那样有力。阁下，我们永远不能把这个人说服过来；他太冷峻而心地又不坏；谈不到想感动他：他缺少的是内心的论证或感情，而唯有它才能对其他的一切成为无敌的。

无论他的妻子怎样小心地隐瞒她的伤心，他也能感到并同她分担：这样敏锐的目光是无法受蒙蔽的。这种被压制的忧愁更使他深切感触到。他对我说过他曾多次试图作表面上的让步，为了叫她安心，他装出他本来没有的感情；可是灵魂的这种卑劣太跟他不相称了。这种伪装不但骗不了于丽，更使她增添了新的苦恼。那可以安抚那么多不幸的真诚、坦率和心心相印，在他们之间是被隐蔽起来的。是否要做得使他的妻子对他少尊敬一些，才能消除她的恐惧呢？他对她不采用伪装手段，诚恳地说出他所想的心事：但他如此单纯地说话，对鄙俗的意见很少表示蔑视，对自由思想的人很少带傲慢的讽刺，以致他的愁闷的坦白给于丽以更多的悲伤而很少气愤，使她既不能对她的丈夫传达她的感情和希望，于是她就更细心地在他周围寻求他有限的幸福的短暂的温馨。“啊！”她委婉地说道，“如果这不幸者想在这世界上建造天堂，那就至少让我们尽可能使这天堂变得愉快一些吧！”[1]

这种感情对立的忧愁的帷幕遮盖着他们的结合，比任何其他东西更可证明于丽不可战胜的力量，由于在她的忧愁里还混合着安慰，她也许可以说是世上唯一能把二者联系起来的人。他们对于这重要一点的一切争执、一切争吵不仅远不能转变为愤恨、蔑视、吵闹，而且总是以某种感人的情景结束，只有使他们俩彼此变

---

① 这种感情多么充满着人性，它岂不是比迫害者的可怕的虔诚心更自然，他们始终从事于迫害不信宗教的人，仿佛为了想把他们在今世就贬入地狱，自己成了魔鬼的先驱者！我不停地反复这样说，这些迫害者绝不是信教者，他们都是混蛋。——卢梭原注

得更为亲切。

昨天，谈话固定在我们只有三个人时常常谈论的题目，即万恶之源上；我竭力指出，在世界观里不仅没有绝对的和一般的恶，即便是特殊的恶也比初看起来要少得多，而且一般说来，它比特殊的和个别的善要超过许多倍。我向德·伏尔玛尔先生举出他自己的例子；于是在深入到他的处境的幸福时，我以如此真实的线条来描绘，他对此显得很受感动。他打断了我的话，说道："这是受了于丽的诱惑。她总是把感情放在理性的位置上，使它变得如此动人，必须始终拥抱她作为回答。这是不是从她的哲学教师那里学来的，"他笑着补充说，"她学到了这样辩论的方法吗？"

如果在两个月以前，这样的玩笑一定使我感到很不好受；但局促不安的时候已经过去；我只有跟着笑了；于丽虽然感到有点儿脸红，但并不显得比我更尴尬。我们继续谈论。关于恶的数量方面我们没有争论，伏尔玛尔只限于承认应该好好做事，恶不管是多少，它到底是存在的；单从这个存在出发，他得出结论是，在万物的最初原因里没有全能，也没有全福。就我这方面说，我努力指出，物质的恶的起源在物质的本性里，精神的恶的起源在人的自由里。我支持他关于上帝除了创造像它一样完美的其他存在和不让恶有借口之外是万能的。我们正在热烈争论时，我发觉于丽不见了。她的丈夫看到我在用眼睛寻找她时对我说，"您猜她到哪儿？"我说："她去吩咐一些家务。""不对，"他说，"这个时间里她没有别的家务：她不用离开我，什么都做了。"——"那么她到孩子们的房里去了？"——"也不大对：她的孩子们对于她不比我的安全更可贵。"——"那么，"我说，"她在哪里，我完全不知道；但我非常明确知道她只做有用的事。”——“完全不对，”他冷冷地说：“来，来，您看我是不是猜得对。”

他开始轻轻地走着，我踮着脚尖跟着他。我们走到小房间的门口：门是关着的；他突然把它打开。阁下，是怎样的一种景象呀！我看到于丽跪着，双手合掌，泪流满面。她急忙起来，擦着眼睛，遮住了脸想逃走。我们从来没有看见她这样害羞过。她的丈夫不等她有时间逃掉，便激动地跑近她。“亲爱的妻，”他搂抱着她说，“你心愿的热烈程度表露了你的动机；要它们灵验还缺乏什么呀？好了，如果上苍能听见，你很快就会如愿。”“会如愿的，”她坚定和确信地说：“但我对于时间和机会还不清楚。但愿我能用生命来偿付它！我的最后一天便将得到最好的应用了。”

阁下，来吧，离开您那不幸的战斗，来履行一项更高尚的义务吧。难道智者的荣誉在于为拯救一个人而宁可杀戮许多人吗[①]？

第六封信

圣·普栾致爱多阿尔阁下

什么！即使告别了部队以后，您还要去巴黎旅游！这么说，您完全忘记了克拉朗和住在那里的人了？您对于我们比对于海德子爵[②]更不亲切了吗？您对这位朋友比在这儿等候着您的人们看得

① 这里，爱多阿尔阁下有一封长信写给于丽。到后来他会谈到这封信，可是为了一些相当充分的理由，我不得不把它取消了。——卢梭原注

② 海德子爵（康恩勃里子爵）（？—1753）：英国政治家，波浦和波林勃劳克的朋友，经常居住巴黎，卢梭在那里认识他。——俄译注

更重要了吗？您迫使我们作出跟您相反的愿望，您使我期望在法国宫廷里获得声誉，以便阻止您得到所等待的护照。然而称您的心好了；您去看您的好同胞吧！反正我们要对他也要对您报复您这种偏爱；虽然您同他在一起生活时尝到的快乐，我知道当您到我们这里来时，您会后悔那段您不曾给我们的时间。

在收到这封信时，我曾怀疑一次秘密的差使……还能找到更合适的对和平的调停者吗！……可是国王们能把他们的信任交托给有德行的人们吗？他们敢于倾听真理吗？他们甚至能知道真正的功绩吗？……不，不，亲爱的爱多阿尔，您不是当大使的材料。我知道您太清楚，我相信假如您不是出身于英国的贵族，您绝不会成为这样的人。

来，我的朋友；你在克拉朗一定会比在宫廷里好。啊！如果我们聚首的希望没有欺骗我时，我们大家在一块儿将度过怎样的冬天！每天都在准备，把彼此都那么亲切、值得互相敬爱的优秀人物中的一位请来，她们仿佛只等待着您而不再邀请其他人。不知是什么幸运竟会使岱当惹男爵的对手经过这里，您曾预见到这一遇见会发生的一切，而且的确是这样发生了[①]。这个老讼师虽然几乎像他的对手一样不屈不挠和耿直，却不能抵抗使我们大家都折服的于丽。在见到了她，听她所说和跟她谈话以后，他对于同她父亲的争讼感到羞惭。他很愉快地到伯尔尼去了，妥协进行得很顺利，根据子爵最后一封信，我们在等候他，他这几天内就能回来。

① 可以看出这里正像许多其他地方一样，缺少了好几封中间的信件。读者认为用这种删除的方法来摆脱麻烦的处境很方便，我完全同意他的意见。——卢梭原注

这些您大概已经从德·伏尔玛尔先生的信上知道;可是我想,关于陶尔勃夫人终于结束了她的事务,从星期四起已经来到这儿,而且以后将永远住在她女友家里一事,您多半还不知道。因为她来到的日期曾预先通知我,我不让德·伏尔玛尔夫人知道就前去迎接,想使她出其不意,我在吕特利[①]遇着她就同她一块儿回来。

我觉得她比以前更活泼和更可爱,但不稳定、漫不经心,不听别人说话而且更少回答,说话前言不搭后语而又有风趣,总之,对于怎样可以摆脱自己思念的理想的关口充满了惶恐不安。可以说,她每时每刻战栗着担心自己走回头路。她这次出门虽然拖延了很久,却做得很匆忙,女主人和仆役都弄得头昏脑涨。她随身带的小行李弄得乱七八糟,令人发笑。由于侍女怕忘记什么东西,格兰尔总是保证说都已放进了马车的箱子里,而当有人随便去查看箱子时却完全没有找到。

她不希望于丽等待她的马车,她在林荫道上下车,像发疯似的跑着穿过院子,她那么急促地登上台阶,在第一阶段后需要透一下气才能爬到顶。德·伏尔玛尔先生出来迎接:她已经对他说不出一句话了。

在打开房门时,我看到于丽对窗坐着,像她平常一样把小昂利爱特抱在她膝上。格兰尔本来想好了一篇按她风格的、混合着感情和欢乐的漂亮的讲话;但等到她的脚踏上大门口时,讲话、欢乐全都忘得一干二净;她叫嚷着奔向她的女友,以无法形容的激动说:"表妹,永远,永远,直到死!"昂利爱特一见到她母亲便立刻跳

① 吕特利:在日内瓦湖边的村镇,距洛桑只有几公里。——俄译注

下来向她跑去，也喊道：“妈妈！妈妈！”使劲地叫喊着，冲撞得那么猛烈，以致可怜的小家伙马上跌倒了。这突然的出现，这跌倒、快乐、纷乱，那么地震撼了于丽，使她站起来伸出了手，同时发出非常尖锐的喊叫后倒在地上不省人事。想抱起她女儿的格兰尔看见自己女友惨白的脸色：迟疑着不知该奔向谁。后来看见我抱起了昂利爱特，便向精疲力竭的于丽奔去，却同她一样跌倒在她身上。

昂利爱特看到她们俩都变得一动不动，便开始哭泣和惊喊起来，使方勋应声跑来：一个为了她的母亲，另一个为了她的女主人。我呢，受了震惊，像在梦呓里似地满心狂喜，大踏步地在房间里走来走去，在无意识的冲动中断断续续地发出一些惊叹声。伏尔玛尔本人，这位冷静的伏尔玛尔自己觉得受了感动。感情呀！感情！甜蜜的心灵的生活！你从来没有触动的是什么样的铁石心肠？你从来不能使之掉泪的是什么样不幸的人？这个幸福的丈夫没有奔向于丽，却把身体靠到安乐椅里贪婪地观看这极为动人的情景。“你们不用害怕，”看到我们手忙脚乱时说，“这喜悦和愉快的场面只是使天性一会儿接不上气，它很快就会以新的活力重新炽烈起来的：它从来不是危险的。让我品尝这种幸福并同你们分享。它对你们应该怎么样！我从来不知道这相似的东西，所以我是我们六人中幸福最差的人。”

阁下，根据这最初的时刻，您就可以判断出其他的情况了。这次聚会给予这个家庭以一种欢乐的反响和至今还没有平静的激动。于丽快活得忘乎所以，我从未看到她处在如此的兴奋中；整整这天大家只是想不停地互相见面和以新的热情彼此拥抱。大家甚至想不起阿波隆厅，到处都有快乐，不需要想到那儿去。只有到第二天，大家才相当冷静下来作节日的准备。要没有伏尔玛尔，一切都会乱作一团。每个人都尽量打扮自己。除了对于目前的快乐所必需的以外，一切工作都不准做。节日的庆祝不是很豪华而是非常狂热；使节日笼罩在一片感动人的乱纷纷里，而这乱纷纷却又是它最美妙的装饰。

早上大家让陶尔勃夫人担任女管家或膳务总管，她便像孩子似的迫切地执行起任务来，使我们发笑。来到美丽的餐厅时，两位表姐妹看到各方面都有她们名字的第一个字母联合组成并用鲜花装饰的图案。于丽立刻猜到这个主意是谁想出的：她在一阵激动中拥抱了我。格兰尔一反过去的习惯，犹豫着不敢照样做。伏尔玛尔讥笑她；她红着脸仿效了她的表妹。我完全觉察到了这阵脸红，它的确引起了我说不出的结果；但我自己感到在她臂弯里有些激动。

下午在女眷内室有一顿丰盛的点心，男主人和我这一次都受到邀请去那儿。男子们进行射击比赛，奖品是陶尔勃夫人给的。新来的人虽然比其余的人训练时间较少，却取得了胜利。格兰尔对于他灵巧没有上当；汉茨自己也不相信，他拒不接受奖品；但所有他的同事硬要他接受，您可以看到他们那方面的殷勤并不曾白费。

晚上，全家新加了三人，集合在一块儿跳舞。格兰尔仿佛通过格拉斯[①]的手打扮起来的；她从来没有像今天这样容光焕发。她跳舞、谈话、欢笑、发出命令，到处都有她。她发誓要叫我精疲力竭；而在没有间断地跳了五次或六次非常生动的四组舞以后，她不

① 格拉斯(Les Grâces)：最美丽的化身。一般有三女神：阿格拉爱、塔莉、安弗罗西娜。——译者

曾忘记像平常一样责备我像个哲学家似的跳舞。我嘛，我对她说，她跳舞像个淘气的小妖精一般，她造成的灾害并不比人少一些，我也担心她白天黑夜都不让我休息。“正好相反”，她说，“现在就让您睡个通宵”，她这样说了又立刻叫我去跳舞。

她是不知疲倦的，可是于丽并不像她一样：她很困难地站立着，跳舞时膝盖哆嗦着，她是那样地激动，连快乐都表现不出来：随时看得见她眼睛里流着快活的泪水；她以欣喜若狂的神情凝望着表姐；她喜欢把自己当做被邀请前来参加节日的客人，把格兰尔看成是指挥一切的家里的女主人。晚餐以后我燃放了我从中国带来的烟火，它产生了很大的效果。这一夜我们睡得很晚[①]。最后得分手了。陶尔勃夫人已经疲乏或应当疲乏了，于丽希望大家早睡。

平静不知不觉重新产生，秩序也跟着回来。格兰尔虽然爱闹，但当她愿意时会采取使人心服的权威性声调。此外，她在智慧方面有伏尔玛尔那种卓越的识别力和洞察力，有于丽的好心肠，而且她虽然极端自由主义，但并不缺乏同样多的审慎；以致她即使很年轻就成了寡妇，并负有她女儿的贵族财产保管人的责任，这一个和那一个的财产在她手里只会兴旺发达；因此人们不用担心在她掌握下这家庭不会比以前管理得差些。这给于丽以完全从事于最合她口味的工作，即孩子们的教育；我确信昂利爱特会充分利用她的母亲们中的一个的全部关心来减轻她另一个母亲的关心。我说“她的母亲们”，是因为她们同她一块儿生活的方式，很难分清谁是

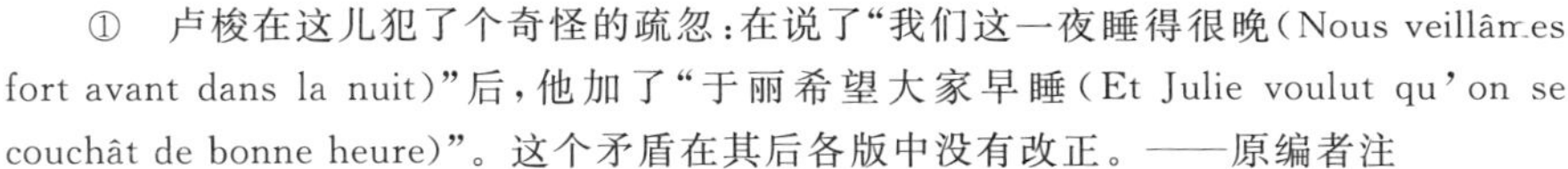

① 卢梭在这儿犯了个奇怪的疏忽：在说了“我们这一夜睡得很晚（Nous veillâmes fort avant dans la nuit）”后，他加了“于丽希望大家早睡（Et Julie voulut qu’on se couchât de bonne heure）”。这个矛盾在其后各版中没有改正。——原编者注

真正的母亲，而今天来我们这里的外人对这一点都是如此，或者显得还有点疑问。实际上她们俩都同样叫她“昂利爱特”或叫她“我的女儿”。她叫这一个“妈妈”，叫另一个“小妈妈”；这一个和那一个都显得同样亲切；她对她们俩也同样听话。如果有人问两位夫人，她是谁的，两个人都会回答：“是我的。”如果问昂利爱特，却发现她有两个母亲。人们不免要感到不好办。最聪明的人后来肯定她属于于丽。昂利爱特的父亲是淡黄色头发，像她一样，而且脸也很像。母亲的那种温馨在于丽如此柔和的眼睛里比格兰尔的较活泼的目光表露得更为充分。那小家伙对于丽显得更尊敬，对自己也更小心。她不自觉地更时常待在于丽身旁，因为后者有更多的事对她讲。应该承认，所有这些表象都对小妈妈有利；我发现这如此愉快的错误对于两表姐妹有时很可能是有意的，它成为讨好她们的方法。

阁下，半个月以后这里就只缺少您了。当您来到这里时，想在这所房屋以外到世界上另外寻求更多的德行和快乐的人，他一定是想错了。

第七封信

圣·普栾致爱多阿尔阁下

我有三天曾试图每天夜里给您写信。可是一整天工作以后，回来时就只想睡觉：早晨天刚亮我要开始工作。比酒醉更温和的陶醉向我的灵魂深处投入一种十分甘美的骚动，使我不能有一会儿避免对我完全是新的快乐。

我认为像我现在在这里所处的集体里，到哪里我都会一样高兴。但您可知道克拉朗本身为什么使我喜欢？是因为我在这里真正感到是在乡间，而且几乎是第一次我可以这样说。城市里的人完全不知道爱乡间；他们甚至到了乡村也不知道：当他们到了那里也未必知道人们在做些什么。他们轻视劳动、娱乐；不了解他们：他们到那里就像到外国一样；他们在那里不喜欢，我不觉得奇怪。到乡村去的应当是村民，或者完全不到那里去，因为那些人去干什么？巴黎的居民认为去了乡村，实际并没有去：他们是带了巴黎去的。歌唱家、辩论家、作家、清客，都是跟着的随行人员。赌博、音乐、喜剧，都是他们唯一的工作[①]。他们的餐桌像巴黎一样摆设；他们在同样的时间在那里用餐；人们为他们上同样的菜也用同样的餐具；他们在那里只做同样的事；最好还是留在那里的好：因为一个人无论怎样富有，无论对自己怎样关心，他永远会感到缺少点东西，他不能把整个巴黎同自己一起带去。这样，这种对他们如此宝贵的多样性，他们便丧失了；他们永远只知道一种生活方式，永远对这种生活方式感到厌倦。

农村的劳动看起来很愉快，它完全不算艰难，所以用不着引起怜悯。它促使人们的重视，因为它对整个社会和个人都带来利益，而且土地的耕种是人们最先的使命：它对智慧形成亲切的形象，对心灵引起黄金时代的快乐。看到土地的耕种和作物的收获，人的

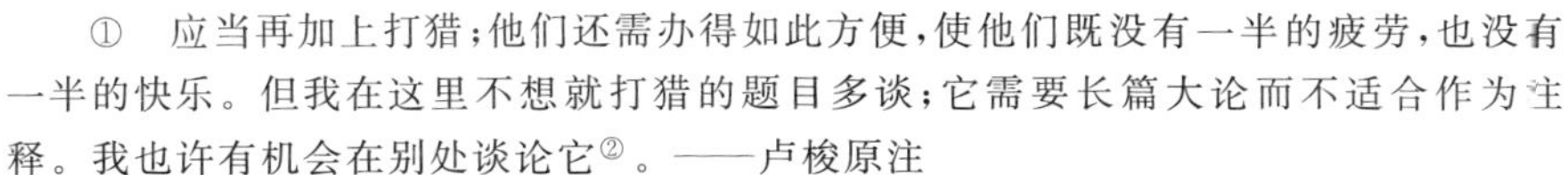

① 应当再加上打猎；他们还需办得如此方便，使他们既没有一半的疲劳，也没有一半的快乐。但我在这里不想就打猎的题目多谈；它需要长篇大论而不适合作为注释。我也许有机会在别处谈论它[②]。——卢梭原注

② 卢梭关于打猎的意见在《爱弥儿》（第二卷和第四卷）里叙述。——俄译注

想象不可能无动于衷。牧人和农民的生活到处都是十分动人的。请看看牧场上布满了人，他们翻晒着草料和歌唱，畜群分散在远处，人们的心不知为什么感到不由自主地柔和起来。这样，有的时候大自然的声音还对我们恼怒的心引起软化；虽然那声音听来觉得是没有用的惋惜，它却是悦耳的，听了绝不会不感到愉快。

我承认在某些国家中，那儿的包税人侵吞了土地的果实，悭吝的农场主的粗暴的贪欲、不人道的地主的强硬的苛刻把这些美妙的图画抹去了许多动人之处，使土地蒙上了不幸。骨瘦如柴的马匹在鞭打之下几乎要送命，不幸的农民饿得濒死，疲惫不堪，披的是褴褛，破房子的小村庄呈现出惨不忍睹的触目景象：当人们想到那些要喝他们血的不幸者的时候，几乎会觉得羞于为人了。但是看到一些善良和聪明的土地耕种者时又多么可以慰人，他们的劳动是他们德行的工具，是他们的消遣和乐事；大量地提供上天的赐予；使周围的人和牲畜繁荣昌盛，使他们的收获物充满了谷仓、地窖、储藏室；把富裕和欢乐集中在他们的四周，并使他们发家的劳动成为连续的节日！怎么能不谈使这些景象产生的梦想呢？人们忘记了自己的世纪和自己的同时代人；人们回想到《圣经》里的族长时代；人们自己想着手劳动，分享农村劳动和与之相关的幸福。爱情和纯洁的时代啊，那时的女人是温柔和朴实的，那时的男人是单纯和愉快地生活的！拉结①呀！可爱的和始终被爱的姑娘，那为了娶你而做了十四年奴隶而不后悔的人是幸福的！拿俄米的温

① 拉结：拉班有两个女儿，大的叫利亚，小的叫拉结。拉结生得很美。雅各爱拉结，愿为拉结而服侍拉班七年。七年满了后，拉班把大女儿给他为妻。雅各又给拉班服侍了七年，前后共十四年才得拉结为妻。见《圣经·创世记》第29章。——译者

柔的儿媳[①]呀！你温暖他的脚和心的善良的老人是幸福的！不，美在乡村的关怀里从来不曾有那么充分的威力。在那儿，优雅升上了它的王座，简朴作为装饰，快乐鼓舞着它，必须不由自主地尊敬它。阁下，请原谅；我现在言归正传。

一个月以来秋天的炎热有利于葡萄收获；初期的霜冻为它开了头[②]；棚上的葡萄藤已经遮不住葡萄串，把利埃[③]爷爷的礼物陈列在眼前，仿佛在请人们把它们狼吞虎咽。所有这些挂着有益健康的颗粒的葡萄是老天爷送给不幸的人们使之忘却他们的不幸的；到处人们把它们捆扎在一起的木桶、酿酒桶、莱克尔法斯[④]的声音；山坡上震响的收葡萄妇女的歌声；把葡萄运到压榨机去的工人们连续不断的步伐；激励他们工作的乡村乐器粗犷的声音；这时好像张挂在大地表面上普遍的兴高采烈的可爱而又动人的图画；还有当早晨太阳升起时的雾幕，像剧场的帷幕，给人们的眼睛以如此迷人的场景，一切都促使它加浓节日的气氛，而这节日一经思考便变得更美丽，当人们想到它是把愉快同有用结合在一起时，它是唯一的节日。

德·伏尔玛尔先生规定这里最好的土地来种植葡萄，他预先

① 拿俄米：以利米勒的妻子拿俄米在丈夫和儿子死后带了儿媳妇路得从摩押回到伯利恒。路得跟在阿波斯后面拾取麦穗为生。拿俄米叫路得夜间在麦地里掀开阿波斯脚上的被就躺在那里。阿波斯便娶了路得为妻。见《圣经·路得记》第一至第四章。——译者

② 在伏州地方收获葡萄很晚，因主要收获是做白葡萄酒的，而霜冻对它们很有好处。——卢梭原注

③ 利埃（Lyée）：酒神巴库斯（Bacchus），作为消解忧愁之神的另一个名字。——俄译注

④ 莱克尔法斯（Légrefass）：该地的一种大桶或大酒桶。——卢梭原注

做好了一切必要的准备工作。酿酒槽、压榨机、储藏室、大木桶，都在等待着接受温和可口的葡萄液。德·伏尔玛尔夫人负责收获：工人的挑选、分工的安排都归她经管。陶尔勃夫人准备葡萄收获季节的伙食并按照已定的标准发给临时工的工资，这些规定这儿从来不曾被违反过。属于我的监察工作是让人遵守于丽对压榨机操作所作出的规定，因为她的头脑受不了酿酒桶的蒸汽；这个差使完全适合于酒鬼去做，格兰尔没有忘记对我鼓掌。

任务这样分配定当，收获葡萄的人的共同劳动就是把空空的大桶装满。全体人马一清早起身：大家一块儿到葡萄棚去。以她的活动能力而论始终不会觉得太忙的陶尔勃夫人，还自愿负责警告和训斥那些懒汉的工作，我可以自鸣得意地说，以她的狡猾的警惕性，却不曾照顾到我。至于老男爵，当我们大家都在劳动时，他带了猎枪溜达，并且不时从采葡萄的姑娘那里把我叫去跟他一起去打斑鸠，人们因此说我是同他秘密串通好了的；于是我慢慢地丧失了哲学家的声名而获得了懒汉的称呼，不过说到底，这二者并没有多少差别。

从我方才对您所说的关于男爵的话，您能看出我们的重新和好是真诚的，而伏尔玛尔对他第二个考验[①]是有根据可以高兴的。

---

① 这事从于丽的下面一封信（未收入这集子）的摘录里可以看得更清楚：

“德·伏尔玛尔先生把我拉到一边，对我说：‘这是我对他预定的第二个考验。如果他对您父亲不表示友好，我便要轻视他。’‘可是，’我说，‘您怎样能把这些友好态度和您的考验跟您自己在他们之间发现的反感联系起来呢？’他说道：‘它已不存在了；您父亲的偏见对圣·普栾造成了使他感到的全部不幸：他再也没有什么可害怕的了，他不再恨它们，他在怜悯它们。在男爵这方面说，他不再怕他：他有善良的心；他感到自己对他做了许多坏事，他因而感到对不起他。我看他们在一起将会很好，彼此会很愉快地见面，所以从这时起我完全指望于圣·普栾。’”——卢梭原注我，我对我的女友的父亲会憎恨吗！不，即便我是他儿子，我也不会对他更尊敬了。实在说，我没有见过在一切方面比这优秀的贵族更正直、更坦率、更慷慨、更值得尊敬的人。可是他的偏见的古怪是惊人的。自从他知道我不可能成为他家的成员后，他对我表示了充分的尊重；只要我不是他的女婿，他心甘情愿地自认为低于我。只有一件事我不能原谅他，那便是当我们俩单独相处时，他有几次讥笑所谓的哲学家从前的讲课。这类玩笑对于我是痛苦的，我总是很难接受；但他对我的发怒只是发笑并说道："我们去打斑鸠，我们辩论得够多了。"然后在走过时喊道："格兰尔，格兰尔，给你老师做顿好吃的饭，因为我要让他开开胃。"的确，以他的年龄，他带着枪在葡萄棚那里奔跑像我一样有劲儿，枪打得比我更准得多。对他的嘲笑使我稍稍感到一点报复的是，在他女儿面前不再敢吭声；而那位小女学生引起她父亲的尊敬并不比她老师少些。我再回头谈我们的收获葡萄。

我们从事于这愉快的劳动已经八天，还只能勉强说做了近一半的工作。除了预备出售和日常家用的葡萄酒——普通的葡萄酒，它们的制作只需把它们小心地从大桶倒进木桶，——以外，善良的仙女于丽为酒的鉴赏家和老酒鬼酿造了更名贵的葡萄酒；我已经讲过，这项巧妙的工作我也帮助她去做，从同一株葡萄树采下的葡萄可以做成各个国家生产的葡萄酒。她的一种办法是把挂着成熟的葡萄的枝条捆起来，使太阳在藤上把它晒干；另一种是把从葡萄园采下的全部葡萄串在压榨前加以分类；另一种办法是，按她的指示在黎明前把红葡萄集中起来，当葡萄粒还带有蓝色的薄霜和露珠时就很小心地把它们送进压榨机，这种葡萄是做白葡萄酒用的。于丽还把压榨出来的葡萄汁同在火上煮的糖浆的甜酒在大桶里混合制成烈性葡萄甜酒；她在制作干葡萄酒时不让它在桶里长久发酵；她也会酿造对胃口大有裨益的苦艾酒①；她还会用最普通的葡萄酿造麝香葡萄酒。所有这些不同的葡萄酒用不同的方法酿成，但都是天然的，不含有害的物质；就是这样，家庭的设想代替了天然土壤和气候的不同：在克拉朗，于丽把 20 个国家的气候合而为一了。

您想象不到这一切是以怎样的热诚、以怎样的快乐完成的。人们整天歌唱、整天欢笑，而工作只有进行得更出色。大家都生活在最好的亲热气氛中；人人都平等，但没有人忘乎所以。夫人不摆架子，农妇合乎礼节，男人爱开玩笑而不粗野。进行名副其实的比赛：有人唱最优美的歌曲，有人讲最动听的故事，有人说最机智的俏皮话。团结甚至还产生轻松的争吵，但人们彼此感到不痛快只是为了表示相互间是何等的相知。人们并不回家做他的老爷；他们整天待在葡萄园里：于丽在那儿叫人搭起棚子，感到冷时可以到棚里去取暖，遇到下雨可以到那里躲避。大家照农民的时间跟他们一块儿吃饭，也和他们一块儿工作。大家胃口很好，喝稍微粗糙但伴着好吃、有益健康和味道鲜美的蔬菜的浓菜汤。大家毫不骄傲地取笑他们笨拙的举止和粗野的问候：为了使他们自由自在，人们对他们不加拘束。这种好意并没有逃过他们的眼睛，他们在这方面非常敏感；他们看到人家为了他们而忘了自己的称号，便更加

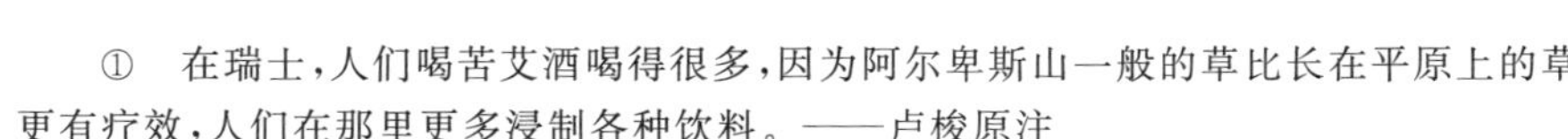

① 在瑞士，人们喝苦艾酒喝得很多，因为阿尔卑斯山一般的草比长在平原上的草更有疗效，人们在那里更多浸制各种饮料。——卢梭原注

自觉地保持他们的地位。在晚餐时人家带来了孩子们，他们便把白天剩下的时间留在葡萄园里。那些村民看到他们来时多么的高兴！"啊，非常幸福的孩子！"把孩子紧抱在他们强壮的手臂里时说，"愿慈悲的上帝折减我们的寿命来增加你们的岁月！愿你们长得像你们的父母一样，愿你们像他们一样为国家增加福祉！"我时常想起这些人的大部分曾带着武器，并知道使用刀剑和火枪就像使用截树枝刀和锄头一样纯熟，又看到于丽在他们中间如此令人喜悦和受人尊敬，她和她的孩子受到他们感人的欢呼，我便回想起向日耳曼尼古斯的战士们指着她儿子的那个著名的和有德的阿格利比娜[①]的情况。于丽！无可比拟的女性！您在私人生活的淳朴里享有着智慧和善行的绝对权威；您对于整个国家是珍贵的和神圣的宝藏，大家都愿用自己的鲜血来防卫和保全您，您在敬爱您的整个人民中间可以比由他们所有的军队保卫的国王们生活得更安全和更光荣。

晚上大家又快乐地碰头。在整个葡萄收获季节给工人们提供食宿；即使是星期天，在晚祷以后，同他们一起跳舞跳到吃晚饭。在其他日子，我们在回家时也不分散，除了男爵从来不吃晚饭，而且很早就上床，还有于丽，她带着她的孩子一块儿上到他房间里一直等到他睡觉。此外，大家从收葡萄这工作开始直到离开时，城市

① 向日耳曼尼古斯的战士们指着她儿子的那个著名的和有德的阿格利比娜：据塔西佗的叙述，当日耳曼尼古斯（见本卷40页注）的战士们想起来叛变他时，日耳曼尼古斯的妻子阿格利比娜手里抱着儿子出现在他们面前，这一景象使严峻的战士们感动和感到羞惭。显然，卢梭指的是另一个阿格利比娜即尼禄的母亲，她自愿带领自己的儿子到战士们那里去，使他们知道皇帝克劳特的死讯，他们便马上宣布尼禄为皇帝。——俄译注

生活的习惯不再同乡村生活混合在一起。这种农神节的狂欢要比罗马的农神节[①]更为愉快和聪明。它们表现的生活颠倒对于教育主人和奴隶显得太空虚；可是这儿显示的温和的平等对前者是一种教育，对后者是一种安慰，对于二者都是友谊的联系。[②]

集会的地方是一间有古代风格的房间，有个大壁炉生着暖融融的火。房间里点着三盏灯，德·伏尔玛尔先生只叫人加上白铁的灯罩以便挡住煤烟和反射光亮。为了预防嫉妒和懊恼起见，主人在房里尽量不用这些善良的农民在自己家里看不到的东西作摆饰，因此这儿的丰饶只表现在最普通的物品的好的收获质量和它们分配的较为慷慨。晚饭是在两张长餐桌上吃的。这儿看不到奢侈和豪华的餐具，所看到的是丰收和欢乐。全体人马都就桌而坐：主人、日工、仆役；每人同样站起来端饭菜，没有特殊，没有优先，而进食总进行得很痛快、很高兴。大家可以随便喝酒；自由除了诚实没有别的界限。共同尊敬的主人们的在场可以约束大家而并不妨碍大家的兴致和快乐。如果有人忘乎所以，大家不采取惩罚使影响节日的气氛，但第二天就毫不容情地将他辞退。

我也享受了本地方的和季节的快乐。我又能像瓦莱人一样自

① 罗马的农神节(Saturnales)：古罗马用这节日以纪念已过去的黄金世纪，它和农神(Saturne)有关，并显示那时的平等，主人把自己的奴隶穿上托加(古罗马的男上衣，以一块布搭过左肩缠在身上)并服侍他们。——俄译注

② 如果由此产生一种共同的节日气氛，对那些下降的人和对那些上升的人都同样愉快，那么是否可以得出结论，即社会中的一切阶层本身都几乎没有区别，只要有人能够和有人愿意有时从其中脱出来？穷人的不幸是因为他们始终是穷人；国王的不幸是因为他们始终是国王。中间的阶层可以较容易地跳出来，使自己上面和自己下面的人扩大他们的视野，因为给他们以比较的机会。我认为这便是为什么在中等阶层里人们一般可以找到更幸福和思想更健全的人的道理。——卢梭原注

由地生活和相当频繁地喝纯粹的葡萄酒；但我只喝两位表姐妹手里为我斟的酒。她们俩负责察看我的酒量和想喝酒的欲望，并调节我的清醒程度。谁还能比她们俩更清楚地知道掌握它和把它取消或交还给我的艺术呢？如果白天的工作、吃饭持续的时间和快乐能给予这两双可爱的手所斟的酒以更多的力量时，我便让我散发的热情不受限制；它们也就没有需要叫我沉默，也没有在聪明的伏尔玛尔面前感到拘束。我完全不怕他明智的眼睛能读出我内心的东西，而当一缕甜蜜的回忆想重新出现时，格兰尔的一瞥目光会瞒过他，于丽的目光会使我因此脸红。

吃过晚饭，大家还在晚上消磨一两个小时从事疏麻；每人还轮流唱歌。收获葡萄的女工有时同声合唱，或者轮流着单独唱和唱副歌。这些歌大部分是旧的抒情歌，它们的曲调没有刺激性，但有一种我说不出的古典的和长时间感人的东西。它们的语言简朴、率真，常常是悲哀的，可是叫人喜爱。我们这几个人在这些歌里当重新发现有些我们过去曾应用过的措辞和表达方式时，不能阻止格兰尔要发笑，于丽要脸红，我要叹息。于是我把目光投向她们俩，回想到遥远的过去时，一阵战栗攫住了我，一个受不住的重压突然落到我的心上，留下一种痛苦的印象，要费大劲才能消除它。然而我觉得这种晚上小集会有我说不清楚的魅力，而它对于我却是十分敏感的。这种不同阶层的集会，做的工作很单纯，可以消除疲劳，既协同一致又安稳平静，给精神带来和平的感情，它使那些有趣的歌曲变得更为感动人。妇女们歌声的一致同样并非没有和谐。对我来说，我认为一切和声没有比同唱的歌更好听，而如果需要调音，那是因为我们有了反常的趣味。事实上，一切的和声，不

是在任何一种声音里都有吗①？我们还能在自然安排好的悦耳的声音的相对力量里添加什么东西而不破坏它的比例呢？我们如果对这一部分加倍而不对另一部分加倍，不按同样的比例加强它们，岂不是马上取消这种比例？自然尽可能好地完成一切；但我们却还想要求更好些，于是我们破坏了一切。

对这项晚上的工作，也像对白天的工作一样有一次大比赛，我昨天想在比赛里作弊，招致了一次小小的丢脸。由于我打麻并不是最心灵手巧而且还常常不专心，所以总是被记录为工作最少的人，便用脚偷偷地把我旁边人的剥掉麻丝的麻梗拨过来增加我的所剥掉的麻梗的数量；但不顾情面的陶尔勃夫人看到了后对于丽打了一个暗号，后者当面发现后严厉地斥责了我。“骗子手先生”，她高声喊道，“即使在开玩笑时也不可以作弊；否则习惯了便真的会成为坏人，更糟的是还要捉弄人家。”②请看，晚会便是这样度过

① 卢梭指的是上方泛音（附加音），它们伴随着基本音的音响，并含有它和声的基本要素（第五音阶、三度音、第八音阶）。卢梭认为用和音伴奏旋律，从而加强这些辅助音，我们就会破坏它们的自然音响和基本音的对比。——俄译注

② 软心肠的人，我觉得这意见对您是相当合适的③。——卢梭原注

③ 如果不从卢梭于1754年12月20日写给德·拉斯蒂克伯爵先生下面的信里找到说明，这个注释是不易理解的。

“先生，我没有认识您的荣幸，我希望在向您奉上道歉和金钱之后，我的信将被顺利接受。

“我获悉德·格莱黎小姐曾从勃劳阿寄了一只篮子给一位叫勒·瓦绥尔的正直的老太太，这位太太穷苦无依而居住在我家；篮子里在其他东西外装有二十斤奶油；我不知该篮子怎么会送到了您家的厨房里；该老太太知道此事后，不拘礼节地叫她的女儿带了通知信到您家要求取回奶油或它的代价，但在您嘲笑她之后，按照惯例，您和尊夫人没有任何答复就吩咐您的仆役把她赶走了。

“我曾竭力安慰那位生气的正直的太太，向她解释上流社会的规矩和高贵的教育；我向她证明，当穷人来索取他自己的财物时，如不用仆役来驱逐，那就用不着雇仆役了；

的。当分离的时刻快到时，德·伏尔玛尔夫人说道："我们来放烟火。"每人便立刻拿了自己的麻秆捆——他劳动的光荣标志；大家把它们胜利地拿到院子中央；把它们堆成一大堆；把它作成战利品，点起火来。但并非每人都有这种荣誉：于丽把火炬判给这晚上劳动最出色的他或她；如果是她自己，她便不客气地判给自己。庄严的仪式伴随着欢呼和鼓掌声。剥掉了麻的大麻茎燃烧得又明亮又光辉，火焰直升到高空，真是一片欢乐的烈火，人们围着它跳跃、欢笑。然后全体人员开怀畅饮：大家为胜利者祝酒。到后来，大家都对在工作、快乐、天真里过去的这一天感到高兴而回去睡觉，也不会为明天、后天和整个一生重新开始而感到烦恼。

第八封信

圣·普栾致德·伏尔玛尔先生

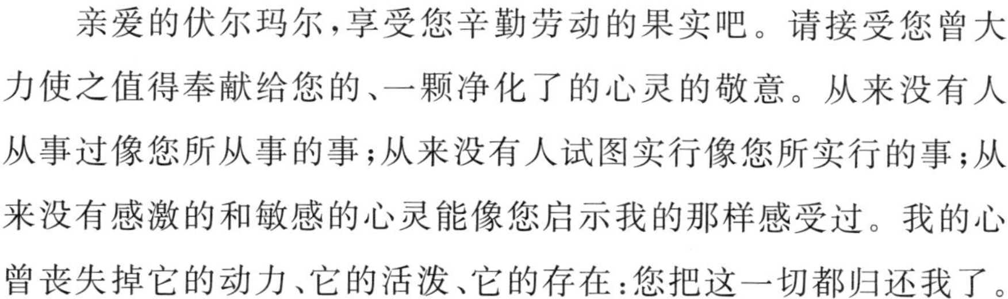

亲爱的伏尔玛尔，享受您辛勤劳动的果实吧。请接受您曾大力使之值得奉献给您的、一颗净化了的心灵的敬意。从来没有人从事过像您所从事的事；从来没有人试图实行像您所实行的事；从来没有感激的和敏感的心灵能像您启示我的那样感受过。我的心曾丧失掉它的动力、它的活泼、它的存在：您把这一切都归还我了。

还向她指出，'正义'和'人性'为什么是平民的用词，最后我使她理解，一个伯爵能吃她的奶油，她真是太荣幸了。因此，先生，她叫我向您表示您对她施加的荣誉的感激，她对您引起的强求表示抱歉，以及希望她的奶油能使您觉得可口。

"假如侥幸对于寄给她的包有些价值的话，她理所当然地要把它寄还给您。我在这方面恭候您的吩咐来执行她的意图，并请您接受我衷心的敬礼。"——原书编者注我在德行和幸福方面都已死去了:我感到重新活过来的这道德的生命是您给的。啊,我的恩人！啊,我的父亲！我把自己整个献给您时,我只能像给上帝一样把您从您所接受的一切献给您。

应当向您承认我的弱点和恐惧吗？我至今始终怀疑自己。一星期前,我为我的心感到害臊,相信您的一切好意都是白费的。这时刻对于德行是严峻的和令人伤心的:多亏老天爷,多亏了您,它已一去不复返了。我觉得自己已经痊愈,不但因为您这样对我说,而且我自己也这样感到。现在我已不再需要您为我保证:您已使我能为自己保证。我应当跟您和跟她分离,以便知道我不用你们的支持就能成为怎样的人。远离开她住的地方,我才能确信我不用害怕走近她。

我把我们这次旅行的详情写信告诉了陶尔勃夫人。我在这里不再向您重复。我很想让您知道我的全部弱点,但我没有力量对您说出来。亲爱的伏尔玛尔,这是我最后的错误:我觉得它距我已如此远,所以我想到它时不无骄傲;然而它的时机还很近,因此我向您承认时还感到有困难。您知道原谅我的迷误,为什么会不原谅它们的后悔所产生的羞耻呢？

我的幸福不再缺少什么;爱多阿尔阁下把一切都对我讲了。亲爱的朋友,这样我就要成为你们家的成员,这样我就要教育你们的孩子了。三个孩子中的大的将教两个小的。我多么热烈地这样盼望着！获得一个如此珍贵的职务的希望使我为报答你们的关心而倍增了我的热诚！对这一点我有多少次敢于迫切地向于丽表示我的渴望！我常常愉快地从对我有利的方面来体会您的讲话以及她的讲话！可是虽然她对我的热诚很敏感,而且也好像赞成我的想法，我却看不出她想相当明确地讨论我的看法，便不敢更坦率地谈论它。我感到应当配得上这项荣誉而不应当要求它。我等待着您和她的信任，以及这个尊敬的保证。我的期望完全没有被欺骗；我的朋友们，请相信我，你们的期望是不会落空的。

您知道在我们关于你们孩子的教育的谈话后，我把谈话提示我的一些想法写在纸上，并已获得您的同意。自从我出发后，我对同一题目又有了些新的想法，我把整个东西归纳为一种计划，等我把它好好消化之后告诉您，那时再请您考虑。这只有我们到达罗马后希望能把计划向您提出来。这计划是接着于丽的计划结束后开始的，或不如说它是于丽计划的继续和发展，因为整个计划在适应社会时不致损害人的天性。

我由于您的关心而重新恢复了理性；重新变得自由，心灵也健康了，我感到自己被我周围所珍视的一切所喜爱，最迷人的未来显现在我面前：我的处境应该说是美妙的；但显然我是始终不会有安宁的灵魂的。在我和爱多阿尔阁下的旅行接近完成时，我看到我珍贵的朋友到了决定命运的时刻；可以说是我应为他作决定。我到底能不能至少有一次为他做他如此频繁地为我所做的事？我能不能不负所望地完成我平生最重大、最紧要的义务？亲爱的伏尔玛尔，我内心深处带着您的全部教训，可是为了使那些教训能应用好，我怎么不能同时携带您的智慧呀！啊！如果有一天我能看到爱多阿尔幸福，如果能按他的设想和您的设想，我们大家都聚会在一起而不再分离，我还有什么别的愿望要实现呢？唯一的愿望，它的实现既不依靠您，也不依靠我，也不依靠世上的任何人，而是依靠那奖赏尊夫人的德行和秘密计算您的善行的人。

第九封信

圣·普栾致陶尔勃夫人

您在哪儿，亲切的表姐？您在哪儿，以种种名义分担和那么多次安慰过那脆弱的心灵的可爱的知心朋友？来吧，让他今天向您倾泻他最近的错误的招供。他岂不是始终向您洗涤心灵上的罪恶的吗？他对于已向您忏悔的过错还知道责备自己吗？不，我已不再是原来的我，而这一改变是您的功劳：您给我造成了一颗新的心，我要向您奉献自己的最初产品；但我在把它安放到您手中以前，我是不相信它已从我脱离的东西里解脱出来的。您看到了它的产生，现在请接受他最后的叹息！

您可曾想到过？我一生中感到最愉快的时刻竟是跟您分手的那时刻。我从长期迷误中回来时，把这时刻看做是我迟迟回来尽我义务的时刻；我割弃了对我是非常亲切的住家，以便跟随一位恩人、一个智者去开始最后偿付友谊的巨大的欠债，他装作需要我的帮助，把他自己照顾的成绩作为考验。这次出发对我越感到痛苦，我对这样的牺牲就越感到光荣。因培养一种不幸的激情而丧失了我一半的生命之后，我现在牺牲另一半来为她作辩护，用我的德行向长时期接受我衷心的一切敬意的她表达更相称的崇敬。我最初几天表现得很高尚，我既不使您，也不使她，也不使所有亲切的人为我感到脸红。

爱多阿尔阁下担心分别时的激动，因此希望出发时不被人觉察；但虽然全家还在睡觉，我们却不能蒙蔽您友谊的警惕性。我看见您的房间半掩着,您的贴身女仆在门旁看守着,后来又看见您迎着我们走过来,在餐室里有准备我们喝茶的餐桌,这一切使我想起另一相似时刻的情况,这次的出走跟我那次的回忆作比较,我感到自己完全成了另一个人,爱多阿尔将是我这变化的证人而感到高兴,并引起了到米兰我可以使他忘记在贝藏松时发生的不体面的一幕的希望。我还从来不曾有过这样的勇气,而且非常希望在您面前表现它;我希望夸耀自己的坚强,它在我身上您也前所未见;我同您分别后,一下子在您眼里成为今后永远如此坚强的模样而感到骄傲。由于这种思想的作用,我的勇气大增,得到您尊敬的希望给了我以力量,因此在跟您告别时我的眼睛可能是干的,但当您的眼泪在我面颊上流下时,我就受不住而同您一起哭了。

我出发时心头充满了全部责任感,尤其是您的友谊交给我的责任,我决心应用我留下的岁月来符合它的要求。爱多阿尔检查了我全部过错,他非常严厉地申斥我有那么多的弱点,我知道他并不害怕会仿效它们。然而他装出有这种害怕;他忧虑地向我谈起他这次罗马之行和招呼他身不由己前来的、不太光彩的恋情;但我容易地看出他所以夸大他自己的危险,是为了叫我更好地注意自己并更要远离我接触过的一些人。

当我们快到维尔纳夫时,一个骑劣马的仆役跌了一跤,头上受了点轻微的挫伤。他的主子让他放了血,并想那天就在那里过夜。我们很早吃过午饭后骑马到贝克斯去参观盐场,爱多阿尔有他特别的原因使他作这有兴趣的考察,我作了测量和画了精盐场房屋的图样;我们到夜里才回到维尔纳夫。吃过晚饭后,我们边闲谈边喝潘趣酒一直熬到深夜。这时他才告诉我要托我办的事,并且已安排好我怎样办。您可以想象到这消息对我的影响;这番谈话使我睡不着觉。但最后还得睡觉。

在走进安排给我的房间时,我发现原来就是上次去锡翁时住过的那间房间。这一发现使我感到一种无法向您说明的印象。我被这印象如此生动地刺激,以致觉得立刻又完全变为那时的我;我生活中的十年被抹掉了,我的一切不幸被忘却了。唉!这个迷误是短暂的,而我过去所有苦难的重担在其后的时间中使我感到更难受。接着这最初的喜悦而来的是怎样悲哀的回忆!我心灵里表现的是何等痛苦的比较!少年时期的温馨,初恋那时的狂喜,你们为什么还要在受烦恼压逼和本身负担过重的这颗心里重新显现?啊,时间,幸福的时间,你不再有了!我爱过,我被爱过。在天真无邪的和平里,我纵情于恋爱的激情;我尽情享受使我生活活跃的美妙的感情。希望的甜蜜的蒸汽使我的心灵沉醉;狂喜、陶醉、热爱充满了我全部的官能。啊!在梅耶利的峭壁上,在隆冬和冰雪里,眼睛前面是骇人的深渊,世上有什么人领略过能与我相比的命运?……而我哭泣过,而我觉得自己值得同情!悲哀敢于接近我!……那么在我整个占有、整个丧失后今天怎么办?……我的不幸是很应该的,因为我很少体会到我的幸福……我那时哭泣过……你哭泣过吗?……不幸的人,你如今不再哭了……你甚至没有权利哭……"她怎么没有死!"我在疯狂的激动中敢于嚷道"是的,我将较少不幸;我将敢于沉湎在痛苦中;我将毫无内疚地拥抱她寒冷的坟墓;我的哀悼将对得起她;我将说道:'她听见我的呼喊,她看见我的哭泣,我的呻吟感动她,她赞赏和接受我的纯洁的敬悼……'。我至少有希望追随她……可是她活着,她是幸福

的……她活着，而她的活着却是我的死亡，她的幸福是我的痛苦；老天爷在从我这里夺去她后，还直接夺去我悼念她的心意！……她活着，但不是为了我；她活着是为了我的绝望。我离开她比她不再存在还要远百倍。”

我怀着这种悲惨的思想躺上床；在我入睡后它们跟着我而且使睡眠充满了悲伤的形象。苦楚的悲哀、悔恨、死亡都在我的睡梦中显现，而我遭受的一切苦恼在我眼里表现出千百种新的形态来再一次折磨我。一个比其他一切更凄惨的噩梦硬是追逐着我；幻影一个接一个纷纷出现，最终都归结到这幻梦。

我相信看见了您女友的可敬的母亲垂死地躺在她的床上，她的女儿跪在她面前，流着眼泪，吻着她的双手接受她最后的叹息。我又看到了您从前给我描写过和我永远不会从我记忆里消失的那个场面。“我的母亲呀，”于丽用揪我心的声音说，“您给予了我生命，我却要夺去您的生命！啊！把您的恩惠收回去；没有您，它对我不过是悲惨的恩惠。”“我的孩子，”她温柔的母亲回答……“应该执行它的吩咐……上帝是公正的……你也要做母亲……”她无力把话说完。我想抬眼望她，我不曾再看见她。在她的位置上我看到于丽；我看见她，我认出了她，虽然她的脸遮着头巾。我叫喊了一声；我向她冲过去想拉开头巾，我达不到她；我伸出了两臂，我感到苦恼，什么都碰不到。“朋友，你要冷静，”她用微弱的声音说，“可怕的面巾把我遮住了，任何手都拉不开它。”听了这话我激动起来，作了新的努力；这努力使我清醒了；我发现自己睡在床上，疲惫不堪，浑身是汗，泪流满面。

我的恐怖消散了，疲劳使我重新睡着；同样的梦使我同样激

动；我醒了过来，我又第三次睡着。总是这悲惨的情景，总是这同样的死亡的场面，总是这不能穿透的面巾从我手中滑脱和它遮盖着不让我看到的奄奄一息的物体。

这最后一次觉醒后我的恐怖如此强烈，使我清醒后仍无法克服。我从床上站起来，不知道自己在做什么。我开始在房间里漫步，心里像小孩子一般害怕黑夜的影子，认为自己为幽灵所包围，耳朵还听到那种哀怨的声音，我一向只要一听到它心头就要激动。正在开始照亮物体的晨曦随着我混乱的想象而幻变它们的形态。我的恐怖因而增加了一倍，剥夺了我的判断力；我困难地找到了我的房门，从房里逃出来，突然闯进爱多阿尔的房间；我撩起他的床帏倒到他床上，气喘吁吁地喊道："完蛋了，我再也看不到她了！"他一下子惊醒，跳起来想拿枪，以为碰到了盗贼。他马上认出了我，我自己也清醒了；于是我生平第二次看到自己在他面前的狼狈相，那是您可以想象到的。

他让我坐下，使我恢复了平静并开始说话。当他知道是怎么回事后，想把它转化为一场开玩笑；然而看到我那样惊慌，而这种印象不会很快消失，他便改变了口气。"您既不配我的友谊，也不配我的尊敬，"他相当冷酷无情地说："如果我用对您关心的四分之一对待我的仆役，我就会使他变成人；而您太不成材了。""啊！"我对他说，"这太对了。我过去的优点都来源于她；我再也见不到她了：我再也不足道了。"他笑了，拥抱了我。"今天您先安静下来，"他对我说："明天您会通情达理：一切由我负责。"这以后我们改变了话题，他向我建议出发。我表示同意。他吩咐驾马；我们穿好衣服。在坐上马车时爱多阿尔对马车夫悄悄地说了几个字，我们便出发了。

我们一路没有说话。我是那么专心于那凄惨的幻梦，所以什么也没有听，什么也没有看；我甚至也没有注意那个湖昨天在我的右边，现在到了我的左边。只有铺路石响了一声把我从麻木状态中惊醒，以容易理解的惊讶，我才看到我们已回到了克拉朗。爱多阿尔在离栅栏门三百步远的地方吩咐停车，把我拉到一边："您瞧，"他对我说，"我的打算，不需要解释。去吧，幻想家，"他握了我的手补充说，"去再见她。幸运的是您只对爱您的人表示出您的疯狂！您抓紧些，我等着您；不过主要的是在您撕破了您脑子里织成的那致命的面巾之后再回来。"

我还能说什么。我没有回答就走。我步子走得很急促，在走近房子时，回想使我减低了速度。我将演什么角色？我怎么敢露面？用什么措辞来掩饰这出人意料的回来？我有什么脸面提出我那可笑的担心和承受慷慨的伏尔玛尔蔑视的目光？我越走近去，便越觉得我的恐惧是幼稚的，我的荒谬的行动越觉得可怜。然而不祥的预感还在扰乱我，因此我还不能放心。我仍继续向前走，虽然走得很慢，我已经走近院子，我听见福地的门的开关声。我看不到有人出来，便在外边转了一圈，尽可能沿着鸟栏的小溪边走。我立刻断定会有人走过来。于是我倾听着，听到你们俩在说话；我一个词也不可能听清楚，只觉得您说话的声音有一种我说不出的哀怨和温婉的调子使我感动，而在她的声音里却像平时一样亲热和平静，而且安详而明朗，它立刻使我安定下来，让我的梦幻真的清醒了。

我顿时感到自己发生了完全的改变，便嘲笑着自己和我没来由的惊惶不安。想到我只需跨过一条树篱和几堆灌木丛就可看见我本来认为再也永远见不到的完全健康的她时，我决心从此不再担心、恐惧、起怪念头，我便毫无困难地决定即使不见她也立即出发。格兰尔，我向您赌咒，我不仅完全没看到她，而且在回转去的路上我充满了骄傲：因为我不允许自己即使只看见她一眼，我没有懦弱和迷信到底，而且至少能表示自己克服了幻梦而对得起爱多阿尔的友谊。

亲爱的表姐，这便是我要对您说的话和要对您作的最后的招供。我们这次旅行所剩下的其他细节毫无有趣可讲：我只需对您说明，从这时起不但爱多阿尔对我满意，而且我对自己更为满意，我感到自己痊愈，比他希望看到的我更好。为了不给他留下不必要的怀疑，我对他隐瞒了我不曾看见您。当他问起面巾是否已经撩起时，我给了他毫不动摇的肯定的回答，我们便不再谈论它。是的，表姐，它是永远撩起了，这面巾曾长期遮蔽了我的理智。我的一切忧愁的激情都已熄灭：我看到我的一切责任，我喜爱它们。你们俩对于我比任何时候更亲切，但我的心已不能再区分这个和那个，你们始终是形影不离的。

我们前天到达米兰；后天从这里出发。一星期后我们估计可以到罗马，我希望到达时能在那里有你们的消息。我急于想见到那两个奇特的女人，她们长久以来扰乱着一个最伟大人物的安宁！于丽呀！格兰尔呀！应当是和你们匹敌的人才够得上使他幸福。

第十封信

陶尔勃夫人致圣·普栾

我们大家曾很焦急地等待您的信息，所以我用不着告诉您，您的那些信对于小团体带来多大的高兴；可是您同样不能猜想到全家中我也许是较少高兴的人。他们大家都知道您已经平安越过阿尔卑斯山脉；我么，我想您已在山的那边了。

关于您对我讲的细节我们都没有对男爵讲，那些完全没有用的自言自语我对大家都不说。德·伏尔玛尔先生很规矩，只是嘲笑您；但于丽一想到她母亲临终时刻就要有新的怀念和流泪水。她只说您的梦勾起了她的痛苦。

至于我么，我告诉您，我亲爱的老师，我看到您一贯赞赏自己，现在已不再感到惊奇，您总是以什么疯狂结束和以聪明听话开始，因为很久以来您在生活中白天自我谴责昨天，对明天则作自我赞扬。

我也向您坦白说，您勇敢地作了巨大努力，在离我们很近的地方您就像来时那样回去，我认为这并不像您说的那样了不起。我对这一点认为与其说明智，还不如说是白费劲。我觉得总的说来，可以少一些用力量而多用些理智。您以这样的方式离开，请问您来是为了什么？您觉得露面难为情，但要感到羞耻的是不敢同我们见面；仿佛看到他的朋友们的愉快抵不过一百次受他们嘲笑的小小的难受！您因叫我们取笑而带着恐惧的脸色前来，这对您不是太幸福吗？那么得了！那么我不来嘲笑您好了，但是我今天更要嘲笑您，我虽然没有让您发怒的愉快心情，我却不能不要尽情欢笑。

遗憾的是事情还要更糟：我传染上了您全部的恐惧，却没有像您那样安心。那梦有某种吓人和骚扰的东西，我不由自主地感到悲伤。在读您的来信时我指责您的激动；在读完它后又指责您的安心。我不能看出您为什么如此感动而后又变得如此平静。出于什么怪脾气您保持着最凄惨的预感一直到您能够不是自愿地加以戒除掉？一个步子、一个动作、一个词，一切都完结了。您没有理由地惊慌，您同样没有理由地安了心；可是您把自己已不存在的恐惧传给了我，您一生中仅有过一次力量，您这力量是靠牺牲我而得到的。自从收到您这致命的信后，揪心的痛苦没有离开过我；我走近于丽时就担心失去她而打哆嗦；我随时觉得看到她脸上像死人般的苍白；今天早上我拥抱她时，我不知为什么觉得要哭出来。这面巾！这面巾！……我每次想起它时，有种哪儿来的不祥之兆使我恐慌。不，我不能原谅您自己没有做成它，却把它除掉，我非常担心今后不看到您重新在她身旁，我将不会有片刻的安宁。也请注意，在那么长时期谈论哲学后，您显示出您这个哲学家毕竟很不怎么样。啊！幻想和梦见您的朋友们吧，这比逃避他们和做智者要好得多。

从爱多阿尔给德·伏尔玛尔先生的信看来，他当真想来同我们一块儿住了。他在那里一决定和他的心明确后，希望你们俩幸福地和固定地回来；这是小团体的愿望，尤其是您的女友的愿望。

格兰尔·陶尔勃

附言：此外，如果您真的不曾听见我们在福地里的谈话，那也许对您更好些，因为您知道我相当机警，可以看见一些没有看见我的人，而且还会相当狡猾地挖苦那些偷听者。

第十一封信

德·伏尔玛尔先生致圣·普栾

我写信给爱多阿尔阁下，我跟他谈了关于您的很长的话，现在给您写信时没有留下什么要谈的，您只要参看给他的信。您的信也许需要我这方作礼仪上的回报；然而请您到我家来，把您作为我的兄弟、朋友对待，把您从前的情人成为您的姐妹，把对我孩子们的父亲的权威交托给您，在夺去您的权利后把我的权利交给您，这些我相信是对您值得的尊重之举。在您这方面，如果您不负我的信任和关心，那我便对您相当满意。我竭力用我的恭敬来表示对您的尊重，您要用您的德行来尊重我。其他的赞扬在我们之间都应当排除。

看到您为一个梦所惊扰，我却完全不觉得奇怪，我看不出您为什么责备做这样的梦。对于一个有条理的人，多做个把梦并不是什么了不起的事。

然而我愿意指摘您的，不是您的梦的作用而是它的性质，这一点又和您能想到的很不同。从前有个暴君命令杀掉[①]一个在梦中刺死他的人。请您记住他对这个刺客说的理由并拿它来运用。什

① 孟德斯鸠根据普鲁塔克(《德尼斯的一生》)讲了这件事："玛尔西亚斯想他割断德尼斯的喉咙。德尼斯命令杀死了他，说他如果白天不这样想，夜里便不会想。"(《法的精神》，XII，39)。——原书编者注

么！您想决定您朋友的命运，并且想到您从前的爱情！如果没有前一夜的谈话，我永远不会原谅您这个梦。想想您白天在罗马将要做的事，夜里您就会少想在魏韦做过的事了。

方勋病了；这就使我的妻子忙碌起来并没有时间给您写信。这里有个人很愿意代替这项工作。幸福的年轻人！一切都在促使您幸福；道德的一切价值在寻求您，以便迫使您对得起它。至于对我恩惠的报答，那只有您自己而不要推给旁人，我所期待的只有您个人。

第十二封信

圣·普栾致德·伏尔玛尔先生

这封信要始终保留在您和我的手里；一个深刻的秘密要永远隐藏着一个最有道德的人的错误。我发觉自己跨上了多么危险的一步！我明智和好心的朋友呀，我在记忆里怎么没有您整个的教导，正像我心头有您的仁慈一样呢！我从来没有如此需要过审慎，也从来没有让恐惧——我本来就不够，——如此妨碍过我利用它一丁点儿。啊！您那父亲般的关心在哪儿？您的教导、您的智慧在哪儿？没有您，我怎么办？在这危机的时刻，您如能在这儿待上一星期，我愿把我生命的全部希望贡献出来。

我的所有预测全都错了；到现在为止我总是犯错误。我只惧怕侯爵夫人：在见到她后，我吃惊于她的美艳和机智，便努力使她原来情人的高贵的心灵完全摆脱她。我用心把他引向我认为没有什么可害怕的方面来，我对他谈论劳逷，就用劳逷对我引起的尊敬和赞赏的口吻谈她；把他最强的恋情转向这一边，希望最后使两者的关系都割断。

他起先赞成我的设想，甚至过分相信我的话；他也许想对我的纠缠稍微惩罚一下，便对劳䢗表示超乎他已有的热情。今天我对您说什么呢？他的热情始终一样，但他不再装假。他的心经过这么多的战斗而疲乏得无力振作，她就利用了这点。所有别的人很难长久地假装出对她的爱情；请您看她那烈火般的激情的对象会有怎么样的感觉。的确，谁看到这不幸的女人的态度和脸色都会感动；忧郁和颓丧的印象不离开她迷人的脸，既使表情的活泼为之减色，又使它更引人注目；就像透过云层射出来的阳光，她那因痛苦而暗淡的眼睛发射出更诱人的光芒。甚至她的谦逊也有她羞怯的全部优美：人们看到她时会对她表示同情，听到她说话会对她表示尊敬；最后我应当说，作为替我的朋友辩护，在上流社会里我只知道有两个人在她身旁可以没有危险。

他迷误了，伏尔玛尔呀！我看到了这个，我感到这个；我满心苦楚地向您承认这一点。在想到他的迷误可使他忘记自己是什么人和应当成为什么人时，我感到战栗。那种使他蔑视公共舆论的、对德行的大无畏的喜爱不要把他带到另一极端，不要再促使他触犯礼仪和正直的神圣的准则，我这样想时不免浑身颤抖。爱多阿尔·蓬斯冬要订立这样的婚约！……您能想象得到！……在他朋友的眼皮底下！……谁准许这样！……谁能忍受这个！……又是谁准许他一切！……必须叫他亲手把我的心拉掉，再去进行这样的亵渎。

可是怎么办？我怎么行动？您是知道他的性情强暴的；用谈

话从他那里是什么也得不到的，近来他的话不能使我放心。我起初装作不听他的话；我让理性用一般的格言作间接的说话；他也完全不听我的。我试着触及要害之处，他回答一些警句，自认为驳倒了我；如果我坚持，他便发火，采用朋友之间不应当使用的和友谊不能答复的声调。您知道我在这种场合下既不畏惧也不胆怯；当人在尽自己的责任时，总感到自己可以骄傲；但这里谈不到骄傲的问题，而是需要成功，但错误的企图会损害最好的方法。我几乎不敢同他作任何的争论，因为我时刻知道您给我的警告的真理性，它的道理要比我更为有力，所以不能通过争论来激发起他的激情。

而且我感到他对我变得有点儿冷淡；看来仿佛我在妨碍他似的。一个在一切方面有那么多优越性的人因一时的软弱而变得不如人了！伟大、崇高的爱多阿尔对他的朋友、他的创造物、他的学生害怕了！从他假如婚事不成而要选择住处时透露的几个词来看，他甚至仿佛想试探我为自己利益而对他是否忠心。他很清楚我不应也不想离开他。伏尔玛尔啊！我要尽我的责任，要到处追随我的恩人。如果我胆怯和卑鄙，我背信弃义有什么好处？于丽和她可敬的丈夫能把他们的孩子交托给一个叛徒吗？

你常常对我说，小的激情从来不会受蒙蔽并会直奔它们的目标，但人们可以武装大的激情来对付它们本身。我相信这里可以应用这句格言。事实上，同情、对偏见的蔑视和习惯，在这方面确定爱多阿尔的行动，实际通向小的激情，对他几乎是不可接近的；至于真正的爱情同宽宏大量分不开，这种感情对所爱者总有一定影响。我企图用这种间接的办法，它有把握可以成功。这方法显得残忍:我采取它感到厌恶。然而经过全面考虑后,我觉得对劳逷自己也有好处。假如她突然升到高位时会怎么样?她过去耻辱的情况就会暴露!但如果留在原来的地位时,她可以达到怎样一种精神上的伟大!如果我对这个奇特的女人了解得很清楚,她的天性是愿意承受她的牺牲而不愿接受她本应拒绝的地位的。

如果这办法不成功,我只好要求政府,理由是宗教信仰的不同;但这方法只有到不得已时和其他方法都使用后才采用:虽然如此,我总要设法防止不相称和不道德的联姻。可敬的伏尔玛尔啊!我此生的全部时间都珍惜您的器重。不管爱多阿尔怎么给您写信,不管您听到什么话,请您记住,无论如何,只要我的心还在我胸中跳动,比萨的劳列塔绝不能成为蓬斯冬阁下的夫人。

如果您赞成我的办法,这封信就不必复。如果我错了,请您指教;但要请您赶快,因为没有片刻可耽误。[①] 我用别人的手写的地址。回信请照同样的办法。在想好该怎样做以后,请烧掉我的信并忘掉它的内容。这是我一生中第一个和唯一将要对两位表姐妹隐藏的秘密:假如我敢于进一步相信我的智慧时,您自己对此事也绝不会知道了。

① 为了很好地了解这封信和第六卷第三封信,必须知道爱多阿尔阁下的恋爱史,[②]我起先曾决定把它们纳入这本集子里来。经过再三考虑后,我不能决定用他的浪漫史来损坏两个情人单纯的历史。还是给读者留下一些可供他们猜想的东西比较好些。——卢梭原注

② 参见附录《爱多阿尔阁下的恋爱史》。——译者

第十三封信

德·伏尔玛尔夫人致陶尔勃夫人

意大利的邮差仿佛只等待你出发后才到达，好像为了因他而没有推迟才处罚你。这并不是我才得出这漂亮的发现的，这是我丈夫，他注意到在8点钟准备好了马，你却延迟到11点，并非因为舍不得我们，而是在问了20次是不是10点钟，因为这是平时邮车经过的时间。

你给逮住了，可怜的表姐；你再也抵赖不了啦。虽然夏依奥预言说，这个格兰尔如此顽皮，或者不如说，如此聪明，但不能始终这样：看你如今处在跟我那时同样的困境[①]，你曾费了多大的劲才使我摆脱它，而你却不能为自己保持你使我获得的自由。所以该轮到我来取笑了？亲爱的朋友，必须有你的妩媚和优雅才能像你那样开玩笑，并使玩笑本身带有温馨的声调和抚慰的迷人。而且我们俩之间有多么大的差别！我怎么能有脸对自己所引起而你只是为我才解除的不幸开玩笑呢？你心头没有一种感情不给我以感激之情的；而一切连同你的弱点，在你身上都是你的德行的成果。正是这一点使我感到安慰和高兴。对我的错误应当表示怜悯和哭泣；但人们可以嘲笑那不大好的羞耻心，那是像你这样纯洁的依恋才感到脸红所引起的。

---

① 我不愿保留 Lacs(困境，这里原文用 Las.——译者)，是由于陶尔勃夫人在第六卷第五封信中指出的日内瓦人的发音。——卢梭原注

把道德问题暂时先放在一边，回过头来再谈一谈意大利的邮差问题。这是太滥用了我原来的权利，因为可以叫听众入睡，但不可叫他们焦急。那么怎样呢！这个我叫他如此缓慢到来的邮差，他带来了什么？只有我们朋友们身体安好，除此之外，给你的一封长信。啊！好！我已看到你在笑并叹了口气：送来的信使你更不耐烦等待知道它的内容。

然而它还有它的价值，即使在让人等待以后，因为它表现得如此……可是我想对你只讲新闻，而我将对你讲的肯定不是新闻。

同这封信一起来的还有一封爱多阿尔阁下给我丈夫的信和对我们的热情问候。这一封信肯定有新闻，尤其因为前一封信什么也没有谈而更显得出乎意外。他们第二天要去那不勒斯，爱多阿尔在那里有些事情，他们再从那里去参观维苏威……我的亲爱的，你想想着，这样参观会如此吸引人吗？回到罗马后，格兰尔，你想你猜猜看……爱多阿尔已准备娶……不，上帝保佑，这不是不匹配的侯爵夫人：相反地，他表示她现在表现很不好。那么是谁？……劳逷，可爱的劳逷，她……然而……什么样的婚姻！……我们的朋友对这件事一字不吐。这以后他们三人立即出发，来到这里进行他们最后的安排。什么措施我丈夫没有对我说过；可是他总是打算圣·普栾会和我们在一起。

我向你承认，他的沉默使我感到有些不安。这一切我难以看清楚；我觉得一些情况很奇怪，人心这个玩意儿很难理解。怎么一个如此有德行的男子汉能够对于一个像这位如此品质恶劣的侯爵夫人怀有如此长久的激情？而她自己，以她凶暴和残酷的性格，怎么能对一个跟她很不相似的男人会产生和怀有如此深厚的爱情

(如果那种能够引起罪恶的疯狂可以称之为爱情的话)?一个像劳逷这样如此慷慨、如此温柔、如此公正无私的年轻的心灵能忍受她最初的放荡生活?她怎么能从迷惑她的那种欺骗女性的倾向里脱身呢?还有曾经使那么多正经的女人堕落的爱情,劳逷怎么能战胜它而保持贞洁呢?我的格兰尔,请告诉我,拆开两颗相爱而没有相互接近的心;联结彼此适应而不相理解的心;用爱本身使爱胜利;从罪恶和耻辱中汲取幸福和德行;从恶魔手中解放他的朋友并给他创造一个可以说是女友……当然是不幸的、但是可爱的,甚至是正直的,至少如我所敢于相信的,人们可以把她改造成为这样的:你说,那些能够做出这一切的人是有罪的吗?那为此而受罪的人该受到谴责吗?

这么说,蓬斯冬夫人要来这儿了!来这儿,我的天使!你对此有什么想法?总之,这个奇特的姑娘,她的教育使她堕落,她的心灵得到了拯救,爱情对她成了踏上道德的道路,这难道不是奇迹吗!我做的完全相反,当一切都引导我向好的方面发展,只有心灵的倾向迷惑了我,谁比我更应当赞扬她?的确,我堕落的程度较差一点,但我升得像她那样高吗?我有没有避免那么多的陷阱和做过那么多的牺牲?她能从耻辱的最下级重升到光荣的第一级;如果她过去不曾有罪,她便不会有现在一百倍的可敬。她是多情善感和有德行的;跟我们相比,她还再需要什么?如果我没有从年轻时的错误回头,现在有什么权利要求更多的宽恕?我能希望在谁的面前寻求恩惠?如果我拒绝尊敬她,我还能希望自己得到什么尊敬呢?

好吧!表姐,我的理智对我这样说,我的心却在唠叨,而且我不能解释为什么，我对爱多阿尔决定这个婚姻和他的朋友也参与其间难于认为是件好事。舆论呀，舆论！人们想动摇它的枷锁有困难！它总是把我们带到不公正的地方去：过去的善被现在的恶所湮没；过去的恶它就不会湮没任何善事吗？

我把我对圣·普栾在这件事情上的行为的忧虑告诉了我的丈夫。“他好像，”我对他说，“把这事告诉我表姐感到难为情。他不会做卑鄙的事，但他软弱……对于朋友的错误太宽容……”“不，”他对我说：“他做了他的工作；他会完成它，我知道这一点；我不能再对您多说什么，但圣·普栾是正直的孩子，我能担保他；我对此会满意的……”格兰尔，伏尔玛尔不可能欺骗我和自己被人欺骗。一次这样肯定的谈话使我明白过来：我懂得了我的怀疑来自虚假的敏感，如果我比较不空虚和比较实在，我就会觉得蓬斯冬夫人比她的地位更为适当。

可是我们现在稍稍放过蓬斯冬夫人，再回头来谈谈我们自己。你在读这封信时不觉得我们的两个朋友要比我们期待他们归来得更早些吗？你的心没有对你说些什么？这颗太温柔和太像我的心现在跳得比平时更强烈些吗？它完全没有想到一双心爱的对象亲热地住在同一个屋顶下每天见面的危险吗？如果我的错误完全没有失去你的尊敬，我的例子完全没有使你为自己感到害怕吗？在我们年轻的时期，理智、友谊、荣誉曾引起你为我担了多少心，而盲目的爱情又使我蔑视它们！现在该轮到我了，我可爱的女友；为了让你听我，我有着悲惨经验的权威。那么听我的话，现在是时候了，只怕你用已过去的一半生命哀叹我的过错后，会用另一半生命来哀叹你自己的过错。你尤其不可相信那顽皮的快乐，它保护那些没有什么可惧怕的,但加害那些处在危险中的人。格兰尔!格兰尔!你那时嘲笑爱情,但那是因为你不知道它;由于没有接触到它的箭,你就自认为它射不到你。它要进行报复并轮到它笑了。要知道提防它那阴险的快乐,或者要畏惧它使你有一天苦楚地伤心落泪。亲爱的朋友,是认识你自己的时候了,因为至今你对自己还没有看清楚,你对自己的性格还看得不正确,也不知道重视自己的价值。你还固定在夏依奥的说法上;她把你顽皮的活泼的判断很少理解为敏感,但像你那样的心灵不是她所能了解的。夏依奥生来不是为了解你的;除了我一个人之外,世界上没有人能真正懂得你。就是我们的那位朋友,他也最多能感到而不见得看到你全部的价值。我对你的错误只要对你还有用处时就让它摆着,而现在它会对你有害时,那就要把它除掉了。

你很活泼而相信自己缺乏敏感。可怜的孩子,你真是错了!你的活泼恰恰证明了相反:它岂不总是在感情的问题上起作用吗?你的快乐的表现岂不来自你的心灵吗?你的嘲笑要比一般人的赞扬更是感人的关切的表示;你开玩笑是在抚慰;你笑,而你的笑深入人家灵魂;你笑,但你使人欣慰地流泪,而对于不动感情的人我看你几乎总是严肃的。

如果你只想做你自己准备做的人,那么请你告诉我,把我们彼此联结在一起的是什么;那种没有先例的友爱的纽带在我们之间到底是什么?一种如此依恋之情由于什么奇迹会来优先寻求一颗很难眷恋的心?什么!那个只为了自己的女友而活着的姑娘,她不知道爱吗?那个愿意离开父亲、丈夫、亲朋和自己的故乡以便追随她的那个姑娘,她不知道比任何东西更要优先选择友爱吗?表姐，我胸腔里跳跃着一颗敏感的心，我怎么办？我只是热爱你，以我全部的敏感来报答你同等的友爱。

这种矛盾给了你以像你一样疯狂性格的人所能设想的最奇特的思想：那便是相信自己同时是热情的女友和冷漠的情人。在不能否认你自己已充满的温馨的依恋之情时，认为不能有任何爱情。你以为除了你的于丽的命运以外，世上不能有别的东西使你激动；好像一颗被自然的感情控制的心只能向一个对象前进，仿佛习惯于爱我一个人，你就只限于这种爱！你玩笑地问过，心灵有没有性别。不，我的孩子，心灵没有性别，但它的爱是有区别的，而你已在开始敏锐地感觉到它了。因为爱着你的第一个情人没有使你激动，你就认为不会有爱情的激动；因为你对你的求爱者没有爱情，你就认为对任何人不会有爱情。当他成了你的丈夫，你毕竟是爱他的，而且爱得那么强烈，连我们间的亲密关系也受到损害；这个如此不敏感的心灵知道在爱情里寻找一种相当甜蜜的补充以满足一个正直的人。

可怜的表姐，今后你自己来解决你自己的怀疑；如果它是正确的：

Ch'un freddo amante è mal sicuro amido,[①②③]

因此，现在我很怕又多了一条理由要依靠你了。可是我应当对你

---

① "'一个冷漠的情人是个不太可靠的朋友，"（梅塔斯塔塞）（意大利语）

② 这句诗是原文的反意："但愿漂亮的太太们不要不愉快"，作者的意思是更正确和更优美。——卢梭原注

③ 此诗句摘自梅塔斯塔塞的剧本《中国的英雄》（Ⅲ，5），其中说在情人劝告他不要为搭救朋友而冒自己生命于危险时，他回答说："冷漠的朋友是靠不住的情人。"——俄译注

说完这方面我所想的。

我怀疑在你自己也不知道的时候，比你所想的还早得多的时候就坠入情网了，——无论如何，那种使我陷于错误的爱情，如果我不赶在你之前，将会使你也受到诱惑。你抱有一种如此自然而甜蜜的感情能那么长时间后才迟迟出现吗？你能认为我们那时的年龄，人们能允许同一个可爱的年轻男子不受惩罚地亲热来往，或者在我们的一切趣味上有那么多的情投意合，唯独他一人就和我们没有共同点吗？不，我的天使，我对此明确地知道，如果不是我第一个爱他，你一定会爱他的。假如你比我较不脆弱而不比我较不敏感，你就会比我更聪明，但并不比我更幸福。可是在你正直的心灵里，是什么倾向使你得以战胜对背叛和不忠的恐怖呢？友爱拯救了你的爱情的陷阱；你在你的女友的情人的身上只见到了一个男朋友，你这样以牺牲我的心灵为代价而赎回了你的心灵。

这种猜测并不像你所认为的那样猜测，所以如果我要回想那应当忘却的时光时，我会容易发现你认为只为了我一人的利益而做时，却存在着对我亲近的人并非较少强烈的利益。因为你不敢爱他，你便希望我爱他；你判定我们俩人是对另一个人幸福所必需的，这颗心是世上无可匹敌的，使我们俩彼此更加相亲相爱。你必须相信，没有你自己的弱点，你对我会较少宽容些，但你会用嫉妒的名义责备自己正确的严厉。你自己觉得没有权为我对应该战胜的爱情作斗争，害怕成为不守信义而不愿成为明智的人，你为我们的幸福而扼杀了自己的幸福，你相信为了德行已做了相当多的工作。

我的格兰尔，这就是你的故事；这就是你的专制的友爱怎样迫使我为我的耻辱向你道谢和为我的错误向你感激的原因。然而你不要以为我为此要仿效你；我并不比你更想学你的例子，也像你想学我的例子一样，而且由于你不用害怕我的错误，我感谢老天爷，也没有对你宽恕的理由。你把德行还给了我，我要帮助你保持德行，我还有比这更值得去做的事吗？

因此，我还要就你现在的状况说说我对你的看法。我们老师长时期的不在并没有改变你对他的好感：你重新获得的自由和他的回来产生了一个新时期，爱情会知道加以利用的。新的感情没有从他心中产生；那如此长久地隐藏在那里的感情只显得更自在罢了。敢于骄傲地向你自己承认它，你就赶紧把它对我讲了。这个承认对于你好像使它成为完全纯洁的：在对于你的女友成为罪行时，它对于你却不再成为罪行；也许你已克服了这个毛病，你对这个毛病斗争了那么多年只是为了最终为我治愈了它。

我感觉到了这一切，我的亲爱的；我对于作为我的维护者和你并没有进行自责的倾向稍微感到不安。我们大家一块儿在和平和友谊的怀抱里度过的这个冬季，在看到你远没有丧失你的任何快乐，而且仿佛更增加了快乐，这给了我更大的信心。我看到你对他温柔、殷勤、关心，但在你的抚爱里是坦率的，在你的眼睛里是天真的，对一切事情没有神秘、没有狡猾；在你最生动的媚态里无邪的快乐胜过了一切。

自从我们在福地的谈话后，我不再对你那么满意了；我发现你忧愁和沉思；你仿佛单独一人比同你的女友在一起时更愉快；你没有改变语言，但改变了声调；你开的玩笑比较胆怯了：你不再敢那么常常谈到他，人家会说你总在怕被他听见，人家看到你焦急地等待着他的消息，却不好意思去打听。

亲爱的表姐，我担心你没有完全感到你的毛病，而那支箭射进您的心里恐怕比你害怕的还要深。请相信我，好好地探测一下你有病的心灵；我要重复说，要好好告诉你自己，一个女人不管她怎样谨慎小心，是否可以没有危险地同她所爱的男人长期居住在一起，还有假如我曾失足的危险对于你是否没有危险？你们俩都是自由的，这就的确更增加了诱惑性。在有德行的心灵里不可能有引起良心谴责的那种弱点，我同意你的意见，我们俩总有足够的力量反对罪行。然而，唉，谁能保证圣·普栾永远不会软弱？可是请看看，怎样的后果，请想想耻辱的苦痛。要自尊才能受人尊重。如果对自己没有尊敬之心，怎能值得别人尊敬你？那个在罪恶的道路上毫不畏惧地跨出第一步的女人，她能在哪里止住脚步呢？这是我对那些上流社会的妇女所说的，对她们来说，道德和宗教算不了什么，对她们来说，只有人们的意见才是法则。可是你，你是有德行的和基督教徒，你知道你的责任并且喜爱它，你懂得和遵循公共判断以外的其他规则，你最重要的是你的良心的审判；你应当保持对自己的尊敬。

你想知道在全部这件事情中什么是你的错误吗？我再一次告诉你，那便是你对一种正当的感情——你只要公开宣布，它便是纯洁的，——感到脸红[①]。但你虽然有喜欢闹着玩的脾气，却没有比你更胆小的人：你用玩笑充作勇敢，我看出你可怜的心在哆嗦；你

① 为什么编者在这信和其他许多地方让它不断地重复？是由于这个十分简单的原因：那是他毫不考虑这些信对于提这问题的人们是否喜欢。——卢梭原注

跟爱情开玩笑，装做在玩耍，就好像孩子们夜里害怕时唱歌壮胆似的。亲爱的女友啊！你可记得，关于爱情曾千百次说过，虚伪的羞耻心会引来真正的羞耻，美德只知道为罪恶的事羞惭。爱情本身是件罪行吗？它岂不是自然的和最纯洁的，同样也是最甜蜜的习性吗？它岂不是有一个美好的和值得赞扬的目的吗？它岂不是蔑视卑劣和低下的灵魂吗？它岂不是鼓舞伟大和坚强的灵魂吗？它不使所有他们的感情崇高吗？不使他们的存在加倍增长吗？不使他们自身培养得更高大吗？啊！如果它的箭达不到的人的心里，那才是诚实和聪明的人，请问地上的德行还能留存什么？只留存一些自然的渣滓和人类中最卑鄙的人。

你到底做了什么而受人指责呢？你不是选择了一个正直的男子吗？他不是自由的吗？你不是自由的吗？他不是完全值得你尊敬的吗？你不是完全有值得他的尊敬吗？使一个真正名副其实的朋友获得幸福，用你的身心来偿还你女友的旧债，并使受命运拨弄的他因提高到你的地位而受到尊重，你这样做不是太幸福吗？

我看到一些小小的顾虑使你却步：背弃已经决定和宣布的事，给前夫一个继承者，公开显示自己的弱点，嫁给一个冒险家（因为卑劣的心灵总是不吝惜败坏名誉的称号，他们很懂得寻求这种人），这些就是你更喜欢责备自己的倾向而不愿予以辩护，把自己的爱情深深埋藏在自己的心底而不愿使之合法的理由！可是我要请问，羞耻是在嫁给自己心爱的人，还是爱他而不嫁给他？这便是留下给你的选择。你对死者的荣誉是要足够尊敬他的寡妇，给她一个丈夫胜于给她一个情人；如果你的青春迫使你填补他的位置时，那么选择一个对他亲切的男子不也是对他的记忆的敬意吗？

至于说到不平等，我觉得在批评一种浅薄的关于智慧和美德的反对意见时，也许会冒犯你。我只知道不体面的不平等只来自性格和教育的不平等。一个浸透了低下的信念的人，不管他是怎样的出身，同他结合总是耻辱的；可是一个在荣誉的感情里教育出来的人是同大家平等的：他在任何等级上都可以悠然自得。那次关于我对于我们的朋友的问题时，你知道你父亲本人抱着怎样的看法。他的家庭虽然默默无闻，却是正直的；他受到大家的尊敬，他的确受之无愧。根据这一点，他即使是最低等级的人也不应有所动摇：因为降低贵族的身份要比降低德行好，而烧炭工的妻子要比王子的情妇更可尊敬①。

我还感到要你首先宣布，这是另一种麻烦之处：因为像你应当感到的那样，为了使他敢于向你求婚，需要你对他答应这件事；不平等的负方常常需要正方对之作出第一步，那是完全公正的。说到这个困难，我可以原谅你；而且我甚至承认如果我不采取措施消除它，这困难将可能是很大的。我希望你能充分相信你的女友，相信她不会使你受挫折；在我这方面，我很希望您成功，并且信心十足地负起责任，因为虽然你们俩过去都对我说过把女友变为情人的困难，如果我很能理解我看得十分清楚的心灵，我不认为在这机缘下我将需要很大的巧妙来完成它。因此我向你建议让我负责这项交谈，以便你能放心享受你将回报他的快乐，没有秘密，没有后悔，没有危险，没有耻辱。啊！表姐，永久地联结彼此这么完善地

① 此事卢梭在他的《忏悔录》第二部第十章里说到过，并为此曾引蓬巴杜尔夫人和其他贵妇人的愤怒。——译者

组合和如此长久地混合在我心中的两颗心，对于我该是多么迷人的魔力！愿它们尽可能还更好地混合起来！愿它们对于你们和对于我只成为一颗心。是的，我的格兰尔，你的爱情获得胜利时你更能为你的女友服务；当它们不再能区分你们间的差别时，我自己的感情将更有把握了。

如果出乎我的预料，这个计划不适合的话，那么我的意见是不管付出什么代价，我们都要使这个危险人物离开我们，他对于我们俩永远是可怕的：因为无论如何，我们孩子的教育比之他们母亲的德行毕竟是次要的。我为你留下时间在你旅行期间来考虑这整个问题：等到你回来后我们再来谈论它。

我决定把这封给你的信直接寄到日内瓦，因为你在洛桑只能住一夜，信到达时会找不到你。请把这小共和国的详细情况好好讲给我听。由于人们对这可爱的城市说得那么好，我认为你能去看看它是幸福的，只要我能羡慕用朋友的苦恼为代价而买来的快乐的话。我从来不喜欢奢侈，我现在因为奢侈把你从我这里夺去了不知多少年而憎恨它。我的孩子，我们俩谁都不在日内瓦购买新娘用的服饰；可是你的弟弟虽然有很多优点，但我怀疑你的弟媳妇对于佛兰德尔的花边和印度织物比之我们朴素的衣着更觉得满意。虽然我很生气，但我仍然责成你叫他到克拉朗来结婚。我的父亲写信给你父亲，我的丈夫写信给新娘的母亲，对他们提出这个请求。附去他们的信；请转交他们并以你在增长的信誉支持这一邀请：使这节日的庆祝不致没有我参加，这是我所能做的一切，因为我要向你声明，无论如何我是不愿离开我的老家的。再见了，我的表姐；写几个字向我报告你的消息，这样我至少可以知道我在什么时候等你回来。现在是你出发后的第二天，我不知会如此长久地没有你而生活了。

附言：当我在结束这封中断的信时，昂利爱特小姐也在一本正经地在旁边写信。我愿意孩子们始终写他们所想的而不是人家叫他们讲的，所以我让这小好奇者写她想写的一切而不改一个字。这是第三封附信，我怀疑这还不是你偷眼查找这信包所想得到的信件。至于那封信，你还是免于再从这包里寻找它为好，因为你是找不到的。它寄到克拉朗，您应当在克拉朗读它；特此通知你。

第十四封信

昂利爱特致她的母亲

妈妈，您到底在哪里？人家说您在日内瓦，它是那么远，那么远，要整整走上两天才能到您那儿：那么您是否也想周游世界？我的小爸爸今天早晨到岱当惹去了；我的小爷爷在打猎；我的小妈妈正关在房间里写信；只剩下我的阿姨彼奈特和我的阿姨方勋。我的上帝！我不知道是怎么搞的；但自从我们的好朋友走后，大家都分散了。妈妈，是您第一个开的头。当您没有人能惹他生气时，大家已经感到很厌倦了。啊！当您走了后，事情还要糟，因为小妈妈没有比您在这里时那么好脾气。妈妈，我的小姑爷身体很好；但他不再爱您了，因为您昨天没有像平常一样抱他跳。我么，我相信我还有点儿爱您，如果您能很快回来，使大家不致那么无聊。如果您想完全安慰我，就给我的小姑爷买件使他高兴的东西来。为了安慰他自己，您一定也会想到怎么办的。啊！我的上帝！假如我们的好朋友在这里的话，他一定已经想到办法了！我那把好扇子已完全破了；我的蓝色连衣裙成了块碎布；我那套黄色的服装已成了破片，我的花边的露指手套完全不能用了。您好，妈妈。我的信该结束了，因为小妈妈已写好她的信并从房里走出来。我觉得她眼睛红了，但我不敢对她讲；可是看这封信时她会明白我看出来了。我的好妈妈，如果您惹哭了我的小妈妈，您真够凶了！

附言：我拥抱我的爷爷，我拥抱我的叔叔们，我拥抱我的新婶婶和她的妈妈，我拥抱大家，除了您。妈妈，您要知道，我拥抱您没有那么长的手臂。

第 六 卷

第 一 封 信

陶尔勃夫人致德·伏尔玛尔夫人

在出发去洛桑之前要写几句话告诉你，我已到了这里，但并没有像我希望的那样快活。这短途的旅行曾经使你时常盼望；可是一旦拒绝去时，几乎使我很狼狈，因为没有你，我将怎么办？如果无聊，我可以独自忍受，如果是愉快的，我会没有你一起享受而懊恼了。如果我没有理由反驳你，你会因此认为我能高兴吗？表妹，我认为你完全弄错了；而这也正是使我没有权利懊恼而心中有气。你说，坏家伙，你对你的女友始终觉得自己有理，并对一切使她快乐的事加以抵制，甚至还不让她生气，你不感到羞耻吗？如果你把你的丈夫、家庭和孩子们丢下不管一个星期，人家不会说一切都弄得乱七八糟吗？如果你这样做，的确是轻率的举动，但你可获得百倍的好处；你与其想充当完美无缺的人，结果却什么好处也得不到，你只能在天使中间去找寻你的朋友了。

不管一些不愉快已经过去了，我不能不心头感动地回到了我的家庭中间：我在这里被快乐地接纳了，或者至少可以说受到很多亲热的表示的接待。我暂时不对你讲我的弟弟，等我跟他熟识了以后再说。他模样相当漂亮，有种从他来的那个国家的刻板的神气。他严肃而冷淡，我甚至发现他有点儿傲慢。我很为他的未婚妻担心，他与其像我们那些丈夫一样的好丈夫，却更像多少想摆出老爷和主人的架子的人。

我的父亲看见我非常高兴，为了拥抱我，他甚至抛开了一份关于法国人刚刚在佛兰德尔得胜的大战役的报告，仿佛想核实我们朋友的朋友的预言似的[①]。他幸亏没有在那里！你能想象英勇的爱多阿尔看到英国人溃逃和他自己也溃逃吗？……决不，决不！……他一定会让人把他杀死一百次。

可是关于我们的两个朋友，他们好久没有给我们信了。我记得，昨天不是邮差送信的日子？如果你收到他们的信，我希望你不会忘记我对这事的关心。

再见，表妹；应当出发了。我在日内瓦等候你的消息，我们预计明天到那儿吃午饭。此外，我通知你，不管怎样，婚礼没有你不举行，如果你不愿来洛桑，那就我去，带着全体人马把克拉朗洗劫一空，把全世界的酒都喝光。

第二封信

陶尔勃夫人致德·伏尔玛尔夫人

好极了，女布道者表妹！不过我觉得你对于你的说教的有益健康的效果估计得太高了些。现在不谈你的说教曾使你的男朋友常常入睡，我告诉你，它今天完全没有使你的女友睡着，而昨天夜里我受到的说教远没有刺激我入睡，而且整夜夺走了睡眠。要留

① 指的是法国军队在丰德诺阿（1745 年 5 月 11 日）取得的胜利。爱多阿尔阁下预言说英国人将被击败。见本书第五卷，第四封信。——俄译注

神我的阿尔居斯的解释，别让他看到这封信！不过我会把这件事安排好，我向你赌咒，你宁可烧伤手指而不愿把信给他看。

如果我一点一点向你重述你的说教，我就要侵犯你的版权：还不如根据我所想的说；其次，为了装得更谦虚些和叫你别太得意，我不想马上谈我们那两位旅行家和意大利的邮差。如果我碰到最不巧的话，那就得把我的信重写并把开头放到最末了。现在来谈谈所谓的蓬斯冬夫人。

这个称号就使我发怒。我不能原谅圣·普栾让这姑娘用这个称号，不能原谅爱多阿尔给了她这个称号，还不能原谅你承认这个称号。于丽·德·伏尔玛尔在她家接待比萨的劳列塔！容忍她在自己身旁！嘿！我的孩子，你能想到这样吗？那不是多么残酷的温柔吗？你不知道你周围的空气耻辱得会死人吗？这不幸的可怜的女人怎么敢于把她的气息同你的相混合？她怎么敢在你的旁边呼吸？她在你旁边会比魔鬼缠身的接触圣物更不舒服；你的一瞥即可使她钻进地下去；你的影子就可杀死她。

我完全不蔑视劳逷，上帝可以作证！正好相反，我赞美和尊敬她，尤其像她这样回头是英勇的和难得的人。可是为了用那些你敢于玷污你自己的侮辱性的比较作借口，那难道足够吗？你设想一下，须知甚至在最大的弱点下防护女人真正的爱情，也要求她死命保护自己的荣誉。然而我理解你，而且原谅你。现在遥远和低下的事物在你的目光里混合在一起；在你的崇高的高处，你看到地面而看不见它的高低不平；你的虔诚的谦虚使一切——连同你的德行——都利用上了。

好吧！这一切有什么用呢？难道自然的感情在你身上减少了

吗？自尊心较少起作用了吗？你不由自主地感到你的厌恶；你把它说成是骄傲，你要同它作斗争，把它说成是害怕舆论。好姑娘！罪恶的耻辱从什么时候起只是从社会舆论中来呢？对一个说她贞洁、诚实、有道德而使她流出羞耻的眼泪、使她重新产生痛苦并几乎引起她的悔恨的女人，你同她交往，认为是可能的吗？相信我，我的天使，应当尊敬劳逿，但不应当看见她。逃避她是正直的女人应有的考虑：跟我们在一起，她将太痛苦了。

听我说。你的心对你说这婚姻不应当举行；意思是不是对你说它将永远不会进行吗？……你说我们的男朋友在他的信里没有说到它……在信里你说他给我写信？……你还说那封信十分长？……后来有你丈夫的说法……他是神秘的，你的丈夫！……你们是一对骗子，你们在戏弄我；可是……不过，他的感情，这里并不很必要……尤其对于你，你看过信……不是给我的，我没有看过那封信……因为我对于你的男朋友，对于我的男朋友，比对于一切哲学更有把握。

这是真的！这讨厌的家伙不知怎么又来到了我的笔头下！的确，为了防他再出现，既然我谈到了他，就得把话说完，免得再说第二次。

我们决不要在幻想世界里迷路。假如你从前不是于丽，假如你的男朋友从前不是你的情人，我就不知他那时是你的什么人；我不知那时我自己会是什么人；我所能很好知道的，那便是：如果他的灾星首先向我来，那他要倒霉；于是不论我是否发疯，我一定要使他成为疯子。然而我能成为什么，这有什么关系？我们还是来谈我是什么。我做了的第一件事是我爱你。从我们最小的时候起,我的心就为你的心所吸收;我那时不论怎样多情善感,我已经不能自主地喜爱和感受:我的一切感情都从你那儿来;只有你代替了我的一切,我只能成为你的女友而活着。那便是夏依奥所看到的;这便是她判断我所依据的。表妹,你回答我,她搞错了没有?

我把你的男朋友当做我的弟兄,这个你是知道的。我女友的情人对于我如同我母亲的儿子。这完全不是我的理性而是我的心灵作出的选择。如果甚至我更多感情的话,我便只是兄妹之间的情爱了。我拥抱他是在拥抱你自己最亲切的一半:我的抚爱的纯洁性的保证是我的毫不拘束本身。一个姑娘是这样对待她所爱的人吗?你过去是这样对待他的吗?不,于丽;爱情,在我们,是怯生生的和羞答答的;矜持和羞怯便是它的押金;它通过拒绝作为预告,而当转变以后,突然给予出乎意外的爱抚,他很好地知道区分它的价值。友谊是慷慨的,但爱情是吝啬的。

我承认,过分亲近的接触对我们和他那时的年龄总是危险的;但是我们俩的心中都有着同一个目标,我们习惯于把你放在我们中间,只有把你取消才能结合;我们习惯采取的亲近本身,在完全不同的情况下是如此危险,这时却变成了我的保障。我们的感情依赖于我们的思想,当它们采取一定的运行方式,要改变它是困难的。我们很长时期用同一个调子说话,就很难改换另一个调子;我们已经走得太远,要退回来就很困难。爱情只愿意自己来推进;它不愿友谊帮助它节省一半的路程。最后,我从前曾说过而且现在还相信,人们在接受无邪的接吻的同一张嘴上不会接受有罪的接吻。

作为支持这一切的是老天爷规定给我的生活以短暂的幸福这

件事。表妹，你是知道的，他年轻、漂亮、正直、关心、殷勤；他不懂得像你的男朋友那样的爱，可是他爱的是我；当一个女子的心是自由自在的时候，献给她的激情总是有种感染的东西。于是我回报他以他可以接受的我的爱情，而他的那份爱情依然是相当美好的，所以他对他的选择并没有留下什么遗憾。难道我还有什么可害怕的事吗？我甚至承认，性别的权利连同责任的权利在一个时期使你受到了损害，在我新的情况下我首先想到自己是妻子，其次才是女友；但在回到你那里时，我给你带来了两颗而不是一颗心，并且从此以后，我只剩下一个人来负担这双重的债务。

我亲爱的女友，我还要对你说什么呢？我们原来的老师回来后，那可以说是新的结识要做。相信要用另一种眼光来看他；在拥抱他时，我感到一种以前不知道的战栗。我越觉得这种激动的美妙，它便越使我害怕。我作为一种感情的犯罪警告自己，而它的存在也许已经不再是犯罪。我过多地想到你的情人已不再存在而且不可能再存在；我过多地感到他是自由的而且我也是。其余的你已知道，可爱的表妹：我的恐惧，我的顾虑，你比我同样早地知道。我那没有经验的心对于一种对他如此新的情况是非常胆怯，以致会责备自己急于同你住在一起，仿佛这搬家不是这朋友回来前就决定了似的。我根本不喜欢他正好处在我非常想去的地方，我想如果我认为我的来到对你不是很重要的话，我想赶紧来的企图会冷淡下来的。

后来我搬到了你这里，于是我几乎放心了。在向你作了坦白以后，我对自己的弱点较少自责了；在你身边我就更少责备自己：我相信把自己放在你的防卫下可停止为自己担心。我按你的劝告

决定不改变对待他的态度。难道还需要在违反我的意愿而透露的那些招认的证据以外再扩大一项招认吗？所以我继续由于害臊而做得爱开玩笑，由于虚心而做得亲热。可是所有这一切由于做得较少自然，不免欠缺原来的分寸。我原来很淘气，现在完全变得发疯，感到自己可以不受斥责，又增加了我这样做的信心。也许是你恢复本来面目的先例给了我模仿你以更多的力量，也许是我的于丽净化了接近她的一切，我感到自己完全平静了，我原先的情绪只剩下一种十分轻快的感情，它的确轻快，而且是平静的和安详的，它只要求我的心保持我现在的状态而不再要求其他。

是的，亲爱的女友，我跟你同样多情善感，但我是另一种多情善感：我的情感更活泼，你的则更为深刻。也许以我的更充满活力的感觉，更容易为自己找到快乐，而这种快乐可以使那么多的姑娘丧失了天真，却始终为我保持了天真。必须承认，我这样的年纪做寡妇和不觉得白天只是生活的一半的方法，这并不总是没有什么困难的。可是正像你说过和你所证明的，审慎是想做得聪明的巨大的方法：因为就凭你整个善意的态度说，我不认为你的情况跟我有什么大的差别。这时生活的乐观态度帮助了我，它对于德行所做的也许比理性的重大教导还要多。有多少次，在静悄悄的深夜，那时人们逃避不了自己，我默想着明天搞些什么玩笑的事，这样来驱逐一些讨厌的思想！有多少次我用荒诞的笑话来摆脱一场面对面谈话的危险！你看，我的亲爱的，只要自己的弱点占了上风，快乐不可避免地会有沮丧的时刻来接替，但对于我，这种时刻从来不会出现。我认为这一点我能很好地理解，而且敢于为此向你保证。

说了这些以后，我可以自由自在地向你证明我在福地对你讲的关于我感到产生的依恋之情和这个冬天我享受的一切幸福。我全心全意投入跟我喜爱的人一同生活的欢乐里，感到不再希望更多的东西。如果这个时刻能永远继续下去，我就绝不希望别的。我的欢乐来自满足而不是人为的。我把不断地从事的欢乐转化为开玩笑：我觉得在满足于欢笑时绝不准备哭泣。

老实说，表妹，我相信有几次看到玩笑对于他本人并非不很喜欢。狡猾的人实际上在人家叫他生气时他并不生气，而要费劲才能使他平息，是为了能更久地平息怒气。我曾找机会对他说些相当温柔的话，但显得在嘲笑他；看我们俩谁更孩子气。有一天你不在，他跟你丈夫下象棋，我跟方勋在同一间房间里打羽毛球，她没完没了地说话，我观察着我们的哲学家。看他谦恭地神气十足的样子和下子的敏捷，我看出他下了一步好棋。桌子很小，棋盘超出桌面。我等候着机会，于是仿佛不是故意似的，我挥起球拍打翻了棋盘和棋子。你没有见过他那样生气的样子：他是如此的发怒，让他挑选打我耳光或亲我脸颊作为处罚我，我把脸凑过去时他背过了身子。我请求他原谅，他坚定不动：如果我向他跪下时，他会让我跪着不扶我起来。我终于给他换了一个办法使他忘记这次事件，于是我们成了再好不过的朋友。

如果用另一种方法，我肯定会把事情处理得不好；有一次我看到如果玩笑变得认真时，他便会过于当真。有个晚上他为我们伴奏列奥[①]那支如此单纯和动人的二重唱，“Vado a morir，ben mio”[②]。

① 列奥（Leo Leopardo，1694—1746）：意大利作曲家。——译者

② “我向死亡走去，我的亲爱的。”（意大利语）

你唱得相当随便:我并不像你一样唱;因为我一只手支在羽管键琴上,在最哀婉动人的时刻而我自己也很激动时,他在这只手上接了个吻,我的心也感觉到了。我不大清楚爱情的接吻,但我能对你说的是,友谊的、甚至像我们那样的友谊,从来不曾给予和接受过像这样的吻。好吧!我的孩子,在这样的时刻之后,当独自梦想着走开,自己带着回想,会变得怎样呢?我么,为音乐所扰乱:需要跳舞;我叫哲学家跳舞。我们几乎就在露天吃晚饭;我们一块儿在夜里坐了很久;我非常疲乏地睡下,美美地睡了一觉。

因此我很有理由不必去干扰我的脾气和改变我的习惯。必须改变它们的时机是如此临近,所以用不着提前准备。要变得谨慎和正经的时候只有怕来得太早。当我计算还有二十年时,我要赶紧利用我的权力:因为一过三十,人就不再发疯而是可笑了。而你那位吹毛求疵的人敢于对我说,我还只剩下六个月可以用手指翻动凉拌白菜。要耐心些!为了回答这番挖苦话,我准备为他翻菜六年;我向你赌咒,叫他必须吃它。可是再回过来谈正事。

如果人不是自己感情的主宰,至少他也是自己行为的主宰。毫无疑问我曾向老天爷要求有一颗更为平静的心;然而,我能不能在我最后的日子里向最高的审判者献上一种比我这年冬天度过的同样少的罪行的生活呢!实在说,我在那唯一能使我犯罪的人面前完全没有什么可以自责的。我的亲爱的,但自从他出发之后,那就并不一样了:在习惯于他不在的时候想念他时,我每天的任何时候都在想,我发觉他的画像比他的人更危险。如果他远离我,我是个恋爱者;如果他在我身边,我只是个调皮捣蛋者:只要他一回来,我就不再害怕他。

对他远离的怀念还联系着对他的梦的忧虑。如果你把一切都算在爱情的账上，那你便错了：友谊也有我悲伤的一部分。自从他们走后，我看到你脸色苍白并改变了：我随时随刻担心你会生病。我并不轻信，但是害怕。我清楚地知道梦不会带来事实，但我始终害怕事实不要跟随梦后而来。那该诅咒的梦难得给我留下一个平静的夜晚，一直等到我看见你很好地恢复并重新出现健康的脸色时为止。如果我对这种着急不自觉地带有可疑的利益的话，那当他像傻瓜似地回来时我肯定会努力让他公开露面。后来，我徒然的担心连同你那坏的脸色都消失了。你的身体、你的胃口比你的恶作剧做得更好；而且我看到你在餐桌上对我的害怕心理反驳得头头是道，所以我的害怕完全烟消云散。为了增加好运，他回来了，我对一切方面都感到高兴。他的回来没有引起我惊慌，它使我放心；我们一见到他，我就不再为你的生命和我的安宁担心。表妹，但愿保佑我的女友，你也完全不要为你的女友担心；我可以为她担保，只要你活着……可是，我的上帝！那么我还为什么忧虑，同时不知道为什么我的心在揪痛？啊！我的孩子，是否我们中的一个人有一天会单独活着呢？这个落到这样残酷命运的人真是太不幸了！她不该继续活下去，或者应当在死去之前已经是死人了。

你能不能对我说明，为什么尽叨唠些愚蠢的哀歌？让这些毫无常识的吓人的恐怖见鬼去吧！与其谈论死亡，不如谈谈婚姻：这将更有趣些。这种思想你的丈夫早就有了；而且如果他从来不跟我谈起它，也许我就从来不会想到它。从那以后我便有几次想起，并总是很轻视。去它的！这会使一个年轻寡妇变老的。如果我在第二次结婚后生了孩子，我会成为第一次结婚生的孩子的祖母。

我也认为你轻松地为你的女友谋幸福非常好，并把这安排看成是你善良的恩德的一种照顾。好呀！我现在告诉你，你一切建立在你殷勤的关心上的理由，抵不上我反对第二次结婚的微小的理由。

让我们认真地谈谈。我的灵魂并不低劣到认为有理的是：耻于收回我独自决定的草率的契约；也不是在尽我的义务时害怕挨骂；也不是一切光荣在于双方的另一方同意自己的财产有赖于这一方那种财产的不平等；可是我不再重复我已向你说过那么多次的关于我独立的脾性和我对于婚姻桎梏的自然的反感。我现在只抱着唯一的反对意见，我说这话的声音是如此神圣，世上只有你才能对它这样尊重。消除了这个反对意见，表妹，我便向你投降。在我一切使你那么害怕的玩笑里，我的良心是平静的。我丈夫的回忆完全不会使我脸红：我可以请他来作我的清白的证人；为什么我要害怕在他遗像面前做所有我从前在他跟前做的事呢？这是不是一样的，于丽啊，假如我破坏了联结我们的神圣的诺言；我怎能敢于向另一个宣誓那我曾向他宣誓过那么多次的永远的爱情；我那可耻地被分割了的心怎能从他的回忆里窃取将给予他的继承者的东西，因而不能不侮辱二者之一给予另一个应该给的东西？这个对我如此亲切的画像将给予我以恐怖和畏惧；它将不断地来毒化我的幸福，他那曾给我的生活以温馨的回忆反将给我以痛苦。在你宣誓决不给你的丈夫以继承者之后，你怎么敢对我说要给我的丈夫一个继承者？你为我引证的理由在相同的情况下好像对你就较不适用了！他们互相敬爱……那就更坏。看到一个曾经是很亲爱的男人会侵占他的权利并使他的妻子陷于不忠，他会怎样愤怒！最后，我对于他本人不再负有义务，那是真的，但我对于他的爱情

的珍贵的保证就不负什么义务吗？我能相信如果他预见到我有一天把他唯一的女儿会同另一个人的孩子们混合在一起时，他能对我绝不怨恨吗？

再说一句话我就结束。谁对你说，一切的障碍都将来自我一个人？在保证与这安排有关的这个人时，你是不是更多考虑你的愿望而较不考虑你的权力？即使如果你对于他的同意确有把握时，你难道对奉献给我的是一颗已为另一种激情所疲惫的心而没有一点顾虑？你能相信我那颗心应当感到满足，而且我能跟一个我不能使他幸福的人一起会幸福吗？表妹，你对这点要更好地想一想：我不再需要激烈的爱情，我自己也已无法感受，我给予的一切感情需要给予回报；而我是一个十分正派的女人，所以不要求取悦于我的丈夫。那么你的希望的保证是什么？彼此见面的某种快乐，这可能只是友谊的结果；一种容易过去的激情，它可能由于我们年龄从性别方面的不同所产生的：为构成它们的基础，这是否足够？如果这种激情能够产生什么持久的感情的话，那么他不仅对我，而且还对你，而且也对你的丈夫都不作声，而你的丈夫对这种话只会是善意地听取的，这种情况难道可以相信吗？他对什么人曾说过一个字？在我们单独谈话时，是否只有谈到你？在你们的谈话里他是否曾谈到过我？我能不能认为如果他在这方面有什么秘密难于保守时，我绝不会看到他的为难，或者他会流露出他的不审慎？末了，甚至在他出发以后，在我们两人中，他在信里谈得最多的是谁，他在睡梦里魂牵梦萦的又是谁？我赞赏你相信我多情和温柔，却没有设想这一切我会对自己说出来！可是我看出了您的狡猾，我的宝贝儿；您责备我从前拯救我的心是以您的为牺牲，

那是出于使您有权进行报复。我可不上这玩意儿的当。

这便是我全部的招供，表妹：我把它说出来是为了向你说明，却不是给你反驳。我还剩下要向你宣布我对这件事的决定。你现在可以像我一样明白我的内心，也可能比我自己更明白了；我的荣誉、我的幸福对你也像对我自己一样可贵；而在激情的平静里使你更清楚地看到我应当怎么样寻找荣誉和幸福。因此你来负担我的指导：我把整个指导权完全交给你。让我们回到我们自然的状态，我们之间交换一下角色，我们两个人都会变得更好些。领导我，我是很听话的：你能看得清我所应当做的，我则愿做你所愿意做的。把我的灵魂遮盖在你的灵魂里：如果有两个灵魂，那还叫什么形影不离呢？

好了！现在回头谈一谈我们两个旅行家。然而我对一个已经讲了那么多，所以我不再敢讲另一个，以免风格的各异稍稍过多地显现出来，而且甚至我对那个英国人的友情不要说得太有利于那个瑞士人。其次，对于没有看到的信能说什么呢？你好歹至少应当把爱多阿尔阁下的那封信寄给我；可是没有另一封你就不敢寄，你这样做非常对……然而你还可以做得更好……啊！二十岁的女傅们万岁！她们要比三十岁的更好商量。

至少我应该报复你，告诉你在这巧妙的镇静上所玩的花样，让我猜想所谈的那封信……这封信假如……它比实在的要大一百倍。要使你失望，我喜欢把没有的事充实到它里面去。得了，如果在信里我没有受到尊崇，你就必须偿付我失望的损失。

说实在的，总而言之我不知你怎么敢谈到意大利邮差的。你证明说我的错误不在于等待它，而在于等待它没有足够长的时间。

只要再多等待短短的一刻钟我便可以等到那包东西，我可以第一个抢到它，随便读到一切，于是轮到我来夸耀了。葡萄太酸了。你扣了我两封信；但我有另外两封，不管你信不信，我肯定不会调换那两封，即使大家都说“可以”。我向你夸口，如果昂利爱特的信在你那信旁边站不住脚，那是因为她的信超过了它，不论你或我一生都写不出那样漂亮的信。其次，人家对这奇迹故意称之为小放肆！啊！那的确是纯粹的妒忌。事实上，人家不是曾看到你跪在她面前，谦恭地亲她的两只手，亲了这只又亲那只？正是靠了你，她像圣女那样端庄，又像加东那样严肃，尊敬所有的人，直到她的母亲；再没有字眼儿可以笑她所说的：至于她写的，那还要说。因此，自从我发现这新的才能，在你像对她的说话一样改坏她的信之前，我打算从她的房间到我的房间之间设一个意大利的邮班，使邮包不致被偷窃。

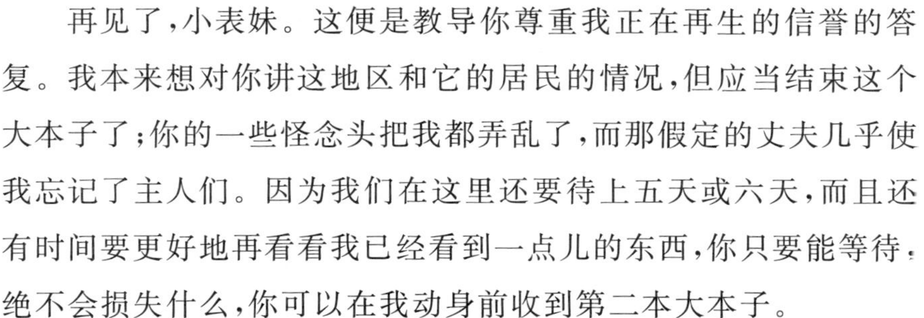

再见了，小表妹。这便是教导你尊重我正在再生的信誉的答复。我本来想对你讲这地区和它的居民的情况，但应当结束这个大本子了；你的一些怪念头把我都弄乱了，而那假定的丈夫几乎使我忘记了主人们。因为我们在这里还要待上五天或六天，而且还有时间要更好地再看看我已经看到一点儿的东西，你只要能等待，绝不会损失什么，你可以在我动身前收到第二本大本子。

第　三　封　信

爱多阿尔阁下致德·伏尔玛尔先生

是的，亲爱的伏尔玛尔，您完全没有弄错：那年轻人是可靠的，我却不是这样，使我确信他的那种考验叫我付出了高昂的代价。如果没有他，在给他规定的考验面前我自己就会屈服。您知道为了满足他的感激之情和适应他心灵的新的关怀，我使这次旅行带有比它实际具有的更重要的性质。满足一些原来的倾向，再一次追求旧的习惯，连同圣·普栾的一切，都使我去着手进行；对我青春的那些眷恋作最后的告别，把一个完全治愈了的朋友带回来，这便是我希望采摘的全部果实。

我向您指出过，维勒暖甫的梦曾使我忧虑：在这梦后，当我对他说，他将是教育您的孩子们的老师和要同你们一起度过一生时，他快乐的激动的表现使我抱怀疑态度。为了在他的心灵的流露中更好地观察他，我首先迎合他的困难：我向他宣称我自己将同您一块儿住，我不再使他的友谊向我提出反对意见；但新的决心使我改变了说话。

他会见侯爵夫人还不足三次，我们对她的意见就取得了一致。也是她倒霉，她想迷惑他，却只暴露了她的欺骗手段。不幸的女人！有多么好的品质却没有德行！只有爱情而没有荣誉！这热烈而真诚的爱情使我感动，吸引了我，培养了我的爱情；但它带有她丑恶的心灵的色彩，结果引起了我的恐怖。就再也不必谈到她了。

当他见到了劳逷时，立刻知道了她的心灵、她的美丽、她的智慧，以及对她无比的、使我感到太幸福的眷恋之情，我决定用她来弄清楚圣·普栾的心灵情况。"如果我娶劳逷，"我对他说，"我的计划不是带她到伦敦去，那里会有人认识她，而是带她到人们尊敬有德行的那种地方去；您将担任您的任务，我们将不间断生活在一起。假如我不娶她，那我就要沉思默想了。您知道我在牛津夏亚的房子，你可以选择教您朋友之一的孩子们，或者陪伴另一个朋友过孤寂的生活。”他给了我可以预料到的答话；可是我想从他的行为中观察他：因为如果生活在克拉朗，他会赞成他本来应当诅咒的婚姻，或者如果在这微妙的情况下，他便要选择自己的幸福而不选择他朋友的荣誉，所以在这种和另一种选择里就作出了考验，他的心就判明了。

我起初发现他像我所希望的那样，他断然反对我假装定下的计划，并用一切理由来阻止我娶劳逷。我懂得这些理由比他更清楚；可是我不断地见到她，我看到她既忧愁又温柔。我的心已完全摆脱了侯爵夫人，便专注在这殷勤的交往上。我发现在劳逷的感情里有着她对我引起的眷恋之情与日增长的东西。我如果为我所藐视的舆论而牺牲我对她的优点的尊敬，那是可耻的：假如不是由于我的言谈，至少也是由于我的关切，在我曾经给她的希望里难道也没有什么亏欠的地方吗？虽没有允诺过什么，但一点也不坚持，那便是欺骗她：这种欺骗是野蛮的。总之，把我心灵的倾向同独特的责任的感觉联结起来，并多考虑我的幸福而少考虑我的荣誉，我终于要用理性去爱她，决定把虚假尽量向前推进一步，甚至一直推到现实，如果只要我并非不公正地解决问题的话。

然而我感到自己对于这年轻人的忧虑在增加，我看到他没有尽全力履行他所负担的角色。他反对我的观点，他指责我想形成的纽结；他不怀好意地攻击我正在增长的倾向，而且以如此的赞美对我讲到劳逷，好像想扭转我想娶她的念头，却增加了我爱她的倾向。这种矛盾使我警觉。我并不觉得他像应该有的那样坚强：他仿佛不敢碰撞我感情的正面，他在我的抵抗面前退缩，他害怕我发怒，他没有那种为尽他责任的、由敬爱他的人引发的合乎我心愿的大无畏的精神。

其他的观察增加了我的不信任：我知道他秘密地看望劳遏；我注意到他们之间有着互相理解的记号。跟她那么喜爱的人的结合的希望并不使她高兴。在她的目光里我很好看到同样的温馨，但这种温馨不再混合着对于我的喜悦：忧愁总是占了大部分。在她的心的最甜蜜的流露里，我常常看到她向那年轻人偷偷地投出一瞥目光，而在这以后总是接着几滴想不让我看见的眼泪。结果这秘密使我惊慌不安起来。

请评论一下我的惊讶吧！我能怎样想呢？我在自己的怀里有没有温暖了一条毒蛇？我的怀疑能达到什么地步？我甚至敢于返回到过去的不公正！我们是多么虚弱和不幸！是我们自己作出了我们亲身的灾祸。如果善良的人们彼此之间还要自寻苦恼时，我们为什么要抱怨坏人折磨我们呢？

这一切迫使我作出决定性的一步。虽然我不清楚这阴谋的底细，但我看到劳遏的心始终是同样的；这个考验使我对她更为亲切。我心里想在作结论之前要向她作一次解释；但我为了事先由我自己采取一切可能的澄清，决定等候到最后的时刻。对于他，我决定说服自己、说服他，最后在不对他说什么、也不对他采取什么决定之前一直走到底，预计到发生必然的决裂，我也不想把一个好天性和二十年的荣誉同一些怀疑相提并论。

侯爵夫人对于我们之间发生的事很了解。她在劳遏的修道院里有密探，她得以知道是婚姻问题。不需要更多的事来唤起她的疯狂：她给我写了好些带威胁性的信。她不仅写信，而且这并不是第一次，我们也有警惕，因此她的企图毫无结果。我只是愉快地看到在这种情况下圣·普栾不惜以自己的生命来拯救一个朋友的生命。

被她的狂怒的激情所控制，侯爵夫人病倒了，而且一病不起。这是她的痛苦[①]和她的罪行的结束。我知道了她的病情深为苦恼。我给她派去了埃斯温医师；圣·普栾也以我的名义去看望她：她对他们俩一个也不愿见；她甚至不愿听到有人提到我，当她每次听到我的名字时用可怕的诅咒来骂我。我因她而呻吟，而且感到我的伤口就要重新开裂。最后，理性还是胜利了；但我将是人类中最不齿的人才会想到结婚，如果一个曾是我如此亲爱的女人正濒于绝境的话。圣·普栾最后担心我不能抵抗想去见她时，建议我去那不勒斯旅行，我同意了。

我们到达后的第三天，我看见他态度坚定和严肃地走进我的房里来，手里拿着一封信。我叫喊道："侯爵夫人死了？""但愿这样！"他冷峻地答道，"与其活着做坏事，还不如死了好。可是我来告诉您的不是关于她的事；请您听。"我沉默地听他说。

"阁下，"他对我说道，"在给我以朋友这神圣的名词时，您教导我要好好保持它。我完成了您委托给我的任务；现在看到您准备忘记了，我应当提醒您自己。您只能用另一条锁链来打破这一条。整个这两条对您都是不配的。如果只不过是个不平等的婚姻问题，我会对您说："'请想想，您是英国贵族院的议员，要么您放弃上流社会的荣誉，要么您尊敬社会舆论。但这是耻辱的婚姻！……

① 根据爱多阿尔阁下前一封已被取消了的信，可以看到他认为恶人死后，他们的灵魂也就消灭。——卢梭原注

您！……要更好地挑选您的夫人。这并不只是她有德行就足够，她应当是没有污点。爱多阿尔·蓬斯冬的妻子不是轻易找得到的。'您看这就是我所做的。"

于是他给了我那封信。它是劳逘的。我不能无动于衷地打开它。

"爱情胜利了(她信上说)：您已愿意娶我为妻；我很高兴。您的朋友对我口授了我的责任；我毫无遗憾地执行它。在使您丧失名誉时，我就会生活得不幸；在把您的光荣留给您时，我认为能分享到它。在为一项如此严酷的义务而牺牲我的全部幸福时，使我忘掉了我青春时期的耻辱。永别了，从这时刻起我停止处在您和我的权力之下了。诀别了，爱多阿尔啊！在我的退隐中请别给我带来失望；请倾听我最后的心愿。请别把我不能担任的地位给予任何别的女人。世界上有颗为您而造的心，这就是劳妼的心。"

激动阻止了我说话。他趁我沉默的机会对我讲，在我出发后，她在她原来是寄宿生的修道院里削发为尼；罗马的法院知道她应该嫁给一个路德教教徒的，下了命令禁止我再去见她；他还向我坦白承认，他已同她一致地采取所有这些措施。"我完全不反对您的计划，"他继续说道，"尽我所能迅速地进行，生怕您回到侯爵夫人那儿，还想用劳逘的爱情来引开那原来的激情。看到您走得比应该的还要远时，我起初让理智说话；可是在我自己过去的错误中有太多的教训使我不相信理智，我便去探测劳逘的心，在那里我找到了那和真正的爱情分不开来的全部的宽宏大度，我便利用它来引她到她正在做出的牺牲。因为确信她不会成为您所蔑视的对象，

她就提高了勇气，从而使她更值得您的尊敬。她尽了她的义务，现在您应该尽您的了。”

于是他激动地走近我，把我紧抱在他胸口，对我说道：“朋友，我在上天给我们送来的共同命运中读到了它为我们规定的法律。爱情的统治已经过去，友谊的统治要开始了；我的心只听到它神圣的声音，它只知道那把我跟你联结在一起的链子而不知道其他的链子。选择你愿意居住的地方：克拉朗、牛津、伦敦、巴黎或罗马；什么地方都对我合适，只要我们能在一起生活。行，你要到哪儿都可以，不论什么地方，你只要能找到任何一处庇护所，我随处都可以跟你去：我面对活着的上帝许下庄严的誓言，我只有到死的时候才离开你。”

我深受感动。这个火热的年轻人的虔诚和火焰在他的眼睛里闪耀着。我忘记了侯爵夫人和劳逷。当一个人在世上还保存一个朋友时他还能抱怨什么？从他在这种情况下毫不犹豫地采取的措施，我同样看到他是真正痊愈了，您并没有白费您的苦心；还从他如此诚心所作的始终要依恋我的意愿，比之他原来的倾向来，他是更喜爱德行。因此我可以用整个信心把他领回来给您。是的，亲爱的伏尔玛尔，他是有资格培养人们的，而且尤其有资格住在您的家里的。

不多几天以后我知道侯爵夫人的死讯。对我说来她早已经死了；这个损失不再触动我。直到现在我把婚姻看做是每个人从他出生起对他的同类、对他的国家承担的一项债务，我的决定结婚是多为了义务而少为了爱好。我已改变了感情。结婚的义务对所有的人不是共同的：它对于每个人要看命运把他放置的地位而定；对于人民、对于手工业者、对于乡下人、对于真正有用人来说，独身是违法的；对于统治其他人们的，并且不断地扩大的和总是太满足的人来说，独身是可容许的而且甚至是合适的。不这样的话，国家将因负担臣民的数量的增加而变穷。人们将永远有足够多的主人，英国将缺乏劳动者而不缺乏贵族院议员。

因此在上天使我诞生的条件下，我确信自己是自由的和能主宰自己。在我现在这样的年龄，已经无法弥补我心灵造成的损失。我要把它奉献出来为我所剩下的东西耕耘，我只有在克拉朗才能更好地集中精力。所以我接受您的一切建议，但要允许我把我的财产参加进去，否则它对我毫无用处。在同圣·普栾取得的协定以后，我只有把我自己往到您那里才能使他留在您旁边；而如果他在那里是多余的话，只消我离开就成了。我剩下的唯一困难是我的英国之行，因为我虽然在议会里已经没有什么影响，但只要我是议员，我就得履行我的义务到底。但我有一个同僚和一个可靠的朋友，我可以在日常事务方面把我的表决权委托给他们。在我认为必须自己出席时，我们的门徒可以陪伴我，当他的学生们稍稍长大些时，只要您能答应，我们甚至还可带他们一同去。这种旅行只能对他们有好处，而且旅途不太长，不致使他们的母亲太忧虑。

这封信我没有让圣·普栾看过：您也不要把它显示给您的那些女眷看；这个考验的计划最好始终只有您和我知道。此外，那对我值得信任的朋友显得光荣的事切不要向她们隐藏不讲，即使于我不利的也不用怕。再见了，亲爱的伏尔玛尔。我把我的小房子的设计图寄给您。您可随意加以重画、改变，可是请现在就动工。我想取消音乐厅，因为我的一切兴趣都已熄灭，我对什么也不关心了。由于圣·普栾的要求,他建议在这厅里训练您的孩子们,所以我把它留着。您也将收到一些书以增添您的藏书。但在这些书中您能找到什么新东西呢?伏尔玛尔啊!为了成为人们中最有智慧的,您只缺少在自然的图书里进行学习了。

第四封信

德·伏尔玛尔先生致爱多阿尔阁下

我早就等待着,亲爱的蓬斯冬,你那长时期的艳史的结束。令人感到很奇怪的是您如此长久地抵抗着您的爱情,为了准备屈服的时候,有个朋友来支持您,但实在说,人们常常在依靠有人支援时却比只靠自己时更脆弱。然而我要承认,我曾为您的最后一封信感到惊惶,在那封信里您向我预告您跟劳逷的婚事似乎是一桩绝对确定的事了。虽然有您的保证,我对事情仍有怀疑,如果我的期待受了欺骗,我有生之年不愿再看见圣·普栾。你们俩做了我希望你们做的事,我现在剩下的是高兴地看到你们回来对生活计划进行安排。回来呀,两个珍贵的人,来增添和分享这家庭的幸福。不管对来世生活的信徒们抱着怎样的希望,我还是喜欢跟他们过今世的生活,而且我觉得你们现在的样子要比假如不幸有像我一样的思想时对我更合适。

此外,您知道在您出发时我对您说到他的一些话;为了判断他,我不需要您的考验,因为我已经考验过他,我相信我知道他正像一个人能知道另一个人一样清楚。而且我更有一层理由指望他的心,这比指望他本人更有保证。虽然在放弃结婚方面,他似乎想仿效您,您也许以为在这里说服他改变主张。这事等您回来后我会对您加以更好的解释。

至于您,我觉得您对于独身的区分是完全新颖和十分奇巧的。我认为它们在国家使彼此力量保持平衡的政策上甚至是合理的。可是我不知在您的一些原则里为了避免一些特殊人物对自然应尽的义务,这些理由是否相当僵硬。生命好像是一种财物,接受它是为了转交给别人,是从一代转交给下一代,而一个人有父亲,他必须自己也成为父亲。这是您到此为止的感情,这是您出外旅行的理由之一;然而我知道您从哪儿取得这新的哲学的,我从劳逿的短简里看到一个论据,您的心对此没有加以反驳。

小表姐为了采购和其他事情,于八天或十天前同她的家属到日内瓦去了。我们这几天一直在等她回来。我把您信里应当让她知道的一切都对我的妻子讲了。我们从米奥尔先生那里知道婚事已经取消;但她不知道圣·普栾在这事中所起的作用。您要确切相信她始终以最热烈的快乐来理解他为报答您的恩德和符合您的信任而做的一切的。我向她展示了您的房子的设计图;她认为非常合她的趣味;但我们为适合本地的需要而对它稍许作了点修改,这将使您的住所变得更为舒适方便:您肯定会赞成这些改动的。在动工前我们要等待格兰尔的意见,因为您知道没有她是什么也做不成的。我已经在准备人马进行工作,我希望冬季前泥水工将有很大的进展。

我感谢您的书,但我不再读我所理解的书,而对于我还不理解的书,现在学习读它们为时已太晚了。然而我还不像您所说的那样无知。对于我,自然方面的真正的书是人们的心,我知道读它的证明是在我对您的友谊中。

第 五 封 信

陶尔勃夫人致德·伏尔玛尔夫人

表妹，我对在这儿短期逗留感到很抱怨。最重要的是我很想在这儿留下来。城市是迷人的，居民都好客，风俗正直诚实，还有自由，那是我最喜爱的，它仿佛是逃避到这儿来的。我越观察这小小的国家，我越觉得有个祖国该多好；愿上帝不让所有想有个祖国而只有一个地方的人遭到不幸啊！至于我，我感到如果我生在这个地方，我将有完全罗马人的灵魂。然而我现在不太敢说：

Rome n'est plus à Rome, elle est toute où je suis,[①]

（罗马不再在罗马，它全在我所在的地方，）

因为我怕由于你的狡猾，你要想到反面去。但是为什么要说罗马，而且总是罗马呢？让我们留在日内瓦。

我不预备对你描写这地方的外貌。它跟我们的相似，除了较少山岭，较多田野，也没有如此靠近城的夏栏[②]。我同样不对你谈管理方法。如果上帝不帮你的忙，我的父亲会充分地对你讲：他整天同政府官员们谈论政治，心里很高兴，我已经看到他对报纸[③]很

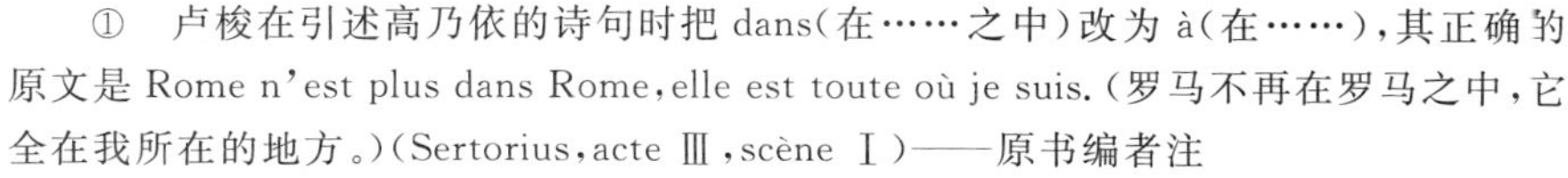

① 卢梭在引述高乃依的诗句时把 dans（在……之中）改为 à（在……），其正确的原文是 Rome n'est plus dans Rome, elle est toute où je suis.（罗马不再在罗马之中，它全在我所在的地方。）（Sertorius, acte Ⅲ, scène Ⅰ）——原书编者注

② 编者认为它们已比较靠近了。——卢梭原注

③ 报纸（gazette）：1672 年法国是这样叫第一张报的，它是根据黎塞留的指示在 1631 年创办的，后来改名为 Gazette de France（法国报纸）。——俄译注

少报道日内瓦而十分不满。你可以从我的信里判断他们的会谈。当他们超过我时，我躲避开，为了给自己解闷，我使你感到厌烦。

他们所有那些长篇大论，我所能记得的是这城市里对盛行的大道理很尊重。看到国家所有部分的作用和反作用取得的平衡，人们用不着怀疑，应用于这小共和国政府的办法和真正的才能比之一些最广大的帝国——那里的一切都由它自己的群众支持，国家的最高领导权可以落入一个傻子手里而国家事务仍可不停地运转，——更要多些。我向你保证，这里不会有这种事。我每次听到我父亲讲到大的朝廷里有些大臣时，总要想到那个如此骄傲地乱弹奏我们洛桑的大管风琴[①]的音乐家，他自信是很熟练的人，因为他发出了许多声音。这里的一些人只有小的斯登耐琴，可是他们却知道使它发出悦耳的和声，虽然它常常不太协调。

我同样不预备对你说……可是由于什么都不对你说，我就结束不了。让我们来谈些什么事，使这封信快些写完。日内瓦人是世界上所有人民中最不会隐藏自己的性格，所以人们能最迅速地认识他们。他们的品德，甚至他们的缺点都混杂着真诚。他们天性善良，所以他们不用担心暴露自己的本性。他们慷慨、聪明、目光敏锐，可是他们太爱钱：我把这个缺点归咎于他们的处境，使他们不得不如此，因为他们的领土不够他们养活自己的居民。

这就使日内瓦人分散在欧洲各地以取得财富，他们模仿外国人的大气派，他们在他们生活的国家里学得一些缺点连同他们的

① 大管风琴(grand orgue)：我注意到对于那些瑞士人和日内瓦的有些人，他们自诩说话规范，说 orgue 这词的单数是阳性，复数是阴性，而且单数和复数同样使用，但用单数显得更为风雅。——卢梭原注

财宝胜利地带回国来[①]。这样，其他国家的奢华使他们蔑视他们古老的朴素：他们把骄傲的自由看成是卑劣；他们为自己铸造了银质的枷锁，不是把它看做锁链，而是看做装饰品。

得了！我不是又陷入可诅咒的政治之中了吗？我掉入其中了，我沉溺其中了，我一直没到了头顶，我已不知从哪儿才能脱身。我在这里听不到谈论其他事情，除非我的父亲不同我们在一起，那只有在邮差来的时候。我的孩子，这是我们在到处散布我们的影响：因为此外，当地的谈话都很有教益和多样化，人们在书本里能学到的好的东西都可以在这里的会谈中学到。像从前，英国的习俗侵入这地方时，男人在这里还比我们那里更同妇女们分开生活，他们之间在接触时言辞里用更为严谨和一般更为牢靠的声音。但这种好处也很快感觉到有不便之处。总是过分地冗长，论据和开场白有些做作，有时句子难得轻松，从来没有那种天然的简朴，它在思想之前表达感情，并使说的话显出魅力。他们不像法国人那样把书写当做说话，而是把说话当做书写那样。他们用论文来代替谈话；人们相信他们总是在准备支持一种论点。他们把谈话分割成若干点，并加以区别对待；他们采用像书本里一样的方法说

① 现在瑞士人可以不必费心到什么地方去寻找缺点，外国人自己把坏的东西带进他们国家来了[②]。——卢梭原注

② 卢梭在这里指伏尔泰。伏尔泰住在日内瓦附近，那里没有戏院，他努力吸引日内瓦青年参加在他城堡里举行的戏剧演出。1755 年日内瓦议会讨论了伏尔泰提议的关于在日内瓦创立戏院的计划。计划被否决了，还禁止日内瓦人参加戏剧表演。加尔文教的反对者从卢梭在 1758 年发表的《关于戏剧表演致达朗贝的信》中得到支持，此信同样反对伏尔泰。然而伏尔泰终于达到了目的，在 1766 年日内瓦成立了戏院。——俄译注

话;他们是作者,而且永远是作者。他们说话像在写书,是那么好地遵守词源学,他们对每个字母留神地发音。他们发 marc(葡萄的榨渣)像 Marc(人名);他们准确地说 taba-k(烟草)而不说 taba;说 paresol 而不是 parasol(阳伞);avan-t-hier(前天)而不是 avan-hier;secrétaire(秘书)而不是 segrétaire;lac-d'amour(投水自尽的湖)而不是溺死的湖;到处发词尾的 s 音,到处发动词不定式的 r 的音;最后,他们的说话总是典雅大方,他们的讲话都是长篇大论,他们的闲谈仿佛像在布道。

奇怪的是这种教条式的和冷淡的声音却是活泼的、狂热的,并带有热烈的激情;他们甚至能相当好地谈论带感情色彩的事,如果不是那样详细地讨论,而且假如不只是对耳朵,还要对心灵说话;可是他们的句号、逗号是如此难以忍受,对那么活泼的感情却描绘得如此庄重,以致他们在讲完以后,人们通常会在他们周围寻找那个能感到他所描写的人到底在哪里。

此外,应当向你承认,我吃了点苦头才能知道他们的心,并明白他们的兴趣不坏。告诉你一个秘密,有个适合于结婚的漂亮小伙子,据说他很有钱,对我表示殷勤,并讲了些相当温情脉脉的话,我完全用不着到别处去找他对我说的话的作者。啊!假如一年半以前碰到他,那时我会把一个统治者作为奴隶并把一个大贵人[①]搞得晕头转向,那将是多么快乐的事!可是如今我的头脑已不那么简单,所以那样的玩意儿不再感到快活,我觉得我的一切疯狂连

① 大贵人(Magnifiques seigneurs)是授予日内瓦元老院的成员的头衔。——原书编者注

同理智一起都飞走了。

我回头来谈谈使日内瓦人开动脑筋的那种阅读的兴趣。它发展到一切阶层，而且使全体都感到它的好处。法国人书读得很多；但他们只读些新的书，或不如说他们是浏览，较少是为了读它们，较多是为了说已经读过了。日内瓦人只读一些好的书；他们读它们，把它们消化：对它们不作判断，但懂得它们。判断和挑选是在巴黎进行的；挑选的书几乎是运往日内瓦的唯一的书。这样就使那里的阅读较少混杂，也可以获得更多好处。妇女在养老时[①]，她们也读书；她们的意见也可以听得到，然而是通过另一种方式。这里的阔太太们都像我们那里一样是爱打扮的，而且是一些才女。一般的城里妇女她们也从书本里挑一些词儿或成语，听到这些出自她们嘴里的用语就好像有时听到小孩子说的一样感到奇怪。必须有男人的全部见识、女人的全部快乐心情加上他们共同的智慧，才能发现其中有些人的冬烘头脑和另一些人的有点儿装腔作势。

昨天在我窗口对面，有两个非常漂亮的姑娘，她们是工人的女儿，她们在她们店铺前交谈，神情相当活泼，引起了我的好奇心。我提起了耳朵听，听到其中之一笑着建议写她们的日记。另一个回答说："好的：每天早上写日记，每天晚上写说明。"你对此会怎么说，表妹？我不知道这是不是工人的女儿说话的口气；但我知道一天要写她日记的说明就得加紧使用时间。那小人儿肯定读过《一

① 要记住这封信是早就写好的，不过我认为即使不提醒也容易看出来。——卢梭原注

千零一夜》的故事。

日内瓦妇女虽然作风上有点儿浮夸，但性格是活泼和辛辣的，而且在这里可以看到像在世界大城市里的那种巨大的激情。她们在装饰的简朴中具有优雅和兴趣，她们在谈话以及风格上也这样表现出来。男人都是亲切多于文雅，妇女则敏感多于卖弄风情；而这种敏感性甚至在最正派的妇女那里也给予一种愉悦和精巧的风味，它可以直透进心灵并从中流露出它整个的精细来。只要日内瓦妇女始终是这样，她们便会是欧洲最可爱的妇女；然而她们很快就想成为法国妇女，到那时法国妇女就要比她们更优美了。

这样，一切随着风俗的衰败而衰败。最优美的趣味依靠着道德本身；它随着道德一块儿消失，并让位给一种仿制的和浮夸的趣味，它只是时髦的作品。真正的智慧的情况几乎是同样的。是不是我们女性的谦虚迫使我们使用机智来拒绝男人们的迷人的方法？如果他们需要用技巧使人听他们的说话时，我们是否较少需要技巧以懂得不去听他们？是不是他们解开了我们说话的智慧，使我们得以更生动地加以反击[①]，并迫使我们嘲笑他们？因为最后不管你怎么说，某种狡猾和嘲笑的献殷勤要比沉默或蔑视更使求爱者感到困惑。看到一个漂亮的赛拉冬[②]非常惶惑、局促不安，在每次答话时不知所措；看到一些不太灼热但比爱神的箭更尖利的箭包围着他，看到用冰块的尖端靠冷气来戳他时，该多么愉快

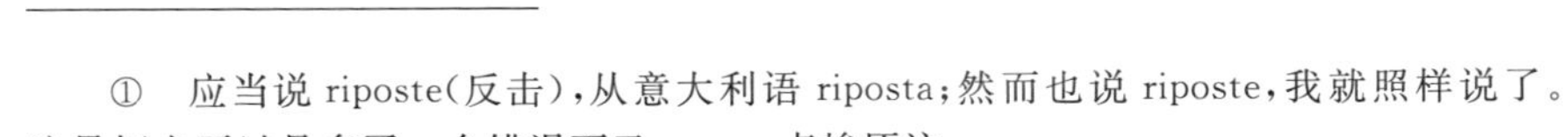

① 应当说 riposte（反击），从意大利语 riposta；然而也说 riposte，我就照样说了。这最坏也不过是多了一个错误而已。——卢梭原注

② 赛拉冬：玉尔辉的牧歌式小说《阿斯特雷》中的人物。赛拉冬是个温顺、忠诚的情人，他顺从于阿斯特雷的任性。参见本书《第二篇序言》，第 16 页。——译者

呀！再看你自己，你仿佛什么也不在乎，但你认为你的天真和温柔的举止、你的胆怯和善良的神色能比我的一切鲁莽更能隐藏狡猾和机巧吗？我的宝贝，老实说，如果要计算我们俩嘲笑过的献殷勤的男子的数目，我怀疑以你的伪善面孔是不及我的。我在想到那可怜的龚佛朗时还不免要发笑，他发疯似地跑来责备我说，你太喜欢他了。“她是那么温柔，”他对我说，“所以我不知道要抱怨什么；她对我说话有那么多道理，我在她面前失礼就会感到羞愧，我觉得她真是我的女友，因此不敢成为她的追求者。”

我不相信世界上有比这个城市里的夫妇更为团结和更和睦的家庭生活。那里的家庭生活是愉快和美好的：人们看到那里的夫妇是欢快的，而且几乎是一对对的于丽们。你的体系在这儿很好地得到证实。两性之间用一切方法彼此提供不同的工作和娱乐以防止相互的厌倦，并使大家得到更多的快乐。智者便是这样锻炼享乐的：欢乐要有节制，这是哲学，这是理智的享乐主义。

不幸的是这古代的良好作风在开始被拒绝接受。人们在接近，而心灵却在离开。这里，也像我们那里一样，一切都是好的同坏的混杂在一起，但标准不同。日内瓦人的道德来自它本身；他的罪恶却是从外面来的。他不但旅行得很多，而且容易采取其他人民的风俗和方法；他流利地说一切语言；他毫无困难地发着他们不同的语音，虽然他自身有着很明显的缓慢的语音，尤其是较少外出旅行的妇女。日内瓦人对自己国土的狭小感到很谦卑，而对于自己的自由却没有那么骄傲，在外国人面前对自己的国家感到羞耻；他可以说急于想在他生活的国家里入籍，仿佛为了可忘记自己的国家：日内瓦人贪于获得东西的名声也许促成了这有罪的耻辱。

毫无疑问，他们与其说害怕挂着日内瓦人而感到受人轻视，还不如说用自己的大公无私来洗刷掉日内瓦人的这种耻辱；可是日内瓦人即使在使它受尊敬时依然在蔑视它，而不是去使自己的国家以自身的功绩而显赫，那他就更错误了。

日内瓦人不论怎样贪婪，但没有人看到用奴隶和卑劣的方法来谋取财富；他不爱依附于大人物和向宫廷阿谀奉承。对他来说，厌恶个人的奴役并不亚于公民的奴役。他像阿尔西比亚特[①]一样柔韧和随和，他也同样很少能忍受奴役：而当不得不适应其他国家的习俗时，他模仿它们而不是屈从它们。商业是一切致富的方法中跟自由最能相容，所以也是日内瓦人所最喜欢的。他们几乎都是商人或银行家；他们主要希望在于致富，因此常常使他们埋没了大自然慷慨赋予他们的难得的才能。这里使我回到了我的信上开头的话。他们有天才和勇敢；他们是活泼的和敏锐的；没有什么诚实和伟大的东西是超乎他们能力之上的；然而比起荣誉，他们更热衷于金银，他们为了生活在富裕中，却死在昏暗里，作为全部范例留给他们子女的，是他们为之获得的对财宝的爱。

这一切我都是从日内瓦居民自己那里听来的，因为他们非常公正地谈到他们。至于我，我不知他们在别处会怎么样，但我在他们家里认为是可爱的，我只知道一个办法可以不感到惋惜地离开日内瓦。这是什么办法呢，表妹？啊！真的，你装做谦虚也是白搭；如果你说还没有猜出来，你是在说谎。后天，快乐的一群要登

① 阿尔西比亚特（Alcibiade，公元前450—前404）：雅典的将军、苏格拉底的弟子。——译者

上披着节日盛装的漂亮的双桅横帆船，由于季节关系我们选择了水路，也为了大家都能在一块儿。我们打算当天晚上在莫尔日过夜，第二天在洛桑[1]，为了举行婚礼；而到后天……你听我说。当你从远处看到火焰发着光辉、旗帜迎风招展，当你听见大炮轰鸣时，你会像疯子似地在满屋子里奔跑着喊道："拿起武器！拿起武器！敌人来了！敌人来了！"

附言：虽然房子的分配无可争辩地属于我管理家务的权力范围，但我在这种情况下很愿意放弃它。我只希望我的父亲住在爱多阿尔阁下的房子里，因为有许多地图，并希望把它们从上到下挂满屋子。

第六封信

德·伏尔玛尔夫人致圣·普栾

在开始写这封信时我感到了多么甜蜜的感情！这是我生平第一次能够没有恐惧和没有羞耻地给您写信。我为联结我们的友谊——它是没有先例的恢复——感到骄傲。人们可以窒息伟大的激情，但人们却难得使它们净化。当荣誉要求忘掉对我们过去所宝贵的激情时我们这样做了，这是一个诚实和共同的灵魂经过巨大努力所达到的；但在我们之间曾经是那样而我们今天成为这样，这是

① 这是怎么回事？洛桑不在日内瓦湖湖滨：从码头到城市约有半古里，这条道路很坏，而且应当设想，这些美好的安排不要被风所阻挠。——卢梭原注

德行的真正的胜利。制止相爱的原因可能是种罪恶;而把一种温馨的爱情改变为同样活泼的友谊的原因不应当说是暧昧不清的。

难道作出这种进步的只靠我们自己的力量?绝不是,绝不是的,我的好朋友;即使进行这种尝试也是一种轻率行动。我们彼此躲避对我们是义务的第一条规则,我们怎么样也不能违反。毫无疑问,我们始终互相尊敬;可是我们要停止彼此见面、彼此通信;我们要被迫彼此不能思念,而我们彼此所能达到的最大的荣誉是我们之间切断一切的交往。

请看,取代这个的,我们现在的情况怎样。世上还有比这更愉快的生活吗?难道我们要用严重的斗争达到每天一千次感到的快乐?像兄弟姐妹一样亲近地经常见面,彼此相爱,感到自己的幸福,老是整天在一起度过,问心无愧地彼此互相关心,不用红脸地谈论,并骄傲地看着我们长久为之斥责自己的依恋之情,——这些便是现在所达到的。朋友啊!我们已经走过的是怎样光荣的道路!我们敢于赞扬自己,因为我们有足够的力量没有迷失正道,而且以像开始时一样坚定的步子走到底。

如此稀有的幸运我们应当感激谁?那您是知道的。我看到了您敏感的心对那个最最优秀的人的恩惠充满了感激并真挚地热爱他,但怎么能使他的恩德成为您和我的重负?它们并不曾迫使我也并不迫使您提出新的义务;它们只是使那些对我们本来就如此神圣的义务变得更亲切。感谢他这些关心的唯一方法是要对得起它们,而一切奖励是在于它们的成果。那么我们就坚持这一点,在我们诚心的流露中;我们用我们的德行来报答我们恩人的德行:这便是我们欠他的全部。如果他使我们恢复了我们自己,他对我们也对他自己便做了够多的事。我们在不在他面前,活着还是死了,我们到处都要带着一个证明,这证明对我们三人中任何一个都不能丢失。

当我丈夫安排您担任他孩子的教育时,我自己心中作着这样的回想。当爱多阿尔阁下告诉我关于他以及您最近就要回来时,这同样的回想,还有其他的一些回想又浮起来了,所以现在就告诉您,现在是这样做的时候了。

这并不是关于我的问题而是关于您的问题:自从我完全可以公正处理和不再牵涉到我的安全后,我认为自己更有权向您进行忠告,它们只对您有关。我的温馨的友爱您是不会怀疑的,我花高昂代价得到的经验可使您仔细听取我的意见。

请容许我向您描绘您就要置身其间的情景,以便您自己考虑有没有应该害怕的地方。好心的年轻人呀!如果您爱美德,那就请用纯洁的耳朵听听您女友的劝告。她哆嗦着开始她本想沉默的说辞;然而要不背叛您,又怎能沉默不语?当您已陷入迷误时再对您说您应害怕的事,那不是太晚了吗?不,我的朋友,我是世上向您把它说出来的唯一相当亲切的人。我不是有权必要时像姐姐、像母亲般对您说话吗?啊!假如一颗真诚的心的教训可以污染您的心的话,我很早就不应该对您作教训了。

您说您的生涯已经完结;可是您要同意它是早于现在年龄前完结的。爱情是熄灭了,感官要比它活得更久,它们的狂热尤其可怕,因为只有能节制它的感觉,它已不再存在,一切都是堕落(它已不再有可以支持的东西)的机会。一个热烈和多情的、年轻和未婚的男子,他想禁欲和纯洁;他懂得、感到、千百次这样说,产生一切德行的灵魂的力量有赖于培养一切德行的纯洁。如果在他年轻时爱情保卫他不受坏习俗的侵害，他希望理性在整个时期保卫他：他知道什么奖励作为责任严峻所需要的安慰，虽然战胜自己是来之不易的，难道他以他尊奉的上帝的名义所做的会比他从前作为情人的奴隶所做的还少吗？我认为这些便是您的德行的准则；因此这些也是您的行为的准则：因为您始终藐视那些满足于表面，说的一套和做的一套并把他们自己不愿意挑的重担推给他人的人。

为了追随他为自己规定的准则，这个聪明的男子选择了什么性质的生活呢？他未必是有德行的人和基督教徒，更不像是哲学家，他无疑并不把他的骄傲当做自己的指导方针。他知道一个人比之于想战胜它，更易于回避，问题也不在抑制愤怒的激情，而是要防止它的产生。那么他想躲避危险的机会吗？他逃避可以激动他的目标吗？他用自己谦逊的不信任来对待他德行的保卫者吗？完全相反，他毫不犹豫地奋身作最勇猛的战斗。在三十岁时，他把自己关闭在跟与他同样年龄的姑娘们一起的幽居中，其中之一对他太亲昵了，使那么危险的回忆很难抹掉，另一个跟他生活在密切的亲热里，第三个是恩德对感激的心灵们[①]还以权利同他联系着。他眼看着就会引到一切可以唤醒他那不完全熄灭的激情中去；他就会投身到对他应该是最可怕的陷阱中去。在他所处的环境里，随时随地都应当有使他不信任自己的力量，如果他有一刻疏忽，就会永远地辱没他。那么他敢于如此自信的那心灵的巨大力量在哪里？那力量迄今为止做了些什么事可以保证他的将来呢？在巴黎的一个上校家里是它把他拉出来了？去年冬天梅耶利村的那一幕

① ……对感激的心灵们……：于丽指的是方勋·阿奈。——俄译注

是它指示他的？这年冬天，它是否把他从另一个对象的魅力里救了出来？还有这个春天又把他从一个梦幻的恐怖中唤醒了他？依靠了这力量，他至少有一次战胜了自己，因此他就希望能不断地战胜自己？他知道当责任这样要求他时，他可以跟朋友的激情进行斗争；可是他自己的……唉！在他生命的最美好的一半的上面，他应该虚心地思考他的另一半生命！

人们可以忍受已经过去了的剧烈的情况：半年、一年，那不算回事；人们盼望有个尽头，所以可以鼓起勇气来。可是这种情况应当一直继续下去时，谁能忍受它？谁能知道战胜自己要一直到死？我的朋友呀！如果为了欢乐，生命是短促的；它为了德行却是长久的！应当不断地有所戒备。快乐的刹那过去了，它不再回来；做坏事的刹那过去了，它会不断地回来：人们一会儿忘记了自己，他就会完蛋。人们是否能在这可怕的情况下度过平静的日子？而那些时日虽然人们已从危险里逃脱了，是否就有理由可以把其他时日再置于危险境地呢？

跟您已经逃脱了的危险相同的情况有多少机会能再现，而且更坏的是，它们并非都是可以预见的！您相信可怕的纪念碑[①]并非只在梅耶利存在吗？它们在我们存在的所有地方，因为我们到处带着它们。唉！您知道得很清楚，一个深受激情感动的心灵在整个宇宙中看得到自己激情的反映，而且甚至在激情治愈以后，自然界的一切事物他们在看到时依然会回想到从前所感觉到的东

① 纪念碑（Monument）：此词在这里有从拉丁语 monumentum 来的原始的意义，有“通知、提醒的物品”之义，亦即“回忆”。——原书编者注

西。然而我相信，是的，我敢于相信这点，这些危险不会再回来，我的心可以为您的心向我作证。可是为了要超乎卑怯以上，这要看这随和的心是否超出懦弱之上？我在这儿是不是他唯一可能值得尊敬的人？圣·普桑呀，您要想想，对于我都是可珍贵的一切，对于您都应当得到您对我同样的尊敬；您要想到您必须无恶意地不断承受一个可爱的女人无邪的游戏；您要想到假如您的心有一会儿敢于忘乎所以和亵渎有那么多理由应该尊敬的东西时，就应当甘心忍受永远的蔑视。

我希望义务、真诚、原来的友谊能使您停止，德行提出的障碍能打消徒然的空想，也希望您至少出于理性会抑制一些没有用的心愿：您会不会因此而摆脱官能的王国和幻想的陷阱呢？您不得不尊敬我们表姐妹两人并忘记我们俩是女性，您便注意那些侍候我们的女仆，您在降低自己的身份时，认为可以为自己辩解；但事实上您真能减轻罪责吗？等级的不同就能这样改变过错的性质吗？正好相反，取得成功的方法越不诚实，您就会越显得卑贱。什么方法！什么！您！……啊！让拿心灵做交易和使爱情成为出售的商品的那个坏蛋死掉吧！在地上传播了产生淫乱的罪恶的就是他。一个让人购买过一次的女人怎么不会常常再出卖自己呢？而当她跌进了耻辱的泥淖，谁是毁灭了她的罪人，——在妓院里虐待她的粗暴者呢，还是第一个靠金钱求得她欢爱而后把她拖进那里的勾引者？①

① 卢梭是18世纪指出娼妓是社会不平等的牺牲品的最初的作者之一，在他以后，霍尔巴赫在《社会体系》中（1773年）要求法律惩罚教唆者。——俄译注

如果我没有弄错的话，可否增加一点和您有关的意见？您看到我多么细心地在这里建立规章和好的习俗；这儿统治着的是谦虚与和平，这儿一切都显示出幸福和纯净。我的朋友，请想想您、想想我、想想我们的过去、我们的现在以及我们应该成为的情形。我是否有一天会悔恨自己白费的劳动而说："我家的混乱都是来自他？"

如果这样有必要，那么让我们把一切都说出来，并为了对德行的真正的热爱而牺牲谦逊本身。人并非为独身而生的，这样地违反自然的情况很难不引起一些公开的或隐蔽的混乱。人们不停地携带在身上的敌人有办法可以永远避开吗？请看其他国家里那些鲁莽的人，他们立志不做男人。上帝为了惩罚那些试验它的人们，它抛弃了他们；他们自称是圣者，却是些不道德者；他们虚假的禁欲不过是些脏东西；因为蔑视了人性，他们比脏东西还卑下。我知道他毫不在乎地表示自己遵守规章制度是很严格的，但实际上他只是表面上遵守[①]；但是真心希望成为有德行的人感到自己已负担相当重的义务，所以不再给自己增加新的义务。亲爱的圣·普栾，这是基督教信徒的真正的人性，即永远寻求超过他力量以上的任务，但并不是出于骄傲而使任务翻番。您如应用这项规律，便会感到有一种使另一个正直的人只会感到不安的情况，有一千种理

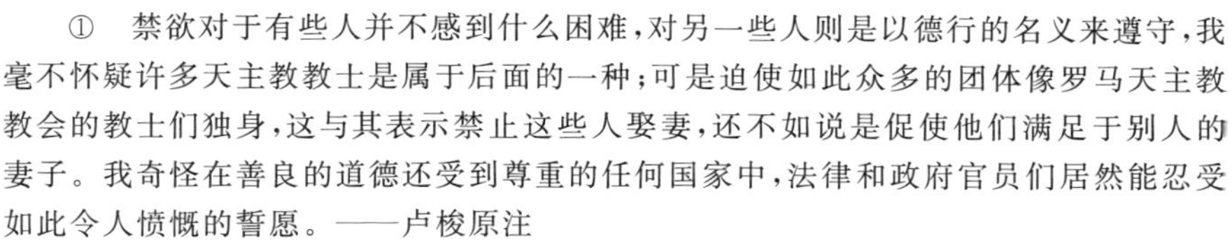

① 禁欲对于有些人并不感到什么困难，对另一些人则是以德行的名义来遵守，我毫不怀疑许多天主教教士是属于后面的一种；可是迫使如此众多的团体像罗马天主教教会的教士们独身，这与其表示禁止这些人娶妻，还不如说是促使他们满足于别人的妻子。我奇怪在善良的道德还受到尊重的任何国家中，法律和政府官员们居然能忍受如此令人愤慨的誓愿。——卢梭原注

由可以使您感到颤抖。您越不感到害怕时,您就越应当害怕;因而如果您对您的任务不觉得害怕,您就别希望能完成它们。

这些便是这里等待着您的危险。请您想想,现在还不晚。我知道您从来不会存心做坏事,我害怕您唯一的坏事是您没有预先见到的坏事。所以我不对您说要根据我的道理来作决定而是要您考虑整个情况。您如能从中找到可以使您满意的答案,我也因而满意了;如果您敢于依靠您自己,我也就敢依靠您。您如果能对我说:“我是天使”,我就会伸开双臂欢迎您。

什么!永远的苦难和受罪!永远是艰难的义务要完成!永远要逃离我们亲切的人们!不,我可爱的朋友。生来为德行作贡献的人是幸福的!我看到一个高尚的人,他知道为德行作斗争和受苦。如果我对自己不作过高估计,我认为我代您指定的奖励会完全偿清我的心对于您所欠的账;而您所得到的东西会比老天爷为我们最初的爱慕祝福所获得的还要多。您既然自己不能成为天使,我愿意给您一个,她会守护您的灵魂,使它净化,使它复活,在她的保护下您可以同我们一块儿在天国的和平中生活。我相信您不用费很大的困难就能猜到我要说的是谁:这个目标已经预先在心头差不多建立起来了;它总有一天应该建立,如果我的计划实现的话。

我看得到这计划的一切困难而并不气馁,因为它是诚实的。我知道我对于我的女友的全部威力,所以完全不怕滥用它来有利于您。然而她的决心您都明白,在动摇它们之前我应当对您的心情能把握好,以便在劝说她答应您向她表明态度时,我可以代表您和您的感情说话;因为命运把不平等放在你们两人中间而使您没有权利自己提出请求，她在不知道您会把它怎样运用时更不能允许把这权利交给您。

我懂得整个你们的微妙关系；我知道您对于我的计划想反对的话，主要是为了她而不是为了您。您要抛开这些多余的顾虑。您是不是比我更珍惜我女友的荣誉？不，不管您对于我是多么宝贵，您不用害怕我对您的关切会更甚于对她的荣誉。然而我越重视和尊敬明智的人，我就越看不起大多数人轻率的见解，后者让虚伪的光荣所迷惑，看不见什么是正直的东西。等级的差别不管有百倍之大，才能和美德没有权力达不到；一个女人凭什么理由敢于藐视她有荣幸看做是朋友的男子作为丈夫？您知道我们两人在这方面的原则。虚伪的羞耻和害怕咒骂引起的坏行为要多于好的行为，美德只有对罪恶的东西才感到害臊。

现在说一下您，我有几次注意到您很傲慢，在这种情况下它特别不合适；您担心她再给您恩惠，这在您是一种忘恩负义。其次，无论您怎样感到不好受，您得同意，接受自己妻子的财产总要比接受朋友的财产更为快意和适当些，因为他对前者是保护人，对后者是被保护者；而且不管人家会怎样说，一个正直的人没有比自己的妻子更亲爱的朋友了。

如果您的心灵深处还留下对形成新的纽结一些厌恶时，为了您的荣誉和我的安宁，您只能赶快把它除掉：因为当您实际上成为您应当成为的和喜爱您应当履行的义务以前，我是永远不会对您和对自己感到满意的。啊！我的朋友，我应当较少害怕那种厌恶之心而更多地害怕跟您原来的倾向有关的急迫心情。为了还清欠您的债，我什么事情没有做过？我偿付的比我答应的还要多。我不是把于丽都给了您？您是否有了我自己的最美好的部分，您是否因此比别人对我更亲？那时我以怎样的魅力为了您毫无约束地投身于我整个爱情！是呀，您要把对我的全部诚心转交给她；让您的心灵跟她一起把它同我的爱情一起充满它们；假如有可能，让它把您欠我的一切都还给她。圣·普栾呀！我把原来欠的债转交给她。您要记住，她并不是容易偿付的。

我的朋友，这便是我设想的没有危险的关于我们联合的方法，同时在我们家庭里给予您以像您在我们心中所占据的同样的地位。在联系我们全体的亲密和神圣的纽结里，我们之间都是姐妹和兄弟；您不会再是自己的仇敌，也不是我们的仇敌；最亲爱的感情变为合法的，也不再是危险的；那时不再需要熄灭它们，人们也不再畏惧它们。对一些如此优美的感情，我们完全不需要抵制，我们将把它们变成我们的义务和我们的快乐：那时我们大家都相爱得更完美，于是我们便能真正品尝到友谊、爱情和纯洁的魅力的联合了。假如在您承担的职务中，您担任我们孩子的教育而老天爷奖赏您以做父亲的幸福，那时您由自己的经验认识到您为我们所做的事情的价值。充满了人类真正的福利，您会学会愉快地负担起对自己亲属有益的生活；您终于会认识到坏人虚假的智慧从来不能相信的话：这世界上有一种只有为美德的朋友们保留的幸福。

在您空闲时请想想我为您建议的办法，不是为了想知道它是否对您合适，这一点我不需要您的答复，而是想知道它是否对陶尔勃夫人合适，还想知道您能不能创造她的幸福像她应该创造您的幸福一样。您知道她是怎样完成她的责任的：她在一切方面都是个模范的主妇；凭她所具备的品德，您该认为她有权利要求于您。

她像于丽一样能爱，她应该像她一样被爱。如果您觉得配得上她，您就说出来；我的友谊可担任其余的事并预期她的一切；可是假如我对您抱的希望太大，至少您是个诚实的人，所以您了解她的敏感：您不会希望一种损害她的幸福的幸福；但愿您的心对得起她的心，否则永远不向她求婚。

我再说一遍，您要好好考虑：在作出决定前衡量好您的答复。当涉及生活的命运时，谨慎不允许轻易作决定；可是当关系到灵魂的命运和道德的选择时，一切轻率的商议都是罪过。我的好朋友呀，用智慧的一切帮助来加强您的灵魂。难道虚伪的羞耻心阻止我提醒您关于最可靠的支持吗？您并非没有宗教信仰，但我担心您不去吸取它在对生活的指导方面提供的全部利益，而您会从哲学的高度藐视基督教的单纯。在祈祷方面我曾看到您的一些格言，是我不能赞成的。按照您的意见，我们谦恭的祈祷对于我们完全没有用处，因为上帝在我们的良心里放进了一切可以引起我们向善的东西，后来又放任我们自己并令我们自由地行动。但您知道，这不是圣保罗，也不是我们教会教导我们的教义。我们是自由的，这确是这样，但我们愚昧、脆弱、易于做坏事。那么从哪儿来的光明和力量，如果不是从那作为源泉的那一个？如果我们不向它请求的话，我们怎样能得到它们？您要当心，我的朋友，要当心您对伟大的上帝的崇高思想不要被与人有关的低劣思想混入进去：这好像减轻我们弱点的方法适合于上帝的意志，它也像我们一样需要艺术来使事物一般化，以便更容易处理一样！如果听您的话，仿佛万能的上帝就要照顾每个人：您担心分散的和连续的关心会使它疲劳，所以您认为更好的方法是对一切定出一般的法律，这无

疑会少费些关心。伟大的哲学家们啊！但愿上帝让你们提供它以那样方便的方法和减少它的工作！

“向它请求东西有什么用?”您还要问:“它不知道我们所有的需要吗？它难道不是向我们提供这些东西的父亲？我们能比它更清楚知道我们所需要的？我们所需要的幸福难道比它自己所需要的更真实?”亲爱的圣·普栾,多么徒劳的诡辩！我们最大的需要、我们唯一能够供给的需要是感到我们所需要的那一种,而为了走出我们的不幸的第一步是要认识它。为了变得聪明,我们要谦虚,要看到我们的弱点,于是我们就会有力量。正是这样,公正和仁厚相结合,正是这样,恩泽和自由一起进行统治。我们的脆弱使我们成为奴隶,我们由于祈祷而成为自由;我们能否获得我们自己没有和不可能有的力量,那要看我们:应该向上帝要求它,它就会给我们。

因此在困难的情况下不要总是单独向您自己请教,而要向联系着权力和明智的,并且知道选择我们所要挑选的部分中的最好的部分的那一位请教。人们,即使只以德行为目的的人们的大缺点,是使我们用现在判断未来和用一刹那来判断整个人生的过度的信心。一个人感到一时的坚强就认为永远不会动摇。人们充满了每天使他受挫折的傲慢的经验,认为一次避免了陷阱就用不着再怕它。勇者谦虚的话是:“我某一天曾是勇敢的”;可是那个说“我是勇敢的”的人却不知道他明天会怎样;因此把不属于自己的一种价值认定为自己的时,他在应用它时遭到失败,那是咎由自取的。

在上帝面前,我们的一切计划应当是可笑的,我们的一切推理应当是荒谬的,对它来说,时间和空间都是无限的！远离我们的东西我们认为不值一顾，我们只看到我们所接触的：等到我们变换了地方，我们的判断将完全相反，理由并不更充分。我们在今天对我们合适的基础上处理未来，并不知道明天是否对我们合适；我们判断自己仿佛始终是一样的，但我们每天在改变。谁能知道我们将会爱我们今天所爱的，我们是否会要我们所要的，我们是否会像我们现在的样子，外来的物体和我们身体内的变化是否会改变我们的灵魂，还有在我们为我们的幸福而作的安排里我们是否会发现我们的灾祸？请给我指出人类智慧的标准，我将用它作为指南。可是假如它最好的教导是教我们抗拒它，那我们就要求助于从不欺骗的它，并按照它给我们启示的去做。我要求它启发我的劝告，请您要求它启发您的决心。不管您采取什么决定，您只愿意选择好的和正直的，这一点我很明白；但这还不够：应该要求永远是如此，而判断这一点您和我都办不到。

第七封信

圣·普栾致德·伏尔玛尔夫人

于丽！一封您寄来的信！……在七年的沉默之后！……是的，那是她；我看到信，我感觉到它：我的眼睛是否认不出我的心不能忘记的那笔迹？什么！您还记得我的名字！您还知道写给它！……在组成这个名字[①]时，您的手一点不觉得颤抖？……我糊涂了，而

① 人们说圣·普栾是个捏造出来的名字，也许真正的名字写在封皮上面。——卢梭原注

这是您的过错。那形式，那褶痕，那封印，那地址，在这封信上的一切都使我回想起的太不一样。心和手仿佛自相矛盾。啊！难道您用同样的字迹来表达其他的感情吗？

也许您会认为如此强烈地想到您从前的书信，这证明您在您最后一封信里所表明的危险，您这样想就错了。我对我自己很看得清。我已经不是从前的我，或者说您已经不是过去的您；这便是给您的证明：除了迷人的魅力和善良以外，我从您过去的容貌里觉得一切对于我是全新的和令人那样的惊奇。我这样的观察可以使您事先免除恐惧。我毫不相信自己的力量，我却相信感觉，它解脱了我必须依靠这些力量。我深深地尊崇我已经不敢崇拜的事，我知道我对过去的崇拜应该提高到怎样的尊重程度。我对您充满了最温馨的感激之情，我的确像从前一样爱您，但已经恢复了的理智更深深地缠住了我，它使我仰慕您。它向我显示的是如今的您，它比爱情更好地为您效劳。是的，假如我仍保持着过去那种在今天说来已是有罪的爱情，您便不会对我如此珍贵了。

自从我停止欺骗自己并依靠聪慧的伏尔玛尔的帮助弄清楚了我真正的感情后，我较好地学会了认识自己，也较少地为自己的弱点惊慌。虽然这弱点还在吸引我的想象力，虽然过去的谬误对我还是甜蜜的，但只是知道它已不能屈辱您，我也就安心了；在梦想中引诱我的怪兽便从现实的危险中拯救了我。

于丽呀！有些永久的印象不论什么时间和努力都是无法抹掉的。伤口长好了，但疤痕还留着，而这疤痕是可纪念的印记，它防止心灵受到另一次伤害。易变性和爱情是不能共存的；改变的情人不是单纯地改变：他开始或者停止爱，至于我，我是停止；可是在停止属于您时，我仍在您的照管之下。我不再害怕您，但您阻止我害怕另一个女子。是的，于丽，是的，可尊敬的女人，我始终是您自己的朋友和您德行的情人；然而我们的爱情，我们的初恋和唯一的爱情从来不会逸出我的心灵。我的年岁的鲜花完全不会在我的记忆中凋谢。我即使活上多少个世纪，我青春的温馨的岁月既不能对我再生，也不会在我的记忆里消灭。我们徒劳地想不再是同样的人，我不能忘却过去曾经是的那两个人。但现在我们来谈您的表姐。

亲爱的女友，必须承认，自从我不再敢注视您的妩媚，我变得对她的美丽更敏感了。什么眼睛能够从这样的美丽飘浮到另一种美丽而始终不能固定在一点上呢？我的目光也许太乐于看到她，从我离开后，她的容貌已经镌刻在我的心里，已形成了更深刻的印象，圣殿关闭了，然而她的形象已经留在教堂里。假如我从来没有看见过您，我会对她不知不觉地成为将要成为的那样；只有您一人使我感到她使我引起的感情同爱情之间的区别。那与可怕的激情不同的感觉，同友谊温和的感情相结合，它因此会成为爱情吗？于丽呀！多么大的区别！热情在哪里？狂热的爱在哪里？理性的神奇的彷徨比理性本身更辉煌、更伟大、更有力、更优美百倍，它们又在哪里？短暂的激情袭击了我，一时的狂热抓住了我，使我激动，然后离开了我。我重新发现在她和我之间是两个朋友，互相亲热地相爱，也互相交心。可是两个情人彼此这样相爱吗！不，“您”和“我”在他们的语言里是被摈弃的字眼：他们已不再是两个人，他们是合而为一个人了。

那么，我的确是平静了吗？我怎么能平静呢？她是迷人的，她

是您的女友也是我的女友：感激之情把我跟她联系起来；我对她怀着最甜蜜的回忆。对于一个敏感的心灵有多么大的权力！一种更温馨的感情怎样能回避欠下的那么多的感情？唉！命中注定我在她和您二者中间是永远不会有一会儿平静的。

女人！女人！亲爱而又致命的对象，大自然用来为我们的苦难作装饰，当人们冒犯你们时，你们就加以处罚，当人们恐惧你们时你们便折磨他们，你们的恨和爱都同样有害，人们既不能不受惩罚地追求，也不能不受惩罚地逃避你们！……美丽、娇媚、魅力、同情，不可思议的人或怪物，痛苦的深渊和快乐的顶点！对人们比使你从中出生的要素更可怕的美，那些投身于你那骗人的宁静的人真不幸呀！产生折磨人类的暴风雨的就是你。

于丽啊！格兰尔啊！你们对我吹嘘的令人痛苦的友谊使我付出了多大的代价！……我生活在风暴里，这都是你们为我激起的。但你们使我的心经受了多少不同的激动！日内瓦湖的波动不同于辽阔的海洋中的浪涛，前者只有生动和短促的波浪，它们永远的浪头在晃动、激荡，有时还下沉，但从来不会形成长流。可是在海洋上，外表虽显得平静，人们却觉得自己被抬了起来，被缓慢和几乎不觉得的水流平稳地带到远处去；人们不觉得自己离开原地，却被带到世界的尽头。

这就是您的魅力和她的魅力对于我所产生的效果的不同之处。这前者，这作为我生活的命运的唯一的爱情，而且只有靠它才能战胜自我，是在我没有觉察时产生的；在我还不明究竟时裹挟着我，我不相信自己已在迷路中失足。在刮风时，我一会儿在天上，一会儿在深渊；风平浪静到来时，我不再知道自己在哪儿。反之，在她旁边时，我看见，我感到我心烦意乱，而且想象得比实际的还要严重；我体验到暂时的和没有后继的激情；我振奋了一阵，一会儿之后就平静下来；波浪徒然地困扰了船只，风没有吹动船帆；我的心对她的妩媚感到快乐，没有给她以幻想；我看到她比我想象的还要美，我接近她时比从远处更怕她：这比我从您那里得来的结果几乎完全相反；我在克拉朗时始终有这两种印象。

自从我出发后，她的确有几次对我具有更大的威力。不幸的是，我在思想上难得只看到她单独一人。但我毕竟看到了她，这就很不错了；她没有给我留下爱情，而只留下激动。

这便是我对于这一个人和对于那一个人的忠实情况。你们其余的女性在我看来不再算什么，我长期的苦难使我把她们都忘怀了，

E fornito'l mio tempo a mezzo gli anni.①

不幸用意志的力量替我战胜自然和克服诱惑。当人痛苦时，他很少有欲望，您也教会我在抵抗它们时熄灭它们。一种巨大的不幸的热情是一种巨大的智慧的方法。我的心可以说变成了我一切需要的器官；当它平静时，我没有什么需要。让您和格兰尔都使它平静，它就会永远平静了。

在这种精神状况下，我为什么要害怕我自己，您由于什么严酷的谨慎小心而企图夺去我的幸福，以便不使我遭受丧失它的危险？驱使我战斗和取得胜利，为了在胜利后夺去奖金，这是什么样的任性！没有理由就投入危险中去因而挨骂的不是您吗？既然这是危

① 我的生涯在我生命的中途结束了。（意大利语）

险的事，您为什么叫我来，让我住在您旁边？当我已经认为值得留下来时为什么又要赶我走？您为什么让您的丈夫平白无故地花那么多力气？您为什么不使他放弃您决心使它变为无用的关心？您为什么不对他说："让他留在天涯海角，因为反正我要重新打发他回到那儿去？"唉！您越为我担心，您就越需要急忙把我叫回来。不，我的危险不是处在您身边，而是在离开您时；而我的害怕您是在没有您的地方。当这个可怕的于丽追逐我时，我到德·伏尔玛尔夫人身边躲藏，于是我就感到平静；如果我这庇护所被剥夺了，我往哪儿躲藏？离开了德·伏尔玛尔夫人，任何时候，任何地方对我都是危险的，到处我都发现格兰尔或于丽。在过去，在现在，这一个人和那一个人轮流使我激动：我的始终激动的想象力就这样只有看到您时才会平静下来，也只有在您身边我才能对自己感到安全。怎么向您解释我在接近您时感到的变化呢？您始终发挥着同样的威力，但它的效果是完全相反的：在抑制从前您所引起的激情时，这威力还比从前更大更高；在激情之后继之而来的是和平和宁静；我的心总是仿效着您的心，像它一样地爱，也像它一样变得平静了。但这种休息不过是暂时的停止；我在您跟前徒然把自己提到和您一般高，但在离开您时又跌到我自己的地位。于丽，我认为实际上有两个灵魂，那好的一个存放在您的手里。啊！您愿意把我同它分离吗？

然而我感情上的错误使您不安；由烦恼而熄灭的青年时期的残余使您害怕；您为处在您保护下的年轻姑娘们担心；您为我担忧那为智者伏尔玛尔所不担忧的事！上帝啊！所有这些担忧使我多么屈辱呀！那么您对您的朋友比您对最下等的仆役更少尊敬吗？

我可以原谅您对我想得很坏，但绝不原谅您对您自己应有的尊敬。不，不，我燃烧过的激情已使我净化；我已经没有普通男人的弱点。如果在我过去的所作所为以后，我再有一会儿变坏时，就会逃到天涯海角躲藏起来，而且还唯恐离开您不够远呢！

什么！我扰乱了我那么快乐地赞赏过的可爱的秩序吗！玷辱了那纯洁和和平的、我那么尊敬地居住的地方吗！我难道真是那么下流……唉！即使是最堕落的人也会被如此优美的图景所感动！在这庇护所里他怎么不会重新恢复爱和善良呢？他远不会把恶劣的习俗带到那儿去，他要在那里洗心革面……谁？我，于丽，我吗？……那么晚……在您的眼皮底下？亲爱的女友，您不用害怕为我打开您的房屋；它对于我是德行的圣殿；我在那儿到处看到它庄严的形象，我只能在您旁边侍奉它。我的确不是天使，但我要住在它们的住所里，我要仿效它们的榜样：当人家不愿模仿它们时才会逃避它们。

您看我多么困难地接触到了您的信中的主要之点，接触到了应当想到的首要的、假如我敢于认为向我提出的好处而我要思考的唯一之点。于丽呀！行善的灵魂呀！无可比拟的女友呀！在向我献出您本身可尊敬的一半和您以外的最珍贵的宝藏时，如果可能的话，您为我做了曾为我做的更为多的事。爱情、盲目的爱情可以迫使您献出自己；可是献出您的女友却是无可怀疑的尊重的证明。从这时起我真的相信是有价值的人，因为我受到了您的尊重。但这荣誉的证明对于我多么严厉呀！在接受它时我要说明它的真相，而为了对得起它，我就得放弃它。您是知道我的，请您评判我。您的值得爱慕的表姐光是被爱是不够的，她应该像您一样被爱，我知道这一点：她能这样吗？她可能成为这样吗？给予她以所应该得到的这一点，依靠我能够做得到吗？啊！如果您愿意把我同她联系起来，那您为什么不把我的整个的心留给我，使她能把新的感情注入它，接受它并把初期的爱情奉献给她？那个知道爱您的人的心对她是否较不值得？是否必须有好心和聪明的陶尔勃那样自由和平静的心灵，来用他唯一的范例爱护她；为了继承他，必须跟他相称；否则与之相比较时，他更使她无法忍受；于是第二个丈夫那虚弱和不专心的爱情不仅不能像第一个丈夫那样安慰她，反而使她更感到懊悔。她把一个温顺和感激的朋友变成一个粗俗的丈夫。她这样的交换能获得什么？她从那里只有受到双倍的损失。她那优美和敏感的心太感到这个损失；而我，怎么受得了那以我为原因、我又无法治愈她的连续不断的悲惨的情景呢？唉！为此我甚至会在她以前死去。不，于丽，以她为牺牲，我铸成不了我的幸福。我太爱她，所以不能娶她。

我的幸福吗？不。不能使她幸福时，我自己能幸福吗？在婚姻里，两方中的一方能只顾自己一方的命运？幸福、灾难，不管是什么，他们不是共同的吗？这个给予那个的烦恼难道不会回到引起它的一方吗？我将由于她的困难而感到不幸，却不会因她的善行而感到幸福。恩惠、美丽、功德、眷恋、财富，一切都促成我的幸福；我的心，只有我这颗心在败坏这一切并使我在幸福中间变得倒霉。

如果我现在的情况是在她身边充满了快乐，这快乐不仅不能由于更紧密的结合而增加，我从中享受到的最愉快的欢乐却反而会被剥夺掉。她的爱开玩笑的脾气能给她的友谊以可爱的刺激，但那是当她有大家在场的情形时。我在她身旁所以有些太过活泼的激动，那是因为您的出席免去我想您的缘故。每当她跟我面对面谈话时，是您使我们的谈话饶有趣味。我们的爱慕越增加，我们越要想到使我们形成的亲密关系的链子；我们友谊的亲密联系变得更为紧密，我们便喜欢互相谈到您。这样，对您女友的上千个亲密的回忆对您的男友也越亲密，这些回忆把我们联系起来；如果由其他的纽带联系，那就得把过去的抛掉。这些太可爱的回忆是否对于她越显得不忠诚呢？我有什么脸面对一个可敬的和亲爱的妻子看做心腹，诉说我的心不由自主地对她所进行的侮辱？因此这颗心不敢再向她的心倾吐衷情，她一接近就紧闭心扉。既然再不敢谈到您，我很快就不再敢谈到我自己。荣誉、义务，我为她规定一种新的保留，我把我的妻子变为外人，我就不再有向导和劝告来照亮我的灵魂和改正我的错误。这是不是她应当期待的敬意？这是不是我要向她贡献的温情和感激的礼物？我要为她和自己的幸福所应当做的是否就是这样？

于丽，您是不是忘记了我和您的誓言？至于我，我一点儿也没有忘。我丧失了一切；只有我的誓言我还留着；我要把它带进坟墓。我已不能为您而生，那就让我自由地死去。如果需要为此作出约束，我今天就可以做：因为假如结婚是种义务，那么还有更必需的义务是不使任何人不幸；而对于一切其他亲密关系，我唯一感到的，那就是我对曾企求的亲密关系抱着永久的遗憾。我很可能把我过去曾有一次在这儿找到的思想带到这神圣的地方来；这思想将变成我和一个不幸女人的苦痛。我会向她要求我曾期待于您的幸福日子。我将做的是怎样的比较！世上有什么样的女人能忍受得了这样做？啊！我既不能属于您，又要属于另一个女人，我怎么能安慰自己？

亲爱的女友，您不要来动摇与我生活的安宁攸关的决心；不要想方设法把我从我掉进去的沮丧中拉出来，免得我以我存在的感情来重新采取我坏的感情，而剧烈的情况再来打开我整个的创口。自从我回来后，我对您的女友的兴趣更强烈起来，我并不因此惊慌，因为我清楚地知道，我的心灵的状况不容许它走得太远；看到这新的趣味加上我一向对她怀有的那么温馨的感情，我便觉得可以帮助我欺骗自己的感情而庆幸，还可以使我较少困难地忍受您的形象。这种感情有几分爱情的美妙，却没有它的烦恼。想看见她的快乐并没有被想占有她的欲望所干扰；我为能像这个冬季那样度过我全部生活而感到高兴，我觉得处在你们俩之间的那种宁静[①]和甜蜜的状况里，它减轻了德行的严峻，并使它的教训变得可爱。如果有什么虚妄的激情有时扰乱我一阵，一切都会抑制它并使它止息：我已战胜过最危险的激情，其他的就不用担心。我尊敬您的女友像我爱她一样，这就说明了一切。当我只想到我的利益时，在她身边时的温柔的友谊的一切权利对我太亲切了，以致我不敢想扩展它而冒丧失它的危险；我甚至用不着想到我应该尊敬她，就使我从来不敢在面对面谈话时对她说一个她需要解释或她装作没有听见的字眼。如果她有时也许发现我的作风上太过热情，她肯定没有看到在我心里想把它表现出来的意愿。我在她身边半年

① 他说的确确实实是同几页以前相反的话。这个可怜的哲学家处在两个美丽的女人中间，我觉得是在愉快的困境里：人们会说，他既不想爱这一个，也不想爱那一个，以便两个都爱。——卢梭原注

就是这样，我整个一生也将是这样。除您以外，我没有见过像她那样完善的女人，然而即便她比您更好，我觉得只有从来不曾成为您的情人的人才能成为她的情人。

在结束这封信之前，应当告诉您，我对于您的信的意见。我发现除了德行的审慎之外，还有一个惶恐的灵魂的不安，它自认为应当到处看到恐怖并相信一切都要害怕才能有自己的安全。这过度的胆怯正像过度的自信一样有它的危险。在不断给我们指出完全没有鬼怪的地方的鬼怪，它使我们同幻象作斗争耗尽气力，而且由于没有对象地吓唬我们，它使我们较不防范真正的危险，并使我们较少能加以区别。您有时可以重读爱多阿尔阁下去年关于您丈夫的问题写给您的信：您可以从中发现在不止一个方面对您有用的好意见。我并不指责您笃信宗教；它是感人的、可爱的和像您一样温柔的；它应当甚至使您的丈夫高兴。然而要注意，由于使您变得胆怯和谨慎，它会由一条相反的道路引导您走上寂静主义[1]，并在给您指出到处可以碰上危险时，它终于会使您什么都不赞成。亲爱的女友，您怎么会不知道德行是一种战斗状态，人们生活其间总是常常要对自己进行战斗？我们还是少注意些危险，多注意些我们，使我们的灵魂准备应付一切情况。谁要去寻找诱惑的机会，他的失败是咎由自取，但如果太谨慎地逃避它们，那就常常使我们拒绝重大的义务；不断地想到诱惑，即便是为了避免它们，也并不是

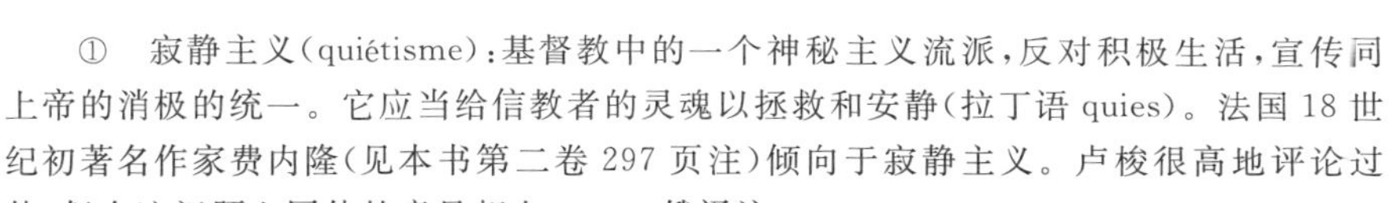

① 寂静主义(quiétisme)：基督教中的一个神秘主义流派，反对积极生活，宣传同上帝的消极的统一。它应当给信教者的灵魂以拯救和安静(拉丁语 quies)。法国 18 世纪初著名作家费内隆(见本书第二卷 297 页注)倾向于寂静主义。卢梭很高地评论过他，但在这问题上同他的意见相左。——俄译注

好办法。人们将不会看到我寻求危险的时刻和跟妇女单独谈话的机会；可是今后不论上帝把我摆在什么地位，我有在克拉朗度过的八个月作为我的保证，便不再害怕任何人会夺走您给我的名副其实的奖励。我并不比过去那样更软弱；我也不会再有重大的战斗要进行：我尝到了悔恨的苦涩；我体味到了胜利的甘甜。经过这样的比较之后，在选择方面我不再有犹豫；一切东西，连同我过去的错误，都是我未来的保证。

我不愿就宇宙的安排和组成事物的管理的问题同您进行新的争论，我将只限于对您说，在如此超乎人力的问题上要判断他看不见的东西，只能从他看得见的东西来归纳推理，而一切类比都是赞成那为您仿佛摒弃的一般的规律的。理性本身以及我们能对上帝形成的最健全的观念都非常有利于这个意见；因为上帝虽然全能，为了简化工作用不着什么方法，但是用最简单的途径毕竟是符合于它的智慧的，以便在方法上，同样也在效果上没有什么无用的地方。上帝在创造人时，赋予人以一切必需的才能以完成它要求他的；当我们向它要求做善事的能力时，我们只要求它已经给了我们的。它给了我们理智，以便叫我们认识什么是善，给了我们良心以便热爱善[①]，给了我们自由意志以便选择善。这些最伟大的赠物组成了神明的恩泽；由于我们接受了它们，我们对之都负有义务。

我听到许多反对人的自由的推论，我蔑视所有这些诡辩，因为一个推理者徒然想对我证明我不是自由的，内心的感情比一切论

① 圣·普栾认为良心是感情而不是判断的能力，这同哲学家们的定义相反，但我认为这一点他们的所谓同道是对的。——卢梭原注

据更有力，不断戳穿他们；在考虑什么事情时我不论采取什么决定，我都清楚地知道，采取相反的决定也只依靠我。这学派的一切诡辩都是白费力气，恰恰是因为它证明的太多，它既对真理也对谬误、对一切都攻击，而自由的存在与否，它一样都可以证明自由是不存在的。听信这些人的话，那么连上帝本身也不是自由的，自由这个词将没有任何意义。他们胜利了，不是因为解决了问题，而是在它的位置上放了个离奇怪物。他们开始时假定一切理智的存在都是纯粹被动的；他们然后从这假定演绎出结论说，存在并不是主动的。他们在这里发现了多方便的方法！如果他们指责他们的对手作出同样的推论，他们便错了。我们并不假定我们是主动的和自由的，我们感到我们是这样。让他们证明，不但这感情会欺骗我们，而且它的确欺骗了我们①。克劳阿纳主教②证明，如果我们的感觉没有什么改变，物质和躯体可能不会存在：这岂不是足够可以肯定它们不存在吗？无论如何，可见我们的感觉比现实更重要；我的主张是要更简单些。

因此我不相信，上帝在用一切方法供给人的一切需要后又给一个人比另一个人更多的特殊援助，那个滥用对一切人的共同援助的人是卑鄙的，那个好好应用援助的却并不需要。这种对人的偏袒是违背上帝的公正的。当这严峻和使人失望的说法是从圣经本身演绎出来时，我首先的责任不是荣耀上帝吗？虽然我应当尊

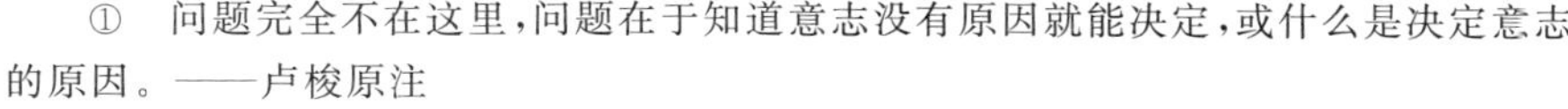

① 问题完全不在这里，问题在于知道意志没有原因就能决定，或什么是决定意志的原因。——卢梭原注

② 克劳阿纳主教：即乔治·柏克莱（1685—1753），英国在爱尔兰的主教，英国著名的唯心主义哲学家。主要著作《论人类知识原理》。——俄译注

敬圣经的经文，但我更应尊敬宇宙的创造者，我较愿相信伪造的或不可理解的圣经，但不愿相信不义的或作恶的上帝。圣·保罗不愿陶罐对陶器制造者说："你为什么把我造成这样？"如果陶器制造者只要求陶罐做他所要求的服务时，它问得很好；可是如果陶器制造者没有执行他不曾对它规定的服务而对它生气，陶罐对他说："你为什么把我搞成这样"时，它难道是错了吗？

从这里是否应当说祈祷没有用处？上帝保佑我不要剥夺我反对我的软弱的才能！我们一切上升到上帝的智力的行为，都把我们提高到在自己之上；祈求上帝的帮助，我们学会找到它。不是它改变我们，我们的灵魂上升到它时，我们自己在改变[①]。人们好好地向它要求的一切，人们都自己给予，正像您已经说了的，人们在认识自己的弱点时却增加了力量。但如果人们滥用祈祷并变得神秘主义时，由于想上升而失败；在寻求恩惠时，人们放弃理智；为了得到上天的恩赐，人们把另一个踩在脚下；在固执地想它给我们以光明时，人们抛弃了它已经给我们的光明。为了强求上帝显示奇迹，我们变成了什么？

您知道，没有什么善行可以不被指责流于过度，即使虔诚也会

① 我们可爱的哲学家在仿效阿贝拉尔的行为时，似乎也想采取他的学说[②]，他们对祈祷的观点在许多方面是相似的。这种异端的许多崇信者认为与其陷入新的错误，还不如坚持走入迷途。这与我的想法不同。陷入错误并不算重大的不幸，操行不好，那就更坏得多。我认为这些话完全跟我上面关于道德的错误原则的危险的话不相矛盾。然而应当让读者自己去进行一些思考。——卢梭原注

② ……也想采取他的学说：这里卢梭在说到阿贝拉尔的学说时所指的是什么，我们不清楚。阿贝拉尔正好相反，是关于天赐援助的"祈祷-请求"的拥护者，而圣·普栾只主张"祈祷-赞颂"。——俄译注

转变为狂热。您的虔诚太纯洁，所以永远不会达到这程度；但产生迷误的过度，在迷误之前就有，因此您应当对它们在萌芽状态时就要注意。我常常听到您谴责苦行主义的入迷状态：您知道那是怎样来的吗？那是把祈祷的时间继续到超过人的脆弱所能允许的缘故。于是精神枯竭，想象力着火便产生了幻觉；人就变得有灵感、能预言，就不再有防止狂热崇拜的感觉和天性。您经常把自己关闭在您的小房间里，您沉思冥想，您不间断地祈祷；您还没有见到过虔信派教徒[①]，但您看他们的书。我从不曾谴责过您对卓越的费奈隆的著作的爱好；但您怎样对待他的门徒的著作的？您读过缪拉[②]的书：我也读过；但我选择他的书信，而您选择他的神圣的本能。请您看看他是怎么完结的，哀悼这聪明人的走入歧途，再想想您。虔诚的信仰基督教的女人，您只想成为伪善者吗？

亲爱的和可尊敬的女友，我以孩子的顺从接受您的意见，以父亲的热忱向您提出我的意见。自从远没有切断的我们联系的德行使它们变得不可分离时起，它的义务跟友谊的权利混合了起来。同样的教训对我们都合适，同样的利益引导着我们。我们的心灵只需彼此交谈，我们的目光只需彼此相接，使我们共同提高的那荣誉和光荣的目标始终会展现在我们俩之前；我们中的这一个的完

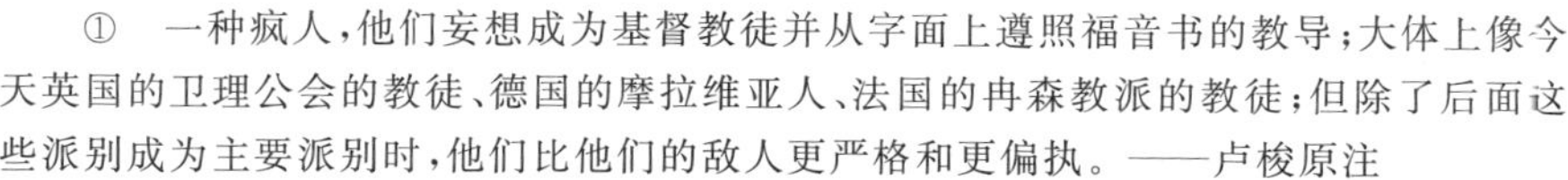

① 一种疯人，他们妄想成为基督教徒并从字面上遵照福音书的教导；大体上像今天英国的卫理公会的教徒、德国的摩拉维亚人、法国的冉森教派的教徒；但除了后面这些派别成为主要派别时，他们比他们的敌人更严格和更偏执。——卢梭原注

② 缪拉：（见本书第二卷第269页注）是深信不渝的虔信主义者，因此初被逐出伯尔尼，其后被逐出日内瓦。可能卢梭因此不同意官方教会把缪拉推上异端的道路。但这里也可能有另一种解释，即暗示缪拉在生命结束时发了疯。《向人们介绍宗教的本能》这本作品缪拉写于1727年。——俄译注

善永远会带动另一个。可是如果问题的商量是共同的事，但问题的决定却不是这样：它只属于您一人。您永远是我的命运寄托之所，不要停止作为裁判员；请您衡量我的考虑并说出您的话来；不管您吩咐什么，我都服从；我至少将值得您不中断地引导我。即使我不再见到您，您将始终在我面前，您将永远支配我的行动；您即使剥夺了我教育您孩子们的荣誉，您剥夺不了您培养我的德行：这是您灵魂的孩子，我的灵魂收养了他们，谁也不能把他们从我这里夺走。

于丽，不要转弯抹角地对我说话。现在我已很清楚地对您说明了我感到的和所想的，请告诉我应该怎样做。您知道我的命运跟我著名的朋友的命运的联结达到了怎样的程度。在这个问题上我没有征询过他的意见；我既没有给他看过这封信，也没有给他看过您的信。如果他知道您不赞成他的计划，或不如说您丈夫的计划，他便自己也不赞成它了；我完全不准备从他那里得到反对您的恐惧的意见；只需在您最后决定以前他什么也不知。为了推迟我们的出发，我暂时会找到可叫他吃惊的借口，但他对此肯定会接受。至于我，宁愿不再见到您而不愿为了对您说一声新的再见而看见您。学习作为外人住在您家是一种我不应得到的屈辱。

第八封信

德·伏尔玛尔夫人致圣·普栾

嗳！没想到又是您受惊的想象力吗？请问根据什么呀？根据我有时给您的尊敬和友谊的最真实的证明；根据促使我关心您真

正的幸福的平静的考虑；根据曾向您提出的最殷切、最有利、最体面的建议；根据想把您跟我的家庭用不可分离的（也许是冒失的）纽带联结的热情；根据想使一个相信或假装相信我不再要他做朋友的忘恩负义者成为我的盟友、我的亲属的愿望。为了使您摆脱您似乎身处的忧虑境地，只需按我信上最自然的意义理解。可是很久以来您喜欢钻牛角尖受苦。您的信就像您的生活一样，既高尚却又在地上爬行，既充满了力量却又很稚气。我亲爱的哲学家，您难道永远只是孩子吗？

您怎么会认为我硬要加给您一些规章，跟您断绝来往，用您的话说，想打发您去天涯海角？凭良心说，在我的信里您认为会有那种精神吗？恰好相反：在预先享受到跟您一同生活的快乐时，我担心可能干扰这种生活的麻烦；我便忙着设法用愉快和温和的办法来防止这些麻烦，以便造成跟您的优点和我对您的照顾相适应的状态。这就是我全部的罪过：我觉得这里没有什么可以使您如此惊慌的理由。

您弄错了，我的朋友，因为您并非不知道您对于我是多么珍贵；可是您喜欢人家对您反复说这话，而我爱重复不亚于您，因此您便容易得到您希望的没有抱怨和不满情绪的回答了。

因此您要十分明确地知道，您如果在这儿的生活是愉快的，那我也完全同您一样；也要知道德·伏尔玛尔先生为我所做的一切中我最敏感的是他请您到他家里来并使您能在这儿留下来的那种心意。我高兴地同意他的办法，这对我们彼此都有好处。与其由我们自己出主意，不如接受人家的好的主意，我们俩都需要有人指导。除了知道他很清楚的人而外，还有谁能更清楚地知道他？除了费尽全力才困难地回头的人以外，谁能更好地感到陷入迷途的危险？什么目标能更好地提醒我们这种危险？在谁面前我们会因如此降低那么巨大的牺牲而感到脸红？在割断了那样的纽带后，我们为了警惕前非，不是不应当再做不相称的事吗？是的，这是我愿意把我一生的一切行为永远拿您做证人的一片诚心，并在使我兴奋的每一感情时对您说："这是我所以喜欢您的缘故。"啊！我的朋友，我可以问心无愧地保证实现我的心灵所作的誓言，我在全世界人面前可能是脆弱的，但在您面前我能为我保证。

正是在比真正的爱情更久的那种温情而不在德·伏尔玛尔先生的精致的优雅里，我们应当寻求彼此体会到和我同样像您一样感到的灵魂升华和内部力量的道理。这种解释至少比他的解释对我们的心更为自然，更讲得通，对于行善更值得鼓励，因此更值得采取。所以您应该相信，我完全不是像您设想那样处在奇怪的境况里，我的情况正好相反；假如必须放弃我们住在一起的计划，我认为这对于您、对于我、对于我的孩子们，而且甚至对于我的丈夫是个很大的不幸，您知道我的丈夫在我希望您留在这儿方面起过很大的作用。但现在只谈我特殊的倾向，您记得您来到的那时刻：我表现出在看到您时比您走近时，您的快乐会少些吗？您是否觉得您在克拉朗时我显得烦恼或难受？您是否认为我看到您出发时感到高兴？是否应当说到底，用我平常的坦率对您说话？我直截了当地对您明说，我们一块儿度过的最近六个月是我一生中最愉快的时光，在这短短的时期里我尝到了我的感觉提供的一切快乐。

我永远忘不了这个冬季的一天，在共同朗诵了您的游记和您朋友的冒险史之后，我们在阿波隆厅吃晚饭，那时想到上帝给我送

来这世界的幸福，我在我周围看到我的父亲、我的丈夫、我的孩子们、我的表姐、爱多阿尔阁下、您、还不算方勋，她并不搞坏场面，这一切都是为幸福的于丽聚集的。我心里想："这小小的房间包含着对于我的心的亲切的一切，也许是地上所有最优美的一切；我是被使我感兴趣的一切东西包围着；整个世界在这里都为了我；我同时享受我给予我朋友们的爱，又享受他们还给我的爱，也享受他们彼此间交流的爱；他们彼此间的好感或者来自我，或者与之有关；我看不出有什么不是从我自己扩展出来的，也看不出有什么能把它分开；它是在围绕我的一切之中，它没有什么部分是远离我的；我的想象力不再有什么事可做，我没有什么可以希望的；感觉和享受对于我是同一件事；我同时生活在我所爱的一切之中，我已满足于幸福和生活。死神呀，你什么时候高兴就什么时候来临，我不再怕你，我已生活过，我通知你；我已不再有新的感情需要认识，你不再有什么可剥夺我了。"

我越感到同您一起生活的快乐，我作这样打算时就越感到愉快，而那足以干扰这快乐的一切也就越使我忧虑。我们姑且把这种胆怯的伦理观念和您申斥我的所谓的虔诚放在一边；您至少可以同意我们之间存在的集体的整个魅力是敞开心扉，使一切感情、一切思想成为共同的，并使每人感到他应该这样时，便对我们表现出他确是这样。您假定有人有什么秘密的坏心意、什么私情需要隐藏，有什么保留和秘密的理由：他想见面的全部快乐会立刻消失，他在别人面前会感到拘束，便想设法躲避。当人们集合起来时他想逃避：谨慎、礼仪引起他怀疑和厌恶。人们害怕的人能长久使人们爱他吗！人们会变得彼此感到厌烦！……于丽令人感到厌烦！对自己的朋友会感到厌烦！不，不，不会是这样；只有那些可以忍受的不幸才是可怕的不幸。

我只是朴实地向您申述自己的恐惧，并不想改变您的决定，只不过要说明一下，以免您采取决定时没有预见到全部后果，您可能会后悔，但那时您却不敢否定前言。您说德·伏尔玛尔先生没有您的那种担忧，这不是他有这种担忧而是您应当有：谁也没有您自己那样能判断来自您的危险。您好好地回想一下，然后告诉我说它不存在。我也就不去想它了：因为我知道您生性爽直，我不是怀疑您的意图。假如您的心能看清未预料到的错误，预想的祸害肯定不会来临。这便可以区分软弱的人和坏人。

此外，如果我的反对意见有比我设想的更多的根据，那么为什么先把事情想得像您想的那样坏？我没有想到像您那样严厉的措施。是否必须立刻打破您的所有计划和永远逃避我们？不，亲爱的朋友，这样凄惨的办法完全没有必要。您的头脑像孩子，您的心却已经老了。衰退了的巨大的激情对其他的东西都失去了兴趣；继之而来的灵魂的和平是唯一的感情，它靠快乐来增长。一颗敏感的心害怕它不知道的休息；只要它尝到一次，就不想失掉它了。在比较两个如此相反的情况时，人们要学习选择最好的；但为了要比较它们，先得认识它们。至于我，我看到您的安全的时刻可能比您自己看到的更为接近。您的感情太炽烈了，所以不能持久维持；您爱得太强烈，所以应该变得冷漠些：炉灰离开了炉子就不能再燃烧，然而应当等待着一切都烧尽。您对您自己再要有几年等待，然后您就没有什么可以害怕了。

我想为您安排的生活可以排除这种危险；但不管这种考虑，这样的生活也是相当愉快，所以本身也应受到人家羡慕；如果您的爱面子阻止您这样要求，我不需要您对我说这样的克制您要费多少劲；但我担心在您的一些理由里会混杂着好听而说不通的托词；我担心您在煞有介事地表示要履行什么诺言(这种诺言大家已经免除您履行，也没有人对它感兴趣)时，您会做出什么该申斥多于该奖励，而且今后是完全不合适的虚假的德行来。

我从前曾对您说过，履行一项罪恶的誓言，这是第二次犯罪；如果您的誓言过去不是罪行，现在成了罪行，这就足以拒绝它。应当始终忠诚于自己的诺言，做完成自己义务的正直和坚强的人；但当义务本身有了改变时就改变自己的决心，这不是轻率而是坚定。从前您许下诺言时，也许您做得对，但今天执行诺言您就做错了。要时时刻刻做德行所要求的一切，您就永远不会陷入自相矛盾之中。

如果在您的疑惑里有什么确实的反对意见，我们在空闲时可加以研究，现在我对您不免相当生气，因为您并没有像我一样认真地抓住我的思想，使我的鲁莽(假如我有些鲁莽的话，)对于您较少严酷些。我思索这个计划是在我表姐不在的时候；自从她回来和我的信发出后，对于第二次结婚的问题我跟她作过几次一般的交谈，她在这个问题上对我距离得如此遥远，虽然我知道她对您的全心爱慕，但我担心要使用我合适的威信以便战胜她的反感，即使为了您的利益：因为有这么一个界限，那里友谊的威力应当尊重癖性和原则的威力，这是每人根据自身任意的，但跟为自己规定它们的心灵的情况有关的义务造成的癖性和原则。

然而我向您承认，我仍然坚持我的计划：它对我们全体都合适，它将把您如此体面地从您在社会上生活的不可靠的状况中拉出来，它会把我们的利益完全混合起来，它会使我们把那对我们如此温馨的友谊变成那么自然的义务，以致我简直不能放弃它了。是的，我的朋友，您将属于我最亲近的人：这将不仅使您成为我的表弟兄；啊！我要您成为我的亲弟兄。

不管所有这些思想怎么样，您对于我对您的感情应当看得更公正些；您要无保留地享受我的友谊、我的信任、我的尊重；您要记住我已不再有什么可向您描写，而且我相信没有这种需要。不要剥夺我向您进行劝告的权利，可是绝不要设想成我在下什么命令。假如您认为可以没有危险地在克拉朗居住，请您前来，请来住，我将为此感到很快乐。假如您认为应当再给几年假期作为了却狂热的青年时期一些诡秘的余事之用，那么请经常给我写信，当您愿意时来看望我们，我们之间进行最亲密的通信。有这样的慰藉，什么困难不能化解？抱着共同来结束分离的希望，什么离别不能忍受？我还要更进一步：我要把我的一个孩子交托给您；我相信他在您的手中会比在我的手中更好；当您以后回来把他交给我时，我不知你们俩之中谁更使我感动。假如您变得完全讲理，终于排除您的幻想并想配得上我的表姐的话，您就来，爱她，为她服务，终于使她喜欢您；实际上我相信您已经开始做到这一点了；要争取到她的心和战胜反对您的一切障碍，我要尽我的力量帮助您；最后达到你们相互的幸福，于是我的幸福也不再缺少什么了。然而无论您采取什么决定，在经过严肃的考虑后要坚决地去做，不要对不起您的女友并说她不信任您。

由于只想到谈您，却忘了我自己。可是应该谈谈我，因为您同

您的朋友争论像您同下棋的对手一样在进行防守时进攻人家。您在为自己是哲学家辩护时攻击我是虔诚的教徒；这就像您喝醉了而我就戒酒一样。照您看来，我是虔诚者，或预备成为虔诚者吗？就算这样；侮辱人的名称难道能改变事物的性质吗？如果虔信是好事，那么有虔信的人错在哪里？但也许这个词在您看来太卑下。哲学的尊严鄙视通俗的信仰；它要更高贵地侍奉上帝；它甚至把它的抱负和骄傲一直带到天上。我的可怜的哲学家们呀！……回过头来谈我。

我从童年起热爱美德，并在整个时期培养我的理性。我靠了感情和知识想自己管理自己，但管理得并不好。在剥夺去我选择的指导者以前，请给我可以指望的别的指导者。我的好朋友，不论做什么，总是骄傲！是它在培养您，是它在屈辱我。我以为我不比其他女孩子差，但上千的女孩子生活得更明智：可见她们有我所没有的才能。我禀赋不差，为什么我要隐藏自己的生活？为什么我怨恨我不由自主做的坏事？我只认识我的力量，它对我是不够的。人家能从自己发挥的一切抵抗力，我认为都发挥了，但我仍然失败。那些抵抗的女人是怎样做的？她们有较好的支持。

当我按照她们的例子转向这种支持时，我发现在这选择里有另一个优点是我没有想到的。在感情统治下，感情帮助忍受它所给予的痛苦；在欲望的旁边必然燃烧着希望的火焰。当人有欲望时，可以没有幸福也能过得去；他可以期待希望的来临：如果幸福没有到来，希望会继续着，只要作为原因的感情继续存在，幻想的美妙也会继续存在。因此这是种自满自足的情况，它所给予的忧虑成了一种乐趣，它代替了现实。而且也许比现实更美妙。一个不再有希望的人是不幸的！他可以说丧失了他拥有的一切。人们对到手的东西的享受比对希望到手的东西的享受为少，因而人们的感到幸福是在成为幸福的人以前。实际上，人既贪婪又目光浅短，生来为了一切都想要，却得到的很少，他从老天爷那里接受安慰的力量，它把他所希望的一切靠近他，使它服从他的幻想，使它变为现实的和可感觉到的，可以说把它交给他，又为了使这想象的财产对他更可爱，便按他的心意修改它。然而这整个幻想在事物本身面前消失了；这事物在占有者面前不再变得好看；他对看到的东西不能幻想；想象力对他占有的东西不再能加以装饰；开始享受时幻想就停止。幻想的地方是这世界唯一值得居住的地方；除了靠本身存在的上帝以外[①]，人类事物的毫无价值便是如此，只有没有的东西才是美好的。

如果这种现象并不总是在我们激情的特殊目标上发生，它在包括一切激情的共同感情里必不可免地会发生。没有奋斗的生活不是人的正常状态；这样的生活就等于死亡。不是上帝而想成为万能，那人将是可怜的生物；他将剥夺想望的快乐；其他一切缺乏都更容易忍受[②]。

---

① ……以外：应当用 que hors(原文用了 qu'hors。——译者)，而德·伏尔玛尔夫人肯定不会不知道。可是除了由于不知道或疏忽而犯的错误以外，她似乎有着太灵敏的耳朵，因而并不始终服从她即使知道的语法规则。我们可以用比她更纯粹，但不能用更美妙或更悦耳的文笔了。——卢梭原注

② 由此可以得出，一切想望专制的国王，他在想望烦恼地死去的恐怖。在世界上的所有王国里，您想寻找国内最烦恼的人吗？您永远可以直接找国王，尤其是非常专制的国王。要造成那么多的不幸者真是够麻烦的！他不会用更省事的办法来自找麻烦吗？——卢梭原注

这便是自从我结婚和您回来以后我在某种程度上感到的。我到处只看到高兴的事，而我却并不感到高兴；一种隐隐的忧郁深入到了我心灵的深处；我感到心空虚而又膨胀，正像您从前说过自己那样；我对于我所亲切的一切的喜爱还不足以填充它；它给它留下一股它不知怎么办的没有用的力量。这种痛苦是奇特的，我对于这一点完全同意；但它并非欠真实。我的朋友，我是太幸福了；这幸福使我感到厌倦[①]。

您对于这种舒适的厌倦能想出什么治疗方法吗？就我来说，我向您承认，一种不很合理和不很有意识的感情剥夺了我给予生活的价值；我想象不出可以找到我所没有的或能满足我的那种快乐。有没有比我更敏感的女人？她能比我更热爱她的父亲、丈夫、孩子、朋友、眷属？她能比我更受人热爱？她更比我合乎自己口味地安排生活？或者更自由地选择另一种生活？她能享受比我更好的健康？她有对抗厌烦的更多的办法，有更多联系社会的纽带？然而我在那里生活得郁闷；我的心不知道它所缺乏的；它想望着，却不知道想望什么。

既然在地上找不到满足自己的快乐，我贪婪的灵魂便到别处寻求充实它；在上升到感觉和存在的源头时，它在那里失去了它的冷淡和忧郁：它获得了再生、再振奋、重新找到了新的动力，它在那儿汲取新的生活，它采取完全不同于人体激情的另一种存在；或者不如说，它不再是它自身，它整个儿处在它沉思的无限的存在之

① 什么！于丽，您也有矛盾！啊！可爱的虔诚者，我担心您也不太同自己一致。此外，我承认这封信在我看来仿佛显得像一首天鹅的曲子。——卢梭原注

中，而且它有一会儿从它的桎梏中被解放出来后，它由这考验而从那儿重新进入它曾希望有一天成为自己的那更崇高的境界而感到自慰。

您发笑：我理解您，我的好朋友；我从前自己曾申斥过关于祈祷的情况，现在我承认喜欢它。这事我只有一句话对您说，那是因为不曾体会过。我甚至并不想千方百计地为它辩护：我不说这趣味是明智的，我只说它是和善的，它弥补正在枯竭的幸福的感情，它填充精神的空虚，也对过去的生活注入新的利益，使它显得相称。假如它产生什么坏处，那无疑应当丢掉它；假如它用一种虚假的快乐来欺骗人心，那就更应当抛弃它。但说到底是什么能更好地鼓励德行，是哲学家跟他那重大的原则呢，还是单纯朴实的基督教徒呢？来到这世界的，哪个最幸福，有自己的理智的智者呢，还是在狂热中的笃信宗教者呢？在我的一切能力都已丧失的那个时候，我还有什么需要思想、想象？您说过，酒醉有它的乐趣，那么好吧！我这种狂热也是快乐。您或者让我留在我认为是快活的情况中，或者给我指出我怎样才能更好些。

我曾指责神秘主义的精神恍惚；当它使我们脱离我们的责任时，我还要责备它，还有在我们被冥想的魔力吸引而厌倦积极生活时，它引导我们走向您认为我如此接近它的那种寂静主义，但我认为自己离开它同您一样远。

侍奉上帝，这并不是在祈祷室里跪着度过一生，这我清楚地知道：这是在地上完成它给我们指定的任务；这是在它安置我们的位置上做能使它高兴的一切：

……Il cor gradisce;

E serve a lui chi'l suo dover compisce,①

首先应当做他该做的，其次当他办得到时就祈祷；这是我力图实行的规则。我不把冥想当做您责备我的功课，而是作为娱乐；我看不出为什么在我力所能及的快乐中间，我要禁止最感人和最纯洁的娱乐。

在接到您的信以后我更仔细地考察自己，我研究了这种仿佛使您很不满意的倾向所产生的结果；但至今我看不出可以使我害怕（至少如此早地）转变为一种不合适的恶习。

首先，我对于这种活动没有太强烈的兴趣，当我被剥夺去时没有使我痛苦，当人家打扰我时也没有使我不高兴。它在白天同样既不给我以娱乐，在我的事务的进行上也不使我厌倦和不耐烦。假如有的时候我必须走进小房间去，那是因为当有时情绪使我激动，在其他任何地方感到不舒服：而在那里我觉得找到了自己，我找到了安宁和理智。如果某种忧虑干扰我，如果某种困难使我苦恼，在那里我可以放掉这些包袱。在一个更大的目标前，所有那些烦恼都会消失。

在想到上帝所有的恩德时，我对这样微小的苦恼如此敏感和忘掉如此广大的恩泽觉得羞愧。我在自己的小房间里用不着频繁和长久的静止。当悲伤不由自主地向我袭来时，洒向安慰者面前的几滴泪水立刻使我的心轻松。我的回想从来不是苦痛的，也不是悲哀的；即使我的悔恨也不使我惊惶不安。我的过失比耻辱给

---

① 它只需要我们的心就足够；谁完成了自己的任务，谁就是侍奉它。（梅塔斯塔塞）（意大利语）

我更少的恐怖；我有懊悔而没有良心的责备。我侍奉的上帝是位仁慈的上帝，是个父亲：触动我的是它的善良；在我心目中善良抹去了它所有其他的属性；善良是我唯一想象到的。它的威力令我震惊，它的广大使我难以想象，它的公正……它创造人是软弱的；因为它是公正的，所以它是宽大的。报复的上帝是恶人的上帝；我不能为自己对它感到恐惧，也不能为反对另一个而哀求它。啊，和平的上帝，善心的上帝，我赞美你！我感到我是你的创造物；我希望有最后审判的日子看到你，像在我一生中你对我的心说话时一样。

我无法对您说清楚这些思想在我的生活和欢乐里向我的心底投射出的温暖。在这种心情下走出我的小房间时，我感到更轻快和更欢乐；一切的困难消失了，一切的麻烦没有了；没有艰辛，没有执拗，一切变得容易和流畅，一切在我心目中采取一个更欢笑的面容；好意对于我不再算得了什么；我为此对我所喜欢的人更喜欢，他们对我也更亲近：甚至我的丈夫因此对我的性情更满意了。他认为笃信宗教是对灵魂的鸦片：当人家少量吸食，它使人快乐、兴奋和得到支持；太大的剂量使人入睡、疯狂或死亡。我希望不致达到那样的程度。

您看我并不为虔诚者这个名称而介意，可能您也是这样希望；可是我同样不给它以您可能相信的全部价值。比如说，我不喜欢人们用不自然的外表来夸耀这种状况，并作为一种使用方法来免除其他一切方法。您对我说起过的那个琪雍夫人[①]，我觉得她如

① 琪雍夫人（Mme Guyon，1648—1717）：法国神秘主义者。她的寂静主义的教义曾受费奈隆的赞扬。——译者

果细心地完成她家庭里做母亲的任务、以基督教的精神教育自己的孩子、聪明地管理她的家，那就比编写关于虔诚的书、同主教们争论、为了人们不懂的梦幻而被关进巴士底监狱做得好得多。我也不喜欢那种神秘的和用图像表示的语言，它用幻想和想象来迷惑人心，用世俗的爱和太易于觉醒的模仿的感情代替上帝的真正的爱。人们越是有温馨的心灵和活跃的想象力，就越应当避免企图激动他们的东西：因为说到底，如果不同时看见感官的东西，怎么能看见神秘的东西的关系？一个正直的女人又怎么敢于明确地想象那她不敢仔细观看的东西呢？①

然而最使我对职业的虔诚者反感的，是对道德的粗暴态度使他们对人性的漠视，是用怜悯对待社会上其余的人的那极端的骄傲。在他们崇高的升华中，他们如果屈尊降低到做些善事，那就带着如此委屈的模样，他们用如此严厉的声调可怜别人，他们的判断是如此粗糙，他们的慈悲是如此生硬，他们的诚心是如此苦涩，他们的藐视是如此近乎憎恨，以致即使是俗人的冷漠也要比他们的同情还显得较少粗野。对上帝的爱心被他们用作不爱任何人的借口；即使他们彼此之间也不相爱。有人看到过虔诚者之间真诚的友爱吗？可是他们越想摆脱人们，他们就越需要人们；人们可以说，他们要上升到上帝那儿去，只是为了在地上实现他们的权力。

① 这个反对意见我觉得如此有理和无法反驳，如果我在教会里有一点儿权力，我将用它来删除我们《圣经》中的《雅歌》，而且我很遗憾这件事做得如此晚②。——卢梭原注

② 《圣经》中《雅歌》的感性的形象从中世纪开始被基督教神秘主义者解释为精神同上帝融合为一。寂静主义者琪雍夫人也有对《雅歌》同样解释的著作，她针对卢梭有关于丽关于正直的女人的注释而发。——俄译注

我对于所有这些流弊感到厌恶，这厌恶自然而然地防止我陷进去：假如我陷了进去，那肯定不是我愿意这样，我希望所有围绕我的不是毫无经验者的友谊。我向您承认，我老早对我丈夫的命运有些忧虑，它可能会长期使我的脾气变坏。幸亏爱多阿尔阁下明智的信，——是您有重大的理由把它转给我的，——他的慰人的和合理的谈话，还有您的谈话已经完全消除了我的恐惧并改变了我的看法。我看到偏执必然使灵魂变得冷酷无情。怎么能亲切的喜爱被谴责的人？在罪人中间怎么保全慈善？爱他们，那就是憎恨惩罚他们的上帝。那么我们想成为人吗？我们评判行为而不是评判人；切不要占据魔鬼可怕的职务；我们不要为我们的弟兄如此轻易地打开地狱。唉！如果它是命定为犯错误的人准备的，什么人能避免它呢？

我的朋友们啊，你们减轻了我心的怎么样的重负！在教导我懂得错误不是罪恶时，你们为我从千百个忧虑中解放了出来。我把我不懂的教义的精妙的解释放在一边；我遵循我清楚理解的和能说服我理智的辉煌的真理，坚持对我的义务有教益的实际的真理；其余一切我把您从前给德·伏尔玛尔先生的答复作为准则[①]。难道一个人能自己决定信仰还是不信仰？不能很好地进行辩论难道是种罪行！不，良心不对我们说事物的真理，而是告诉我们义务的规则；它不指示我们应该怎样想，而是应该怎样做；它并不教我们怎样好好地推理，而是怎样好好地去做。我的丈夫在上帝面前在哪一点上有罪？他对它背过脸去吗？上帝自己蒙上了他的脸。

① 见本书第五卷第三封信。——卢梭原注

他没有逃避真理，是真理逃避他。骄傲并没有引导他，他不想叫谁迷误，他很高兴人家不像他一样思想。他喜欢我们的感情，他想也有感情，但他不能：我们的希望，我们的安慰，这一切他都沾不到边。他做好事不期待奖赏：他比我们更有德、更大公无私。唉！他是值得怜悯的；可是为什么将惩罚他？不，不。善良、正直、美德、公正、刚毅，这是老天爷所需要和奖励的；这是上帝希望我们的真正的宗教信仰，也是他一生中每天从它那里接受到的。假如上帝凭所作所为判断信仰，那么做善事的人是信仰上帝的。真正的基督教徒是正直的人；真正的不信宗教的是坏人。

我可爱的朋友，如果我在您的信中有几处与您的意见不一致而不跟您争论，您不要因此感到奇怪：我知道您太清楚了，所以您所相信的我并不觉得难受。关于自由的一切无益的问题与我有什么关系？无论我由于自在的意愿而获得善，或者经过请求而获得这意愿，如果我终于获得行善的方法，这岂不是一样吗？我作祷告时自己获得了我不足的东西，或上帝因我请求而把它给予我，既然总需要请求才能得到，我还需要作其他阐明吗？对于我们信仰的观点得到了一致，那就太好了，除此以外我们还要寻求什么？我们是否想把赋予我们崇敬神的如此短促的光阴消耗在对于神的本质的争论上吗？我们不知道它是怎么样的，可是我们知道它存在；这对我们已足够了；它在它的创造物中显现，它在我们里面可以感知。我们可以好好地对它争论，但不可出于本意地否认它。它给予我们可以观察它和接触它那样程度的敏感性：我们哀怜那些没有得到它分配的人们，但我们并不因它不在而照亮他们的缺点自诩。我们中有谁做它不愿做的事？我们默默地尊重它的意旨，完

成我们的任务：这是教其他人学习他们的最好方法。

您知道有谁比德·伏尔玛尔先生更多的见识和理性的？有谁更诚恳、更正直、更正确、更认真、更不放任激情，有可以获得神的公正和灵魂的不朽呢？您可知道有谁能比爱多阿尔阁下更坚强、更高超、更伟大，在争论中更令人惊骇的，在捍卫上帝的事业中道德更出众、对上帝的存在更确信、为上帝的光荣更热诚、为支持它而做得更多的？您已经看到在克拉朗的三个月所经过的事情；您也看到两个人彼此满怀尊重和敬意，但被他们的阶级地位和学派分歧的兴趣所隔离，整个冬天在聪明和平静但活泼和深刻的争论中互相启发、攻击、防卫，抓住包括人类理性的一切重大问题，深入到这样的材料中去，他们对这材料有着共同的趣味并希望达到一致的意见。

结果怎样呢？他们彼此的敬意成倍增长了，然而两人依然抱着自己的意见。假如这个例子永远医治不了一个聪明人的争论，那么对真理的爱好没有触动他：他只想炫耀自己。

至于我，我要永远抛弃这无用的武器，而且我决心对我丈夫不提宗教的一个字，除非要说明我的宗教的道理时。不要以为上帝宽容的思想使我对于他要有信仰的念头变得无所谓：我甚至向您承认，我对他未来的命运已经心平气和，但我并不因此感到对他的改宗的信心减少了。我要用我的血的代价看到他被说服；如果不是为了他来世的幸福，却是为了他这世的幸福。因为现在他有多少快乐被剥夺了！怎么样的感情能在他的苦恼里安慰他！什么样的目击者会鼓舞他暗地里做的善事？什么声音可以在他的灵魂深处向他说话？什么奖励能等待着他的德行？他怎样来面对死亡？

不，我这样希望，他不会在那样可怖的情况下等待死亡的。为了把他从谬误里拉出来，我还剩下一个办法，为此我要贡献出我的余生：这不再是说服他，而是要触动他；这是向他显示能揪住他的例子，并使他觉得宗教是他无法抵抗的那样可亲。呵！我的朋友，真诚的基督教徒的生活是反对不信教者的怎样的论据！世上能有比他更能受考验的灵魂？这是我今后给自己定下的任务；帮助我来完成它。伏尔玛尔是冷静的，但他不是无动于衷的。当他的朋友们、孩子们、妻子都集合起来一起教导他时，我们能献给他的心的是怎样的图景呀！那时不用他们来说教，他们只给他指出它启示的行为、它作出的美德、人们为使它愉快而形成的魅力！那时他看见上帝的形象在他家中发出光辉！那时他不禁一天一百次对自己说："不，人并不是像这样自己存在的；有比人性更高的什么在这儿统治着！"

如果这措施合乎您的兴趣，如果您觉得它值得促成，那么您就来；让我们共同度过我们的时光，只有到死才分手。如果这计划您不喜欢或感到恐惧，那就听从您的心声，它会向您指点您的任务。我再没有要向您说的了。

照爱多阿尔阁下对我们所说，我在下月底前等候你们俩。您将认不出您的房间；可是在所作的改变中您会认得一个亲切的女友的关切和好心，她把这项装饰当做一种快乐。您在那里也会发现她从日内瓦挑选的一套书，是很优美的，比"阿多纳"更有趣，虽然因开玩笑也收在里面。此外，您要谨慎些：因为她不想让您知道都出于她的手，我在她禁止向您说明之前赶紧写信给您。

再见，我的朋友。希雍城堡[①]的旅游我们本来应当都参加，但明天没有您就要举行。这样它不会更好些，虽然大家也愉快。大法官先生连我们的孩子也都邀请，因此我无法拒绝。但我不知为什么会希望已经回到家了。

第九封信

方勋・阿奈致圣・普栾

啊！先生！啊！我的恩人！他们叫我通知您什么呀！……夫人……我可怜的女主人……上帝啊！我已经看见您的惊恐……但您没有看到我们的悲痛……我不能有一分钟丧失；应当向您说……应当奔跑……我希望已经都对您说了……啊！当您知道我们的不幸后，您会变得怎样呀？

昨天全家都到希雍城堡去吃饭。要到萨伏亚去在勃隆奈堡住几天的男爵，吃过午饭后就走了。大家陪他走了一会儿；后来大家

① 希雍城堡：魏韦城的大法官的古住宅，坐落在日内瓦湖中，处在形成半岛的岩石上，我看到在它周围探测了一百五十英寻以上，它差不多有八百英尺却见不到底。人们在这岩石上挖了些地窖和厨房，都在水面以下。用水时只需打开龙头。圣・维克多修道院院长法朗梭阿・包尼瓦尔[②]，在那里被关了六年，他是个能经受住任何考验的正直和坚强的人，虽然是萨伏亚人，却是自由派的朋友，虽然是教士，但能容忍。此外，这最后的几封信显得已经写好，魏韦城的大法官们却很久以前就不再住在希雍城堡。如有人愿意，可以假定这时的大法官是在那里待过几天。——卢梭原注

② 包尼瓦尔(François Bonivard，1493—1570)：萨伏亚人，日内瓦的著名政治家，因日内瓦城居民在他反对萨伏亚大公卡尔第三的斗争中支持他而在1550年被关进希雍城堡六年。拜伦在《希雍的囚徒》一诗中歌颂了他，由茹可夫斯基译成俄语。——俄译注

沿着长堤散步。陶尔勃夫人、大法官夫人和先生走在前面。我们的夫人一手牵着昂利爱特，另一手牵着玛尔式兰跟在后面。我带着大公子走在最后。大法官大人停下步来跟谁说话，过来加入队伍，并把手臂伸给夫人。她为了接受它，想把玛尔式兰交给我：他向我奔过来，我跑上去迎接；孩子跑的时候跨空了步，他的脚踏空了就掉到水里了。我发出一声尖叫：夫人回转头来，看到她儿子掉进水里，像箭一般纵身跟在他后面……

啊！不幸的人，我为什么不像她一样做！我为什么要留着不跳进水去！……唉！我拉着大公子，他想跟他母亲一起跳……她手臂里紧抱着另一个儿子在挣扎……四周既没有旁人，也没有船；救他们上来需要时间……孩子没事了；可是母亲……震骇，从高处跃下，她那时的情况……谁比我更清楚这一跃下有多少危险？……她很久不省人事。她刚一醒来就问她的儿子……她以怎样的快乐拥抱他！我以为她得救了；然而她的活泼只继续了一会儿。她想回家；在路上她好几次感到难受。根据她几次对我的吩咐，我看出她已不相信能起床了。我太不幸了，她没有恢复。陶尔勃夫人比她改变更大。大家都很不安……我是全家最平静的一个……我为什么要担忧？……我亲爱的女主人！啊！如果我丧失了您，我不再需要谁……我亲爱的先生，在这灾难里愿慈悲的上帝支持您！……再见……大夫从房里出来了。我要跑过去问他……假如他有好消息，我就通知您。如果我不说……

第十封信

致圣·普栾

先由陶尔勃夫人开头，再由德·伏尔玛尔先生结束。

于丽的死

一切都完了，冒失的人，不幸的人，可怜的幻想者！您永远不会再见到她……那面幕……于丽不再存在……

她给您写了信。您等着她的信：要尊重她最后的意愿。在地上还给您留着重大的义务要去完成。

第十一封信

德·伏尔玛尔先生致圣·普栾

我让您的最初的痛苦在沉静中度过；而我的信只能使您的痛苦加剧：您那时不能再有力量忍受那些细节，我也不想把它们告诉您。现在这些细节对我们俩也许都是珍贵的。我留下的只有她的回忆；我的心喜欢收集它们。您只有眼泪献给她；您在为她淌的眼泪里得到安慰。不幸的人们的这种快乐在我的灾祸里是没有份的：所以我比您更不幸。

我想向您说的不是关于她的疾病而是关于她。别的母亲可以跟着她们的孩子投水：事变、寒热、死亡都是自然的，这是人的共同命运；但最后时刻的应用、她的谈话、她的感情、她的心灵，这一切只属于于丽。她不像别的女人那样生活；据我所知，没有人像她那样死。这是只有我能观察到的，您也只能通过我才能知道。

您知道恐惧、激动、投水、从水中救出来，留给她长久的衰弱，只有到家后才完全清醒。到家后她再要见到孩子；他来了：她见到他走过来和回答她的抚爱后变得完全平静和同意稍稍休息一会儿。她睡的时间很短；因为大夫还没有来，在等候大夫时，她叫我们坐在她床的周围，方勋、她的表姐和我。她向我们谈到她的孩子们、对他们所需要的不断的照顾、她已采取的教育方式以及稍一忽略的危险。她对于自己的病看得不大重要，但预见到她会有一段时间阻碍她那部分的照料，所以要求我们大家分担各人自己以外的那份任务。

她谈到她的一切计划和您的打算，谈到使它们实现的最合适的方法，谈到她所作的许多考虑，哪些可以使它们顺利、哪些可以损害它们的实现，总之，关于怎样能使我们代替她不得不暂时停止的做母亲的一切职责，时间要多长就多长。我心里想，这对于一个认为只有少数几天不能担任那亲切的任务的人，这种考虑真够多的；但让我完全吃惊的是看到她对昂利爱特的教育想得更详细。她对自己的两个儿子只限于他们最初的童年时期有关的操心，至于他们的青年时期，她仿佛交托给别人来负责；对于昂利爱特的教育，她包含了她的整个时期，感到没有人能达到像她自己的经验提示她那样的考虑，她简略地、但有力和清楚地向我们提出她为昂利爱特拟就的教育计划，在她的母亲旁边用最生动的理由和最感人的劝告要求实现它。

所有这些关于年轻人的教育和关于母亲的责任的思想，混合着关于她自己的频频回顾，不能不使她的谈话显得很热情。我觉得她太兴奋了。格兰尔握着她表妹的一只手，不时把它贴到自己嘴上，用啜泣作为全部回答；方勋不比她更平静；而于丽呢，我注意到眼泪也在她眼睛里滚动，但她不敢哭出来，怕更使我们惊惶。我立刻想道："她想到自己会死。"我所剩的唯一希望是恐惧心可能使她错误估计了她的情况，把危险的可能性显示得比实际的更大。不幸我知道她太清楚，所以不能太指望有这种错误。我多次试图安慰她；我再三要求她不要因为人们随便说的没有根据的话而激动。"啊！"她说，"对于妇女，最有害的是沉默，而且我觉得有点儿发烧；说些有用题材的胡话要比说没有道理的胡话要好些。"

大夫的到来引起了家里无法形容的扰乱。所有的仆役的眼中带着焦急的神态，握着两手，一个挨一个地在房门口等待着关于他们女主人病状的判断，仿佛是对他们命运的判决。这场面使格兰尔很激动，我担心影响她的理智。应当用不同的借口让他们离开，以免使她看到这令人惊惶的情景。大夫含糊地说有点儿希望，但他的声调使我不抱什么希望。于丽也没有说出她的想法：她表姐的在场使她有些拘束。当大夫走后，我跟了他出去；格兰尔也想跟随他，但于丽留住她并用目光向我做了我了解的记号。我赶紧通知大夫说，如果有危险，应当对陶尔勃夫人和对病人同样地，而且还要更保守秘密，以免她的绝望，使她干扰和无法侍候病人。大夫宣布说的确有危险，但出事后刚过了二十四小时，要正确肯定预测结果需要更多的时间；明天夜里才能确定病人的命运，所以他只能到第三天才能说。这场谈话只有方勋参加；于是好容易说服她要忍耐之后，我们商量好怎样对陶尔勃夫人和家里其他人作说明。

到了夜里，于丽要她表姐回房间去休息几小时，因为她上一夜待在于丽身旁，第二夜她仍想待在一起。这时当病人知道要在她腿上放血和大夫在准备开处方时，她叫人把大夫请来并对他这样说："卜松先生，当人们认为应当欺骗一个胆小的病人的病状，我赞成这是合乎人道的措施，但想同样浪费一切多余和不愉快的、其中有好些是没有任何需要的办法，那是种残忍。请您为我规定一切您认为真正有效的东西，我将逐项照办。至于只是为了幻想的药物，那请为我免了：我痛苦的是我的肉体而不是我的精神，我对于结束我的生命并不可怕，怕的是对它的余年用得不当。生命的最后时间太可贵，不容许把它浪费。如果您不能延长我的生命，至少不要缩短自然留给我的一点儿时间的使用。我剩下的时间越少，您越应该尊重它；请给我生命，否则让我自己处理；我将一个人好好地死去。"请看这个在一般交往中那么胆怯和温柔的女人怎样能在重要的情况下发出这样坚定和严肃的声音来的。

那夜是严峻的和有决定性的。窒息、憋气、昏厥、枯燥和灼热的皮肤；炽热的高烧，在发作时人们常常听她激动地叫喊玛尔式兰，仿佛想要拉住他，有几次也叫着另一个名字，过去在相似的情况下也反复喊过。早晨大夫直率地向我宣布她只有三天可活。这可怕的秘密只对我一个人说的，而我一生中最恐怖的时刻便是我把这消息藏在我心的深处，不知道我能做些什么。我独自到小树林中漫步，思索着我应采取的办法，于是我不觉产生了命运严厉的思想，它在晚年重新使我陷入在我尝到更甜的生活之前挣扎过的那种孤独中去。

昨晚,我向于丽答应忠实地告诉她大夫的诊断。她竭力要感动我使我遵守诺言。我觉得我必须凭良心这样做。可是怎么样!为了一种虚幻和无用的义务而叫她忧虑她的灵魂和长时间品尝死亡的滋味?在我眼里这样残酷的谨慎小心的目的是什么?向她宣布她最后的时刻,这不是让它提前到来吗?在如此短促的间隔里,愿望、希求、生命的基础变得怎样?看到失掉她的时刻如此逼近,这还会是种快乐吗?这不是我亲手使她死亡吗?

我急促地走着,体会到从所未有过的激动。这长久和困难的焦虑随处追随着我;我背后拖着无法忍受的重量。最后,一个思想使我作出了决定。您不必使劲猜测它:让我来告诉您。

我这样想来想去到底为了谁?是为了她,还是为了我?我是根据什么原则进行推论的?是根据她的原则,还是根据我的原则?什么来给我证明是根据这个,或者根据那个?为了相信我所相信的,我只能相信我带有几分概然性的意见。没有什么证明可以推翻我的意见,这是确实的,但什么证明可以证实它呢?为了相信她所相信的,她同样有她的意见,但她从中看到明显的一个事实;这意见在她看来是个证明。当问题涉及她时,我有什么权利更喜欢我认为可疑的我的简单的意见,而不喜欢她坚决认为已证明了的她的意见?我们来比较两种感情的结果。在她的思想里,她最后时间的安排应决定于她永恒中的命运。在我的思想里,我希望为她的安排,那三天在她是无所谓的。在三天里,按我的意见,她将不再感觉到什么。可是假如她有理性,有什么区别!永恒的幸福或痛苦!……也许!这字眼是可怕的!……不幸的人!是你的灵魂冒险,而不是她的灵魂。

这是使我对您经常攻击的那些观点的正确性觉得可疑的第一个疑点。从那时起，我觉得这并非是最后的一次。虽然如此，这怀疑解除了痛苦的动摇。我便立刻采取决定，以免又要改变，我急忙跑到于丽的床头。我叫大家都出去，我坐定了，您可以想象到是种什么情况。我在她身边不用那种对待藐小灵魂的必需的谨慎态度。我没有说话，但她看见了我就马上明白了。"您以为我不知道吗？"她向我伸出手来。"不，我的朋友，我清楚地知道：死亡在逼近我，我们得分手了。"

于是她对我讲了长篇的话，我过几天再告诉您，在这时她在我心头写下了她的遗嘱。如果我过去不够理解她的心，她最后的安排就足够使我理解了。

她问我，她的情况全家是否都已知道。我告诉她说，家里笼罩在惊惶中，但大家并不确切知道，卜松只对我一人说明了真相。她要求我要小心保守秘密直到当天终了。她补充说："格兰尔必须由我亲口告诉她才能忍受；如果由另一人传给她，她会死去。我决定今天夜里做这悲惨的任务。正因为这样，我才希望得到大夫的意见，以免单凭我一己的感情使我这不幸的表姐落到错误地接受一个如此残酷的打击。您要做到在事前什么也不怀疑，否则您会冒自己没有朋友和我们的孩子落到没有母亲的危险。"

她对我讲到她的父亲。我告诉她已派了个专差，可是我没有敢补充说，这个人没有像我对他吩咐的那样只把我的信交给他，竟急忙说明，而且说得很严重，使我的老朋友认为他的女儿淹死了，便吓得在楼梯上摔倒而受伤，只好在勃劳奈躺在床上。重见她父亲的希望强烈地触动着她，但这希望肯定是无法实现的，这是我必须吞下的不能算是最小的苦果。

上一夜的重复使她极端衰弱了。这长时间的谈话没有帮助她加强精力。她身体非常虚弱，想在白天获得一会儿的休息；到第二天我才知道她睡眠的时间不多。

然而房子里弥漫着沮丧的气氛。在沉闷的静寂中，每人等待着有人把他从困难里拉出来，但又不敢问人家，生怕听到他不愿知道的消息。大家想："假如有什么好消息，一定会急于说出来；如果有坏消息，人家总想不要太早知道。"他们都处在恐慌里，只要不发生什么新变化，大家就感到满意。在这沉寂的休息里，陶尔勃夫人是唯一活动的和说话的人。她一走出于丽的房间，不是回到自己屋里休息，而是走遍整个房子；她叫住大家，向人问大夫说些什么，人家说些什么。她曾是上一夜的目击者，她不能不知道她所看到的，但她设法作自我欺骗并否认自己眼睛的证明。她问到的人只回答有利的，这就鼓励她问别的人，而且总是带着如此明显的忧虑，脸色那么怕人，所以即使知道一千倍多的消息也不敢直说。

在于丽身旁时她克制自己，病人动人的模样使她显得忧愁多于激动。她尤其害怕给于丽看到自己的惊惶，但她很难隐藏它；人们即使在她显得平静的情感里也看得出她心烦意乱。于丽这方面则竭力要欺骗她。她的病没有减轻，她说得仿佛已经过去，好像困难就在于恢复需要的时间罢了。我看到她们俩在互相安慰，但我清楚地知道她们俩在心灵里谁都没有希望而竭力想把希望给予对方，这在我的苦恼中又是一种苦恼。

陶尔勃夫人前两夜都熬夜；她已经三天没有解衣。于丽建议她去睡觉；她怎么样也不同意。"那怎么办，"于丽说，"就让人在我房里支一张小床：至少，”她仿佛想了想说，“如果她不愿和我合一张床。你怎么说，表姐？我的病不会传染，你不致嫌弃我；就睡在我床上。”这办法被接受了。至于我，人们把我打发走，我也的确需要休息。

我一早就起身。对夜里发生什么事不放心，听到第一个声音我就走进房间。想到陶尔勃夫人昨夜的情况，我想象到将看到的绝望的神情和我将目击的她的疯狂的样子。我走进去时，看到她坐在圈手椅里，精神委顿而苍白，或者不如说青灰色，眼睛沉重而差不多暗淡无光，但温和、平静，很少说话，人家对她怎么说她就一声不响地怎么做。而于丽呢，她显得不比昨晚衰弱；她的声音比较有力，她的动作灵活；她好像取得了她表姐的活泼。我很容易看出她的脸色显得好看些是发烧的结果；可是我同样看到她的目光闪耀出一种我不知是什么东西促成和不明白原因的神秘的快乐。大夫照旧坚持昨晚的意见；病人也同样继续像他一样的想法；我不再存留什么希望了。

我因事不得不离开一会儿，在重新进来时觉得房间已细心整理过；房间里显得整洁和优雅；炉台上有人放上一些花瓶；窗帘半拉开和系住了；空气已经改变，闻得到愉快的气味；不会想到房间里有病人。她已经同样仔细地梳洗过：在她随便的打扮里也显现出优雅和情趣。这一切使她显示出与其说是个等待着临终时刻的农村妇女，还不如说是个等候伴侣的上流社会的夫人。她看到我的惊讶，她为此对我微笑；猜到了我的心思，正预备回答我的话时，这时人们把孩子们带进房来。于是只谈到孩子们了；您总能猜想到，她感到自己快要离开他们，她的抚爱是温柔和适度的。我甚至还注意到她更频繁地对那个她付出了生命代价的孩子热烈拥抱，仿佛因为这个代价而对他更亲切了。

所有这些拥抱、叹息、激动对这些可怜的孩子是神秘的。他们亲切地爱她，但这乃是他们年纪的爱：他们完全不理解她的情况、她的抚爱的增强以及她再也见不到他们的遗憾；他们看到我们的悲哀，因而哭泣着：他们不能知道得更多。虽然有人给孩子们讲到死这个字，但他们没有什么概念，他们既不为自己也不为别人而害怕它：他们怕痛苦，却不怕死。当疼痛使他们的母亲发出几声呻吟时，他们的叫喊震响了房间；当有人对他们说他们要失掉母亲时，他们变得像呆子。只有昂利爱特年龄比较大些，又是女性，感情和智力发育得比较早些，她看到自己的小妈妈睡在床上，大家本来总看到她在孩子们之前起身的。关于这一点我回想起于丽说过很适合于她性格的意见，那是关于范斯巴西央的愚蠢的自夸的，当他能行动时只知睡觉，而当他什么事也不能做时却起来[①]。“我不知道，”她说，“一个皇帝是否应当立着死；但我清楚地知道家庭中的母亲，只有当她死时，是可以躺着的。”

在对她的孩子们倾诉了她的心怀，在分别对他们告别，尤其对昂利爱特留下特别久，可以听到在接受她的接吻时的叹息和呻吟

---

① 这话不很正确：舒埃东纳说[②]，范斯巴西央在他死床上像平常一样工作，而且甚至接见人；可是实际上为了接见人应当起来比较好，然后躺下来死。我知道范斯巴西央虽不是伟大人物，但至少是伟大的君王。不过一个人一生不管起什么作用，总不应该临死时开玩笑。——卢梭原注

② 舒埃东纳（Suétone，CalusTranqilius，75—150）：罗马史学家。卢梭根据他的《十二个皇帝的生活》（§24）中舒埃东纳引述范斯巴西央（7—79）临死时的话：“皇帝应当站着死。”——俄译注

之后，她把三个都叫过来，对他们作了她的祝福，向他们指着陶尔勃夫人说："你们过去，我的孩子们，去跪在你们母亲的脚边：那是上帝给予你们的；它什么也没有剥夺你们。"他们立刻跑到她身边，跪到她脚下，拿着她的手，叫她是他们的好妈妈、他们的第二个母亲。格兰尔弯腰向着他们；但在把他们紧抱在她手臂里时徒然努力想说话；她只有呜咽，却始终不能说出一个字；她呼吸困难。您来判断，于丽是多么激动呀！这情景开始变得太使人激动了；我便让它停止了。

这动人的时刻一过，大家都围着床开始谈话；虽然于丽的活跃由于病情的加重而有点儿减弱，大家看到她脸上有同样高兴的神气：她注意地和有兴趣地谈着一切，说明她思想不为病痛感到关心；什么事她都没有忽略；她集中精神进行谈话，好像没有别的事可做。她提议我们在她房里吃饭，为了使我们尽可能少离开：您可以相信这建议不会被拒绝。大家不出声地吃饭，没有为难，也没有混乱，带着仿佛从前在阿波隆厅进餐时同样有条不紊的模样。方勋和孩子们都靠桌子吃饭。于丽看到大家没有胃口，便找些使大家能吃的秘密，一会儿借口女厨师的意见，一会儿想知道她能不能尝一下，一会儿说关心我们的身体，以便服侍她；她对我们始终显得很满意，因为我们同意了吃饭，为了减除大家心头郁结的悲惨景象，她说话时还混合了很多的诙谐。总之，一个最聪明的家庭主妇凭着强健的体格并想对宾客表示的殷勤还不及垂死的于丽招待自己家里人那样的殷勤、亲切和关心。我曾认为自己预料到的事却没有发生，而我所看到的在我脑筋里都排列不起来；我怎么样也不能想象；我什么都不能理解了。

吃过饭后报告说牧师来了。他作为家里的朋友经常来。虽然我不曾去请他,因为于丽没有这样要求,但老实说我高兴他的来到;我相信在同样情况下,最虔诚的信徒看到他时也不会更高兴了。他的在场将会澄清好些疑虑,并使我从一种奇特的困惑里解脱出来。

您会记得什么原因引起我向于丽预示她快来的结局的。照我看来,这个信息显得是完全确定的事实,应当怎样来理解它的确发生的事?什么!这个虔诚的女人在现在身体的情况下没有一天不沉思默想,把祈祷看成她的快乐之一,她只有两天可活了,她看到自己快要出现在可怕的审判面前,她毫没有为这恐怖时刻作考虑,没有准备整理自己的良心,却以装饰自己的房间、为自己整容、跟朋友们交谈、使他们吃饭感到愉快以自娱,而在她的谈话里竟完全没有提上帝和灵魂得救的一个字!我对她和她的真正的感情应该怎么看?她的行为和我原来设想的她的虔诚应该怎样调和?她生命的最后时刻的所作所为同她对大夫所说这时刻的宝贵之间该怎样配合?这一切在我的思想里形成了一个不可解的哑谜:因为说到底,虽然我并不认为她有笃信宗教者所有那些小玩意儿,然而我觉得这时她要想到是如此重要的时刻,而且不可有丝毫延迟。如果她在这忙乱的一生中是个虔诚者,那么在她要离开它时,而且只剩下思考另一生时怎么会不是虔诚者呢?

这些思考把我引导到我没有期待的一点。我那不审慎地保持的意见终于使她受到影响,我便开始忧虑。我没有接受她的看法,但毕竟不希望她放弃她原有的信念。假如我病了,我肯定会抱着自己的情感而死;可是我希望她死时抱着自己的情感,而我可以说觉得她冒的危险要比我的大。这种矛盾您会觉得是奇怪的;我也不认为它们是合理的,然而它们却存在。我并不打算为它们辩解,我只是对您说出来罢了。

最后,我的怀疑可以得到澄清的时刻到了:因为很容易预计到牧师的谈话迟早会引到作为神圣职务的目标上去;而当于丽即使能够在她的答话里作隐瞒时,也很难掩饰得使像我那样注意和有预见的人不会看不出她真正的感情。

一切发展像我预料的一样。我把牧师作为过渡以达到目的的那些套话和赞扬放在一边;我也不转述他对她说的关于用基督教的光荣来颂扬一个美好生活的幸福的动人的话。他补充说,实际上,她有时在感情的某几点不完全符合教会的原则、即不符合于从《圣经》引出的神圣原理;但因她从未坚持自己的意见,所以他希望她能像生时一样死去,与忠诚的信徒一致,并完全接受一切基督教徒的共同信仰。

由于于丽的答话解答了我的疑惑,其中也没有异端的、反对一般教义的东西,我几乎逐字逐句地向您引述,因为我曾好好地听还马上就记录下来了。

“先生,请允许我从感谢您竭全力引导我走道德的正直的和基督教信仰的道路开始,当我迷路时您纠正或承担我错误的那份仁慈,我满怀着对您的热忱的尊敬和对您的善意的感激,我愉快地宣布我的一切善良的决心都有赖于您的恩德,您始终支持我做一切好的和相信一切是真实的东西。

“我在基督教的信仰中生活和要在其中死去,它从《圣经》和人类理性中汲取它唯一的教规;我的心永远同嘴里说的符合一致,当您的教导有时也许不能以应有的顺从去接受，那是因为我对于一切伪装感到厌恶的结果；我所不能相信的，我不能说我相信；我始终真诚地追求能符合于上帝的光荣和真理的事。我在追求中可能犯错误，我没有认为自己总是合理的那种傲气；我可能永远是错误的，可是我的意图永远是纯洁的，我永远相信我说相信的话。关于这一点，那是一切都依赖于我。如果上帝没有启发我超过我的理性，它是宽大和正确的；它怎么能向我要求承担它不曾给我的义务呢？

“先生，这便是关于我信奉的观点方面向您说明的主要之点。至于其他的一切，我现在的情况可以为我答复您。疾病使我心不在焉，寒热搞得我昏头昏脑，我现在怎么能比过去理智完全清醒时更好地进行判断？如果我那时会犯错误，今天我会少犯些错误吗？我现在这样衰弱，靠我自己能相信那我在健康时相信的以外的东西？理性决定人所选择的意见，我的理性已丧失了它最好的作用，它那可怜的一点残余能否使我确信我现在没有理性而选择的意见是正确的？因此今后我还有什么可做？只有指望着我从前所相信的；因为我的意图同样是纯洁的，但判断的能力减少了。如果我犯错误，那并非愿意想这样；这足以使我对我的信念放心了。

“至于说到对死的准备，先生，它已准备好：的确它准备得不好，但尽我所能的做了，至少比我现在所能做的要好些。为了完成这重要的任务，我努力不要等待到我不能做的时候。我在健康时祈祷，现在我在忍受。病人的祈求是忍耐；对死的准备工作是好好的生活：我不知道其他的准备。当我同您交谈时，当我单独冥想时，当我努力完成上帝为我安排的任务时，在那时我就准备出现在它面前，在那时我用它给我的全部力量赞美它；今天我丧失了这些以后我能做什么？我神经错乱的灵魂能上升到它那里去吗？被痛苦所侵蚀的、半熄灭的生活的这个躯壳还值不值得献给它？不，先生；它把这躯壳留下给它让我热爱的那些人，它也希望我抛弃这躯壳；我要向躯壳告别以便去见上帝；我要跟躯壳周旋一阵子，但很快我就要单独到上帝那儿去了。我在地上最后的快乐也就是我最后的义务：这难道还不是为上帝服务和执行为完成人性加诸我的在抛弃遗骸以前关心的上帝的意志吗？我为什么要抑制我所没有的骚动？我的良心并没有激动：它如果有时使我恐惧，那我在健康时要比今天更厉害。我的信心会把恐惧抹去；它对我说，我虽有罪，上帝却更为仁慈，在我感到快要接近上帝时，我的安全感倍增。我绝不带给它以由恐惧授意的不完全的、拖延的和被迫的忏悔，因为它是不真诚的和欺骗它的陷阱；我不会献给它以充满苦难和懊恼的我一生的渣滓，它饱受疾病、苦难和死亡的剧痛的煎熬，我将只能献给它以什么也不能再做时的我；我献给它的是我整个的生活，这生活虽充满了罪恶和错误，但没有亵渎宗教的悔恨和坏蛋的罪行。

“上帝对于我的灵魂会判定什么苦刑呢？人家说，被上帝摈弃的人怨恨上帝：这么说会阻止我爱它吗？我并不害怕会增加他们的人数。伟大的上帝呀！永恒的存在，最高的智慧，生命和幸福的源泉，创造者，保存者，人类的父亲和自然的君王；全能的、至善的上帝，我从未曾有一刻怀疑并在它的眼光下始终热爱生活！我知道它，我为之喜悦，我要出现在你的宝座之前。过不了几天，摆脱了它的躯壳的我的灵魂将开始更有资格向你贡献这不朽的礼品，它将是我永恒的幸福。我直到这时为止的一切认为毫不值得一顾。我的躯体仍然活着，可是我的精神生活已结束。我已到了生活的尽头，过去的已被判决。受苦和死亡是我全部要做的事；这是自然的事，但我却要活得不需要想到死亡的那样；而现在死亡临近了，我毫不畏惧地看到它在来临。谁在父亲怀里睡着的，他不用担心醒过来。”

这番讲话起初以严正和庄重的、后来用更强调和更高的声音说出来，它给所有的参加者（我也不例外）以很深的印象，尤其由于她的眼睛闪耀着超自然的光辉而更显得生动；一种新的光芒使她的肤色增添了光辉，她显得通体发光；如果世上有什么东西值得称为天堂的话，那便是她讲话时的面孔。

牧师本人为他刚刚听到的话所震惊和感动，他抬起眼睛，举手向天叫喊道：“伟大的上帝！请看这赞颂你的礼仪；这很值得使之获得保佑；人们能为你作这样贡献的不是很多的。”

“夫人，”他走近床前说道，“我本来认为可以教导您，而您却教导了我。我再没有什么可对您说了。您有着真正的信仰，即敬爱上帝的信仰。您怀着好心的珍贵的宁静，它是不会欺骗您的；我看到许许多多像您这样情况下的基督教徒，但我只看到您身上有这种德行。一个如此安静的结局跟那些受折磨的罪人的结局多么不同，他们集合了那么多徒劳的和枯燥的祈祷，只是因为他们的愿望是不会实现的！夫人，您的死跟您的生一样美；您活着为了仁慈，您作为母爱的殉道者而死去。愿上帝把您归还给我们以作为我们的榜样，或者召您到它身边以弘扬您的美德，愿我们大家都能像您一样的生存和死亡！我们对于另一种生存的幸福抱有明确的信心。”

他想走了；她把他挽留住。“您是我的朋友之一，”她对他说，“而且也是我最喜欢见到的朋友之一；我最后时刻对我之所以可珍贵就是为了你们。我们马上就要长期离别，因此我们不应如此急促地分手。”他因为能留下来感到很高兴，这时我走出去了。

在重新走进房间时，他们仍在继续进行同一个话题，但用另一种声调而且仿佛在谈论不同的情况。牧师谈到人家把基督教只看做是垂死者的宗教，把牧师当做凶兆的传播者这样的错误思想。他说，“人们把我们看做死亡的使者，因为按照通常的看法，只需一刻钟的时间的忏悔就足以抹去五十年的罪恶，人们只有这时才喜欢看到我们。应该给我们穿丧事颜色的衣服，应该装出严厉的面色；人们千方百计使我们变得可怖。在其他宗教里还要更坏。一个垂死的天主教徒的周围只用一些使他害怕的东西和举行活生生地埋葬他的仪式。人们为了从他身边赶走魔鬼，他却看到房间里充满了魔鬼；在使他死去之前他会由于恐怖而死一百次，教会就是喜欢把他投入这种恐惧里以便从他捞取利益。”“我们要感谢上帝，”于丽说道，“不让我们生长在这种唯利是图的宗教里，它们杀害人以便继承财产并把天国出卖给有钱人，把统治这个世界的不义的不平等带到另一个世界去。我毫不怀疑所有这些阴暗的思想只能挑动人们不信宗教，并给产生这种宗教者以自然的厌恶性情。我希望，——她眼望着我说，——教育我们的孩子的人应采取完全相反的原则，他切不要给他们以悲惨和忧愁的、不断混杂着死亡的思想的宗教。如果教他们很好地生活，他们就会知道相当好地去死了。”

在接着的谈话里(说话显得比我向您叙述的比较松散和不连贯),我终于理解了于丽的原则和我曾不赞成的行为。这一切都是由于她感到自己完全绝望的状况,因此只想避免那种垂死者为恐惧所包围的、无目的的、凶险的情况,那是或者为了减轻我们的悲伤,或者为了给自己排除令人难受和完全不需要的场面。她说,"死已经是难受的!那么为什么还要使它变得丑恶呢?其他的人徒劳地想延长他们的生命,我却要应用我的生命快乐享受到最后一刻;问题是要知道顺其自然;其他就随它去了。当我最后的关心是在我的房间里集合我所喜爱的一切时,我能把它变成一间病房、变为一个令人厌恶和愁闷的东西吗?如果我在房里留下恶浊的空气,那就要叫我的孩子们离开,不然就会损害他们的健康。假如我留下一副令人恐怖的装饰,就没有人再能认识我;我就不再是同样的人;你们大家都将想起曾喜爱我,现在将不再能受得了;我如今还活着,我将变得形象可怕,甚至对于我的朋友们,我仿佛已经成了死人。但我不会这样,用不着延长生命,我找到伸展我的生命的方法。我存在,我爱,我被人家爱,我活到我最后一口气。死的瞬间算不了什么,自然给予的苦恼并不可怕:所有这一切我从思想上都排除了。"

所有这些谈话以及其他相似的谈话都是在病人、牧师、有时还有医生、方勋和我之间进行的。陶尔勃夫人始终在场,却从来不插话。她对自己女友的需要十分关心,她急于为她服务。其余的时间她一点儿也不动,几乎像死了一般,她既不说话,对大家的话也完全听不见,而只凝望着病人。

至于我,因为怕于丽说得太多而乏力,便乘牧师和大夫两人交谈的机会走近她床头，我对她耳语说："这样谈话对一个病人来说是太多了！这样的说理对一个自认为丧失理性的人来说是太多了！"

"是呀，"她低声对我说，"对于一个病人来说，我确是说得太多，但对于一个垂死的人来说却不是：我很快就什么都不说了。至于说理，我现在不再说，但我已都说过了。我在健康时就知道会死。我常常回想我这次的病；我今天利用了我的预见。我现在已经不能思想和决定；我只能说我从前想到的和实现我已经的决定。"

除了几次发作以外，这一天的其余时间过得同样平静，而且几乎像大家都很安宁时一样。于丽像完全健康的人那样和善和亲切；她同样通情达理、用同样的自由思想说话，带着同样明朗的神色，有几次还表现出高兴的样子；后来，我在她的眼睛里继续看到某种越来越使我不安的快乐的激动，对此我决定同她弄个清楚。

我的等待想最迟不超过当天夜里。她看到我准备一次密谈，便对我说："您赶在我前面了，我也想同您交谈。""很好，"我对她说："但既然我说在前面，让我首先对您说。"

于是我坐在她身旁并凝望着她，我对她说道："于丽，我亲爱的于丽，您伤了我的心：唉！您隐瞒了好久！是的，"我看到她惊讶地望着我时继续说，"我看透了您：您高兴死；您离开我感到快乐。您能记得起自从我们一同生活以来您丈夫的行为；我是否应当得到您这方面这种如此残酷的感情？"她立刻拿起了我两只手，用抓住灵魂的音调说道："谁？我？我愿意离开您？您是这样看我的心的？您难道那么迅速地忘记了我们昨天的谈话？""然而，"我又说道,“您对死感到高兴……我看到了这一点……我现在看到这点……”“住口,”她说,“的确我想死得高兴;但这是像我生活过、像值得是您的妻子那样的死。这一点您不要再多问我,我不会告诉您更多的话;但这里,”她从她枕头下面拿起一张纸继续说,“您总会弄清楚这个秘密。”这是张信纸,我看到她是写给您的。“我没有加封交给您,”她交给我时补充说,“可以让您看了后,根据您的智慧和我的荣誉更合适的考虑来决定把它发出去或者取消它。我请求您只有当我死了后才看它;我确信您会照我的请求办,所以我甚至不希望您当面答应我。”亲爱的圣·普栾,这信就是这里所附的这封。我徒然知道写信的人已经死了,但我很难相信那声音是从坟墓中发出来的。

接着她忧心忡忡地对我谈到她的父亲。她说道:“怎么回事!他知道他的女儿在危险中,我却听不见谈到他!他是不是碰到了什么灾祸?他是否不再爱我了?怎么啦!我的父亲!……这如此温柔的父亲……就这样抛弃了我!……让我见不到他就死去!……没有接受他的祝福……他的最后的拥抱!……上帝啊!当他不再看到我时,他对自己将作怎样痛苦的斥责!”这种思考她是很痛苦的。我认为她对于她父亲生病的想法要比她父亲的冷漠的想法更容易忍受。我决定向她说明真相。事实上,她设想的惊慌比她最初的怀疑较不严峻。然而不能再见到他的思想使她非常伤心。“唉!”她说,“我死了,他怎么办?他将依靠什么?他比自己家人都活得久!……他的生活将是种什么生活?他将单独一人,他不会再活了。”这一时刻便是死亡的恐怖最使人感觉到和自然力量发挥它的威力的时刻。她叹息着,双手紧握着,抬起了眼睛;于是我终于着见她心头发出了这个困难的、她称之为垂死的人的祈祷。

后来她又谈到了我。“我感到衰弱，”她说，“我预感到这次谈话可能是我们在一起的最后一次谈话了。看在我们曾联结的面上，看在作为保证的我们亲爱的孩子面上，您不要再对您的妻子不公正了。我，我离开您会感到高兴！您活着只是为了使我幸福和聪明，您是所有的人中对我最合适的，也许是同他组成好家庭和使我成为好妻子的唯一的人！啊！您要相信，如果我重视生活，那是为了能同您一块儿度过。”这些带着温情发出来的话使我感动得把握在我双手里的她的手频频贴到我的嘴上，我感到它们被我的泪水沾湿了。我不认为我的眼睛是为了流这些泪水的。这是我出生以来的第一次；这也将是我到死的最后一次。在为于丽流过泪以后，泪就再不会为什么可以流的了。

这一天对于她是疲劳的一天。陶尔勃夫人在夜里的准备工作、早上孩子们的那一幕、牧师在午后的情景、晚上跟我的谈话，都把她弄得精疲力竭。但她这天夜里的休息却比上一夜里稍微多一点儿，或者由于她的疲倦，或者由于寒热和病势实际上减轻了些的关系。

下一天早晨人家告诉我说，有个穿戴很坏的人急于要单独见夫人。人家把她现在的情况告诉他：他坚持要见，说这是件好事，他十分知道德·伏尔玛尔夫人，并说只要她还能呼吸，她一定会帮助他。因为她建立了从不拒绝人，尤其是不幸的人的不可动摇的规定，所以在打发他走之前先向我报告。我叫他过来。他几乎一身褴褛，他的神色和声音都显得很悲惨；然而在他的面部表情和他的说话里，我看不出有什么坏的企图。他固执地只想跟于丽说话。我对他说，如果他只是想在生活上给他些帮助，那就不要因此麻烦一个病危的女人，我可以做她要做的事。“不，”他说，“我不要求财物，虽然我很需要它：我要求属于我的东西，一件比世上一切财宝更珍视的东西，一件由于我自己的错误而丧失了、而只有夫人(我从她得到的)能第二次还给我的东西。”

这些我一点不明白的话使我作出了决定。一个不道德的人也会说同样的话，但他绝不能用同样的声调说出来。他要求保密，不让男女仆役知道。这样小心谨慎使我觉得奇怪；可是我接受了。我终于把他引进房间。他对我说陶尔勃夫人认识他；他在她面前走过；她不认识他，我并不因此感到奇怪。于丽呢，她立刻认出了他，看见他这副可怜的打扮便责怪我没有给他换衣服。这是感动人的见面。被这种声音所惊醒，格兰尔走近来，终于认出了他，也对他表示一点儿快乐的样子；然而她的好心的证明在深切的忧虑里消失了：唯一的一种感情吸收了一切；她对什么都不再有感应了。

我认为没有必要向您说明这个人是谁。他的到场引起了很多回忆。但当于丽安慰他和给他美好的希望时，一阵强烈的窒息袭击她，她感到如此难受，大家以为她就要断气了。为了不致发生事故并防止在只应想到抢救她时引起分心起见，我让这个人到书房去，告诉他随手把门关上。叫来了方勛，病人由于时间和照料及时，终于从昏厥中醒了过来。她看到大家都懊丧地围着她，便对我们说：“我的孩子们，这不过是一次试验；这并不像大家想的那样可怕。”

重新恢复了宁静；但恐慌是那样强烈，使我忘记了书房里的那个人；当于丽低声问我那人怎样了时，饭菜已经摆上，大家都来了。我想走进去对他说；可是像我告诉他那样他从里面关上门：得吃过饭才能叫他出来。

吃晚饭时卜松也参加，他谈到一个人家说她要再嫁的年轻寡妇，他对寡妇们的悲惨命运补充了一些话。我说："有不少更值得怜悯的，那是她们的丈夫还活着的人。""这确是这样，"方勋接着说，她知道我这话是向她说的，"尤其是丈夫对她是可亲的人。"于是谈话转到了她的丈夫；因为方勋每次谈到他时总是带着感情的，所以当她要丧失她的恩人时她的伤心就特别厉害。正因为这样，她的话很感动人，她称赞他的好性格，痛恨引诱他的坏榜样，那么真诚地惋惜他，本来悲哀的场面使她激动得哭了起来。书房门突然开了，一个衣服褴褛的人从门里匆忙地走出来，扑到她的膝盖下，满面泪水地抱住了她的膝盖。她手里拿着玻璃杯，杯子从她手里掉了："呀！不幸的人！你从哪儿来？"她向他跑去，假如没有人赶快扶住她，她会因衰弱而跌倒。

其余的情况容易想象得出来。家里所有的人一下子都知道葛洛德·阿奈来了。善良的方勋的丈夫！多么高兴的事！他一走出房间就去换衣服。如果每人只有两件衬衫，阿奈一个人将会有所有其他人所余下的衬衫。当我出来想叫他换衣服时，发现人家已赶在我前面办好，我要运用我的权威使大家取回他们提供的东西。

然而方勋不愿离开她的女主人。为了给她的丈夫一些时间，人们借口说孩子们需要呼吸新鲜空气，于是叫他们俩带他们出去。

这一场面不像以前几场一样，没有使病人感到不方便：她毫不觉得不愉快，而且只使她高兴。格兰尔和我，在午后我们单独同她度过，我们有两小时平静的交谈，她变得那么趣味盎然，是我们从来不曾有过的。

她从我们对于方才目击的动人的场面的几点看法开始，使她活跃地回想到她童年的最初时光；然后，随着事件的线索，她对自己整个生活作了简短的回顾，指出总的说来她的生活可以说是平稳和幸福的，她一级一级地登上了地上所允许的幸福的顶点，于是偶然事件在生命的行程的中间结束了它的运行，照整个表面看来，表示出自然生涯中幸运和不幸的分界点。

她感谢上苍给了她一颗敏感的和向善的心、一种健全的智力和一个中意的容貌；使她诞生在一个自由的国家而不是在奴隶中间；在一个可敬的家庭而不是在作恶者的种族里；在尊敬的幸运而不是在腐蚀灵魂的上流社会的傲慢里或者在使人卑贱的贫困里。她为自己庆幸：她的父亲和母亲俩都有德和善良，充满了正义和荣誉感，彼此互相抑制缺点，按他们的样子形成她的性格，却不赋予她以他们的弱点和偏见。她夸耀在合理和神圣的宗教里被培养起来，它远不是使人变粗鲁而是使她高尚和提高；它不造成亵渎宗教和狂热崇拜，使她成为聪明和有信仰的、成为同时既有人性又是虔诚的。

这之后，紧握着她拿在自己手里的表姐的手，用您应当知道的和虚弱使它变得更动人的那种眼神望着她，说道："所有这些财富都被给予上千其他人；而这个！……上天只给我一人。我生为女人，我有个女友；它让我们同时出生；它在我们的癖性里安置着始终不渝的和谐；它使我们两颗心能心心相印；它把我们从摇篮时代起联结在一起；我把它毕生保持着，她的手要把我的眼皮合上。您如能在世上找出另一个相同的例子，我就不再有什么可夸耀了。什么明智的劝告她不曾向我提出过？在什么危难中她没有救援过我？什么不幸她不曾安慰过我？没有她我会怎么样？如果我能更好地听她的话，我有什么不能达到？也可能我今天能跟她一样了！”格兰尔代替一切回答，只是把脑袋俯在她女友的胸口并想用哭泣来减轻她的呻吟：然而这样做却不可能；于丽把她静静地长久贴在她的胸前。没有说话、没有眼泪打破沉默。

她们恢复平静后于丽继续说道：“好事往往混合着缺点：这是人类事情的命运。我的心生来是为了爱的，对个人的优点要求严格，对人们议论的好处看得无所谓。我父亲的偏见要跟我的爱好相一致几乎不可能。我需要一个由我自己选择的情人。他出现了；我认为他是我选择的，但无疑是老天爷为我选中他的，他使我陷入我的激情的迷误时不致达到可怕的罪行，而且在迷误后在我心灵里继续有对美德的热爱。他说的是真诚和奉承的话，就像许许多多的骗子手诱惑那么多好出身的姑娘时说的那样；可是在那么多人中他是唯一的诚实的人和想着他所说的话。是不是我的审慎把他区别开来呢？不，我起初是从他的话里认识他的，于是我被诱惑了。我由于失望而做了其他人由于厚颜无耻而做的事；我就像我父亲说的那样扑到了他的脖子上。他对我很尊敬。这时我才认识到他是怎样的人。男人有这样行为的应该是具有优美的心灵的人；这时人们才能指望于他。但我以前就这样指望，后来我敢于指望自己；这样姑娘们就糟了。”

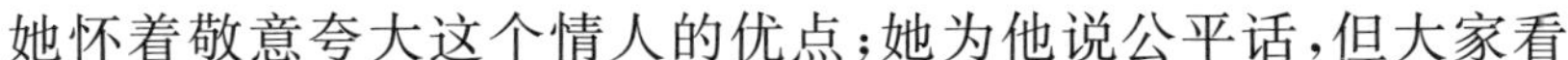

她怀着敬意夸大这个情人的优点；她为他说公平话，但大家看

得出她的心肠乐于这样谈他。她赞扬他甚至不惜贬低自己。由于要对他表示公正，她对自己却不公正，为了使他争光，她承认自己犯错误。她甚至发展到支持他对通奸的恐惧更胜过于她，却忘记了他自己曾对此加以驳斥。

她一生的其余的一切细节是以同样的精神继续说的。爱多阿尔阁下、她的丈夫、她的孩子们、您的回来、我们的友谊，这一切在她的话里都显现着优美的光辉。甚至她经历过的一些不幸竟也被排除了最沉痛的悲哀。她失去母亲是在对她显得特别沉重的时刻；可是如果老天爷为她保全不死，那么她的家庭会很快发生混乱。她母亲的支持不管它怎样微弱，也足够使她更勇敢地抗拒她的父亲；从这里就会发生不和谐和争吵，更糟的是假如她哥哥还活着的话，也许会发生灾祸和丢脸。她没有同意就嫁给了一个她不爱的人；可是她同意没有任何其他的人能同她如此幸福地生活，即便同她曾热爱的人在一起时也是一样。陶尔勃先生的故世夺去了一个朋友，但还给她一个女友。连自己的悲哀和受苦她都认为对自己有益，因为它们可阻止她的心对别人的不幸变得冷酷无情。她说："假如你们知道，当深思到自己的不幸和别人的痛苦时，有怎么样甜蜜的怜悯贯穿着心灵呀。重感情的人总会在心灵里找到某种自我满足，不管人的成功的命运和他对事情的感受怎么样。我曾怎样地感叹！我曾流过多少眼泪！怎么样呢！假如我能在同样的情况下再生一次，我想只有我做的坏事应当改掉，而所受的痛苦我却乐于再经受一次。"圣·普栾，我照她自己的话向您重述；当您读到她的信时，您可能更好地理解了。

"因此您看，"她继续说，"我达到了怎样的极乐的境界。我已

经有很多的快乐；我期待着更多的快乐。我家庭的繁荣，为我孩子们的良好的教育，我所珍视的一切都曾集合或准备集合在我的周围。现在和将来同样使我高兴；快乐和希望合起来使我幸福；逐级上升的我的幸福达到了顶点：它只能下降了；它没有等待就来到，当我认为是长久的时候就遁走了。命运怎么能为我支持着不坠？一个永远不变的地位是否给予人的？不，当人们什么都获得后就得失掉，即使是占有的快乐也会因它而变得迟钝。我的父亲已年迈；我的孩子们还在稚嫩之年，他们的生活还没有把握：有多少失败可以使我担忧，我却没有什么东西可再获得了！母爱不断地增加，由于孩子们离开母亲生活而孝心在减退。我的孩子们随着年龄的增加跟我距离越来越远。他们将在社会上生活；他们将忽视我。您希望把一个送到俄国去：他的出发我将流多少泪水！一切将逐渐从我身边脱离，而没有东西可补充我的损失。有多少次我会处在把您单独留住的情况下！到头来不是该死掉了吗？也许我在大家之后死！也许是孤零零地只剩下我一个人！人越生活就越爱生活，即使一点儿乐趣也没有：我将会有生的烦恼和死的恐惧，那是老年通常的现象。和这一切不同，我最后的时刻还是愉快的，我也有死的魄力，有人甚至把死叫做让自己所爱的人活下去。不，我的朋友们，不，我的孩子们，我可以说不会离开你们；我同你们一块儿留着；在让你们大家联合在一起时，我的精神、我的心同你们一起活着。你们会看见我随时在你们中间；你们将感到我不断地围绕着你们……后来我们将重聚，这我是确信的；善良的伏尔玛尔本人逃不掉我。我回到上帝那里可以安定我的灵魂和暂时减轻我的困难；它答应我给你们像我一样的命运。我的命运是前后连贯和

有保证的。我曾是幸福的，我现在是这样，将来也是幸福的：我的幸福是固定的，我从命运中争得的；只有永恒才没有边际。”

说到这里牧师进来了。他赞扬她并真正敬重她。他比谁更知道她的信仰是强烈和真诚的。他对于昨天的谈话和于丽所表现的坚强态度很受感动。他常常看到人们死时夸张的表现，却从来没见过那样的平静。他对她的关心也许还混合着看她能否把这种平静坚持到断气时的希望。

她不需要突然转换谈话的题目以引向适合于新来的客人的性格。因为她的谈话都是很健康和不是浅薄的，所以她在床上以同样的平静态度谈论对她也对她的朋友们有趣的题目；她宁静地谈论着一些并非无关紧要的问题。

随着她关于她对我们能留下什么东西的思想线索，她向我们讲起她过去关于灵魂同躯体分离情况的想法；她称赞那些对自己的朋友们答应会回来向他们讲述彼世的消息的人们的单纯。她说：“这跟引起千万种混乱和折磨妇女的幽灵（仿佛幽灵有声音可以说话和可以拍打的手一样）的故事同样合理！① 没有肉体的灵

① 柏拉图说，人在死亡的时候只有正直的、在世上不受任何污染的灵魂，以整个自己的纯洁而从物质中得到解脱，至于那些在世上受情欲奴役的人，他补充说，他们的灵魂不能很快得到他们原始的纯洁而仿佛被它们固着在自己躯体的残存物上。他说：“这因而产生有时人们看到在坟地上漫游的可见的幽灵，他们在等待新的转生。”② 这是一切时代的哲学家否认存在和说明不存在的通常的一种怪癖。——卢梭原注

② 这里卢梭转述了柏拉图在其著名的对话录《费东》中所讲的关于灵魂不朽的思想，那是苏格拉底临死前说的话。但卢梭只是从达西埃夫人的法译本中读到柏拉图的著作的，而且显然凭记忆转述的，所以转述柏拉图的思想不完全正确。受到印度学者关于灵魂转世思想影响的柏拉图并不肯定说正直的灵魂在死后获得原始的纯洁，而是说灵魂按照自己过去的行为，转生到各种不同的动物和昆虫的躯体中。——俄译注

魂怎么能对于闭合在活着的躯体里的灵魂发生作用，以及它由于这种联系而能感受到只有通过感觉的器官感受的东西呢？这纯粹是不可思议的；但我承认我看不出假定一个从前住在地上的躯体里的自由的灵魂可以重新回来、游荡，可能待在它认为亲爱者的周围，那是荒谬的；它不是为了通知我们它是存在的，它对此丝毫没有办法；它不是为了作用于我们和把它的思想通知我们，它没有动摇我们脑筋的能力；它也不是为了观察我们所做的，因为这样它就需要有感觉，但是为了它自己知道我们所感觉的，通过一种立即的联系，就像上帝在这生命开始时那样能阅读我们的思想，以及我们相互阅读别人的思想一样，因为我们面对面看得见[①]。最后还因为，她望着牧师补充说道，当感觉不再有什么可做时，它还有什么用呢？永恒的存在既看不见也听不见，它只是感到；它既不向眼睛也不向耳朵说话，而是向心灵说话。”

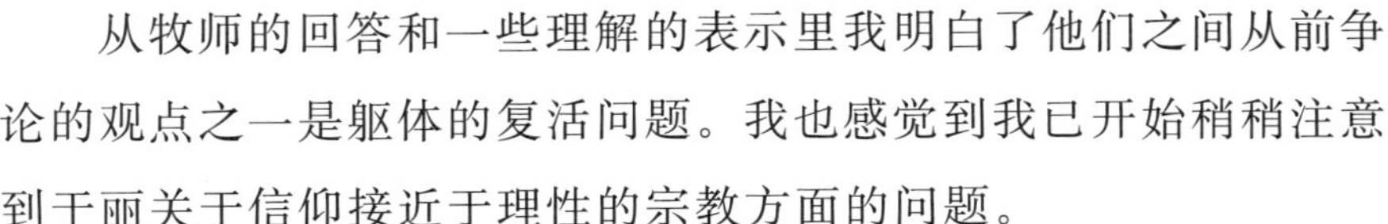

从牧师的回答和一些理解的表示里我明白了他们之间从前争论的观点之一是躯体的复活问题。我也感觉到我已开始稍稍注意到于丽关于信仰接近于理性的宗教方面的问题。

她对于这些信念是如此满意，假如她自己对她这些原来的信念采取怀疑态度，那么即使破坏她在病危时显得如此甜蜜的观点中的一个也将是残酷的。“的确是这样，”她说，“当我想象到我死去的母亲就在我身边，我做起好事来就特别高兴，她会看到我的心和赞成我。继续生活在对我们曾是亲切的死者的目光下，那是十

① 这话我认为说得很好：因为同上帝面对面相见，这难道不意味着阅读最高智慧的思想吗？——卢梭原注

分可以慰藉的！这说明对于我们，死者只死了一半。”您可以想象到这些谈话时格兰尔的手是常常紧握着的。

牧师虽然用很温和与有节制的话回答她，并且甚至表现出一点也不反对她，但为避免人家在其他一些观点上的沉默被看做是默认，他没有一刻放弃作为一个教士，便对来生陈述了相反的说法。他说上帝的无限、光荣和标志是真福者的灵魂唯一要关心的目的；这种崇高的静修会去除一切其他的回忆；即使到了天国，人们不会再相见，人们不会再认识；在这极美的情景下，人们再也不会想到尘世的情况了。

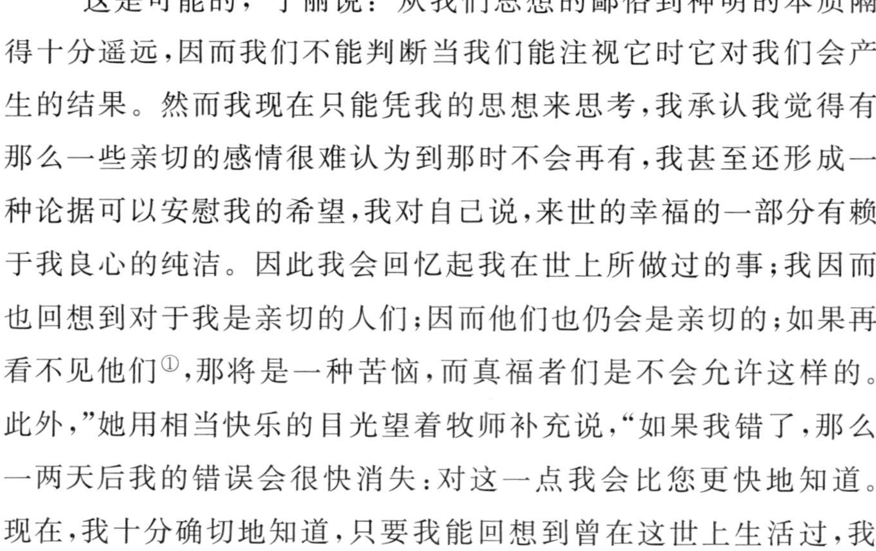

“这是可能的，”于丽说：“从我们思想的鄙俗到神明的本质隔得十分遥远，因而我们不能判断当我们能注视它时它对我们会产生的结果。然而我现在只能凭我的思想来思考，我承认我觉得有那么一些亲切的感情很难认为到那时不会再有，我甚至还形成一种论据可以安慰我的希望，我对自己说，来世的幸福的一部分有赖于我良心的纯洁。因此我会回忆起我在世上所做过的事；我因而也回想到对于我是亲切的人们；因而他们也仍会是亲切的；如果再看不见他们[①]，那将是一种苦恼，而真福者们是不会允许这样的。此外，”她用相当快乐的目光望着牧师补充说，“如果我错了，那么一两天后我的错误会很快消失：对这一点我会比您更快地知道。现在，我十分确切地知道，只要我能回想到曾在这世上生活过，我就会爱我在那里热爱过的那些人，我的牧师不会是其中的最末

① 很容易理解于丽的“看见”这个词意味着非肉体的洞察的行为，类似于上帝看见我们和我们看见它一样。我们用感觉不能想象灵魂直接的交流，但理智能很好地理解它，而且我认为会比躯体之间活动的交流更容易理解。——卢梭原注

一个。”

这天的谈话就是这样经过的，那时灵魂的安宁、希望和安息特别在于丽的心灵里闪耀着，而且根据牧师的说法，预先赋予她以真福的平静，她很快就要进入真福的行列了。她从来没有这样温柔、真实、亲切、可爱，总之从来没有更像她自己。她始终有理性，始终有感情，始终有智者的坚韧，也始终有基督教徒的温柔。她完全没有企求，完全没有做作，完全没有修饰：把所想的随时自然地表达出来，随时随地都是怀着坦率真诚的心。如果她有时勉强忍住病痛使她发出的呻吟声，那不是表现斯多葛主义的坚韧精神而是怕引起她周围的人们的悲痛；还有当死亡的恐怖有一会儿使她的人性颤抖时，她并不掩饰她的恐惧，她让人家安慰她：等她恢复以后，她又反过来安慰人家。人们看见、人们感到她的恢复平静；她的温和的神色大家都看得出来。她的喜悦不是勉强的，甚至她的开玩笑也是动人的；我们嘴里含着微笑，眼里包着泪水。如果去掉对人快死时不容许快乐的那种恐惧，她甚至要比健康时更加可爱，而她生命终结的时刻也就是最美丽的时刻。

快到夜里时她又有一次发作，它虽比早上那次轻，却使她不能多跟孩子们在一起。可是她觉察到昂利爱特变了。人家告诉她说她哭过多次和不肯吃东西。“这个病治不好，”她望着格兰尔说，“她的病在血里。”

她感到自己精神好些了，想要大家在她房间里吃晚饭。大夫像早上一样也在那里。方勋本来每次都要通知她才到我们桌上来吃饭，这晚上没有叫她就来了。于丽见了她笑了。“好，我的孩子，”她对她说，“这晚上你还跟我一块儿吃；你陪你丈夫比陪我有更长的时间。”她接着对我说：“我不需要向您介绍葛洛德·阿奈。”——“是的，”我说，“所有您表示好意的人都不必向我介绍。”

晚饭比我预期的还要愉快。于丽看到自己受得了强烈的光线，叫把桌子移过去，而且出人意料，她生着病却有胃口。大夫看到满足她的要求没有什么不好，便给了她一块鸡胸脯肉。“不，”她说，“但我想吃这非拉鱼[①]。”于是给了她一小块；她同一点儿面包一块吃了，觉得好吃。她吃的时候应该看看陶尔勃夫人看着她的样子；应该看，因为这用笔表达不出。她吃过后不但没有感到不舒服，而且其余的时间感到更好些：她甚至觉得心情那么好，竟用责备的口气提起我有很久没有喝外国酒。她说：“给这些先生喝一瓶西班牙葡萄酒。”她看见大夫的样子，知道他在等着喝真正的西班牙葡萄酒，她还望着她的表姐笑；我也观察到格兰尔对这一切都不加注意，只是有些激动地开始抬起眼睛不时一会儿望望于丽，一会儿望望方勋，这目光仿佛要对她说什么或者要求什么事。

葡萄酒没有马上拿来；找了一阵地窖的钥匙，但没有找到；人们断定（事实正是这样），男爵的经管葡萄酒的贴身男仆由于疏忽把它带走了。从其他消息中终于了解到只够一天的食物却维持了五天，没有人注意到没有酒[②]，虽然有好几夜得不到酒喝。那大夫感到吃惊。至于我，虽然把这种疏忽归之于仆役由于悲哀或者由

① 日内瓦湖特产的美味的鱼，只有一定时节才有。——卢梭原注

② 有好的侍役的读者，你们不必讥笑地询问，伏尔玛尔从哪儿雇来的那些仆役，人家早已事先答复了你们；他们不是从哪儿雇来的，而是培养出来的。只要有于丽那样的主妇，其他的也就都有了。一般地说，人本来并没有区别，只看你怎样培养他们。——卢梭原注

于他们的节制，但对于他们超乎一般节制的行为感到难为情：我吩咐打破地窖的门，叫以后大家可随便喝酒。

酒瓶拿来了，大家便喝起来。葡萄酒很好。病人对酒也有兴趣；她要求喝一汤匙加水的酒：大夫给了一杯酒，希望不要加水。这时格兰尔和方勋频频交换目光，但仿佛是在暗暗之中，因为她们总怕说得太过分。

禁食、衰弱和于丽的饮食习惯使酒起了很大的刺激。她说道：“啊！你们叫我喝醉了！我期望了很久，用不着开始，因为一个醉醺醺的女人是很讨厌的。”她果然开始唠唠叨叨起来，但像平时一样合乎理性，不过比以前更为活泼。使人感到奇怪的是她的脸色并不发红；她的眼睛只闪耀着由于疾病的虚弱而发出的淡淡的火花；除了苍白，人们会相信她还是健康的。这时格兰尔的激动变得完全明显。她抬起害怕的眼睛轮流望望于丽，望望我，望望方勋，但主要望着大夫；这些目光充满了她想提出而又不敢提出的问题：大家一直觉得她要说话了，可是对于得到不祥的回答的恐惧使她忍耐着；她的忧心是如此的强烈，她被压迫得好像喘不过气来。

方勋被这些表示壮起了胆子，敢于说话了，但说时战栗着，声音又小，说今天夫人仿佛痛苦减轻了些……说最后一次痉挛比以前几次轻……说夜里……她愣住了。方勋说话时，哆嗦得像片树叶的格兰尔抬起恐惧的眼睛望着大夫，目光盯着他，提起耳朵，不敢呼吸，生怕他说起话来自己会听不清楚。

不明白这一切的人一定是个傻子：卜松先生站起身来，过去按着病人的脉搏，说道：“没有喝醉，也没有寒热；脉搏很好。”格兰尔把两只手半伸着立刻喊道：“怎么！先生！……脉搏？……寒热？……”她说不下去了，但她分开的两只手继续前伸着；她的眼睛闪耀着焦急的神情；脸上的筋没有一条不在动。大夫没有答话，又拿起手腕，观察了眼睛、舌头，沉思了一会儿，然后说道：“夫人，我很明白您的意思：我现在不能说什么肯定的话；可是如果明天同一时间她还像现在一样，我可以向您保证她的生命。”格兰尔听了这话，像闪电似的跑过去，碰倒了两只椅子和几乎撞倒了桌子，扑向大夫的脖子，拥抱他，咽呜着吻了他一千次，热泪盈眶地哭泣着，而且始终同样激烈地从手指上脱下一只名贵的指环，不顾大夫的反对把它戴在他手指上，上气不接下气地对他说：“啊！先生，如果您把她还给我们，您不止救了她一人！”

于丽看到了这一切。这一情景撕碎了她的心。她望着她的女友，用温柔和悲痛的声调对她说：“啊！忍心的人，你多么使我对生命抱憾呀！你要我死得非常遗憾吗？需要为你准备两次吗？”这寥寥几句话真是一阵雷鸣：它立刻刹住了快乐的气氛，可是它不能完全埋没重新产生的希望。

只一会儿工夫，大夫的答话全家都知道了。这些善良的仆人已相信他们的女主人病好了。他们一致决定，如果她恢复健康，大家合起来送大夫一份共同礼物，每人出三个月工资；钱马上收齐存在方勋手里，有的人钱不够，便向别的人借。这种协调进行得如此热情洋溢，于丽在床上听到他们热烈的欢呼声，请想想一个感到自己垂死的女人的心中所产生的作用！她向我示意，对我耳语说：“人家把一只敏感性的既苦又甜的杯子让我连酒带渣喝到了底！”

到了分散时，像前两夜一样跟她表妹合睡一床的陶尔勃夫人把她贴身女仆叫来，让后者接替方勋；但方勋对这建议很生气，我觉得她对这建议甚至比她丈夫没有来时更生气。陶尔勃夫人也坚持，所以两个女仆一同在书房里过夜；我把她安置在隔壁房里；而希望竟如此鼓舞了虔诚心，我不论怎样愤怒或者威胁都无法使仆人去睡觉；这么一来，这一夜大家都没有睡，他们是如此焦急，可以设想有好多人会付出大部分生命，以便早上九点钟能迅速来到。

在夜里，我听到有些来往的脚步声，我没有惊慌；可是快到天亮时一切都显得平静，一个沉闷的声音击打了我的耳朵。我仔细听时，我认为分明是呻吟声。我跑过去，我进到里面，我揭起了床帏……圣·普栾！……亲爱的圣·普栾！……我看见两个女友一动不动，互相拥抱着，一个昏迷了，另一个已断气。我喊了一声，我想拖延或接受她最后的呼吸，我扑过去。她已经死了！

上帝的热爱者，于丽不再存在了……我不向您叙述这几小时的经过情形；我不明白自己那时是怎么样的。我从最初的震惊中恢复过来后问起陶尔勃夫人的情况。人家告诉我，说已把她抬到她的房里，还甚至把她关在里面，因为她随时想到于丽的房间里去，扑到她身上，用自身暖和她，想叫她活转来，压住她，用疯狂的劲儿贴着她身体，用千把个热情的名字大声叫唤她，以所有那些没有用的努力来缓解她的绝望。

我进房间时发现她神经完全失常，什么也看不见，什么也听不见，也不认识人，而是绞着两手在房间里打滚和咬着椅子的腿，用低沉的声音吐出几句怪诞的话，后来隔了一阵发出尖锐的叫喊声，听了令人战栗。站在床脚边的她的女仆惊呆了，一动也不动，连气也不敢吐，想躲避她，全身颤抖着。她在激动的抽搐中的确有些骇人的东西。我对女仆作了叫她退出去的记号，因为我怕一个说得不妥当的安慰的字就会使格兰尔勃然大怒。

我并不试图对她说话，她完全不肯听我说的，而且甚至不愿听到声音；我等待了一些时间，看到她疲乏得衰竭了，拉住了她，让她坐到安乐椅上；我拿着她的两只手坐在她旁边；我叫人把孩子们带来，让他们站在她周围。不幸的是她看到的第一个正好是她女友的死的无辜的原因。这一见面使她哆嗦起来。我看见她脸色变难看，她的目光带着恐惧的神情转了过去，她的手臂为了要把他推开而在接触时变僵硬了。我把孩子拉向我，我对他说："不幸的孩子！你对那一个曾是太亲切，现在却变得可恨了：她们对一切并不是有同样的心肠的。"这话剧烈地激怒了她，为我引来了很辛辣的回答。然而我的话却发生了作用。她把孩子抱到手里并努力亲他：但没有用；她几乎马上就把他放下；她还是继续用比瞧另一个较为不愉快的态度瞧他，使我感到十分安心的是，他并不是预定给她女儿的那一个孩子。

多情善感的人们，你们处在我的地位该怎么办？也像陶尔勃夫人所做的那样[①]。我在安顿好孩子们、陶尔勃夫人和我所爱的唯一的人的死亡之后，还得骑马出发，心头装着死讯，以便把它带给那最可悲的父亲。我发现他正在受跌倒后的痛苦，听到他女儿的意外事故后大为激动和难受，我任他被悲痛所压倒，这种老人的悲痛人家从外表上看不出，它不由动作和叫嚷表现出来，但能致人

① "多情善感的人们，你们处在我的地位该怎么办？也像陶尔勃夫人所做的那样。"我们谦虚地承认不懂这话是什么意思。处在德·伏尔玛尔的地位上，陶尔勃夫人所做的，多情善感的人们将怎样做呢？他的思想也许是这样：在我的地位上，面对着陶尔勃夫人所做的一切，你们将怎样办呢？——原书编者注

于死地。我确切知道他决计抵抗不住，我早就料到最后的打击将加深他的朋友的不幸。第二天我尽可能快地赶回家，以便向这位最值得尊崇的女性献上最后的敬意。可是我的考验还没有完。她还得复活，为了让我受到第二次丧失她的苦恼。

在接近我的家时，我看到我的一个仆役气急败坏地跑来，老远就向我喊道："先生，先生，赶快；夫人没有死！"我不明白这句反常的话的意思：然而我还是跑了过去。我看到院子里满是人，他们流着喜悦的眼泪，高声喊着给德·伏尔玛尔夫人祝福。我问发生了什么事；大家都兴高采烈，却没有人能回答我：我的仆役都有点疯了。我急步登上于丽的房间：我看见有二十多人跪在她的床前四周，眼睛都凝视着她。我走近去，看到在这已经穿戴和装饰过的床上的她；我的心激烈地跳动着：我观察她……唉！她是死的！这瞬息间虚假的和如此无情地熄灭的快乐时刻，是我一生中最痛苦的时刻。我并不是动不动发怒的人；但这一回却深深地被激怒了。我想知道这荒唐的场面的背景。一切都被掩蔽和改变，我尽最大的努力来弄清真相。最后我达到了目的；请看这奇事的经过。

我的岳父为他听到的意外事故感到不安，相信没有侍仆自己也能应付，在我到达他身边之前只差一会儿就打发他去了解他女儿的消息。老仆人骑马累了，改乘了船，夜间穿过了湖，在我回来那天早上就到了克拉朗。他来到后看到了惊扰，他知道了原因：悲叹着走上于丽的房间，在她床前跪下，他看见她，他哭泣，他仔细凝视她。"啊！我好心的女东家！啊！上帝为什么不拿我去代替您！我老了，没有什么牵挂，我一点用处也没有，我在世上还能做什么？而您还年轻，您是您家的光荣、您全家的幸福、穷人的希望……唉！

我看到您生下来，是否为了要看您死吗？……”

他的虔诚和善心迫使他发出的叹息声中，他的眼睛始终盯在她的脸上，他认为观察到了一种活动：他的想象力激动了他；他看到于丽的眼睛在转动、在望他、在向他点头。他兴奋地站起来，跑遍整个房屋，嘴里喊着夫人没有死，她认出了他，他肯定说她会复活。这就不需多说了；邻居们、哀叹声在空中震响的穷人们，大家都跑过来；大家都叫喊着：“她没有死！”声音回荡并不断增强着：喜爱奇迹的人们非常希望新闻；人们像所希望的那样相信；每个人借着共同的轻信巴不得这种好事。死者很快不仅会表意，她还能动作，她还能说话，于是出现了二十来个从来不曾有的情况的目击的证明人。

当人们相信她还活着时，便千方百计想使她恢复知觉；他们聚集在她的周围，对她说话，给她洒含酒精的水，给她号脉，看她有没有跳动。她的女仆们对自己的女主人的躯体被这些男人随便包围着感到生气，叫大家都退出去，也很快知道大家上了当。然而她们不能决定排除如此可贵的错误，也许她们自己也希望某种非常的现象出现，她们小心地给躯体穿上衣服，虽然她的衣橱已经留给了她们；她们给她带上首饰；然后把她放到一张床上，还把床帷揭开着，她们在大众的快乐中又开始啜泣。

我的到来正赶上这场热闹的高潮，我马上觉得使大群人听取道理是不可能的；如果我把门关起来并把尸体送到坟地去，那可能发生骚乱；我至少会成为活埋妻子的谋杀犯，我在整个地方上会成为大家所厌恶的人。我便决定等待。然而在三十六小时多以后，由于天气十分炎热，尸体在开始腐烂；虽然脸上仍保持着她的容貌和温静，但已经看到有些变坏的征兆。我把这事告诉了陶尔勃夫人，她尚在床头边半死不活地待着。她没有感到被如此拙劣的幻想所欺骗的幸福，可是她装出相信的模样，以便有继续待在房里的借口，在那儿可以为快乐而感到伤心，沉湎在这死人的场面并满足她的悲痛。

她听了我的话，作出了决定，一声不吭走出了房间。我看见她过一会儿又走进来，手里拿着您从印度带给她的缀着珍珠的金丝面幕[①]。然后她走近了床，吻了面幕，哭泣着把面幕盖在她女友的脸上，用响亮的声音喊道："敢于揭起这面幕的卑鄙的手必受诅咒！看到这变了形的脸的亵渎宗教的眼睛必受诅咒！"这一行动和这些词句如此地打动了大家的心，仿佛像突然的灵感似地一千个声音立刻反复着这咒语。它给所有我们的仆人和居民留下了如此深的印象，所以死者在穿着衣服和十分小心地被放进棺材后，就在这种情况下被带去埋葬，竟没有一个相当大胆的人敢于碰一碰面幕[②]。

最需要同情的人的命运却还要去安慰其他的人。那便是我在我岳父、在陶尔勃夫人、在朋友们、在亲属、在邻居和我自己的仆役们方面留下来要做的事。其余的算不了什么；但是我的老朋友呢！但是陶尔勃夫人呢！须得瞧瞧她的悲痛才能判断她所加给我的悲痛。她远没有感谢我的关心，她反而为此责怪我；我的关心激怒了

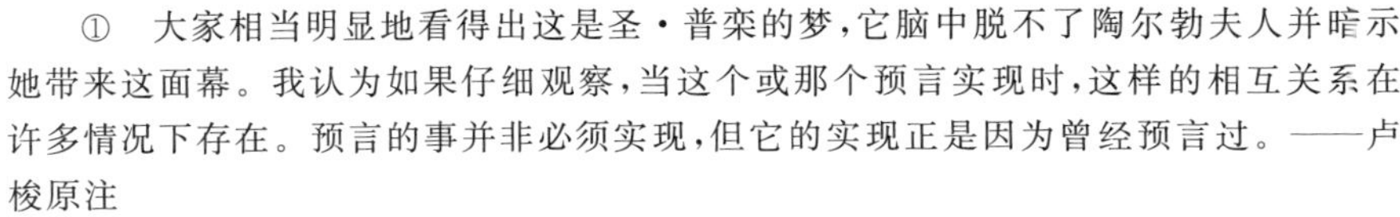

① 大家相当明显地看得出这是圣·普栾的梦，它脑中脱不了陶尔勃夫人并暗示她带来这面幕。我认为如果仔细观察，当这个或那个预言实现时，这样的相互关系在许多情况下存在。预言的事并非必须实现，但它的实现正是因为曾经预言过。——卢梭原注

② 伏州地区的人民虽然是新教徒，却极端迷信。——卢梭原注

她，我冷酷的悲哀刺激着她；她需要有像她那样的痛苦的遗憾，而她的残忍的苦恼希望看到大家都显得绝望。最令人感到忧伤的是对她什么也没法预料，一会儿能使她觉得可以轻松些时，一会儿又会使她气恼。她所做的一切，她所说的一切，已接近于疯狂，对于冷静沉着的人看来是很可笑的。我必须忍受很多，但我从来不灰心丧气。在为于丽所爱的服务时，我认为尊重她要比对她哭泣好。

我只举出一例您就可以判断其他的事。我认为我做的一切是希望格兰尔要爱护自己以便完成她女友委托给她的任务。她被激动、节制饮食、守夜弄得疲惫不堪，后来好像下决心恢复平时生活，重新开始正常活动，在饭厅里吃饭。她第一次来饭厅时，我叫孩子们到他们的房间里去吃饭，因为我不愿在孩子们面前冒这种试验的危险：一切强烈的激动的场面对他们是最危险的例子。这种激情到了过分的程度时，总会有某种使他们感到好玩、感到诱惑的孩子气，并使他们对本应害怕的东西却反而感到喜爱[①]。而我们的孩子本来就已经见过太多这类东西了。

她在进来时向餐桌上看了一眼，看到摆着两副餐具：她立刻坐到她看见身后的第一把椅子上，不愿到餐桌前来就餐，也不说明这任性行为的原因。我认为猜到了她的想法，便吩咐在平常她表妹坐的位置上放上第三副餐具。于是她没有抵抗地让人搀着手扶到餐桌上，小心地撩起连衣裙，好像怕妨碍了旁边那空着的位置。她刚把菜汤的汤匙举到嘴边就又放下，用粗鲁的声音问，既然那位置

① 这就是为什么我们大家都喜欢戏剧，而我们中的有些人喜欢小说的原因。——卢梭原注

没有人，那么那副餐具有什么用。我对她说她有理，吩咐把那副餐具撤了，她试着吃，但没有成功。她的心房一点点膨胀起来，她的呼吸变得很响亮而且像在叹息。后来她突然从餐桌边站起，一句话也不说，也不愿听我要对她说的一切，独自回到她自己的房间里，整天只喝了些茶。

第二天事情重新开始一遍。我想出了一个用她自己的任性来使她恢复理性，并用最温馨的感情来使她绝望的铁石心肠软化的办法。您知道她的女儿很像德·伏尔玛尔夫人。她喜欢用同样的衣料做的连衣裙来显示这种相似之处，她从日内瓦给她们带来好几件相同的衣着，她们在同一天穿出来炫耀。因此我让昂利爱特穿戴得尽可能像于丽；经过很好地教导她以后，我就让她坐在餐桌昨天摆着第三副餐具的位置上。

格兰尔第一眼就懂得了我的意图；她因此受到了感动；她向我投出亲切和感激的一瞥。这是我操心中能让她显得感动的第一次，我很欣赏令她激动的这个办法。

昂利爱特感到能扮演她的小妈妈很得意，她卓越地扮演了她的角色，而且表演得如此逼真，我看到仆役都在哭泣。然而她对自己的母亲一直用妈妈相称，而且对她用相当尊敬的口气；但由于扮演成功而壮起了胆子，还由于她注意到我的赞许，居然敢手里拿着汤匙风趣地说道："格兰尔，你要吃这个吗？"动作和说话的口气模仿得如此相像，以致她母亲大吃一惊。一会儿以后她大声发笑，拿起盆子说道："好的，我的孩子，给我；你真可爱。"然后，她以我看了感到吃惊的好胃口开始大吃特吃起来。我留神观察她，看到她眼睛里显得理智失常，她的举动也显得比平常更激烈和坚决。我阻止她不要再多吃；我这样做很对，因为一小时后她患了严重的消化不良症，如果她继续再吃就一定会窒息。从这时起我决定取消所有这些玩笑，因为它们可引起她的想象力到无法控制的地步。因为人们医治忧伤要比医治疯狂更容易，所以宁可让她多受痛苦而不要去招惹她的理智。

我的亲爱的，这些就是我们现在大致的情况。自从男爵回来后，格兰尔每天早晨到他房间去，或者我也在那里，或者我从他那里出来时；他们一块儿待上一小时或两小时，她对他的关心稍微方便了大家对她的照顾。此外，她已开始在孩子们身边照料得更勤奋了。三个孩子中的一个曾生了病，那正是她爱得最差的一个。这意外事件使她感到还可能遭到的丧失，因此她更对自己的责任感到热诚了。然而她的悲伤还没有减轻；眼泪还没有流干：大家等着您以便继续流淌；您应当来拭掉它们。您要理解我。请想想于丽最后的意见：它首先来自我，现在我比以往更感到它有益和明智。您来把您跟她留下的一切结合起来。她的父亲、她的女友、她的丈夫、她的孩子们，大家都等着您，大家都盼望您；您对大家都是不可缺少的。最后，我不想再多说明来分担和治愈我的苦恼：我也许比任何人更需要您。

第十二封信

于丽致圣·普栾

这封信附在上一封信中

应当放弃我们的计划。一切都起了变化，我的好朋友：我们要忍受这种变化而不要嘀嘀咕咕,这变化来自一只比我们更高明的手。我们原来想结合:这结合并不好。老天爷预见到了,那是好事;它无疑防止了不幸。

我很久前就编织着幻想。这种幻想对我是有益的;它在我不再需要时就消灭了。您认为我痊愈了,我也这样想。我们要感谢那使这错误在有益时尽可能继续下去的人:谁能知道我看到临近深渊时能不晕眩吗?是的,我徒然想熄灭使我能活下去的最初的感情,它集中在我的心坎里。它在它不再成为可怕的时候从那儿醒了过来;它在我的力量抛弃我时支持着我;它在我快死时使我复活。我的朋友,我对这样的承认不觉得害羞;这不由自主的感情是不自觉的:它并没有失去我的清白;一切有赖于我的意志的是为了我的义务着想;如果不由我控制的心属于您时,那是我的苦恼,却不是我的罪行。我做了我所应当做的;我的德行始终没有污点,爱情于我也始终没有悔恨。

我敢于以过去为荣;但是谁能为我的未来作保证呢?如果再多一天,也许我就有罪了!如果整个过去的生活能和您在一起,那又会怎样?我闯过了多少危险,自己却不知道!还有什么更大的危险我将会遭受到!我认为为了您而感受的恐惧毫无疑问是为了我而感受的。一切考验都经受过了,然而它们还会重来。为了幸福和为了德行我不是活得相当够了?从生活中我还留下什么有益的东西可汲取呢?老天爷把我叫去时,只有把可遗憾的从我这里拿走,对我的幸福却不触动。我的朋友,我是在顺利的时刻离开的,我对于您也对于自己都感到高兴;我是快快乐乐地走的,这一走没有什么苦痛。经过那么多的牺牲后,我对于剩下要做的毫不在乎:无非是再多一次死罢了。

我预见到您的痛苦,我都感到了:我非常知道您要抱怨;而您悲痛的感情是我随身带走的最大的苦恼。然而您也要看到我为您留下的安慰!对于您认为是亲切的人给您留下了多少关心的事要您去完成。您难道不应为她而爱护自己!您得留着为她本人的最好的部分服务。您只失掉于丽,那是您很早以前就已经失掉的。她对于您最好的一切还为您留着。您要来同她的家庭联合。她的心将在你们中间。她爱的一切将集中起来给她以新的存在。您的关心、您的快乐、您的友谊,一切都是她的产物。由她形成的你们联合的纽带会使她再生;她只有同大家的最后一个一起死亡。

要想到您还留有另一个于丽,不要忘记您对她应尽的义务。你们每个人就要丧失自己生命的一半,你们要联合来保存另一半;这是留给你们俩比我活得更长久的唯一方法,要服务于我的家庭和我的孩子们。我怎么不能发明出更紧密的纽带来把我最亲爱的人们联系起来呢!你们俩彼此多么应该这样呀!这一思想多么应当加强你们彼此的亲密关系呀!你们对这约定的反对应当成为它形成的新的理由。你们俩如不能心心相印,你们怎能谈论我呀?不,格兰尔和于丽将如此亲密地混合在一起,在您的心里将无法把她们分开。她的心将回报您以对她的女友所感到的一切;她将是您的知己和对象:您将因留下来给您的那个而感到幸福,也将对您快要丧失的那个始终忠诚;而在那么多的懊恼和艰难之后,当生活和爱情的年龄过去以前,您将享受到正当的爱情和体会到纯洁的幸福。

就在这纯洁的结合里您可不会分心和不用恐惧地从事我留给

您的任务，这样做了以后您将毫不困难地说您在世上做了很多好事。您知道有一个应该幸福而不知道去追求幸福的人。这个人是您的解放者，是把您女友还给您的她的丈夫。他孤单一人，对生活没有兴趣，对来世没有期待，没有快乐，没有慰藉，没有希望，他很快就要成为最不幸的人。您应该像他曾照顾您一样去照顾他。您知道怎样能使他有好处。请回想到我的上一封信。您要跟他一块儿度日。希望所有爱我的人都不要离开他。他使您恢复了对德行的爱好，您要向他指出它的目的和价值。要做基督教徒，为了也能使他成为基督教徒。他比您想象的更接近于成功：他履行了他的责任，我也要履行我的，您也要履行您的责任。上帝是公正的；我的信仰不会欺骗我。

关于我的孩子们，我只想对您说一句话。我知道对他们的教育您要费多大的心，但我也很知道这种费心对您不是困难的。等到发生跟这任务不可分的厌倦时，您只消说："他们是于丽的孩子"：您就对它不会感到什么了。德·伏尔玛尔先生会向您转达我对于您的笔记以及关于我两个儿子的性格的一些意见。那里写的只是个开头：我把它交给您不是作为规范，我把它提供您考虑。不要把他们培养成博学者，而把他们培养为做好事和正直的人。有时可对他们讲讲他们的母亲……您知道他们对她是何等可亲……您要对玛尔式兰说我为他而死并不感到遗憾。对他的哥哥说我爱生命是为了他。对他们说……我感到累了。应当结束这封信了。把我的孩子留给您时，我觉得离开他们时比较轻松些：我相信将同他们留在一起。

再见，再见，我亲爱的朋友……唉！我结束生命正像我开始它时一样。在我的心中不再有什么可隐藏时，我也许说得太多了些……唉！我为什么要害怕表白我所感到的一切呢？对你说话的已经不是我；我已在死神的臂弯里了。当你读到这封信时，蛆虫已在咬啮你情人的脸庞和我已经没有你的心脏。但是我的灵魂没有你能存在吗？没有你，我能尝到什么洪福呀？是的，我不会离开你，我会等待你。在地上把我们分开的道德，将在永恒的天国里把我们联结起来。我在这温馨的期待中死去：用我生命作代价，太幸福地换取没有罪恶地永远爱你的权利，并再一次向你这样说。

第十三封信

陶尔勃夫人致圣·普栾

我得悉您的健康状况已恢复得不错，这样我们可以希望很快在这里见到您了。我的朋友，应当努力克服您的弱点；应当赶在冬天的山径把您封住以前尽快翻过山岭来。您将发现我们这片土地上的空气适合于您；您在这里只看到痛苦和悲哀，而共同的苦恼也许将对您的悲伤是种缓和剂。为了发泄我的痛苦，需要有您：我独自既不能哭泣，也不能谈话，也不能让人听见。伏尔玛尔只听我说，他不回答我。一个不幸的父亲的痛苦集中于他自己一人身上；他想不到还有一个比他更剧烈痛苦的人；他既不知道，也看不见和不感觉到我的痛苦：对于老人不能再有倾心的交谈。我的孩子们只有使我同情，却不知道同情我。我在大家中间很孤独；一种忧郁的寂静弥漫在我的四周。在我无可奈何的沮丧中我不再同任何人交往；我只有足够的力量和生命去感受死亡的憎恶。啊！您来呀，来分受我的失落，来分受我的苦恼！用您的哀悼来喂养我的心灵，用您的泪水来浇灌我的心灵；这是我能期待的唯一的安慰，这是我剩下可以尝到的唯一的快乐。

可是在您到达之前，在我对于我已知道大家对您谈到过的计划的您的意见之前，您最好能预先知道我的意见。我是天真和坦率的，我什么也不愿向您隐瞒。我向您承认我过去对您有爱情；也许我现在还有，也许我永远有；这我不知道也不愿知道。有人对此有猜测，我并非不知道；我并不因此而生气，我也不放在心上。然而这里我要对您说明，而且您要好好记住：一个人假如为于丽·岱当葱所爱，他能决定娶另一个女人，那么这个人在我眼里是个卑鄙的混蛋，我如果有这样一个朋友，我会感到耻辱；至于说到我，我要向您声明，不管他是怎样一个人，假如他今后敢对我谈情说爱，他一辈子再休想同我谈这种话。

想想等待着您的任务，想想放在您身上的责任以及您对之承诺的那个人。她的孩子们在生长和发展，她的父亲在不知不觉地日趋衰竭，她的丈夫在日夜担忧和激动。他徒然想他认为她已消失：他的心无论如何总在起来反抗他徒劳的理智。他谈起她，他对她谈话，他呻吟叹息。我相信已经看到她曾那么多次作出的愿望正在实现；现在是您来完成这一巨大的工作了。有这么一些理由吸引您和您的朋友到这里来！我们的不幸没有使慷慨的爱多阿尔改变他的决心，这真值得赞扬。

那么来吧，两位亲切和可敬的朋友，你们来同她留下的一切结合到一起。我们来把她亲爱的一切聚集在一起。愿她的精神鼓舞我们，愿她的心把我们大家的心结合起来；我们要永远生活在她眼皮下。我总相信她居住过的地方和永远和平的住所，这个仍然喜爱和善感的灵魂会高兴回到我们之间，找到充满了她的回忆的朋友们，看到学习她的德行，倾听他们对她的崇敬，感到他们拥抱她的坟墓并呼唤她的名字而哀吟。是的，她完全没有离开她使我们变得如此亲切的地方；这些地方都还充满着她。我看到她在每一件物品上，我感到她在我每一步子上；我在每天的每一时刻听到她的声音的调子。她曾在这里生活，在这里安放着她的骨灰……她一半的骨灰。一星期两次，在去寺院时……我看到……看到那凄惨和可敬的地方……美丽呀，那么在那里是你最后的隐蔽所！……信念、友谊、德行、欢乐、顽皮的游戏，大地吞没了一切……我感到自己被带过去……我战栗着走近……我害怕践踏这神圣的土地……我觉得在我脚下她在跳跃和颤抖……我听到一个哀怨的声音在低语！……“格兰尔！我的格兰尔呀！你在哪儿？你远离着你的女友干吗？……”她的灵柩没有完全装满……等待着它剩下的猎获物……它不用等待很久①。

① 在结束重阅这本书信集时，我认为懂得了为什么我的兴趣，不管它怎样微弱，却是那么愉快，而且我认为它对于一切有善良本性的读者也会这样感到：这至少是因为这微弱的兴趣是纯净的和不混杂着苦恼；也因为它不是由卑劣、由罪恶所刺激，也不混杂着憎恨的痛苦。我不能设想有人会着手想象和拿恶棍作角色，当人们表演这角色时由他自己来扮演，并演得精彩之至，这会有什么快乐。我常常抱怨有那么多充满了恐怖的悲剧作者，他们一生中使一些人的活动和说话让人们听了和看了后都无法忍受。我觉得被判处作如此残酷工作的人应当哀叹：那些把这项工作当做娱乐的人们应当被公共利益的虔诚所吞噬。至于我，我诚心赞扬他们的才能和天资，但我感谢上帝没有把这种才能赋予我。——卢梭原注

附录一
爱多阿尔·蓬斯冬阁下的恋爱史

让-雅克·卢梭

爱多阿尔阁下在罗马的奇特的遭遇是如此不同寻常，要把它们跟于丽的爱情故事混在一起而不损害它的单纯性是不可能的。因此我只对发生的经过作一点简单的叙述，使述及它们的两三封信可以为大家所理解。

爱多阿尔阁下在意大利旅行时，在罗马认识了一个著名的那不勒斯的贵妇，便立刻爱上了她；她也对他燃烧起了激情，而且烧到了生命终结，一直到她进了坟墓。这个男子态度严峻并且对艳情不感兴趣、但天赋却有善感的心灵和高尚行为，同时一切又爱走极端，他是不会引起和经受平凡的恋爱纠葛的。

这位有美德的英国人的坚定的观点使侯爵夫人感到不安。她决定把丈夫的暂时不在说成自己是寡妇——这并不困难，因为她和丈夫在罗马都是外地人，而侯爵在皇帝的军队里服役。钟情的爱多阿尔很快就提到了结婚的事。侯爵夫人推托说他们信仰不同，还找到另外一些借口。他们俩之间终于发生了暧昧关系，直到爱多阿尔发现侯爵夫人的丈夫还活着，于是他向她发出了最痛苦的责难并决心跟她断绝关系，因为他忍受不了自己不明不白就陷入了使自己感到恐怖的罪行。

侯爵夫人是个放荡而机灵的和十分富有魅力的女人，她千方百计想把爱多阿尔拉在自己身边，而且达到了目的。

通奸中断了，但会面继续着。侯爵夫人不配谈情说爱，可是她在热恋；她不得不同意没结果的相会，——须知她热爱着爱多阿尔，否则她无法保住他；自愿设置的障碍使双方的爱情燃烧得更旺，并由于禁止反而变得更热烈了。侯爵夫人是能引诱人而且是俊俏美丽的，只要能使心上人忘记自己的决心，她什么事情都可以不顾。可是她白费心机，——这个英国人依然态度坚决，他高尚的心灵经受住了考验。他的最大的激情是美德：为了情人他可以牺牲生命，但为了责任他可以牺牲情人。而当诱惑变得十分强烈时，他打算依靠可以阻止侯爵夫人使她一切阴谋诡计归于无效的方法。我们不是由于意志软弱，而是由于怯懦才屈服于肉欲。一个怕罪恶更胜于怕死的人，是绝不会成为罪犯的。

世上能吸引人家进入自己崇高影响的人不多。然而总会碰到这样的人。爱多阿尔就是这样的一个人。侯爵夫人希望用自己的意志征服他，可是自己却不知不觉服从于他了。在讲到美德时听到爱的声音，这使侯爵夫人心肠软了，她流下眼泪来；爱多阿尔在这个鄙陋的心灵里投下了使他自己也受到鼓舞的圣洁的火星。至今她不知道的正直和名誉的魅力控制了她，她现在开始爱好真正美的东西来：如果淫荡的本性能改变的话，侯爵夫人的心就会发生变化了。

然而这种轻微的激动只改变了她的爱情，——她获得较多的是细腻之情，在侯爵夫人的感情里出现了慷慨的成分；她具有炽烈的性格，生活在激情的力量非常强烈的气候下，她忘记了自己的享乐而只想到自己心上人的快乐；因为她得不到跟他分享快乐的可能，便希望爱多阿尔把获得的快乐归功于她。她至少是这样解释自己的行为的，虽然以她的性格和她很好知道的爱多阿尔的性格来说，这种乖张的行为可算作是种精巧的诱惑。

她不惜金钱和麻烦，吩咐在全罗马寻求一个可以接近而又可靠的年轻美女；这样的人物虽然费了一番努力，但终于找到了。一天晚上经过一番温柔的谈话后，侯爵夫人把她介绍给爱多阿尔。她微笑着说道："请您按自己的心意对待她好了，让她使用我的爱情的权利；不过我希望她是唯一的一个。假如您在她不在时偶尔想起您从那个手里接受了她的人，我也就心满意足了。"侯爵夫人说了这番话以后便想走出房间。爱多阿尔高声喊道："别走！如果您以为我是坏蛋，会接受这样的建议，而且还在您自己的房间里，——牺牲并不大：对于这样的坏蛋，连怜悯也是不值得的。"她回答道："但既然您认为没有权利属于我，我希望您也不属于任何人；既然爱情已经必须失掉自己的权利，那么请至少允许它按自己的意思来处理自己。您为什么对我的关心会感到难受？您怕变得忘恩负义吗？"这时她劝他记下劳退（年轻的美人的名字）的住址，并要他起誓答应不进行其他爱情联系。这应该使爱多阿尔感动，他也的确大受感动。要他经受感激的感情要比经受爱的感情更困难；侯爵夫人还从来不曾使他处于这样危险的局面中。

侯爵夫人也像自己的心上人一样喜欢对一切事情走极端，她邀请劳退跟他们一块儿进晚餐，并亲切地接待她，仿佛想以特殊的隆重来表示爱情所能做到的最巨大的牺牲。这一举动使爱多阿尔感到吃惊并满心高兴；多情善感的心灵激动在他目光和举动里流露出来；他的每个词都表达了最炽烈的激情。劳退很美，可是他难得向她看一眼。她并不模仿他那种淡漠，而是仔细地观看着，因为出现在她眼前的真正爱情的情景对于她是新颖的、完全是新颖的事。

晚餐过后侯爵夫人送走了劳违，单独地把心爱的人留下来。她认为现在单独会晤对于他将是危险的，对这一点她没有想错；可是她以为他会落进她的诱惑的圈套却没有成功；她全部机智只有使美德的胜利更辉煌，而使他们俩变得更尴尬。在《新爱洛漪丝》第四卷末尾圣·普栾对自己朋友的意志的力量所感到的赞美，就是指这个晚上的情形。

爱多阿尔是有美德的，但他是个男子；他以正直人的直爽出名，鄙视社会上以虚伪的礼节代替他重视的荣誉。他在侯爵夫人身边以同样兴高采烈的喜悦心情度过了好几个晚上，感到危险在增大，他很快就要被战败，便决定与其违背德行，还不如违背礼节。于是他去拜访了劳违。

她一见了他，全身颤抖起来。他注意到她很忧郁，便想使她快活。他觉得他的企图要不了费多大的劲儿就能成功。可是想做到这点却并不那么容易。他的殷勤被看成冷漠，他的一切建议都被拒绝，而且当假装的拒绝方式隐藏着接受时，那是想不到的。

如此奇特的接待并没有使爱多阿尔知难而退。难道他会像年轻小伙子似的恭恭敬敬地对待这一类姑娘吗？于是他决定无所顾虑地使用自己的权利。劳违虽然连哭带喊进行抵抗，但还是处在他的威力之下，她感到自己失败了，拼命挣脱出来，跑到房间的另一头，用颤抖的声音喊道：

“如果您愿意，可以杀死我，但我决不活着屈服于您！永远不！”

她的动作、她的目光、她的声音对此没有任何怀疑。爱多阿尔惊奇到极点，这就帮助他清醒过来；他握住了劳逯的手，拉她坐到他身旁，默默地望着她，冷静地等待着这场戏的结局。

劳逯一言不发，她低垂眼睛坐着，呼吸得不均匀，她的心砰砰地跳着，她身上的一切暴露出不平常的激动。爱多阿尔终于打破了沉默，问她这奇怪的一幕是什么意思。

“难道您不是比萨的劳列塔吗？”他补充说。“也许我搞错了。”

“唉，您没搞错！”她用发抖的声音叫喊。

“这就对了！”他嘲笑地说。“您已经改变了自己的职业吗？”

“没有，”劳逯答道。“我还是原来的职业。我不可能摆脱原来的地位。”

劳逯的这些话和说话的表情是如此不寻常，使爱多阿尔认为她是否神志不清。但他继续问题：

“可爱的劳逯，那您为什么对我例外？请您说，我哪一点引起了您憎恶？”

“憎恶？”她用最活跃的激动喊了起来。“我一点儿也不爱我接待的那些人，我可以忍受任何人，只要不是您！”

“那为什么？劳逯，请您说清楚些，我不完全明白您。”

“啊，难道我自己能明白吗？我只知道您将永远不会碰我……不，”她热烈地重复说，“您永远不会碰我！我在您的怀里会产生您将把我看做荡妇的思想，我因此会发疯得死去……”

她这样说时精神昂扬；爱多阿尔发现她眼睛里有悲哀和绝望的表情，这使他感动。他的态度变得较少蔑视，声调比较客气、亲切。她转过身子，避开他的目光。他亲热地拿着她的手。劳逿感觉到这种接触，把他的手拿到自己唇边吻它，抽抽噎噎地哭了起来。

这种语言相当明白，然而说得并不确切。爱多阿尔费了很大劲儿才获得感情的开诚的流露。与爱情一起，纯洁也回来了；劳逿在浪费她的抚爱时从来不懂得含羞，现在在承认自己的爱情时才体会到那种羞羞答答了。

爱情刚一产生，便以巨大的力量蓬勃发展起来。劳逿具有活泼而善感的天性，有足够的美丽来引起人家的激情，有足够的温柔来分享它；但她还在很年轻时就被卑劣的双亲卖掉，她的美质被淫荡所污染，便丧失了它的魅力。在可耻的寻欢作乐中爱情逃离了她：难道淫佚放荡的人能够感到或者引起爱情吗？容易发火的东西自己不会燃烧，但只要一个火星，就会冒出火焰。劳逿看到爱多阿尔和侯爵夫人的热恋，她的心便着了火。以前不懂爱情的语言在她心灵里引起了奇异的颤动；她留心倾听，用贪馋的目光注视，什么也没有漏过她。幸福的情人的发亮的眼睛直透进她心的深处；炙热的鲜血在她血管里急剧地流动；爱多阿尔婉转的声调激动着她，她觉得他的一举一动表明了温柔的感情；使他面貌生动起来的热情抓住了她的心。在她面前第一次升起了爱情的形象，于是她爱上了渗透着如此深刻的感情的人。如果他对别人无动于衷，那么劳逿可能对他也会是冷淡的。

感情的惊慌没有平静。产生爱情的激动对于我们总是甜蜜的。劳逿第一个企图是沉醉于在她看来是如此新鲜的魅力中，而第二个企图则是睁开眼睛去观察自己。这时她看到了自己的地位而胆战心寒了。情人们所抱的一切希冀和愿望在充满了绝望的心头汹涌。委身于心爱的人，她认为是不可能的，因为在这一点上她看到一个娼妓的丑恶而下流的职业的证明，她们以抚爱自慰，却为人所鄙弃；幸福的爱情的快乐将被淫荡所玷辱。这样，她成了自己激情的受难者。欲望越容易满足，她面前出现的命运就越可怕；没有荣誉、没有希望、没有生活支持的女人的体会爱情，只是为了怀念爱情的喜悦。她的长期的痛苦就这样开始，而她的转瞬即逝的幸福就这样结束了。

刚产生的激情在劳逷自己眼睛里被贬低了，但在爱多阿尔的眼睛里却被提高了。他看到她能够爱，便不再鄙视她。可是除了不深刻的同情，除了一颗为别的感情所吞噬的高尚的心能够对一个不幸的生物（这生物只保存一点儿荣誉感，但这已足够使之为自己造成的耻辱感到痛苦，）的怜悯，她能从他那儿期待什么安慰吗？

爱多阿尔尽可能地安慰劳逷，并答应再去看她。他只字不提她的职业，甚至也不劝她丢掉那种营生。既然不提它就已使她心中充满了无穷的绝望，那为什么还要加深她对自己的厌恶？不应该接触这件事：一切不小心的话仿佛使他们之间接近，而接近是不可能的。耻辱的职业的最大的不幸——就是人抛掉它也是什么好处都得不到的。

在第二次访问之后，爱多阿尔没有忘记英国人通常的慷慨，送给她一只中国漆的小箱子和几件从英国运来的珠宝。劳逷把这一切都退还他，并附了如下的一张便条：

“我丧失了拒绝礼品的权利；但我仍然敢把您的礼物退还您，——也许您本来没有贬低我的意思。如果您重新送来，我就只得接受……但您的慷慨是多么残酷!”

这张便条使爱多阿尔吃惊,他看到它既谦逊又骄傲。劳逿即使在她可蔑视的情况下仍保持某种人类的尊严。她的自卑几乎洗刷掉了自己的耻辱。爱多阿尔已经不再鄙视她,他开始尊敬她。他继续看望劳逿,对她一定不提礼物的事,虽然不能骄傲地谈到她对他的爱情,却不由自主地为她而高兴。

他没有对侯爵夫人隐瞒自己的访问,——他没有隐瞒它们的理由,而且这样她会认为忘恩负义。她想知道一切详情。他发誓说没有碰过劳逿。

他的克制态度所产生的印象完全出乎他的预料。“什么!”侯爵夫人怒气冲冲地嚷道:“您上她那儿去而没跟她接近?那您为什么上她那儿去?”

这时她那凶狠的嫉妒心突然迸发了出来,不止一次地推动她想加害爱多阿尔和劳逿,对自己也怨恨得要命。

还有另外一些情况刺激着她疯狂的激情,也暴露了这女人真正的性格。我已经讲起爱多阿尔虽然非常正直廉洁,但待人十分温厚。他把劳逿退还他的那些礼品转送给了侯爵夫人。侯爵夫人接受了送来的东西——并非由于贪婪,而是因为他们很亲近,所以常常交换礼物,——侯爵夫人的确没有吃亏。她不幸地知道了这些礼物原来的目的和它们是怎么来的。用不着说她的心情了:一切都破坏掉、打碎和扔出窗外。请想想看,在这种情况下,一个妒忌的情人,而且是有名的贵妇人,会有什么感受。

而劳逿越感到自己地位的可耻,就越不想摆脱它;在绝望中她对一切都消极,还把对自己的鄙视也转移到引诱她的人们身上。

她没有骄傲，——她有什么权利骄傲呢？深刻的悲哀、难忍的绝望、她如此玷污自己而不能逃避自己的屈辱的经常的想法、心中的愤懑——这颗心多少还保有一点儿廉耻并感到一辈子会受辱，——这一切折磨着她的灵魂，引起对被出卖的爱情所亵渎的欢乐的厌恶。即使在淫荡的人们低下的心灵里也会对他们的牺牲品出现不自觉的尊敬的念头，使他们忘记自己平时的样子，而突然的慌张会败坏他们一切作乐的兴致：他们被劳逯的命运所感动，在离开她时会为她的遭遇掉泪，也会对自己的行为感到脸红。

悲愁啃啮着她。逐渐对她抱着友好态度的爱多阿尔看到她完全沮丧的神情，认为不能让她垮掉而应当鼓励她。他去访问她，这就足够安慰她了。跟他谈话是很能安慰人的，能激励她的精神；爱多阿尔的话常常是崇高和深刻的，使她枯萎的心灵恢复失去的力量。出自心爱的人的嘴巴而进入一个受到可耻的命运摆布、但自然创造来享受纯洁生活的正直的心中的话语，有什么会办不到呢！爱多阿尔的话在劳逯心里落进了肥沃的土壤中，于是美德的教导带来了果实。

他那高尚的关心终于使劳逯对自己抱有较高的看法。她对自己说道："让人家给我堕落的心印上不道德的烙痕好了，但我感到自己有洗刷我的耻辱的力量。让他们照旧鄙视我，——今后的鄙视是不公正的，我已经不再蔑视自己了。当我从罪恶的恐怖中拯救出来时，人们的蔑视对我变得较少痛苦了。如果爱多阿尔会尊敬我，整个世界对我的判决又能算什么？让他瞧瞧他的手的成绩并欣赏自己的作品——这就是我的全部奖赏。假如荣誉对我不能因此增加，爱的力量却是会增加的。是的，是的，——我会给灼热燃烧着爱的心灵以更多纯洁的地方居住。爱的神奇的感情！我永远不会亵渎你的欣喜。我命中注定尝不到幸福。唉！我不配享受我心爱的人的爱抚。但我将永远不会忍受其他任何人的爱抚了。”

劳逯的处境非常困难，已不可能继续忍受；可是当她想摆脱掉它时，却遇到了不可克服的障碍。她确信一个女人如果放弃安排自己的权利，就不能自愿地重新获得这种权利，所以失去名誉的女人在人前没有公民法律上的保障。为了逃避迫害，劳逯只有一条出路：出其不意地逃进修道院，让自己的房子差不多听人抢劫一般，——须知她生活得很豪华，像在意大利跟她一样的人那样，当青春和美丽在她们身上值钱的时候。她把自己的计划完全不告诉蓬斯冬，认为在实行前提起它是卑鄙的。她躲进自己的隐蔽所里时才写张便条通知他，要求他保护不受那些从她放荡中寻欢作乐而不赞成她逃跑的达官贵人的侵扰。爱多阿尔及时赶到了她家，——他挽救了她的财产。他在罗马虽然是个外国人，但毕竟是个知名人士，受人尊敬，广有财产，并坚决维护正义事业，因此很快达到了使劳逯留在修道院里，而且甚至答应她享受她在少年时代她父母把她卖给他的那个红衣主教留给她的一笔养老金。

爱多阿尔去看望了劳逯。她人很漂亮而又爱着他，她对过去表示忏悔，并对自己将来的一切都要有赖于他。像他这样的人的心肠有多少根据能被触动呀！爱多阿尔来到她那里，心头充满了能给敏感的心灵以高尚的作用并把它们带上善良道路的一切感情：他只缺少一种感情，——正是能使劳逯幸福的感情，——但这一点他是不自由的；但即使他这样的关系也超过了她的一切想望。她已经满心喜悦，燃烧着那种难得治愈的狂热。她对自己说道：

"我是正直的女人;行善的人同情地接待我。爱呀,我再也不怜惜你所需要的我的眼泪和叹息,你已经给我全部补偿!你是我的力量,是我的奖励,你教会了我重视责任的要求,而你自己则是我的第一责任。你单独为我准备了多少的幸福!爱情提高了我,爱情恢复了我的名誉,爱情把我从罪恶和耻辱中解救了出来;爱情在我心中只能跟善行一块儿消失。啊,爱多阿尔!只有等到我重新变为值得蔑视那时才不再爱你。"

劳逷逃进修道院的事引起了许多议论。那些只用自己的尺度来衡量的人都不会相信爱多阿尔只是出于怜悯和高尚而保护她。劳逷是个极能吸引人的姑娘,因此,他们看来,对她关心的男人都是不怀好意的。有自己的密探的侯爵夫人最先知道这回事;她不能掩盖的愤怒终于暴露了她跟爱多阿尔的关系。这事的流言后来传到了她丈夫的耳里,他那时在维也纳,他第二年冬天来到罗马,他想用击剑来恢复自己的荣誉,然而他并没有讨到什么便宜。

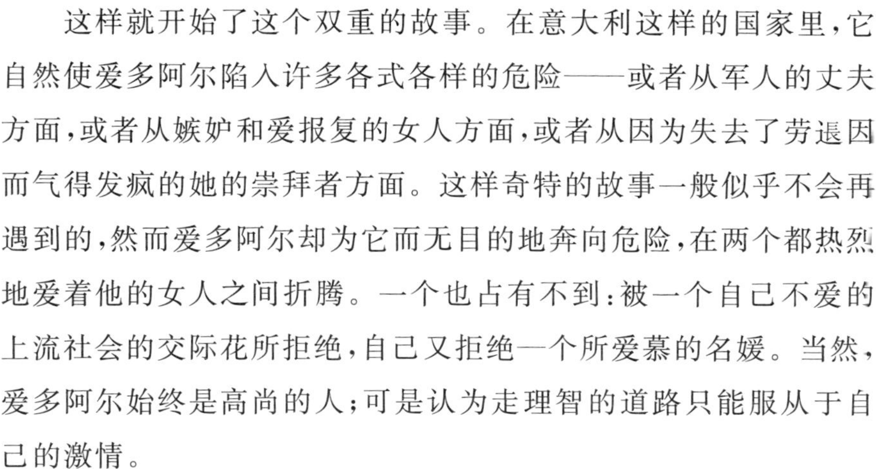

这样就开始了这个双重的故事。在意大利这样的国家里,它自然使爱多阿尔陷入许多各式各样的危险——或者从军人的丈夫方面,或者从嫉妒和爱报复的女人方面,或者从因为失去了劳逷因而气得发疯的她的崇拜者方面。这样奇特的故事一般似乎不会再遇到的,然而爱多阿尔却为它而无目的地奔向危险,在两个都热烈地爱着他的女人之间折腾。一个也占有不到:被一个自己不爱的上流社会的交际花所拒绝,自己又拒绝一个所爱慕的名媛。当然,爱多阿尔始终是高尚的人;可是认为走理智的道路只能服从于自己的激情。

像爱多阿尔和侯爵夫人那样如此对立的性格怎么能彼此吸引

呢？这很难说明，不过虽然他们在道德规范上的差别，却很难完全分手。但可以想象这个性如烈火般的女人，当她发现自己由于轻率的宽宏大量而找到一个情敌，而且还是怎样一个情敌时，她是何等的绝望！谴责、蔑视、侮辱、威胁、温柔的抚爱——这一切她一样一样都使用过，只要能使爱多阿尔摆脱这不体面的情谊，但怎么样也不能相信爱多阿尔的心竟不受触动。他依然不可克服地坚定，他对此许下了诺言。劳遏的整个希望，她的全部幸福只有一点：偶尔能看到爱多阿尔。她心头产生的美德需要支持；劳遏的心趋向于唤起她善良的感情的人，而他认为支持她是自己的责任，——这是他对侯爵夫人和自己说的，但可能不是全部的话。哪儿能找到一个这样严肃的男子，他准备逃避姣美的、只渴望允许她能爱他的女人的目光呢？哪儿能找到他的心肠只有一点儿不被美丽的眼睛所感动的高尚的男子？哪儿能找到一个完成好事的思想不能满足自己的自尊心，而且也不愿享受它的果实的这样的人呢？劳遏靠了爱多阿尔才值得受人尊敬，他已经不能仅仅尊敬她了。

侯爵夫人不能达到使他不再去看望那个不幸的女人的目的，这不免使她恨得发狂。她没有跟爱多阿尔决裂的勇气，但他现在向她暗示某种恐惧。她一看到驶近台阶来的他的马车就浑身颤抖；她听到他走上楼梯的脚步声就害怕得战栗。她一望着他就几乎会丧失知觉。当他在她近旁时，她会喘不过气来；在告别时她责备他；分别以后她因疯狂的愤怒而哭泣；她脑筋里只有报复；这个女人的凶狠的报复心向她暗示些适合她的计划。侯爵夫人有好几次派遣杀手，当爱多阿尔从劳遏隐藏的修道院出来时杀害他；侯爵夫人还对劳遏本人设下圈套，想引诱她走出修道院而抢走她。这一切都不能对爱多阿尔发生影响。第二天他回到了上一天准备杀他的那女人身边；他并不放弃未曾实现的使她恢复理智的企图，自己却几乎丧失了理性，认为是为美德服务，而实际上只是屈服于自己的弱点。

几个月以后，侯爵夫人的丈夫因伤势医治不好，在德国死了：可能也是他妻子的放荡行为引起的痛苦送他进坟墓的。这件事看来应当使爱多阿尔和侯爵夫人接近，然而他们彼此却离开得更远了。爱多阿尔发现那寡妇太急于领略所得到的自由，于是以厌恶的战栗拒绝了她的爱抚。侯爵给他几乎致他死命的剑伤，只要想到这一点就使他的心冰冷并熄灭了他的欲念。他想道："丈夫的权利跟他同时死亡，但对于他的凶手这权利应该没有破坏。如果即使人性、美德和法律在这方面都没有什么规定，难道理智没有对我们说，跟人类的延续有联系的享乐不应该用血的代价去换取吗？否则自然预定作生命的产生的方法将会是死亡的源泉，而且是引向人类的灭亡而不是它的保存了。"

这样过了好几年；爱多阿尔依然决定不下，从一个心爱者到另一个心爱者之间折腾不休，常常起着跟两者都决裂的念头，可是既不能跟劳逯又不能跟侯爵夫人分手；理性以上百种理由驱使他离开她们，而感情却以一千种声音叫他回头；想扯破情网的努力显得徒劳无功——他越来越厉害地纠缠在其中，一会儿为心头爱好让步，一会儿又为责任所屈服；他跑到伦敦，从那儿赶忙到罗马，从罗马又重新急着去伦敦，没有一处能住定下来；他是一个天性激烈、活泼、狂热，从来不是懦弱或腐化的人，他从崇高和优美的心灵里汲取自己的力量，虽然也认为应归功于理智；他每天产生一些极端

的构想，但每次清醒时便抛弃它们，渴望粉碎不应有的激情的桎梏。在对侯爵夫人的厌恶中的一次最早的发作时，他几乎要向于丽·岱当惹奉献自己的眷恋之情，而且她的心如果不是有所属的话，很可能就这样发生了。

然而侯爵夫人由于自己的放纵行为而在他眼睛里日渐失去地位，劳逯则因自己的美德越来越吸引他。这两个女人的恒久性彼此都一样，可是她们的优点却不同。而且侯爵夫人一冲动就会道德堕落，甚至会达到犯罪的地步，她还因爱情的无望而追求寻欢作乐，这是劳逯不会干的。蓬斯冬阁下每次旅行到罗马，发现劳逯总有新的优美品德：她学会了说英语，能熟记爱多阿尔教她读的一切，想办法学习他感兴趣的各门功课；她努力按他的模样改变自己的心灵，而劳逯性格中原来留存的东西他也并不厌恶。还应该说，她还处在美貌一年年增长的年华，而侯爵夫人却已经到了女性的美丽日趋凋谢的时期；虽然她把自己的感情装得迷人，调子使人感动，尽说些人道、忠贞、美德的美妙的话，——这些话对照她的行为就显得滑稽可笑，流传的关于她的丑名声完全和那些优美的言论发生矛盾。爱多阿尔知道她太清楚，对她已不存改正的任何希望。他跟侯爵夫人一天天疏远，可是不能跟她断绝关系，——他不能很快对她感情冷淡：心灵两次三番引他趋向侯爵夫人，脚也向她那儿迈去。多情善感的人不论怎样也绝忘不了过去的亲密关系。侯爵夫人的阴谋诡计、奸诈欺骗、凶恶的罪行终于引起了他的鄙视，但他连在对这女人加以这种鄙视的同时，也仍然怜悯她，并从来不能忘记她为了他而受到的牺牲和过去自己的感情。

这样，爱多阿尔成了心灵倾向的俘虏，而且更进而成了习惯的

俘虏，便无力解脱把他对罗马联结的纽带。关于夫妇幸福的快乐的梦想唤起了他在老年到来之前品尝它们的欲望。有的时候他责怪自己不公正和忘恩负义，并把侯爵夫人的一切恶劣的行为归之于对他的激情；有的时候他忘记劳逿从前是什么样的人，他的心不加任何考虑便搬掉站在他们中间的障碍来。不过他努力用理智来为自己对劳逿的爱慕辩护；而打算作的旅行将为他当做使自己的朋友经受考验的理由，而且他没有想到，如果没有他的朋友，连他自己也经受不了考验。

他的打算的成功和与之有关的事件的结局，已在第五卷第十二封信和第六卷第三封信里详细叙述过了，所以虽然在前头的一些信里，散乱的材料写到的不多，一切也变得明白了。被两个心爱的女人所热爱而不被这个和那个所占有的爱多阿尔仿佛显得处境很可笑，但美德带给他的快乐比之占有美女更为甜蜜，而且快乐是无穷的。放弃美色的乐趣，他比任何贪婪地追求它们的好色之徒更幸福。他只要能自由地待着，爱就会更长久，而且要比随便浪费自己生命的人能更好地享受生活。啊，我们这些瞎子！大家都追求着幻想。难道我们就永远不了解，从人类的一切疯狂中，只有高尚心灵的疯狂才能带来幸福吗？

*　　　*　　　*

说明：

卢梭在《忏悔录》中指出，决定不把这短篇列入长篇小说的本文里，因为它的笔调跟《新爱洛漪丝》的一般风格和它的情节的感人的简洁有矛盾[①]。《恋爱史》是为了卢梭的女崇拜者卢森堡公爵夫人写的，同作者亲手连同《新爱洛漪丝》原稿抄本一起送给了她。卢梭害怕侯爵夫人的形象可能会被看做与卢森堡公爵夫人有些相似，因而把《恋爱史》的原稿毁掉了。这个短篇只有在卢梭死后根据公爵夫人提供的手稿抄件在1780年于日内瓦出版的《新爱洛漪丝》中才初次公之于世。巴尔扎克在他的《金眼姑娘》里高度赞扬了《恋爱史》，认为是卢梭小说的“欧洲式思想最精彩的体现之一”。

① 见《忏悔录》第10章。

附录二
激情和美德的小说

维尔茨曼

地位应该由功绩、而心的结合由自愿来衡量，这才是真正的社会秩序；用出身或财产来衡量的人，乃是秩序的真正的扰乱者，应该加以申斥和惩罚的正是这些人。

第二卷，第二封信

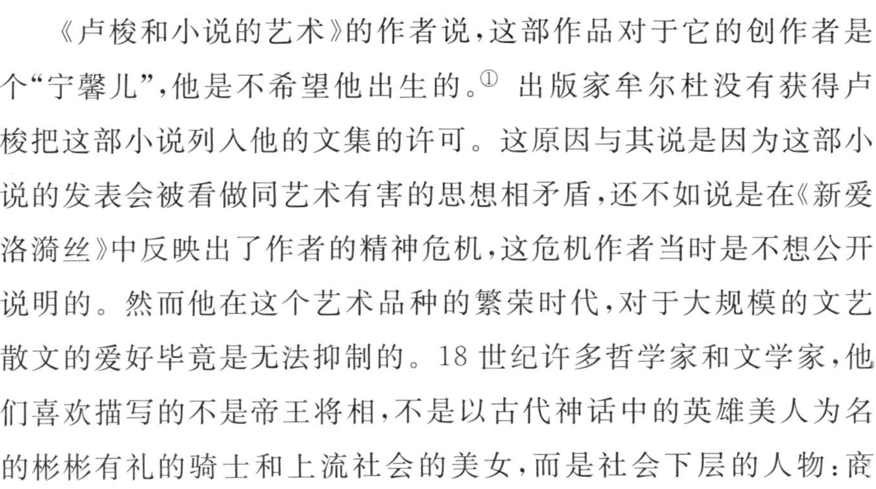

《卢梭和小说的艺术》的作者说，这部作品对于它的创作者是个“宁馨儿”，他是不希望他出生的。[①] 出版家牟尔杜没有获得卢梭把这部小说列入他的文集的许可。这原因与其说是因为这部小说的发表会被看做同艺术有害的思想相矛盾，还不如说是在《新爱洛漪丝》中反映出了作者的精神危机，这危机作者当时是不想公开说明的。然而他在这个艺术品种的繁荣时代，对于大规模的文艺散文的爱好毕竟是无法抑制的。18 世纪许多哲学家和文学家，他们喜欢描写的不是帝王将相，不是以古代神话中的英雄美人为名的彬彬有礼的骑士和上流社会的美女，而是社会下层的人物：商

① J. L. Lecercle，《卢梭和小说的艺术》，第 69 页。

人、仆役、流浪汉、女仆、弃儿、私生子、道德败坏的姑娘，明目张胆地用他们的名字作为自己作品的书名。如果卢梭也想采取像现实那样的无穷尽的题材，那有什么可奇怪？有趣的是卢梭隐瞒了自己的两件小“罪过”——没有完成的小故事——《格兰尔和玛尔式林的爱情》和《克劳特·努阿埃的一生》。但它们的角色——朴实的农民，卢梭在道德观点上可以完全满意；《新爱洛漪丝》的人物却是另一回事，它们表达了卢梭本人思想追求上的苦难。

长篇小说《于丽，或新爱洛漪丝》1761年第一次在荷兰出版，有副标题：《阿尔卑斯山麓一小城中两个情人的书简》。扉页上还写着“让-雅克·卢梭编集和出版”。这种简单的故弄玄虚的目的在于使故事成为完全可以相信的假象。自己装作出版者而不是作者，卢梭提供了好些脚注（总共164个）；用它们来跟自己的人物争论，说出他们由于热烈的爱情经历而产生的迷误，纠正他们对道德、艺术、诗歌等问题的观点。表面上有个非常客观的轻微的讽刺：仿佛作者对小说中人物毫无共同点，他只不过是旁观者，站在他们上面的法官。[①] 起初卢梭达到了自己的目的：有人问他，这些信真的是拾到的，写的是真事还是虚构的，虽然他自己用彼得拉克的诗作为小说的题词也暴露了自己。不过可能这题词是他从某封信里抽出来的。文艺的书信体，卢梭已经从1669年出版的《葡萄牙修女书简》（它的作者大家认为是法国的德·吉耶拉格）中从英国著名作家李却德逊的小说里知道。如果那时的长篇历史小说的主人公是从摇篮开始自己的道路和以结婚为结束的话，那么成年

① 卢梭在1763年的版本中作了一些修改，并删去了1761年版中一半的注释。

的主人公们则立刻揭示了复杂的精神世界，随之带来了内心坦率的气氛。这种叙述的方式具有很大的优越性。虽然在《新爱洛漪丝》的信里的自由随便的态度较少，而勒山克尔在他论卢梭的著作里引述他的自白："书信体不是我的体裁"，[①]但它毕竟符合于他内心流露的风格的。

这样，我们面前就出现了一部165封信并分成6卷的长篇小说。那里插曲相当少，相比之下，各种不同的题材的广泛的议论构成了巨大的上层建筑：关于决斗——自杀的"赞成"和"反对"，关于有钱的女人用金钱帮助心爱的男子是否合适，关于家庭经济和社会建设，关于宗教和对穷人的帮助，关于儿童教育，关于歌剧和舞蹈。卢梭的小说也充满了格言和教训的箴言；把它们收集起来就成为一本书。除此以外，小说里有空前数量的眼泪和叹息、接吻和拥抱、诉苦和同情。为了把《新爱洛漪丝》从头到尾读完，需要很大的耐心，但如果有人不够忍耐时，让我来简单地叙述一下小说的内容，注意故事情节中一切缺乏、遗漏（如有些信件的遗失）和跟前面不接气而有些不易理解的插曲，——就是说解开线团并从中拉出一根线来。我不一定遵守情节的时间上的连续性，也顺便注释和分析自己的叙述。

克拉朗小镇上岱当惹男爵家中的家庭悲剧起初被看做是可敬的父母的女儿、无邪的姑娘被勾引的老生常谈的题目。这种题材基本上有益于世道人心：姑娘们，你们要留心，不要上外面罪恶诱惑的当；家长们，你们要随时注意自己孩子的行为！而现在卢梭把

① J. L. Lecercle，《卢梭和小说的艺术》，第77页。

这个陈腐的题材翻了个个儿：姑娘的“堕落”变成她的德行，“诲淫者”是悲剧性的，宗法社会道德的标准显示出它的教条主义，甚至是无人性的。

这部小说的情节发生在18世纪30年代。岱当惹夫人把一个穷人和流浪汉、谦逊的24岁教师请到自己的女儿那里。家庭教师的名字——圣·普栾，意思是勇士、有德行和豪迈的英勇的人。圣·普栾在于丽身上发现使他神往的优点：敏感、聪明和有美学情趣，而且她很美丽。于是发生了在同样情况下常常发生的：圣·普栾爱上了于丽。圣·普栾天性是个幻想家，他理想化了自己的恋爱对象，发现于丽有“神的特征”。圣·普栾压抑的叹息在于丽看来是他的激动的证明。于丽矜持的音调使圣·普栾感到绝望而认真地想到自杀。眼睛受迷惑的圣·普栾看不见自己的幸福：须知于丽是以对等的感情回报他的，假如跟他单独相处，她以冰冷的态度对待他；而如果和众人相处——那就很顽皮，这是因为环境的为难：她给他自由越多，他就越必须离开。

于丽从前有个可爱的老女家庭教师夏依奥。她带着宫廷轻浮习性的残余，喜欢向于丽讲述自己年轻时候荒唐的经历。可是夏依奥甚至丝毫都不能减少于丽对美德的诚心。在使于丽认识到上流社会生活内幕方面，夏依奥的谈话是有益的。但不论于丽怎样深明事理，她的天性是多情的，所以不管她何等理智，还是不能“驯服自己的激情”。于丽觉察到自己心灵的弱点，便请求自己的女友格兰尔表姐(早已是她的心腹密友)到她身边来。于丽从童年起受到严格的道德教育，开始感觉到美德在自己身上丧失了权威。她坠入情网了，如果她的恋人不是个平民知识分子，这就没有什么不好。他们相互的爱情却碰上了障碍，两个恋人的婚姻由于于丽父亲的阶级偏见、由于他的贵族荣誉的偶像而变得不可能。岱当惹男爵在长期服完军役回家时，抱着精明的盘算，要把于丽嫁给自己一个50岁的朋友、在战场上救过他的命的伏尔玛尔，他暂时了解到女儿在学术上的进步还会表示完全满意；如果没有立即注意到她今天对事物的理解：她——显然来自她的教师——沾染上对纹章学和一般对贵族傲气的蔑视。家庭教师拒绝接受授课的报酬，从而贵族应当感谢平民知识分子，男爵对此也感到愤慨。

于丽和圣·普栾都感到很惊慌。“请您驱逐我”，——他要求她。“你要保护我”，——她回答他。于是有一天当格兰尔不在时，于丽委身于心爱的圣·普栾了。后来她反复思量，认为这行为是自己道德的“堕落”。

现在该是向读者解释于丽第二个象征性的名字的时候——为什么它叫《新爱洛漪丝》？历史上的爱洛漪丝生活在12世纪。对自己年龄来说她知识十分渊博——她只有17岁，而且还是那个时代的妇女——爱上了自己的教师阿贝拉尔，一个卓越的神学家和哲学家。阿贝拉尔和爱洛漪丝相互的激情，其热烈程度在中世纪是少有的现象。当爱洛漪丝的叔父斐尔贝知道这事后大为生气，他的仆役把阿贝拉尔变成残废，以致他既不能再成为爱洛漪丝的情人，也不能成为她的秘密的丈夫。在他创立的女修道院里，爱洛漪丝成了修女，从此他们互相通信，信件奇迹般地保存了下来。就在爱洛漪丝写给阿贝拉尔的第一封信里我们知道，她“服从他命令残害自己”。爱洛漪丝经受过地上的幸福而不是女修士的苦行僧的命运，她坦白到吃惊的程度，向阿贝拉尔表白自己对他的爱情，以及关于“由最愉快的享受燃烧起来的青春的热情”;她进修道院不是为了上帝,因为她比爱上帝更爱他阿贝拉尔。

这个在无个性的中世纪突然发现的悲惨的历史,它那货真价实的个人主义震动了文艺复兴时期的诗人彼得拉克,写了关于爱洛漪丝的诗篇的英国诗人——启蒙思想家 A. 包普;在法国,阿贝拉尔和爱洛漪丝的通信集是 17 世纪末为人所共知的,法国人甚至在 1973 年 12 月观看了以他们为题材的电视。

这便是于丽的第二个象征性名字对让-雅克·卢梭提示的情况。小说第一卷第二十四封信中圣·普栾对她说,他怜悯爱洛漪丝,因为她的心是生来为了爱,至于阿贝拉尔,他是个渺小的人,他离开爱情和美德都同样远。为什么圣·普栾会那么不满,我们不很明白。在小说第六卷第七封信的注释中,卢梭指出自己的主人公的轻率态度:“我们的钟情的哲学家模仿起阿贝拉尔的行为来了,仿佛也想借用他的学说。他们对祷告的观点在许多方面是相似的(指的是祈祷者真能祈求上帝为他实现奇迹)。”

圣·普栾和于丽同等程度地没有“激情的经验”;爱情像自然力一样突然落到他们头上。而且不仅于丽是纯洁和羞涩的,——对于圣·普栾也可以这样说,虽然他在回忆起他们在灌木林里第一次亲吻时于丽昏迷的情况、她乳房圆圆的轮廓、亲切的接近的狂喜时,自己感情上的喜悦远为坦率。笛卡儿的哲学原则:“我思则我在”——圣·普栾在写给于丽的信里一字不错地套用了:“我还在爱你吗?是什么样的怀疑呀!难道我停止存在了吗?”完全不像妇女小客厅里的肉麻话。圣·普栾的爱情是深刻的痛苦的激情,对它进行自我克制,正好证明品质的卑微。若不是圣·普栾对于丽和她对他的爱情如此热烈，他们在结婚以前能如此亲近吗？男女间的婚姻纽带对于圣·普栾和于丽是跟贞洁和神圣分不开来的。他们对通奸这种思想本身是厌恶的。而在他们的关系已经丧失了天真无邪的性质之后，暂时变得更平静，“抑制激情的热度的”友谊补充了它的亲热。不过不能说激情“降低”了，既然圣·普栾像他们亲近以前一样，以最亲切的词语：情人、妻子、妹妹、女友、天使般的美、天上的精灵……来称呼于丽。可惜的是，圣·普栾为自己的幸福作斗争的准备，远不如他雄辩地表达他汹涌的感情的能力。

只限于概括富有的、有名人物阶层的龚古尔弟兄，在他们的《十八世纪的女性》一书里肯定地说，如果路易十四时代流行的是爱情崇拜和妇女是偶像的话，那么路易十五时代按加利阿尼神父的观察，妇女自己不是用心而是用脑袋来爱；至于男子，那么对女人说：“我爱您”时，他们意味着：“我需要您。”

于丽·岱当惹是那个世纪的文学里第一个正是用心灵、用整个自己身心来恋爱的妇女形象，而且就品性、博览群书、音乐来说，在上层社会里都不亚于男人。圣·普栾在当时的文艺界也不是常见的男子形象，完全跟追求妇女和享乐的冒险家不同。亚当·斯密在他的《道德感情理论》中的论点也不能适用于圣·普栾：“爱情除了体验它的人之外，整个世界显得同引起它的对象完全不相称。它那最富于表情的语言对于不相干的观察者显得是滑稽可笑的。情人只有爱着的人才是可爱的，而如果他注意到这一点，他便会以某种轻率的态度来谈论她。”但圣·普栾却“没有注意”到这一点。圣·普栾把燃烧于丽和他心中的感情劈成两半：生理的、肉体的和心灵的、精神的，那是不可能的。当于丽，还有在她影响下的圣·普栾开始把这深刻的爱情的组成部分彼此互相对立时,——只不过是在议论中,只是欺骗自己,仿佛他们能够这样做,——他们相互的幸福就会完结。

在卢梭之前很久,在安多阿纳·普雷渥的小说《马侬·列斯柯》里,贵族男子格利郁钟情于一个远非他的阶层,而且还是脱出道德生活常轨的女人,显然,这对于作者是个无法解决的问题。在《新爱洛漪丝》的作者看来,问题是可以解决的:圣·普栾仿佛闭起了眼睛,从禁止婚外恋的道德的高处一头跃入感情的爱的旋涡里,这样表现出了自然本身的"神圣的权利",而于丽则委身于他,她升高到自己所属的阶层的道德偏见之上,所以很明显,对于他们俩"自然的声音比贞洁更有力量",——这种贞洁当然是一定范围的人们的狭窄生活的贞洁。

《新爱洛漪丝》中的有些人物跟李却德逊的小说《克拉丽莎》相似:前者和后者都有软心肠的母亲和严厉的父亲,前者和后者都有强迫的婚姻,前者和后者都有情夫建议自己的所爱者跟他出逃。然而圣·普栾是"单纯的和温柔的男子"而不是像劳佛拉斯那样放荡的人;是民主阶层出身的人而不是"金色青年"的代表。克拉丽莎还在从父母的家庭中逃出来之前,心里就经历着对劳佛拉斯的不信任和对他产生的感情之间的斗争;于丽则只在不想反抗自己家庭方面发生动摇,但对圣·普栾的爱情却一点儿也不怀疑。如果劳佛拉斯用狡诈和暴力占有了克拉丽莎,那么于丽对于圣·普栾是比他的生命还要贵重。卢梭向李却德逊借用了小说的书信体裁,并不以创造一部教育性的小市民小说为目的,虽然他的主要角色——小市民,而眼泪和教训却是相当充分的。卢梭同意狄德罗的意见，认为李却德逊的小说以人物众多和卓越的描写为特征，也指出了它“思想的贫乏”。在《新爱洛漪丝》的一个注释里，卢梭指出，人物的众多，一般地说，与其说是优点，不如说是平庸的征兆，他显然认为这是李却德逊的缺点。卢梭在他的《新爱洛漪丝》中正是珍视“题材的单纯性，并集中在三个人物和在全部六卷中没有插曲、没有浪漫的离奇情节的始终不减弱的用心”。卢梭也说到李却德逊的理性的教条主义，否认基于某种精神的无法表达的类似而产生的强烈的爱情。李却德逊像当时一般流行的观点那样，把人分为坏的和好的、有害的和善良的。可是卢梭描绘的主人公之中没有一个是绝对完美的。于丽在写给圣·普栾的信里强调看到“他的一切缺点”，然后爱情使这些缺点对她变得可贵。于丽自己虽然有一切魅力，但也有她的“弱点”。

圣·普栾和于丽的爱情的复杂的波折不但受激情的逻辑所制约，他们的爱情还有一定的社会-历史背景。无论普雷沃的男主人公，无论李却德逊的女主人公，他们都没有考虑到社会制度。而圣·普栾在思想上却注意到了这个问题，而且恰恰依靠了于丽。他给于丽写道（第一卷第二十六封信）：“没有你这个命定的美人，我绝不会感觉到我心灵深处的崇高同我财产的低下那种难堪的强烈对比……”憎恨一个人只是因为他出身低微，同时一个有头衔的人，即便他甚至智力低下和不道德到无耻地步，却在社会的等级上占着很高的地位，这种世界难道不令人愤慨。如果平民知识分子圣·普栾的爱情更加深了平民对等级不平等的愤恨，那么爱情给贵族姑娘于丽揭开了父亲对她的关系的内幕的眼睛，要知道他事实上“出卖了她”，为了想拿她的生命来偿付自己得救的代价，把自己的女儿变成了奴隶。可是虽然于丽痛苦地知道这一切,但养育了她的家庭制度强迫她服从双亲的要求。

还在青年教师因于丽的什么事情而短期去新城堡之前,岱当惹夫人从旅行回来,而且不是一个人:跟她一起的有她的老朋友和圣·普栾的新相知——知名的英国人爱多阿尔·蓬斯冬。彼此的同情吸引着爱多阿尔和圣·普栾。然而他们之间发生的友谊几乎因为爱多阿尔喝潘趣酒喝醉后出言不慎,说于丽对圣·普栾抱有好感,由于这偶然的争吵而变得阴暗了。圣·普栾立刻把爱多阿尔的话看做侮辱——谁敢暗示“天上的于丽”是地上的感情?火暴性子促使圣·普栾拔出了剑;决斗已不可避免。这次事变在于丽给圣·普栾和爱多阿尔的一些信里成了她从道德观点上对决斗问题作分析的借口。于丽当然把决斗谴责为中世纪“野蛮的风气”。

此外,于丽向爱多阿尔承认自己是圣·普栾的情人,并警告他说,如果圣·普栾在决斗时被杀,——这很有可能,因为他是拙劣的决斗者——那么她就要自杀。稍微晚些,圣·普栾怀疑爱多阿尔好像想“使他离开于丽”时第二次冒火。所有这类事件明显地表明爱多阿尔的性格:他的高尚、慷慨、思想自由、知识渊博。爱多阿尔对生活的豁达的观点,在他对圣·普栾和于丽的话里表明:“你们的心灵是如此与众不同,所以不能用一般的尺度来衡量。”知道圣·普栾对于丽热烈的爱情后,——这爱情爱多阿尔自己在有的时候也不是完全淡漠的,——他自愿担任无望的使命:说服她的父亲把自己的女儿嫁给圣·普栾。在格兰尔给于丽的信(第一卷第六十二封信)里引述了爱多阿尔和男爵的谈话。“假如于丽一旦成为无名的流浪汉、靠施舍为生的人”的妻子,岱当惹的“高贵的姓氏”便会“丧失它的光辉或蒙受耻辱”，这个可能的思想使男爵气得发疯。对这凶恶的言论，蓬斯冬用愤怒的话反驳道：“请您住口！这样的无名小卒要比全欧洲所有的贵族更可尊敬……”是的，圣·普栾“不去列举祖先的一长串名字”，但“贵族出身有什么光荣？它对于国家的荣誉或人类的幸福有什么用?”……“法律和自由的不共戴天的敌人，在它大放光彩的那些国家的大多数，除了专制的势力和对人民的压迫之外，还能产生什么呢？……以毁灭道德和人性的阶层，以夸耀奴隶制……”蓬斯冬劝告岱当惹看看自己国家的年鉴，在瑞士的解放者中间有哪些是贵族？“难道费尔斯特、退尔、斯托法歇等人都是贵族?”虽然蓬斯冬按照他的爵位本来应该颂扬贵族，他的话却是对自己阶级无情控诉的文件。然而无论这位自由主义的勋爵怎样发表崇高的讲话，在冥顽不灵的男爵的眼里，圣·普栾依然是一个不出身于名门的平民，也是高贵的贵族小姐的勾引者。

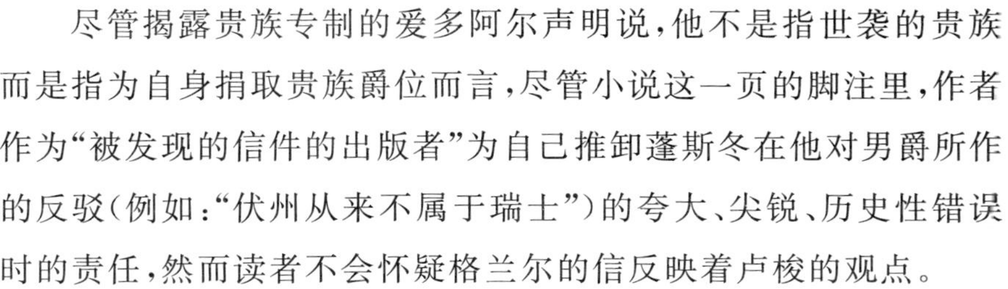

尽管揭露贵族专制的爱多阿尔声明说，他不是指世袭的贵族而是指为自身捐取贵族爵位而言，尽管小说这一页的脚注里，作者作为“被发现的信件的出版者”为自己推卸蓬斯冬在他对男爵所作的反驳（例如：“伏州从来不属于瑞士”）的夸大、尖锐、历史性错误时的责任，然而读者不会怀疑格兰尔的信反映着卢梭的观点。

其后的情节变得模糊不清的转折。于丽的父亲——她认为是“父亲中的最好的”，在愤怒的时刻几乎痛打了自己的女儿。看到她脸上的血，他又立刻后悔，甚至还痛哭起来，但在这时父亲的感情也是可怀疑的。于丽对他的尊敬没有事实可以证明。后来格兰尔在给圣·普栾的信中揭露了男爵的伪君子行径——今天他折磨妻子和女儿，而当他在军中服务时生活放荡，不考虑到贵族的荣誉和对自己妻子的忠诚。

现在圣·普栾和于丽不得不分手了。在第二卷的一系列信中，他们表达了各自的爱情的力量和分离的痛苦。她因怕他对她可能变冷淡而焦虑，他答复她以同样的感情，这些都是为了对彼此热爱的激情显得陶醉。蓬斯冬建议于丽随着情人逃往英国和移居到自己的领地上，但熟知于丽性格的格兰尔劝止了她。给仁慈的母亲的心以残酷的打击并使凶暴的父亲感到痛苦——这不符合于丽的德行，用如此高贵的代价购买的幸福，她不愿意这样做。因此圣·普栾便永远失掉了于丽。

来到法国后，圣·普栾从第二卷第十四封信到第二十三封信中向于丽讲了巴黎上流社会的生活。他对这个城市的印象正像卢梭本人的一样，当他别了华伦夫人之家以后，初次来到“世界的沙漠”、“上流社会的混乱”中，那里虽然人烟稠密，人们却陷在孤独的寒冷里，那里“花哨的奢侈和绝望的穷困”对视觉的对比不可忍受。在这么短短的三星期里圣·普栾看清楚了巴黎人外表的善于交际和殷勤待客，骨子里却完全虚伪的假客气。圣·普栾在日常的通信中说，如果大家全都真诚的话，便没有谁会比这些可爱的先生更不热衷于财产，他们也会把自己的家财送给穷人了。圣·普栾在那些贵族寄生虫之外，还在这里遇到了满身铜臭的“冷酷的生意人”，在他们身上除了自私自利之外什么也没有。学者们的知识和智慧的光辉、文学家对现代题材的愉快的饶舌、谈话的优雅的机智在一定程度上使他高兴，但圣·普栾不久就确信这些只是教人“巧妙地为不义的事情辩护”。没有人说自己想些什么，而只说等级所要求的，因为这儿最重要的是假发、礼服或者是主教的十字架。人们虽常说“感情”这个词儿，但从自己的心里早已根除了活生生的人性。人们以同等的本领既为正义的法律、也为一贯地破坏法律，既为人权的尊重、也为专制主义辩护；他们可以轻松地装做深挚的信徒，也可以装做大胆的自由思想者，——须知主要的是表现得能感动人，而不是赢得对自己思想的拥护。用无原则的机智来装饰精神上的贫乏，把善和恶化作开玩笑的形式。轻浮的头脑、腐化的生活在讨论深刻的问题时很难是真正严肃的。

圣·普栾初次遇到的所谓“社会”便是这样。当然他知道这个小社会——完全不是真正意义的社会，知道假如达官贵人眼里“有马车、看门人、总管——表示像大家一样生活”，那么“像大家一样生活——意味着像很少人那样生活”。人民是由另一种人组成的，但他们才是真正的人们，“而这些——只不过是厚颜无耻之徒”。在那个世纪的哲理小说里，虚伪的野蛮人充当着批评家的角色。在《新爱洛漪丝》里，扮演腐朽和空虚的巴黎批评家的不是野蛮人，而是自身幸运地结合着感情率真同理智发达的有广泛知识的人。

圣·普栾也尖锐地批评了首都的戏剧。他的思想的理论意义远远超出表面观察和仓促印象的范围。

在研究官方法国的面貌时，圣·普栾正确地指出，在世界所有首都中“民族性质都在消失”，所有王家宫院彼此都相似，巴黎文化的贵族跟罗马或伦敦的贵族差别不多。圣·普栾总结自己的研究说，研究民族只有到偏僻的外省去，那里人们保持着民族的和个人的特性。这样，圣·普栾笔下的巴黎并不令人神往。

他对于百科全书派也是毫不留情的。对于这样的问题：为了理解上流社会，最好自己属于这个社会，或者像哲学家一样站在离它相当远的地方。圣·普栾回答说：两者都不是——为了研究它，你要装样子参加进去；隐藏自己的观点，避免公开承认。但是跟哲学家不同，他的道德——纯粹是废话，某种抽象的东西，给人以“理论上严格，而不怕应用它”的可能，要会在上流社会的人群里“保持自己的道德基础”，自己的内心的“高尚品德的形象”，脑筋里要记住古时爱尔维修关于道德严厉的历史著作以及现代瑞士人的单纯。当然，这里圣·普栾同卢梭一样对哲学家十分不公正，当他在写《新爱洛漪丝》七八年前写他最初两篇论文时一样。看来在小说的这部分的圣·普栾，是那时的卢梭而不是60年代的卢梭。

圣·普栾满怀暴露的热情，他的信多少使于丽感到难堪。她提醒他关于法国人讨人喜欢的特点，关于他们不像英国人而是善意地接受对自己最尖锐的批评，最后关于法国妇女的优雅和富于同情心。圣·普栾对于最后一点表示某些让步，承认当农民来到知名的贵夫人那里乞求金钱或帮助以便摆脱租税、兵役时，那些平常从事闲聊和谈情说爱的夫人却表现出真正的同情。可是于丽要他谢绝无聊的拜访和专心致力于法国政治制度研究的劝告却没有什么结果——圣·普栾对法国社会上层道德的堕落感兴趣而不是对政治感兴趣，然而他对暴露贵族生活的这一方面却非常热心。

唉，巴黎气氛的道德腐朽也触及到了圣·普栾自身，这是于丽所预见到的，她担心“罪恶的诱惑和空虚的高谈阔论”会影响到他。仿佛谁也没有像他那样武装着对付“心灵哲学方面”的诱惑和恶习了，但甚至是圣·普栾也会脸上蒙垢。有一次有一批军官朋友说服了他，他们仿佛到一个团长的妻子家去作客，并且成功地蒙蔽了他的警惕性并诱他到一家淫窟里。虚伪的羞耻妨碍了圣·普栾立刻离开那家，虽然他模模糊糊地猜到自己落进了坏地方。简短地说，喝醉了酒的圣·普栾在淫荡的姑娘的怀抱里觉醒了……很难想象他的恐怖。圣·普栾的眼泪"沾湿了"他给于丽告诉这件事的"信纸"。于丽整个的温柔、善良、耐心都表现在读了圣·普栾的信后，她马上就原谅了他，因为她清楚地知道，他所犯的过失是在他的"我"——就是她如此热爱而她即使现在也没有失望的那个"我"——不在场的时候。

在小说第三卷才开头，格兰尔——现在是陶尔勃夫人——通知圣·普栾说，于丽的母亲因为偶然发现圣·普栾给她女儿的信后由于悲痛而生病了，于是圣·普栾采取了对他最困难的决定，他写信给岱当惹夫人，表明假如她这样要求的话，自己准备永远放弃于丽。她的仁慈的母亲懂得他的受难，本来想把事件转变到另一方向，然而想影响自己性情凶暴和固执的丈夫，她的性格却是太温柔了。早已患着水肿病的她很快就死了。岱当惹男爵在自己的妻子死后写了封侮辱的信给圣·普栾，后者克制地、有礼貌地答复了他，虽然由于于丽的决定而满腔绝望，因为于丽认为她良心上对母亲的死是负有责任的。当然圣·普栾可以诉诸她的感情，使她回归给自己，可是即使她成了他的妻子，她也已不是从前的于丽了。现在她确信：唯一能支持她在应有的道德高度上的，——那便是她奉献给父亲的牺牲的意识。这对她来说十分不容易。"责任啊，——不幸的于丽叫喊道，——你充当为什么的工具？"……"责任、荣誉、美德——这些东西对我的心灵什么也没有说……"不管心灵的这些呻吟，当她父亲——这个"空虚的爵位的热忱捍卫

者”——跪着要求女儿出嫁给伏尔玛尔时，她便同意了。

于丽的不幸在于这个太听话的女儿和不够坚决的情人，她听了圣·普栾的话，成了“社会地位幻想的牺牲品”。于丽如果即使像她情人那样有一点儿自私，便不会造成致命的错误，以致践踏了自己和他的幸福。在某一瞬间，他曾感到他和于丽之间的关系要走出现在形成的情况，可以按家庭三角关系：丈夫——妻子——情人的模式来解决；要知道通奸在巴黎或英国的上层社会里是并不少见的。可是不——这种可悲事件的类似的出路会降低于丽和圣·普栾，把巨大的幸福变成盗窃的变种。像于丽和圣·普栾那种人只能希望不是完全有，便是一无所有。读者很难同意小说的作者，不在于他的主人公们拒绝鄙俗行为，而在于既然赋予他们以深挚的感情，却不给这感情以克服自身谬误的力量。一般地说，为利益打算或者强迫的婚姻，在生活里比因爱情或自由意志的婚姻要多得多，但为什么正是这些婚姻被看做是道德高尚的呢？事实上正好相反，男人跟女人没有爱情的亲近是没有道德的因素的。总而言之，于丽的决心和圣·普栾的顺从只能对他们引起怜悯。难怪于丽为了自我辩护，不得不使用千百种诡辩，而圣·普栾在倾听它们时丧失了心灵的一贯的严整性。

如果卢梭在于丽的形象上毕竟没有损害艺术的真实性，那作者的干涉怎么会应用于现在的圣·普栾，他改变了自己的原则，使于丽相信“勇气的激发”使她变得“更像自己”，而且当她……拒绝他时还从来不曾更像是“他的”于丽。被环境的力量强迫分手的主人公们的命运的转变，在生活中常有的可能的转折，卢梭用最不幸的情人的口才的玫瑰花来装饰，这些话他至少以不去说为妙。

于丽不久患了天花重病。圣·普栾一知道这消息，便赶紧奔赴自己的情人那里，希望从她身上得到传染，至少跟她一同死去。当圣·普栾满心恐怖地站在于丽的床头时，她没有来得及认出他。她对此认为是梦幻，只有后来她从表姐那里才知道圣·普栾真的来了（第三卷第十三封和第十四封信）。圣·普栾达到了目的——他病了，靠了蓬斯冬忘我的照顾他才获得痊愈。这插曲是小说最动人的描写之一。

感性不应对任何东西让步。

第三卷第十八封信

圣·普栾认识于丽后已经过了六年。他所爱的女人现在已属于另一个人。现在，失掉了情人却得到了忠实朋友的她那种异想天开的想法，应该使他获得安慰。在于丽面前非此即彼的抉择：跟心爱的人结婚并跟贵族的环境决裂，或者强制自己并做不愿意的婚姻的奴隶，——她用完全不同的方式来表达：对家庭责任的诚实和忠贞或者“自由恋爱”的耻辱。原来是：对圣·普栾的爱情是“诱惑她的罪恶”，而同上了年纪的伏尔玛尔的婚姻唤醒了她的“贞洁的感情”，这对于她表示“回返到自己本身”，“向美德的复活”。原来是：对圣·普栾的爱情孕育着不固定的危险：事实上如果她在第一个情人面前不能坚定不移，又怎能抵抗另一个情人呢？于丽对自己暗示，不可能保证她只爱一个圣·普栾；感觉的爱情是短暂的，它也许在她面前揭开罪恶不可避免的道路——从情人走向堕落的女人的道路。于丽在完成这种非常奇特的结论的链子时，以修女的逻辑给自己带上悔罪的枷锁，声称自己对圣·普栾的爱情是种错误，是自己和他的罪恶，需要赎罪。后来于丽会用完全的《福音书》的语言说，人没有苦难的生活一般是不容许的，真正的幸福只能属于幻想和精神的天国。

于丽的“大彻大悟”要感谢自己的上帝——“最高存在”。“在地上她找不到可以满足她”，她那“总不能满足的精神便在另一个地方寻求充实；升高到感觉和生活的源泉，她失去了干枯和委靡”。的确，于丽的宗教是自由的；当她想到和希望的时候，她就同上帝“谈话”。很容易猜到，小说的女主人公是“萨伏亚副主教的思想观点的一致者”。这样，于丽把17世纪宗教思想非官方流派有关的特·拉·莫特—琪雍夫人的自传弄到了手。在这本书里，作者所讲到自己的一切都作为她论断关于诱惑夏娃偷吃苹果的魔鬼、神秘的预兆和奇迹、“内心的祈祷”和“沉默的祈祷”、受苦的必要和利益、通过它可以在自己心灵里发现上帝的狂热、梦幻和幽灵、精神妊娠和走向基督最短道路的儿童般天真，等等的根据。于丽看完了这本书，给它下了断语：“我不认为过分笃信上帝如此值得称赞……我不喜欢把它作为夸耀，把它作为一种工作来代替人们的一切其他工作。我认为假如琪雍夫人……完成自己家庭主妇的责任，并用基督教精神教育自己的孩子们，合理地处理自己的家务，这比编写笃信上帝的书，跟主教们争论，最后由于某些谁也看不懂的胡言乱语而被关进巴士底监狱要好得多。”

可是于丽虽然是虔诚派和一切神秘主义者的敌人，虽然她不需要宗教仪式——她只在家里祈祷，然而宗教信仰是她精神生活的中心。不过于丽的语言也有些像民间用语。她拒绝个人的幸福，理由是必须常常想到“其余的人”。这里于丽仿佛读过卢梭的《社会契约论》，认为对于每人的激情没有某些限制，是不可能建立公正的社会秩序的。按照于丽的观点，“缔结婚姻不是为了彼此的思念”，而是为了共同履行公民生活的义务、合理建立家庭并好好教育子女。卢梭为《新爱洛漪丝》这个题目所作的脚注是多余的——虔诚的女主人公完全同意他的思想方法。

还在小说第四卷开始前，圣·普栾在爱多阿尔帮助下，参加英国海军上将安逊的舰队，完成了环球旅行。因此圣·普栾有可能看见了远处在腐蚀人的文明以外的一些国家。圣·普栾遍历了两个半球，到过墨西哥、秘鲁、巴西、非洲，到过许多其他地方，那里还留有从前强大的民族的可怜的残余，他们的土地遭到为因宝物和金子而来的“文明的”和贪婪的欧洲人所践踏和劫掠了。当于丽进入窄狭的家庭生活时（那在她是个崭新的环境），圣·普栾跨入了全人类巨大的“行星的”世界。他从前只想到自己的幸福和自己的痛苦，现在他丢下了小小的瑞士，观察着全体民族的苦恼并放弃了自己的人们。从而在精神上升华到更高的阶段。然而要他完全忘掉于丽是不可能的，她的面孔就像在他身旁一样出现在他的记忆里。他从前也不止一次较远地离开自己钟情的对象——有时到瓦莱，有时到巴黎，徒然想消除自己心头的不安。在更为遥远和充满危险的旅行里，他希望治愈自己精神上的创伤。唉，虽然圣·普栾研究了地球的全部纬度，虽然他的生命常常十分危险，虽然他在地球上的漫游给了他许多丰富而有趣的印象，他的心却找不到平静。他初次体会到世界文学关于自己主人公说过的话：“我现在到处是

被流放者”的话是真实的。

又过了六七年。从于丽给格兰尔(她的丈夫已经死了)的一些信里我们知道,于丽成了两个孩子的母亲,她做母亲的快乐帮助她减少了她心灵损失的痛苦。当她看到孩子们连同丈夫围绕着自己时,她感到自己周围的一切“散发着美德”,这就能够把她“关于过去错误”的思想从她的意识中赶走。于丽深信过去的爱情不再留下什么,便为圣·普栾阴暗的命运悲伤,他多半在流浪中死去了。在于丽给格兰尔的信中偶尔发出关于失去了的幸福的伤感的回忆:他有多么好的心灵!他多么能够爱!……

不久格兰尔收到了关于圣·普栾的消息:他活着而且居住在日内瓦湖畔。从于丽的丈夫伏尔玛尔发来的信,对于圣·普栾完全是意外。在这封信里圣·普栾得知,于丽把自己的秘密向丈夫说明了,后者不怀疑圣·普栾是个值得于丽热爱的有高尚风度的人。此外,伏尔玛尔决定跟圣·普栾做朋友,邀他来自己的家里,那里充满着纯洁与和平、真诚和好客。这样,在圣·普栾面前站着已婚的于丽,做了母亲的于丽,不属于他的于丽。脸上天花的瘢痕使她变得对他更可爱。于丽也发现圣·普栾从前所没有的男子气、结实和稳健;他有了些改变,黝黑得像个摩尔人,长起了胡子;他脸上的瘢痕令人想起他们恋爱事件中最动人的插曲之一。现在圣·普栾和于丽之间的关系已不可怕了。她重新获得了他,但如今他们是朋友——再不会更多些。于丽向丈夫讲述了她跟圣·普栾之间进行的一切交谈,把他们的信给他看;伏尔玛尔对于丽和圣·普栾的信任是无限的。

可以认为于丽从现在起心灵的安定已有了保证。唉,实在说来，她自己并不感到幸福，而这是自己美德胜利的意识硬拉给她的。据聪明的格兰尔的观察，于丽身上结合着"非常多情的姑娘同有罪的妻子的不忠贞行为的弱点"。伏尔玛尔有一次故意因自己有事离家几天，让于丽和圣·普栾两人单独留着。有些类似塞万提斯的《堂·吉诃德》第三十三章加入的故事《论轻率的好奇》所说的。那里讲一个佛罗伦萨的贵族，他决定"像用火来考验黄金一样"考验自己妻子的美德，选择了自己的朋友作为这种冒险事情的工具。伏尔玛尔实行的是更为冒险的试验，因为塞万提斯笔下的人物是年轻的，而且妻子爱他，但伏尔玛尔已接近老年，而于丽从来不爱他。她请求自己丈夫回来，给他写道："伏尔玛尔，我想我是值得您尊敬的，可是您的行为并不值得人家赞扬，您也残酷地戏弄了自己妻子的美德。"（第四卷第十六封信）

根据这封信看，于丽的家庭幸福是模糊的，只要她身旁有圣·普栾在着，它的稳固性是非常脆弱的。他们必然相互吸引，只被时间的灰烬掩盖着的激情一旦觉醒过来，就会以原来的力量燃烧起来。这点特别表现在当圣·普栾和于丽两个人进行散步时——成为散文与诗歌作品主题的一个插曲。在湖畔他们遇到了风暴，两个情人处在梅耶利镇附近，从前有一次圣·普栾远离着自己的心爱者时在那里怀念过她。如今他眼睛里充满着泪水说道："怎么，望着我怀念您的地方，您竟不觉得感动吗！"圣·普栾说这话时向于丽指着百来次刻在树上和岩石上的她的名字、彼得拉克和塔索的诗句。圣·普栾对她说道："于丽呀，我心头充满无限的魅力呀！这里是世上最忠实的情人因思念你而叹息过的地方，这里是你那无价的形象构成他的幸福并准备他从你自己接受……的隐蔽所。”散步对于于丽可能成为一场灾难：圣·普栾很难遏制住自己要跟她一起投入湖中的疯狂愿望，或者……重新成为她的情人。当然第二种结局是不会发生的，因为问题是关乎于丽呀！蓬斯冬在答复圣·普栾对他讲到事情发生经过的回信中说：“如果于丽意志薄弱，你可能明天失足并成为卑贱的通奸者。但你现在同她单独相处：要好好地认识她，并为自己感到脸红。”（第五卷第一封信）

这里不禁要问作者：他把不幸的圣·普栾住进于丽的家去有什么目的？他们俩都在痛苦地受罪，而卢梭使我们相信，于丽仿佛丝毫没有改变，而圣·普栾在爱着“从前的”于丽，并且一瞬间单纯地忘记她现在是“伏尔玛尔夫人”，跟她的丈夫开诚布公的解释可以治愈他想到她是心爱的女人那样的欲望。

我们已经知道于丽有两个孩子，此外，在她家里还有格兰尔的女儿——昂利爱特。对教育题材的争论，在有的时候，曾使于丽和圣·普栾感到兴趣。圣·普栾不管自己心灵上的危机，同意担任伏尔玛尔两个孩子的教育的任务，虽然这使他经常接近于丽。圣·普栾和格兰尔相互的同情显示出爱情的前兆：有一次圣·普栾吻了她的手，这个亲吻“直透进她的心”。宽宏大量的于丽难以令人置信地劝他们结婚；须知格兰尔的丈夫已死，而且他们彼此非常相似。然而格兰尔以前没有真正爱情的经验，承认友情虽然按力量也超过普通的，但不是爱情，她宁愿愉快地受激动而不愿被人爱着。于丽的企图——让自己两个最亲爱的人结婚——是她宽宏大度的结果。至于圣·普栾，他立刻拒绝了于丽的建议：没有热爱，没有情焰，没有比最美妙的智慧更崇高和更强的智力的奇异的光辉，算什么样的爱情呢？即使如果格兰尔和他产生了这种感情，他们之间也会常常有他一生中只有一次的那种爱情在心头。

现在我们来较接近地认识于丽的丈夫。分散在不同书信里的暗示稍稍打开了他出身的秘密。显然他在某个宫廷中周旋过，始终抱着这样的见解，即宫廷侍从同仆役只有外表的差异而已。他为外国国王服务。在过去有个时候是军人，常常变换职业，甚至还做过农民；现在他也很愿意从事各种各样的职业。他被牵涉进阴谋集团的某种革命运动，总算逃过了充军西伯利亚的灾难，从这一点上可以断定事情发生在俄国。难怪格兰尔开玩笑地问于丽，她的丈夫是什么人，是哥萨克首领、大公或者是世袭贵族？还对她说："至于我，我可以保证说，应该称呼你'贵族夫人'。"而且据说，伏尔玛尔出身于"希腊仪式的"民族之家——他真的是俄罗斯人吗？根据一切情况，他显然跟一个"北方宫廷"有联系，因而是彼得堡的，他在俄国有亲属，而在一些动荡事件的旋涡里丧失了自己的财产。如果伏尔玛尔的过去是神秘的，那么他今天的行为却毫无浪漫可言。现在站在我们面前的是个顾家的人、庄园的主人和热心的户主。

18 世纪的哲学家相信"文明的君主制"的可能性；卢梭幻想"文明地主"的形象，与之相联系的是社会和平在于它的经济和道德制度的改善。我们从小说第四卷第十和十一封信以及第五卷第二封信里，知道了伏尔玛尔庄园中经济制度的细节。这里充满着"中庸之道"和"古时候的单纯"。这里看不到镀金的餐具橱和贵重的器皿、衣带、绘画、枝形吊架。房间里的一切都服从于经济和适中；适中并不使人难受，而是看起来很愉快。伏尔玛尔的土地不出租，由他自己耕作。这是在聪明的限度内扩大自己收入的最可靠的方法。聪明，是因为伏尔玛尔的经济的主要原则——土地的给予和它们的消耗之间的平衡。因为家长制氏族的理想的目光朝着过去，所以圣·普栾引述中世纪《关于玫瑰的小说》中有教育意义的诗："财富不成为有钱者。"

圣·普栾在法国看到相当多的农民的贫困和地主的浪费，而在这里他相信地主和农民物质利益协调的可能性——只要符合前者拒绝超额利润并避免把自己的产品为金钱而出售这个条件。如今圣·普栾确信，既避免封建主义寄生性的浪费，又避免资本主义的吝啬这种经济的可能性。[①] 这样，卢梭在伏尔玛尔身上给了我们以"简单化的地主"的形象。

这里的经济建立在某种"感伤主义的"政治经济学的规律上。假如政治不是妇女的事，那么在经济问题上妇女——即使不在智慧上而在心灵上——不比男人处理得差些。可爱的于丽知道怎样在实践上建立家庭幸福并使愉快和有益二者相结合。她的考虑是：财富增加欲望和妨碍达到幸福，因此社会中最幸福的阶级是自由的农民。他们的福利在于葡萄和粮食的收成，他们两夫妇跟他们长久地谈论自己的家事和土地的分段；如果需要时就进行帮助。至于家里的仆役，靠金钱不能使他们忠心和正直。因为这里对仆役是像亲属般对待的，他们不像有名的贵族之家的家奴——虚伪的和腐败的奴才与侍女一般。此外，在伏尔玛尔的庄园里，男子与

① 据 D. 毛尔奈说，卢梭在描写伏尔玛尔的经营和他的农村福利时，吸收了《人们的朋友》(1775 年)一书的作者米拉博侯爵的某些意见，他对于卢梭"比普鲁塔克和塔西陀更为可贵"(见 D. 毛尔奈的《论新爱洛漪丝》，1925 年版)。

妇女是隔开相处的，所以他们的关系是纯洁的。

圣·普栾给蓬斯冬写的信里谈到当土地在明智的主人手里不单单是他的享福的源泉，当果实和粮食充满着劳动者的粮仓时，那是很有意义的。看到这一点，你就会忘记今天农村里的情况，你就会转移到《圣经》里族长的那个时代。你自己就会想到田里去劳动并收获自己的一分幸福，爱情和天真无邪的时代啊，圣·普栾喊道，妇女既温柔又俭朴而男子既单纯又满意的时代啊！在葡萄收获和大麻打好以后，在伏尔玛尔家又歌唱又欢笑，全体人员彼此平等相待；主人们白天跟农民一块儿吃午饭，晚上跟仆役一块儿吃晚饭。就像极幸福的"圣经"时代的英雄拉希利和诺爱米那样同声歌唱古代歌曲。于丽和伏尔玛尔参加农民和长工的游戏，像一个大家庭。

圣·普栾用玫瑰的色调这样描写了伏尔玛尔夫妇的农村生活，给了它以欢乐、殷勤好客、舒适的特征。小说作者所创造的自然经济乌托邦的想象是多么激动人心，可以从他在蓬斯冬勋爵领地——在约克伯爵的一处领地复现中看得出来。但这是没有生动插图的文字；圣·普栾到过的上瓦莱可以给我们看到这种图画。那边土地所生长的一切对于主人"正直的生活"已完全足够。山民们按照自然规律，遵守着明智的习惯，丰饶的产物他们不去出售，因为他们知道一出现金钱，他们就会变得更贫穷，因此不让开发区里的金矿。在家里，下人跟主人一块儿吃饭，他们的妻子和女儿在旁递送饭菜。

上瓦莱已经不是以地主为首的村子而是单一的富裕农民的族长制地区。这地区没有被国家赋税和世界市场所破坏，是个奇迹，它保持着生活方式的单纯、性格的平衡、"幸福的安宁"。还可以补充“大公无私”:例如外地来的客人可以无偿地就食。同时卢梭对于这习俗的智力的保守主义、丈夫对妻子和父母对子女的专制主义却保持沉默。让-约克的脑筋里是否想到了跟无知识的族长制的高尚道德结合的常常是要靠反动力量来帮忙。在小说《新爱洛漪丝》出版了一个世纪之后,恩格斯嘲笑那些赞赏“道德纯洁的”瑞士牧人。唉,羊的脖子上挂着安宁闲逸的铃铛,阿尔卑斯的小茅屋和可爱的虔诚,并不妨碍他们受雇给路易十六去保卫巴士底监狱以反对法国人民并枪杀圣·安东尼郊区的工人。甚至这些牧人反抗奥地利的压迫奴役(关于这种斗争卢梭是知道的),在历史上也是反动的,因为它的目的是保卫“僵硬的地方利益”,维持“野蛮反对文明”。而且这些山民的族长制的纯洁本身也是不巩固的:“刚刚知道一点儿什么叫金钱之前”,他们“就变成了最贪婪和狡猾的地主了”。[①]

然而如果那些卢梭的研究对伏尔玛尔的田园诗般的村镇赋予太大的意义的话,那他们就错了。这只不过是《社会契约论》的作者的思想的一次曲折:但也许封建主义专制的缓和就是用这样的方法来实现的?这种安闲的田园生活在《新爱洛漪丝》的情节上没有产生什么影响。因此我回过头来再谈谈于丽和圣·普栾的没有成功希望的关系。

然而既不隶属于小说本身但又像我们以后看到的那样跟它奇特地交织着的故事,暂时阻碍着我回头过来。《爱多阿尔·蓬斯冬阁下的恋爱史》第一次在1780年日内瓦版发行是在作者死后。这

① 《马克思恩格斯文集》第4卷第350—355页。

篇故事是卢梭文学散文的杰作，它的结构比书信体更具有某些优点，有更多的激情、直率性、抒情性，但具体地看得见的行动则嫌不足。把故事纳入小说的困难是如此之大，所以卢梭虽然认为这样做有必要，却“长期动摇不定”。卢梭后来回忆说，“按格调”跟小说不同，关于爱多阿尔的故事可以“破坏它的动人的单纯性”。这一思想也表现在故事开头的话里：“爱多阿尔阁下在罗马的奇特的遭遇是如此不同寻常，要把它们跟于丽的爱情事件混在一起而不损害它的单纯性是不可能的。”

现在请看爱多阿尔在罗马发生的和根据《新爱洛漪丝》中的几封信能模糊地猜测到的事。我们对小说暂时搁下不谈。这件事不发生在信奉基督教的瑞士，也不在商业的英国，而是在艺术、诗歌、音乐的国家——爱多阿尔是它们的大欣赏家，——的意大利，这并非是偶然的。他在那里跟一个那不勒斯妇女、侯爵夫人结交，热烈地爱上了她，也引起了她同样热烈的感情相回报。侯爵夫人以寡妇的身份在家里接待爱多阿尔，这不过是掩人耳目，因为他们俩在罗马都是外地人。当爱多阿尔向她提议要她嫁给他时，侯爵夫人拒绝了他的求婚，推说信仰不同：他是信仰英国国教，而她是信奉天主教，只有他们彼此深刻的激情为婚外关系辩护着。但爱多阿尔突然知道她情人的丈夫还活着，而且是德国皇帝军队里的军官。爱多阿尔责备侯爵夫人进行双重欺骗，他和她合法的丈夫都成了欺骗的牺牲品，便决心跟她断绝往来。但等到侯爵死了以后，爱多阿尔已经不想结婚了。他很难相信她的丈夫死于负伤而不是由于受到了沉重的侮辱，并感到对他的死自己应有责任。

说蓬斯冬的情人是个不道德的女人，那是毫无疑问的。然而

道德在这里是软弱无力的。“假如淫荡的本性能改变，那么侯爵夫人的心灵就会改变”——即便像蓬斯冬这样的人也不能使她变得高尚。但须知从另一方面看，他自己也不能跟侯爵夫人一刀两断，她对于他的力量现在仍然是巨大的。能用什么逻辑来解释两个如此对立的人彼此吸引的非理性的力量呢?

这样，侯爵夫人和爱多阿尔的会面继续着，虽然他们之间过去的亲近已经不可能了。现在侯爵夫人本来可以谈结婚的事了，但是爱多阿尔不愿这样，而且对自己的决心很坚定。他可以为情人献出生命，如果决定了，他“可以为责任而牺牲情人”。侯爵夫人想解除爱多阿尔设置的道德上的障碍的一切诡计以及刚刚激起的彼此的吸引，但都是白费力气。侯爵夫人具有热烈的南方气质，又习惯于情感上的享受，却没有可能跟爱多阿尔分享。有一次她头脑里产生了一个反常的思想：爱多阿尔不愿跟她品尝肉体的快乐，那么至少让他“从她手里”来品尝它，让它成为她的贡献和她的牺牲；爱多阿尔可能跟她作柏拉图式的来往，而决定跟娼妓作肉体的联系。

于是侯爵夫人在罗马找到一个妓女，想靠她来实现自己的计划。罗马姑娘劳逿·比萨诺——大家叫她劳列塔，爱多阿尔和侯爵夫人常常三个人一同吃饭。不久爱多阿尔到她家去看她，可是出乎他的意外，她拒绝了他的要求并从他的怀抱里挣脱出来。原因在于侯爵夫人和爱多阿尔的“爱情的形象”唤醒了她从前不知道的感情。爱多阿尔和劳逿的关系慢慢变成另一种性质。劳逿爱上了他，这是她生活中的初恋，因此她恐惧地想到爱多阿尔可能把她当做一个肮脏职业的妇女一样碰她。他越来越注意到她眼睛里的痛苦和受难的表情。失足的女人心头带着爱的感情在重新产生贞洁，仿佛恢复了永远被破坏了的道德的感情。爱多阿尔也可以爱劳逯，但须知这样的爱会同时既贬低了她，也贬低了他。劳逯也感到了这一点，并大为恐慌。她现在跟爱多阿尔接近：在幸福的爱情的合法的奖赏里，她会看到自己耻辱的反光。劳逯的新生引起了爱多阿尔深刻的同情，但除了怜悯，他能给她什么呢？爱多阿尔访问劳逯时，既不能爱她，也不能拒绝她的爱情。

劳逯现在看到世界秩序的卑劣：社会保护女性的名誉，而那些丧失了它的人却成了无保障者。被抛进穷困和富有者的寄生虫的腐化的泥坑里的劳逯，被打上了受排斥者的烙印，而这就永远阻止她回到正常人的生活。劳逯的唯一出路——隐藏进修道院，但即使在那里她也感觉不到安全：要知道还有关心她卖淫的男人。在修道院里，劳逯被一切多情善感的心灵能抓住的激情所冲击；只有可能使她成为幸福的人不在这些激情的链条中。然而，她依然在期望什么，她自己并不知道这点。

有这样的奇谈怪论：正因为爱多阿尔和劳逯的关系的纯洁竟使侯爵夫人大为发怒。很容易想象侯爵夫人那时的绝望，当她认为由于自己的不慎和她自认为慷慨的缘故，因而弄出一个危险的情敌。另一个奇谈怪论：劳逯看到爱多阿尔对她逐渐增长的尊敬，便开始蔑视自己。实际上这种自我菲薄是用不着的：劳逯变高尚了，她的天性是生来为善的。妓女比“正经的”妇女更使人感动；劳列塔的受难是高尚的，而侯爵夫人只能引起人们的厌恶——读者的厌恶，而在爱多阿尔呢，这种对自己心爱女人的凶狠感情是跟怜悯结合在一起的。

这样一来，爱多阿尔纠缠在两篇小说里：在一篇里是以喜爱为基础，在另一篇里则以责任为基础。他控制着两个女人的心，对于那妓女只是作为朋友，对另一个是鄙视，虽然还没有中止爱情。许多危险在威胁他：又是伏击，那是侯爵夫人设下的；又是密探，是劳逘过去的嫖客派遣的。什么都没有吓住他，他知道劳逘需要他道德上的支持。

可是爱多阿尔访问劳逘难道只是美德引起的吗？可能他“对自己没有完全说出来吧”？在一个只乞求容许爱他的迷人的女性面前，他能毫无所动吗？哪儿找得到对美丽的眼睛里流出的泪珠而不会震颤的硬心肠的男子呢？

爱多阿尔暂时离开罗马去伦敦，但又回来了。正好在这事件开始那时，小说的读者对于内幕还不知道，爱多阿尔注意到于丽的美丽，这在第一卷第六十封信里讲到过，然而那只是温柔的惊奇的感情，没有别的。爱多阿尔对于自己过去的情人不知感激而自责的同时，认为她的基本错误的原因是她对他的激情。可是认错的感觉很少能帮助爱情，因此他在劳逘那儿时，越来越发现她的许多优点。而且侯爵夫人已达到女人美貌趋于凋谢的年纪，而劳逘还很年轻和迷人。

这个戏剧性的事件的收场包含在《新爱洛漪丝》第五卷第十二封信和第六卷第三封信里。多么可惜，爱多阿尔把这已经差不多决定了的跟劳逘的婚事告诉了自己的朋友，当然，他希望作为偏见的敌人的圣·普栾会赞成这项决定。唉，感情自由的骑士竟是最平庸的道德家的鼓吹者。谁会想到像爱多阿尔和劳逘之间那样崇高的爱情，圣·普栾会坚决谴责：“爱多阿尔——竟是这样的婚姻！”毫无疑问，圣·普栾深信自己在履行“朋友的责任”时，他既帮助了爱多阿尔，也帮助了劳逷。但须知现实不是具有人所想的，而是人所做的那种客观意义。“她将怎么样，——圣·普栾在为劳逷考虑，——她突然上升到这样高的地位？她过去那可耻的情形那时会一下子暴露出来。然而留在她的地位上，她能达到什么心灵上的伟大呢！”这种浮夸的言辞难道不是伪善行为吗？圣·普栾努力说服劳逷，要她作自我牺牲，这比夫妻关系能为她带来更大的快乐。如果任何理智的道理不能说服劳逷和爱多阿尔，他们依然固执己见，那么好，圣·普栾也预备采取强硬的方法，他要向“国家和警察机关”提出问题。他对自由思想的勋爵说：“不要忘记您是英国贵族，您想摆脱光荣头衔或者恭敬地对待人家的议论。那是民主派吗？不要缔结如此耻辱的婚姻！那难道是您做的事吗？难道您应该为自己选择这样的妻子？她应当不但是有德行的，而且还要是没有罪行的。”从圣·普栾的嘴里听见断然的批判：“不管我怎样，我决不容许劳列塔·比萨斯卡雅成为蓬斯冬勋爵夫人！”这难道是卢梭心爱人物的话吗？

对于这一点，车尔尼雪夫斯基指出：“大家都轮流地重复同样的话，只有于丽并不那么明白地表达自己的意见，或者甚至准备承认见到劳逷成为蓬斯冬勋爵夫人的可能性。”[①]实际上，于丽在致格兰尔的信里，比圣·普栾更人道得多，她对苦命人劳逷的情况和优点的评价说：“她富于感情和有美德，为了能像我们，她还需要什么呢？如果劳逷没有对青年时代谬误的回归，那么她会比我更少获得宽恕的权利吗？我能向谁期望找到原谅自己吗？如果我自己

① 车尔尼雪夫斯基：《未公开发表的作品》，萨拉托夫 1939 年版，第 477 页。

拒绝对她尊重，我能向人要求尊重我吗？”在小说第五卷第十三封信稍后的地方：“啊，人们的意见！人们的意见！丢掉你的枷锁是何等困难！它始终叫我们倾向于不公正：现在的恶遮蔽着过去的善……”

内心矛盾的牺牲，也像于丽加给他的道德观念一样，圣·普栾经常引起读者在整个小说过程中的同情，也在他干涉爱多阿尔和劳逯像他所设想的“错误的一步”时引起奇怪的不愉快。如此的不愉快，以致连他的女指导员都张皇失措了。她承认她很难赞成爱多阿尔的婚姻，也很难赞成他的朋友参加进这件事情中去。[①]

我们是从爱多阿尔给伏尔玛尔的信里知道圣·普栾怎样干涉的。这时候侯爵夫人由于激动而生病了，她不愿在自己家里见到爱多阿尔，而且不久就死了。爱多阿尔决定跟劳逯结婚，带她到“尊敬有德行的人”的远方去，带到英国自己牛津夏亚的家里去。但圣·普栾赶在爱多阿尔之前。圣·普栾跟劳逯的谈话里打动了她舍己为人的思想，终于消除了她心中追求幸福的念头，达到了连宗教的盲目迷信者也认为是反人性的目的。劳逯在这番谈话后已经不像从前那样快乐地会见爱多阿尔：她恐惧地向圣·普栾那方面投出目光，眼里噙着泪珠。圣·普栾多么狠心！他强迫劳逯写信给爱多阿尔——拒绝嫁给他：“我以责任的名义牺牲自己一切的幸福。残忍的牺牲，但靠了它，我忘怀了我年轻时忍受的耻辱。”劳逯迄今为止在修道院里是寄宿生，现在她剃度为修女了。

---

① D. 毛尔奈在其关于《新爱洛漪丝》的研究中指出：卢梭没有改变圣·普栾和于丽的信的基本文字。只有爱多阿尔·蓬斯冬在原稿的一种样张里取得于丽和圣·普栾的同意，使劳逯结了婚并带她到克拉朗。在最后的版本里劳逯拒绝了结婚。

在18世纪，故事难得有人注意。[1] 1780年以前能够读到它的只有罗森堡公爵夫人，是卢梭作为《新爱洛漪丝》手抄本的附录，当做礼物赠送给她的。因为卢梭担心在故事中对侯爵夫人性格有些讨厌的描写可能被看做是描写公爵夫人的。所以故事的原稿被作者毁掉了。好在公爵夫人没有找到自己的性格像侯爵夫人的地方，便把手抄本交给了日内瓦的出版商。伟大的百科全书派中没有人读过《爱多阿尔·蓬斯冬阁下的恋爱史》，他们习惯于分清道德和不道德的区别，未必会赞成它。好像只有狄德罗能够重视卢梭的这篇故事。狄德罗的小说《宿命论者雅克》的插入的故事有一点儿像关于爱多阿尔的故事的情节，那是在《新爱洛漪丝》以后二十年写的。狄德罗的书里，德·拉·包密列夫人利用妓女狄刻诺阿，想叫自己的情人德惹尔西回心转意，或者至少为他的轻浮行为作报复。可是如果包密列夫人令人想到侯爵夫人采用"诓骗"自己情人的那种手法，那么蓬斯冬在道德方面不可比拟地超过德惹尔西先生，而劳逻也同样比狄刻诺阿姑娘在心灵上更感人和丰富得多。此外，卢梭的故事里，贫贱的妓女和富有人们的世界之间的冲突逐渐成为主要的问题，而在狄德罗那里，贵族女子被拒绝的爱情的苦恼始终放在第一位。

卢梭的故事包含有这样的心理学上的辩证法，它看着就要推翻在《新爱洛漪丝》中提出的道德的结构。卢梭给我们介绍了两个女性——侯爵夫人和劳逻。统治阶级的官方的道德把其中之一列

① 如果不把一个想把故事改编为剧本的德国作家的乏味企图计算在内，那里注意多数注意它的轻浮的访问者、各种的夫人、修道士、修女身上而不注意爱多阿尔·蓬斯冬。(J. Albrecht, Lauretta Pisana. 1792)

为“正派的”；另一个属于被称为“道德上堕落的”那一类。然而在“正派的”方面我们看到肮脏，在“淫荡”方面——看到心地纯洁。在深渊的最边缘的危机的、极端紧张的情况——这完全合乎卢梭的风格。劳逘·比萨诺是深刻悲剧性的。下流社会的牺牲，她并不浸透它的厚颜无耻。从劳逘拖出来的线拉向雨果的《悲惨世界》里的芳汀、陀思妥耶夫斯基的《罪与罚》里的马尔美拉多娃、托尔斯泰的《复活》里的卡秋莎·马斯洛娃。

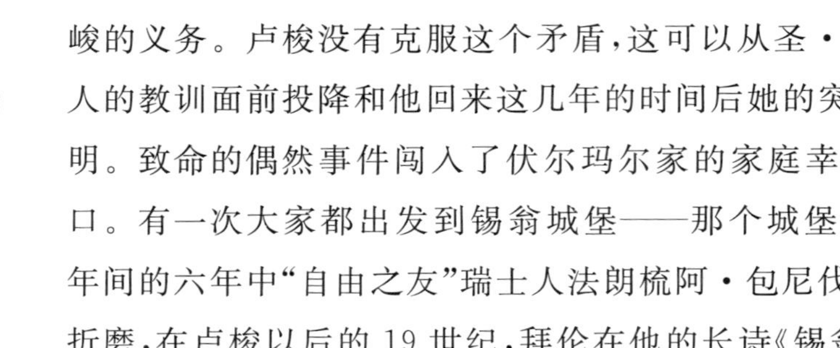

我们再一次想到小说主要的自相矛盾之处：爱的感情——严峻的义务。卢梭没有克服这个矛盾，这可以从圣·普栾在自己情人的教训面前投降和他回来这几年的时间后她的突然死去来作证明。致命的偶然事件闯入了伏尔玛尔家的家庭幸福的平静的港口。有一次大家都出发到锡翁城堡——那个城堡在1530—1536年间的六年中“自由之友”瑞士人法朗梳阿·包尼伐尔在那里受到折磨，在卢梭以后的19世纪，拜伦在他的长诗《锡翁的囚徒》里对人们提到过，——去游玩。这件事的经过，于丽的侍婢方勋在信中作了叙述。于丽的一个孩子掉到了他们经过的湖中。母亲赶紧跳入水里去救自己的孩子，她把他救起来了，可是感冒和受到的震惊送了她的命——死在盛年。格兰尔和伏尔玛尔写信给那时不在家的圣·普栾，叙述了这一不幸的悲惨消息和于丽最后几天的情况。她像平时一样热诚和温柔，即使在临死时仍然保持自己的信念，并向前来的神甫拒绝忏悔。在死前两天，她装饰了自己的房间，向朋友们谈论儿童教育，对牧师说明自然神论的本质，劝医生不用药物治病，而且一次也没有提到上帝，虽然如此，她始终是十分虔诚的——在《萨伏亚副主教信仰的忏悔》里也有这种怪论。格兰尔把死者的脸用圣·普栾从印度带来的镀金的珍珠贝的面纱掩盖起来。

作者对小说选择这样的结束，其目的可能是使圣·普栾和于丽相爱的时机永恒化，而根据格兰尔的话，“对长久占有的厌倦不致为老年和美色的凋谢混合起来”。两个情人靠了悲惨的事件，对读者来说始终是年轻、美丽的。但于丽的惨死毕竟没有内在的必要。卢梭显然不知道怎样把自己的主人公继续引到哪里去，便割断了绕着他们的道德和社会问题的巨大线团的无法解开的纽结。于丽偶然的死并没有使小说完结，而是使它中断了，因此发生了激情是否被道德所战胜的疑问。没有被战胜的证明是于丽在临死之前给圣·普栾的信，这信在她死后由伏尔玛尔转交给他的。在两个好像等值的真理的边缘上有趣的滑动，阻止过于丽和圣·普栾的婚姻的老天爷“完成了好事”，但同时于丽“站在深渊边缘”时对圣·普栾的爱情“痊愈了”的信心却成了“自我欺骗”、“错误”——虽然是“解救的、有益的”。现在临死时用不着再欺骗自己：那被镇压的感情对于她曾是“生活的意义”，她以责任的名义做了她意志所能做的一切，但她的心“属于他”，它不是罪过，而是痛苦……后来于丽在结束信时从“您”转到“你”，说：“这是多么幸福，我以生命的代价获得了以永久的、其中没有罪恶的爱来爱你，并有权最后一次说：‘我爱你……’”

当问题涉及人的命运、人的整个生
活时，理智不容许作轻率的决定。
第六卷，第六封信

小说的四个主要人物的每一个都可以算是“时代的英雄”：于丽、圣·普栾、伏尔玛尔、蓬斯冬。

既然小说的书名是于丽，那就从她开始，并概括她的性格特点。和善和贞洁在她身上跟对自我分析的不放松的倾向结合在一起。她受宗法社会制家庭传统的教育，需要平稳、宁静的生活，为爱情苦闷而又害怕爱情。成为圣·普栾的妻子是于丽梦想的极限，然而幸福过度可能害了她。凭她这样敏感多情，但理智即使在十分激动的时候也不会离开她，甚至她委身于圣·普栾也不是完全由于无法控制自己的冲动，而是抱着强迫父亲同意他们的婚姻，仿佛“预先采取自己犯了罪的决定”。像那个世纪所说的“belle âme”——“优美的灵魂”——的所有者，于丽同时比圣·普栾更清醒，正因此而对人的弱点更能宽容。她的责任心的感觉是深厚的，但不是推动她走向积极而是走向顺从。由于于丽趣味的精致和真诚，大家原谅她好为人师的热心：她喜欢责备和教训自己的心爱者；她不无骄傲地自称为“说教者”，这使作者心软和深受感动，虽然她的“说教”有时令人厌倦。于丽只有 18 岁，但她学问渊博：从她那里可以知道柏拉图的共和国、罗马的伟人、中世纪的神学家。她的心被两种意向——向幸福和善行——所分裂；可能显得她既在夫妇生活又在爱情的热烈的日子后的母性的天职里找到自己，但我们已经深信这与真理差得太远，而卢梭抓住了于丽的矛盾，对她的话“我太幸福了，幸福引起了我的忧愁”作了这样的注解：“怎么，于丽！又矛盾了！哟，迷人的朝圣者，我很担心，您同自己又不相一致了。”

现在来谈谈圣·普栾。他是自然的和正确合理的事情的辩护

者，然而他赞美于丽，即使当看见她因事而脸色苍白和惊慌不安的时候也是这样。如果卢梭借于丽之口说出富于理智的聪明话，那么圣·普栾距这种理想还是差得很远。圣·普栾胆怯而又勇敢、非常热情而又意志薄弱、暴躁而又腼腆，他在心情上很不平衡：他的沮丧常常变为愤怒，淡漠变为激动，但正因此而使他变得很有趣。他的敏感有无数的细微变化。他常常容易冲动，为情绪所俘虏，受不了"转弯抹角威胁激情"的严厉的逻辑学家，虽然能很好地分辨抽象的问题。他对周围的事物仿佛漫不经心和糊里糊涂，但同时却善于观察和判断准确。《新爱洛漪丝》第二篇序言中的假定的"读者"称他为"大孩子"。还有于丽自己在给圣·普栾的最后的信件之一（第六卷第八封信）里责备他说："我亲爱的哲学家，难道您永远不会停止做孩子吗？……"圣·普栾的感情激动完全不意味着他是在成年人世界里迷路的"大孩子"。须知他不是整个一生保持着某种孩子气的爱弥儿那样的"学生"，而是能独立思想的人。从小说第一卷第三十四封信里我们意外地知道圣·普栾不仅仅是教师——某个勃隆夫人开玩笑地对他说他没有常识，更糟的是没有一点儿智慧，说他"像他的那些书同样愚蠢"。可见圣·普栾是文学家，所不明白的是用什么体裁写的。不过于丽告诉我们，整个她的家庭都聚集在一起高声念圣·普栾的关于海上旅行的观感和爱多阿尔的冒险故事。勃隆夫人的关于常识和智慧的亲切的开玩笑，那是她上流社会窄狭见识的结果。事实上圣·普栾能够评价常识，虽然不用它作指导，从人家的机智里感到满足，即便自己没有机智。至于他的"愚蠢"，圣·普栾处在生活上平庸的对立之外："愚蠢或者聪明"——按照于丽给他的鉴定，他忽而上升到天上，忽

而下降到在地面爬行;忽而充满精力,忽而软弱无力。

在隐藏着冷酷无情、毫无心肝的殷勤而善于交际的贵族中间,圣·普栾一个也不像他们,而且也不企图像他们。他能善于看清上流社会风俗习惯的内幕,然而圣·普栾跟平民在一起时虽然是平民知识分子,他的思想构成和情感格调显示出自己是"贵族的"知识分子。他的思想趋向是民主主义的,但他周转的范围却很狭小。他直接接触的是一些什么人——在瑞士是贵族家庭岱当惹、陶尔勃、伏尔玛尔;在罗马,他唯一的朋友是勋爵;在巴黎,是贵族沙龙里的主人和客人。他到瓦莱农民家的旅行只是短暂的插曲,对于他们来说,他不过是偶然的过客。当圣·普栾旅居巴黎时,于丽暗示他这种思想:在宫廷和沙龙里很少研究法国人,必须上升到五层楼和阁楼,下到地下室,那儿住着正直的劳动人民——"最可敬的人民阶级"。真是卓越的意见,然而圣·普栾却置若罔闻。于丽的考虑比她过去的老师显得更民主,这不是唯一的一次。

接下来是伏尔玛尔。批评家们对他开玩笑说:"高尚得可笑"。卢梭抱着不同的看法,可是他回避对伏尔玛尔不利的事实作出评估:怎么这么个聪明、善良、比于丽大 30 岁而且知道跟不可爱的男子的婚姻不能使她幸福的人,能同她结婚?须知伏尔玛尔还在结婚之前就对于丽说过:"我的行为是不可原谅的,我侮辱了您的温情,我违背了您的羞怯,然而我爱您,而且除了您不爱任何人。"这是自私者的论据,也是没有自尊心的人的论据。往后伏尔玛尔把于丽的生活涂上了一层灰色,却不曾有过任何良心的谴责。而在从于丽自己方面知道了她的悲惨故事后,伏尔玛尔邀请圣·普栾到自己的领地来，以便“医治”恋爱的激情，出发点是仿佛心灵的健康可以排除一切激情这种最乏味的信念。这里伏尔玛尔已经不是聪明的了。

然而于丽毕竟是尊敬伏尔玛尔的，她看到他的优点，她还描绘了他的画像。伏尔玛尔靠了“平静和有规律的”生活，50 岁的人看来不会超过 40 岁。他的特点是“生活经验和有理智、稳重、谦虚、良好的态度”；他的谈吐有思想深度，但避免“显示机智和进行道德说教”；他不寻求结识人，但也不回避他们；他没有癖好，而由客观来指导爱好，他没有热情，不会快乐，只有能引逗于丽快活时他才感到快活；不过他对她的爱没有冲动，他“努力去爱，是因为理智示意他这样”（第三卷第二十封信）。伏尔玛尔谈到自己的话，从哲学观点看来是很有趣的：“如果说我有什么激情的话，那只有对观察的激情：我喜欢在心里阅读人们……我自己不喜欢扮演角色——只喜欢观看人家怎样扮演。我只喜欢观察人类社会，但作为它的构成成分完全不合我的口味。假如我能够改变自己的本性并变为活生生的眼睛的话，我很愿意实行这样的改变。”（第四卷，第十二封信）这种自我鉴定令人吃惊地想到狄德罗在其死后出版的《演员的怪论》一书中的议论，那里把社会分成积极的、热情洋溢的、充满激情的人和哲学地思考、但站在行动之外并因此专门旁观的人。狄德罗利用生活和舞台的旧的比较，把第一种人叫做演员，把第二种人——叫做观众。卢梭不可能知道自己朋友的这本书，然而伏尔玛尔却也朝着这种类似的分类走，并使用同样的表现形式。

我把爱多阿尔·蓬斯冬放在最后，因为他处在叙述的边缘。

处在边缘，但远不是次要的人物。在《新爱洛漪丝》第一卷第四十五封信（圣·普栾写给他的信）里，把他作为他的原则"是激情而不是思想体系的结果"，虽然他的行为最常常受斯多葛主义准则的影响，而"他的心灵的动机"并不破坏这种哲学。如果圣·普栾憎恨"哲学家"一词，那么爱多阿尔——哲学地思考的人，他只要求理性能为产生强大激情的心灵的那种力量所支持，爱多阿尔对于这种激情并不是无动于衷，但忽视人为规定的礼仪、偏重理性的谦恭、假装的殷勤，这些态度连圣·普栾和于丽也都认为为人所必不可少的。爱多阿尔的外表并不和蔼可亲，但心地热烈和富于同情。圣·普栾倾向于狂热和幻想、准备对任何理智的人屈服，样子像女性似的脆弱，爱多阿尔却是意志坚强和刚毅，在生活的一切变动中能控制住自己并不会离开自己的智慧。

批评家们对爱多阿尔·蓬斯冬的形象解释为卢梭对所有英国人的爱慕，说他可以仿效伏尔泰和同国人培阿·德·缪拉，他们在他们的文集里损害法国人对文明的欧洲所起的领导民族的作用。除了伏尔泰和缪拉，卢梭在尚贝还有阿迭孙的杂志，后来有《新爱洛漪丝》的热情洋溢的赏识者，他们阅读波浦、汤姆逊和永格。但要知道《社会契约论》的作者从来不是英国迷。说蓬斯冬是英国人，可能说明卢梭想给他理想的特征以某种活力，而且也给法国贵族以一个虽然是勋爵，但和内心的自由、真诚、严肃的人作对比。说蓬斯冬在英国知名人士的范围里也可能是个例外而不是个典型，那是毫无疑问的。蓬斯冬按教育是属于贵族的上层分子，他没有它应有的傲慢，爵位不确定他性格的任何特点。这个阶层的尊号怎么样也跟蓬斯冬符合不起来。按教育程度说，他的观点正是应该属于法国的，不是这样，他的“正义、条理”的热情、他的希望每个人在社会里占有“既对自己也对他人的最大利益”的位置，也就无法解释。

卢梭很少对天生的道德本能的力量抱着希望，便对激情筑起一道堤防——严厉的道德。从这里产生了情节的两个倾向：圣·普栾对于丽的爱情是被感性肯定为合理的，而于丽同伏尔玛尔的婚姻则合乎责任的要求。两个真理价值相等：感情的权利坚持自己对窒息它的法律拥有自由，而理性的权利则对感情加上桎梏。于是小说的上半部是对自由的激情的赞美歌，下半部则是充满了自我牺牲和负有义务的气氛。圣·普栾有特征的表白说：“在我抱着不幸的激情、丧失自己生命的一半以后，我贡献另外的一半以便补偿它。”这里的补偿已经意味着不做它的奴隶。于丽也在一封信里高声喊道：“自然，甜蜜的自然呀，充分显示你的作用！我放弃破坏你的那些残酷的美德。难道你给我的欲望能够比那么多次把我引向迷误的理智更骗人吗？”于丽在另一封信里肯定地说：“心灵千方百计欺骗我们，只凭十分不牢靠的规律来起作用”，理性则“除了善以外没有其他目的，它的规律总是可靠的、明确的、很容易靠它来指导生活”（第三卷第二十封信）。

这样，理性是好的。圣·普栾还在不久前证明说，智慧的哲学道理是对人们的感受抱冷淡的漠不关心的态度，现在你以伏尔玛尔来作例子，确信也有人道的哲学家，而且不是唯物主义的教条主义者——伏尔玛尔一次也不反对自己虔诚的于丽，尊重她的宗教

信仰。[①] 于丽自己也以尊敬的态度说到法国的“学者，说到他们广阔的活动场所对思想提供了养料”，她断然不同意像圣·普栾那样肯定“这些严肃和热爱劳动的男子汉把哲学变成空洞的饶舌”的倾向。

我要再度使用二律背反这个词——无法解决的矛盾：人的发展的道德障碍，以及渴望完全多方面生活的那种没法遏止的自由精神；“心的宗教”和笃信宗教——“精神的鸦片”的思想；对阶层秩序的无人性的愤慨——甚至没有任何暗示就应该把它推翻。

卢梭大概很想把理性和感情、激情和意志合并在一个人身上。然而四个画像中没有一个能达到这些希望的综合。好像爱多阿尔比其他几人更接近这一点，但只是在爱情的戏剧范围之内。把他所希望的特征综合为“理想的人”的合成形象，卢梭没有解决——他不愿意虚构还没有见到和不能够见到的东西。从这里可以看到小说的既是优点又是缺点：《新爱洛漪丝》中没有强有力的人和社会环境的相互作用。比如说，圣·普栾从教师和文学家突然变成军事工程师，他关于环球旅行的事读者知道些什么，又如关于伏尔玛尔参加革命阴谋，为此他几乎被充军西伯利亚，他的命运读者能知道什么？完全不知道。《新爱洛漪丝》中的社会生活最多是道德批评的对象；爱情和家庭的速度，道德和宗教的速度掩盖了一切其

① J. L. Lecercle 对此是这样解释的：“在百科全书派和教徒之间的争论尖锐化的时候，据卢梭的说法，在法国头顶上有内战威胁的时候，他把伏尔玛尔一对夫妇看做是互相容忍的模范”(《十八世纪的小说和光明》。巴黎，1970，第 274—275 页)。我认为《新爱洛漪丝》中的“伏尔玛尔作风”不是历史的因素，不是局势，而是卢梭由世界观的本质因素决定的。

他的东西。

《新爱洛漪丝》人物的形象是多么缺乏具体性。圣·普栾缺乏民族和社会的特点。他的瑞士人的性格有些什么？平民知识分子的生活习惯被排除在描写范围之外。你们仿佛顺便知道跟于丽分别后，圣·普栾卖掉了在格朗松属于他的小房子——他分得的微小的遗产——并把变卖所得的钱分给了一些寡妇和孤儿。圣·普栾拒绝接受自己当教师的劳动所得，在跟于丽长久争论后，他毕竟接受了她的钱包，于是保证了他在法国的生活。这类可以推测他生存的物质基础的资料很少。关于他的亲属、关于他的过去，我们什么都不知道。圣·普栾不久前还准备同一切阶层的道德一刀两断，对于丽的论据非常欣赏，他可能被认为是一个反专制主义者，而结果竟是一个流行的道德家。

难道爱多阿尔更像英国人和勋爵吗？与伏尔玛尔这个俄国人相比，按世界观说他是地主吗？前者我们在英国土地上没有见过，后者在瑞士的条件下倒更像个法国人。

目的坚定的、积极的人，到18世纪中叶不是定型的文学典型。因此“当代英雄”最优秀的品质同时分散在四个形象身上：于丽——富于同情和仁慈的；圣·普栾——非常热烈和易动感情的；伏尔玛尔——性格内向和务实精神的；爱多阿尔——已经对人类命运表示关心的。顺便说一句，不是平民知识分子而是蓬斯冬阁下抨击欧洲的“贵族”，一字不差地引用“社会契约论”的论文说到“人民意志的神圣机构”，说“社会理性的权力是真正的社会基础”，预言没有偏见、虚荣、专制的光明世界，那里只有“人的优点”才能够确定“阶层”。不是具有憎恨农奴制的一切根据的平民知识分子圣·普栾,而是贵族分子伏尔玛尔形成了反君主思想的形象。圣·普栾蔑视生活的丑恶现象,而从蔑视到憎恨只差一步,从憎恨到斗争也差同样远的一步,然而即便阶层特权的世界引起了他的深刻的愤懑,他更多是大的受苦者而不是反叛者。在小说中甚至连爱情的功绩也没有。卢梭避免尖锐的、起作用的冲突,这可以从序言里,按他的意见可以确定自己作品最好的优点的话:“书中没有一个坏人,也没有一种坏的行为。”没有一个吗?岱当惹男爵难道是天使吗?

《爱弥儿》的作者写道:“人类由人民组成;不包括在其中的部分是如此的不足道,用不到把它计算进去。”真是金玉之言。然而国家基本的和最古老的主人——人民在《新爱洛漪丝》里没有起到知道他的世界观的卢梭可能期待的作用。在《新爱洛漪丝》里没有平民的形象,没有人民生活的图景——除了在伏尔玛尔的乌托邦中之外。从围绕他家庭的无鲜明形象的仆役、雇农和农民群众里只显出几个多多少少比较清晰的人物。于丽的女仆方勋·尔格儿和农村小伙子葛洛德·阿奈·方勋与她的母亲想竭力为他偿付什么金钱上的债务。有个好色的财主建议方勋成为他豢养的姘妇,但她不愿出卖自己,于是葛洛德决定应募当兵。我们已经知道,受于丽委托的圣·普栾到新城堡的旅行促成了葛洛德的解放。可是方勋跟葛洛德的婚姻却并不幸福。葛洛德耽于放荡的生活并抛弃了妻子。当于丽已经临死时,他突然出现,向她请求宽恕。于丽认出葛洛德的场面并不是戏剧性的,没有造成深刻印象。方勋和葛洛德的整个插曲完全是速写的。那么清楚地知道只有在简陋的小茅屋里而不是在宫殿里人们才会真正地相爱的卢梭,不是作为语

言的艺术家指出这一点；而关于人民生活的悲惨，他只有在哲学的著作中写它。

在《论教育》一书中我们读到："没有幸福没有善行，没有善行没有斗争。"但是在同一本书里提出要这样教育青年，以便如果指的是今天，人们要感到自己站在对抗力量的另一边，因此"他就会觉得他们是在另外时期和另外地方的遥远的人"，但即使连这种人，他也应该评价为"与事情不相干的和像法官一般冷静的而不是同谋者和原告"。

在《社会契约论》的基础上有个论题——没有善行没有斗争；在《爱弥儿》一书的基础上虽然政治性质的很大胆的主张，——关于在评价人物或事件时的"不偏不倚"的偏向的思想。那么《新爱洛漪丝》的主要思想呢？没有桥梁来联结这部小说跟卢梭的政治论著；只有圣·普栾对阶层法律秩序的不公正而发的愤怒才同这两部作品相近似。卢梭的人道主义仿佛是两重性的：号召人民推翻专制君主和对观察自己个人苦痛而静观地生活的孤独的人表示同情。这种"两重性的"人道主义为拜伦、司汤达、乔治·桑所继承。关于他们说得不够——上述的作者们对待人民为自己阶级和民族利益的解放斗争并不冷淡，他们公开同情这种斗争，同时描写自己的人物偏离历史主线，既对庸俗社会中的自我肯定的企图又对爱情的挫折感到失望。

卢梭跟 18 世纪英国小说中以幸福的婚姻作结束不同，他使自己的主要角色成为孤独者：伏尔玛尔成为鳏夫，格兰尔成了寡妇，圣·普栾和爱多阿尔都丧失了自己的情人。由于阴暗的结局，《新爱洛漪丝》成了某种临葬的墓碑，它上面刻着一些"优美的灵

魂”——一个比一个更优美和更崇高。谁已经不在，谁就留在为人悼念的回忆中。圣·普栾的“英明的幸福”转变为哀丧的存在，生命连同它的快乐和激动让位给单调的义务，心灵的青春让位给了精神的老年。男子的模范如今已不是热情的圣·普栾，而是冷冰冰的伏尔玛尔，理想的女子不是优美的、精神上丰富的于丽，而是只能成为不同寻常的女友的格兰尔。在《爱弥儿》这本书里卢梭肯定地说：“我们的激情——我们保存的主要武器，因此破坏它的愿望既是徒劳也是可笑的企图”。然而，同一个卢梭把自己最热情的主人公——圣·普栾和爱多阿尔——变成宣扬斯多葛主义禁欲的道德、不断地克制自己的感觉、实际是压死它的人。再差一点儿，他们也会开始为自己的肉体感到羞耻，像古代神秘主义者——哲学家普洛丁一样。这不是意志对障碍的胜利，而是可悲的听天由命——对命运的屈服。

圣·普栾和于丽的爱情是一场悲剧。难怪关于他们的小说用彼特拉克的十四行诗作为阴暗的题词开头的：“她活着的时候，世界不知道她，但我知道，而且始终哀悼她。”而结束时使用于丽同样悲哀的论断：“在这个世上只有梦想的国家——值得我们灵魂栖身。优美的只是世上不存在的东西。”我们再用伏尔玛尔的抱怨的话：“请您来跟我一同分担我的痛苦”和格兰尔的呻吟作为补充：“在陵墓里还有地方……于丽不用等待很久。”从小说最初几页中就可预感到没有出路的情势……这儿在我们面前不是莎士比亚悲剧成分的形式——英雄人物的斗争和她由于同他敌对的力量而陷于死亡；卢梭的主人公的悲剧成分表现在对戏剧性行为的习性的缺乏，表现在对抑郁交替的无力的愤慨。

小说的结尾是忧郁的情调。然而透过悲观主义听得见希望的调子。要知道于丽和圣·普栾个人的悲剧是社会制度的罪恶引起的,而一切罪恶的制度迟早会被历史的风暴和人民的愤怒扫荡干净。

卢梭对于每个主人公的性格都没有描写得清清楚楚。包含在主人公身上的可能性在它的行为里没有完全实现,它比所做的要复杂,而且甚至比说的要复杂。有许多问题对于《新爱洛漪丝》的读者没有最终解决。作者本人并没有解决它们,因此小说的中心是圣·普栾。

我一反作者本人而敢于这样肯定说:于丽不是他所心爱的,而圣·普栾是他的"after ego",即"第二个我"。是圣·普栾而不是于丽,虽然作者叫插图画家格拉维罗把于丽作为小说的首要角色。圣·普栾如果不是中心人物,卢梭就会避免我们已经知道的矛盾:圣·普栾的性格是炽烈的,他的感情"向外爆裂";在小说的第二卷中,他指责百科全书派哲学家的抽象性、无所作为,而自己却没有丝毫行动的毅力;伏尔玛尔则完全相反——在"生活舞台"上宁愿做个"旁观者",但须知他的原则完全不同:"无所作为的哲学只是个假象。"而这一原则由事业作证明。当然,伏尔玛尔的形象集中"在头上",而像圣·普栾那样的青年人当时都在社会的底层,他的叫喊:"要求我在一切方面积极生活,这对于我是无法忍受的"——表明卢梭本人的精神危机。

上面是从论文《政治经济学》中摘下的引文:"法则的力量只支持在中等收入"上。"中等收入"这词组,词典译为术语

"médiocrité",意思是"中庸"。这样,在平均财产的共和国里宽和高都是中等的、不大的数量。爱弥儿的精神的简单在这里是正派、诚实的标准。热烈的圣·普栾在那里比较困难些。须知卢梭当他作为政治的思想家时是被美德的平平常常的思想所控制的;而当他面前出现每个人想按自己的志向、才能和爱好生活时,问题就会变得复杂了。在将来的"同公平相符合的理性"的王国里,按照杜哥的公式,卢梭在圣·普栾身上看到了他自己。

大家把《新爱洛漪丝》认定为抒情的小说。在世纪开始时关于《新爱洛漪丝》的研究表示过这样的思想:"卢梭之前,大家不注意作者的'我',认为生活的情况……反之,抒情的'我',它价值在自身,它给物质以自己的价值;这是使世界变化的魔术师,甚至连普通的现象也能用自己的反光来装饰,一切只为他、由于他和在他里面的存在。"[①]《新爱洛漪丝》属于"个人的"小说的类型,因为圣·普栾的形象是小说的形象中最鲜明、最突出的,比其他的形象更接近作者。

然而"个人的小说"的定义应用于《新爱洛漪丝》又显得狭窄了些。第一,卢梭也给其他人物传达了自己的思想趋向。第二,从人物的意见分歧——作者对之常常用注释作争论,——中形成时代社会生活的图景。夸大《新爱洛漪丝》的自传因素是不妥的。

小说的最重要的问题是:"人的生活制度破坏自然关系的地方,人们的幸福是不可能的。"可见《新爱洛漪丝》还是社会的小说。但须知书中道德问题占优势。巴尔扎克说:"诗人的卢梭,当他心

① J. Merlant.《从卢梭到弗罗芒旦的个人小说》。巴黎,1905,第20—21页。

头留着于丽结婚后初恋的余味时，战胜了哲学家的卢梭。”这句话可以补充说，当他著作的构思作为人的精神的完善的图像被实现时，道德家的卢梭战胜了诗人的卢梭。与这种发展联系着的外部的情况，在小说里已经并不起那么重要的作用。于丽同圣·普栾的悲剧与其说由男爵恶劣的意志所决定，不如说是由显示道德的因素强加于人的感性的本质这一预定的目的所决定。卢梭的人物那道德意识的成熟时期否定了生物学年龄的意义——于丽也好、圣·普栾也好、蓬斯冬也好，在小说里都是年轻的，然而他们的思想方式已经同伏尔玛尔站在一起了。精神的青春时期，那是火山般的激情，从火山口喷发出来，不顾束缚，向外直冲。成年时期，那是感情和义务内部斗争的时期，在力量上彼此互不相让。最后时期——为人民服务和压制自己激情得到胜利。这便是小说结构基础的草图。

小说在卢梭的创作中占有特殊的位置，它显示了在他哲学著作里隐蔽着的一些方面。不应肯定说卢梭不愿意描写像他看到的那样的现实，并完全避开他创造的形象的逼真性，但是那些他想看到的人——那些按他观念应该成为的人更能激起他创作的精神。应该的事物比真实存在的事物更多，这便是卢梭的感动力。卢梭那里都没有像他那样清楚地描写自己的人的理想。这就是《新爱洛漪丝》所以被认为是法国文学里的第一部“思想小说”的原因。

这样，就有好几个名称。抒情小说，也可以叫道德小说吗？然而它的主题是社会的，不也是很有感召力吗？思想性的？说得更清楚些：这是一部体现作者理想的小说。

图书在版编目(CIP)数据

新爱洛漪丝/(法)卢梭著;伊信译. —北京:商务印书馆,2017
(汉译世界学术名著丛书:120 年纪念版:珍藏本)
ISBN 978-7-100-14534-3

Ⅰ. ①新… Ⅱ. ①卢… ②伊… Ⅲ. ①书信体小说—法国—近代 Ⅳ. ①I565.44

中国版本图书馆 CIP 数据核字(2017)第 152425 号

汉译世界学术名著丛书
(120 年纪念版·珍藏本)
新 爱 洛 漪 丝
〔法〕卢梭 著
伊信 译

商 务 印 书 馆 出 版
(北京王府井大街 36 号 邮政编码 100710)
商 务 印 书 馆 发 行
北京市十月印刷有限公司印刷
ISBN 978-7-100-14534-3

2017 年 12 月第 1 版　　开本 710×1000 1/16
2017 年 12 月北京第 1 次印刷　　印张 59½
定价:298.00 元